U1020788

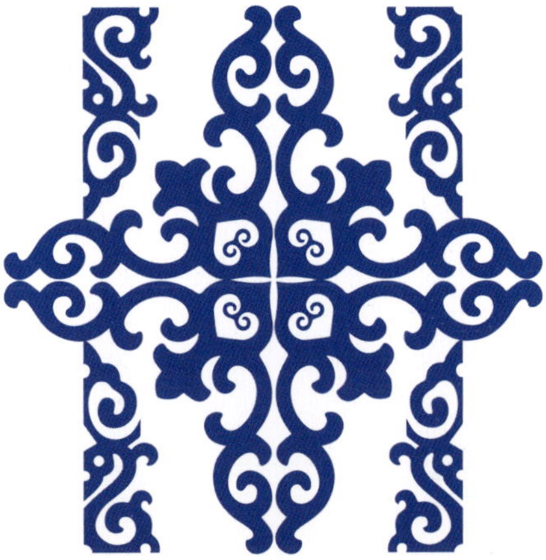

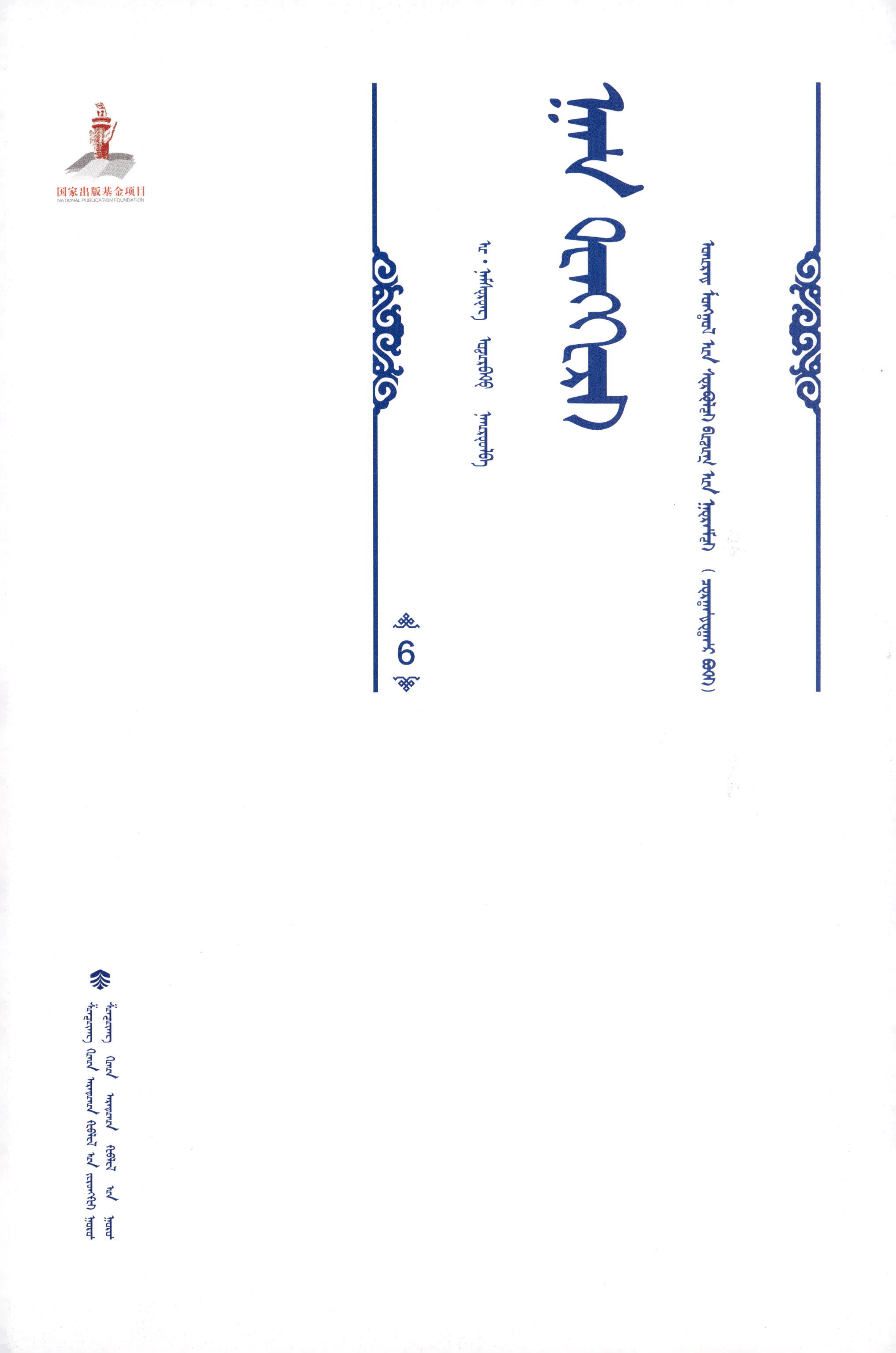

国家出版基金项目
NATIONAL PUBLICATION FOUNDATION

6

图书在版编目（CIP）数据

汗腾格里：卫拉特蒙古文献集成.（6）：蒙古文/那木苏荣，敖其尔巴图编.
-- 乌鲁木齐：新疆人民出版社，2020.12

ISBN 978-7-228-20459-5

Ⅰ.①汗… Ⅱ.①那… ②敖… Ⅲ.①蒙古族—少数民族文学—作品综合集—中国—蒙古语（中国少数民族语言）Ⅳ.①I291.2

中国版本图书馆 CIP 数据核字（2020）第 213376 号

选题策划： 山巴依尔　吴樱格
责任编辑： 吴樱格
责任校对： 格丽玛
整体设计： 舒　娜
技术编辑： 王　娟

HANTENGGELI—WEILATE MENGGU WENXIAN JICHENG

汗腾格里——卫拉特蒙古文献集成

（第六卷）

那木苏荣　敖其尔巴图　编

出 版	新疆人民出版总社 新疆人民出版社
地 址	乌鲁木齐市解放南路 348 号
邮 编	830001
发 行	新疆人民出版社
制 版	乌鲁木齐形加意图文设计有限公司
印 刷	北京富诚彩色印刷有限公司
开 本	787 x 1092　1/16
印 张	31
字 数	400 千字
版 次	2020 年 12 月第 1 版
印 次	2020 年 12 月第 1 次印刷
印 数	1 — 1000 册
定 价	68.00 元

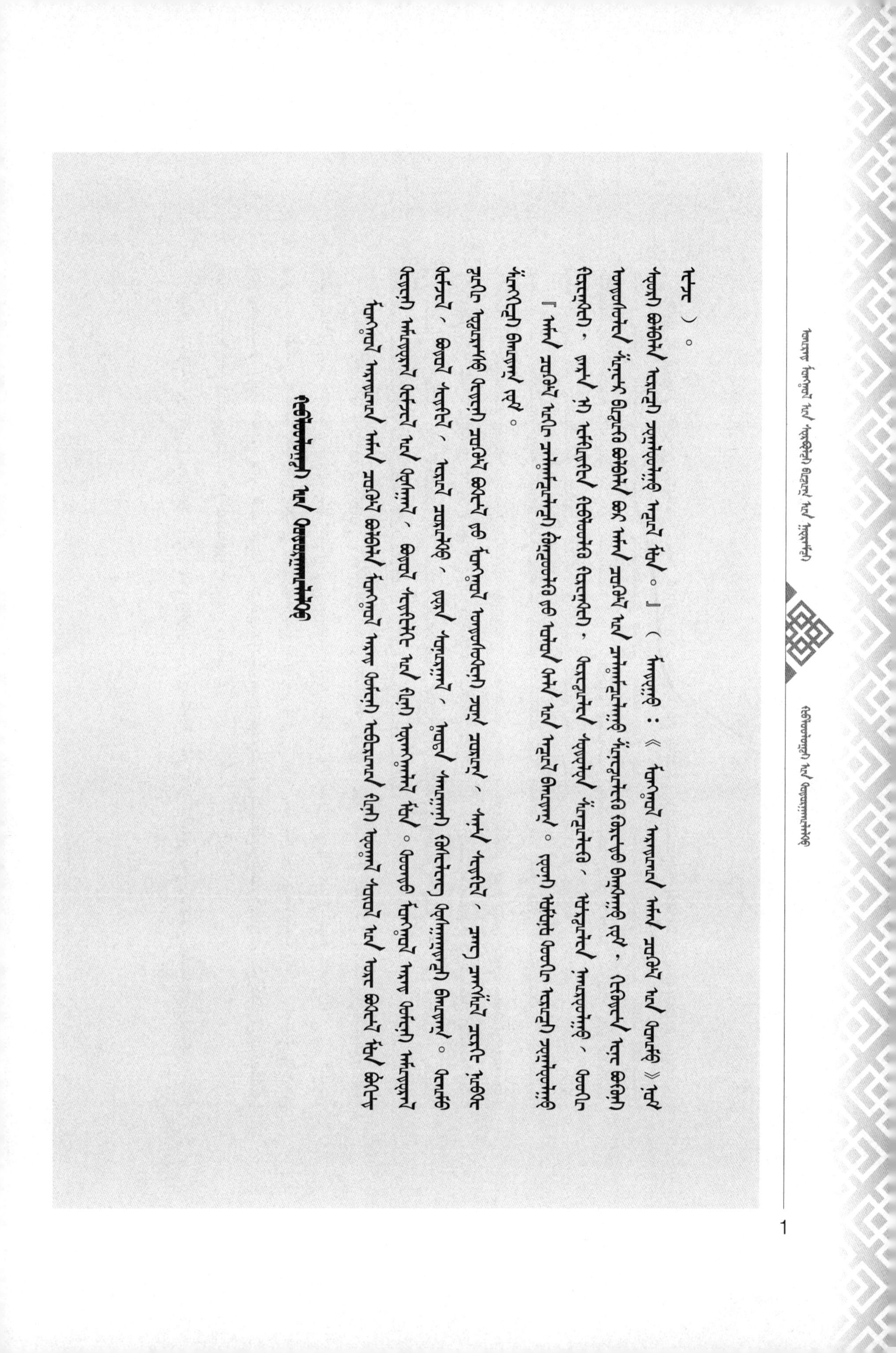

[illegible]

[illegible] 《[illegible]》 [illegible] 、 [illegible] 。 [illegible]

『[illegible] 。 [illegible] 、 [illegible] 。』（[illegible]：《[illegible]》[illegible]）。

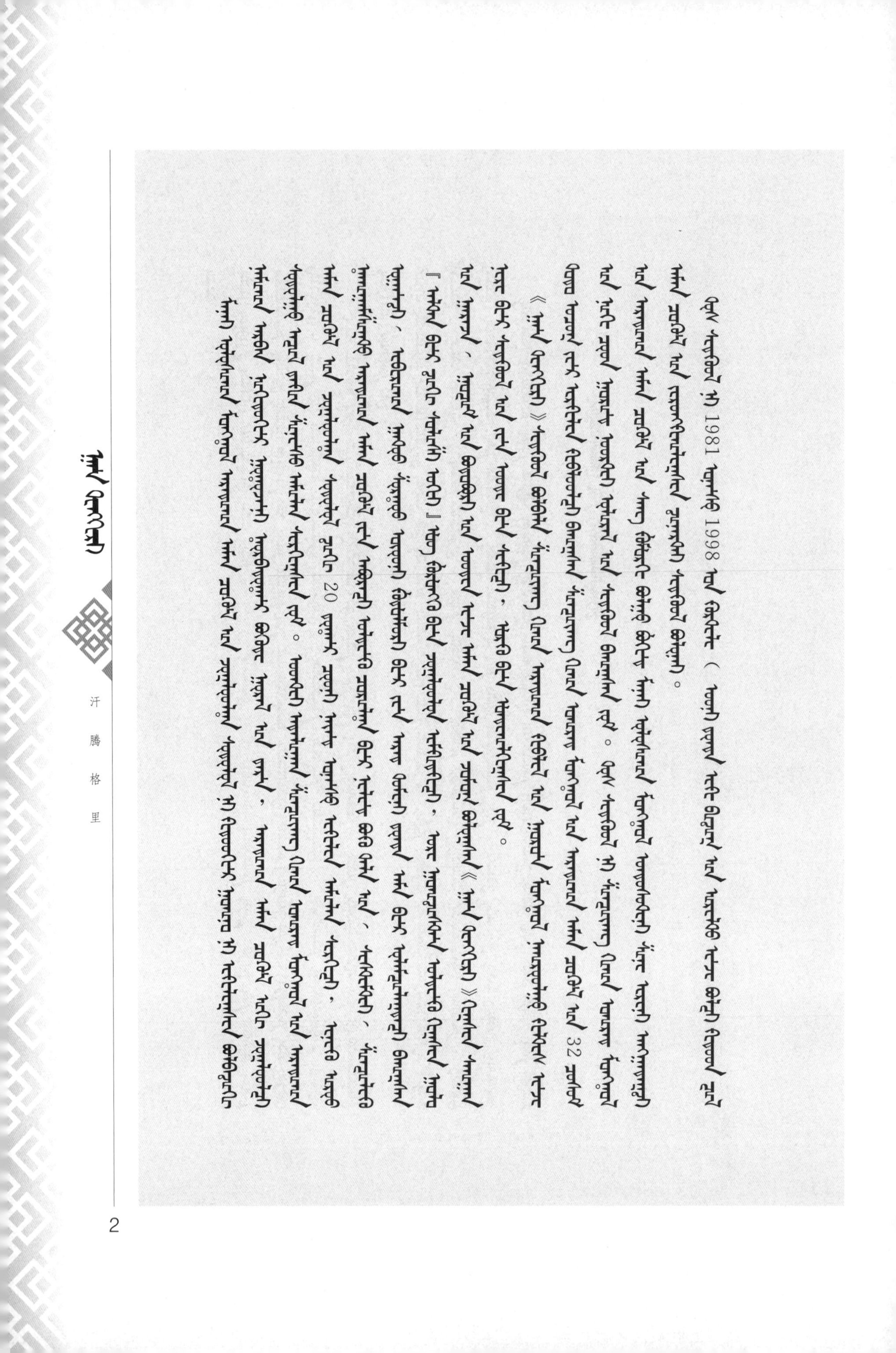

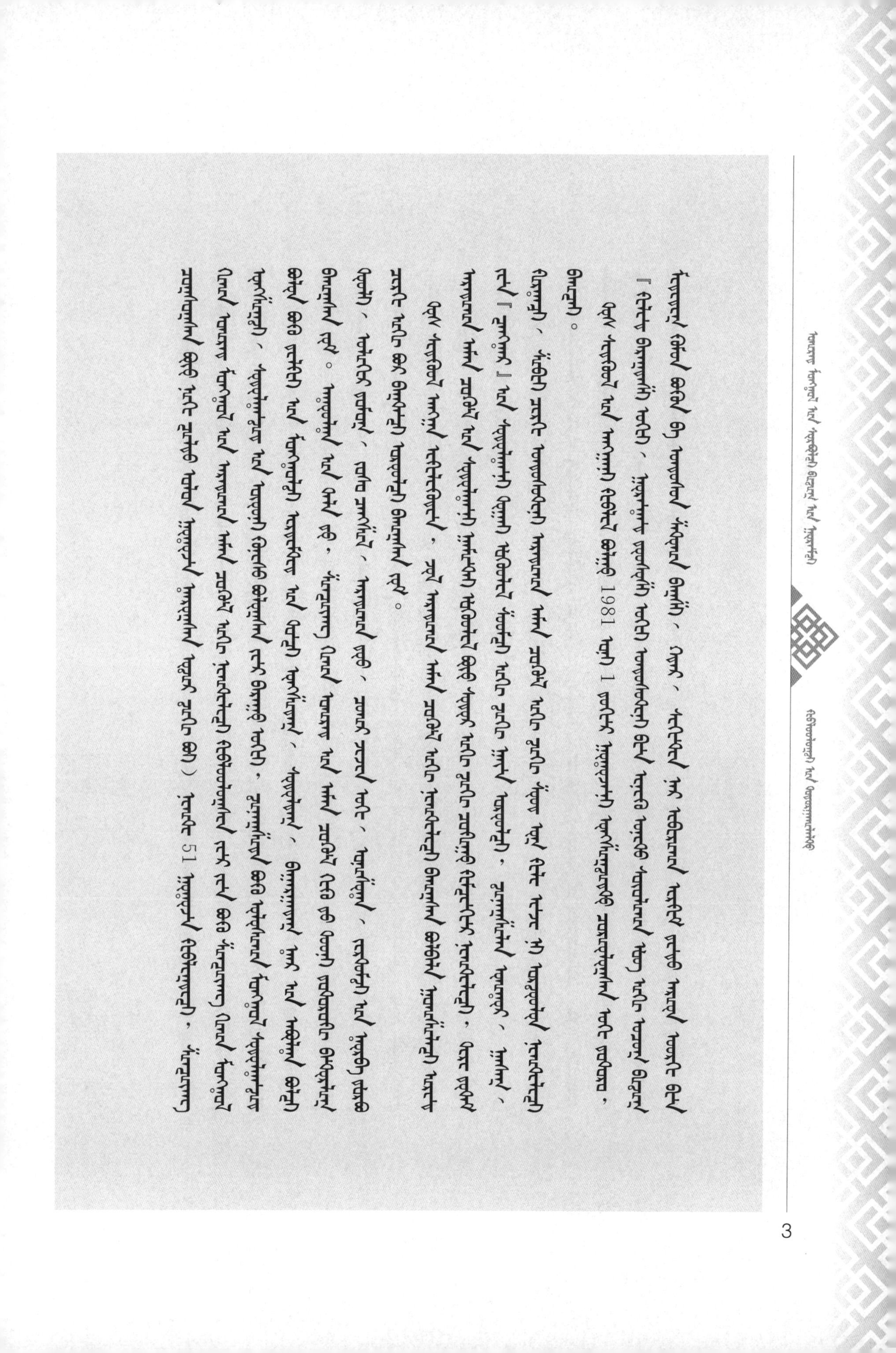

[illegible] , [illegible] , [illegible]
『 [illegible] , [illegible]

[illegible] 1981 [illegible] 1 [illegible] ,
[illegible] 。

[illegible] , [illegible]
[illegible] 『 [illegible] 』 [illegible] 『 [illegible] , [illegible] , [illegible] ,
[illegible] , [illegible]

[illegible] , [illegible]
[illegible] 。

[illegible] , [illegible] , [illegible] , [illegible] , [illegible] , [illegible] , [illegible]
[illegible] 。 [illegible] , [illegible]
[illegible] , [illegible] , [illegible]
[illegible] , [illegible] , [illegible]
[illegible]
[illegible] ([illegible] 51 [illegible] , [illegible]

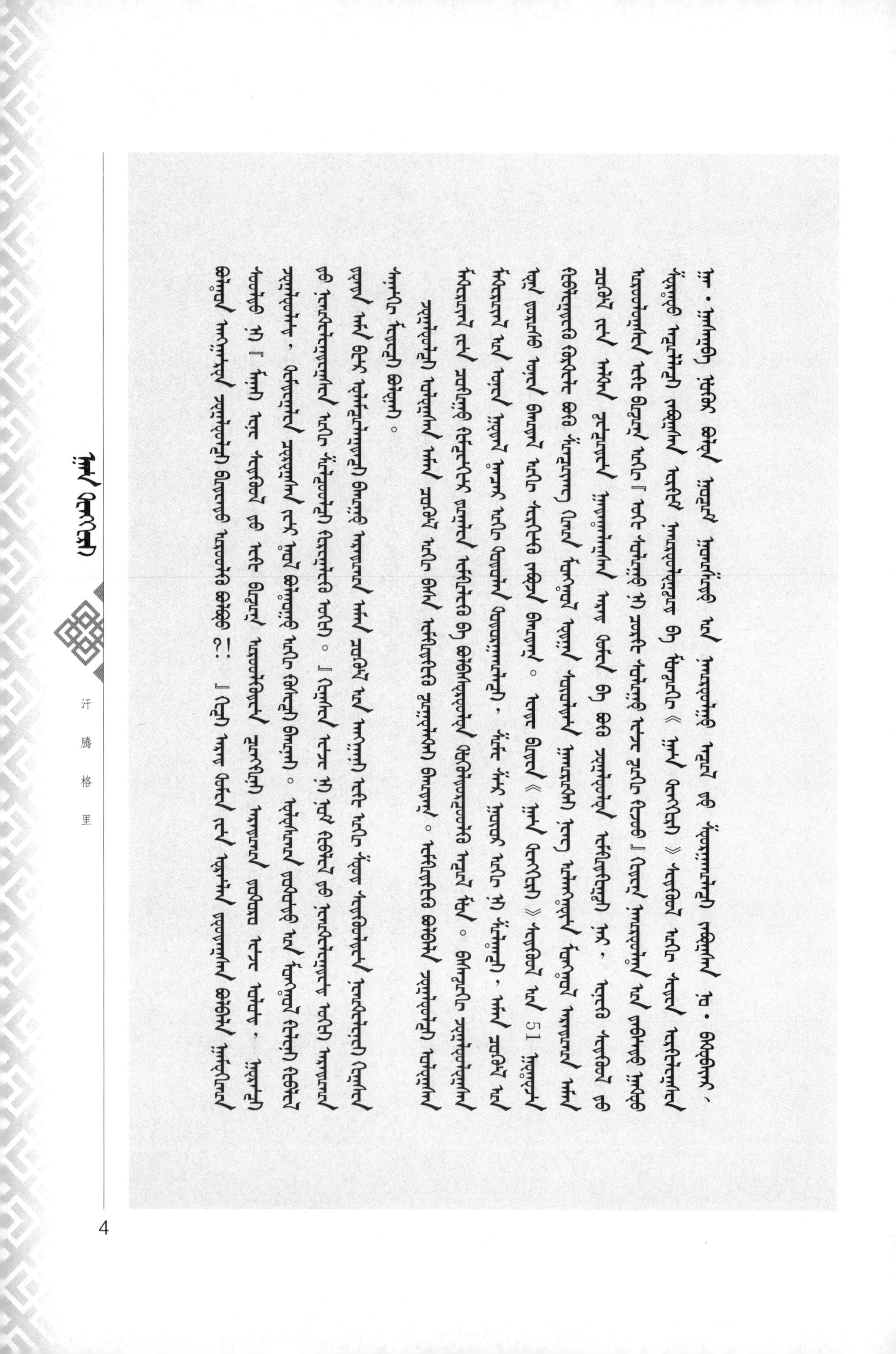

[illegible] 《ᠬᠠᠨ ᠲᠡᠩᠷᠢ》 [illegible] 《ᠬᠠᠨ ᠲᠡᠩᠷᠢ》 [illegible] 51 [illegible]

[illegible]

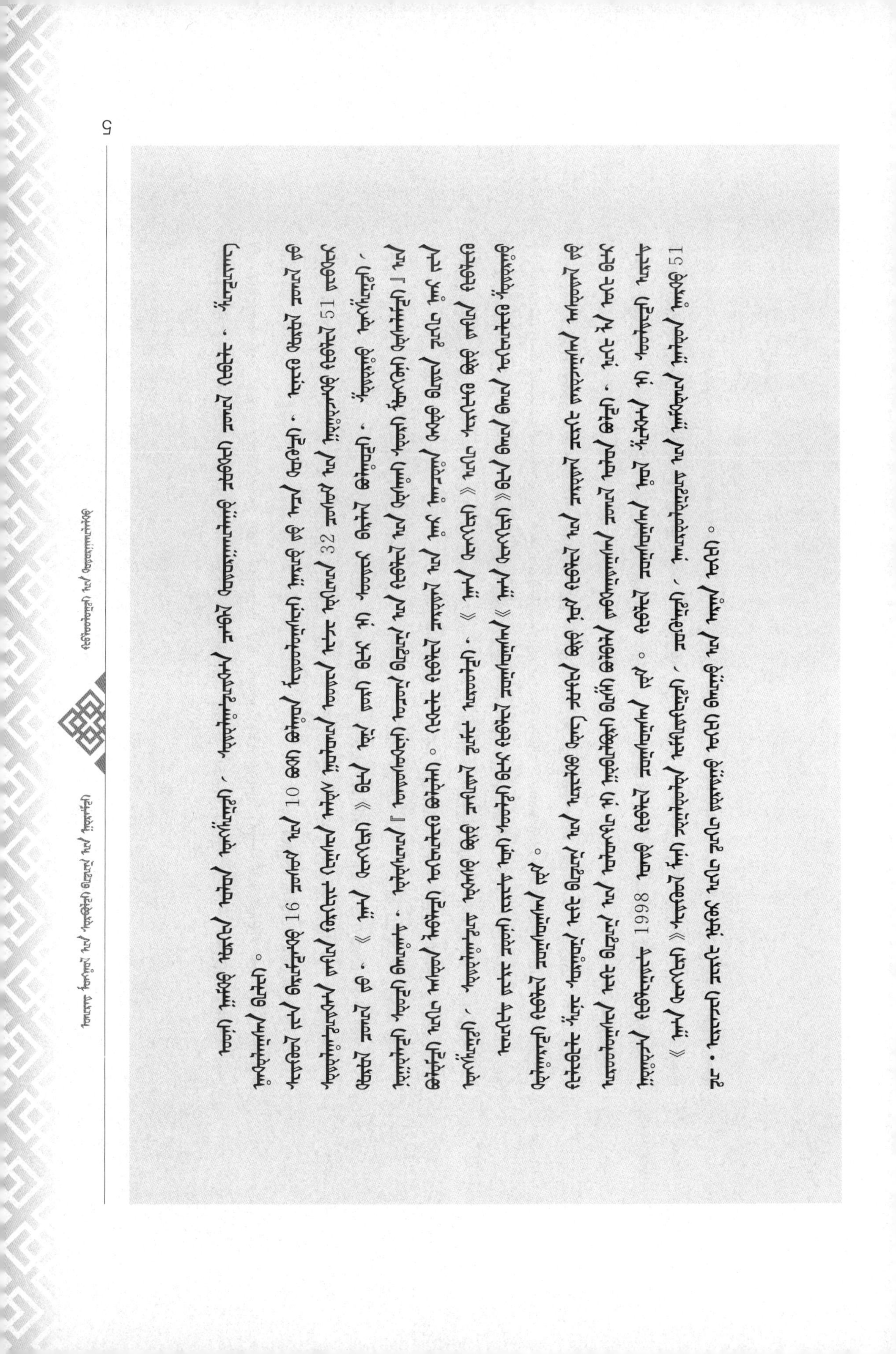

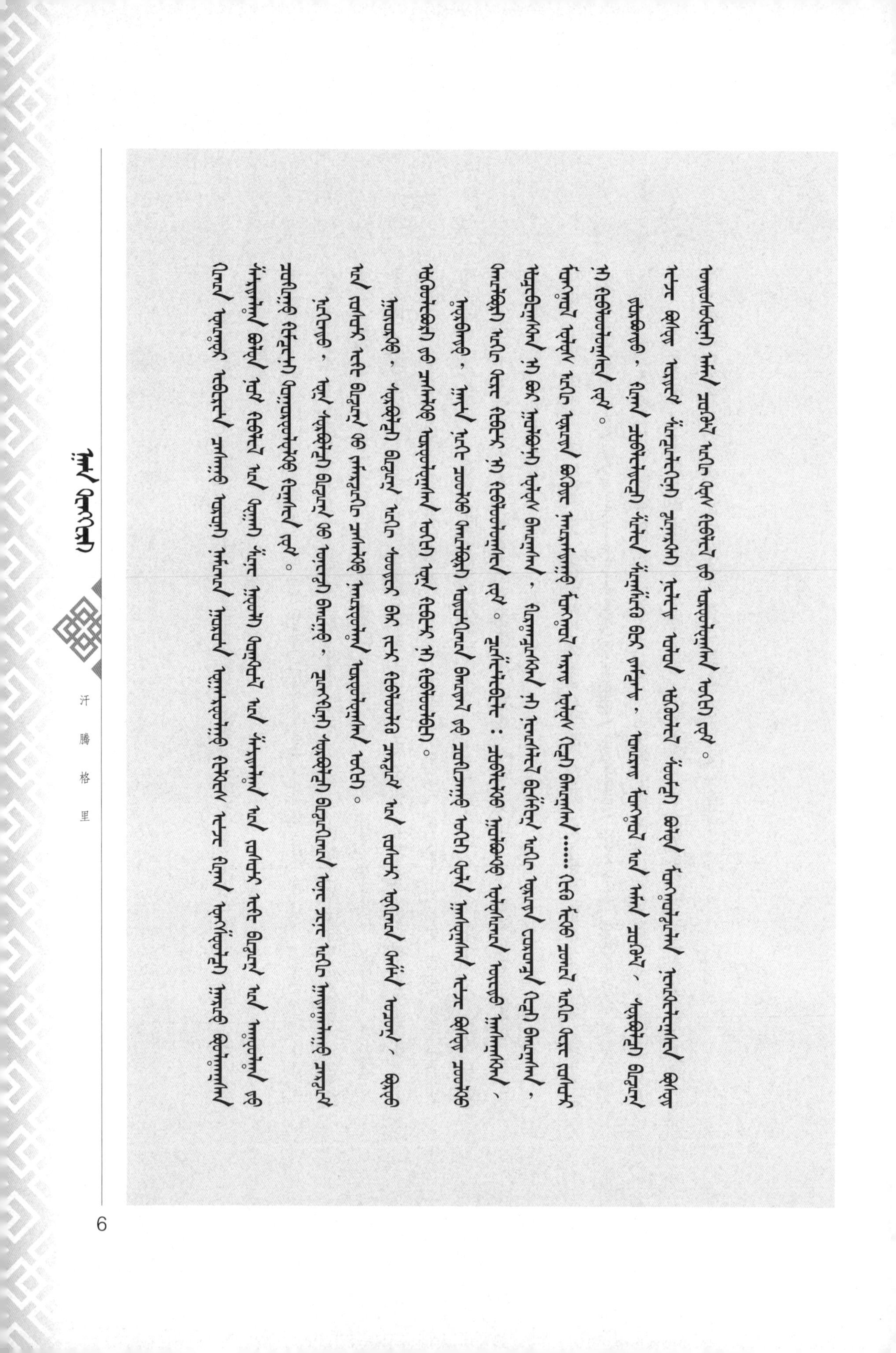

ᠲᠡᠭᠦᠨ《 ᠮᠣᠩᠭᠣᠯ ᠳᠠᠭᠤᠤᠯᠢ 》ᠤᠨ ᠲᠤᠬᠠᠢ ᠪᠣᠯᠤᠨ ᠲᠡᠭᠦᠨ ᠳᠡᠬᠢ ᠵᠠᠷᠢᠮ ᠠᠰᠠᠭᠤᠳᠠᠯ ᠢ ᠲᠣᠳᠣᠷᠬᠠᠢᠯᠠᠪᠠ᠃ 《 ᠮᠣᠩᠭᠣᠯ ᠳᠠᠭᠤᠤᠯᠢ 》ᠶᠢ ᠰᠣᠳᠤᠯᠬᠤ
ᠰᠣᠳᠤᠯᠤᠭᠠᠴᠢᠳ ᠤᠨ ᠦᠭᠡ ᠰᠠᠨᠠᠯ ᠢ ᠰᠣᠨᠣᠰᠴᠤ᠂ ᠰᠣᠳᠤᠯᠤᠯᠲᠠ ᠶᠢᠨ ᠠᠷᠭ᠎ᠠ ᠪᠠᠷᠢᠯ ᠢ ᠪᠠᠶᠢᠭᠤᠯᠤᠨ᠂ ᠰᠠᠶᠢᠵᠢᠷᠠᠭᠤᠯᠬᠤ ᠪᠣᠯᠤᠨ᠂ ᠡᠨᠡ ᠰᠡᠳᠦᠪ ᠦᠨ
ᠬᠦᠮᠦᠨ ᠪᠣᠯᠪᠠ᠃
ᠮᠠᠨ ᠤ ᠬᠢᠴᠢᠶᠡᠯ ᠪᠡᠷ ᠠᠮᠵᠢᠯᠲᠠ ᠣᠯᠬᠤ ᠪᠣᠯᠲᠤᠭᠠᠢ —!

ᠨᠠᠶᠢᠷᠠᠭᠤᠯᠤᠭᠴᠢ ᠡᠴᠡ
2020 ᠣᠨ 2 ᠰᠠᠷ᠎ᠠ ᠶᠢᠨ 20 ᠨ ᠡᠳᠦᠷ
ᠰᠢᠨᠵᠢᠶᠠᠩ ᠤᠨ ᠪᠠᠭᠰᠢ ᠶᠢᠨ ᠶᠡᠬᠡ ᠰᠤᠷᠭᠠᠭᠤᠯᠢ
ᠦᠷᠦᠮᠴᠢ ᠬᠣᠲᠠ ᠳᠤ

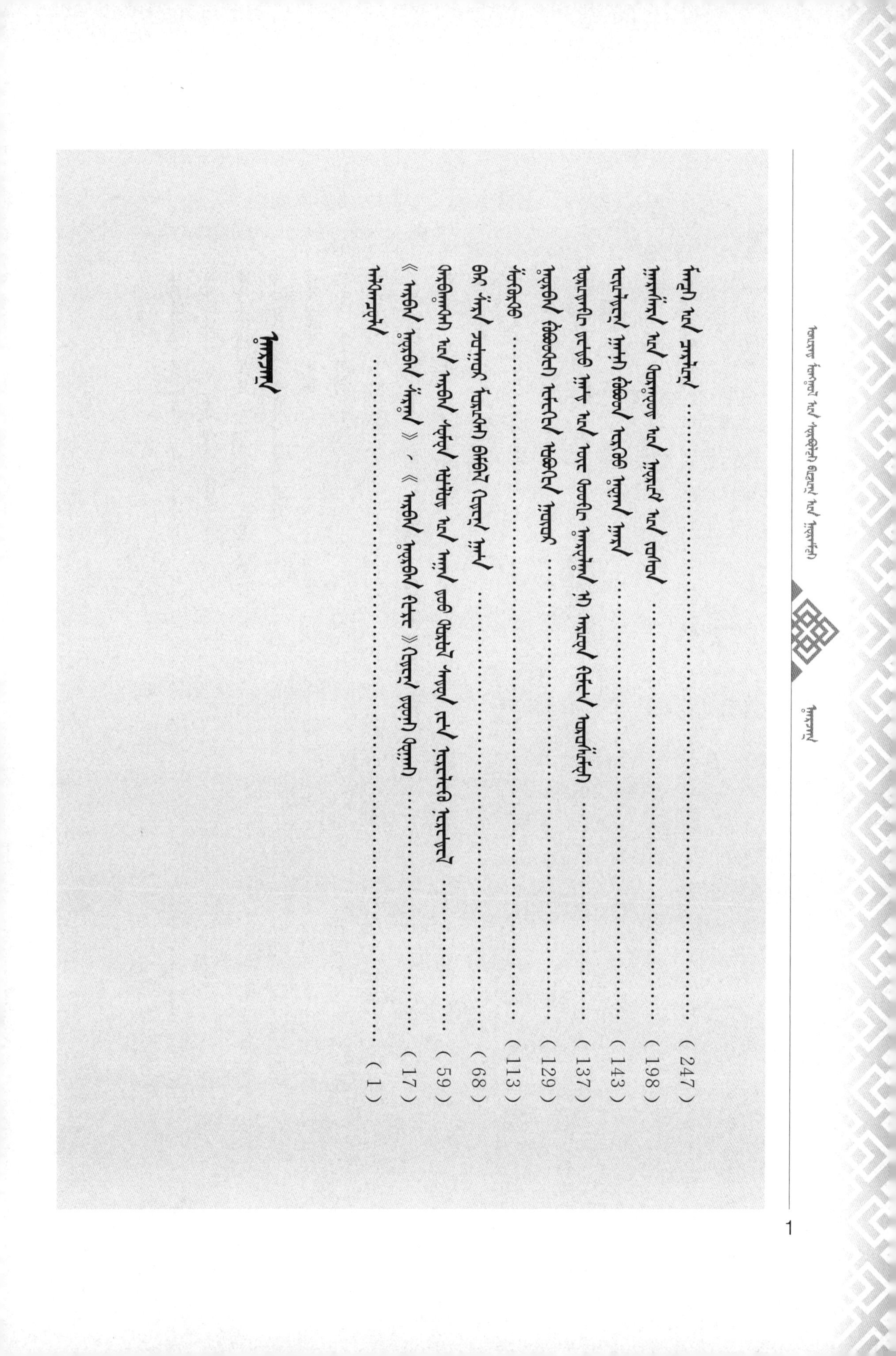

[illegible]

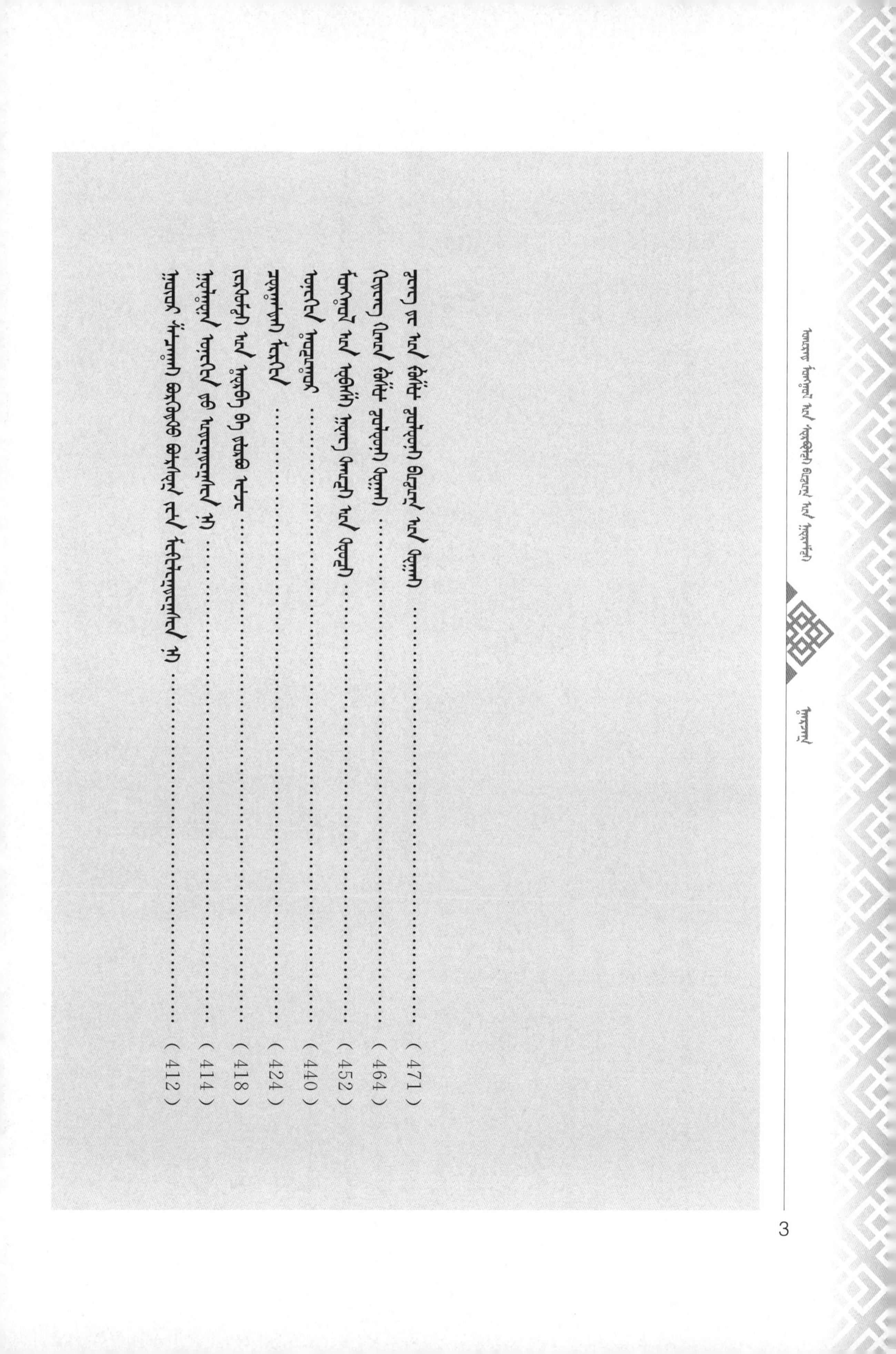

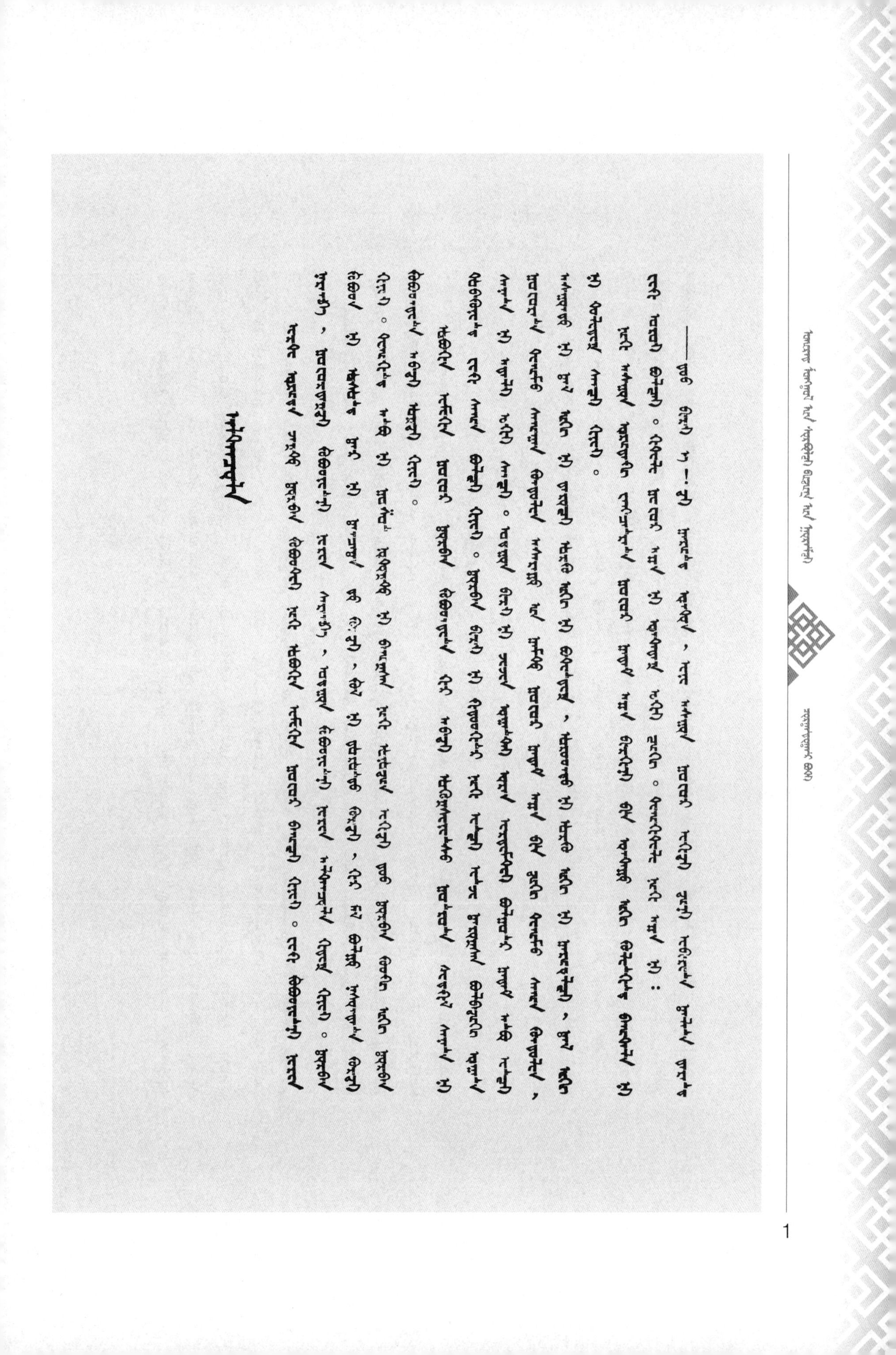

ᠣᠷᠣᠰᠢᠯ

[illegible]

[illegible]

[illegible]

[illegible]

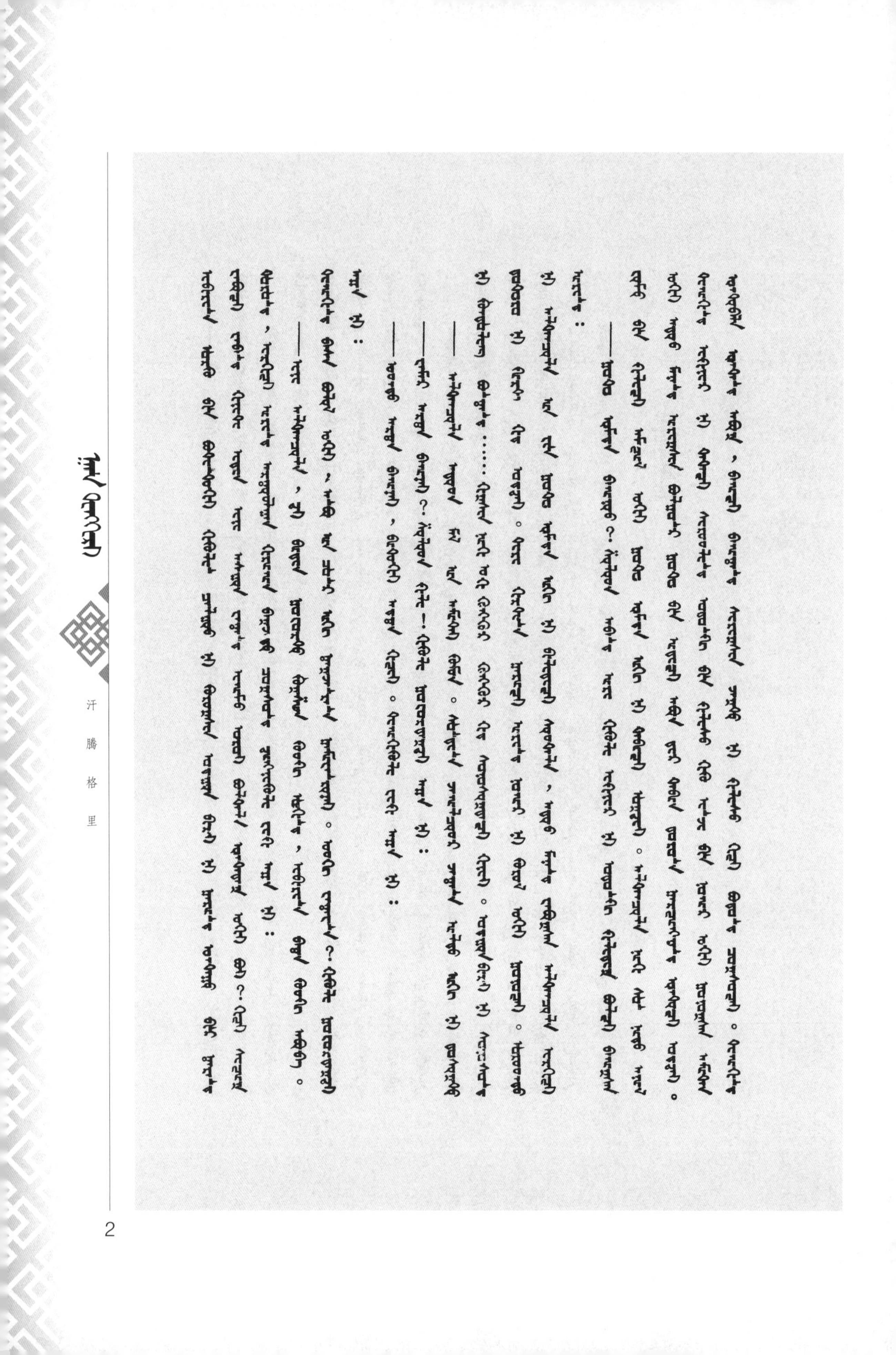

[illegible]
[illegible]
[illegible]
[illegible]

—— [illegible]
[illegible] :

[illegible]
[illegible]
[illegible]

—— [illegible]

—— [illegible] :

—— [illegible] :
[illegible] :

[illegible]

—— [illegible]
[illegible] :

[illegible]
[illegible]

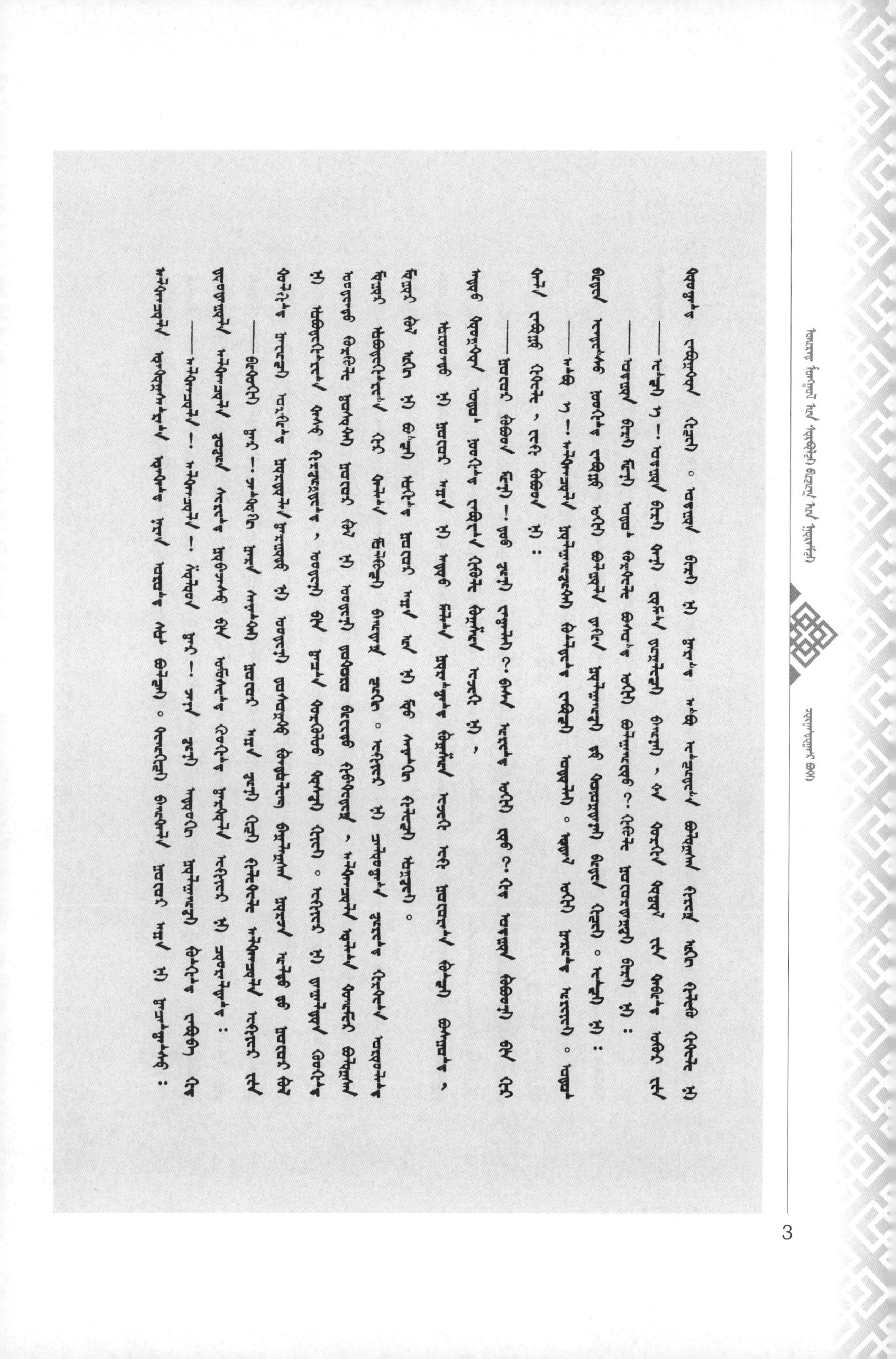

[illegible] ∘ [illegible]

—— [illegible]

—— [illegible] :

[illegible] ∘ [illegible] :

—— [illegible] ∘ [illegible] ∘ [illegible] :

—— [illegible]

[illegible] ∘

[illegible] ∘ [illegible] ∘ [illegible]

—— [illegible] :

—— [illegible] ∘ [illegible] :

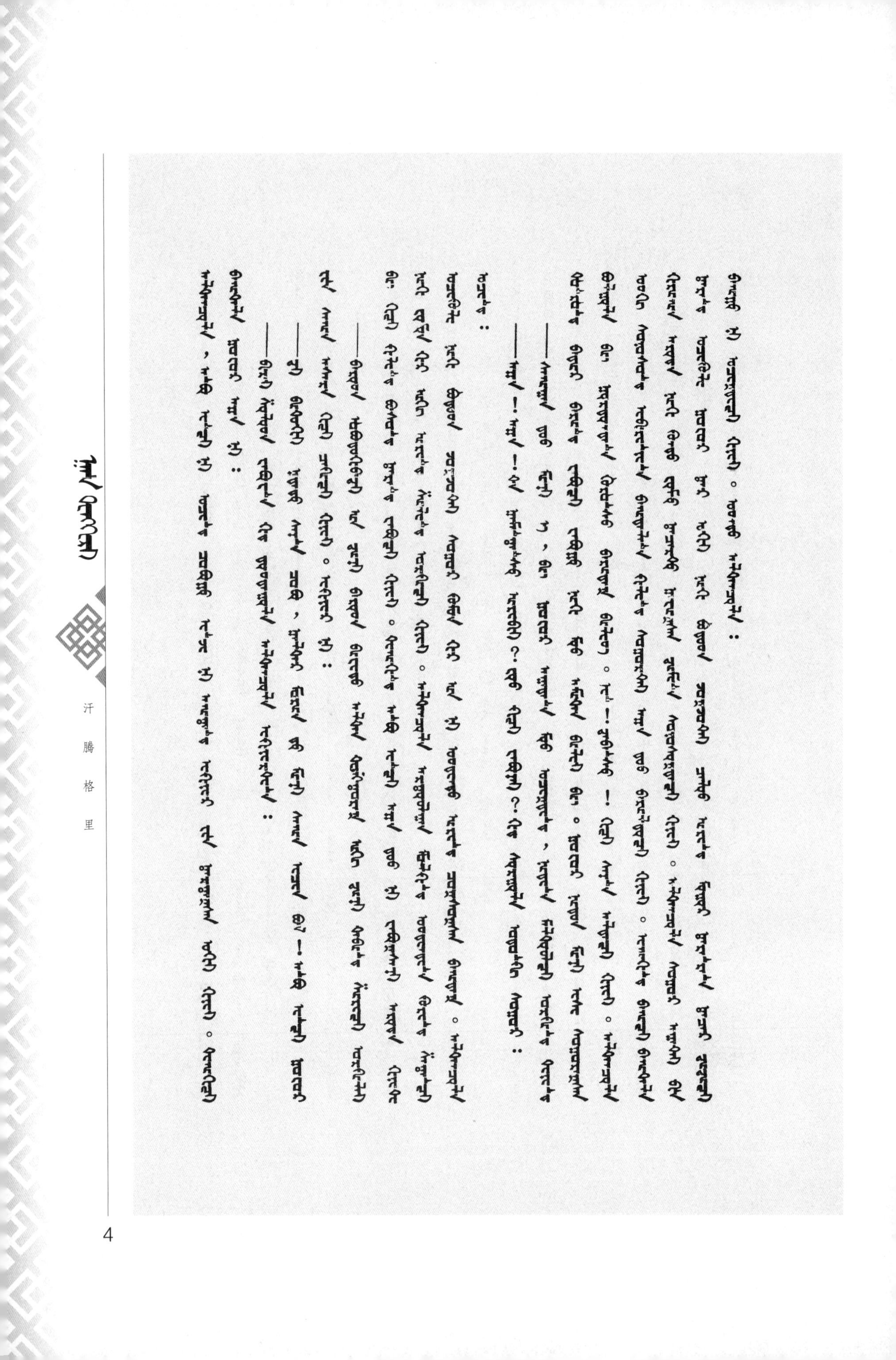

[illegible] :

[illegible]
[illegible]
[illegible]
[illegible]
[illegible]

——[illegible]

——[illegible] :

[illegible] :

[illegible]
[illegible]
[illegible]

——[illegible]
[illegible] :

——[illegible]

——[illegible] :

[illegible] :

[illegible]

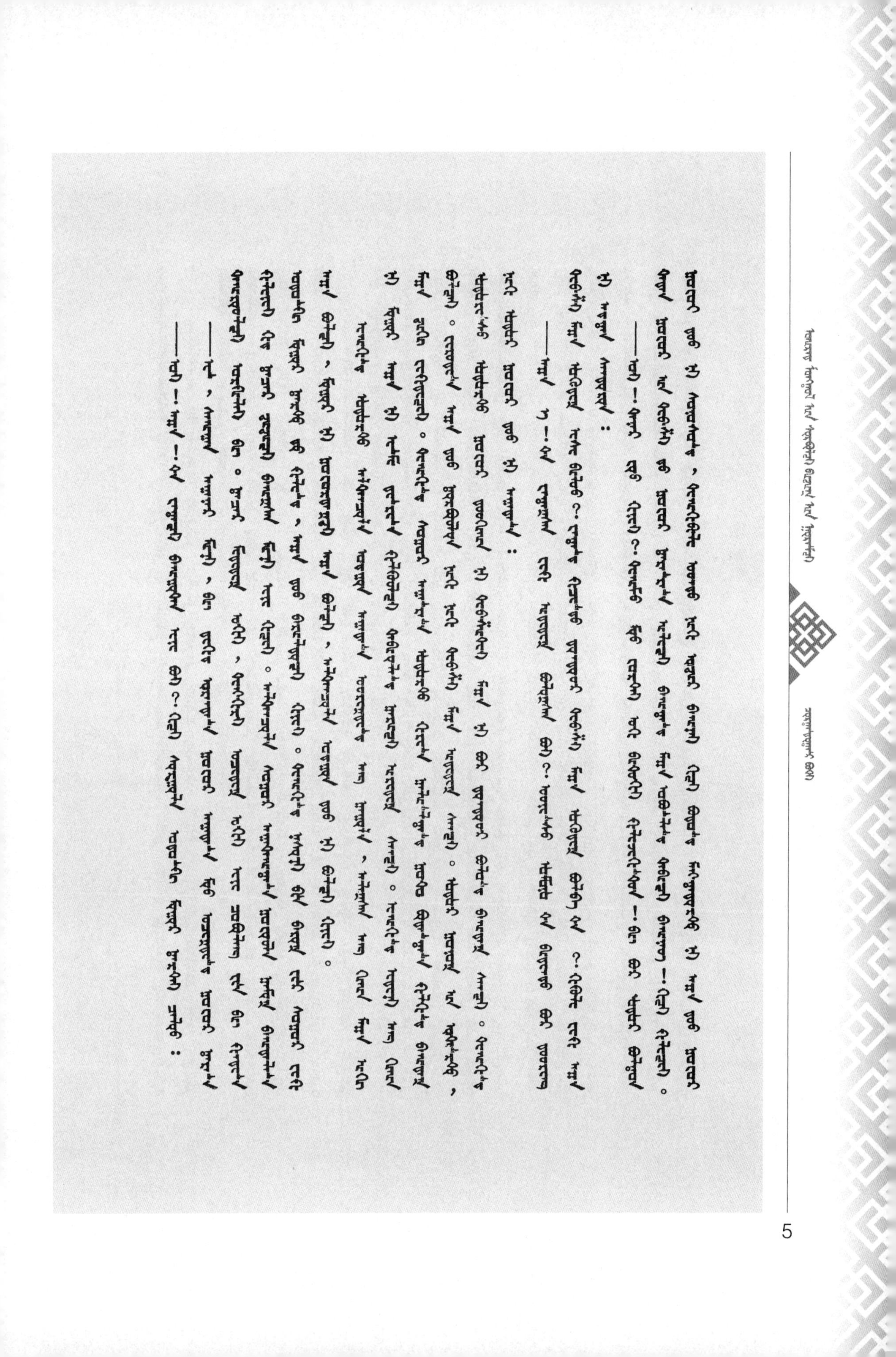

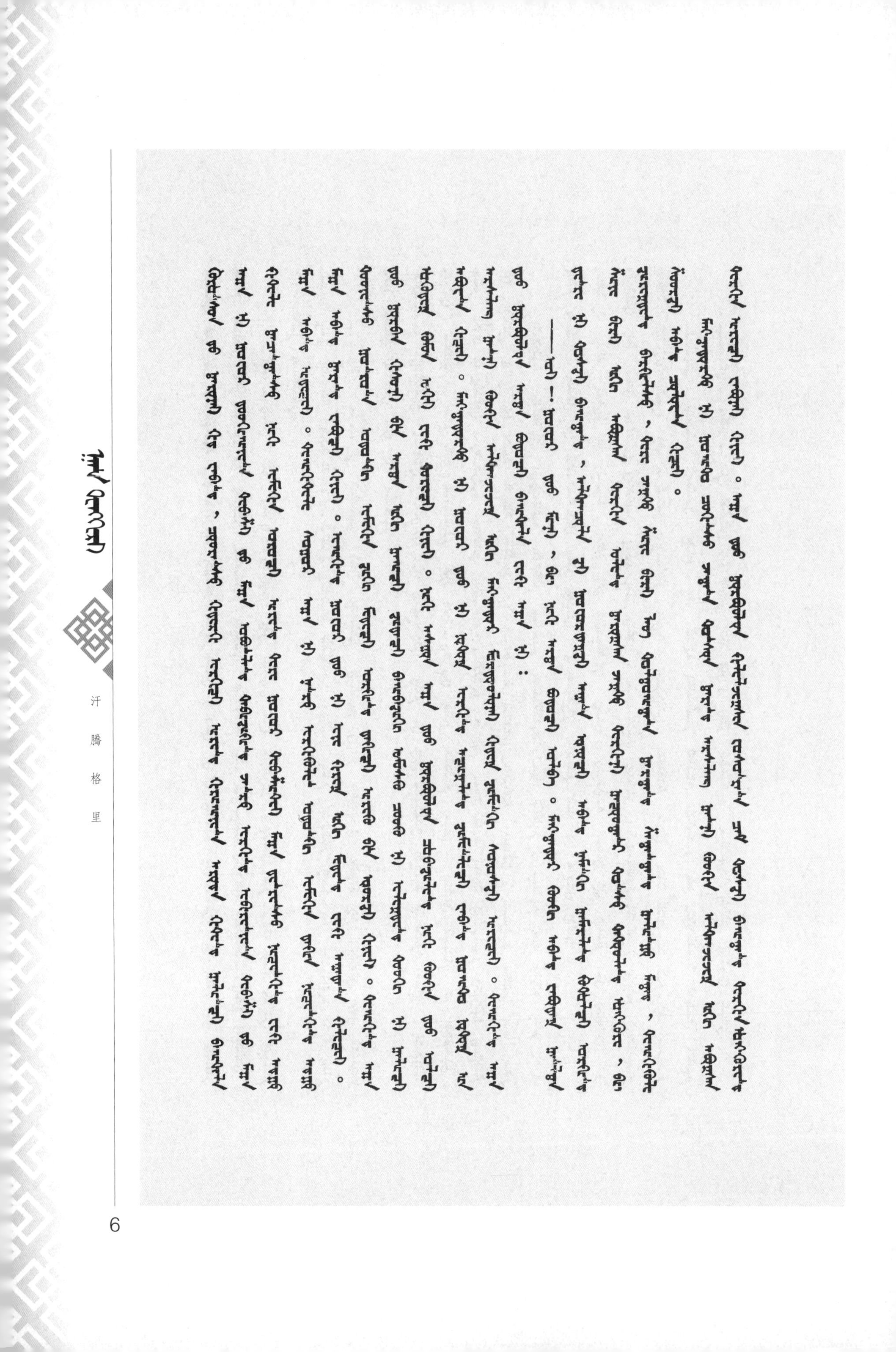

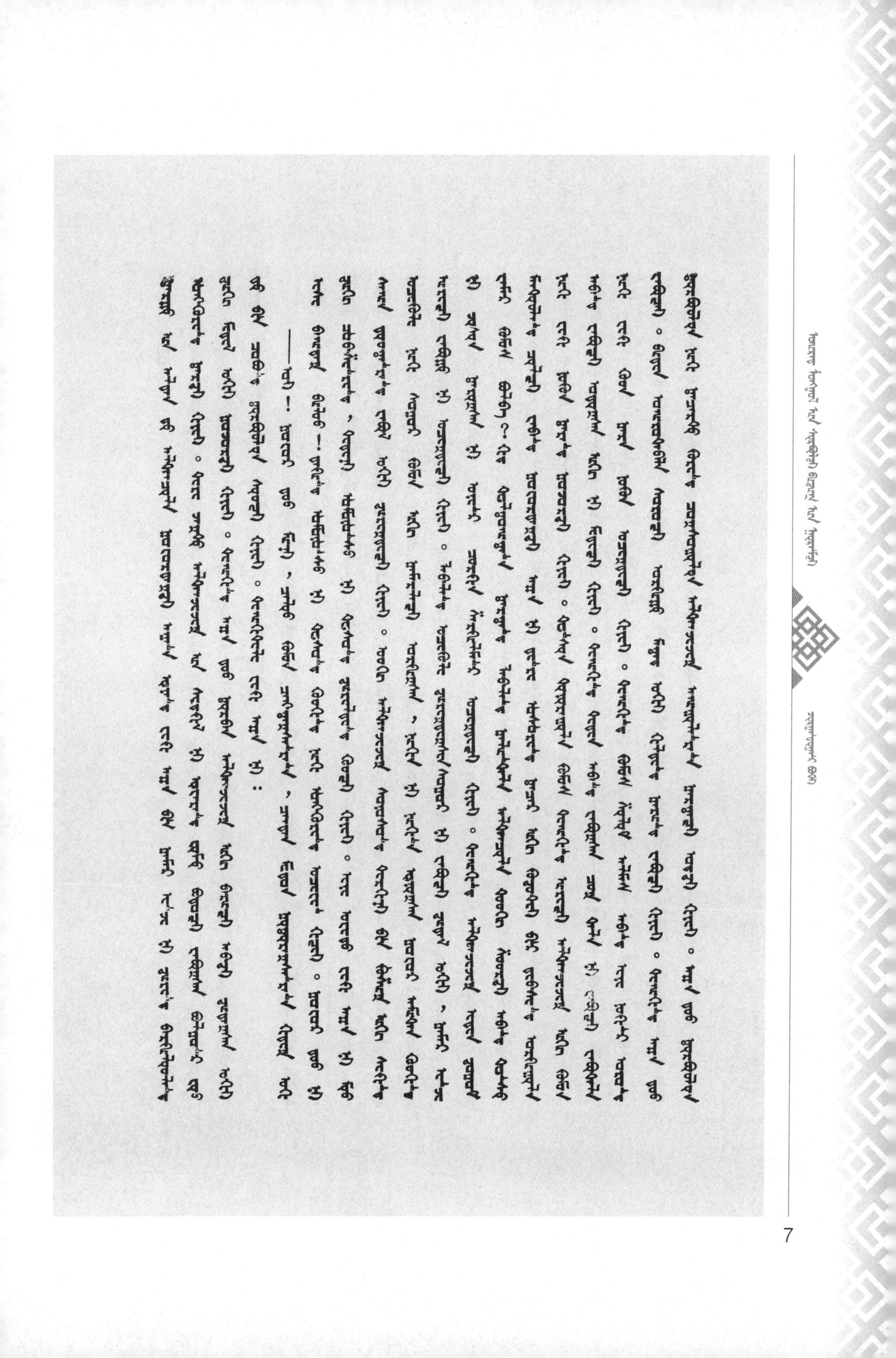

[illegible]

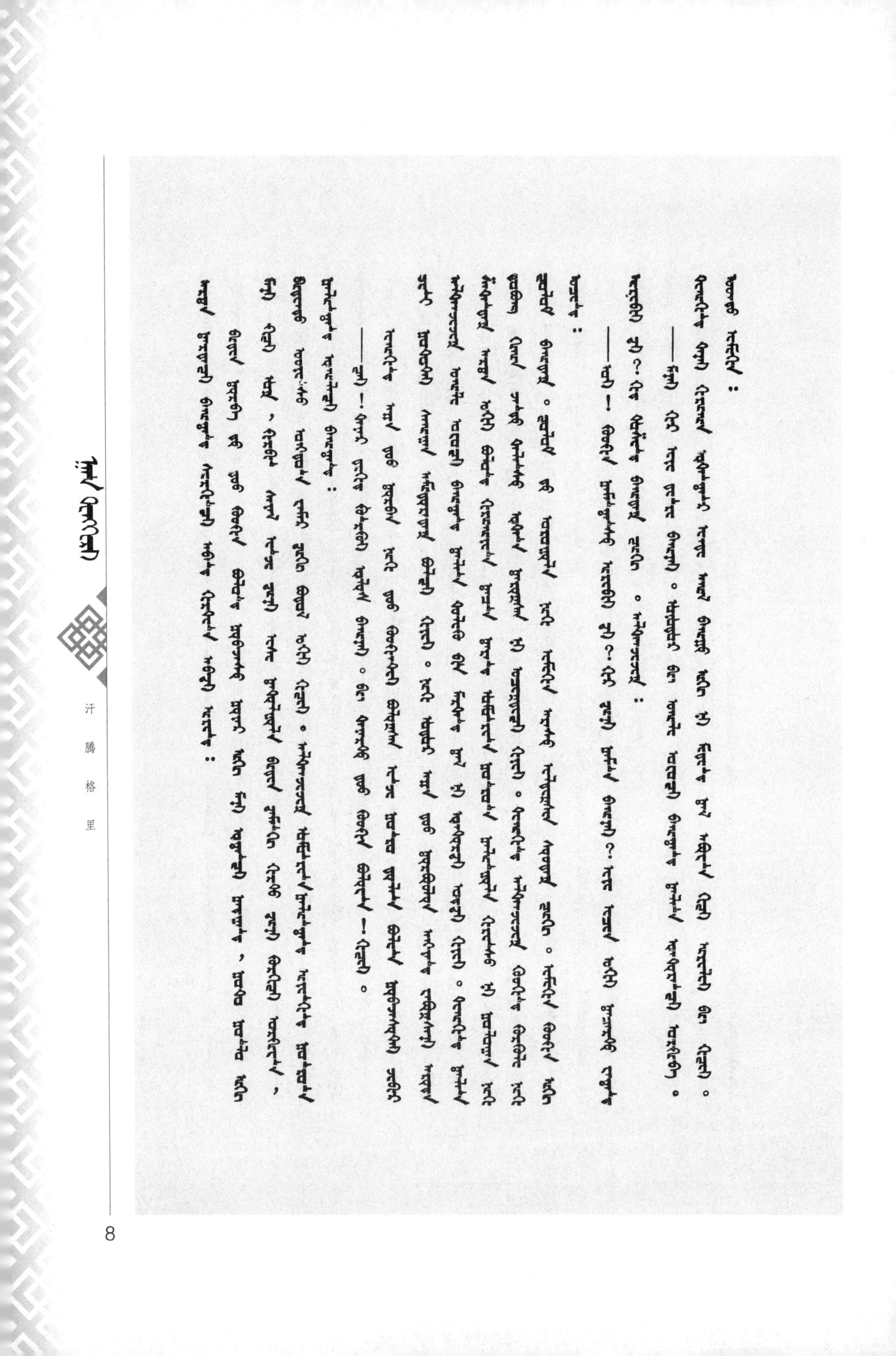

[illegible]

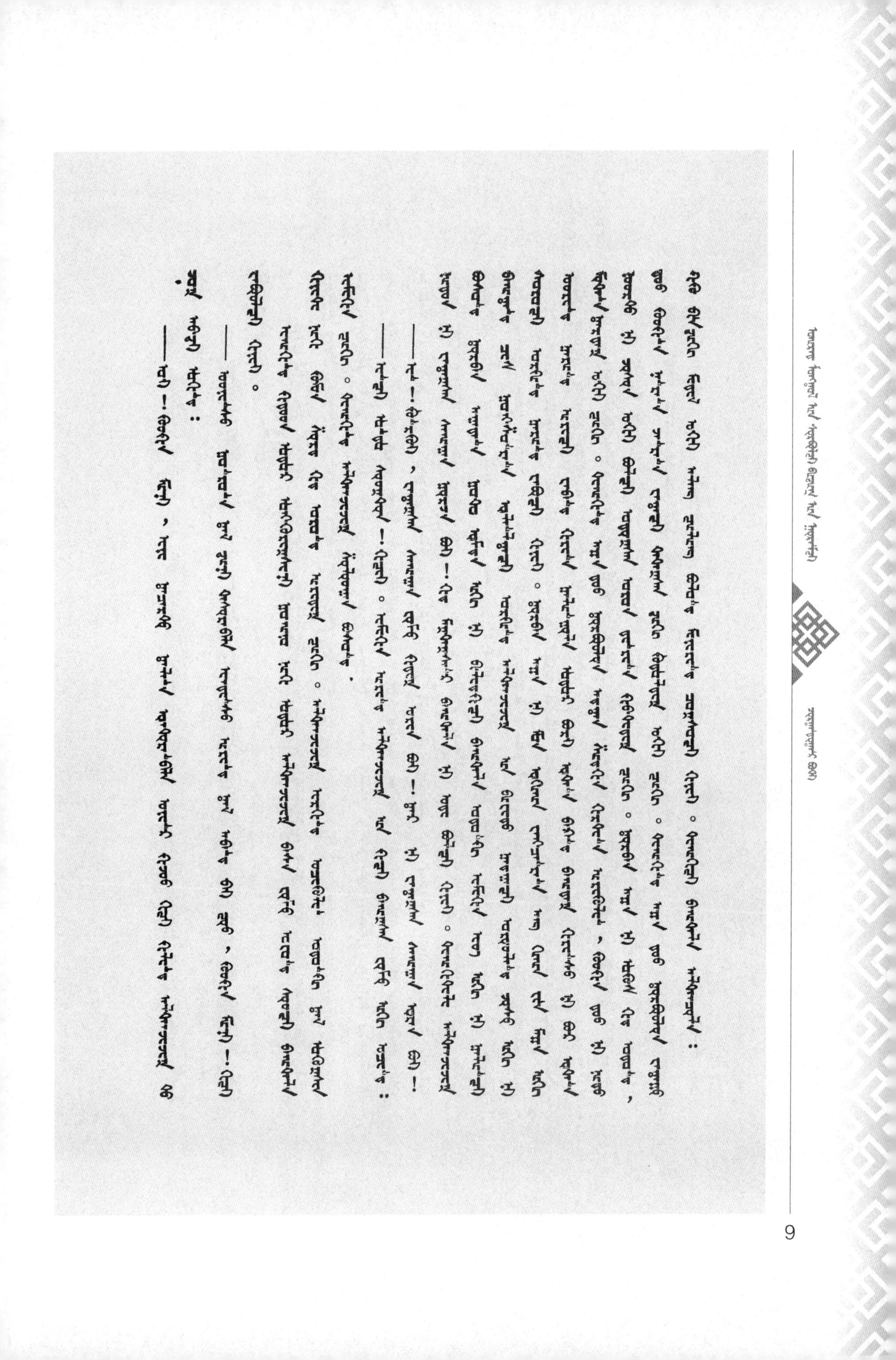

[illegible]

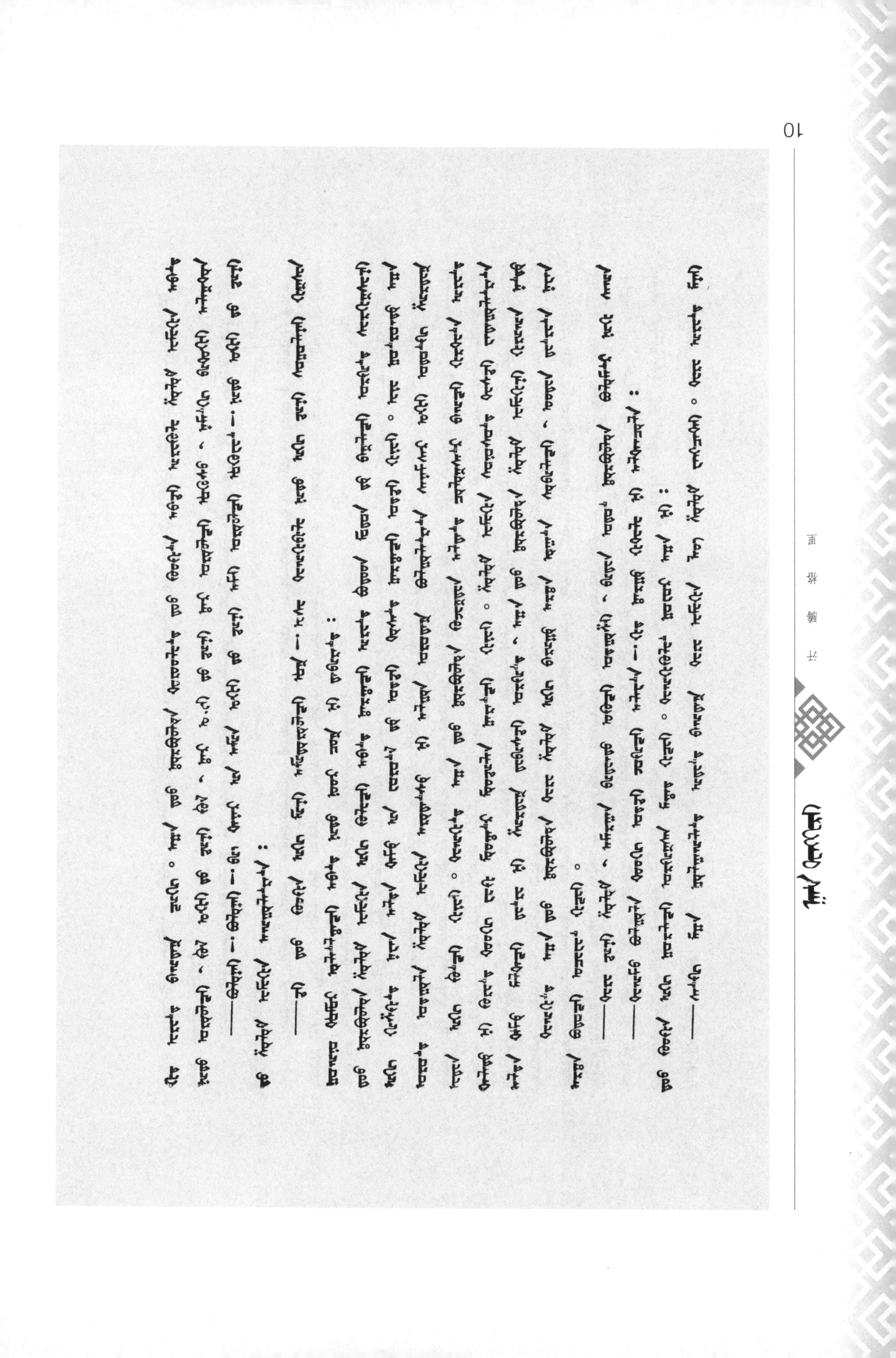

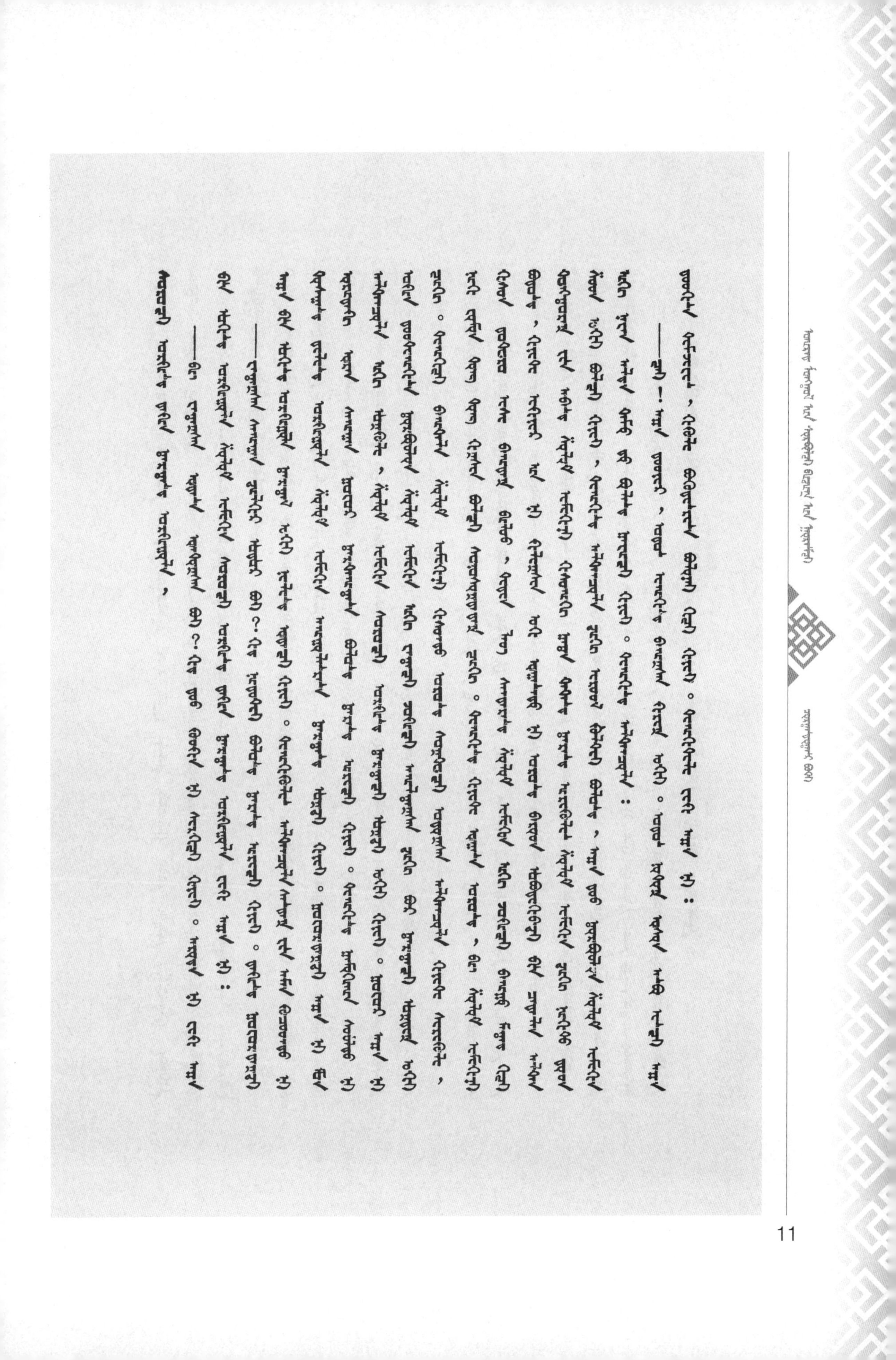

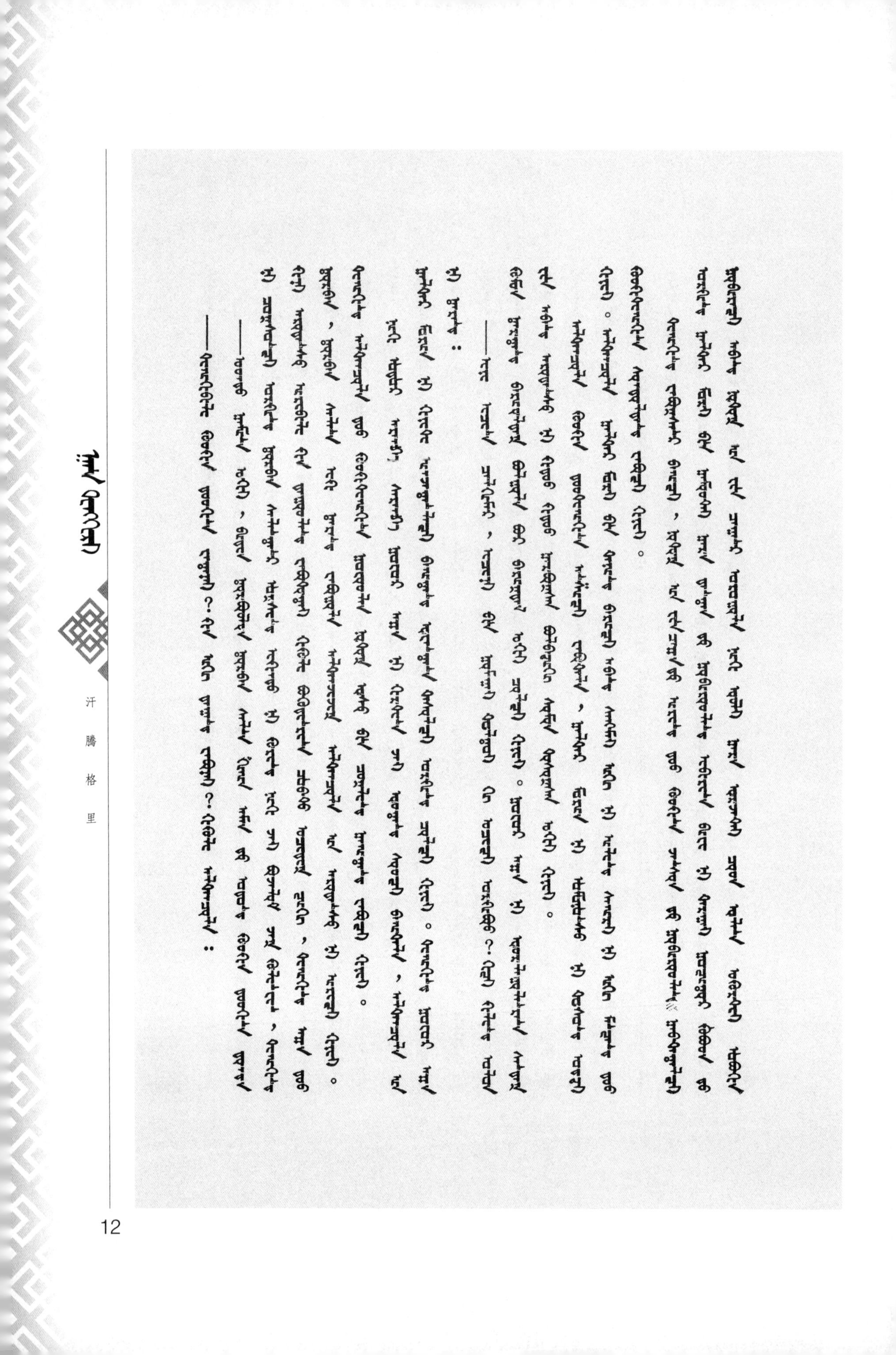

[illegible]

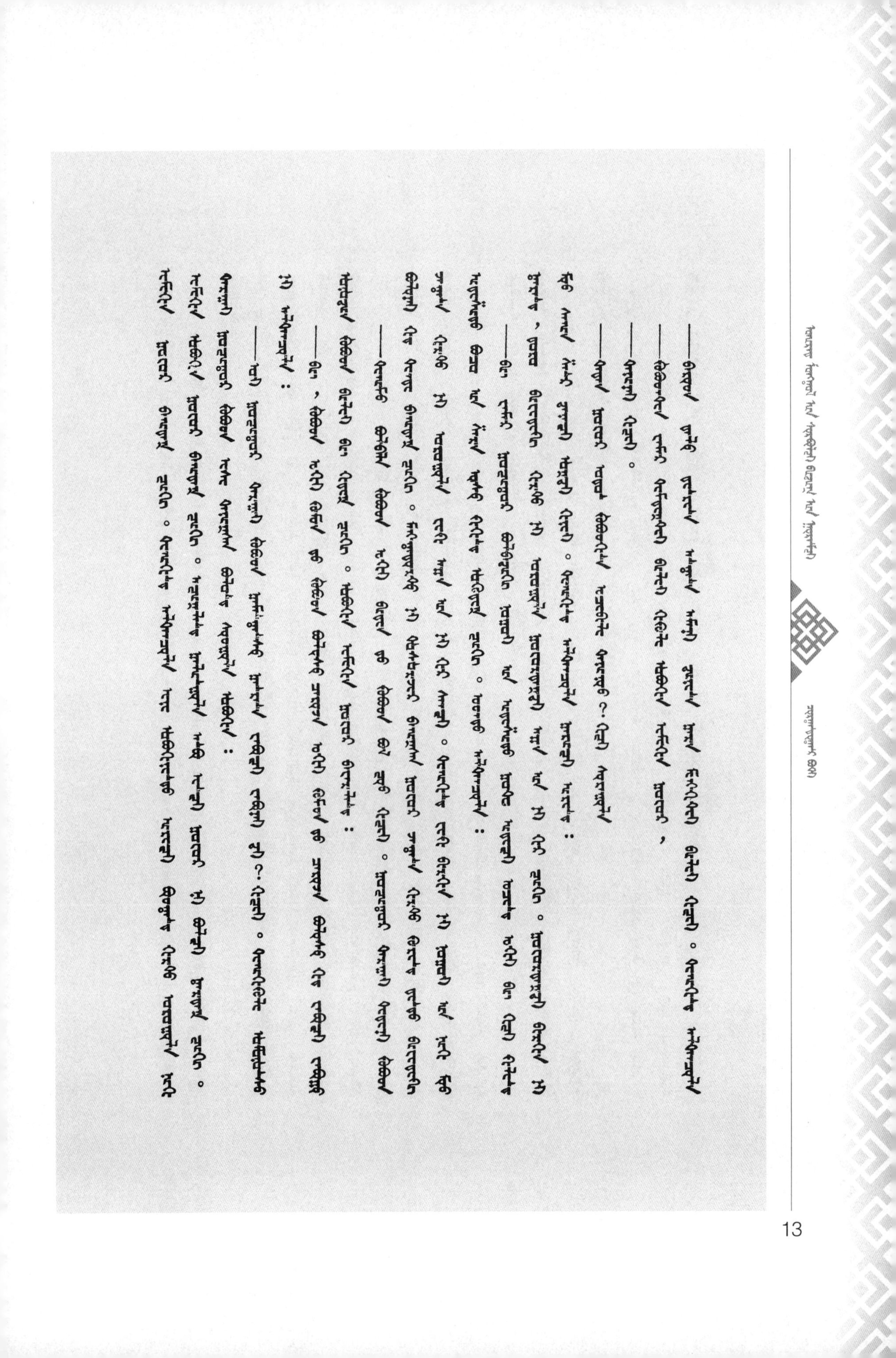

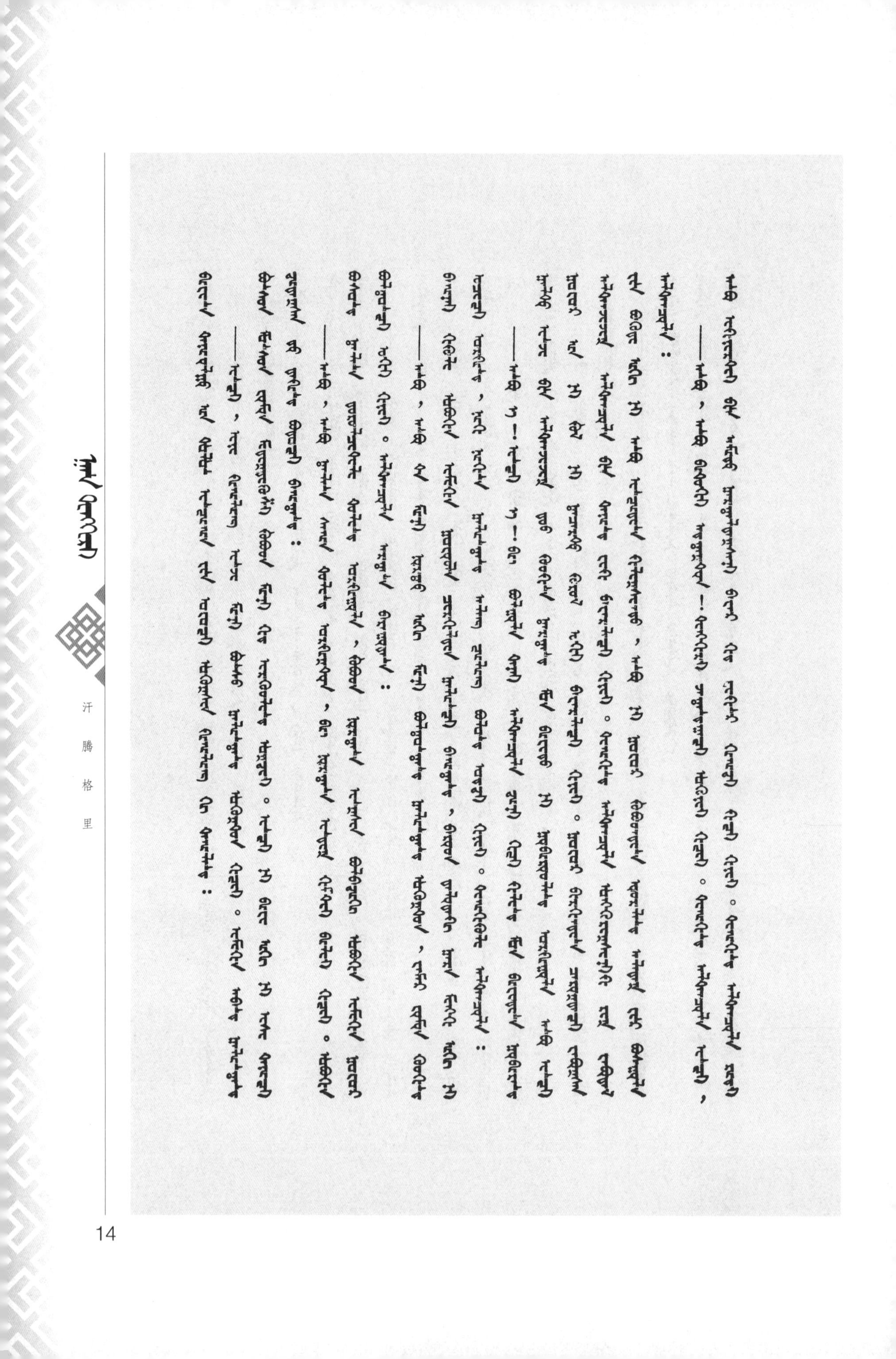

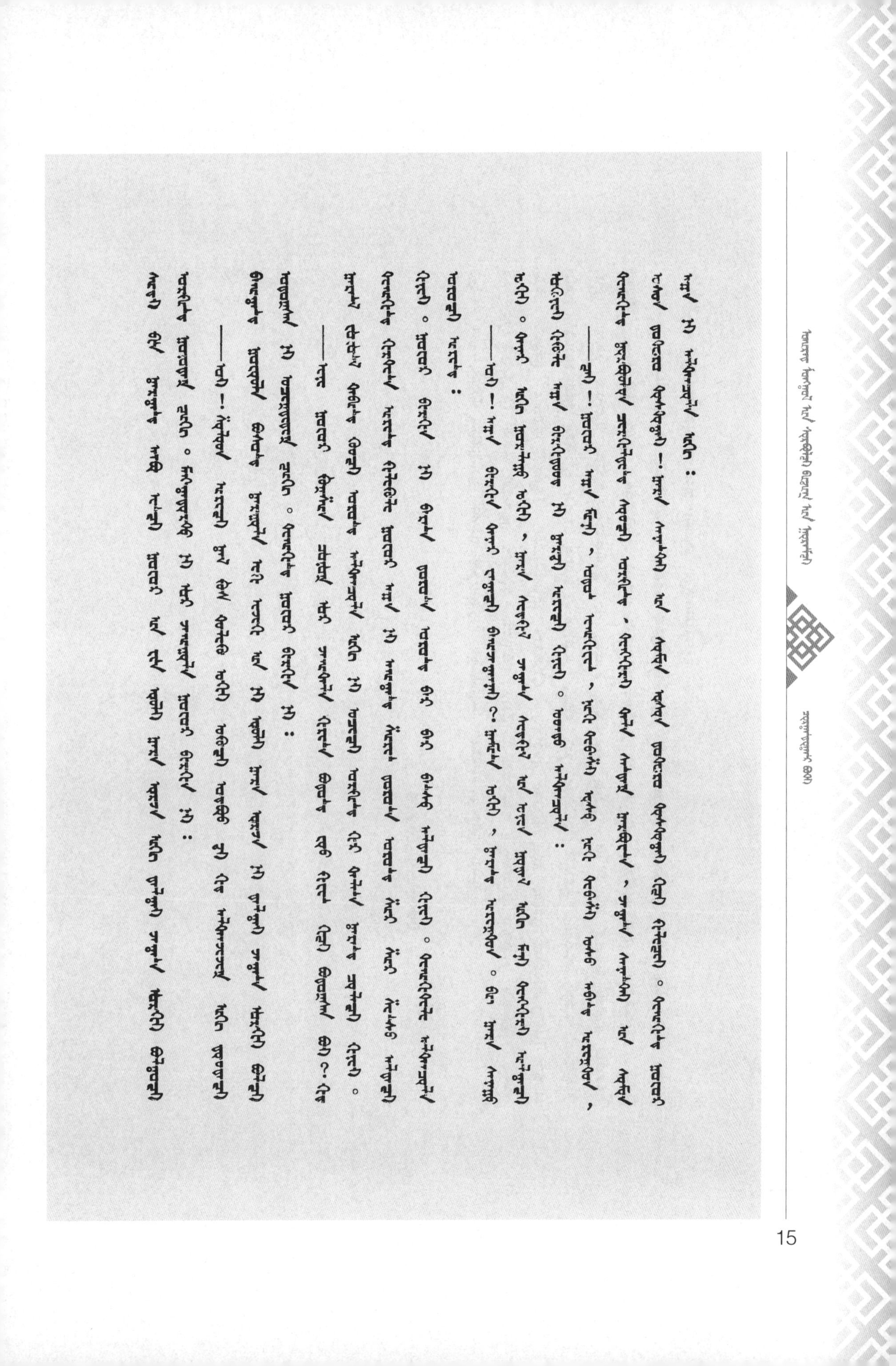

[illegible]

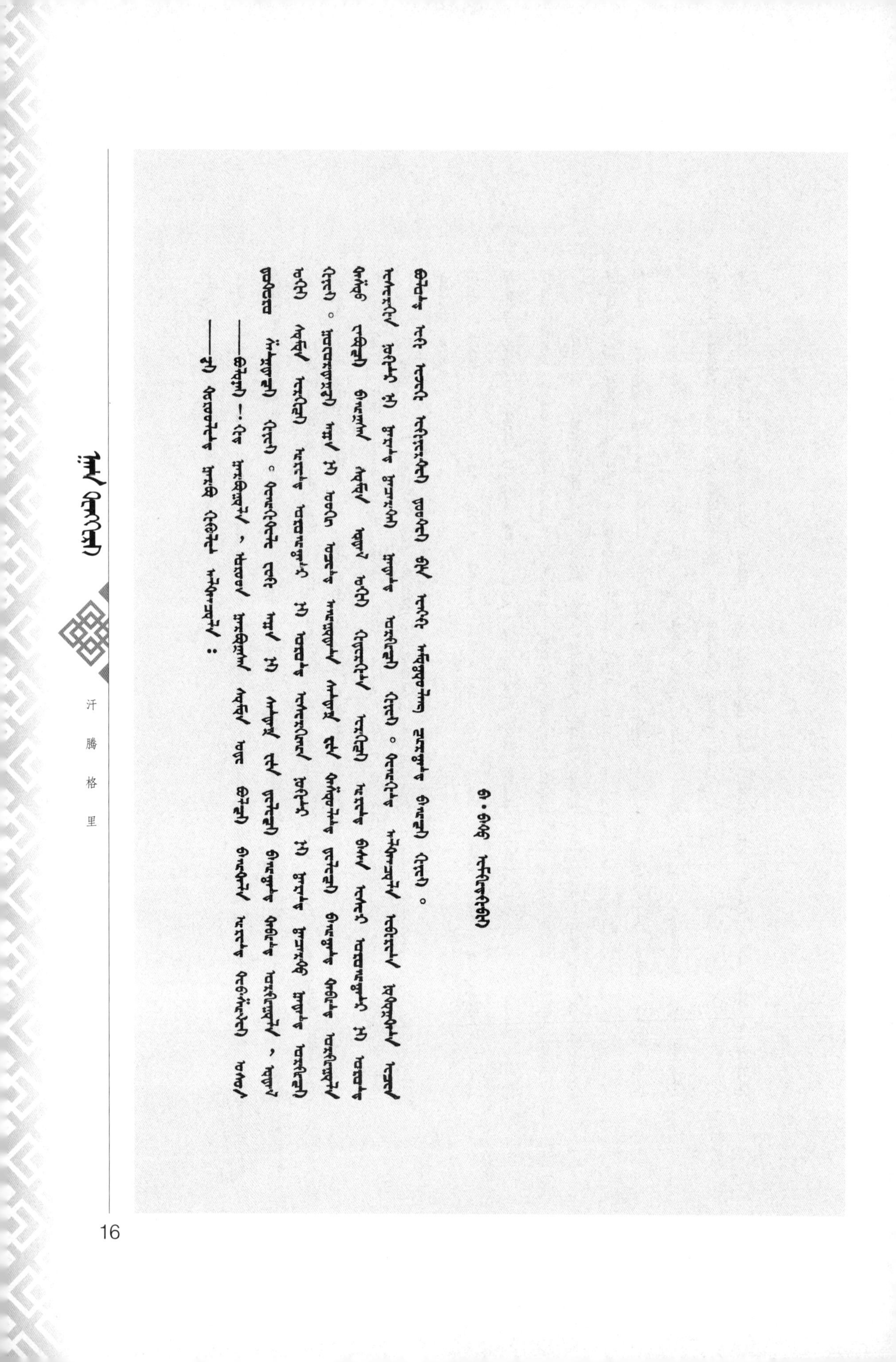

[illegible]

« ᠬᠦᠬᠡ ᠮᠣᠩᠭᠣᠯ ᠨᠤᠲᠤᠭ » · « ᠬᠦᠬᠡ ᠮᠣᠩᠭᠣᠯ ᠲᠡᠩᠭᠡᠷ » ᠭᠡᠬᠦ ᠦᠭᠡ ᠶᠢᠨ ᠤᠴᠢᠷ

« [illegible] » ᠦᠨ 1985 ᠣᠨ ᠤ ᠳᠥᠷᠪᠡᠳᠦᠭᠡᠷ ᠬᠡᠪᠯᠡᠯ (ᠨᠡᠢᠲᠡ 17 ᠳᠤᠭᠠᠷ ᠬᠡᠪᠯᠡᠯ)

[illegible]

[illegible]

[illegible]

[illegible]

[illegible]

[illegible]

[illegible]

[illegible]

[illegible]

[illegible]

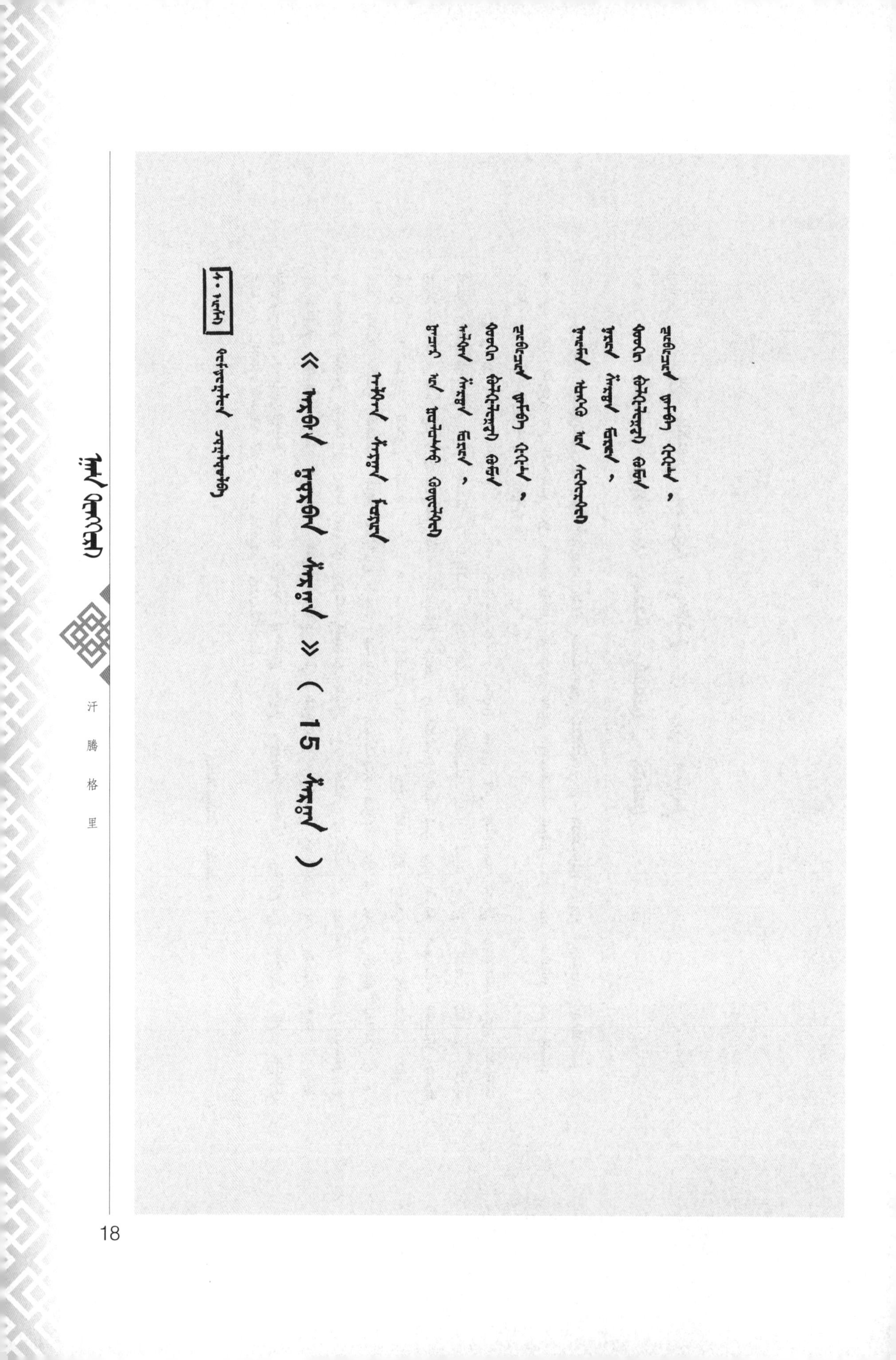

[illegible] ,
[illegible]
[illegible] ,
[illegible]

[illegible] ,
[illegible]
[illegible] ,
[illegible]

[illegible]

« [illegible] » (15 [illegible])

[illegible] [illegible]

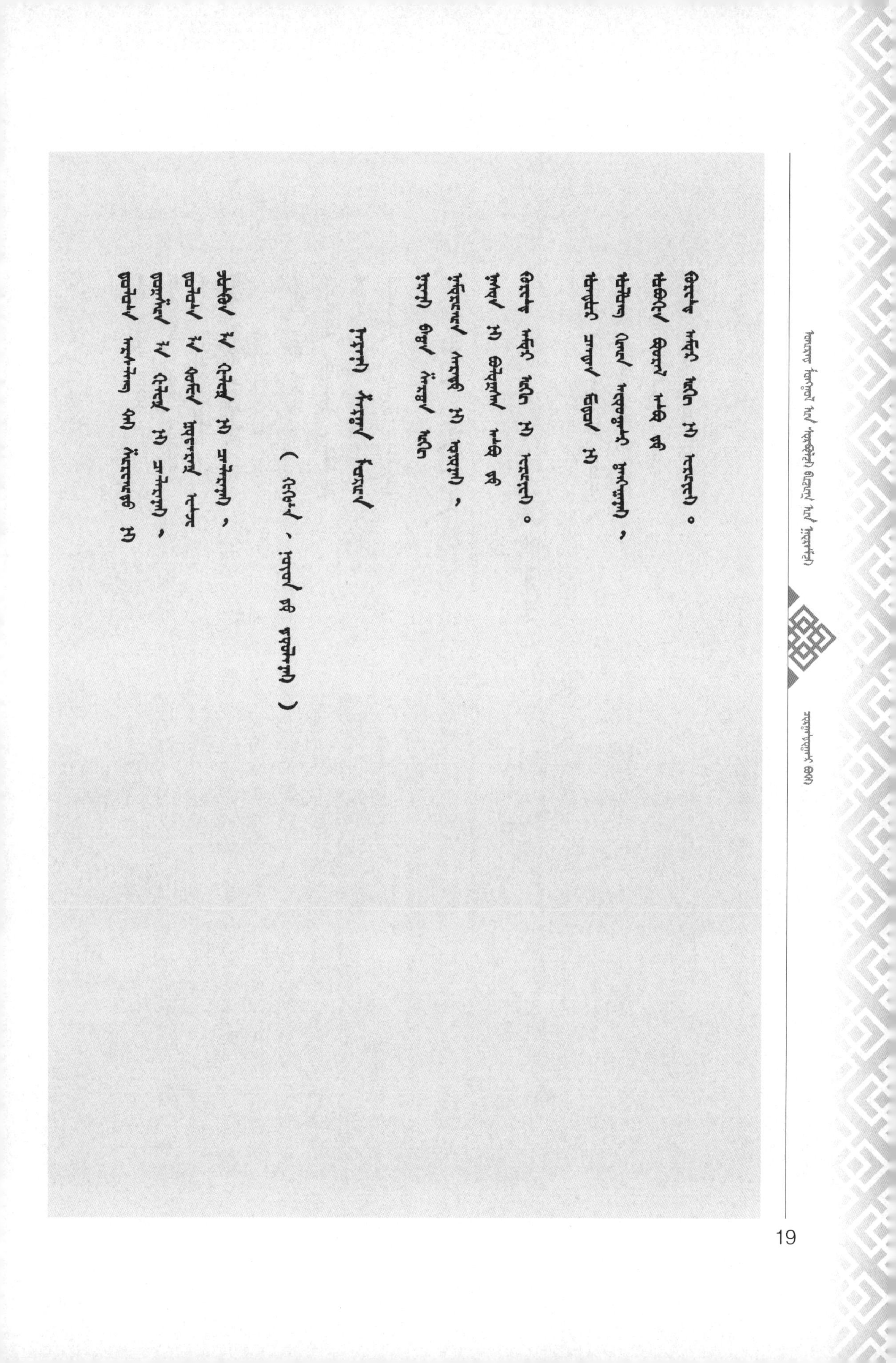

[illegible] 。
[illegible]
[illegible] ，
[illegible]

[illegible] 。
[illegible]
[illegible] ，
[illegible]

[illegible]

([illegible] ， [illegible])

[illegible] ，
[illegible]
[illegible] ，
[illegible]

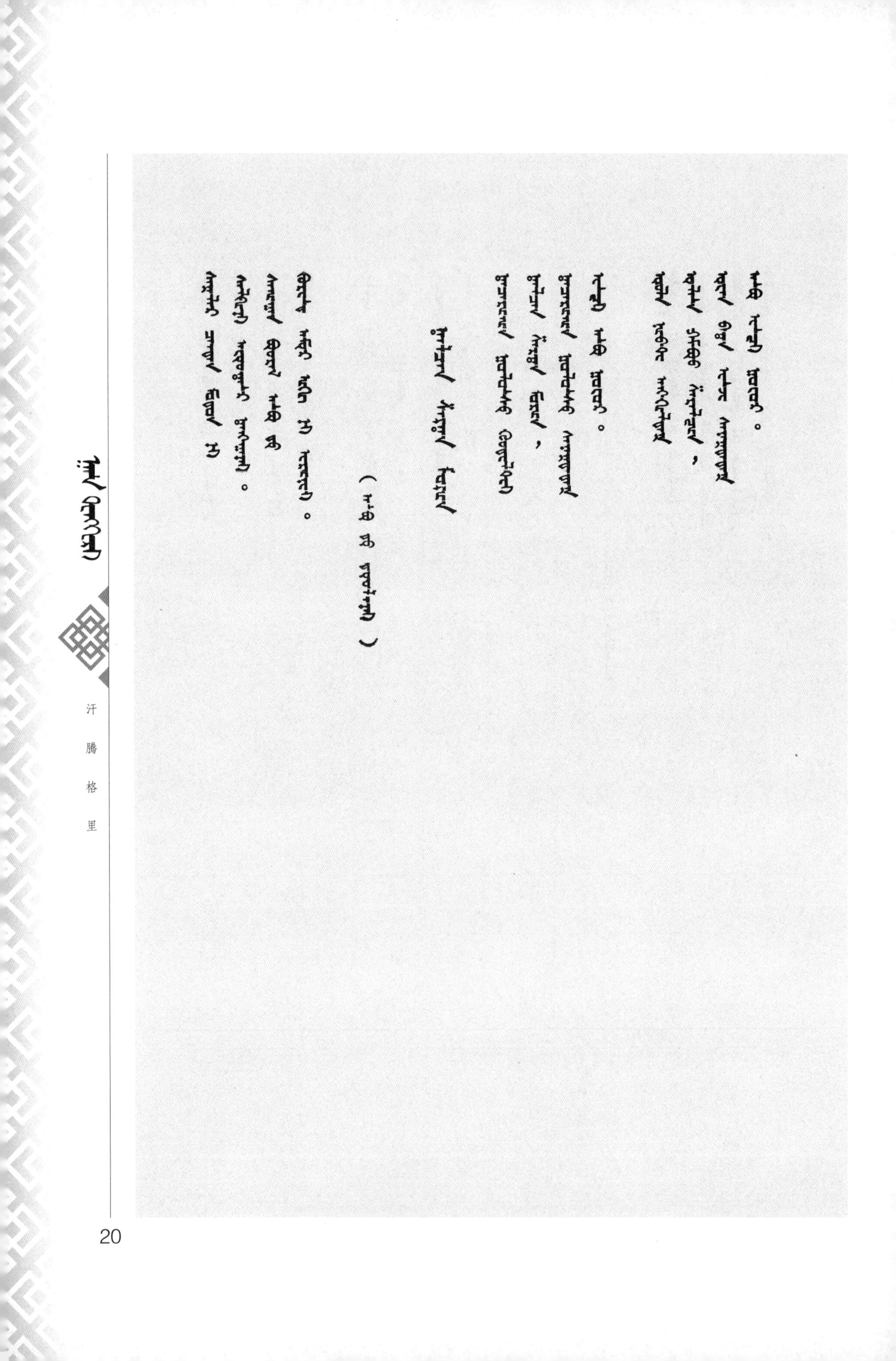

[illegible]
[illegible]
[illegible]
[illegible]

[illegible]
[illegible]
[illegible]
[illegible]

[illegible]

([illegible])

[illegible]
[illegible]
[illegible]
[illegible]

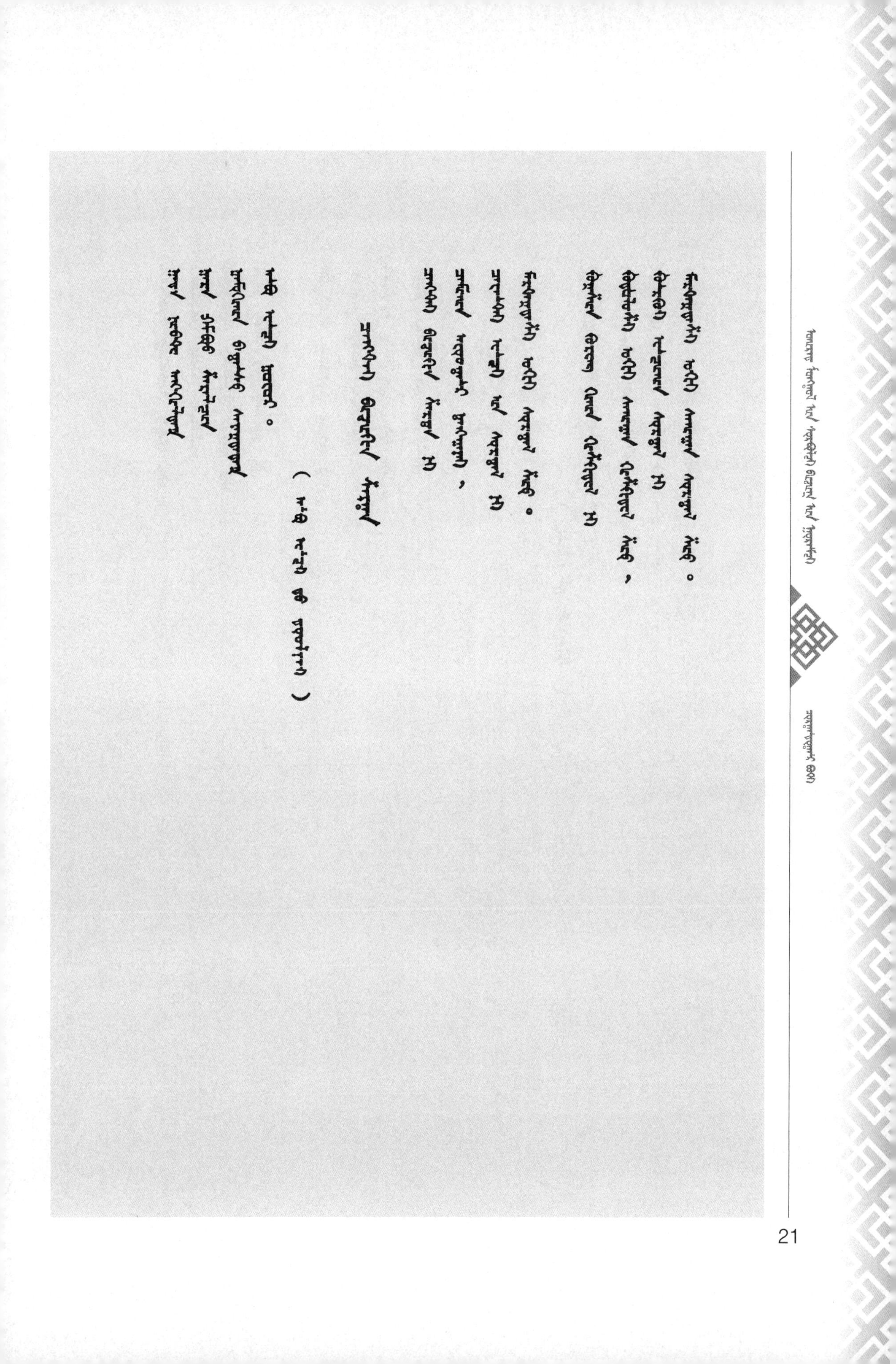

[illegible]
[illegible]
[illegible]
[illegible]

[illegible]
[illegible]
[illegible]
[illegible]

[illegible]

([illegible])

[illegible]
[illegible]
[illegible]
[illegible]

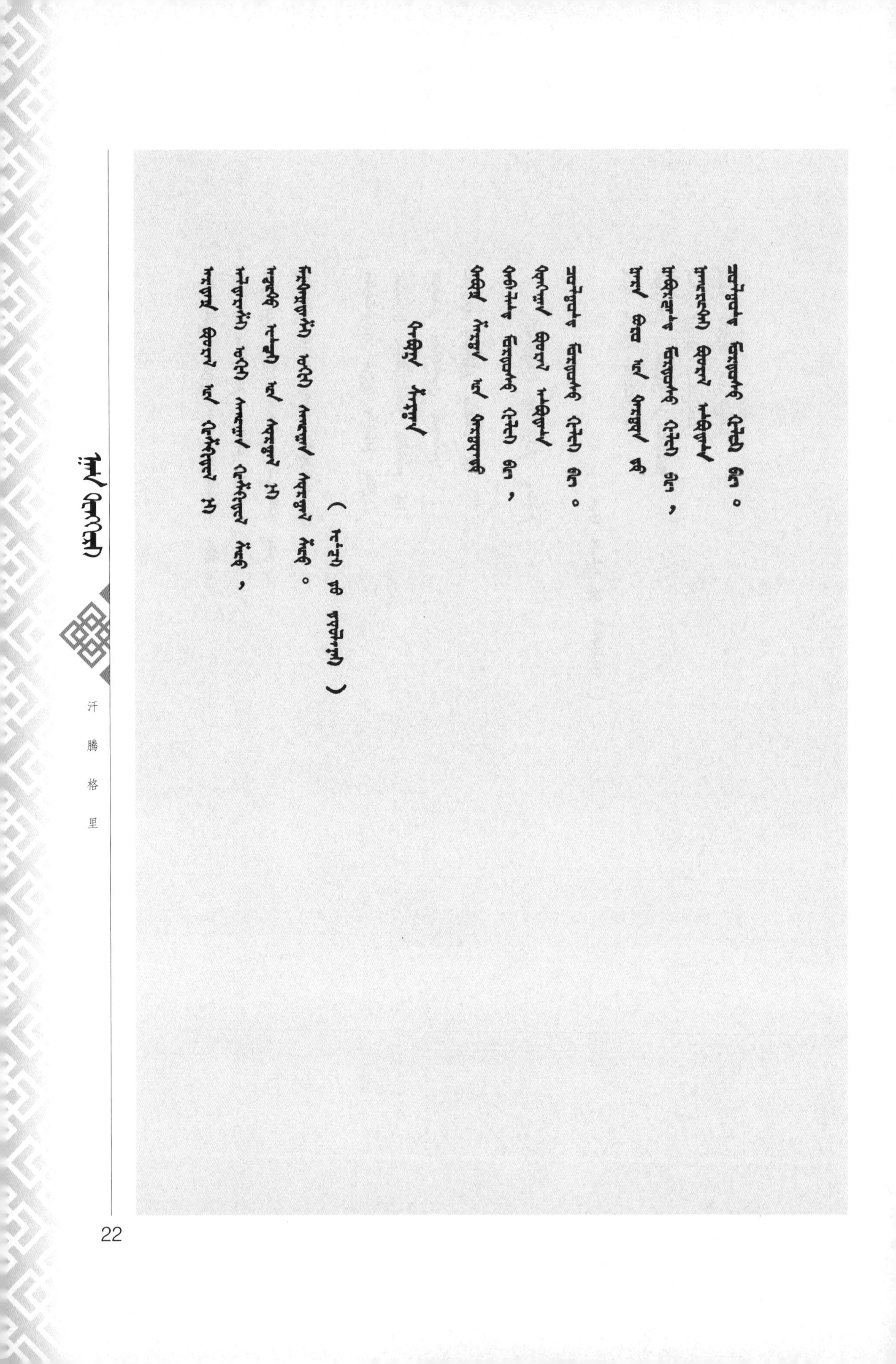

[illegible] 。
[illegible]
[illegible] ,
[illegible]

[illegible] 。
[illegible]
[illegible] ,
[illegible]

[illegible]

([illegible])

[illegible] 。
[illegible]
[illegible] ,
[illegible]

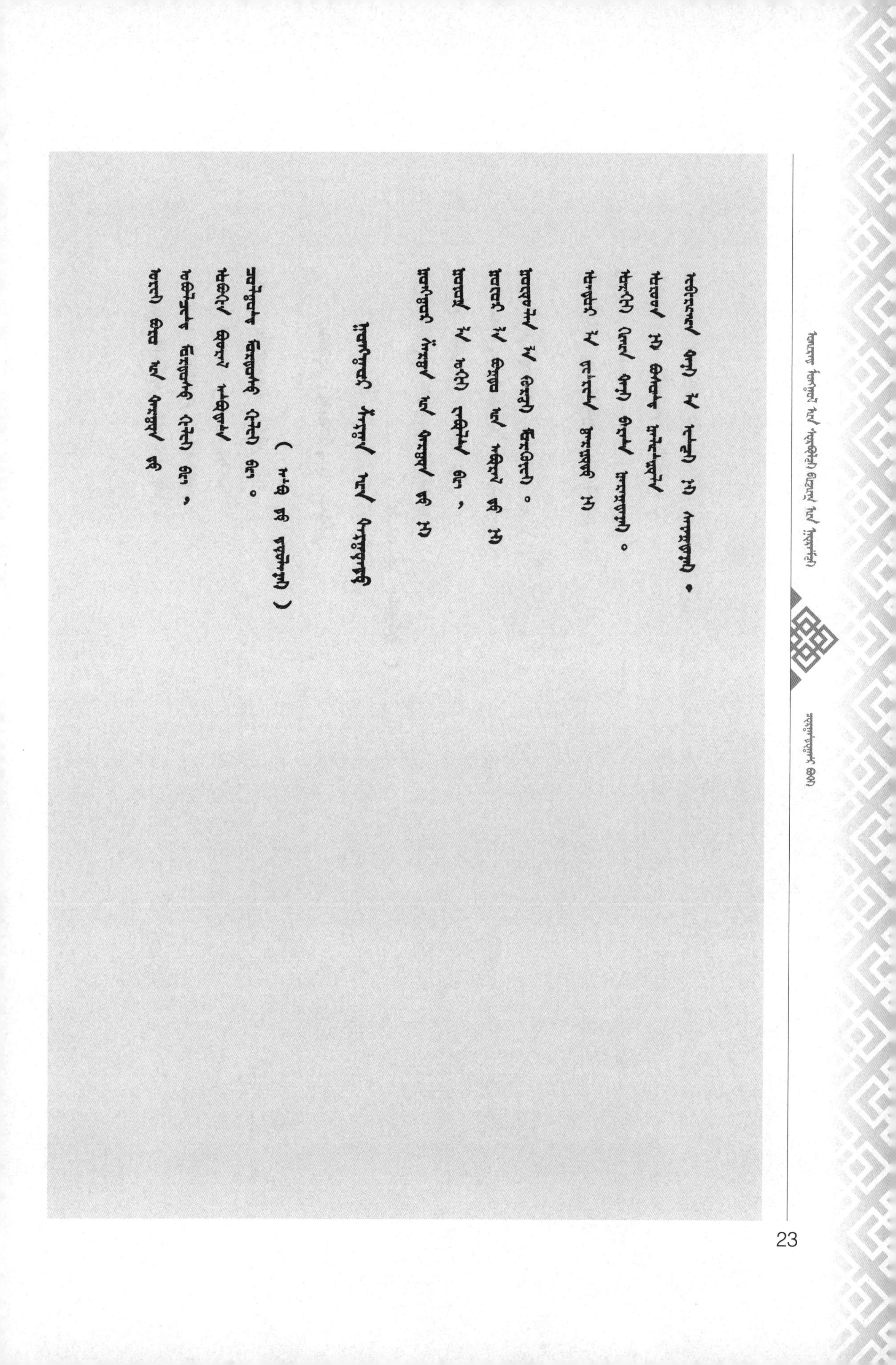

ᠠᠷᠭᠠᠯᠠᠨ ᠪᠣᠭᠣᠷᠠᠨ ᠪᠣᠯᠵᠣᠭᠠᠨ ᠪᠢᠯᠡ ᠃
ᠬᠠᠶᠢᠷᠠᠯᠠᠭᠠ ᠪᠣᠳᠣᠯᠢᠶᠠᠨ ᠬᠠᠭᠤᠷᠠᠶᠢᠨ
ᠬᠠᠷᠢᠨ ᠪᠣᠳᠣᠭᠠᠨ ᠲᠠᠯᠠᠪᠢᠯᠠ ᠂
ᠬᠠᠷᠠᠨ ᠪᠣᠭᠳᠠᠯᠠᠭᠰᠠᠨ ᠦᠨᠳᠦᠷ ᠶᠢᠨ

ᠬᠠᠶᠢᠷᠠᠨ ᠪᠣᠭᠳᠠᠯᠠᠭᠰᠠᠨ ᠦᠨᠳᠦᠷ

(ᠬᠠᠰᠪᠠ ᠪᠣ ᠪᠣᠯᠣᠷᠮᠠ)

ᠲᠡᠩᠭᠡᠷᠢ ᠶᠢᠨ ᠪᠣᠷᠣᠭᠠᠨ ᠠᠷᠭᠠᠯᠠᠭᠠ ᠃
ᠠᠷᠭᠠᠮᠵᠢ ᠬᠦᠷᠲᠡᠯ᠎ᠡ ᠪᠣᠰᠣᠭᠠᠳ ᠶᠢᠨ
ᠠᠷᠪᠢᠨ ᠶᠢᠨ ᠪᠣᠷᠣᠭᠠᠨ ᠬᠦᠷᠲᠡᠯ᠎ᠡ ᠂
ᠠᠭᠤᠯᠠ ᠶᠢᠨ ᠣᠷᠭᠢᠯ ᠳᠡᠭᠡᠷ᠎ᠡ ᠶᠢᠨ

ᠲᠡᠩᠭᠡᠷᠢ ᠶᠢᠨ ᠪᠣᠷᠣᠭᠠᠨ ᠠᠷᠭᠠᠯᠠᠭᠠ ᠃
ᠡᠪᠦᠰᠦᠨ ᠬᠦᠷᠲᠡᠯ᠎ᠡ ᠪᠣᠰᠣᠭᠠᠳ ᠶᠢᠨ
ᠡᠷᠡᠭᠡ ᠶᠢᠨ ᠪᠣᠷᠣᠭᠠᠨ ᠬᠦᠷᠲᠡᠯ᠎ᠡ ᠂
ᠡᠵᠢ ᠶᠢᠨ ᠣᠷᠭᠢᠯ ᠳᠡᠭᠡᠷ᠎ᠡ ᠶᠢᠨ

[illegible] ᠃
[illegible]
[illegible] ᠂
[illegible]

[illegible]

(ᠬᠣᠭᠣᠯᠠ ᠶᠢᠨ ᠳᠠᠭᠤᠤ)

ᠠᠷᠢᠭᠤᠨ ᠳᠠᠭᠤᠯᠠᠭᠠᠳ ᠳᠠᠭᠤᠯᠠᠨ᠎ᠠ ᠪᠢ ᠃
ᠬᠣᠭᠣᠯᠠ ᠶᠢ ᠬᠠᠢᠷᠠᠯᠠᠨ
ᠠᠮᠲᠠᠯᠠᠭᠠᠳ ᠰᠠᠶᠢᠬᠠᠨ ᠢᠳᠡᠨ᠎ᠡ ᠂
ᠬᠣᠭᠣᠯᠠ ᠶᠢ ᠬᠡᠵᠢᠶ᠎ᠡ ᠴᠤ

ᠠᠷᠢᠭᠤᠨ ᠳᠠᠭᠤᠯᠠᠭᠠᠳ ᠳᠠᠭᠤᠯᠠᠨ᠎ᠠ ᠪᠢ ᠃
[illegible]
[illegible] ᠪᠢ ᠂
[illegible] ᠪᠢᠰᠢ

ᠠᠯᠲᠠᠢ ᠶᠢᠨ ᠤᠯᠠᠭᠠᠨ ᠬᠠᠳᠠ ᠭᠠᠶᠢᠬᠠᠮ ᠃
ᠠᠷᠰᠯᠠᠨ ᠶᠢᠨ ᠪᠠᠷᠢᠯᠳᠤᠭᠠᠨ ᠳᠠᠭᠤᠨ
ᠬᠠᠩᠭᠠᠢ ᠶᠢᠨ ᠮᠠᠯᠴᠢᠨ ᠠᠷᠠᠳ ᠂
ᠰᠠᠷᠠᠯ ᠮᠣᠷᠢᠲᠤ ᠬᠦᠮᠦᠨ ᠬᠠᠳᠠ

ᠰᠠᠶᠢᠬᠠᠨ ᠮᠣᠷᠢᠲᠤ ᠬᠦᠮᠦᠨ

(ᠬᠠᠨ ᠤ ᠪᠠᠭᠠᠲᠤᠷ)

ᠠᠯᠲᠠᠢ ᠶᠢᠨ ᠤᠯᠠᠭᠠᠨ ᠬᠠᠳᠠ ᠨᠢ ᠰᠠᠶᠢᠬᠠᠨ ᠃
ᠣᠳᠣᠭᠠ ᠶᠢᠨ ᠪᠠᠭᠠᠲᠤᠷᠤᠳ ᠰᠠᠶᠢᠨ ᠨᠢ
ᠣᠯᠠᠨ ᠳᠤᠭᠠᠷᠠᠭᠰᠠᠨ ᠶᠢᠨ ᠪᠢᠯᠢᠭ ᠮᠡᠳᠡᠯᠭᠡ ᠂
ᠣᠳᠣ ᠶᠢᠨ ᠭᠠᠷᠤᠭ ᠬᠦᠮᠦᠨ

ᠠᠯᠲᠠᠢ ᠶᠢᠨ ᠤᠯᠠᠭᠠᠨ ᠬᠠᠳᠠ ᠰᠠᠶᠢᠬᠠᠨ ᠃
ᠠᠷᠪᠢᠨ ᠶᠢᠨ ᠪᠠᠭᠠᠲᠤᠷᠤᠳ ᠰᠠᠶᠢᠨ ᠨᠢ
ᠣᠯᠠᠨ ᠳᠤᠭᠠᠷᠠᠭᠰᠠᠨ ᠶᠢᠨ ᠪᠢᠯᠢᠭ ᠮᠡᠳᠡᠯᠭᠡ ᠂
ᠠᠮᠢᠳ ᠭᠠᠷᠤᠭ ᠬᠦᠮᠦᠨ

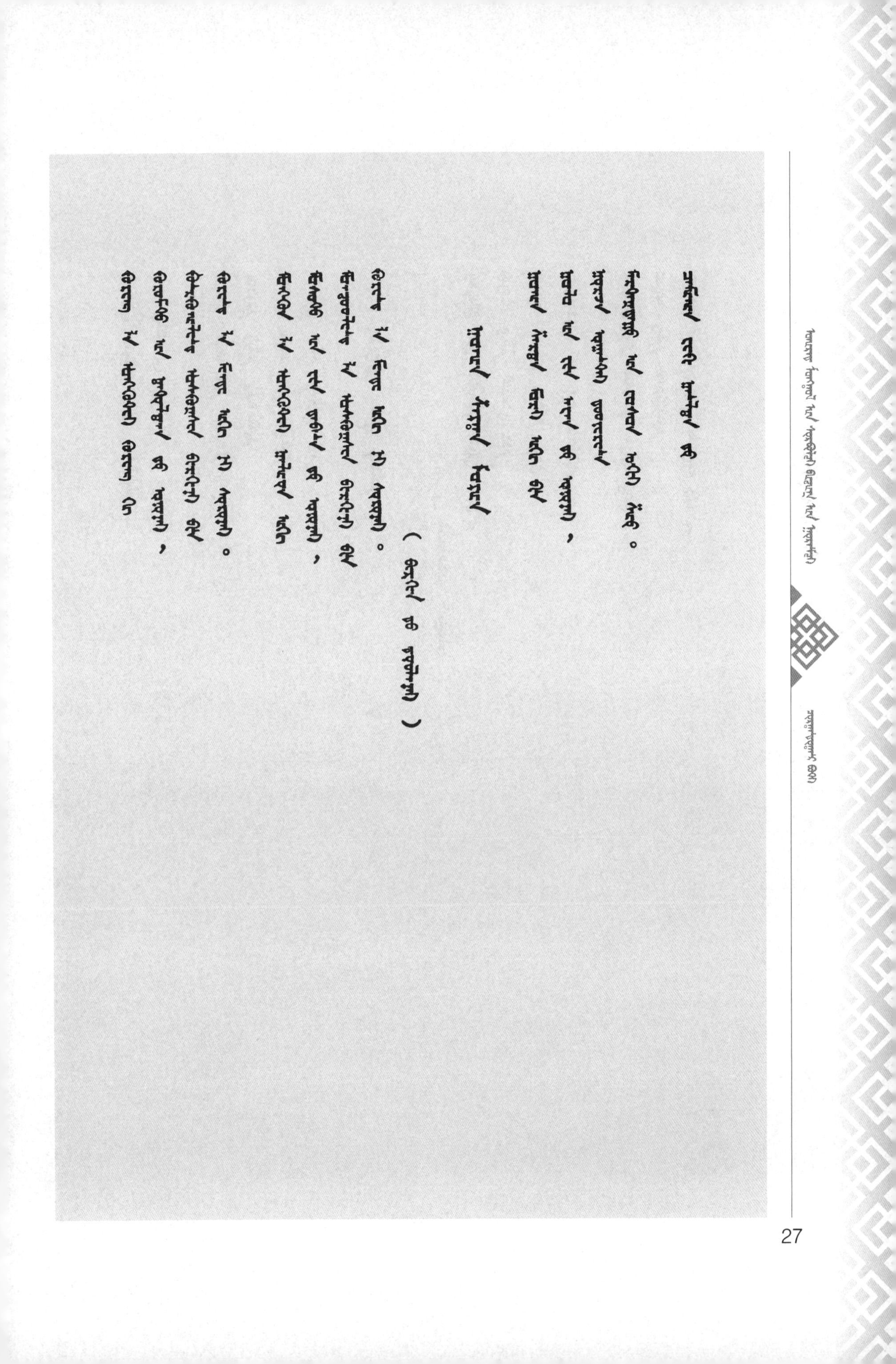

[illegible]

[illegible] ᠃
[illegible]
[illegible] ᠂
[illegible]

[illegible]

([illegible])

[illegible] ᠃
[illegible]
[illegible] ᠂
[illegible]

[illegible] ᠃
[illegible]
[illegible] ᠂
[illegible]

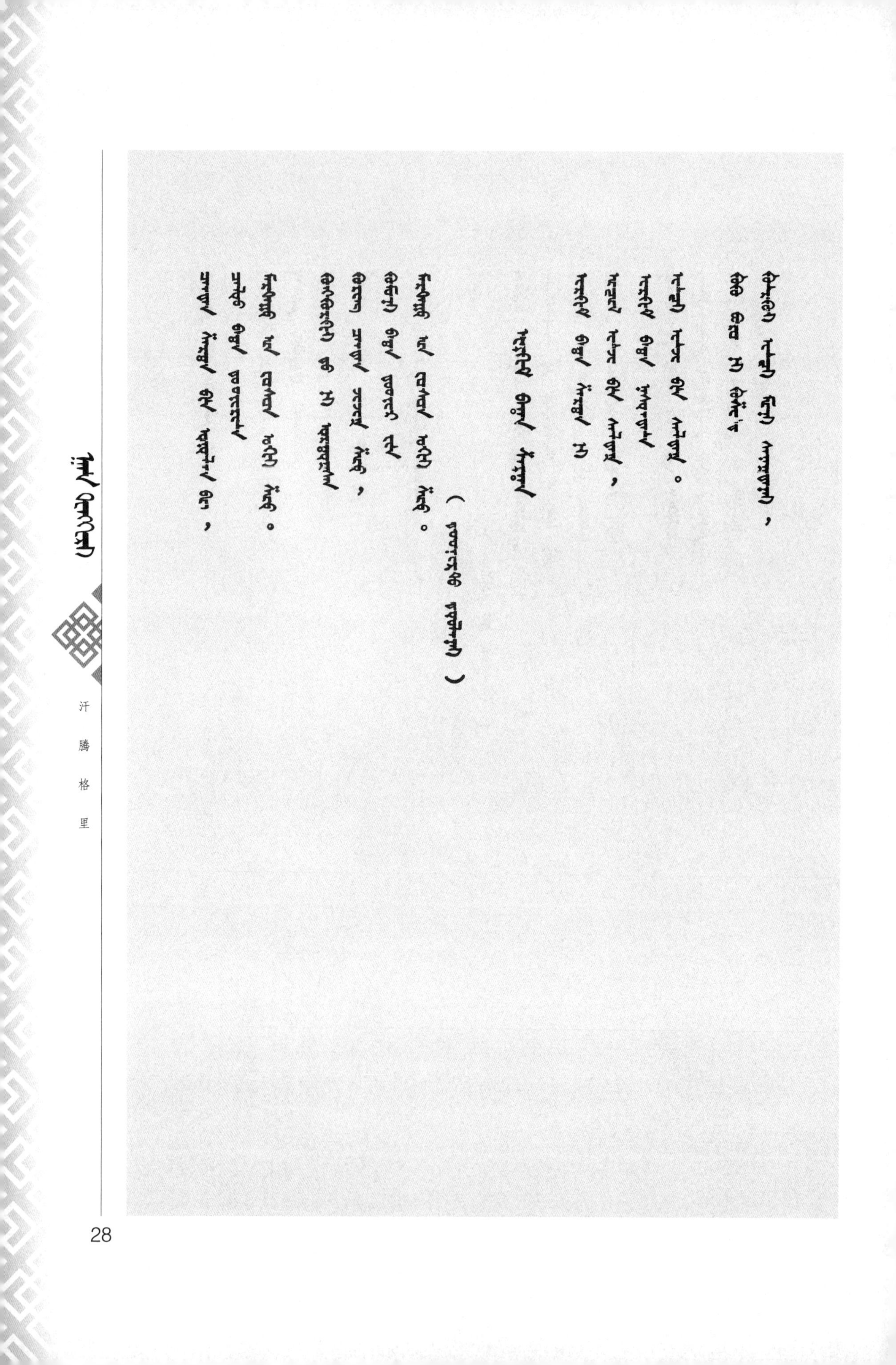

[illegible],
[illegible]
[illegible]。

[illegible]
[illegible],
[illegible]
[illegible]。

([illegible])

[illegible]

[illegible]
[illegible],
[illegible]
[illegible]。

[illegible]
[illegible],

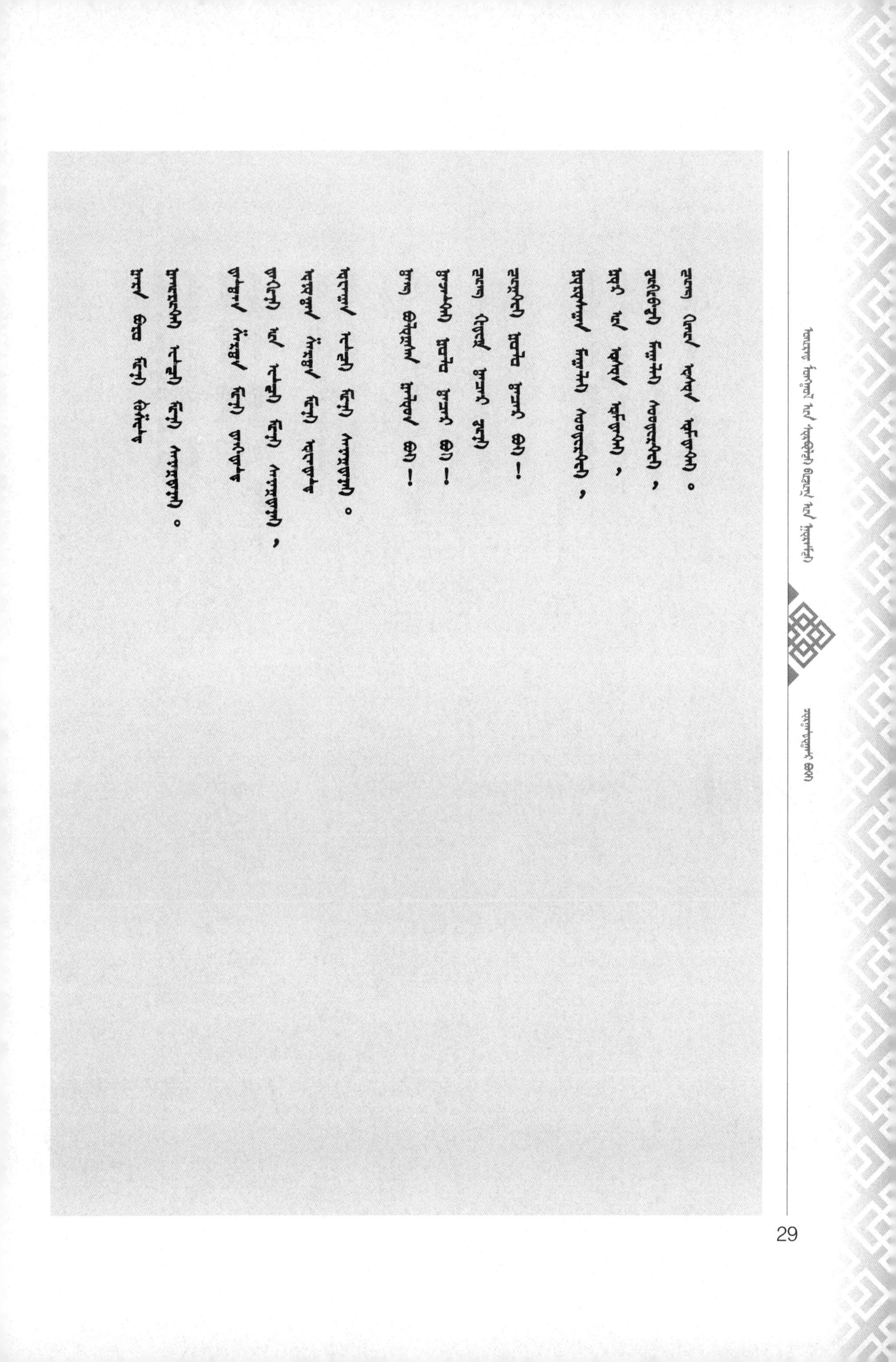

[illegible]

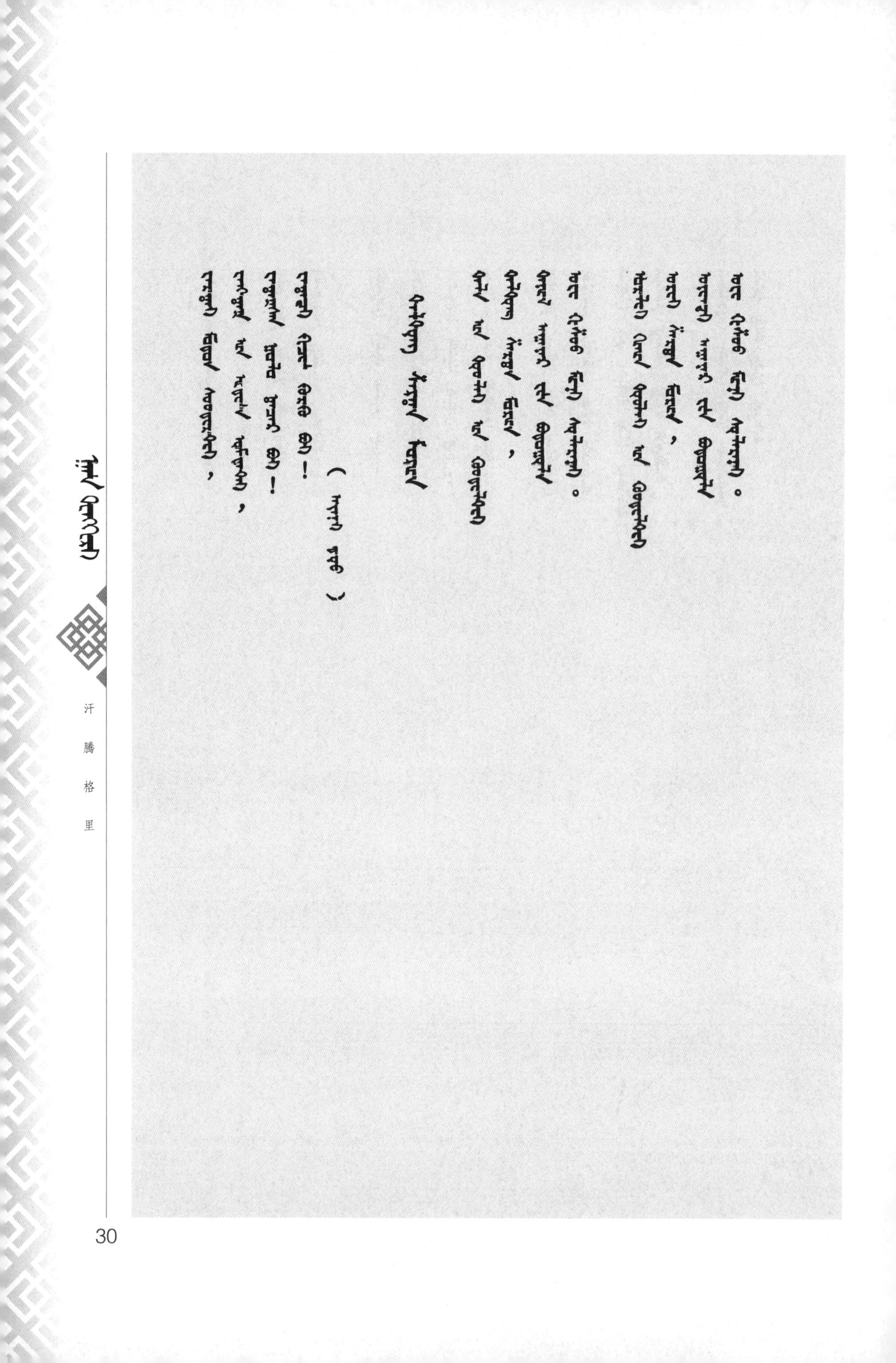

[illegible] 。
[illegible]
[illegible] ,
[illegible]

[illegible] 。
[illegible]
[illegible] ,
[illegible]

[illegible]

([illegible])

[illegible] !
[illegible] !
[illegible] ,
[illegible] ,

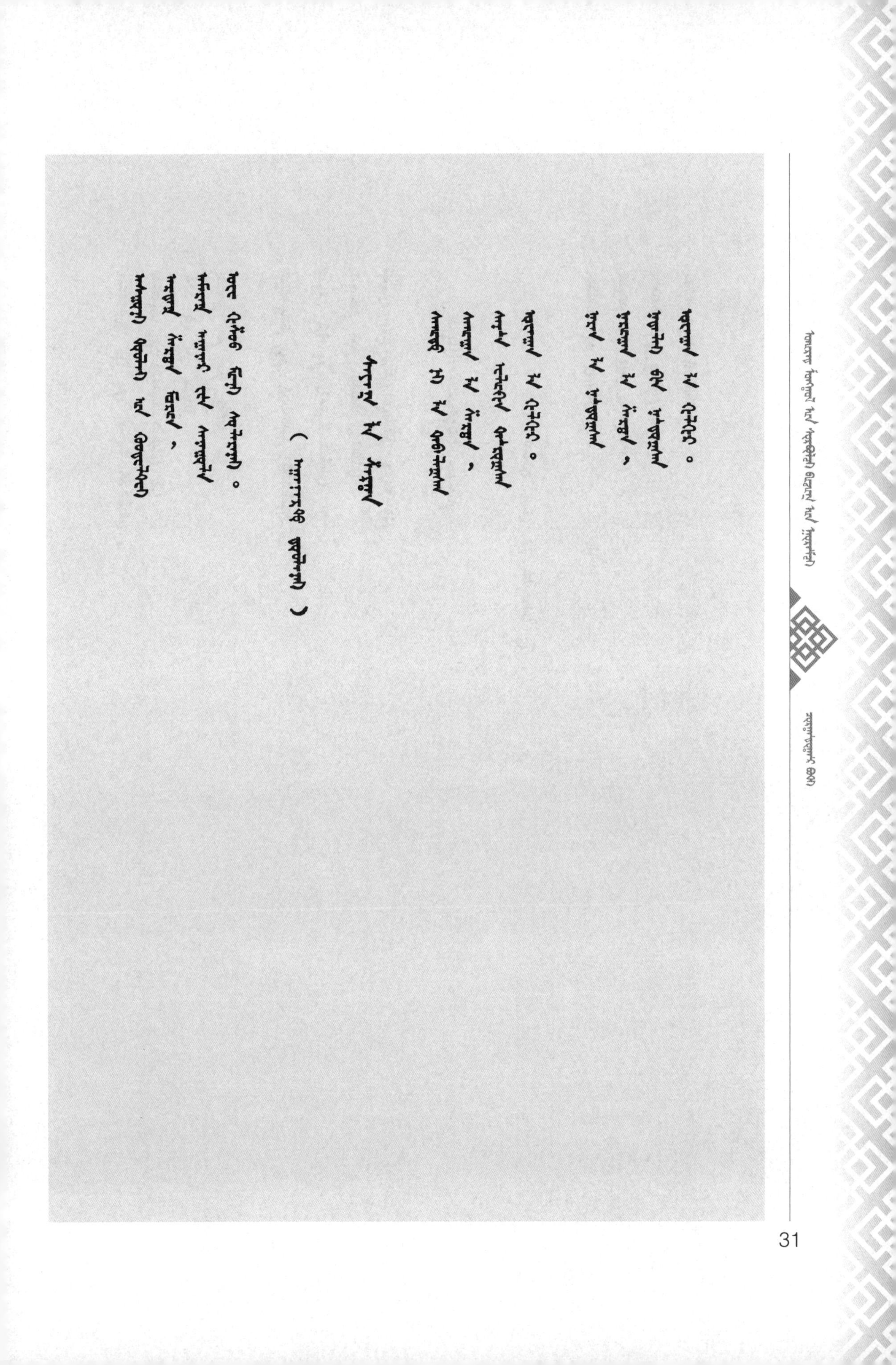

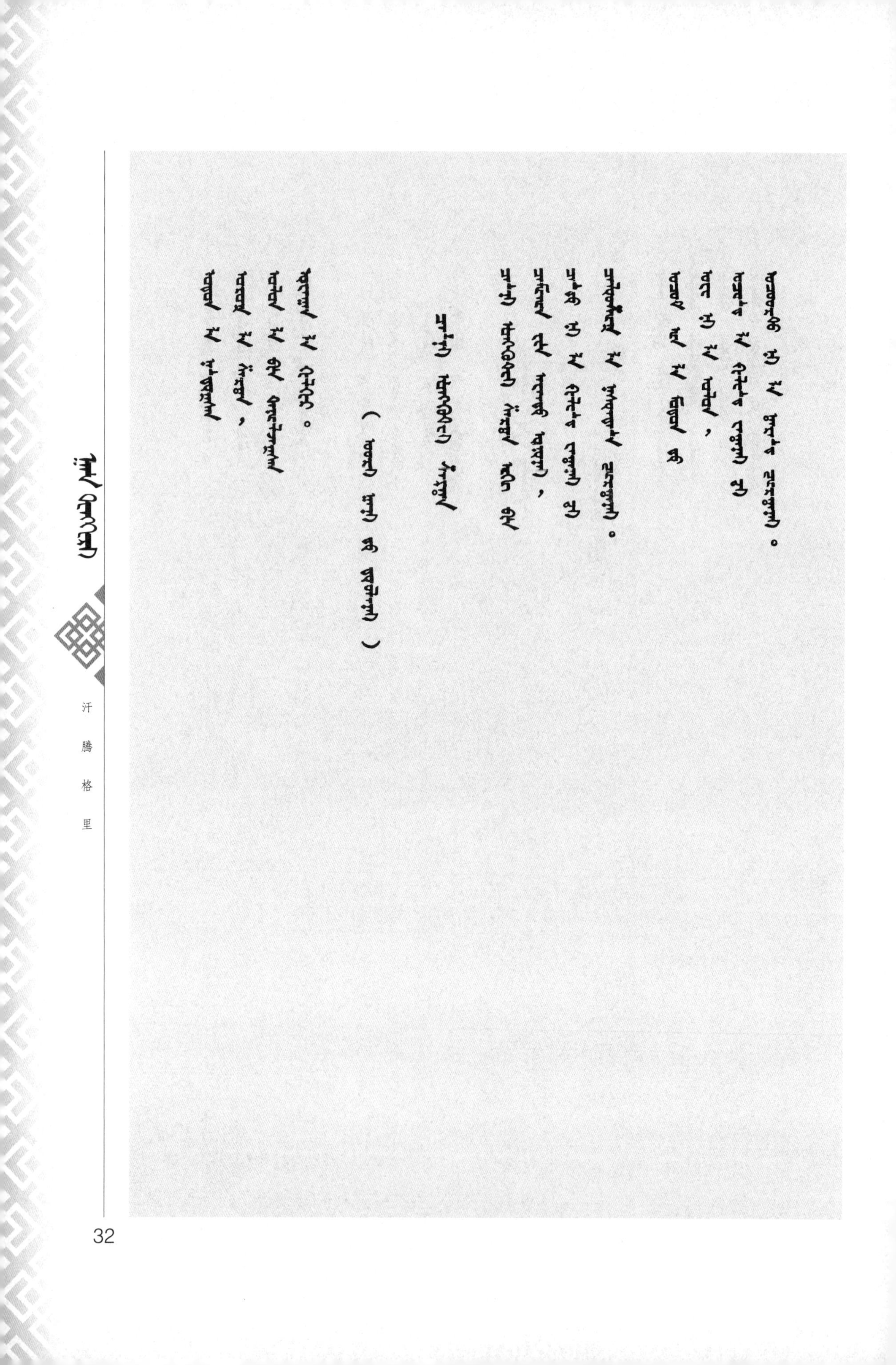

[illegible] 。
[illegible]
[illegible] ,
[illegible]

[illegible] 。
[illegible]
[illegible] ,
[illegible]

[illegible]

([illegible])

[illegible] 。
[illegible]
[illegible] ,
[illegible]

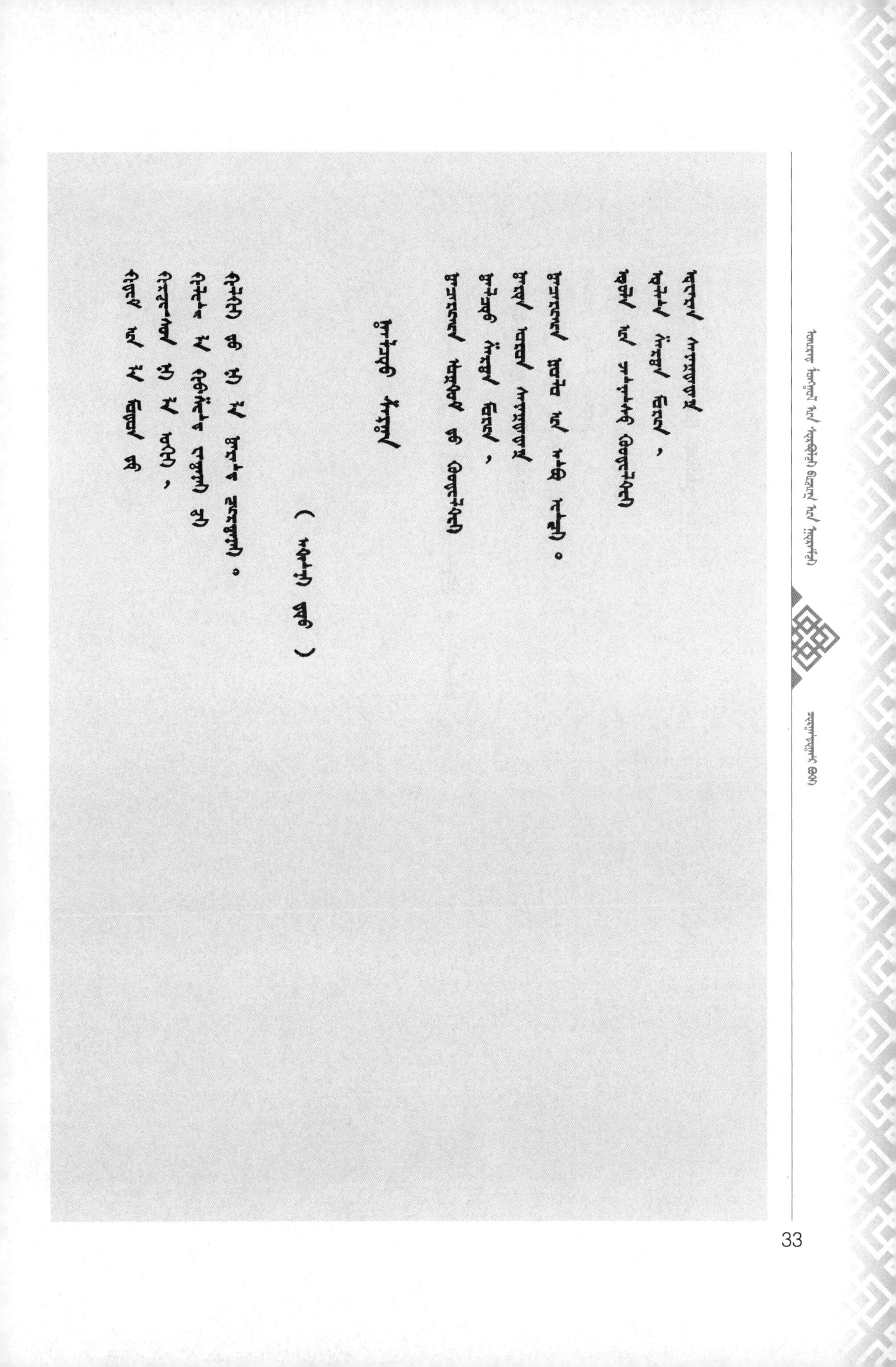

[illegible]
[illegible] ,
[illegible]

[illegible] 。
[illegible]
[illegible] ,
[illegible]

[illegible]

([illegible])

[illegible] 。
[illegible]
[illegible] ,
[illegible]

(ᠬᠠᠨ ᠲᠡᠩᠷᠢ ᠶᠢᠨ ᠮᠠᠭᠲᠠᠭᠠᠯ)

ᠬᠠᠶᠢᠷᠬᠠᠨ ᠬᠠᠨ ᠲᠡᠩᠷᠢ ᠮᠢᠨᠢ ᠶ᠎ᠠ!
ᠦᠨᠳᠦᠷ ᠦᠨ ᠦᠨᠳᠦᠷ ᠲᠡᠩᠷᠢ ᠰᠦᠩᠳᠦᠷᠯᠡᠭᠰᠡᠨ
ᠴᠠᠰᠤᠲᠤ ᠴᠠᠰᠤᠨ ᠣᠷᠣᠢ,
ᠴᠢᠩ ᠪᠠᠶᠠᠯᠢᠭ ᠤᠨ ᠪᠡᠯᠭᠡᠳᠡᠯ
ᠪᠣᠭᠳᠠ ᠬᠠᠨ ᠲᠡᠩᠷᠢ ᠮᠢᠨᠢ ᠶ᠎ᠠ!

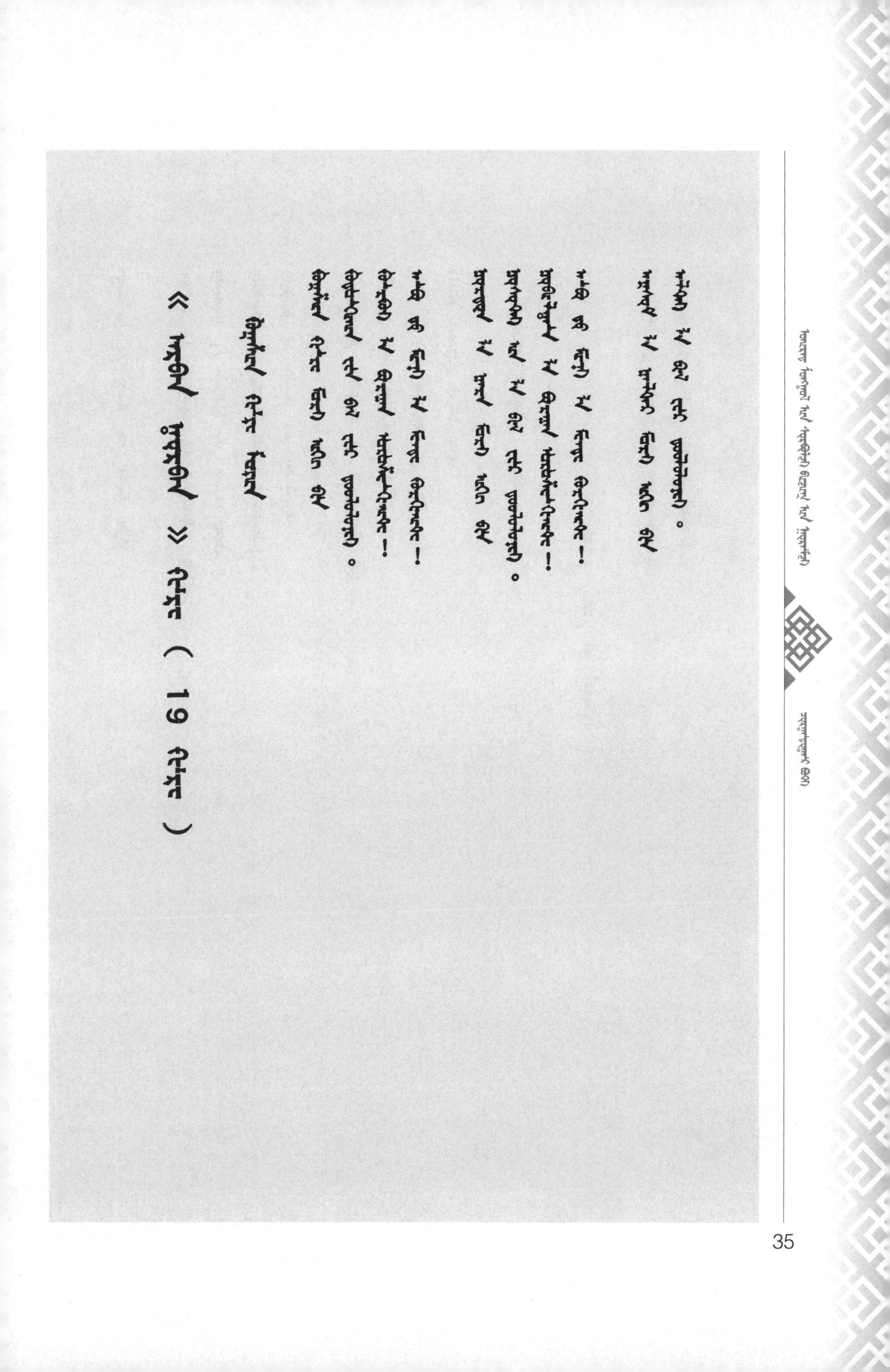

[illegible] 。

[illegible]

[illegible] !

[illegible] !

[illegible] 。

[illegible]

[illegible] !

[illegible] !

[illegible] 。

[illegible]

[illegible]

《 [illegible] 》 [illegible] (19 [illegible])

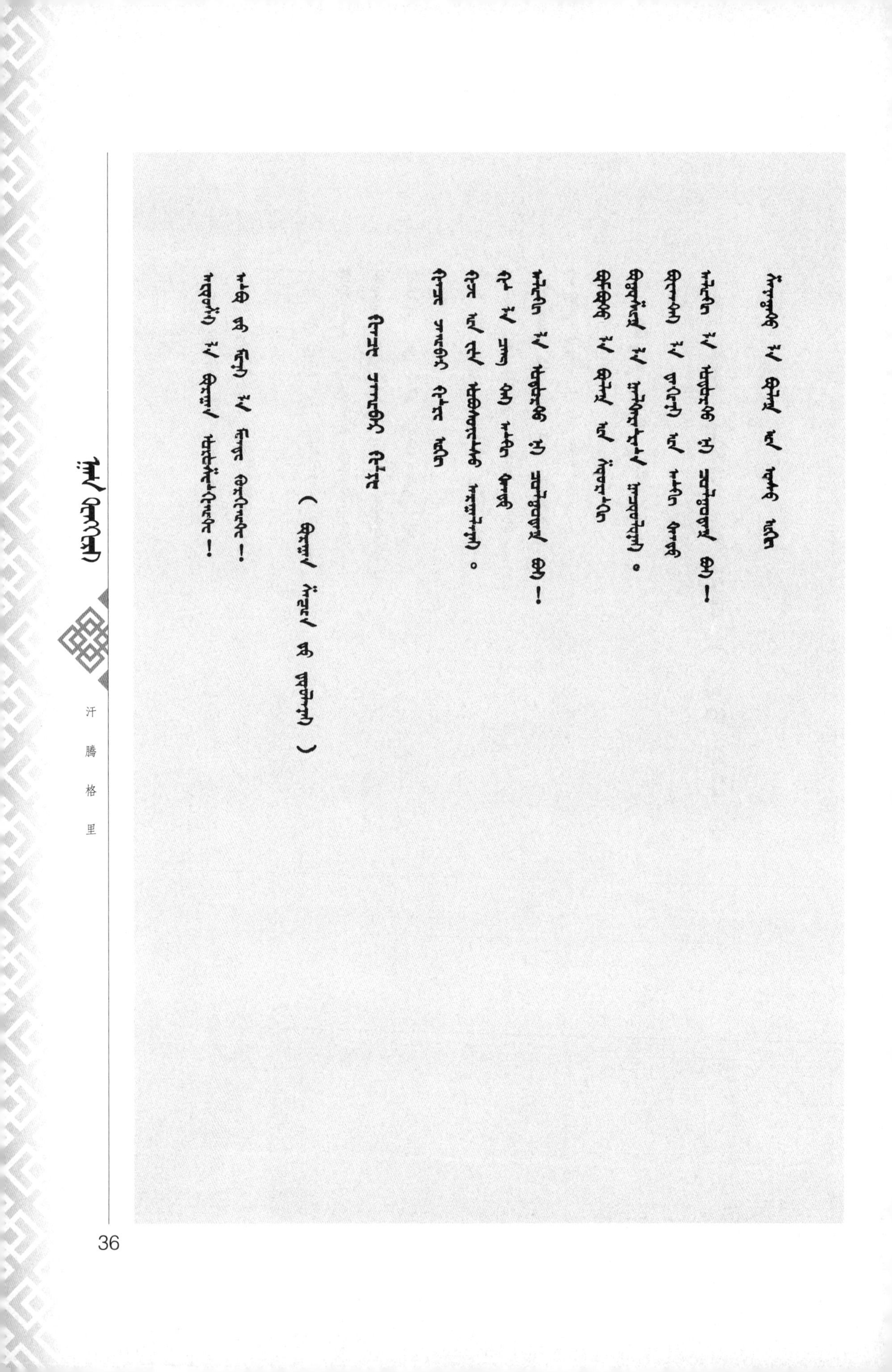

[illegible]

[illegible]
[illegible]
[illegible]
[illegible]

[illegible]
[illegible]
[illegible]
[illegible]

[illegible]

([illegible])

[illegible]
[illegible]

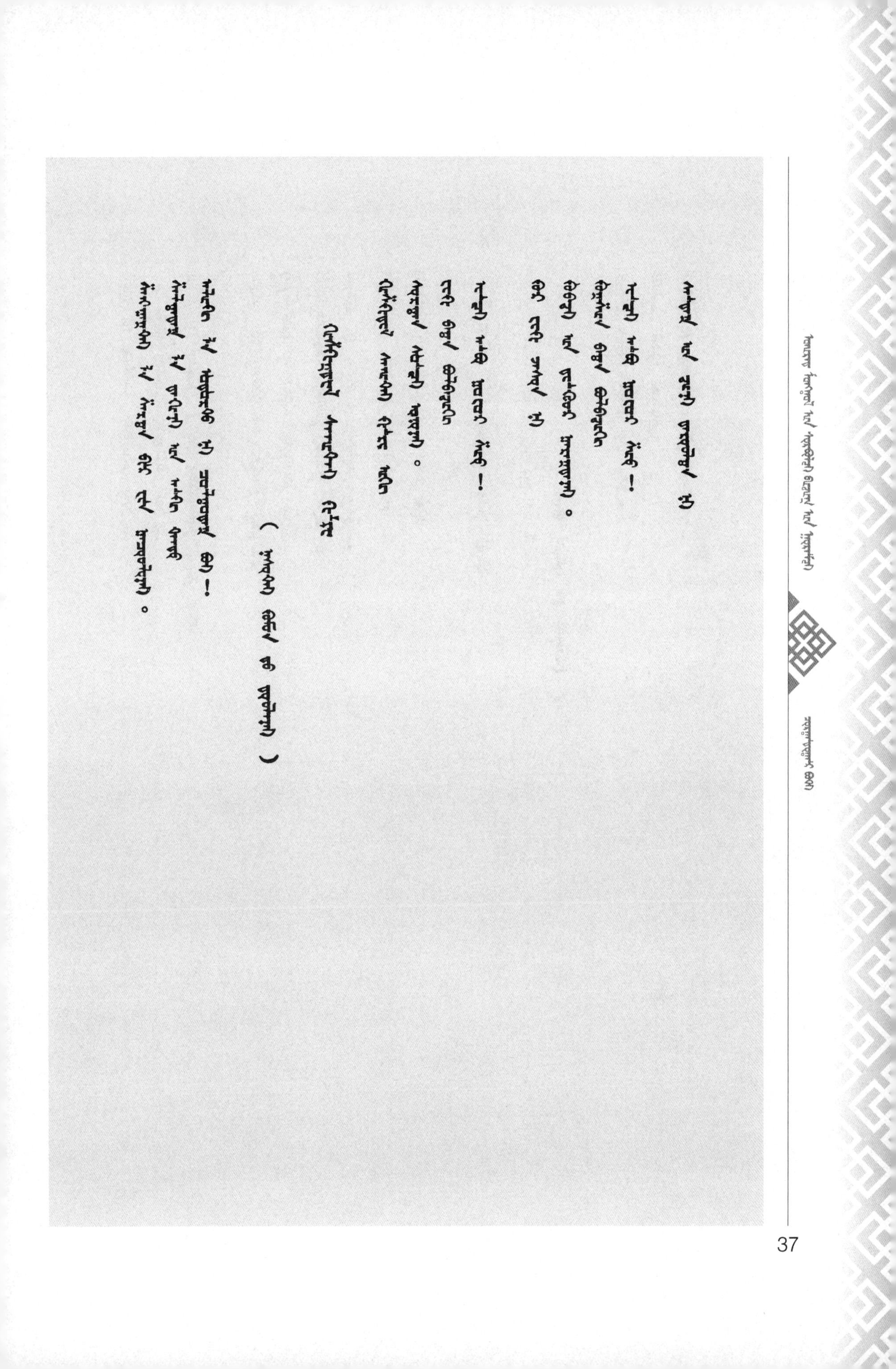

[illegible]

[illegible]
[illegible]
[illegible]
[illegible]

[illegible]
[illegible]
[illegible]
[illegible]

[illegible]

([illegible])

[illegible]
[illegible]
[illegible]

ᠬᠦᠮᠦᠨ ᠢ ᠪᠠᠶᠢᠭᠠᠯᠢ᠎ᠶ᠋ᠢᠨ ᠬᠠᠮᠠᠭᠠᠯᠠᠯ ᠬᠡᠷᠡᠭᠲᠡᠢ !
ᠶᠠᠭᠤ ᠶᠠᠭᠤ ᠪᠠᠶᠢᠭᠠᠯᠢ᠎ᠶ᠋ᠢᠨ ᠬᠠᠮᠠᠭᠠᠯᠠᠯ ᠪᠤᠢ ?
ᠬᠠᠮᠤᠭ (ᠠᠮᠢᠳ) ᠤᠨ ᠬᠠᠮᠠᠭᠠᠯᠠᠯᠲᠠ ᠬᠠᠮᠤᠭ ᠴᠢᠬᠤᠯ

ᠬᠠᠮᠤᠭ ᠤᠨ ᠡᠭᠦᠳᠦᠮᠡᠯ᠎ᠦ᠋ᠨ ᠬᠠᠮᠠᠭᠠᠯᠠᠯ ᠬᠡᠷᠡᠭᠲᠡᠢ !
ᠶᠠᠭᠤ ᠶᠠᠭᠤ ᠡᠭᠦᠳᠦᠮᠡᠯ᠎ᠦ᠋ᠨ ᠬᠠᠮᠠᠭᠠᠯᠠᠯ ᠪᠤᠢ ?
ᠪᠠᠶᠢᠭᠠᠯᠢ᠎ᠶ᠋ᠢᠨ ᠲᠡᠩᠴᠡᠭᠦᠷᠢ ᠪᠠᠷᠢᠮᠲᠠ ᠴᠢᠬᠤᠯ ᠤᠨ
ᠬᠠᠮᠤᠭ ᠤᠨ ᠪᠠᠶᠢᠭᠠᠯᠢ᠎ᠶ᠋ᠢᠨ ᠬᠠᠮᠠᠭᠠᠯᠠᠯ ᠬᠡᠷᠡᠭᠲᠡᠢ !
ᠶᠠᠭᠤ ᠶᠠᠭᠤ ᠪᠠᠶᠢᠭᠠᠯᠢ᠎ᠶ᠋ᠢᠨ ᠬᠠᠮᠠᠭᠠᠯᠠᠯ ᠪᠤᠢ ?
ᠪᠠᠶᠢᠭᠠᠯ ᠤᠨ ᠬᠠᠮᠠᠭᠠᠯᠠᠯᠲᠠ ᠶᠠᠭᠤ ᠴᠢᠬᠤᠯ

ᠪᠠᠶᠢᠭᠠᠯ ᠤᠨ ᠬᠠᠮᠠᠭᠠᠯᠠᠯᠲᠠ᠎ᠶ᠋ᠢᠨ ᠳᠠᠭᠤ

(ᠬᠦᠮᠦᠨ ᠬᠠᠮᠤᠭ ᠤᠨ ᠡᠭᠦᠳᠦᠮᠡᠯ)

ᠬᠠᠮᠤᠭ ᠬᠦᠮᠦᠨ ᠪᠠᠶᠢᠭᠠᠯ ᠢ ᠬᠡᠷᠡᠭᠲᠡᠢ !
ᠠᠮᠢᠳᠤᠷᠠᠯ ᠶᠠᠭᠤ ᠬᠠᠮᠠᠭᠠᠯᠠᠯ
ᠠᠮᠢᠳ ᠢ ᠬᠠᠮᠤᠭᠠᠷ ᠬᠠᠮᠠᠭᠠᠯᠠᠭᠠᠷᠠᠢ ,

ᠬᠦᠮᠦᠨᠲᠡᠭᠡᠨ ᠦ ᠪᠤᠯᠤᠭ ᠲᠦᠮᠡᠨ ᠪᠣ !
ᠮᠣᠩᠭᠣᠯ ᠴᠢᠨᠢ ᠰᠠᠶᠢᠬᠠᠨ ᠠ
ᠮᠣᠩᠭᠣᠯ ᠤᠨ ᠭᠠᠵᠠᠷ ᠰᠠᠶᠢᠬᠠᠨ ᠰᠠᠶᠢᠨ ᠠ ᠃
ᠮᠣᠩᠭᠣᠯ ᠪᠠᠶᠠᠰᠬᠤᠯᠠᠩ ᠲᠠᠢ

ᠮᠣᠩᠭᠣᠯᠴᠤᠳ ᠪᠠᠶᠠᠰᠬᠤᠯᠠᠩ ᠲᠠᠢ

(ᠠᠷᠠᠳ ᠤᠨ ᠳᠠᠭᠤᠤ)

ᠠᠷᠠᠳ ᠢ ᠶᠠᠭᠤ ᠪᠠᠷ ᠪᠠᠶᠠᠷᠯᠠᠭᠤᠯᠤᠭᠰᠠᠨ ᠦᠭᠡ !
ᠶᠠᠮᠠᠷ ᠴᠢᠨᠢ ᠶᠠᠭᠤ ᠪᠠᠷ ᠪᠠᠶᠠᠷᠯᠠᠭᠤᠯᠤᠭᠰᠠᠨ ᠪᠣ ?
ᠠᠮᠢᠳᠤᠷᠠᠯ ᠳᠠᠭᠤᠯᠠᠭᠰᠠᠨ ᠳᠠᠭᠤᠨ
ᠠᠷᠠᠳ ᠢ ᠪᠠᠶᠠᠰᠬᠤ ᠠᠮᠢᠳᠤᠷᠠᠯ ᠦᠭᠡ !
ᠶᠠᠮᠠᠷ ᠴᠢᠨᠢ ᠪᠠᠶᠠᠰᠬᠤ ᠠᠮᠢᠳᠤᠷᠠᠯ ᠪᠣ ?
ᠠᠮᠢᠳᠤᠷᠠᠯ ᠰᠠᠶᠢᠬᠠᠨ ᠪᠣᠯᠤᠨ ᠠ

ᠬᠦᠮᠦᠨ ᠢ ᠶᠠᠭᠤ ᠪᠠᠷ ᠪᠠᠶᠠᠷᠯᠠᠭᠤᠯᠤᠭᠰᠠᠨ ᠦᠭᠡ !
ᠶᠠᠮᠠᠷ ᠴᠢᠨᠢ ᠶᠠᠭᠤ ᠪᠠᠷ ᠪᠠᠶᠠᠷᠯᠠᠭᠤᠯᠤᠭᠰᠠᠨ ᠪᠣ ?
ᠰᠠᠶᠢᠨ ᠪᠠᠷ ᠢ ᠳᠠᠭᠤᠯᠠᠭᠰᠠᠨ ᠳᠠᠭᠤᠨ

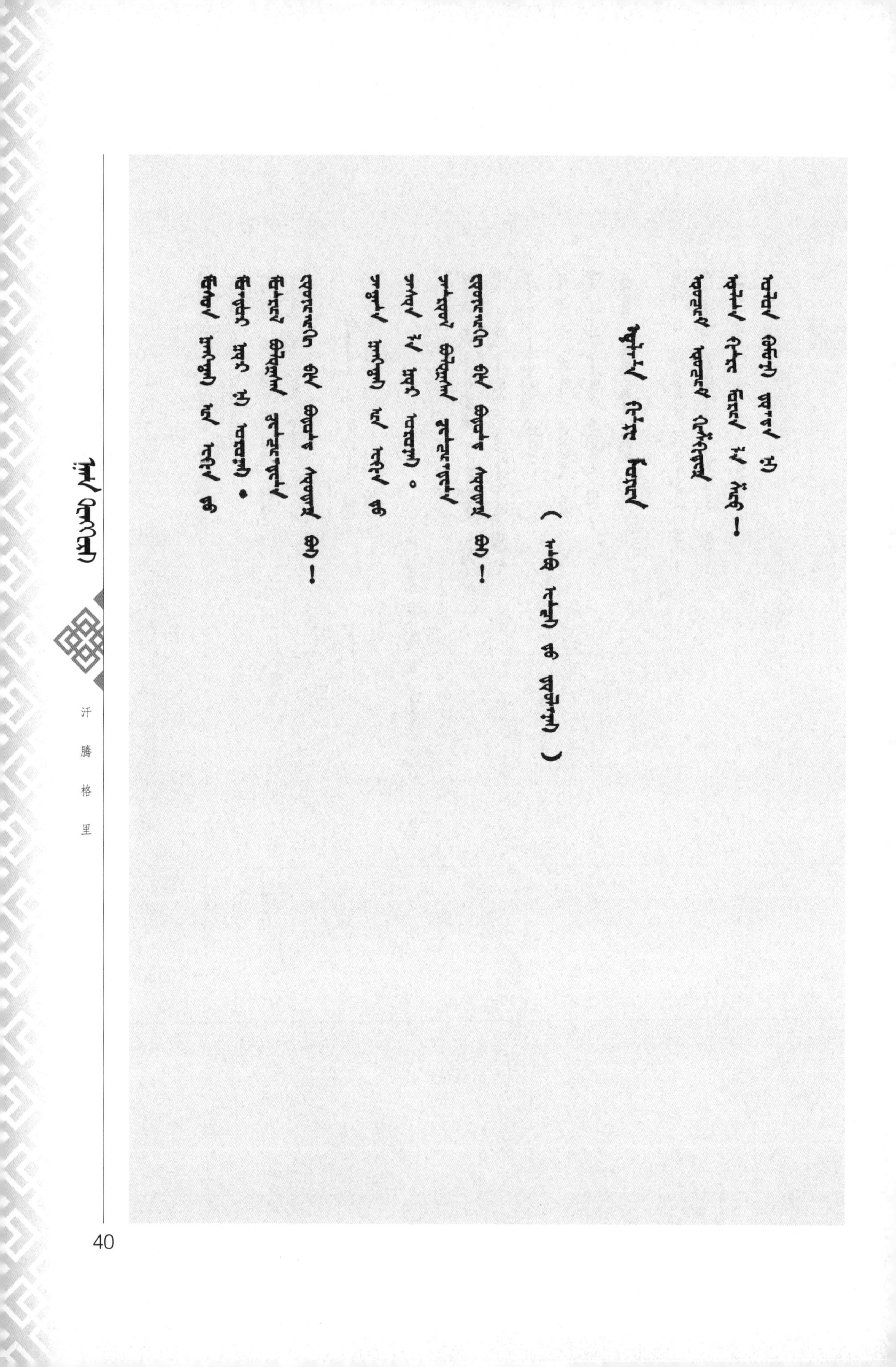

[illegible]
[illegible] !
[illegible]

[illegible]

([illegible])

[illegible] !
[illegible]
[illegible] 。
[illegible]

[illegible] !
[illegible]
[illegible] •
[illegible]

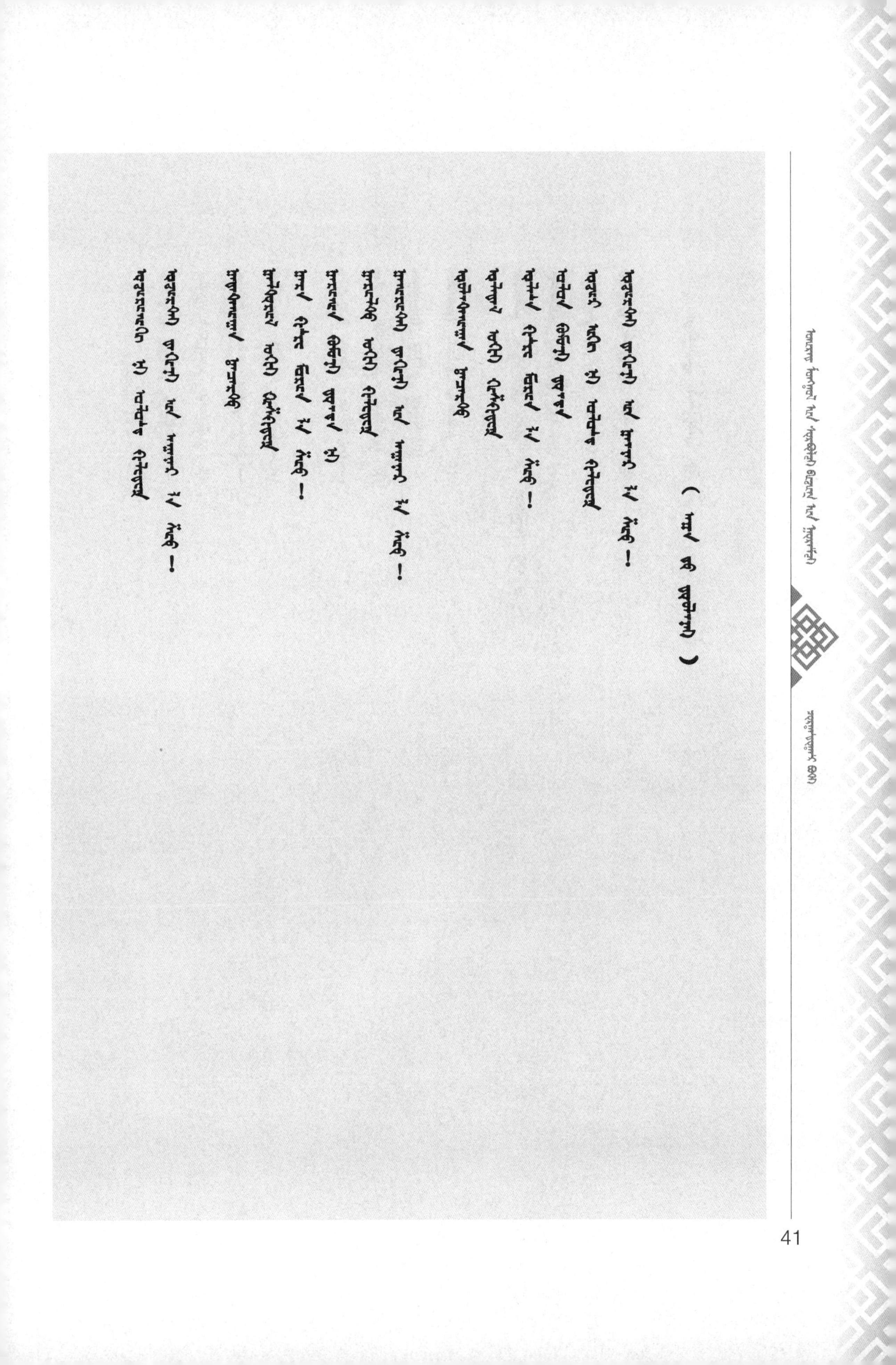

([illegible])

[illegible] —!
[illegible]
[illegible]
[illegible] —!
[illegible]
[illegible]

[illegible] —!
[illegible]
[illegible]
[illegible] —!
[illegible]
[illegible]

[illegible] —!
[illegible]

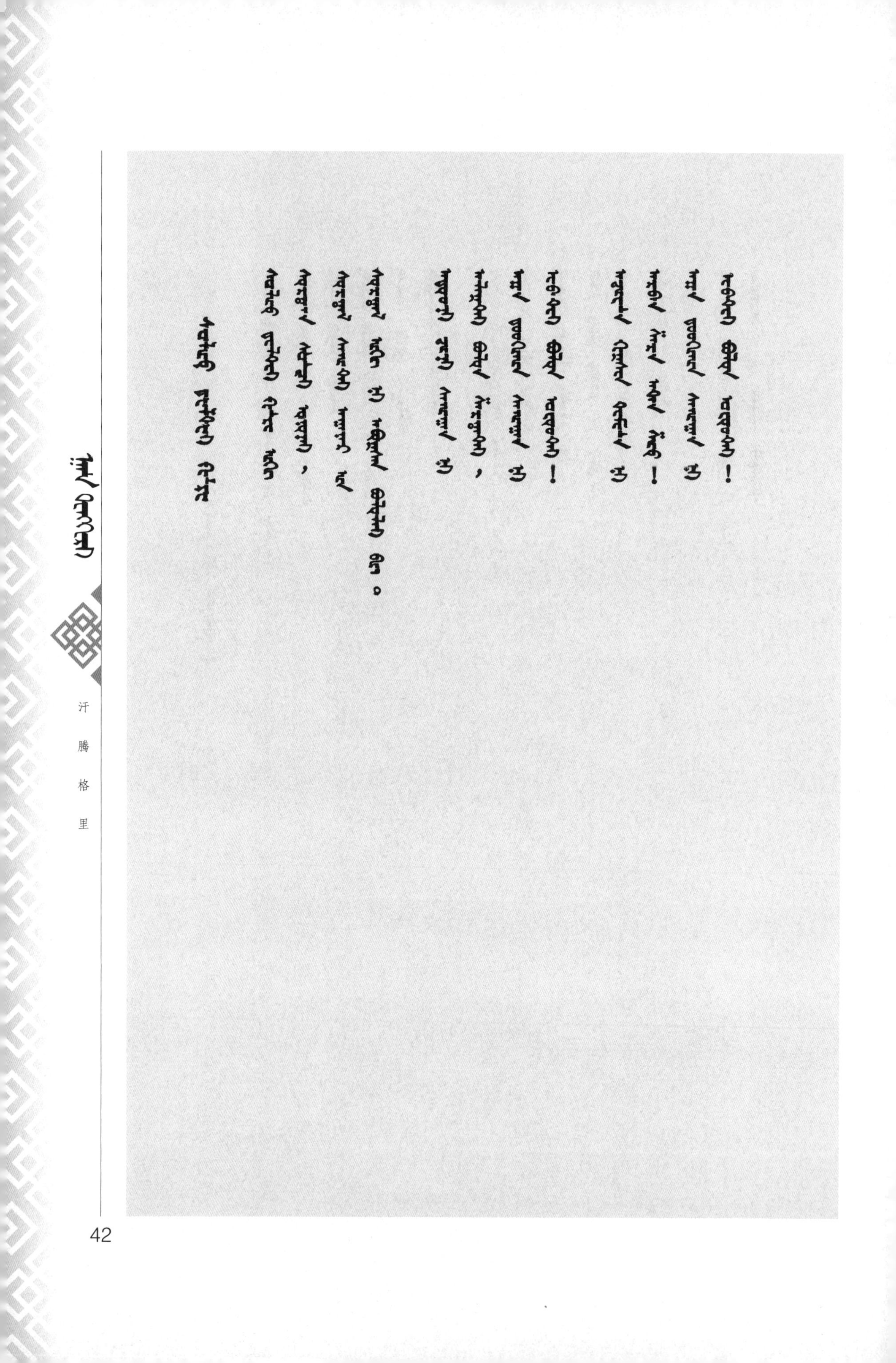

[illegible] !
[illegible]
[illegible] !
[illegible]

[illegible] !
[illegible]
[illegible] ,
[illegible]

[illegible] 。
[illegible]
[illegible] ,
[illegible]

[illegible]

ᠪᠢᠴᠢᠭᠯᠡᠭᠰᠡᠨ ᠮᠣᠩᠭᠣᠯ ᠪᠢᠴᠢᠭ ᠶᠤ
ᠲᠡᠭᠦᠨ ᠦ ᠦᠰᠦᠭ ᠰᠠᠶᠢᠬᠠᠨ —!
ᠡᠷᠳᠡᠮᠲᠡᠨ ᠮᠣᠩᠭᠣᠯ ᠦᠰᠦᠭ ᠶᠤ

ᠬᠦᠮᠦᠨ ᠪᠢᠴᠢᠭ ᠰᠠᠶᠢᠬᠠᠨ —!
ᠪᠠᠭᠠᠲᠤᠷ ᠮᠣᠩᠭᠣᠯ ᠪᠢᠴᠢᠭ ᠶᠤ
ᠪᠣᠯᠣᠨ ᠲᠡᠭᠦᠨ ᠦ ᠰᠠᠶᠢᠬᠠᠨ —!
ᠪᠠᠭᠠᠲᠤᠷ ᠮᠣᠩᠭᠣᠯ ᠦᠰᠦᠭ ᠶᠤ

ᠪᠢᠴᠢᠭ ᠲᠡᠭᠦᠨ ᠪᠣᠯᠣᠨ ᠰᠠᠶᠢᠬᠠᠨ —!
ᠪᠠᠭᠠᠲᠤᠷ ᠮᠣᠩᠭᠣᠯ ᠪᠣᠯᠣᠨ ᠶᠤ
ᠦᠰᠦᠭ ᠪᠢᠴᠢᠭ ᠲᠡᠭᠦᠨ ᠰᠠᠶᠢᠬᠠᠨ —!
ᠲᠡᠭᠦᠨ ᠮᠣᠩᠭᠣᠯ ᠲᠡᠭᠦᠨ ᠶᠤ

ᠦᠰᠦᠭ ᠦᠨ ᠪᠣᠯᠣᠨ ᠲᠡᠭᠦᠨ ᠰᠠᠶᠢᠬᠠᠨ —!
ᠲᠡᠭᠦᠨ ᠮᠣᠩᠭᠣᠯ ᠲᠡᠭᠦᠨ ᠶᠤ
ᠪᠢᠴᠢᠭ ᠪᠢᠴᠢᠭ ᠲᠡᠭᠦᠨ ᠰᠠᠶᠢᠬᠠᠨ —!
ᠪᠢᠴᠢᠭ ᠮᠣᠩᠭᠣᠯ ᠦᠰᠦᠭ ᠶᠤ

ᠪᠢ ᠴᠢᠮᠠᠢ ᠤᠳᠠᠭ᠎ᠠ ᠬᠠᠢᠷᠯᠠᠶ᠎ᠠ ᠃
ᠬᠦᠮᠦᠰ ᠭᠡᠷᠡᠯᠲᠦ ᠵᠢᠷᠭᠠᠯᠲᠠᠢ ᠂

ᠰᠢᠨᠵᠢᠯᠡᠬᠦ ᠤᠬᠠᠭᠠᠨ ᠶᠢᠨ ᠬᠦᠴᠦᠨ ᠪᠡᠷ !
ᠤᠷᠭᠤᠨ ᠪᠠᠶᠢᠭᠠᠯᠢ ᠪᠠᠶᠠᠯᠢᠭ ᠵᠢᠨ
ᠤᠳᠠᠭᠠᠯᠠᠭᠠᠷ ᠬᠦᠴᠦᠲᠦ ᠶᠢᠨ ᠠᠷᠭ᠎ᠠ ᠃
ᠤᠳᠠᠭᠠᠨ ᠭᠡᠷᠡᠯ ᠶᠢᠨ

ᠤᠳᠠᠭᠠᠨ ᠭᠡᠷᠡᠯ ᠶᠢᠨ

(ᠮᠣᠩᠭᠣᠯ ᠠᠷᠠᠳ ᠤᠨ ᠳᠠᠭᠤᠤ)

ᠪᠠᠭᠠᠳ ᠬᠣᠨᠢᠨ ᠰᠠᠷᠠ ᠭᠡᠷᠡᠯ !
ᠪᠠᠭᠠᠳᠠᠢ ᠤᠯᠠᠭᠠᠨ ᠰᠠᠷᠠ ᠶᠢᠨ
ᠪᠠᠶ᠋ᠢ ᠬᠠᠷᠠᠨ ᠪᠠᠶᠠᠷ ᠭᠡᠷᠡᠯ !
ᠪᠠᠶᠠᠷᠯᠠᠭᠰᠠᠨ ᠤᠯᠠᠭᠠᠨ ᠪᠠᠶᠠᠷ ᠶᠢᠨ

ᠪᠠᠶᠠᠨ ᠬᠠᠷᠠᠨ ᠪᠠᠶᠠᠰᠬᠤᠯᠠᠩ ᠭᠡᠷᠡᠯ !

ᠪᠠᠶᠢᠭᠠᠯᠢ ᠶᠢᠨ ᠰᠢᠨᠵᠢᠯᠡᠭᠡᠴᠢ ᠬᠦᠮᠦᠨ ᠂
ᠪᠣᠯᠤᠨ ᠮᠡᠳᠡᠭᠡᠨ ᠪᠣᠯᠭᠠᠭᠰᠠᠨ

ᠬᠦᠮᠦᠨ ᠬᠦᠮᠦᠨ ᠪᠣᠯ ᠶᠠᠭᠤ ᠲᠠᠢ ᠠᠳᠠᠯᠢᠰᠬᠠᠵᠤ ᠪᠣᠢ ?
ᠪᠠᠶᠠᠯᠢᠭ ᠤᠨ ᠣᠷᠣᠨ ᠤ
ᠠᠮᠢᠲᠠᠨ ᠤ ᠶᠠᠭᠤ ᠲᠠᠢ ᠠᠳᠠᠯᠢᠰᠬᠠᠵᠤ ᠪᠣᠢ ?
ᠪᠠᠶᠠᠯᠢᠭ ᠲᠠᠢ ᠭᠠᠵᠠᠷ ᠤ

ᠪᠠᠶᠠᠯᠢᠭ ᠲᠠᠢ ᠭᠠᠵᠠᠷ

(ᠰᠤᠷᠤᠯᠴᠠᠭᠠ ᠪᠣᠳᠣᠯᠭᠠᠨ ᠬᠦᠮᠦᠨ ᠦ ᠲᠡᠤᠬᠡ)

ᠬᠦᠮᠦᠨ ᠪᠣᠯ ᠪᠠᠨ ᠠᠳᠠᠯᠢᠰᠬᠠᠵᠤ ᠮᠡᠳᠡᠨ᠎ᠡ ᠦᠭᠡᠢ !
ᠠᠮᠢᠲᠠᠳ ᠤᠨ ᠰᠢᠨᠵᠢᠯᠡᠭᠡᠨ
ᠠᠮᠢᠨ ᠪᠣᠯ ᠪᠠᠶᠠᠯᠢᠭ ᠲᠣᠭᠲᠠᠭᠠᠨ ◦
ᠠᠮᠢᠳᠤᠷᠠᠯ ᠤᠨ ᠤᠭ ᠢᠶᠠᠷ ᠰᠠᠢᠬᠠᠨ ᠂

ᠬᠦᠮᠦᠨ ᠪᠣᠯ ᠪᠠᠨ ᠠᠳᠠᠯᠢᠰᠬᠠᠵᠤ ᠮᠡᠳᠡᠨ᠎ᠡ ᠦᠭᠡᠢ !
ᠪᠣᠯᠤᠨ (ᠪᠣᠯᠣᠨ) ᠰᠢᠨᠵᠢᠯᠡᠭᠡᠨ ᠂

[illegible] ᠨᠢ
[illegible] ᠪᠣᠢ ?

[illegible]
[illegible] ᠨᠢ [illegible] ᠨᠢ 、
[illegible] ᠨᠢ
[illegible] ᠪᠣᠢ ?

([illegible]
[illegible] ᠨᠢ [illegible])

[illegible]

[illegible] ᠪᠢᠯᠡ
[illegible] 、
[illegible]
[illegible] 。

[illegible] ᠪᠢᠯᠡ

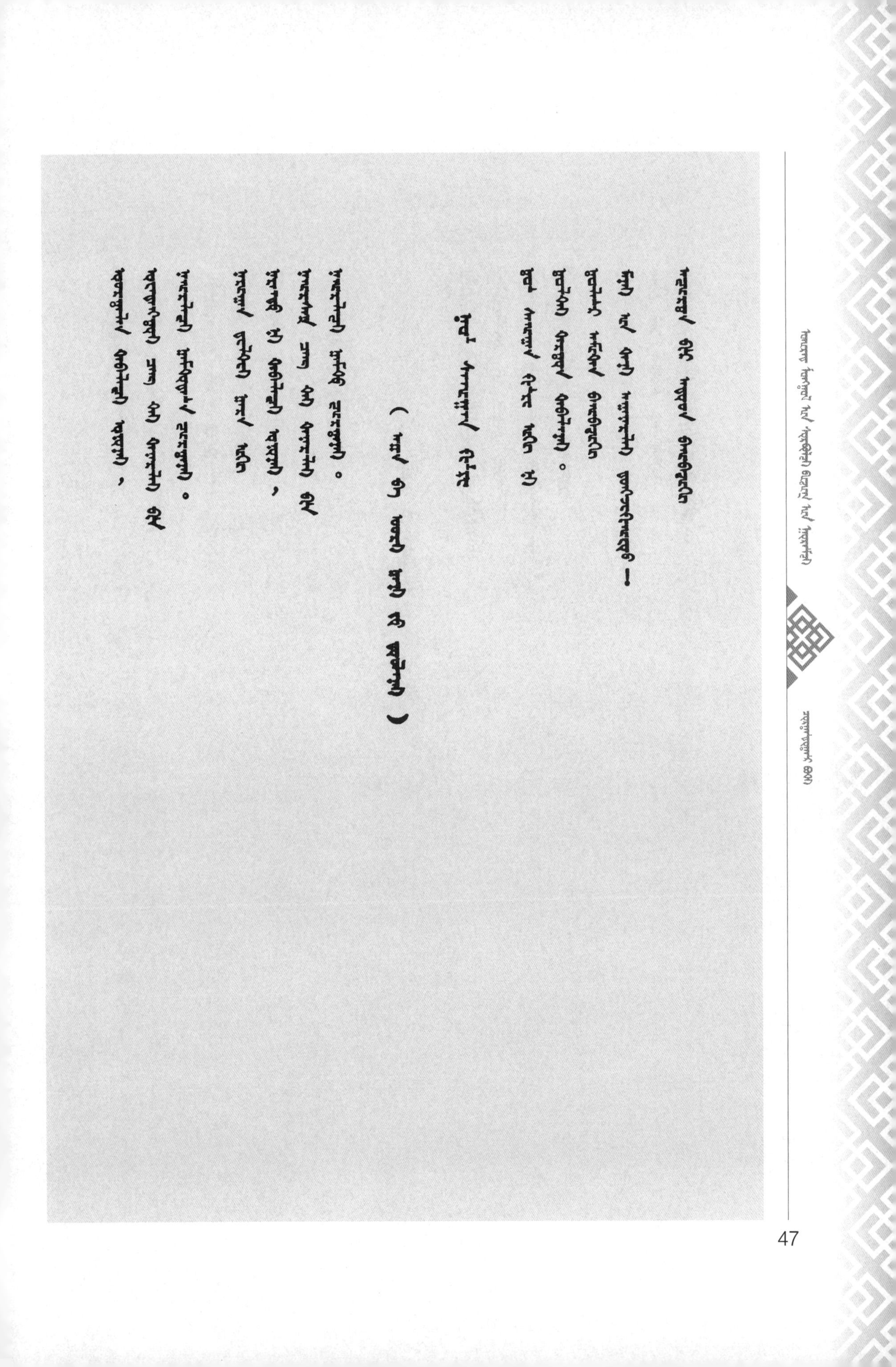

[illegible]

[illegible] —
[illegible]
[illegible] 。
[illegible]

[illegible]

([illegible])

[illegible] 。
[illegible]
[illegible] ,
[illegible]

[illegible] 。
[illegible]
[illegible] ,

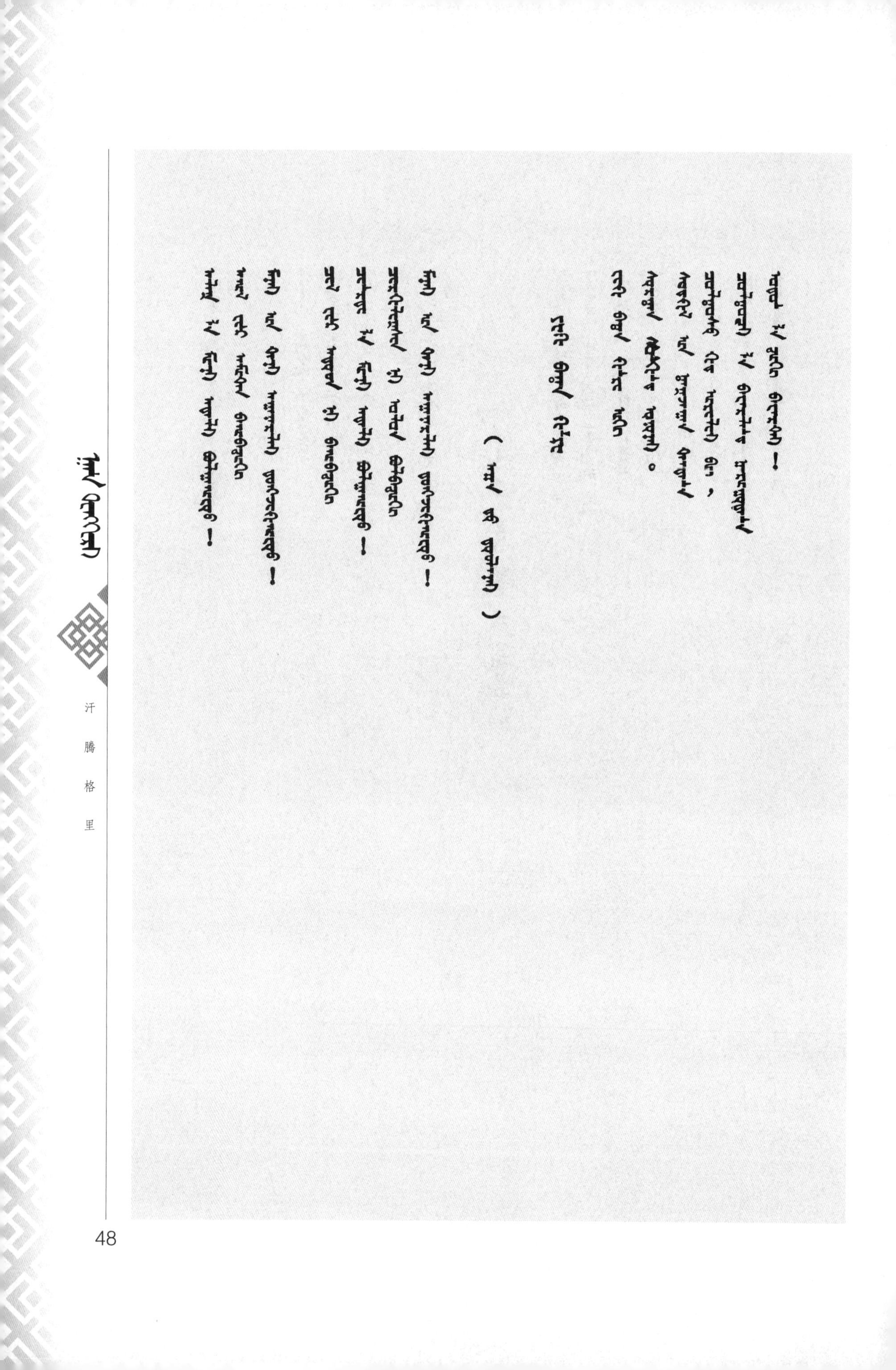

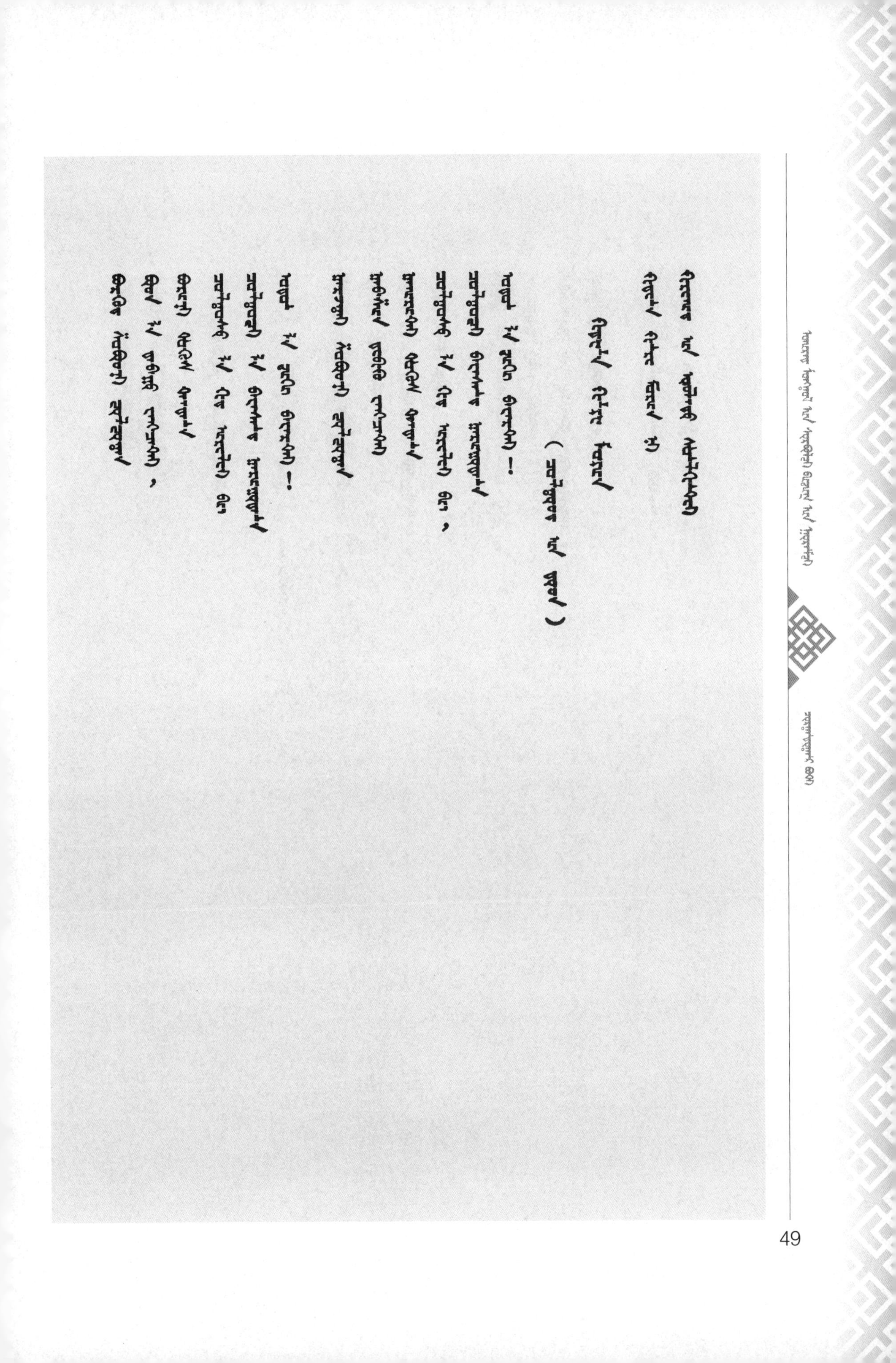

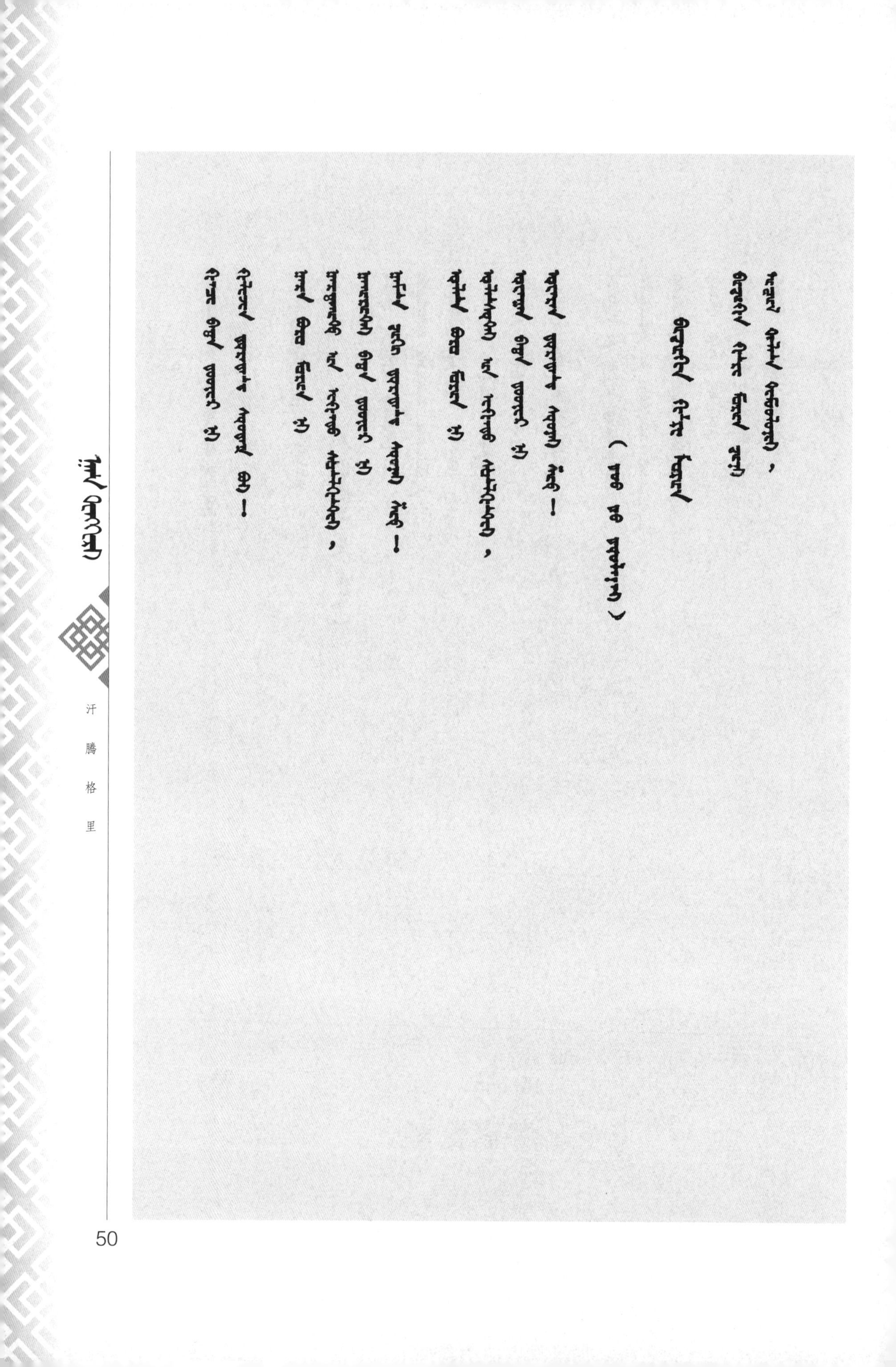

[illegible]

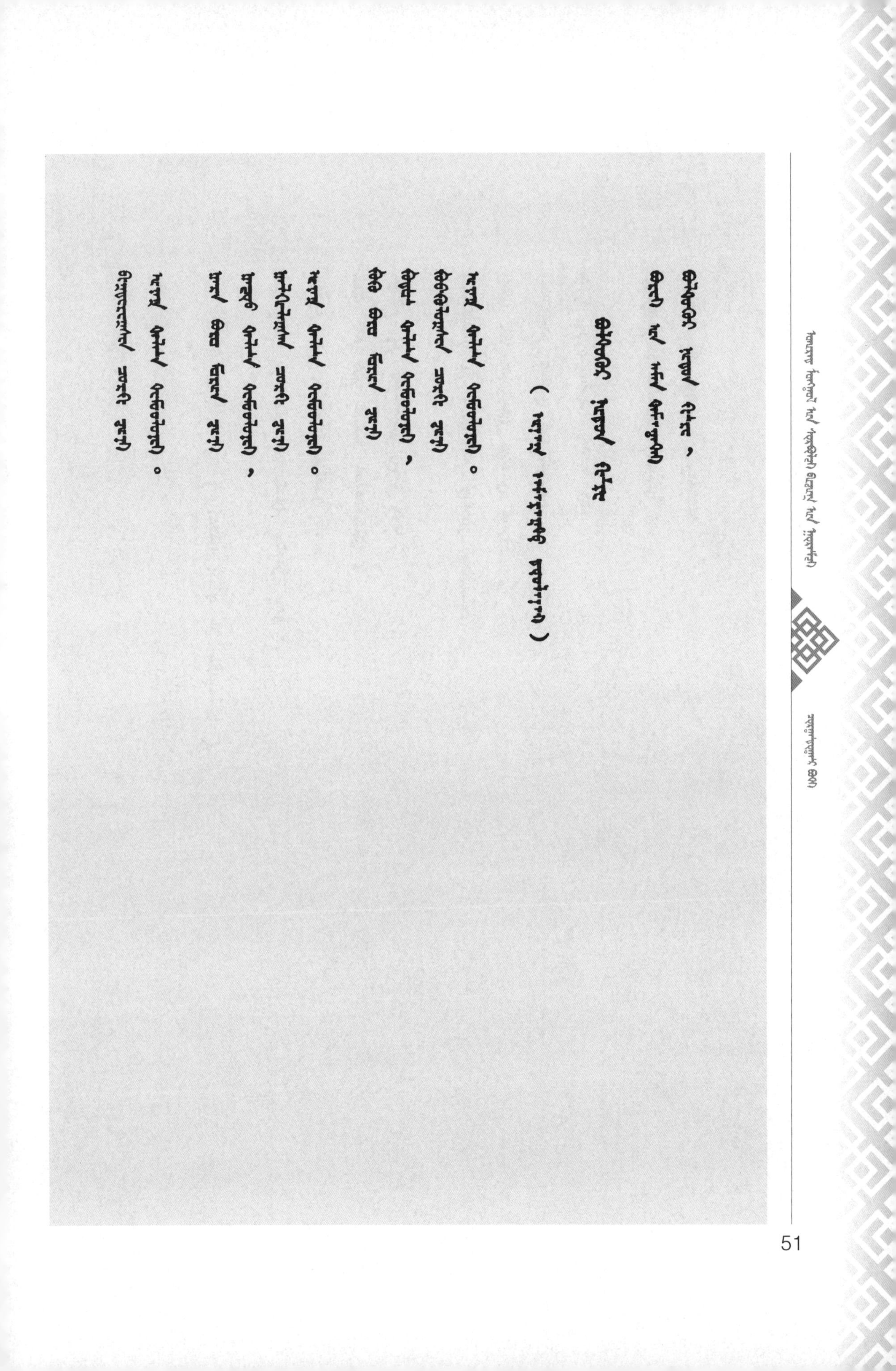

[illegible]
[illegible] 。

[illegible]
[illegible] ,
[illegible]
[illegible] 。

[illegible]
[illegible] ,
[illegible]
[illegible] 。

([illegible])

[illegible]

[illegible]
[illegible] ,

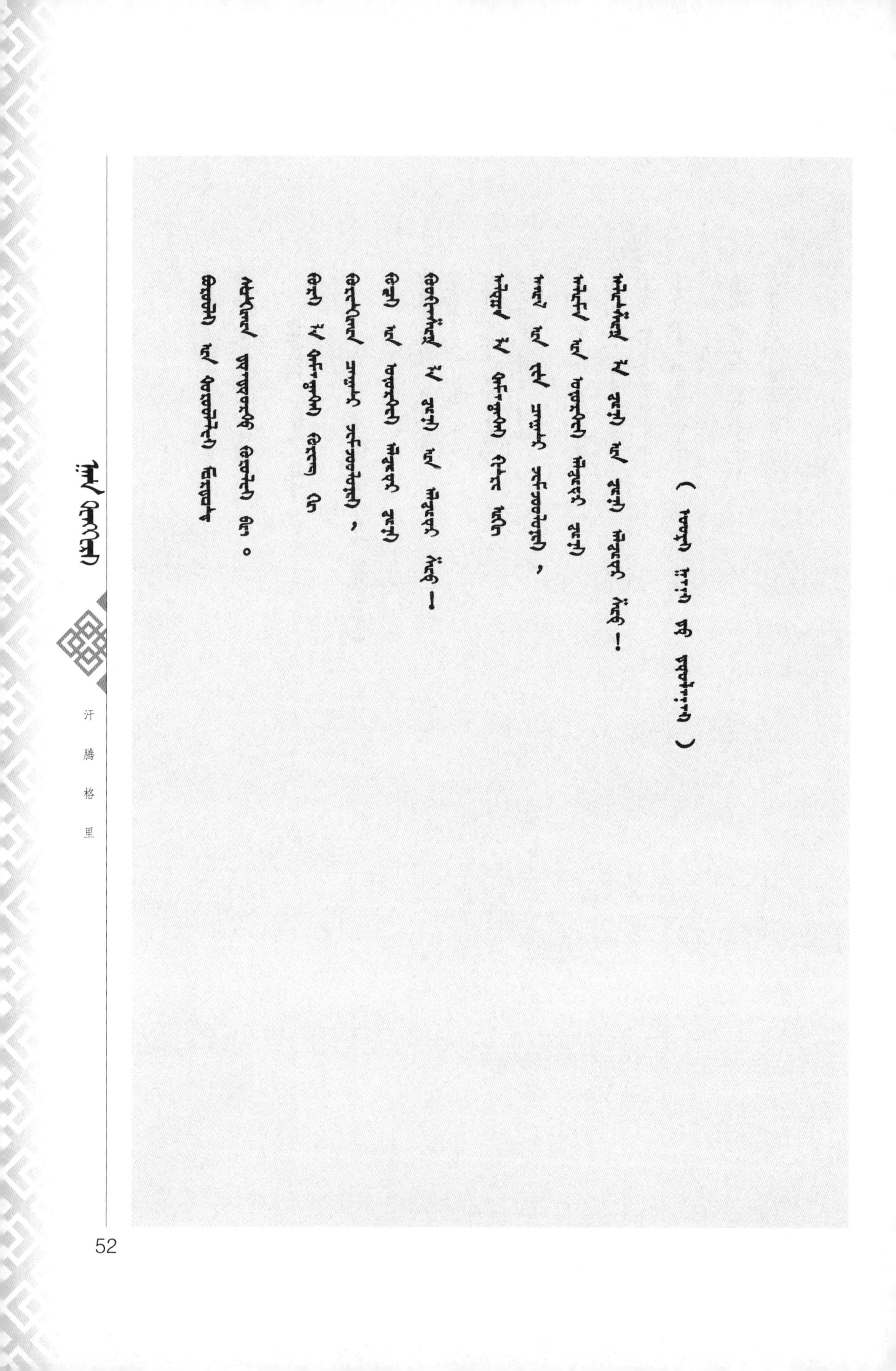

([illegible])

[illegible] !
[illegible]
[illegible] ,
[illegible]

[illegible] !
[illegible]
[illegible] ,
[illegible]

[illegible] 。
[illegible]

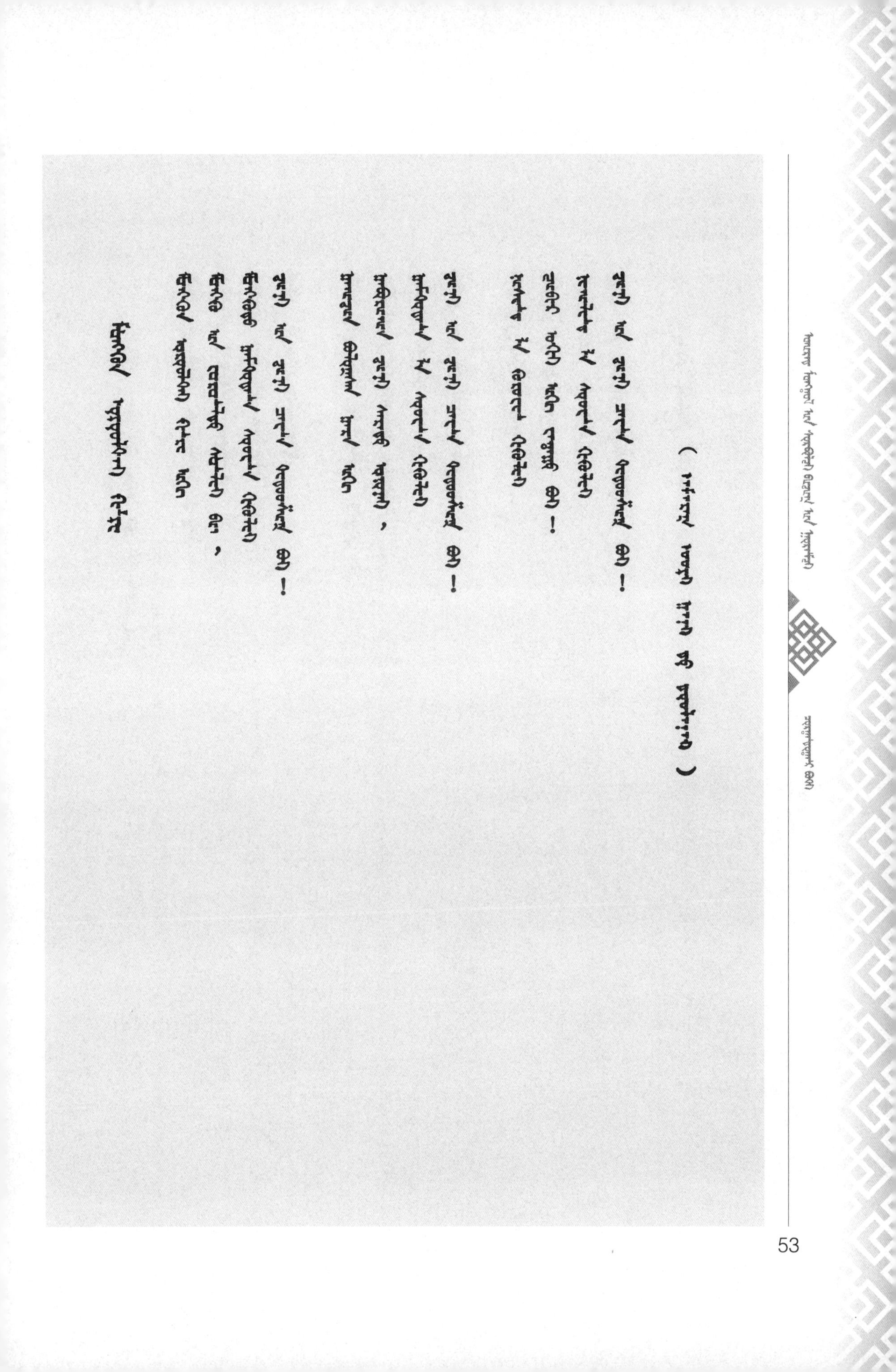

[illegible]

[illegible]
[illegible]
[illegible]
[illegible]

[illegible]
[illegible]
[illegible]
[illegible]

[illegible]
[illegible]
[illegible]
[illegible]

([illegible])

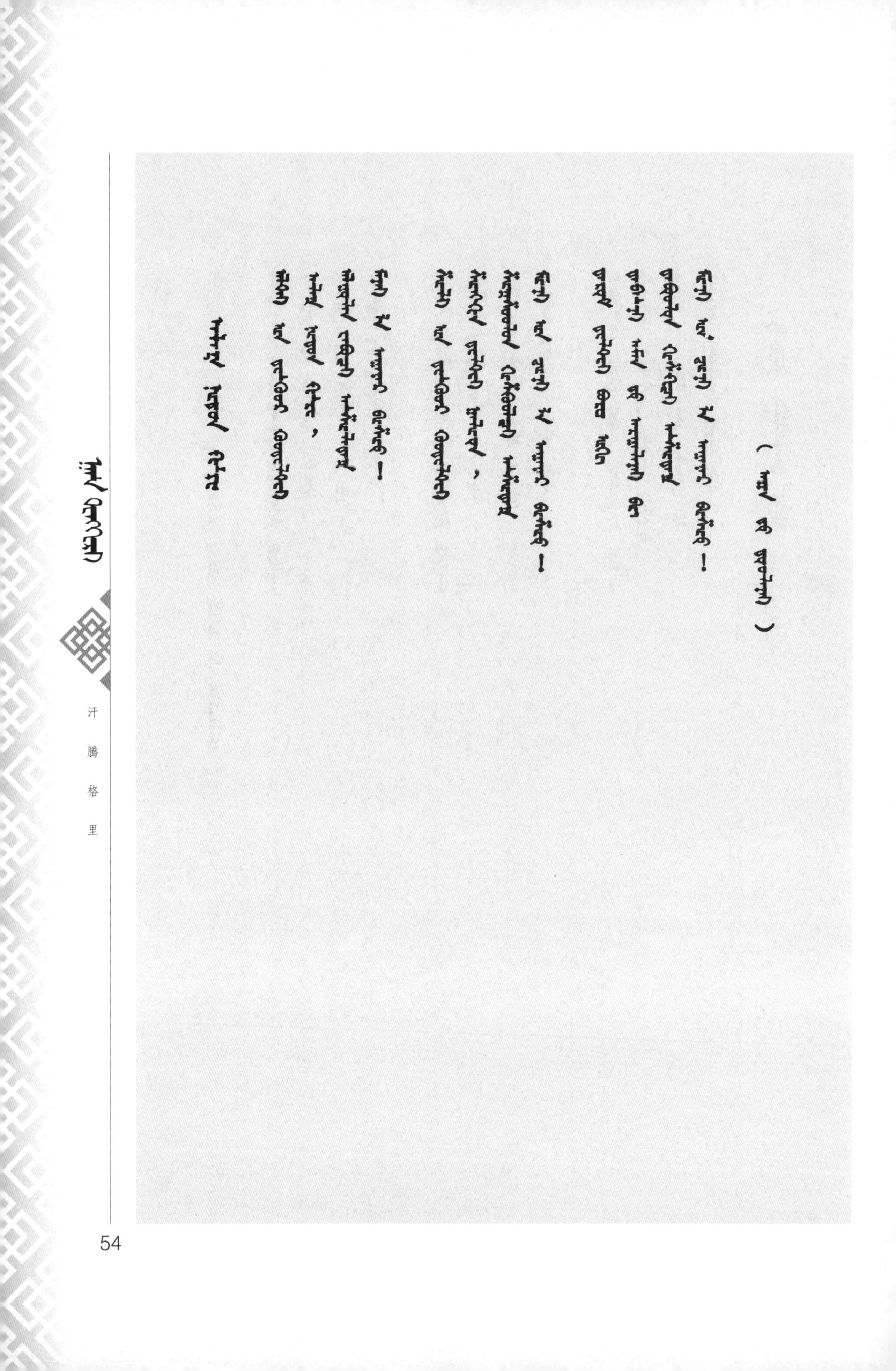

([illegible])

[illegible]
[illegible]
[illegible]
[illegible]

[illegible]
[illegible]
[illegible]

[illegible]
[illegible]
[illegible]

[illegible]

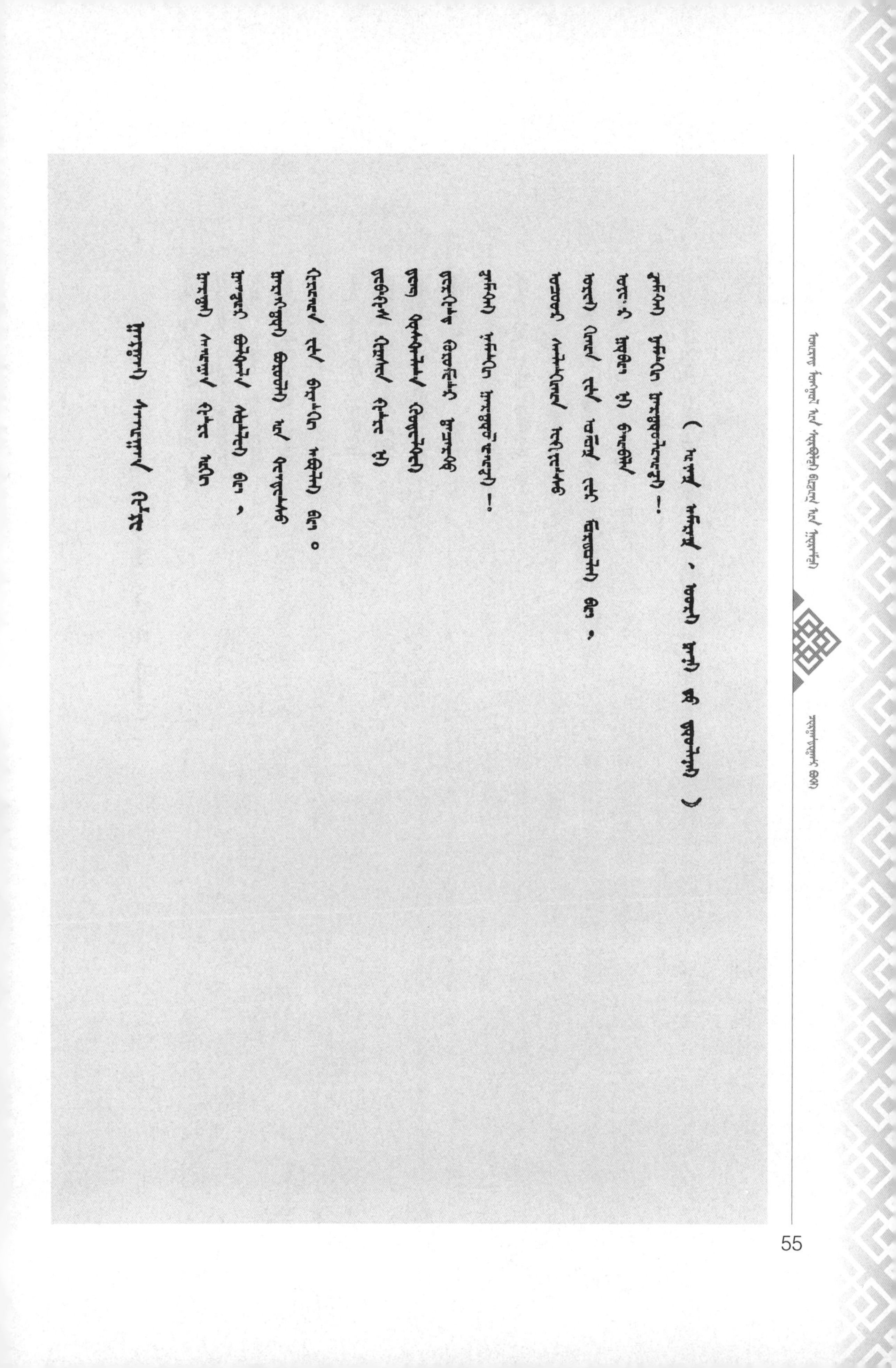

([illegible])

[illegible] !
[illegible]
[illegible] ,
[illegible]

[illegible] !
[illegible]
[illegible]
[illegible]

[illegible] .
[illegible]
[illegible] ,
[illegible]

[illegible]

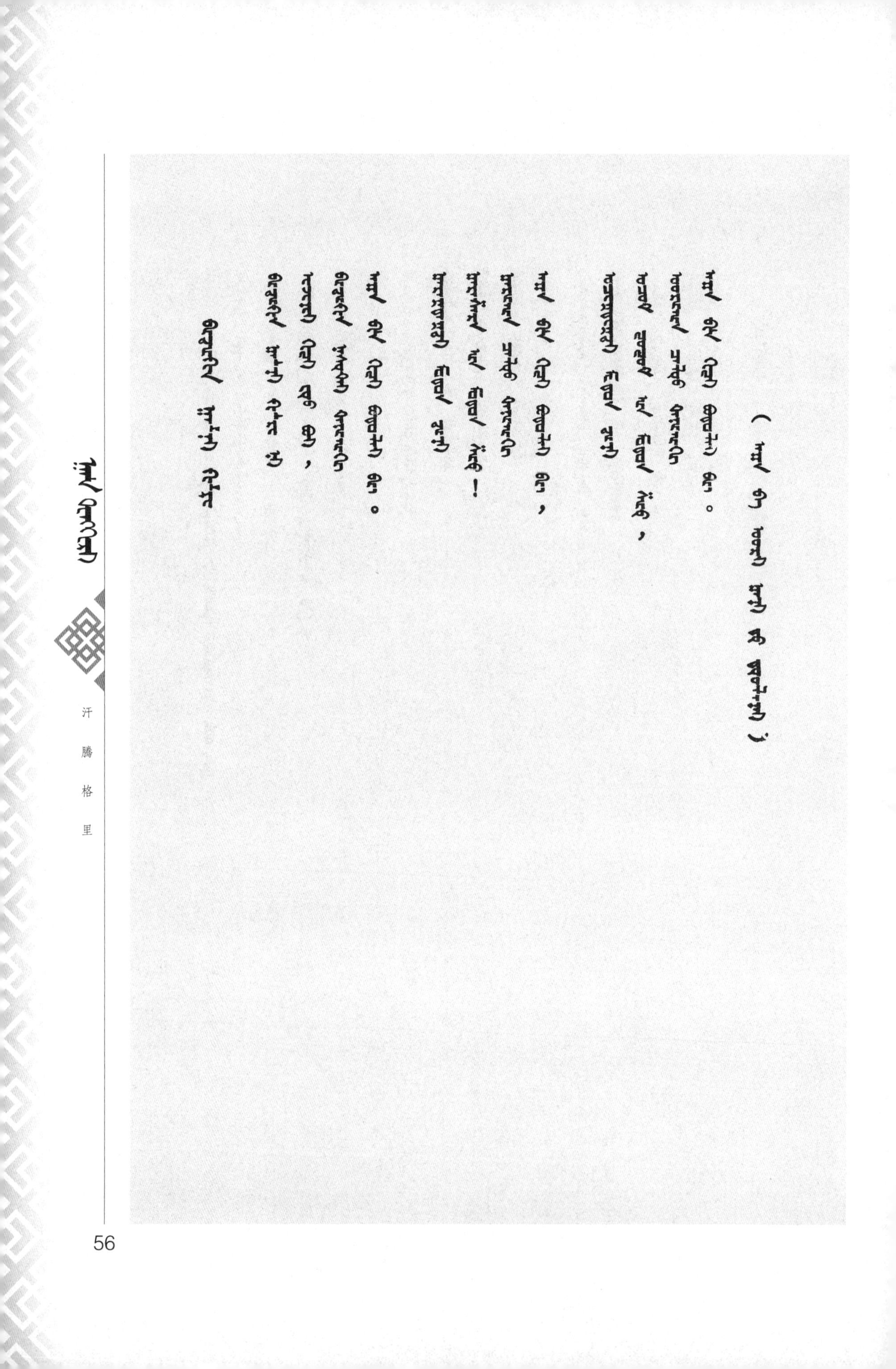

[illegible]

[illegible]
[illegible]
[illegible]
[illegible]

[illegible]
[illegible]
[illegible]
[illegible]

[illegible]
[illegible]
[illegible]
[illegible]

([illegible])

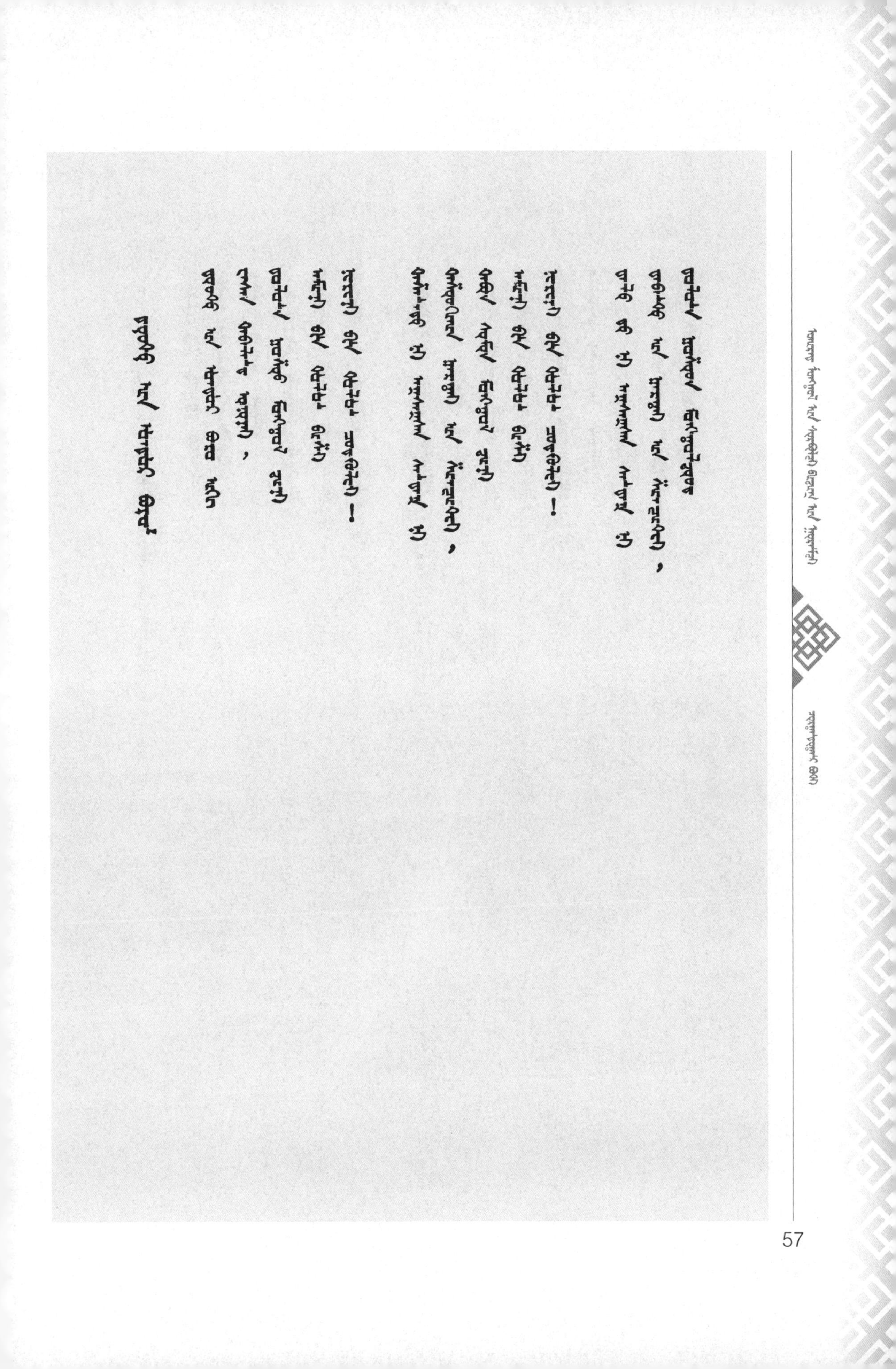

[illegible]
[illegible]
[illegible]

[illegible]
[illegible]
[illegible]
[illegible]
[illegible]

[illegible]
[illegible]
[illegible]
[illegible]
[illegible]

[illegible]

(ᠨᠠᠭᠠᠳᠤᠮ ᠪᠠᠶᠢᠷ ᠪᠦᠵᠢᠭᠯᠡᠬᠦ ᠶᠢᠨ ᠳᠠᠭᠤᠤᠯᠤᠯ)

ᠨᠠᠭᠠᠳᠤᠶ᠎ᠠ ᠪᠢᠳᠡ ᠪᠦᠵᠢᠭᠯᠡᠨ ᠬᠠᠮᠲᠤᠳᠠᠶ᠎ᠠ!
ᠳᠠᠭᠤᠯᠠᠶ᠎ᠠ ᠪᠢᠳᠡ ᠪᠦᠵᠢᠭᠯᠡᠨ ᠪᠠᠶᠠᠷᠯᠠᠶ᠎ᠠ
ᠰᠠᠶᠢᠬᠠᠨ ᠡᠳᠦᠷ ᠬᠠᠪᠤᠷ
ᠰᠠᠷᠠᠭᠤᠯ ᠤᠨ ᠳᠠᠭᠤᠤᠨ ᠬᠠᠨᠠᠭᠠᠯᠠᠨ
ᠪᠠᠶᠠᠰᠤᠯᠠᠩ ᠬᠠᠨᠠᠭᠠᠯᠲᠠ ᠶᠢᠨ ᠮᠡᠳᠡᠷᠡᠮᠵᠢ,
ᠪᠠᠶᠠᠰᠬᠤᠯᠠᠩ ᠢ ᠳᠠᠯᠠᠯᠠᠭᠰᠠᠨ ᠰᠠᠷᠠᠭᠤᠯ ᠢ

ᠨᠠᠭᠠᠳᠤᠶ᠎ᠠ ᠪᠢᠳᠡ ᠪᠦᠵᠢᠭᠯᠡᠨ ᠬᠠᠮᠲᠤᠳᠠᠶ᠎ᠠ!
ᠳᠠᠭᠤᠯᠠᠶ᠎ᠠ ᠪᠢᠳᠡ ᠪᠦᠵᠢᠭᠯᠡᠨ ᠪᠠᠶᠠᠷᠯᠠᠶ᠎ᠠ
ᠭᠡᠷᠡᠯᠲᠦ ᠡᠳᠦᠷ ᠬᠠᠪᠤᠷ
ᠰᠠᠷᠠᠭᠤᠯ ᠤᠨ ᠳᠠᠭᠤᠤᠨ ᠬᠠᠨᠠᠭᠠᠯᠠᠨ
ᠳᠠᠭᠤ ᠶᠢᠨ ᠬᠠᠨᠠᠭᠠᠯᠲᠠ ᠶᠢᠨ ᠮᠡᠳᠡᠷᠡᠮᠵᠢ,
ᠳᠠᠯᠠᠯᠠᠭᠰᠠᠨ ᠳᠠᠯᠠᠯᠠᠭᠰᠠᠨ ᠰᠠᠷᠠᠭᠤᠯ ᠢ

ᠨᠠᠭᠠᠳᠤᠶ᠎ᠠ ᠪᠢᠳᠡ ᠪᠦᠵᠢᠭᠯᠡᠨ ᠬᠠᠮᠲᠤᠳᠠᠶ᠎ᠠ!
ᠳᠠᠭᠤᠯᠠᠶ᠎ᠠ ᠪᠦᠵᠢᠭᠯᠡᠨ ᠪᠠᠶᠠᠷᠯᠠᠶ᠎ᠠ

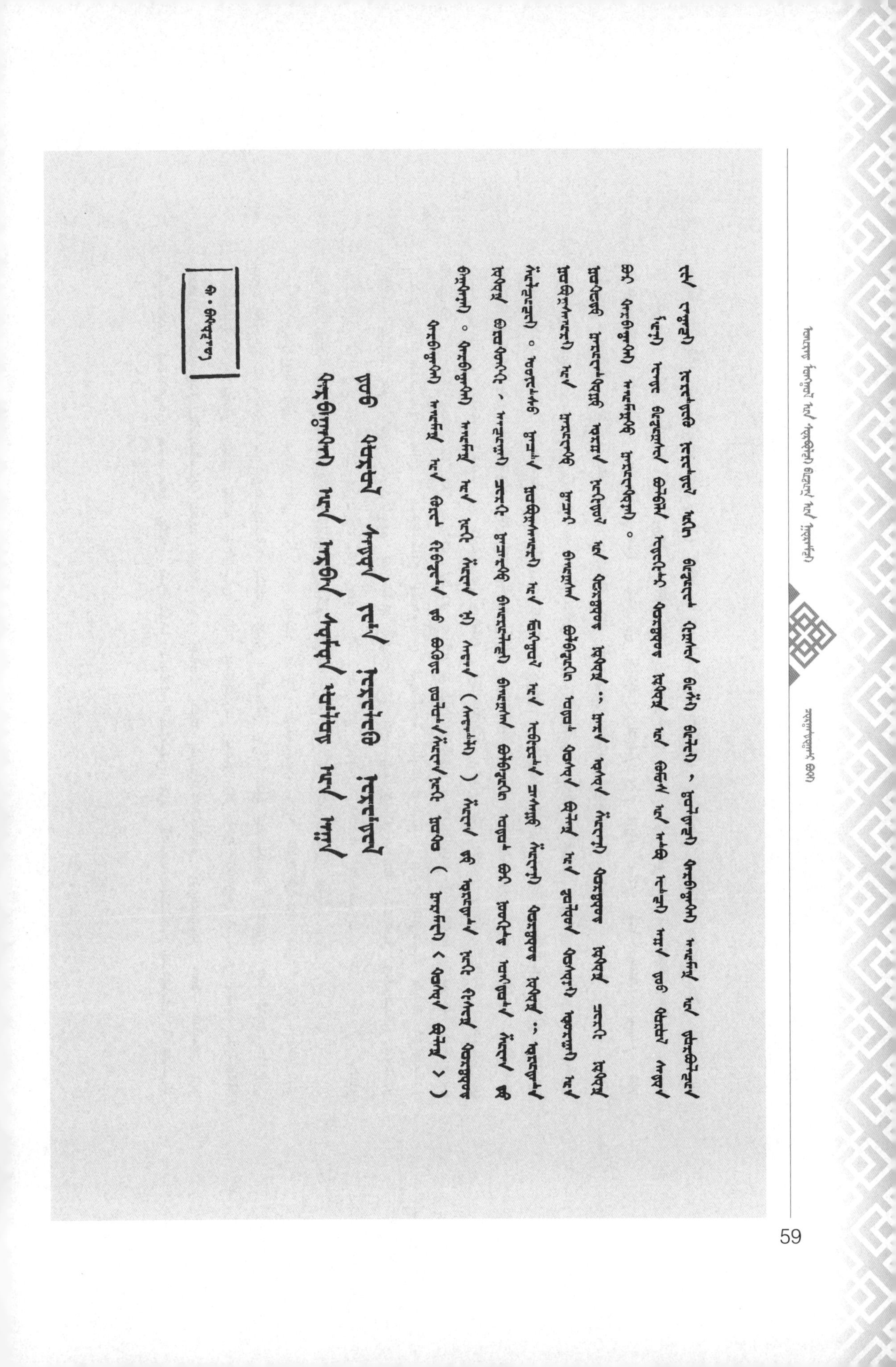

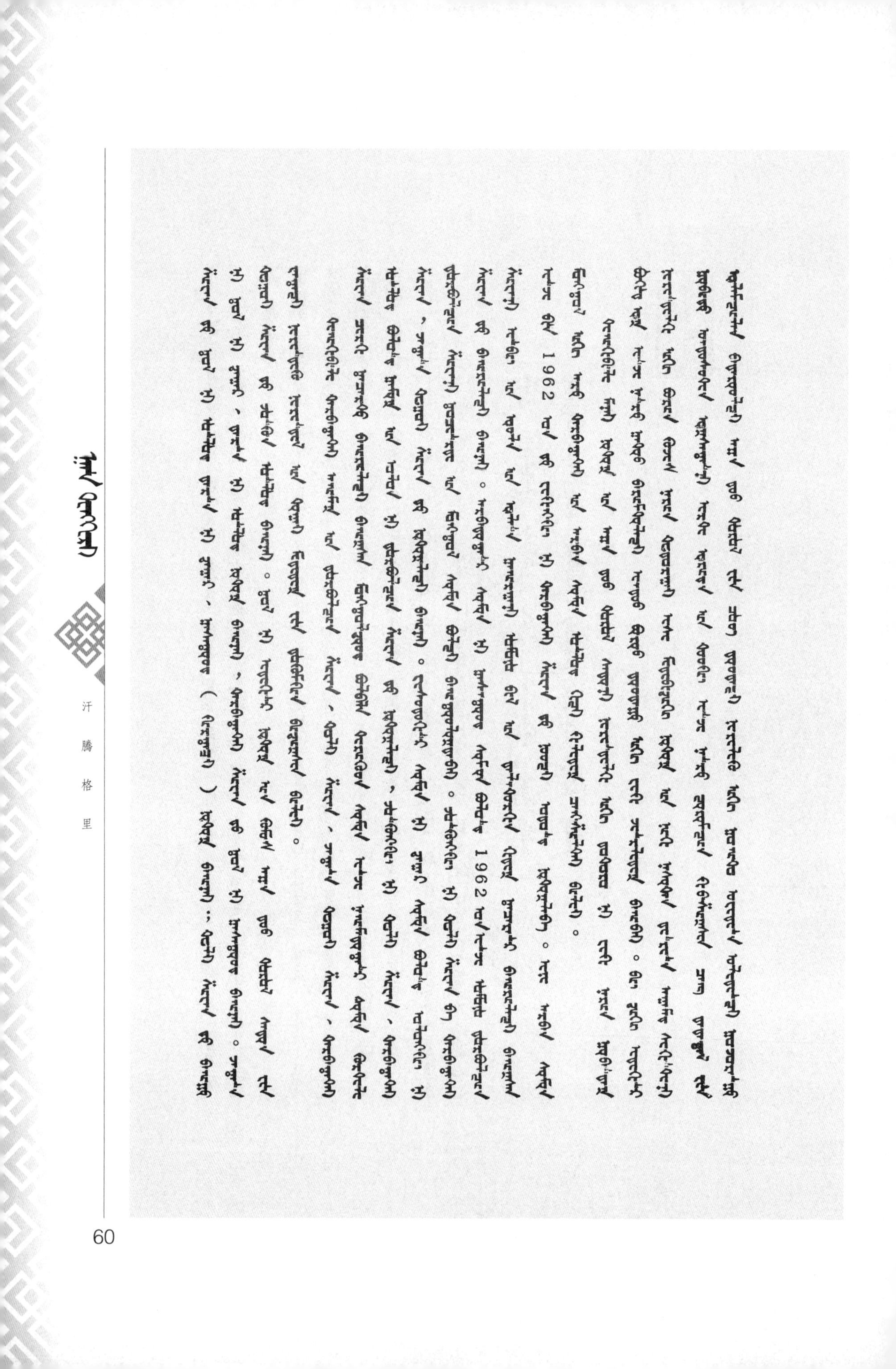

[illegible]

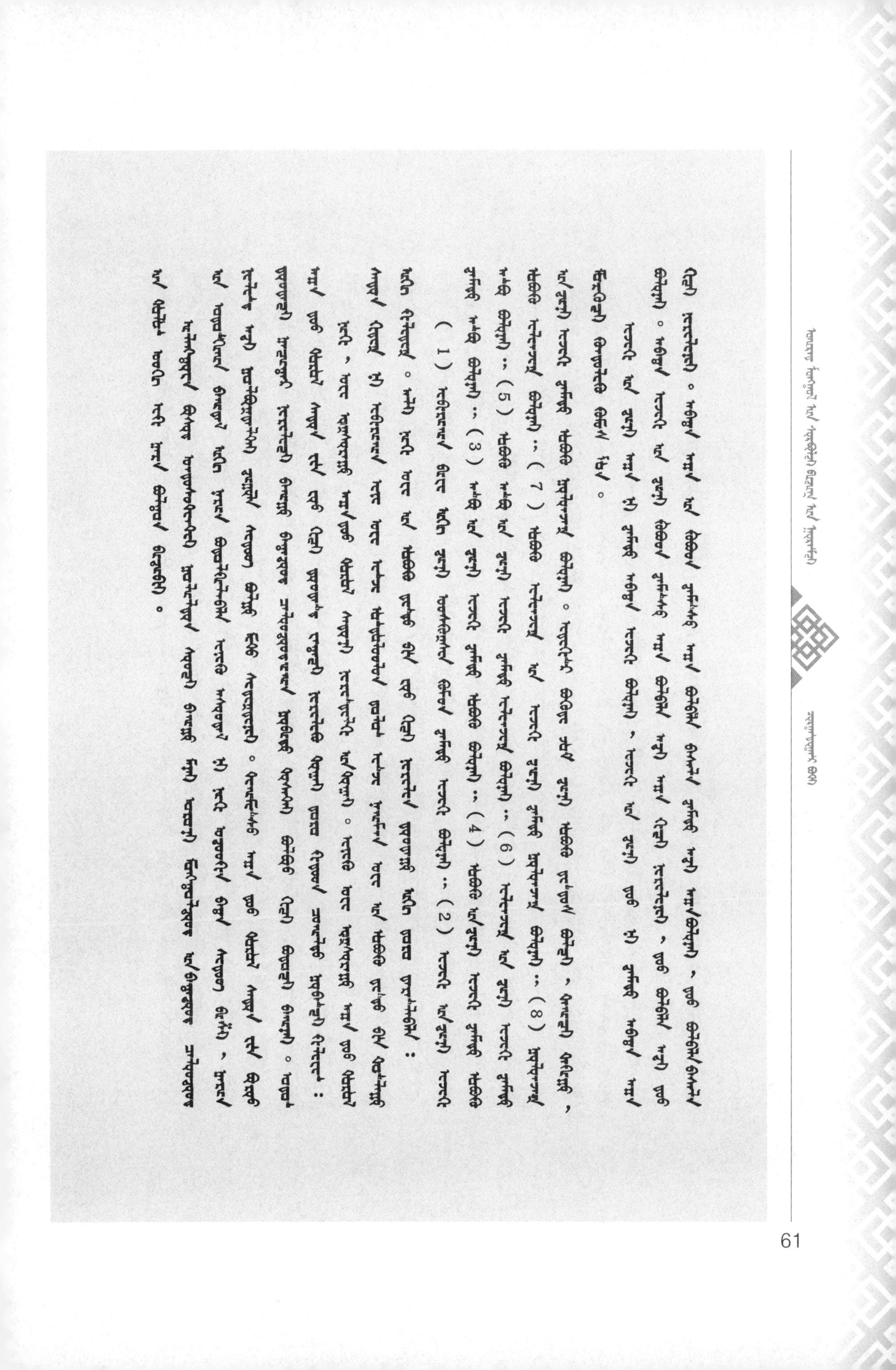

[illegible] 。

[illegible] 。 [illegible] 、 [illegible] :

[illegible] 。 [illegible] :

(1) [illegible] ∷ (2) [illegible] ∷ (3) [illegible] ∷ (4) [illegible] ∷ (5) [illegible] ∷ (6) [illegible] ∷ (7) [illegible] ∷ (8) [illegible] 、 [illegible] 、 [illegible] 。 [illegible] 。

[illegible] 、 [illegible] 。 [illegible] 、 [illegible] 。 [illegible]

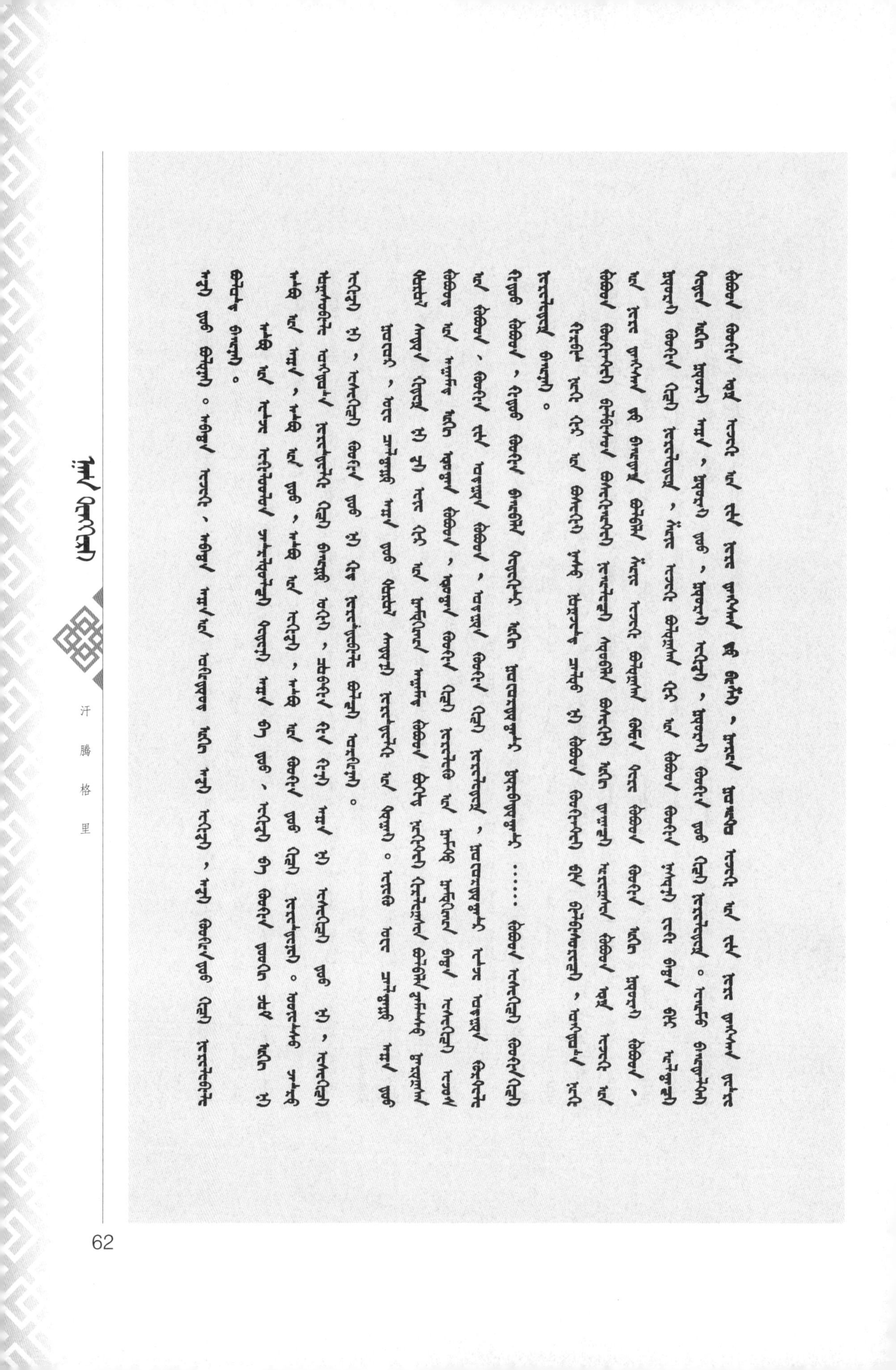

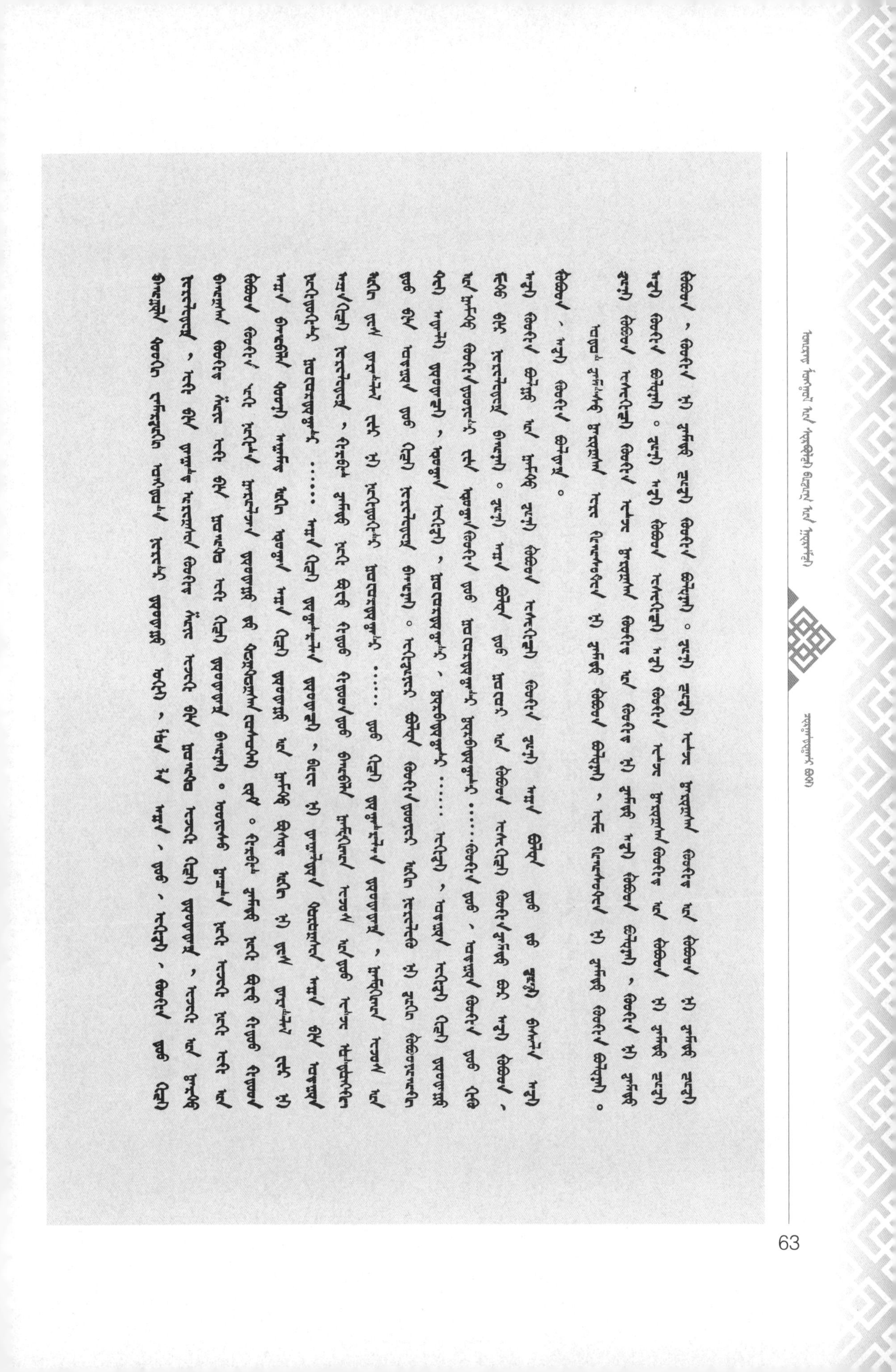

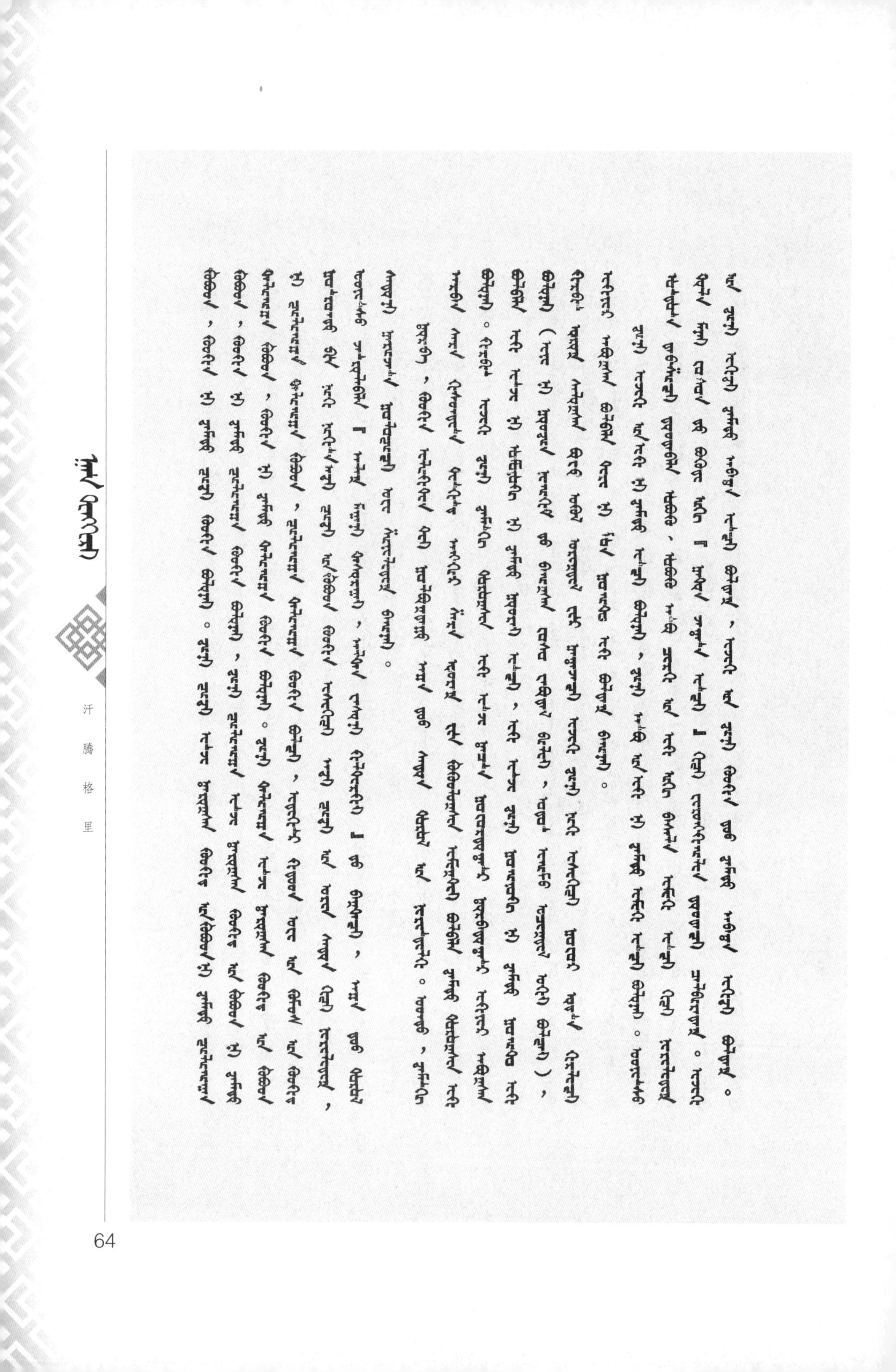

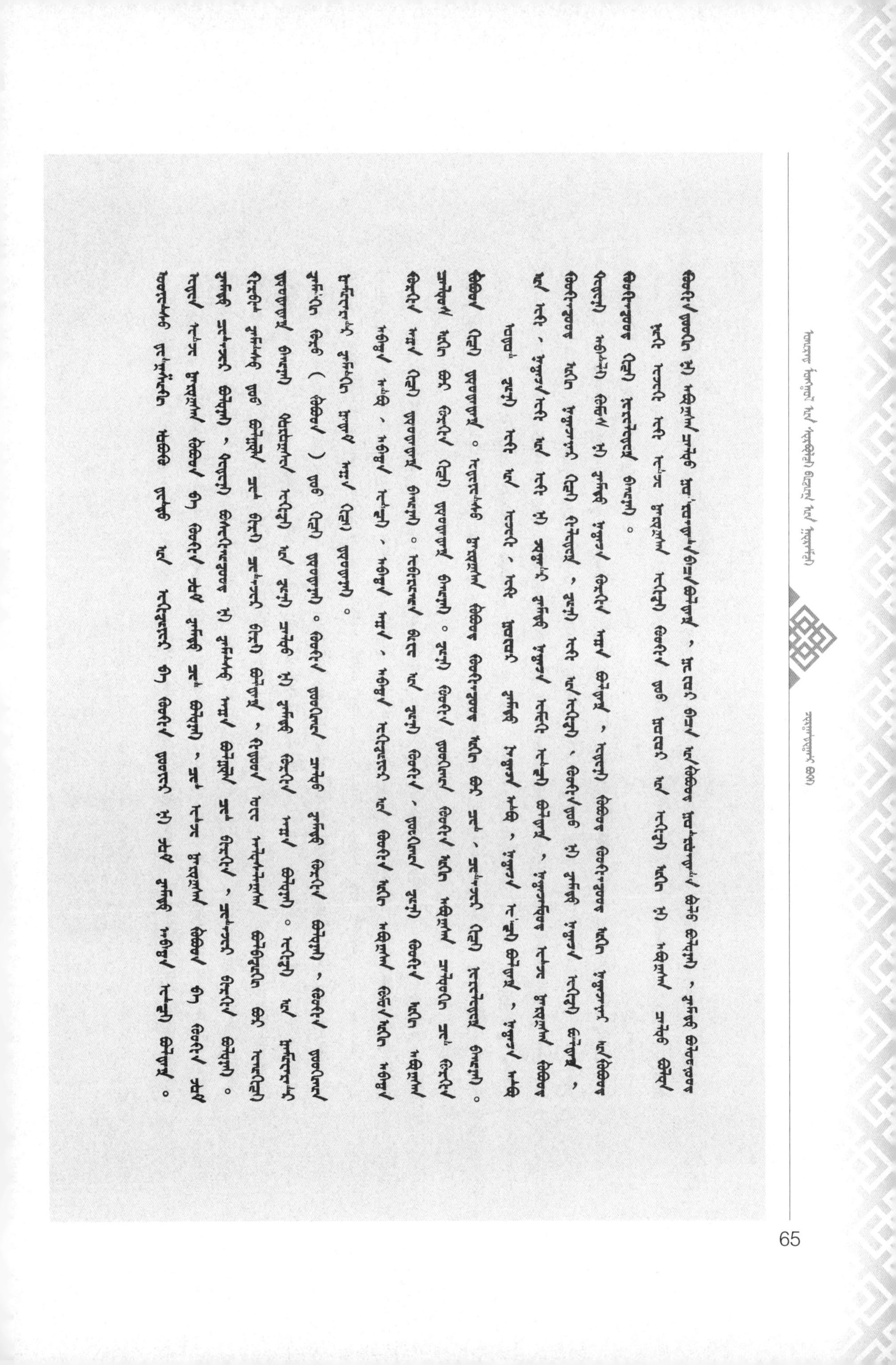

[illegible]

[illegible]

[illegible]

[illegible]

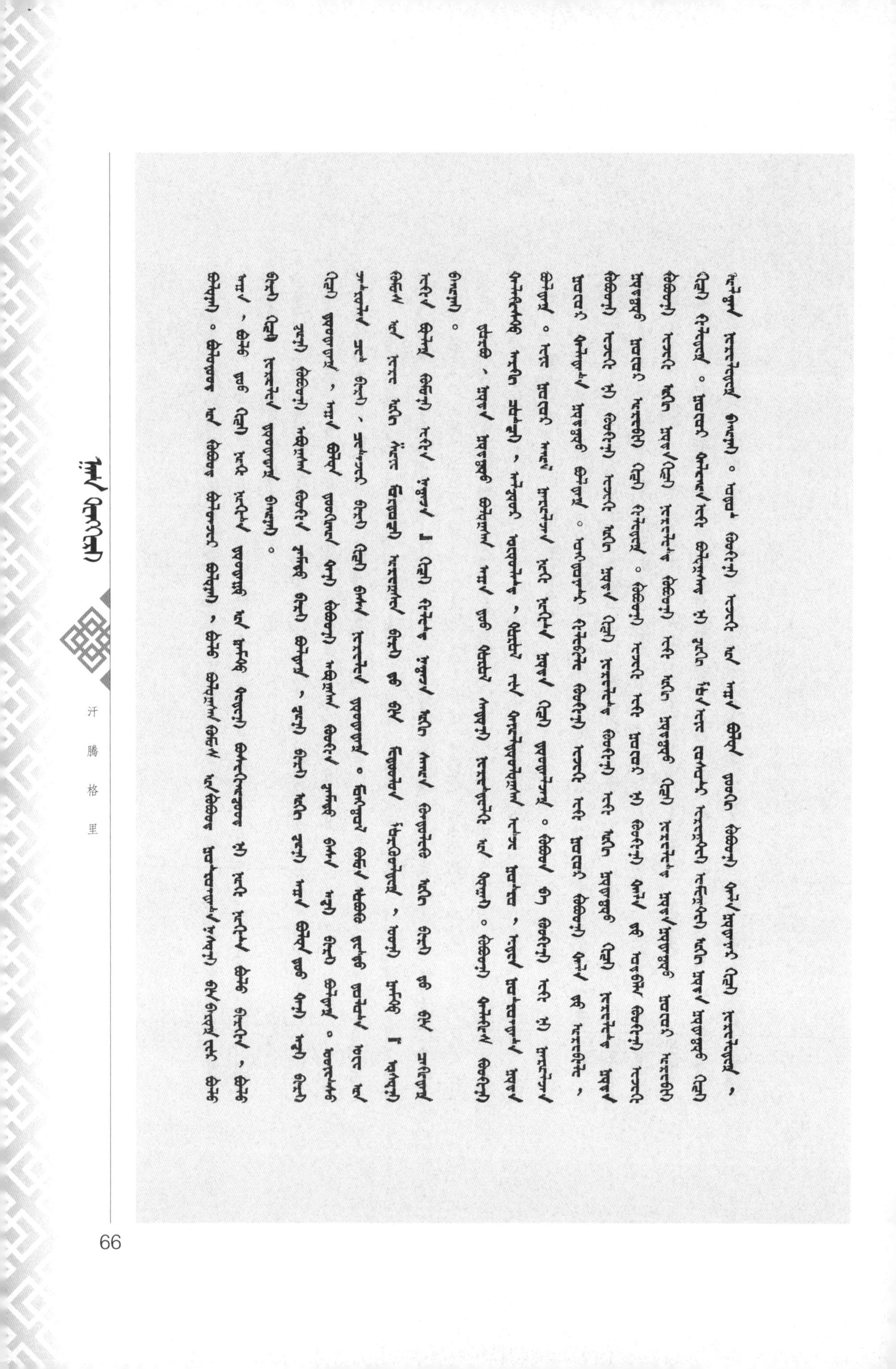

[illegible]

[illegible]

[illegible]

[illegible]

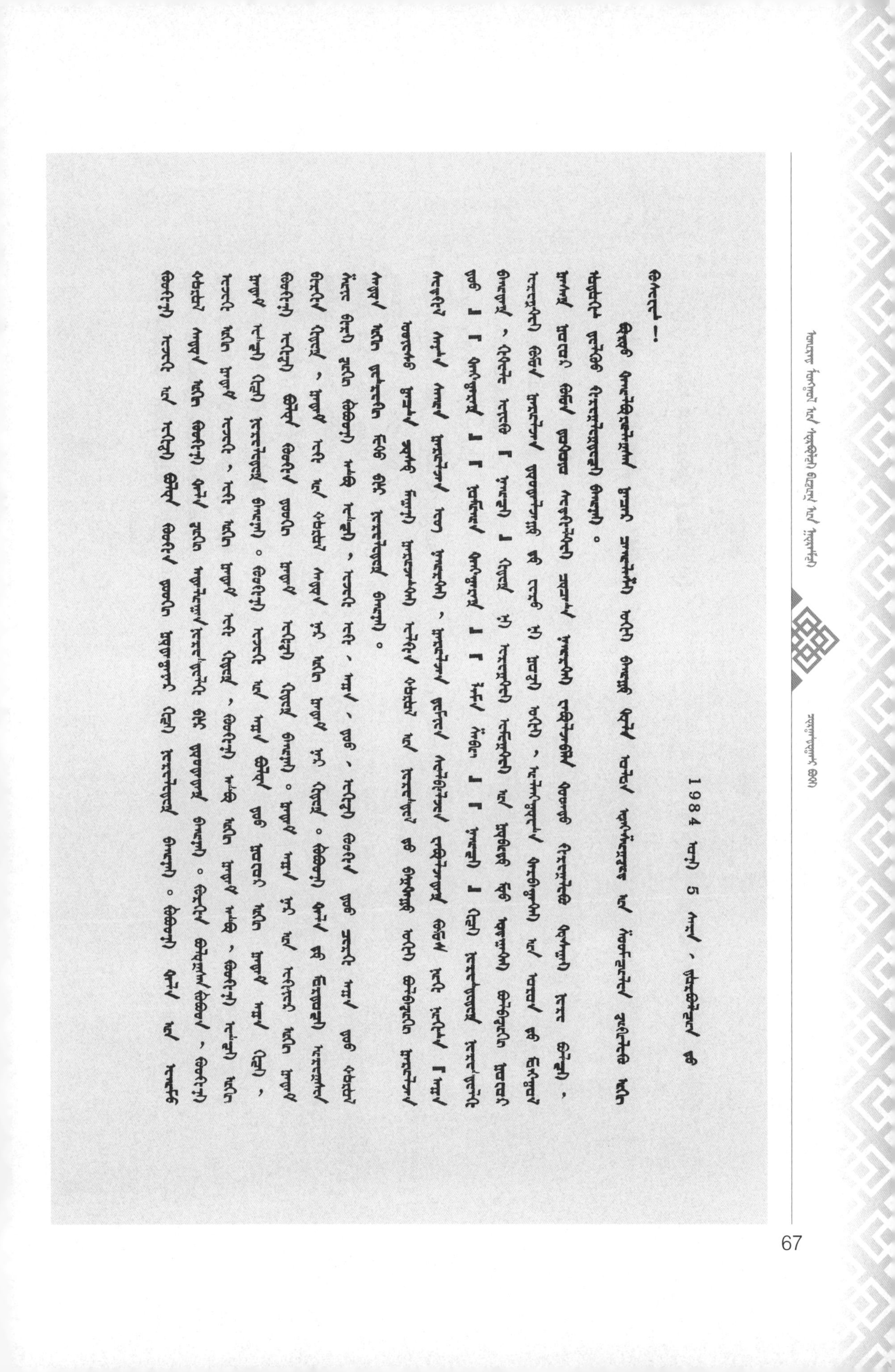

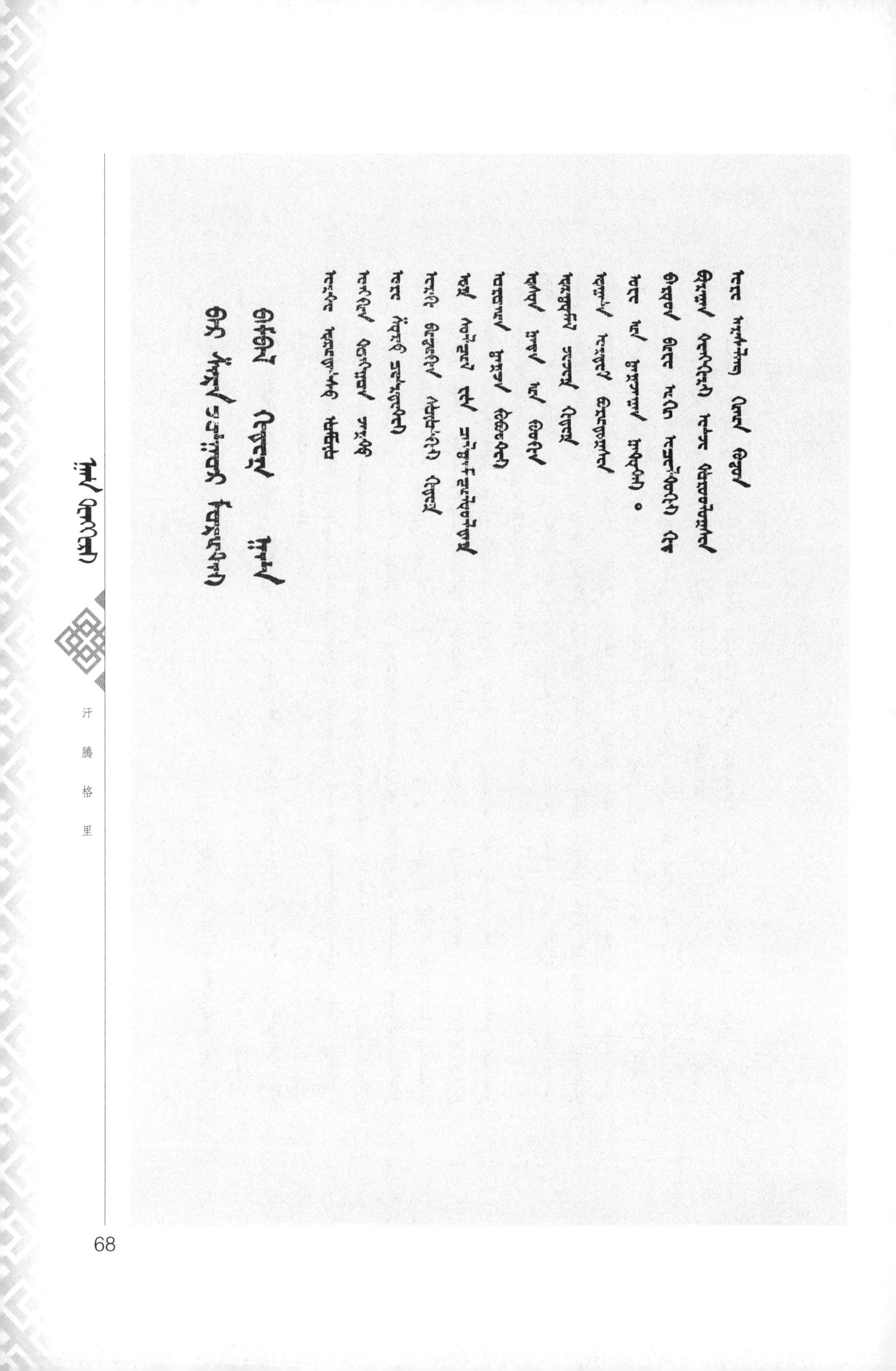

[illegible]

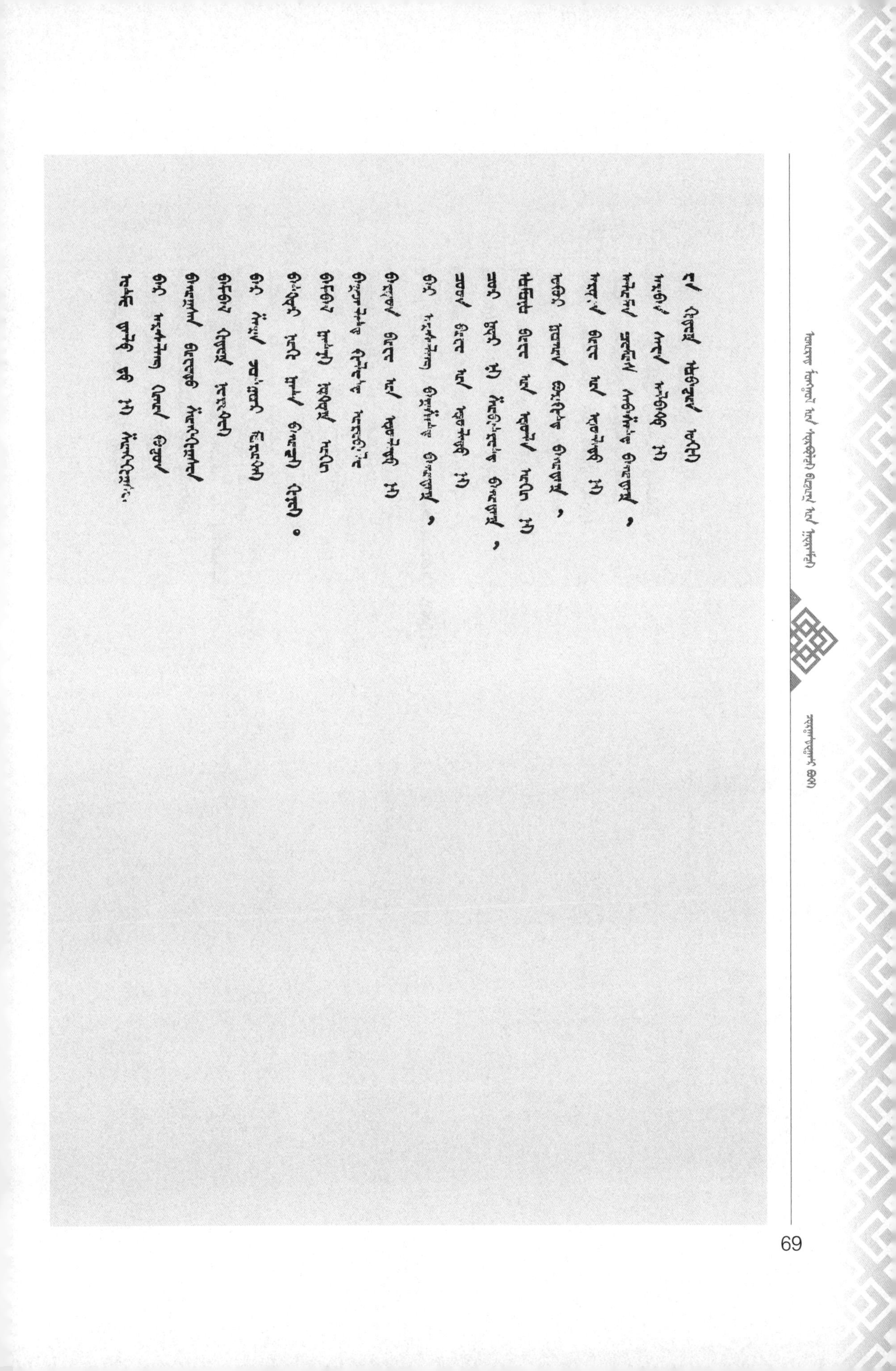

[illegible]
[illegible]
[illegible]
[illegible]
[illegible]
[illegible]
[illegible]
[illegible]
[illegible]
[illegible]
[illegible]
[illegible]
[illegible]
[illegible]
[illegible]
[illegible]
[illegible]
[illegible]

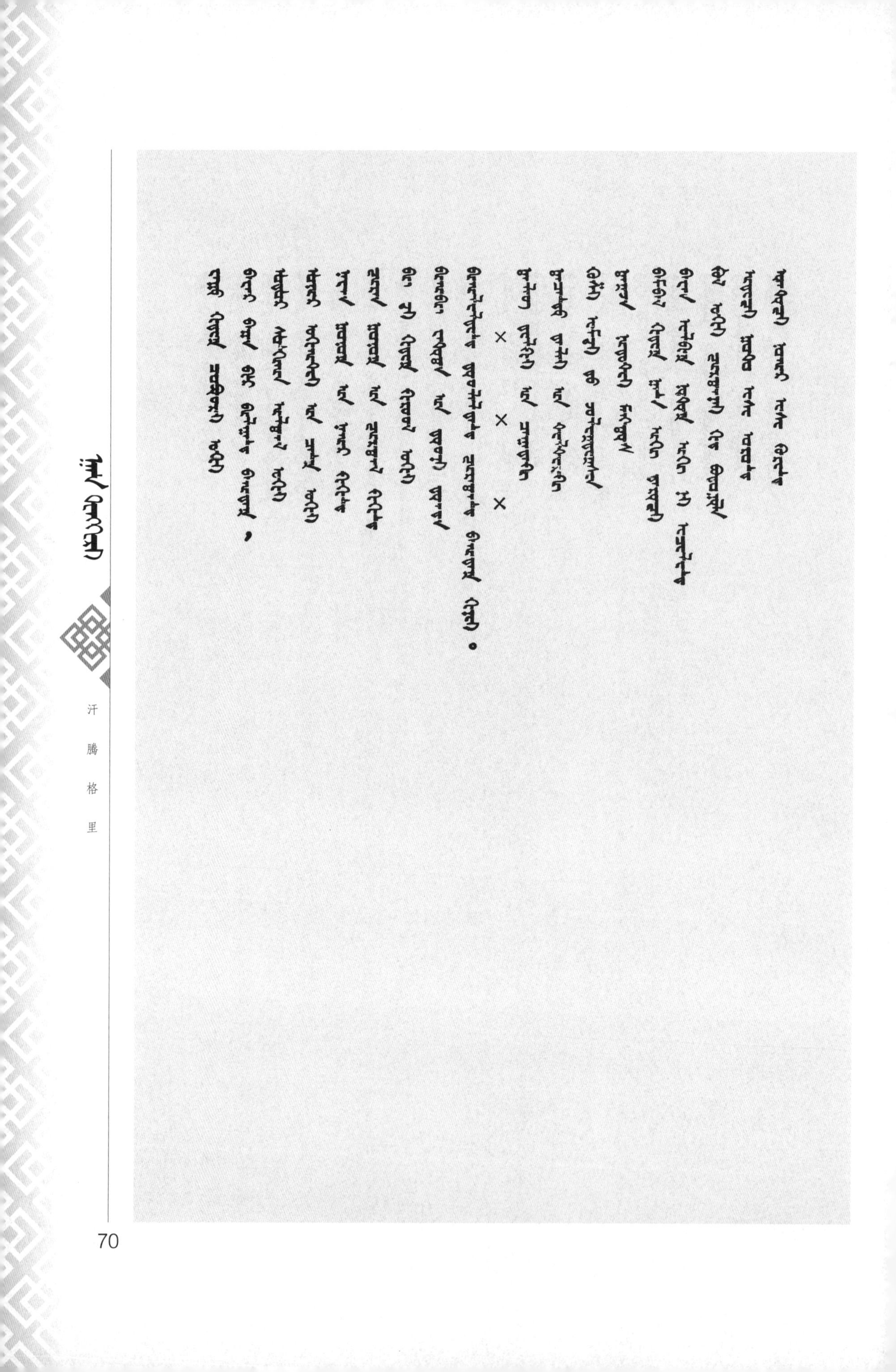

[illegible]
[illegible]
[illegible]
[illegible]
[illegible]
[illegible]
[illegible]
[illegible]
[illegible]

× × ×

[illegible]
[illegible]
[illegible]
[illegible]
[illegible]
[illegible]
[illegible]
[illegible]
[illegible]
[illegible]

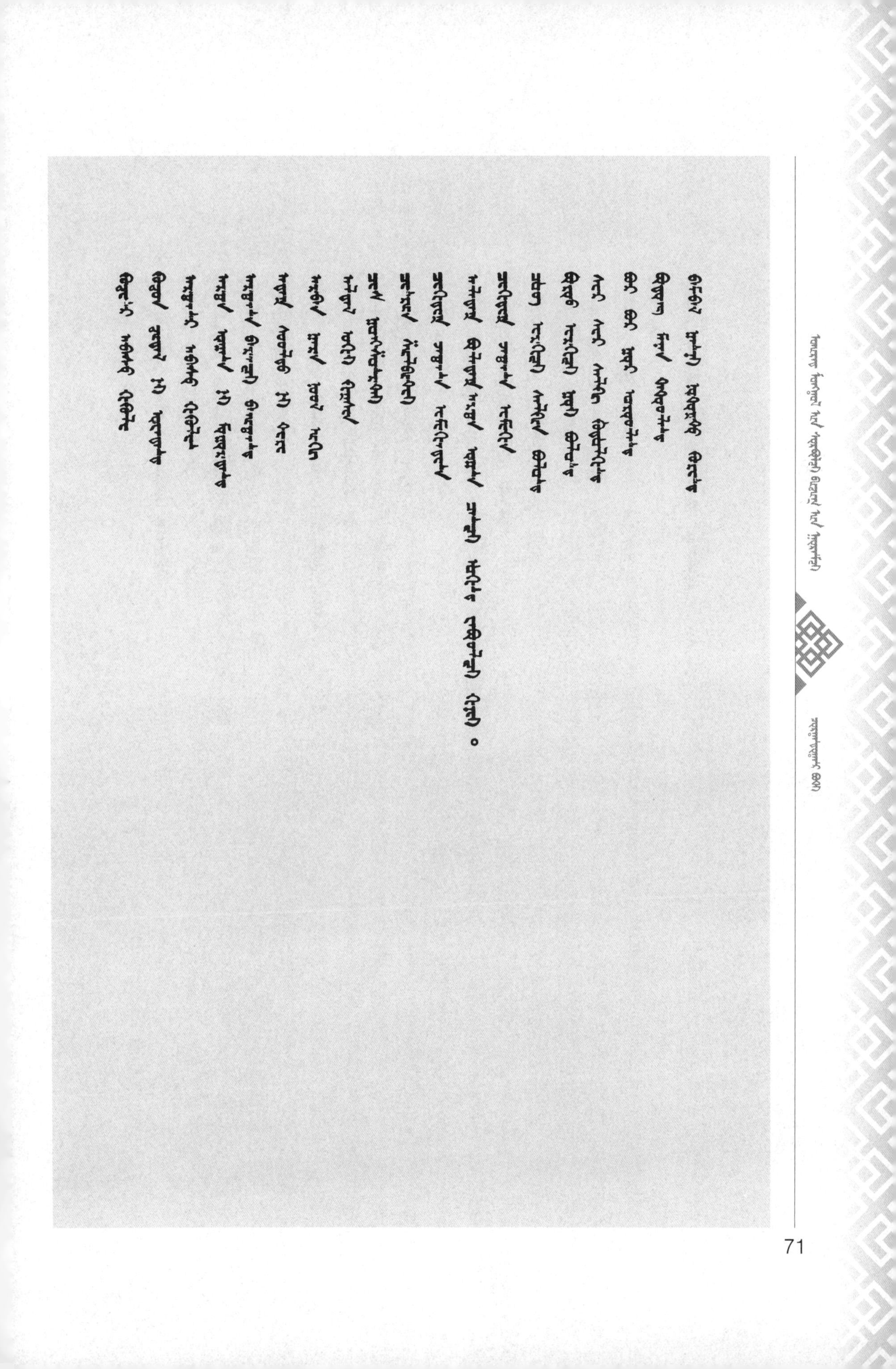

[illegible]
[illegible]
[illegible]
[illegible]
[illegible]
[illegible]
[illegible]
[illegible]
[illegible]
[illegible]
[illegible]
[illegible]
[illegible]
[illegible]
[illegible]
[illegible]
[illegible]
[illegible]
[illegible]

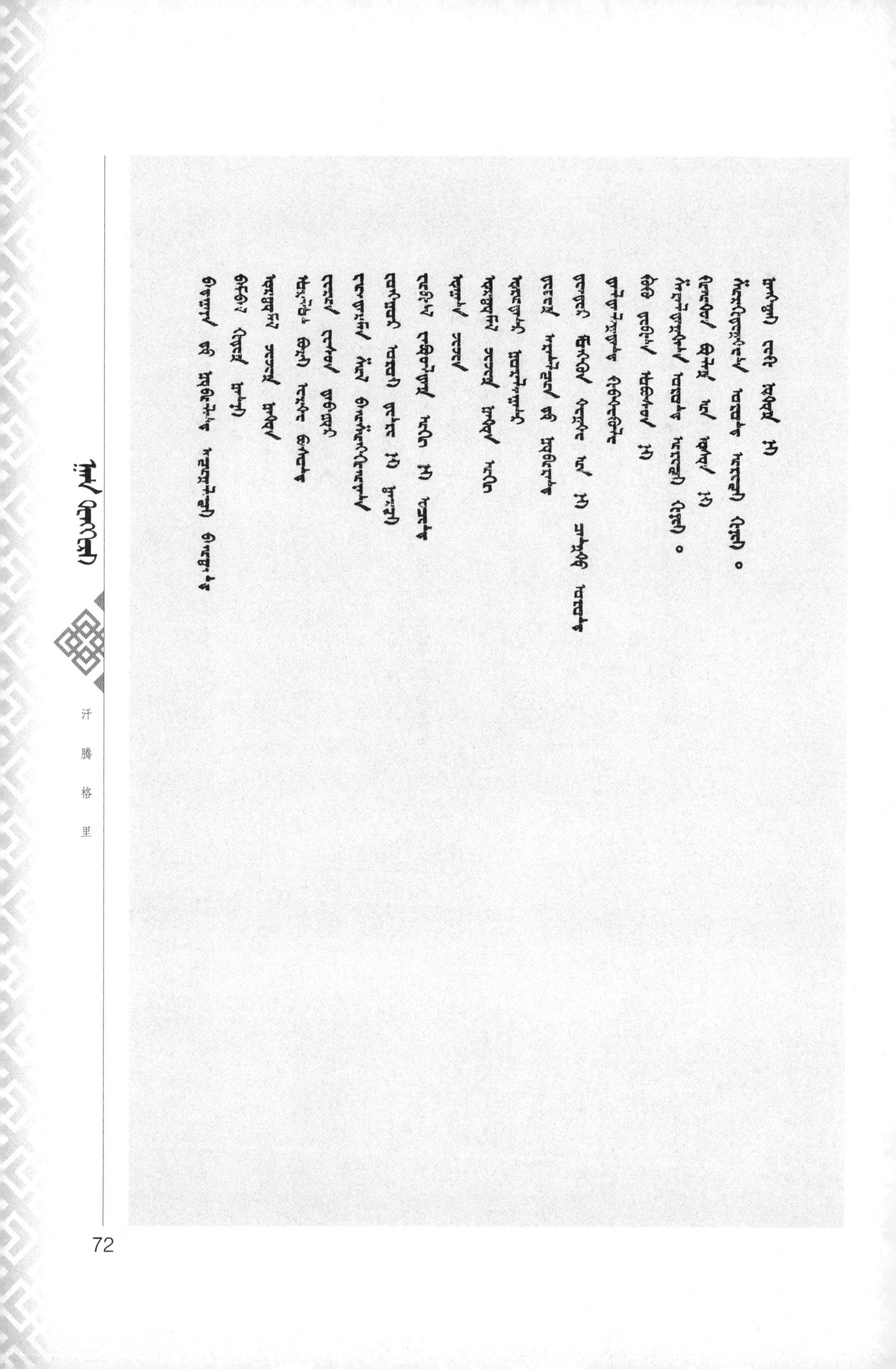

[illegible]

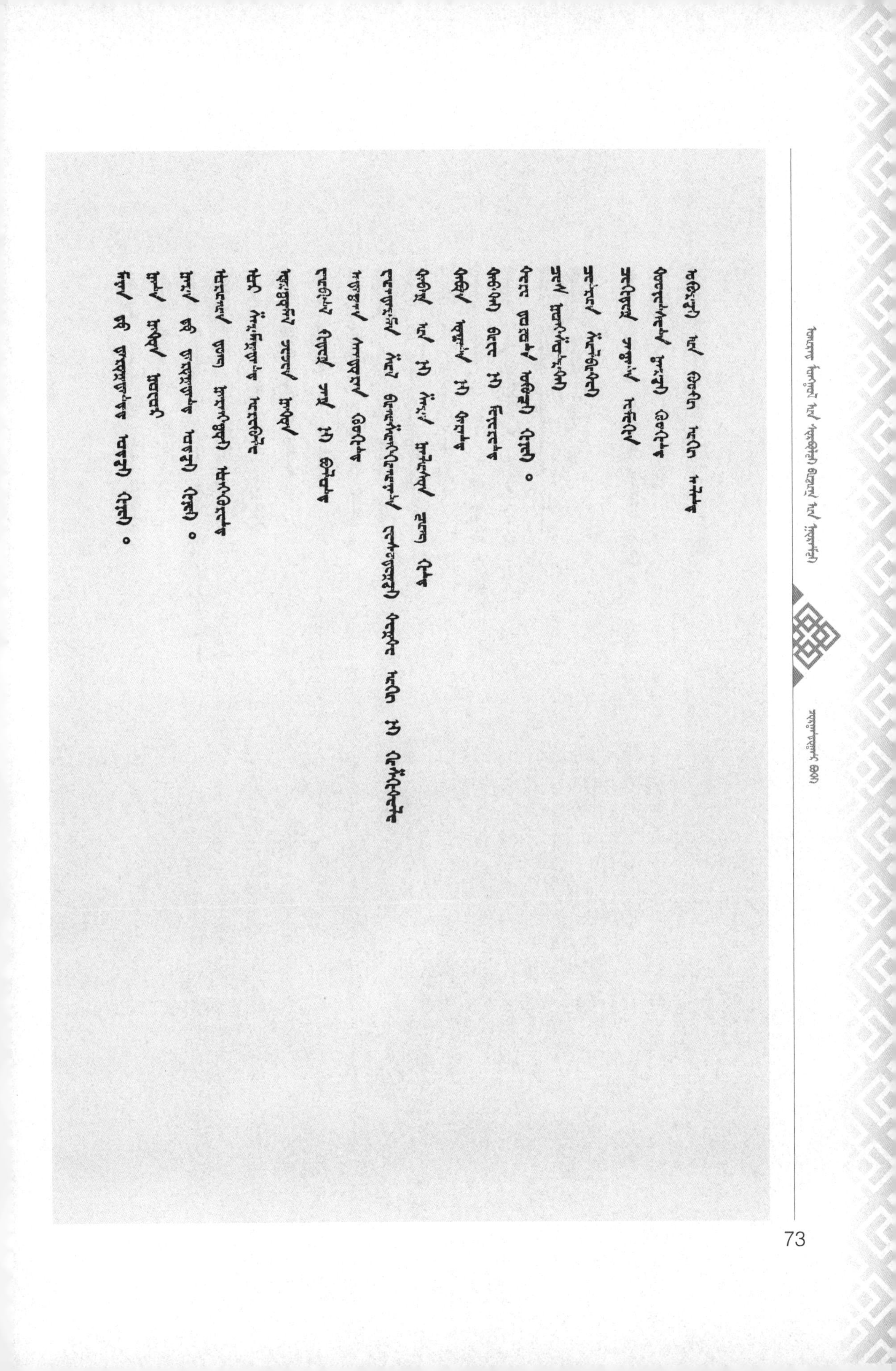

[illegible]
[illegible]
[illegible]
[illegible]
[illegible]
[illegible] 。
[illegible]
[illegible]
[illegible]
[illegible]
[illegible]
[illegible]
[illegible]
[illegible]
[illegible] 。
[illegible]
[illegible] 。

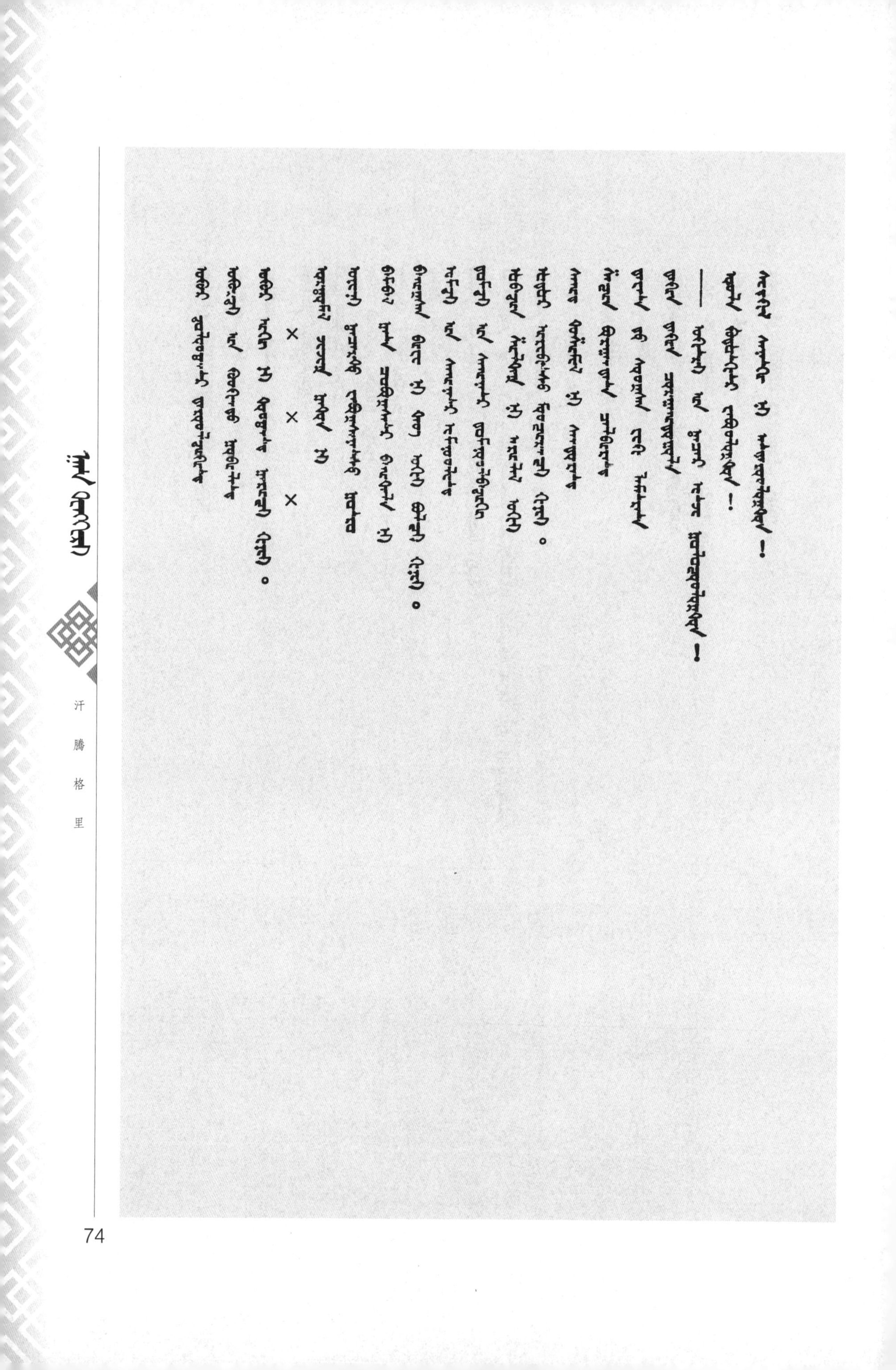

[illegible]
[illegible]
[illegible] 。

× × ×

[illegible]
[illegible]
[illegible]
[illegible]
[illegible] 。
[illegible]
[illegible]
[illegible]
[illegible] 。
[illegible]
[illegible]
[illegible]
[illegible]
—— [illegible] !
[illegible] !
[illegible] !

ᠴᠠᠭᠠᠨ ᠬᠣᠨᠢᠨ ᠬᠠᠰᠢᠶ᠎ᠠ

ᠬᠣᠪᠴᠠᠰᠤ ᠶᠢᠨ ᠪᠣᠯᠣᠨ ᠲᠣᠪᠴᠢᠯᠠᠭᠠᠳ

[illegible]

[illegible]

[illegible]

[illegible]

[illegible] ᠪᠢ ? ᠭᠡᠵᠦ

[illegible]

[illegible]

[illegible]

[illegible]

[illegible] ,

[illegible] !

—— [illegible] !

[illegible] :

[illegible]

[illegible]

[illegible]

[illegible]

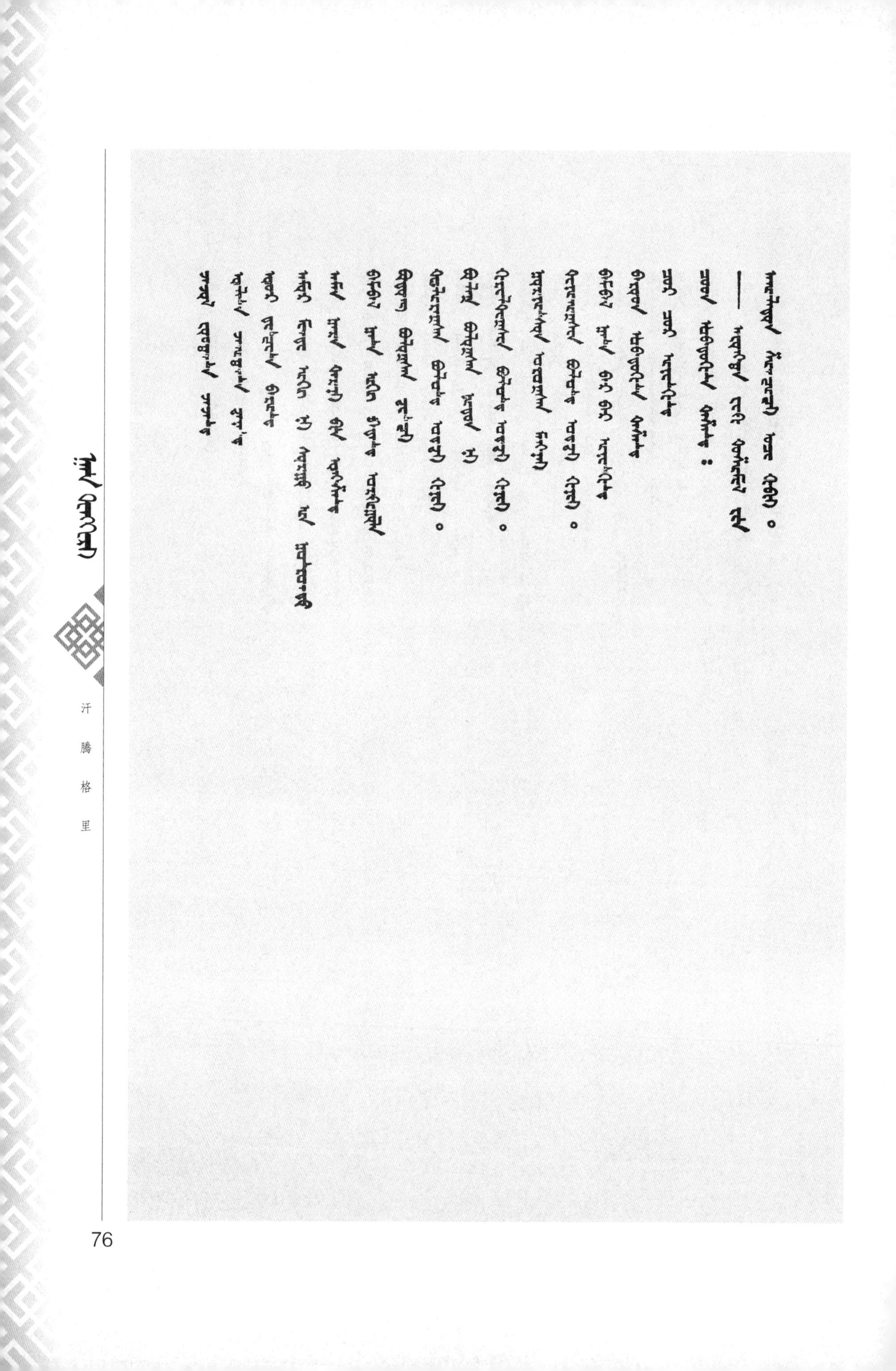

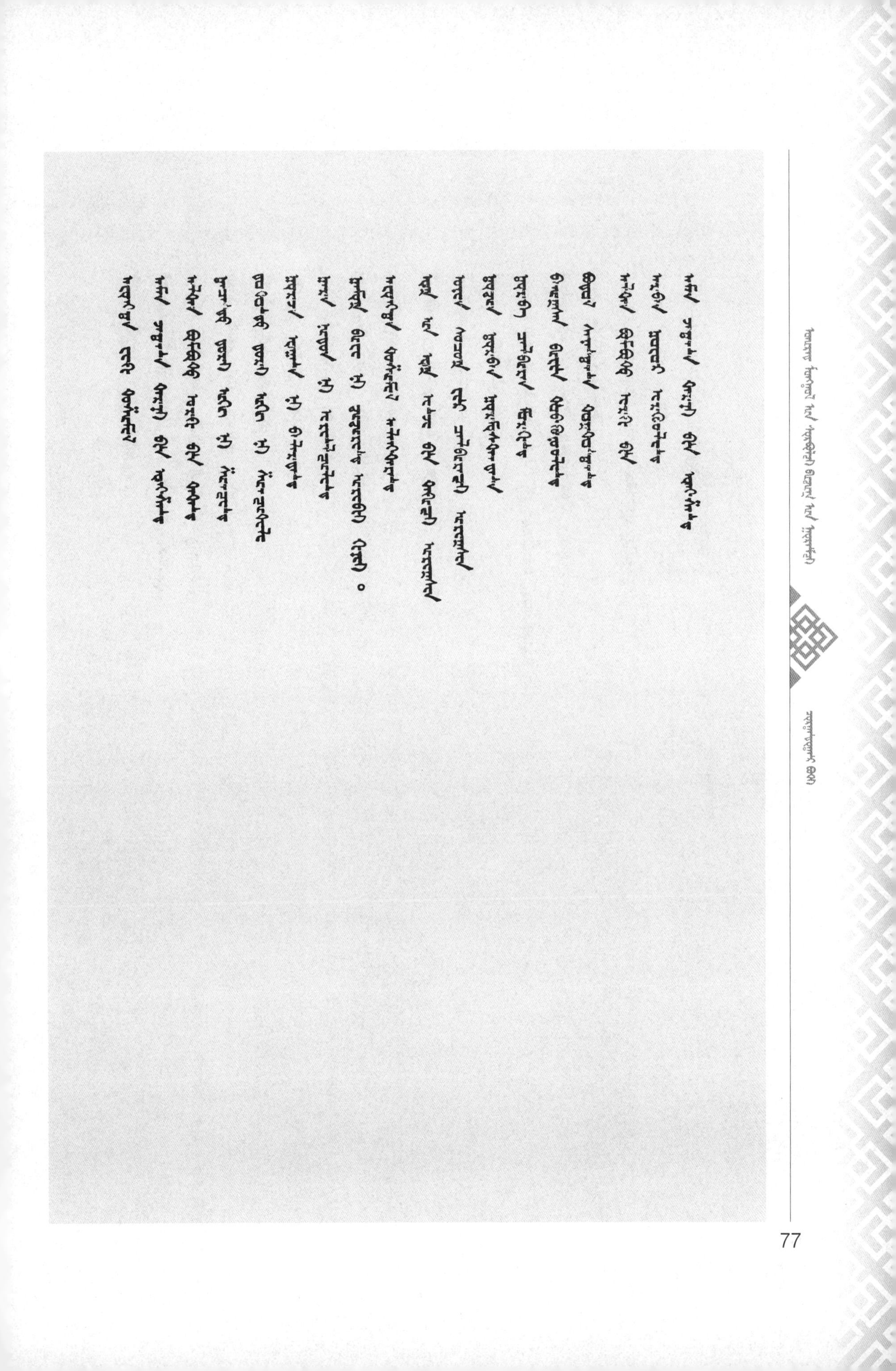

[illegible]
[illegible]
[illegible]
[illegible]
[illegible]
[illegible]
[illegible]
[illegible]
[illegible]
[illegible]
[illegible]
[illegible]
[illegible]
[illegible]
[illegible]
[illegible]
[illegible]
[illegible]

ᠮᠣᠩᠭᠣᠯᠴᠤᠳ ᠤᠨ ᠲᠦᠰᠢᠭ ᠲᠦᠭᠦᠮᠡᠯ
ᠶᠢᠷᠲᠢᠨᠴᠦ ᠶᠢᠨ ᠡᠵᠡᠨ
ᠬᠠᠨ ᠲᠩᠷᠢ ᠶᠢᠨ ᠤᠷᠤᠯᠳᠤᠭᠠᠨ ᠳᠤ ᠪᠠᠶᠢᠨ᠎ᠠ ᠃
ᠲᠠᠯ᠎ᠠ ᠨᠤᠲᠤᠭ ᠤᠨ ᠰᠠᠶᠢᠬᠠᠨ
ᠪᠣᠷᠣᠭᠠ ᠴᠠᠰᠤ ᠪᠠᠷ ᠪᠠᠨ ᠪᠠᠶᠠᠯᠢᠭ ᠪᠣᠯᠤᠨ᠎ᠠ ᠃
—— ᠮᠣᠩᠭᠣᠯᠴᠤᠳ ᠤᠨ ᠬᠠᠨ ᠲᠩᠷᠢ ᠶᠢᠨ ᠠᠭᠤᠯᠠ ᠶᠢᠨ ᠣᠷᠭᠢᠯ
ᠮᠥᠩᠬᠡ ᠲᠩᠷᠢ ᠶᠢᠨ ᠲᠠᠬᠢᠯᠭ᠎ᠠ ᠳᠤ
ᠪᠠᠶᠢᠯᠳᠤᠭᠰᠠᠨ ᠪᠤᠯᠤᠭᠰᠠᠨ
ᠣᠯᠠᠨ ᠲᠦᠮᠡᠨ ᠠᠷᠠᠳ ᠤᠨ ᠬᠠᠨ
ᠪᠠᠶᠢᠯᠳᠤᠭᠰᠠᠨ ᠪᠤᠯᠤᠭᠰᠠᠨ
ᠲᠡᠭᠦᠨ ᠦ ᠣᠷᠣᠨ ᠳᠤ ᠢᠷᠡᠭᠰᠡᠨ
ᠬᠦᠮᠦᠨ ᠪᠠᠶᠢᠯᠳᠤᠭᠰᠠᠨ ᠪᠤᠯᠤᠭᠰᠠᠨ
ᠮᠥᠩᠬᠡ ᠬᠠᠷ᠎ᠠ ᠤᠯᠠᠨ ᠬᠠᠨ
ᠪᠠᠶᠢᠯᠳᠤᠭᠰᠠᠨ ᠪᠤᠯᠤᠭᠰᠠᠨ ᠂
ᠤᠯᠠᠨ ᠬᠠᠷ᠎ᠠ ᠶᠢᠨ ᠪᠤᠯᠤᠨ
ᠠᠷᠠᠳ ᠵᠢᠷᠭᠠᠯᠠᠩ ᠰᠠᠶᠢᠨ ᠬᠦᠰᠡᠵᠦ ᠪᠠᠶᠢᠨ᠎ᠠ ᠃
ᠪᠣᠯᠪᠠᠰᠤᠷᠠᠯ ᠤᠨ ᠬᠠᠨ ᠲᠩᠷᠢ ᠶᠢᠨ ᠬᠦᠮᠦᠨ ᠲᠥᠷᠦᠯᠬᠢᠲᠡᠨ
ᠪᠣᠷᠣᠭᠠ ᠬᠠᠷ᠎ᠠ ᠨᠢ ᠲᠦᠷᠦᠭᠰᠡᠨ

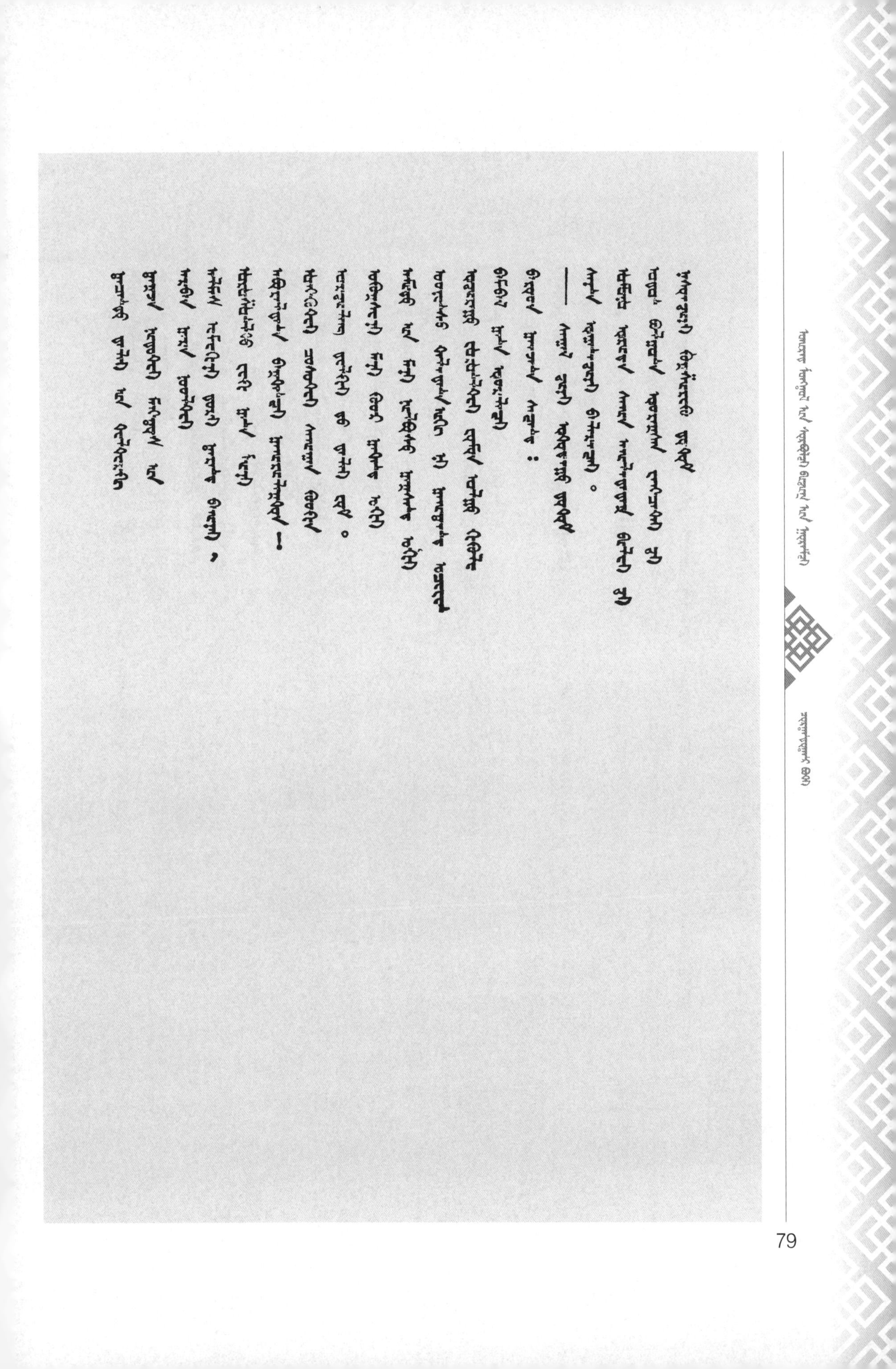

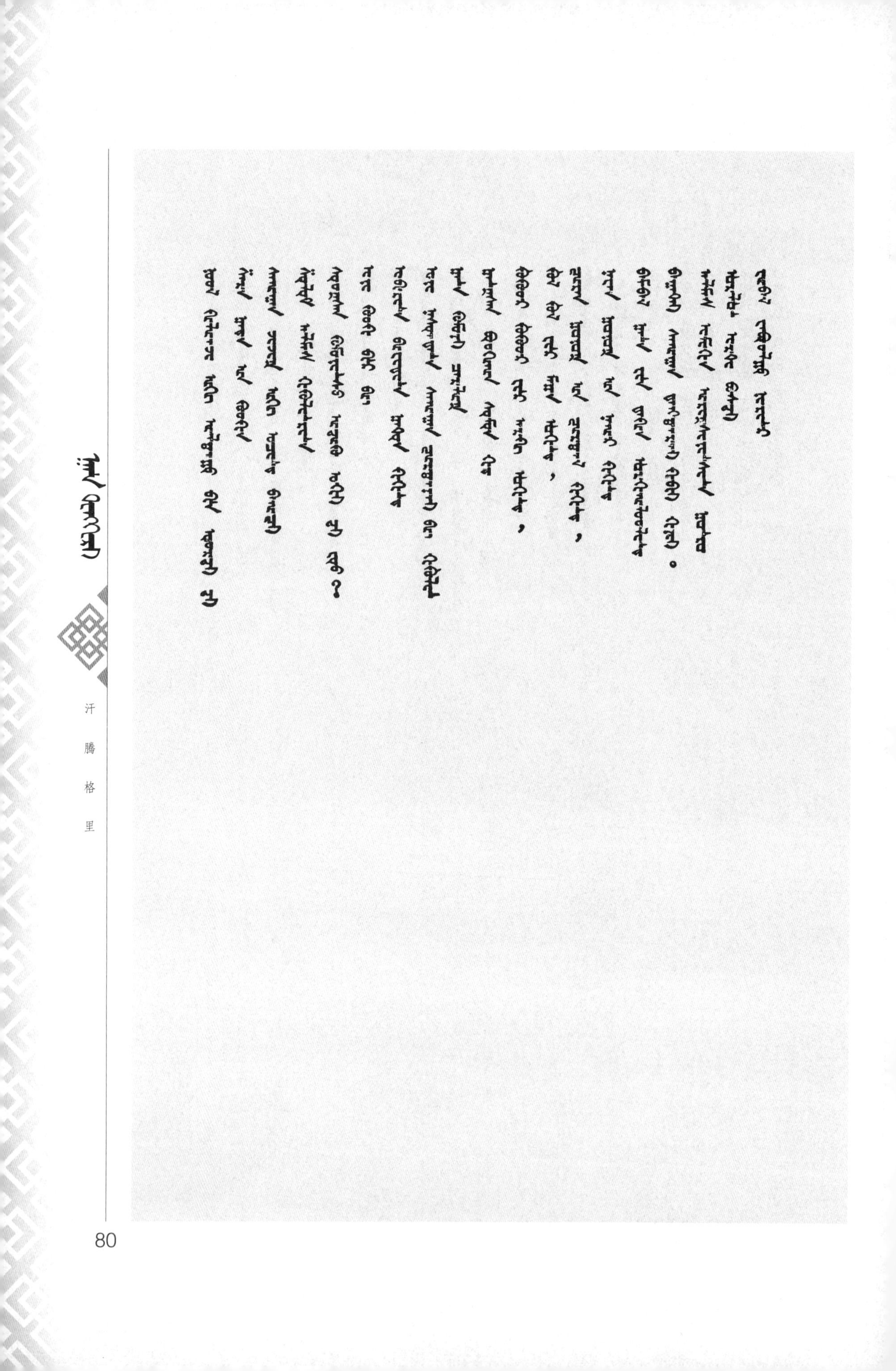

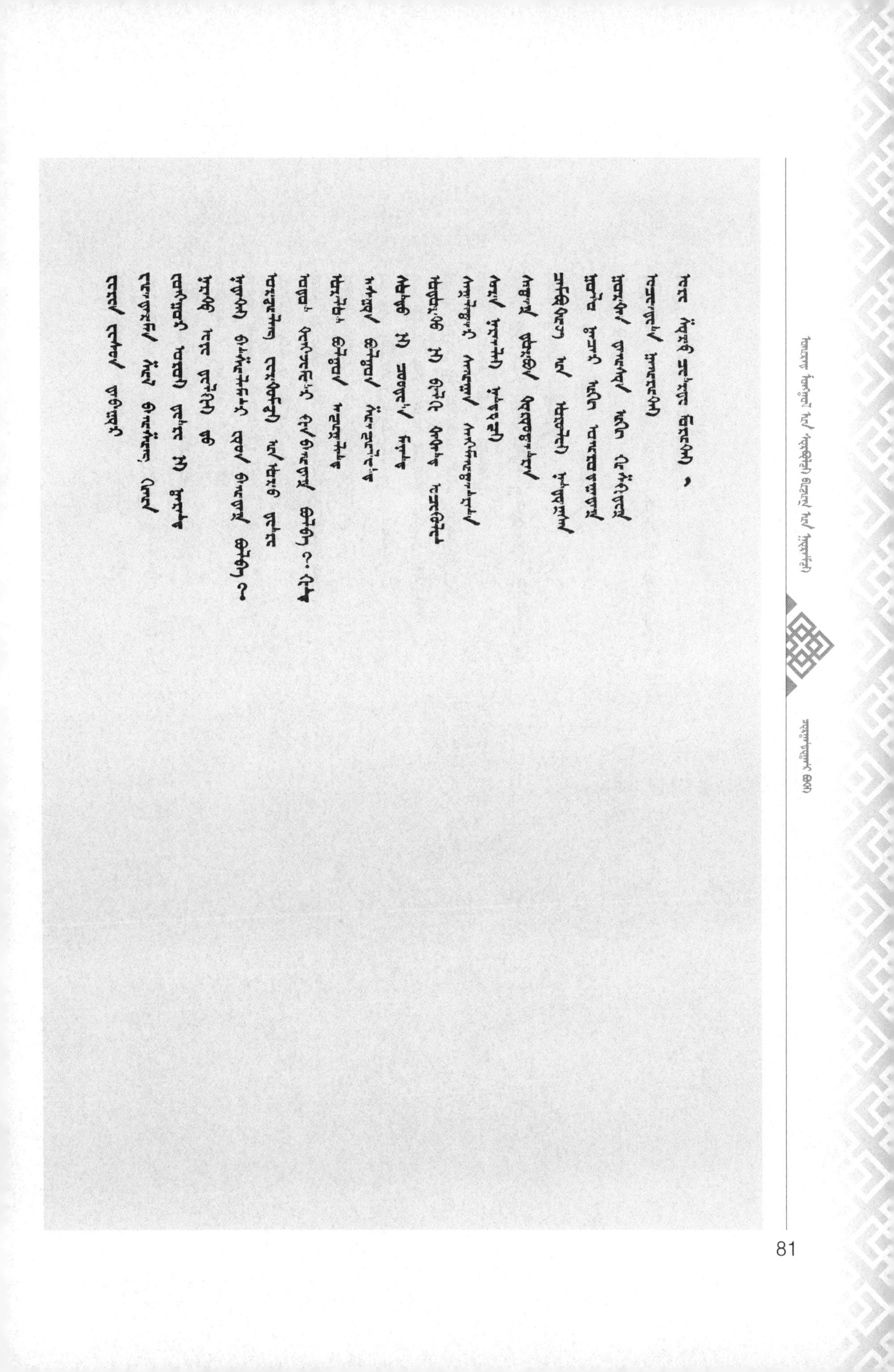

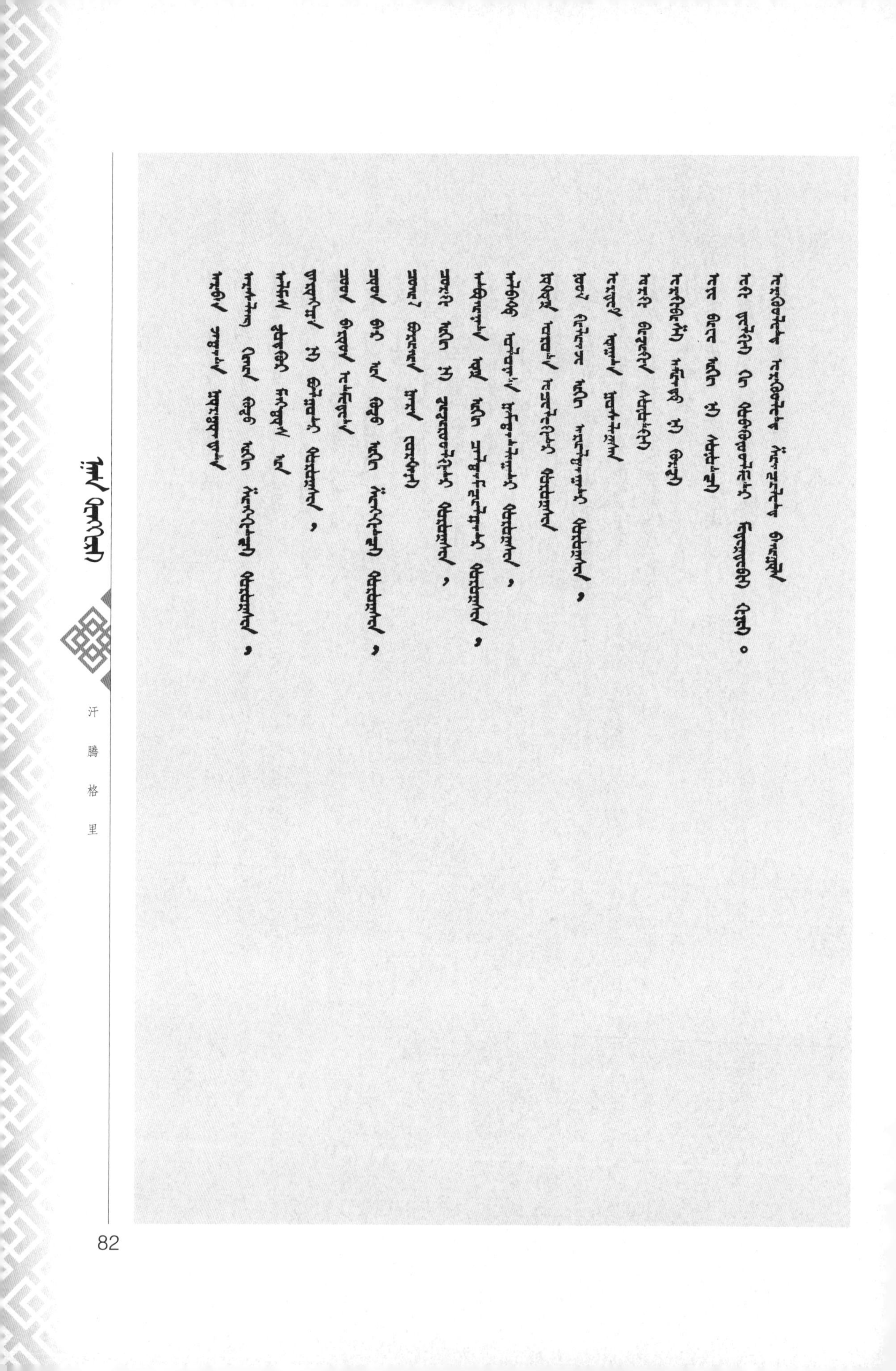

ᠠᠯᠲᠠᠨ ᠬᠠᠷᠠᠭᠠᠨ ᠠᠯᠲᠠᠪᠣᠯ ᠬᠠᠷᠢᠪᠠ ᠲᠡᠷᠡ ᠦᠬᠦᠷᠭᠦᠢ ᠪᠡ
ᠠᠪᠤᠭᠠᠳ ᠬᠠᠪᠴᠢᠭᠠᠳ ᠪᠤᠴᠠ ᠮᠢᠨᠢ
ᠡᠨᠡ ᠮᠢᠨᠢ ᠨᠢ ᠪᠤᠰᠤᠳ ᠠᠪᠴᠢᠭᠠᠳ !
—— ᠠᠯᠳᠠᠨ ᠵᠢᠷᠢᠭᠤᠨ ᠬᠦᠢᠳᠡᠨ ᠭᠡᠨ
ᠬᠠᠷᠠᠭᠠᠳ ᠪᠦᠬᠦ ᠮᠢᠨᠢ ᠠᠮᠤᠵᠢᠯᠲᠠᠶᠢ
ᠠᠯᠳᠠᠷᠰᠠᠨ ᠵᠢᠷᠭᠠᠯᠠᠩ ᠬᠦᠨ ᠮᠢᠨᠢ ᠬᠦᠰᠡᠯᠡᠭᠰᠡᠨ ,
ᠬᠦᠰᠡᠯᠡᠭᠰᠡᠨ ᠰᠠᠶᠢᠬᠠᠨ ᠮᠢᠨᠢ ᠪᠠᠶᠠᠰᠤᠯᠠᠩ
ᠬᠠᠷᠢᠯ ᠬᠠᠢᠷᠠᠯᠠᠬᠤ ᠮᠢᠨᠢ ᠵᠢᠷᠭᠠᠯᠠᠩ
ᠪᠠᠭᠠᠰᠠᠨ ᠪᠣᠯᠣᠨ ᠨᠢ ᠵᠢᠷᠭᠠᠯᠲᠠ
ᠪᠣᠯᠪᠠᠯ ᠰᠠᠢᠨ ᠬᠠᠵᠠᠭᠠ
ᠠᠮᠤᠷᠯᠠᠩ ᠬᠡᠮᠵᠢᠶᠡ ᠬᠡᠪᠡᠷᠲᠡᠢ ᠬᠡᠪᠢᠶᠡ 。
ᠠᠮᠠᠷᠠ ᠵᠢᠯ ᠨᠢ ᠪᠠᠶᠠᠷᠯᠠᠭᠰᠠᠨ ᠦᠭᠡᠶᠢᠭᠦᠢ
ᠵᠢᠷᠭᠠᠯ ᠵᠢᠷᠭᠠᠯ ᠪᠠᠢ ᠠᠵᠢᠯ
ᠵᠢᠷᠭᠠᠯ ᠪᠠᠶᠢᠨ ᠬᠠᠷᠠᠬᠤ ᠲᠤᠰᠠ
ᠲᠠᠪᠢ ᠦᠭᠡᠶᠢᠭᠦᠢ ᠬᠠᠷᠠᠭᠠᠯᠠᠵᠤ
ᠬᠠᠷᠢᠯᠴᠠᠨ ᠬᠠᠷᠢᠪᠠ ᠵᠢᠷᠭᠠᠯ ᠬᠠᠷᠠᠬᠤ
ᠬᠠᠪᠤᠷ ᠪᠠᠶᠢᠳᠠᠯ ᠪᠠᠨ ᠬᠠᠷᠢᠭᠤᠯᠬᠤ ᠠᠮᠤᠷᠯᠠᠯ ᠲᠠᠪᠠ
ᠬᠠᠪᠢᠷᠭᠠᠨ ᠪᠠᠭᠠᠰᠠᠨ ᠮᠠᠨ ᠨᠢ ᠪᠠᠭᠠ ᠪᠢᠴᠢᠭ ᠲᠤᠰᠠ ᠪᠠᠶᠠᠷᠯᠠᠭᠰᠠᠨ

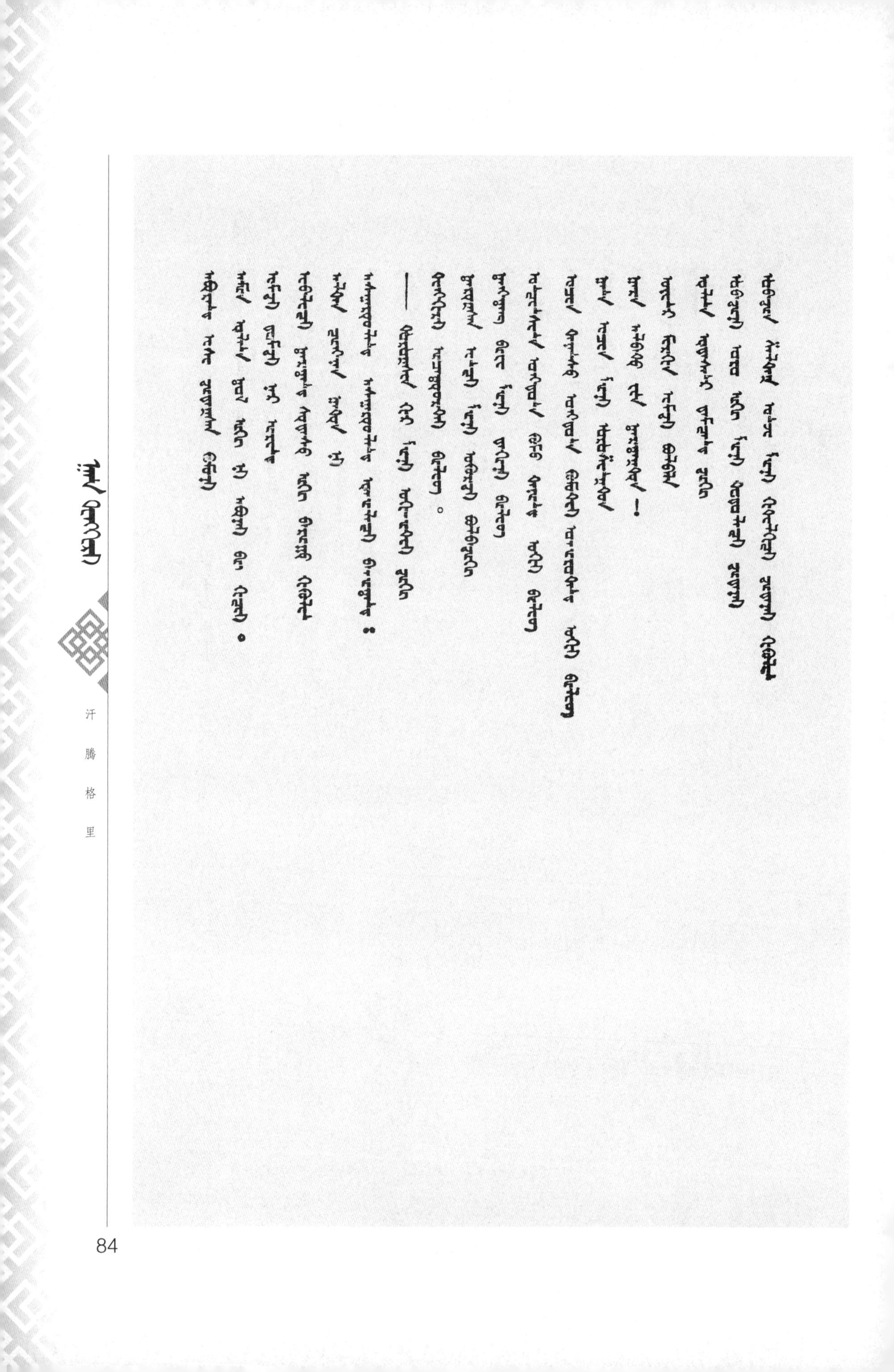

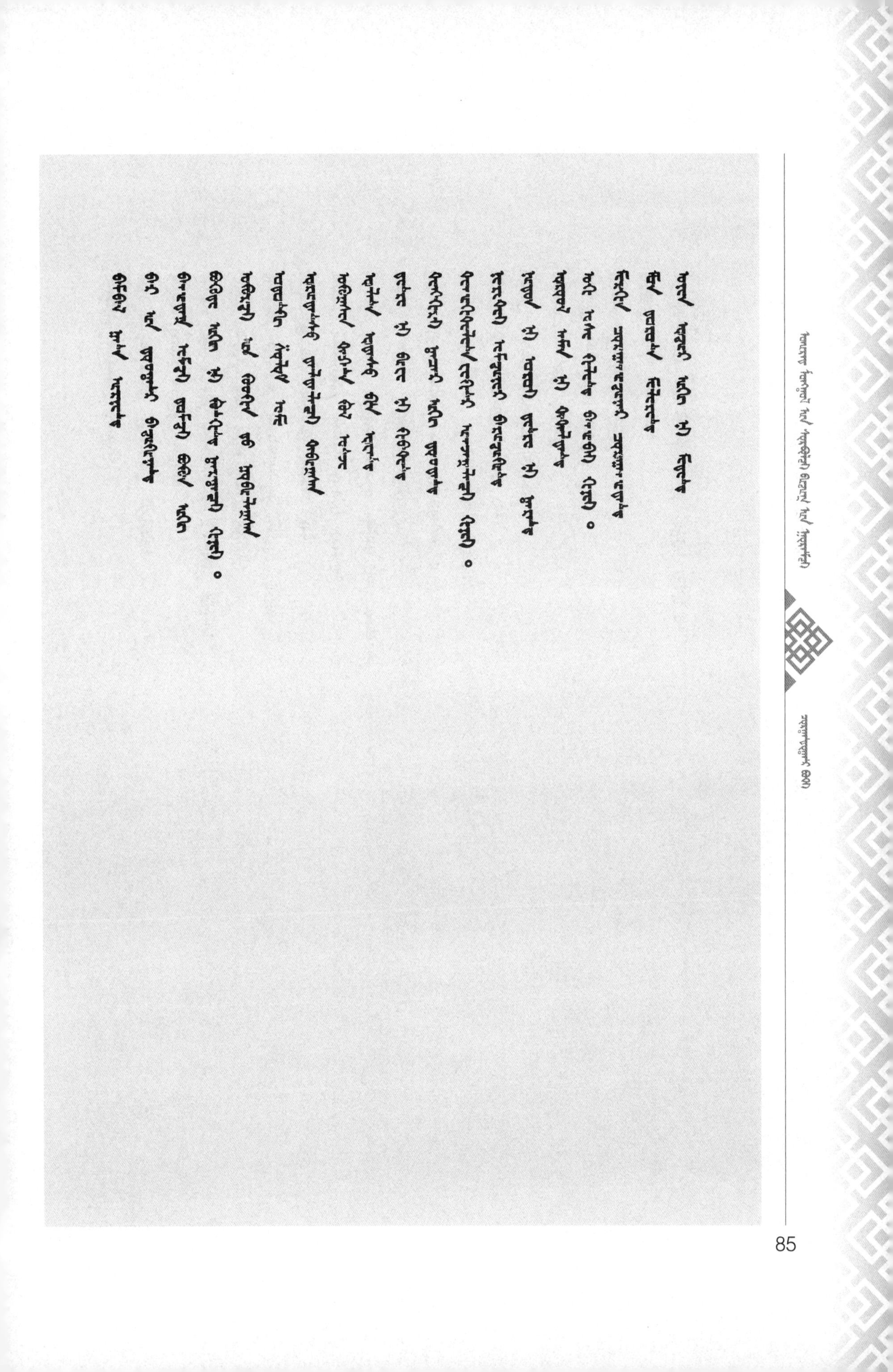

[illegible]

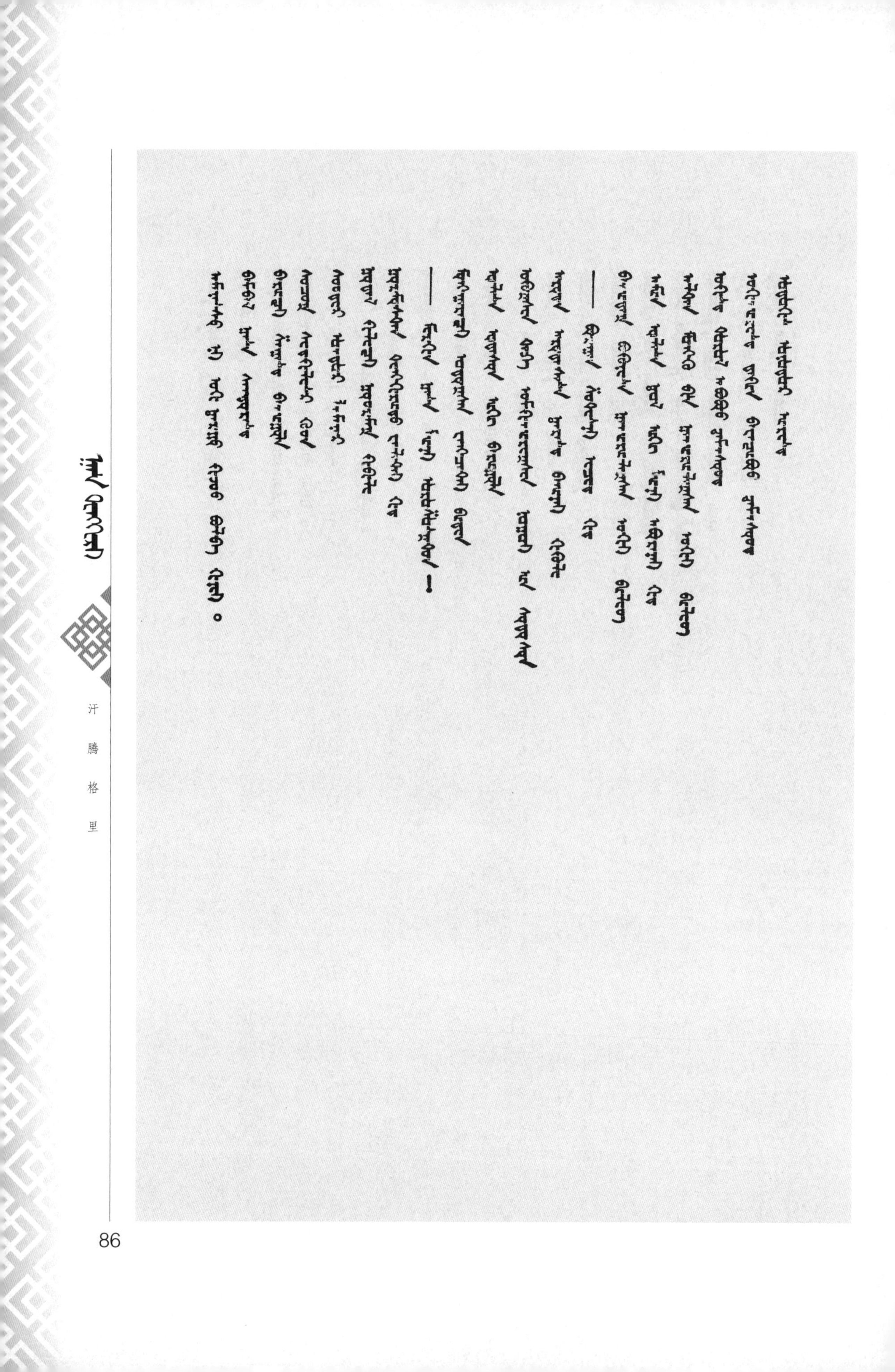

[illegible]
[illegible]
[illegible]
[illegible]
[illegible]
[illegible]
—— [illegible]
[illegible]
[illegible]
[illegible]
[illegible]
—— [illegible] !
[illegible]
[illegible]
[illegible]
[illegible]
[illegible]
[illegible]
[illegible] 。

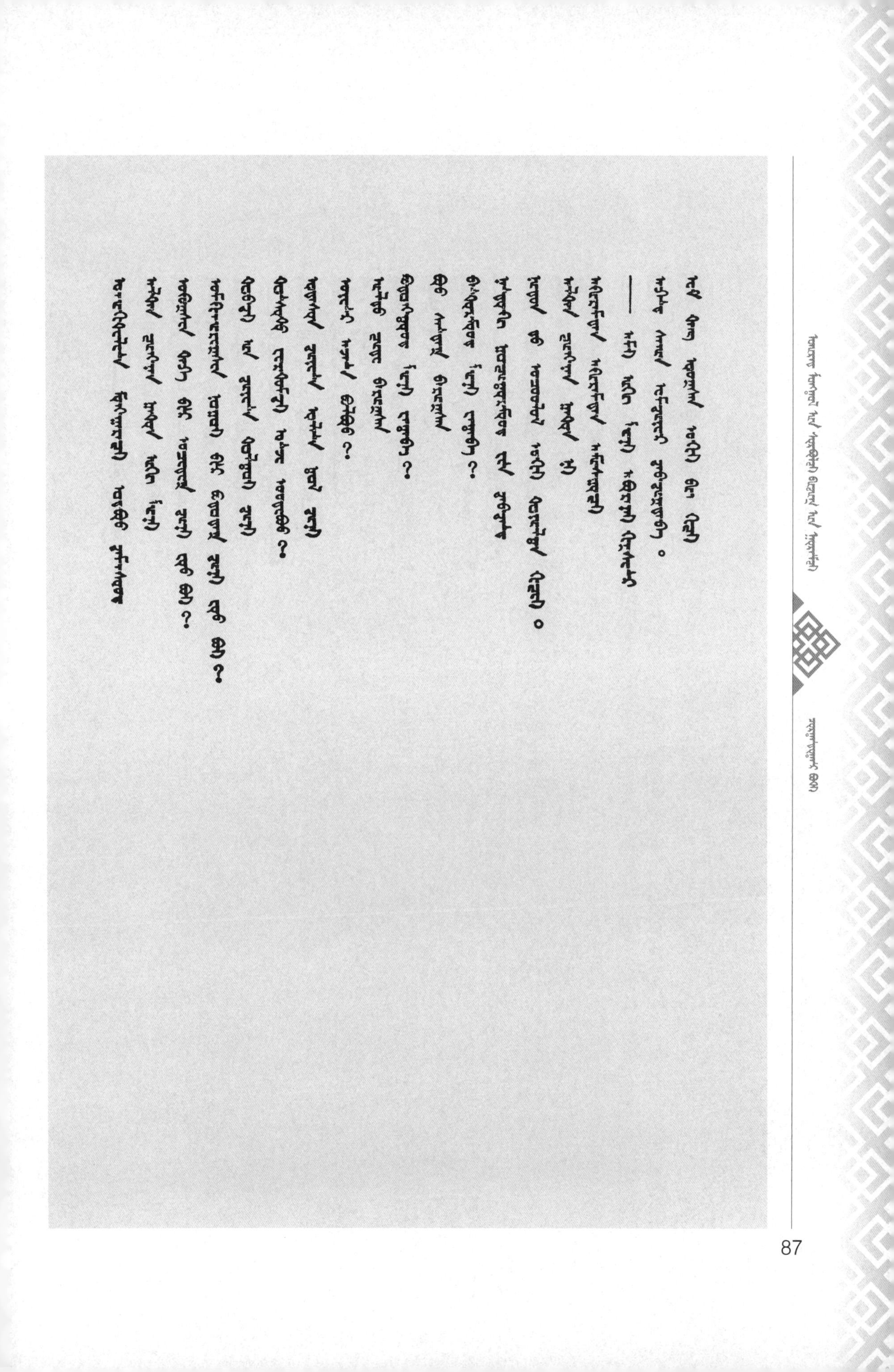

[illegible]
[illegible] ᠃
—— [illegible]
[illegible]
[illegible]
[illegible] ᠃
[illegible]
[illegible] ?
[illegible]
[illegible] ?
[illegible]
[illegible] ?
[illegible]
[illegible] ?
[illegible]
[illegible] ?
[illegible] ?
[illegible]
[illegible]

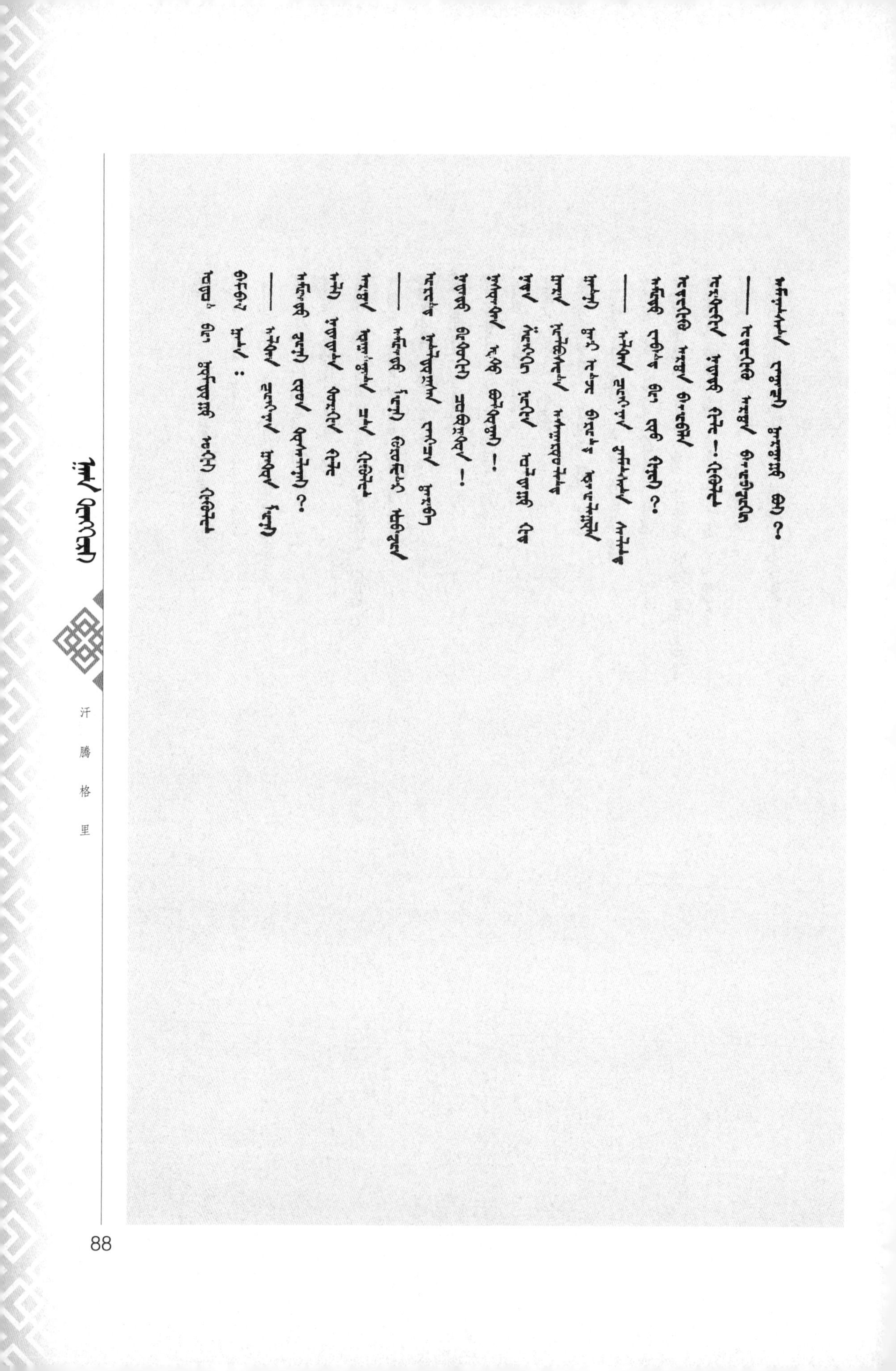

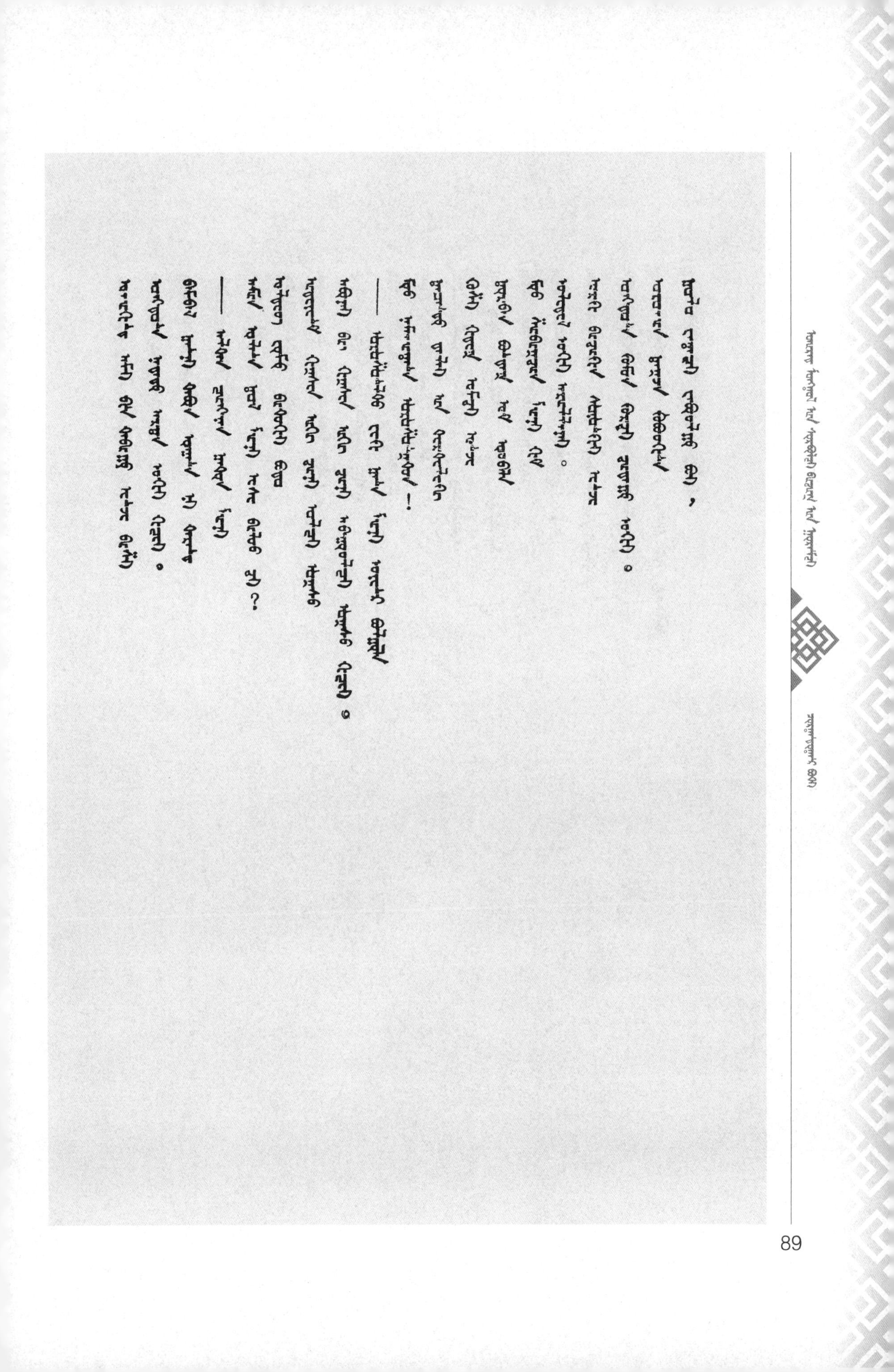

[illegible] [illegible] [illegible] [illegible] ,
[illegible] [illegible] [illegible]
[illegible] [illegible] [illegible] [illegible] [illegible] 。
[illegible] [illegible] [illegible] [illegible]
[illegible] [illegible] [illegible] 。
[illegible] [illegible] [illegible] [illegible]
[illegible] [illegible] [illegible] [illegible]
[illegible] [illegible] [illegible] [illegible]
[illegible] [illegible] [illegible] [illegible]
[illegible] [illegible] [illegible] !

—— [illegible] [illegible] [illegible] [illegible] [illegible] [illegible]
[illegible] [illegible] [illegible] [illegible] [illegible] [illegible] [illegible] [illegible] 。
[illegible] [illegible] [illegible] [illegible] [illegible] [illegible]
[illegible] [illegible] [illegible] [illegible]
[illegible] [illegible] [illegible] [illegible] [illegible] [illegible] [illegible] ?

—— [illegible] [illegible] [illegible] [illegible]
[illegible] [illegible] [illegible] [illegible] [illegible] [illegible]
[illegible] [illegible] [illegible] [illegible] [illegible] 。
[illegible] [illegible] [illegible] [illegible] [illegible] [illegible]

ᠬᠠᠷᠠᠭᠤᠯᠤᠭᠰᠠᠨ ᠬᠠᠷᠠᠭᠤᠯᠤᠭᠰᠠᠨ ᠬᠠᠷᠠᠭᠤᠯᠴᠠᠬᠤ
ᠬᠠᠷᠠ ᠪᠣᠷᠣᠭᠠᠨ ᠤᠷᠤᠰᠤᠯ
ᠬᠠᠷᠠ ᠰᠠᠯᠬᠢ ᠳᠠᠭᠤᠳᠠᠨ ᠢ
ᠬᠠᠷᠠᠩᠭᠤᠢ ᠶᠢᠨ ᠪᠦᠷᠬᠦᠭᠰᠡᠨ
ᠬᠠᠷᠠ ᠰᠠᠯᠬᠢ ᠳᠠᠭᠤᠳᠠᠭᠰᠠᠨ
ᠬᠠᠷᠠᠩᠭᠤᠢ ᠪᠣᠷᠣᠭᠠᠨ ᠤᠷᠤᠰᠬᠠᠯ
ᠭᠠᠷᠤᠨ ᠬᠠᠪᠠᠷ ᠢ ᠪᠠᠷᠢᠭᠠᠳ ᠣᠷᠣᠯ ᠠ ∘
ᠪᠢᠯᠠᠭᠤᠳ ᠬᠠᠷᠠᠭᠠᠳ ᠬᠠᠷᠠᠭᠤᠯ ᠤᠨ
ᠪᠣᠷᠣᠭᠠᠨ ᠪᠠᠷᠠᠭᠠᠨ ᠲᠠᠯ᠎ᠠ ᠬᠠᠷᠠᠭᠤᠯᠤᠭᠰᠠᠨ
ᠣᠢᠷ᠎ᠠ ᠣᠳᠤᠨ ᠬᠠᠷᠠᠬᠤ ᠦᠭᠡᠢ
—— ᠲᠡᠩᠭᠡᠷ ᠦᠨ ᠢᠨ ᠠ ᠦᠭᠡᠢᠰᠬᠡᠪᠡᠯ
ᠣᠳᠣ ᠣᠳᠣ ᠪᠠ ᠪᠢᠳᠡᠨ ᠣᠳᠣ ᠬᠠᠷᠠᠭᠤᠯᠤᠭᠰᠠᠨ
ᠬᠠᠷᠠᠭᠤ ᠪᠠᠷᠠᠭᠤᠨ ᠰᠢᠭᠤᠷᠭᠠᠨ ᠢ
ᠬᠠᠷᠠᠭᠤ ᠰᠢᠭᠤᠷᠭᠠᠨ ᠪᠠᠢ ᠪᠠᠷᠢᠭᠤᠯᠤᠭ᠎ᠠ ?·ᠪᠢ
ᠬᠠᠷᠠᠭᠤᠯᠤᠭᠰᠠᠨ ᠢ ᠣᠳᠣ ᠬᠠᠷᠠᠭᠤᠯᠤᠭᠰᠠᠨ ᠪᠣᠯᠤᠭᠰᠠᠨ
ᠬᠠᠷᠠᠭᠠᠳ ᠪᠠᠷᠢᠭᠠᠳ ᠬᠠᠷᠠᠨ ᠬᠠᠷᠠ ᠪᠣᠯᠤᠭᠰᠠᠨ ?!
—— ᠬᠠᠷᠠᠭᠠᠳ ᠲᠡᠩᠭᠡᠷ ᠣᠳᠣ ᠣᠳᠣ ᠢ ᠪᠣᠯᠤᠭᠰᠠᠨ
ᠬᠠᠷᠠᠭᠤᠯᠤᠭᠰᠠᠨ ᠪᠢᠯ ᠬᠠᠷᠠᠭᠤᠯ ᠣᠳᠣ ∘

[illegible]
[illegible]
[illegible] ᠶᠢᠨ [illegible]
[illegible]
[illegible]
[illegible] ᠶᠢᠨ [illegible] ᠃
[illegible] !
[illegible] !
[illegible] ᠮᠢᠨᠢ [illegible] !
[illegible] ᠮᠢᠨᠢ [illegible] !
[illegible] ᠮᠢᠨᠢ [illegible] !
[illegible] !
[illegible] !
[illegible] ᠮᠢᠨᠢ [illegible]
—— [illegible] !
[illegible] :
[illegible]
[illegible]
[illegible]

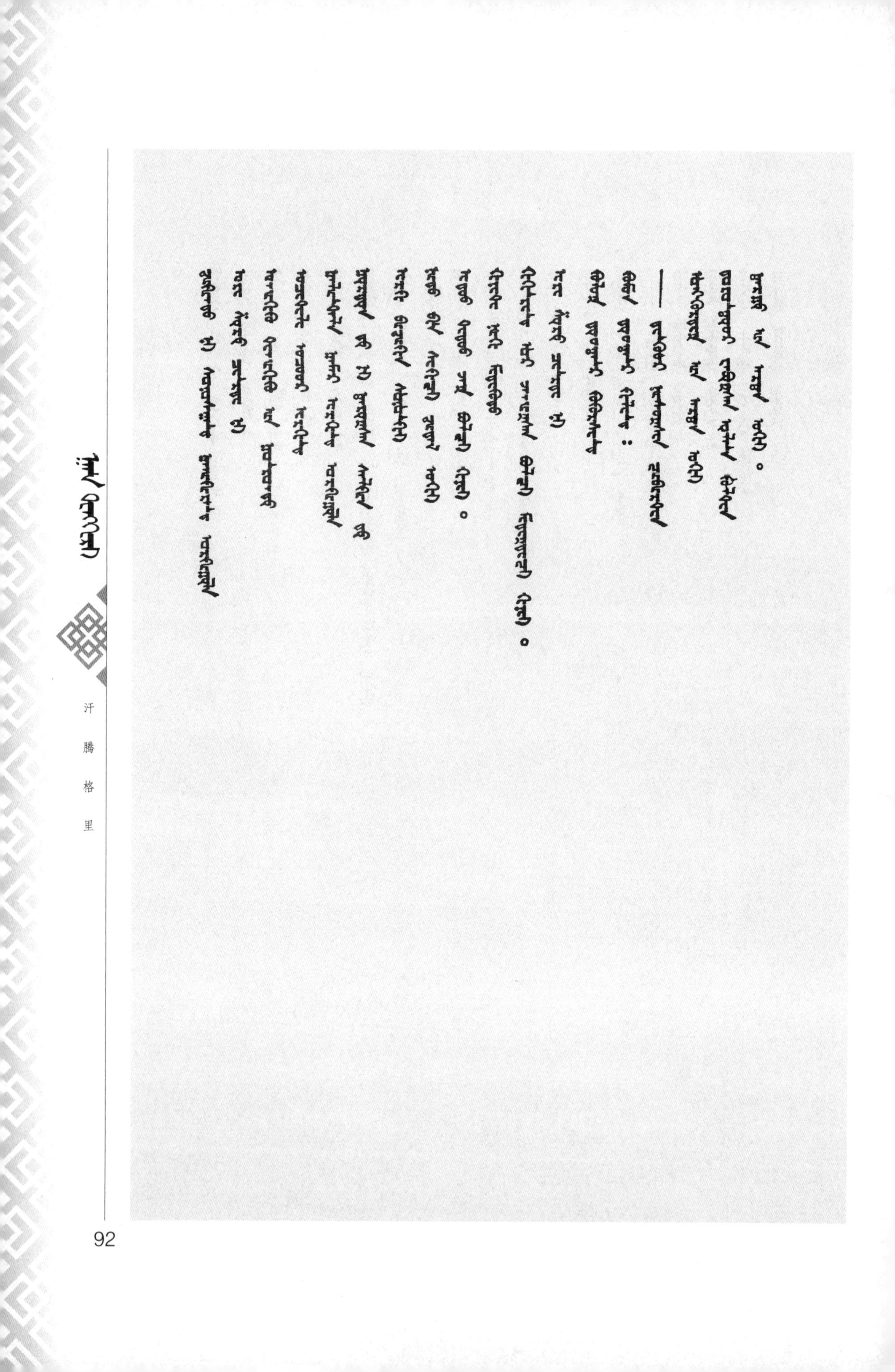

[illegible]
[illegible]
[illegible]
[illegible]
[illegible]
[illegible]
[illegible]
[illegible]
[illegible]
[illegible]
[illegible]
[illegible]
[illegible]
[illegible]
[illegible]
[illegible]
[illegible]
[illegible]

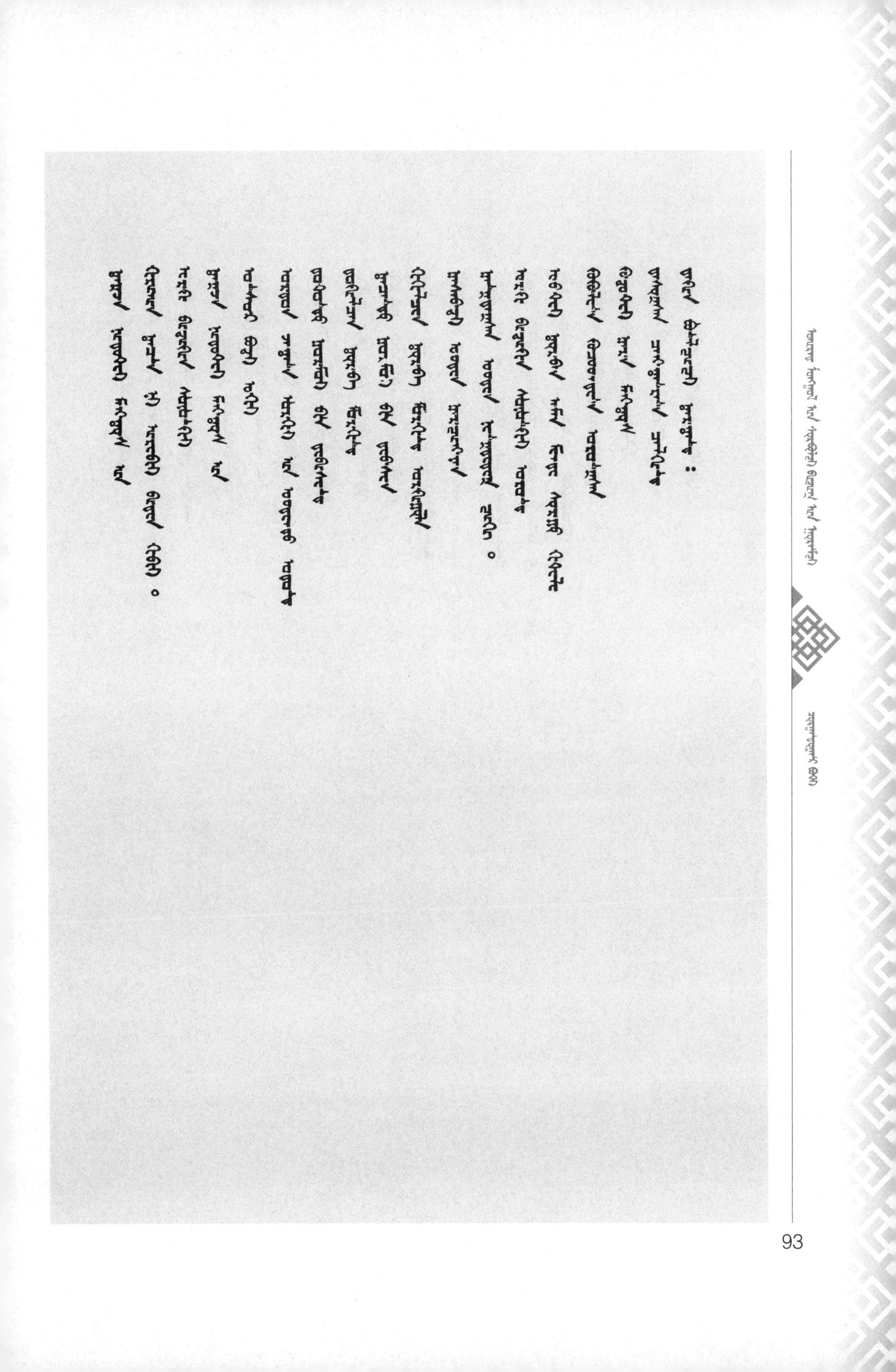

[illegible] :
[illegible]
[illegible]
[illegible]
[illegible]
[illegible]
[illegible] 。
[illegible]
[illegible]
[illegible]
[illegible]
[illegible]
[illegible]
[illegible]
[illegible]
[illegible]
[illegible] 。
[illegible]

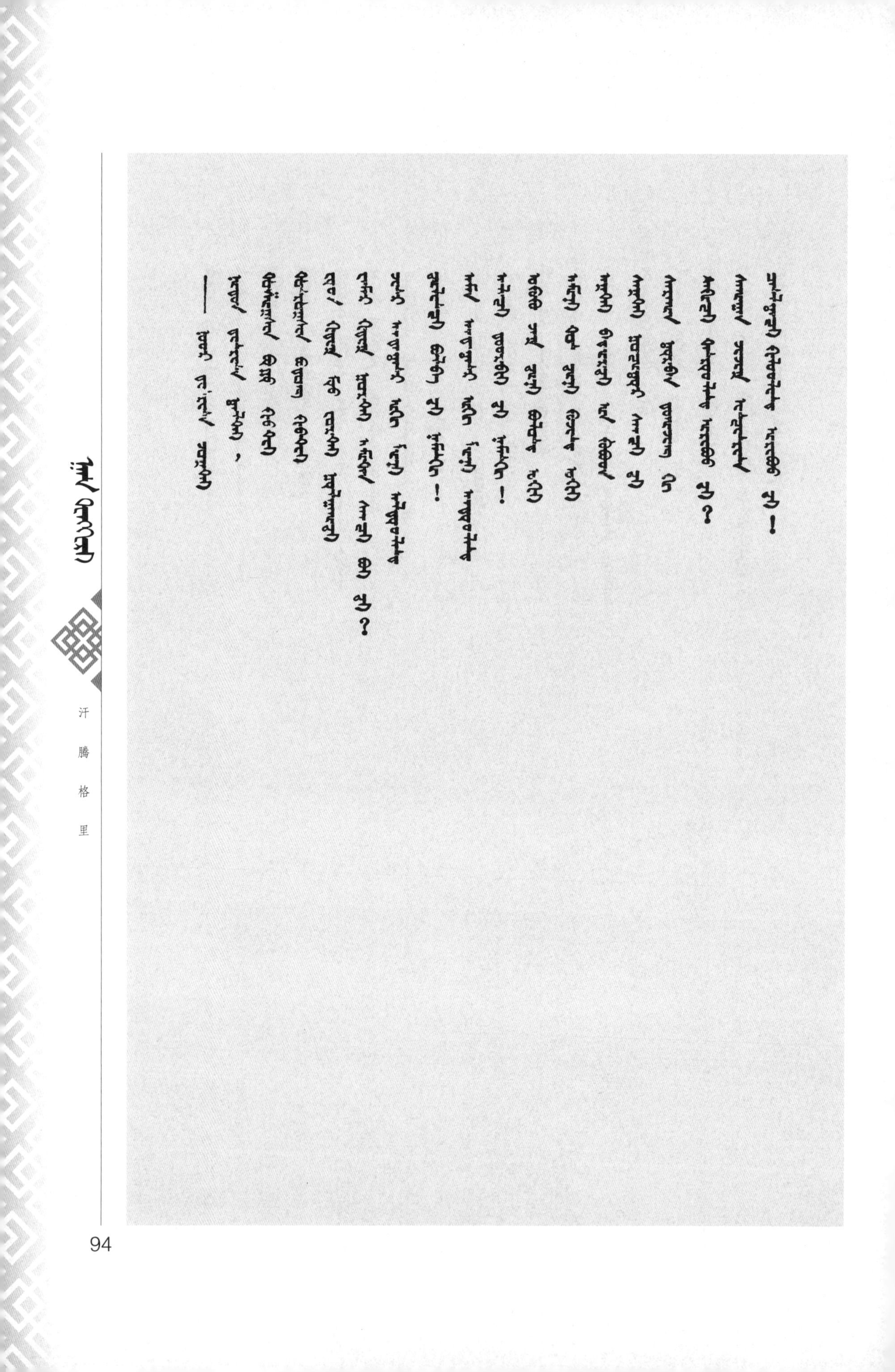

[illegible] !
[illegible]
[illegible] ?
[illegible]
[illegible]
[illegible]
[illegible]
[illegible]
[illegible] !
[illegible]
[illegible] !
[illegible]
[illegible] ?
[illegible]
[illegible]
[illegible]
[illegible] ,
—— [illegible]

ᠬᠡᠨ ᠬᠦᠮᠦᠨ ᠬᠦᠮᠦᠵᠢᠯ ᠬᠠᠷᠢ
ᠬᠥᠭᠵᠢᠭᠦᠯᠬᠦ ᠦᠢᠯᠡᠰ ᠬᠠᠷᠠᠭᠠᠨ ᠳᠤ ?
ᠬᠠᠮᠤᠭ ᠬᠠᠷᠢᠯᠲᠤ ᠳᠤᠷᠠᠰᠬᠠᠯ
ᠬᠥᠭᠵᠢᠯᠳᠡ ᠠᠮᠢᠳᠤᠷᠠᠯ ᠦᠨᠳᠦᠰᠦ ᠬᠠᠷᠢᠯᠴᠠᠭ᠎ᠠ !!
ᠬᠠᠮᠤᠭ ᠰᠠᠢᠬᠠᠨ ᠬᠠᠢ
ᠨᠠᠰᠤᠨ ᠤ ᠬᠠᠮᠤᠭ ᠤᠨ ᠲᠦᠯᠬᠢ ᠳᠡᠮᠵᠢᠭᠴᠢ —— ᠳᠡᠮᠵᠢᠭᠴᠢ !
ᠬᠦᠨ ᠪᠦᠭᠦᠳᠡ ᠠᠮᠢᠳᠤᠷᠠᠯ
ᠬᠦᠮᠦᠨ ᠦᠨᠡᠨ ᠰᠠᠢᠬᠠᠨ
ᠦᠨᠡᠨ ᠵᠢᠷᠭᠠᠯ ᠬᠠᠷᠠᠯᠲᠤ
ᠠᠮᠢᠯᠠᠯ ᠰᠢᠨᠡ ᠨᠢ ᠬᠠᠷᠠᠭᠠᠯᠲᠤ ᠂
ᠡᠬᠡ ᠬᠡᠯᠡᠨ ᠳᠦ ᠳᠣᠷᠠᠯᠲᠤ
ᠰᠠᠢᠬᠠᠨ ᠰᠡᠳᠬᠢᠯ ᠬᠠᠷᠢᠯᠲᠤ
ᠬᠠᠷᠠᠭᠤᠯᠤᠨ ᠬᠠᠷᠠᠭᠠ ᠲᠡᠷ ᠠᠮᠢᠳᠤᠷᠠᠯ ᠢ
ᠬᠠᠷᠠᠭᠤᠯᠤᠨ ᠪᠣᠯ ᠲᠡᠷ ᠪᠢᠯᠡᠭᠦ ᠄
—— ᠪᠣᠯᠪᠠᠯ ᠰᠢᠨᠡ ᠪᠣᠪᠤᠷ ᠪᠠᠢᠨ᠎ᠠ
ᠪᠣᠭᠣᠨᠢ ᠰᠡᠳᠬᠢᠯᠭᠡᠨ ᠬᠠᠪᠢᠷᠬᠠᠢᠨ᠎ᠠ
ᠬᠠᠷᠢᠭᠤᠴᠠᠯᠭ᠎ᠠ ᠵᠢᠷᠭᠠᠯ ᠬᠦᠮᠦᠵᠢᠯ ᠪᠠᠢᠨ᠎ᠠ
ᠬᠠᠷᠠᠭᠠᠨ ᠰᠡᠳᠬᠢᠯ ᠦᠨ ᠦᠵᠡᠭᠳᠡᠯ ᠳᠤᠮᠳᠠ ᠃
ᠠᠮᠢᠳᠤᠷᠠᠯ ᠵᠢᠷᠭᠠᠯ ᠬᠦᠮᠦᠵᠢᠯ ᠢᠶᠡᠨ ᠪᠣᠳᠣᠯᠭ᠎ᠠ

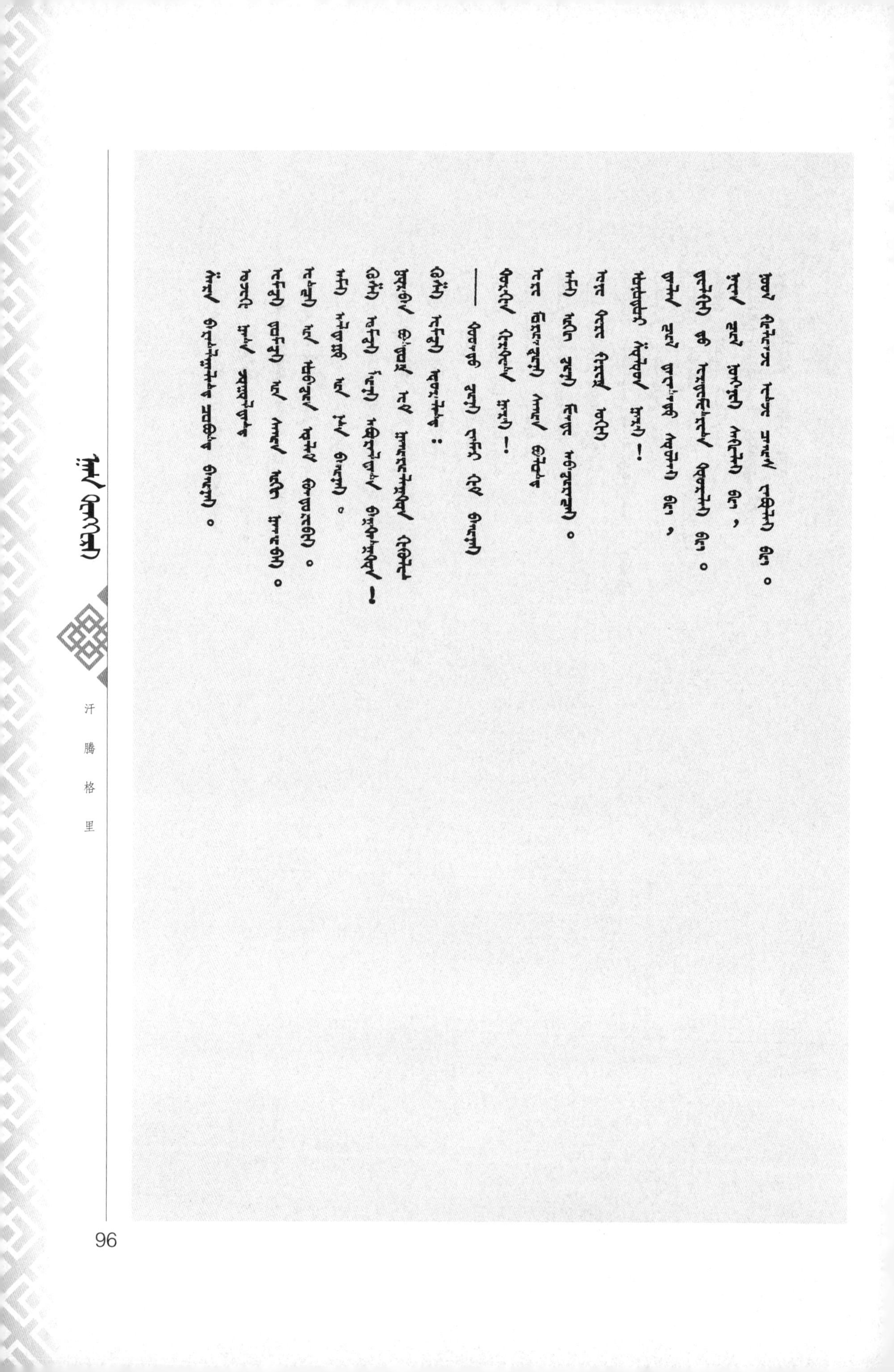

ᠪᠣᠭᠳᠠ ᠬᠤᠲᠤᠭᠲᠤ ᠡᠵᠡᠨ ᠪᠣᠭᠳᠠ ᠬᠠᠭᠠᠨ
ᠪᠠᠷᠢᠭᠰᠠᠨ ᠲᠥᠷᠥ ᠵᠠᠰᠠᠭ
ᠪᠠᠢᠭᠤᠯ ᠪᠠᠷᠢᠮᠲᠠ ᠳᠤ ᠲᠤᠰᠬᠠᠢᠯᠠᠨ ᠳᠤᠷ᠎ᠠ
ᠪᠠᠢᠭᠠᠨ ᠲᠤᠰᠠᠲᠠᠢ ᠬᠠᠷᠢᠭᠤ
ᠪᠠᠢᠳᠠᠯ ᠳᠤᠷᠰᠬᠠᠯ ᠪᠠᠷ ᠪᠠᠢᠭᠠᠳ ᠳᠤᠷ᠎ᠠ
ᠪᠠᠢᠭᠤᠯᠤᠭᠰᠠᠨ ᠲᠤᠰᠬᠠᠢ ᠪᠢ
ᠵᠣᠷᠢᠭ ᠵᠢᠷᠤᠭ ᠪᠡᠷ ᠵᠠᠰᠠᠭᠳᠠᠭᠰᠠᠨ ᠪᠤᠢ ᠃
ᠵᠣᠬᠢᠶᠠᠯ ᠵᠣᠬᠢᠶᠠᠨ ᠳᠠᠭᠠᠨ ᠳᠠᠭᠠᠭᠠᠳ
ᠵᠣᠬᠢᠯ ᠤᠨ ᠲᠤᠬᠠᠢ ᠳᠤᠷᠠᠳᠬᠠᠯ ᠪᠤᠢ ᠂
ᠲᠤᠰᠬᠠᠢ ᠤᠨ ᠲᠣᠭᠣᠴᠠᠭᠠᠳ ᠲᠠᠯᠠᠪᠤᠷᠢ
ᠪᠠᠷᠢᠮ ᠪᠡᠷᠬᠡ ᠥᠪᠡᠷᠮᠢᠴᠡ ᠪᠤᠢ ᠃
ᠪᠠᠢᠨ ᠬᠠᠷᠢᠭᠤ ᠤᠨ ᠪᠠᠷᠢᠮᠲᠠ ᠪᠣᠯᠭᠠᠭᠰᠠᠨ
ᠪᠡᠶ᠎ᠡ ᠲᠤᠰᠬᠠᠢᠯᠠᠭᠰᠠᠨ ᠵᠣᠬᠢᠶᠠᠭᠳᠠᠭᠰᠠᠨ ᠪᠤᠢ ᠃
ᠬᠠᠷᠢᠮ ᠤᠨ ᠲᠣᠭᠣᠴᠠᠭᠠᠳ ᠲᠠᠯᠠᠪᠤᠷᠢ
ᠪᠣᠯ ᠲᠤᠰᠬᠠᠢᠯᠠᠨ ᠪᠢᠯᠡᠭᠰᠡᠨ ᠪᠤᠢ ᠃
ᠪᠡᠶ᠎ᠡ ᠲᠣᠭᠠᠴᠠᠭᠤ ᠪᠦᠬᠦ ᠶᠢ ᠰᠠᠢᠰᠢᠶᠠᠭᠰᠠᠨ
ᠶᠡᠬᠡ ᠪᠠᠭ᠎ᠠ ᠪᠠᠨ ᠪᠠᠢᠭᠤᠯᠤᠭᠰᠠᠨ ᠪᠤᠢ
ᠪᠡᠶᠡᠯᠡᠭᠦ ᠲᠣᠭᠣᠴᠠᠭᠠᠳ ᠲᠠᠯᠠᠪᠤᠷᠢ

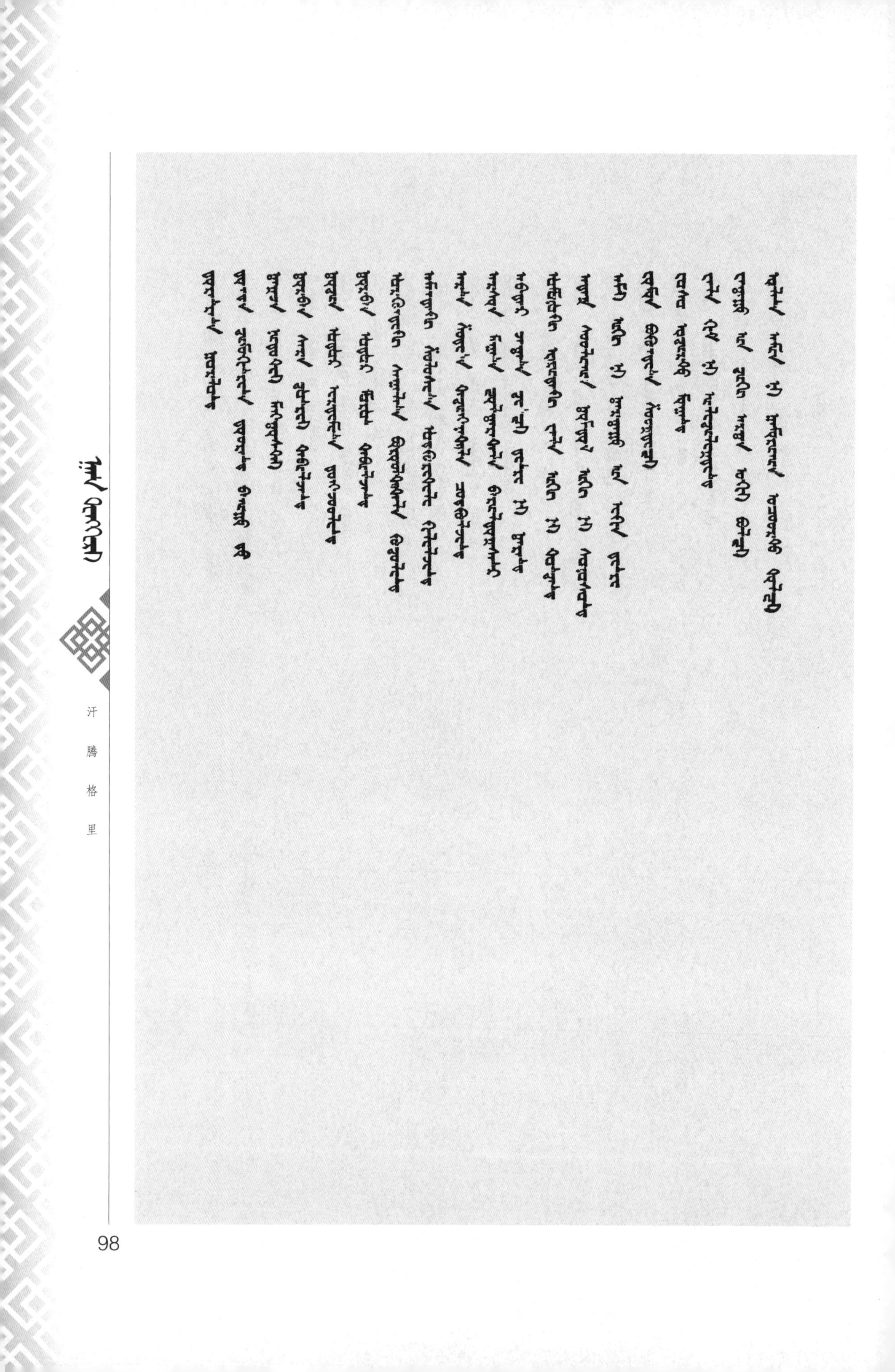

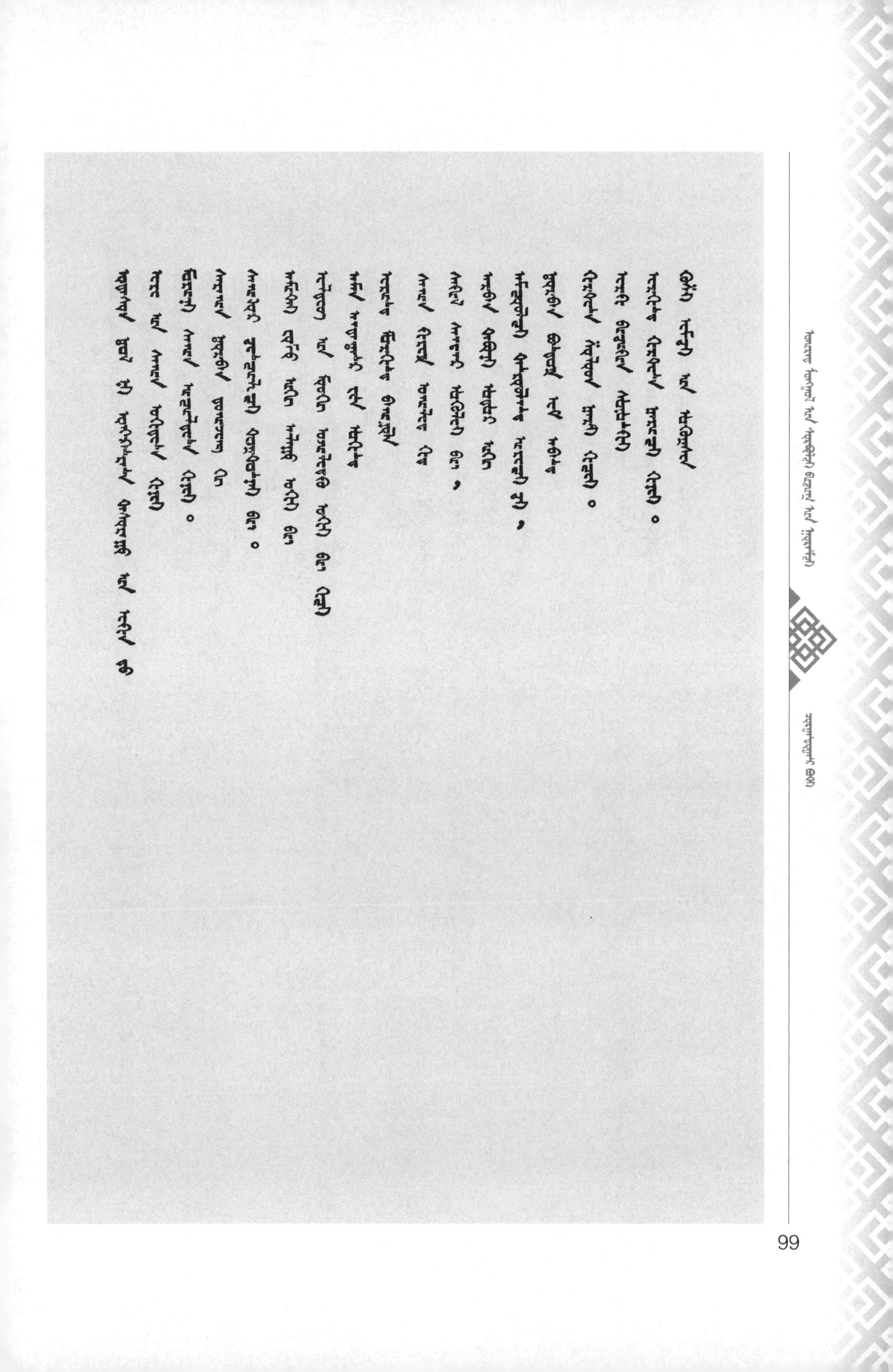

[illegible]
[illegible]
[illegible]
[illegible]
[illegible]
[illegible]
[illegible]
[illegible]
[illegible]
[illegible]
[illegible]
[illegible]
[illegible]
[illegible]
[illegible]
[illegible]
[illegible]

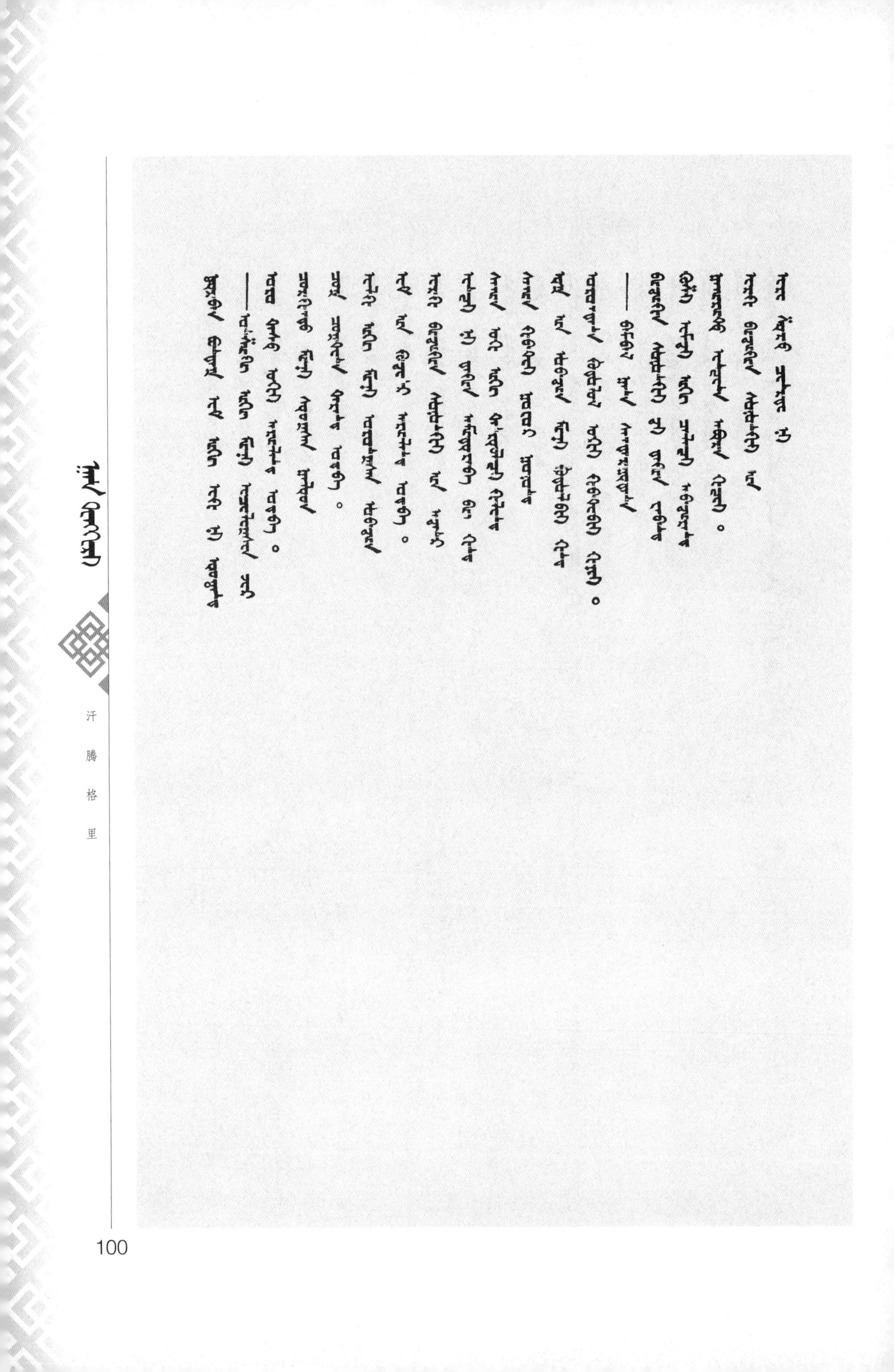

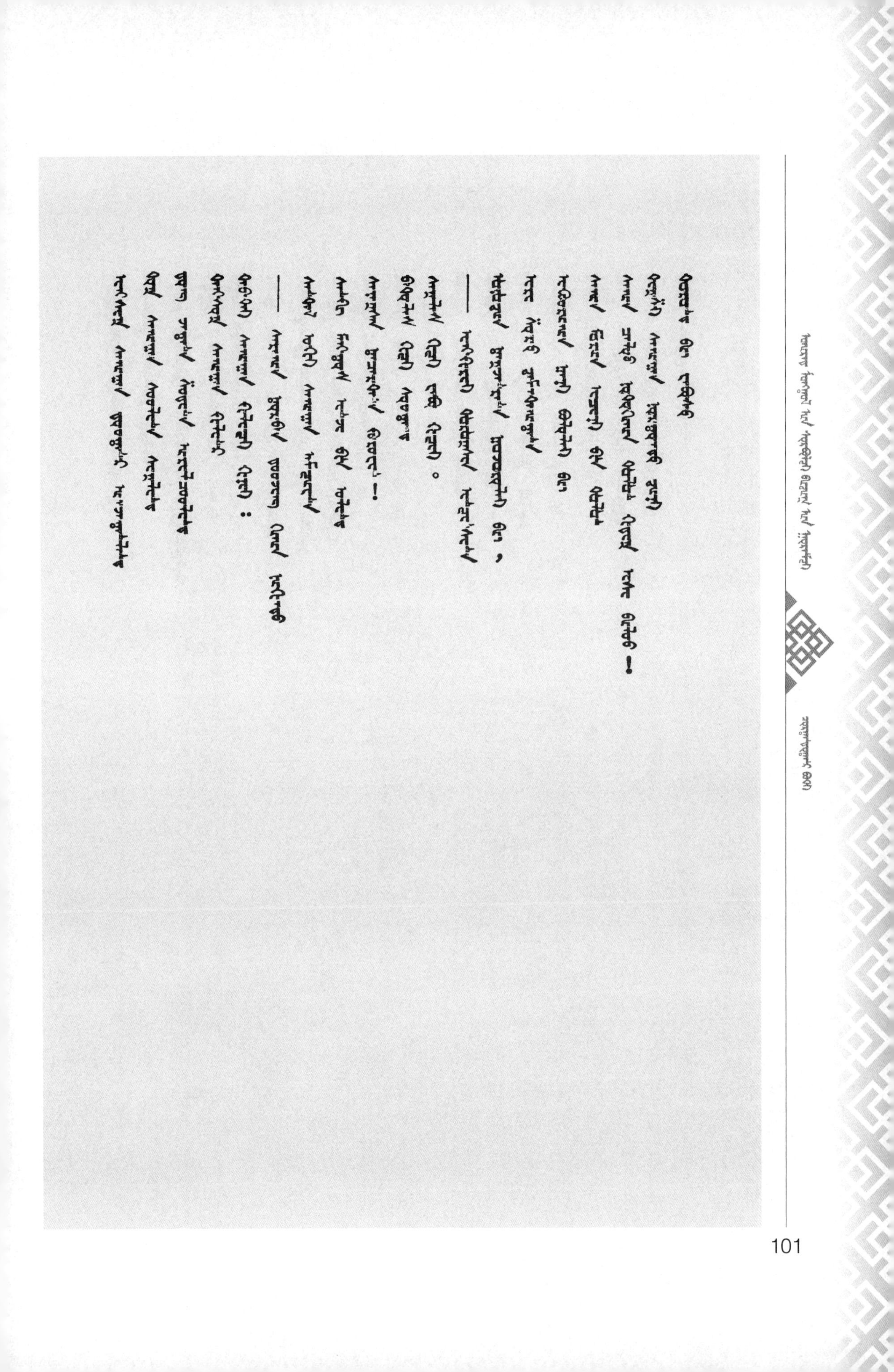

[illegible]
[illegible]
[illegible] !
[illegible]
[illegible]
[illegible]
[illegible] ,
—— [illegible]
[illegible] 。
[illegible]
[illegible] !
[illegible]
[illegible]
—— [illegible]
[illegible] :
[illegible]
[illegible]
[illegible]
[illegible]

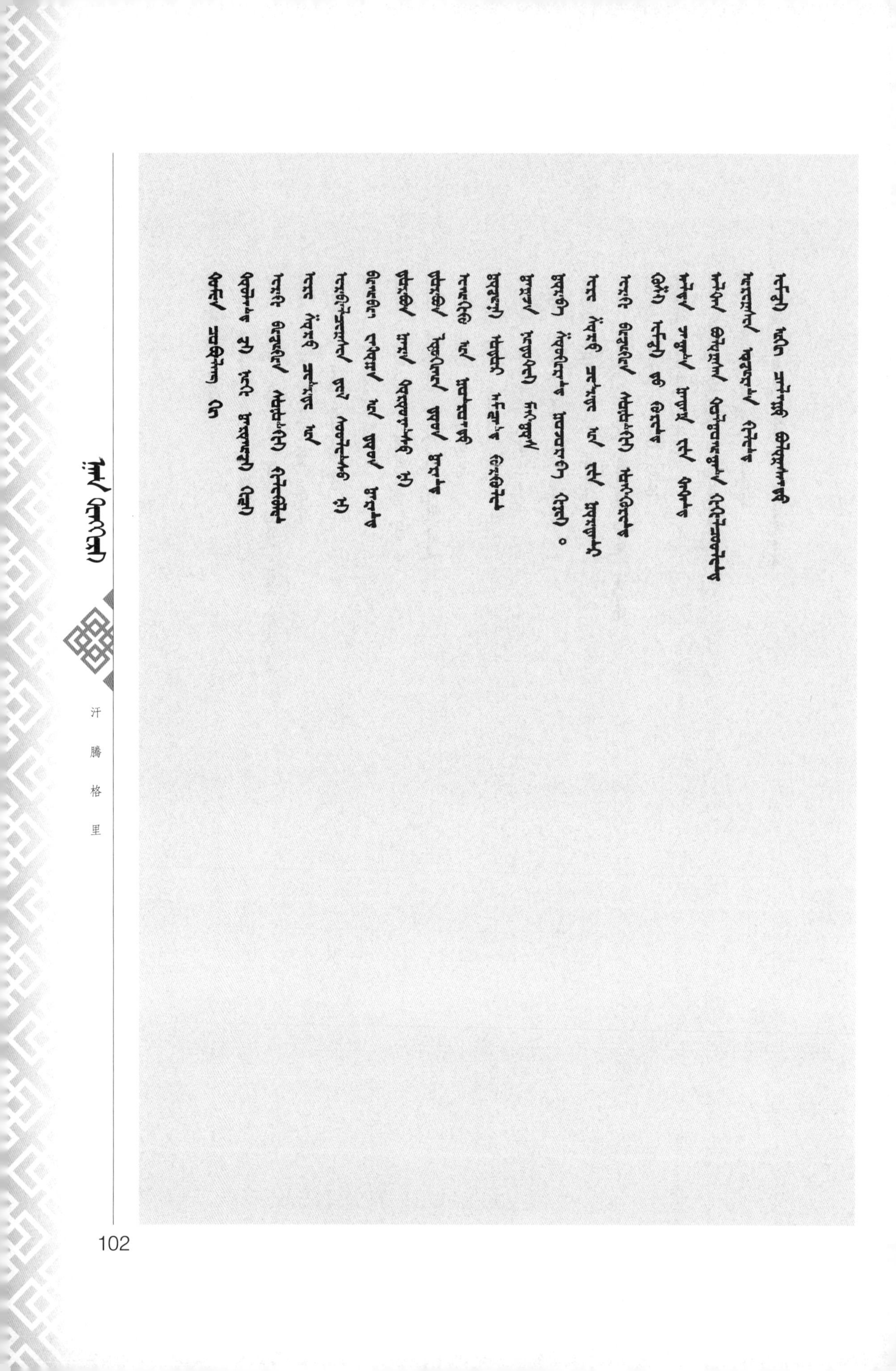

[illegible]

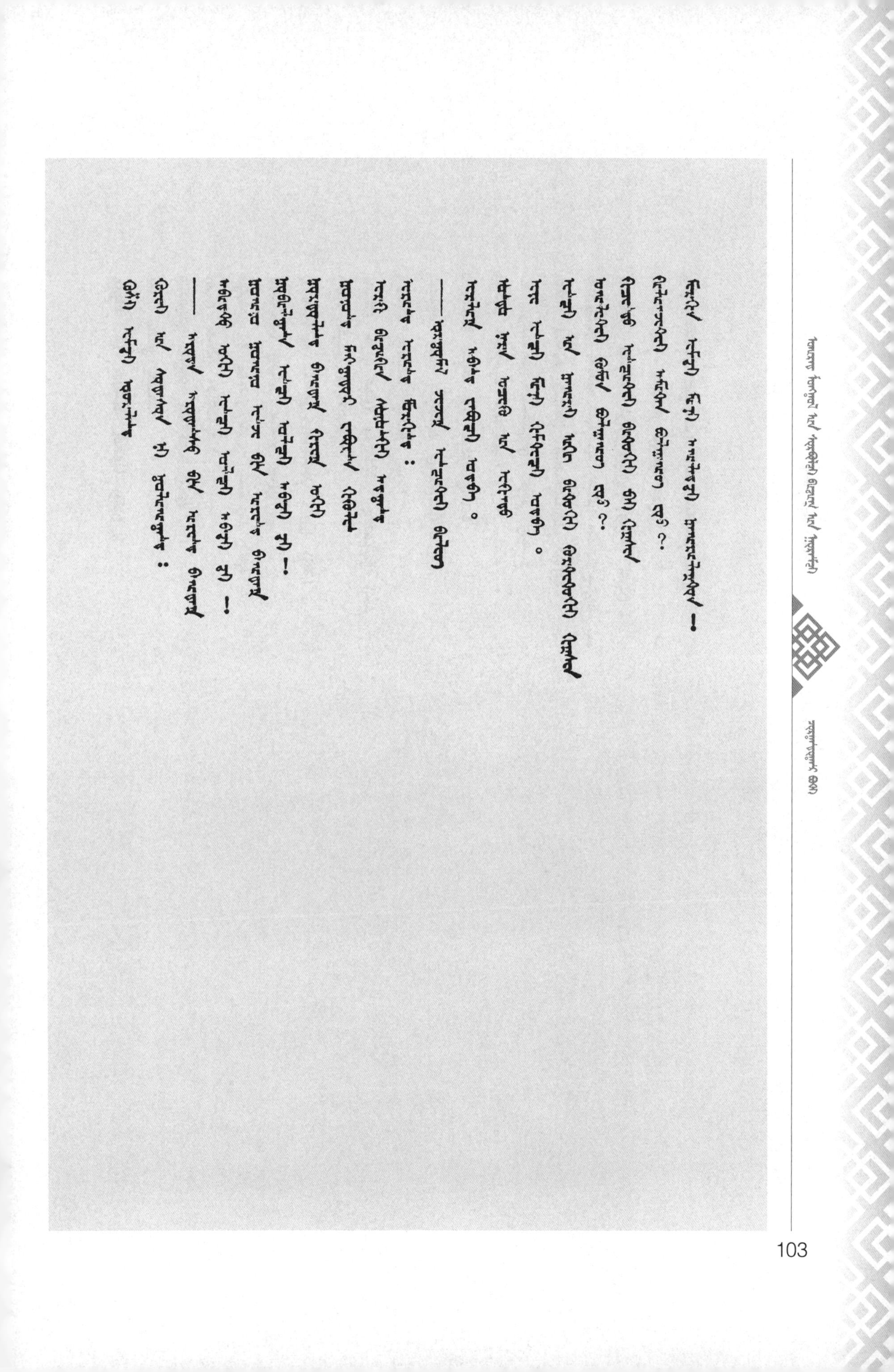

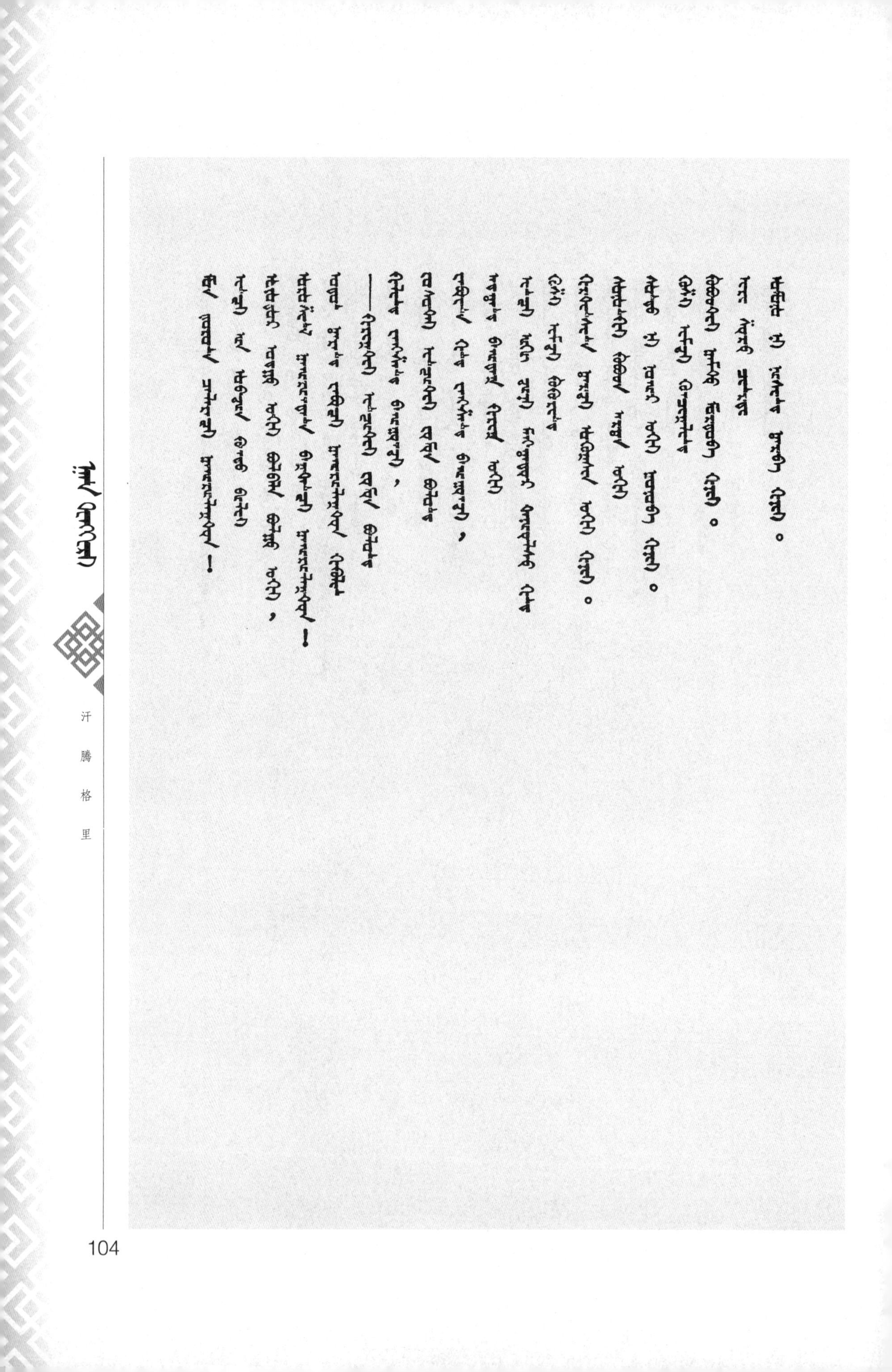

[illegible] ᠃
[illegible]
[illegible] ᠃
[illegible]
[illegible] ᠃
[illegible]
[illegible] ᠃
[illegible]
[illegible]
[illegible]
[illegible] ᠂
[illegible]
[illegible] ᠂
——[illegible]
[illegible]
[illegible] !
[illegible] ᠂
[illegible]
[illegible] !

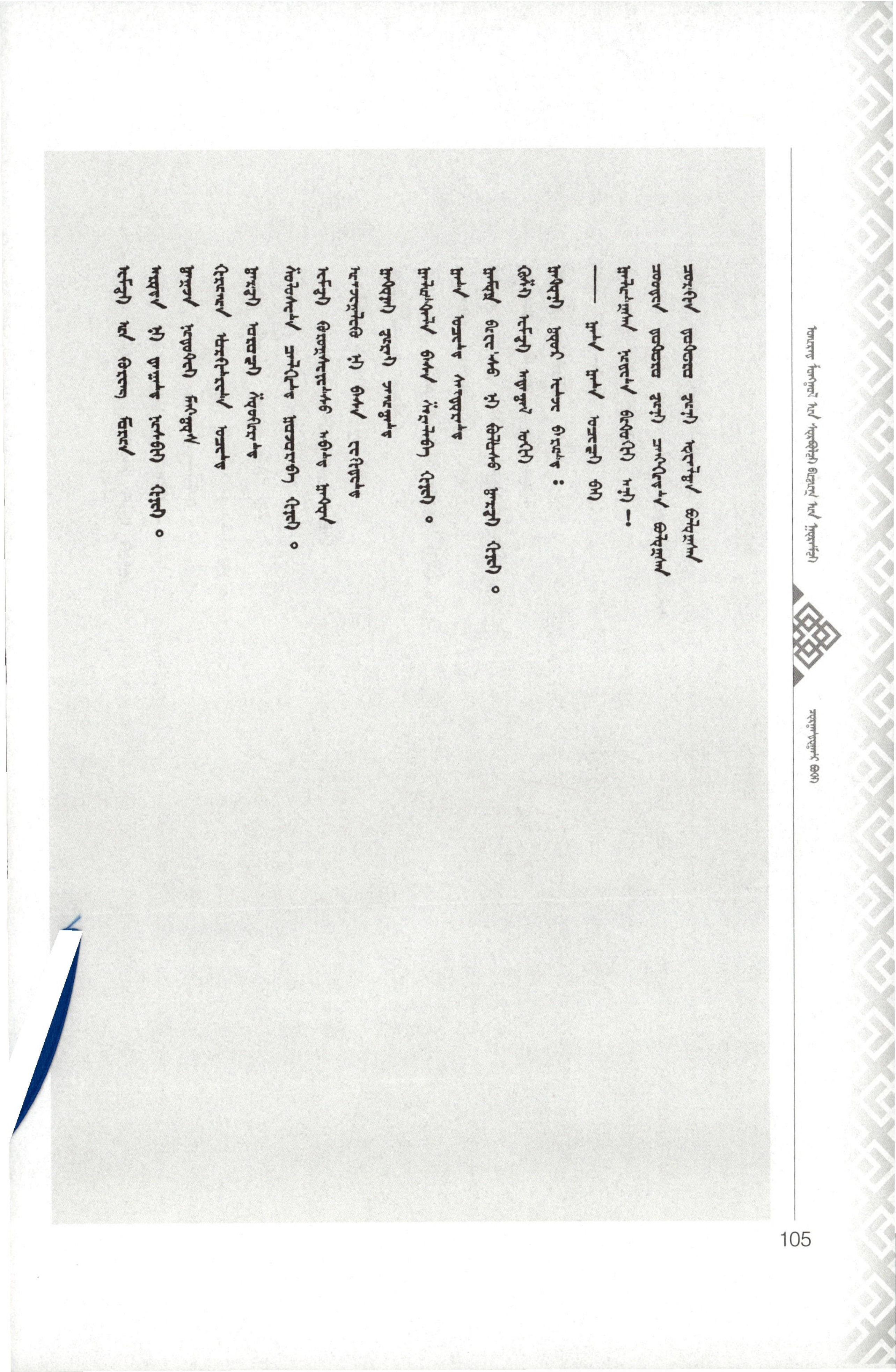

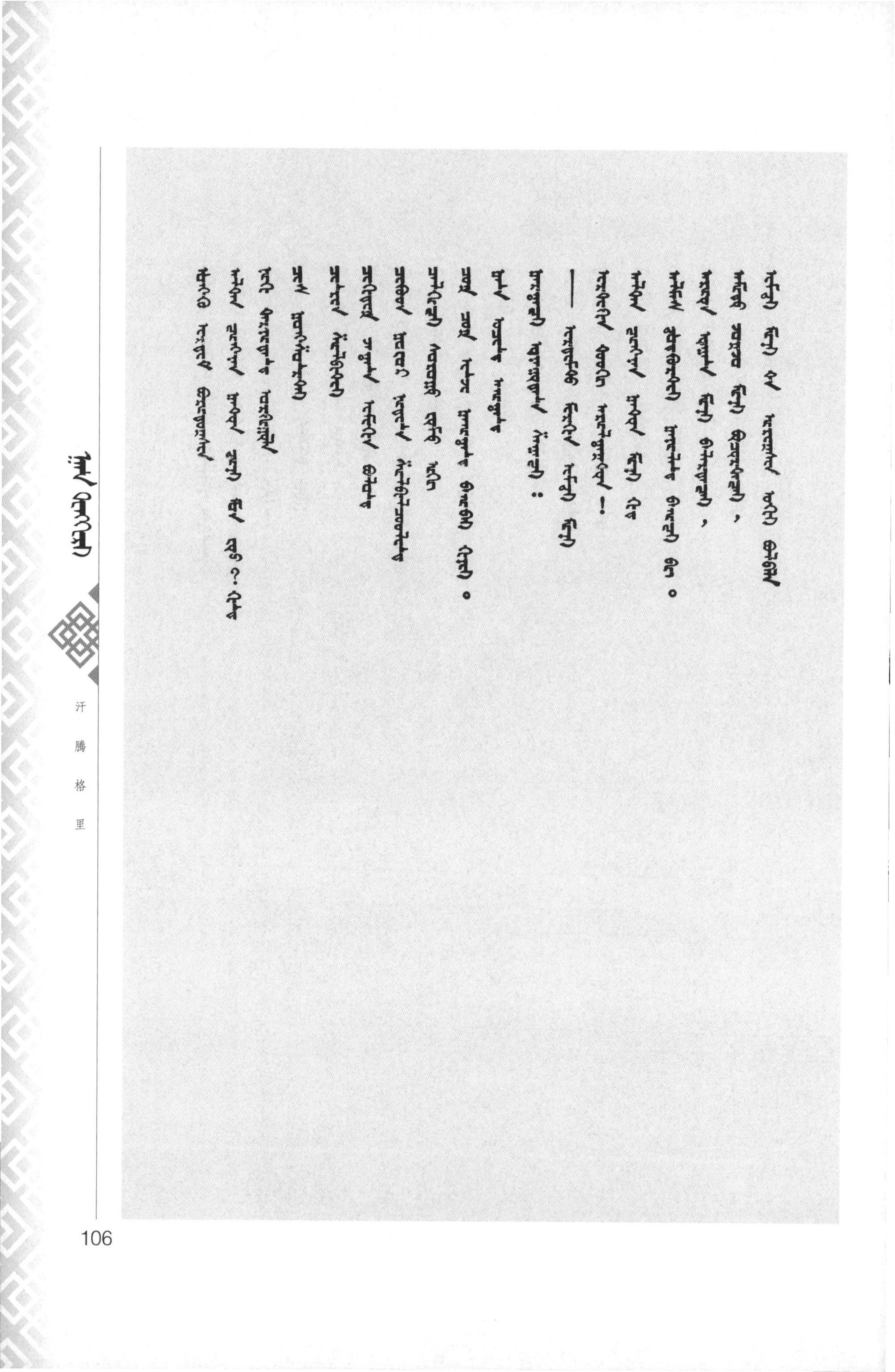

[illegible] ,

[illegible] ,

[illegible] 。

[illegible]

[illegible] !

— [illegible]

[illegible] :

[illegible]

[illegible] 。

[illegible]

[illegible]

[illegible]

[illegible]

[illegible]

[illegible]

[illegible] ? [illegible]

[illegible]

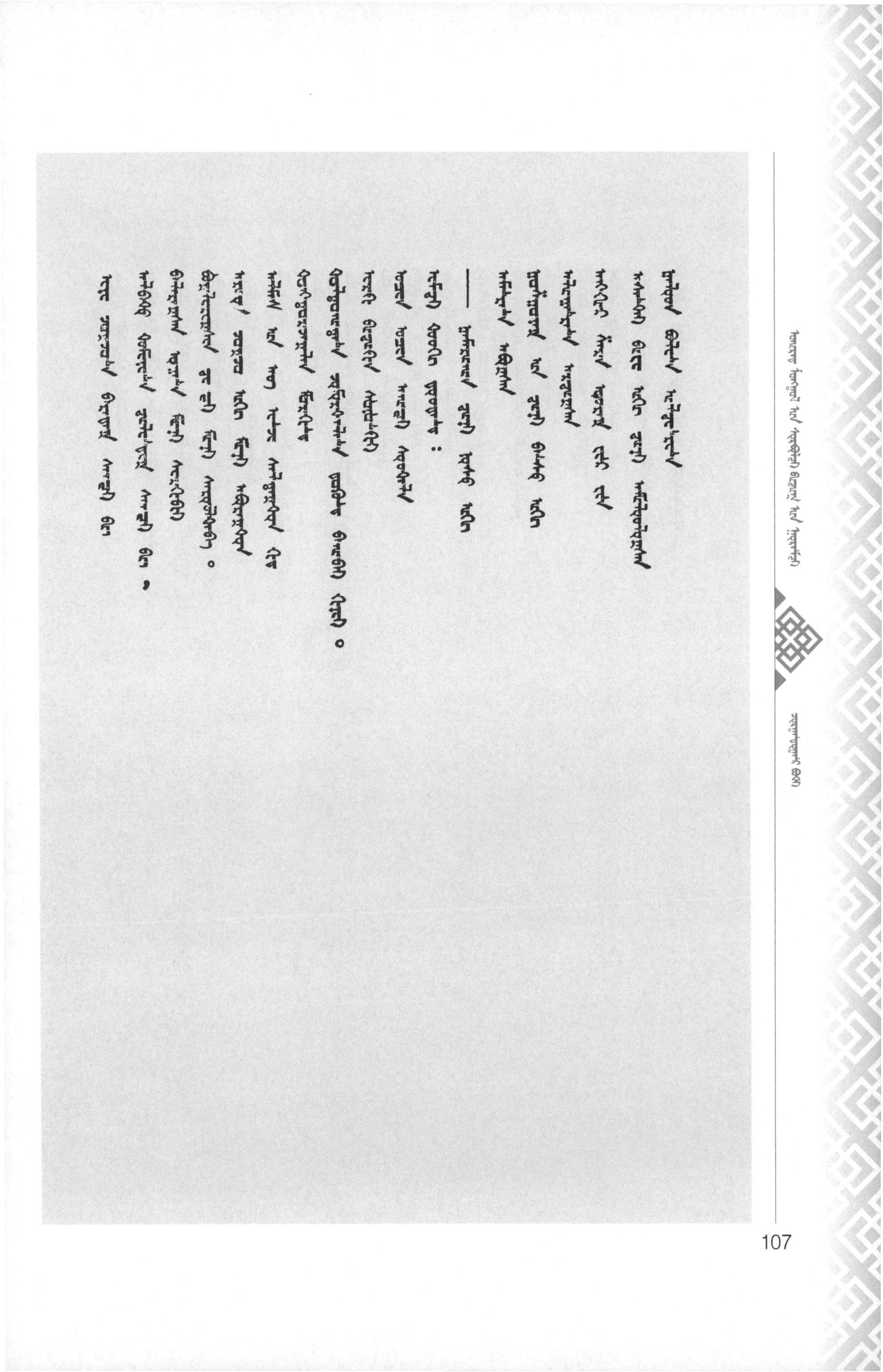

[illegible]

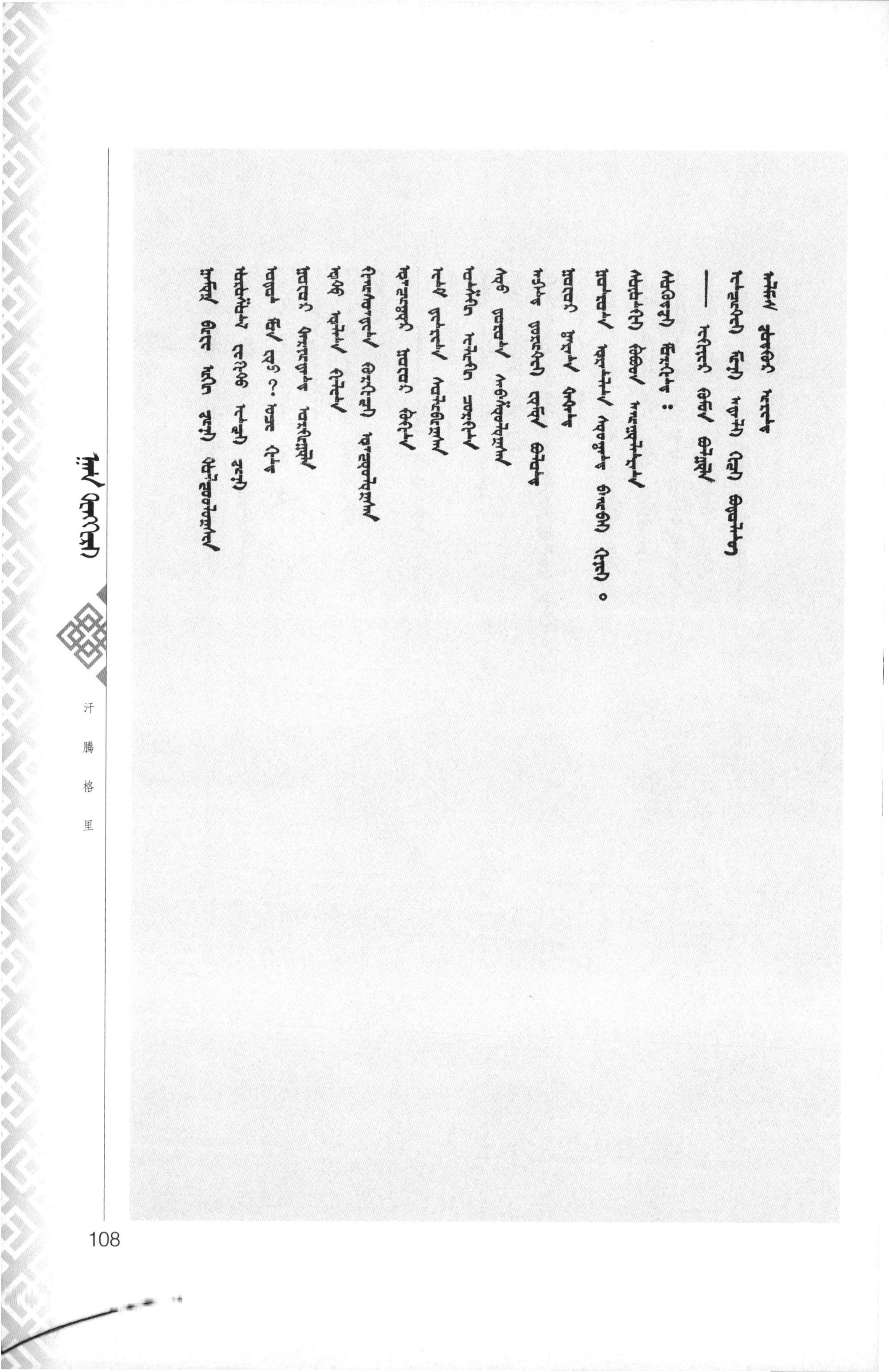

[illegible]

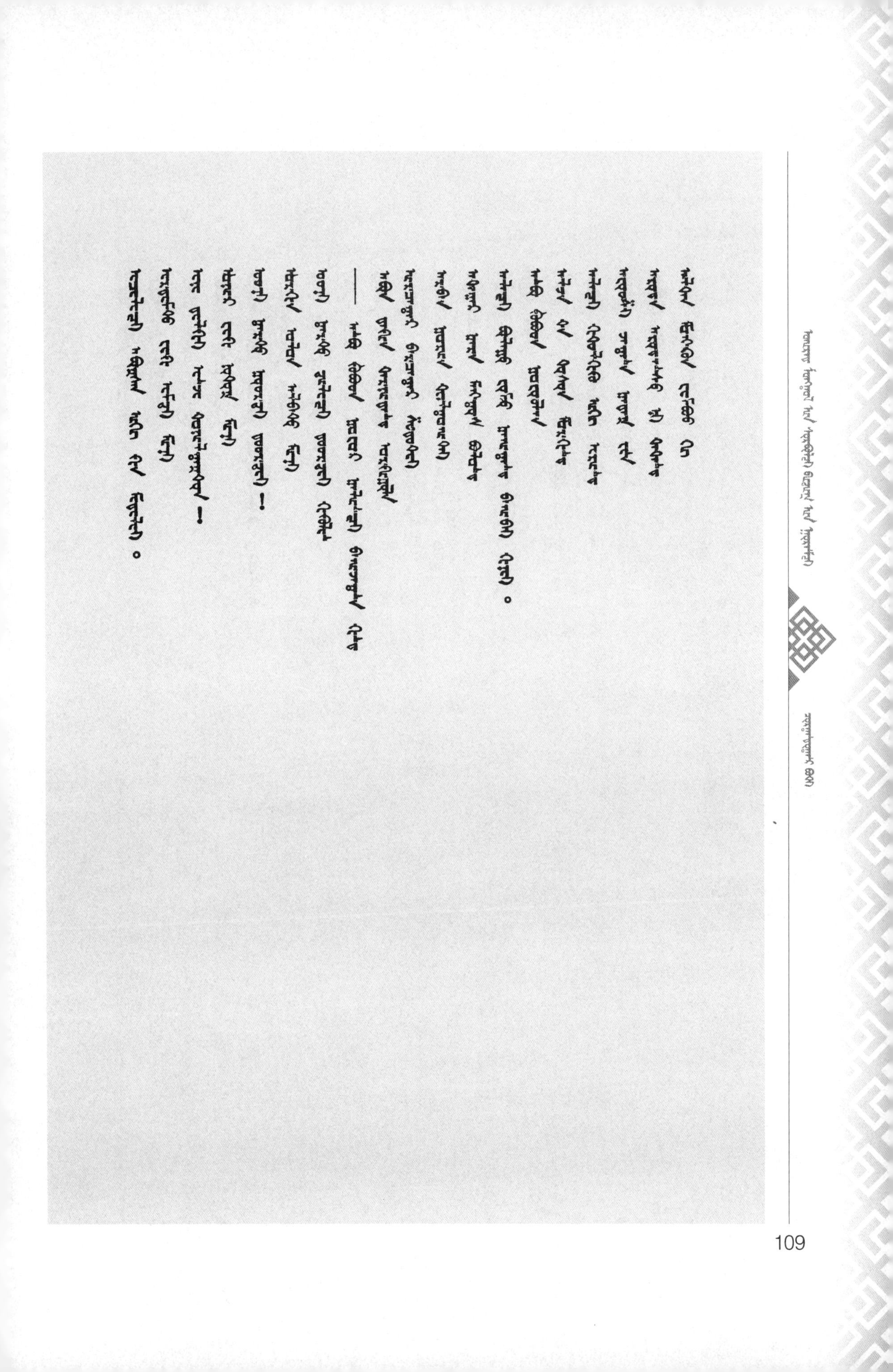

[illegible]
[illegible]
[illegible]
[illegible]
[illegible]
[illegible]
[illegible] 。
[illegible]
[illegible]
[illegible]
[illegible]
—— [illegible]
[illegible]
[illegible]
[illegible] !
[illegible]
[illegible] !
[illegible]
[illegible] 。

ᠤᠷᠤᠢ ᠤᠷᠤᠢᠯᠠᠭᠰᠠᠨ ᠮᠥᠷᠳᠡᠭᠡᠳ
ᠤᠮᠳᠠᠨ ᠤᠮᠳᠠᠭᠠᠨ ᠮᠥᠨᠳᠡᠭᠡᠨ
ᠠᠷᠪᠢᠨ ᠠᠷᠪᠢᠨ ᠬᠢᠷ ᠦᠨᠳᠦᠰᠦᠯᠡᠶ᠎ᠡ
ᠵᠢᠷᠭᠠᠯᠠᠩ ᠵᠢᠷᠭᠠᠯᠲᠠ ᠲᠡᠭᠦᠰ
ᠪᠣᠯᠤᠨ ᠪᠣᠯᠤᠨ ᠪᠠᠶᠠᠷᠯᠠᠨ ᠪᠠᠶᠢᠭᠤᠯᠤᠶ᠎ᠠ
ᠮᠣᠩᠭᠤ ᠦᠭᠡᠰ ᠪᠤᠰᠤᠳ
ᠦᠨᠳᠦᠷᠭᠦᠦ ᠮᠣᠷᠢ ᠮᠢᠨᠦ ᠪᠠᠷ
ᠦᠪᠡᠷ ᠮᠡᠳᠡᠯᠡᠨ ᠪᠠᠶᠢᠭᠤᠯᠤᠶ᠎ᠠ
ᠪᠡᠶ᠎ᠡ ᠪᠡᠷᠬᠡᠰᠢᠶᠡᠯ ᠮᠡᠳᠡᠵᠦ ᠪᠠᠶᠢᠨ᠎ᠠ
ᠪᠠᠶᠠᠷᠯᠠᠯ ᠴᠡᠴᠡᠭᠯᠡᠭᠦᠯᠦᠭᠡᠨ ᠪᠠᠶᠢᠭᠤᠯᠤᠶ᠎ᠠ ᠂
ᠪᠠᠶᠠᠨ ᠪᠠᠶᠠᠯᠢᠭ ᠣᠷᠣᠨ ᠳᠤ
ᠳᠠᠯᠠᠷᠬᠠᠨ ᠪᠠᠶᠠᠷᠯᠠᠯ ᠪᠠᠶᠢᠭᠤᠯᠤᠶ᠎ᠠ ᠂
ᠪᠣᠳᠣ ᠪᠣᠳᠣ ᠮᠥᠩᠭᠦ ᠴᠠᠰᠤ
ᠪᠡᠷᠬᠡ ᠵᠠᠮ ᠪᠠᠶᠢᠭᠤᠯᠤᠶ᠎ᠠ
ᠪᠣᠷᠣᠭ᠎ᠠ ᠴᠠᠰᠤᠨ ᠤᠷᠤᠰᠬᠠᠯ ᠤᠯᠠᠭᠠᠨ ᠲᠠᠯ᠎ᠠ ᠪᠠᠶᠢᠭᠤᠯᠤᠶ᠎ᠠ
ᠦᠨᠳᠦᠷᠯᠢᠭ ᠰᠡᠳᠬᠢᠯᠡᠭᠡᠨ
ᠦᠨᠳᠦᠷ ᠮᠡᠲᠦ ᠬᠦᠭᠵᠢᠭᠦᠯᠦᠶ᠎ᠡ
ᠳᠠᠯᠠᠢᠯᠢᠭ ᠰᠡᠳᠬᠢᠯᠡᠭᠡᠨ
ᠳᠠᠯᠠᠢ ᠮᠡᠲᠦ ᠬᠦᠭᠵᠢᠭᠦᠯᠦᠶ᠎ᠡ

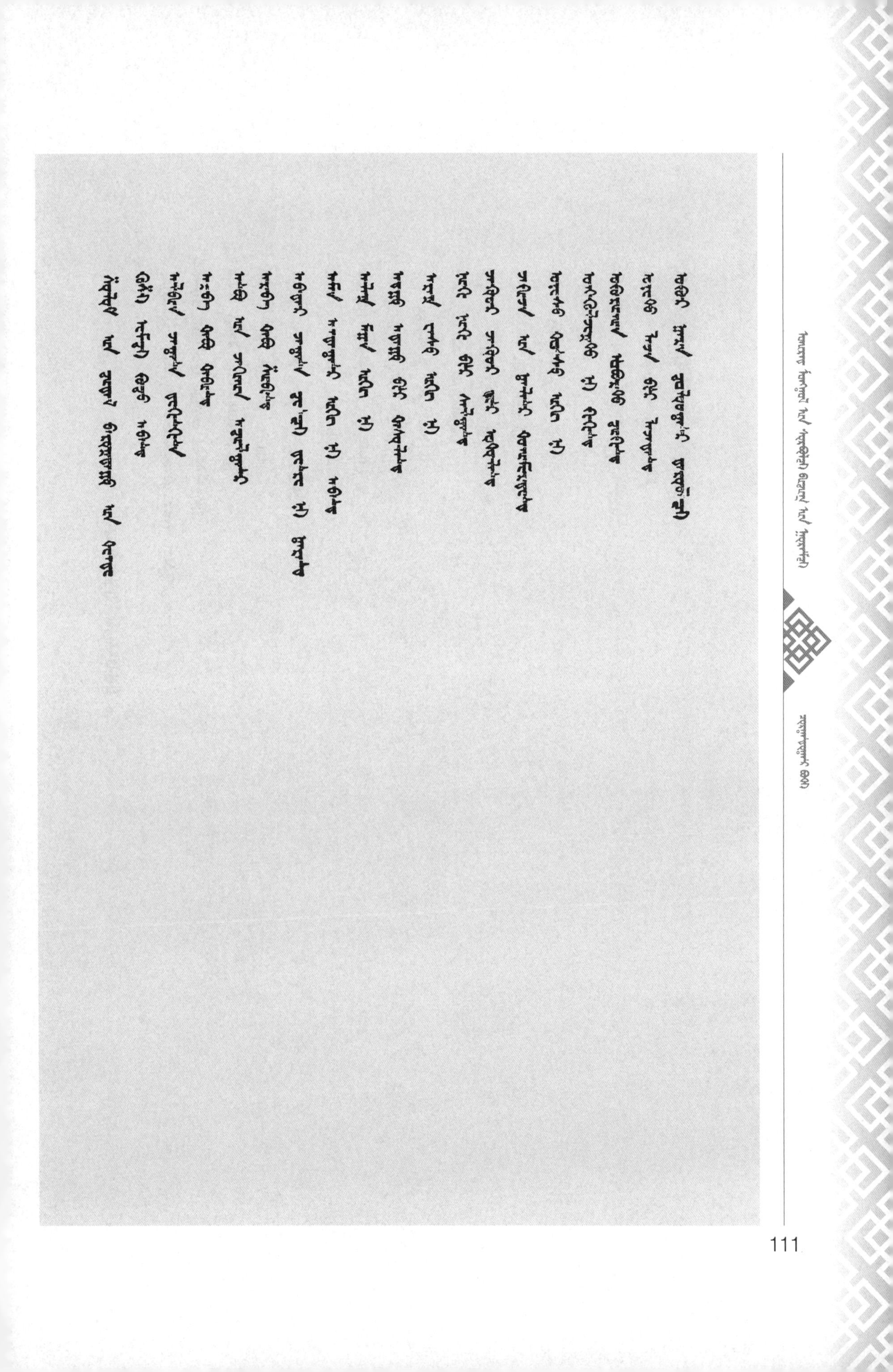

[illegible]
[illegible]
[illegible]
[illegible]
[illegible]
[illegible]
[illegible]
[illegible]
[illegible]
[illegible]
[illegible]
[illegible]
[illegible]
[illegible]
[illegible]
[illegible]
[illegible]
[illegible]
[illegible]

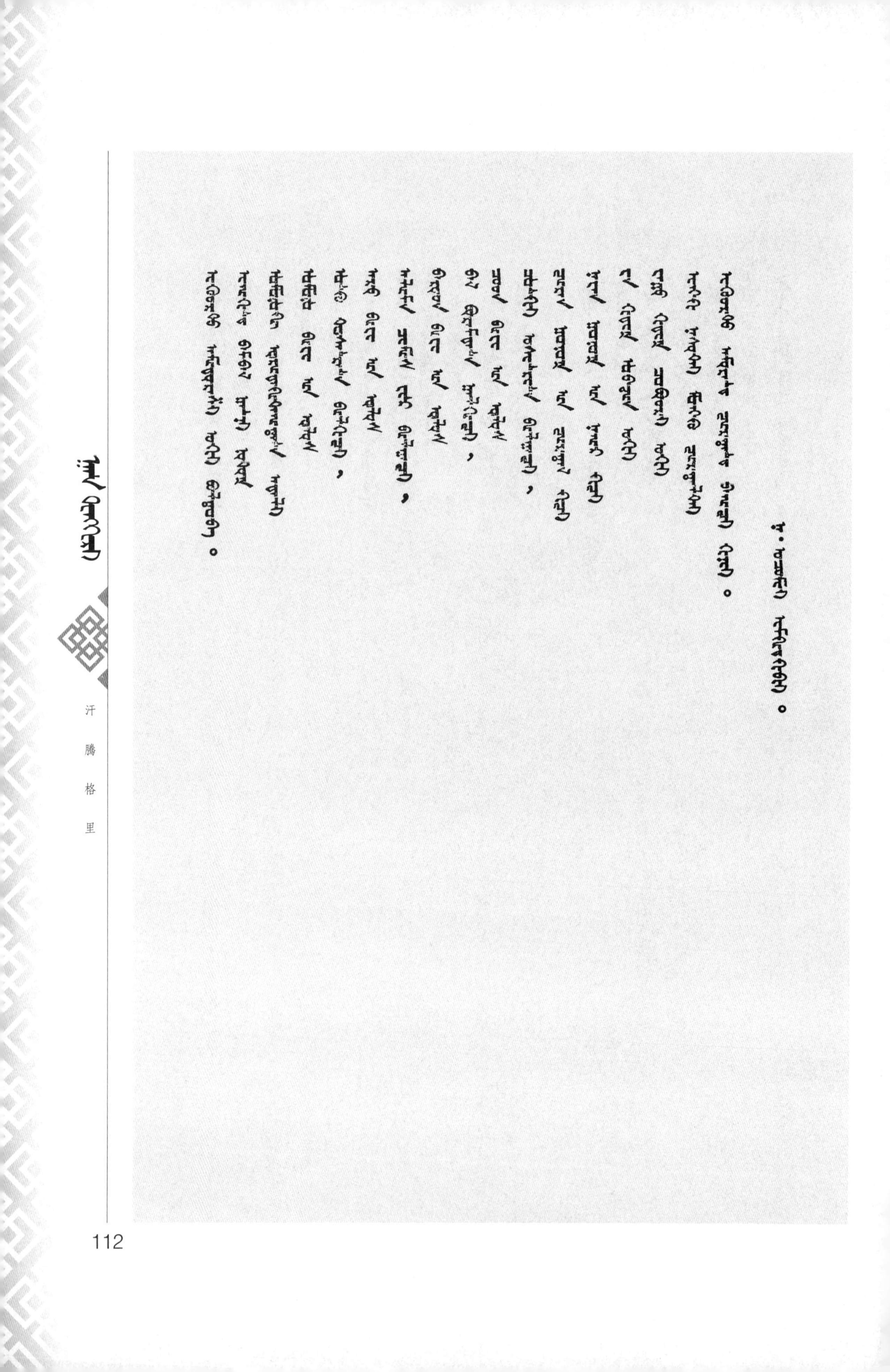

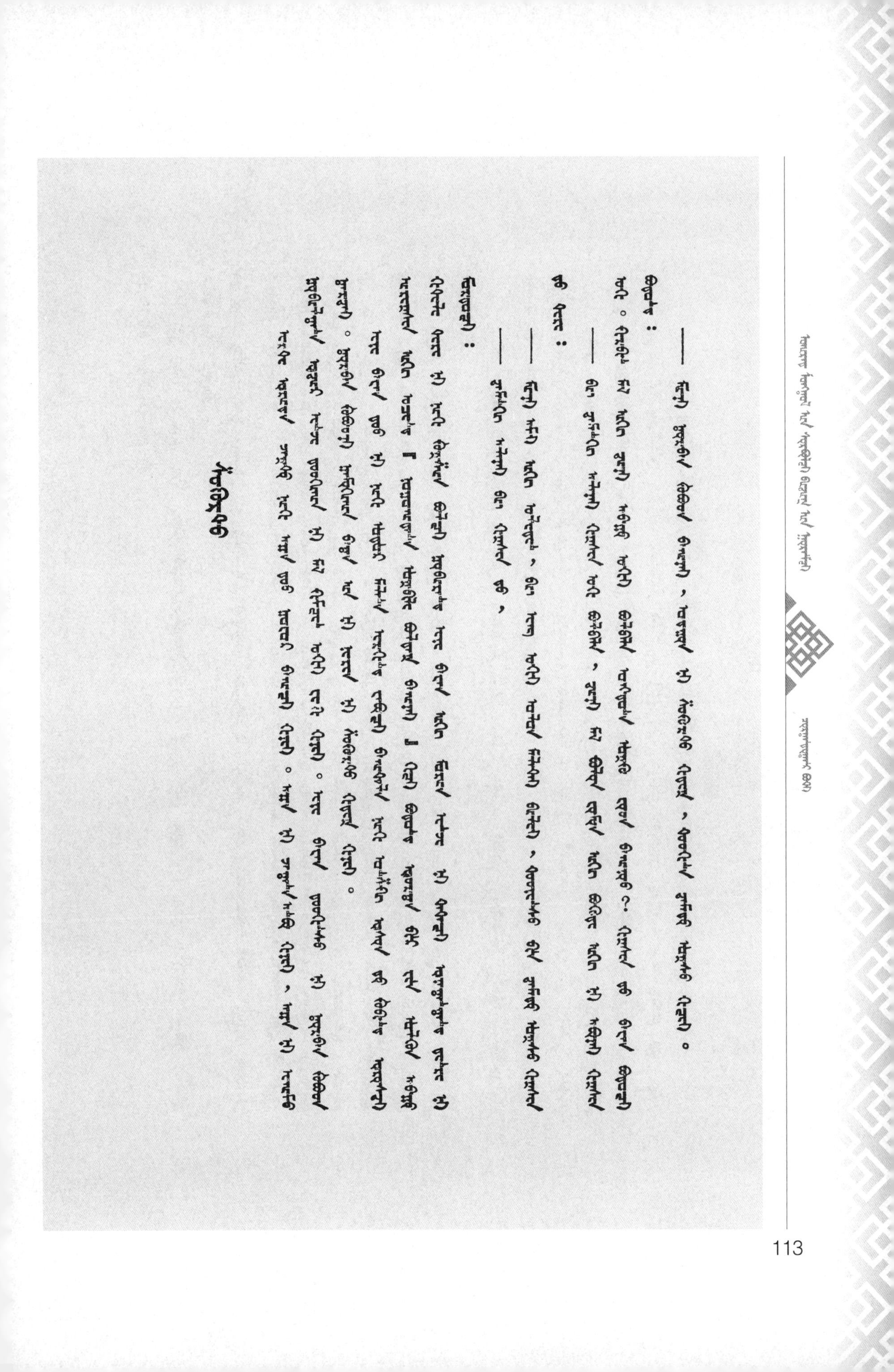

ᠪᠣᠳᠤᠯᠭ᠎ᠠ

[illegible]

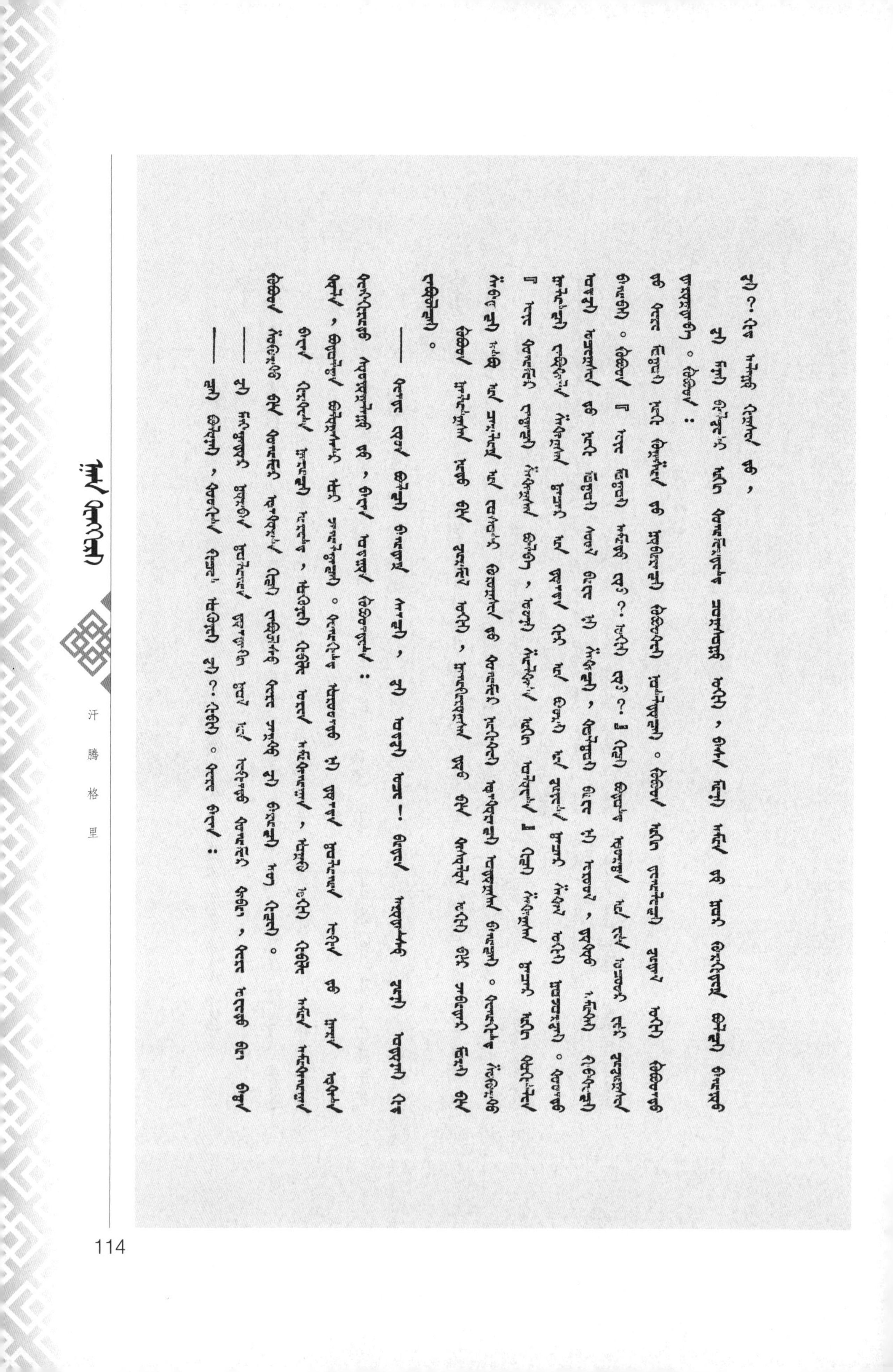

[illegible]

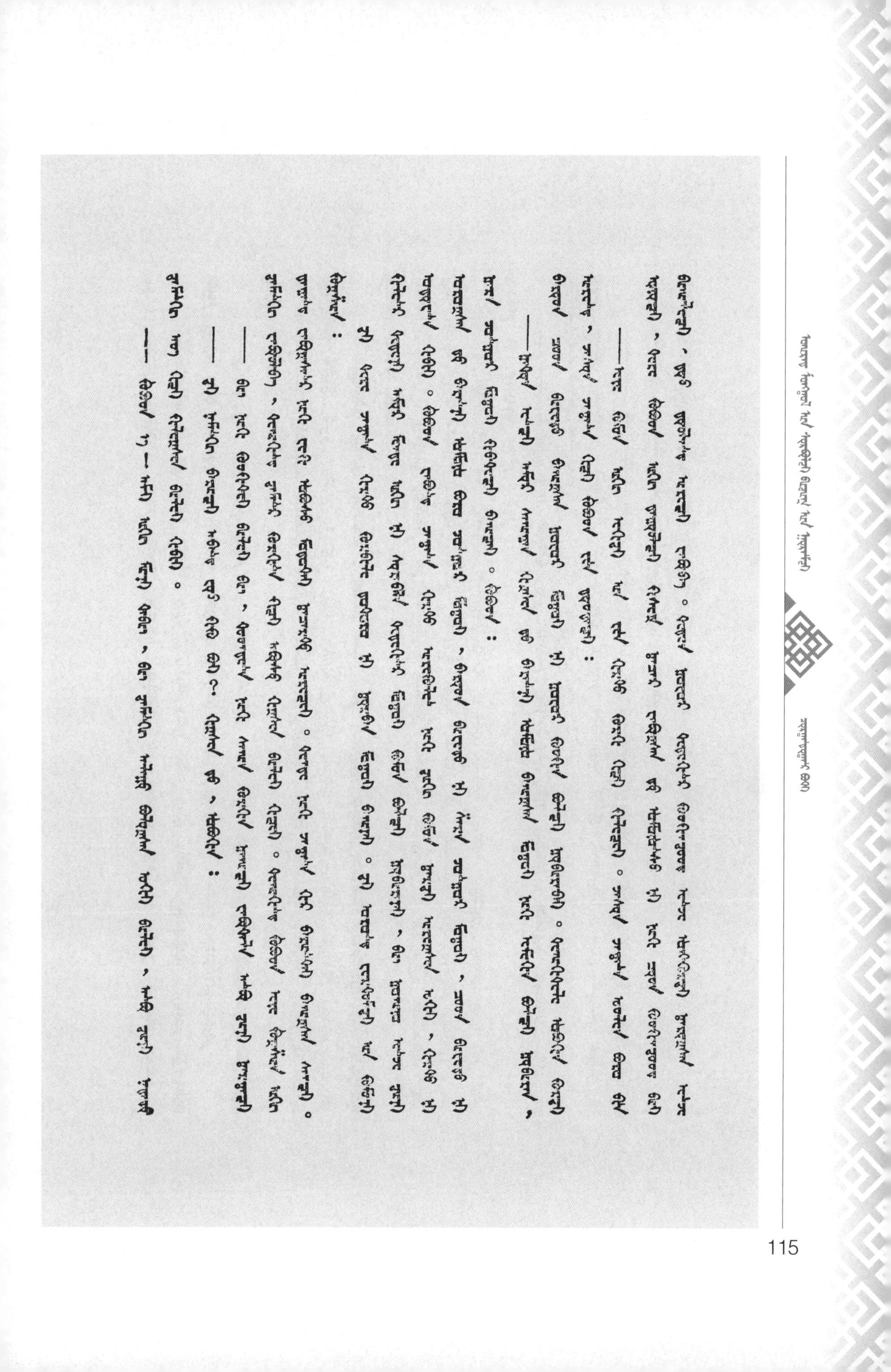

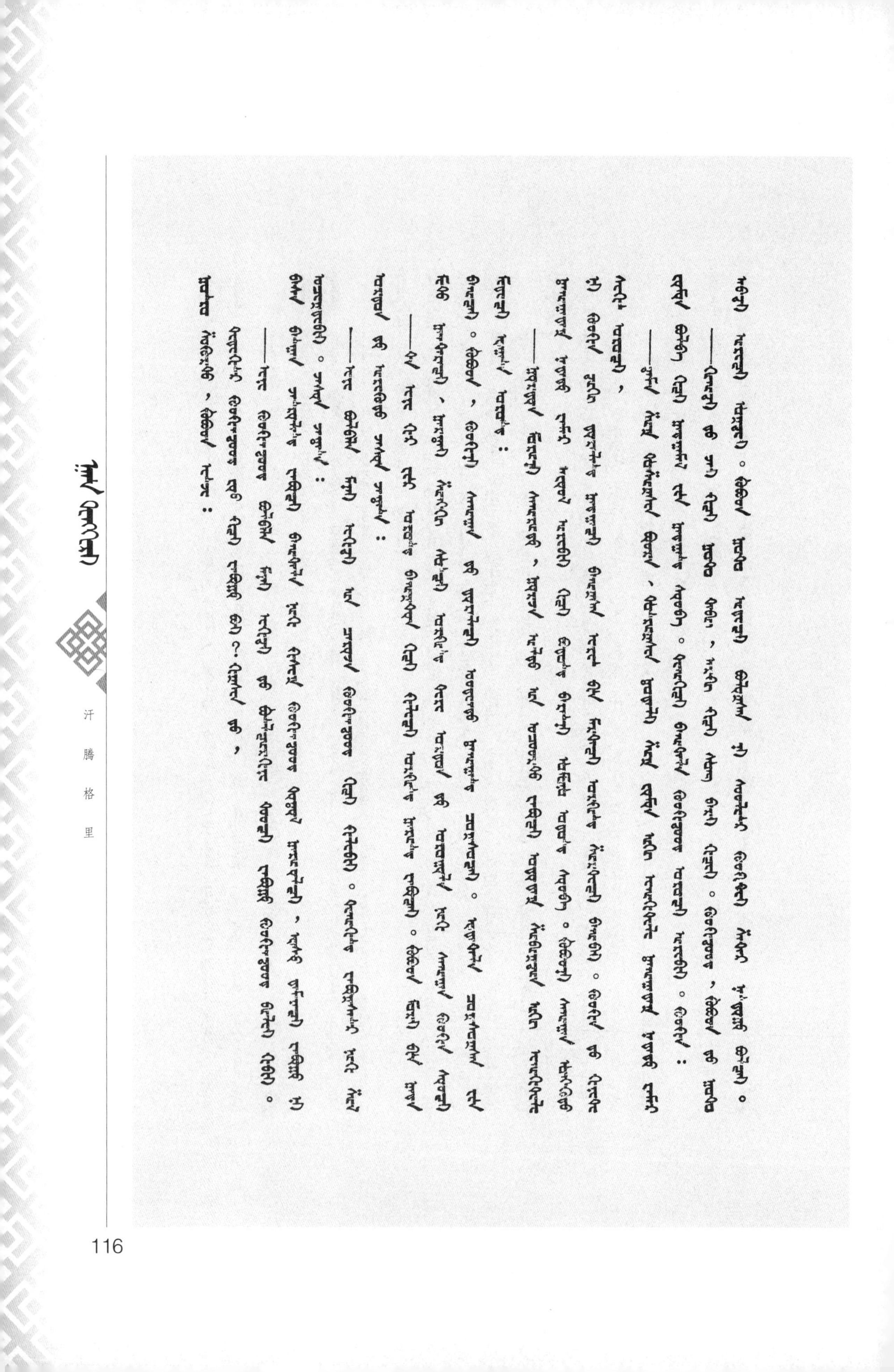

[illegible]

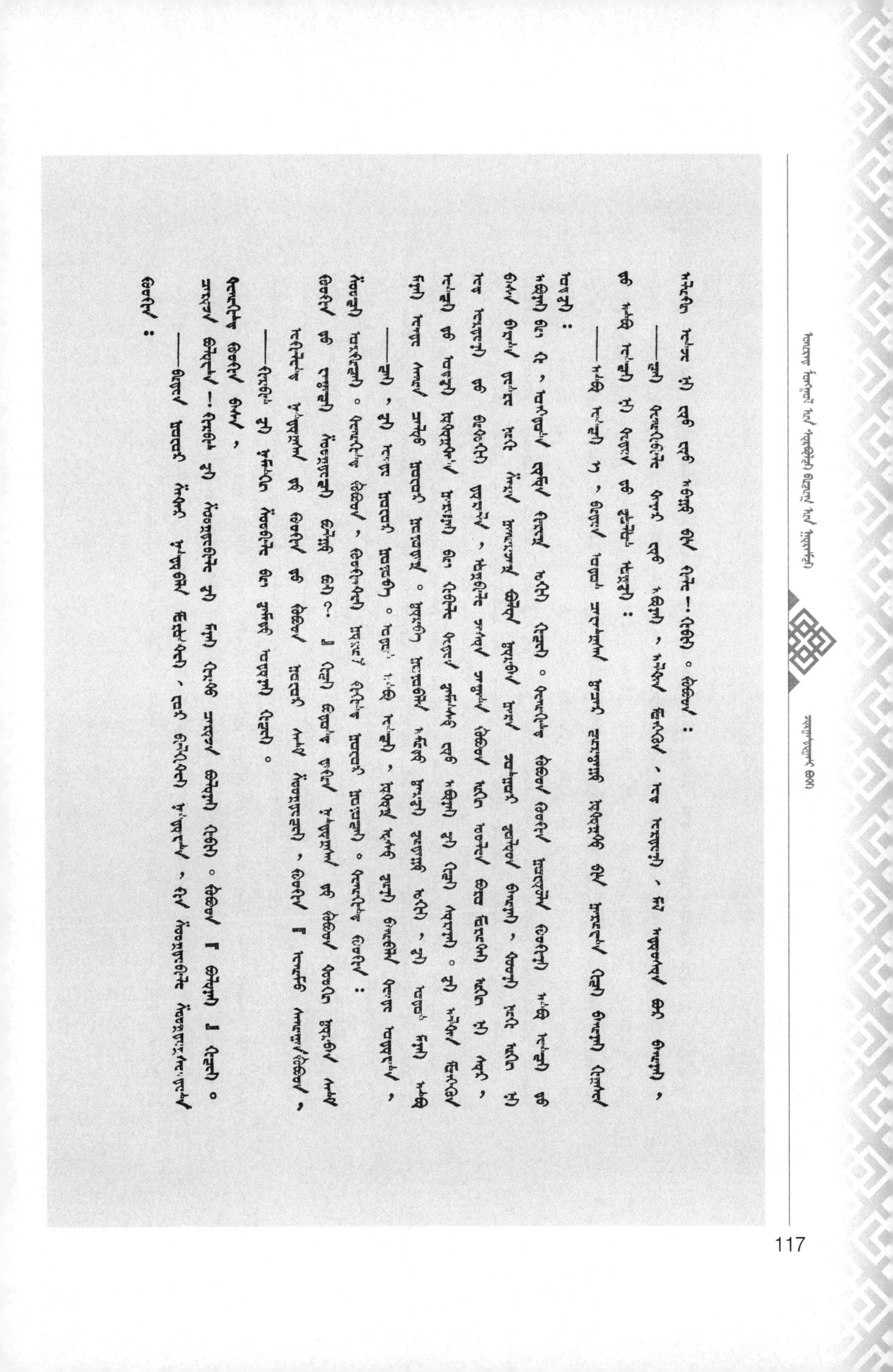

[illegible]

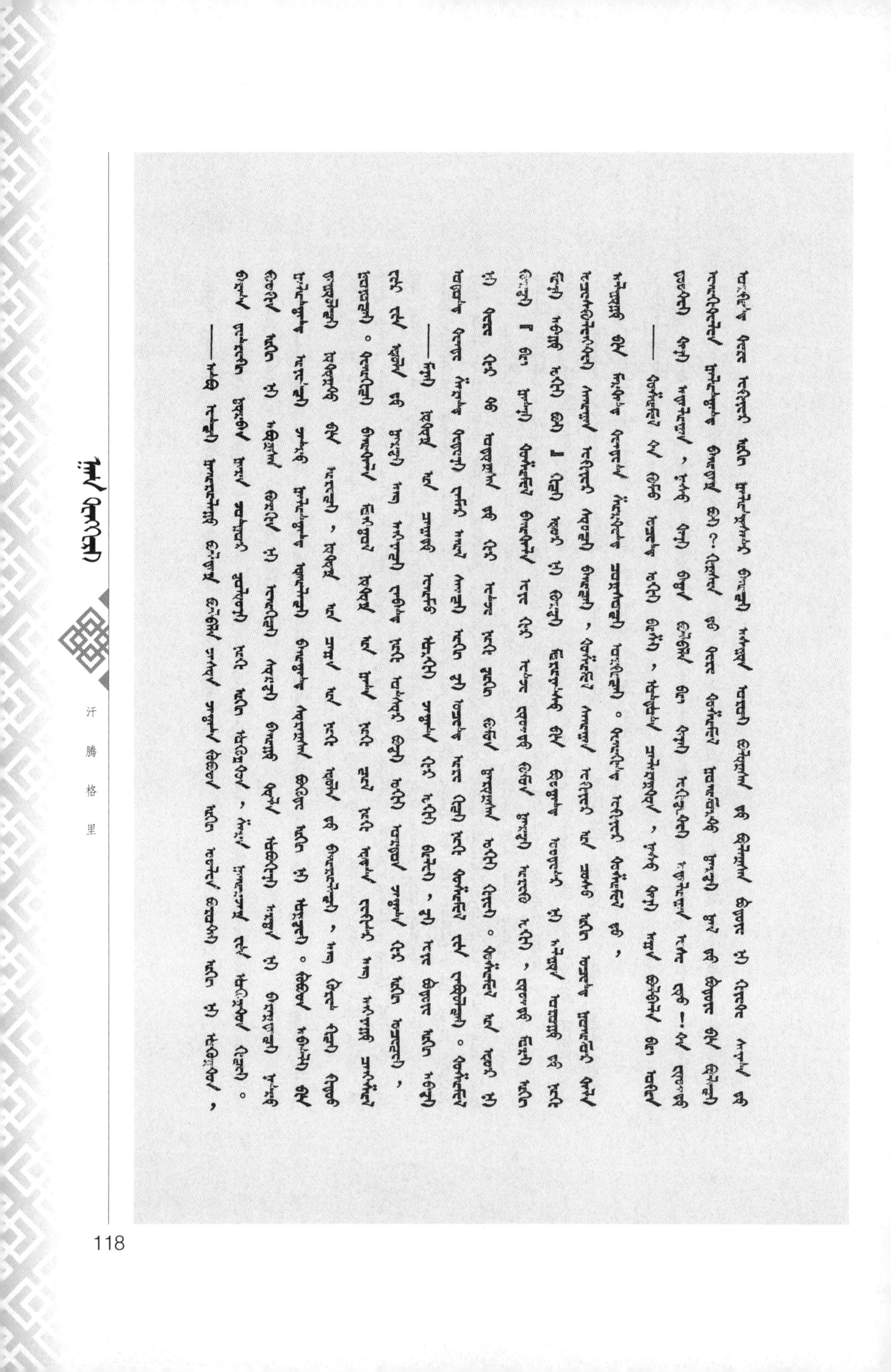

—— [illegible]
[illegible]
[illegible]
[illegible]
[illegible]
[illegible]
[illegible]

—— [illegible]
[illegible]
[illegible]
[illegible]
[illegible]
[illegible]
[illegible]

—— [illegible]
[illegible]
[illegible]
[illegible]

ᠲᠡᠷᠡ ᠪᠣᠯᠭᠠᠨ᠎ᠠ ᠪᠣᠯᠭᠠᠬᠤ ᠠᠮᠢᠳᠤᠷᠠᠯ ᠲᠥᠷᠥᠬᠦ ᠶᠠᠮᠠᠷᠪᠠ ᠠᠮᠢᠳᠤᠷᠠᠬᠤ ᠪᠣᠯᠭᠠᠨ᠎ᠠ ᠪᠣᠯᠤᠨ᠎ᠠ ᠦᠭᠡᠢ ᠃ ᠮᠣᠩᠭᠣᠯᠴᠤᠳ ᠤᠨ ᠬᠡᠯᠡᠨ ᠳᠦ

——ᠬᠡᠮᠡᠨ ᠰᠠᠨᠠᠭᠠᠨ ᠂ ᠶᠠᠨ ᠲᠡᠭᠡᠳ ᠶᠠᠭᠤᠬᠤ ᠦᠭᠡᠢ ᠪᠢᠰᠢ ᠂ ᠬᠦᠮᠦᠨ ᠮᠥᠩᠭᠥ ᠲᠣᠭᠠ ᠲᠡᠷᠡᠨ ᠶᠠᠭᠤ ᠦᠭᠡᠢ ᠪᠢᠯᠡ︖ ᠬᠡᠮᠡᠨ

ᠶᠠᠭᠤᠬᠤ ᠰᠠᠨᠠᠭ᠎ᠠ ᠶᠢ ᠲᠥᠯᠥᠭᠡᠯᠡᠭᠰᠡᠨ ᠠᠷᠭ᠎ᠠ ᠶᠢ ᠠᠷᠭᠤᠳᠬᠤ ᠬᠡᠷᠡᠭᠯᠡᠬᠦ ᠵᠣᠬᠢᠶᠠᠬᠤ ᠪᠣᠯᠤᠨ᠎ᠠ ᠃ ᠮᠣᠩᠭᠣᠯᠴᠤᠳ ᠮᠠᠰᠢ ᠠᠮᠢᠳᠤᠷᠠᠯ ᠲᠡᠭᠦᠨ ᠢ ︰

ᠵᠠᠷᠢᠮ ᠠᠷᠠᠳ ᠪᠣᠯᠤᠨ ᠬᠠᠷ᠎ᠠ ᠬᠠᠷᠠᠬᠤ ᠬᠠᠷᠠᠳ ᠶᠠᠪᠤᠳᠠᠯ ᠶᠠᠭᠠᠷᠢᠯ ᠠᠮᠢᠳᠤᠷᠠᠯ ᠤᠨ ᠮᠣᠩᠭᠣᠯ ᠶᠠᠭᠠᠷᠠᠮᠳᠠᠯᠲᠠᠶ ᠠᠷᠠᠳ ᠠᠯᠢ

——ᠪᠢ ᠠᠷᠢᠭᠤᠨ ᠪᠣᠯᠭᠠᠭᠰᠠᠨ ᠬᠠᠷᠢᠶᠠᠲᠤ ᠲᠡᠷᠡ ᠳᠡᠭᠡᠳᠦ ᠠᠷᠠ ᠵᠠᠷᠢᠮ ᠃ ᠬᠦᠮᠦᠰ ᠲᠡᠷᠡ ᠪᠣᠯᠤᠭᠰᠠᠨ ᠵᠣᠪᠠᠯᠢᠩ ᠥᠭᠡᠢ

ᠵᠠᠷᠢᠮ ᠦᠭᠡᠢ ᠪᠣᠯᠤᠨ᠎ᠠ ᠃ ᠬᠡᠮᠡᠨ ᠶᠠᠷᠢᠭᠰᠠᠨ ︰

——ᠮᠣᠩᠭᠣᠯ ᠠᠷᠠᠳ ᠠᠮᠢᠳᠤᠷᠠᠯ ᠲᠡᠷᠡᠨ ᠪᠢ ᠠᠮᠢᠳᠤ ᠬᠠᠷ᠎ᠠ ᠬᠠᠷᠠᠬᠤ ᠶᠠᠪᠤᠭᠰᠠᠨ ᠳᠤ ᠂ ᠬᠠᠷᠢᠬᠤ ᠠᠷᠠᠳ ᠳᠡᠭᠡᠳᠦ ᠲᠡᠷᠡ

ᠮᠣᠩᠭᠣᠯᠴᠤᠳ ᠠᠷᠪᠠᠨ ᠦᠭᠡᠢ ᠲᠡᠭᠦᠨ ᠶᠠᠷᠢᠨ ᠳᠡᠭᠡᠷᠡ ᠠᠯᠢ ᠵᠠᠮ ᠠᠯᠢ ᠶᠢ ᠬᠠᠷᠠᠭᠰᠠᠨ ᠶᠠᠭᠠᠷᠠᠨ᠎ᠠ ᠃ ᠬᠡᠮᠡᠨ ᠮᠣᠷᠳᠠᠭᠤᠯᠬᠤ ︰

ᠮᠣᠩᠭᠣᠯᠴᠤᠳ ᠳᠤ ᠬᠡᠮᠡᠨ ᠶᠠᠷᠢᠭᠰᠠᠨ ᠶᠢ ᠶᠠᠭᠤᠨ ᠳᠠᠭᠠ ᠬᠠᠷᠠᠵᠤ ᠦᠭᠡᠢ ᠲᠡᠷᠡᠨ ᠮᠣᠷᠢᠳᠠᠭᠠᠨ ᠠᠯᠢ ᠵᠠᠭᠤ ᠠᠮᠢᠳᠤ ᠪᠢ ᠬᠡᠯᠡᠨ ᠳᠦ

——ᠶᠠᠭᠠᠷᠠᠮᠳᠠᠯ ᠤᠨ ᠵᠠᠷᠢᠮ ᠪᠣᠯᠣᠳ ᠂ ᠶᠠᠭᠠᠷᠠᠮᠳᠠᠯᠲᠠᠶ ᠵᠠᠷᠢᠮ ᠪᠣᠯᠣᠳ ᠂ ᠳᠠᠭᠤᠰᠬᠤ ᠮᠥᠩᠭᠥ ᠦᠭᠡᠢ ᠪᠣᠯᠤᠨ ᠪᠢᠰᠢ︖ ᠬᠡᠰᠢᠭ ᠃

ᠪᠢᠰᠢ ᠪᠢᠰᠢ︖ ᠶᠠᠭᠤᠨ ᠠᠷᠠᠳ ᠪᠣᠯᠭᠠᠨ᠎ᠠ ᠬᠠᠷᠠ——ᠬᠡᠯᠡᠨ ᠳᠦ ᠮᠣᠩᠭᠣᠯᠴᠤᠳ ︰

——ᠶᠠᠭᠠᠷᠠᠮᠳᠠᠯ ᠤᠨ ᠪᠣᠯᠣᠳ ᠳᠡᠭᠡᠳᠦ ᠮᠣᠩᠭᠣᠯ ᠠᠮᠢᠳᠤᠷᠠᠯᠲᠠᠶ ᠂ ᠶᠠᠭᠠᠷᠠᠮᠳᠠᠯᠲᠠᠶ ᠪᠣᠯᠣᠳ ᠳᠠᠭᠤᠰᠬᠤ ᠮᠣᠩᠭᠣᠯ ᠠᠮᠢᠳᠤᠷᠠᠯᠲᠠᠶ

ᠠᠷᠢᠭᠤᠨ ᠬᠡᠮᠡᠨ ᠳᠤ ᠶᠠᠭᠠᠷᠠᠨ᠎ᠠ ᠃ ᠬᠡᠮᠡᠨ ᠠᠷᠢᠭᠤᠨ ᠪᠣᠯᠭᠠᠬᠤ ︰

——ᠶᠠᠭᠤ ᠠᠯᠢ ᠬᠠᠷᠠᠭᠰᠠᠨ ᠶᠠᠭᠤᠨ ᠥᠭᠡᠷᠡ ᠠᠷᠠᠳ ᠬᠠᠷ᠎ᠠ ᠳᠡᠭᠡᠷᠡᠬᠢᠯᠡᠭᠰᠡᠨ ᠳᠤ ᠮᠣᠷᠢ ᠮᠣᠷᠢᠳ ᠦᠭᠡᠢ ᠠᠮᠢᠳᠤᠷᠠᠯ ᠥᠭᠡᠷᠡ ᠠᠮᠢᠳᠤ

ᠳᠤ ᠶᠠᠭᠠᠷᠠᠨ᠎ᠠ ︰

ᠬᠡᠮᠡᠨ ᠠᠷᠢᠭᠤᠨ ᠶᠠᠭᠠᠷᠠᠮᠳᠠᠯ ᠮᠣᠩᠭᠣᠯ ᠠᠮᠢᠳᠤᠷᠠᠯᠲᠠᠶ ᠪᠣᠯᠣᠳ ᠂ ᠠᠮᠢᠳᠤᠷᠠᠯᠲᠠᠶ ᠶᠢ ᠬᠡᠮᠡᠨ ᠪᠢᠰᠢ ᠠᠯᠢ ᠪᠣᠯᠣᠳ ᠪᠠᠶᠢᠭ᠎ᠠ ᠮᠠᠰᠢ ᠮᠣᠩᠭᠣᠯᠴᠤᠳ

ᠮᠣᠩᠭᠣᠯᠴᠤᠳ ᠳᠤ ᠵᠠᠷᠢᠮ ᠳᠡᠭᠡᠷᠡ ᠠᠯᠢ ᠪᠣᠯᠣᠳ ᠬᠠᠷ᠎ᠠ ᠥᠭᠡᠷᠡ ᠶᠠᠪᠤᠭᠰᠠᠨ ᠳᠤ ᠮᠣᠩᠭᠣᠯᠴᠤᠳ ᠮᠣᠷᠢ ᠬᠡᠮᠡᠨ ᠳᠤ ᠪᠢᠰᠢ ᠪᠢᠳᠡᠨ ᠶᠠᠭᠠᠷᠠᠨ᠎ᠠ ᠃

——ᠬᠡᠮᠡᠨ ᠬᠦᠮᠦᠨ ᠠᠮᠢᠳᠤᠷᠠᠯ ᠲᠡᠷᠡᠨ ᠂ ᠥᠭᠡᠷᠡᠮᠳᠡᠭᠰᠡᠨ ᠪᠣᠯᠣᠳ ᠶᠢ ᠥᠭᠡᠷᠡ ᠶᠠᠭᠤᠨ ᠲᠡᠭᠡ ᠶᠠᠭᠠᠷᠠᠭᠰᠠᠨ ᠳᠤ ᠮᠠᠰᠢ ᠠᠮᠢᠳᠤᠷᠠᠯ

ᠶᠢ ᠶᠠᠭᠤᠨ ᠪᠣᠯᠣᠳ ᠲᠡᠷᠡ ᠠᠷᠠᠯᠭᠠᠨ ᠳᠤ ᠬᠠᠷᠢᠬᠤ ᠶᠠᠭᠤᠬᠤ ᠲᠡᠷᠡᠨ ᠃ ᠮᠣᠩᠭᠣᠯᠴᠤᠳ ᠶᠠᠭᠤᠨ ᠶᠠᠭᠤᠬᠤ ︰

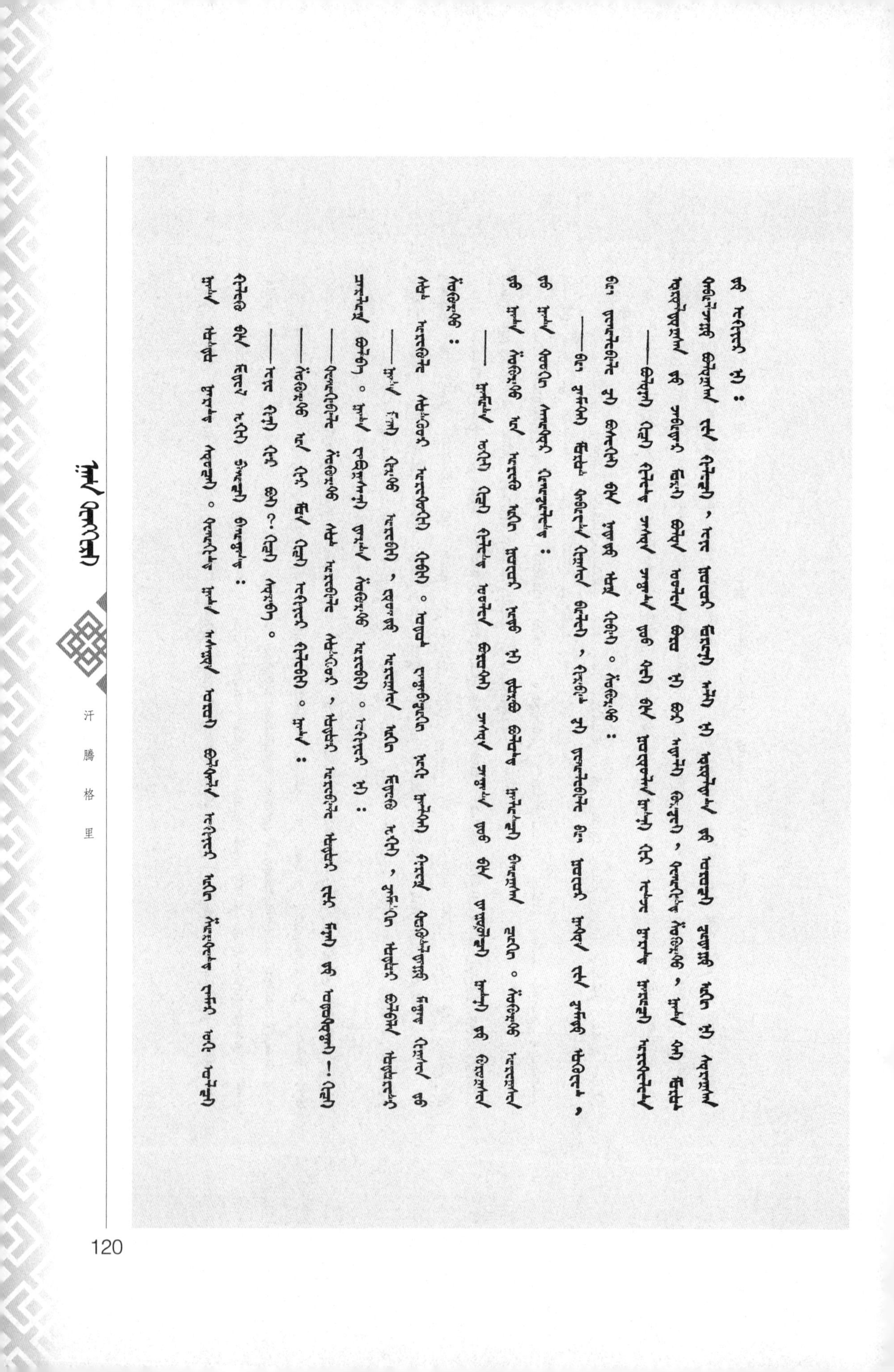

[illegible] ᠃ [illegible]

[illegible] :

——[illegible] ᠃

——[illegible] ᠃ [illegible] :

——[illegible] ᠂ [illegible] —· [illegible] ᠃ [illegible] ᠃ [illegible] :

——[illegible] ᠂ [illegible] ᠂ [illegible] ᠃ [illegible]

[illegible] :

—— [illegible] ᠃ [illegible]

[illegible] :

——[illegible] ᠂ [illegible] ᠂ [illegible] ᠃ [illegible] :

——[illegible] ᠂ [illegible] ᠂ [illegible] ᠂ [illegible] :

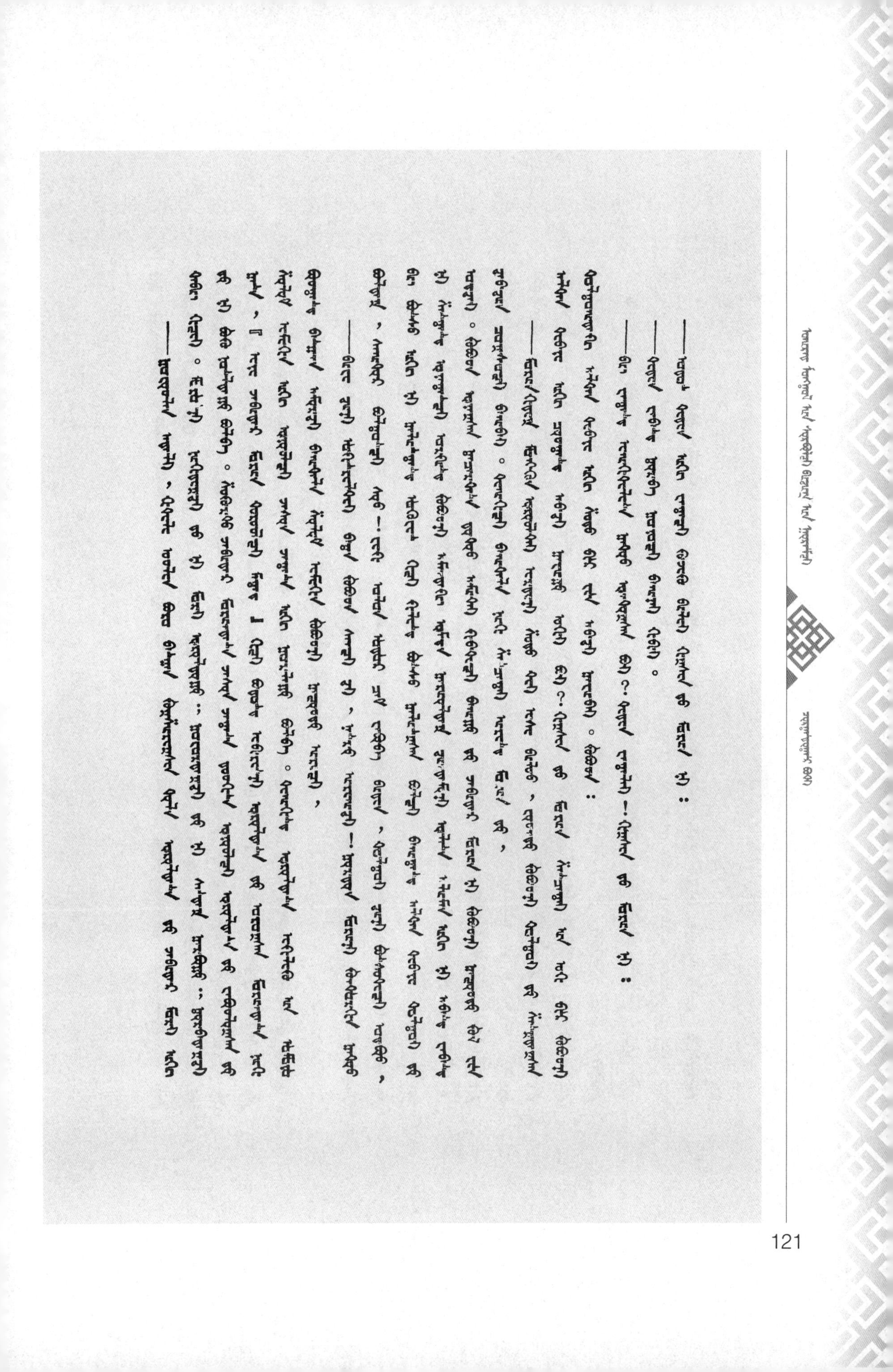

[illegible]

[illegible]

[illegible]

[illegible]

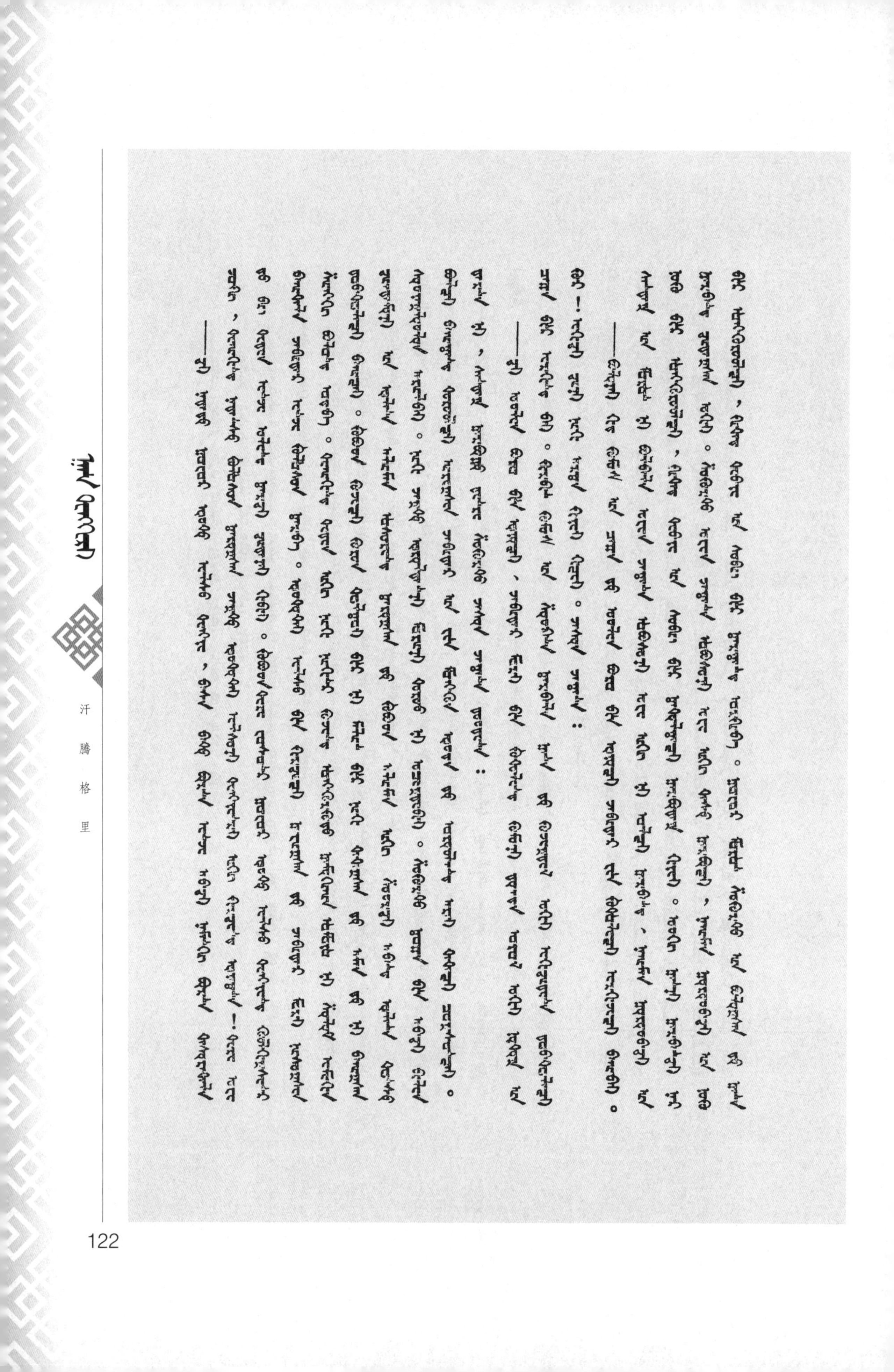

[illegible]

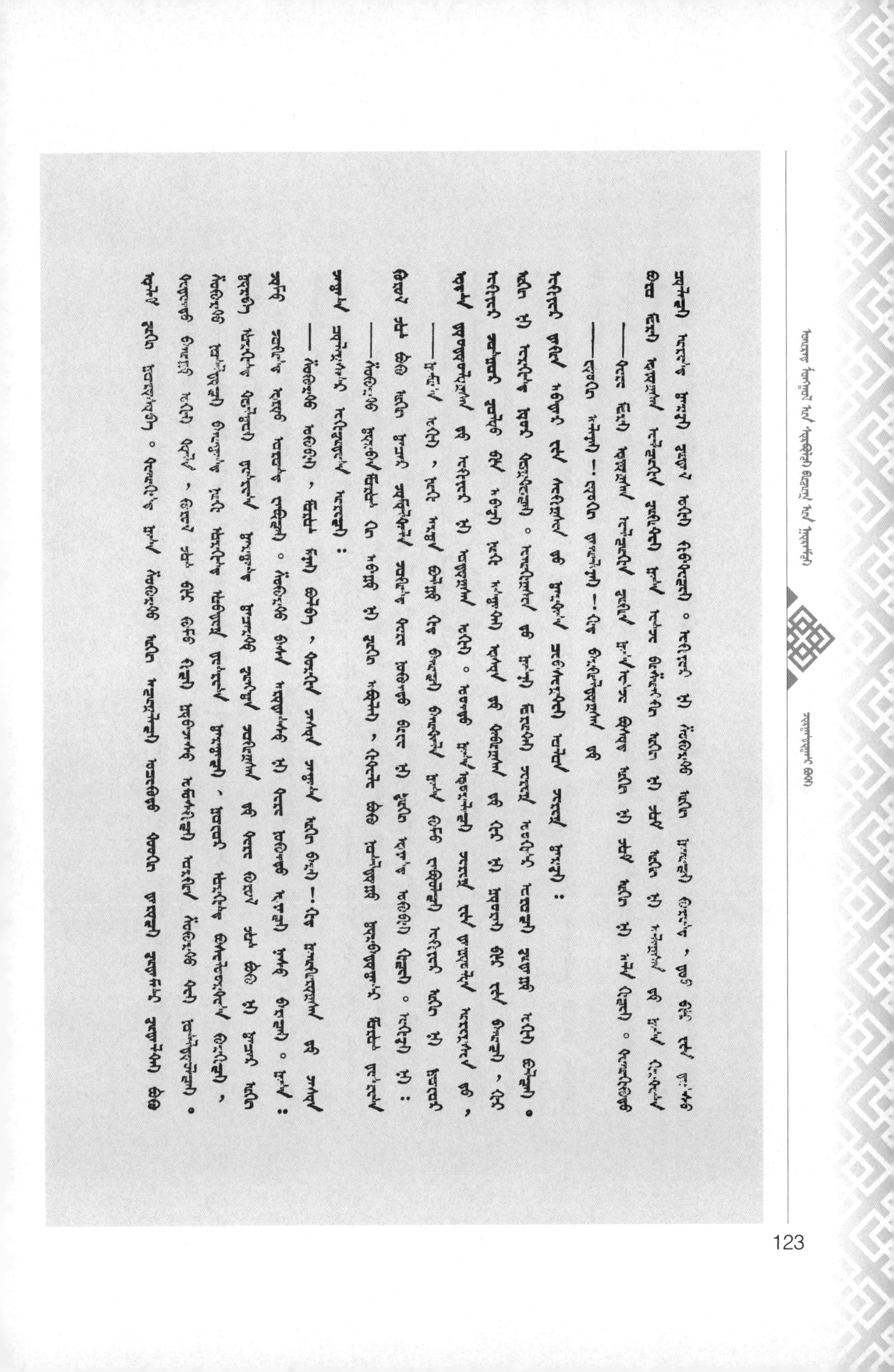

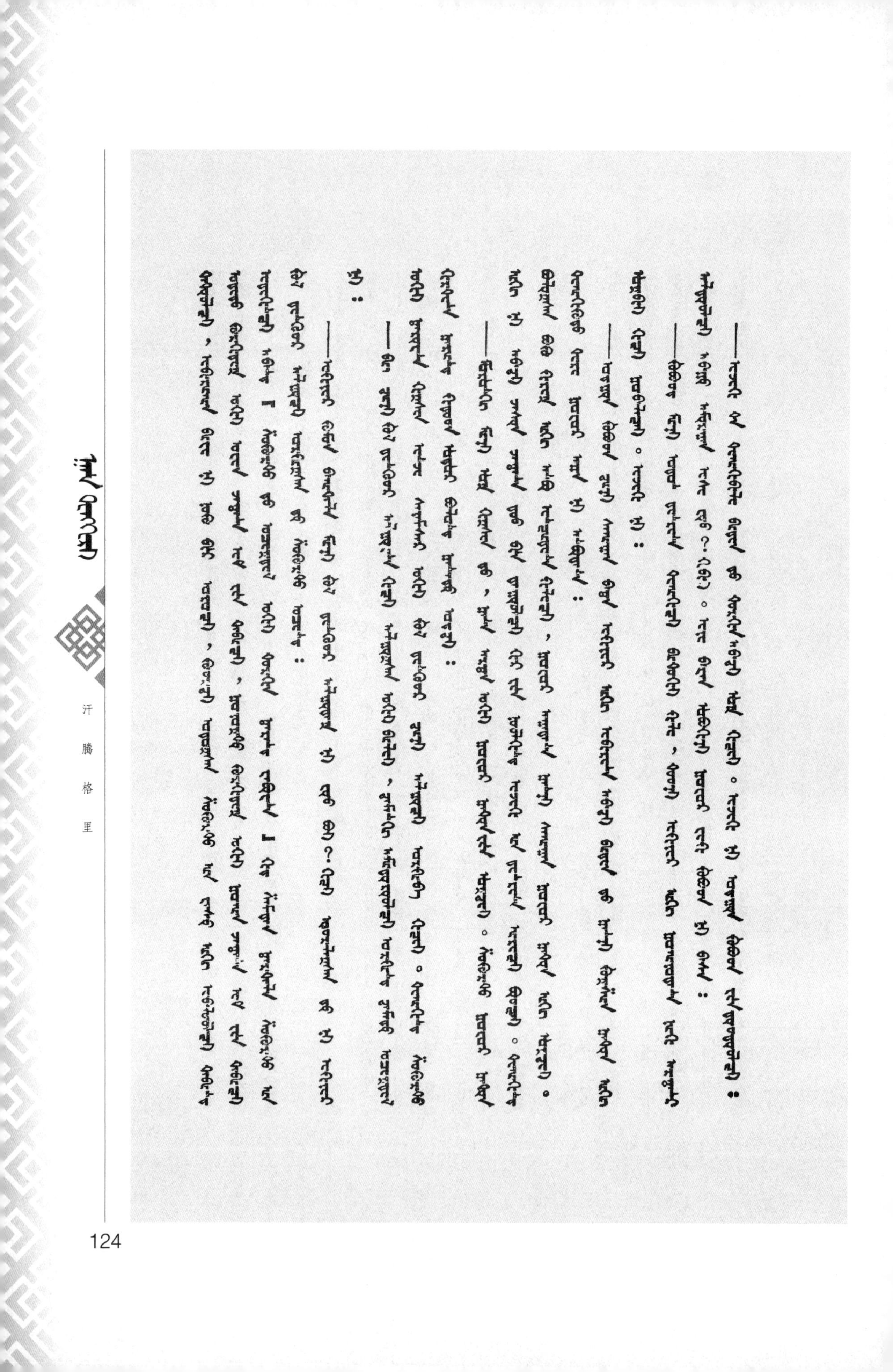

[illegible]

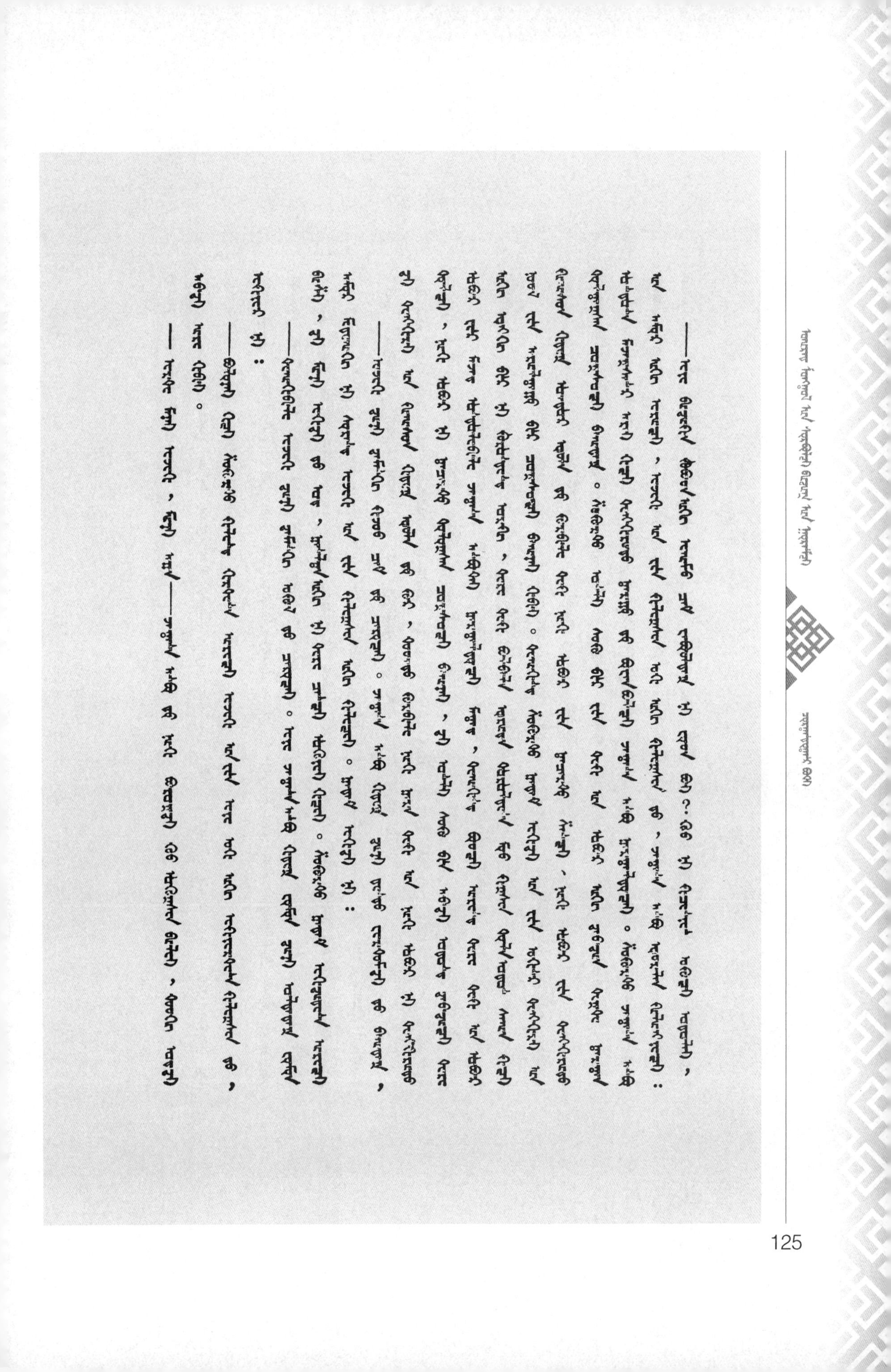

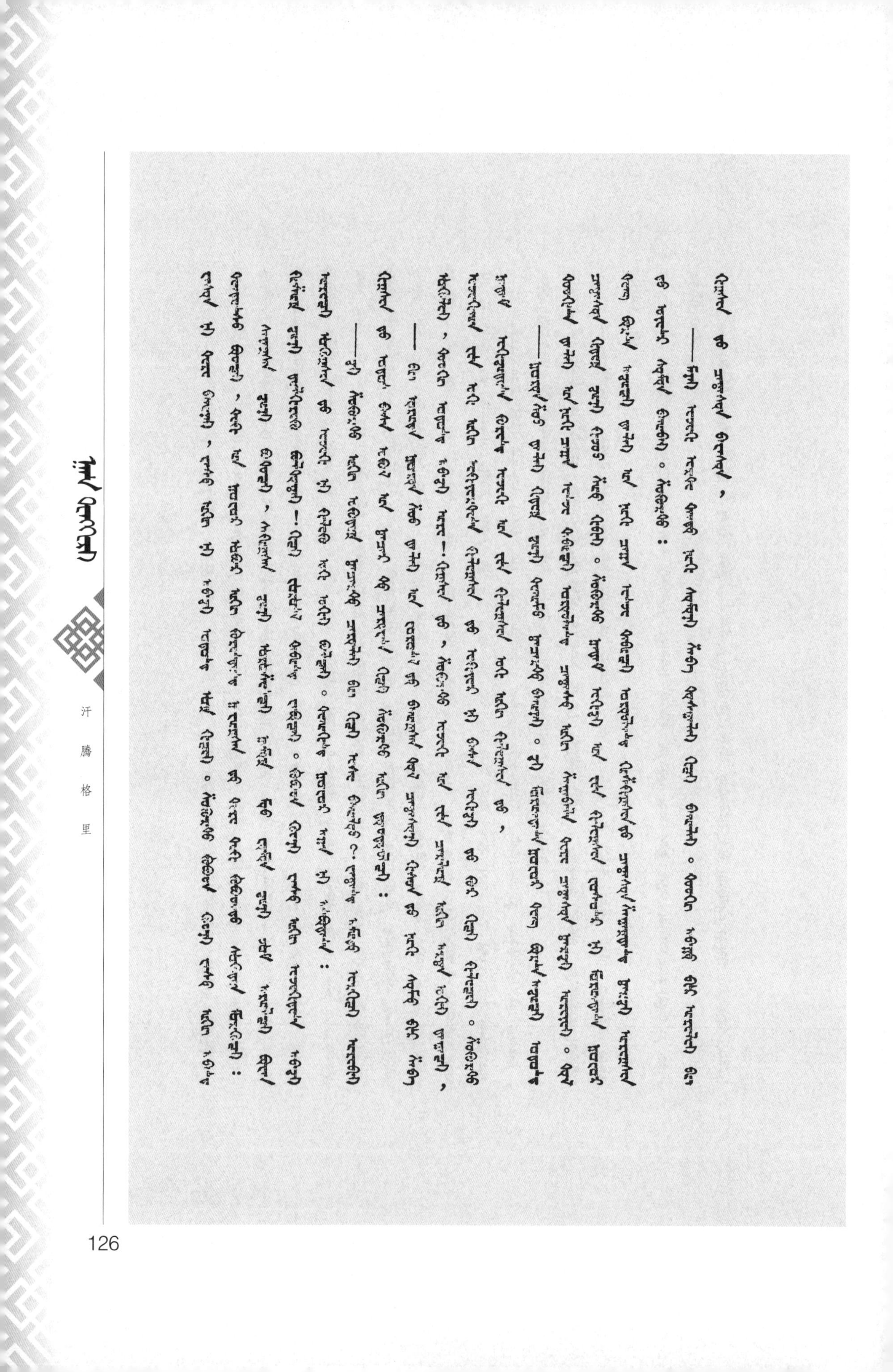

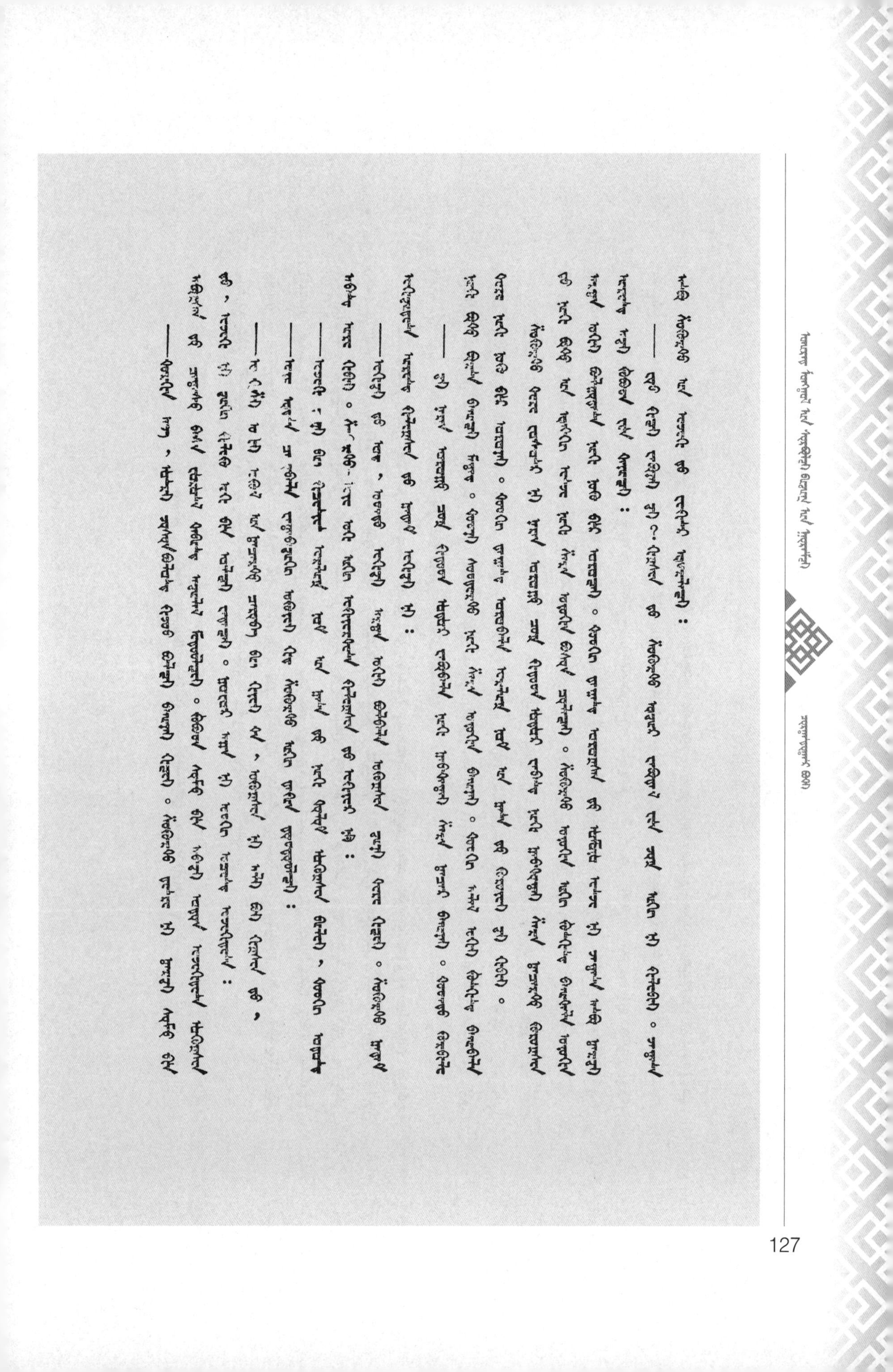

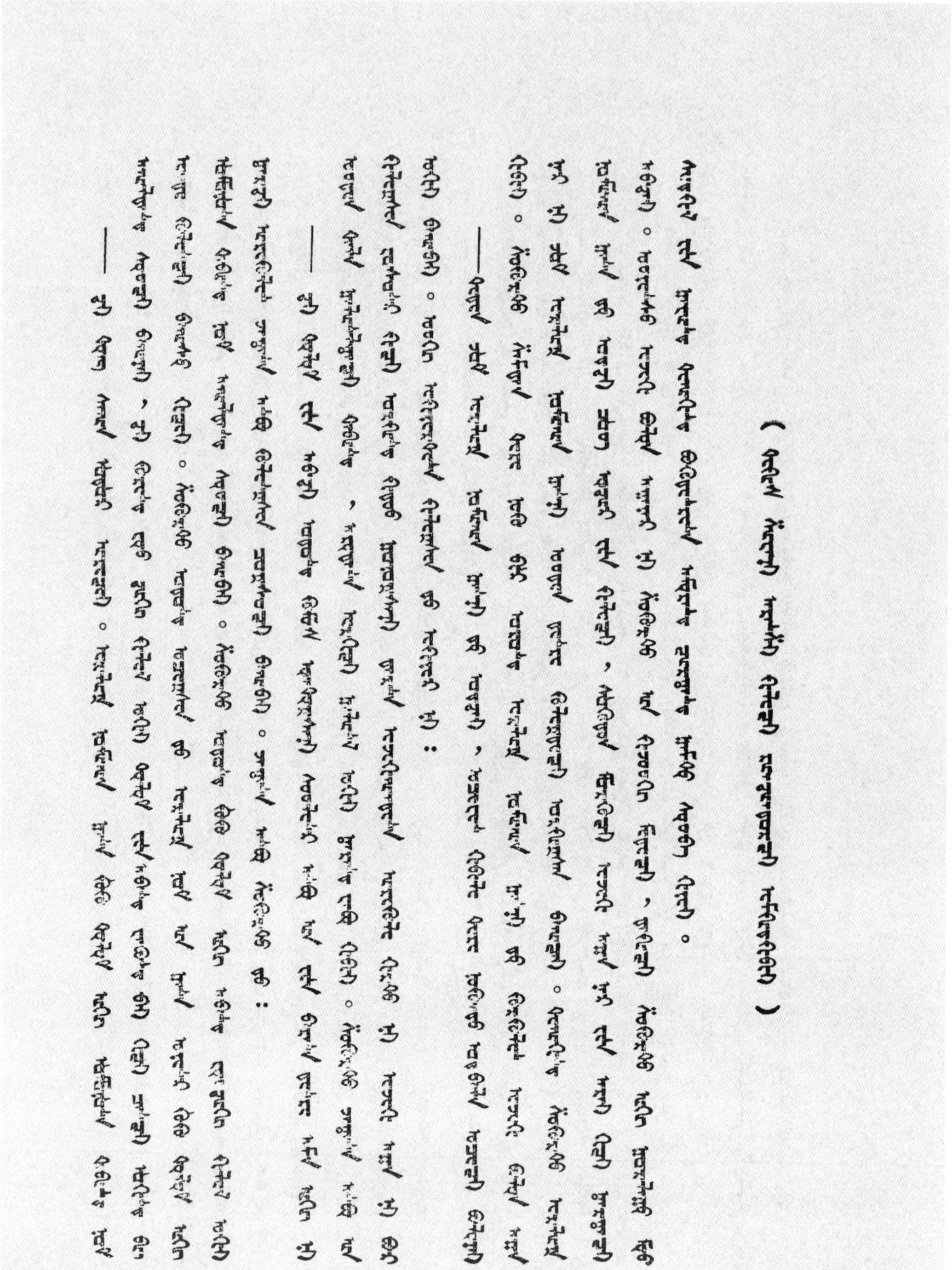

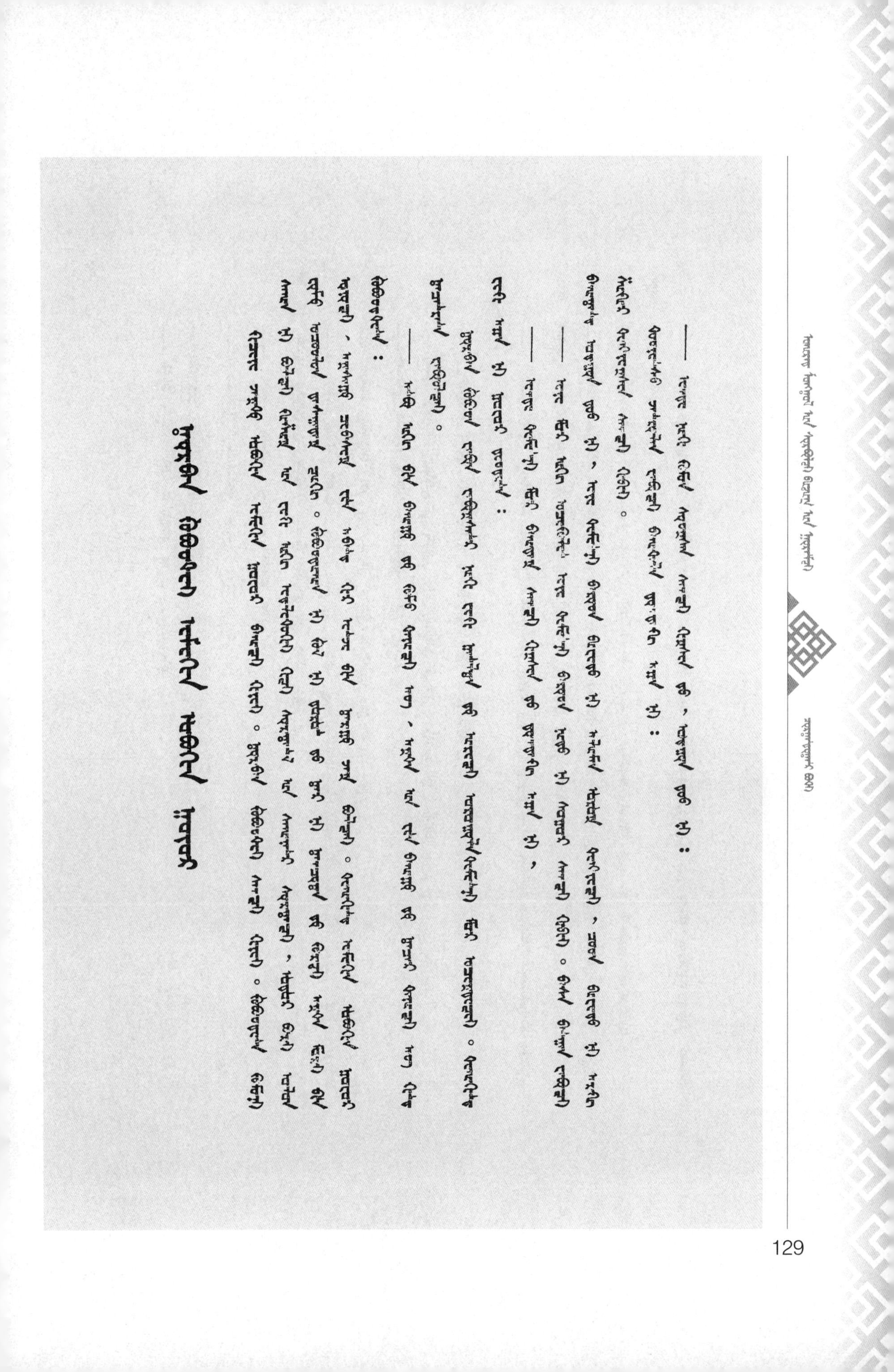

[illegible]

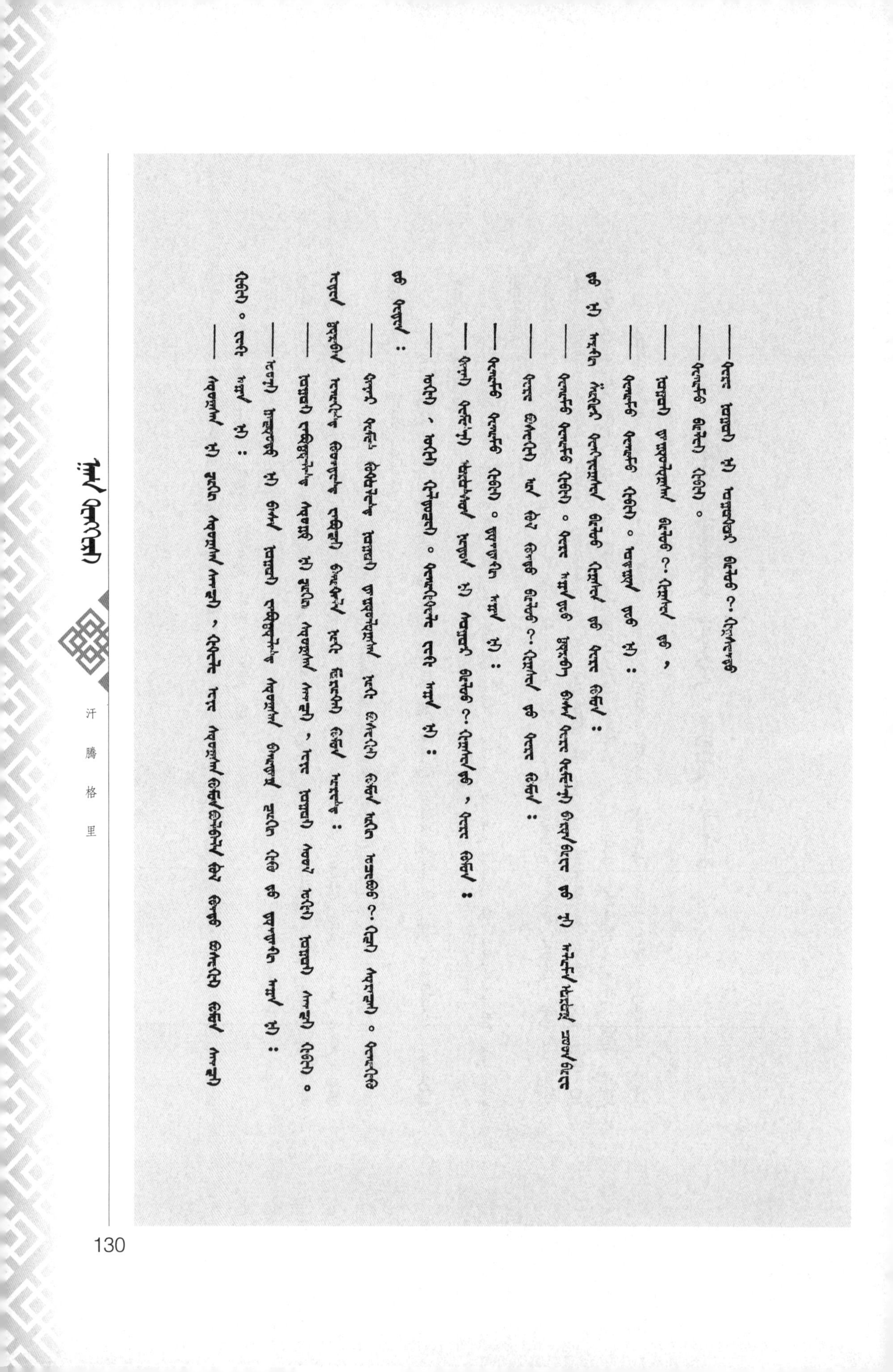

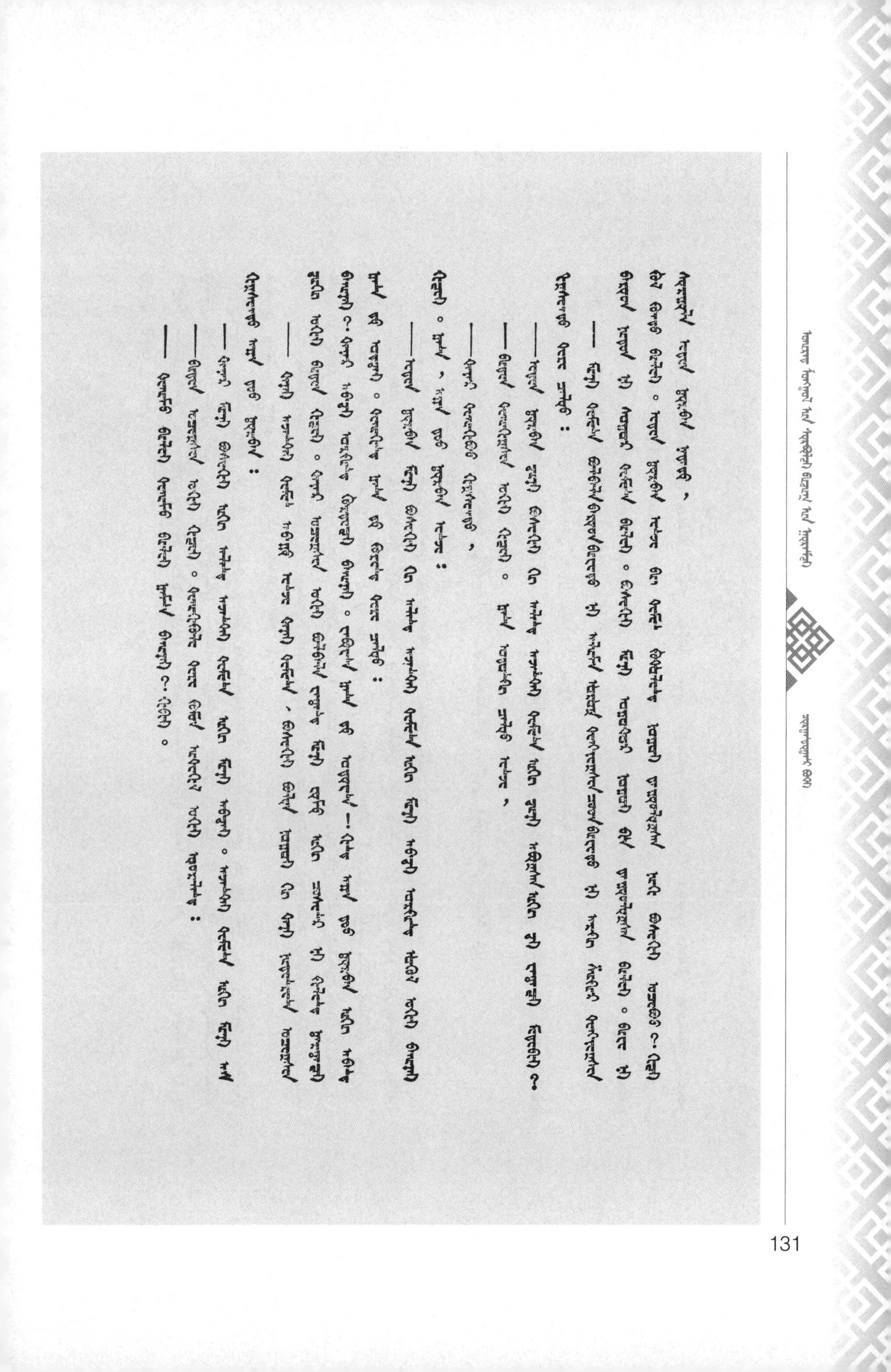

[illegible] ᠂
[illegible] ？
[illegible] ᠃ [illegible]
—— [illegible] ᠄
—— [illegible] ？
—— [illegible] ᠃ [illegible] ᠂
—— [illegible] ᠂
[illegible] ᠃ [illegible] ᠂ [illegible] ᠄
—— [illegible] ᠄
[illegible] ？ [illegible] ᠃ [illegible] —— [illegible] ᠃ [illegible]
—— [illegible] ᠂ [illegible] ᠄
—— [illegible] ᠃ [illegible]
—— [illegible] ᠃ [illegible] ᠄
—— [illegible] ？ [illegible] ᠃

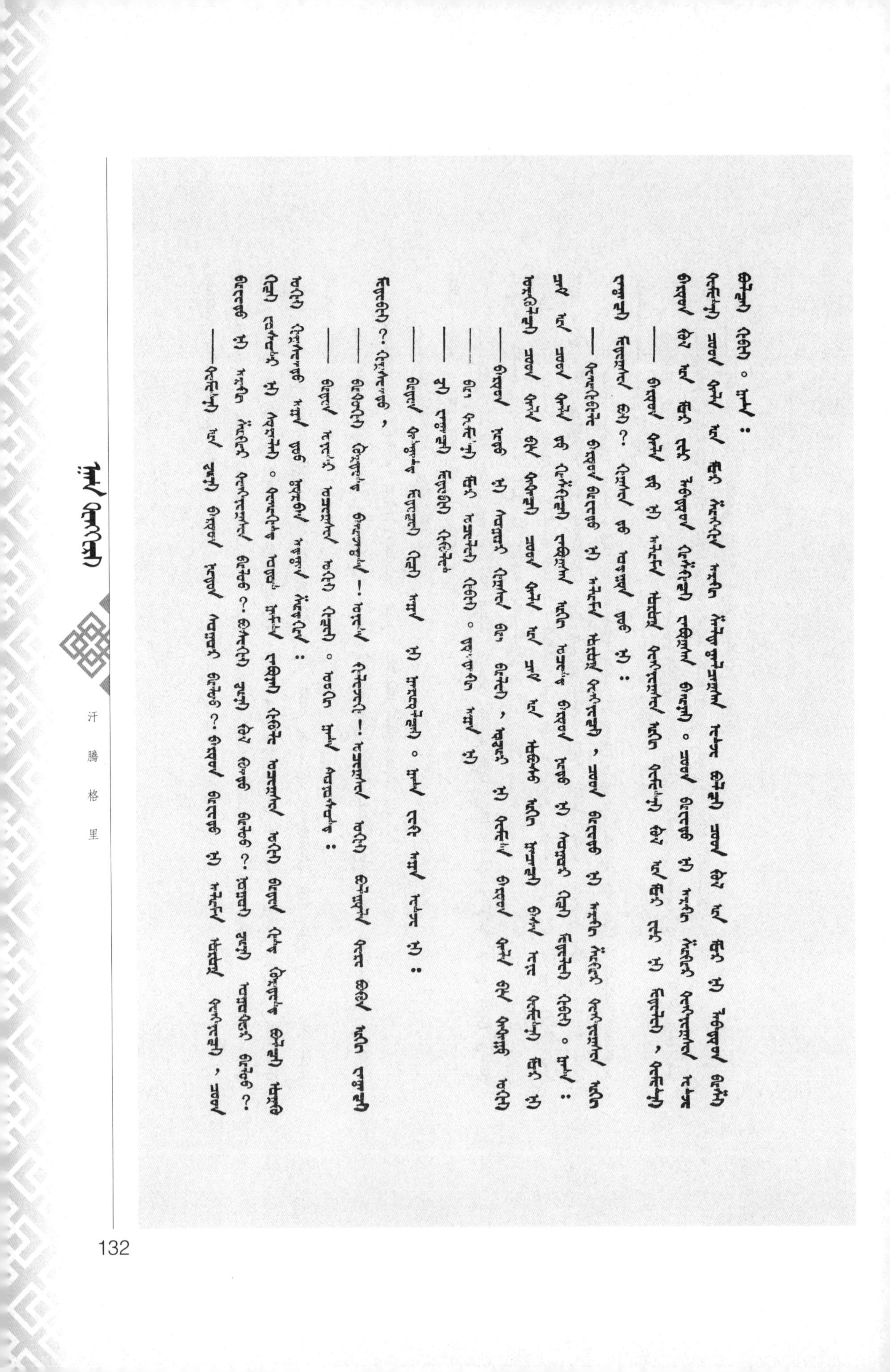

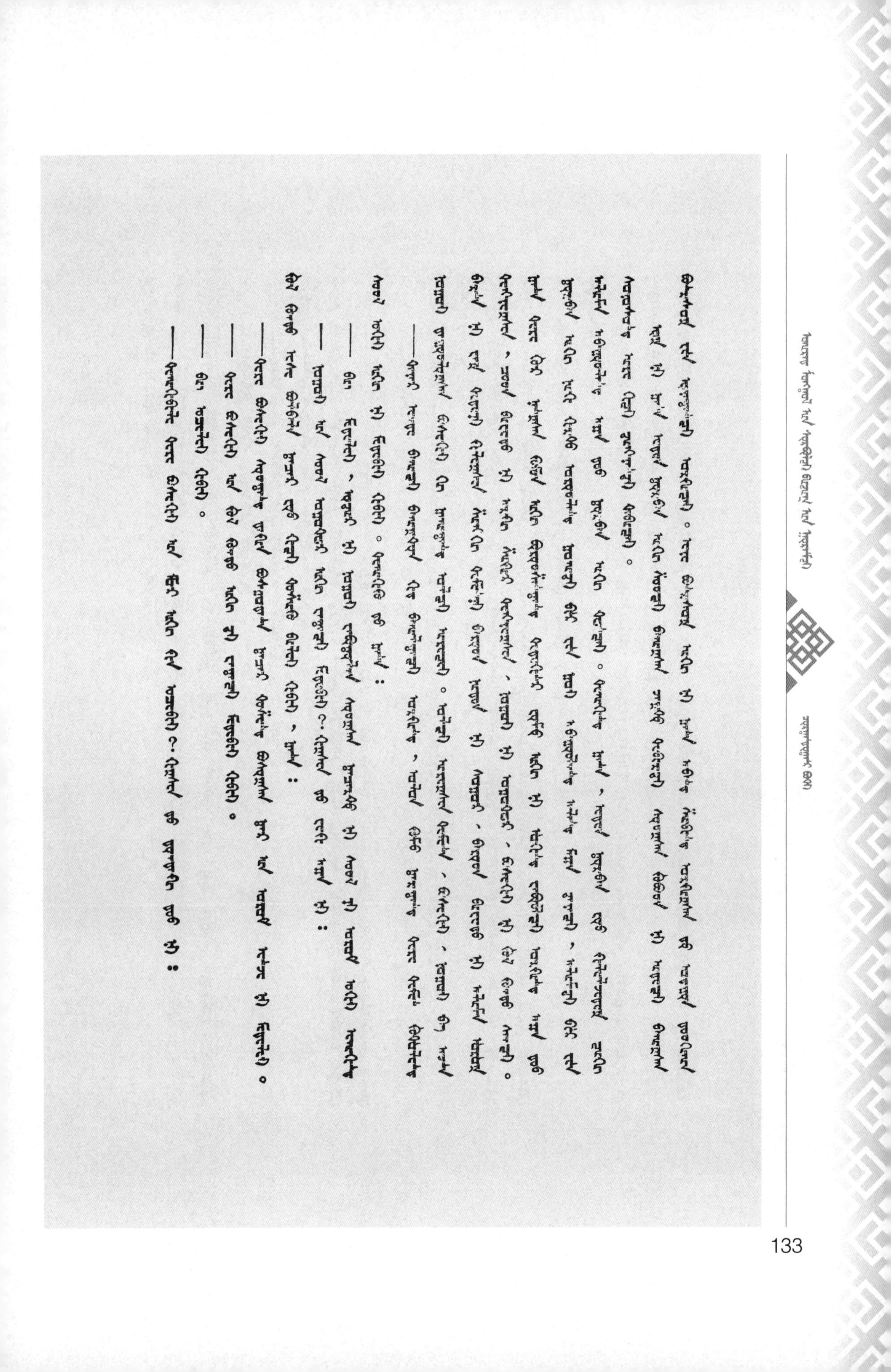

[illegible]

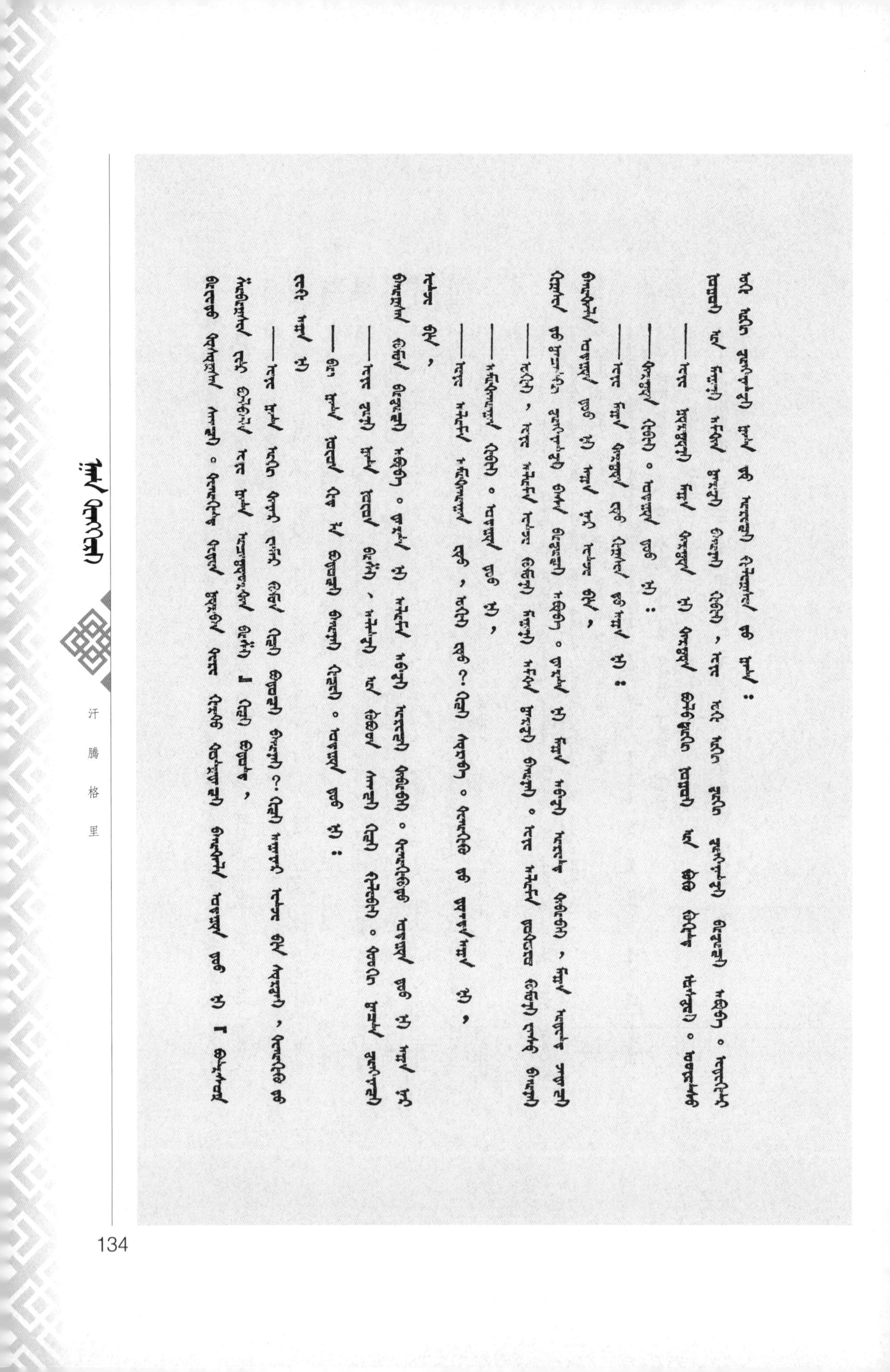

[illegible]

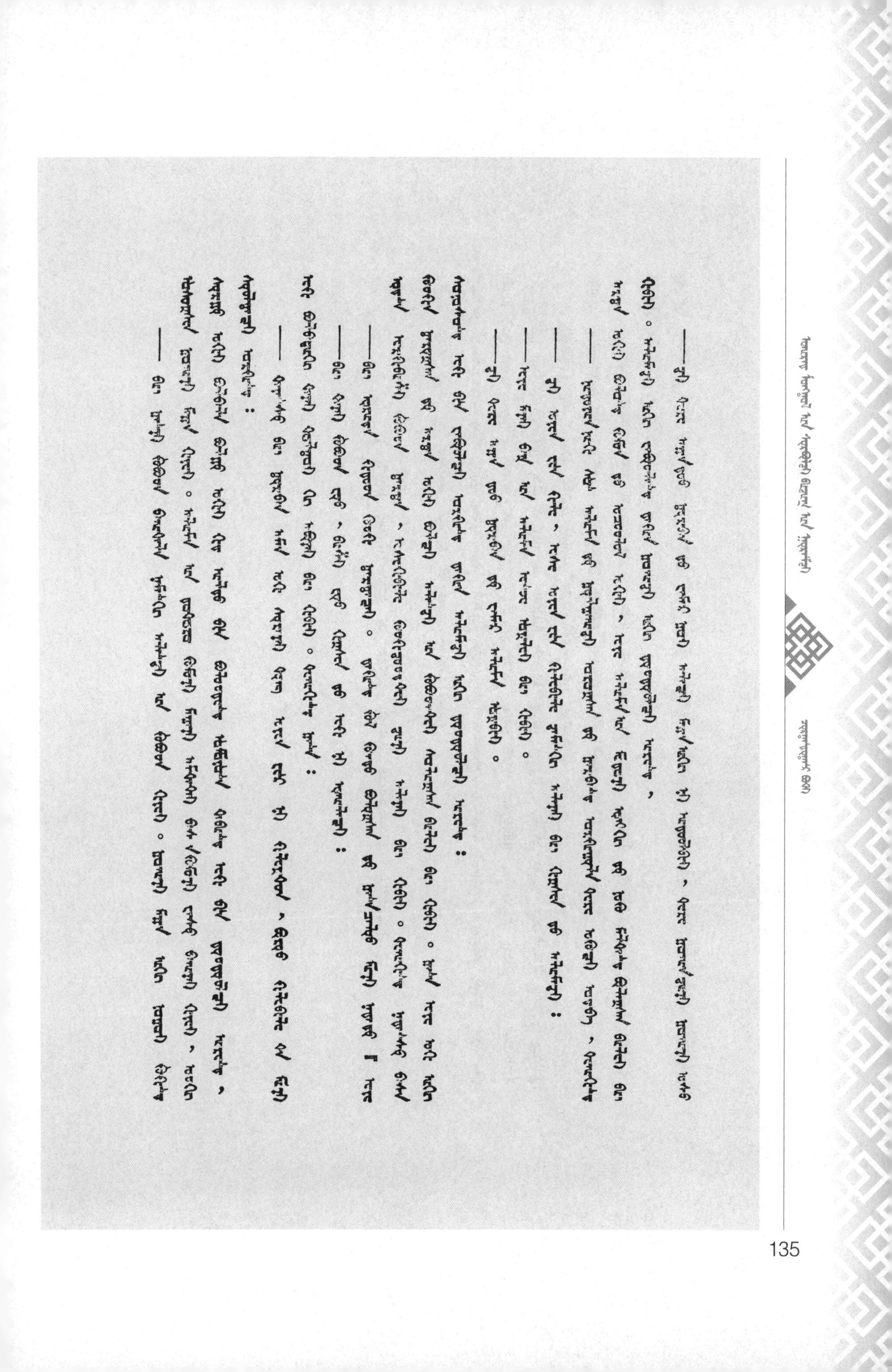

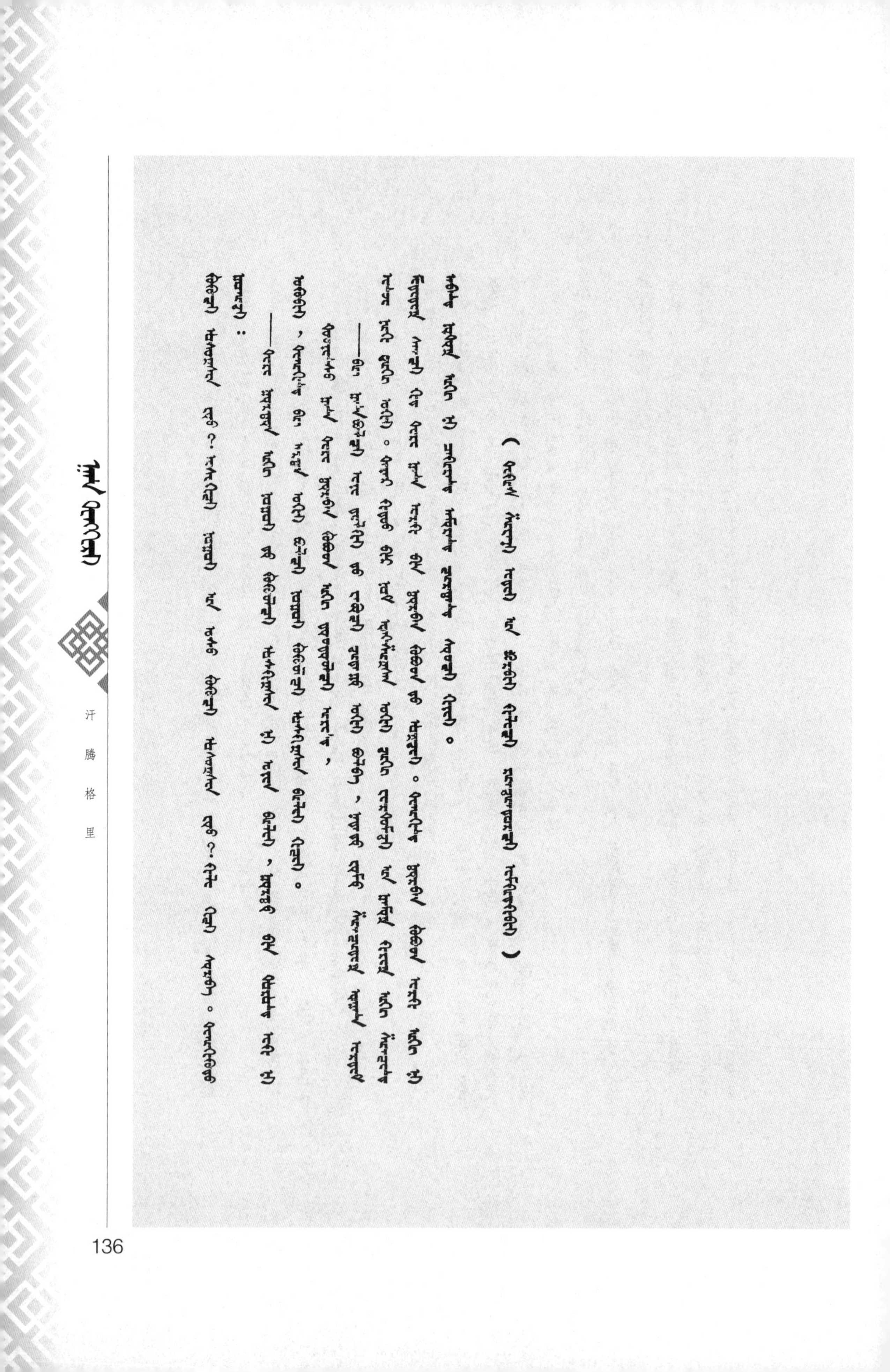

([illegible])

[illegible]

[illegible]

[illegible]

—— [illegible]

[illegible]

[illegible]

—— [illegible]

[illegible] :

[illegible]

ᠮᠣᠩᠭᠣᠯᠴᠤᠳ ᠬᠡᠷᠬᠢᠨ ᠰᠢᠭᠠ ᠪᠠᠷ ᠨᠠᠭᠠᠳᠳᠠᠭ
ᠰᠢᠭᠠᠶ᠋ᠢᠨ ᠤ ᠨᠡᠷᠡᠯᠡᠭᠰᠡᠨ ᠲᠡᠮᠳᠡᠭ ᠬᠡᠯᠪᠡᠷᠢ

[illegible]

[illegible]

[illegible]

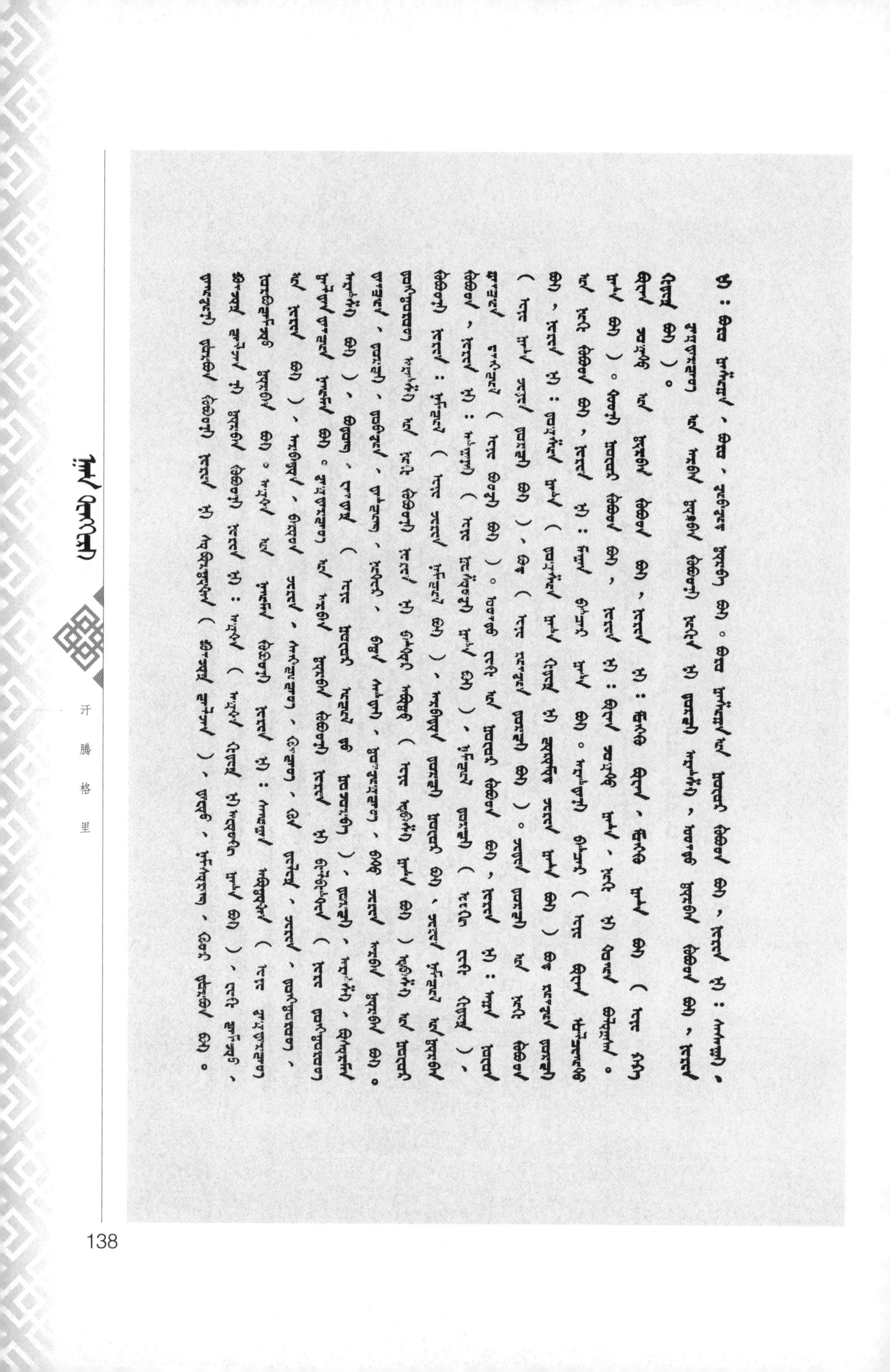

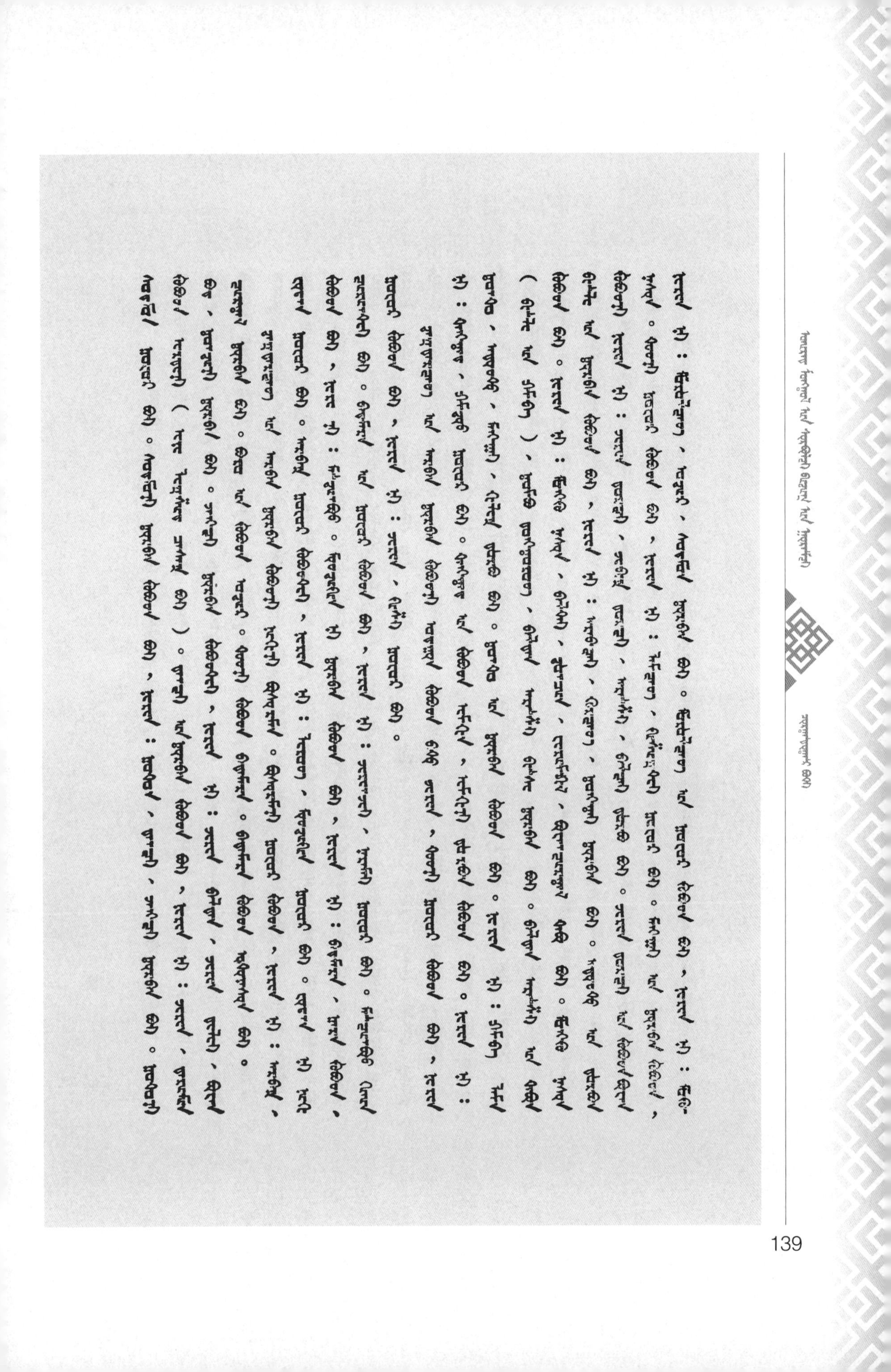

[illegible]

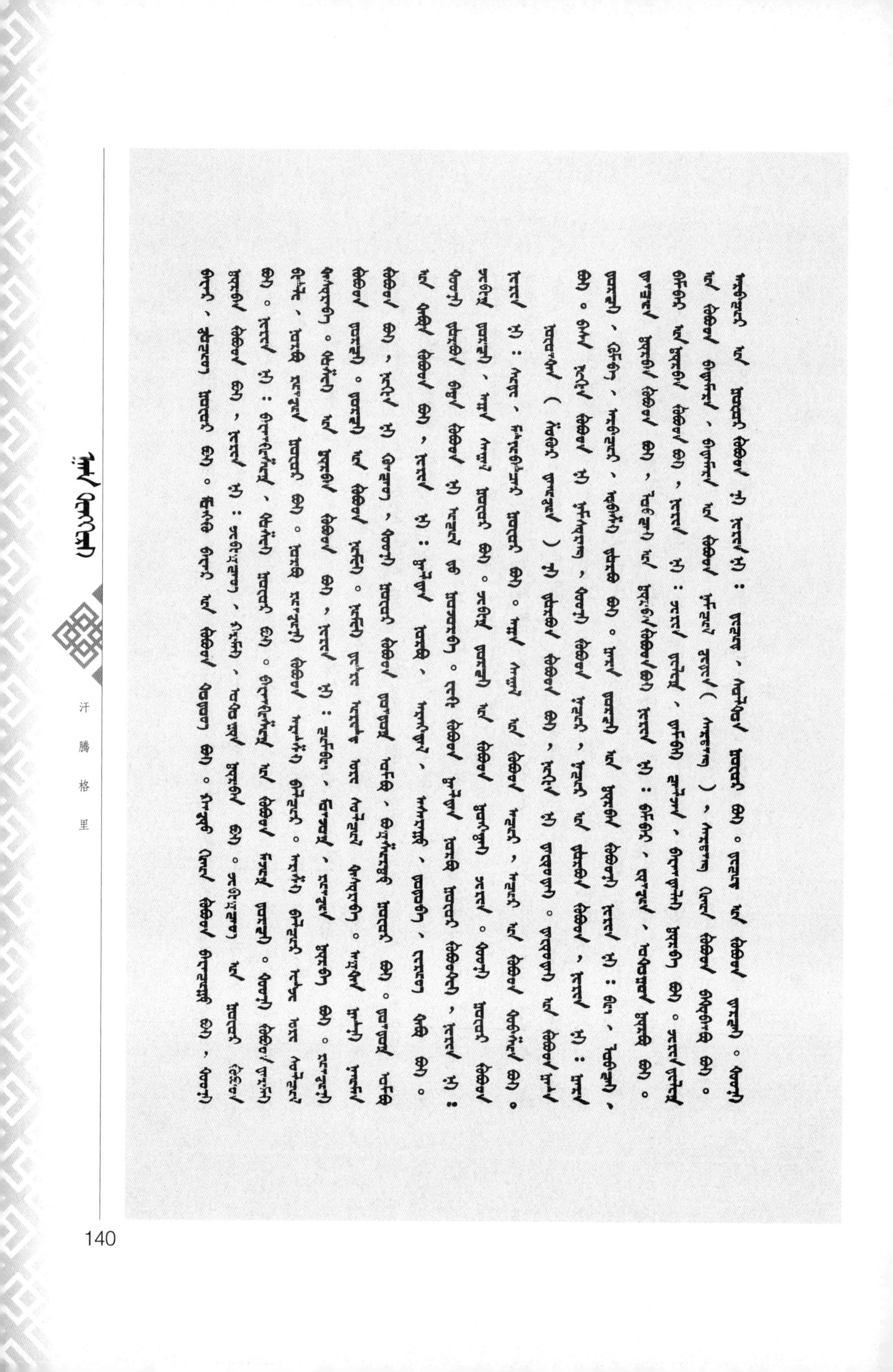

[illegible]

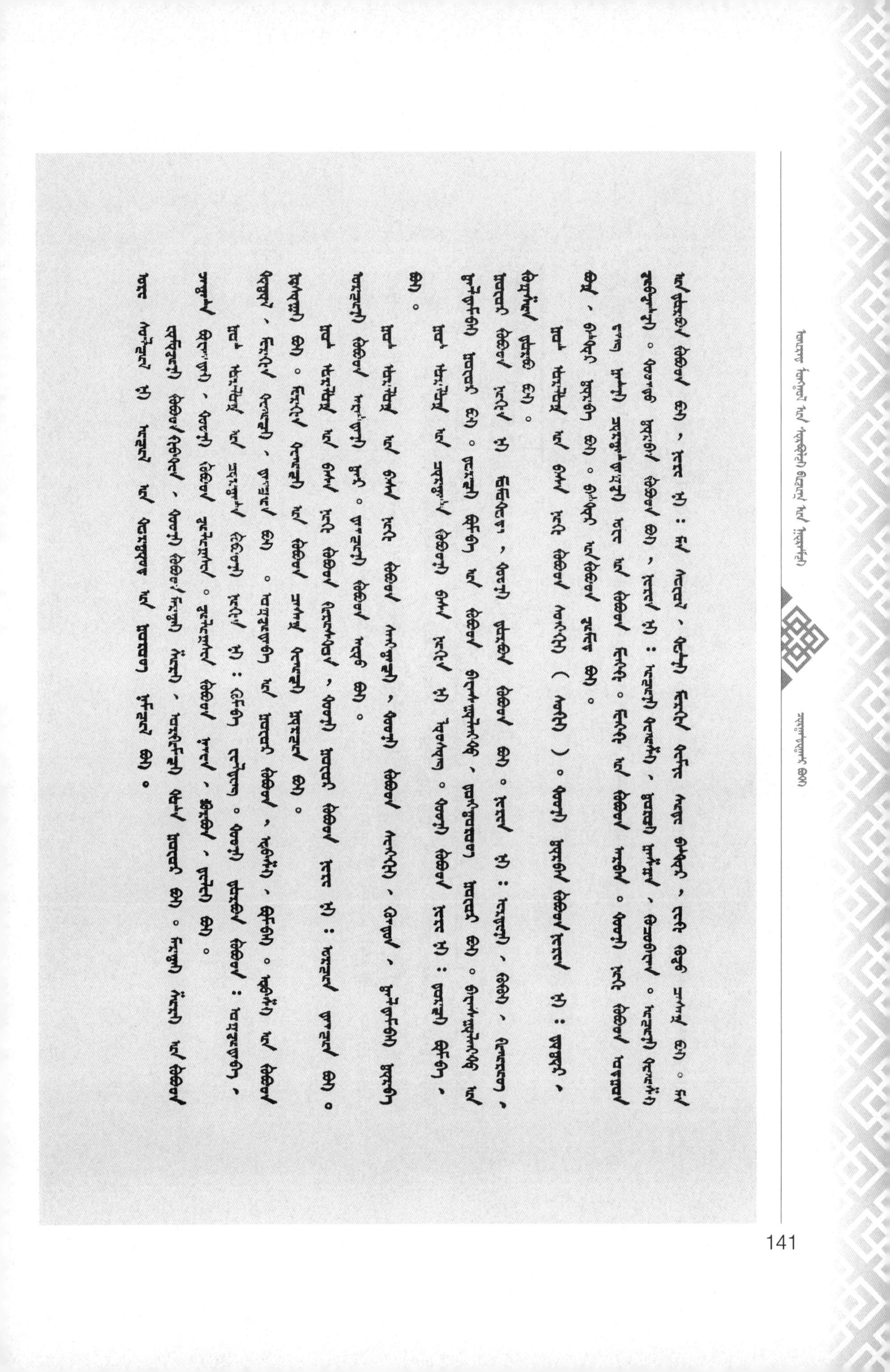

[illegible]

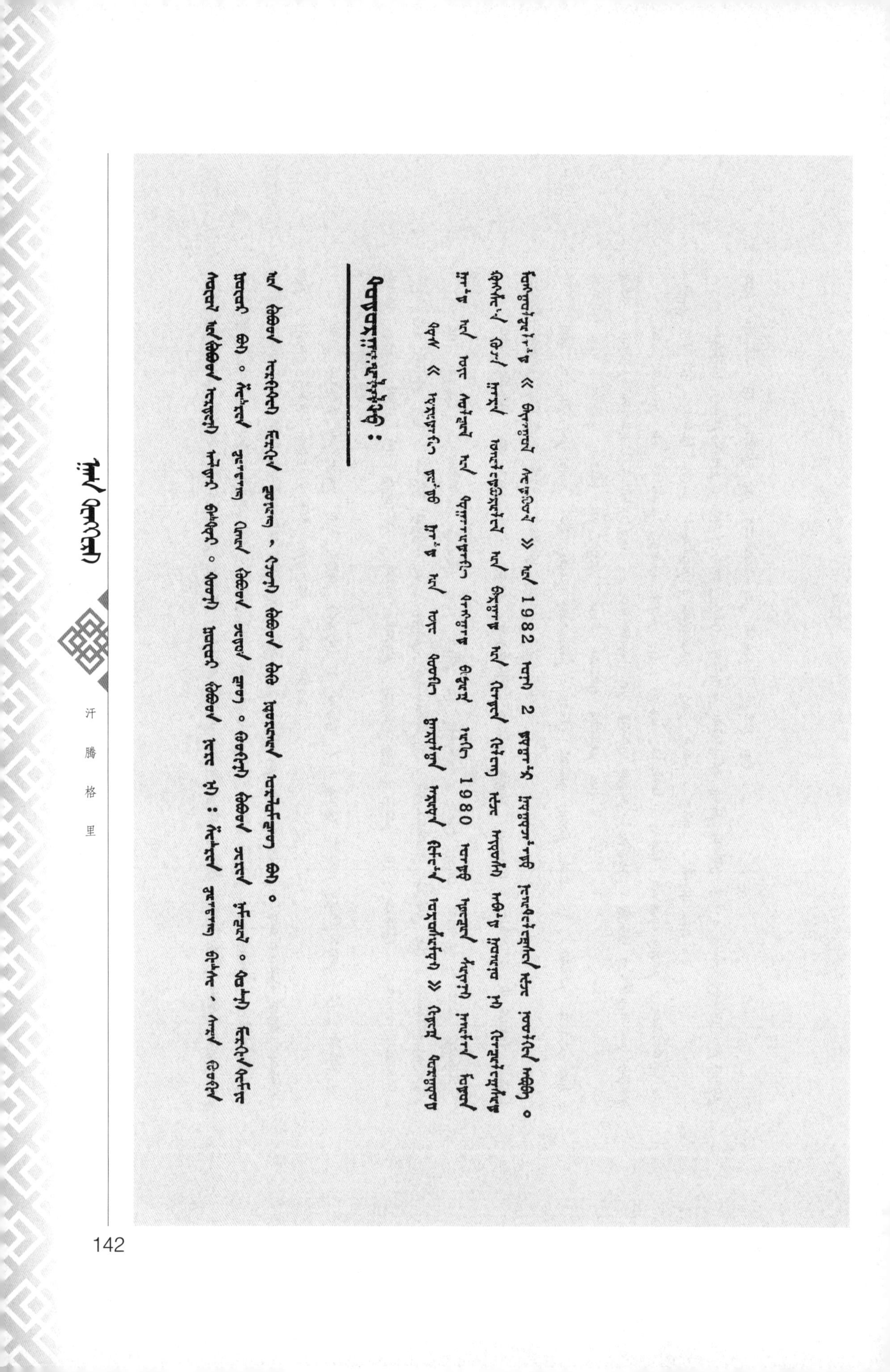

[illegible] ᠃ [illegible] ᠃ [illegible] ᠃ [illegible] : [illegible] ᠂ [illegible] ᠂ [illegible] ᠃

[illegible] :

[illegible] « [illegible] » [illegible] 1980 [illegible] « [illegible] » [illegible] 1982 [illegible] 2 [illegible] ᠃

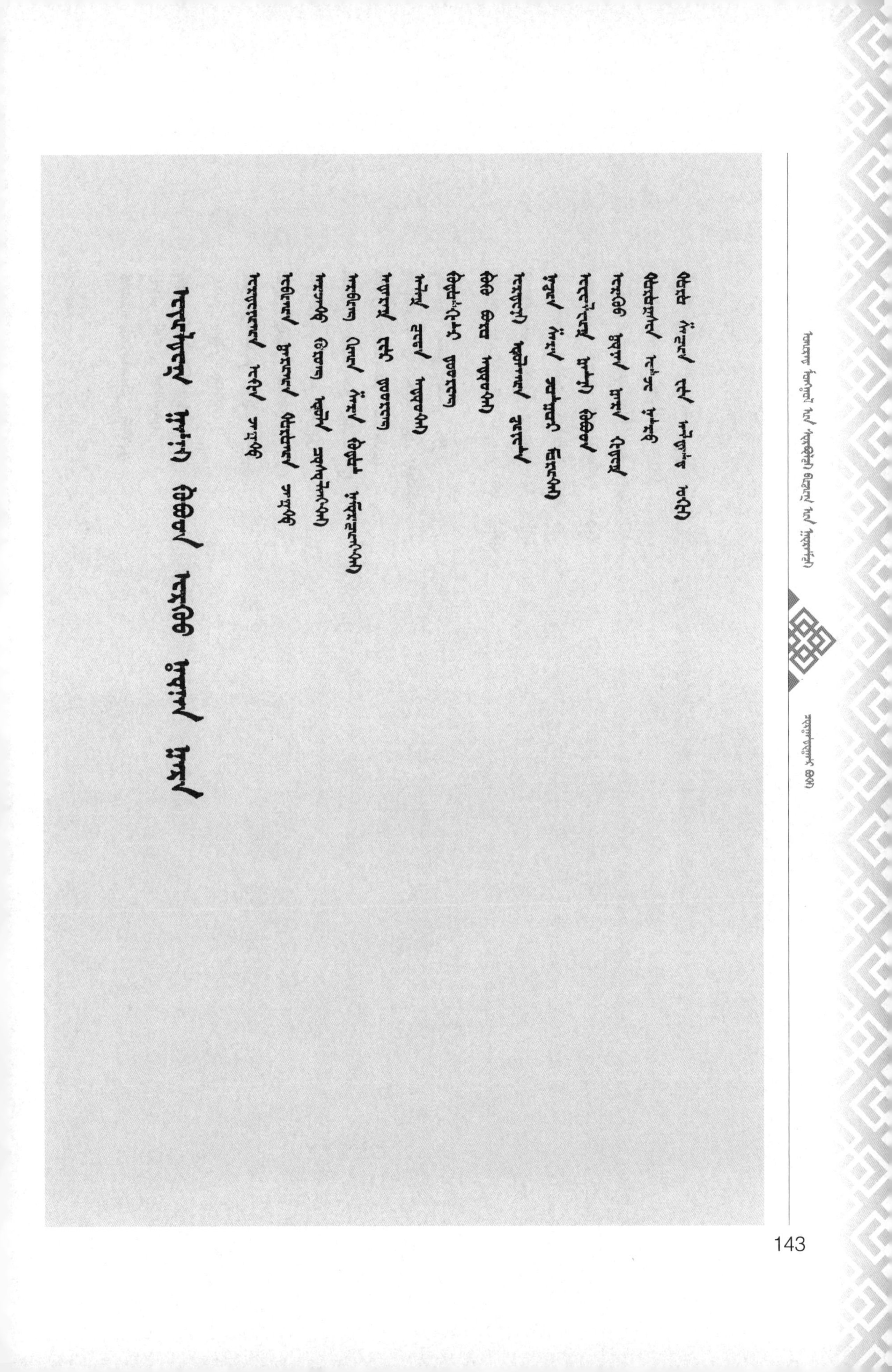

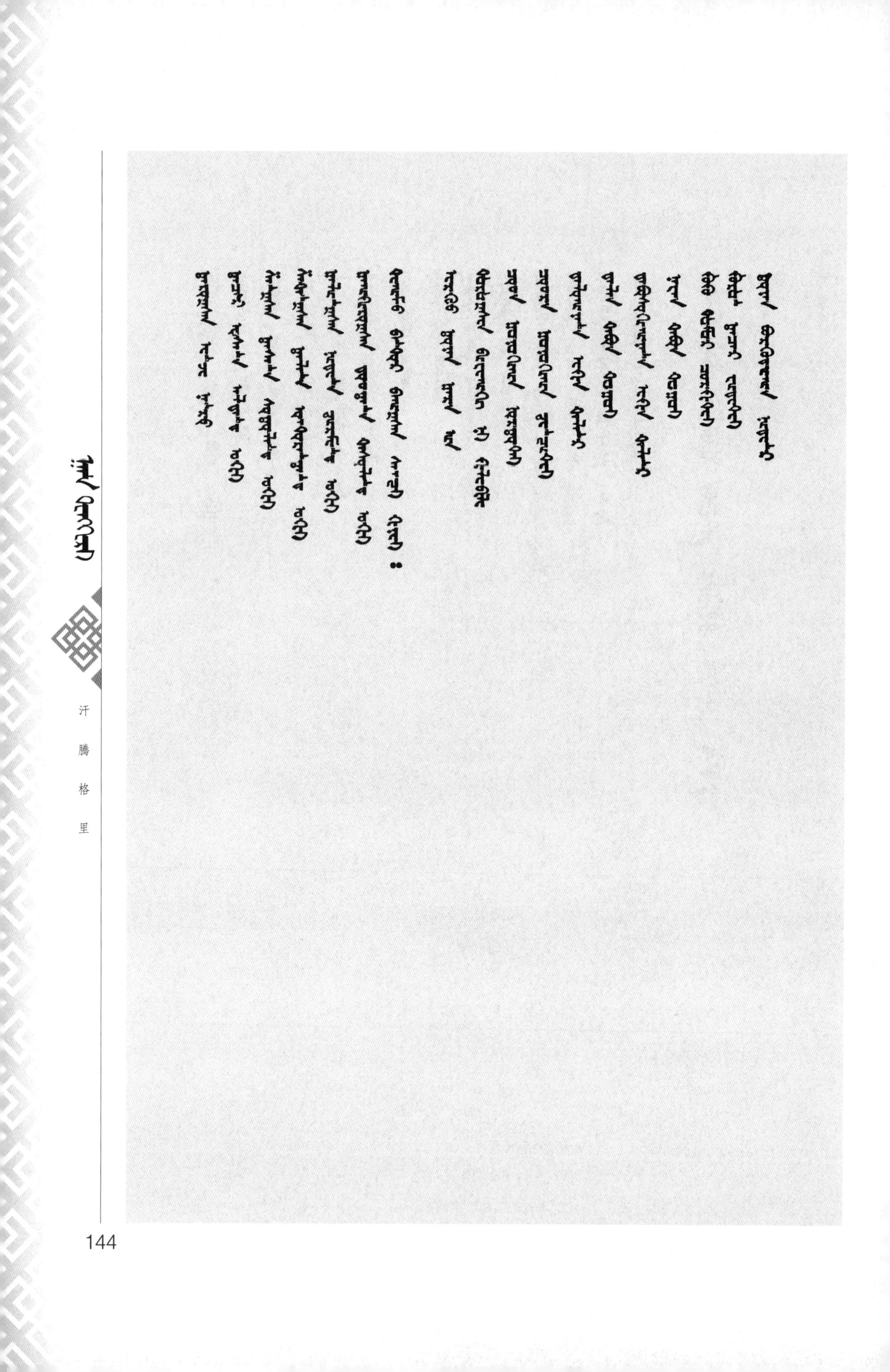

[illegible]
[illegible]
[illegible]
[illegible]
[illegible]
[illegible]
[illegible]
[illegible]
[illegible]
[illegible]
[illegible]

[illegible] ::
[illegible]
[illegible]
[illegible]
[illegible]
[illegible]
[illegible]

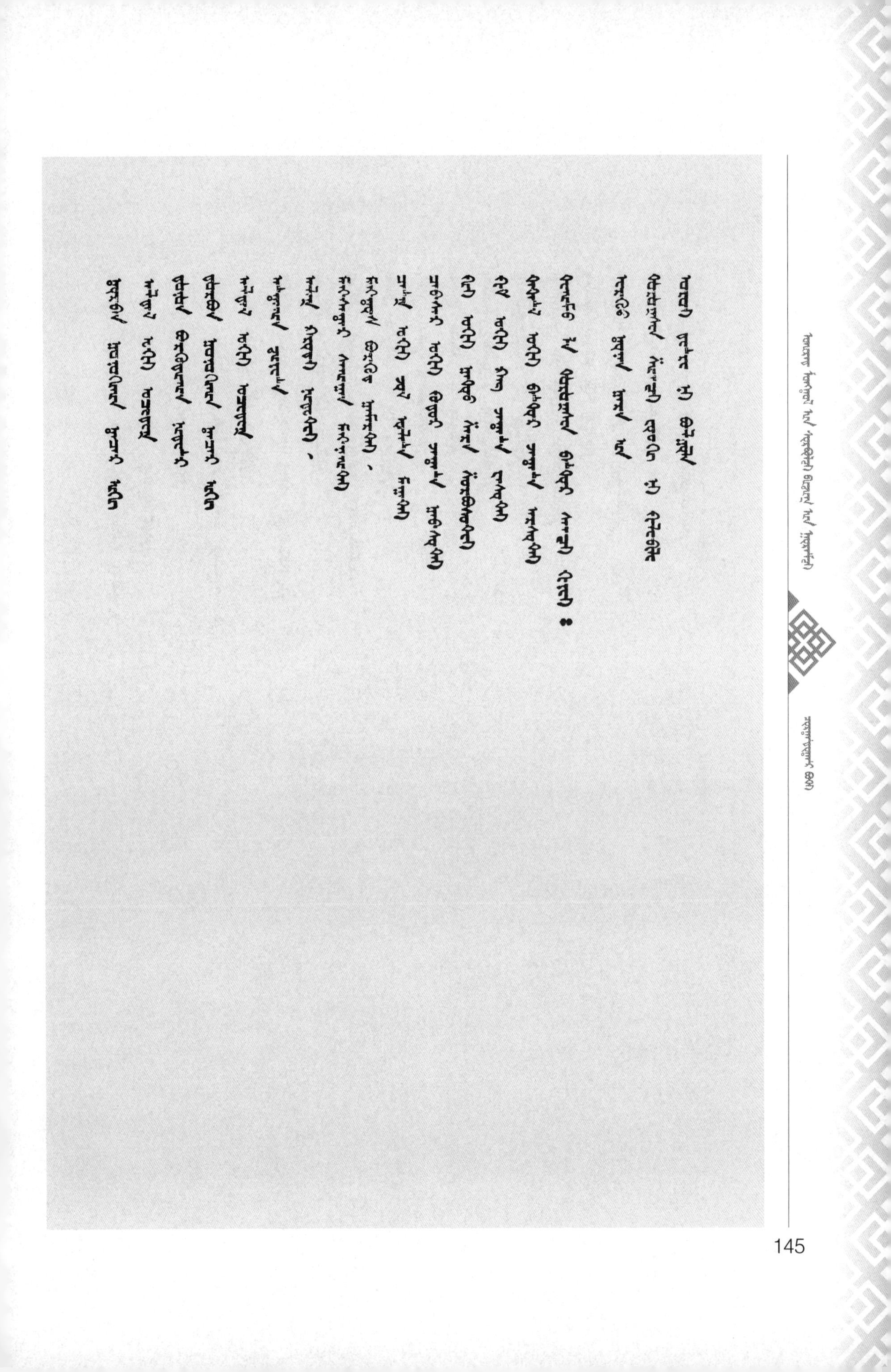

[illegible]
[illegible]
[illegible]
[illegible]
[illegible]
[illegible]
[illegible]
[illegible]
[illegible]
[illegible]
[illegible]
[illegible]
[illegible]
[illegible]
[illegible] ᠄

[illegible]
[illegible]
[illegible]

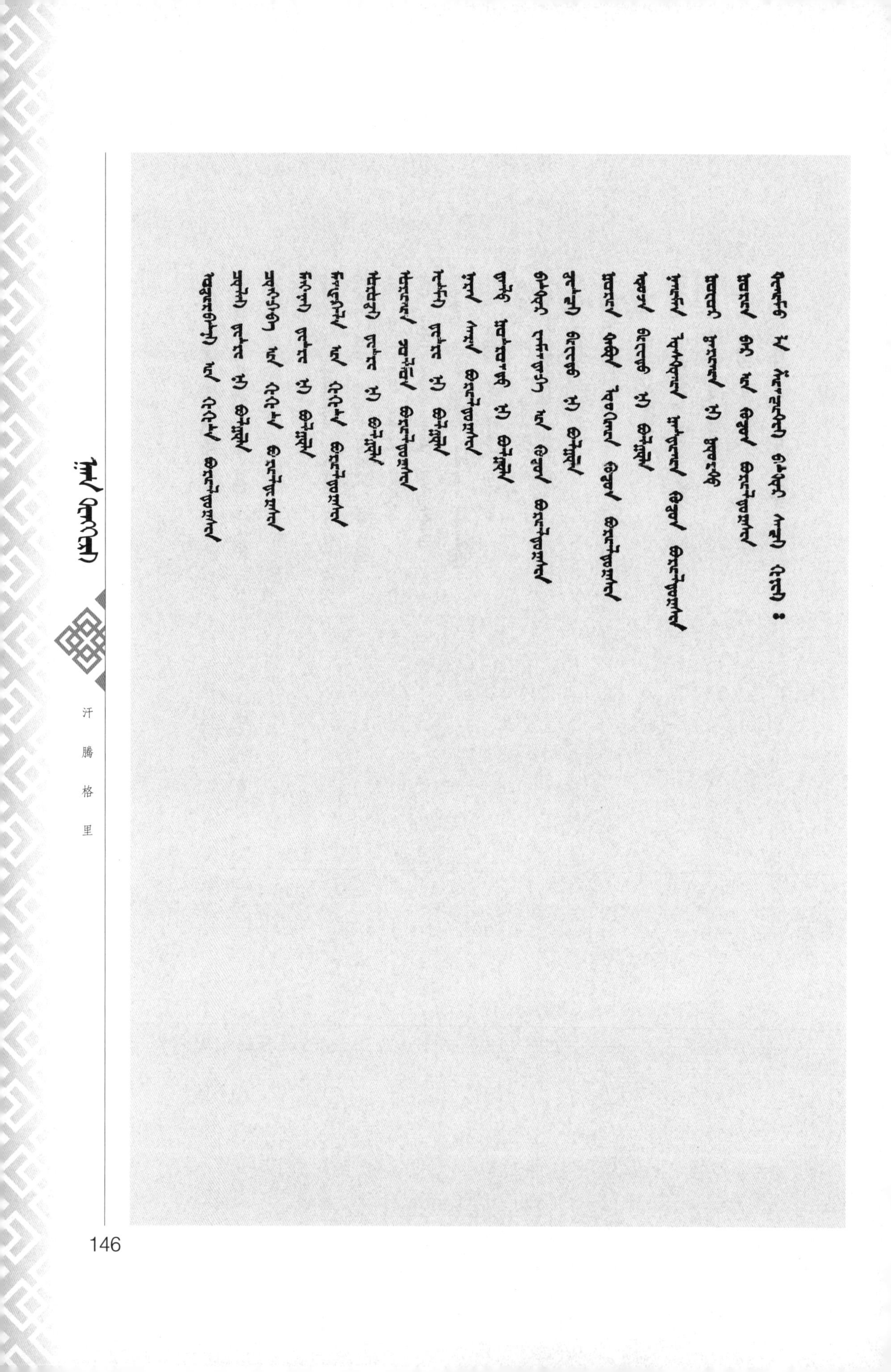

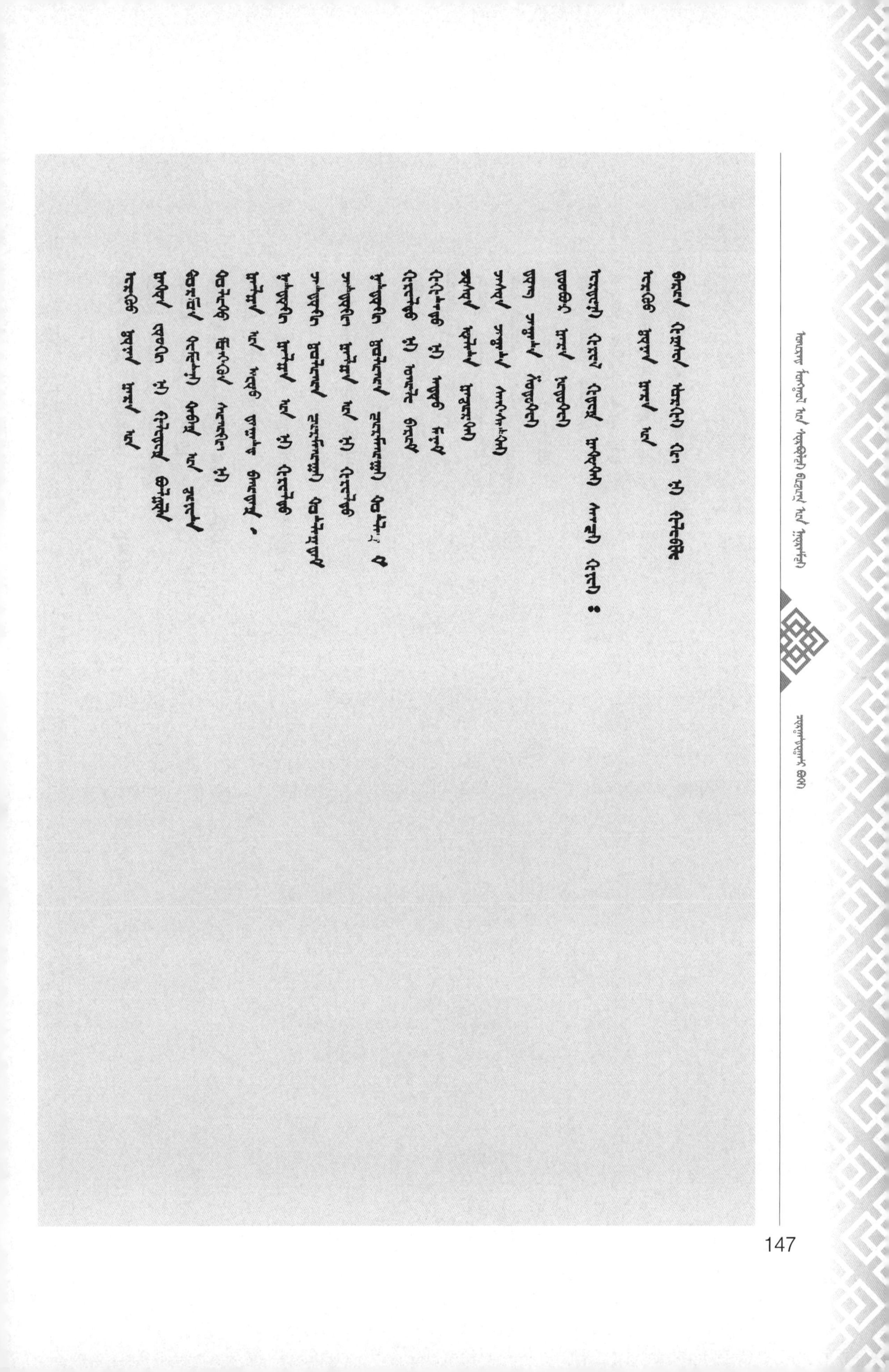

[illegible]
[illegible]

[illegible]
[illegible]
[illegible]
[illegible]
[illegible]
[illegible]
[illegible]
[illegible]
[illegible]
[illegible]
[illegible]
[illegible]
[illegible]
[illegible]
[illegible]
[illegible]

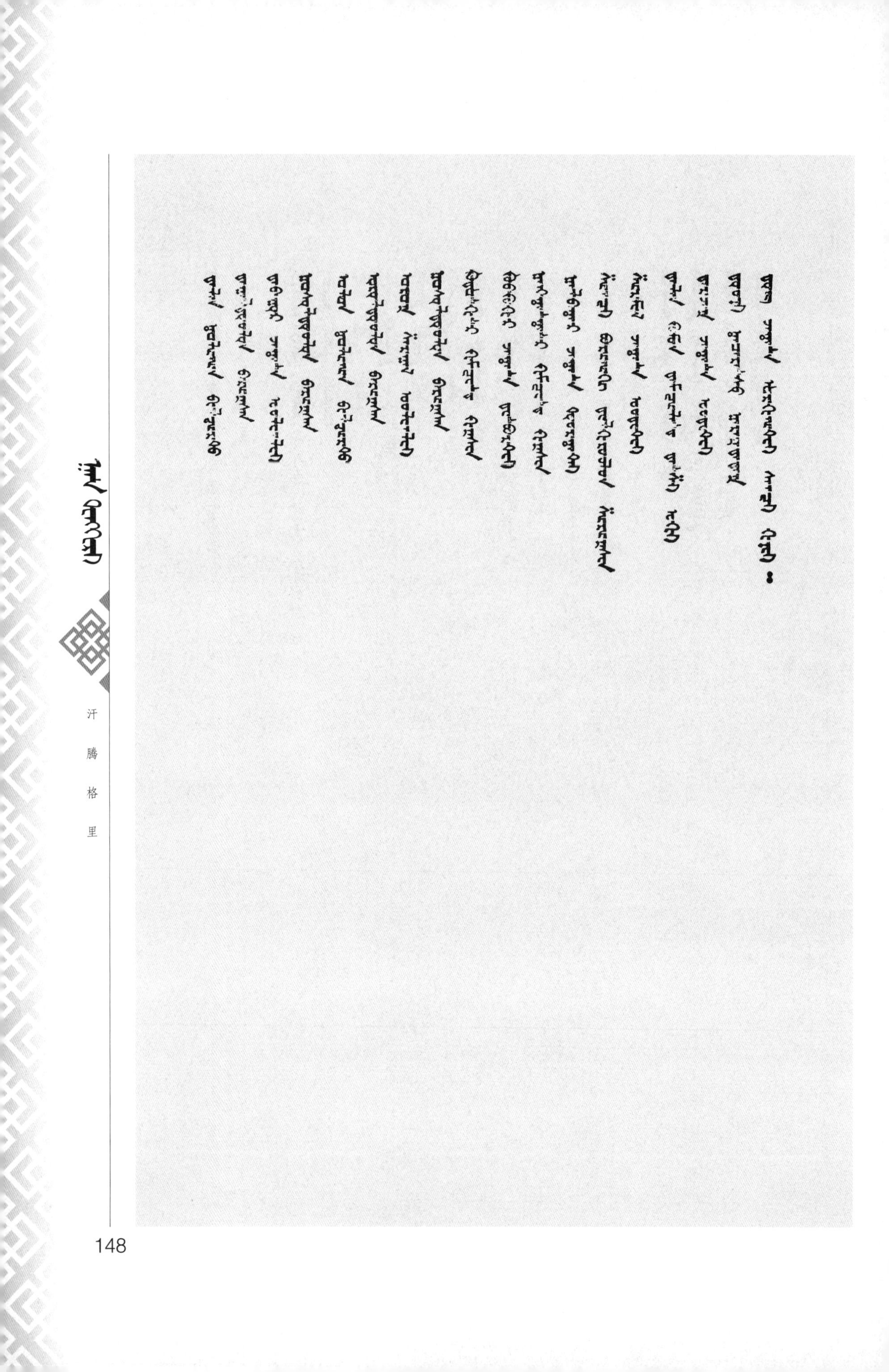

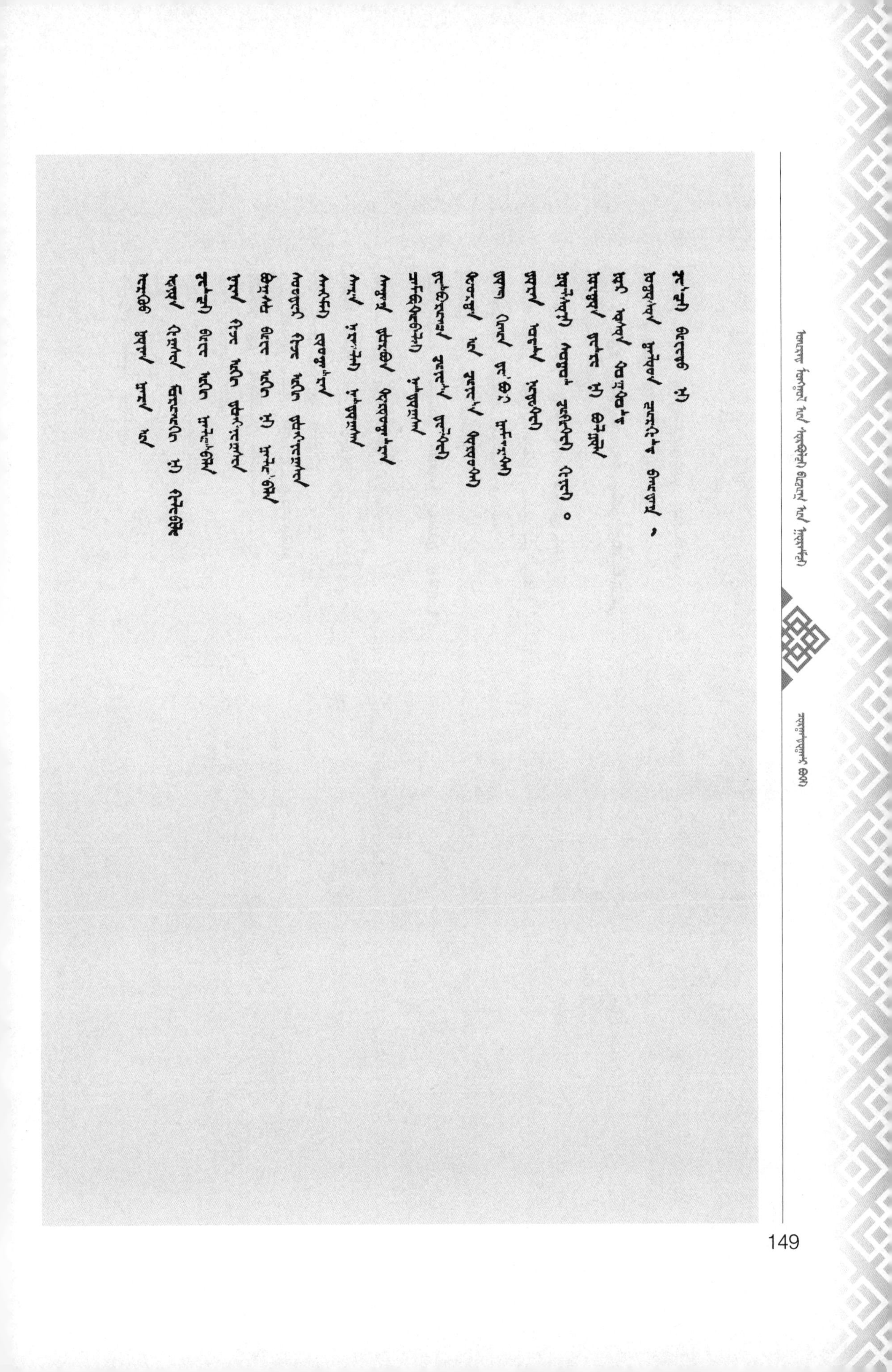

[illegible] [illegible] ᡑᡇ
[illegible] [illegible] [illegible] [illegible] ,
[illegible] [illegible] [illegible]
[illegible] [illegible] ᡑᡇ [illegible]
[illegible] [illegible] [illegible] [illegible] 。
[illegible] [illegible] [illegible]
[illegible] [illegible] [illegible] [illegible]
[illegible] ᠨᡅ [illegible] [illegible]
[illegible] [illegible] [illegible]
[illegible] [illegible]
[illegible] [illegible] [illegible]
[illegible] [illegible] [illegible]
[illegible] [illegible]
[illegible] [illegible] [illegible] [illegible]
[illegible] [illegible] [illegible] ᡑᡇ [illegible]
[illegible] [illegible] [illegible] [illegible]
[illegible] [illegible] [illegible] [illegible]
[illegible] [illegible] [illegible] ᡑᡇ [illegible]
[illegible] [illegible] [illegible] ᠨᡅ

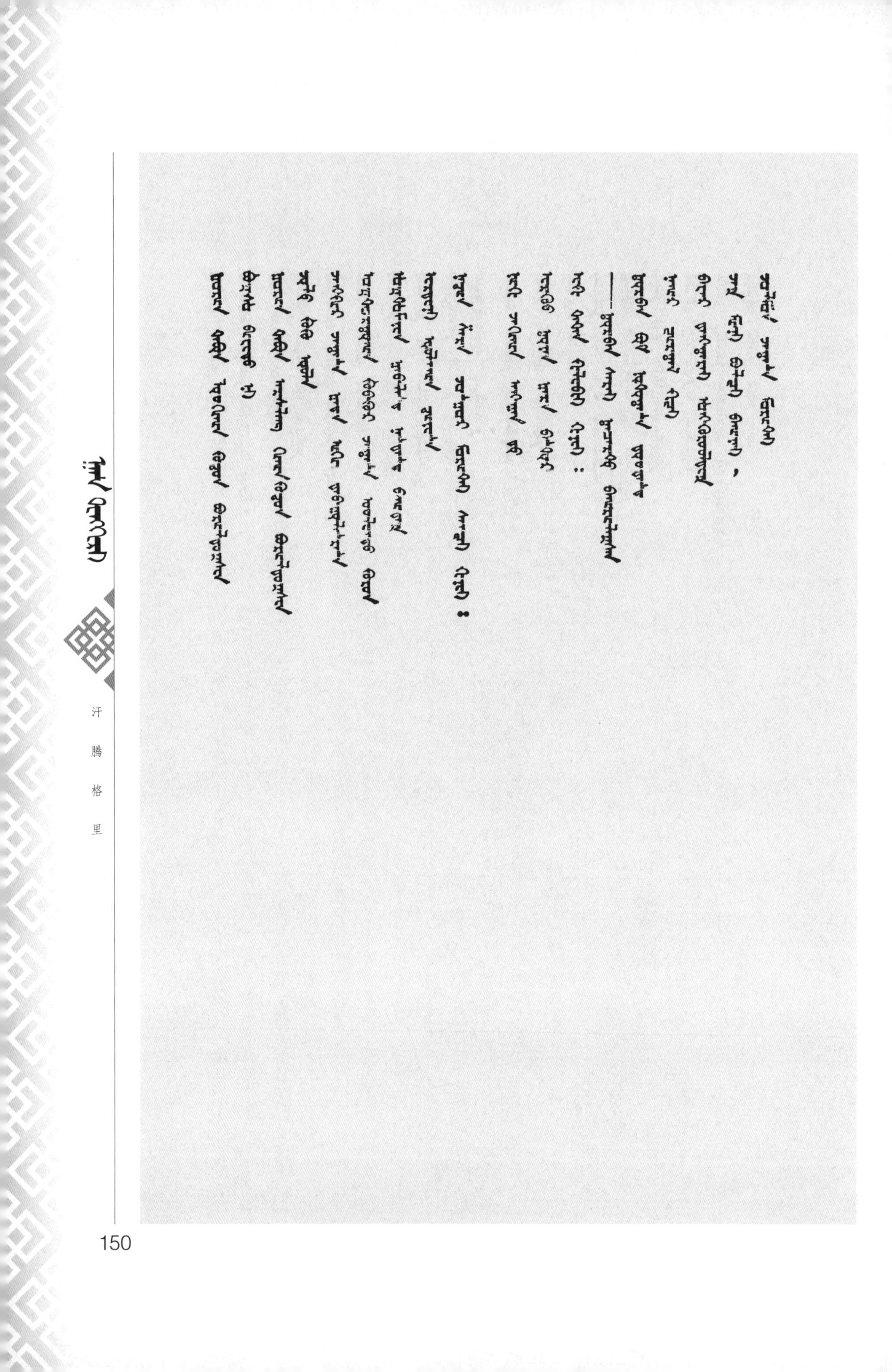

[illegible]

[illegible]

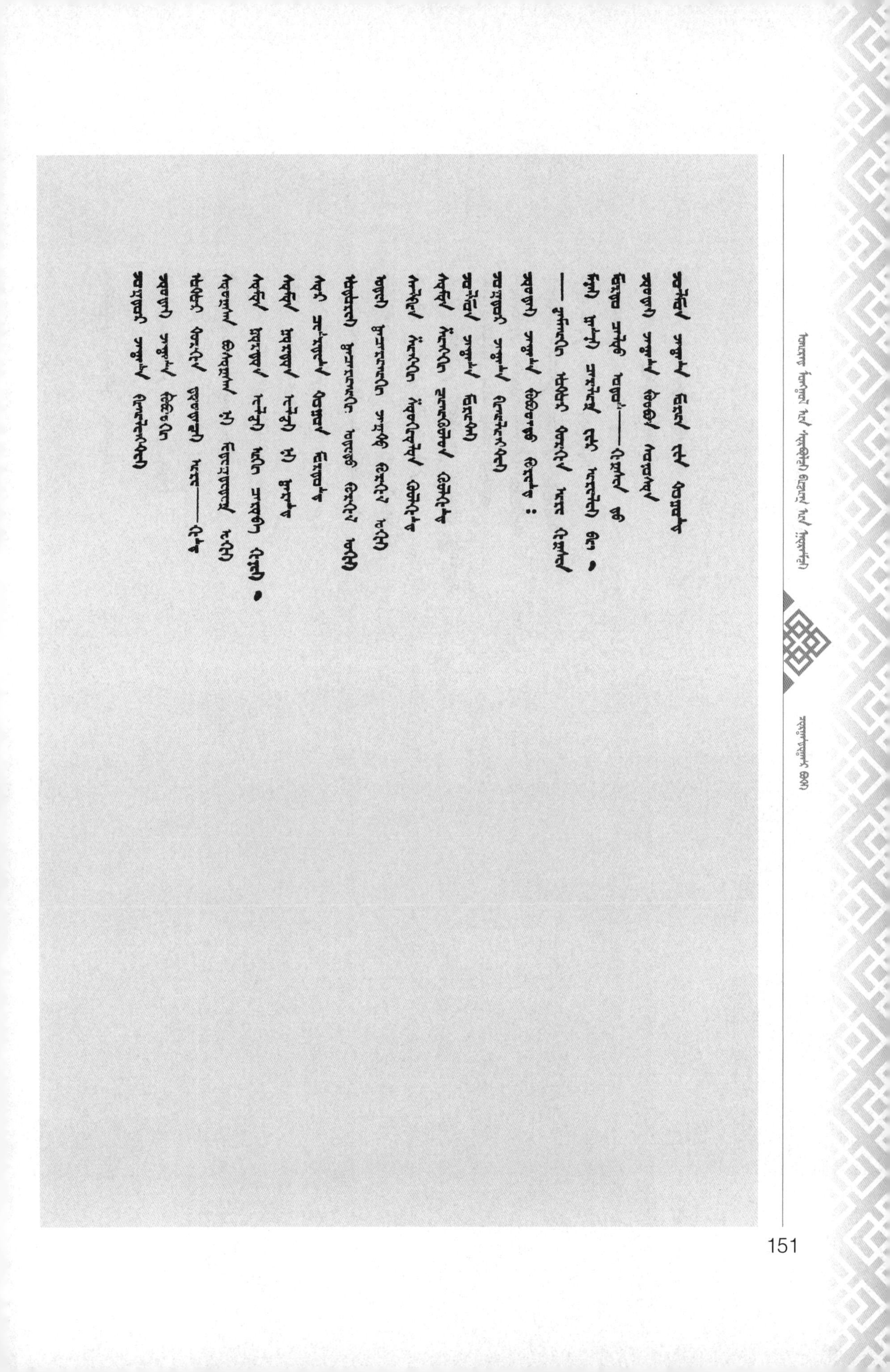

[illegible]
[illegible]
[illegible] —— [illegible]
[illegible] •
—— [illegible]
[illegible] :
[illegible]
[illegible]
[illegible]
[illegible]
[illegible]
[illegible]
[illegible]
[illegible]
[illegible] •
[illegible]
[illegible] —— [illegible]
[illegible]
[illegible]

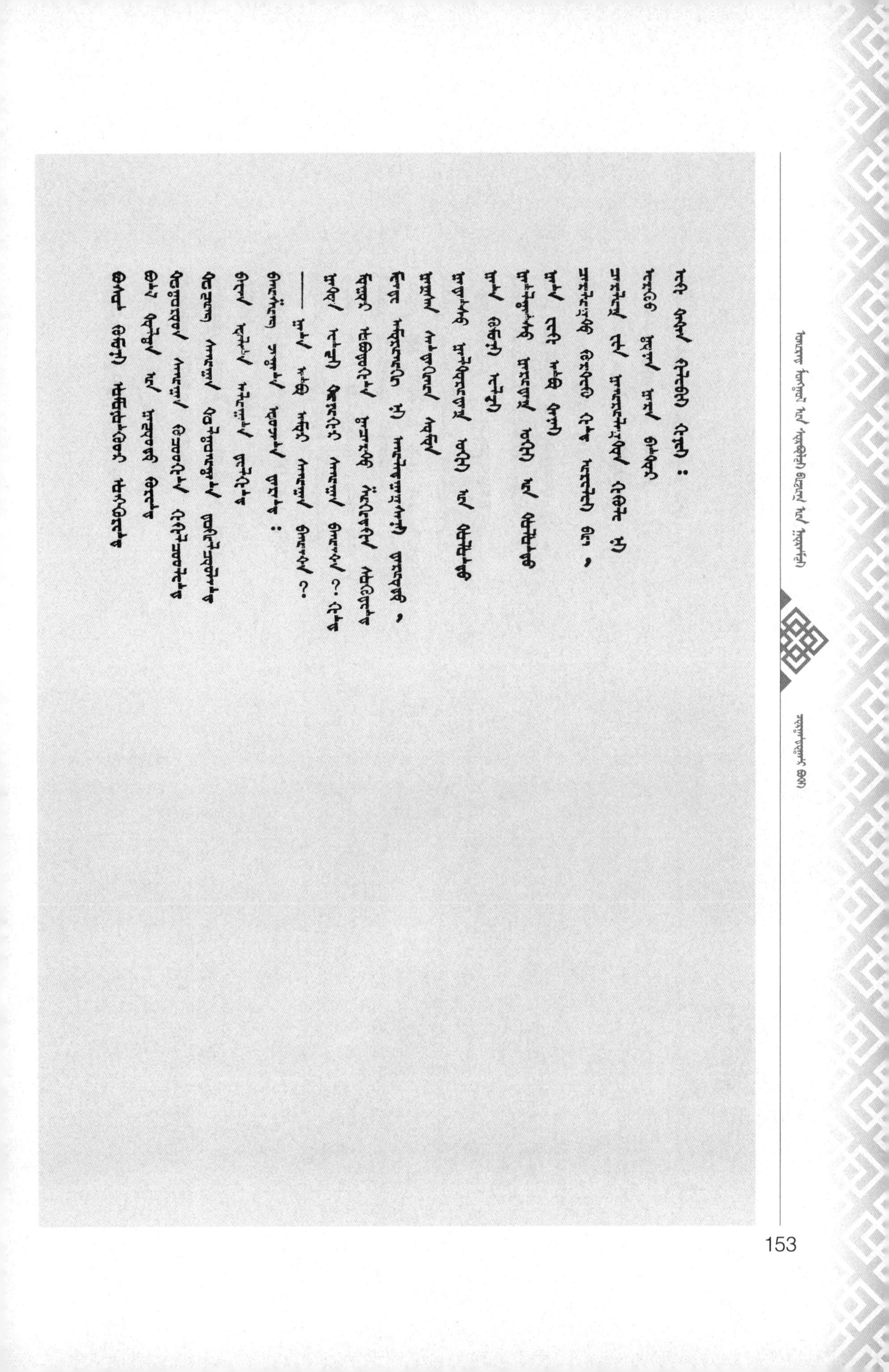

[illegible] ,
[illegible]
[illegible]
[illegible]
[illegible]
[illegible]
[illegible]
[illegible]
[illegible]
[illegible] ,
[illegible]
[illegible] ? [illegible]
—— [illegible] ?
[illegible] :
[illegible]
[illegible]
[illegible]
[illegible]
[illegible] :

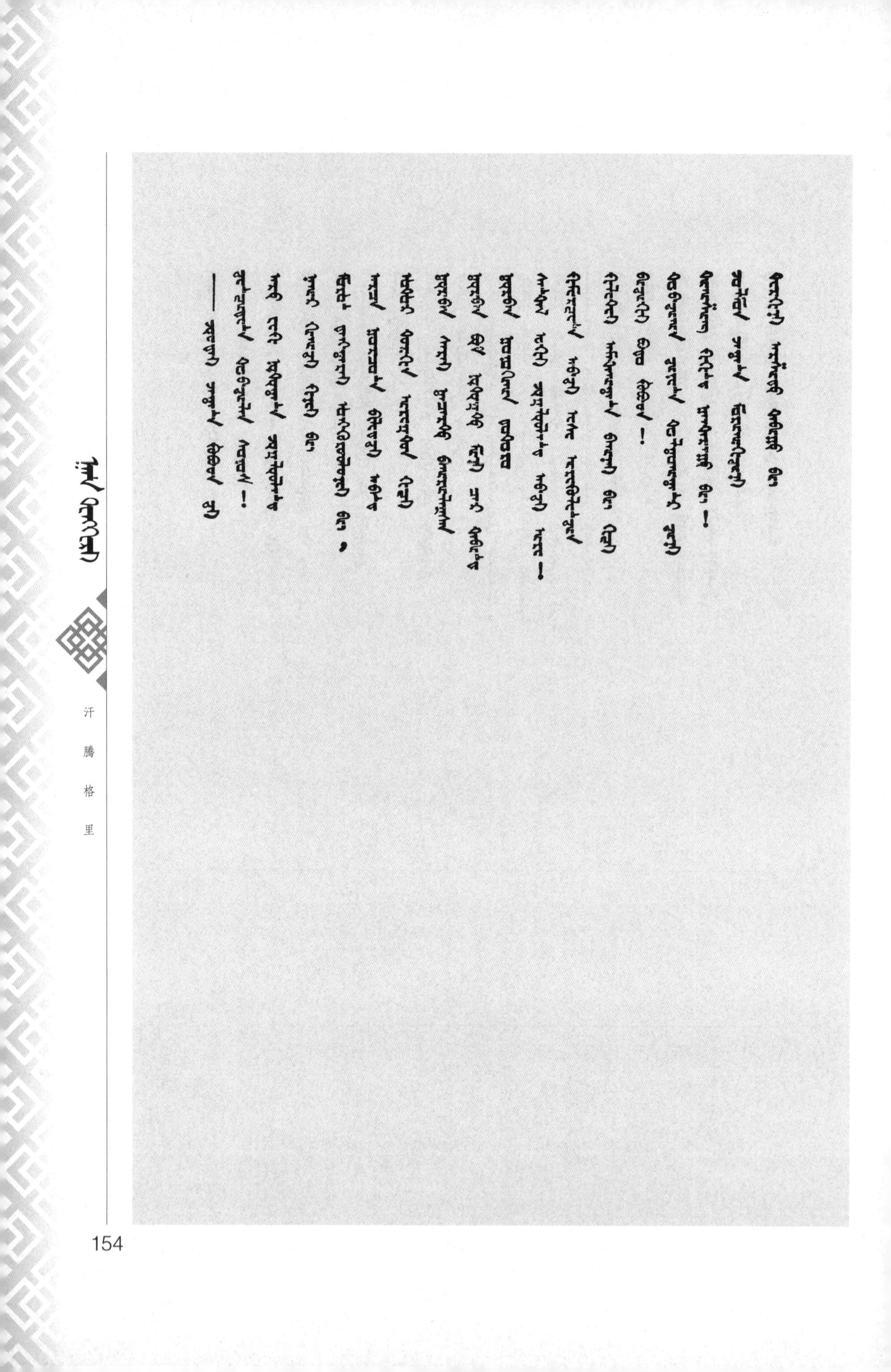

[illegible]
[illegible]
[illegible]
[illegible]
[illegible]
[illegible]
[illegible]
[illegible]
[illegible]
[illegible]
[illegible]
[illegible]
[illegible]
[illegible]
[illegible]
[illegible]
[illegible]
—— [illegible]

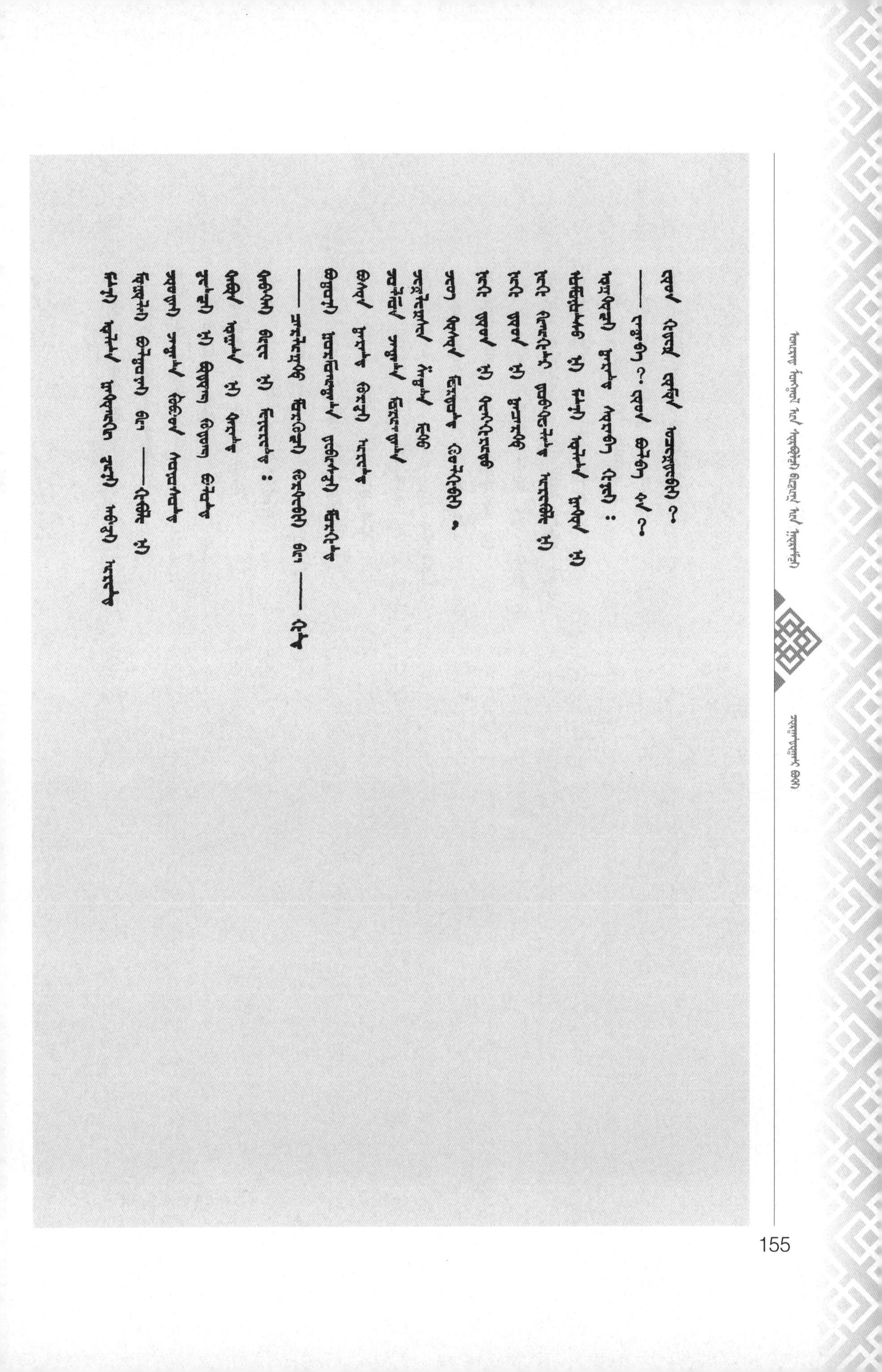

[illegible]
[illegible] —— [illegible]
[illegible]
[illegible]
[illegible]
[illegible]
[illegible] :
—— [illegible] —— [illegible]
[illegible]
[illegible]
[illegible]
[illegible]
[illegible] ,
[illegible]
[illegible]
[illegible]
[illegible] :
—— [illegible] ? [illegible] ?
[illegible] ?

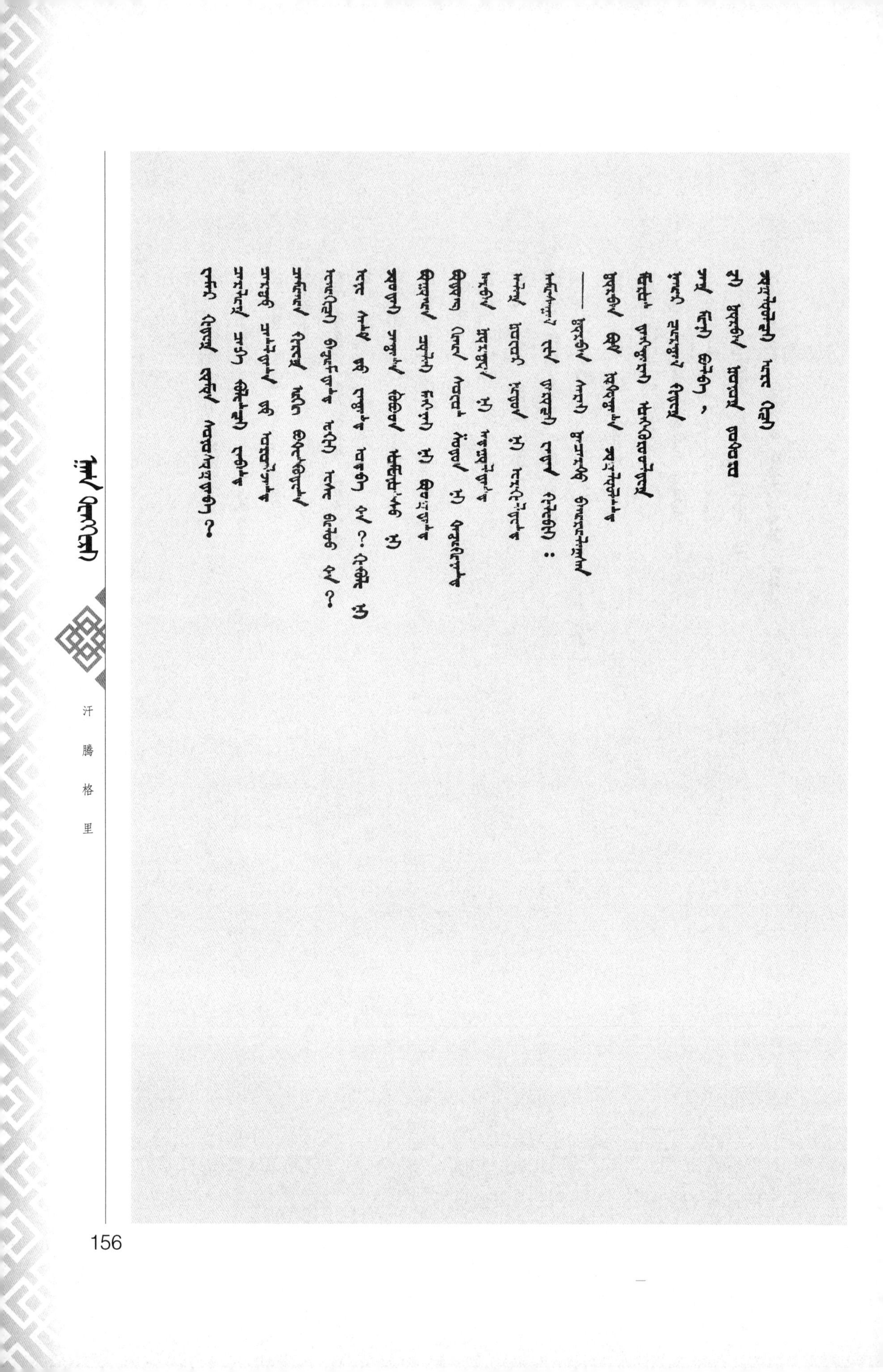

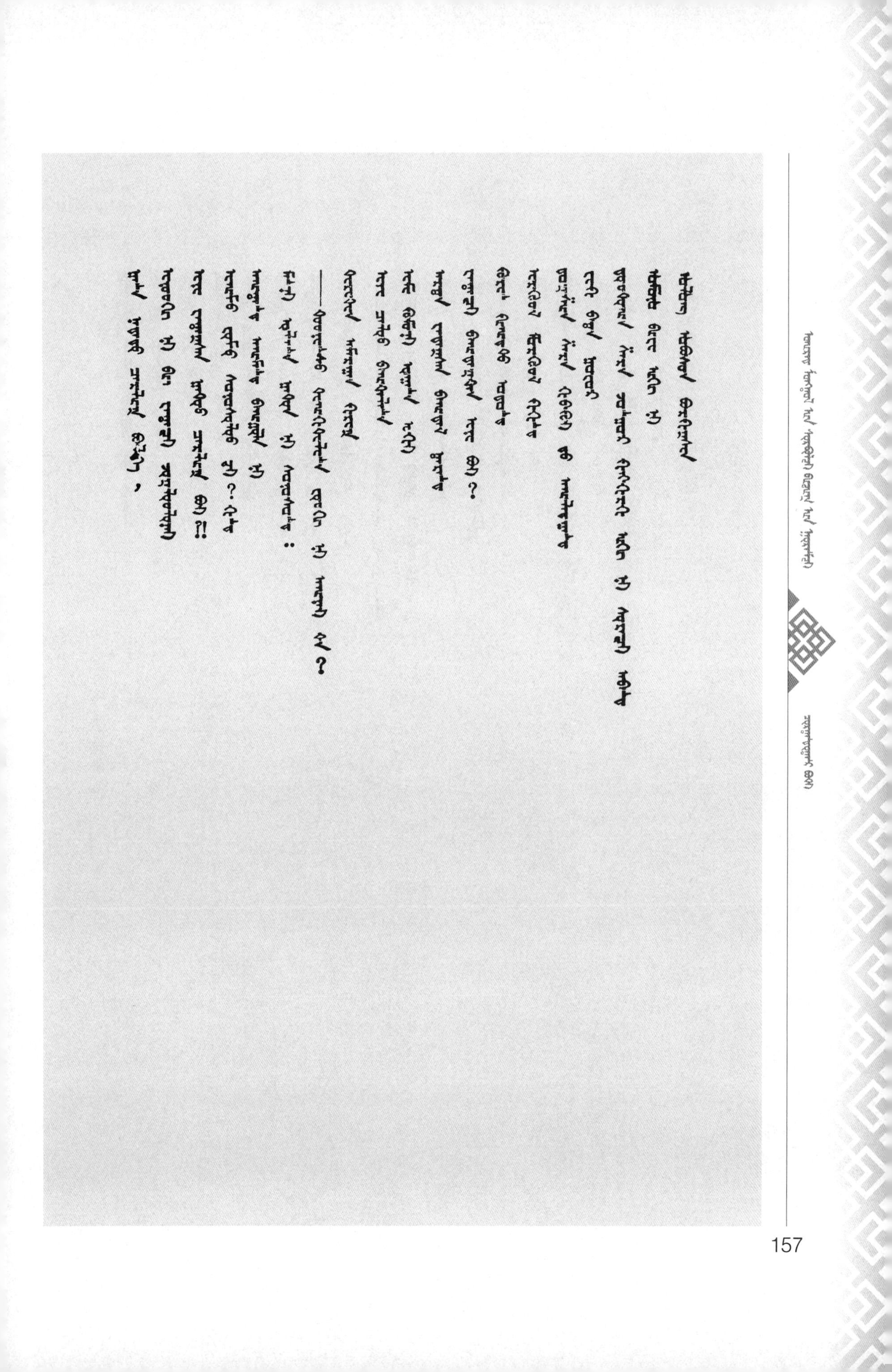

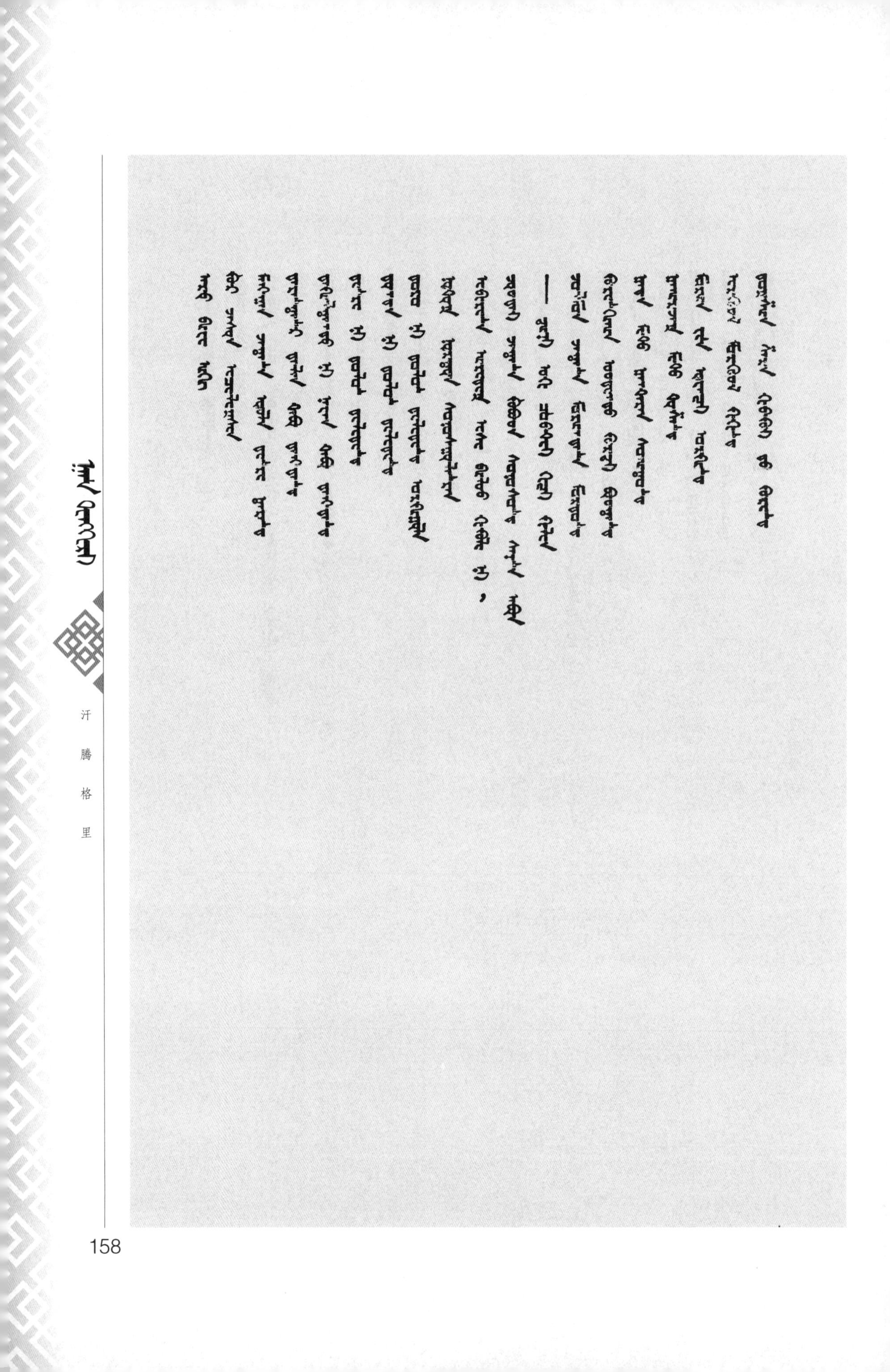

[illegible]

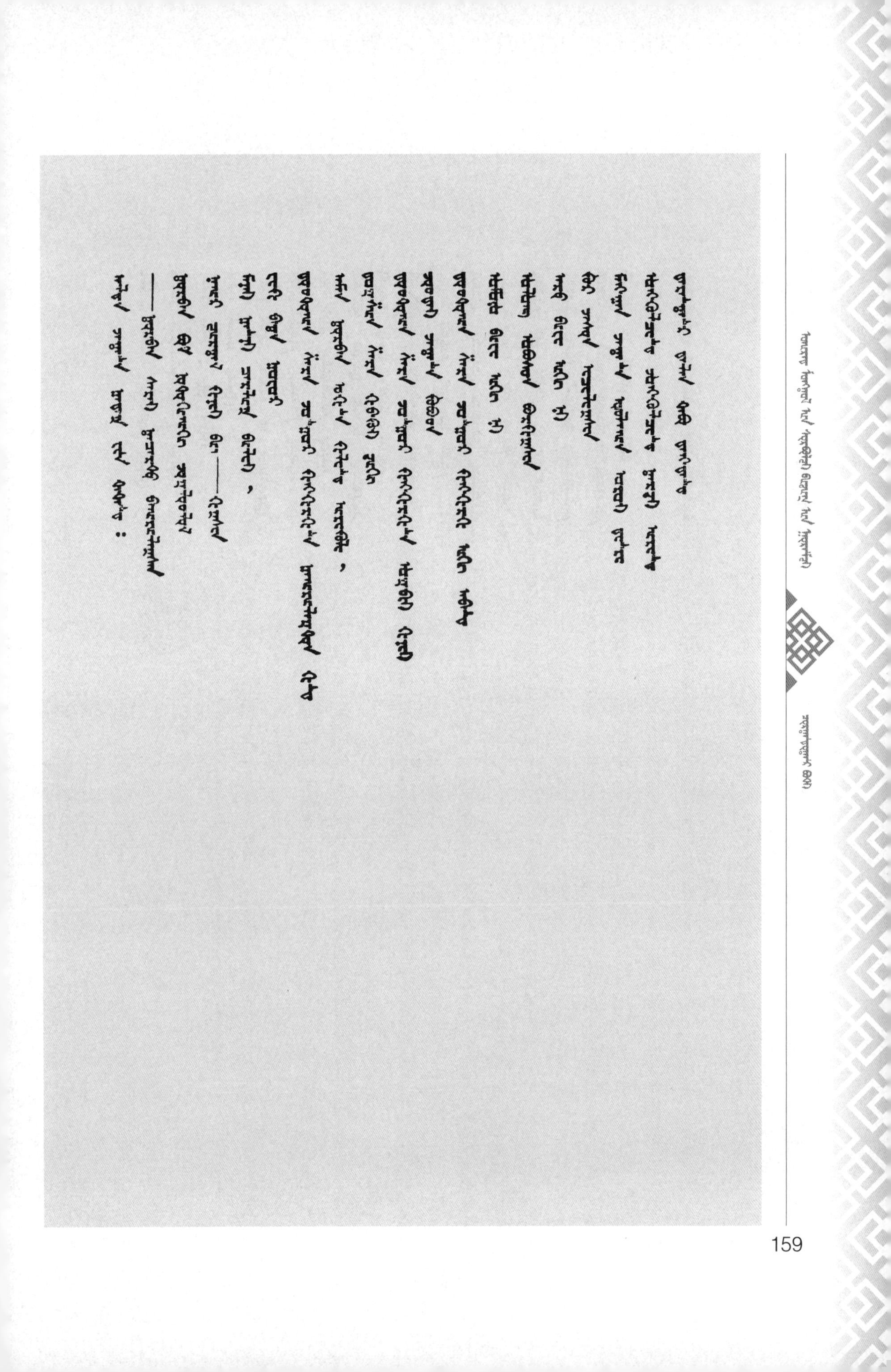

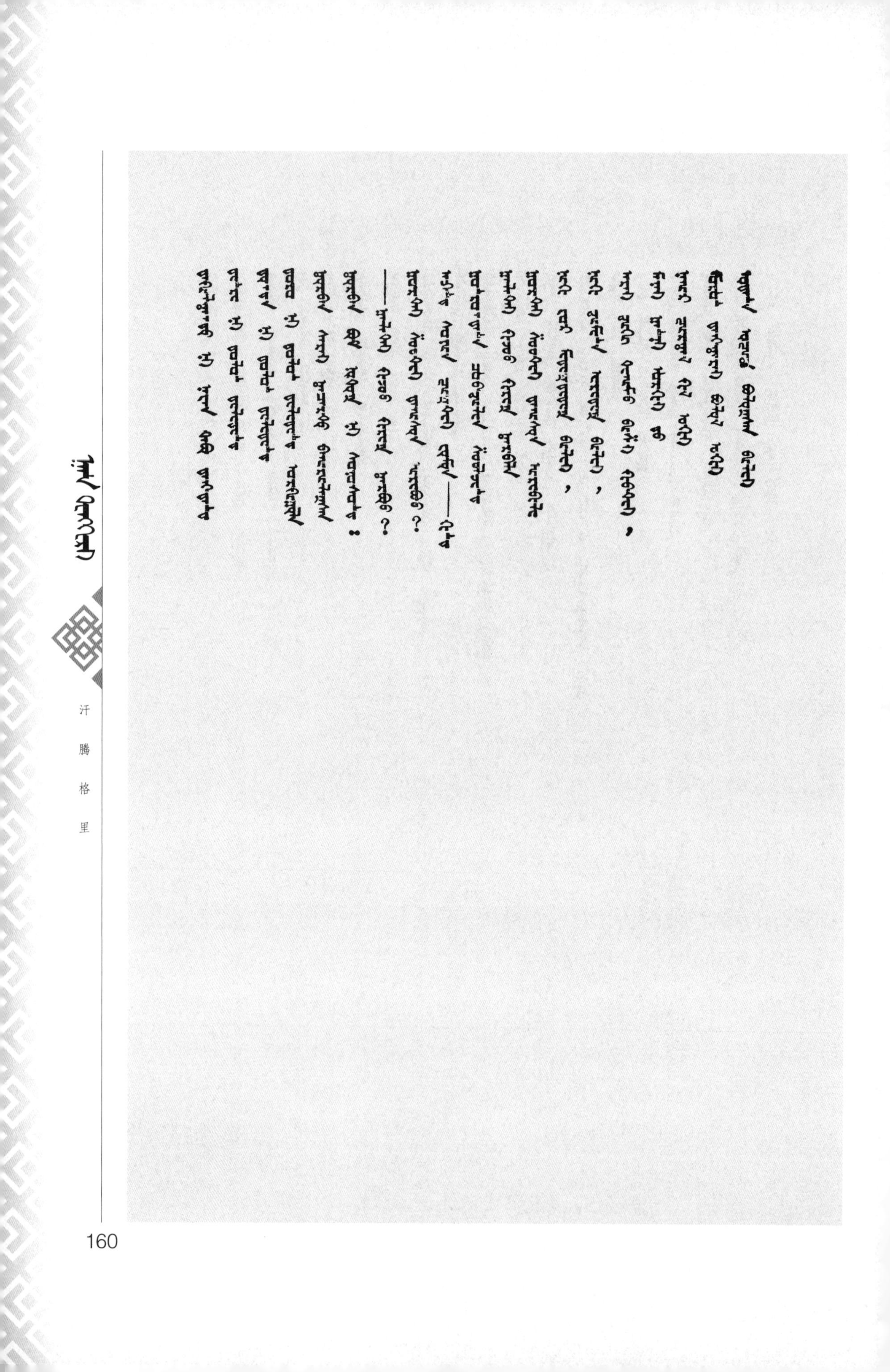

[illegible]

ᠠᠷᠪᠢᠨ ᠪᠠᠶᠠᠨ ᠬᠣᠲᠠ ᠬᠦᠮᠦᠨ ᠬᠡᠮᠡᠨ ᠪᠣᠯᠤᠭᠠᠢ
ᠠᠳᠠᠭ ᠤᠨ ᠪᠤᠶᠠᠨ ᠪᠣᠯᠤᠭᠠᠢ
ᠪᠡᠶ᠎ᠡ ᠪᠡᠨ ᠰᠠᠢᠬᠠᠨ ᠰᠠᠨᠠᠭ᠎ᠠ ᠬᠦᠮᠦᠨ ᠦ ᠰᠡᠳᠬᠢᠯ ᠲᠦ ᠪᠠᠨ
ᠪᠣᠷᠤᠭᠣ ᠰᠠᠢᠬᠠᠨ ᠪᠦᠬᠦᠨ ᠦ ᠳᠤᠷᠠᠰᠬᠠᠯ ᠲᠤ ᠪᠠᠨ
ᠰᠠᠷᠠᠨ ᠰᠠᠶᠢᠨ ᠬᠠᠭᠤᠷᠮᠠᠭ ᠦ ᠪᠣᠯᠤᠭᠰᠠᠳ ᠲᠤ ᠪᠠᠨ
ᠰᠠᠷᠤᠯ ᠰᠠᠨᠠᠭ᠎ᠠ ᠬᠦᠮᠦᠨ ᠦ ᠬᠦᠰᠡᠯ ᠲᠦ ᠪᠠᠨ
ᠬᠠᠪᠤᠷ ᠤᠨ ᠰᠠᠯᠬᠢ ᠰᠡᠪᠡᠭᠡᠨ
ᠰᠢᠯᠤᠭᠤᠨ ᠬᠠᠪᠤᠷ ᠰᠡᠪᠡᠭᠡᠨ
ᠵᠢᠷᠭᠠᠯ ᠵᠢᠷᠭᠠᠯ ᠵᠢᠷᠭᠠ
ᠵᠢᠷᠭᠠᠯ ᠪᠡᠷ ᠬᠠᠳᠠᠭ ᠲᠤ ᠵᠢᠷᠭᠠᠨ᠎ᠠ
ᠠᠯᠲᠠᠨ ᠰᠠᠷᠠᠨ ᠰᠢᠷᠠ ᠪᠣᠯᠤᠭᠠᠢ
ᠠᠮᠤᠷ ᠳᠦᠷᠰᠦᠨ ᠪᠠᠶᠠᠰᠤᠨ᠎ᠠ
ᠵᠢᠷᠭᠠᠨ ᠰᠠᠷᠠᠨ ᠰᠠᠷᠠᠨ
ᠬᠠᠷᠢᠨ ᠡᠵᠡᠨ ᠪᠣᠯᠤᠨ ᠤᠨ
ᠠᠯᠲᠠᠨ ᠰᠠᠷᠠᠨ ᠰᠢᠷᠠ ᠪᠣᠯᠤᠭᠠᠢ
ᠠᠮᠤᠷ ᠳᠦᠷᠰᠦᠨ ᠪᠠᠶᠠᠰᠤᠨ᠎ᠠ
ᠠᠮᠢᠨ ᠰᠠᠷᠠᠨ ᠰᠠᠷᠠᠨ
ᠠᠮᠤᠭ ᠡᠵᠡᠨ ᠪᠣᠯᠤᠨ ᠤᠨ
ᠬᠣᠪᠠᠭ ᠰᠠᠷᠠᠨ ᠲᠠᠯ᠎ᠠ ᠶᠢᠨ ᠪᠠᠷᠢᠭᠤᠯᠠᠨ ᠳᠠᠭᠤᠤᠯᠠᠯ——ᠡᠴᠡ

ᠬᠠᠷᠠᠭᠠᠳ ᠬᠠᠯᠠᠭᠤᠨ ᠬᠠᠷᠠᠨ ᠪᠣᠯᠵᠠᠭᠠᠨ
ᠬᠦᠮᠦᠨ ᠬᠡᠯᠡᠭᠡᠨ ᠪᠡᠯᠡᠭᠡᠳ
ᠬᠠᠢᠷᠠᠯᠠᠬᠤ ᠪᠠᠢᠳᠠᠯ
ᠬᠤᠪᠢᠷᠠᠨ ᠴᠠᠭᠠᠨ ᠰᠠᠷᠠᠯᠠᠭᠰᠠᠨ
ᠲᠣᠭᠲᠠᠯᠠᠬᠤ ᠪᠠᠢᠳᠠᠯ
ᠬᠠᠯᠢᠨ ᠬᠡᠷᠡᠭᠯᠡᠯ ᠲᠡᠭᠦᠰᠬᠦ
ᠬᠠᠯᠠ ᠴᠠᠭᠠᠨ ᠰᠠᠷᠠᠨ ᠤ ᠰᠠᠷᠠᠭᠤᠯ ᠭᠡᠷᠡᠯᠲᠡ
ᠭᠡᠭᠡᠨ ᠤᠶᠠᠨ ᠭᠡᠷᠡᠯᠲᠦ ᠬᠠᠯᠢᠭᠤᠨ ᠭᠡᠷᠡᠯᠲᠡ
ᠭᠡᠭᠡᠷᠡᠯᠲᠡ ᠭᠡᠷᠡᠯ ᠭᠠᠯᠠᠪ ᠶᠡᠬᠡ ᠭᠡᠷᠡᠯᠲᠡ
ᠲᠡᠭᠦᠨ ᠪᠠᠷ ᠪᠦᠷᠬᠦᠭᠰᠡᠨ
ᠲᠠᠯᠠᠨ ᠳᠤ ᠭᠡᠷᠡᠯᠲᠡ
ᠰᠠᠶᠢᠨ ᠮᠣᠷᠢ ᠤᠶᠠᠭᠠ ᠶᠢ ᠰᠠᠭᠠᠯᠲᠠ
ᠰᠡᠭᠡᠷ ᠬᠡᠯᠡᠭᠡᠷ ᠰᠡᠭᠡᠷᠭᠡᠯᠲᠡ ᠪᠠᠷᠤᠨ ᠢᠨᠠᠭᠰᠢ!

ᠴᠠᠭ ᠬᠤᠭᠤᠷ ᠴᠢᠮᠡᠭᠡᠨ ᠮᠣᠷᠢᠲᠠ
ᠴᠢᠨᠠᠨ ᠭᠣᠯᠳᠣ ᠲᠡᠩᠭᠡᠷᠢ ᠢᠷᠡᠭᠡᠳᠦ
ᠰᠢᠷᠠᠨ ᠰᠠᠯᠬᠢᠨ ᠪᠠᠷᠠᠯᠳᠤᠭᠠᠨ
ᠰᠡᠭᠡᠷ ᠰᠢᠨ ᠰᠡᠳᠬᠢᠯ ᠪᠠᠲᠤᠬᠢᠷᠬᠠᠨ ᠰᠡᠭᠦᠯᠡᠭᠡᠳᠦ
ᠰᠠᠷᠠᠭᠤᠨ ᠲᠠᠯᠠᠪᠤ ᠪᠠᠷᠠᠭᠠᠨ ᠪᠠᠷᠠᠭᠤᠯᠤᠭᠳᠠ

ᠨᠠᠢᠮᠠᠳᠠᠭᠠᠨ ᠡᠳᠦᠷ
ᠮᠣᠷᠢ ᠪᠠᠷᠢᠭᠰᠠᠨ ᠭᠠᠵᠠᠷ ᠲᠠᠷᠢᠶᠠᠯᠠᠨ᠎ᠠ
ᠮᠣᠩᠭᠣᠯᠴᠤᠳ ᠤᠨ ᠡᠳᠦᠷ
ᠲᠠᠷᠢᠶᠠ ᠪᠠᠷᠢᠭᠰᠠᠨ ᠭᠠᠵᠠᠷ ᠲᠠᠷᠢᠶᠠᠯᠠᠨ᠎ᠠ
ᠲᠠᠷᠢᠶᠠᠯᠠᠩ ᠤᠨ ᠡᠳᠦᠷ
ᠬᠣᠪᠣᠨ ᠰᠦᠪᠡᠭᠡᠯᠡᠨ ᠪᠣᠷᠣᠭ᠎ᠠ ᠢᠯᠡᠷᠡᠨ᠎ᠡ
ᠲᠡᠭᠦᠨ ᠲᠠᠯᠠᠰᠤᠨ ᠪᠠᠶᠠᠷᠯᠠᠭᠰᠠᠨ᠎ᠠ
ᠲᠡᠷᠡ ᠲᠠᠯ᠎ᠠ
ᠣᠪᠣᠭ ᠪᠣᠯᠵᠣᠭᠠᠨ ᠬᠠᠷᠢᠨ
ᠨᠣᠭᠣᠭ᠎ᠠ ᠰᠠᠶᠢᠬᠠᠨ ᠪᠠᠶᠠᠷᠯᠠᠭᠰᠠᠨ᠎ᠠ
ᠨᠠᠭᠠᠨ ᠨᠣᠭᠣᠭᠠᠨ ᠰᠠᠷᠠᠯᠠᠨ
ᠨᠠᠷᠠᠨ ᠪᠣᠯᠵᠣᠭᠠᠨ ᠬᠠᠷᠢᠨ
ᠪᠣᠯᠤᠭᠰᠠᠨ ᠪᠣᠯᠣᠯ ᠤᠨ ᠬᠣᠰᠢᠭᠤᠨ ᠪᠠᠶᠠᠷᠯᠠᠭᠰᠠᠨ᠎ᠠ
ᠲᠡᠷᠡ ᠪᠢᠴᠢᠭ ᠬᠣᠪᠢᠭᠠᠨ
ᠰᠠᠷ᠎ᠠ ᠪᠣᠯᠵᠣᠭᠠᠨ ᠬᠠᠷᠢᠨ
ᠮᠣᠩᠭᠣᠨ ᠬᠣᠨᠢᠨ ᠮᠣᠩᠭᠣᠯ ᠬᠣᠪᠢᠭᠠᠰᠤᠨ ᠪᠠᠶᠠᠷᠯᠠᠭᠰᠠᠨ᠎ᠠ
ᠮᠣᠷᠢᠨ ᠪᠣᠯᠵᠣᠭᠠᠨ ᠬᠠᠷᠢᠨ
ᠮᠣᠩᠭᠣᠯ ᠮᠣᠩᠭᠣᠯᠴᠤᠳ ᠲᠠᠷᠢᠨ ᠬᠡᠯᠡᠯᠴᠡᠭᠡ ᠬᠡᠷᠡᠭᠰᠡᠨ ᠪᠣᠯᠤᠨ᠎ᠠ ᠃
ᠨᠠᠷᠠᠨ ᠲᠠᠷᠢᠶᠠᠯᠠᠩ ᠬᠡᠯᠡᠯᠴᠡᠭᠡ ᠬᠡᠷᠡᠭᠰᠡᠨ ᠪᠣᠯᠤᠨ᠎ᠠ ᠃

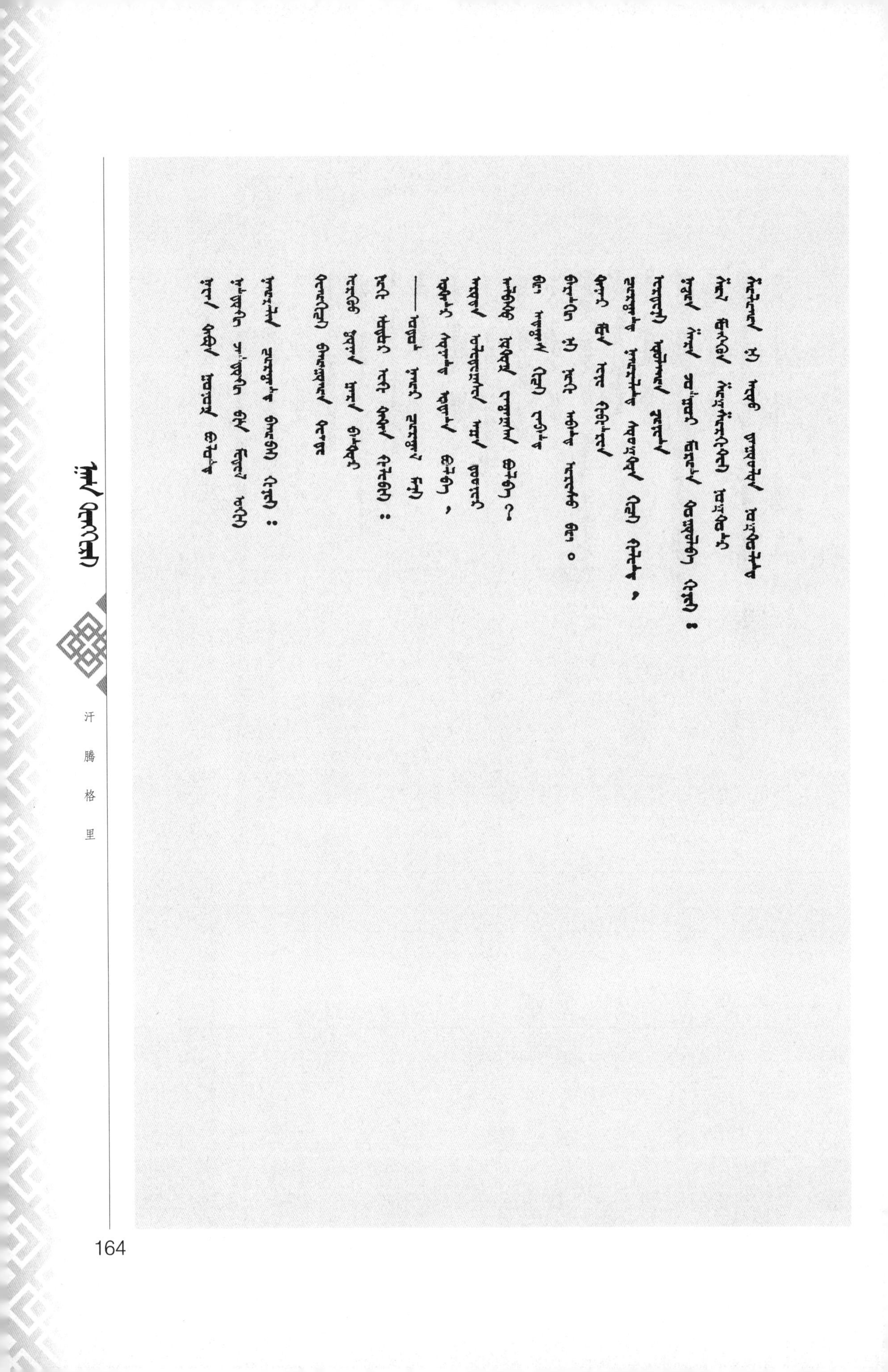

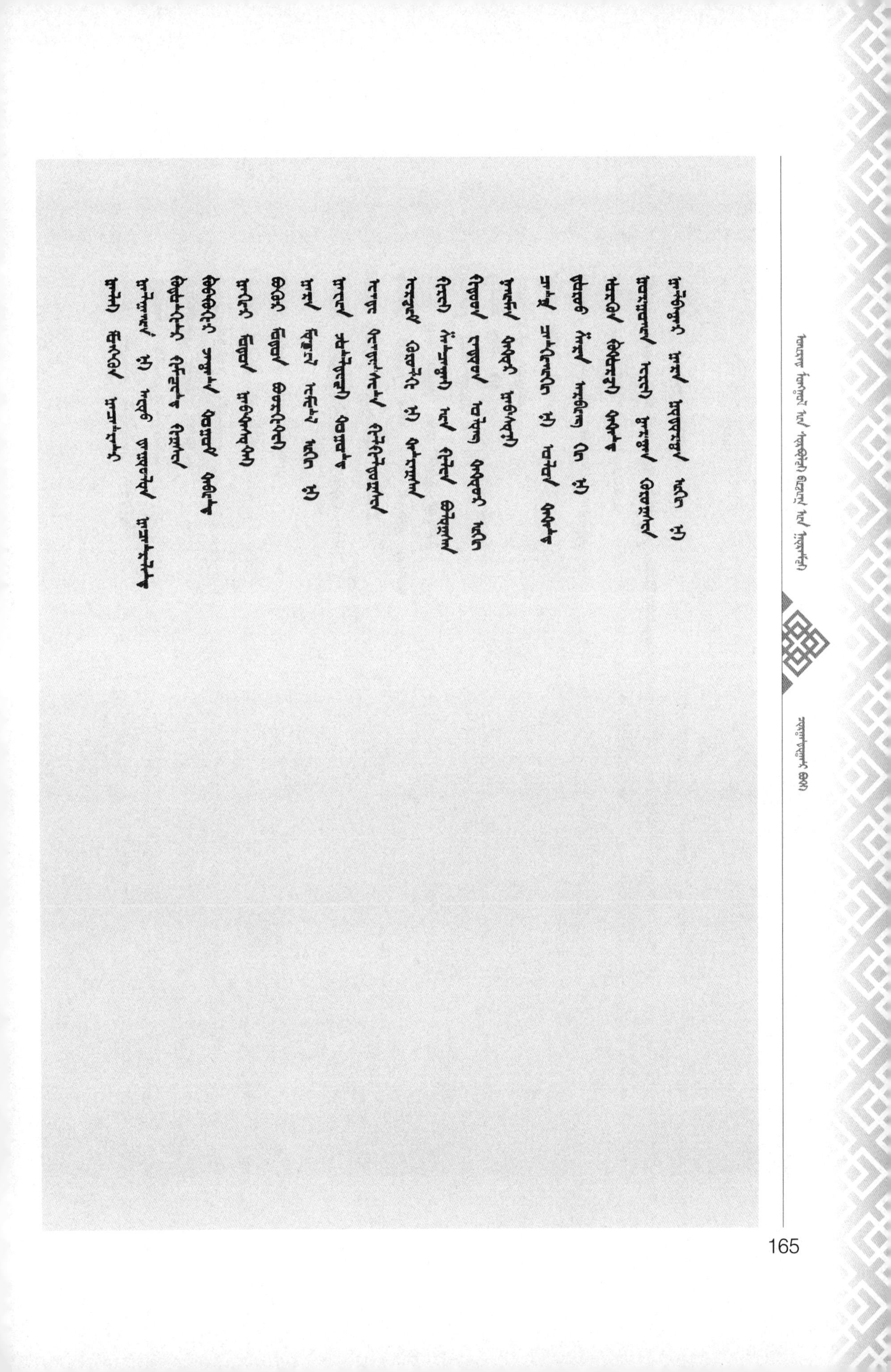

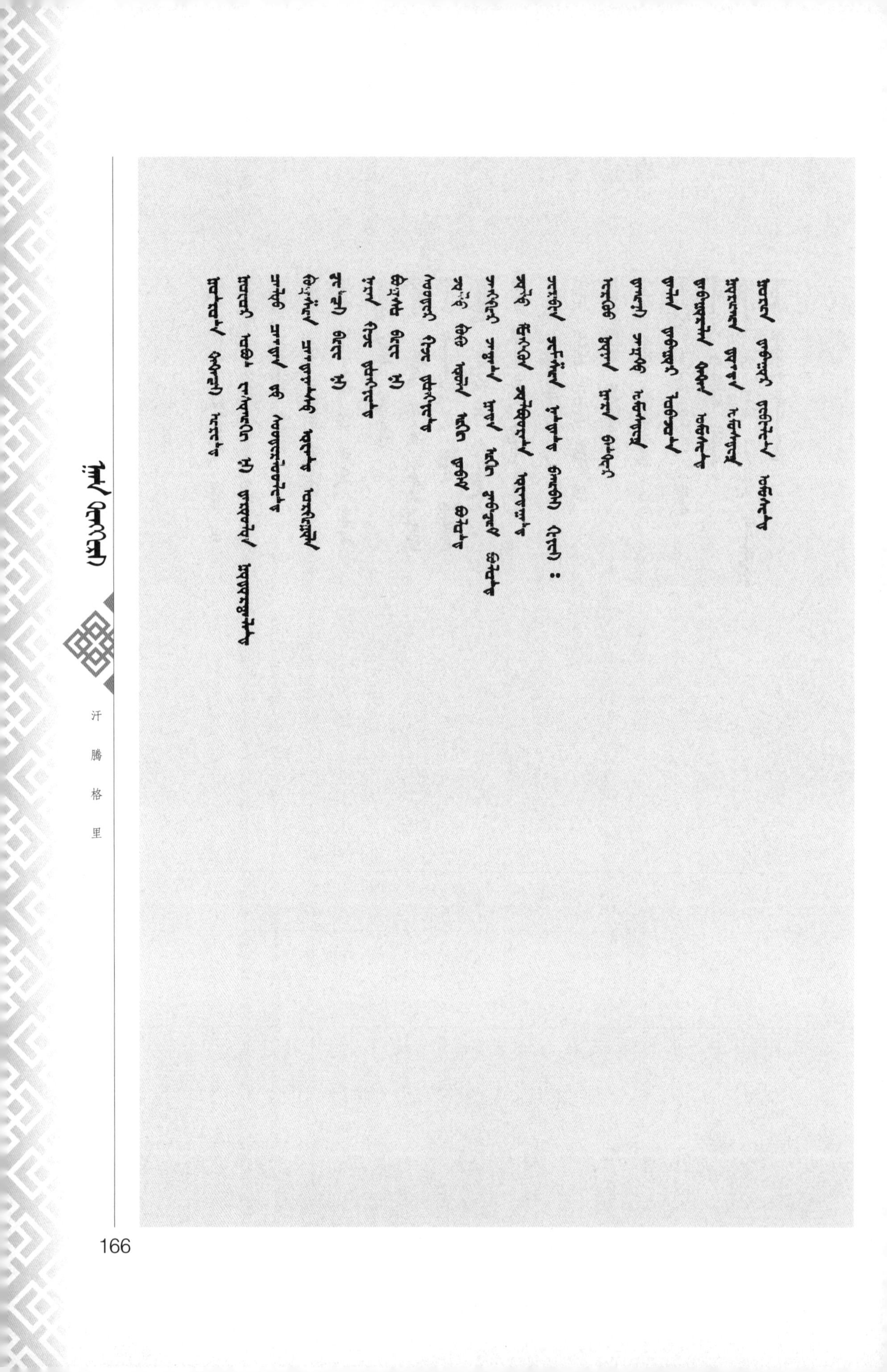

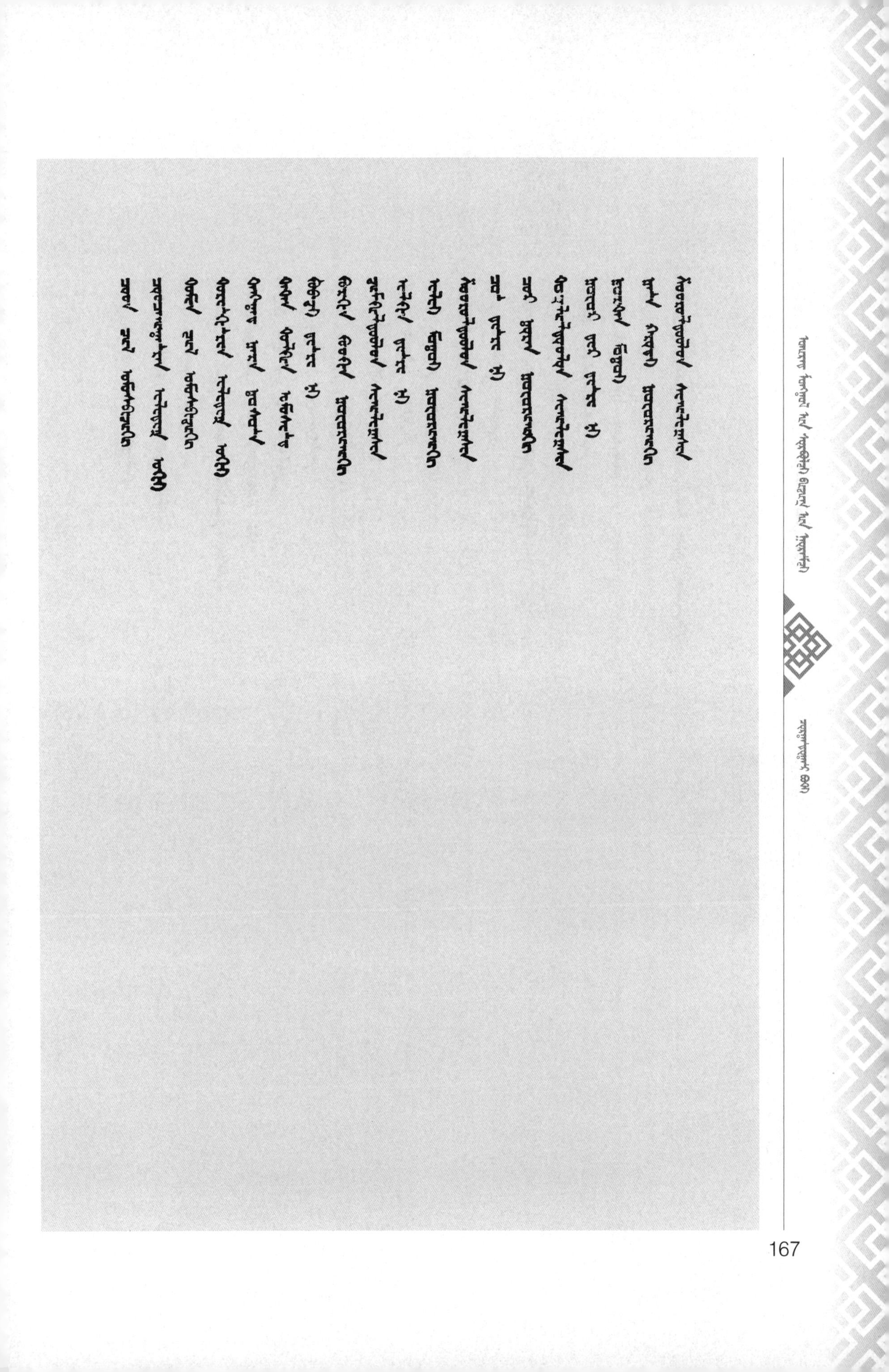

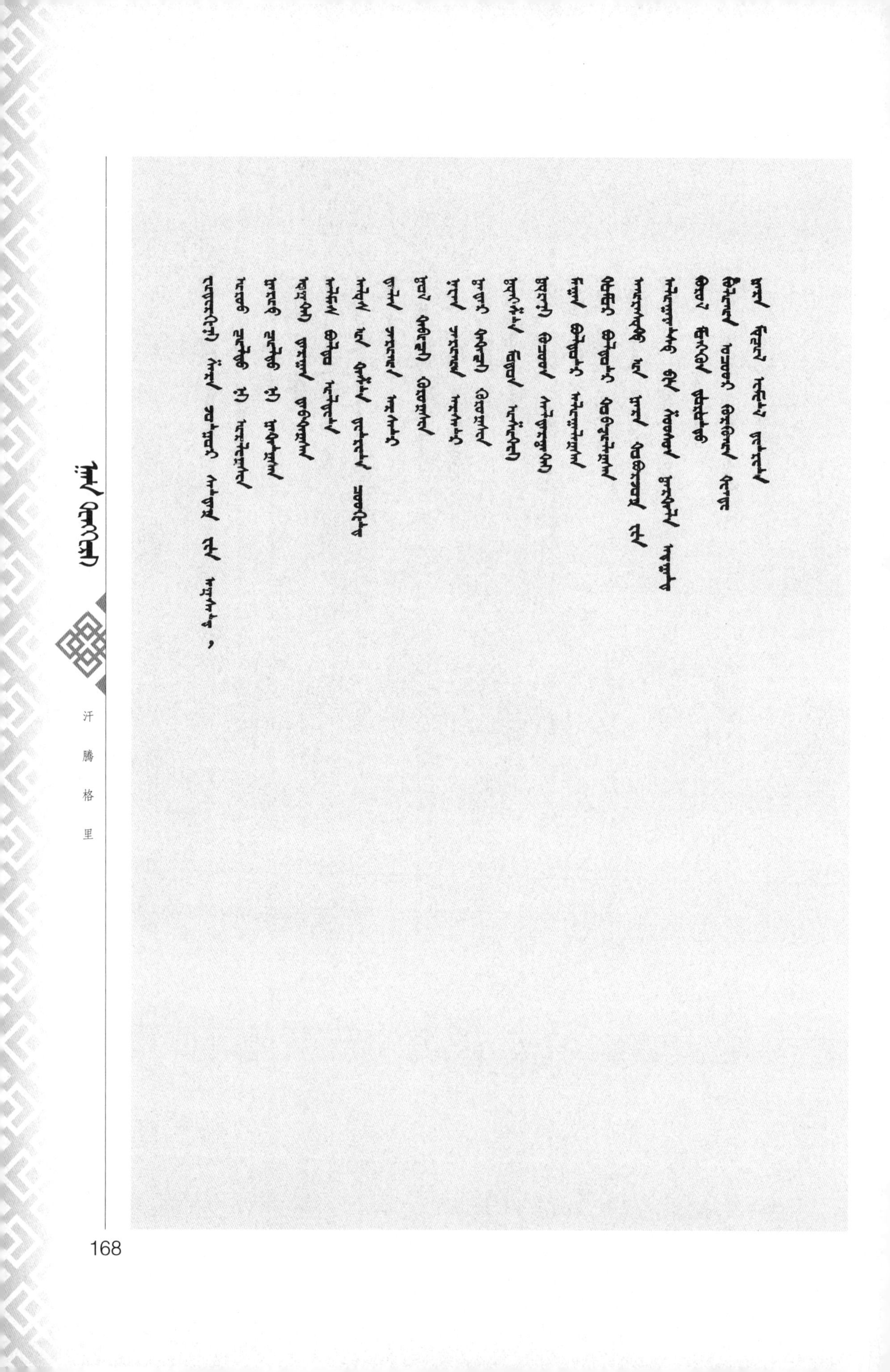

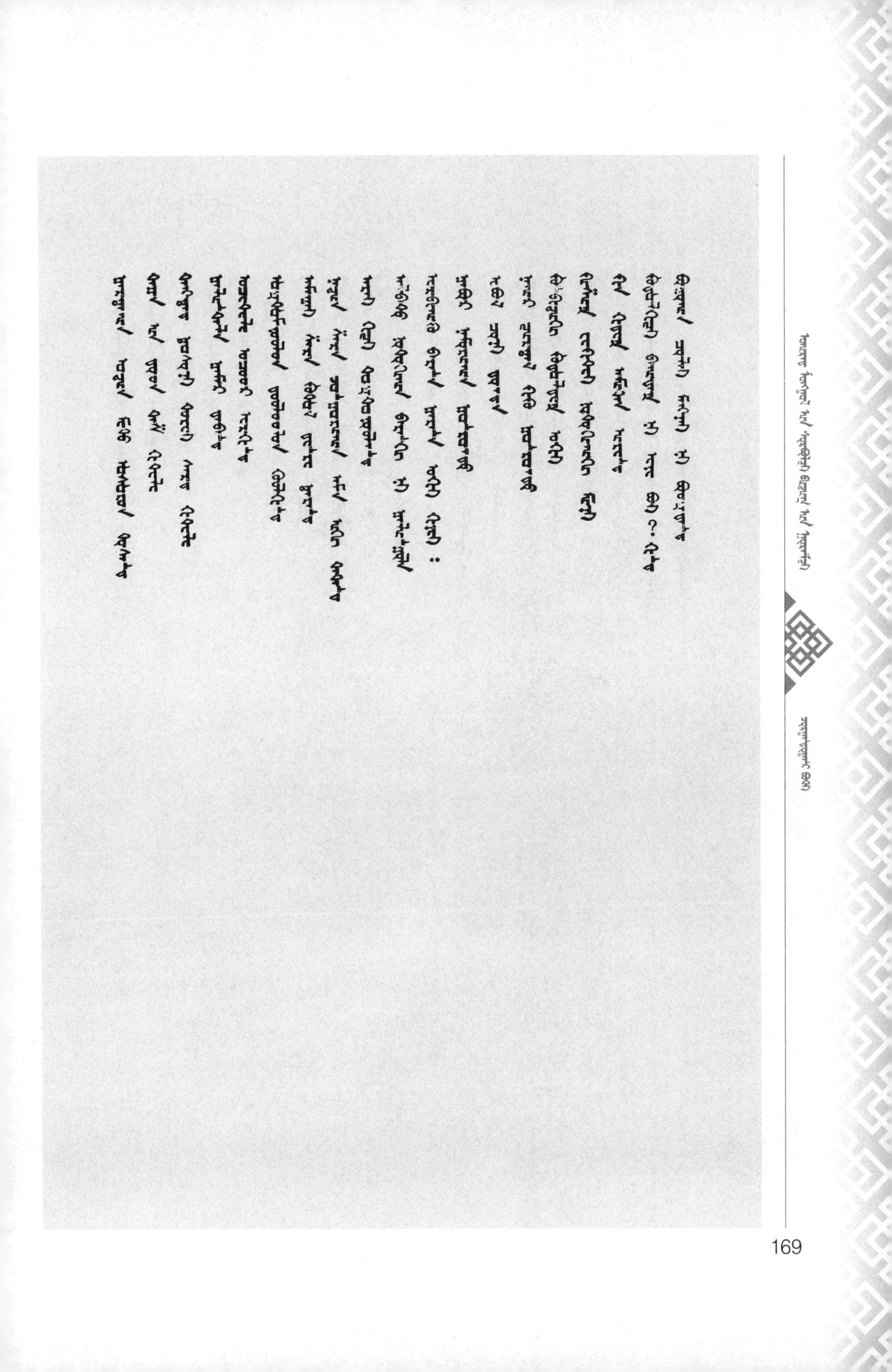

[illegible]
[illegible]
[illegible]
[illegible]
[illegible]
[illegible]
[illegible]
[illegible]
[illegible] :
[illegible]
[illegible]
[illegible]
[illegible]
[illegible]
[illegible]
[illegible]
[illegible]
[illegible]
[illegible]

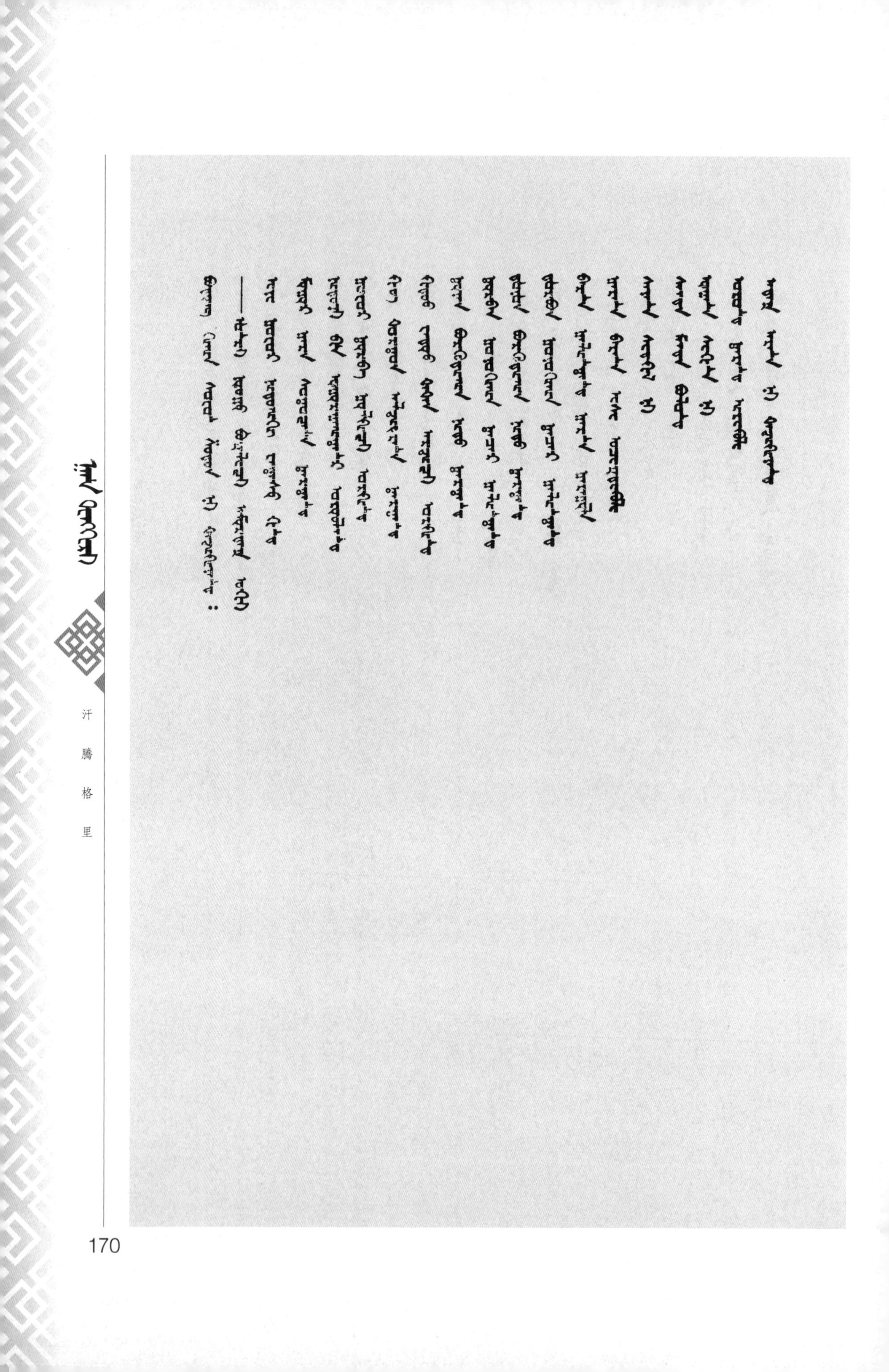

[illegible]
—— [illegible]
[illegible]
[illegible]
[illegible]
[illegible]
[illegible]
[illegible]
[illegible]
[illegible]
[illegible]
[illegible]
[illegible]
[illegible]
[illegible]
[illegible]
[illegible]
[illegible]
[illegible]

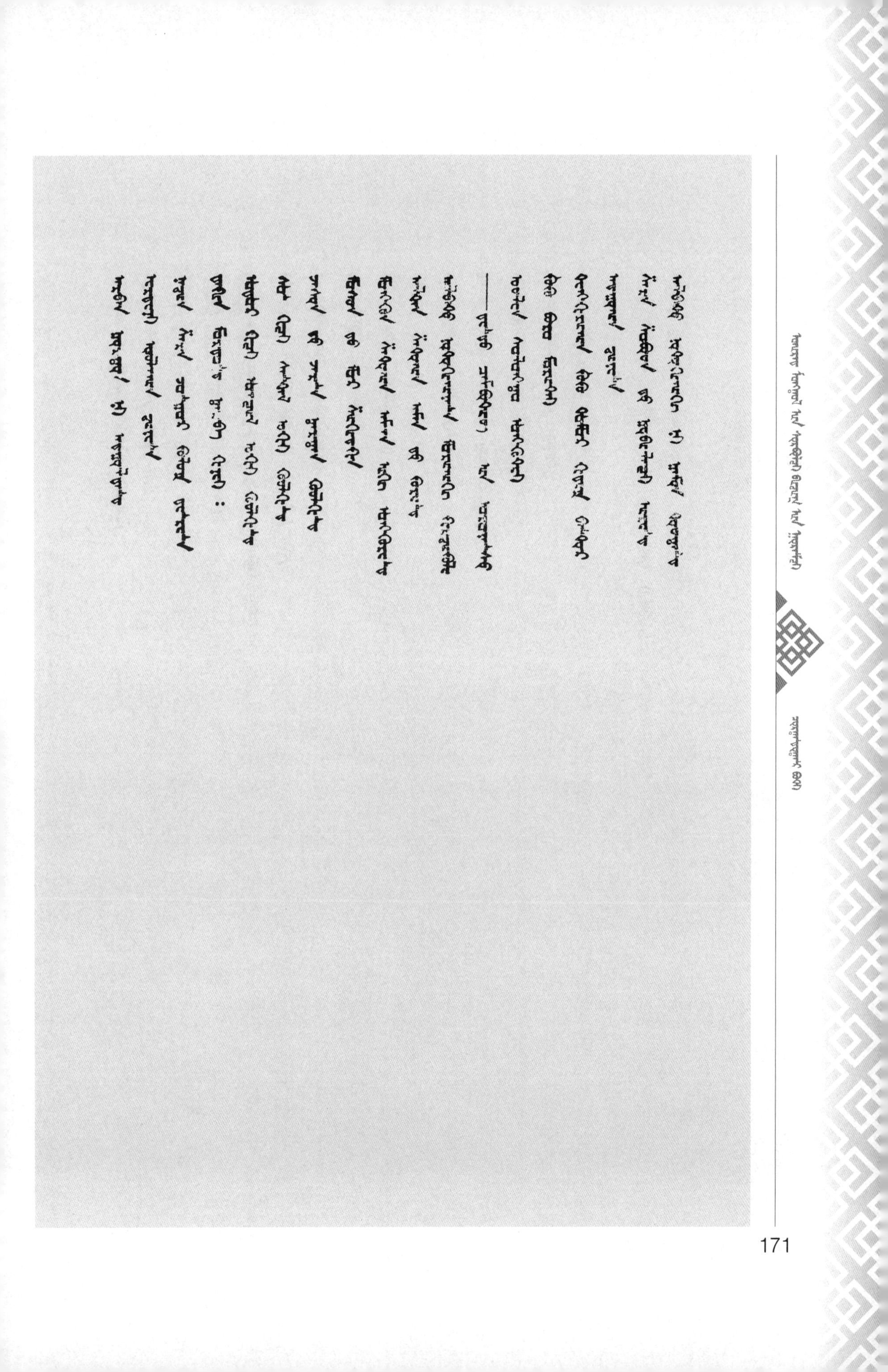

[illegible]
[illegible]
[illegible]
[illegible]
[illegible]
[illegible]
[illegible]
[illegible]
[illegible]
[illegible]
[illegible]
[illegible]
[illegible]
[illegible]
[illegible]
[illegible]
[illegible]
[illegible]

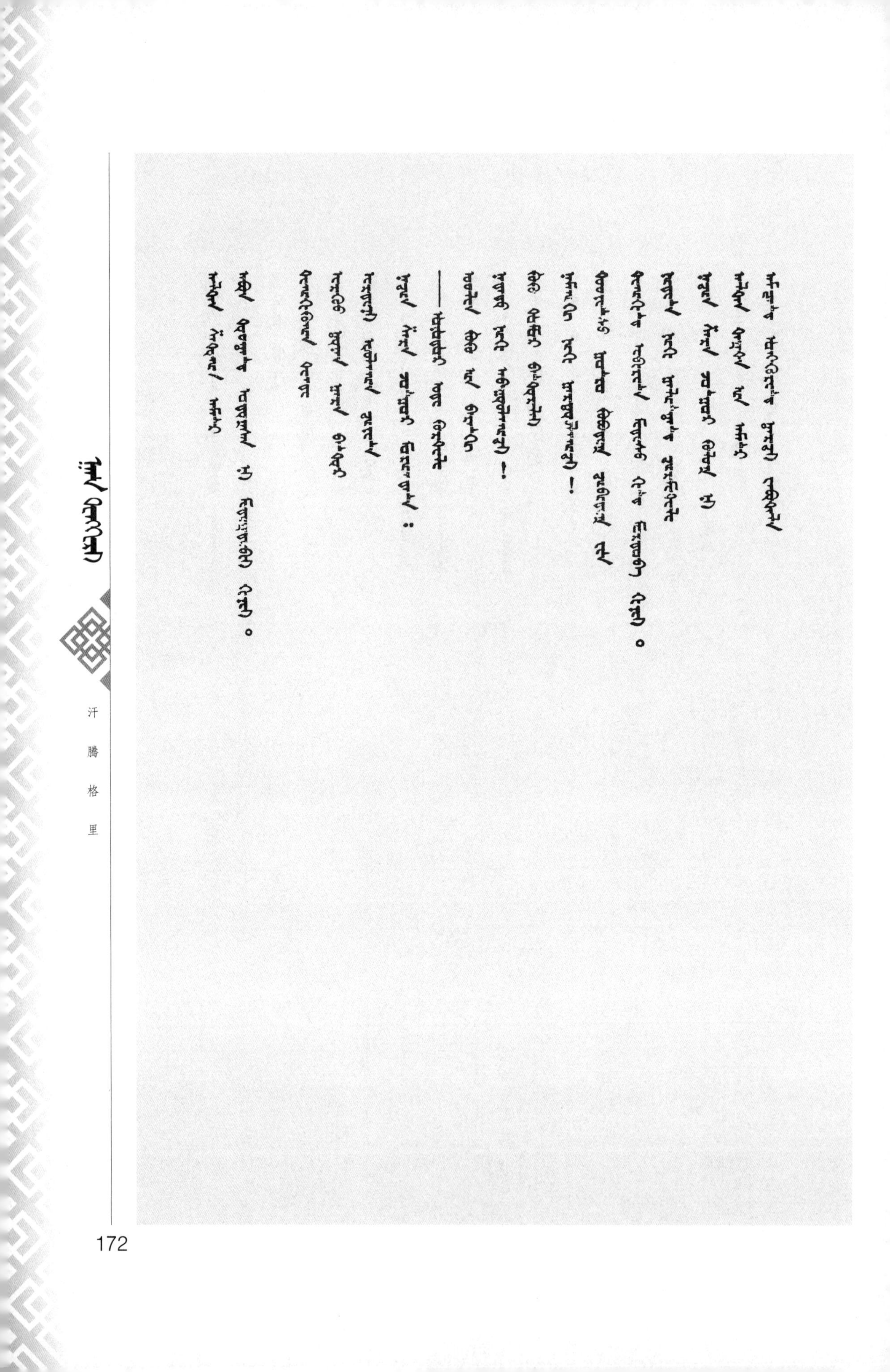

[illegible]
[illegible]
[illegible]
[illegible]
[illegible]
[illegible] 。
[illegible]
[illegible] !
[illegible]
[illegible] !
[illegible]
—— [illegible]
[illegible] :
[illegible]
[illegible]
[illegible]

[illegible] 。
[illegible]

ᡋᡇᠯᡇᡎᠠᠨ ᠰᠠᠷᠠᠨ ᡅᠯᡎᠠᠯᡐᡅ
ᠶᠠᠷᡅ ᠰᠠᠨᠠᠯᡎᠠᠯᡐᡅ ᠰᠠᠶᡅᠯᡎᠠᠨ
ᠰᠠᠶᡅᠨ ᡋᡇᠶᠠᠨ ᠰᠠᠶᠠᠨ ᡋᡅᡑᠠᠨ
ᡋᡅᠷᠠᠨ ᠰᠠᠨᠠᠯᡎᠠᠯᡐᡅ ᠰᠠᠶᡅᠯᡎᠠᠨ ᡑᠠᠷᡅ
ᡐᡆᡑᡆᠨ ᡑᠠᡏᡅᠨ ᡋᡅᡑᠠᠨᠠᠨ
ᠰᡆᠯᡅᠨ ᡐᡆᡑᡅᠨᠠᠨ ᡑᠠᠶᡅᠨ ᠰᠠᡏᡅᠯᡎᠠᠯᡐᡅ
ᠰᠠᠨᠠᠨ ᠰᠠᠨᠠᠯᡐᠠᠯᡐᡅ
ᠰᠠᠨᠠᠯᡎᠠᠨ ᡅᡅᠨ ᡓᠠᠷᡅᠨ
ᡋᡅᠷᠠᠨ ᡋᡅᠷᠠᠯᡐᠠᠯᡐᡅ
ᡋᡅᡑᠠᡎᠠᠨ ᡅᡅᠨ ᡓᠠᠷᡅᠨ
ᠰᡆᠯᡐᡅ ᡋᠠᡋᡅᡑᡅᠯᡐᡅ ᡋᡅᠨᠠᡋᡅᡎ ᡅᡎᡅ ᠃
ᠬᠠᠨ ᡋᡅ ᡔᡅ ᡑᡄᠯᡆᡋᡆᠨ ᡑᡅᡋᡅᡎᡅ ᠰᠠᠶᡅᠯᠨ
ᠰᠠᠷᠠ ᠰᠠᠯᡐᠠᠨ ᠰᠠᠶᠠᠨ ᠬᠠᠯᡅ ᡎᡅᠯᡑᡆᠯᡎᡅ ᠬᠠᡏᡅᠨ
ᠰᠠᠶᡅᠨ ᡋᡇᠶᠠᠨ ᠰᠠᠶᠠᠨ ᡋᡅᡑᠠᠨ
ᠬᠠᠨᠠᠨ ᠬᠠᠶᡅᡎᠠᠨᠠᡎᠠᠯᡐᡅ ᡅᠰᠠᠯᡑᡅᠯᠨ ᡔᡅ
ᡅᠷᠠᠨ ᡐᡆᡋᡅ ᡅᠷᡇᡋᡅ ᡋᡅᠯᡆᠯᡐᡅ
ᡅᡋᡅᡑᡆᡋᡆᠯᡐᡅ ᡅᡏᡅᠯᡐᡅᡎᡅ ᠰᠠᠶᡅᠯᡎᠠᠯᠨ
ᡐᡆᡑᡆ ᡑᠠᡏᡅᠨ ᡋᡅᡑᠠᠷᠠᠨᠠᠨ

ᠮᠠᠨᠠᠢ ᠠᠯᠲᠠᠢ ᠪᠠᠶᠢᠭ᠎ᠠ ᠤᠤ?
— ᠲᠡᠷᠡ ᠬᠠᠢᠷᠬᠠᠨ ᠪᠣᠭᠳᠠ
[illegible]
[illegible]
[illegible]
[illegible]
[illegible]
[illegible]
[illegible]
[illegible]
[illegible]
[illegible]
[illegible]
[illegible]
[illegible]
[illegible]
[illegible]
[illegible]
[illegible]
[illegible]

ᠪᠣᠯᠣᠭ᠎ᠠ ᠪᠢᠳᠡ ᠶᠠᠭᠤᠨ ᠪᠣᠯᠬᠣᠪᠠ
ᠰᠡᠳᠬᠢᠯᠳᠡᠭᠰᠡᠨ ᠤᠳᠠᠭᠠᠨ ᠪᠡᠶᠡᠳᠡᠭᠡᠨ
——ᠰᠡᠳᠬᠢᠭᠰᠡᠨ ᠪᠢᠳᠡ ᠪᠡᠶᠡᠳᠡᠭᠡᠨ
ᠬᠠᠷᠢᠭᠤ ᠦᠭᠡᠢ ᠤᠷᠤᠨ ᠰᠠᠶᠢᠬᠠᠨ ᠨᠢ ᠄
ᠬᠠᠷᠠᠭᠰᠠᠨ ᠪᠠᠢᠨ᠎ᠠ ᠪᠣᠢ ᠶᠢᠮ ᠦᠦ
ᠮᠡᠳᠡᠬᠦ ᠦᠶᠡᠳᠦᠯᠲᠡᠢ ᠬᠠᠷᠢᠯᠴᠠᠭ᠎ᠠ ᠴᠢ
ᠮᠣᠷᠢ ᠵᠢᠷᠦᠬᠡᠨ ᠳᠤᠮᠳᠠ ᠰᠡᠭᠦᠳᠡ
ᠤᠳᠠᠭᠠᠨ ᠪᠠᠢᠭᠰᠠᠨ ᠬᠠᠷᠢᠭᠤ ᠶᠢᠨ ᠪᠠᠢᠨ᠎ᠠ ᠪᠣᠢ ᠂
ᠤᠳᠠᠬᠠᠨ ᠤᠷᠤᠨ ᠳᠤᠭᠠᠷᠢᠭᠤ
ᠬᠠᠷᠢᠭᠤ ᠦᠭᠡᠢ ᠤᠷᠤᠨ ᠳᠤᠮᠳᠠ
ᠶᠠᠭᠠᠷᠠᠪᠠ ᠤᠷᠤᠨ ᠳᠤᠷᠠᠯ ᠬᠡᠮᠡ ᠪᠡᠶᠡᠳᠦᠯ
ᠶᠠᠮᠠᠷ ᠰᠡᠳᠬᠢᠯ ᠪᠣᠰᠣᠭ ᠶᠢᠬᠡ ᠪᠣᠢ ᠂
ᠰᠡᠷᠢᠭᠦᠨ ᠮᠣᠷᠢ ᠶᠢᠨ ᠰᠢᠪᠠᠭᠤ
ᠶᠠᠭᠤᠨ ᠶᠠᠷᠢᠯᠴᠠ ᠪᠡᠶᠡᠳᠡᠭᠡᠨ
——ᠶᠠᠷᠢᠯᠴᠠᠭᠰᠠᠨ ᠮᠢᠩᠭᠠᠳ ᠰᠠᠯᠬᠢᠨ
ᠶᠠᠮᠠᠷ ᠰᠡᠳᠬᠢᠯ ᠪᠣᠰᠣᠭ ᠤᠷᠤᠰᠤᠪᠠ ᠤᠤ ᠄
ᠬᠠᠷᠢᠭᠤ ᠦᠭᠡᠢ ᠤᠷᠤᠨ ᠶᠠᠷᠢᠳᠤ ᠰᠢᠷᠬᠡᠳᠦ ᠬᠠᠷᠢᠯᠴᠠᠭᠠ ᠂
ᠶᠠᠨ ᠶᠠᠭᠤᠳ ᠪᠠᠢᠨ᠎ᠠ ? ᠴᠢ
ᠶᠠᠭᠠᠷᠠᠪᠠ ᠤᠷᠤᠨ ᠳᠤᠷᠠᠯᠳᠤᠭᠰᠠᠨ

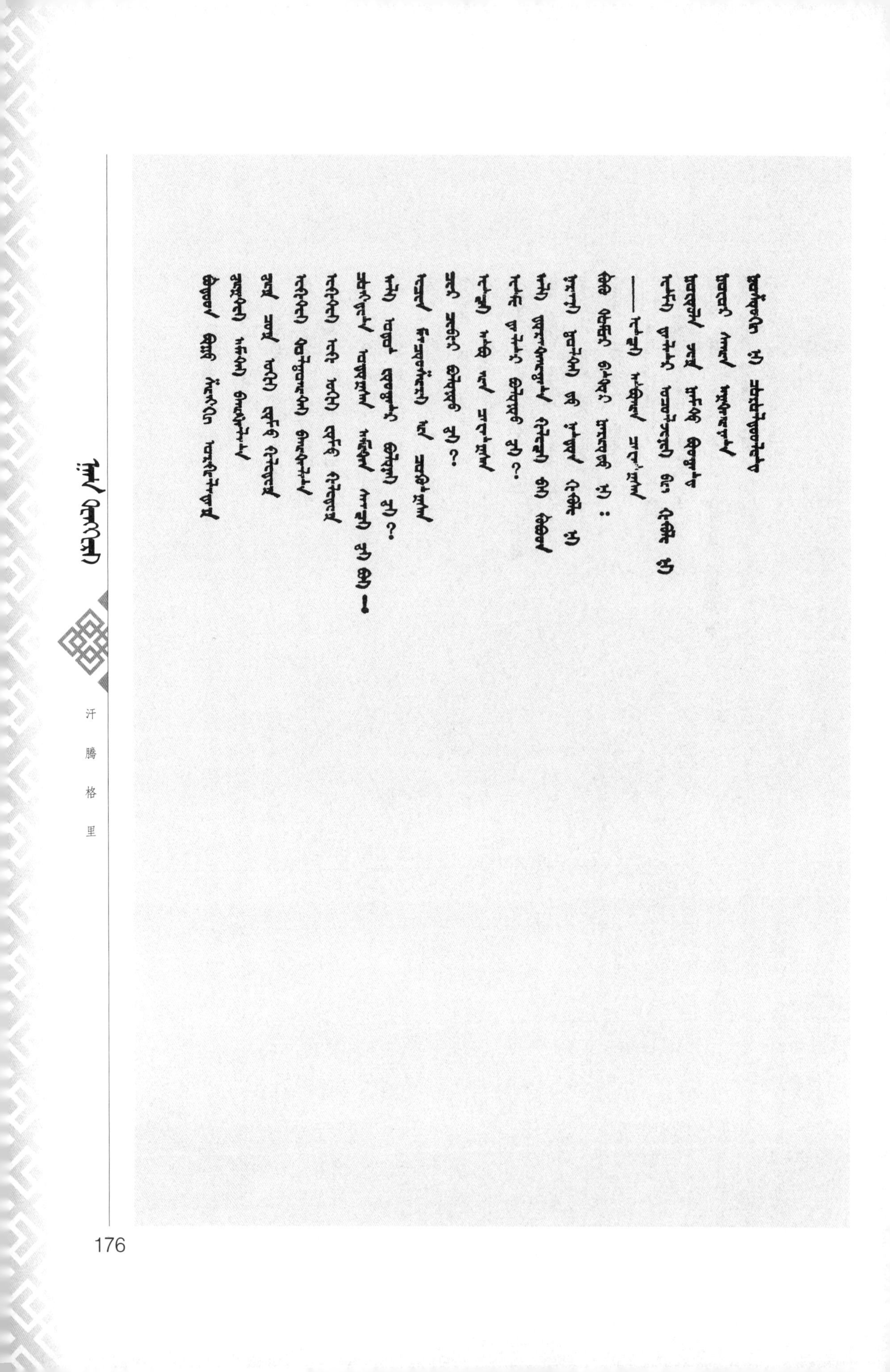

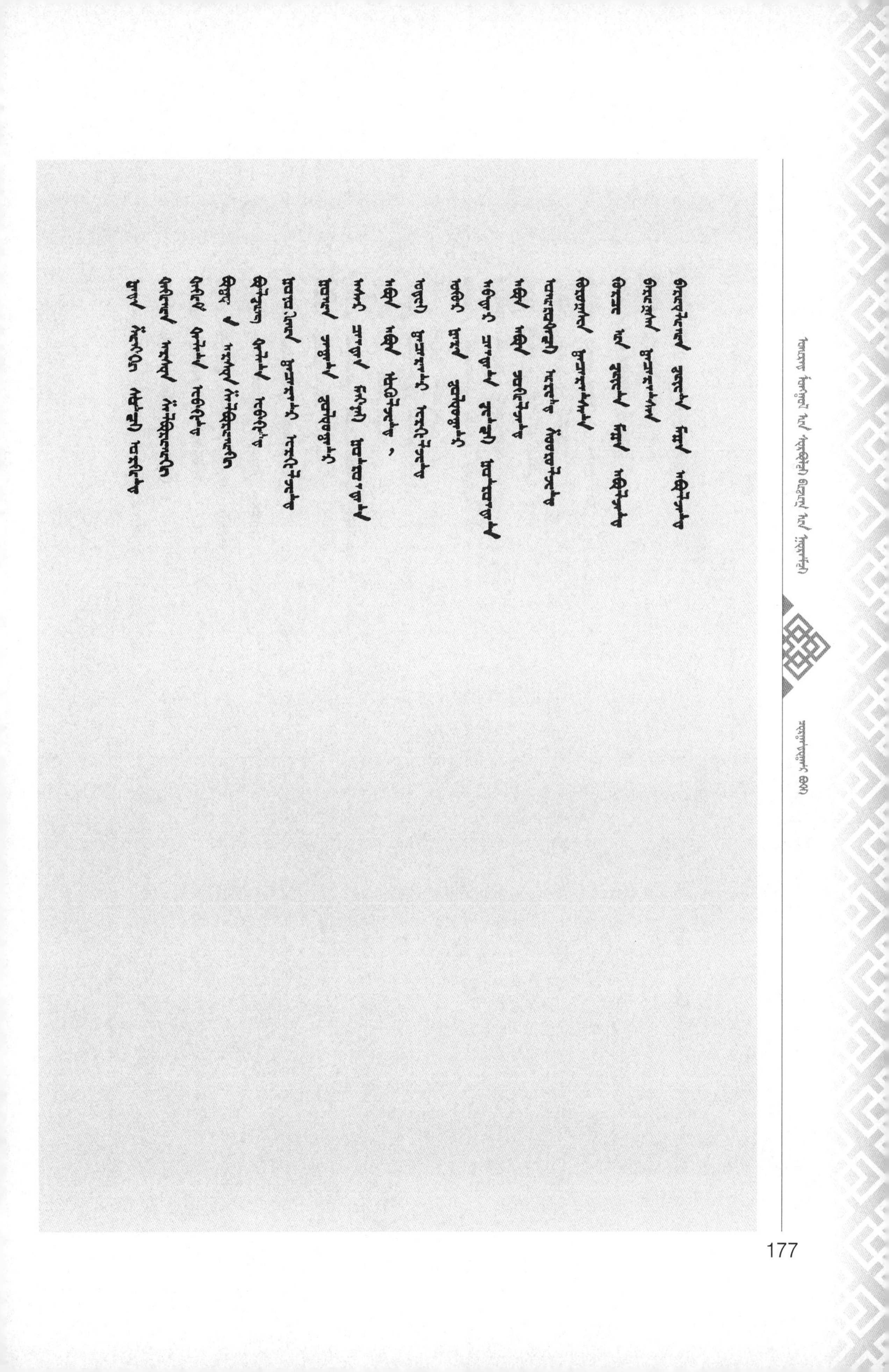

[illegible]
[illegible]
[illegible]
[illegible]
[illegible]
[illegible]
[illegible]
[illegible]
[illegible]
[illegible]
[illegible]
[illegible]
[illegible]
[illegible]
[illegible]
[illegible]
[illegible]
[illegible]

ᠪᠦᠬᠦ ᠥᠨᠳᠦᠷ ᠳᠣᠯᠢᠶᠠᠯᠠᠭᠰᠠᠨ
ᠪᠣᠷᠤᠨ ᠥᠨᠳᠦᠷ ᠤᠯᠠᠭᠠᠯᠠᠭᠰᠠᠨ
ᠮᠣᠷᠢᠳᠤᠨ ᠬᠣᠷᠢᠳᠤᠨ ᠭᠠᠵᠠᠷ
ᠮᠣᠩᠭᠣᠯ ᠰᠠᠶᠢᠨ ᠪᠣᠯᠵᠣᠯ ᠭᠠᠯᠪᠠᠭᠠᠪᠠ
ᠮᠣᠩᠭᠣᠯ ᠤᠷᠤᠭᠰᠠᠨ ᠭᠠᠵᠠᠷ
ᠮᠣᠷᠢᠨ ᠪᠣᠯᠵᠣᠯ ᠤ ᠭᠠᠯᠪᠠᠭᠠᠪᠠ
ᠤᠯᠤᠭᠠᠳ ᠤᠯᠤᠰ ᠤᠳᠠᠭᠠᠯᠠᠪᠠ
ᠤᠯᠤᠭᠠᠨ ᠲᠠᠯᠠᠷᠬᠠᠭ ᠬᠠᠷᠠᠯ ᠪᠣᠯᠤᠪᠠ
ᠭᠠᠷᠠᠭ ᠤᠯᠤᠰ ᠤᠳᠠᠭᠠᠪᠠ
ᠭᠣᠶᠣᠯᠢᠨ ᠲᠠᠯᠠᠷᠬᠠᠭ ᠬᠠᠷᠠᠯ ᠪᠣᠯᠤᠪᠠ
ᠰᠢᠨ ᠰᠢᠷᠡᠭᠡᠨ ᠴᠣᠭᠴᠠᠯᠠᠪᠠ
ᠰᠤᠳᠤᠯᠤᠨ ᠲᠠᠯᠠᠷᠬᠠᠭ ᠭᠣᠣ ᠲᠠᠢᠯᠠᠪᠠ ᠬᠠᠷᠠᠴᠠᠪᠠᠯ
ᠬᠠᠷᠢᠶᠠ ᠭᠣᠣ ᠭᠠᠷᠠᠭ ᠮᠣᠷ
ᠬᠠᠷᠠᠭᠠᠨ ᠮᠠᠲᠠᠷᠠᠭᠰᠠᠨ ᠭᠠᠷᠴᠠᠭ
ᠭᠦᠯᠦᠭ ᠥᠭᠡᠨ ᠲᠠᠯᠠᠭᠤᠨ ᠪᠠᠭᠠᠨ ᠰᠣᠷᠢᠯ
ᠪᠢᠴᠢᠭ ᠪᠢᠴᠢᠯᠭᠡ ᠮᠠᠲᠠᠷᠠᠭᠰᠠᠨ ᠤᠯᠤᠰ ᠰᠠᠢᠬᠠᠨ
ᠪᠣᠳᠣᠯ ᠰᠢᠪᠢᠷᠭᠡᠨ ᠪᠢᠯᠢᠭᠵᠢᠭᠰᠡᠨ
ᠪᠢᠯᠢᠭ ᠰᠠᠨᠠᠭ᠎ᠠ ᠰᠠᠨᠠᠭᠠᠪᠠᠯ ᠰᠡᠳᠬᠢᠯ ᠄
—— ᠥᠯᠦᠮᠵᠢ ᠭᠠᠷᠭᠠᠯ ᠰᠤᠷᠭᠠᠭᠤᠯᠢ ᠡᠴᠡ

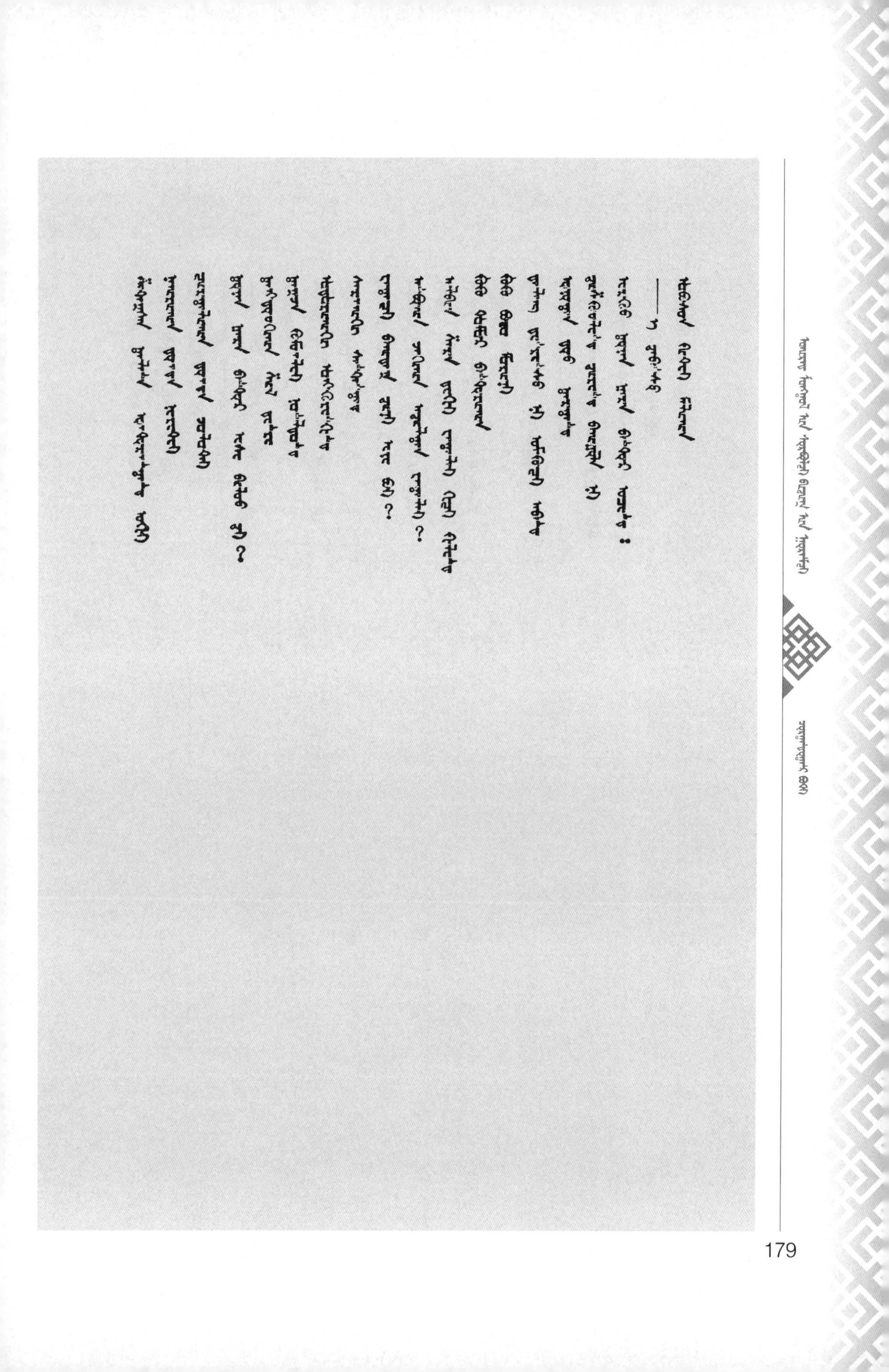

ᠪᠣᠯᠣᠨ᠎ᠠ ᠤᠤ !
ᠪᠠᠶᠠᠷᠯᠠᠯ ᠬᠦᠷᠭᠡᠶ᠎ᠡ ᠪᠠᠭᠰᠢ ᠨᠠᠷ
ᠪᠠᠶᠠᠷᠯᠠᠯ᠎ᠠ ᠰᠠᠶᠢᠨ !
ᠪᠠᠭᠰᠢᠯᠠᠭᠰᠠᠨ ᠰᠤᠷᠤᠭᠴᠢ ᠪᠠᠭᠰᠢ
—— ᠭᠡᠵᠦ ᠪᠢᠴᠢᠭᠰᠡᠨ ᠰᠠᠶᠢᠬᠠᠨ
ᠰᠤᠷᠭᠠᠭᠤᠯᠢ ᠶᠢᠨ ᠰᠠᠮᠪᠠᠷ ᠳᠡᠭᠡᠷ᠎ᠡ ᠄
ᠮᠠᠨᠠᠢ ᠬᠠᠷᠠᠭ᠎ᠠ ᠪᠢᠴᠢᠭ ᠨᠢ ᠪᠣᠯ
ᠰᠠᠶᠢ ᠰᠤᠷᠭᠠᠭᠤᠯᠢ ᠶᠢᠨ ᠪᠠᠭᠰᠢ ᠪᠣᠯ
ᠮᠠᠨᠠᠢ ᠬᠠᠷᠢᠴᠠᠭᠤᠯᠬᠤ ᠰᠡᠳᠬᠢᠯ
ᠮᠢᠨᠢ ᠵᠦᠷᠬᠡᠨ ᠳᠦ ᠬᠠᠳᠠᠭᠠᠯᠠᠭᠳᠠᠵᠤ
ᠮᠠᠨᠠᠢ ᠰᠡᠳᠬᠢᠯ ᠦᠨ ᠭᠦᠨ ᠳᠦ
ᠰᠠᠶᠢᠬᠠᠨ ᠦᠭᠡ ᠶᠢᠨ ᠬᠡᠯᠡᠭᠳᠡᠭᠰᠡᠨ
ᠪᠠᠶᠠᠷ ᠤᠨ ᠪᠠᠭᠰᠢᠯᠠᠭᠰᠠᠨ
ᠦᠭᠡ ᠬᠡᠯᠡᠬᠦ ᠮᠢᠨᠢ ᠦᠭᠡ ᠪᠢᠰᠢ ᠦᠦ? ᠪᠢᠰᠢ
ᠰᠤᠷᠤᠯᠴᠠᠭᠰᠠᠨ ᠪᠠᠭᠰᠢ ᠨᠠᠷ
ᠮᠢᠨᠢ ᠬᠠᠷᠢᠴᠠᠭᠤᠯᠬᠤ ᠪᠣᠯᠬᠤ
ᠰᠡᠳᠬᠢᠯ ᠦᠨ ᠪᠠᠶᠠᠷ ᠤᠨ

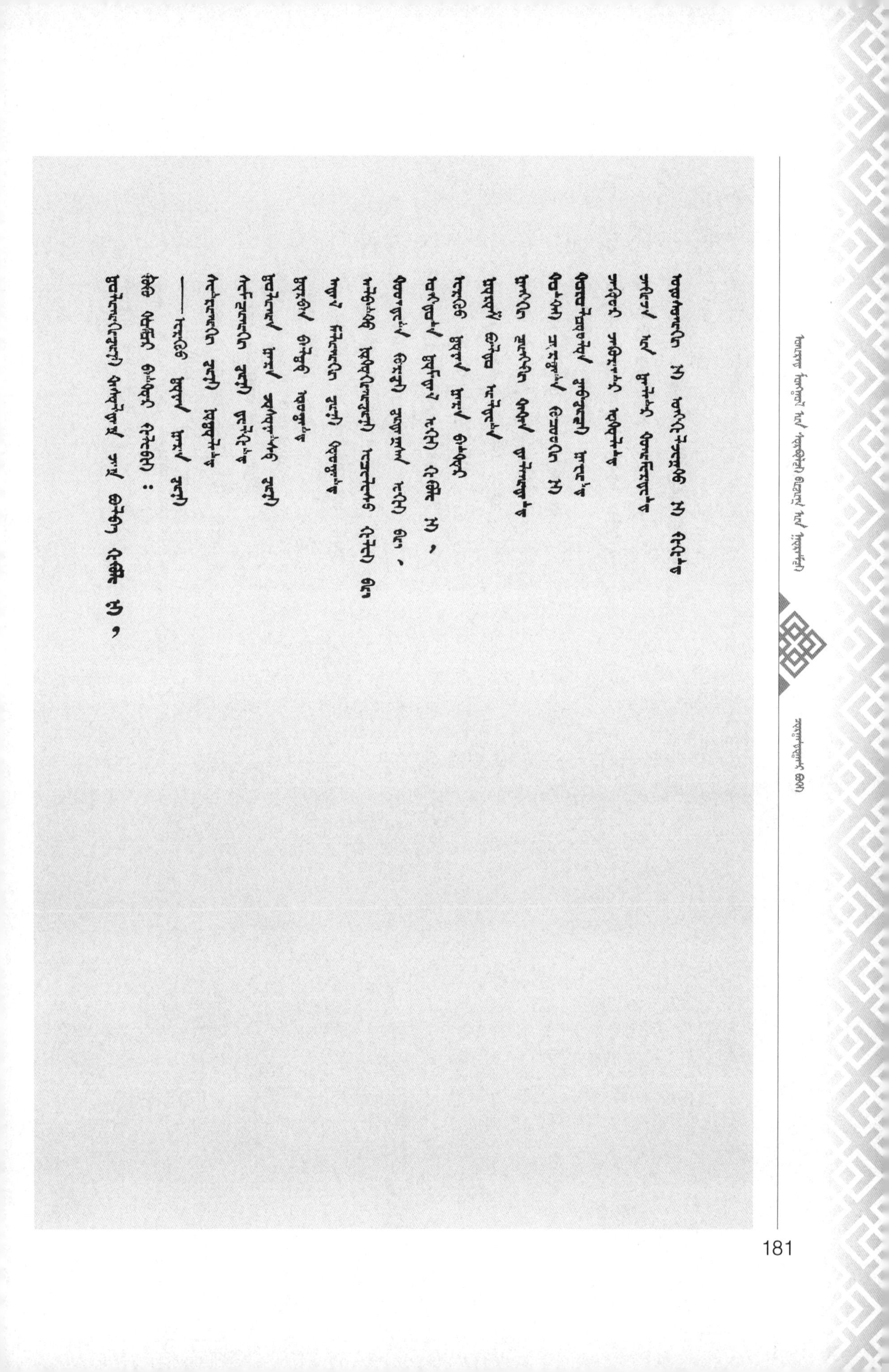

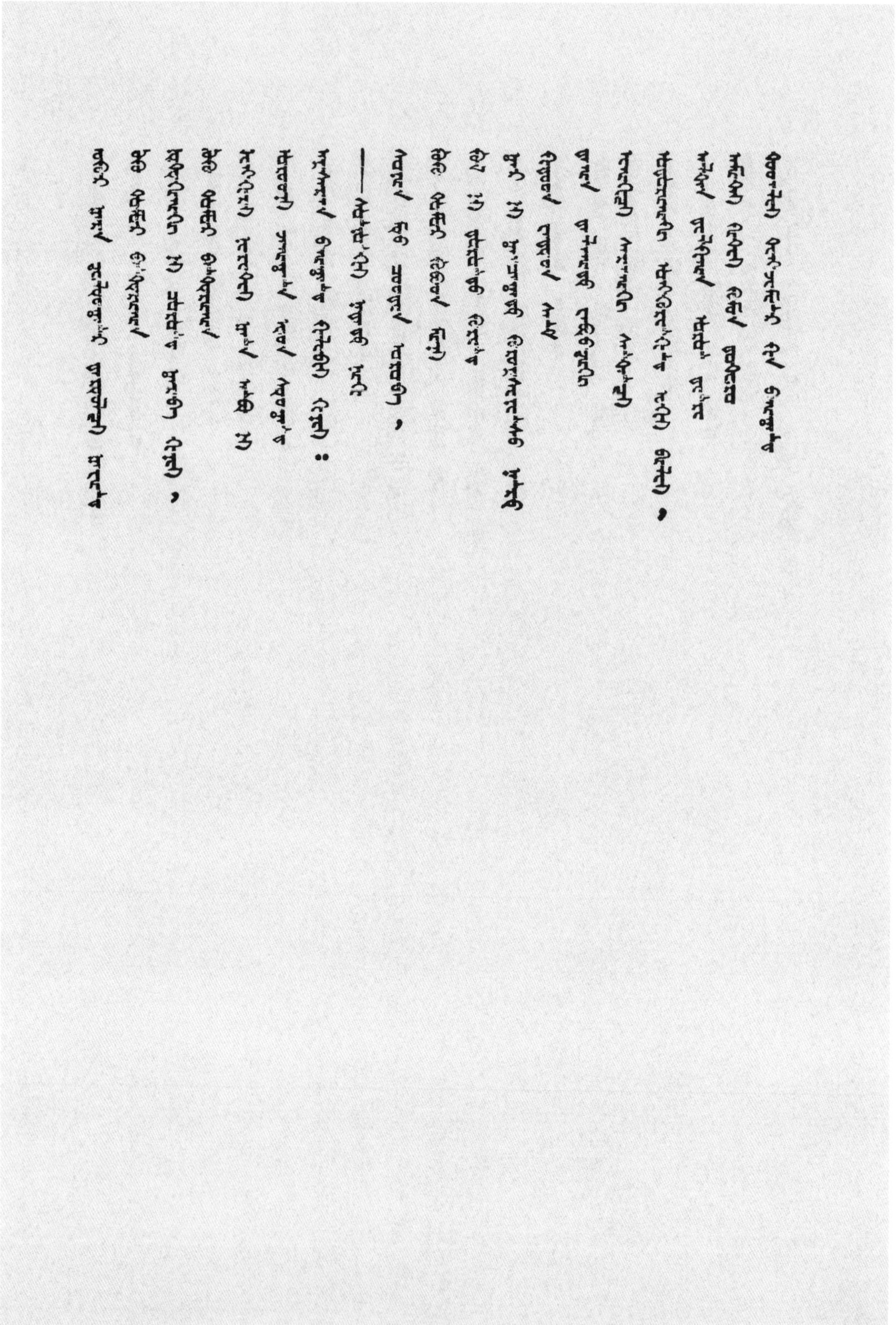

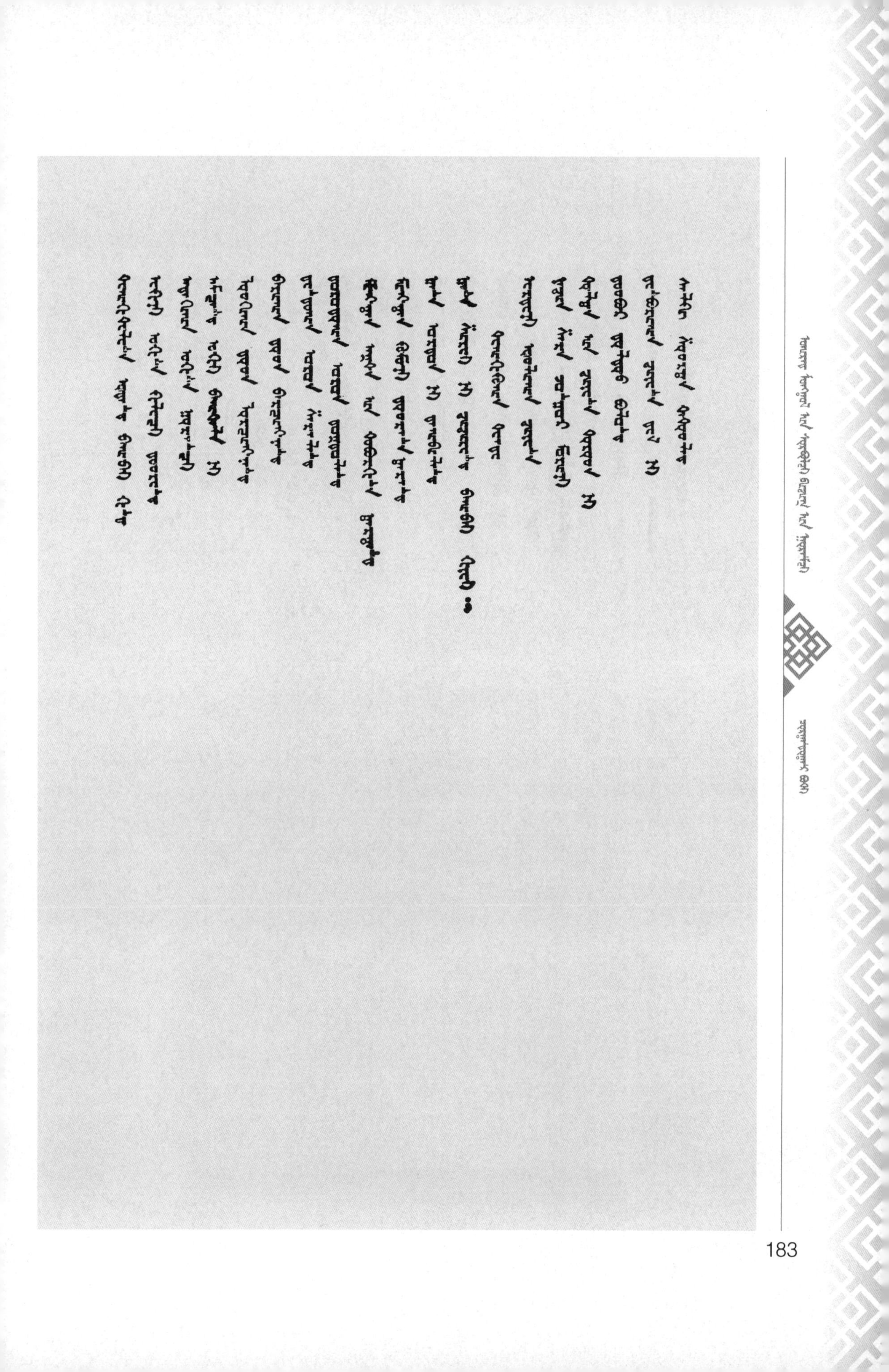

[illegible]
[illegible]
[illegible]
[illegible]
[illegible]
[illegible]
[illegible]
[illegible] ••
[illegible]
[illegible]
[illegible]
[illegible]
[illegible]
[illegible]
[illegible]
[illegible]
[illegible]
[illegible]
[illegible]

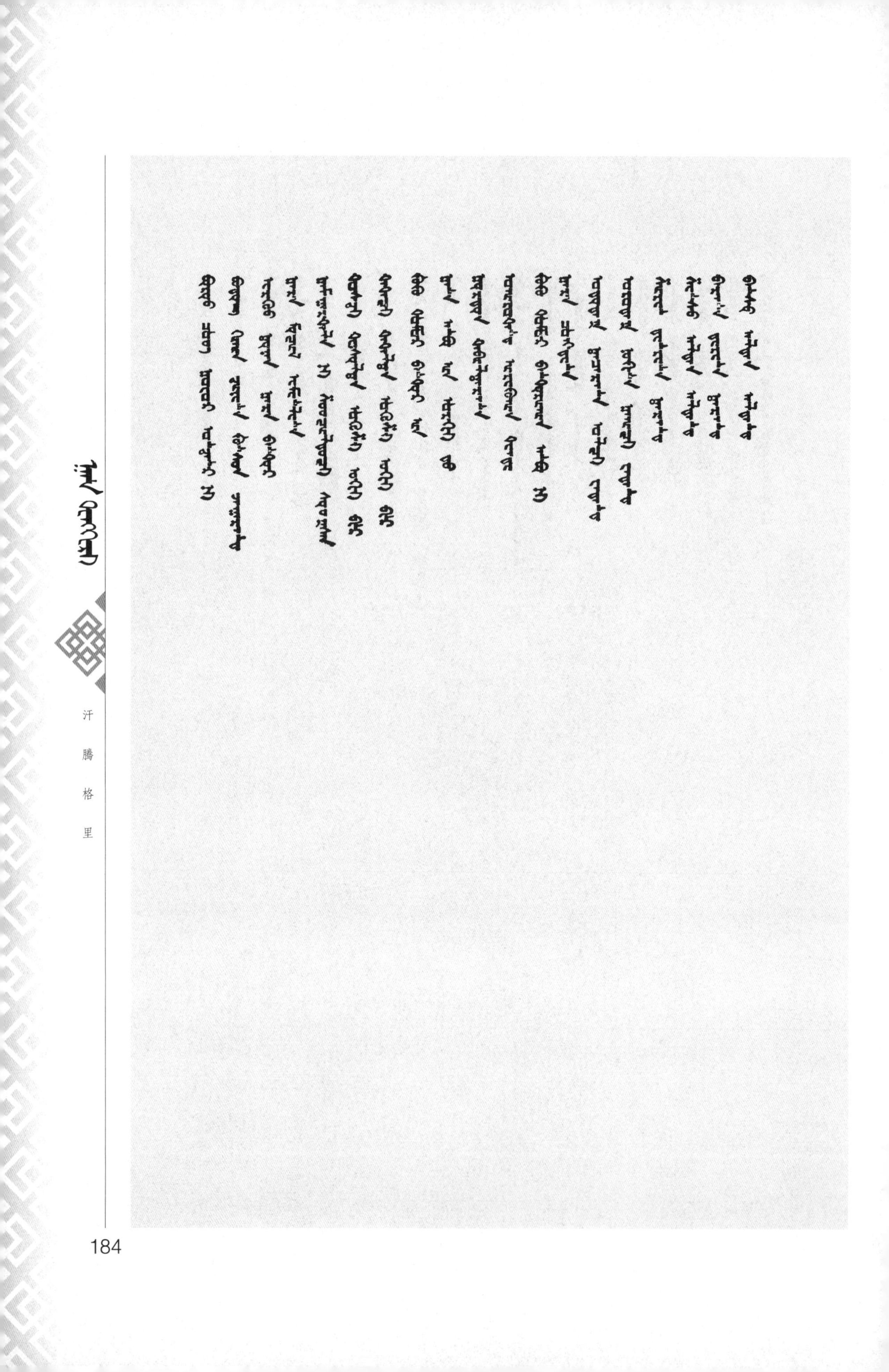

[illegible]

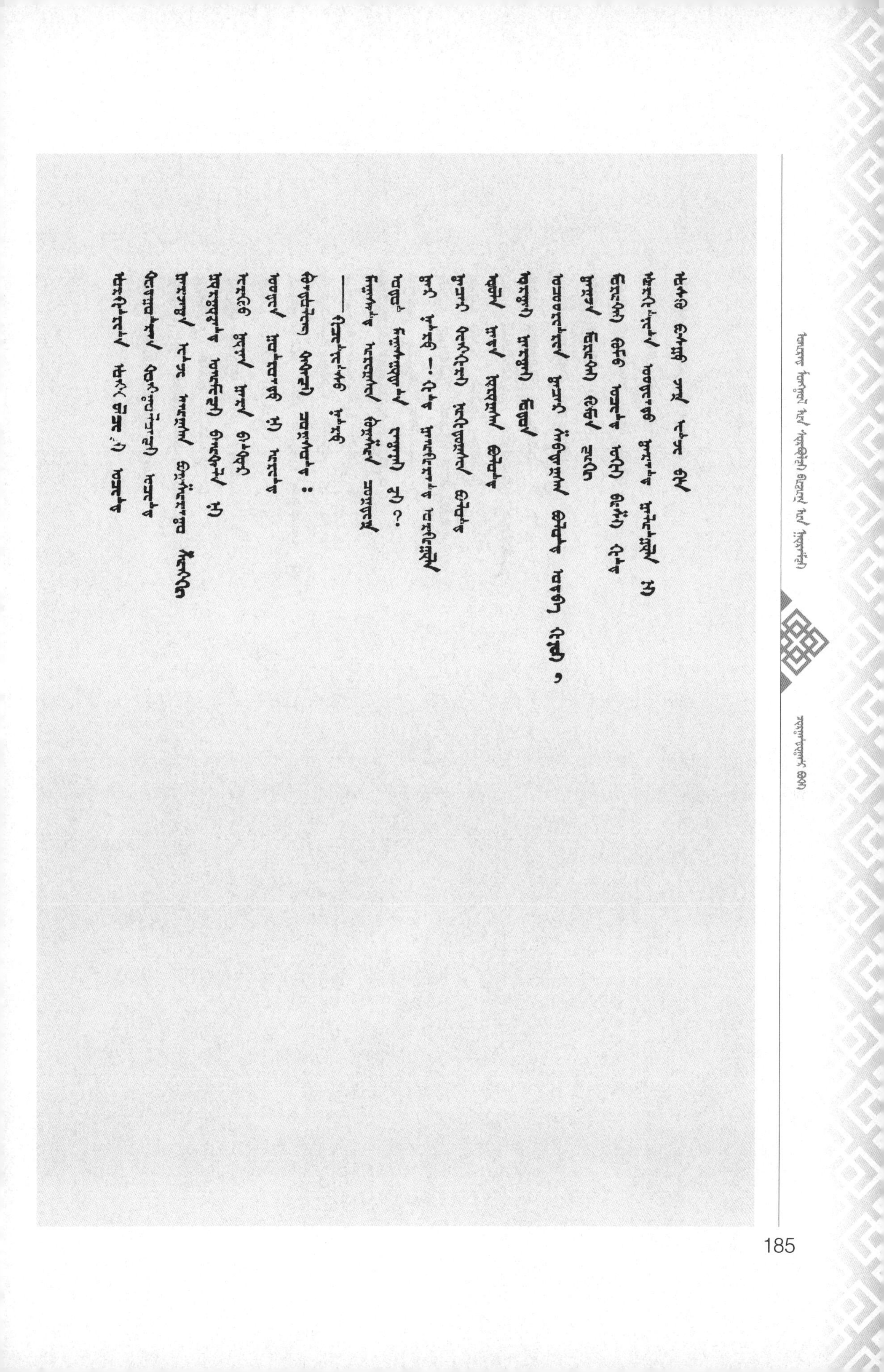

[illegible]
[illegible]
[illegible]
[illegible]
[illegible] ,
[illegible]
[illegible]
[illegible]
[illegible] ! [illegible]
[illegible] ?
[illegible]
—— [illegible]
[illegible] :
[illegible]
[illegible]
[illegible]
[illegible]
[illegible]
[illegible]

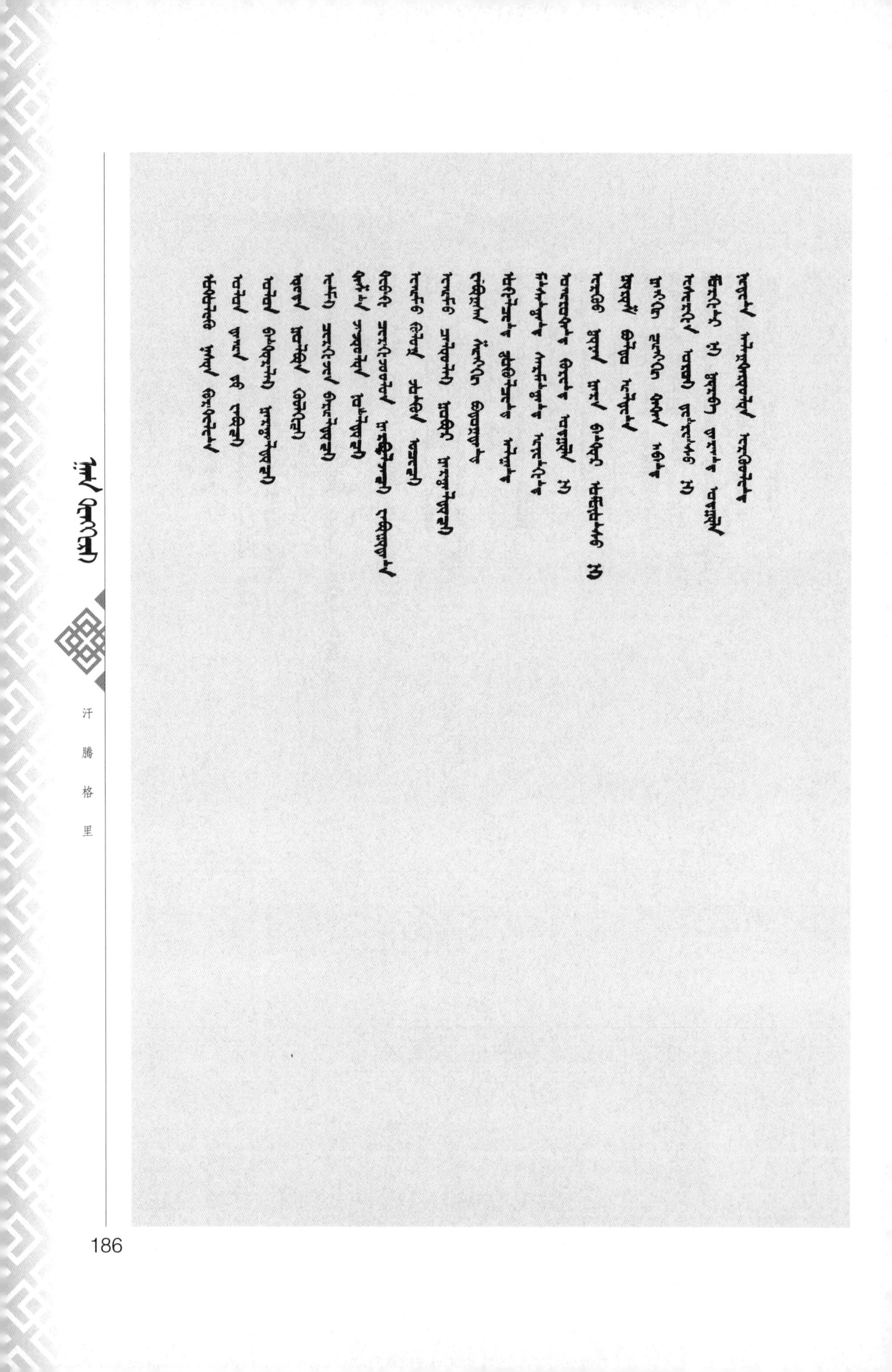

[illegible]

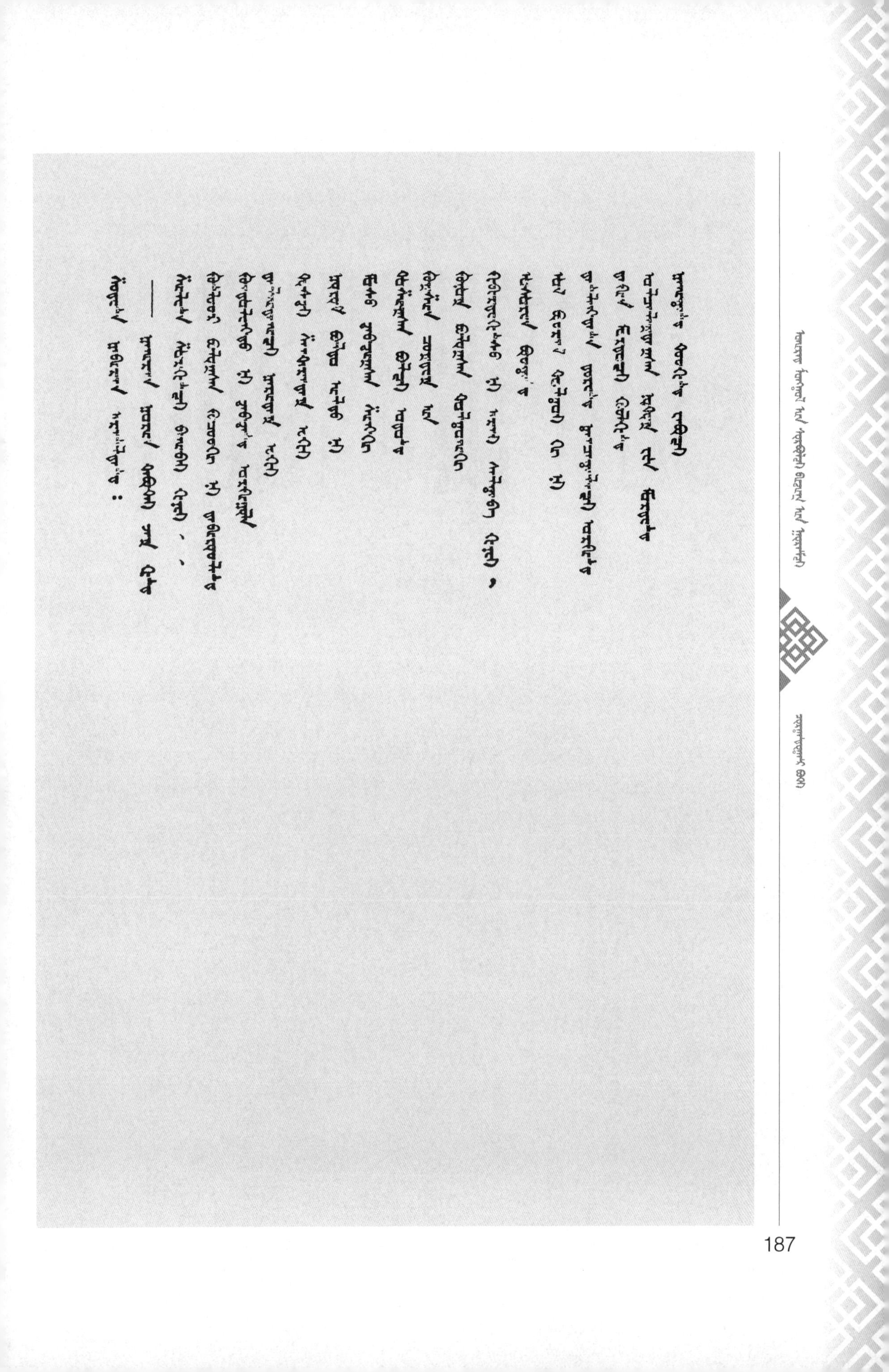

[illegible]
[illegible]
[illegible]
[illegible]
[illegible]
[illegible]
[illegible]
[illegible]
[illegible]
[illegible]
[illegible]
[illegible]
[illegible]
[illegible]
[illegible]
[illegible]
[illegible]
—— [illegible]
[illegible] :

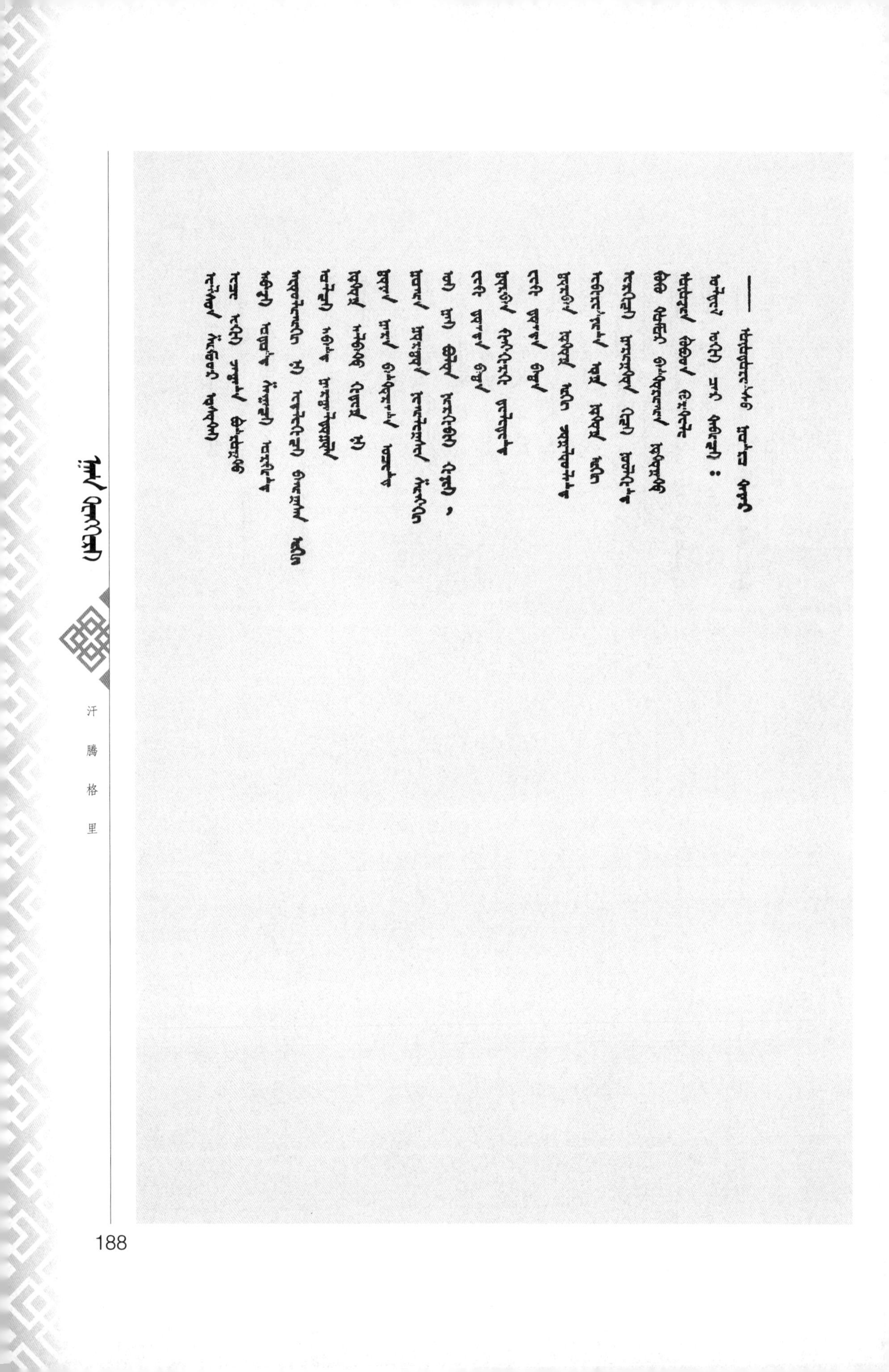

[illegible]
[illegible]
[illegible]
[illegible]
[illegible]
[illegible]
[illegible]
[illegible] ᠂
[illegible]
[illegible]
[illegible]
[illegible]
[illegible]
[illegible]
[illegible]
[illegible]
[illegible] ᠃

—— [illegible]

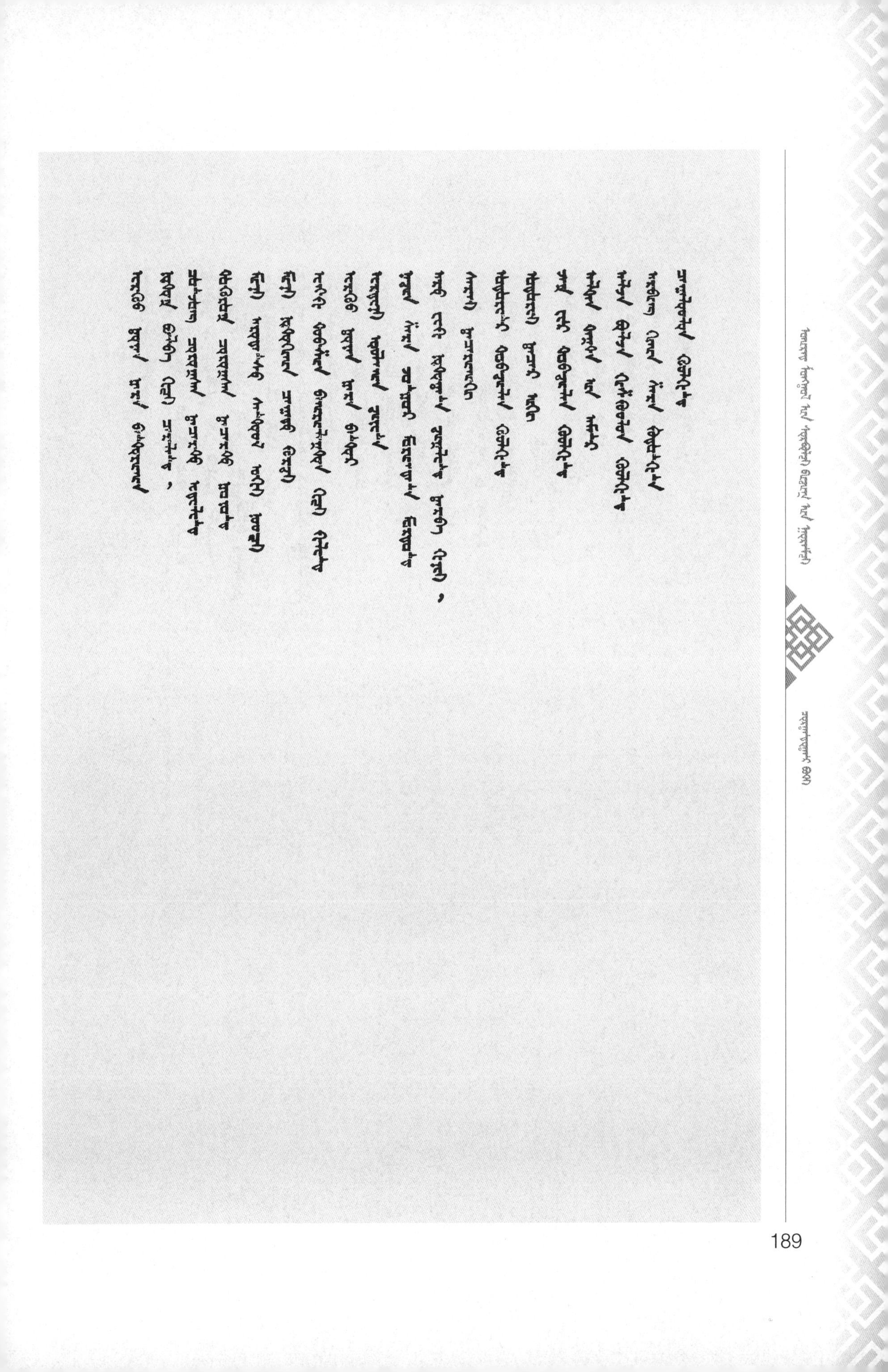

[illegible]
[illegible]
[illegible]
[illegible]
[illegible]
[illegible]
[illegible]
[illegible]
[illegible] ᠂
[illegible]
[illegible]
[illegible]
[illegible]
[illegible]
[illegible]
[illegible]
[illegible] ᠂
[illegible]

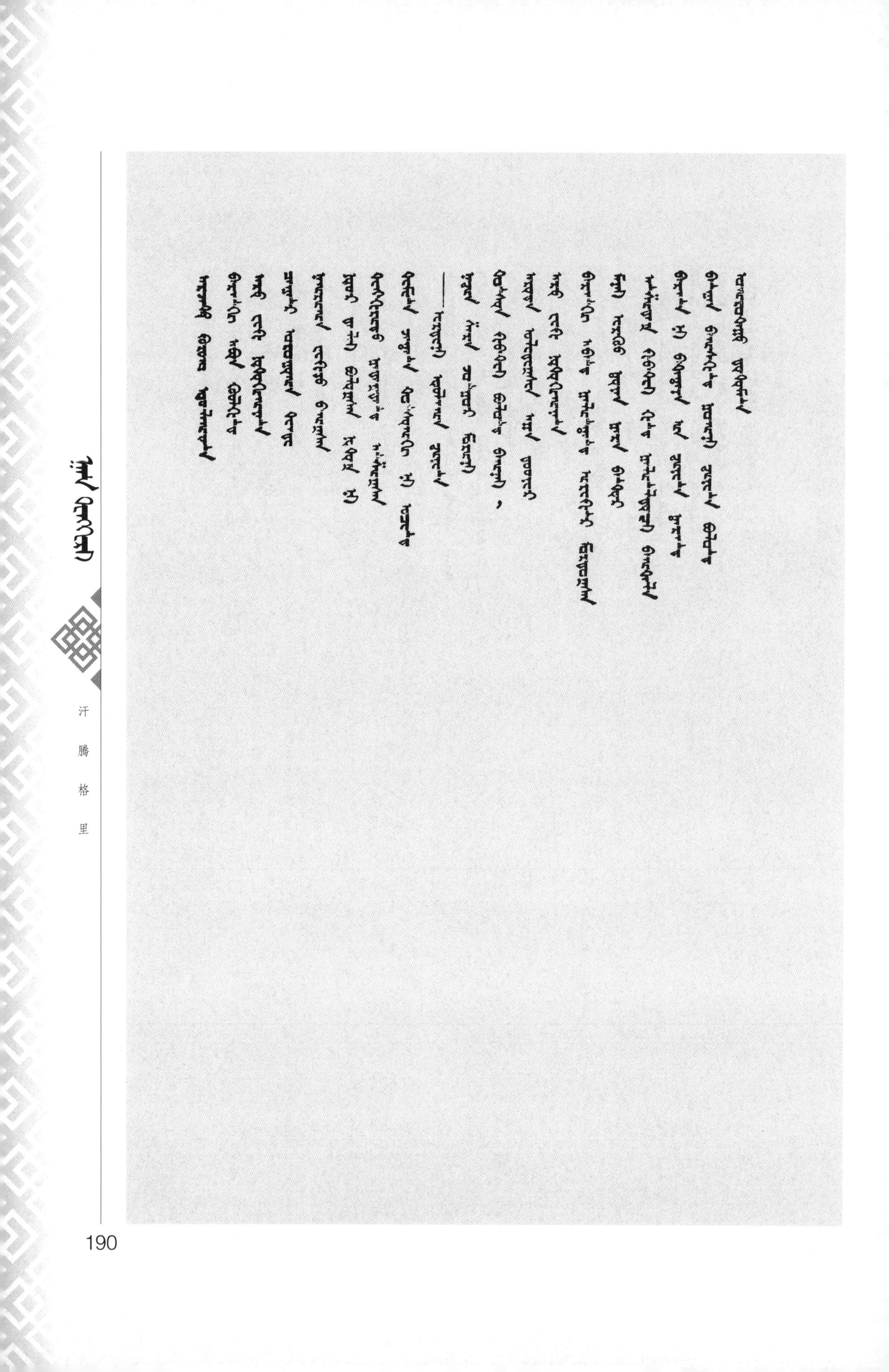

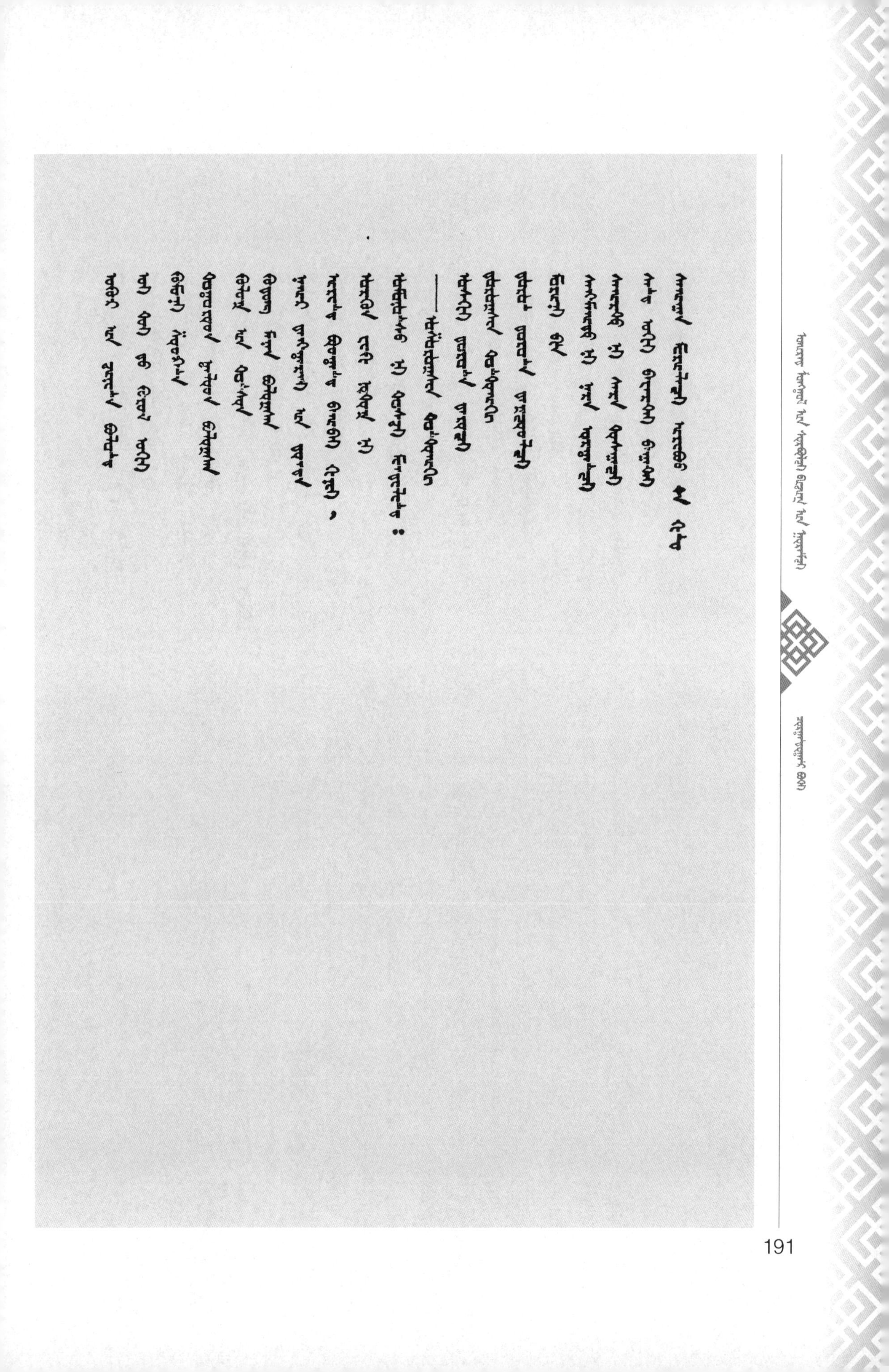

[illegible]
[illegible]
[illegible]
[illegible]
[illegible]

[illegible]
[illegible]
[illegible]
—— [illegible]
[illegible]

[illegible]
[illegible]
[illegible]
[illegible]
[illegible]
[illegible]
[illegible]

[illegible]
[illegible]

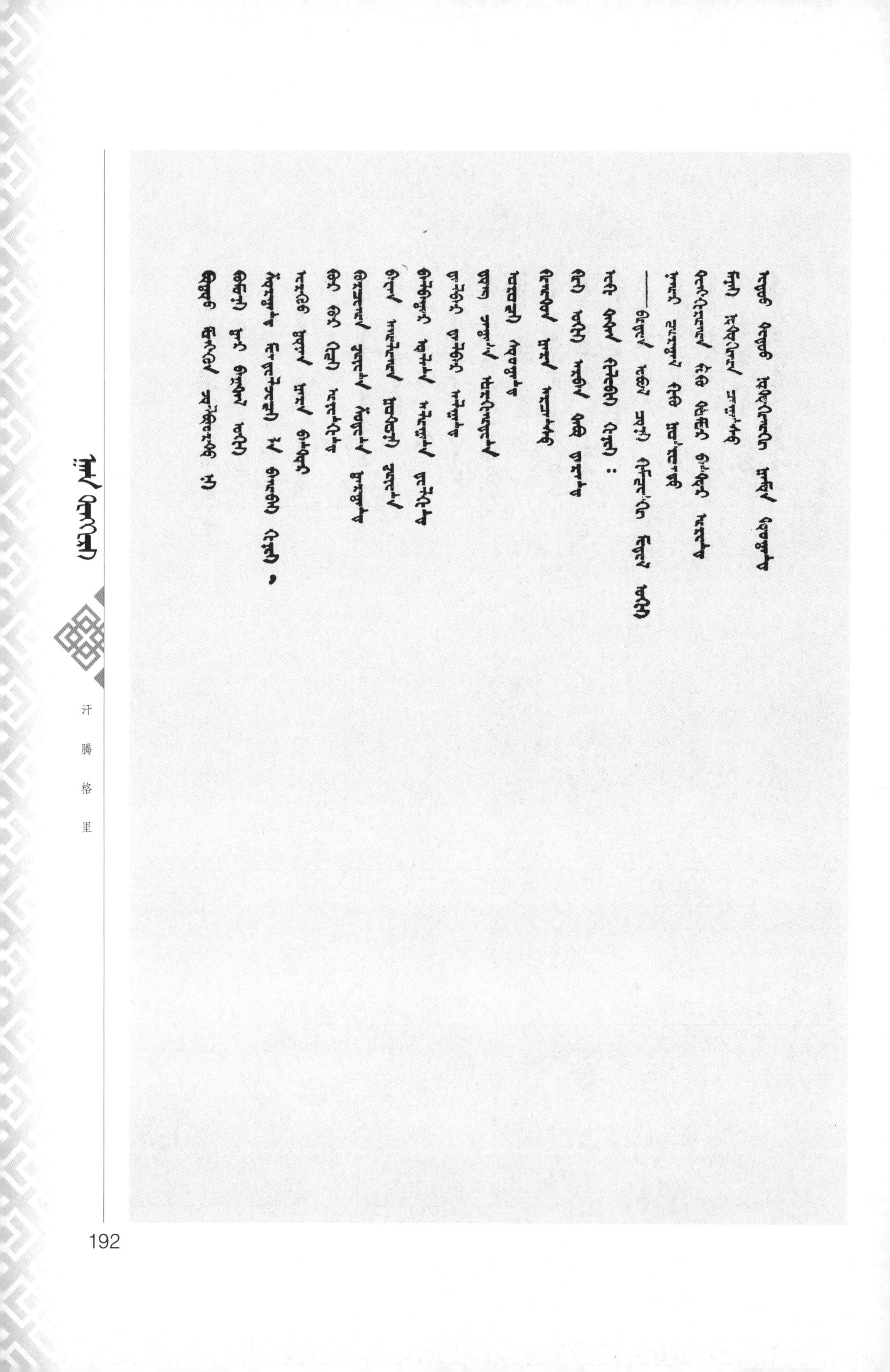

[illegible]
[illegible]
[illegible]
[illegible]
——[illegible]
[illegible] :
[illegible]
[illegible]
[illegible]
[illegible]
[illegible]
[illegible]
[illegible]
[illegible]
[illegible]
[illegible]
[illegible] ᠂
[illegible]
[illegible]

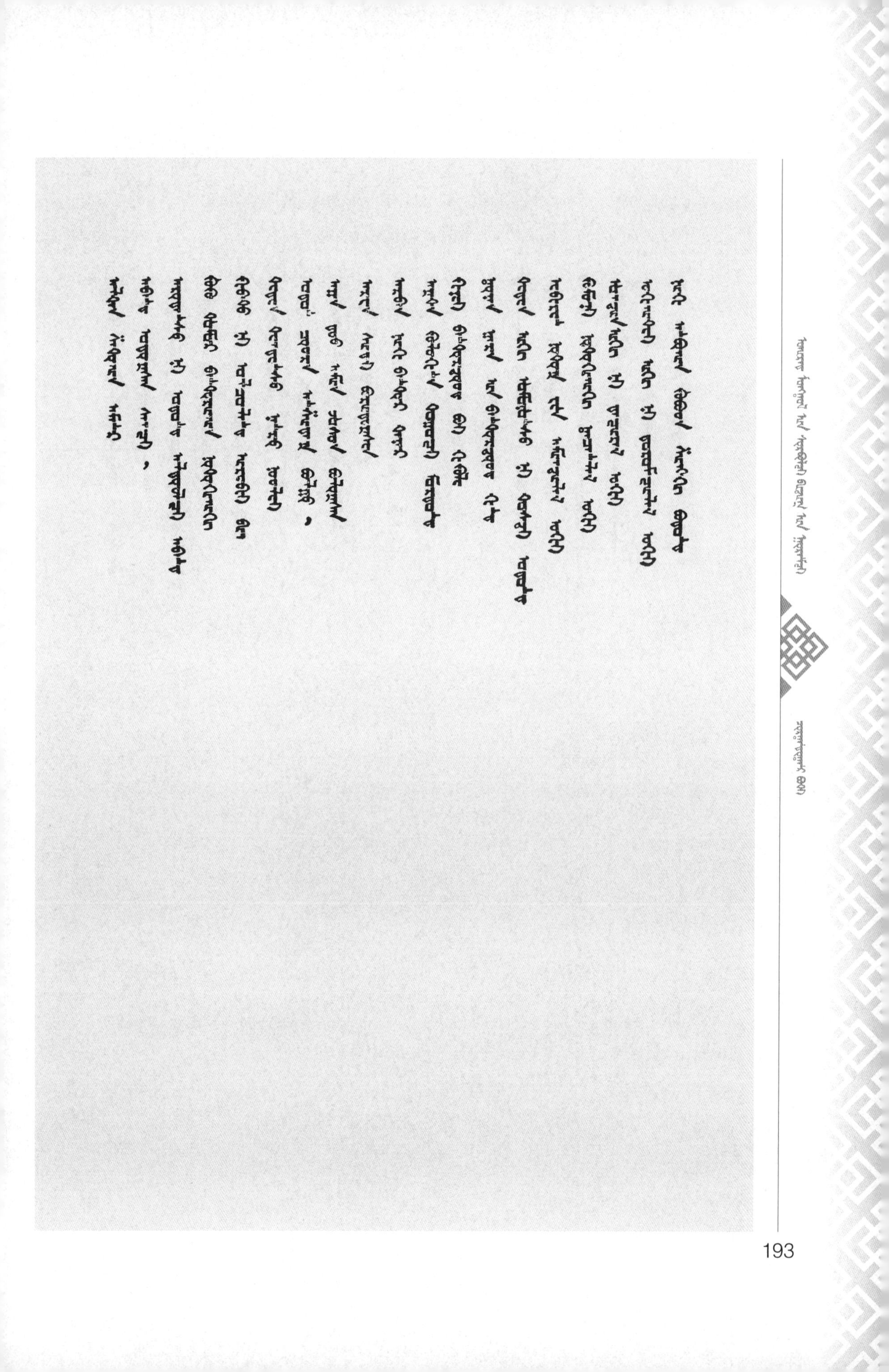

[illegible]
[illegible]
[illegible]
[illegible]
[illegible]
[illegible]
[illegible]
[illegible]
[illegible]
[illegible]
[illegible]
[illegible]
[illegible]
[illegible]
[illegible]
[illegible]
[illegible]
[illegible]

[illegible]

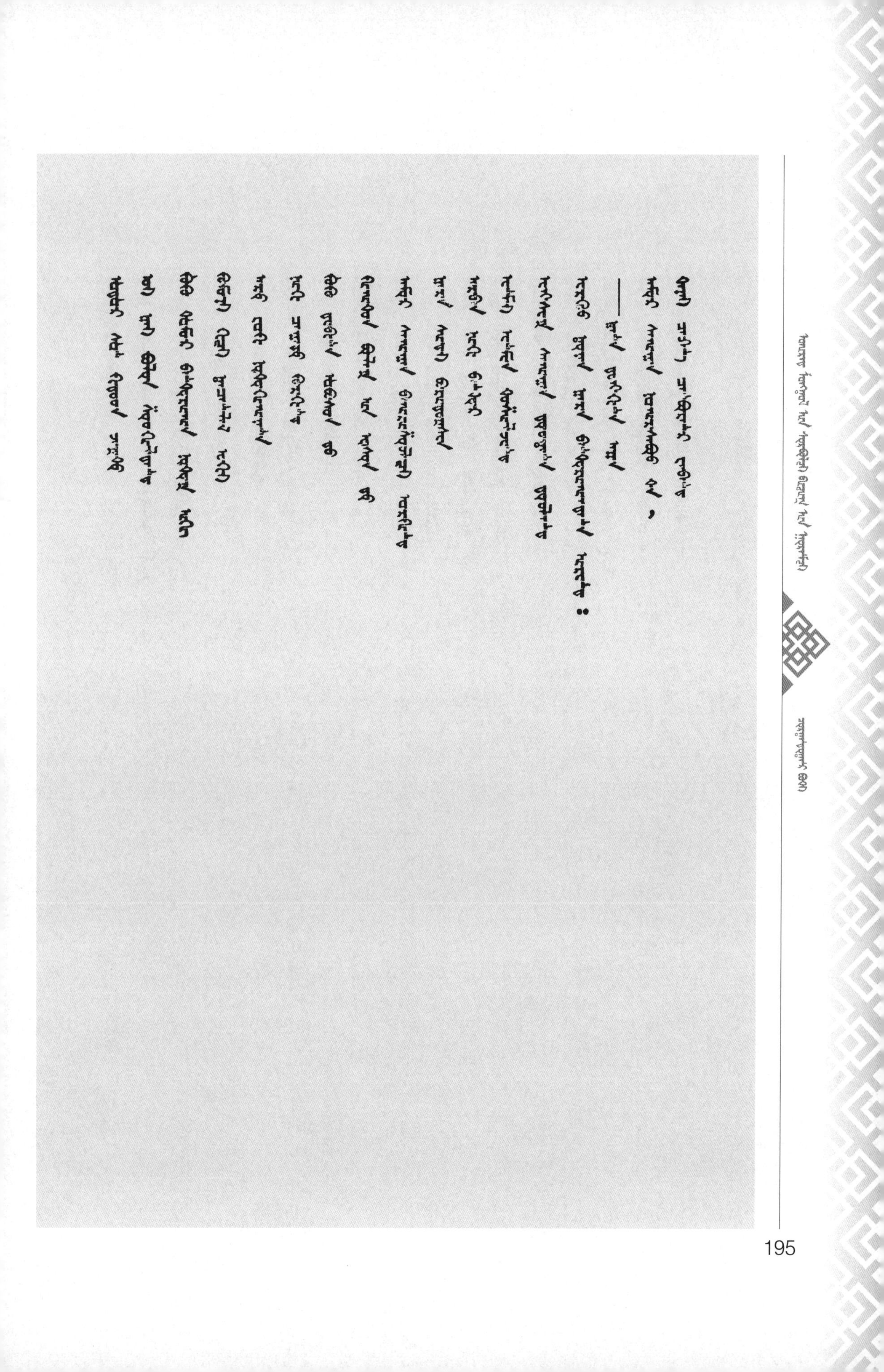

[illegible]
[illegible] ᠂
—— [illegible]
[illegible] ᠄
[illegible]
[illegible]
[illegible]
[illegible]
[illegible]
[illegible]
[illegible]
[illegible]
[illegible]
[illegible]
[illegible]
[illegible]
[illegible]

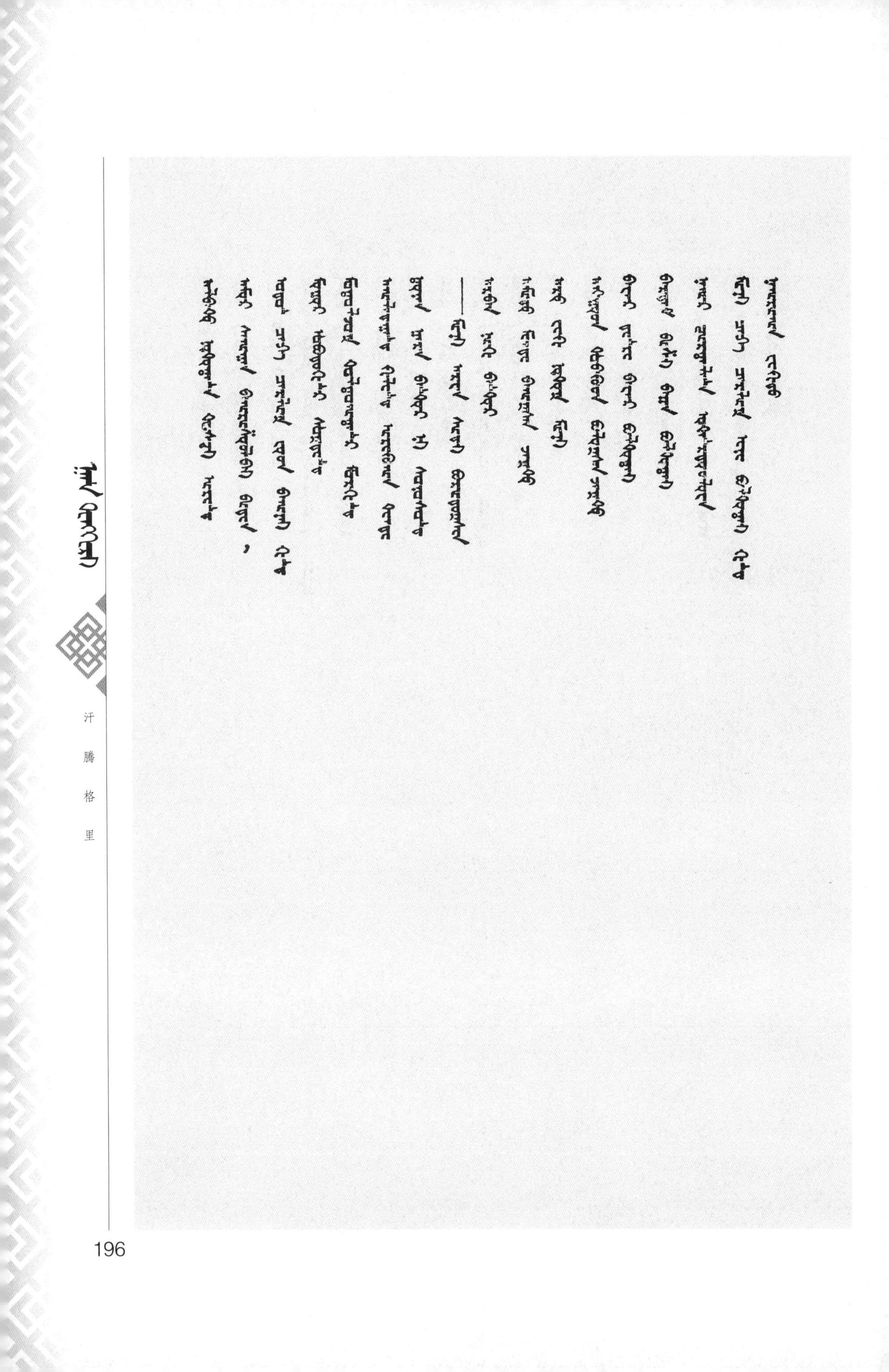

[illegible]

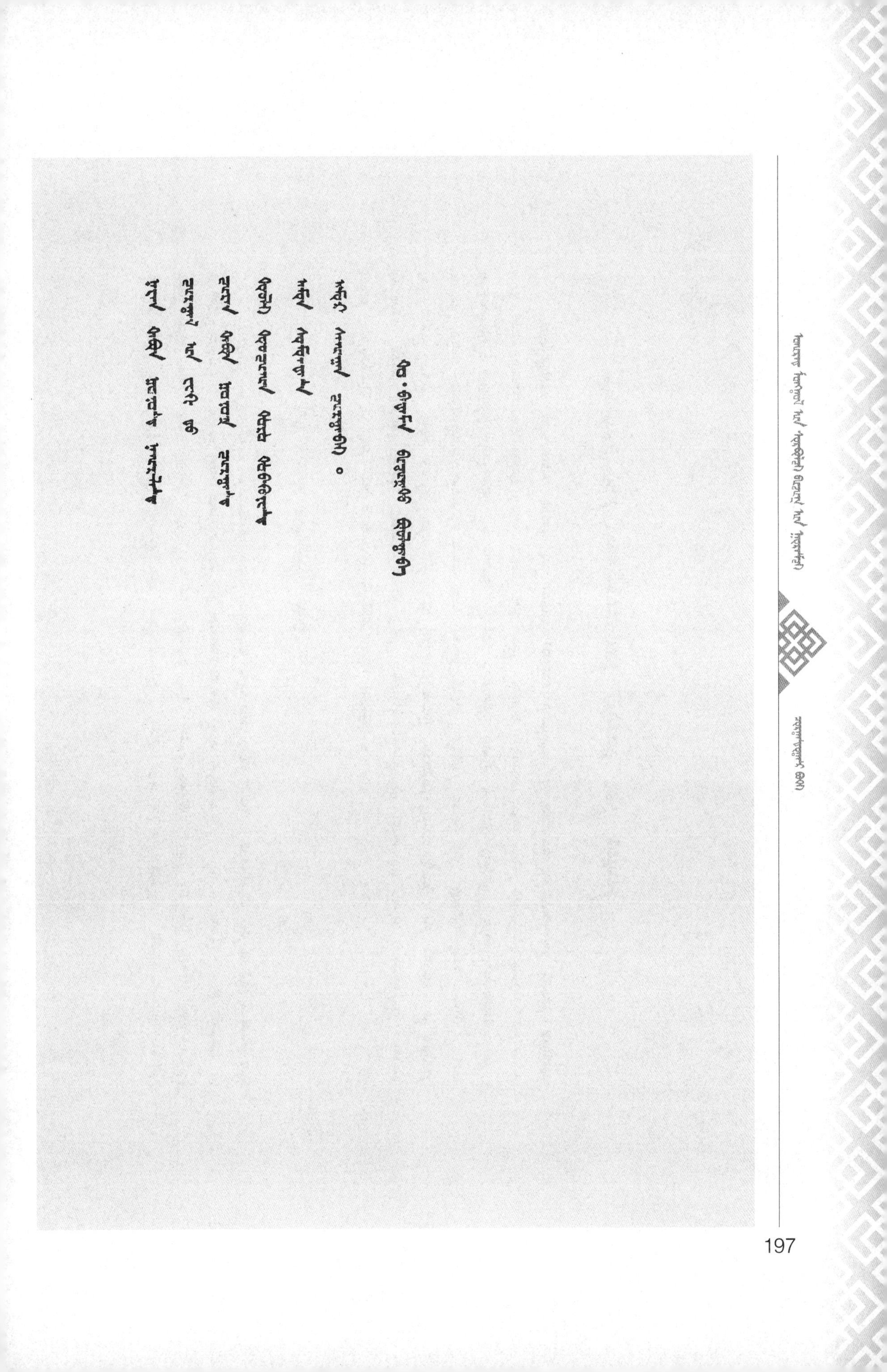

[illegible]
[illegible]
[illegible]
[illegible]
[illegible]
[illegible] 。

[illegible]

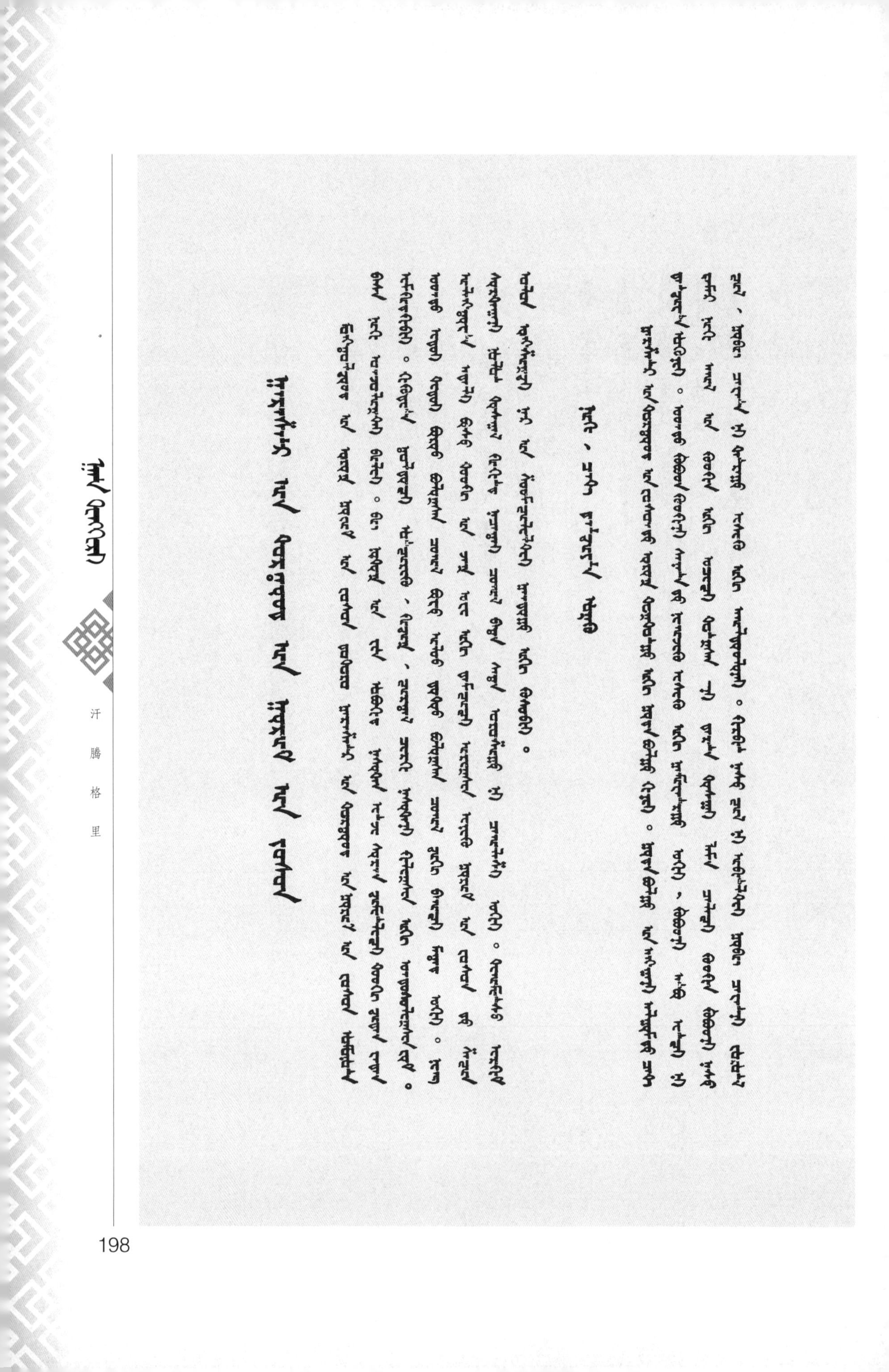

[illegible]

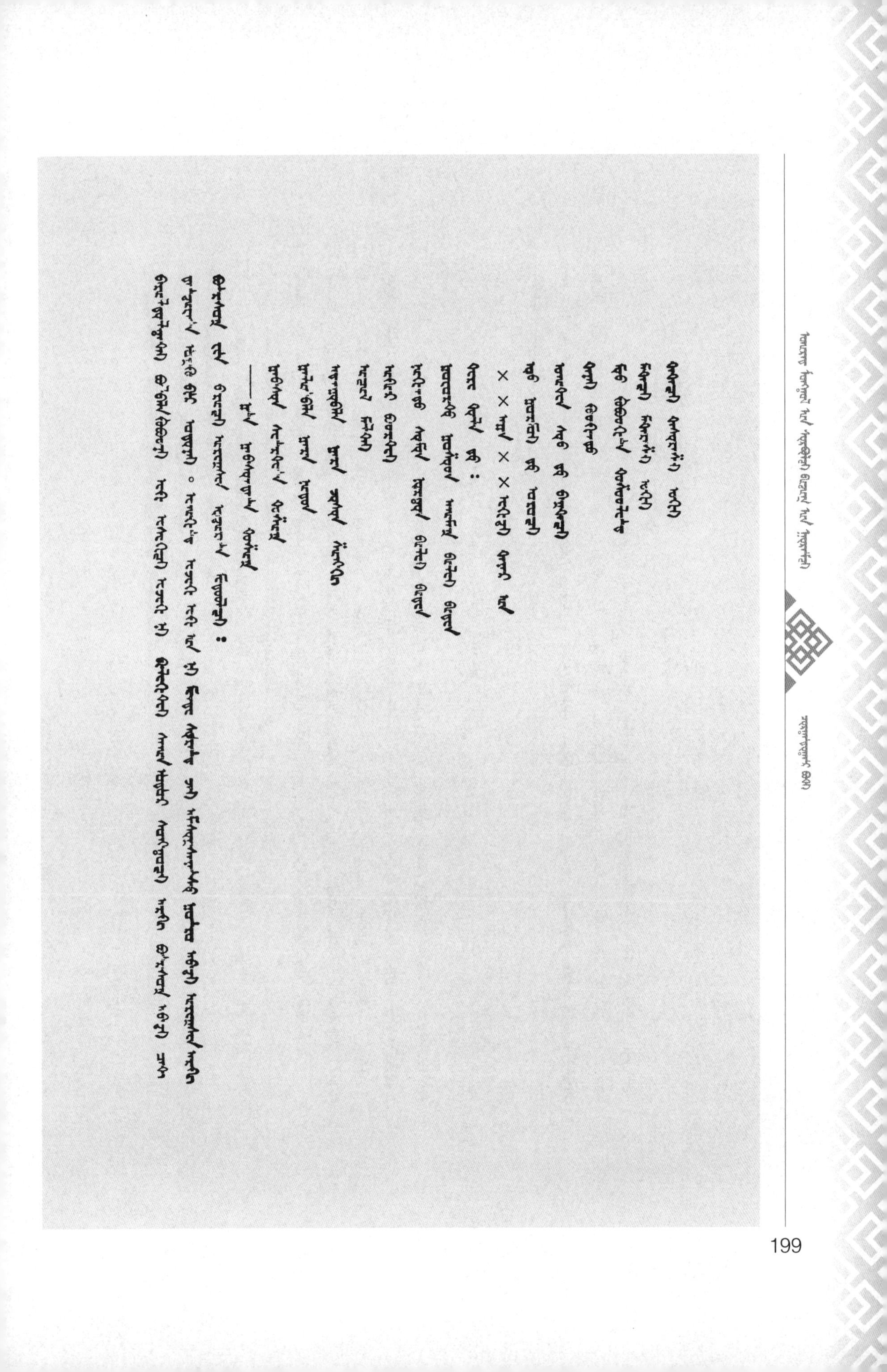

[illegible]
[illegible] ◦ [illegible]
[illegible] :

—— [illegible]

[illegible]
[illegible]
[illegible]
[illegible]
[illegible]
[illegible]
[illegible]
[illegible] :
× × [illegible] × × [illegible] [illegible] [illegible]
[illegible]
[illegible]
[illegible]
[illegible]
[illegible]
[illegible]

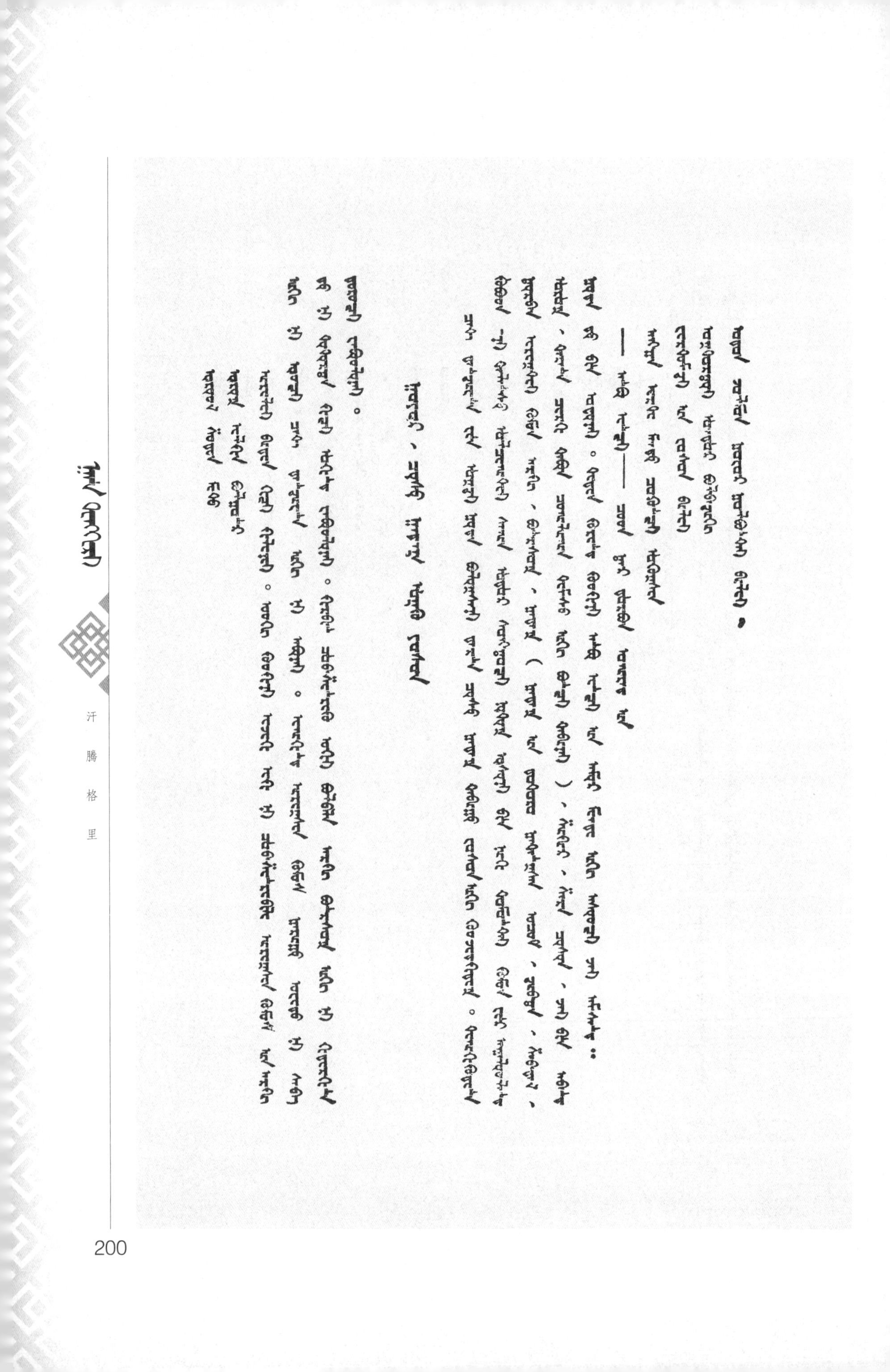

[illegible]

[illegible]

[illegible]

[illegible]

[illegible]

[illegible]

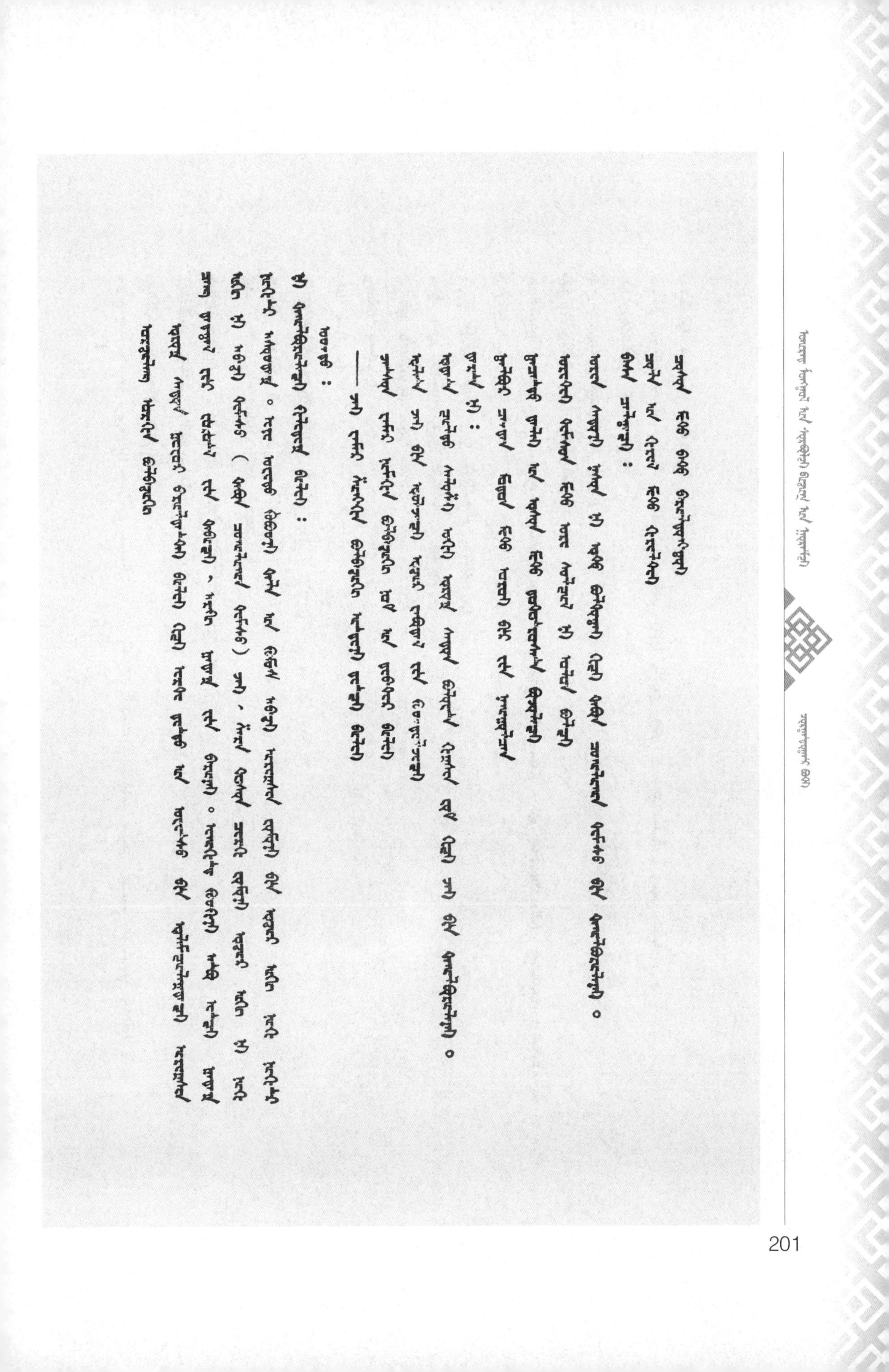

[illegible]

[illegible]

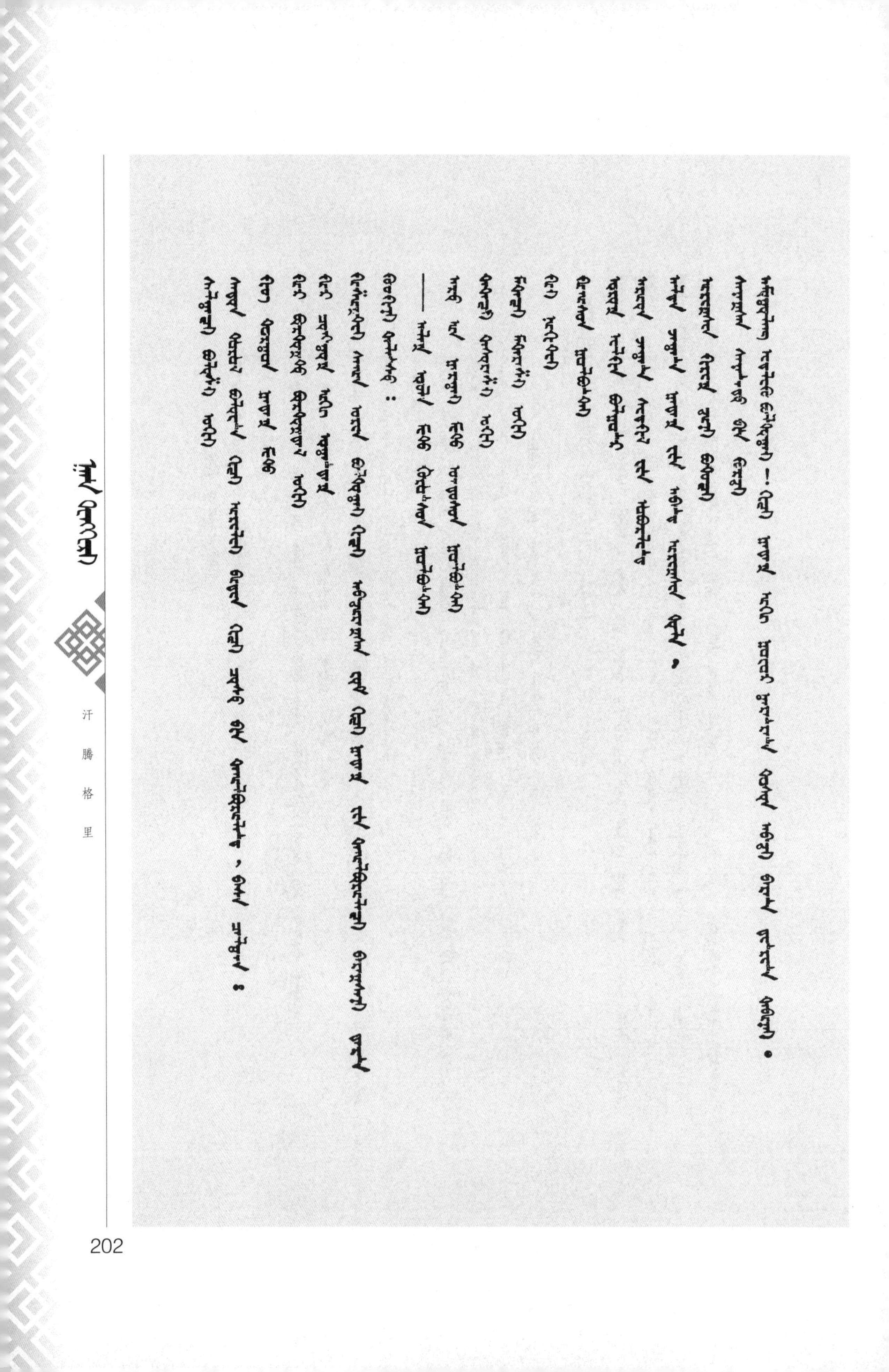

ᠡᠨᠡ ᠪᠠᠶᠢᠭ᠎ᠠ ᠮᠣᠩᠭᠣᠯ ᠳᠠᠭᠤᠤᠯᠠᠯ —
ᠡᠷᠡ ᠰᠠᠶᠢᠬᠠᠨ ᠪᠣᠯ
ᠡᠭᠡᠭᠡᠳ ᠮᠣᠩᠭᠣᠯ ᠪᠠᠭᠠᠳᠤᠷ ᠤᠨ ᠡᠷᠳᠡᠮ
ᠡᠷᠬᠡ ᠮᠣᠩᠭᠣᠯ ᠤᠨ ᠪᠠᠶᠠᠷᠯᠠᠯ ᠮᠠᠨ ᠶᠢᠨ ᠡᠷᠳᠡᠮ
ᠰᠠᠶᠢᠬᠠᠨ ᠮᠣᠩᠭᠣᠯ ᠪᠢᠳᠡᠨ ᠪᠣᠯ
—— ᠰᠤᠷᠤᠯᠴᠠᠭᠴᠢ ᠪᠢᠴᠢᠭᠰᠡᠨ ᠡᠪᠰᠢᠭᠦᠯ ᠡᠭᠡᠭᠡᠳᠦᠯ

ᠰᠤᠷᠤᠯ ᠮᠣᠩᠭᠣᠯᠴᠤᠳ ᠡᠨᠡ ᠮᠣᠩᠭᠣᠯ ᠤᠨ ᠳᠠᠭᠤᠤᠯᠠᠯ᠃ ᠡᠭᠡᠭᠡᠳ ᠰᠤᠷᠭᠠᠯ ᠪᠠᠶᠠᠷᠯᠠᠯ ᠤᠨ ᠰᠠᠶᠢᠬᠠᠨ ᠪᠣᠯᠬᠤ ᠤᠨ ᠳᠠᠭᠤᠤᠯᠠᠯ !
ᠪᠢᠴᠢᠭᠳᠡ ᠡᠭᠡᠭᠡᠳ᠃ ᠮᠣᠩᠭᠣᠯᠴᠤᠳ ᠪᠢᠴᠢᠭᠳᠡ ᠪᠠᠶᠢᠭᠰᠠᠨ ᠮᠣᠩᠭᠣᠯ ᠰᠠᠶᠢᠬᠠᠨ ᠰᠠᠶᠢᠬᠠᠨ ᠪᠣᠯᠬᠤ᠂ ᠰᠠᠶᠢᠨ ᠰᠠᠶᠢᠨ ᠪᠣᠯᠬᠤ ᠵᠦᠢᠯ ᠡᠭᠡᠭᠡᠳ ᠪᠠᠶᠠᠷᠯᠠᠯ
ᠪᠠᠶᠢᠭᠰᠠᠨ ᠰᠠᠶᠢᠨ ᠡᠭᠡᠭᠡᠳ ᠰᠤᠷᠤᠯᠴᠠᠭᠴᠢ ᠲᠠᠯ᠎ᠠ ᠪᠣᠯ (ᠰᠤᠷᠭᠠᠯ ᠮᠣᠩᠭᠣᠯᠴᠤᠳ᠂ ᠪᠠᠶᠢᠨ ᠮᠣᠩᠭᠣᠯᠴᠤᠳ) ᠪᠢᠴᠢᠭᠳᠡ ᠳᠠᠭᠤᠤ ᠡᠨᠡ
ᠡᠪᠰᠢᠭᠦᠯ ᠮᠣᠩᠭᠣᠯ ᠪᠣᠯᠤᠨ᠂ ᠰᠤᠷᠤᠯ ᠰᠤᠷᠤᠯᠲᠠ ᠳᠠᠭᠤᠤᠯᠠᠭᠰᠠᠨ ᠲᠠᠯ᠎ᠠ ᠡᠪᠰᠢᠭᠦᠯ ᠪᠡᠶ᠎ᠡ ᠡᠪᠡᠳ᠃ ᠡᠨᠡ ᠳᠠᠭᠤᠤ ᠡᠭᠡᠭᠡᠳᠦᠯ ᠪᠢᠳᠡᠨ ᠤᠨ
ᠰᠤᠷᠤᠯᠴᠠᠭᠰᠠᠳ ᠰᠤᠷᠭᠠᠭᠤᠯᠢ ᠪᠠᠶᠢᠭ᠎ᠠ ᠶᠢᠨ ᠡᠪᠰᠢᠭᠦᠯ ᠰᠤᠷᠤᠯᠴᠠᠭᠠᠳ ᠰᠤᠷᠤᠯ ᠪᠡᠶᠡᠳᠦ᠃ ᠳᠠᠭᠤᠤᠯᠠᠭᠰᠠᠨ ᠳᠠᠭᠤᠤ ᠡᠷᠡ ᠪᠢᠴᠢᠭᠳᠡᠯ ᠪᠡᠶᠡᠳᠦᠯ ᠰᠤᠷᠭᠠᠯ
ᠳᠠᠭᠤᠤᠯᠠᠭᠰᠠᠨ ᠰᠠᠶᠢᠨ ᠵᠠᠯᠠᠭᠤ ᠶᠢᠨ ᠡᠭᠡᠭᠡᠳ ᠪᠠᠶᠠᠷᠯᠠᠭᠤᠯᠤᠭᠰᠠᠨ᠃ ᠡᠷᠡ ᠤᠨ ᠪᠢᠴᠢᠭᠳᠡ ᠪᠠᠶᠢᠭᠰᠠᠨ ᠪᠢᠴᠢᠭᠳᠡ ᠪᠠᠶᠢᠭ᠎ᠠ ᠪᠢᠴᠢᠭᠳᠡ ᠪᠢᠴᠢᠭ ᠰᠤᠷᠭᠠᠯ ᠤᠨ
ᠵᠣᠬᠢᠶᠠᠯ ᠰᠤᠷᠭᠠᠯ ᠮᠣᠩᠭᠣᠯ ᠪᠠᠶᠠᠷᠯᠠᠭᠤᠯᠤᠭᠰᠠᠨ ᠲᠠᠯ᠎ᠠ ᠡᠨᠡ ᠳᠠᠭᠤᠤ ᠳᠠᠭᠤᠤᠯᠠᠯ ᠪᠠᠶᠠᠷᠯᠠᠭᠤᠯᠤᠭᠰᠠᠨ᠃ ᠡᠷᠡ ᠳᠠᠭᠤᠤᠯᠠᠯ ᠳᠠᠭᠤᠤ ᠰᠤᠷᠤᠯᠲᠠ

ᠬᠣᠶᠠᠷ᠂ ᠡᠨᠡ ᠳᠠᠭᠤᠤ ᠳᠠᠭᠤᠤᠯᠠᠯ

ᠮᠣᠩᠭᠣᠯ ᠬᠡᠯᠡ ᠶᠢᠨ ᠪᠣᠯᠤᠨ ᠰᠤᠷ ᠰᠤᠷᠤᠯᠴᠠᠭᠰᠠᠨ ᠪᠠᠶᠢᠭᠤᠯᠤᠭᠰᠠᠨ᠃
ᠮᠣᠩᠭᠣᠯᠴᠤᠳ ᠬᠡᠯᠡᠨ ᠰᠤᠷᠤᠯ ᠳᠠᠭᠤᠤᠯᠠᠭᠰᠠᠨ ᠪᠣᠯ ᠲᠠᠯ᠎ᠠ ᠪᠢᠴᠢᠭᠳᠡ ᠪᠠᠶᠢᠭ᠎ᠠ ᠲᠠᠯ᠎ᠠ ᠮᠣᠩᠭᠣᠯ ᠪᠢᠴᠢᠭᠳᠡ᠂ ᠡᠨᠡ ᠳᠠᠭ ᠳᠠᠭᠤᠤ ᠳᠠᠭᠤᠤ

ᠬᠠᠳᠠᠭᠤᠰᠤ ᠨᠢ ᠬᠠᠳᠠᠨ [illegible] ᠪᠣᠯᠤᠭᠠᠢ
ᠬᠠᠳᠠᠭᠤᠰᠤ ᠨᠢ ᠬᠠᠳᠠᠨ [illegible] ᠪᠣᠯᠤᠭᠠᠢ
[illegible] [illegible] [illegible] ᠨᠢ
[illegible] [illegible] [illegible] [illegible]
[illegible] [illegible] [illegible] [illegible]
[illegible] [illegible] ᠬᠡᠯᠡᠨ [illegible]
[illegible] [illegible] [illegible] [illegible] —· [illegible] [illegible] [illegible] [illegible] [illegible] [illegible] [illegible] ᠬᠡᠯᠡᠨ ᠨᠢ [illegible]

[illegible] ᠬᠡᠯᠡᠨ ᠨᠢ [illegible] 。 [illegible] ᠬᠡᠯᠡᠨ [illegible] 。 [illegible] [illegible] [illegible] [illegible] [illegible] [illegible] [illegible] ᠬᠡᠯᠡᠨ [illegible] [illegible] [illegible] [illegible] [illegible] [illegible] [illegible] [illegible] [illegible] [illegible] [illegible] 。 [illegible] ᠬᠡᠯᠡᠨ [illegible] [illegible] [illegible] [illegible] [illegible] [illegible] [illegible] [illegible] [illegible] ᠲᠡᠷᠡ 。

ᠪᠢᠴᠢᠭ᠂ ᠰᠤᠷᠭᠠᠯ ᠪᠤᠶᠤ [illegible] ᠰᠤᠷᠭᠠᠯ ᠰᠤᠷᠭᠠᠭᠤᠯᠢ ᠶᠢᠨ [illegible] [illegible]

[illegible] [illegible] [illegible] [illegible] [illegible] [illegible] ᠂ [illegible] [illegible] ᠬᠡᠯᠡᠨ ᠨᠢ [illegible] ᠂ [illegible] [illegible] [illegible] [illegible] [illegible] [illegible] [illegible] [illegible] [illegible] [illegible] [illegible] [illegible] [illegible] [illegible] [illegible] [illegible] [illegible] [illegible] ᠬᠡᠯᠡᠨ [illegible] [illegible] ᠂ [illegible] [illegible] [illegible] [illegible] [illegible] [illegible] 。 [illegible] [illegible] [illegible] [illegible] [illegible] [illegible] ᠨᠢ [illegible] 。 [illegible] [illegible] [illegible] [illegible] [illegible] [illegible] [illegible] [illegible] ᠨᠢ [illegible] [illegible] [illegible] [illegible] [illegible] [illegible] [illegible] [illegible] 。 [illegible] [illegible] [illegible] [illegible] ᠨᠢ [illegible] [illegible] [illegible] [illegible] ᠬᠡᠯᠡᠨ ᠨᠢ [illegible] [illegible] [illegible] [illegible] [illegible] ᠨᠢ [illegible] [illegible] [illegible] 。

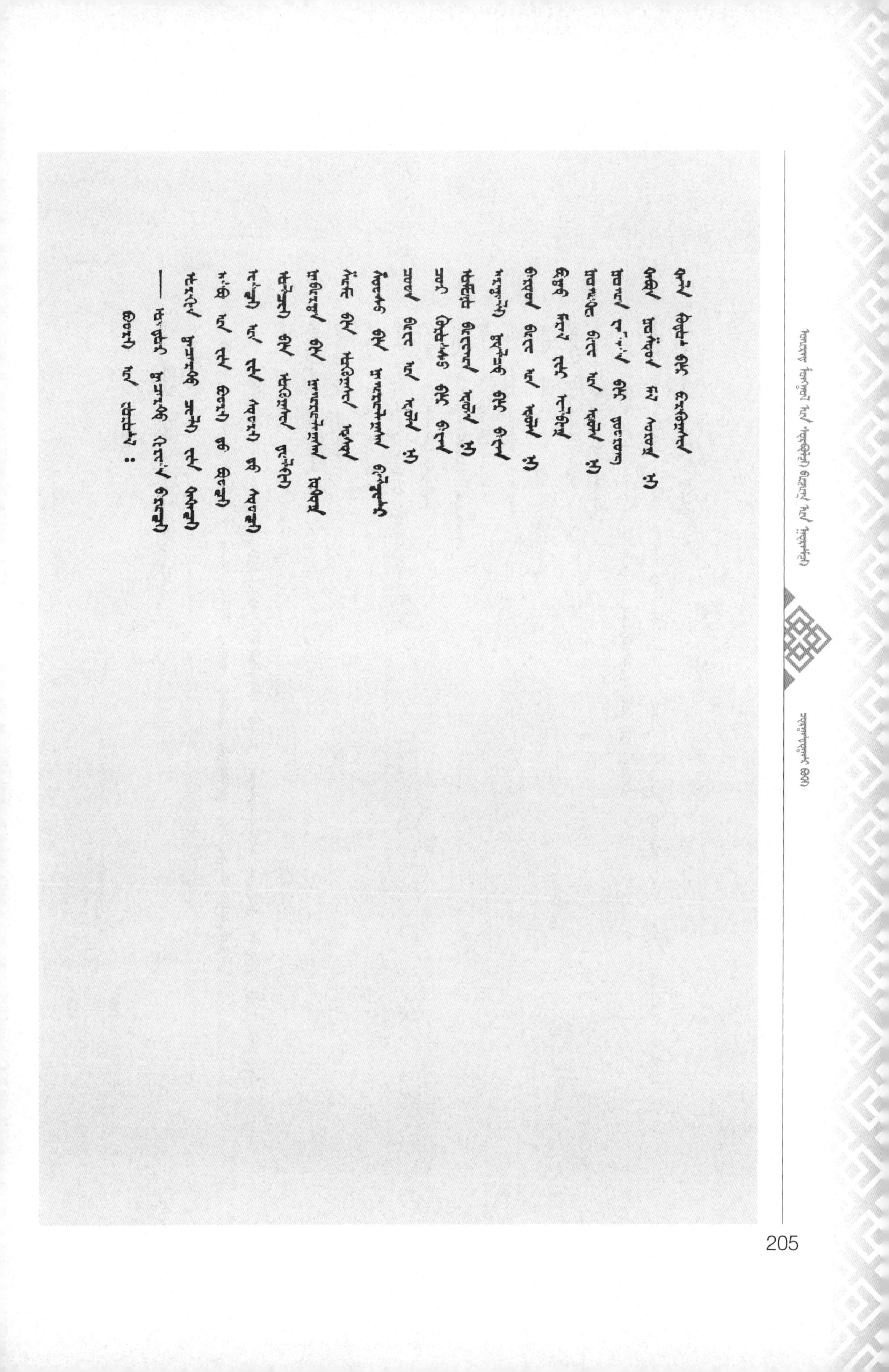

[illegible]
[illegible]
[illegible]
[illegible]
[illegible]
[illegible]
[illegible]
[illegible]
[illegible]
[illegible]
[illegible]
[illegible]
[illegible]
[illegible]
[illegible]
[illegible]
[illegible]
— [illegible]
[illegible] :

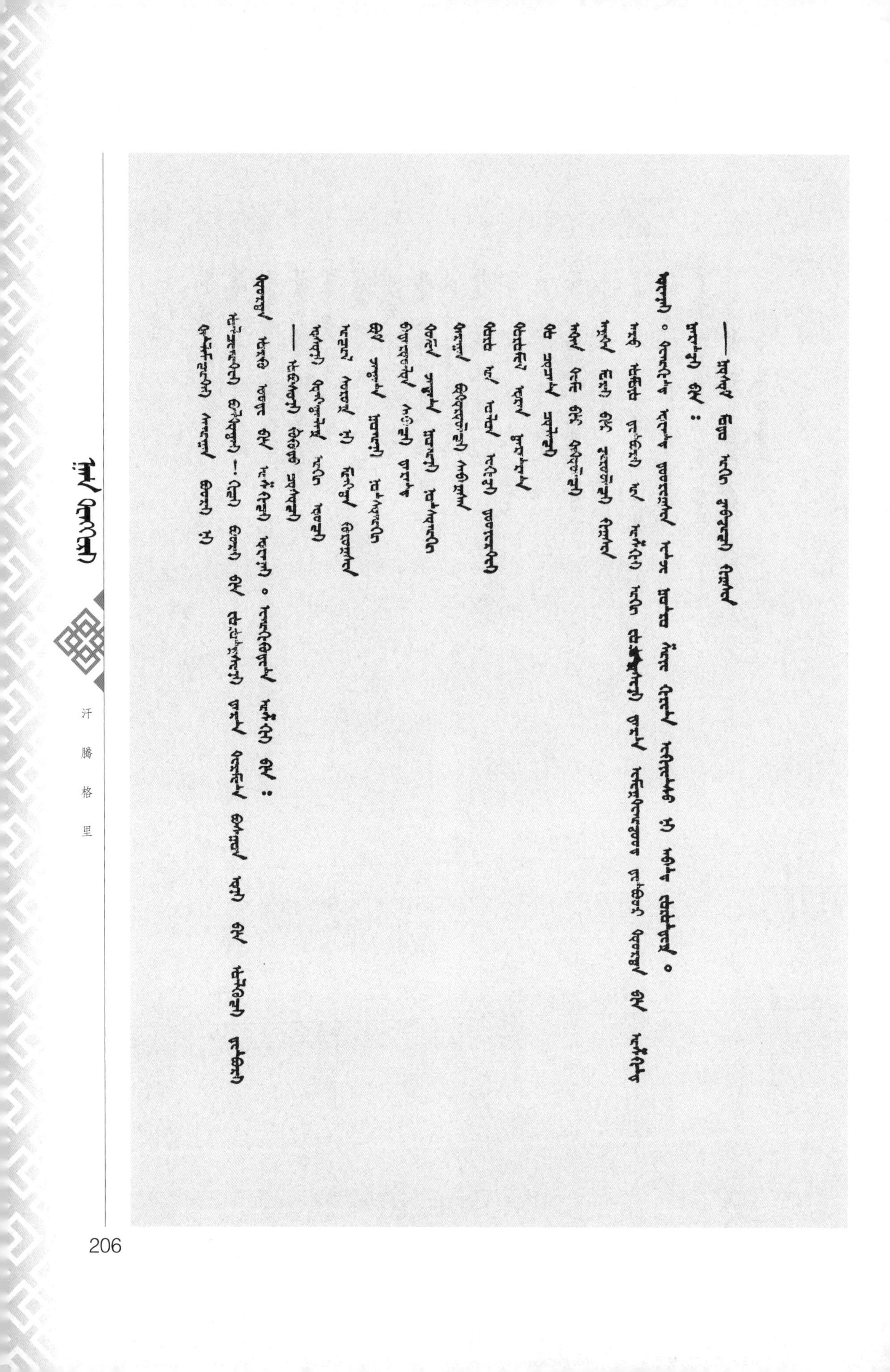

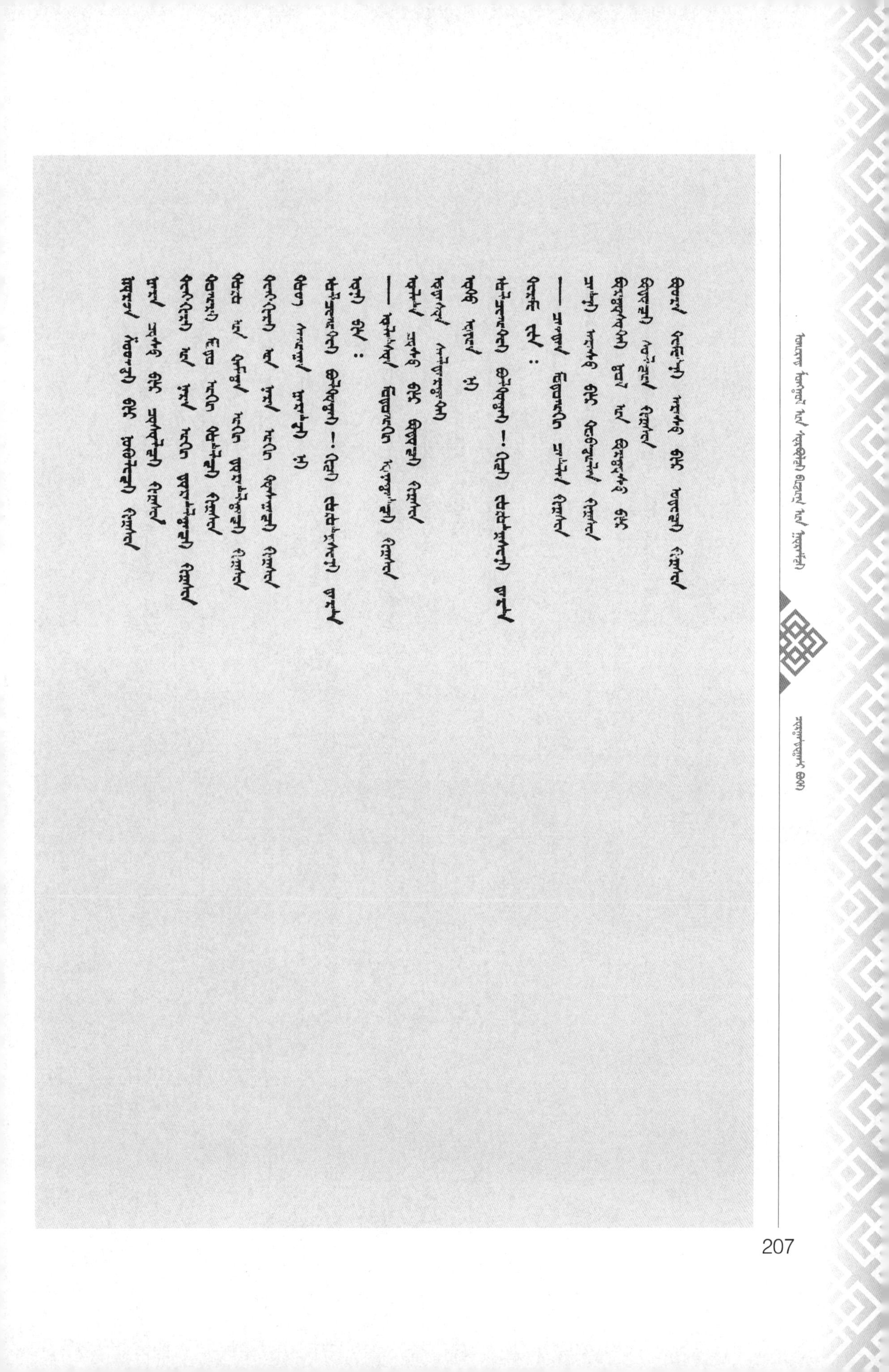

[illegible]

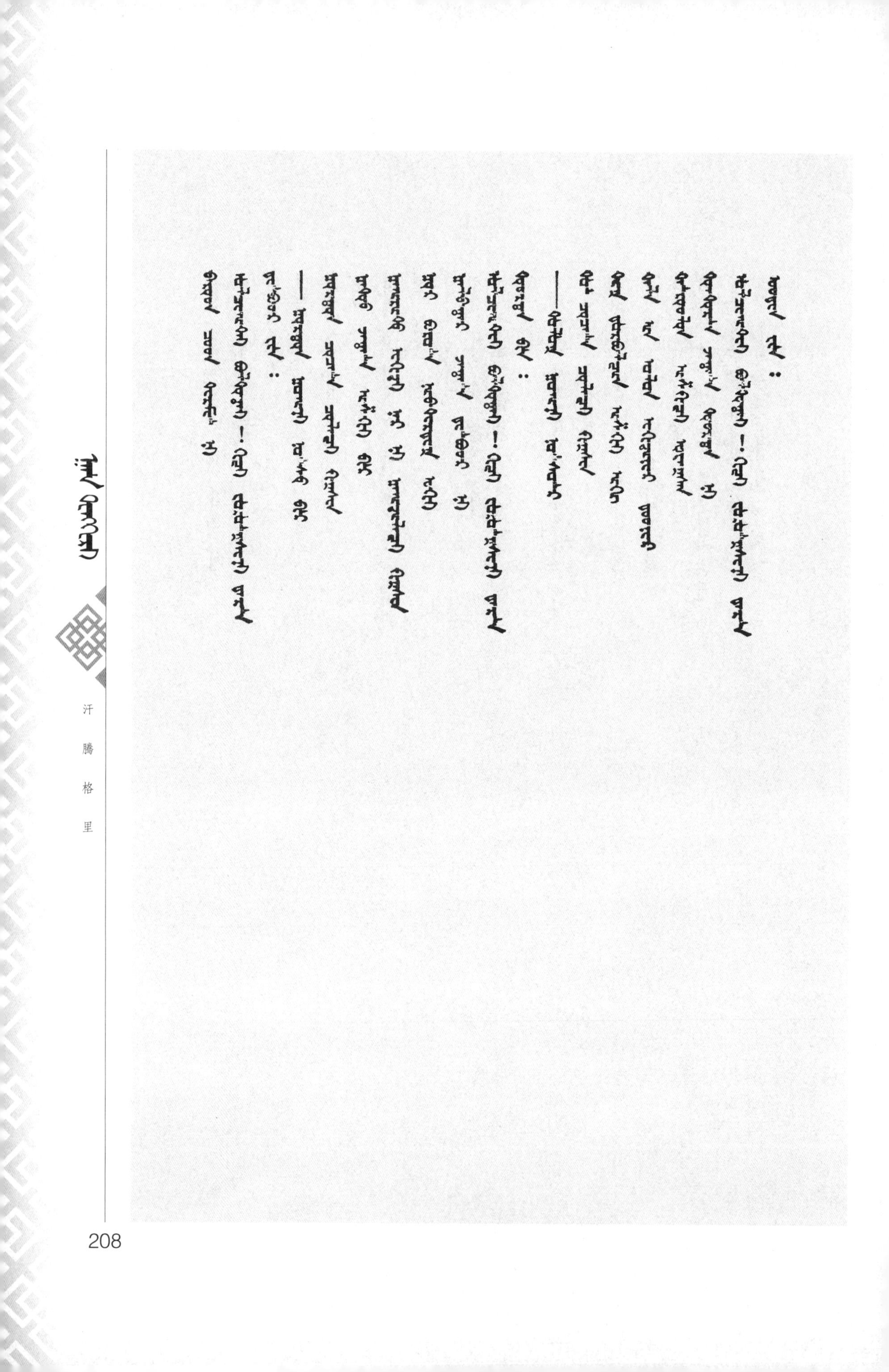

[illegible]

[illegible]

[illegible]

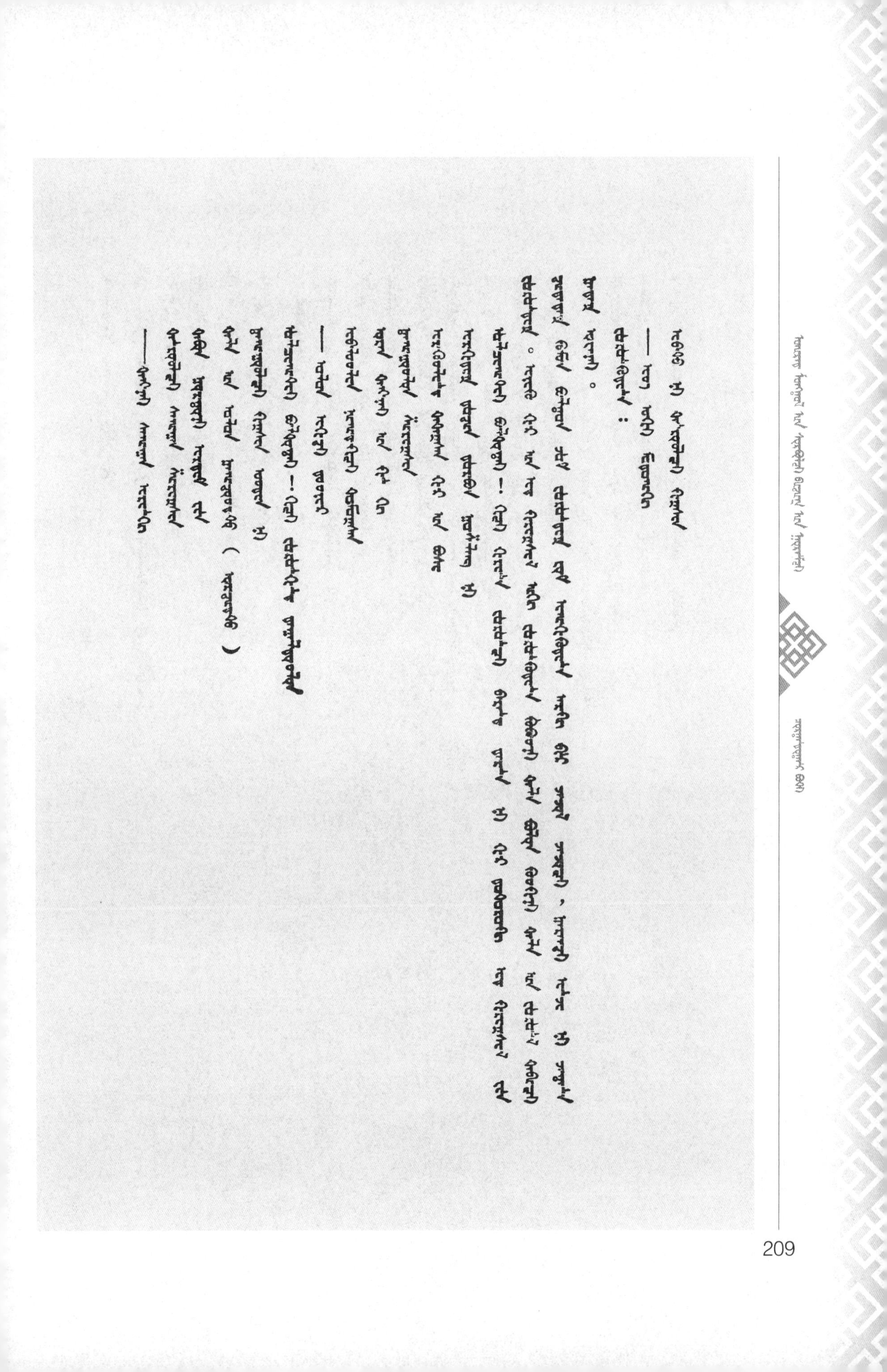

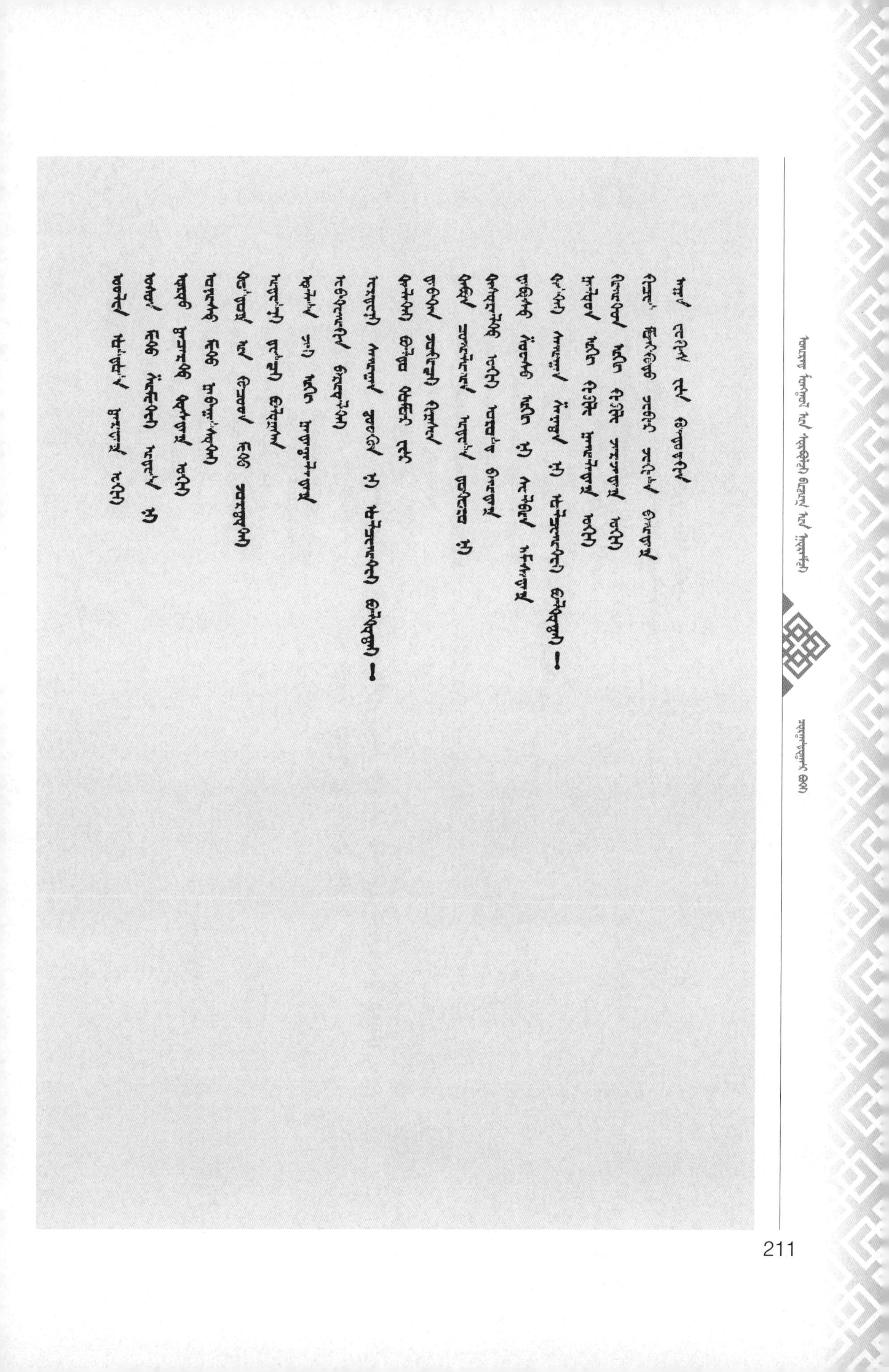

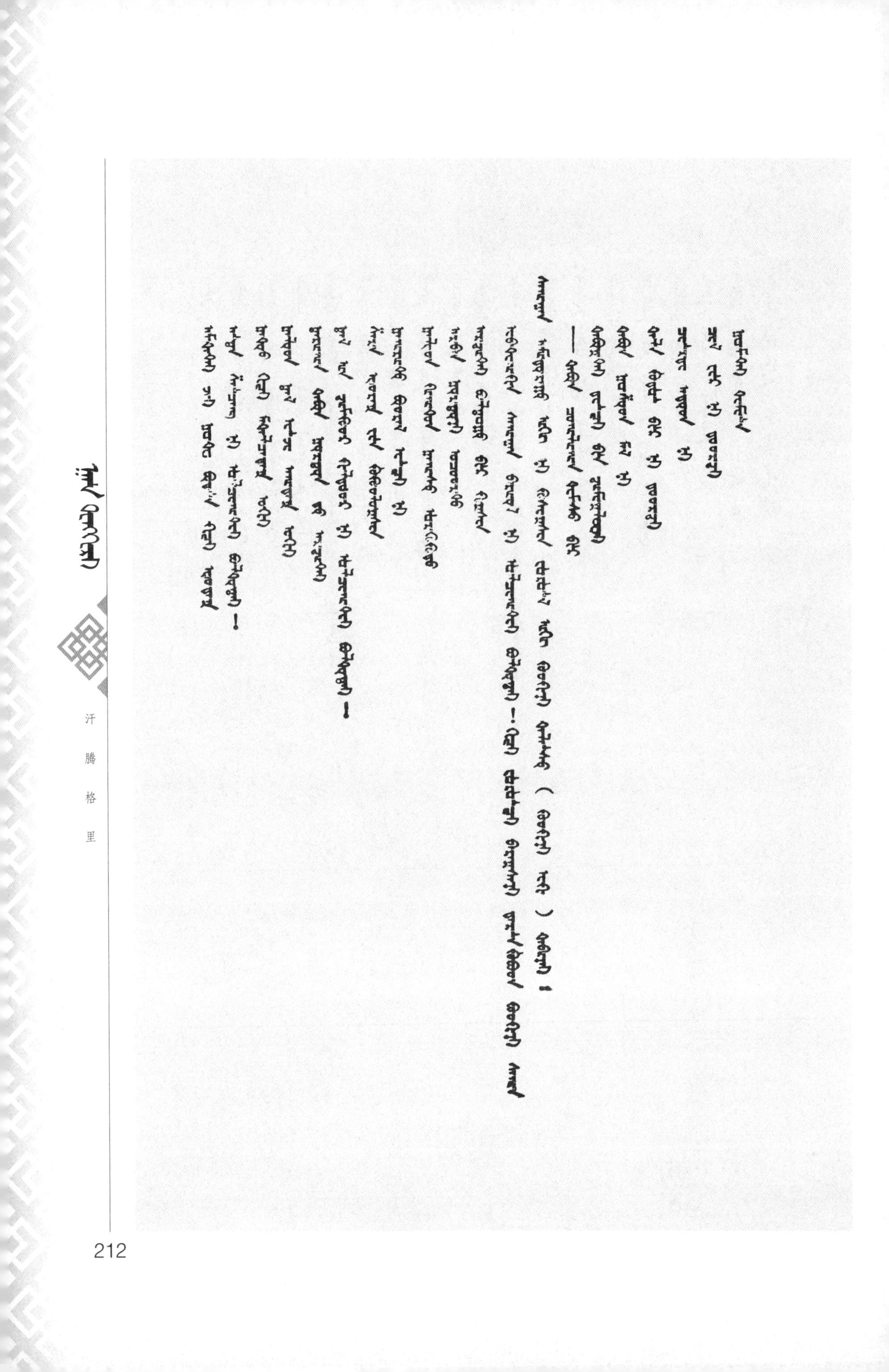

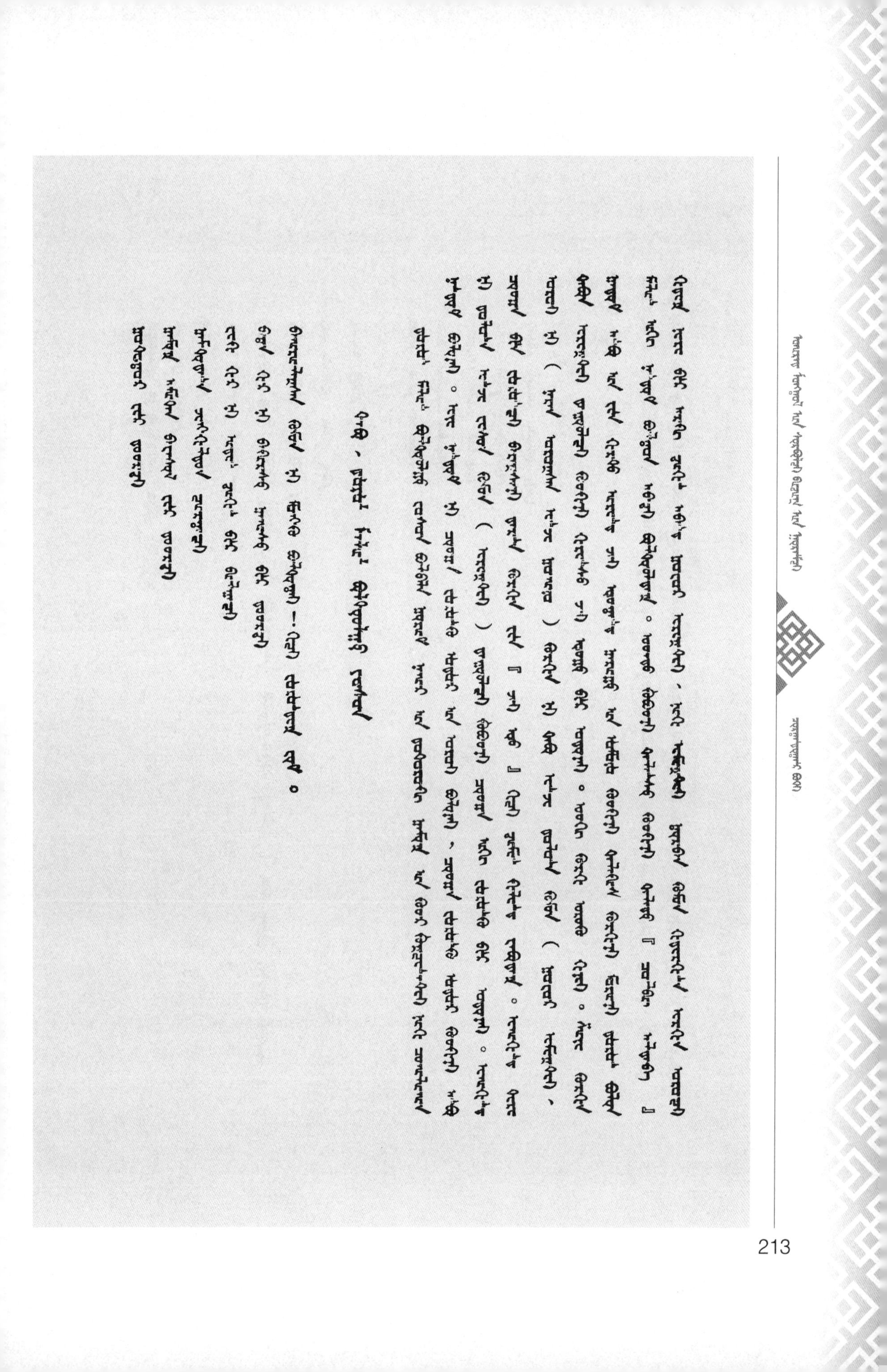

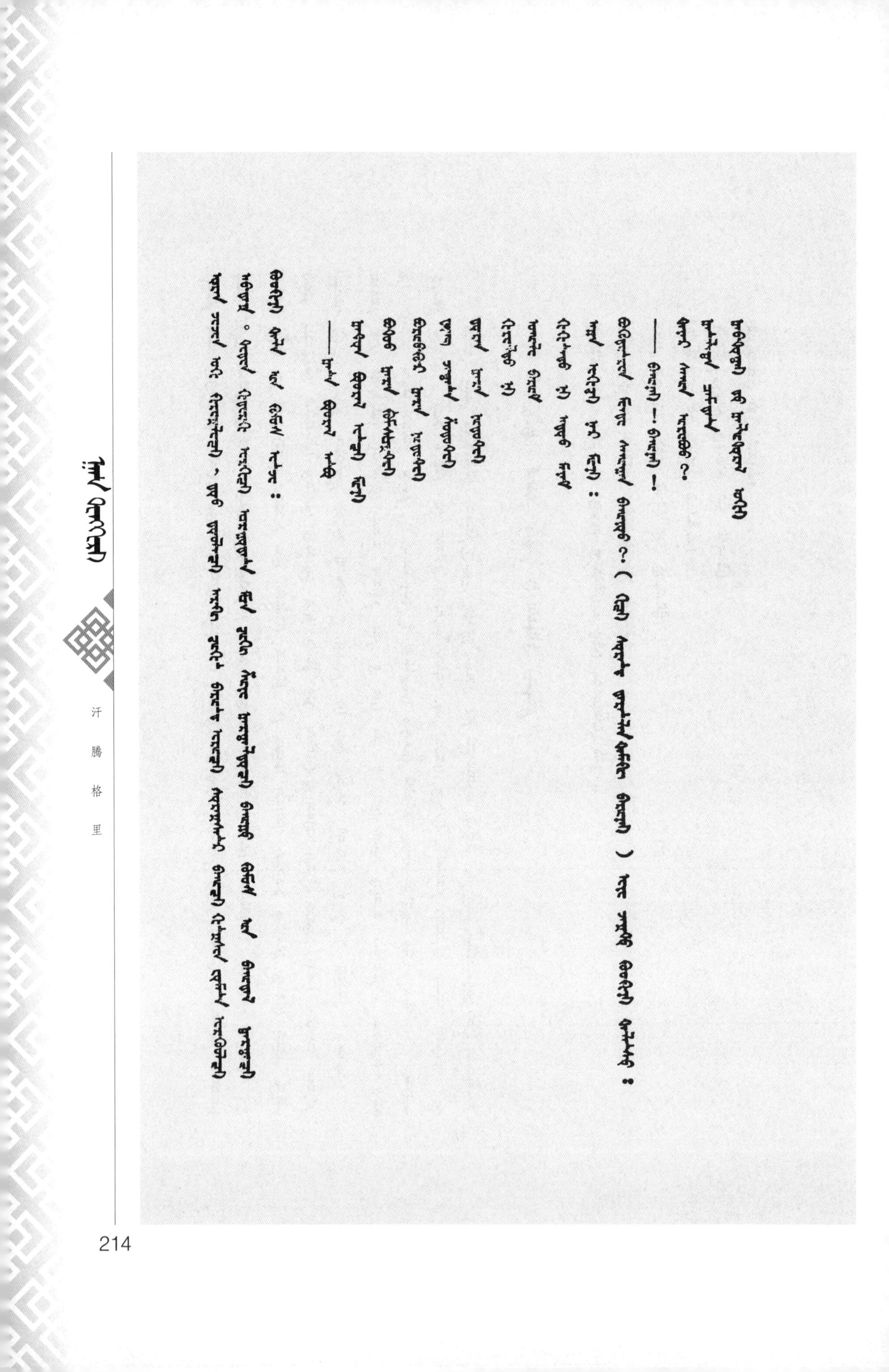

[illegible]
[illegible] ᠃ [illegible]
[illegible] :

—— [illegible]

[illegible]
[illegible]
[illegible]
[illegible]
[illegible]
[illegible]
[illegible]
[illegible]
[illegible]
[illegible] :
[illegible] ([illegible]) [illegible] :
—— [illegible] ! [illegible] !
[illegible] ?
[illegible]
[illegible]

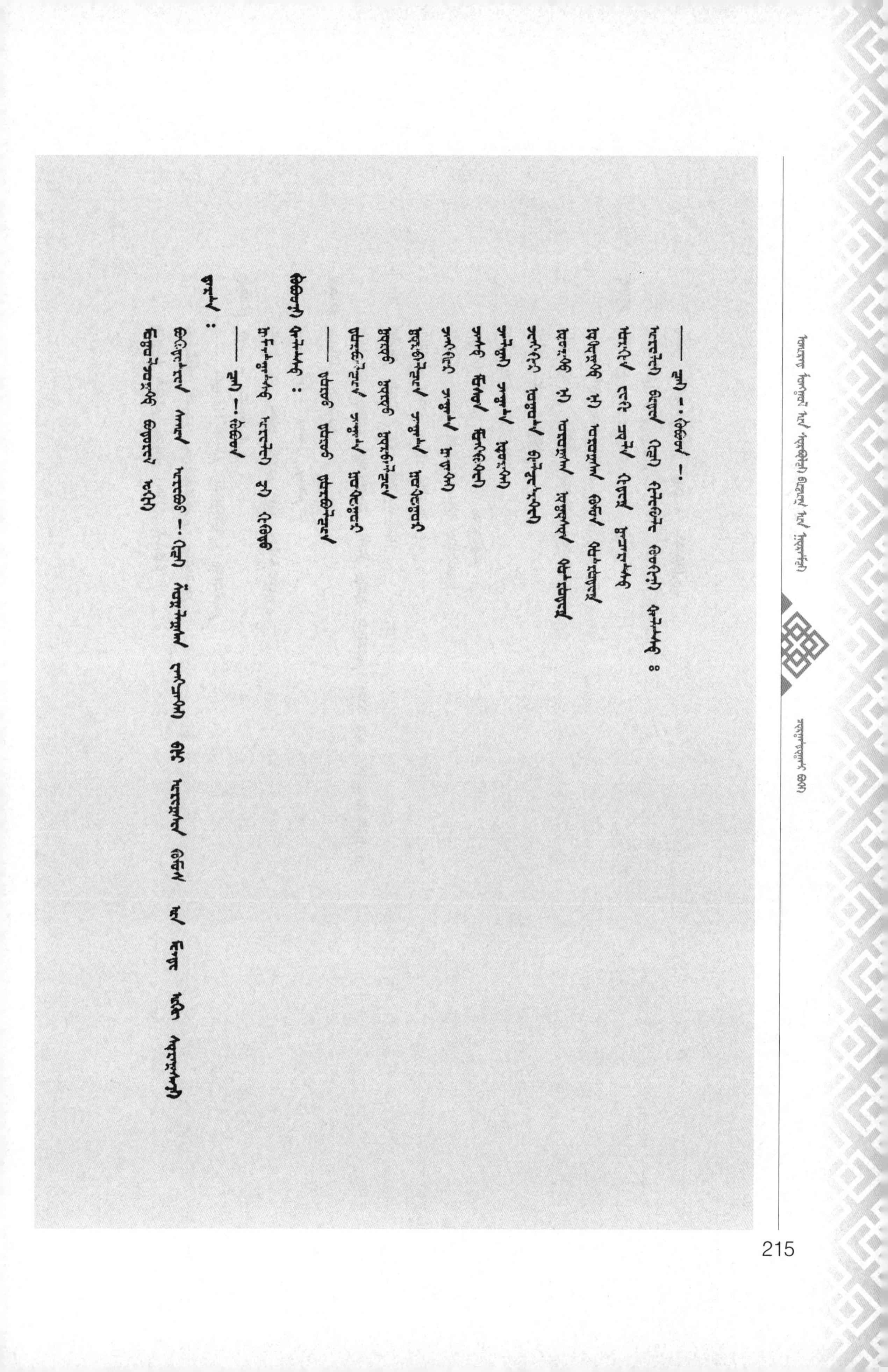

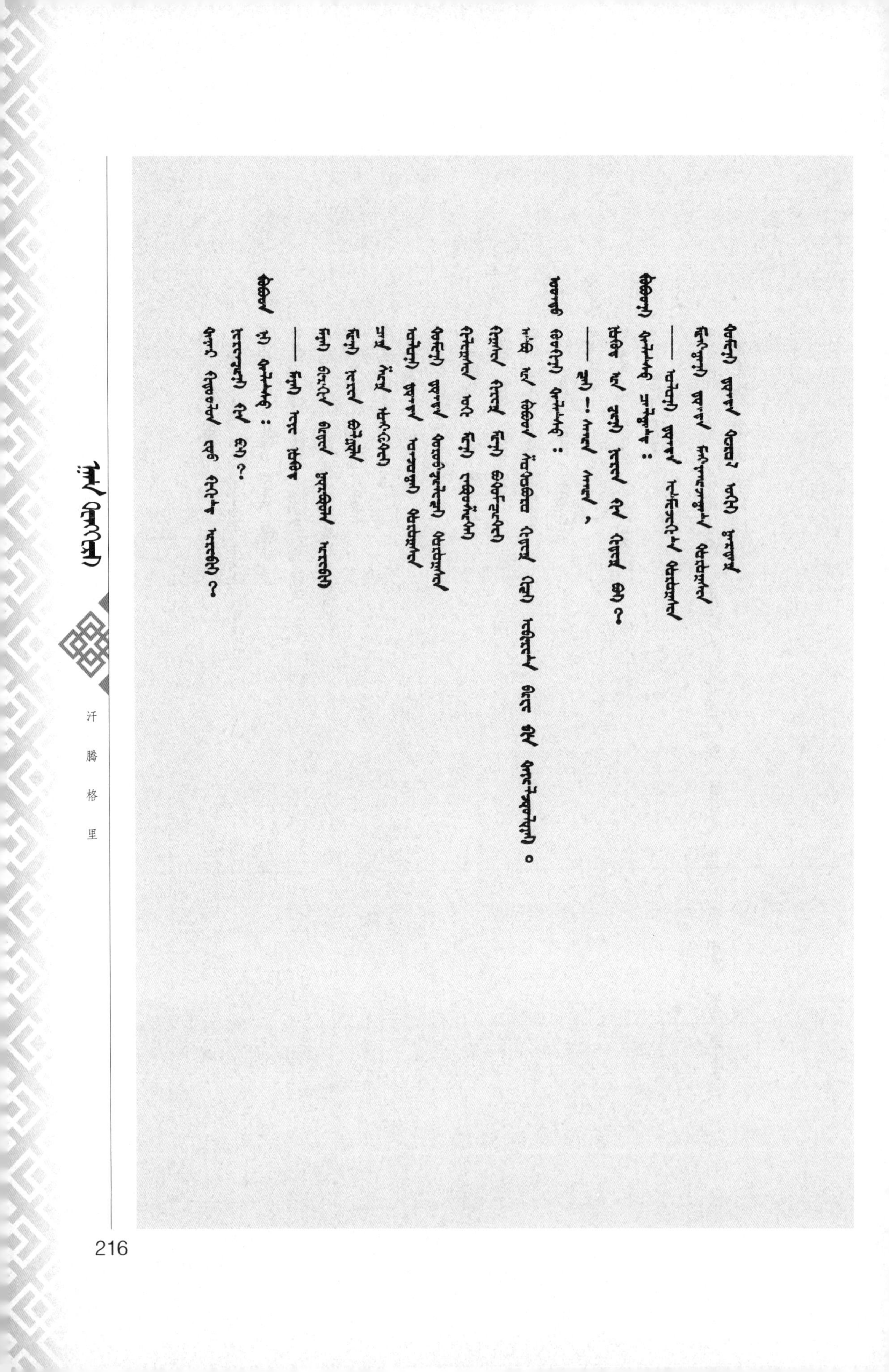

[illegible]
[illegible]
—— [illegible]
[illegible] :
[illegible] ?
—— [illegible] ! ᠰᠠᠶᠢᠨ ᠰᠠᠶᠢᠨ ,
[illegible] :
[illegible] 。
[illegible]
[illegible]
[illegible]
[illegible]
[illegible]
[illegible]
[illegible]
—— [illegible]
[illegible] :
[illegible] ?
[illegible] ?

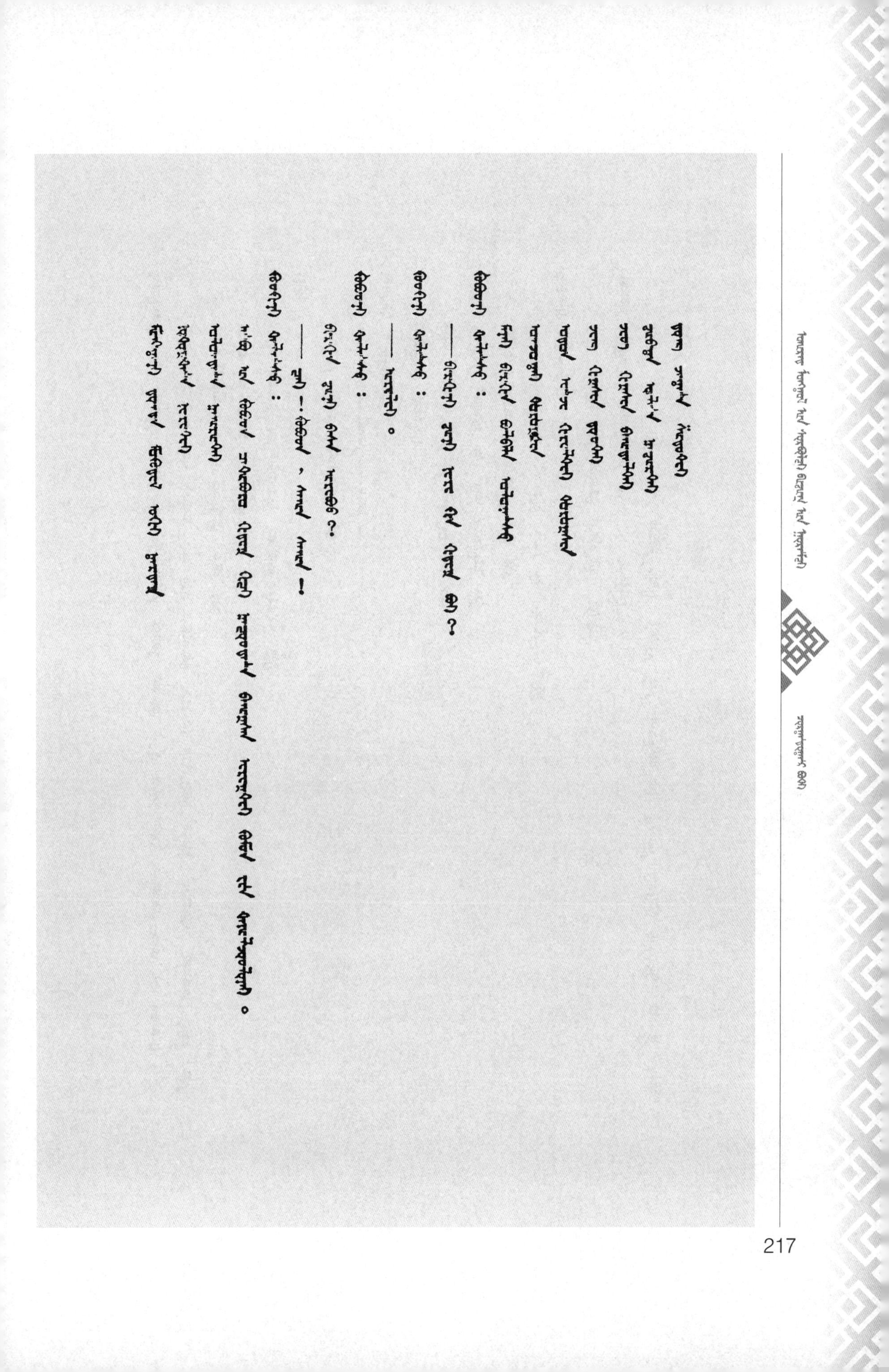

[illegible]
[illegible]
[illegible]
[illegible]
[illegible]
[illegible]
[illegible]
[illegible] :
——[illegible] ?
[illegible] :
—— [illegible] ᠃
[illegible] :
[illegible] ?
—— [illegible] ! [illegible] , [illegible] !
[illegible] :
[illegible] ᠃
[illegible]
[illegible]
[illegible]

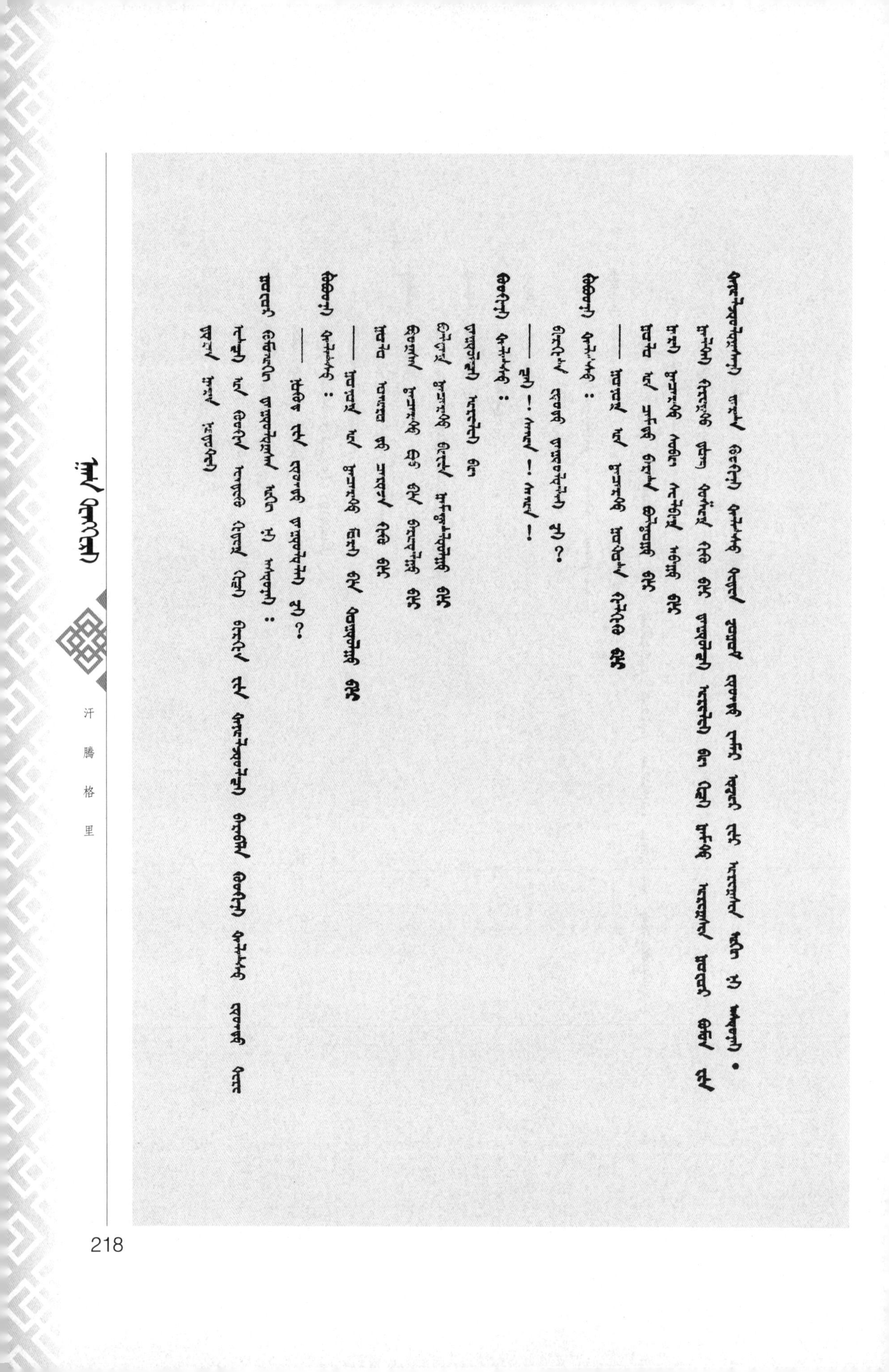

• [illegible]

[illegible]

[illegible]

[illegible]

—— [illegible]

[illegible] :

[illegible] ?

—— [illegible] ! [illegible] ! [illegible] !

[illegible] :

[illegible]

[illegible]

[illegible]

[illegible]

—— [illegible]

[illegible] :

—— [illegible] ?

[illegible] :

[illegible]

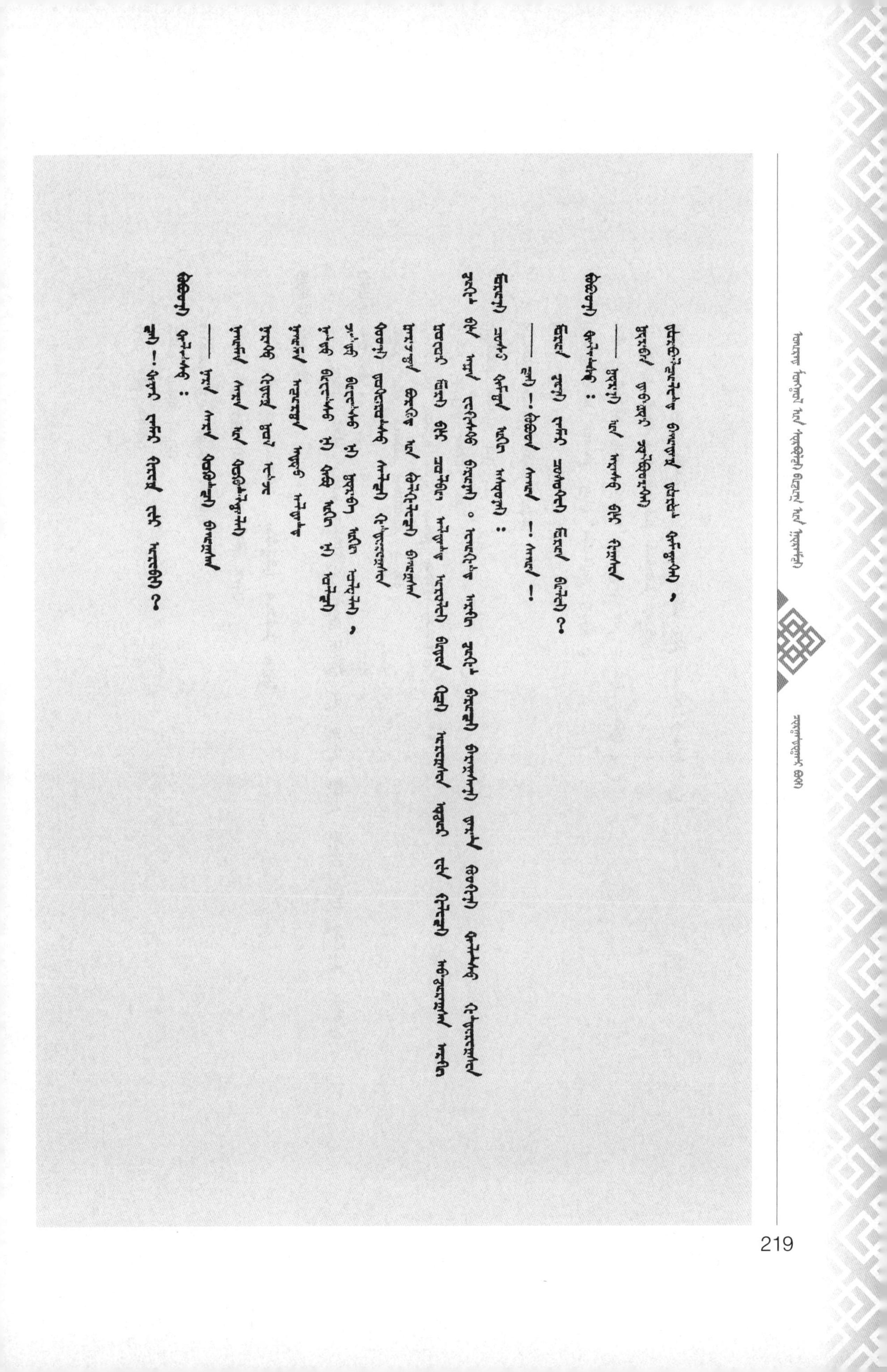

[illegible] ,
[illegible]
—— [illegible]
[illegible] ᠬᠡᠯᠡᠪᠡ :
[illegible] ?
—— [illegible] ! [illegible] ᠠᠬᠠ ! ᠠᠬᠠ !
[illegible] :
[illegible] 。[illegible]
[illegible]
[illegible]
[illegible]
[illegible] ,
[illegible]
[illegible]
[illegible]
[illegible]
—— [illegible]
[illegible] ᠬᠡᠯᠡᠪᠡ :
[illegible] ?

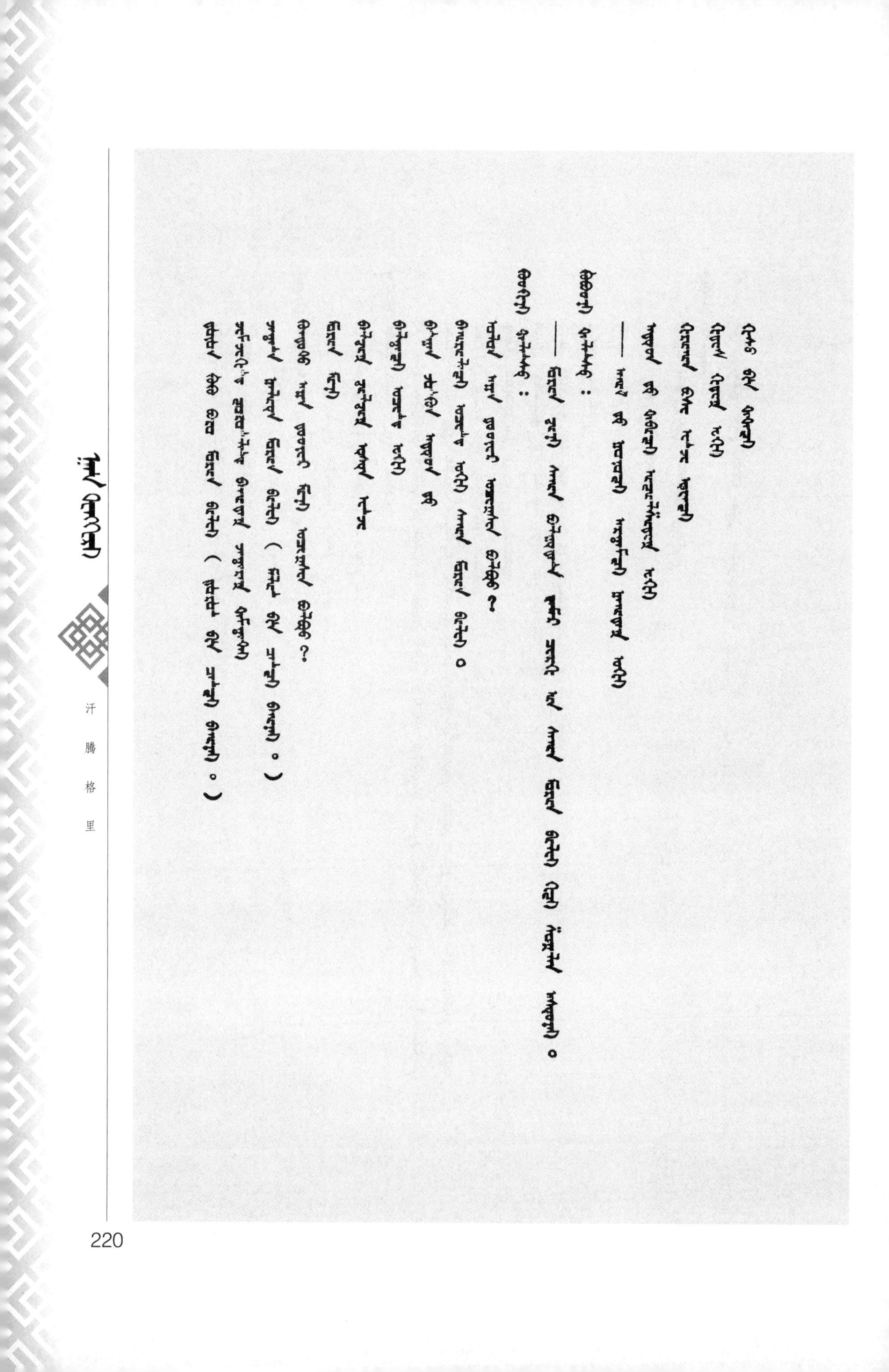

[illegible]

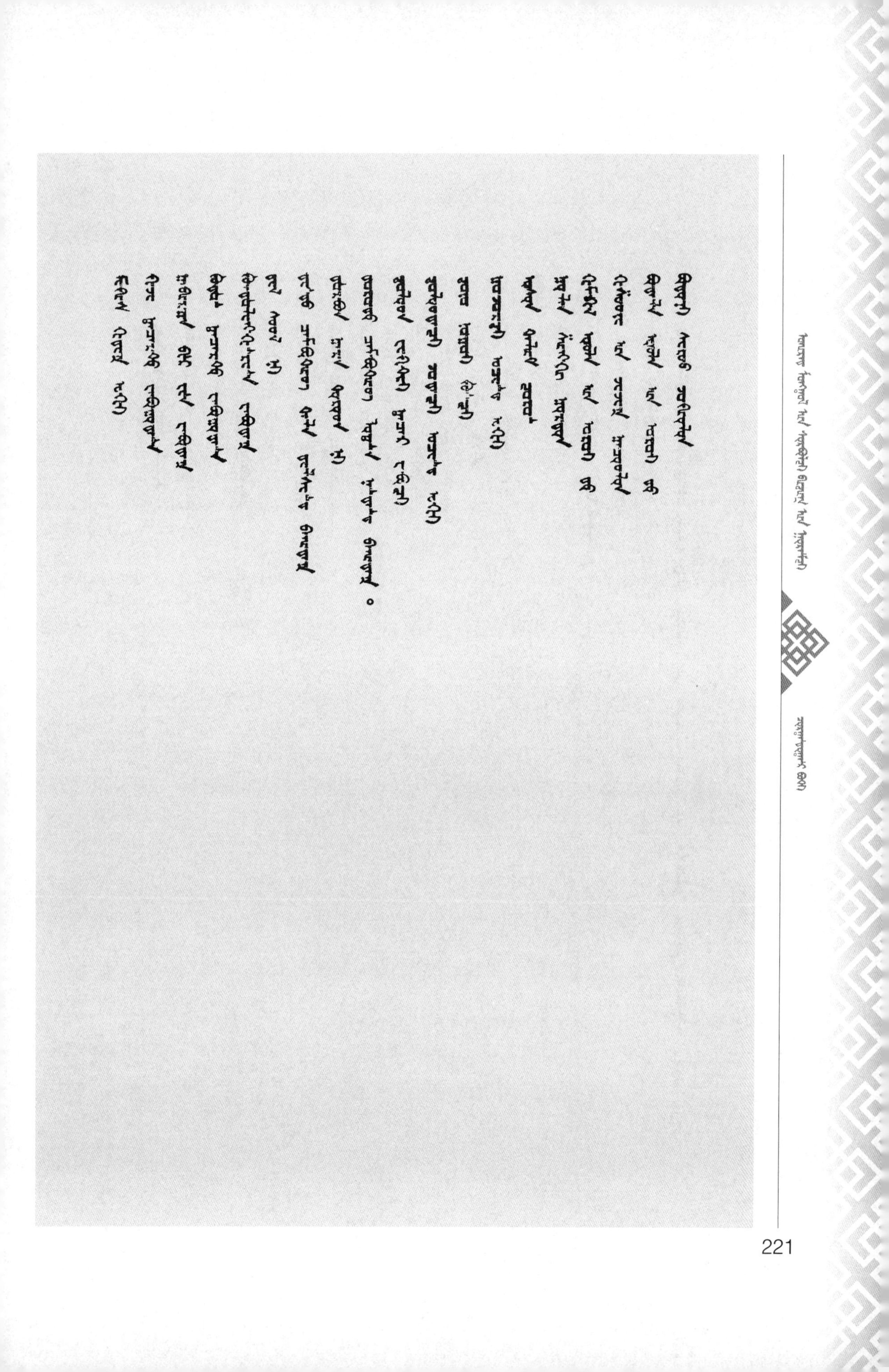

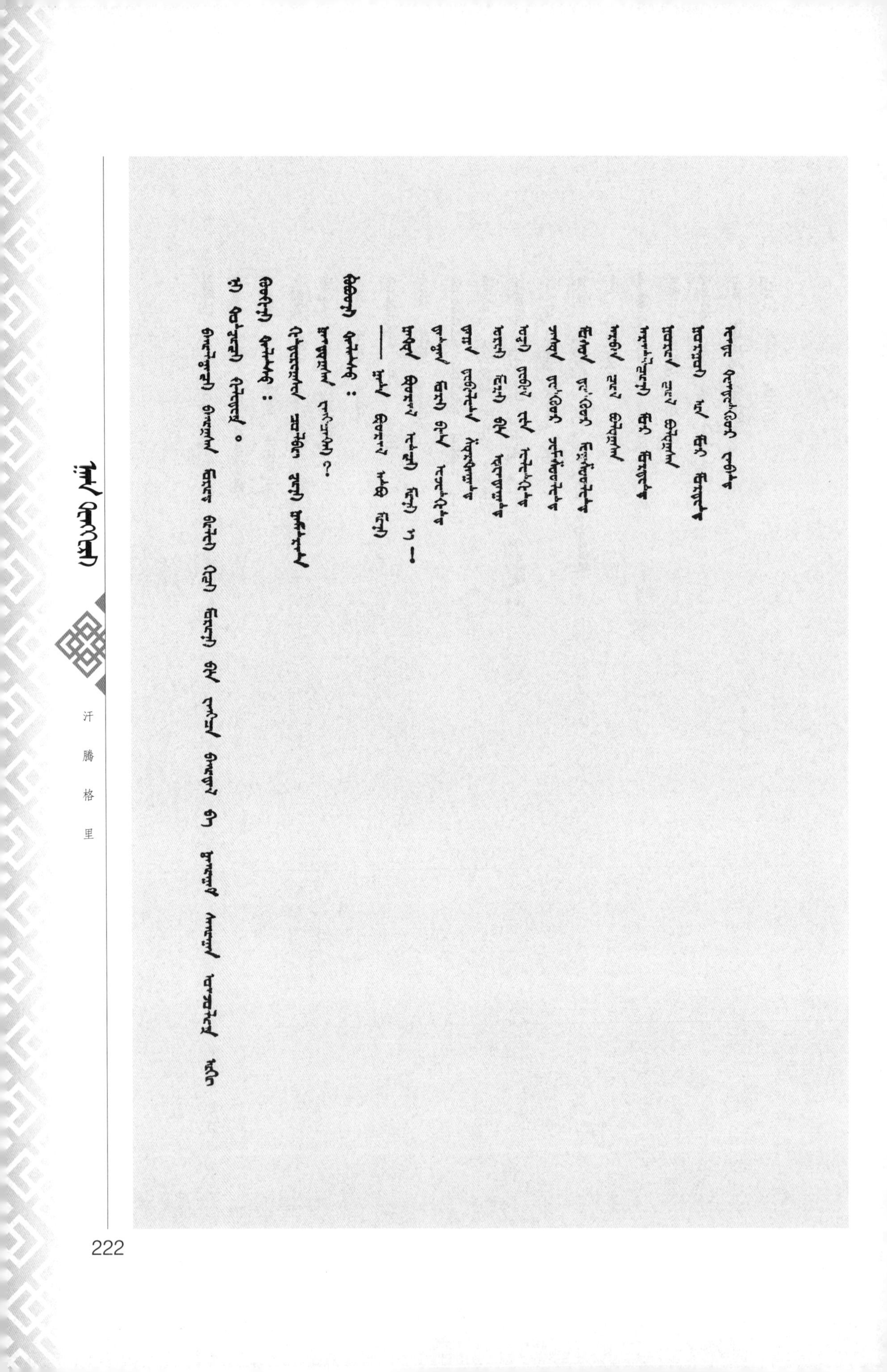

[illegible]

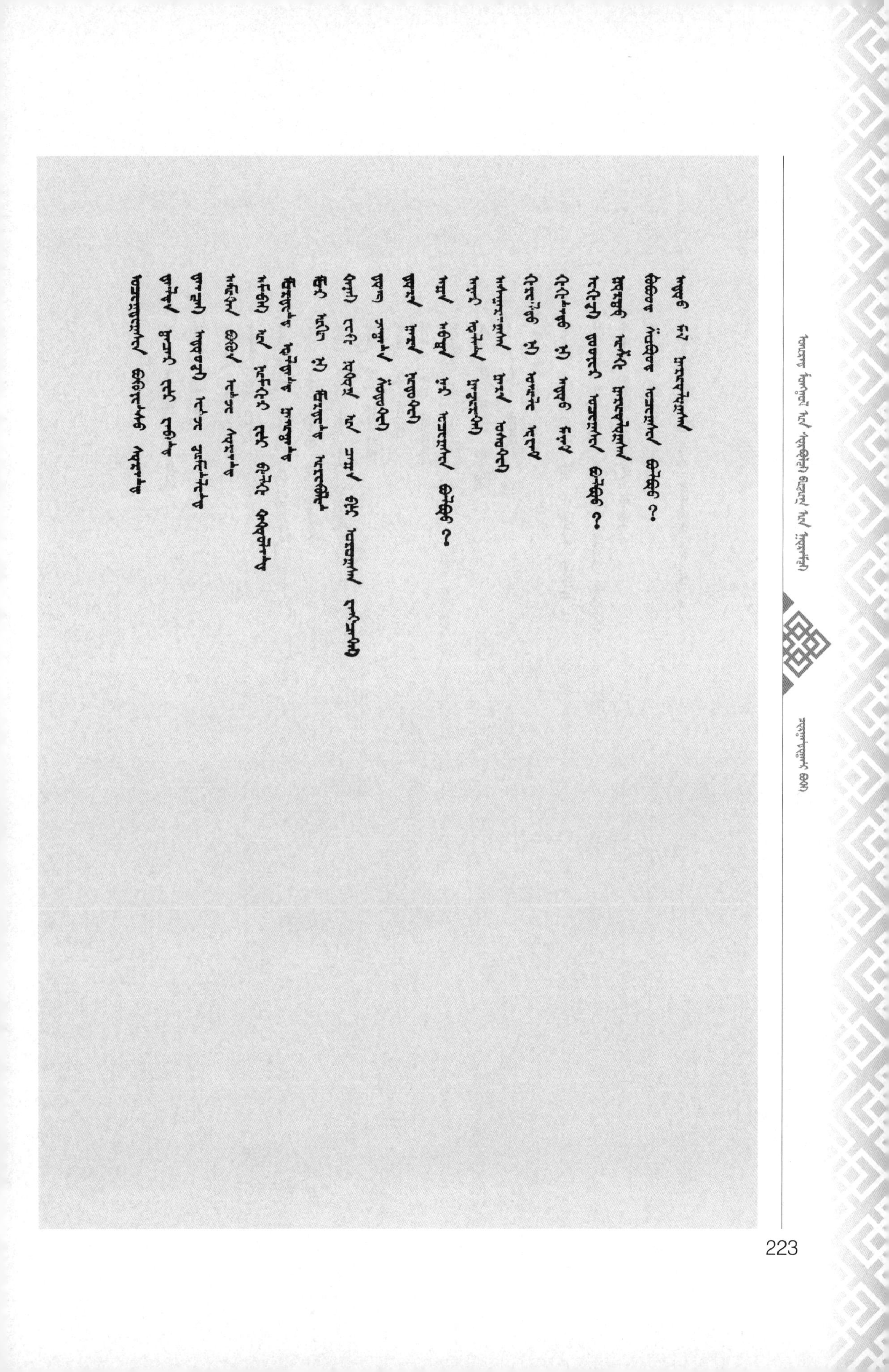

[illegible]
[illegible]
[illegible]
[illegible]
[illegible]
[illegible]
[illegible]
[illegible]
[illegible]
[illegible]
[illegible] ?
[illegible]
[illegible]
[illegible]
[illegible]
[illegible] ?
[illegible]
[illegible] ?
[illegible]

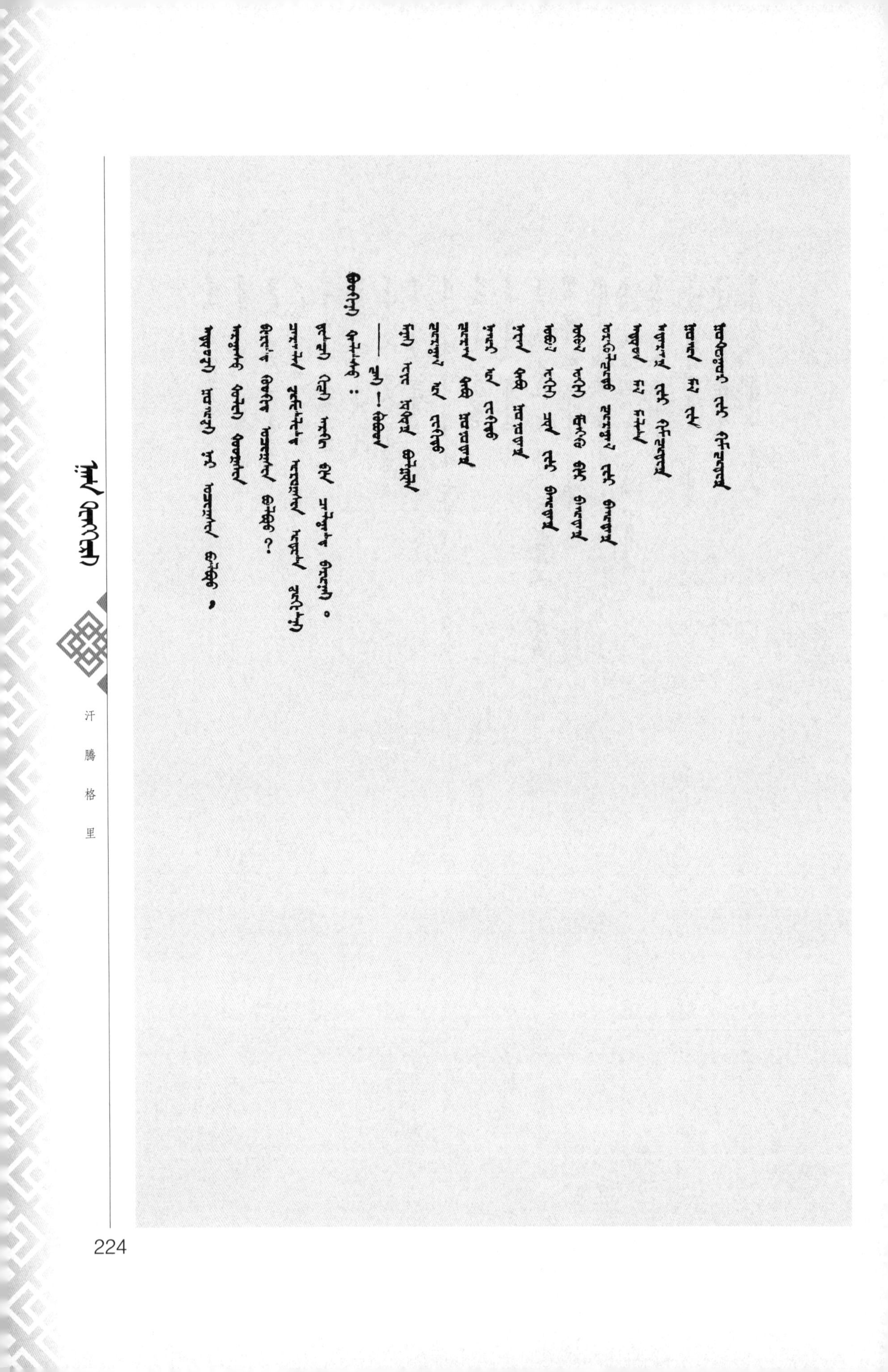

[illegible]
[illegible]
[illegible]
[illegible]
[illegible]
[illegible]
[illegible]
[illegible]
[illegible]
[illegible]
[illegible]
[illegible]
—— [illegible] ! [illegible]

[illegible] :

[illegible] 。
[illegible]
[illegible] ?
[illegible]
[illegible] ,

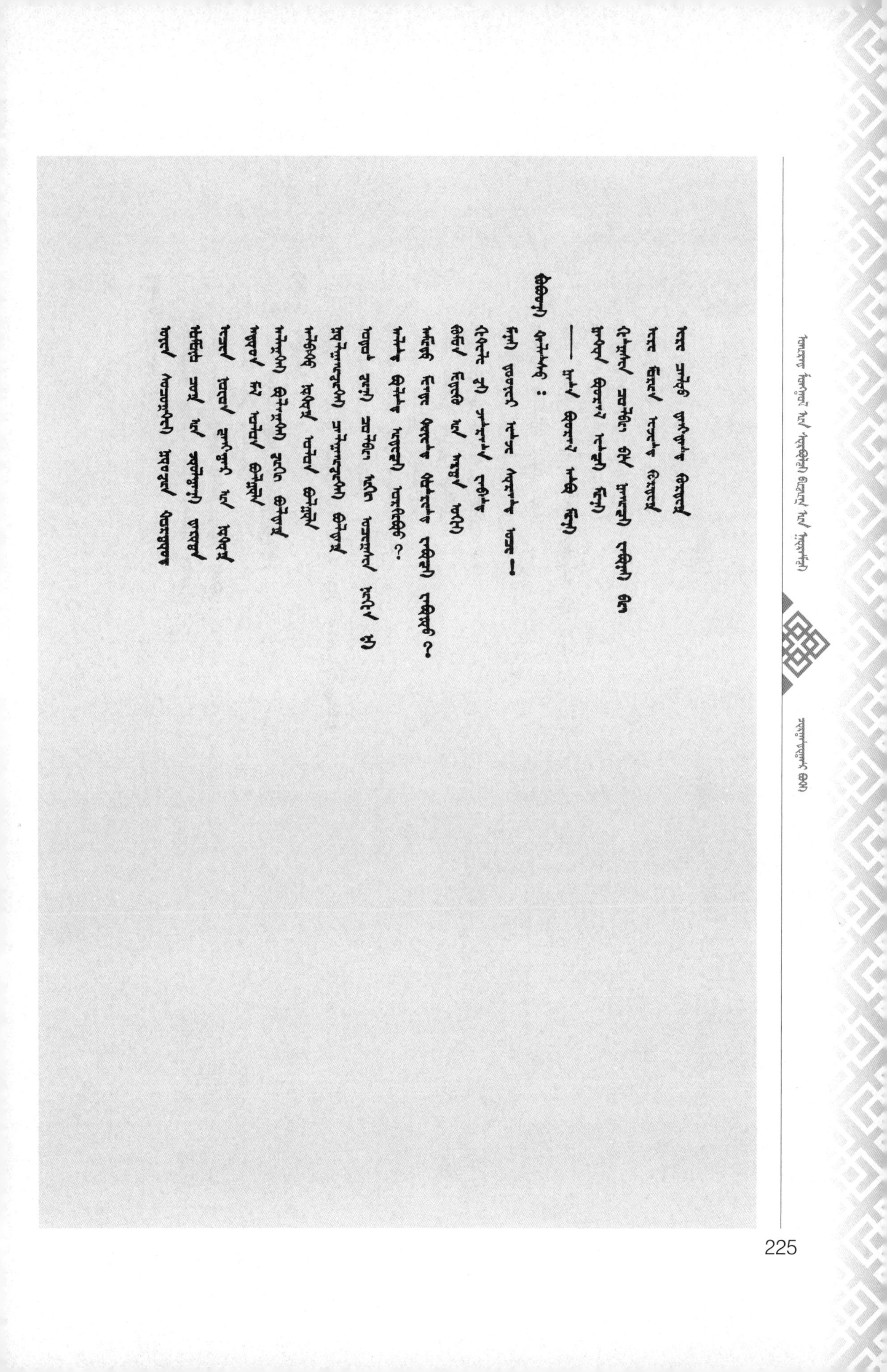

[illegible]
[illegible]
[illegible]
[illegible]
—— [illegible]

[illegible] :

[illegible] —
[illegible]
[illegible]
[illegible] ?
[illegible] ?
[illegible]
[illegible]
[illegible]
[illegible]
[illegible]
[illegible]
[illegible]
[illegible]

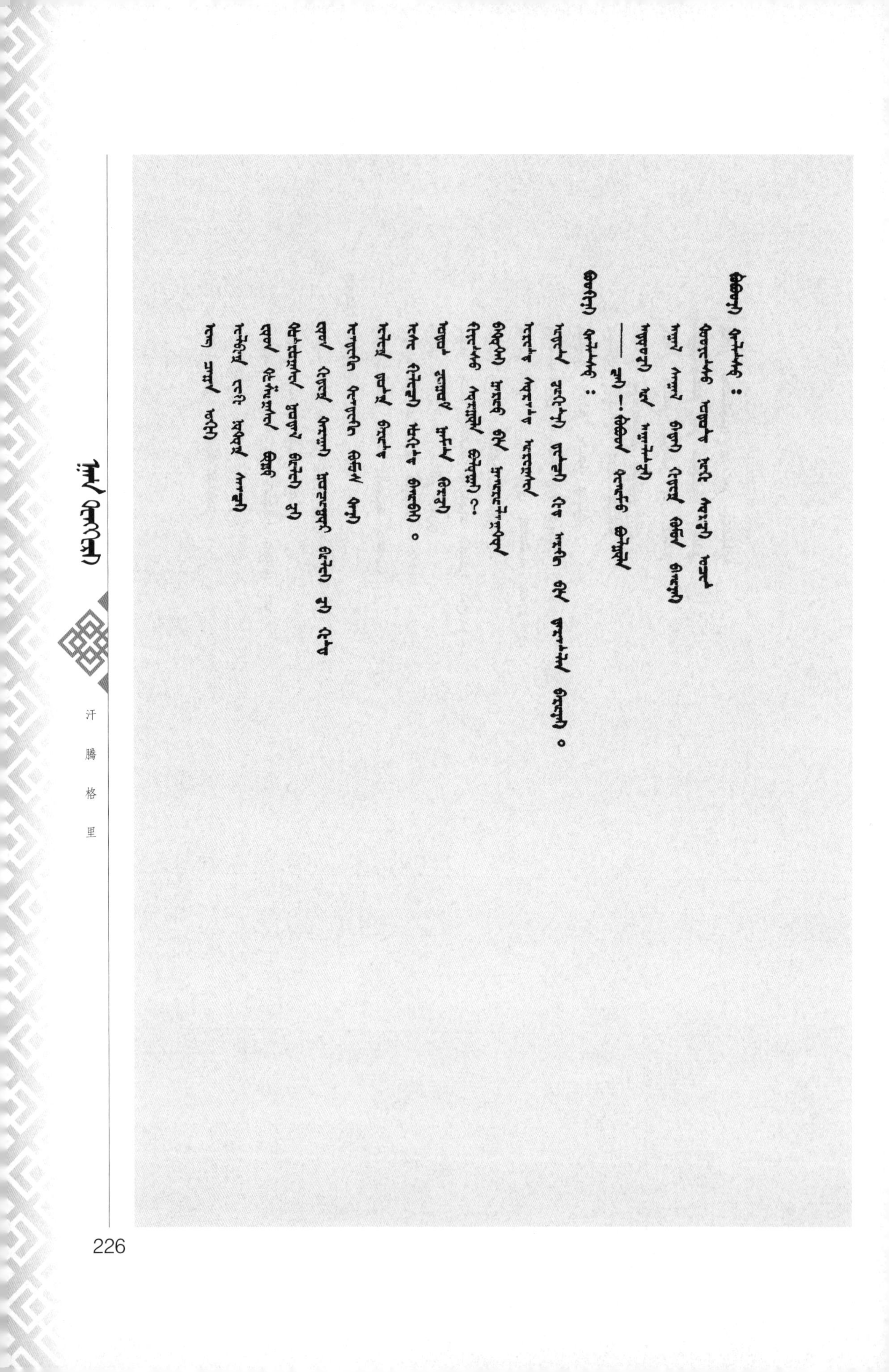

[illegible] :
[illegible]
[illegible]
[illegible]
—— [illegible]
[illegible] :
[illegible] 。
[illegible]
[illegible]
[illegible] ?
[illegible]
[illegible] 。
[illegible]
[illegible]
[illegible]
[illegible]
[illegible]
[illegible]
[illegible]

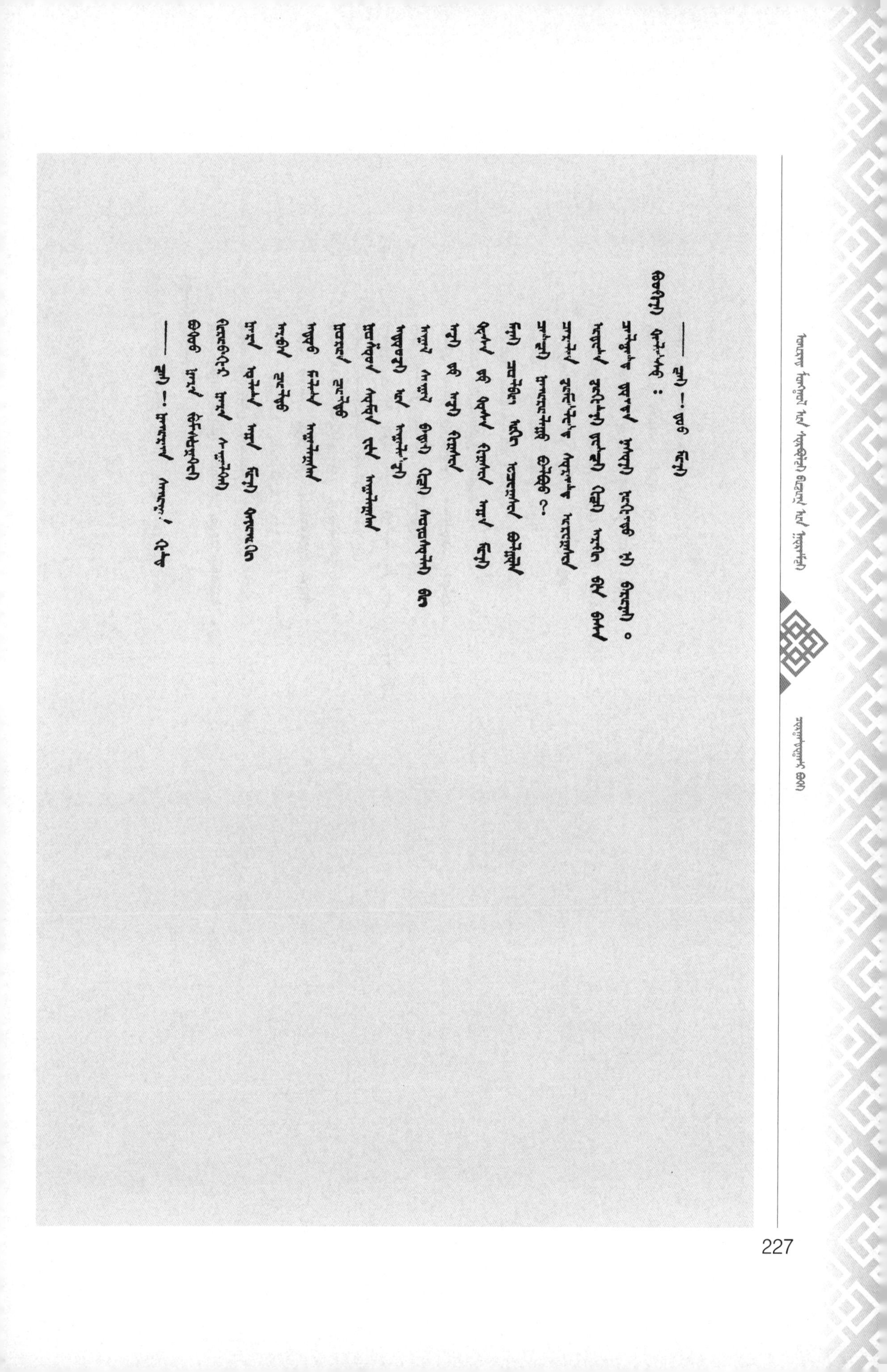

—— [illegible] ! [illegible]

[illegible] :

[illegible] 。

[illegible]

[illegible]

[illegible] ?

[illegible]

[illegible]

[illegible]

[illegible]

[illegible]

[illegible]

[illegible]

[illegible]

[illegible]

[illegible]

[illegible]

[illegible]

[illegible]

—— [illegible] ! [illegible] ! [illegible]

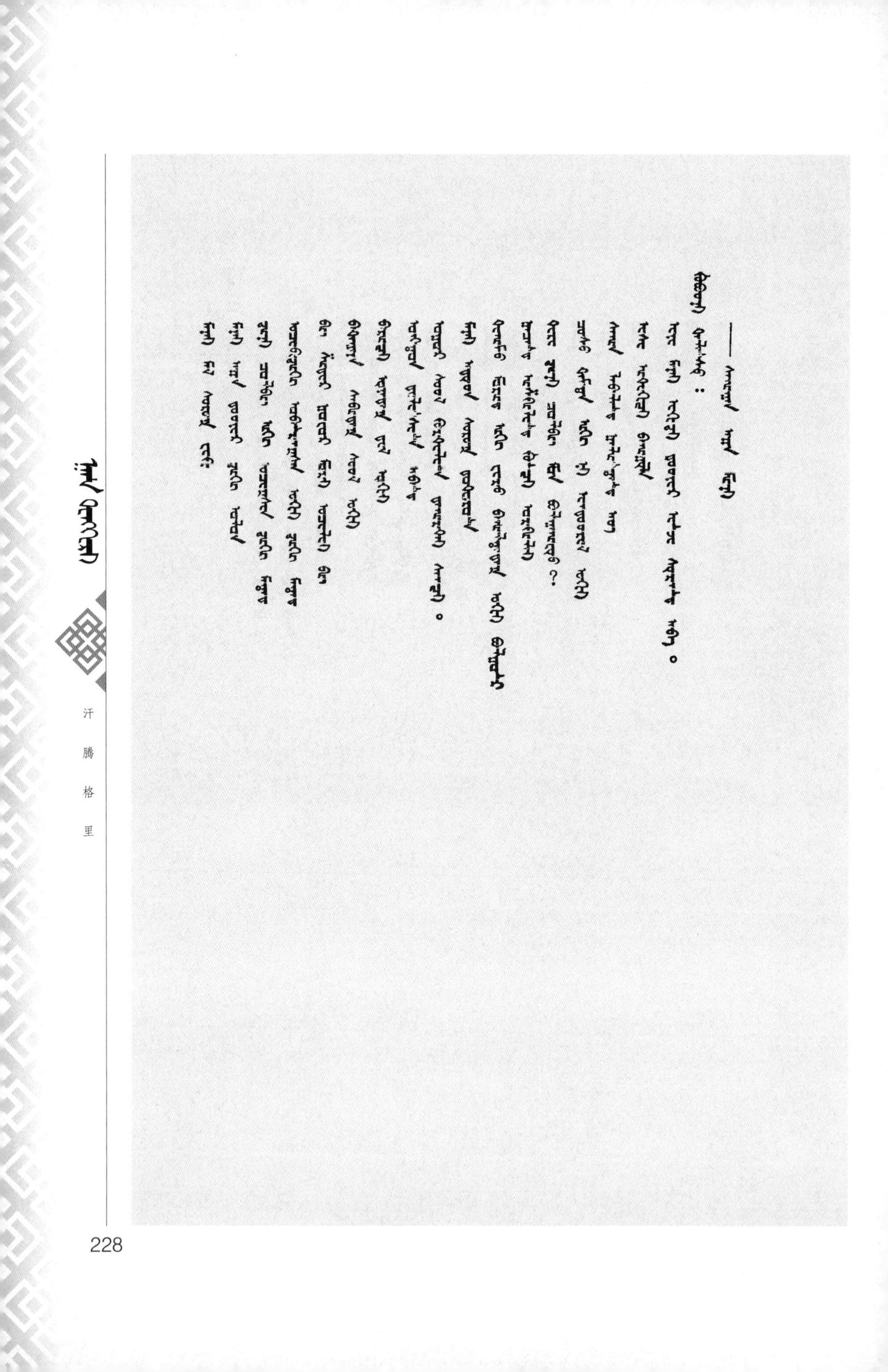

[illegible]

[illegible]

[illegible]
[illegible]
[illegible]
[illegible]
[illegible]
[illegible]
[illegible]
[illegible]
[illegible]
[illegible]
[illegible]
[illegible]
[illegible]
[illegible]
[illegible]
[illegible]
[illegible]

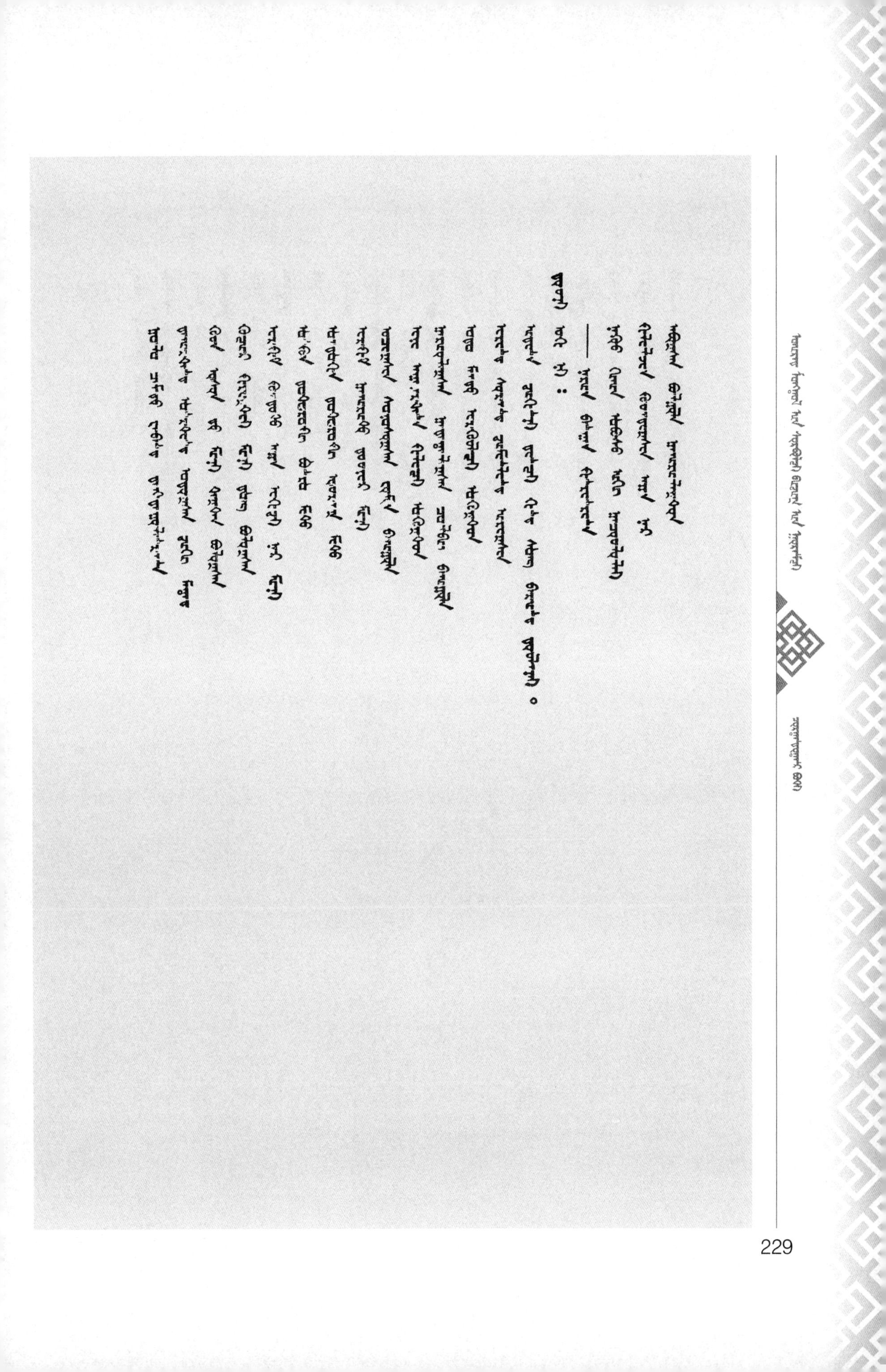

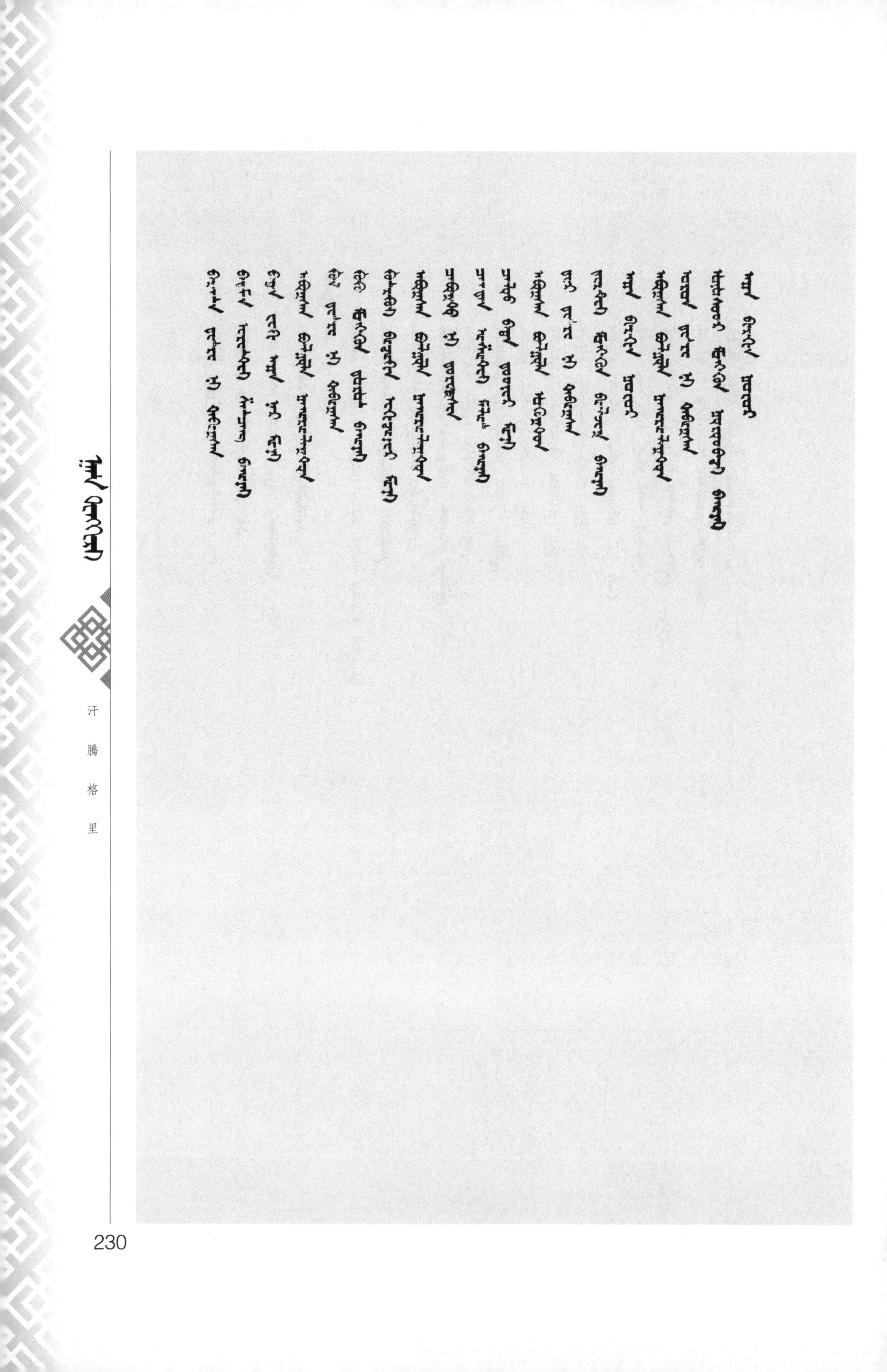

[illegible]
[illegible]
[illegible]
[illegible]
[illegible]
[illegible]
[illegible]
[illegible]
[illegible]
[illegible]
[illegible]
[illegible]
[illegible]
[illegible]
[illegible]
[illegible]
[illegible]
[illegible]
[illegible]

ᠭᠠᠳᠠᠭᠠᠳᠤ ᠪᠣᠯ ᠭᠣᠣ ᠰᠠᠶᠢᠨ ᠰᠠᠶᠢᠬᠠᠨ ᠤᠨ ᠬᠤᠳᠠᠯᠳᠤᠭᠠᠴᠢᠨ ᠪᠡ

ᠭᠠᠵᠠᠷ ᠬᠥᠳᠡᠭᠡ ᠶᠢᠨ ᠠᠮᠢᠲᠠᠨ ᠬᠤᠳᠠᠯᠳᠤᠨ ᠠᠪᠤᠨ᠎ᠠ

ᠭᠠᠵᠠᠷ ᠤᠰᠤᠨ ᠤ ᠪᠠᠷᠠᠭ᠎ᠠ ᠬᠤᠳᠠᠯᠳᠤᠨ ᠠᠪᠤᠨ᠎ᠠ

ᠭᠠᠳᠠᠭᠠᠳᠤ ᠣᠷᠣᠨ ᠣᠷᠣᠨ ᠤ ᠪᠠᠷᠠᠭ᠎ᠠ ᠬᠤᠳᠠᠯᠳᠤᠨ ᠠᠪᠤᠨ᠎ᠠ

ᠬᠡᠷᠡᠭᠲᠡᠢ ᠶᠠᠭᠤᠮᠠ ᠪᠠᠨ ᠬᠤᠳᠠᠯᠳᠤᠨ᠎ᠠ

ᠬᠡᠷᠡᠭᠦᠨ ᠲᠡᠷᠡᠭᠦᠨ ᠠᠮᠢᠲᠠᠨ ᠬᠤᠳᠠᠯᠳᠤᠨ ᠠᠪᠤᠨ᠎ᠠ

ᠬᠡᠷᠡᠭ ᠶᠠᠭᠤᠮᠠ ᠪᠠᠨ ᠬᠤᠳᠠᠯᠳᠤᠨ᠎ᠠ

ᠬᠡᠯᠡᠨ ᠶᠠᠷᠢᠬᠤ ᠨᠢ ᠰᠠᠶᠢᠨ

ᠪᠣᠷᠤᠨ ᠪᠠ ᠪᠣᠷᠤᠨ ᠡᠷᠬᠡᠯᠡᠭᠰᠡᠨ

ᠬᠠᠷᠠ ᠪᠠ ᠬᠠᠷᠠ ᠡᠷᠬᠡᠯᠡᠭᠰᠡᠨ

—— ᠵᠠ！ᠵᠠ！

ᠪᠦᠬᠦᠳᠡ ᠬᠠᠷᠢᠭᠤᠯᠪᠠ :

ᠲᠡᠳᠡᠨ ᠰᠠᠶᠢᠨ ᠭᠠᠵᠠᠷ ᠬᠡᠷᠡᠭ ᠪᠣᠯ ᠭᠠᠷᠭᠠᠬᠤ ᠬᠡᠷᠡᠭᠲᠡᠢ ◦

ᠲᠡᠷ ᠡᠷᠬᠡᠯᠡᠭᠰᠡᠨ ᠰᠠᠶᠢᠬᠠᠨ ᠭᠠᠷᠭᠠᠭᠰᠠᠨ ᠬᠣᠣ ᠨᠢ

ᠭᠠᠷᠭᠠᠭᠰᠠᠨ ᠭᠠᠵᠠᠷᠲᠤ ᠶᠢᠨ ᠲᠡᠳᠡᠨ ᠬᠡᠷᠡᠭ

ᠰᠠᠶᠢᠨ ᠬᠤᠳᠠᠯᠳᠤᠨ ᠠᠪᠤᠭᠰᠠᠨ

—— ᠵᠠ！ᠪᠣᠯᠣᠨ᠎ᠠ

ᠪᠣᠯᠣᠭᠰᠠᠨ ᠬᠠᠷᠢᠭᠤᠯᠪᠠ :

ᠬᠡᠷᠡᠭᠯᠡᠭᠰᠡᠨ ᠡᠷᠬᠡᠯᠡᠭᠰᠡᠨ ᠭᠠᠷᠭᠠᠭᠰᠠᠨ [illegible] ᠨᠢ ᠭᠠᠳᠠᠭᠠᠳᠤ ᠪᠡ

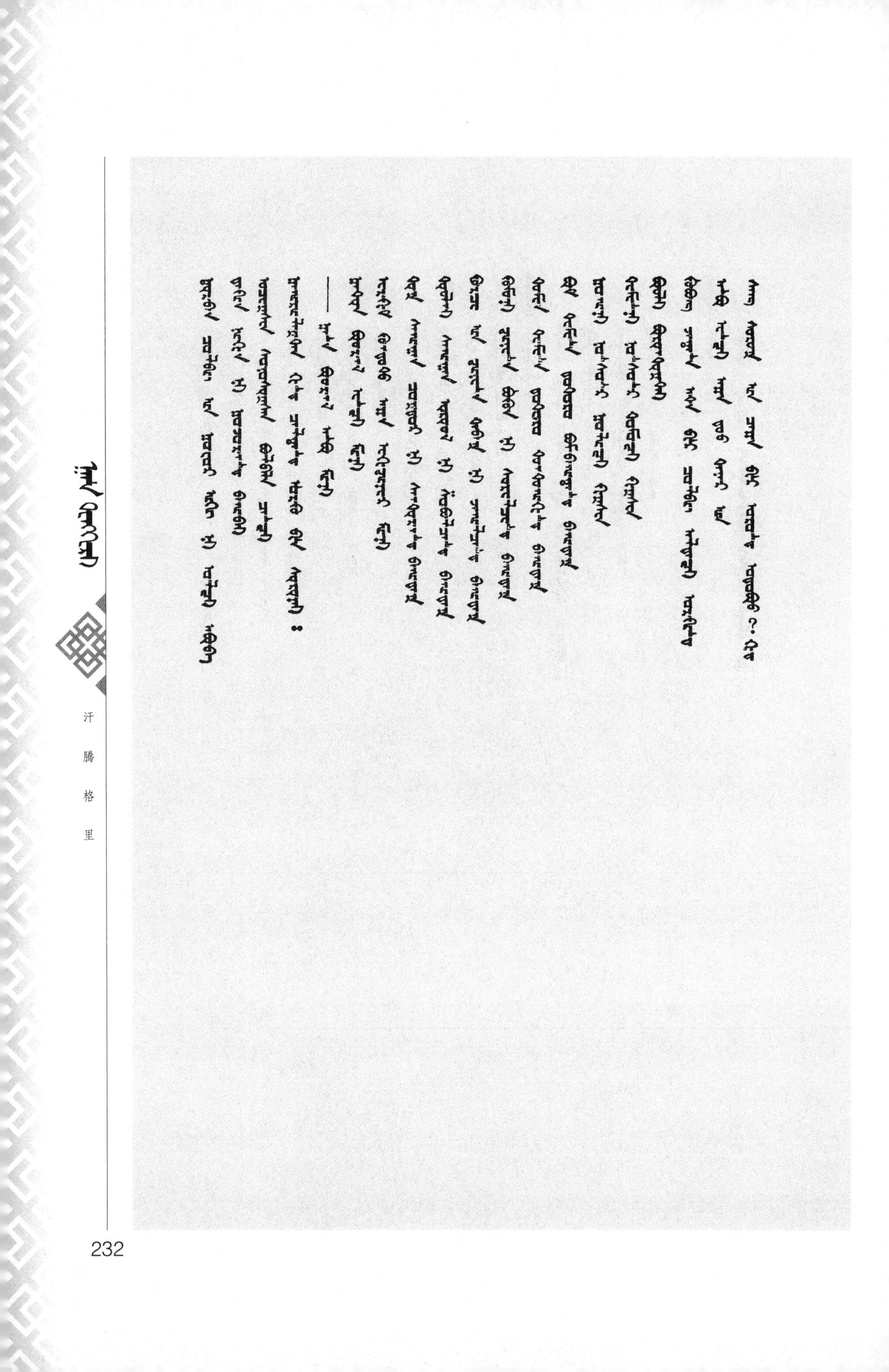

[illegible]

ᠪᠣᠳᠣᠵᠤ ᠤᠩᠰᠢᠭᠠᠷᠠᠢ :

ᠴᠠᠰᠤᠨ ᠭᠢᠯᠲᠦᠭᠡᠨᠡᠵᠦ ᠬᠠᠢᠯᠠᠵᠤ ᠪᠠᠶᠢᠨ᠎ᠠ

ᠬᠠᠪᠤᠷ ᠤᠨ ᠨᠠᠷᠠ ᠳᠡᠯᠭᠡᠷᠡᠨ ᠭᠡᠷᠡᠯ ᠬᠤᠷᠢᠶᠠᠨ

ᠬᠠᠯᠠᠭᠤᠨ ᠪᠣᠯᠤᠭᠰᠠᠨ ᠨᠠᠷᠠ ᠤᠰᠤᠨ ᠮᠥᠷᠡᠨ

ᠨᠣᠭᠣ ᠴᠡᠴᠡᠭ ᠨᠢ ᠬᠡᠭᠡᠷᠡ

ᠬᠤᠪᠴᠠᠰᠤ ᠮᠠᠯᠠᠭ᠎ᠠ ᠬᠠᠭᠠᠷᠠᠭᠰᠠᠨ ᠴᠠᠰᠤ ᠪᠠᠶᠢᠨ᠎ᠠ

—— ᠴᠠᠰᠤ ᠂ ᠴᠠᠰᠤ

ᠭᠡᠷᠡᠯᠲᠦ ᠪᠠᠶᠢᠨ᠎ᠠ ᠬᠡᠯᠡ ᠬᠤᠪᠴᠠᠰᠤ ᠮᠠᠯᠠᠭ᠎ᠠ ᠬᠠᠭᠠᠷᠠᠭᠰᠠᠨ ᠠ ？

ᠭᠠᠵᠠᠷ ᠳᠡᠭᠡᠷ᠎ᠡ ᠳᠤᠯᠠᠭᠠᠨ ᠪᠣᠯᠵᠤ

ᠬᠠᠷ᠎ᠠ ᠭᠠᠵᠠᠷ ᠭᠡᠭᠡᠷᠡᠭᠰᠡᠨ

ᠬᠠᠷᠠᠨ ᠭᠠᠵᠠᠷ ᠨᠣᠭᠣᠭᠠᠷᠠᠭᠰᠠᠨ

—— ᠨᠢ ᠂ ᠭᠠᠢᠬᠠᠮᠠᠢ

—— ᠬᠡᠷᠬᠢ ᠬᠠᠰᠤᠷ ᠭᠡᠷᠡᠯᠲᠦ

—— ᠭᠠᠵᠠᠷ ᠬᠠᠰᠤᠷ ᠶᠠᠭᠤ ᠪᠤᠢ ？ (ᠬᠠᠪᠤᠷᠤᠨ ᠬᠡᠯᠡ ᠬᠠᠷᠢᠭᠤᠯᠲᠠ)

—— ᠬᠡᠷᠬᠢ ᠬᠠᠰᠤᠷᠠᠨ ᠨᠣᠭᠣᠭᠠᠷ

—— ᠲᠡᠷᠡ ᠪᠣᠳᠣᠯ ᠬᠠᠰᠤ ᠭᠠᠵᠠᠷ ᠶᠠᠭᠤ ᠭᠡᠷᠡᠯᠲᠦ ᠪᠤᠢ ？

ᠪᠣᠳᠣᠵᠤ ᠤᠩᠰᠢᠭᠠᠷᠠᠢ :

ᠬᠠᠪᠤᠷ ᠭᠢᠯᠲᠦᠭᠡᠨ ᠲᠡᠭᠡᠷ ᠭᠠᠵᠠᠷ ᠬᠠᠪᠤᠷ ᠪᠣᠯᠤᠨ ᠪᠢᠳᠡᠨ ᠬᠠᠮᠢᠭ ᠪᠡᠨ ᠲᠣᠷᠢᠨ ᠪᠠᠶᠢᠨ᠎ᠠ ◦

ᠴᠠᠰᠤᠨ ᠭᠢᠯᠲᠦᠭᠡᠨᠡᠵᠦ ᠬᠠᠭᠠᠷᠠᠭᠰᠠᠨ

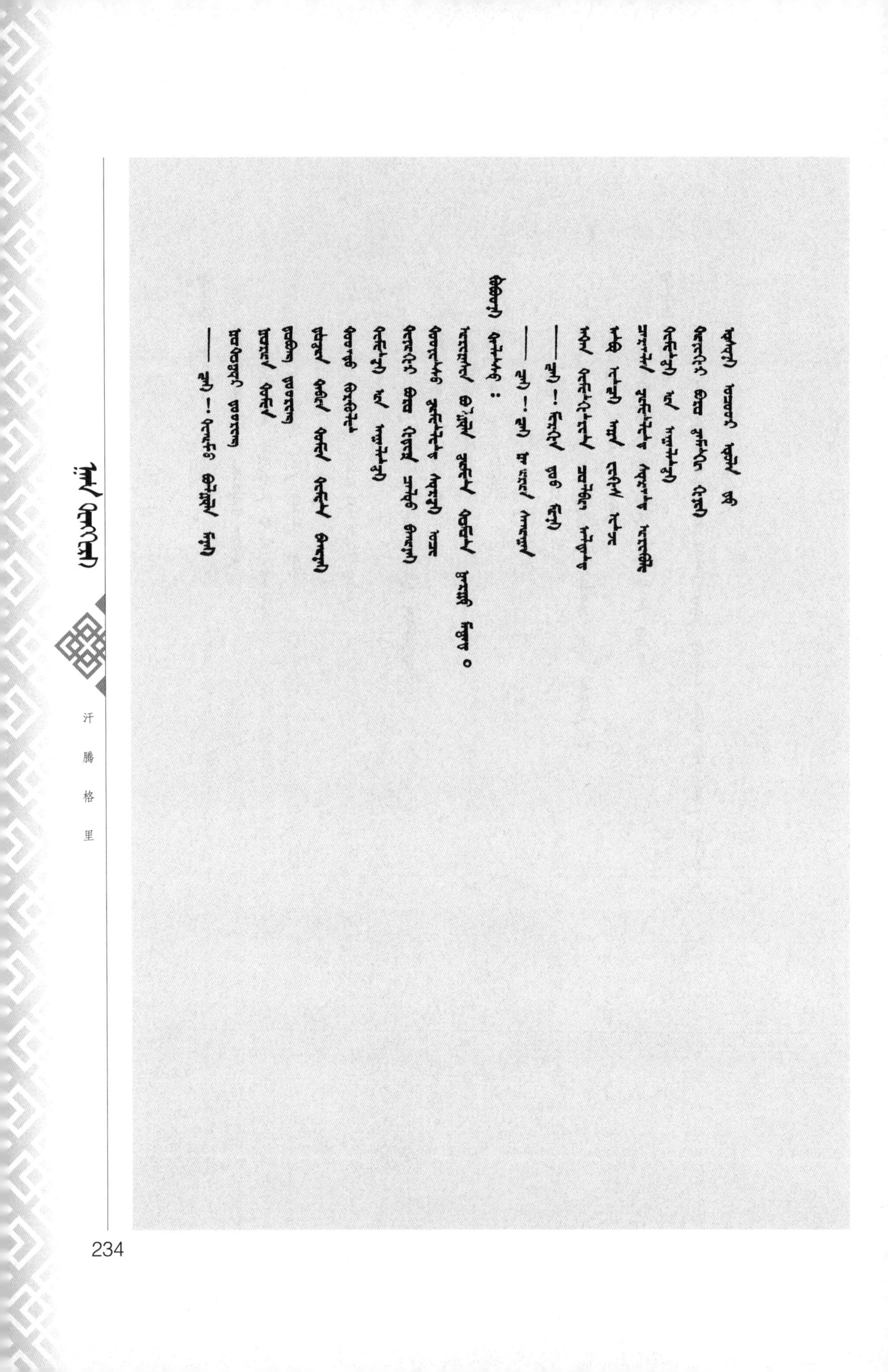

[illegible]

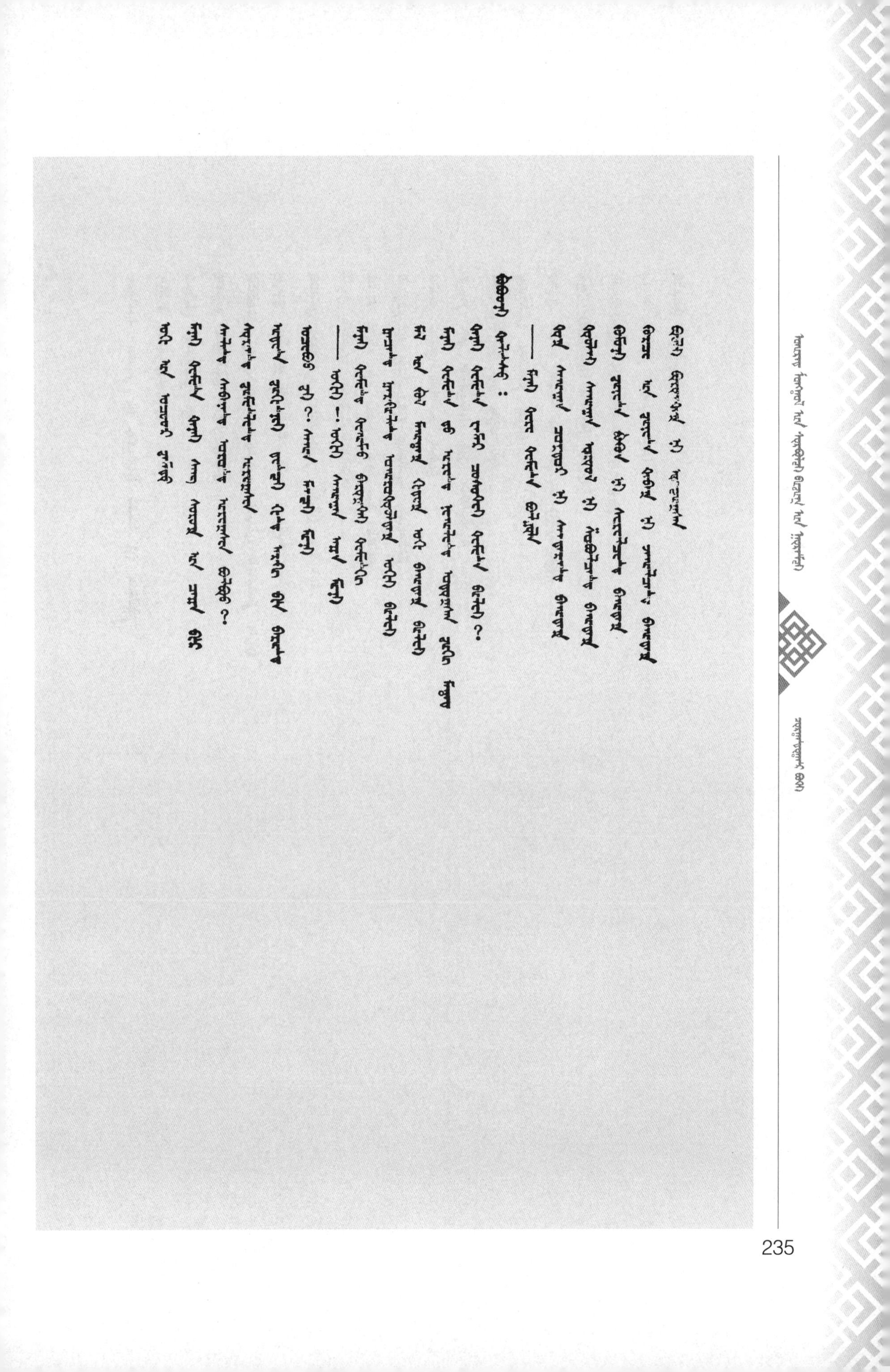

[illegible]

[illegible]

[illegible]

[illegible]

[illegible]

—— [illegible]

[illegible] [illegible] :

[illegible] ?

[illegible]

[illegible]

[illegible]

[illegible]

—— [illegible] ! [illegible]

[illegible] ? [illegible]

[illegible]

[illegible]

[illegible] ?

[illegible]

[illegible]

ᡍᠠᡋᡄᠯᡅ ᡍᠠᡋᠠᠷ ᡅᠨ ᠪᡆᠯᡆᡍᡅ ᡐᡄᠩᡎᡄᠷ ᡅᠨ ᡍᠠᡋᠰᠠᠷ
ᡍᡇᠷᡄᡇ ᡐᡄᠷᡄ ᡍᠠᡋᠠᠷᠠᡅ
ᡋᡇᠷᡇᠯ ᠪᡆᠯᡆᡍᡇ ᡋᡅ
ᠪᡆᠯᠣᡍᡇ ᡍᠠᡋᠰᡅᠷᠠᡅ ᡍᠠᠷᠠ ᠪᡅᠯᡄᡅ ◦
ᡍᠠᡋᡇᠠᠴᡅ ᡅᠨ ᡍᠠᠷᡅᠯᠠᠨ ᠪᡆᠯᡆᠨ ᠪᡆᠯᡆᡍᡅ ᡐᡇᠷᡇᡋᡇᠯ ᡍᡅᠯᡅ
ᡋᡅᠯᡆᡋ ᡐᠠᡍᡅᠷᡆᡍᡅᠨ ᡋᡅᠷᡇᠯᡄᡅᠨ ᡋᡅᠯᡇᠯᠠᠨ ᡐᠠᡍᡅᡋ
ᡍᠠᡋᡐᠠᠷ ᡋᡅᠯᡄᠴᡄᠨ ᡋᡅᠴᡆᠯᡅᠨ ᡍᡇᠷᡇᠯ ᡍᠠᡋᡅᠯᡅᠨ
ᡐᡄᠷᡄᠯ ᡐᡇᠷᡄᠨ ᡐᡄᠷᡄ ᡍᡇᠷᡇᡋᡇᠯᡅ
ᡐᡄᠩᡎᡄᠷ ᡐᡄᠩᡎᡄᠷ ᡅᠨ ᡍᠠᡋᠠᠷ ᡍᠠᡋᡅᠯᠠᠨ ᡍᡇᠷᡇᡋᡄᠷ
ᡍᠠᠷᡅᠯᡅᠯᡇᠯ ᡋᡅᠷᡇᠯᡅᠯᡇᠯ ᡋᡅᠯᡇᠯᠠᠨ ᡐᡅᠯᡅᠯᡄᡋᡇᠷ
ᡍᠠᠷᡋᠠᠷ ᡐᠠᡍᡅᠷ ᠪᡆᠯᡆᠯᠠᠨ ᡐᠠᡍᡅᡋ
ᡐᠠᡍᡅᠷ ᡍᠠᠷ ᡍᠠᠷᡇᠯᡅᠯᡇᠯ ᡋᡅᠯ ᡍᠠᡋᡆᠯᡇᠯᠠᠨ
ᡍᠠᠷᡋ ᡍᠠᡋᡐᠠᠷ ᡋᡅᠷ ᡍᡇᠷᡅᠯ ᡅᠨ
ᠰᡇᠷᡋᡇᠯ ᡍᠠᡋᡇᠯᡄᡋᡇᠷ ᡍᡅᠯᡅ
ᠰᡄᠷᡄᠯ ᡐᡄᠩᡎᡄᠷ ᡍᡄᠩᡎᡄᠷ ᡅᠨ ᡋᡇᠷᡇᠯᠠᠨ ᡐᡅᠯᡅᠯᡆᡋᡆᠯᡅᠯᡅᠨ
ᡍᠠᡋᡇᠯ ᡐᡅᠯᡅᠯᡄᡋᡇᠯ ᡍᠠᡋᡇᠯᡄᡋᡇᠷ ᡍᡅᠯᡅ
ᡍᠠᡋᡇᠯ ᡍᡇᠷᡅᠯ ᡅᠨ ᠪᡆᠯᡆᠯᠠᠨ ᡐᡅᠯᡅᠯᡆᡋᡆᠯᡅᠯᡅᠨ
ᡋᡅᡋᡅᠯ ᡐᠠᡍᡇᠷᠠᠨ ᡍᠠᡋᠠᠷ ᠪᡅᠯᡄᡅ
ᡍᠠᡋᡐᡇᠯᡅᡋ ᠰᡇᠷᡇᠯᠠᠨ

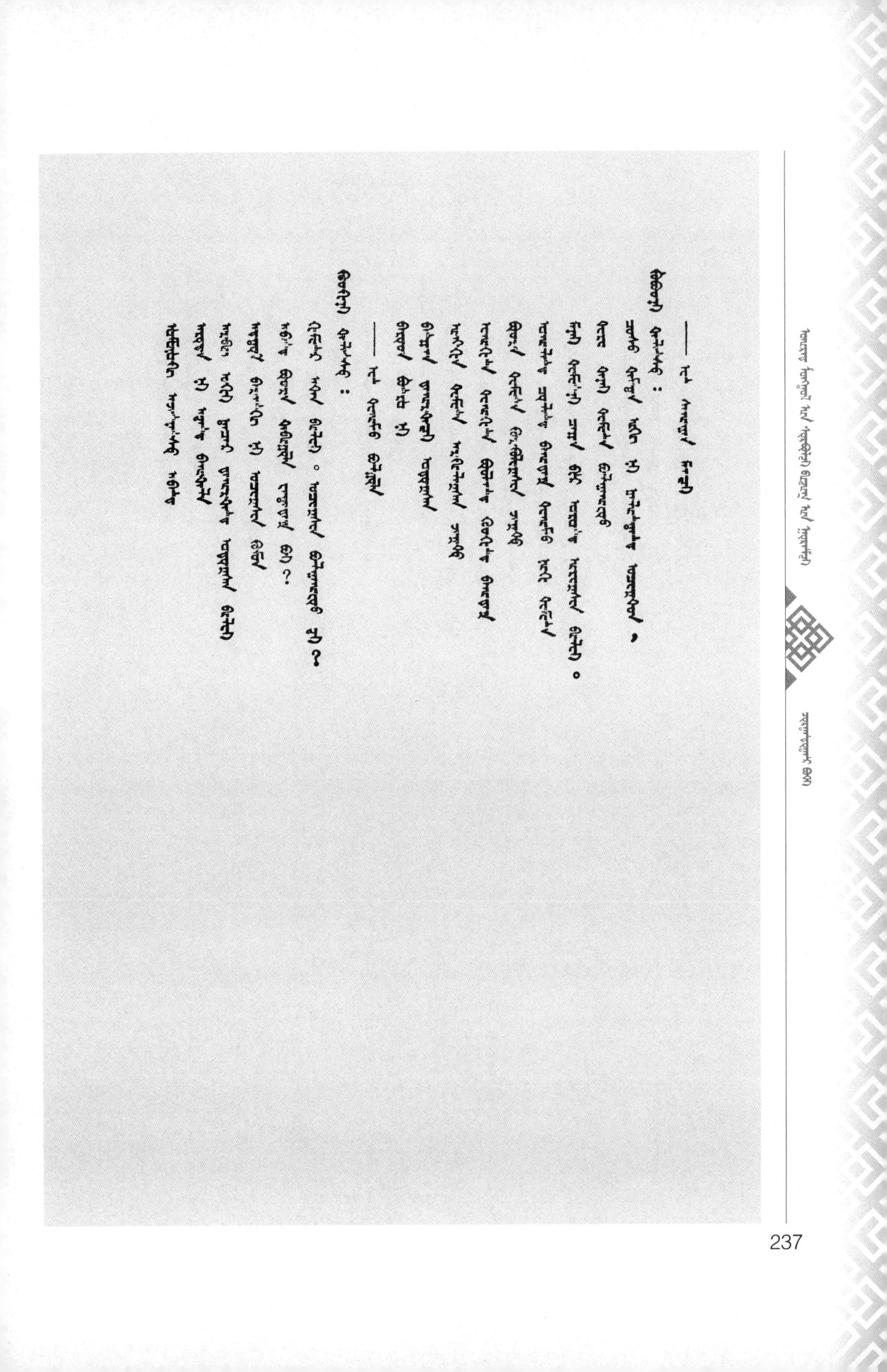

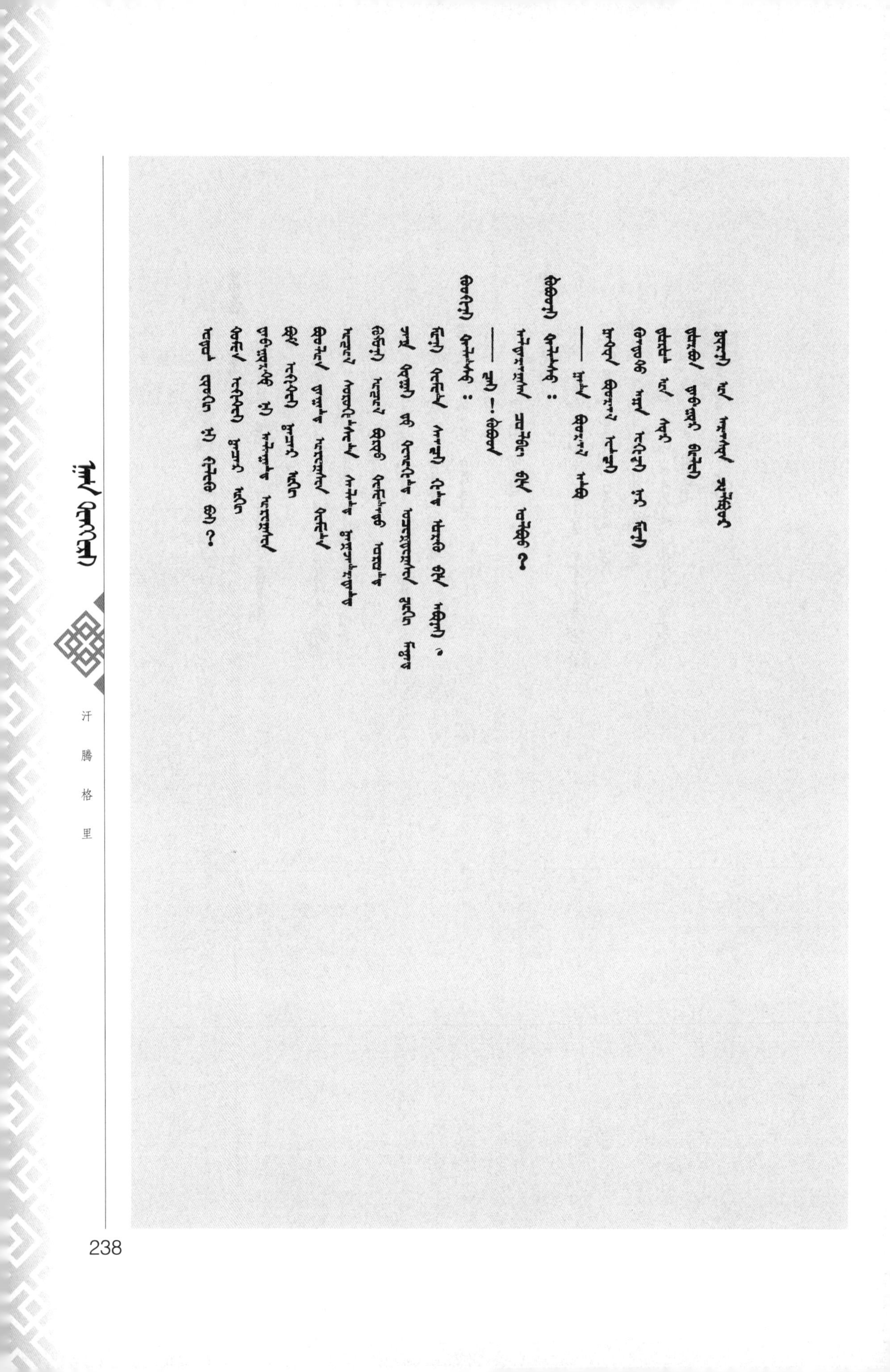

[illegible]

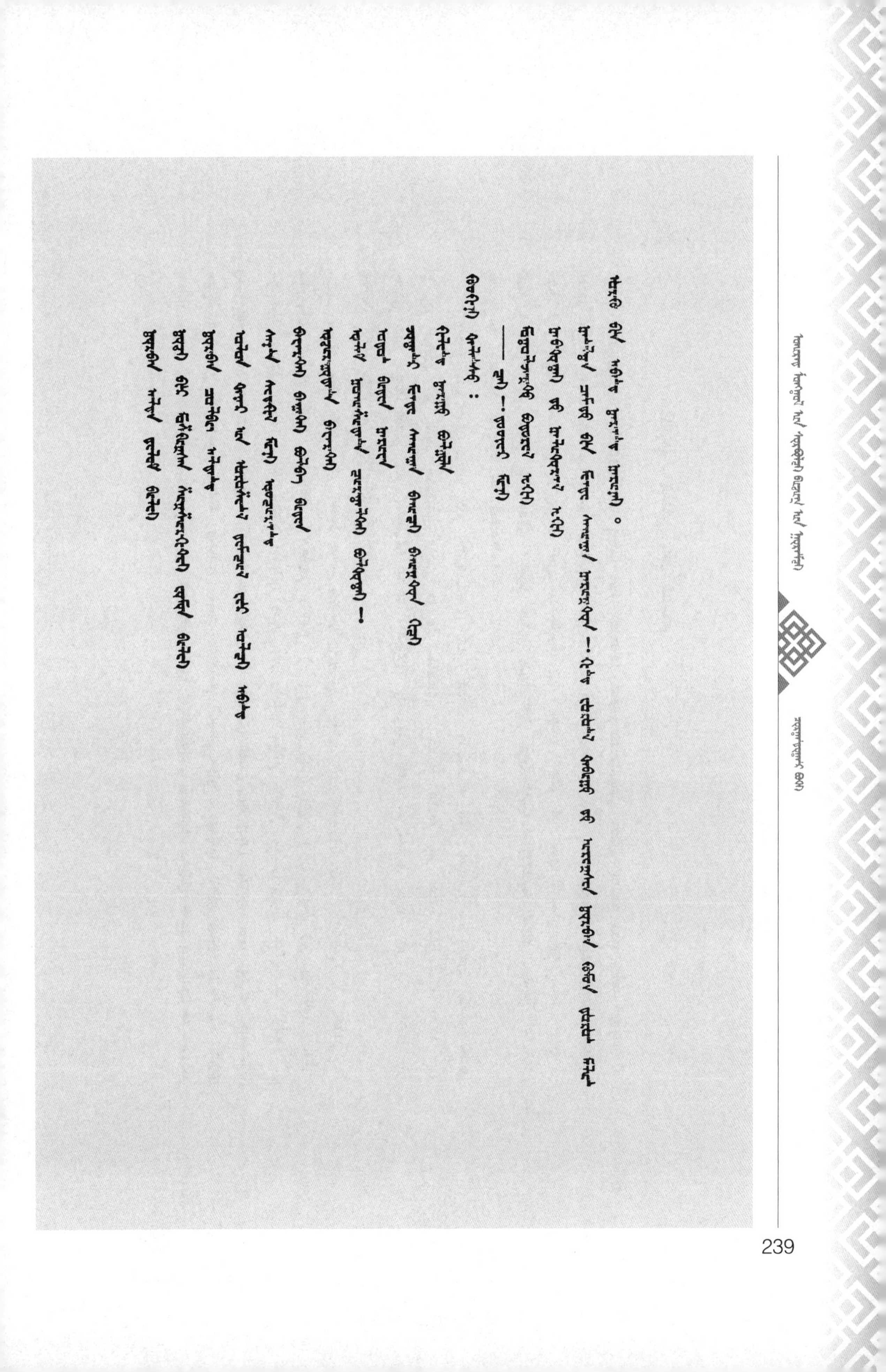

[illegible] [illegible] [illegible] [illegible] [illegible] 。

[illegible] [illegible] [illegible] [illegible] [illegible] [illegible] ! [illegible] [illegible] [illegible] [illegible] [illegible] [illegible] [illegible] [illegible] [illegible]

[illegible] [illegible] [illegible] [illegible]

[illegible] [illegible] [illegible]

—— [illegible] ! [illegible] [illegible]

[illegible] [illegible] :

[illegible] [illegible] [illegible]

[illegible] [illegible] [illegible] [illegible] [illegible] [illegible]

[illegible] [illegible] [illegible]

[illegible] [illegible] [illegible] [illegible] !

[illegible] [illegible]

[illegible] [illegible] [illegible] [illegible]

[illegible] [illegible] [illegible] [illegible]

[illegible] [illegible] [illegible] [illegible] [illegible] [illegible] [illegible] [illegible]

[illegible] [illegible] [illegible]

[illegible] [illegible] [illegible] [illegible] [illegible] [illegible]

[illegible] [illegible] [illegible] [illegible]

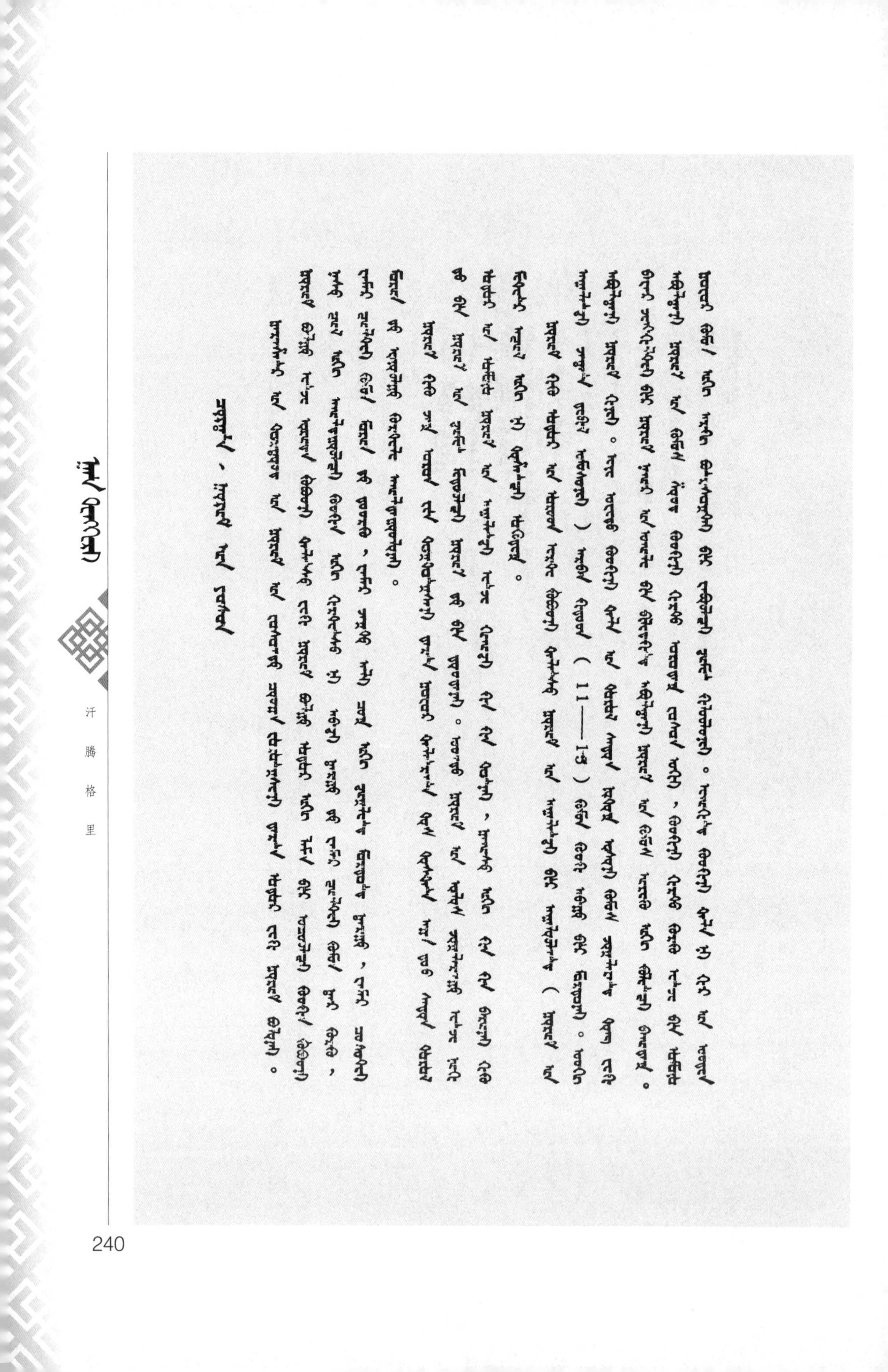

[illegible]

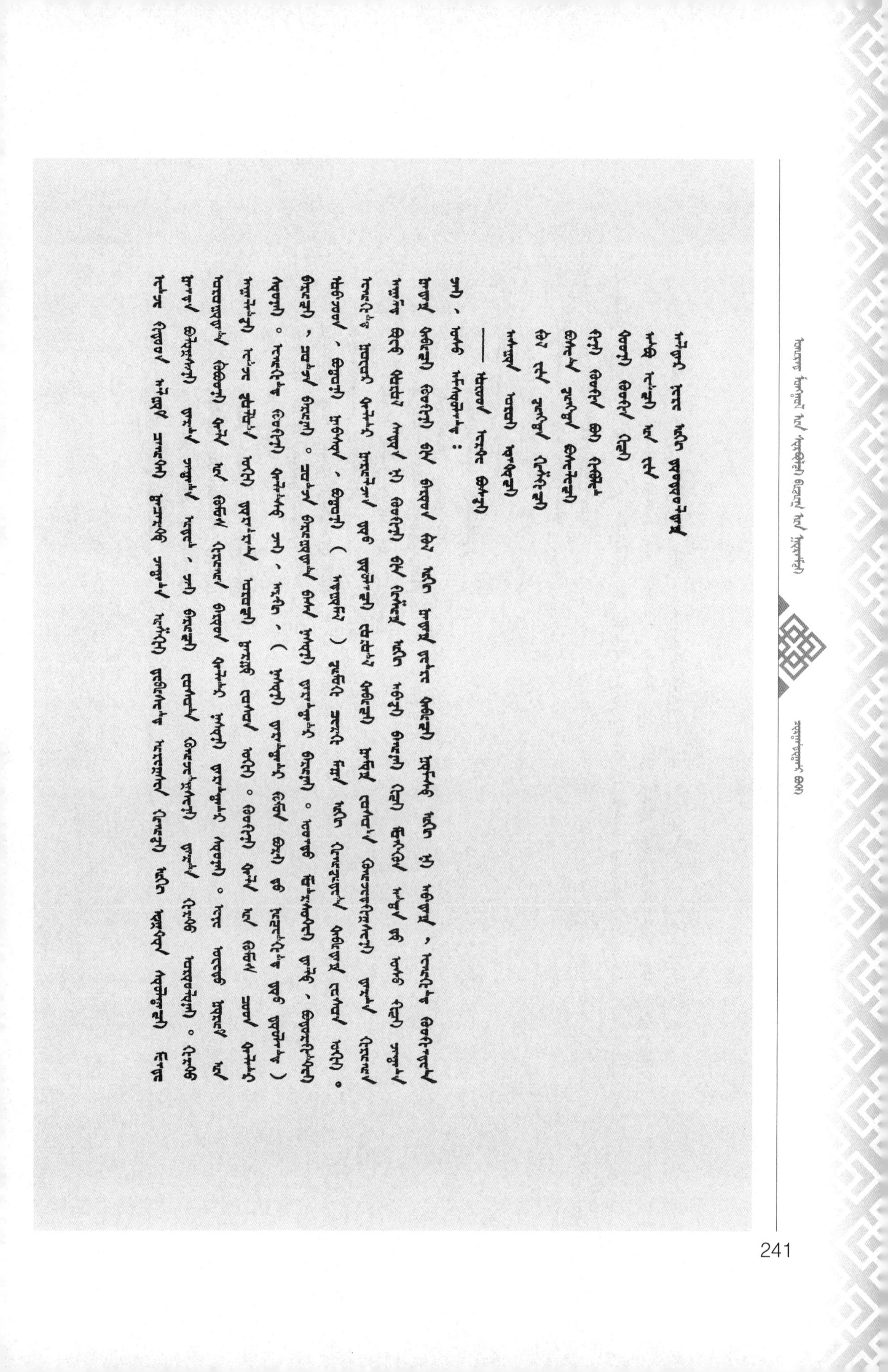

[illegible]

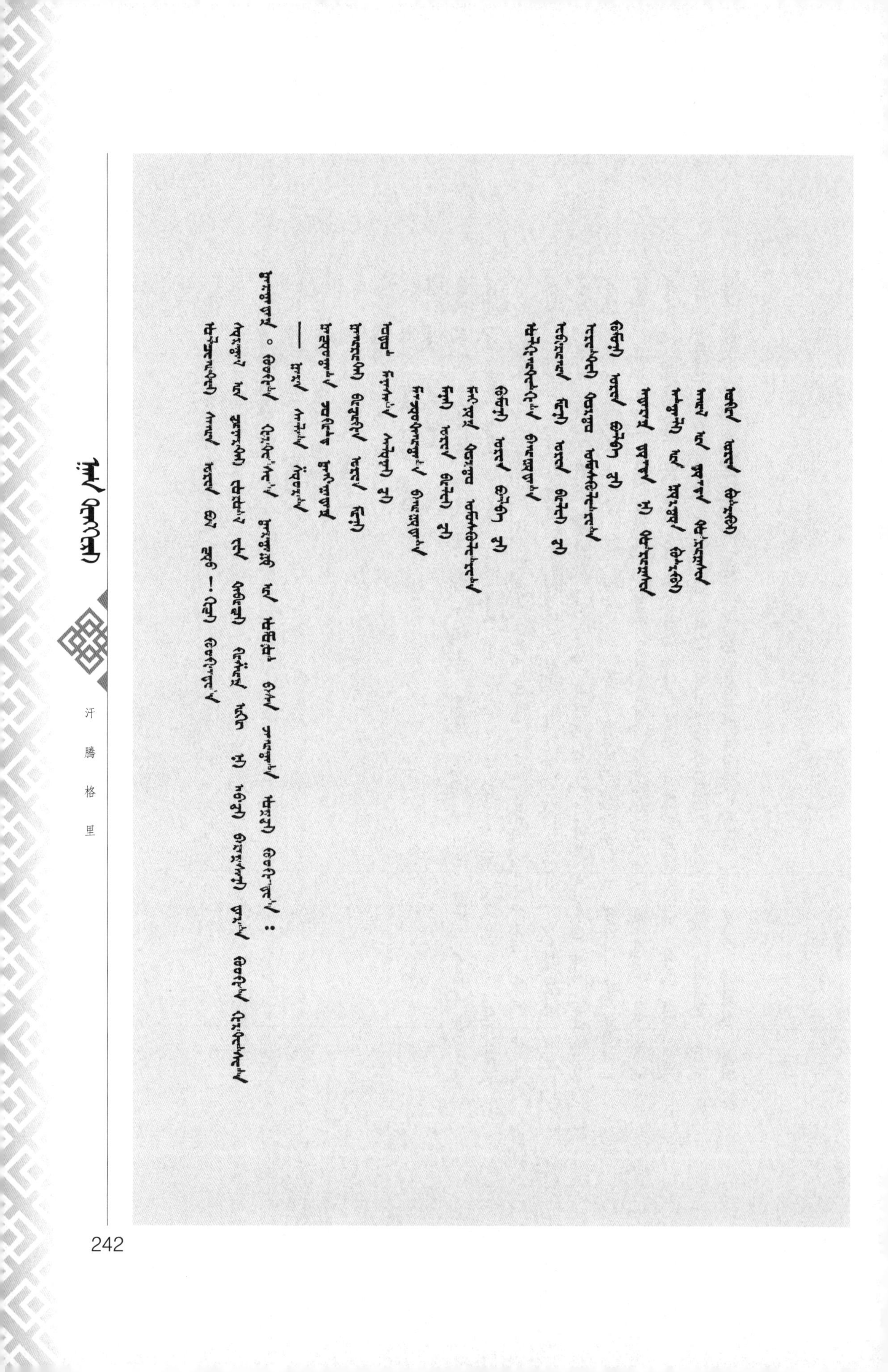

[illegible]

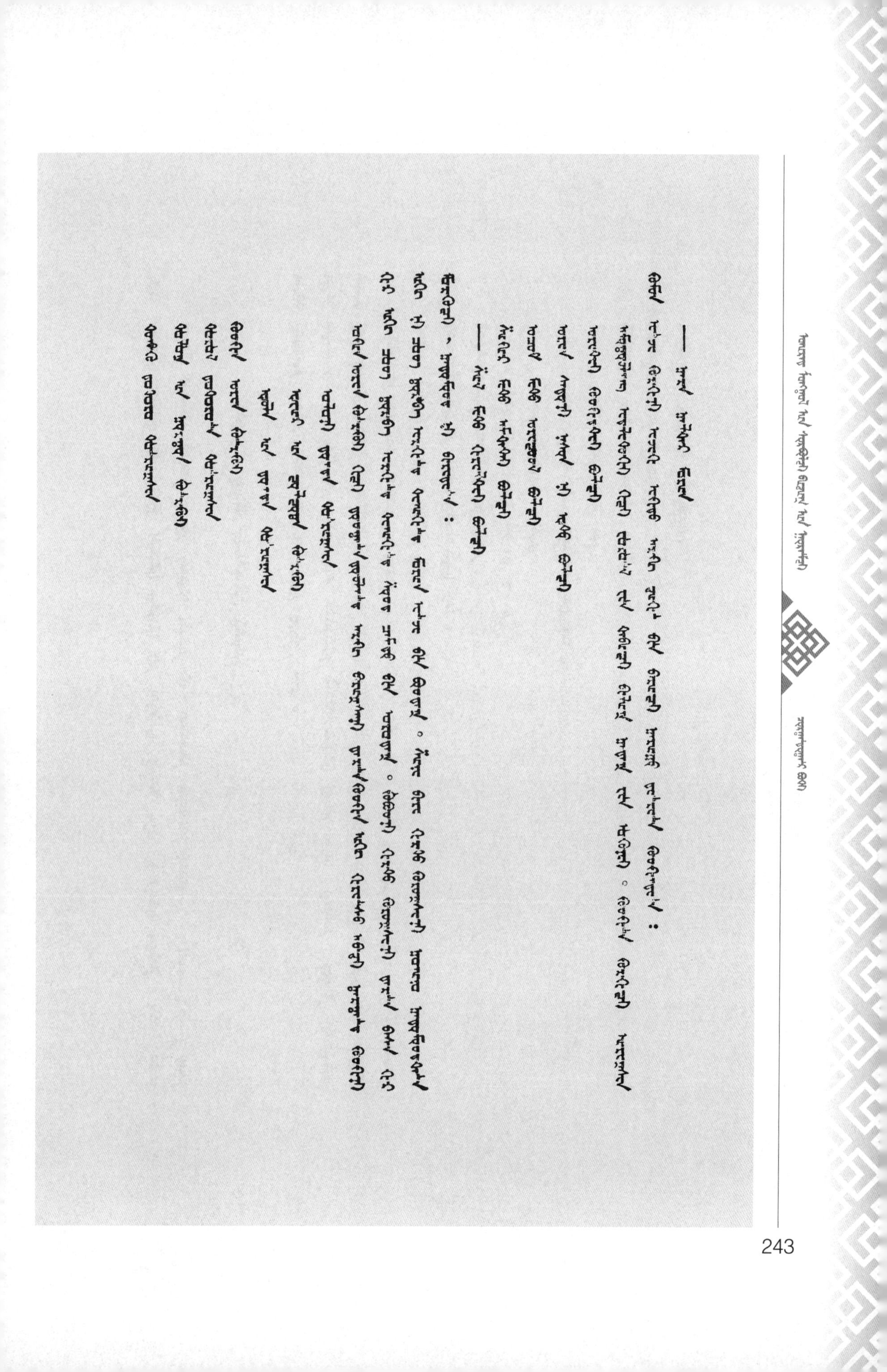

[illegible]

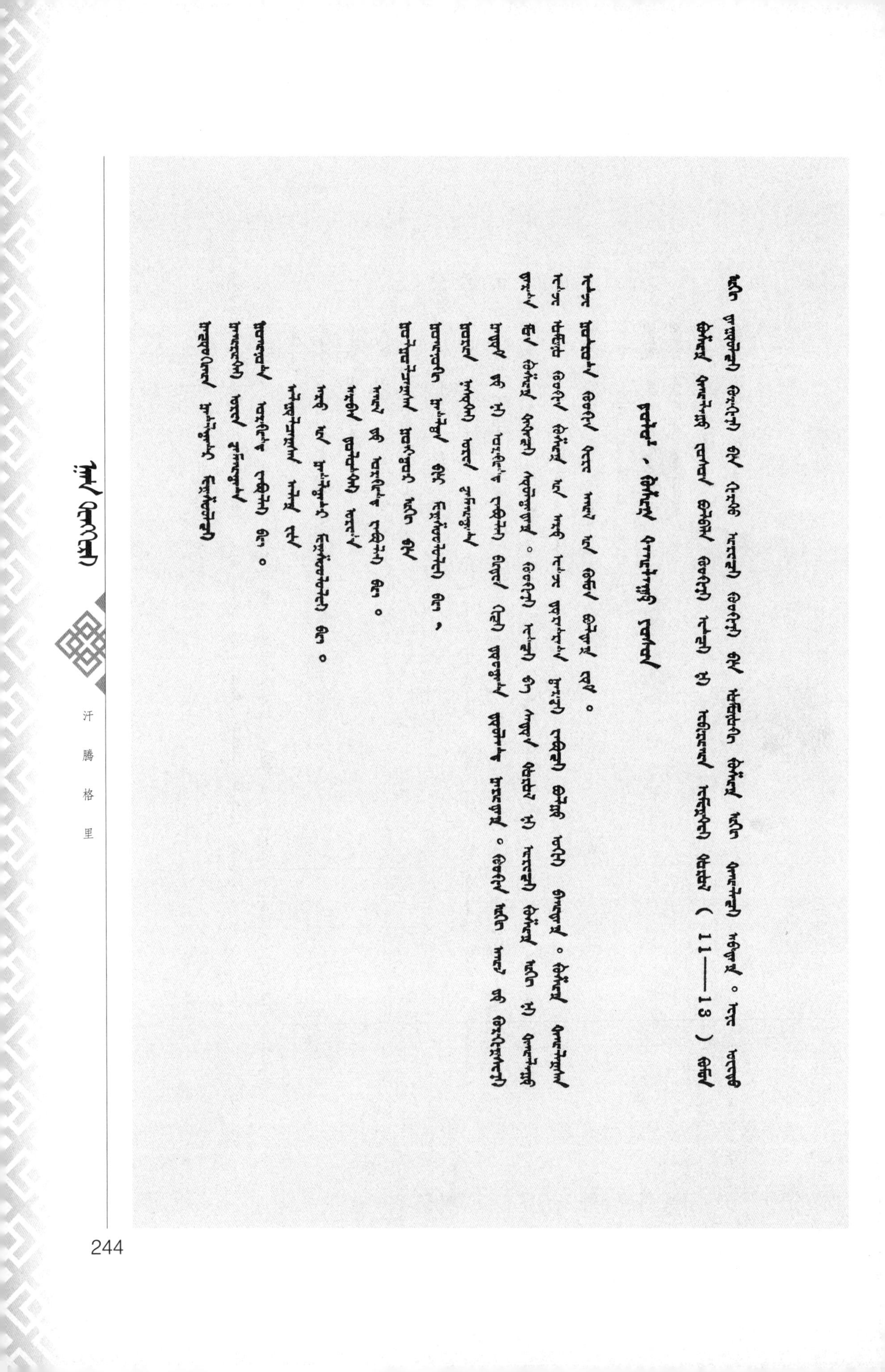

[illegible] (11——13) [illegible]

[illegible]

[illegible]

[illegible]

[illegible]

[illegible]

[illegible]

[illegible]

[illegible]

[illegible]

[illegible]

[illegible]

[illegible]

[illegible]

[illegible]

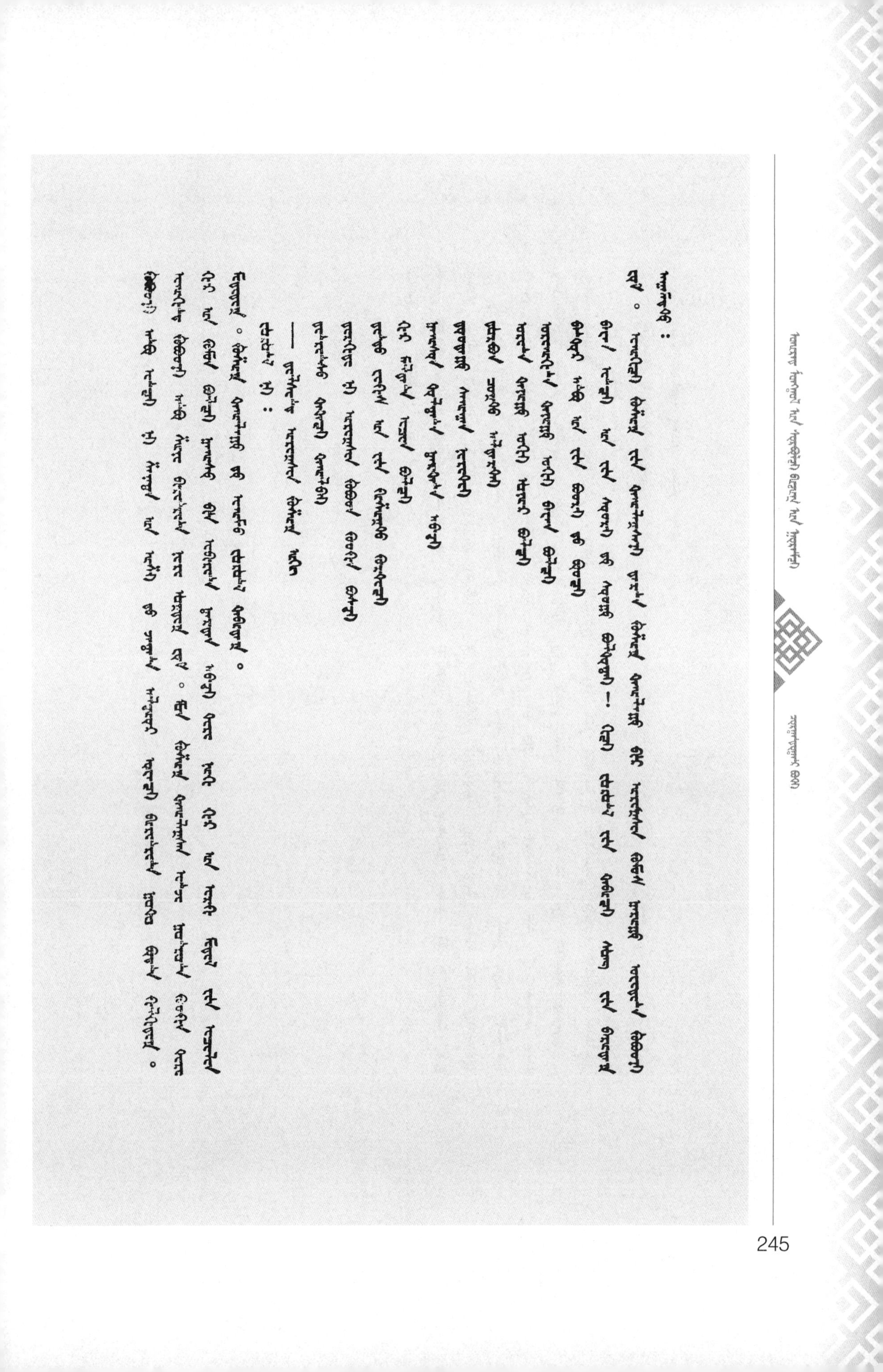

[illegible] :

[illegible]

[illegible]
[illegible]
[illegible]
[illegible]
[illegible]
[illegible]
[illegible]
[illegible]
[illegible]
[illegible]
[illegible]

—— [illegible]

[illegible] :

[illegible]

[illegible]

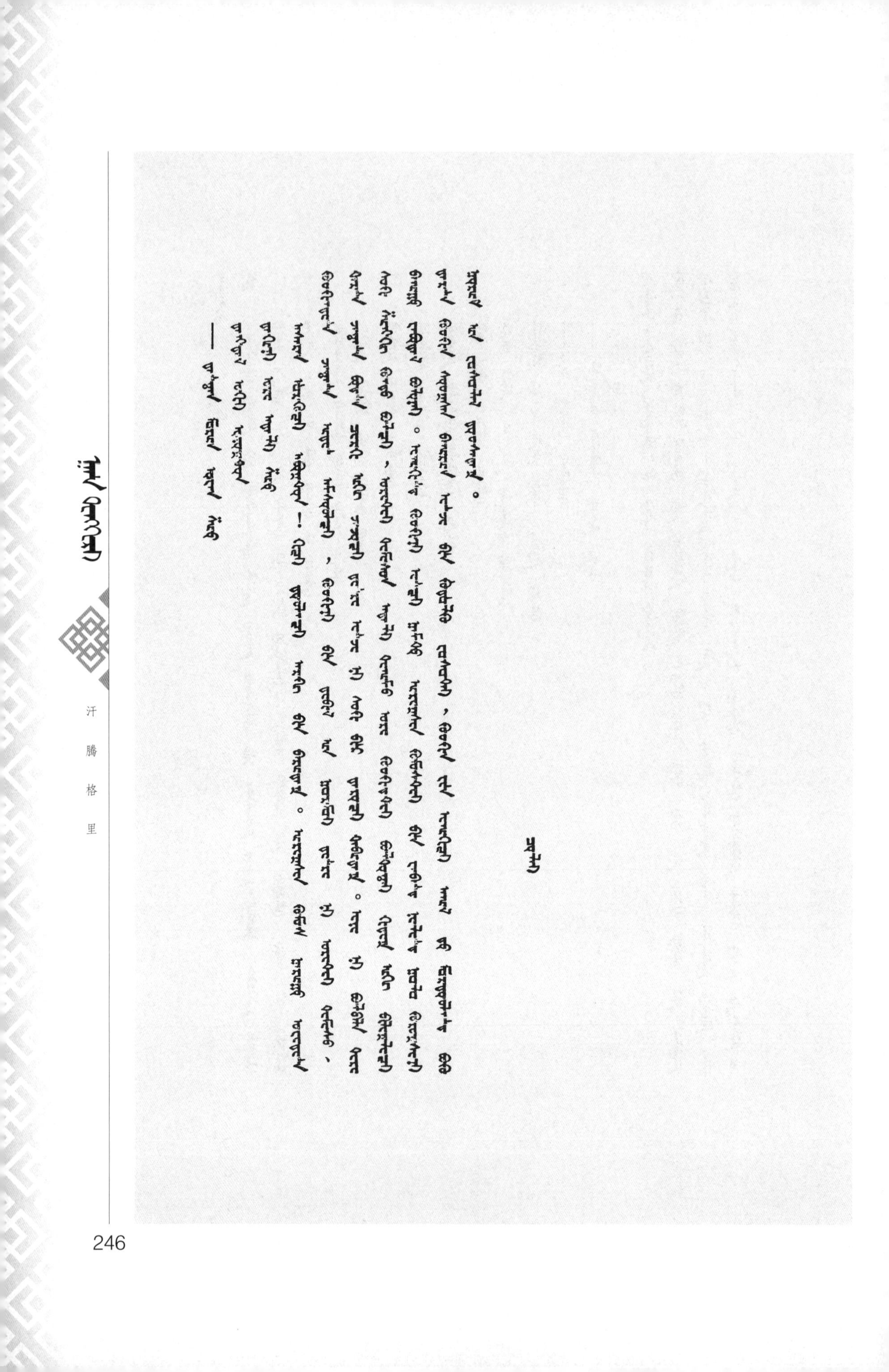

[illegible]

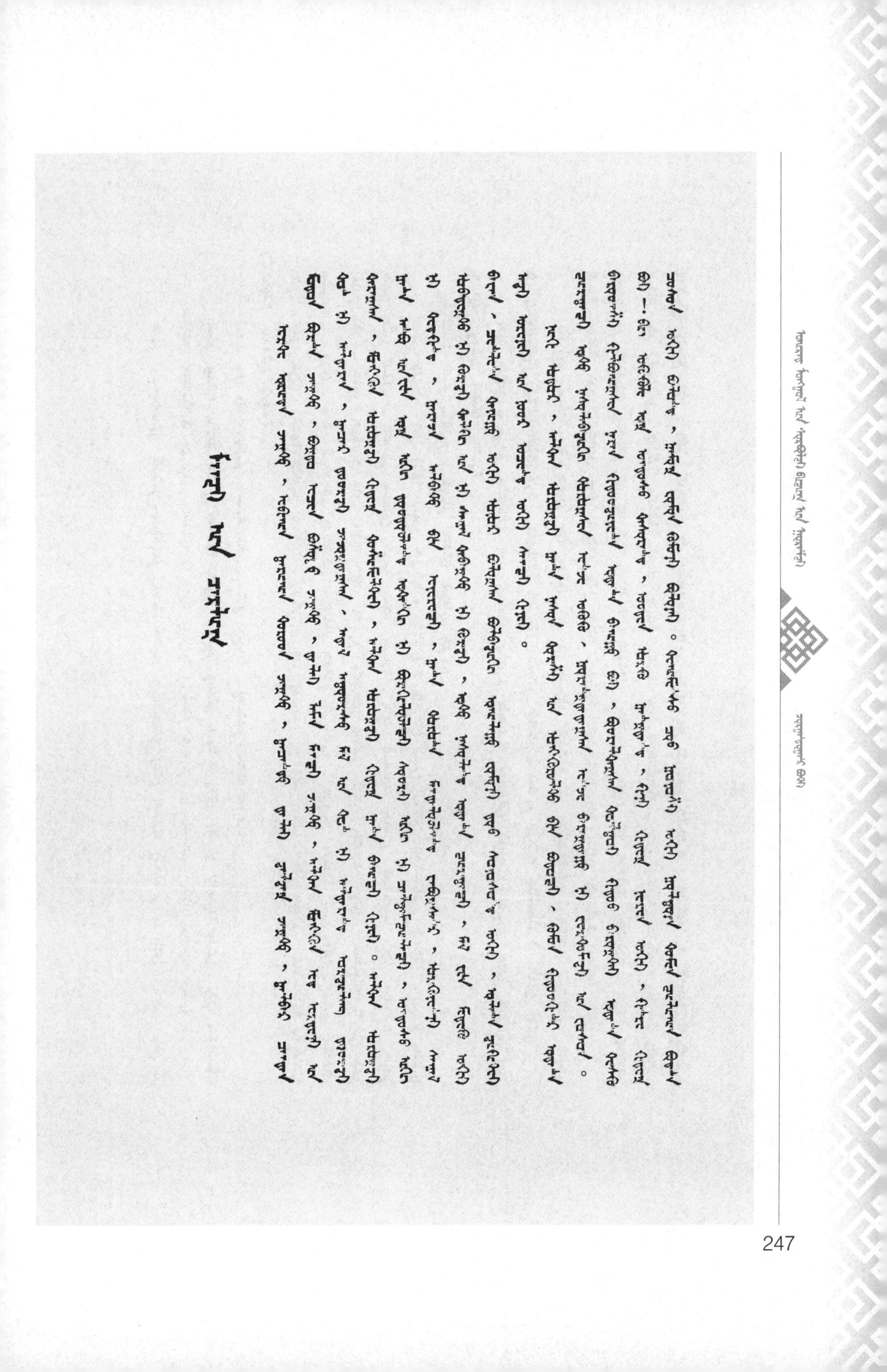

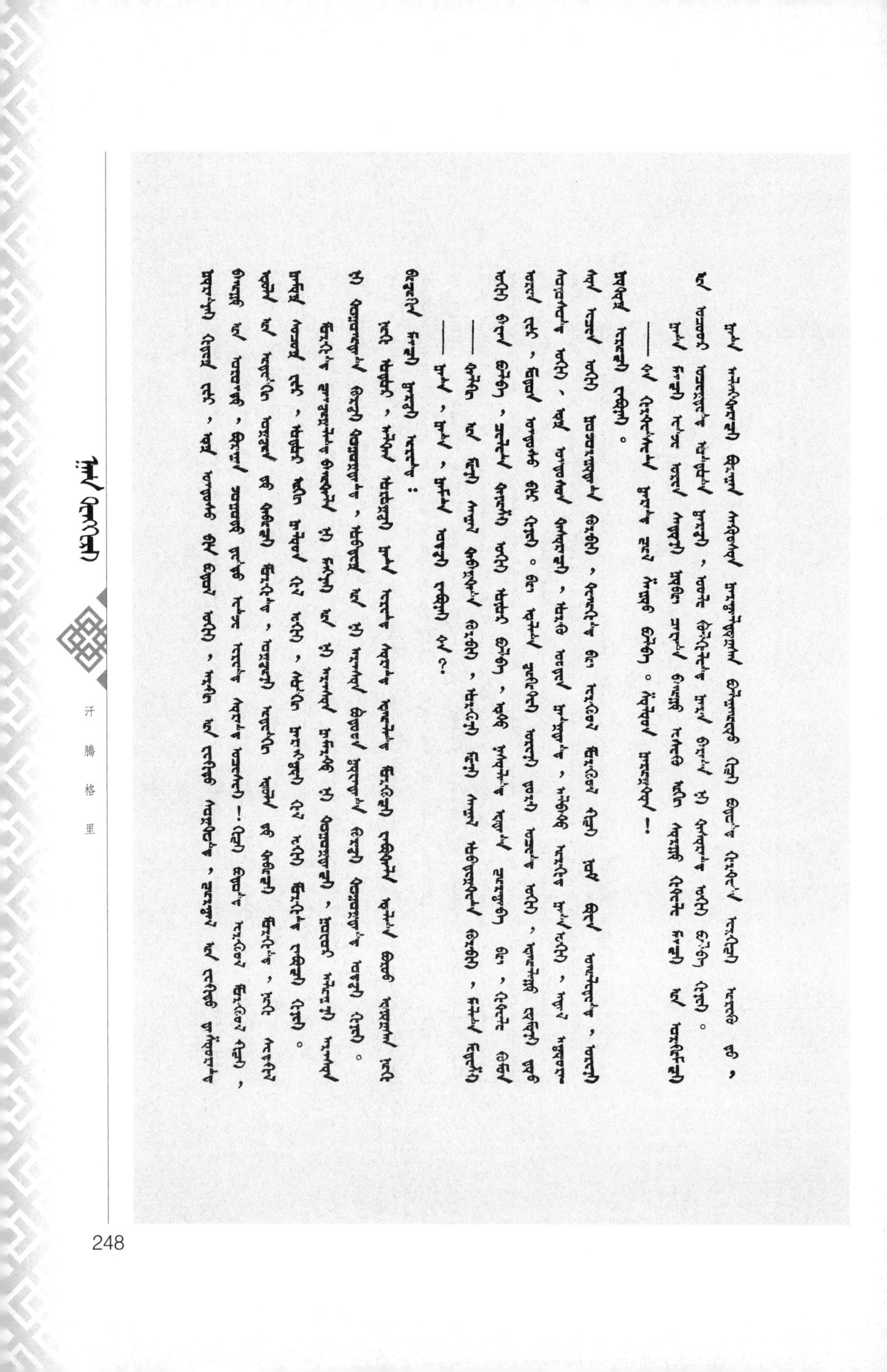

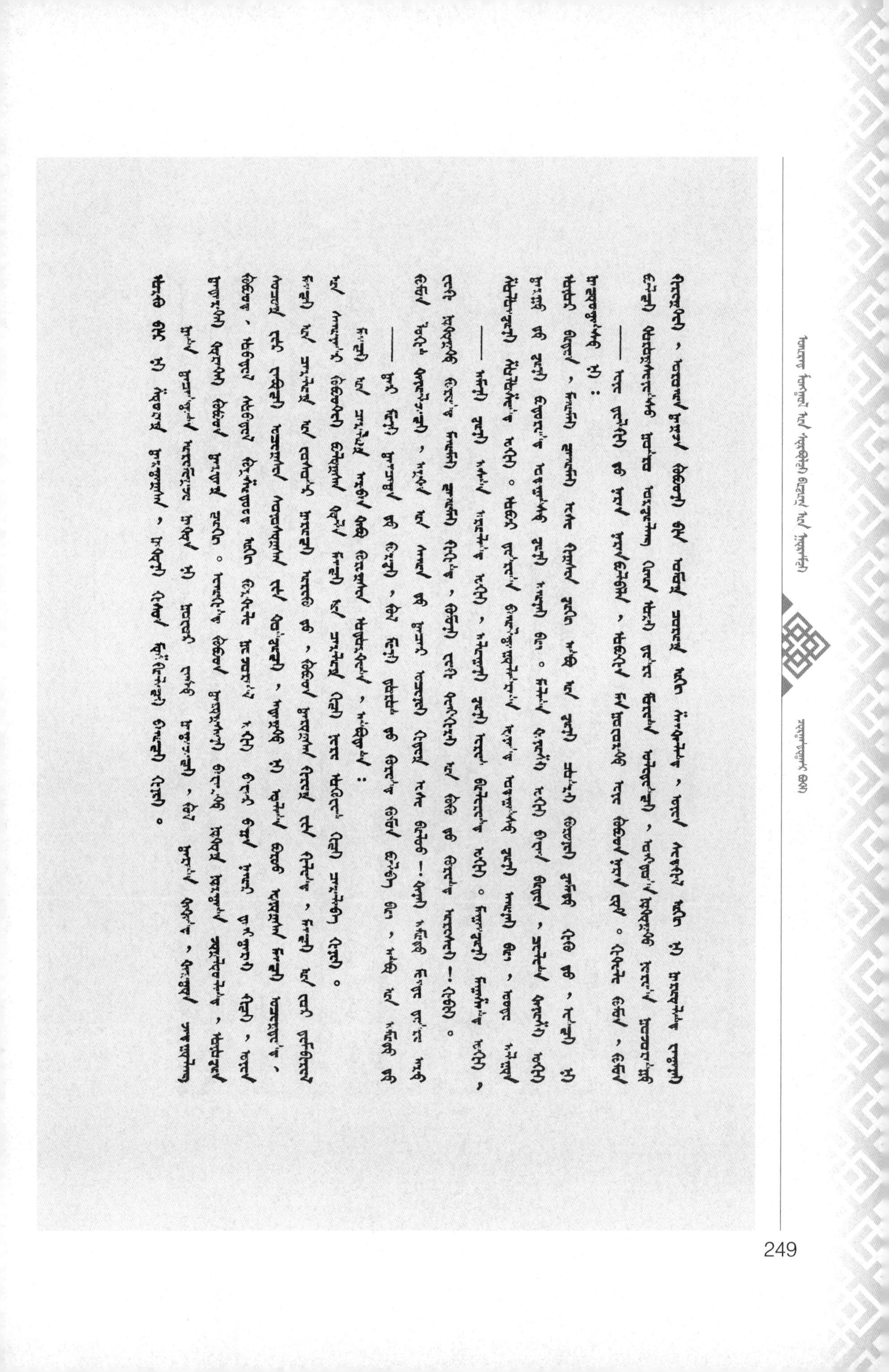

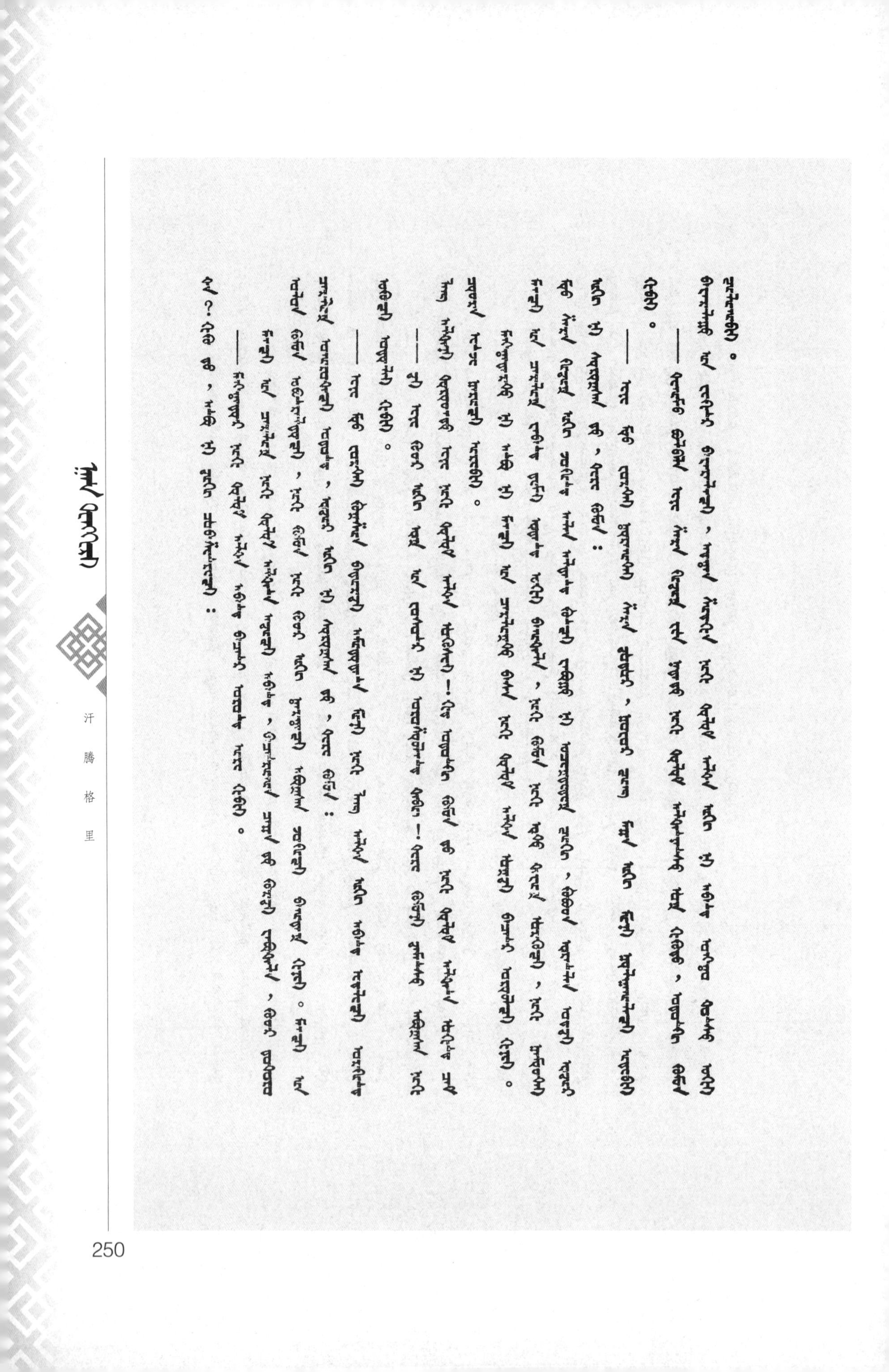

[illegible]

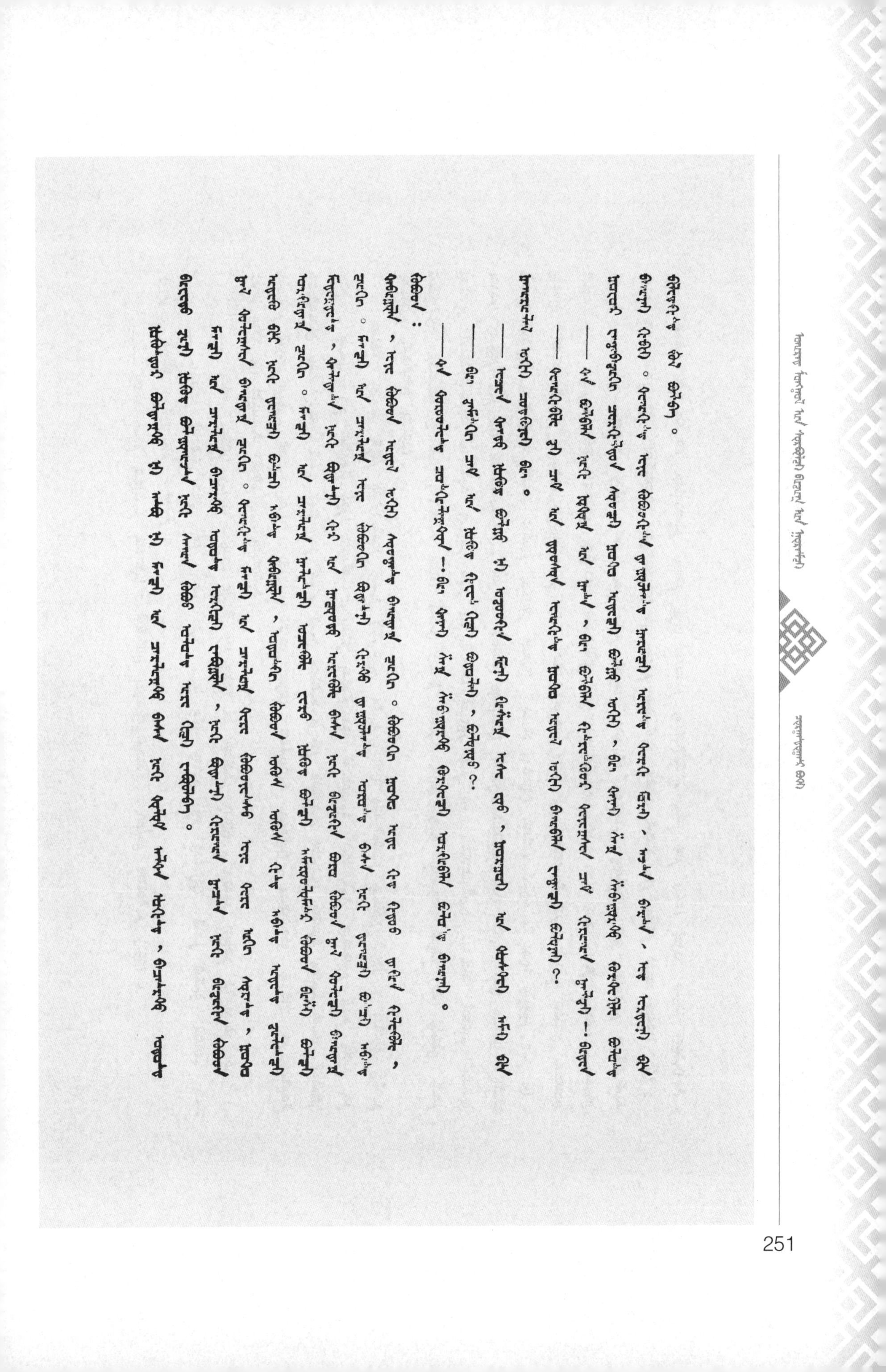

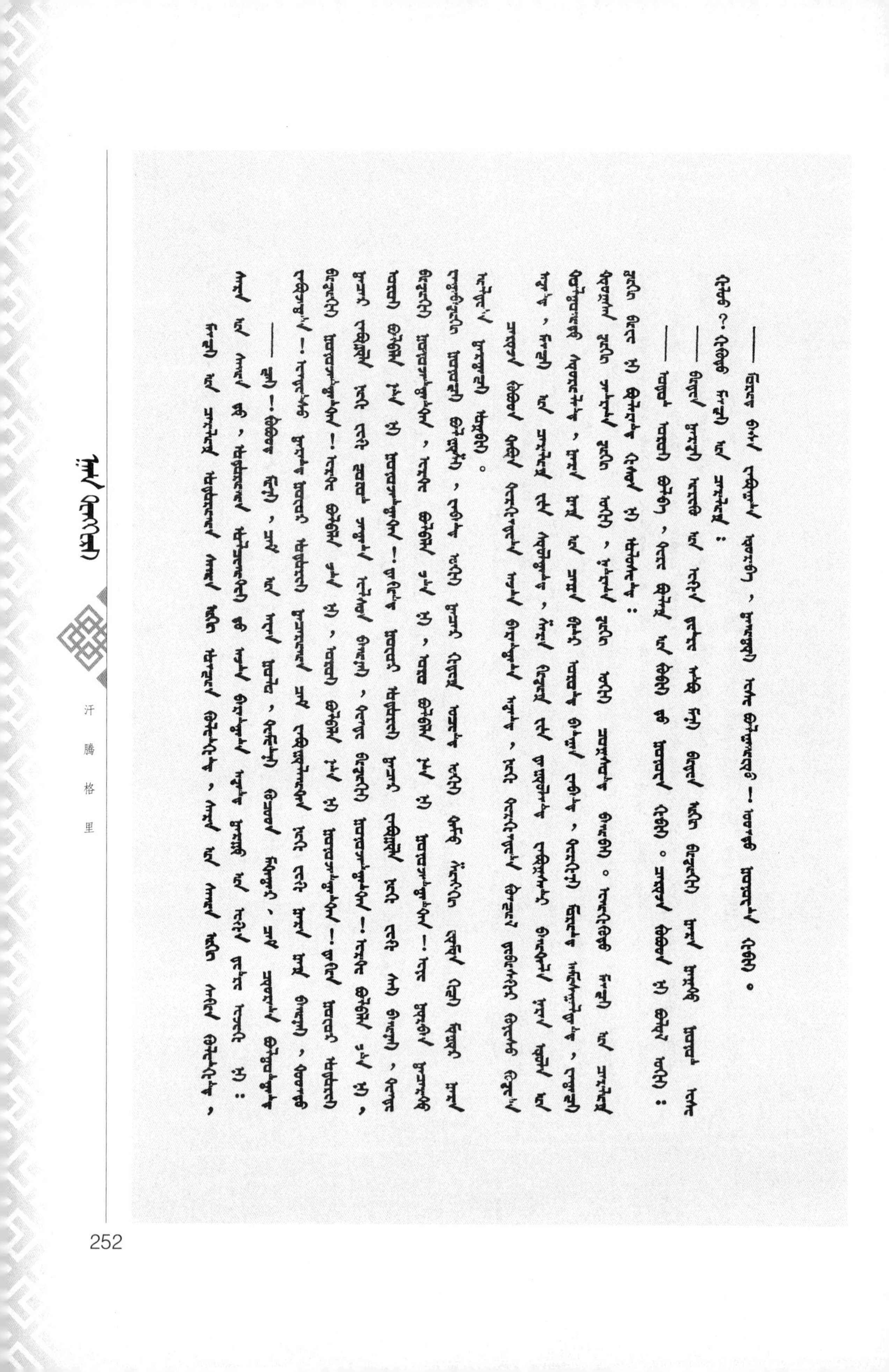

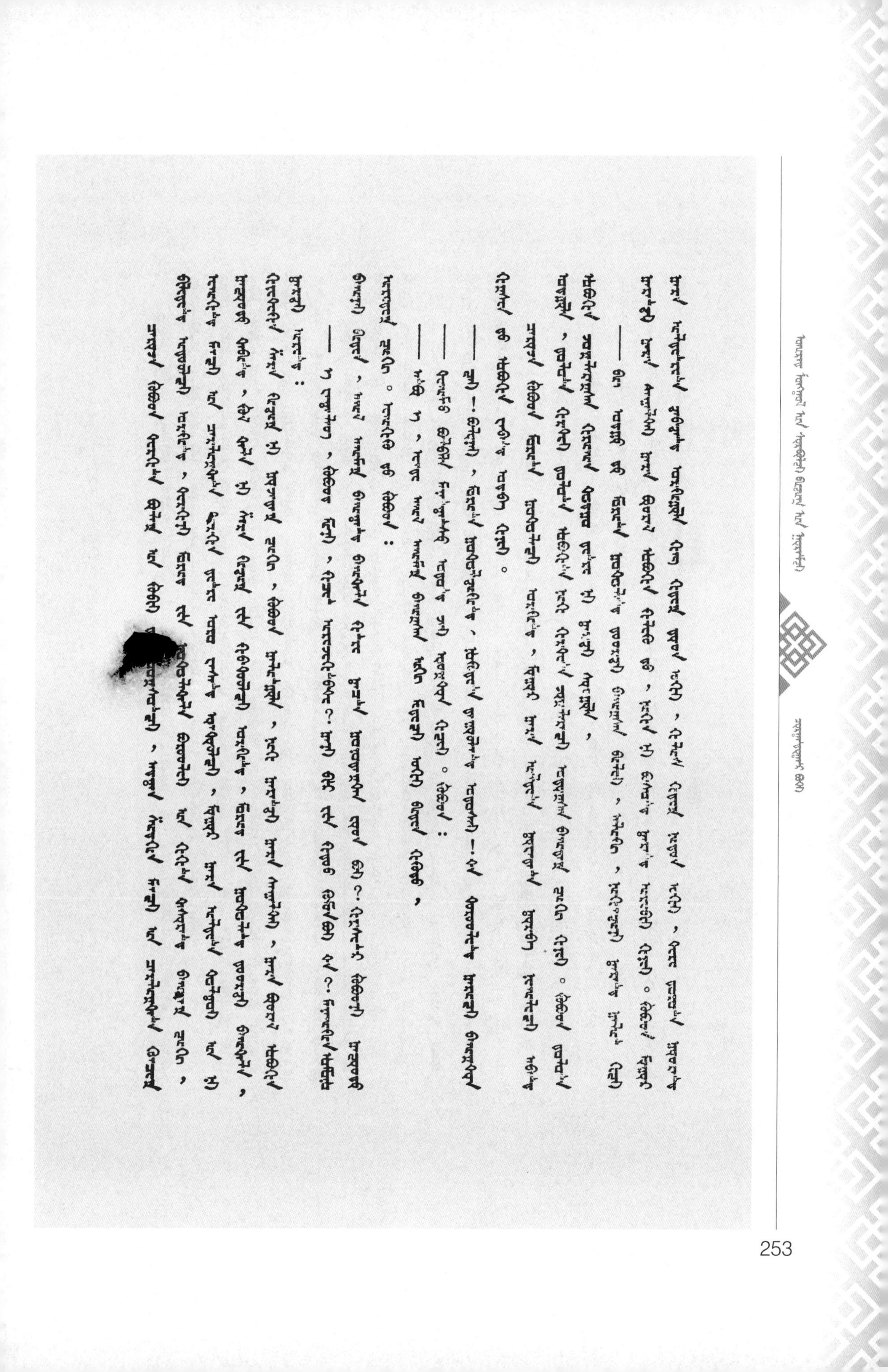

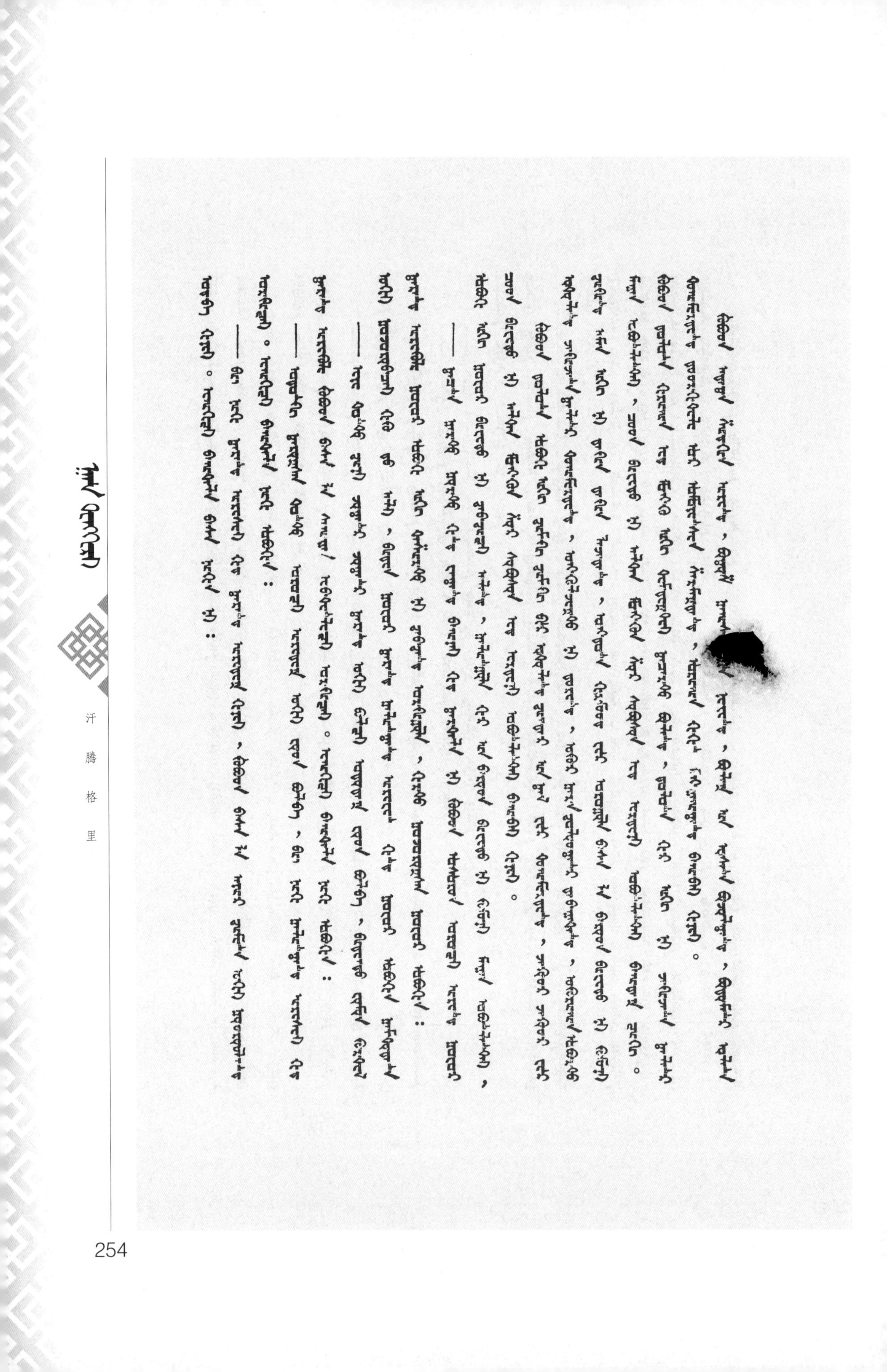

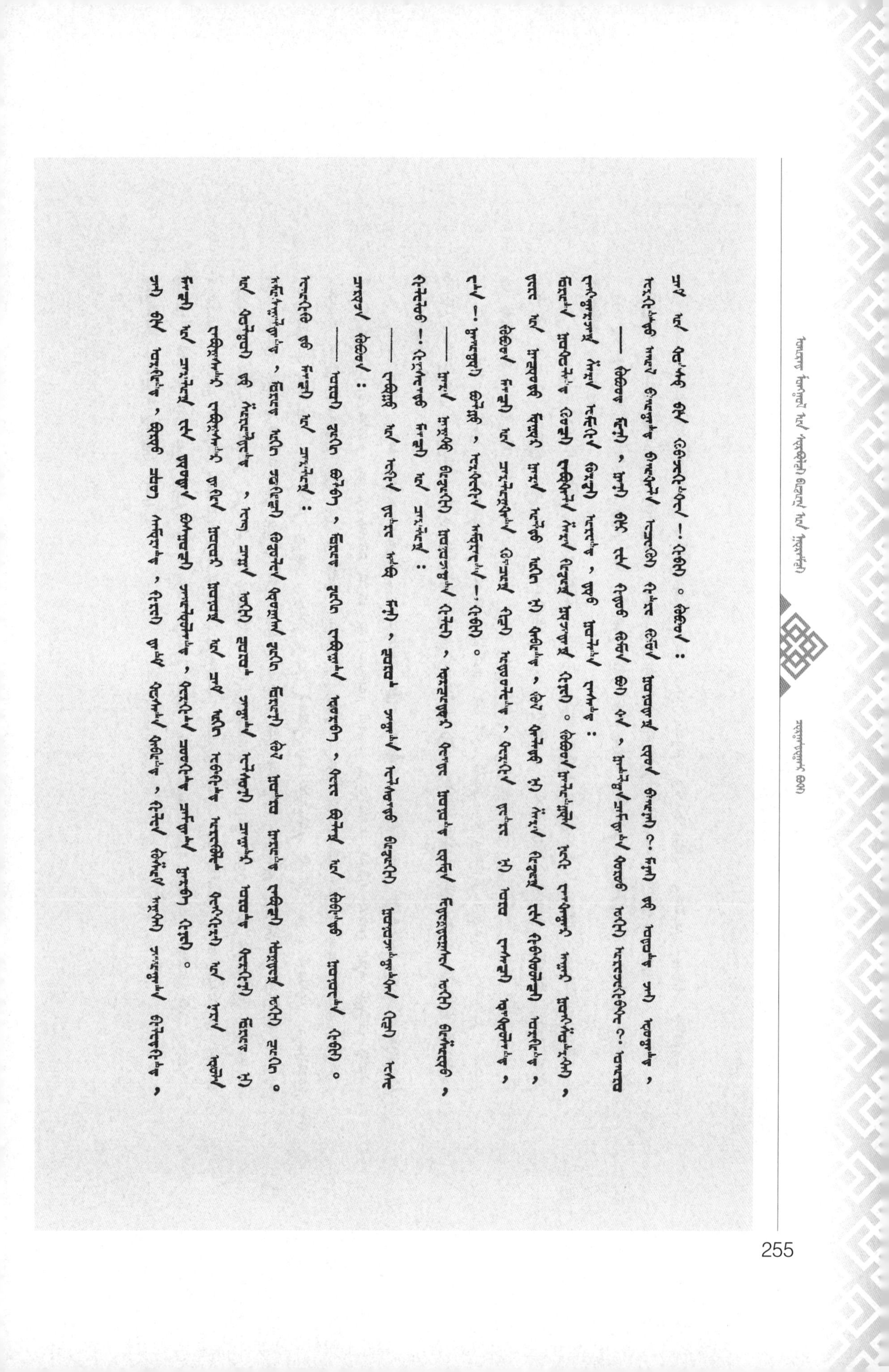

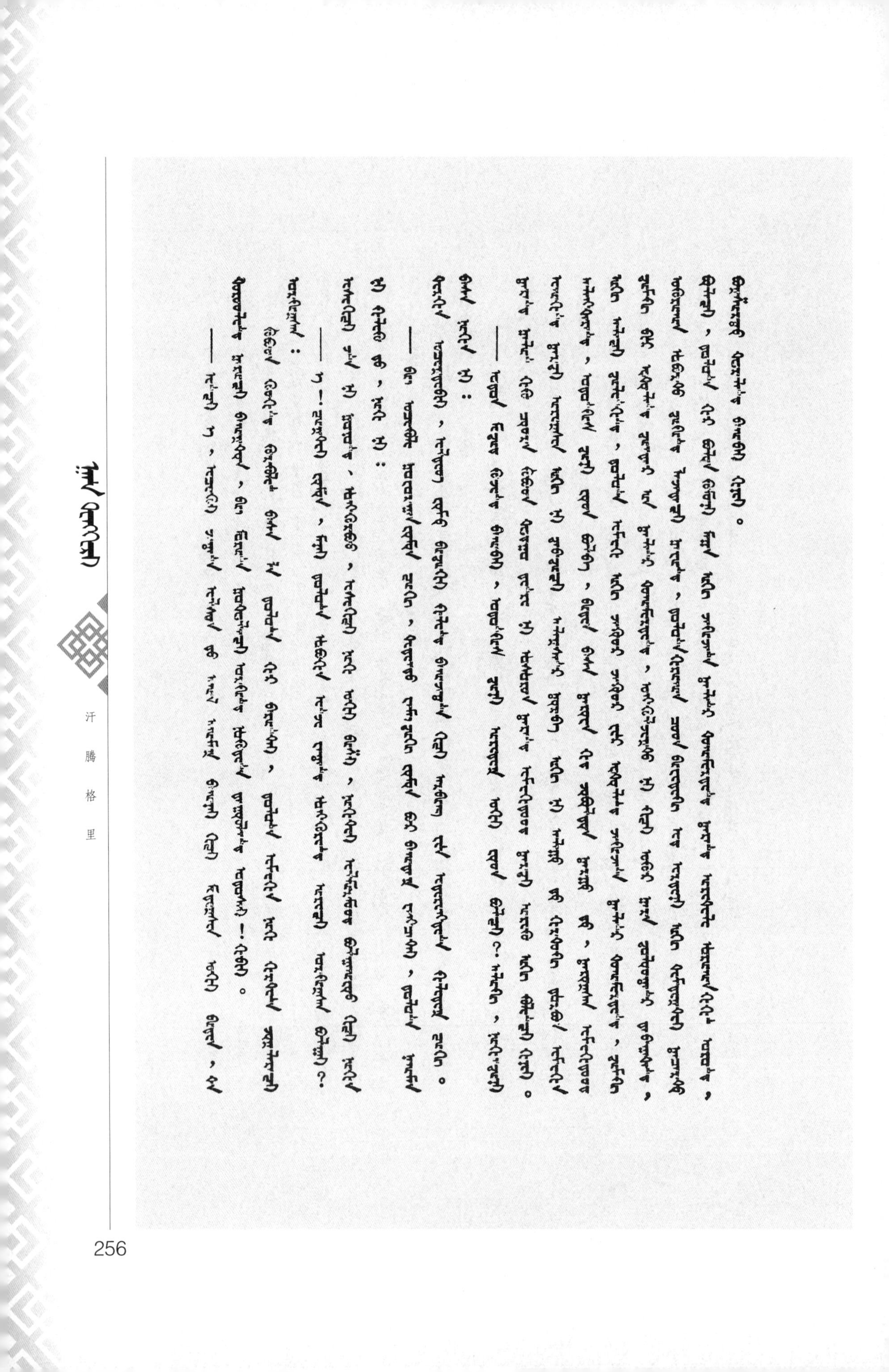

[illegible]

[illegible]

[illegible]

[illegible]

[illegible]

[illegible]

[illegible]

[illegible]

[illegible]

[illegible]

[illegible]

[illegible]

[illegible]

[illegible]

[illegible]

[illegible]

[illegible]

[illegible]

[illegible]

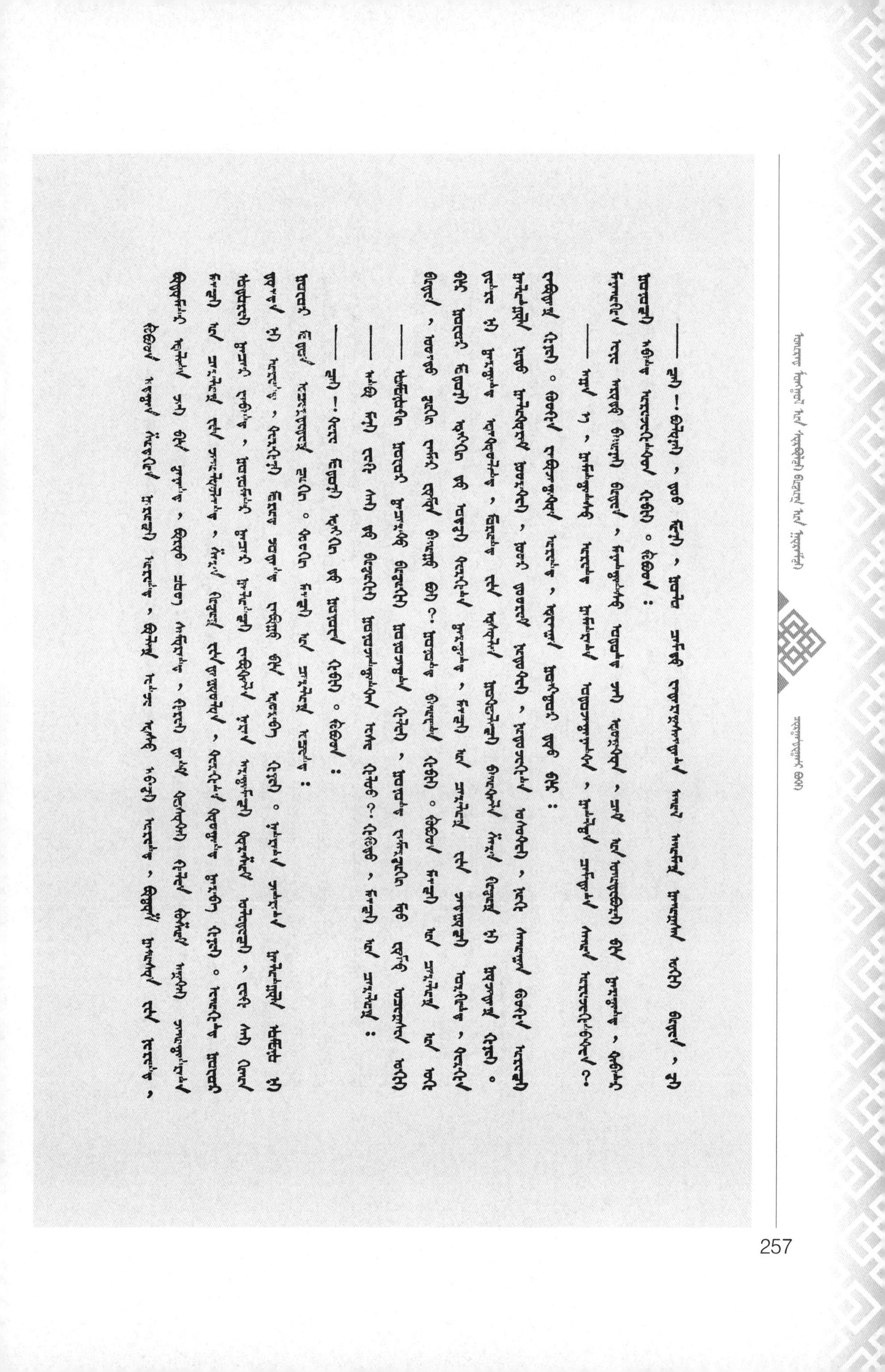

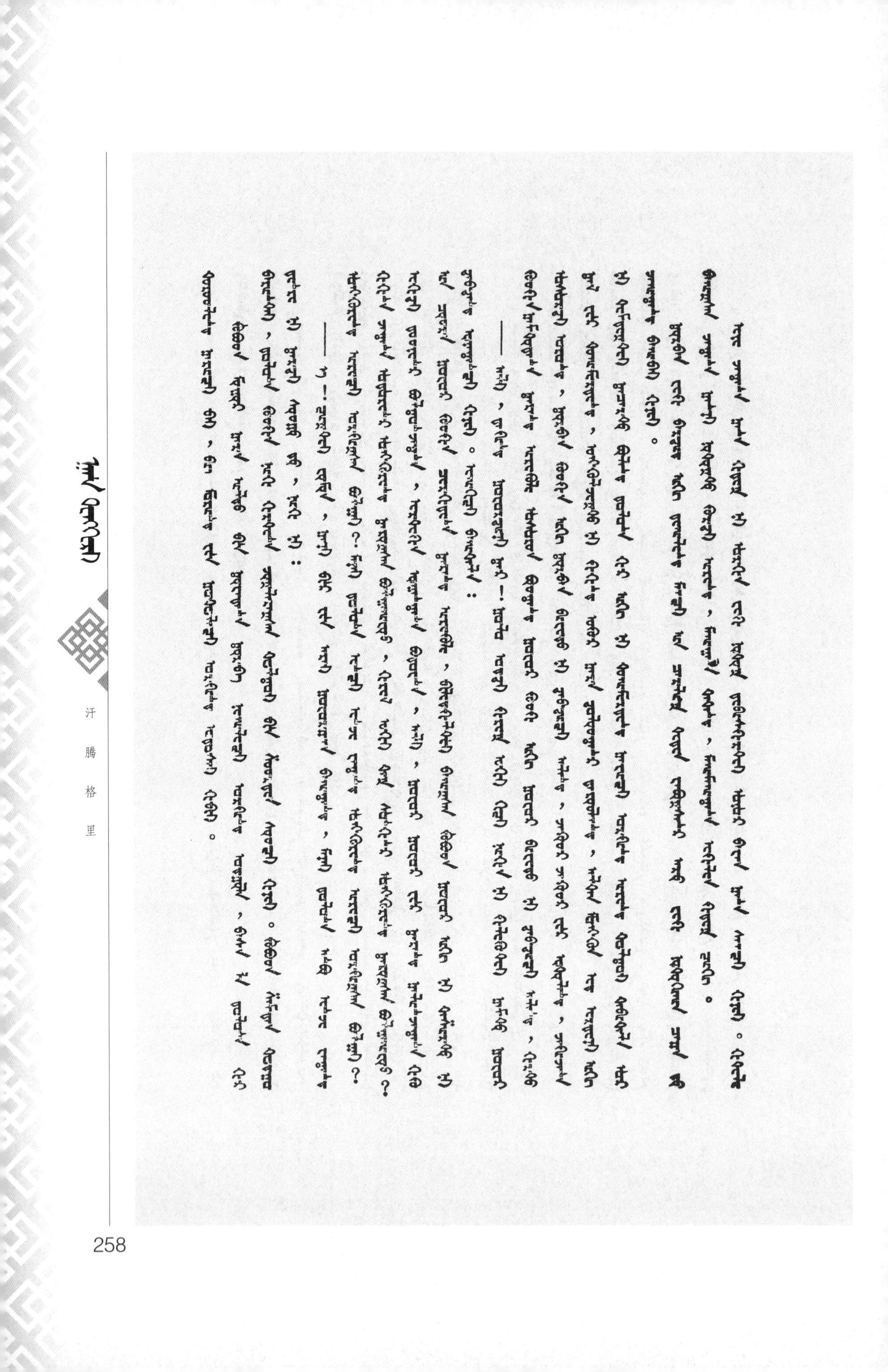

[illegible]

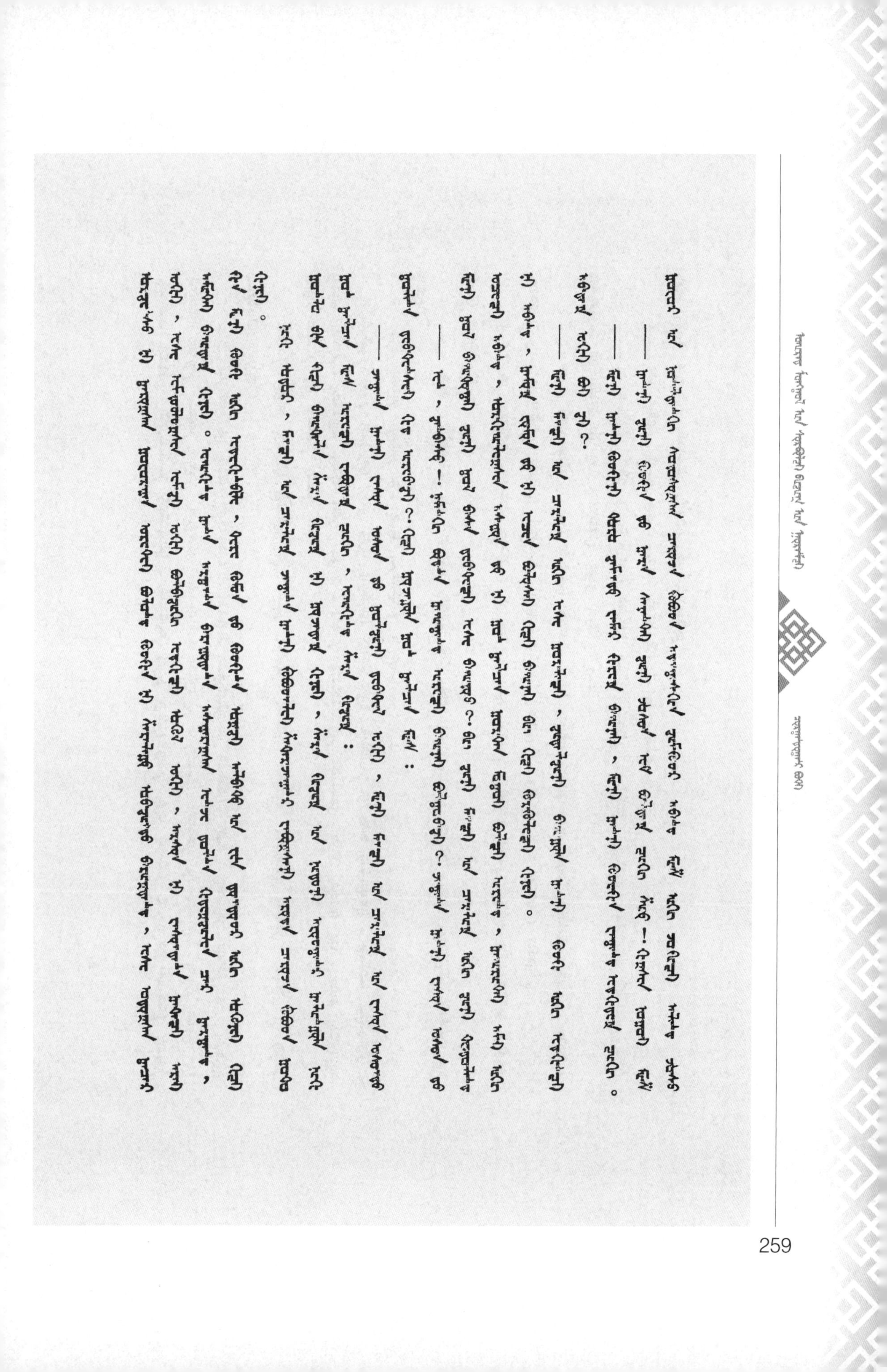

[illegible]

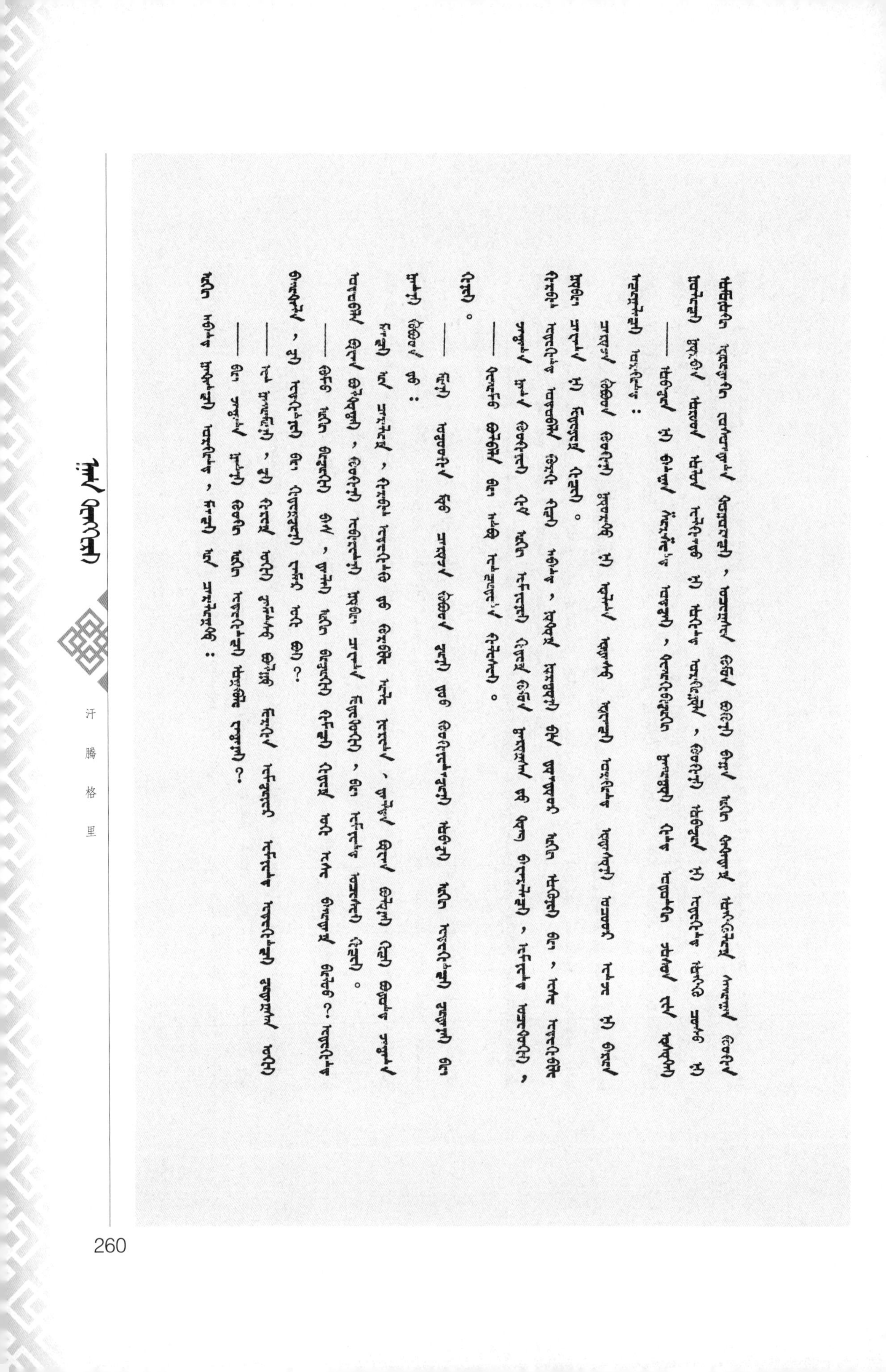

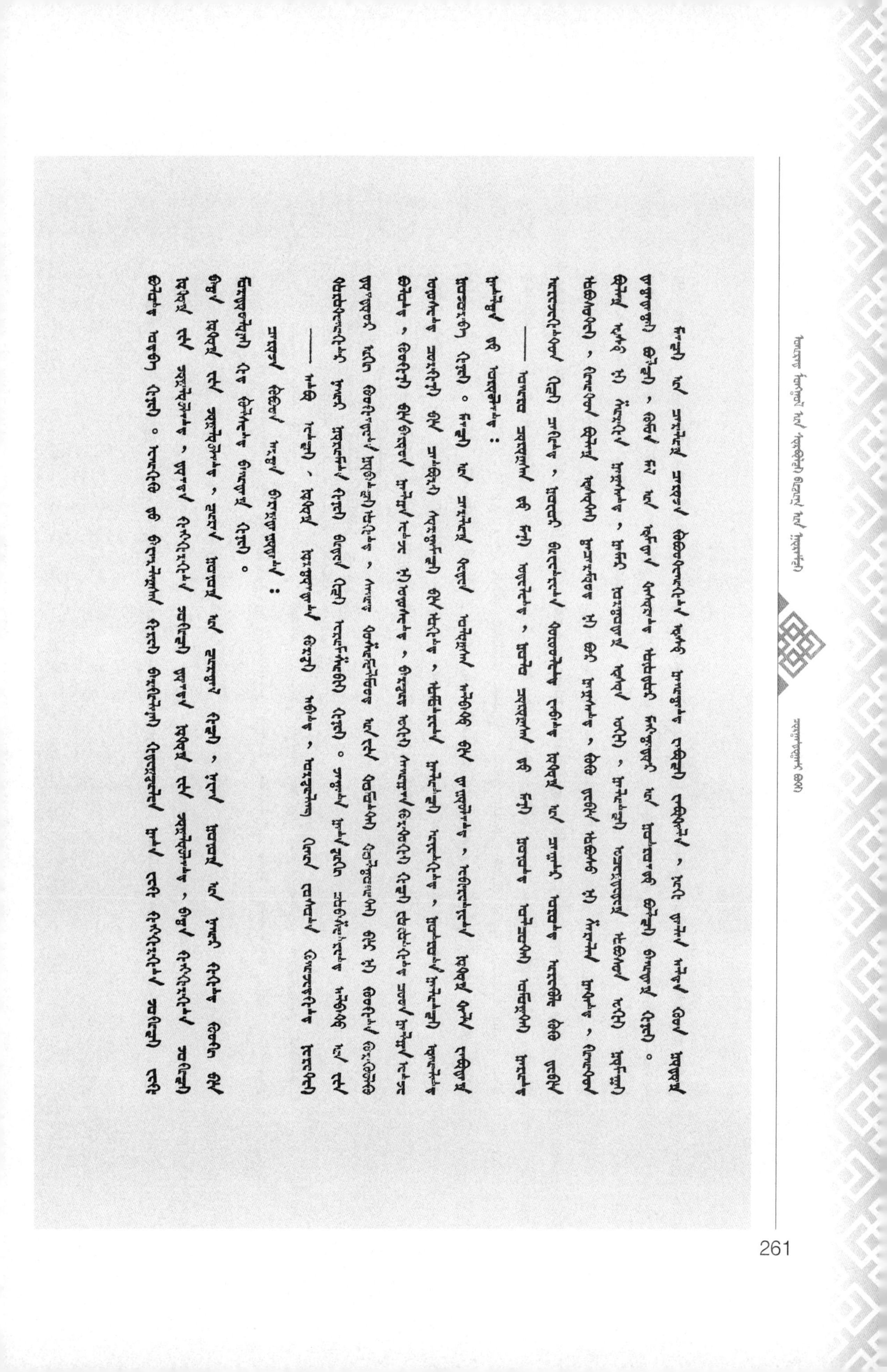

[illegible]

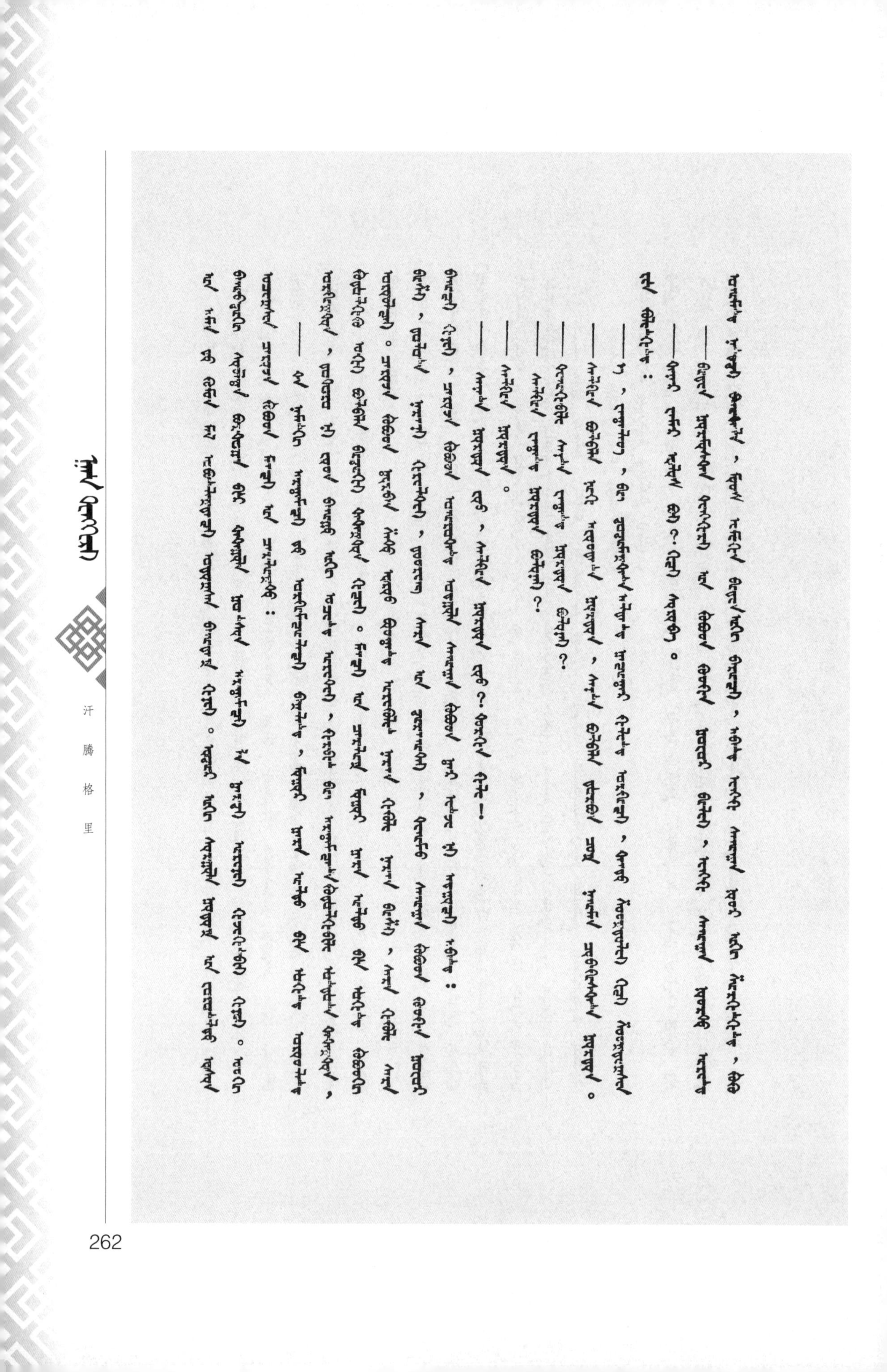

[illegible]

—— [illegible]

—— [illegible] ?[illegible] 。

[illegible] :

—— [illegible]

—— [illegible] 。

—— [illegible] ?

—— [illegible] ?

—— [illegible] 。

—— [illegible] ?[illegible] !

[illegible] :

[illegible] 。[illegible] 。[illegible]

—— [illegible] :

[illegible] 。[illegible]

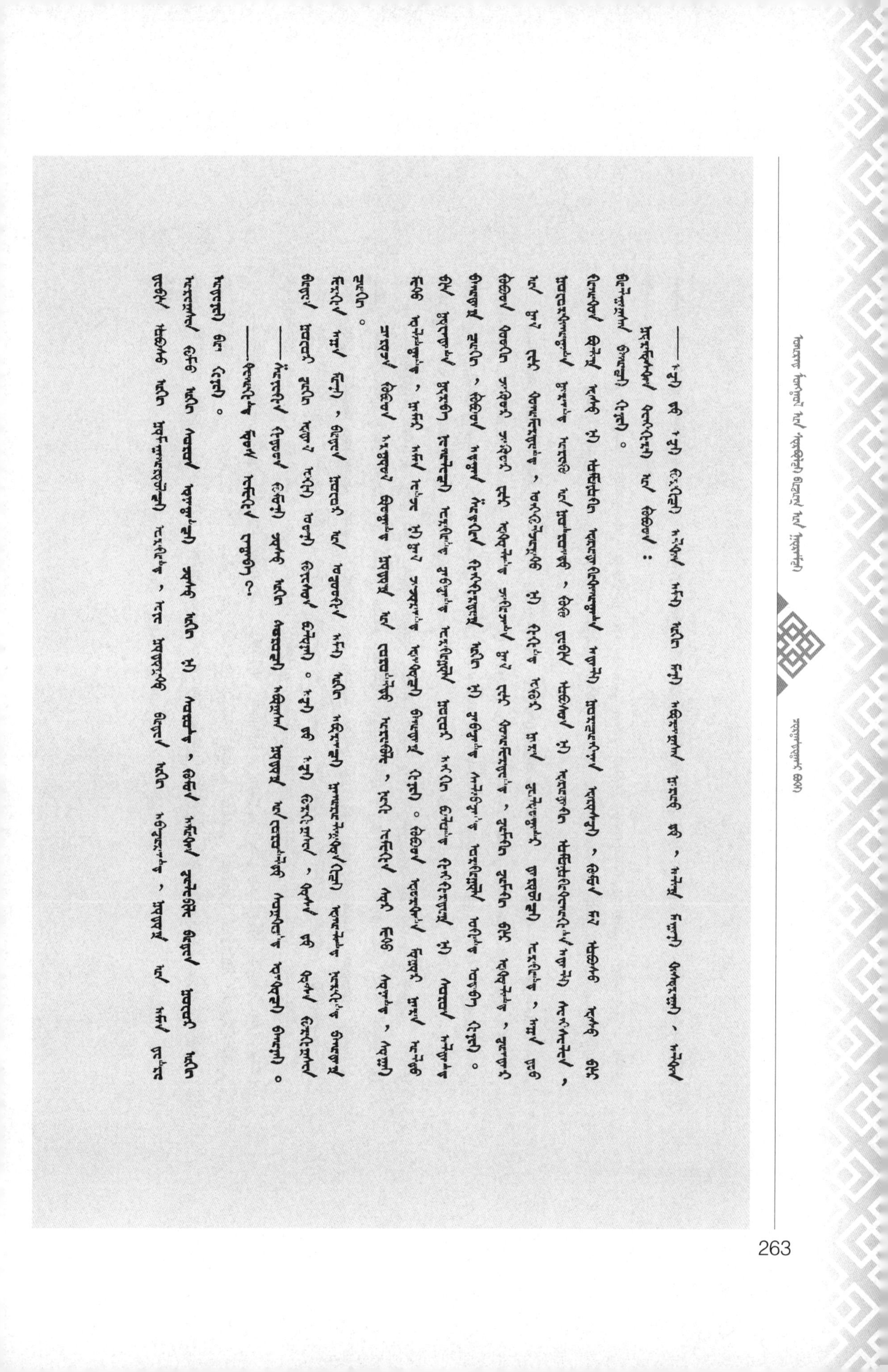

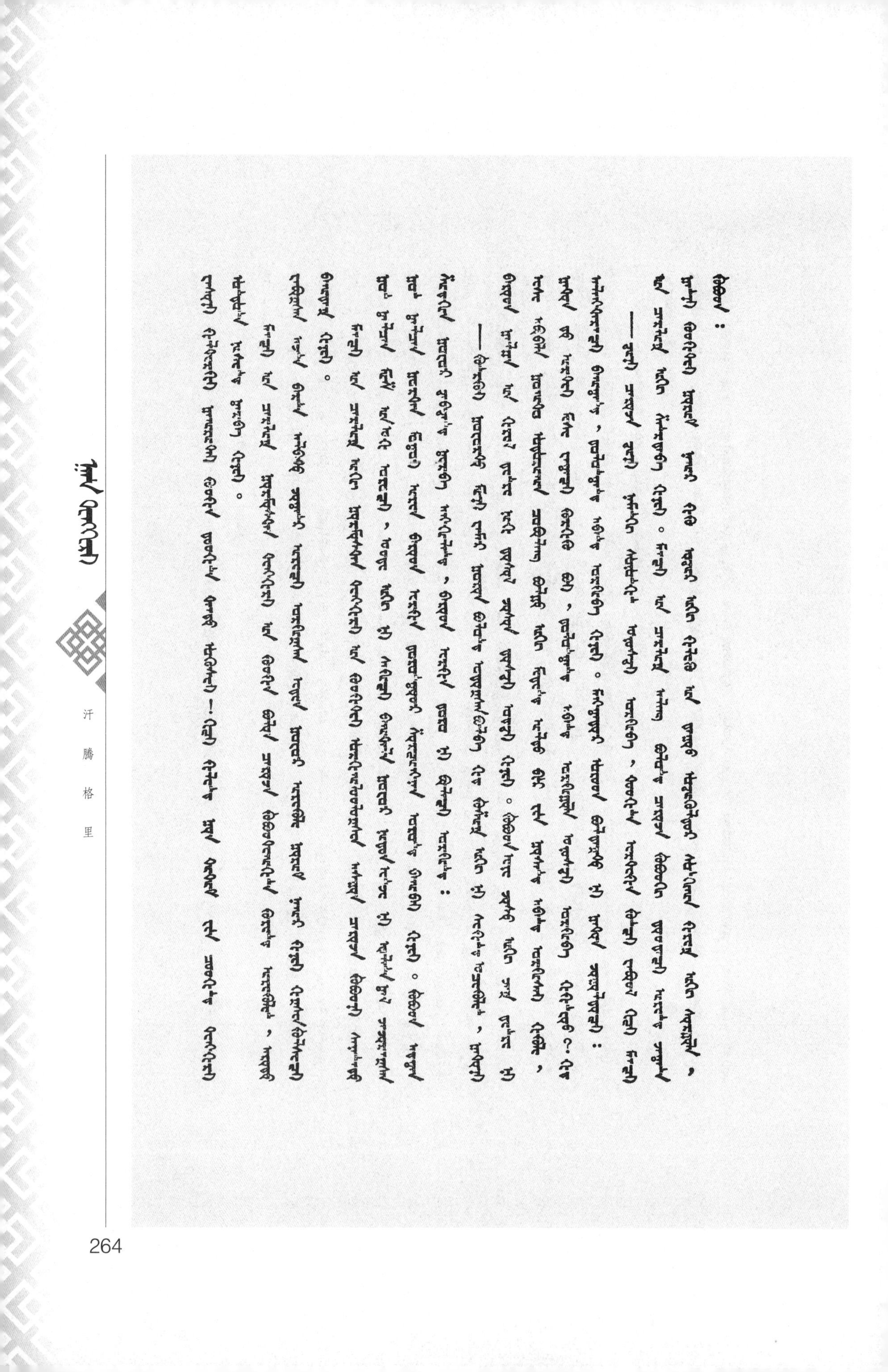

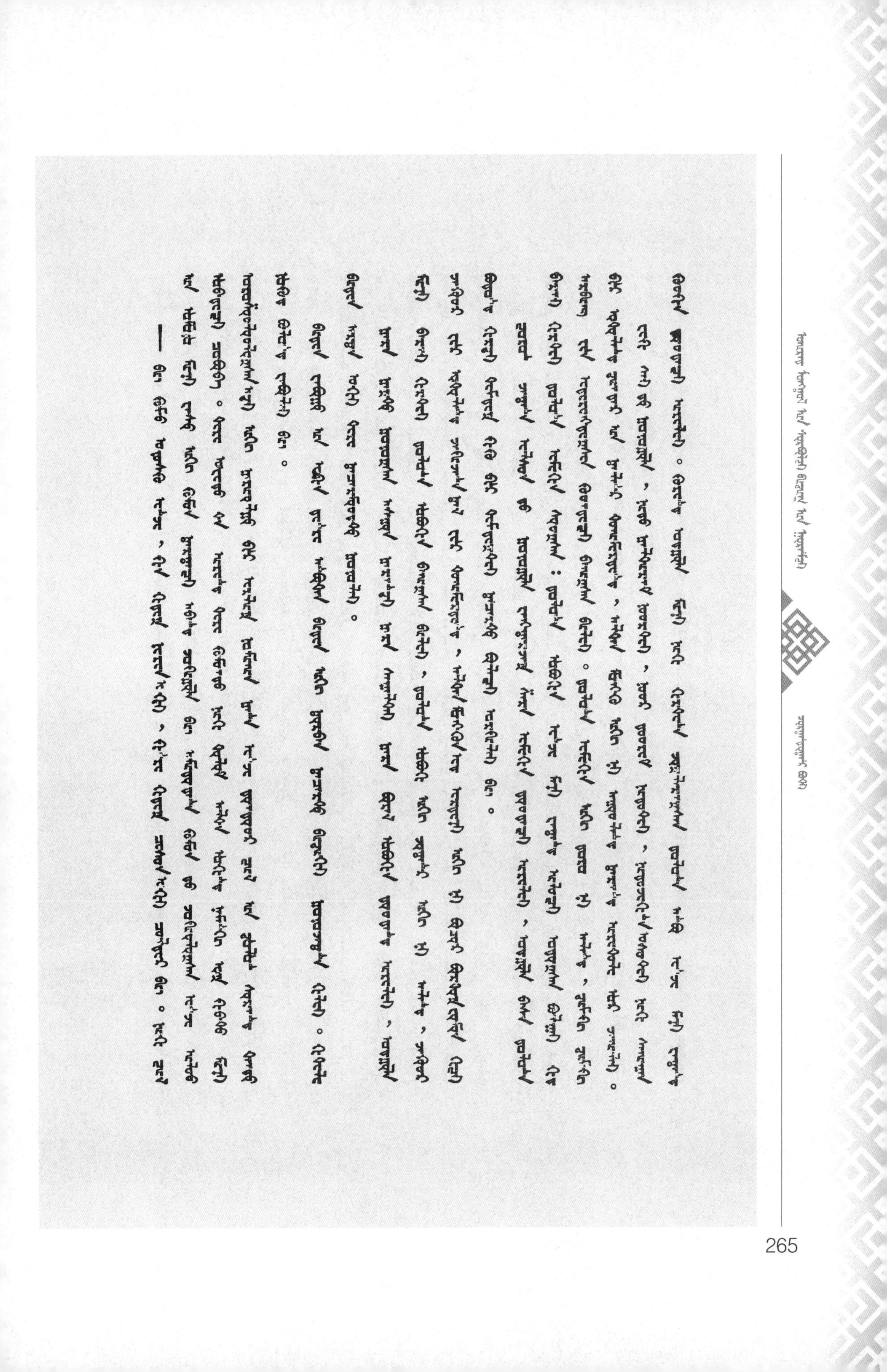

[illegible]

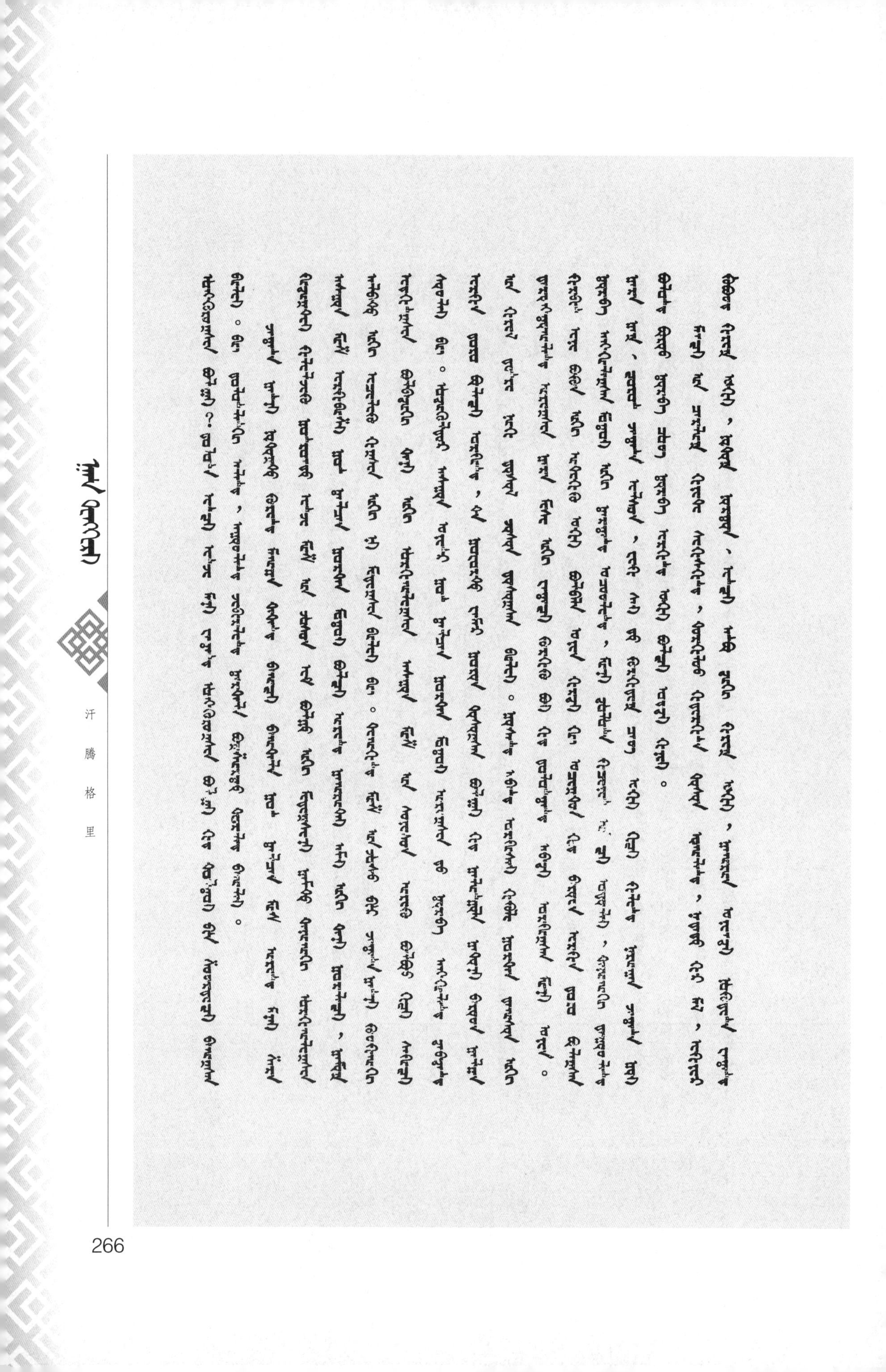

[illegible]

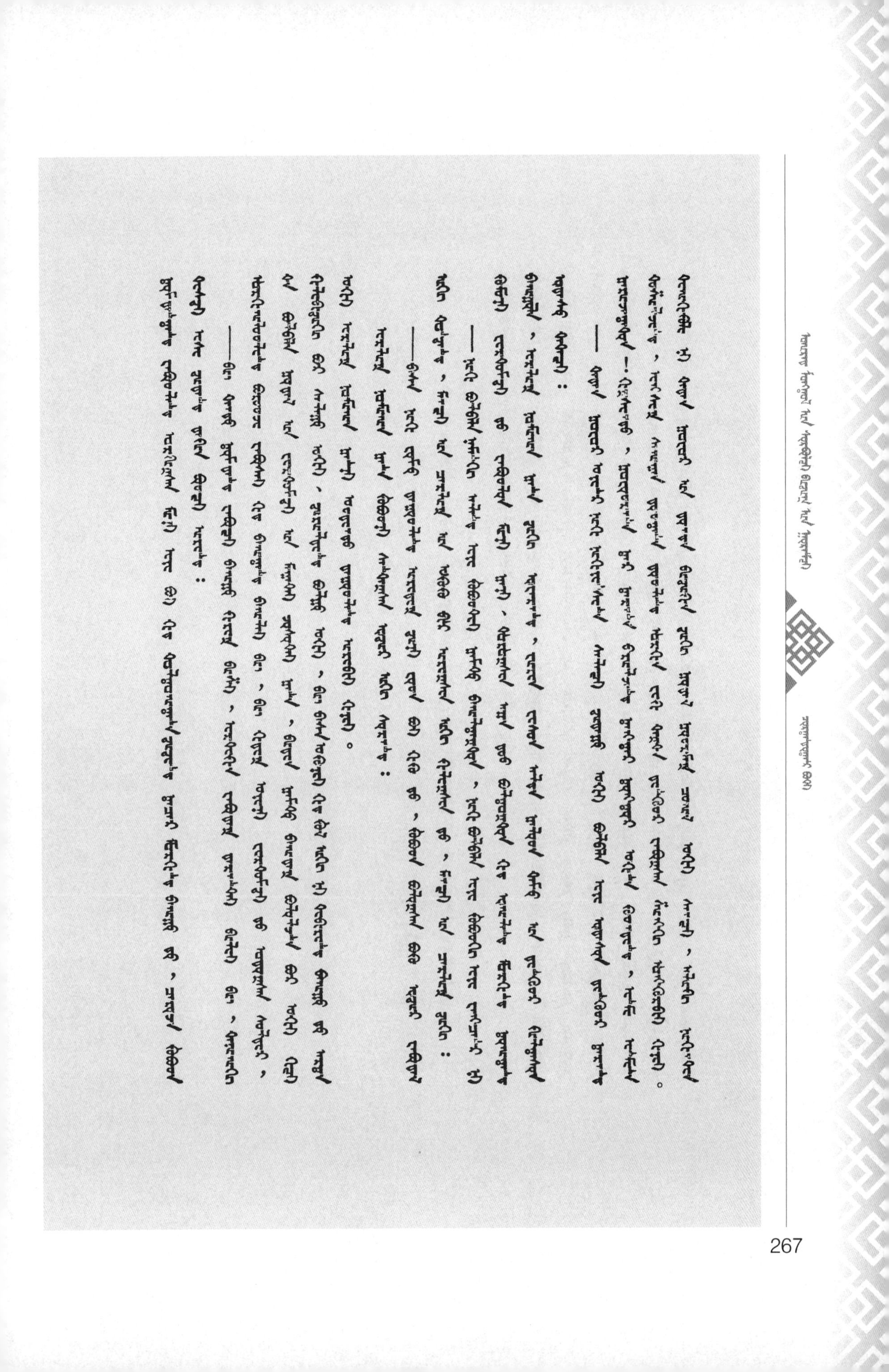

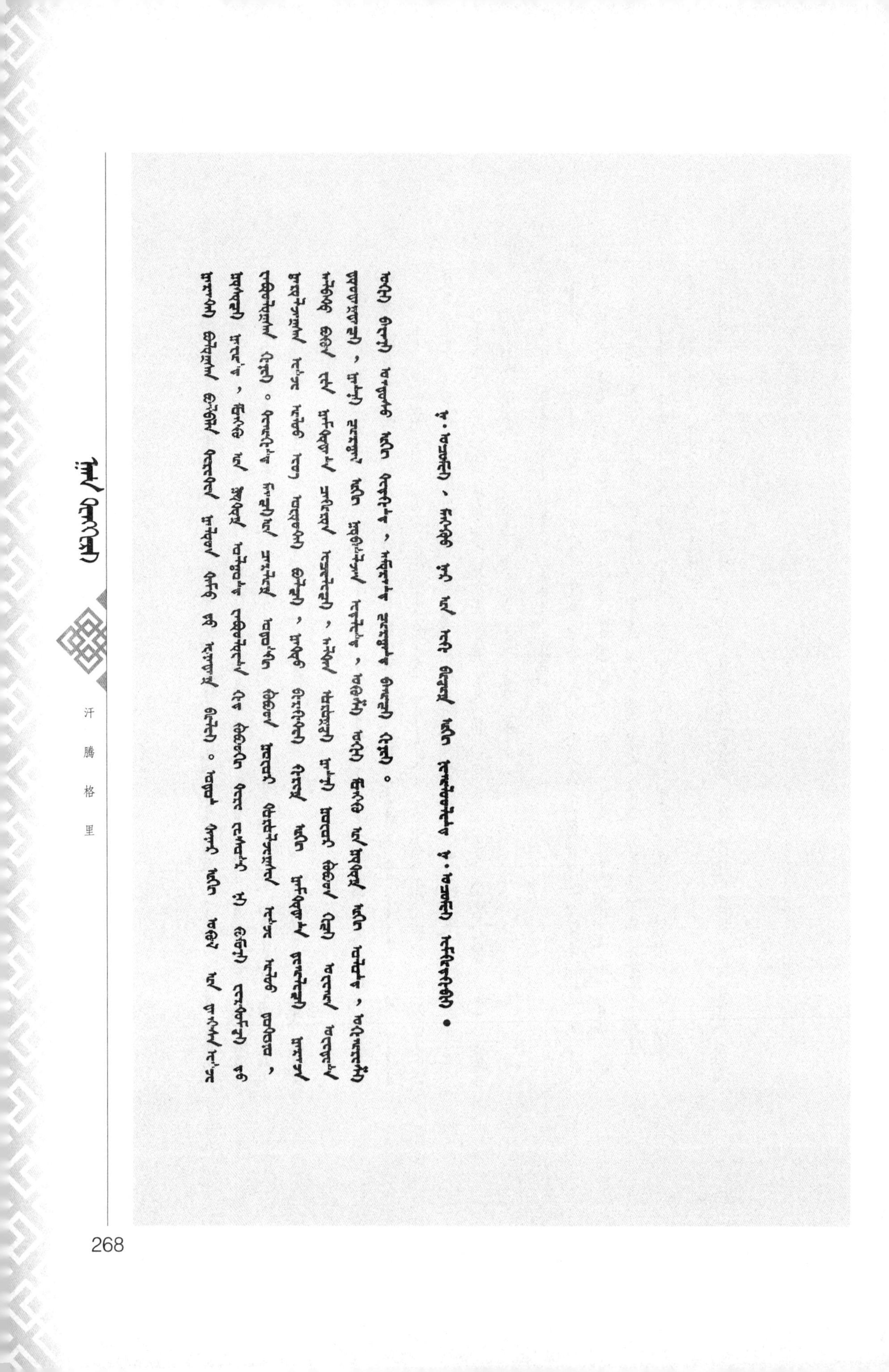

[illegible]
[illegible]
[illegible]
[illegible]
[illegible]
[illegible]
[illegible]

● [illegible]

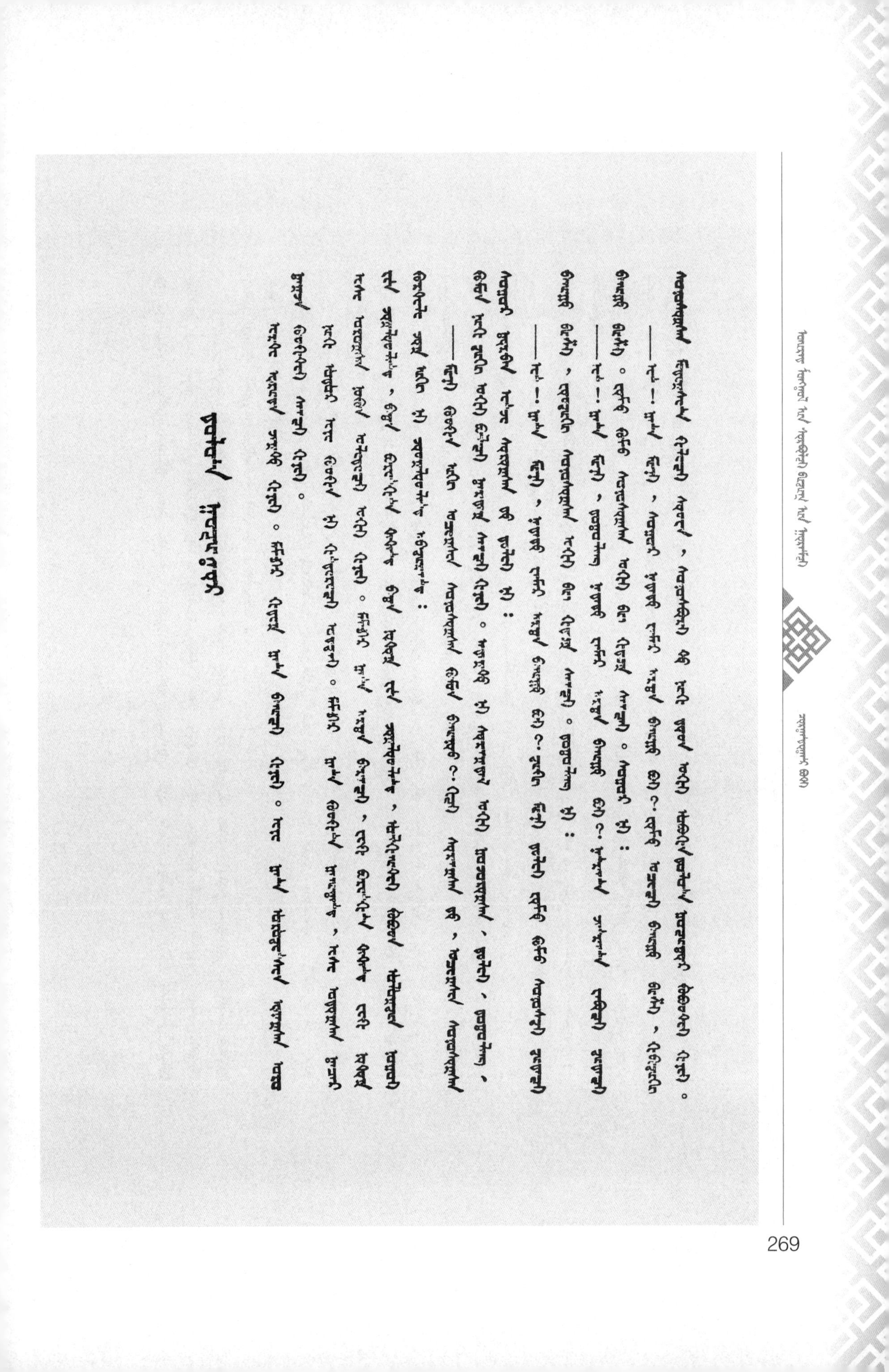

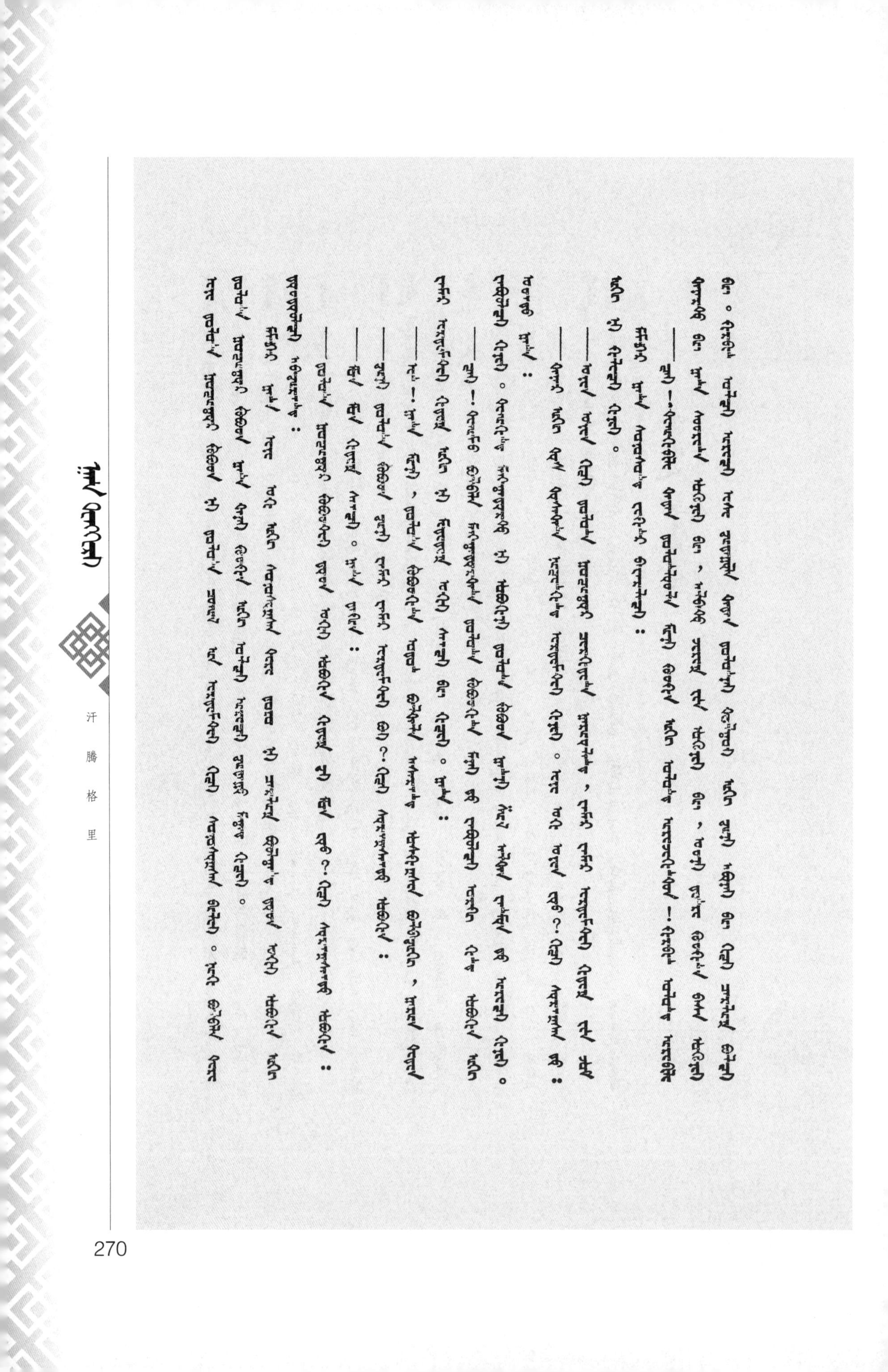

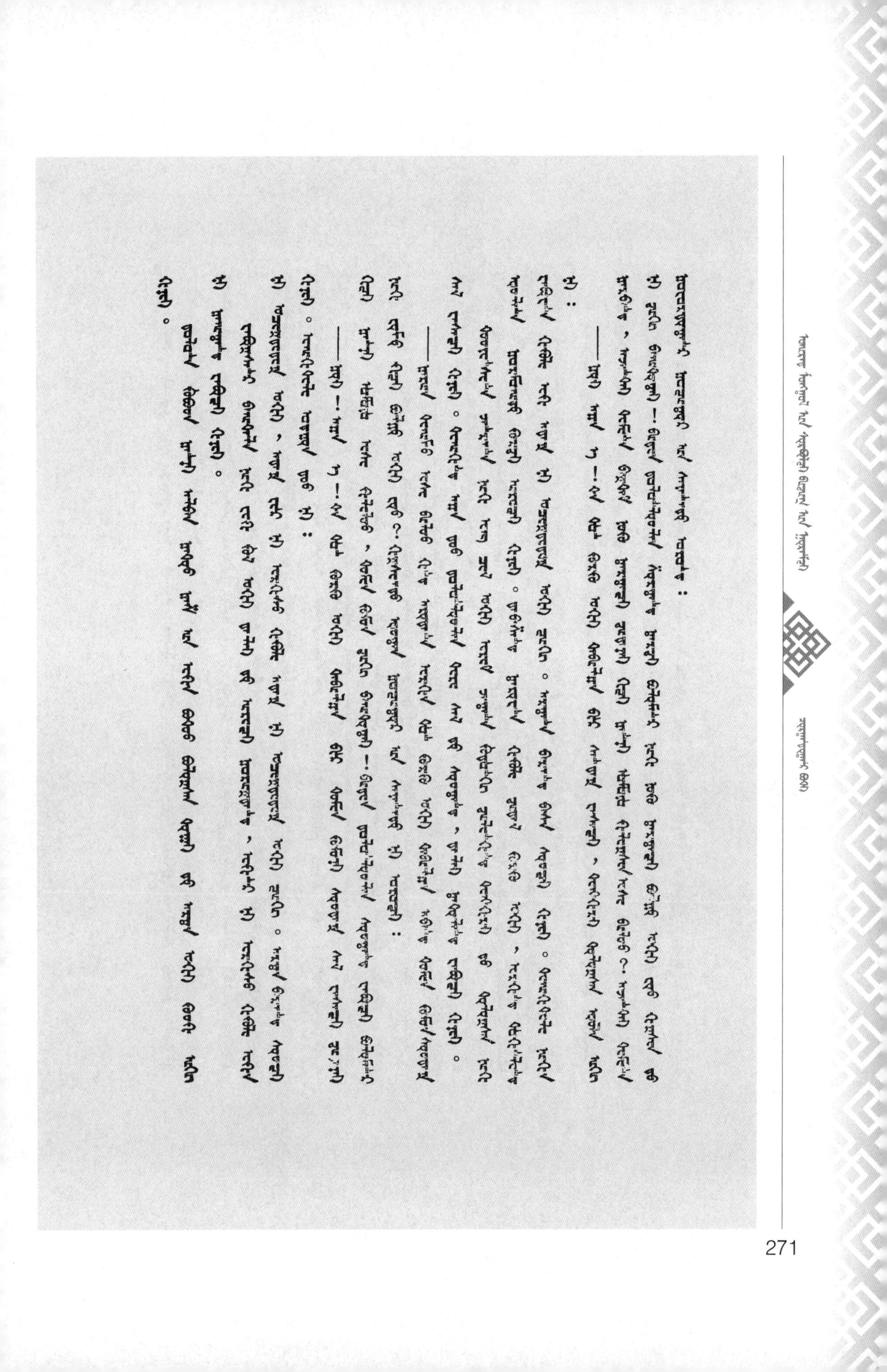

[illegible]

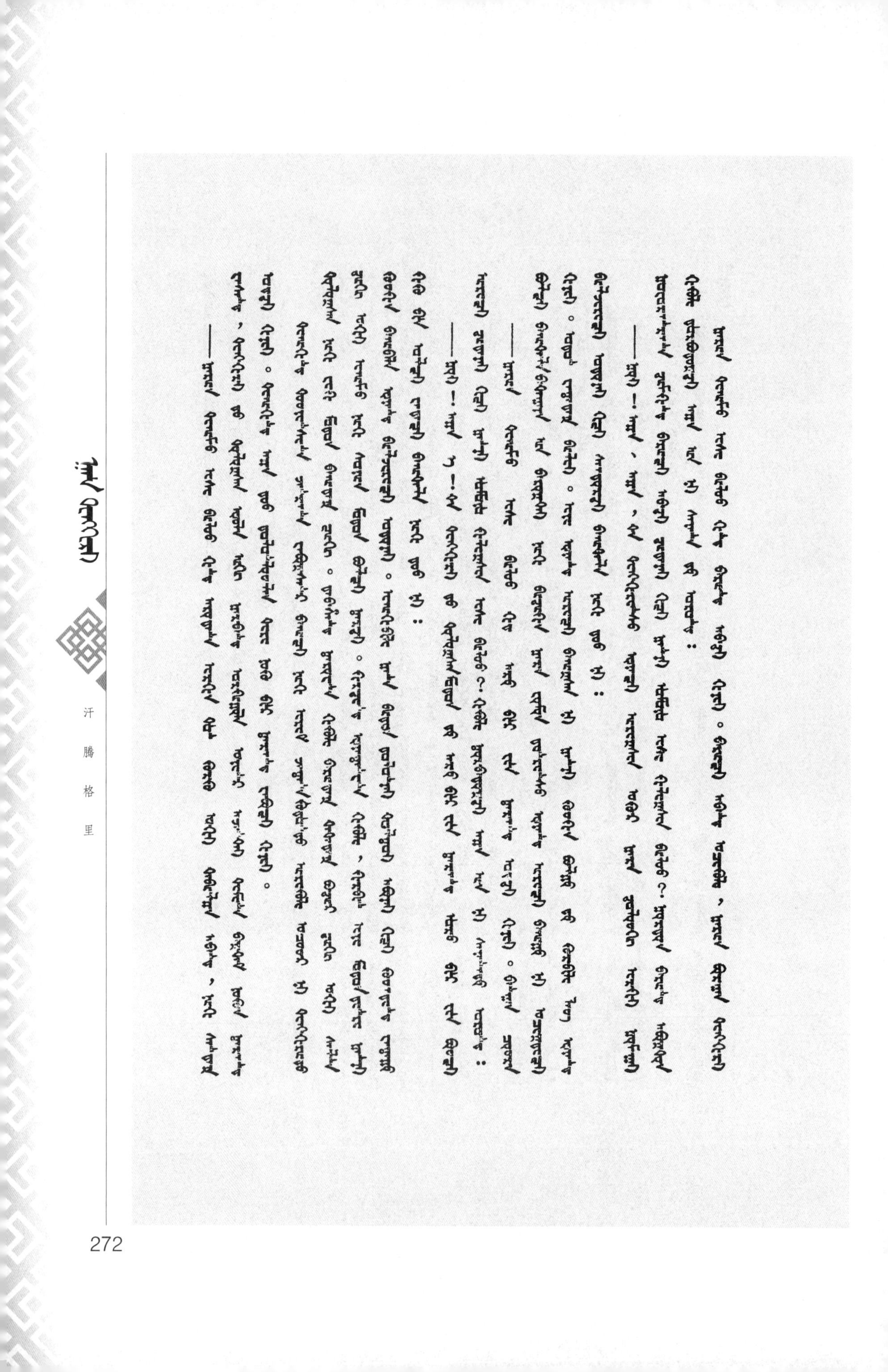

[illegible]

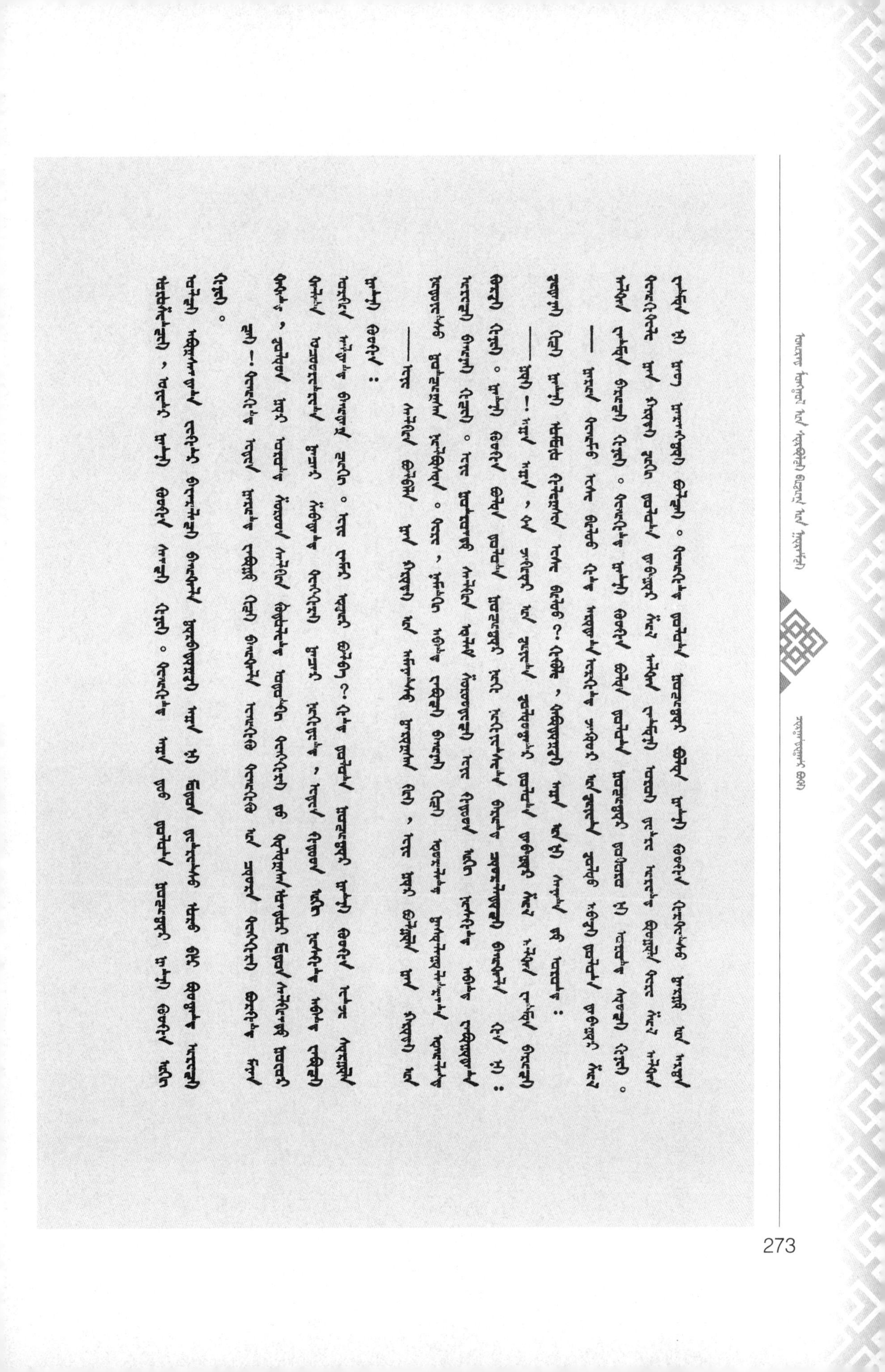

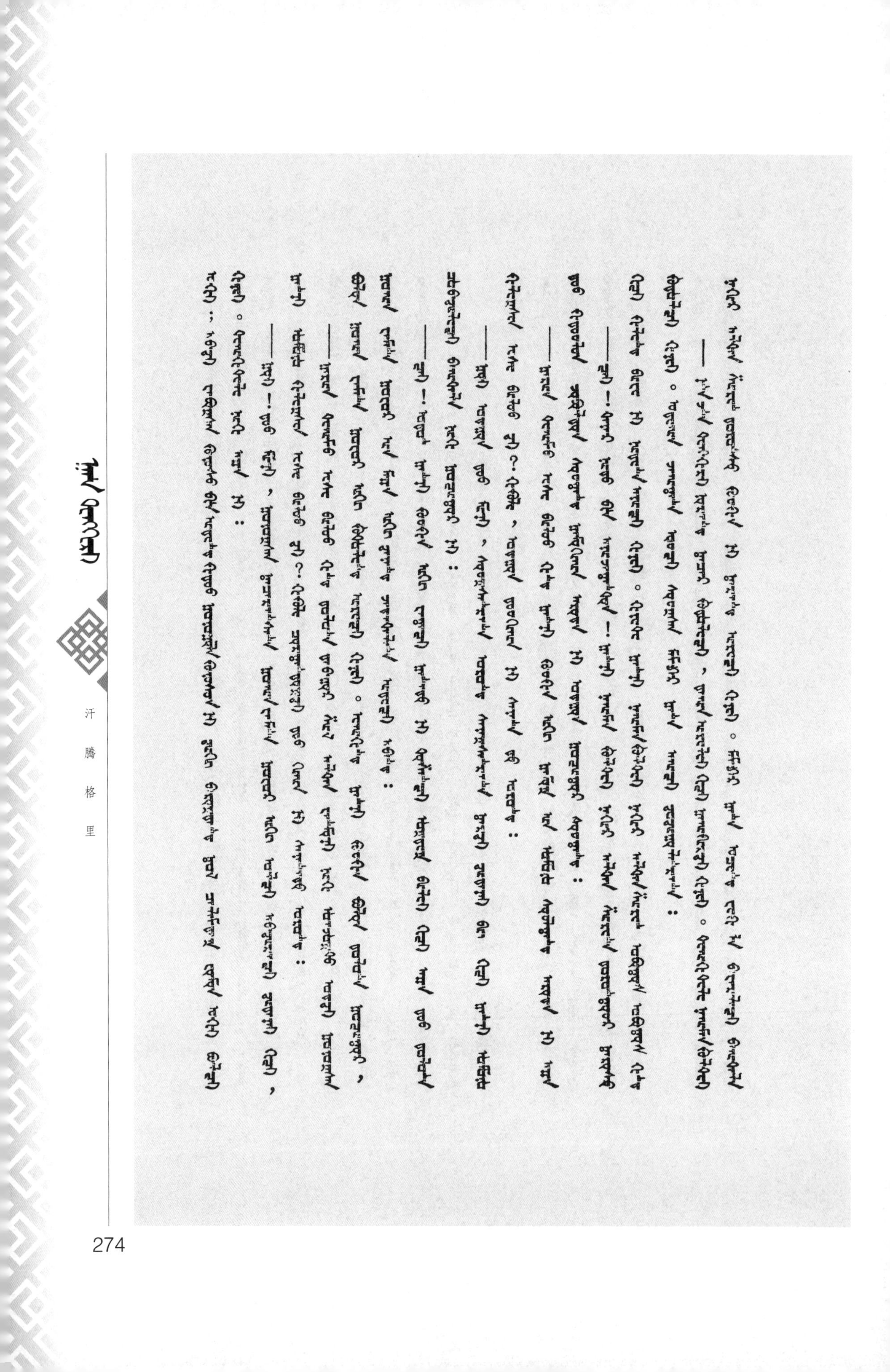

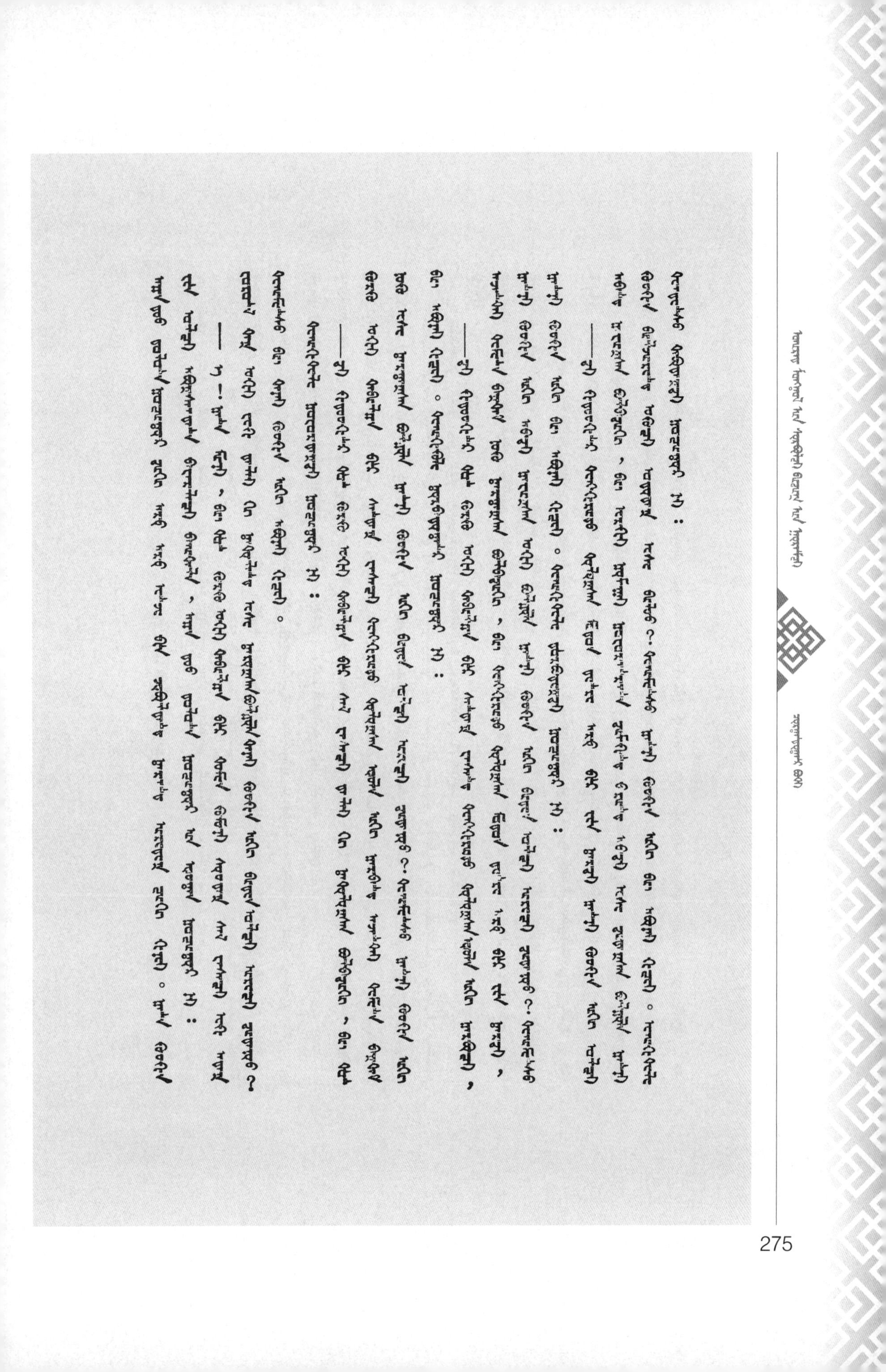

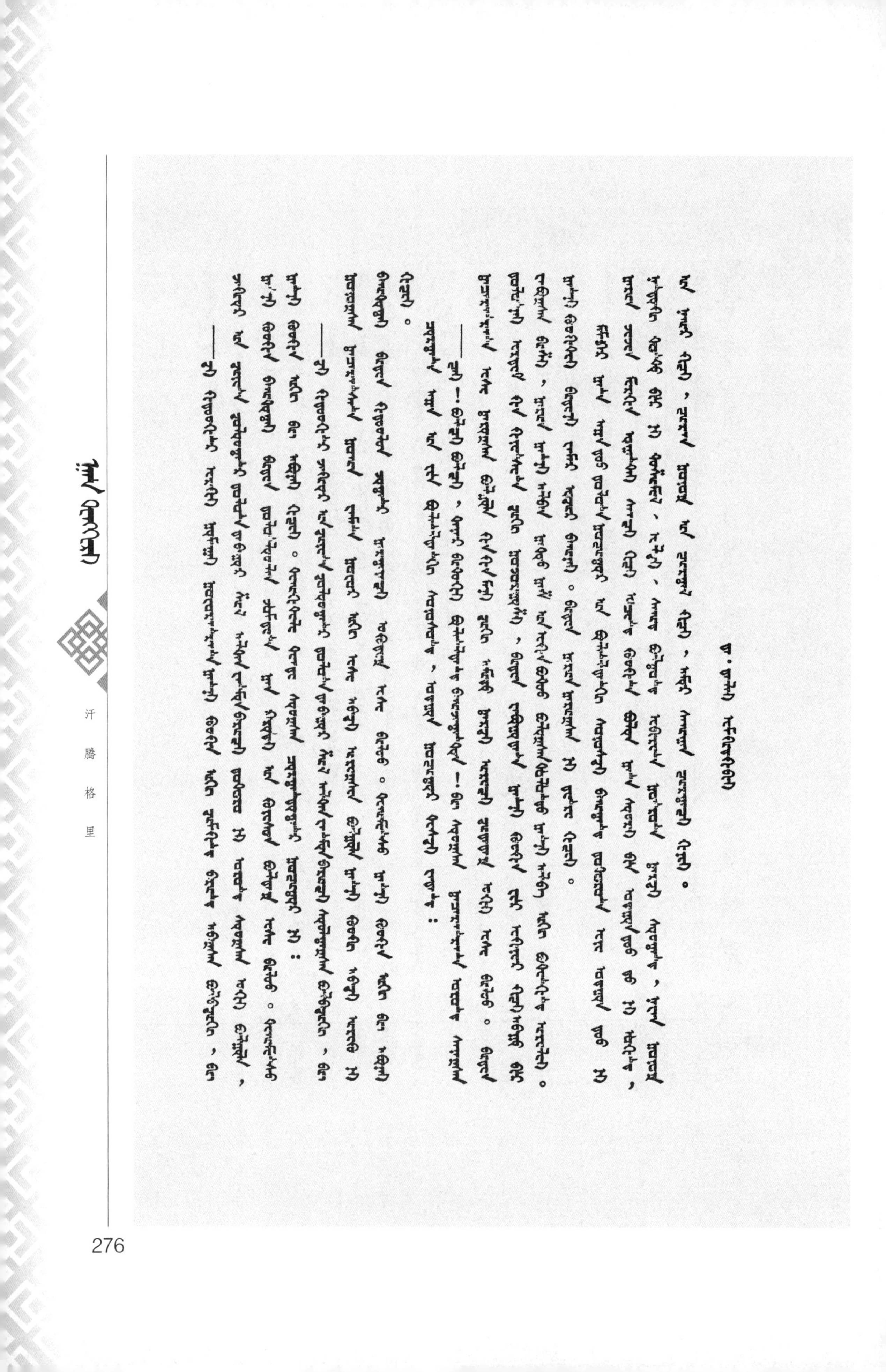

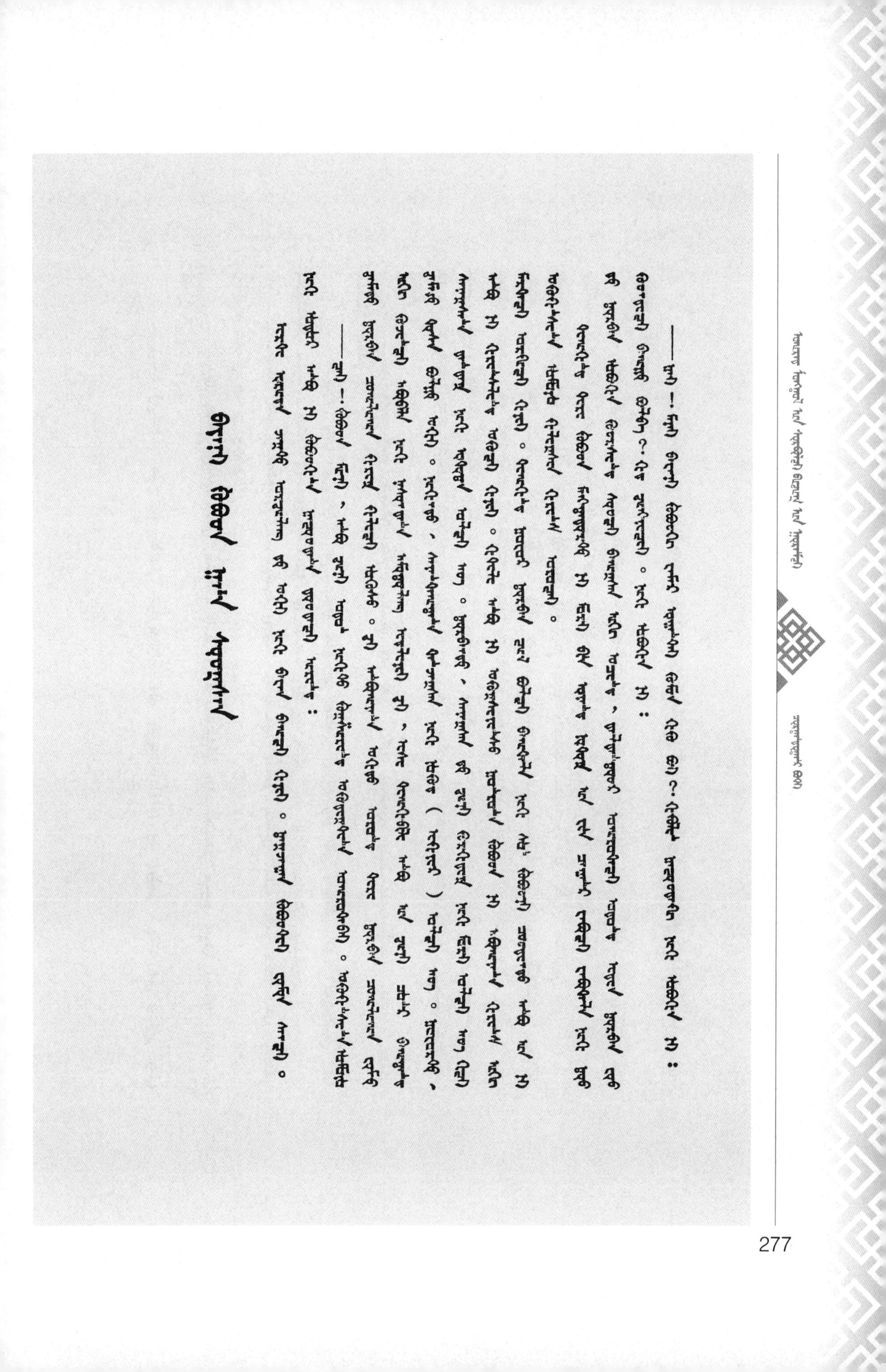

[illegible]

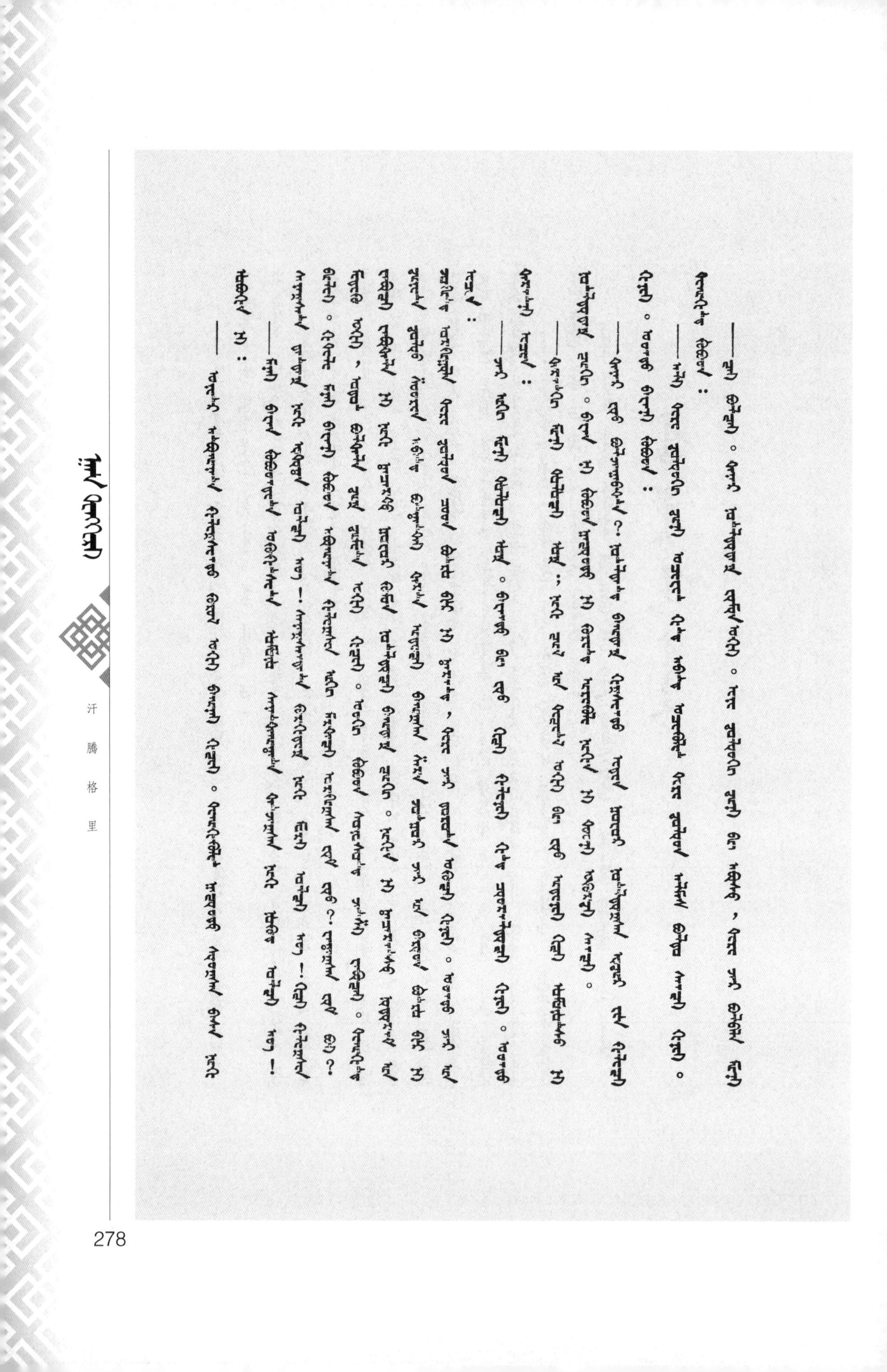

[illegible]

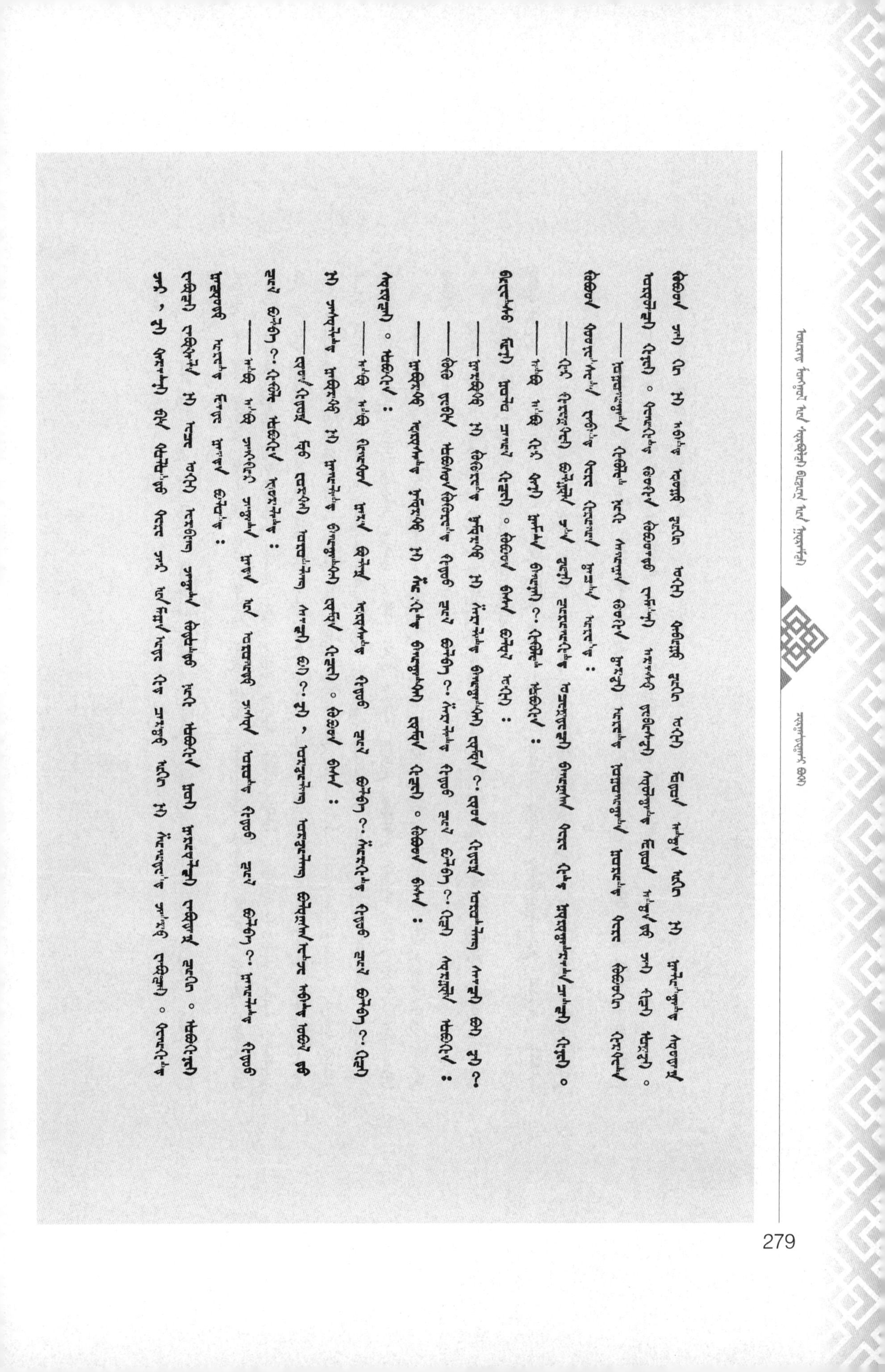

[illegible]

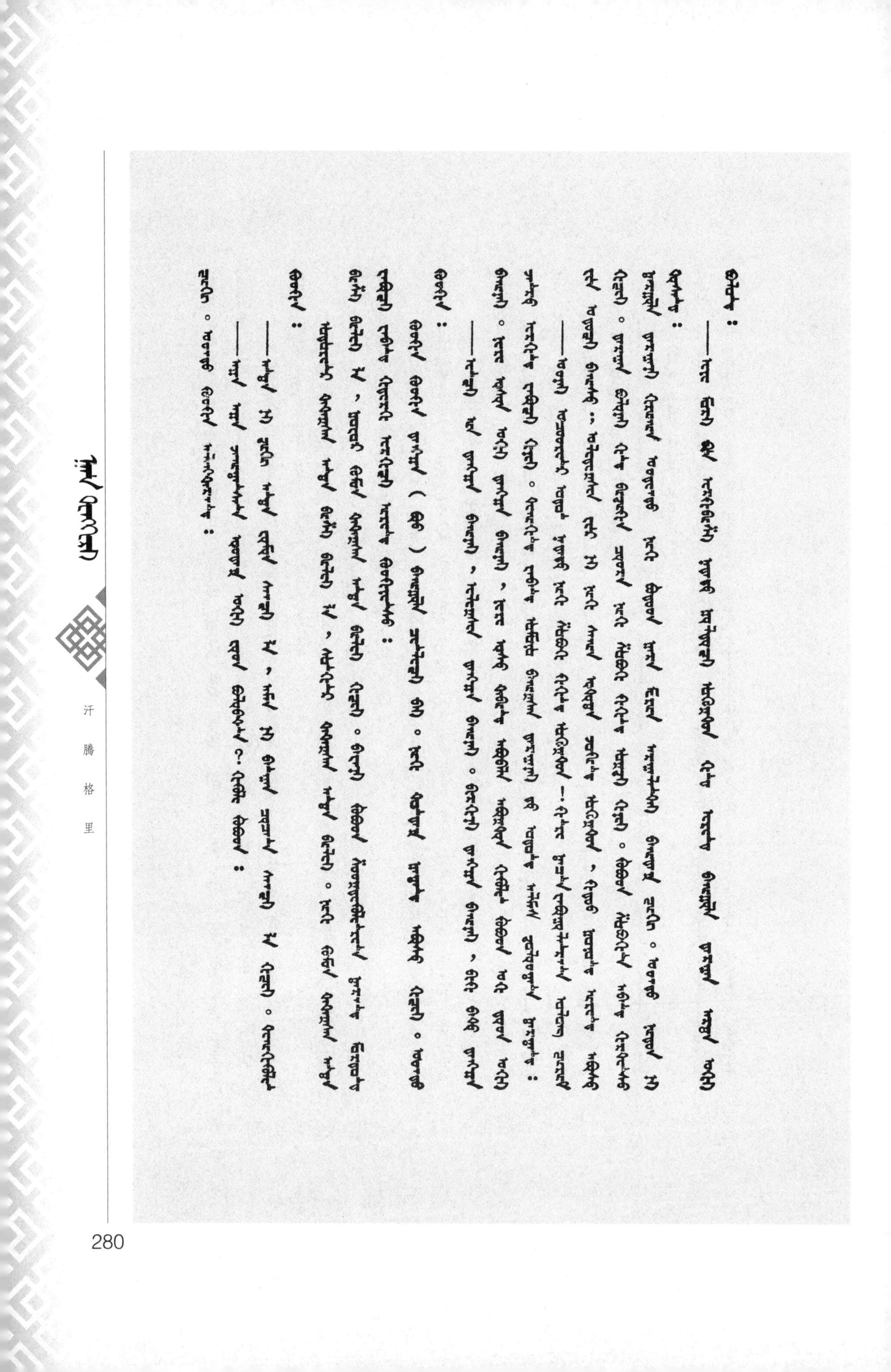

[illegible]

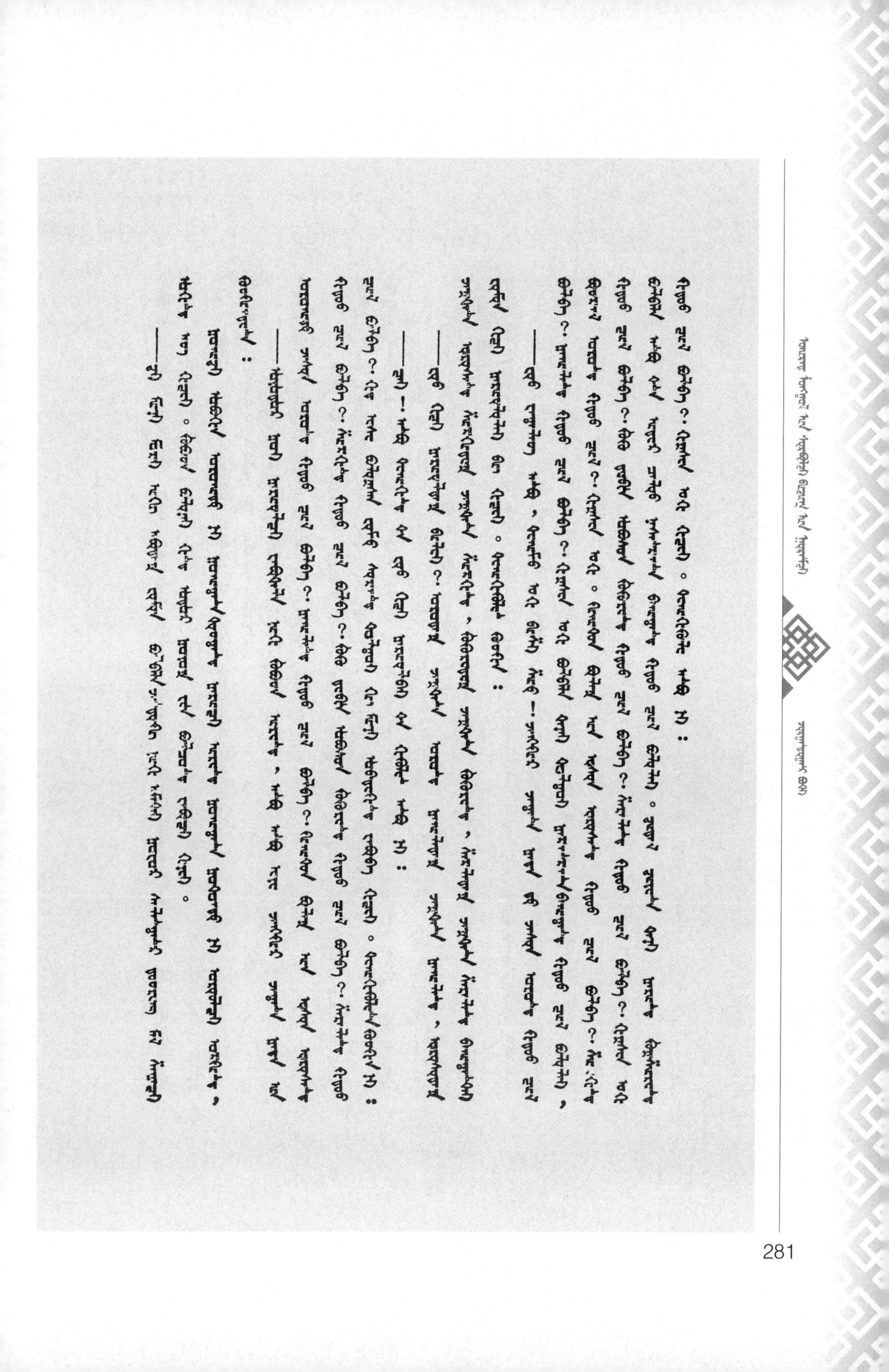

[illegible]

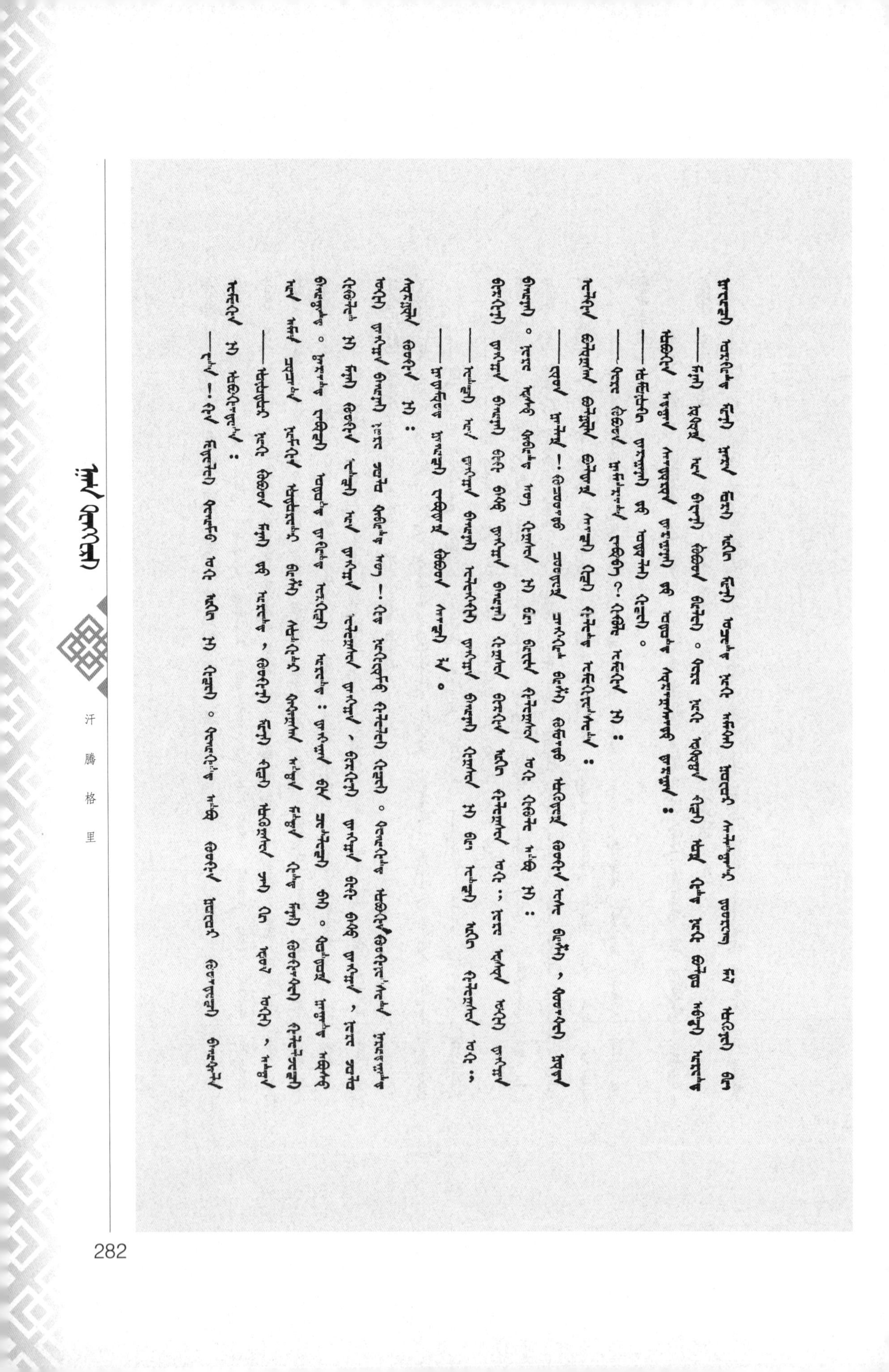

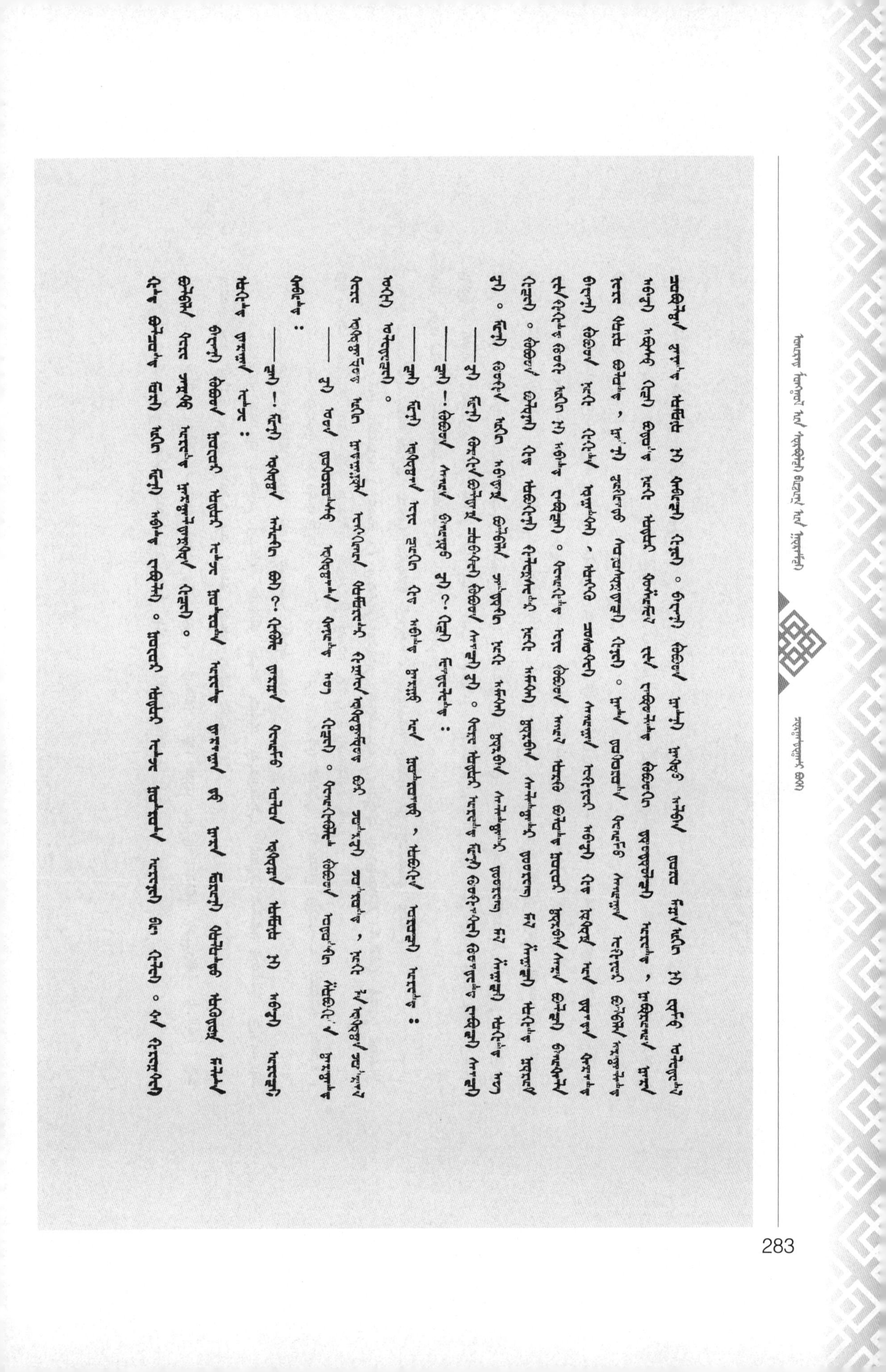

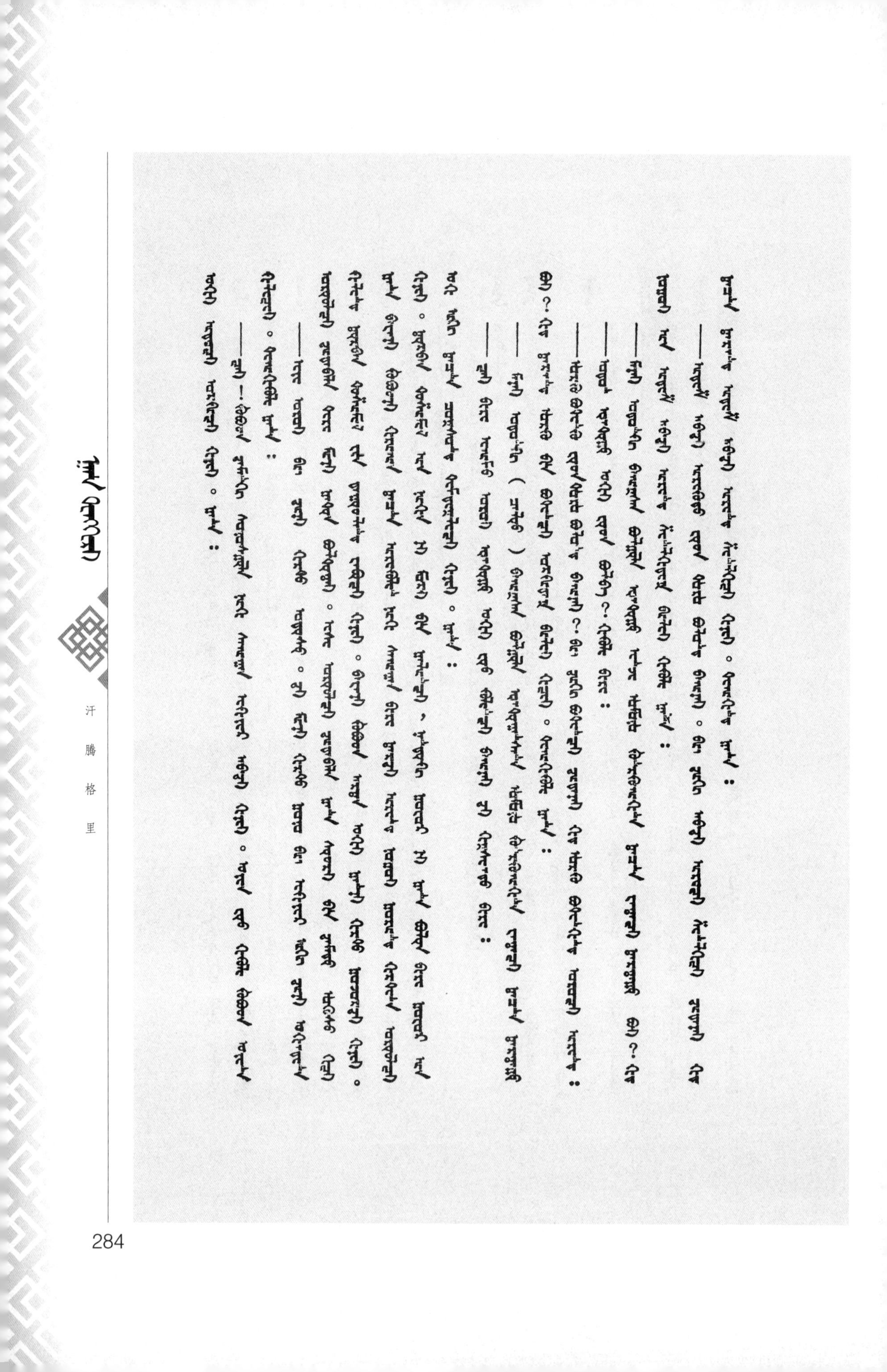

[illegible]

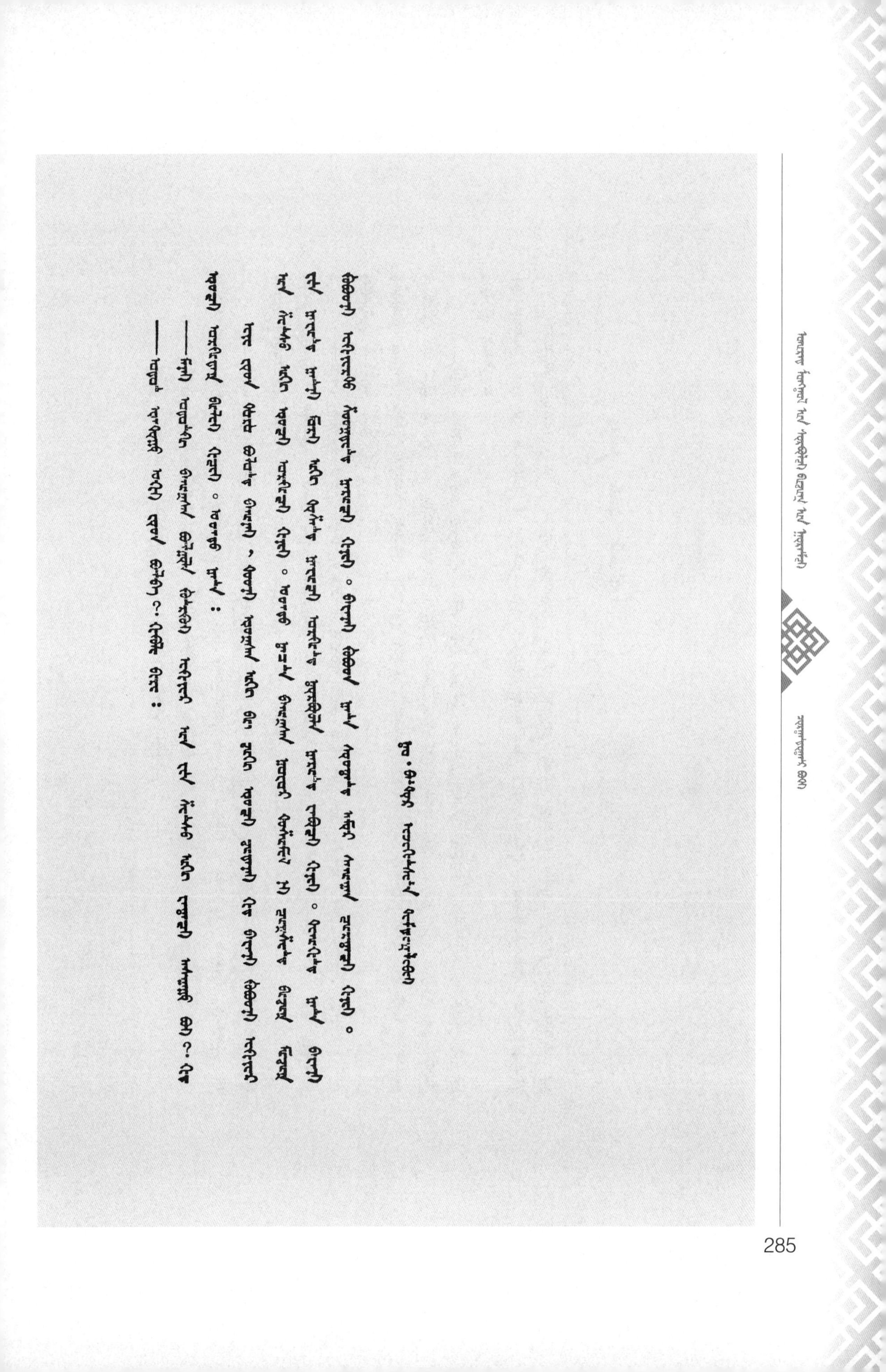

[illegible]

[illegible]
[illegible]
[illegible]
[illegible]
[illegible]
—— [illegible]
—— [illegible]

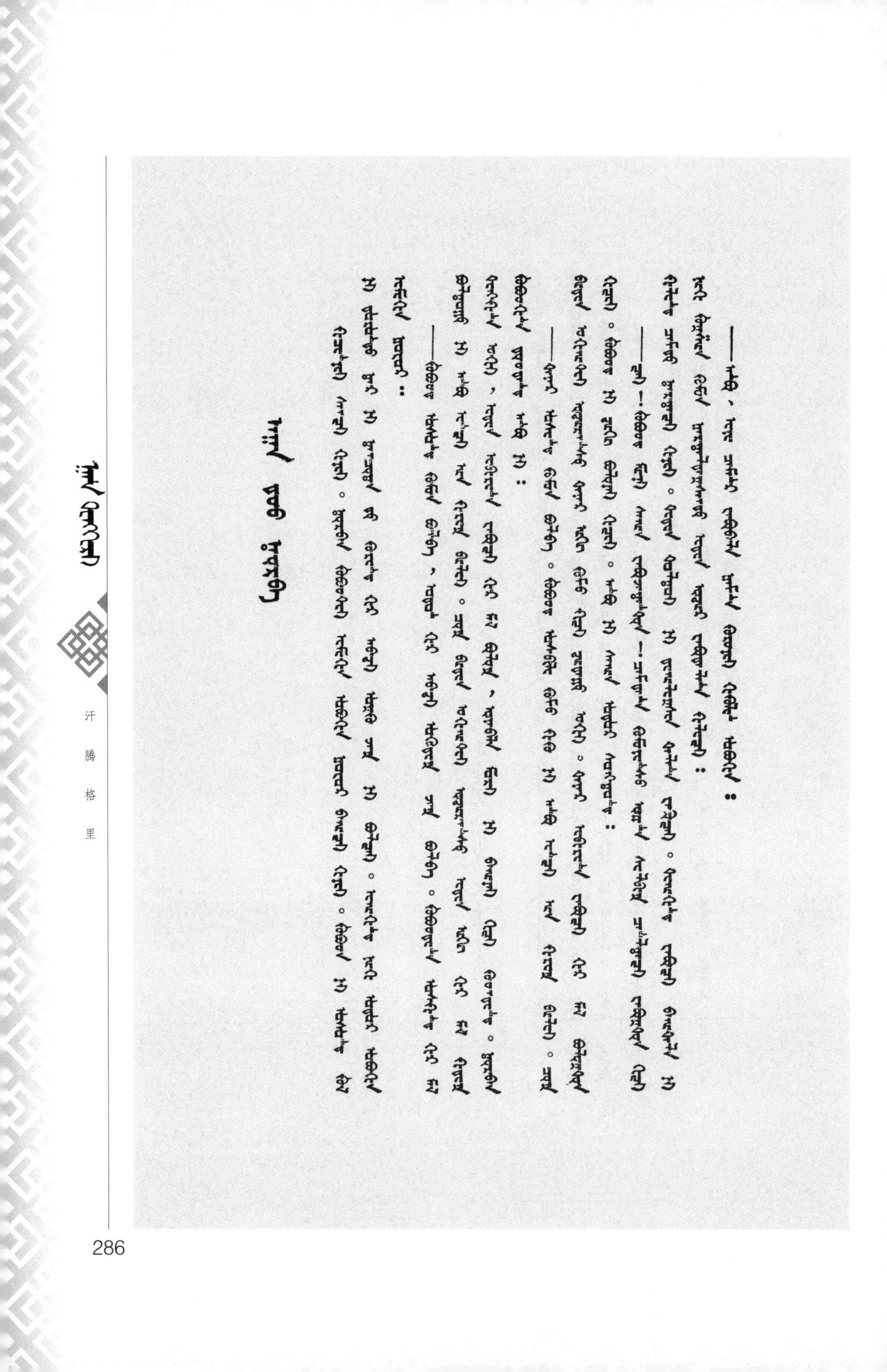

[illegible]

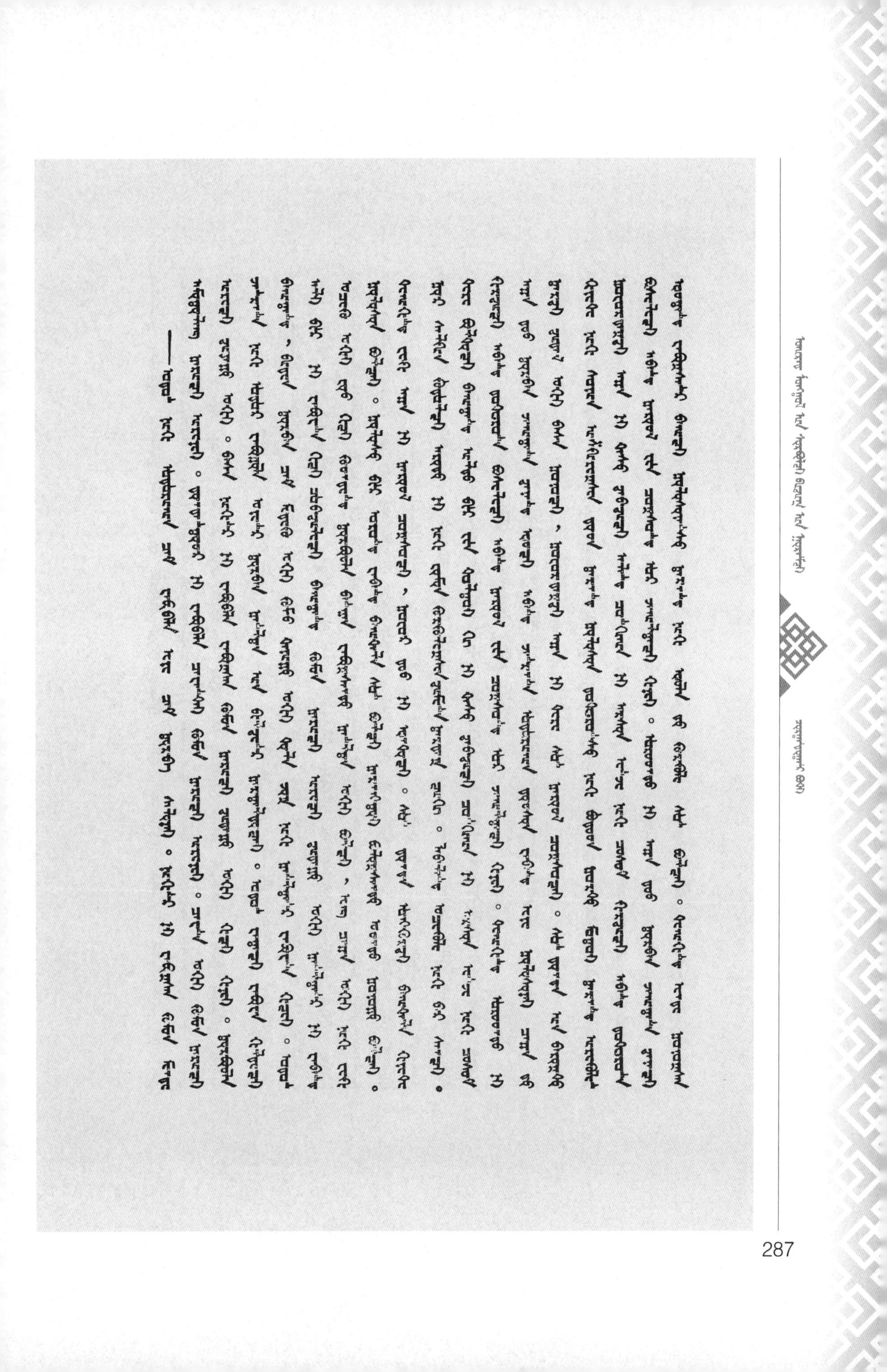

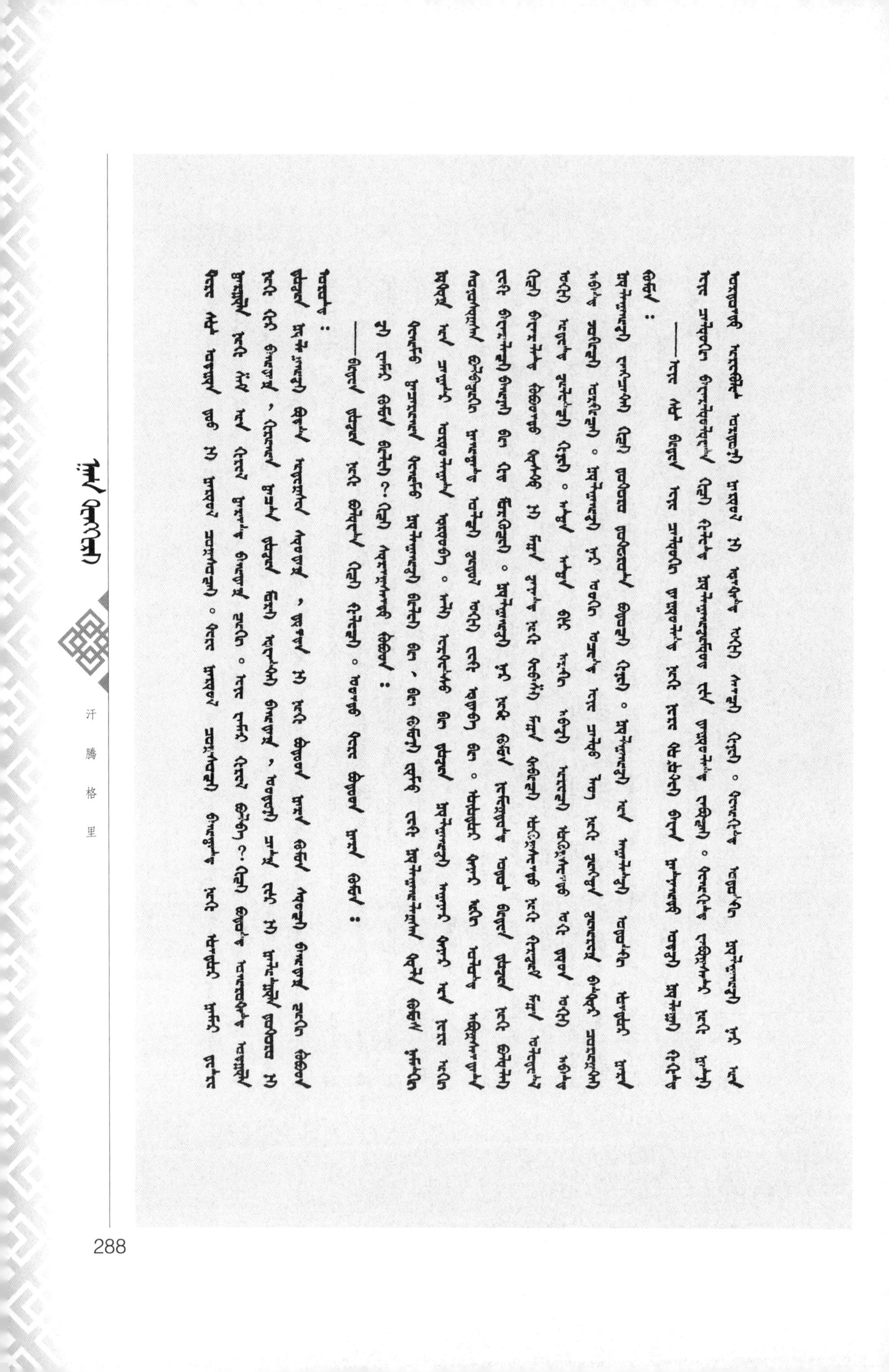

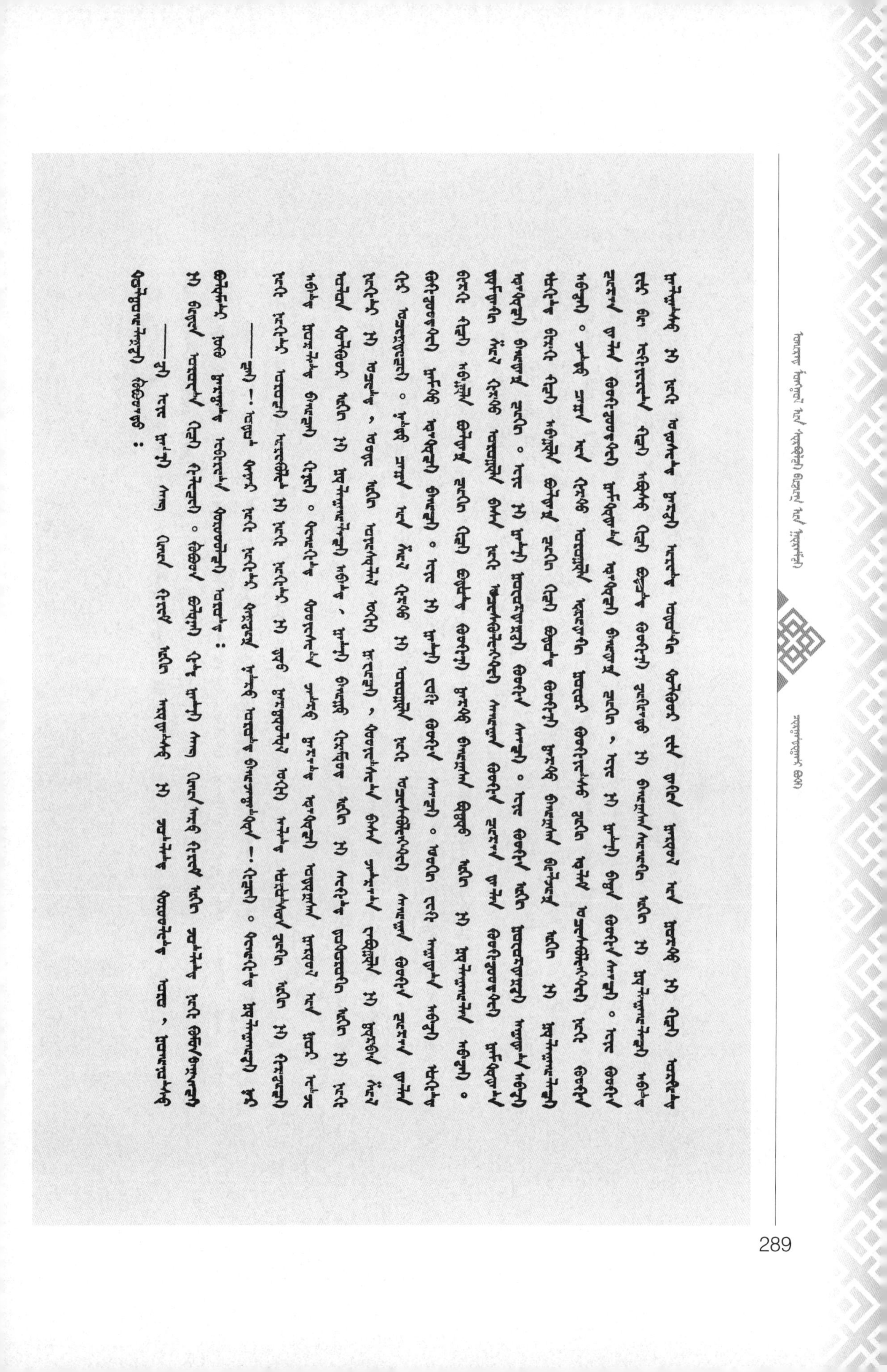

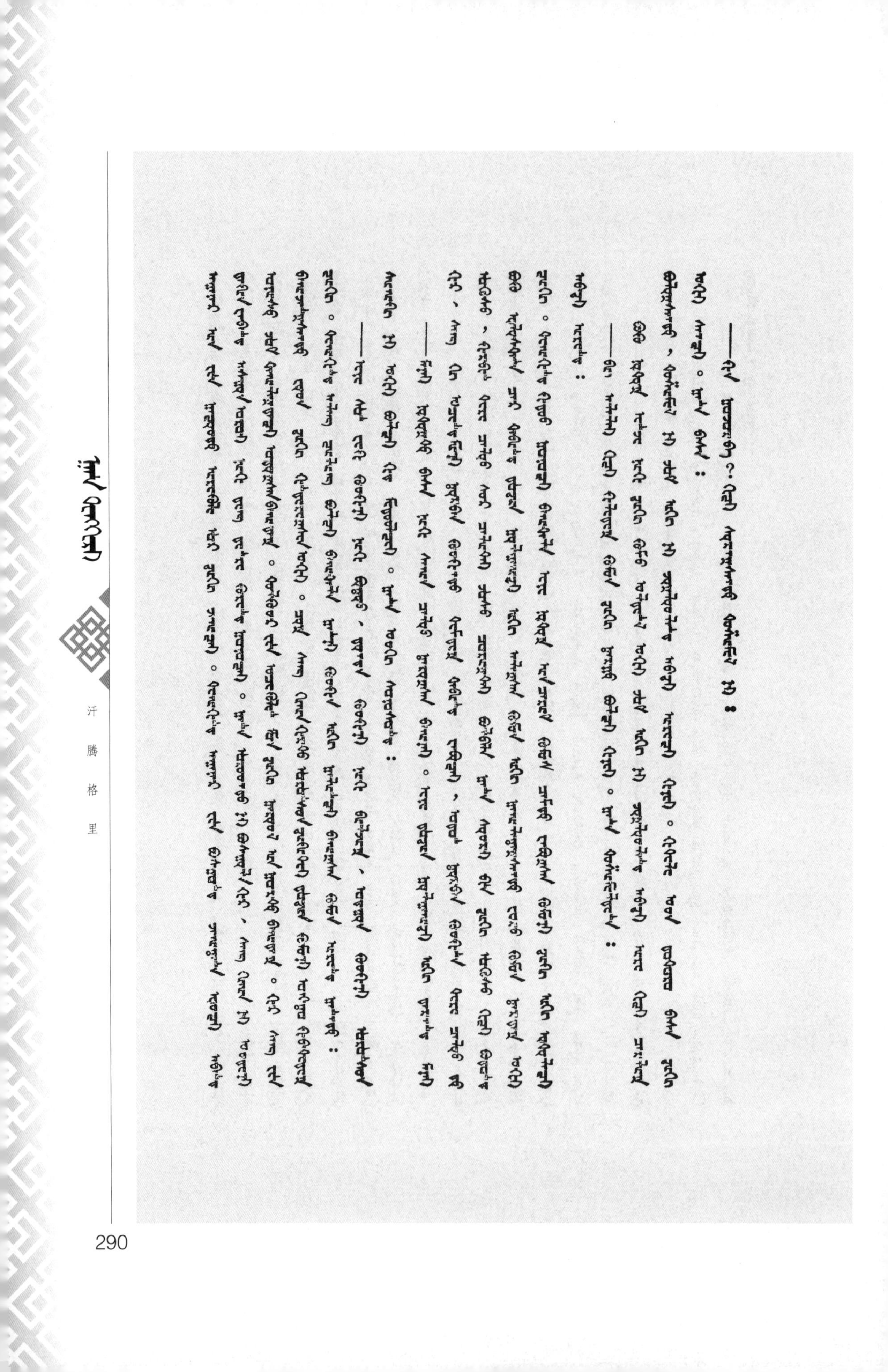

[illegible]

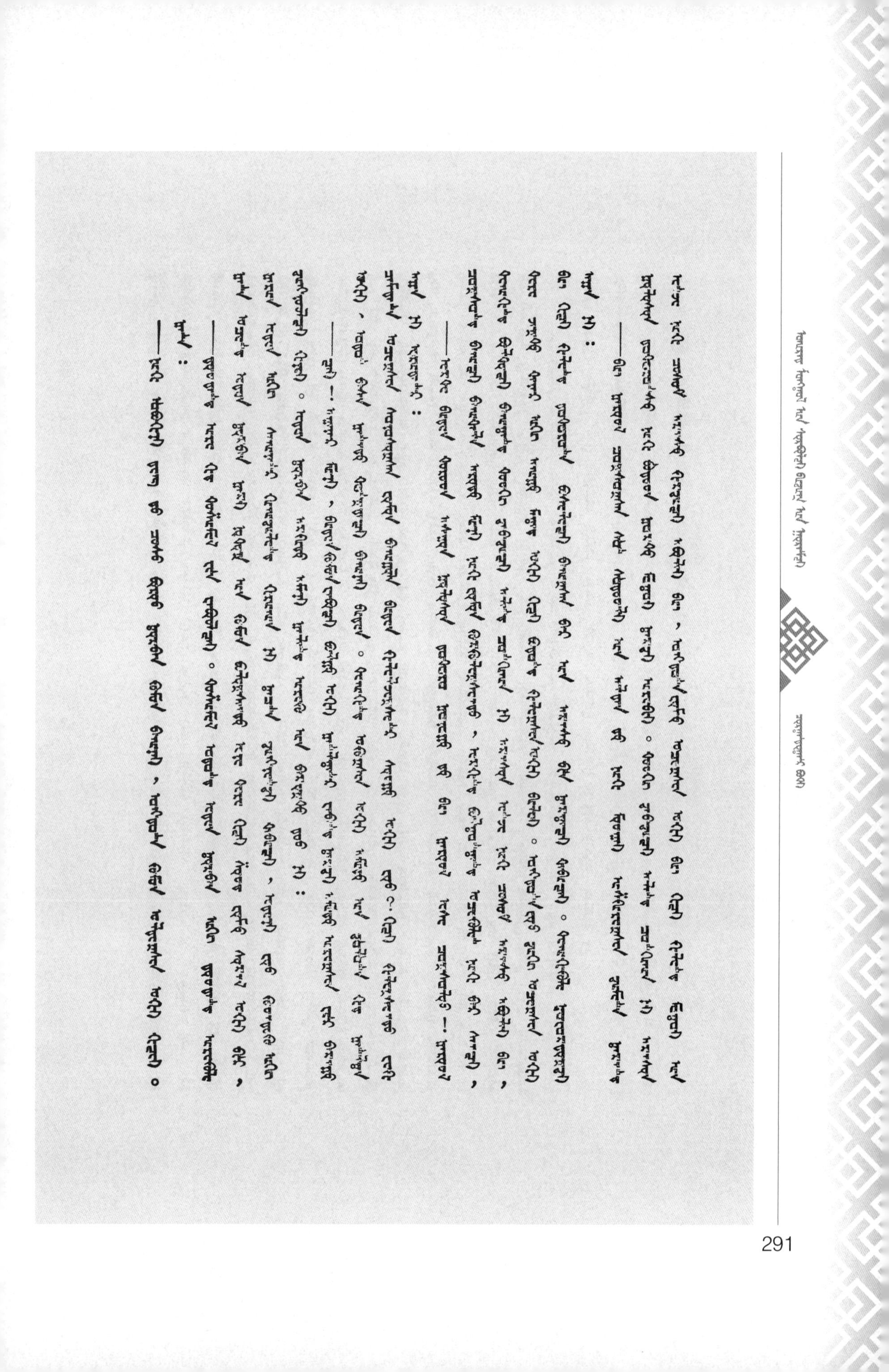

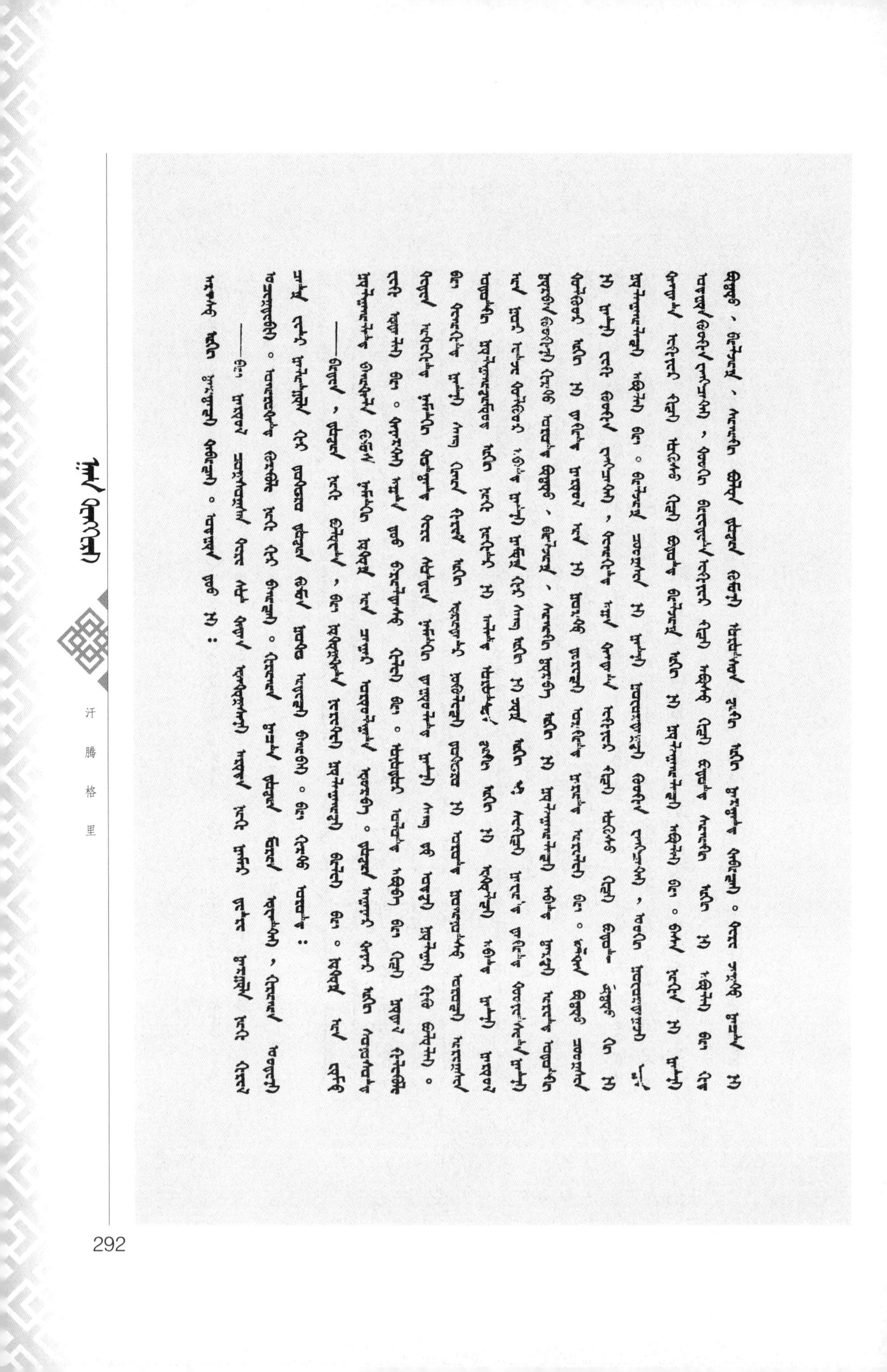

[illegible]

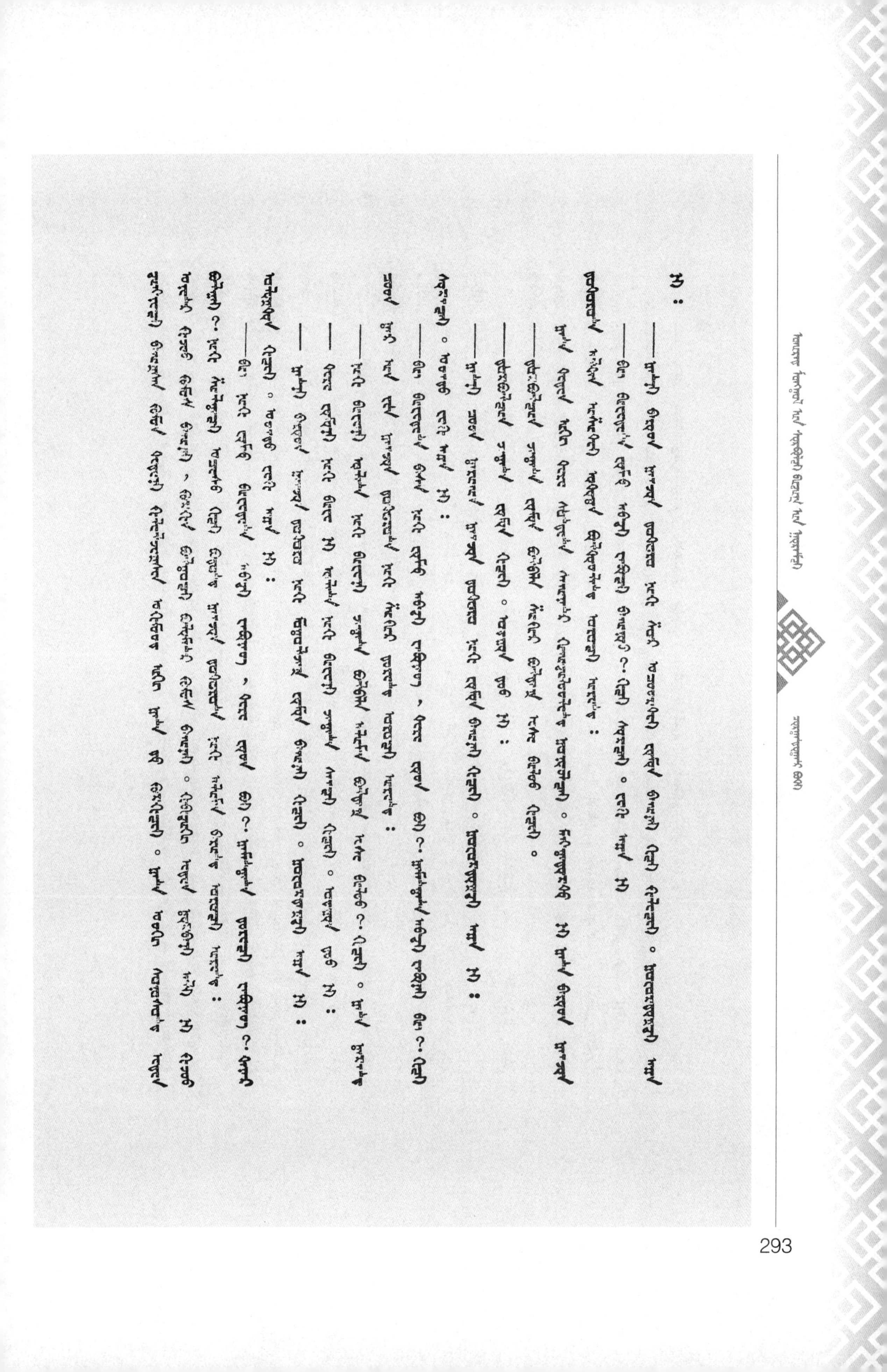

[illegible]

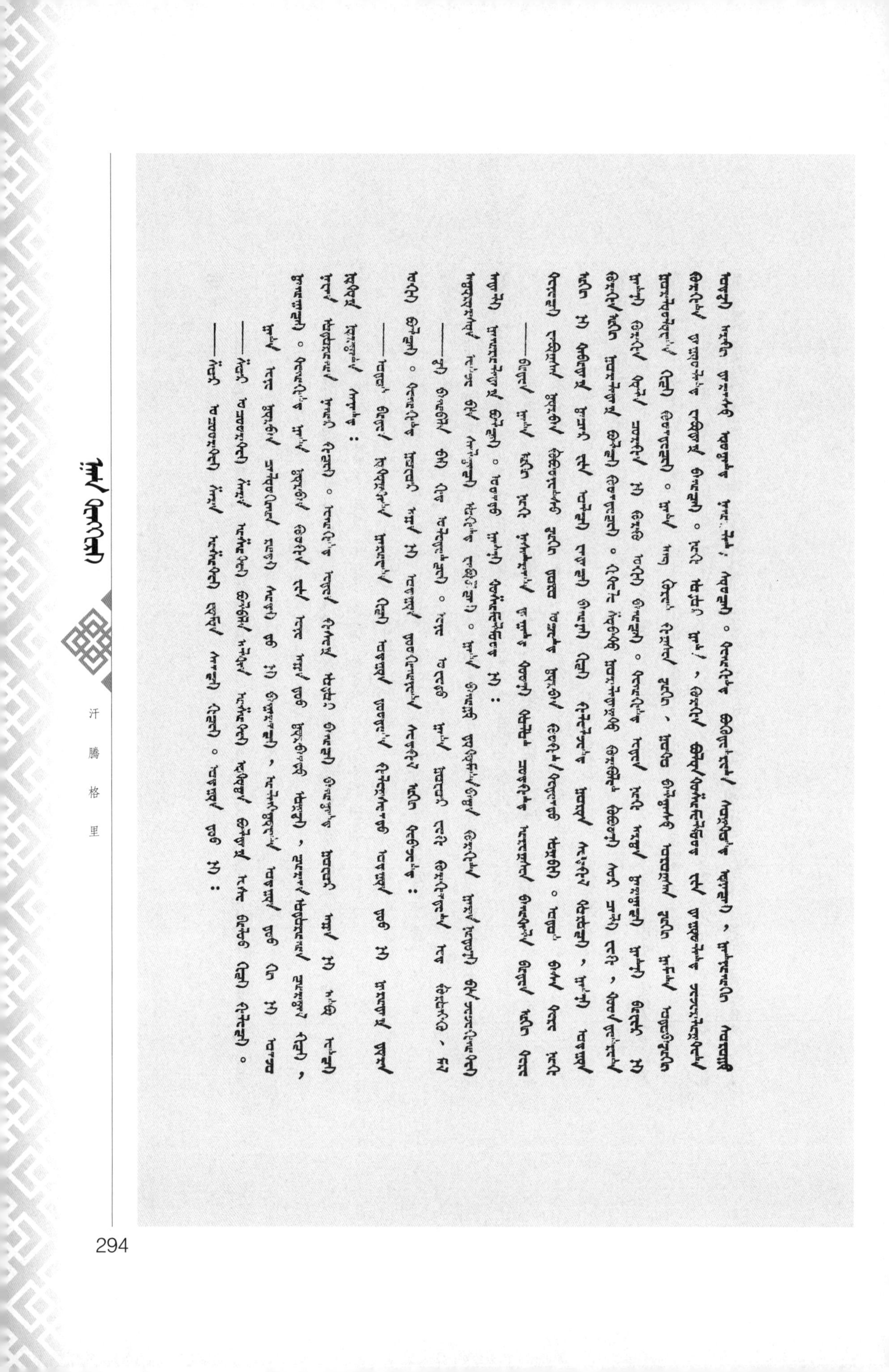

[illegible]

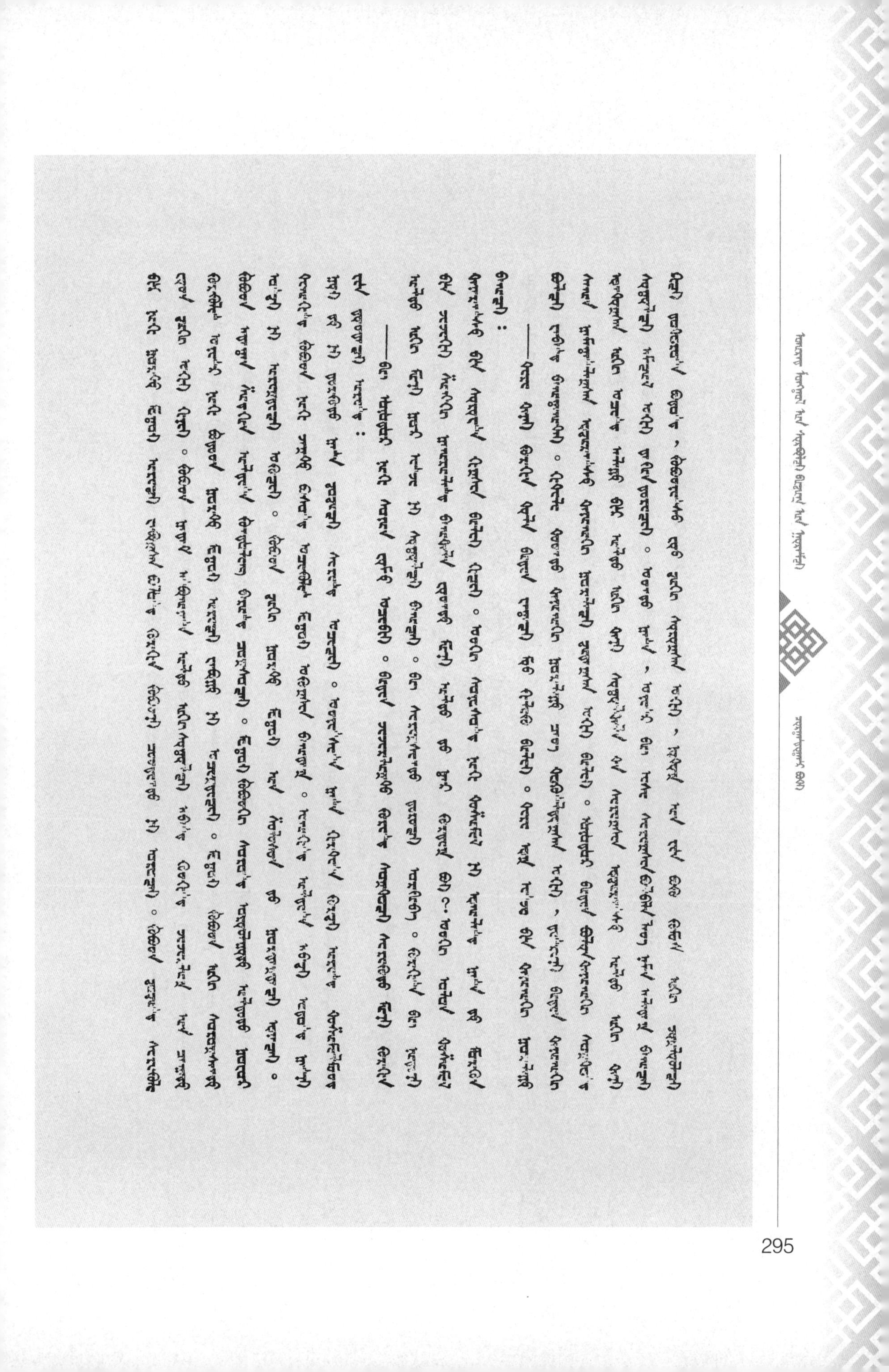

[illegible]

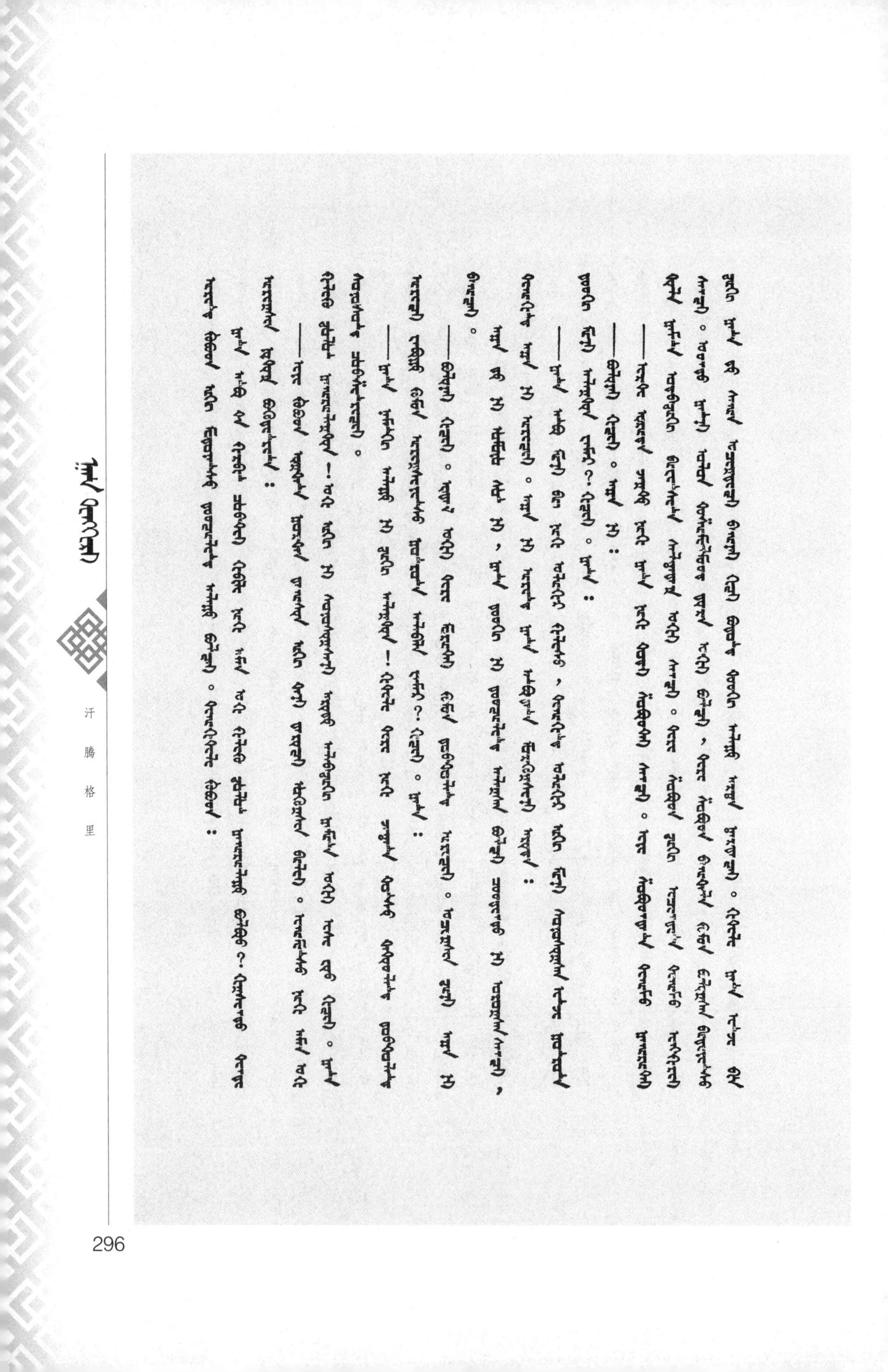

[illegible]

—— [illegible]

—— [illegible]

[illegible]

—— [illegible]

[illegible]

—— [illegible]

—— [illegible]

[illegible]

—— [illegible]

[illegible]

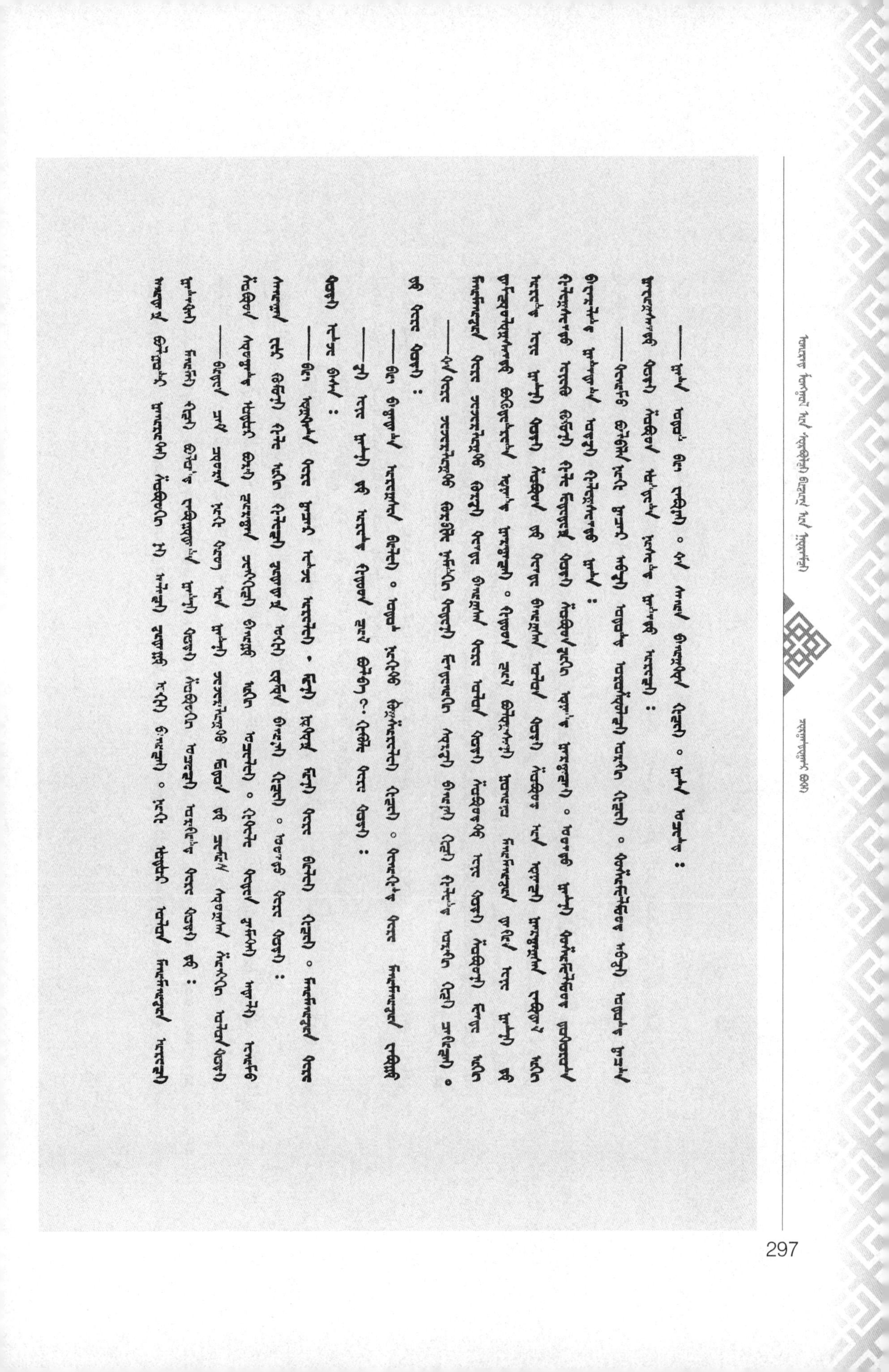

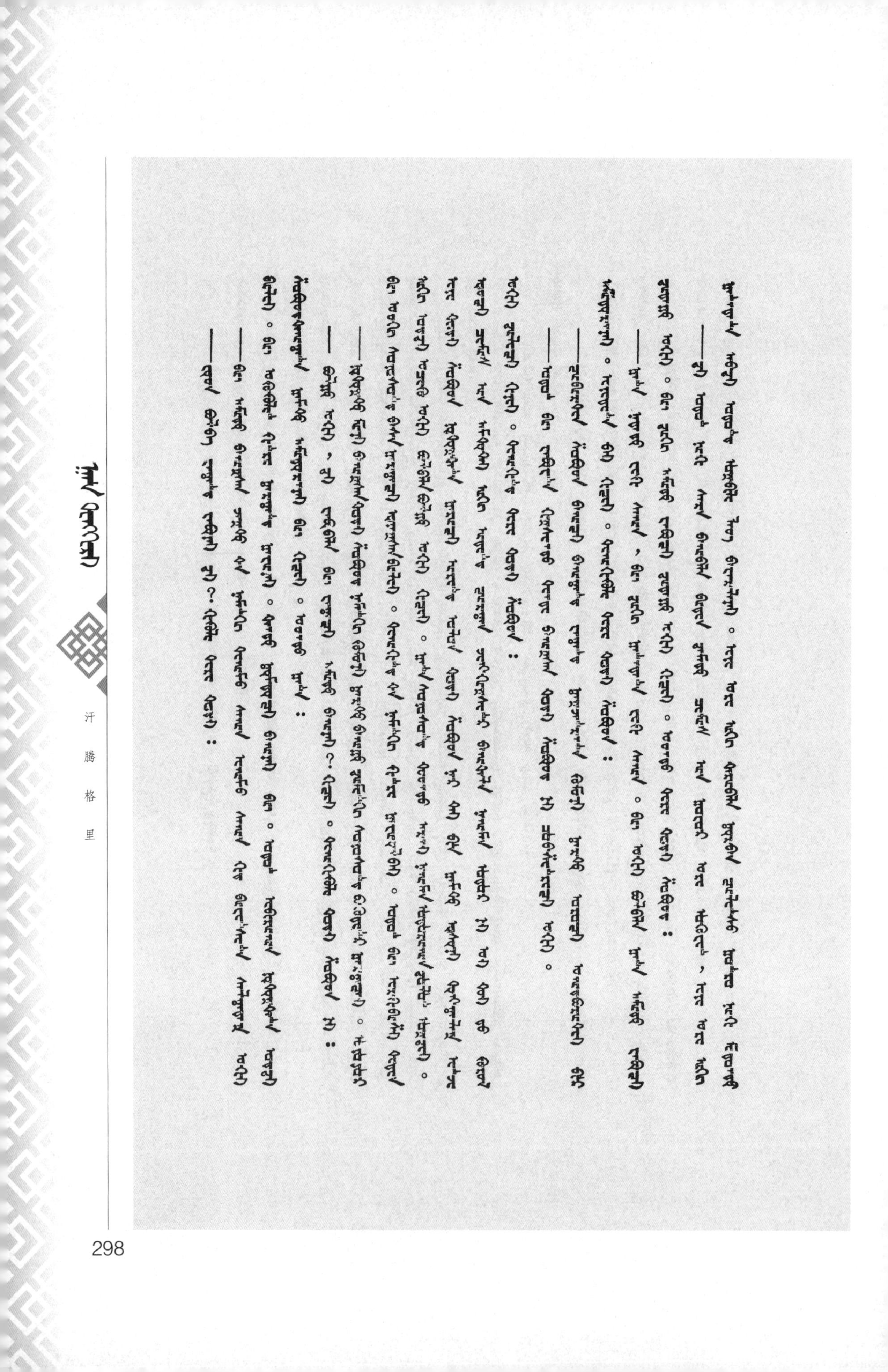

[illegible]

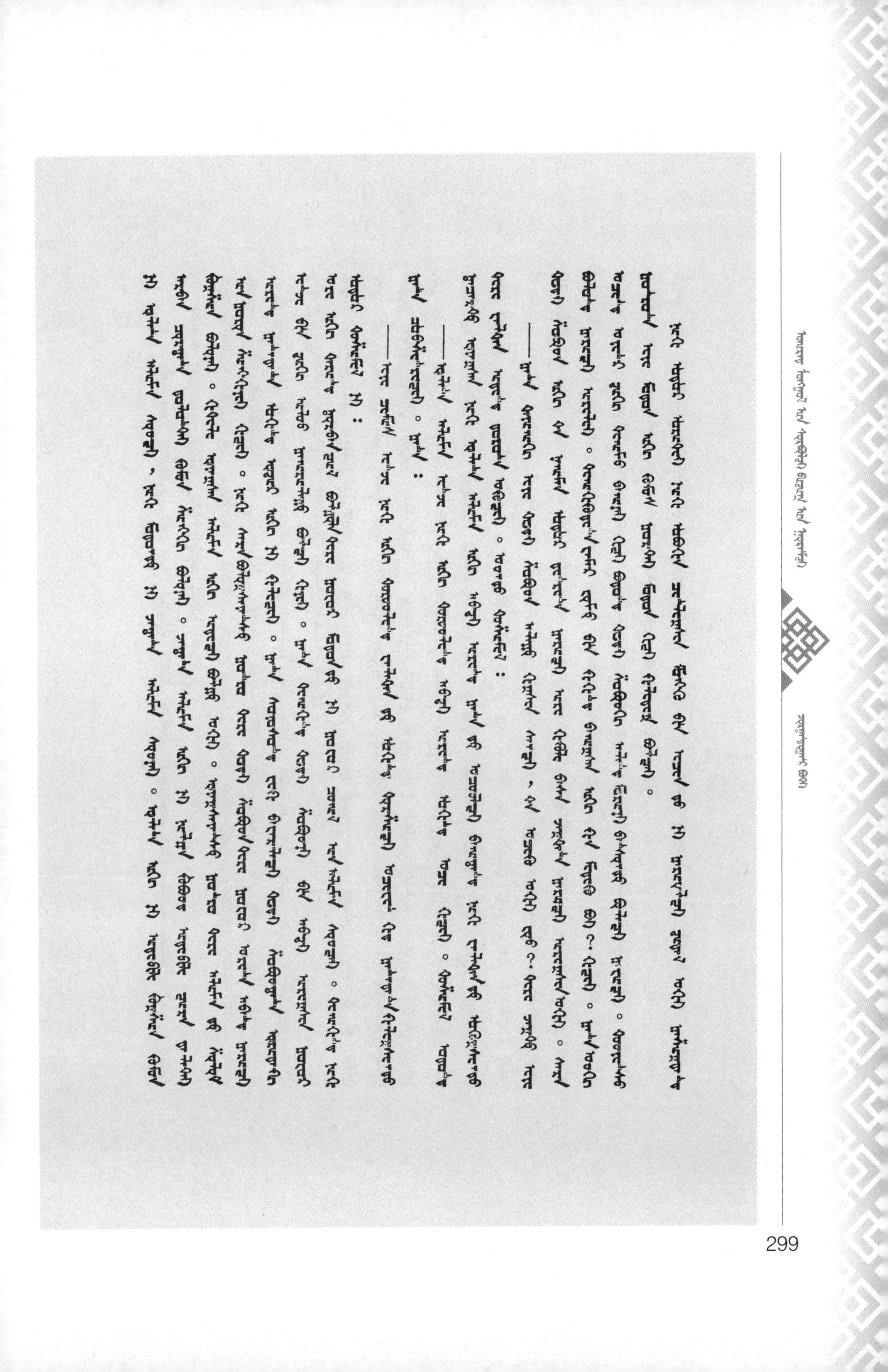

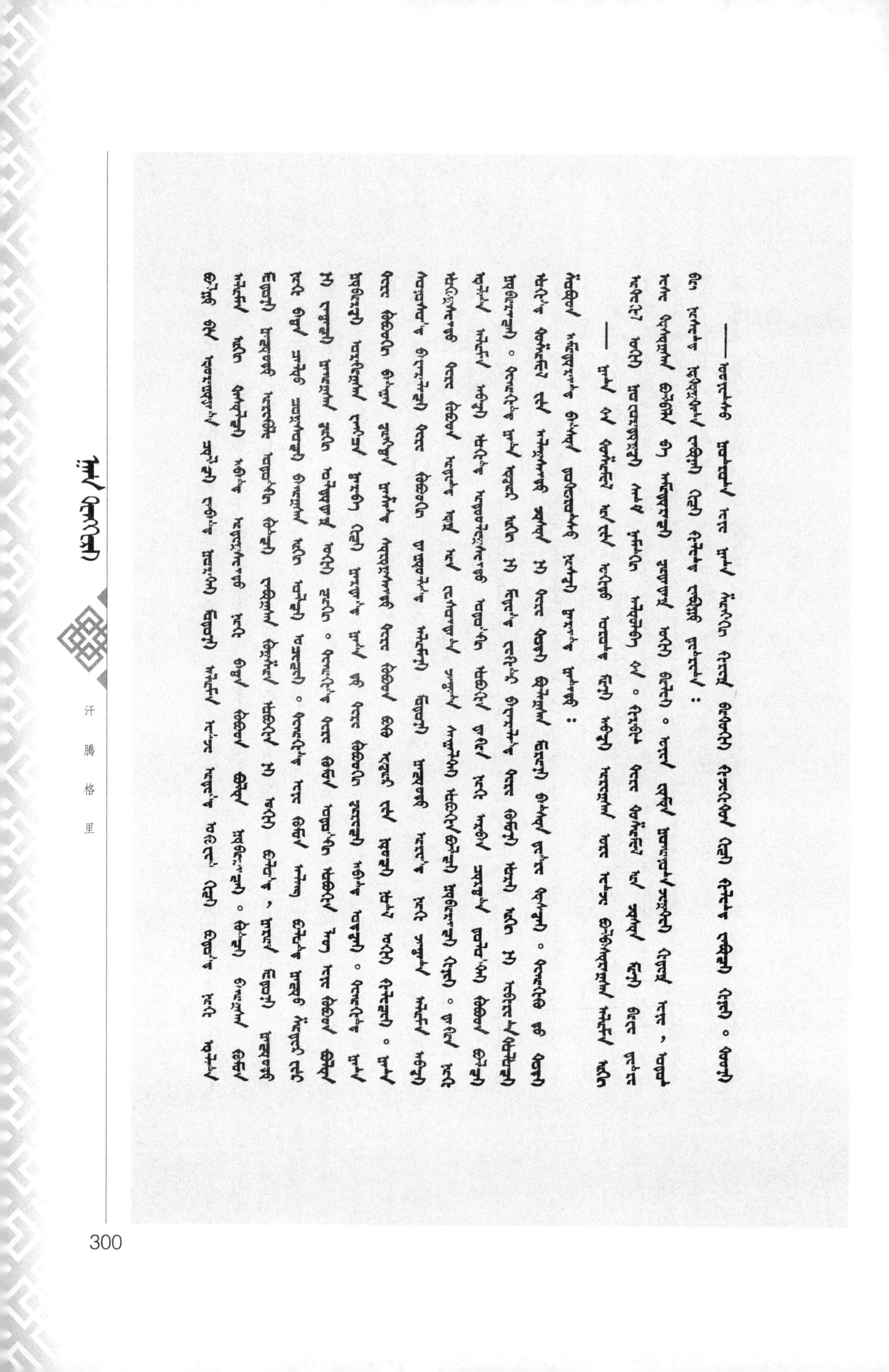

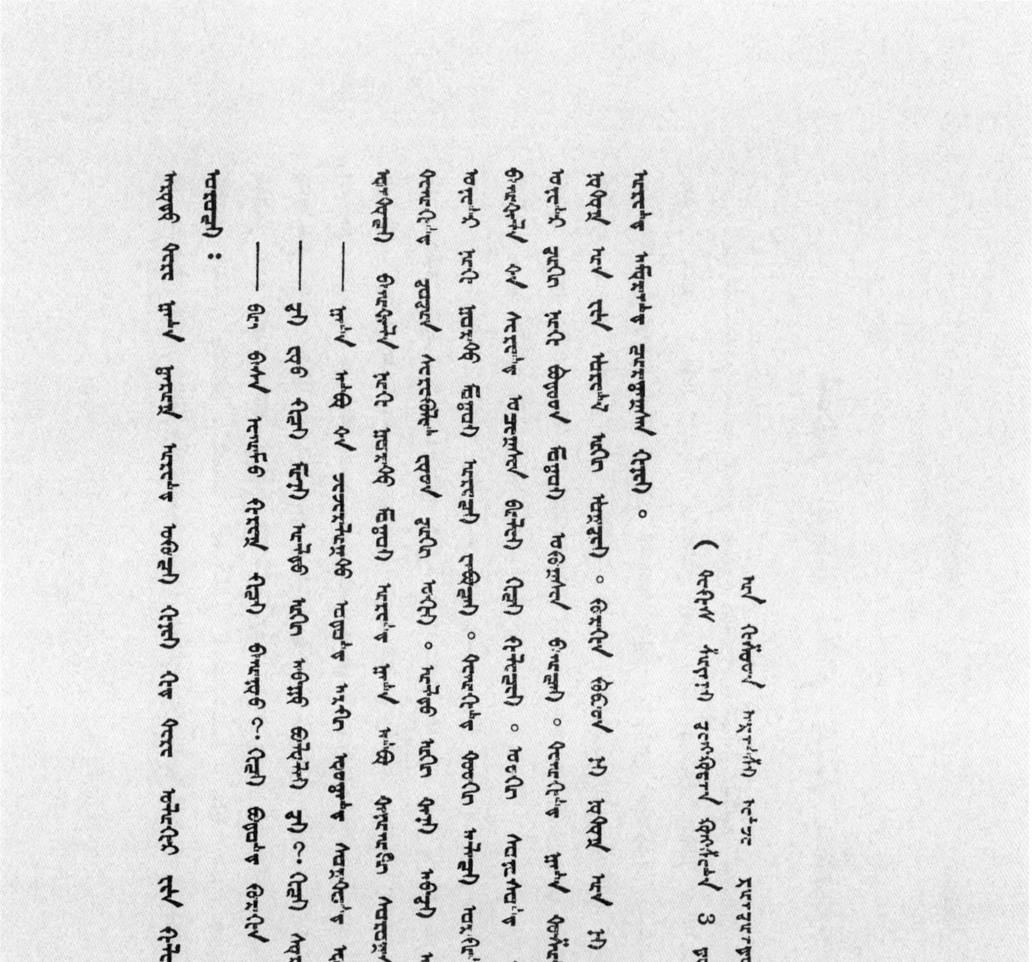

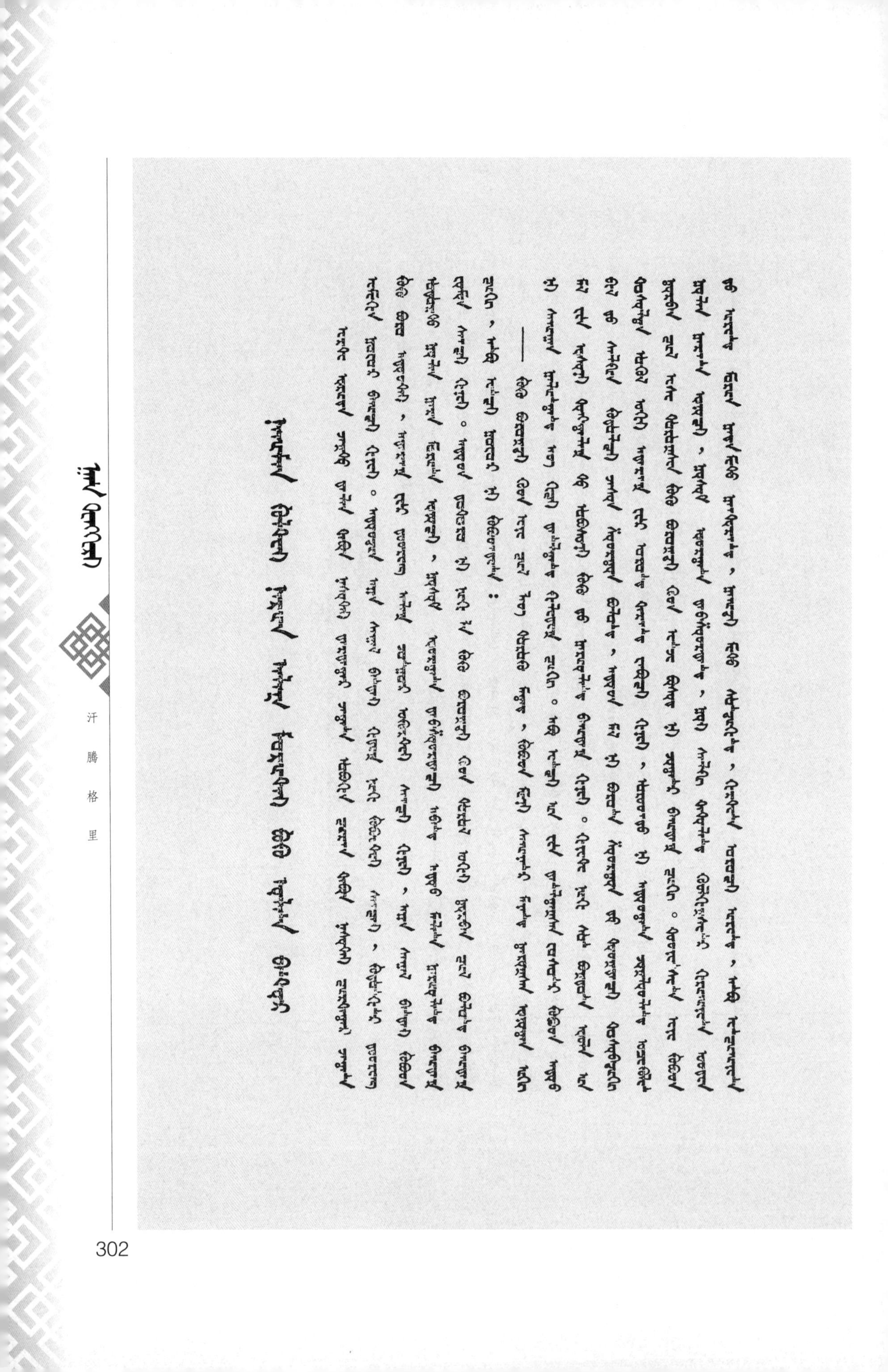

[illegible]

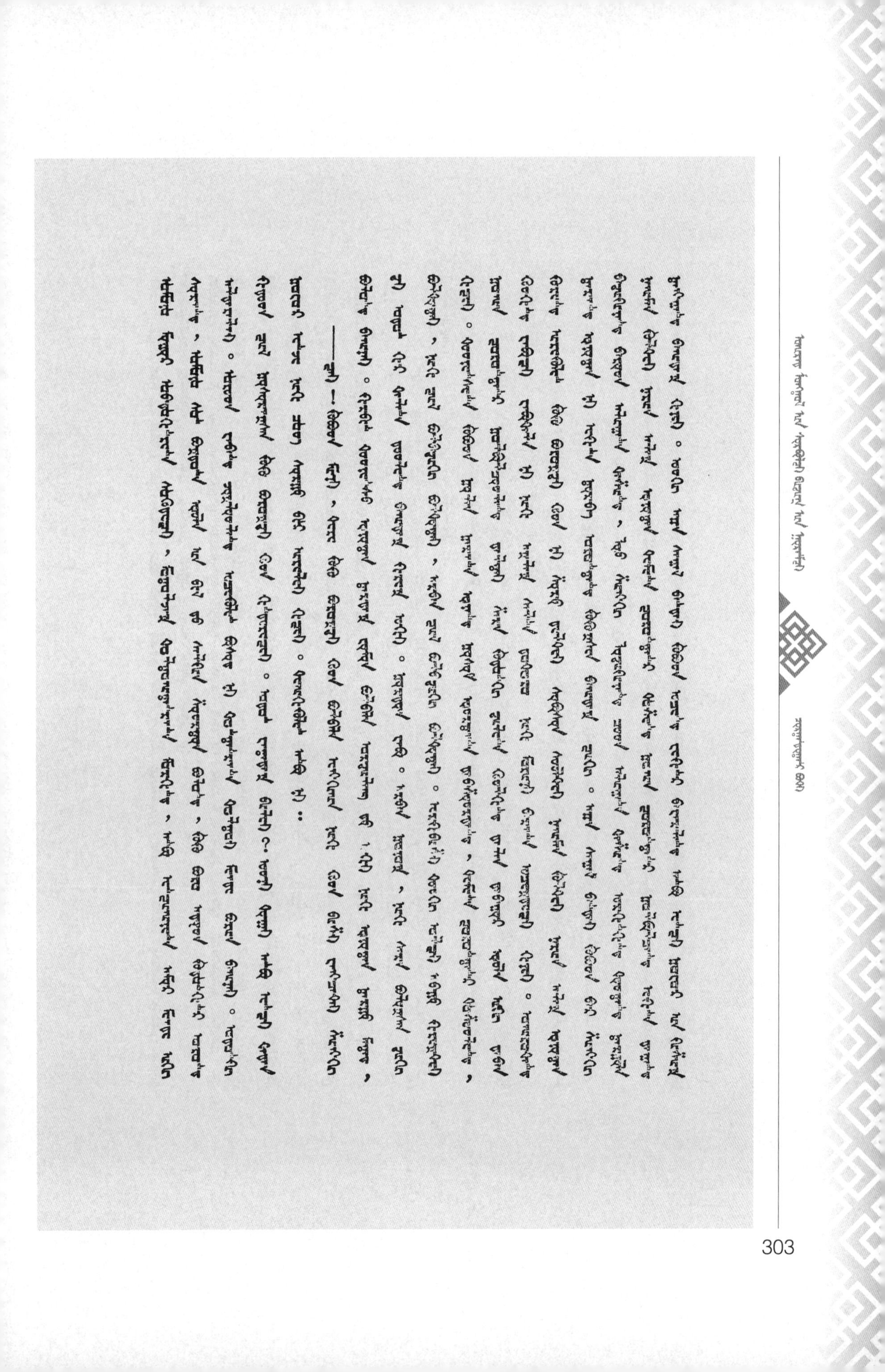

[illegible]

[illegible]

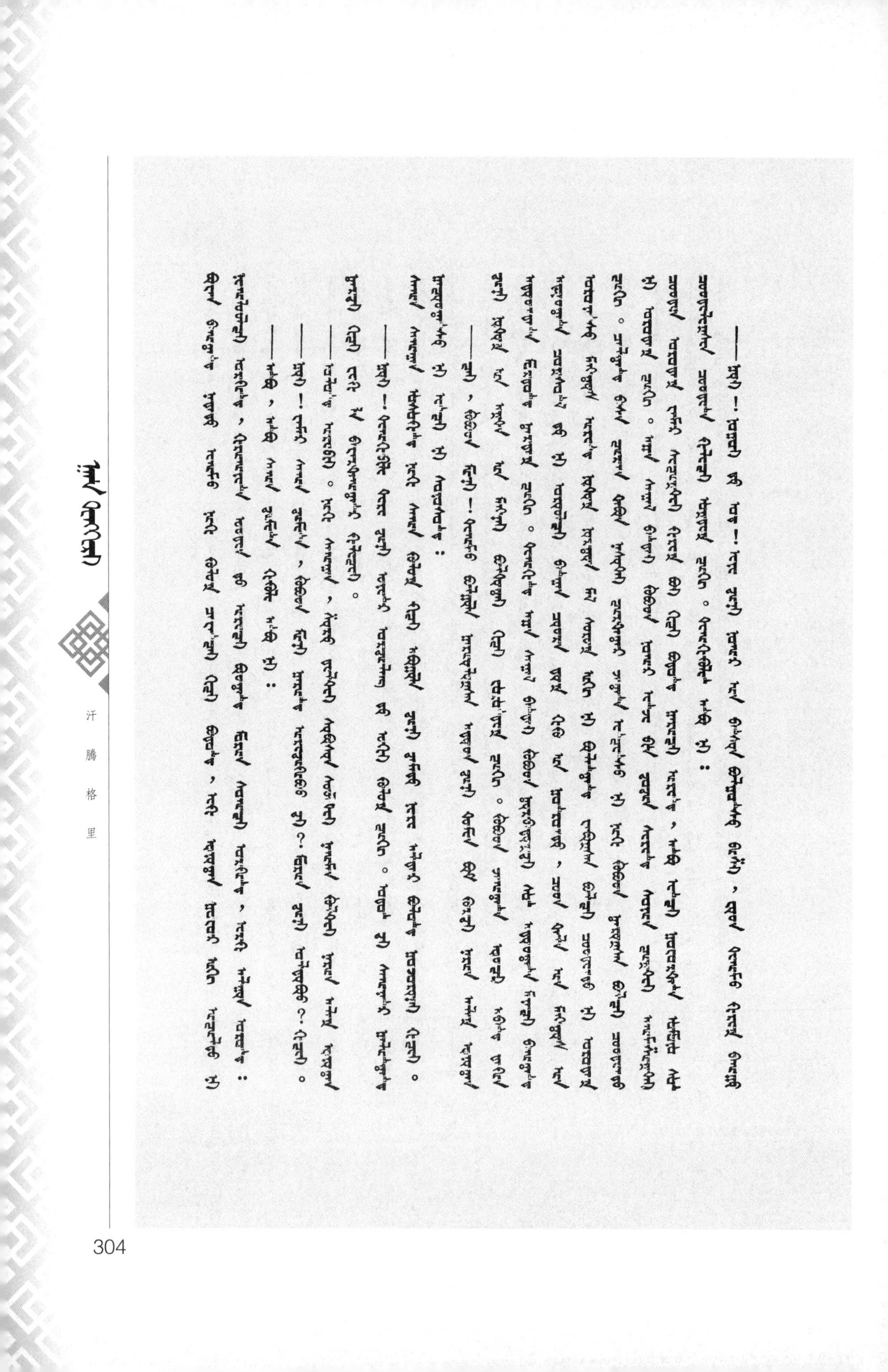

[illegible]
[illegible]
[illegible]
[illegible]
[illegible]
[illegible]
[illegible]
[illegible]
[illegible]
[illegible]
[illegible]
[illegible]
[illegible]
[illegible]
[illegible]
[illegible]
[illegible]
[illegible]

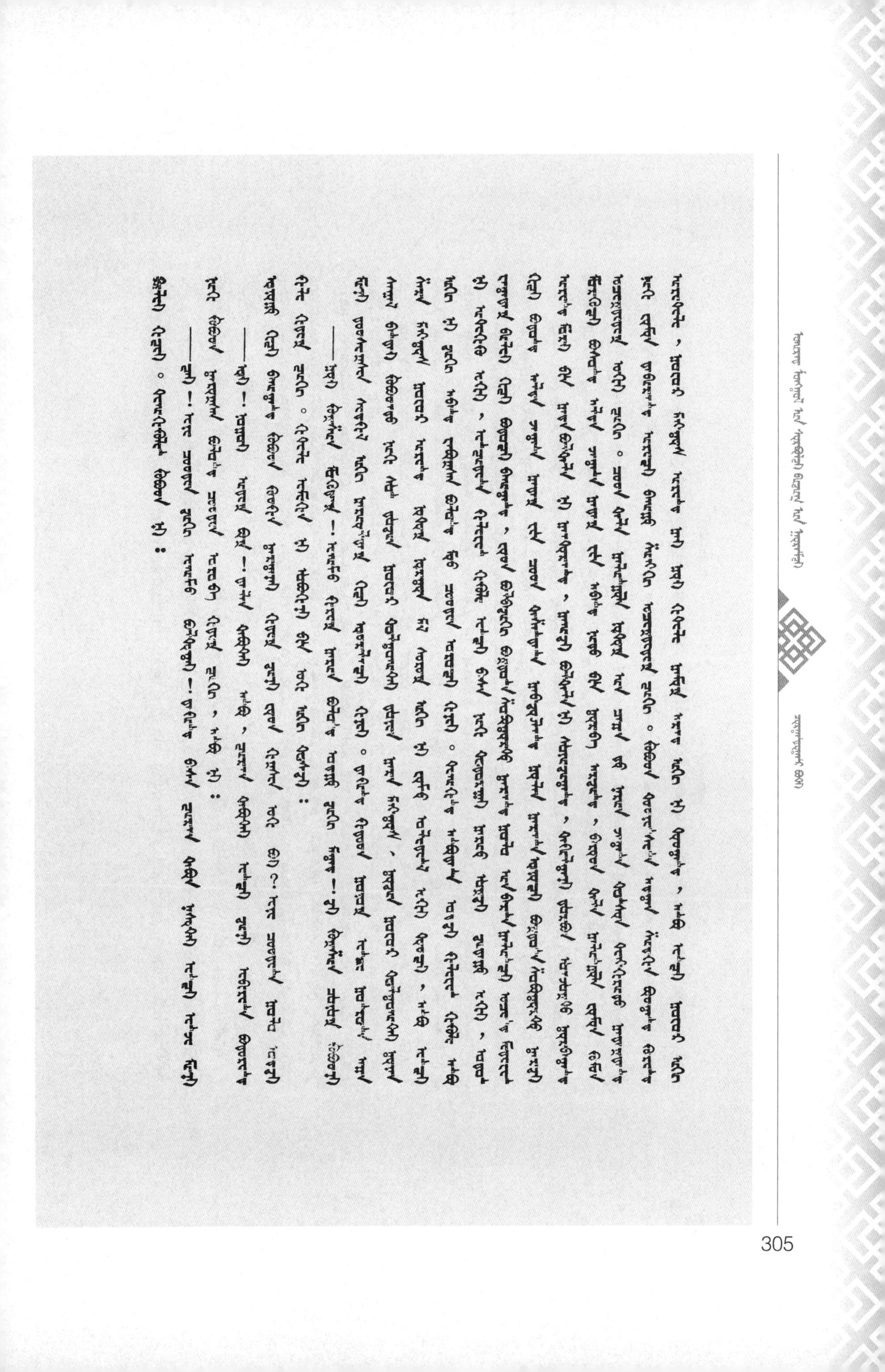

[illegible]

——[illegible]! [illegible]! [illegible]:

[illegible]

——[illegible]! [illegible]! [illegible]:

——[illegible]! [illegible]! [illegible]:

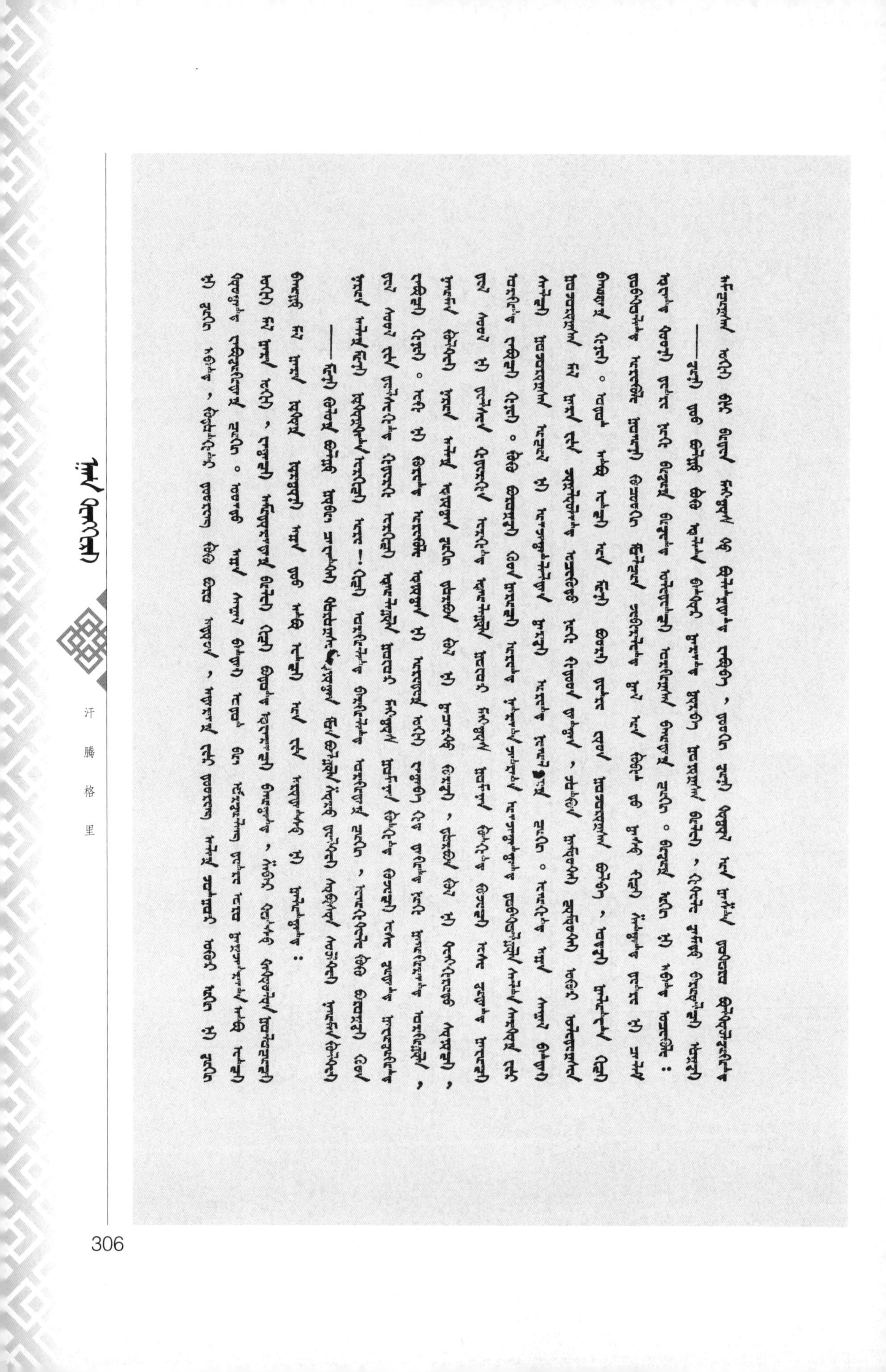

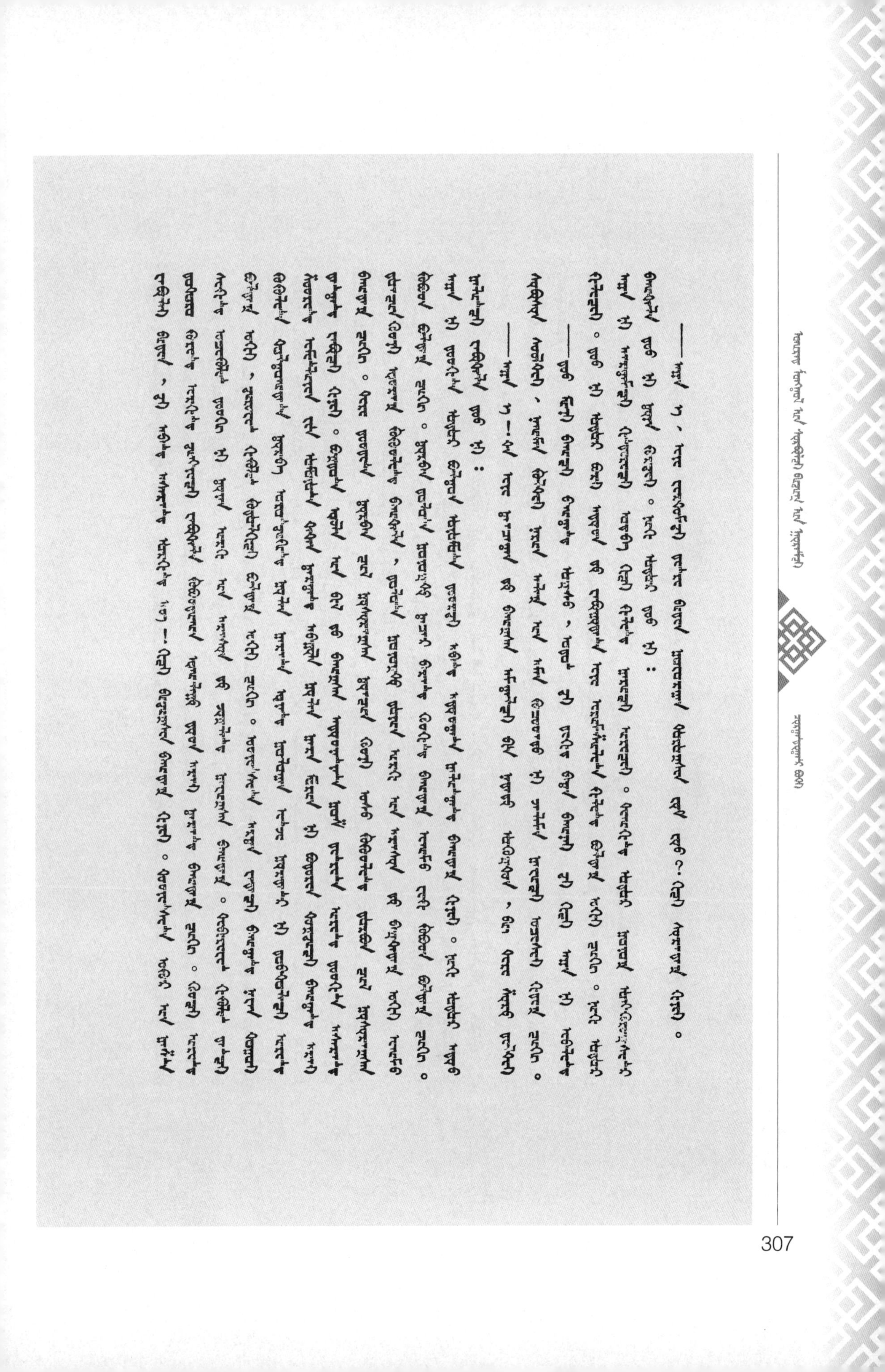

[illegible]

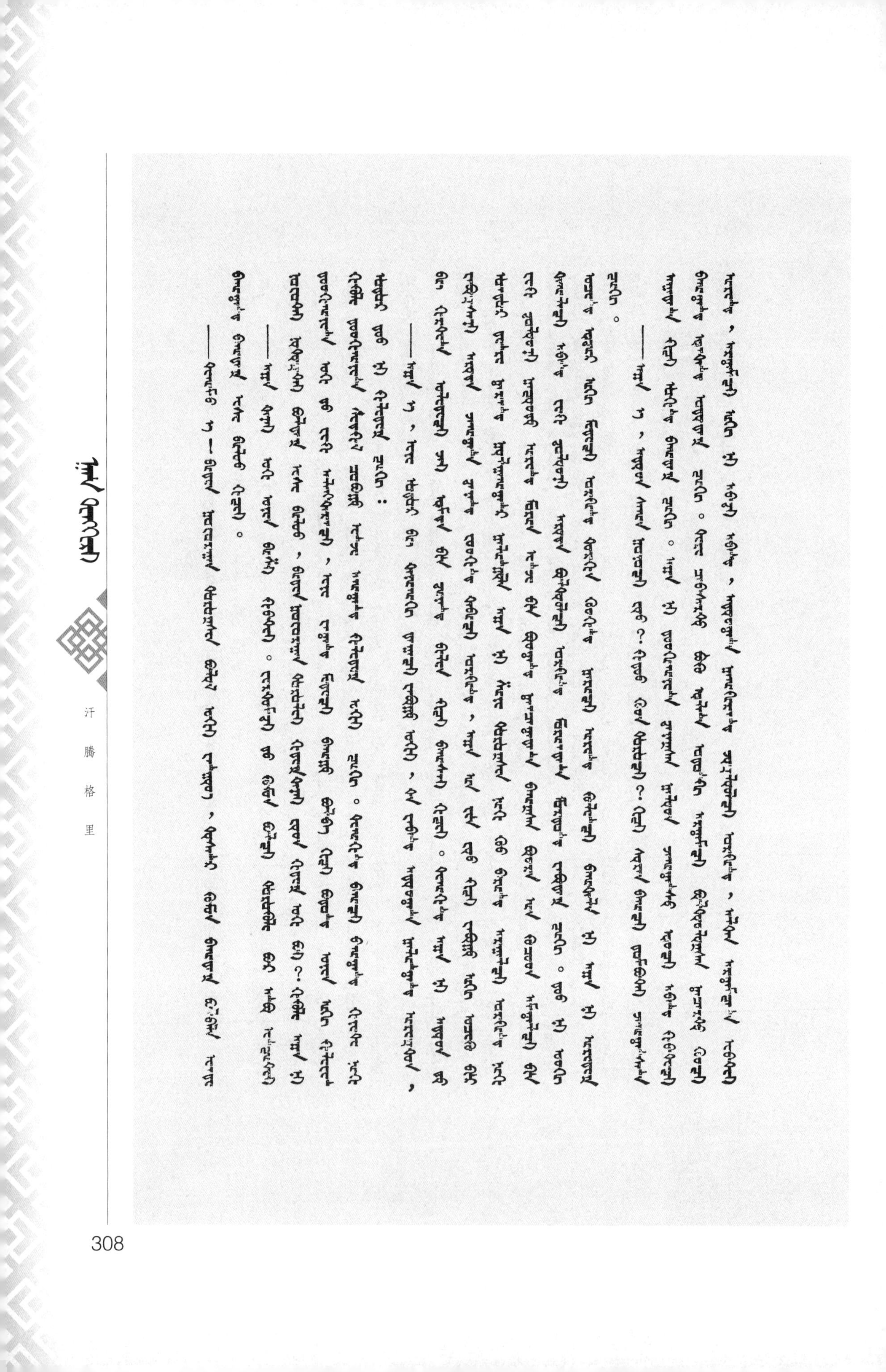

[illegible]

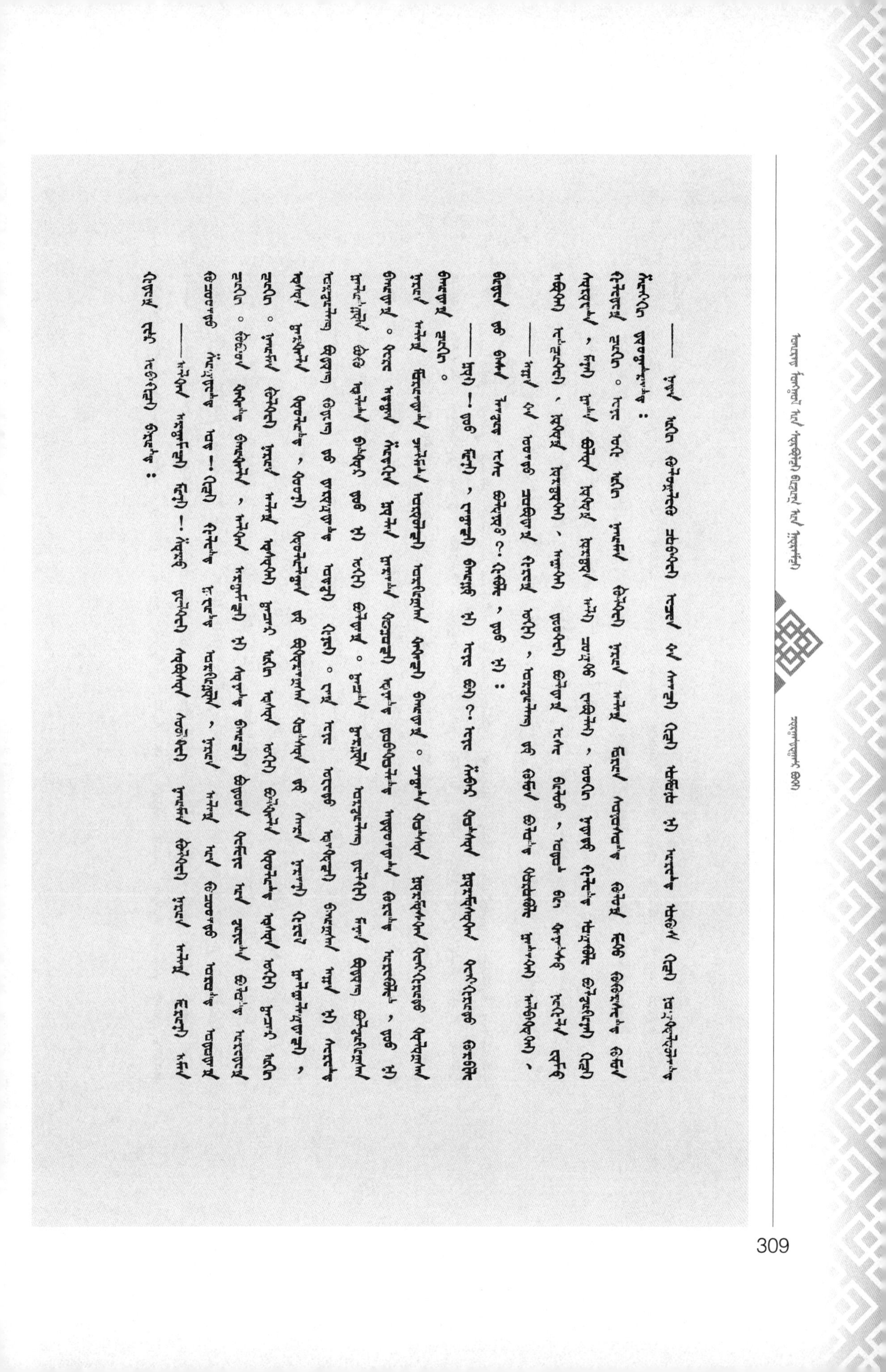

—— [illegible] :

[illegible]

—— [illegible] :

—— [illegible] ᠃

[illegible]

—— [illegible] :

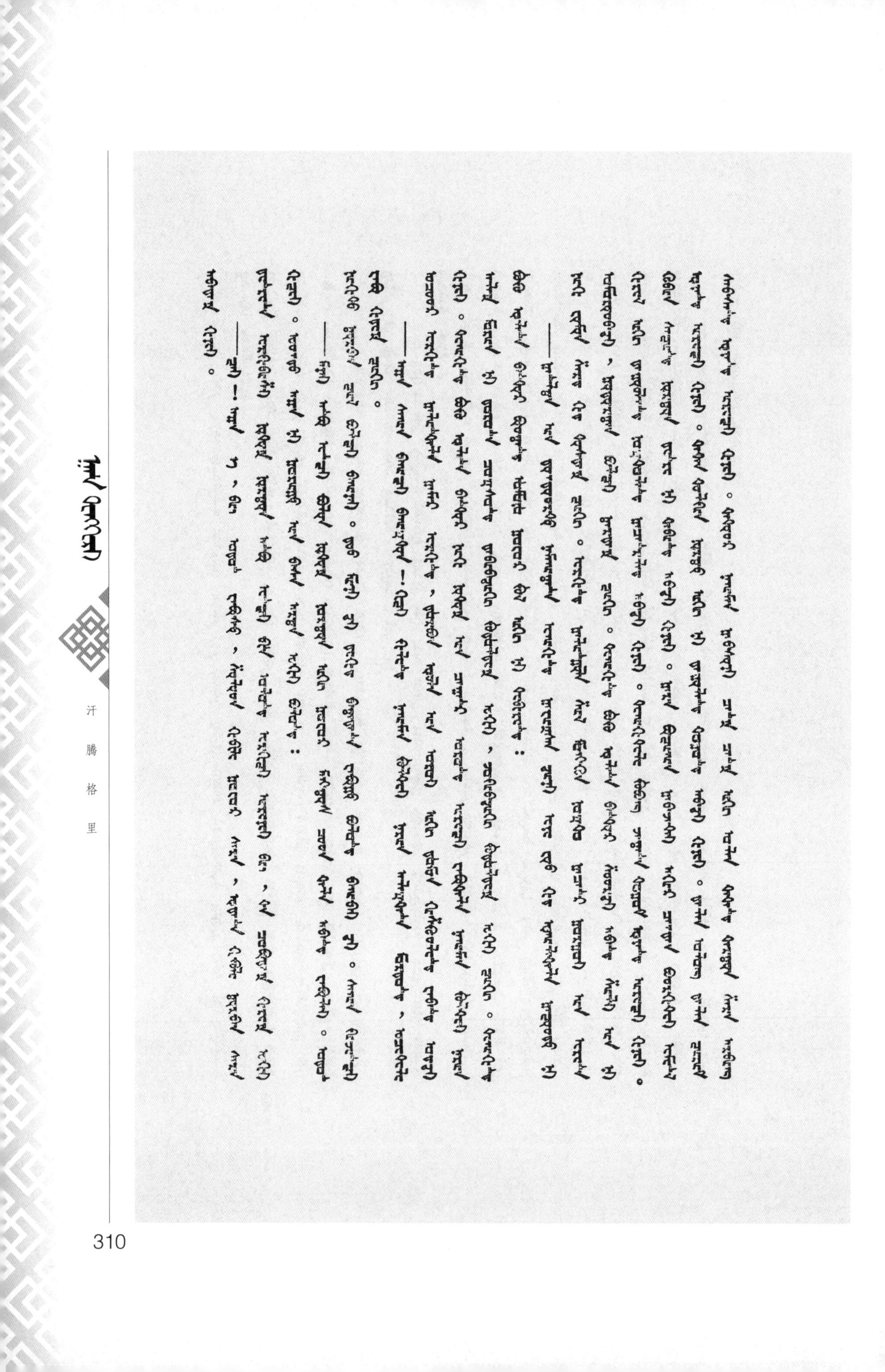

[illegible]

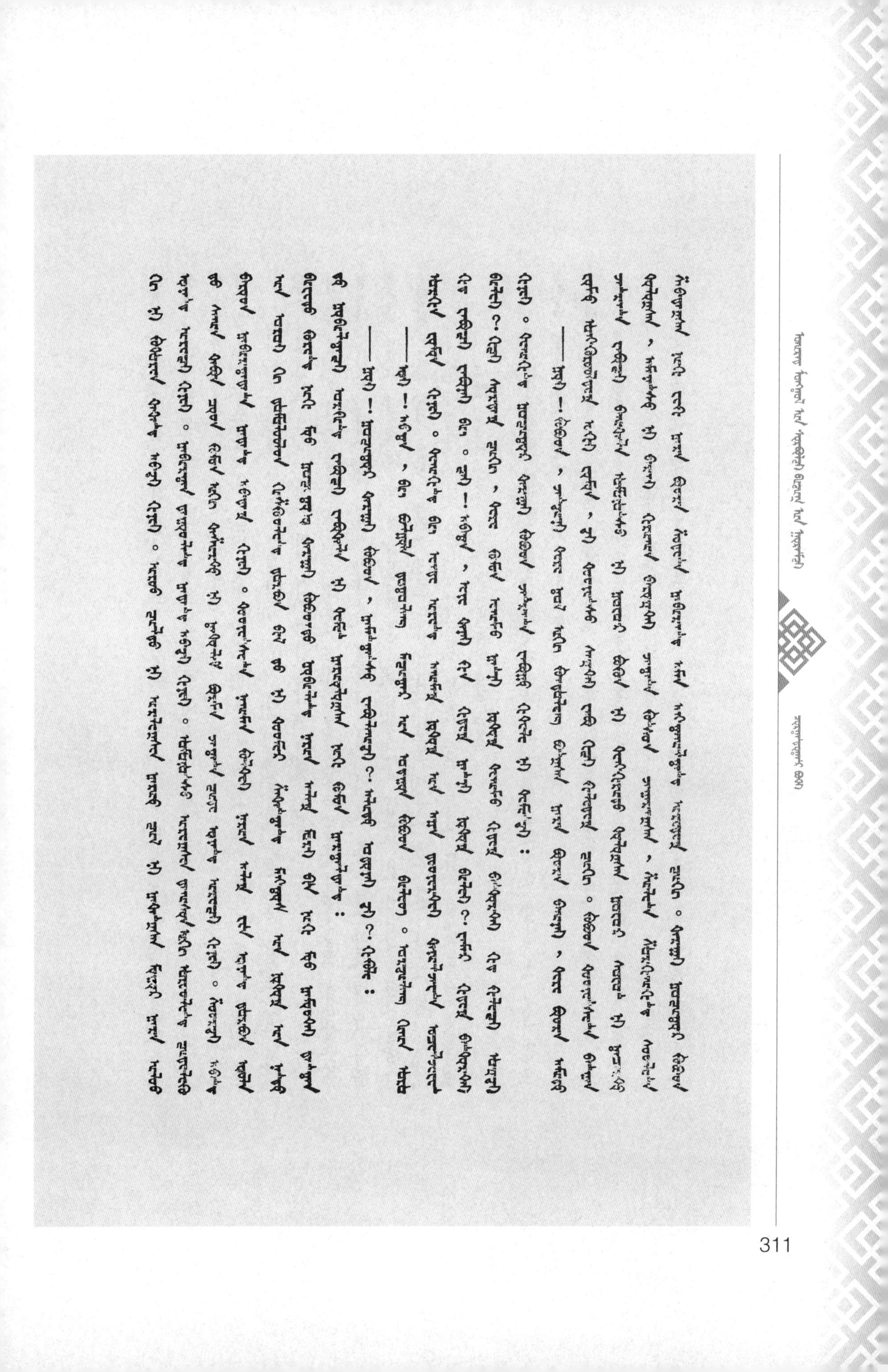

[illegible]

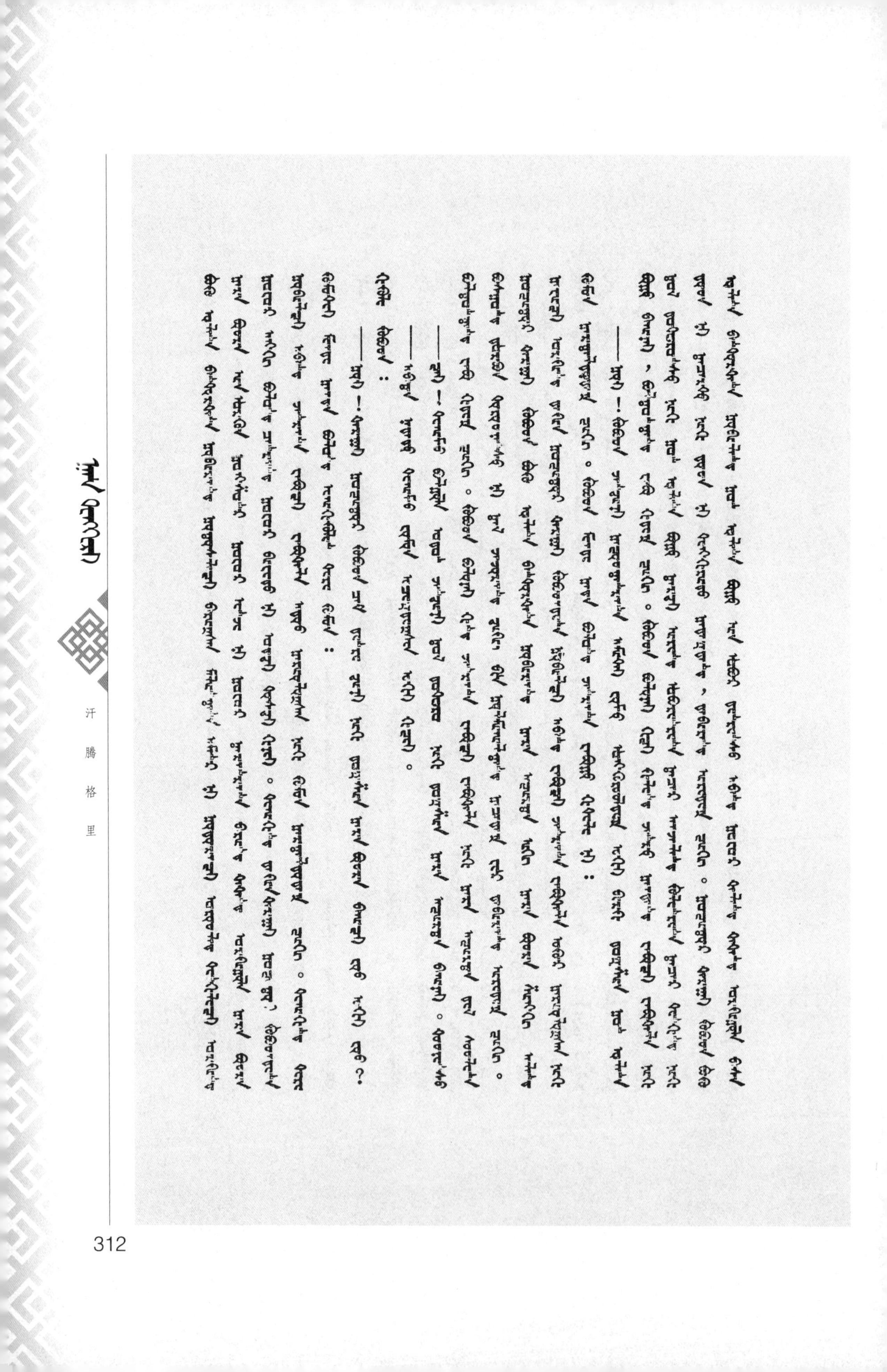

[illegible]
[illegible]
[illegible]
[illegible]

—— [illegible]
[illegible] :

[illegible]
[illegible]
[illegible] ◦
[illegible]

—— [illegible] ◦

—— [illegible] ◦

[illegible] :

—— [illegible] ?
[illegible] :

[illegible]
[illegible]
[illegible]
[illegible]

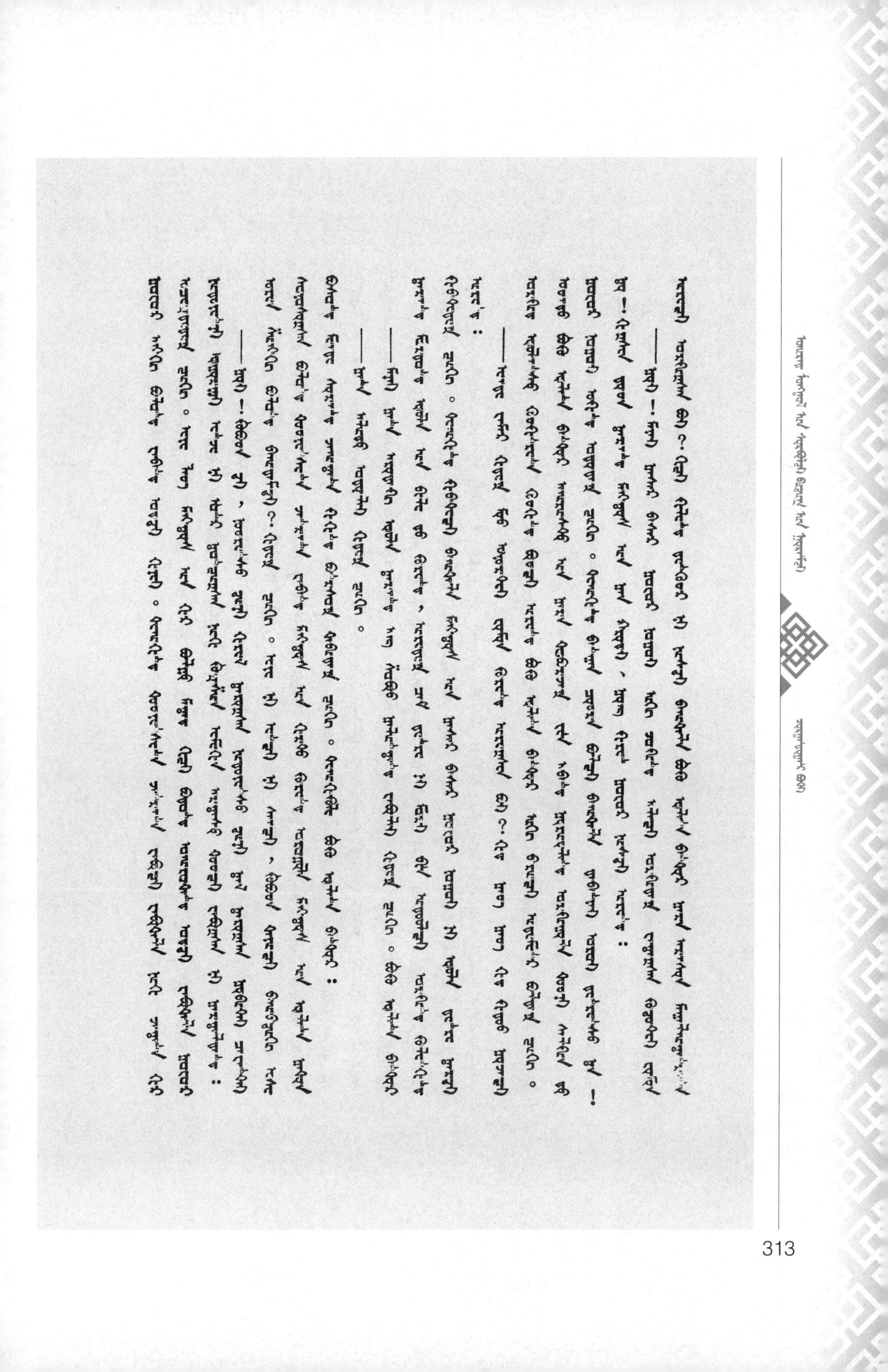

[illegible]

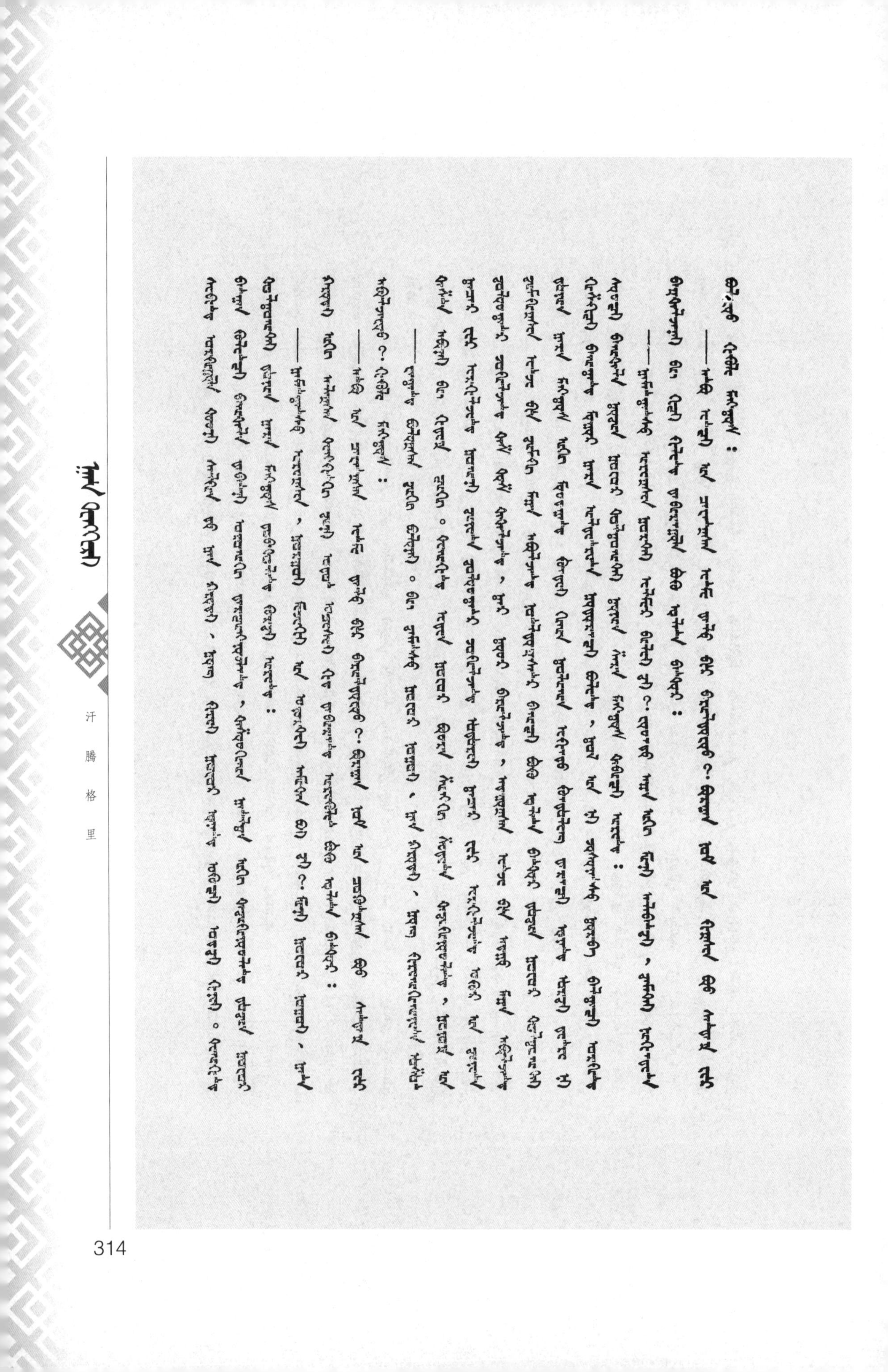

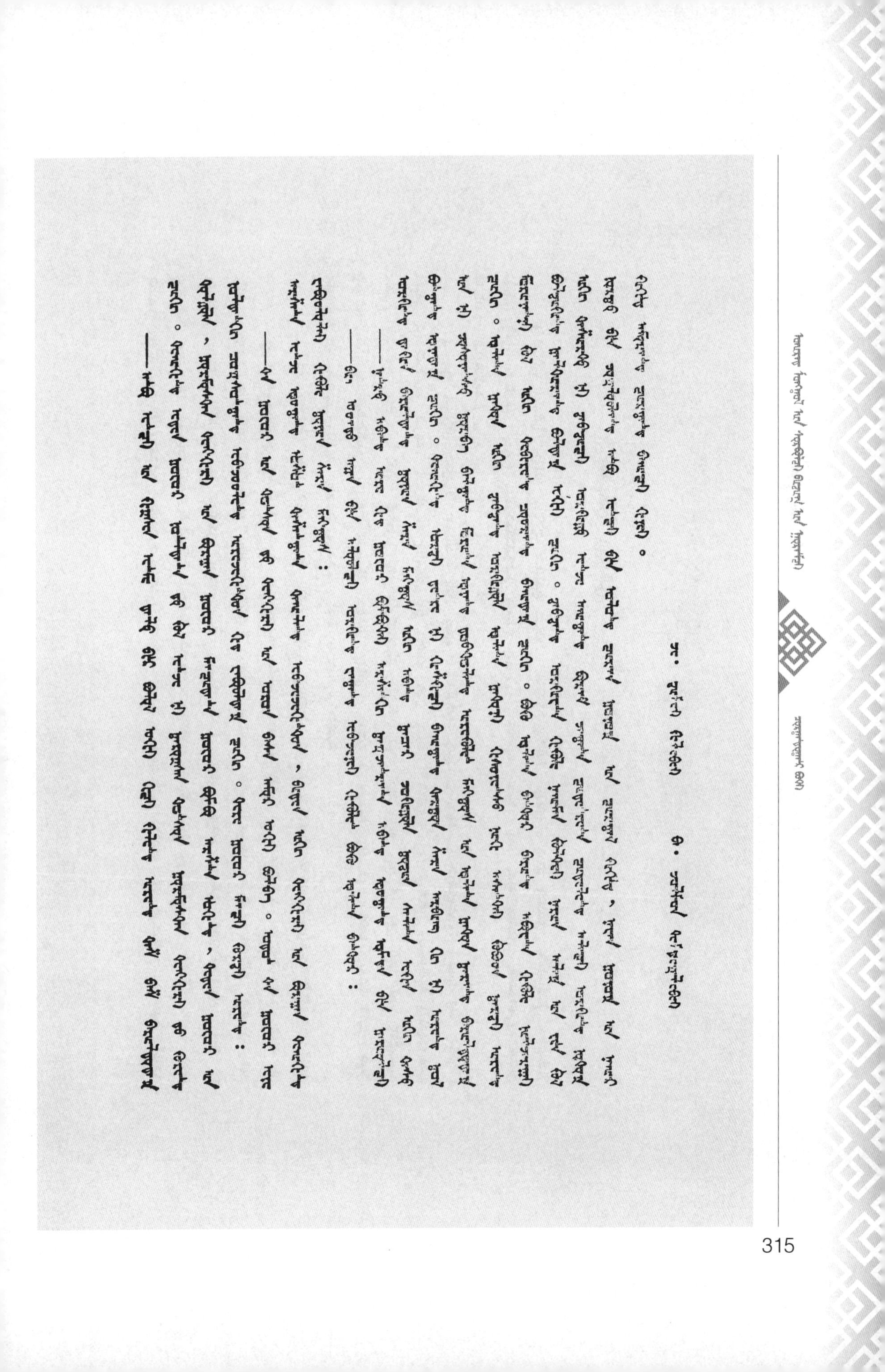

[illegible]

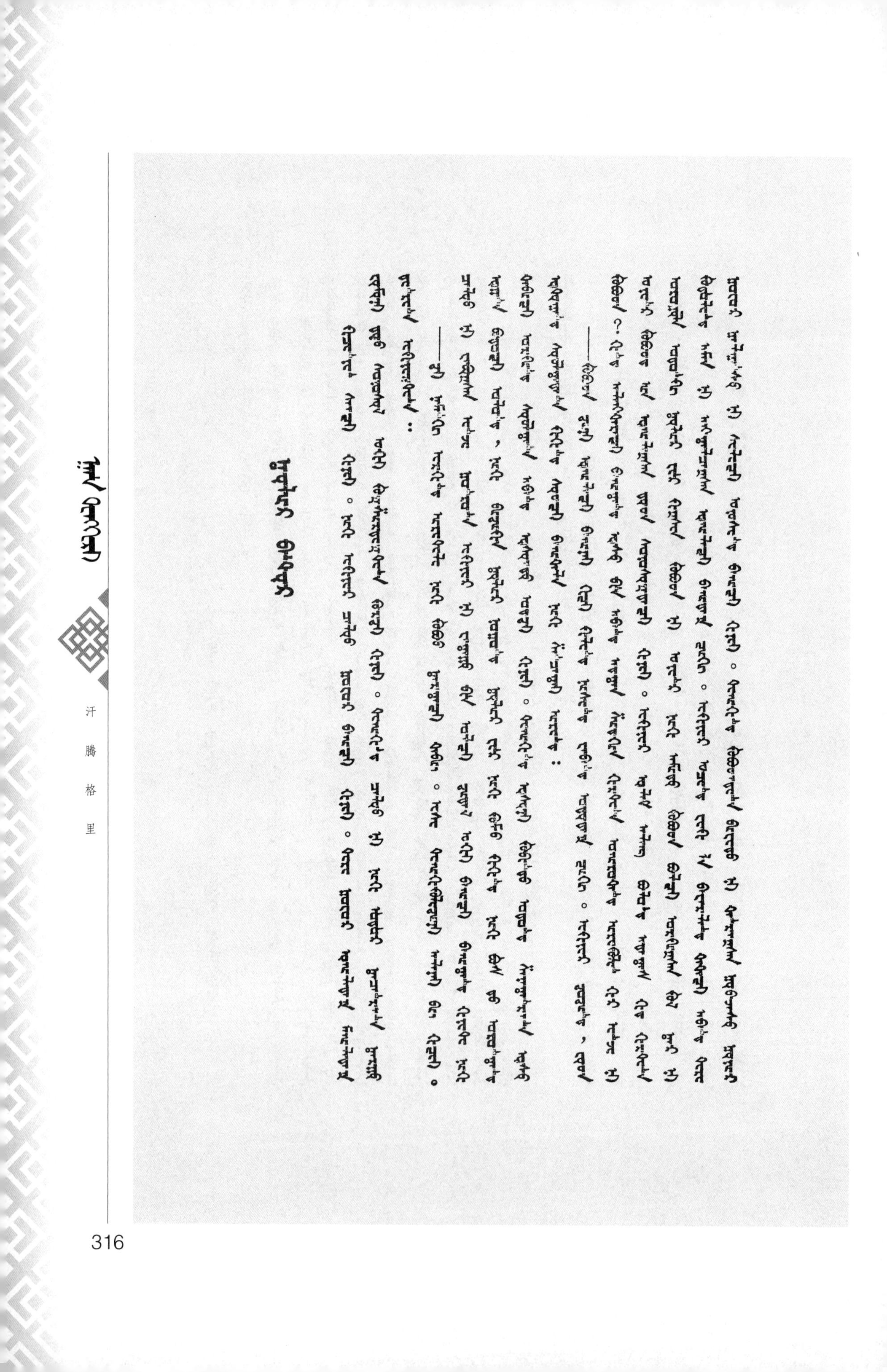

[illegible]

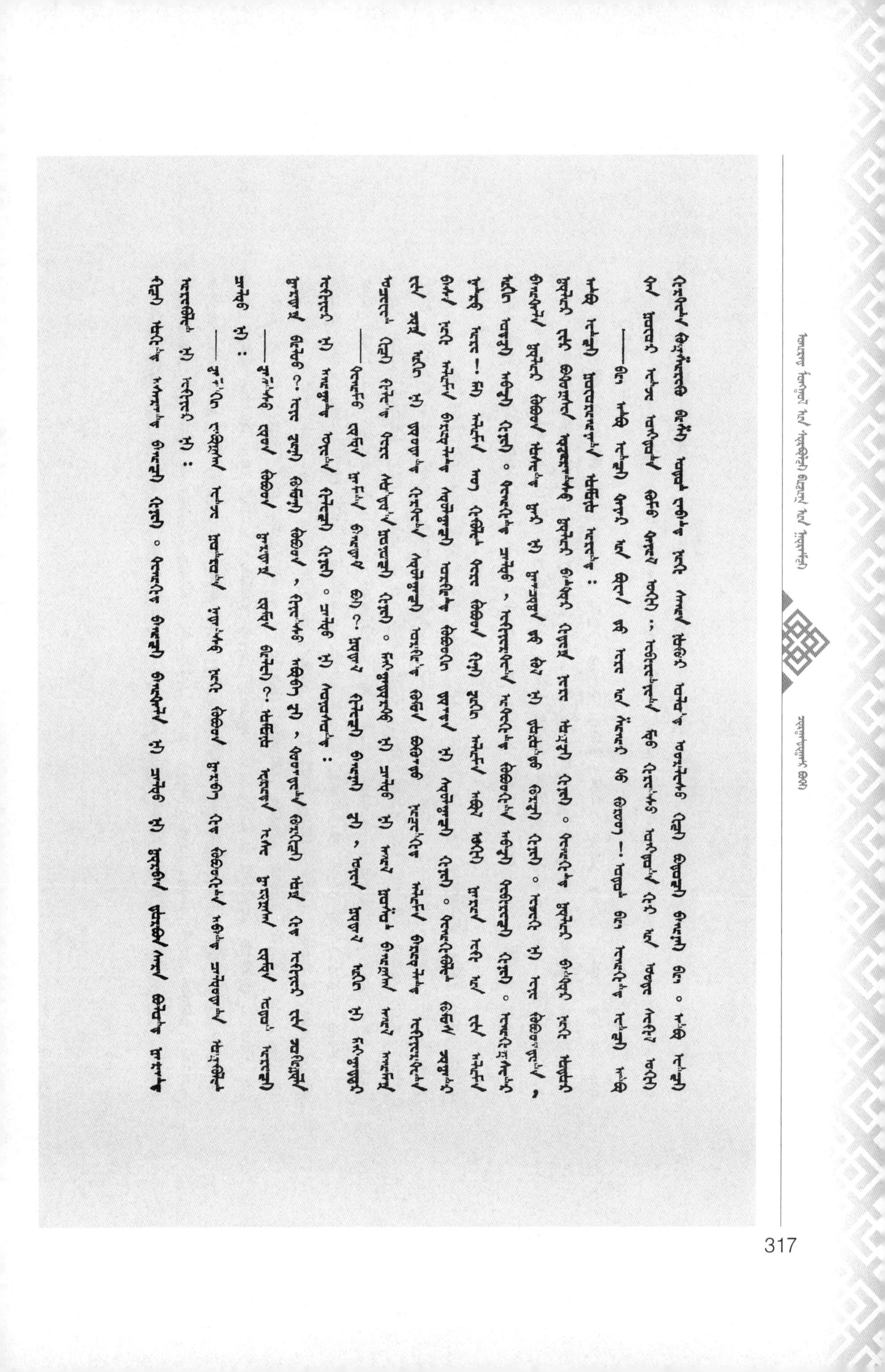

[illegible]
[illegible]
[illegible]
[illegible]
[illegible]
[illegible]
[illegible]
[illegible]
[illegible]
[illegible]
[illegible]
[illegible]
[illegible]
[illegible]
[illegible]
[illegible]
[illegible]
[illegible]

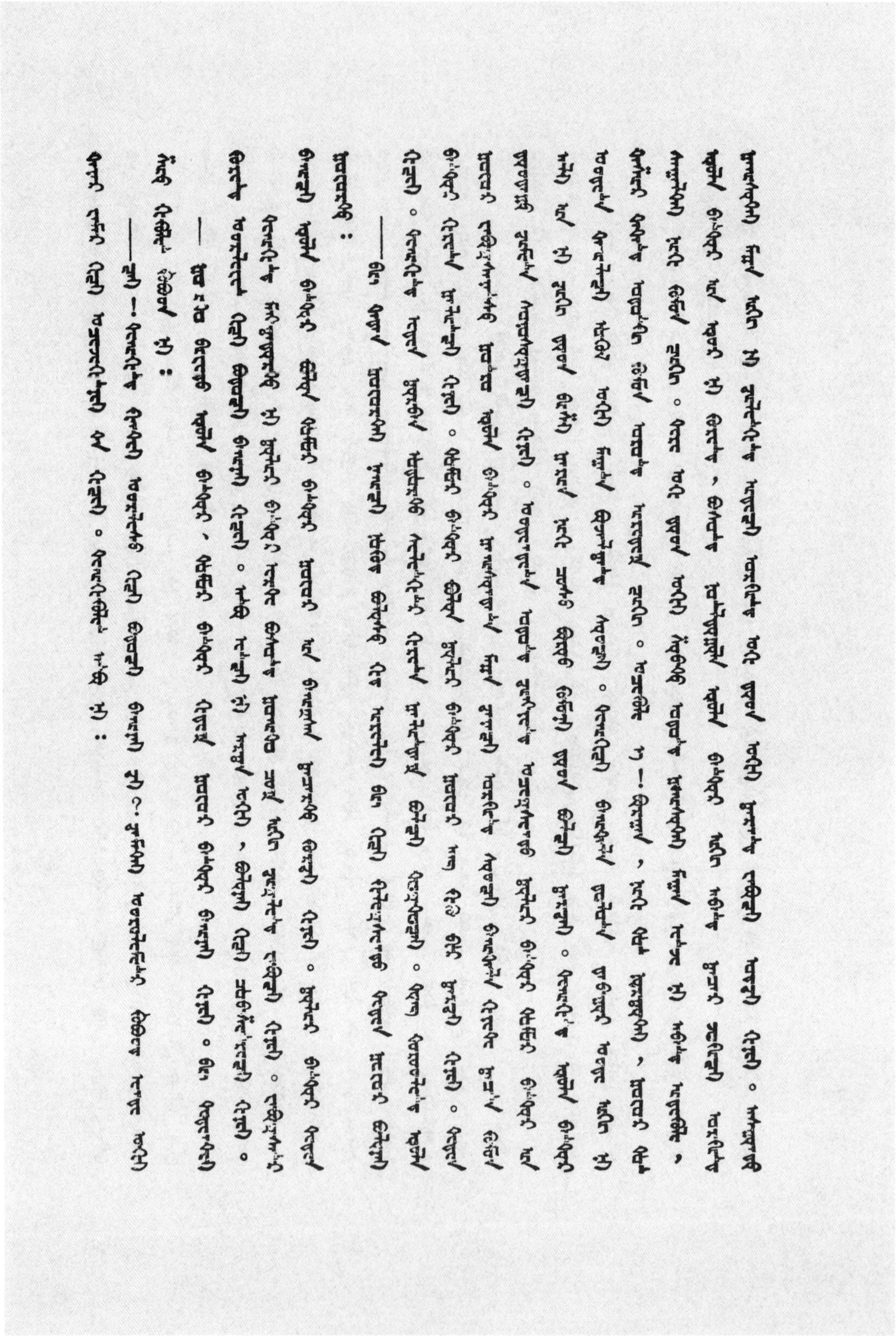

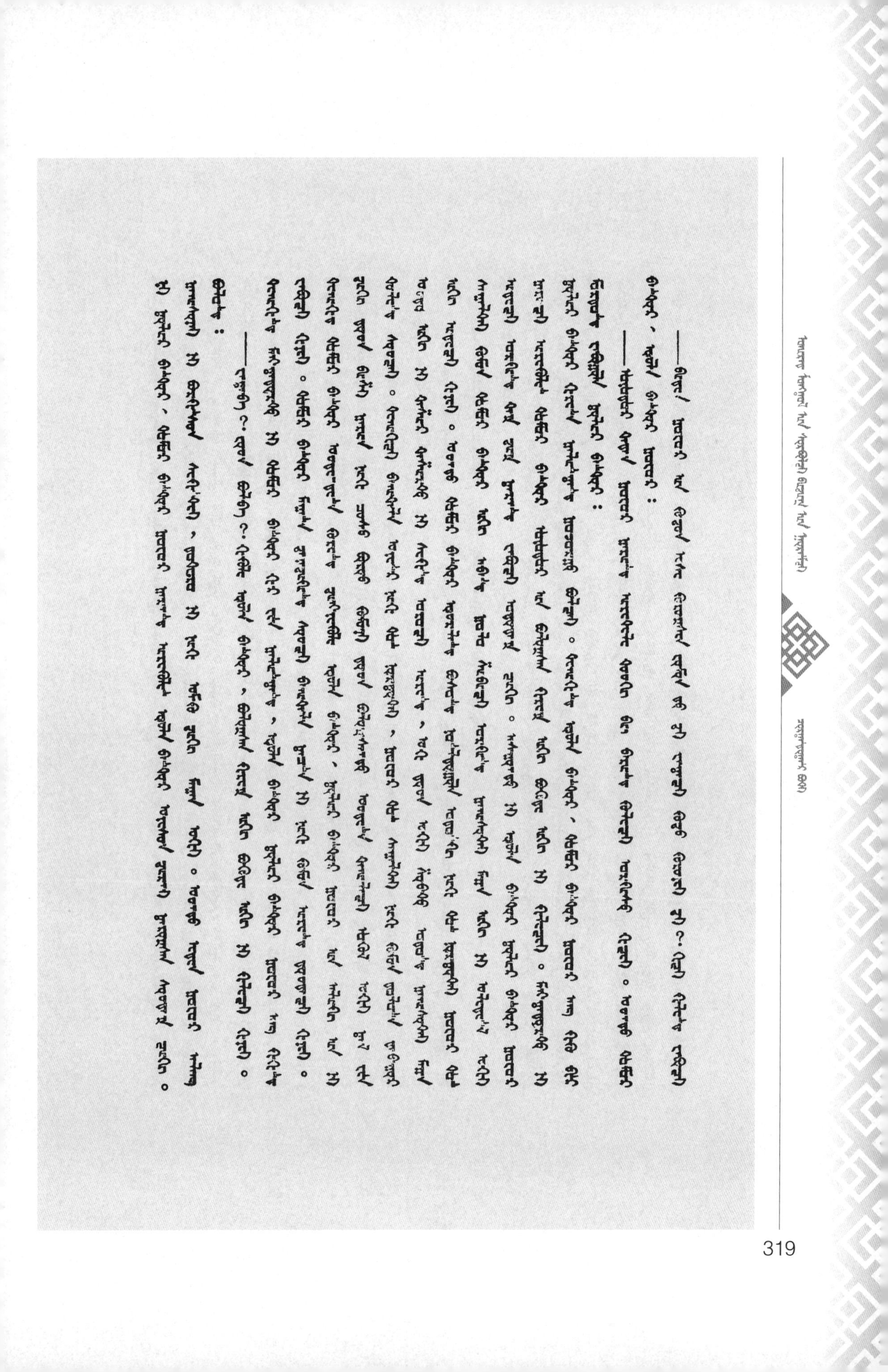

[illegible]

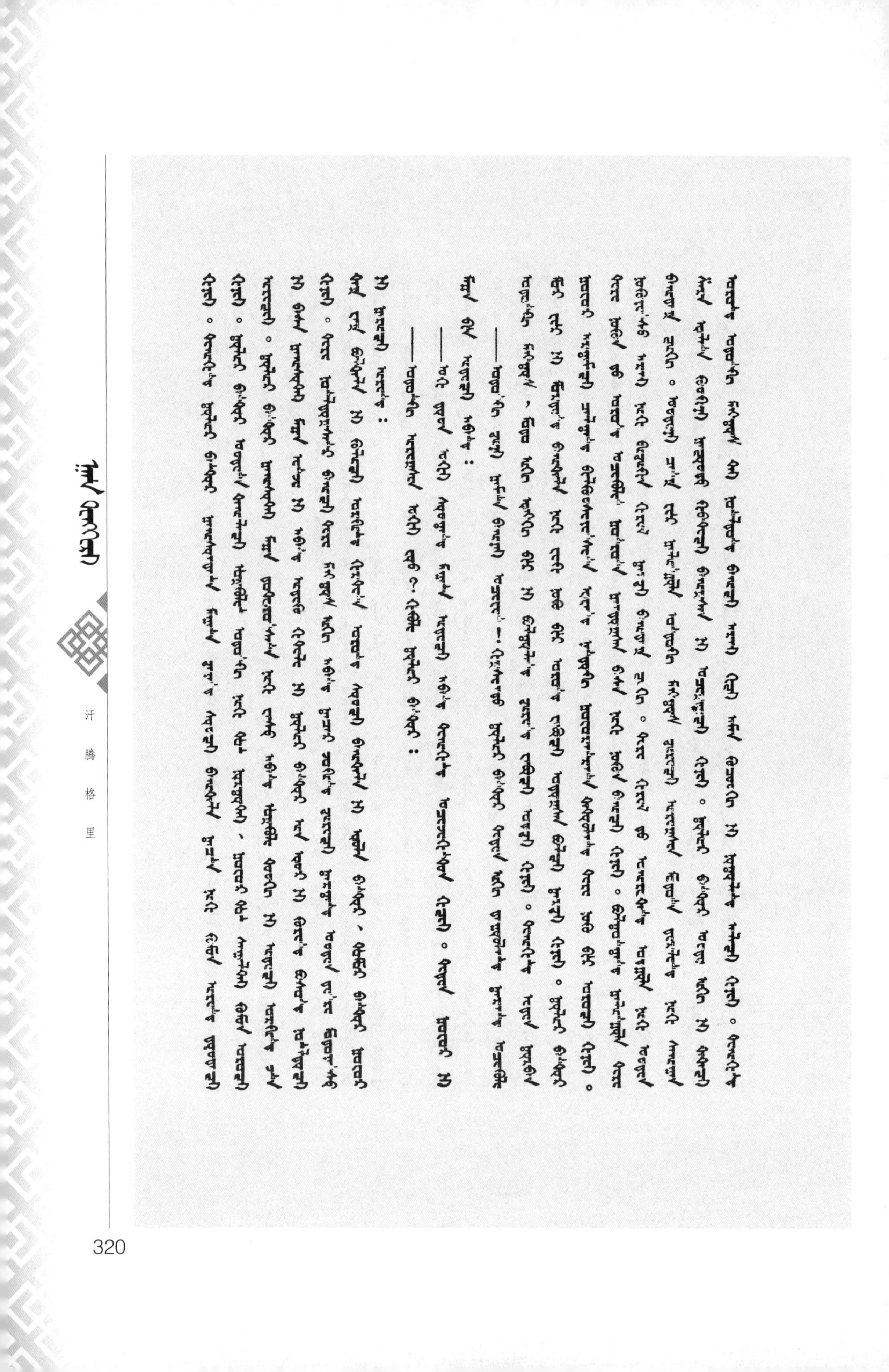

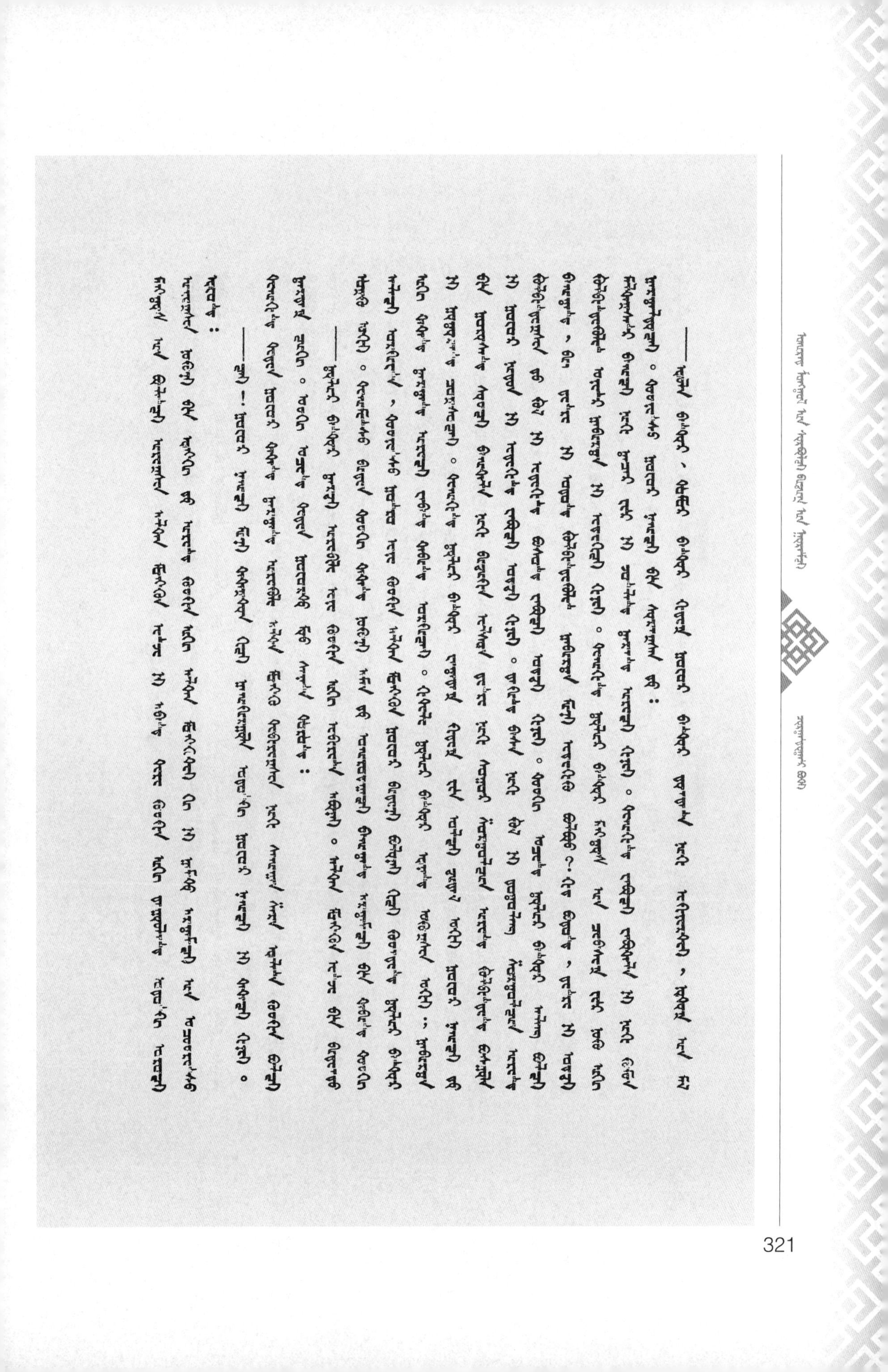

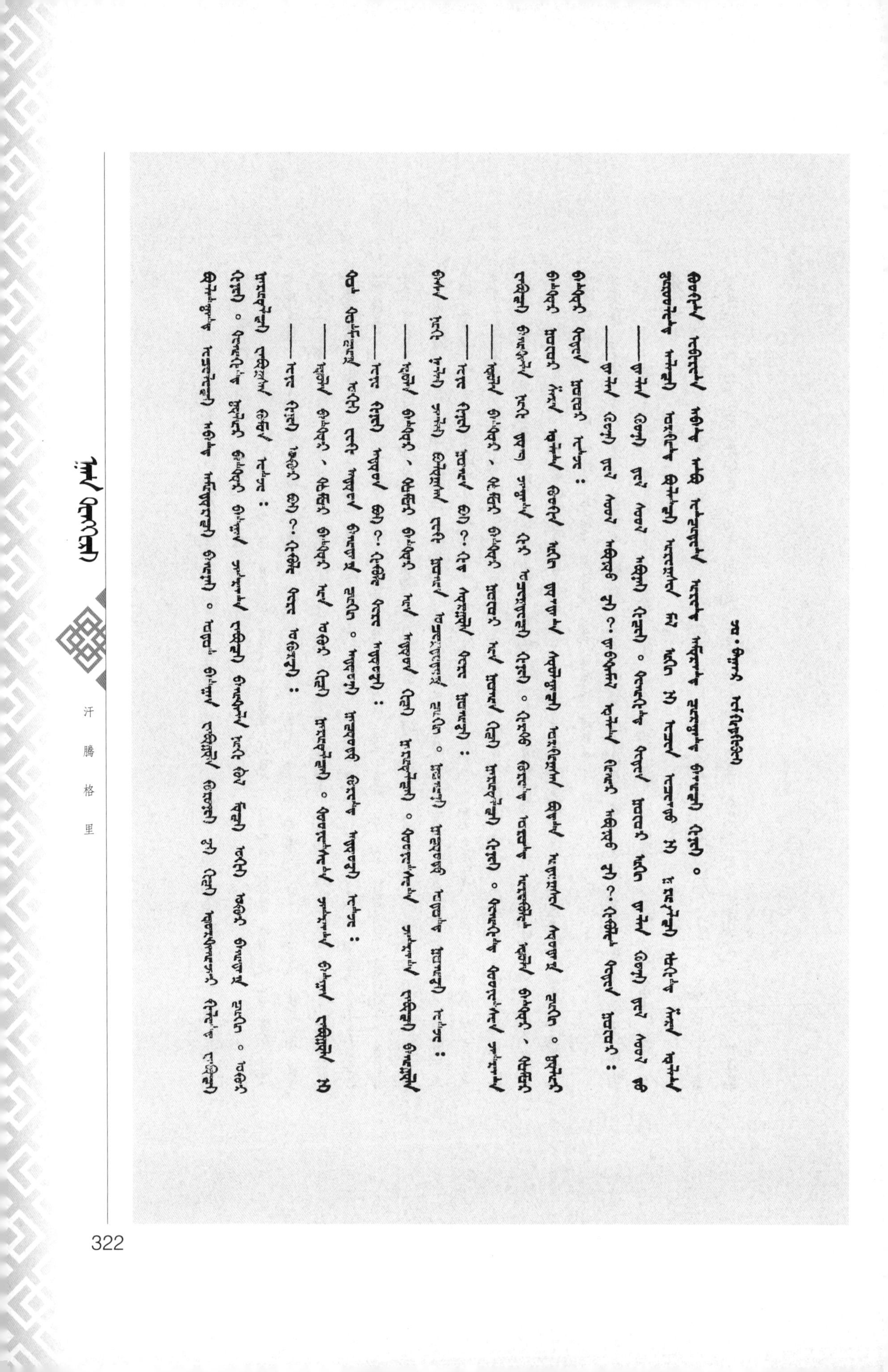

[illegible]

[illegible]
[illegible]
——[illegible]
——[illegible]
[illegible]
[illegible]
[illegible]
——[illegible]
——[illegible]
[illegible]
——[illegible]
——[illegible]
[illegible]
——[illegible]
——[illegible]
[illegible]
[illegible]
[illegible]

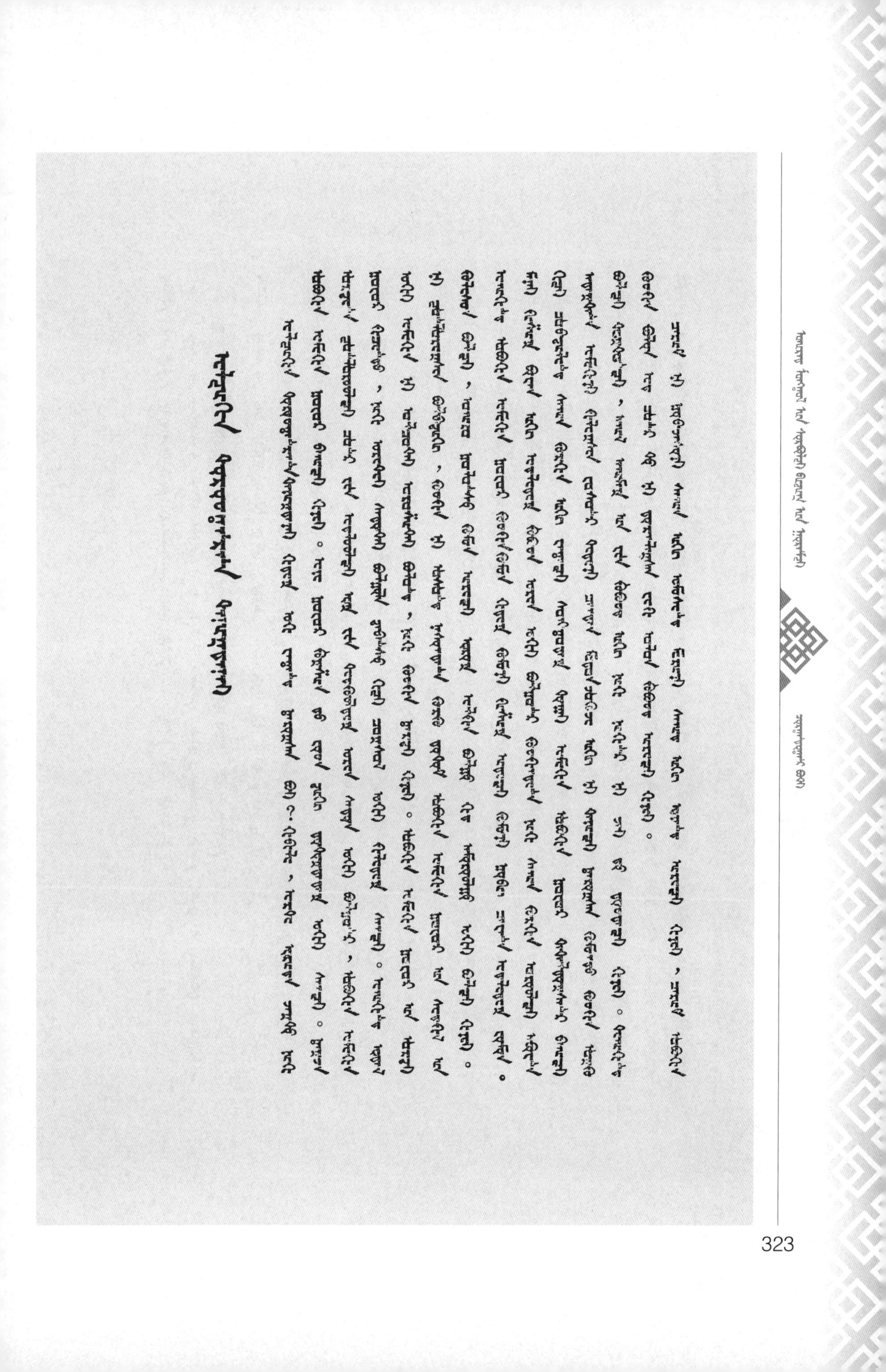

[illegible]

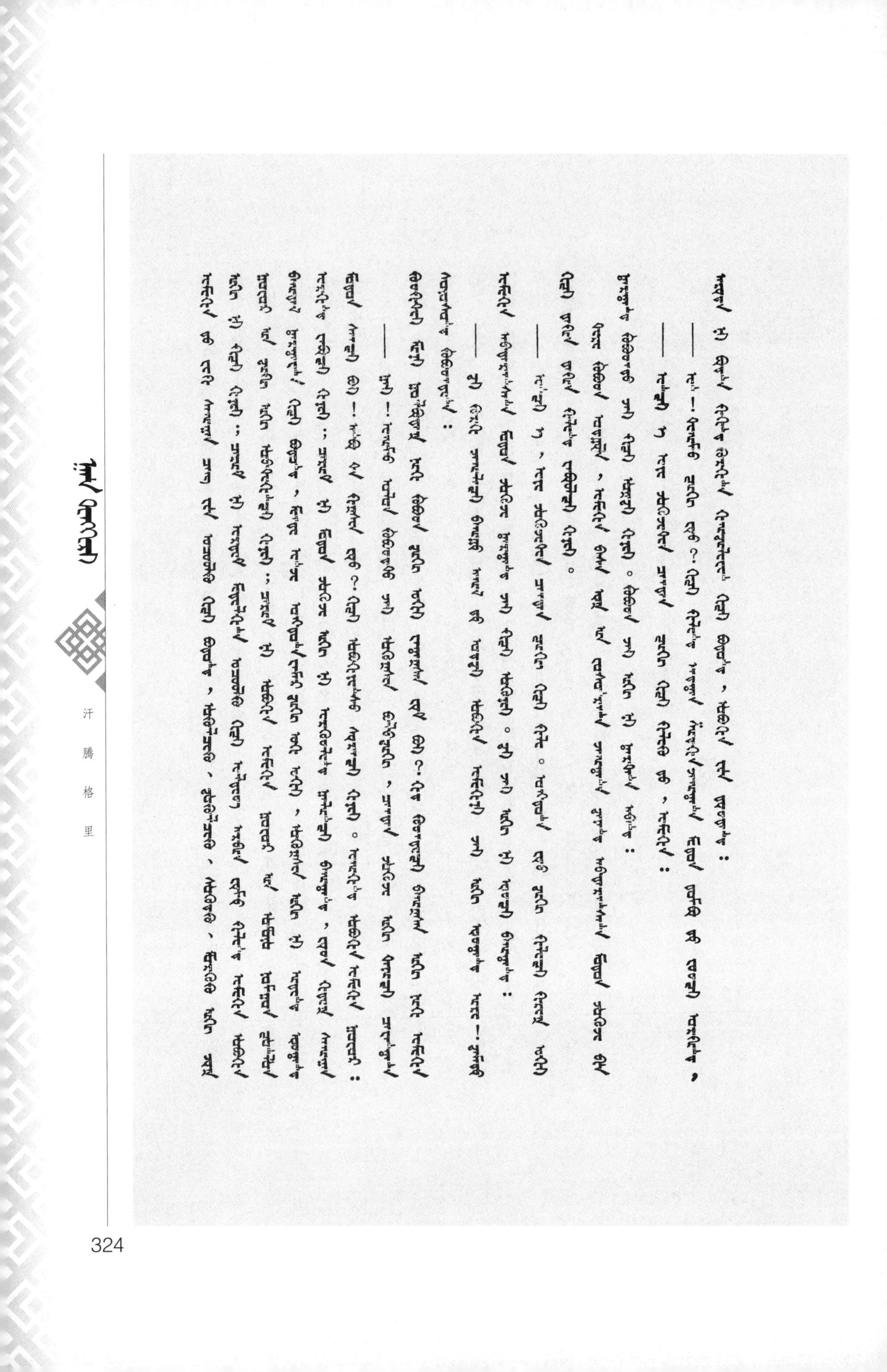

[illegible] ᠄

—— [illegible] ᠄

—— [illegible] ᠄

—— [illegible] 。

[illegible] ᠄

—— [illegible] ᠄

—— [illegible] ᠄

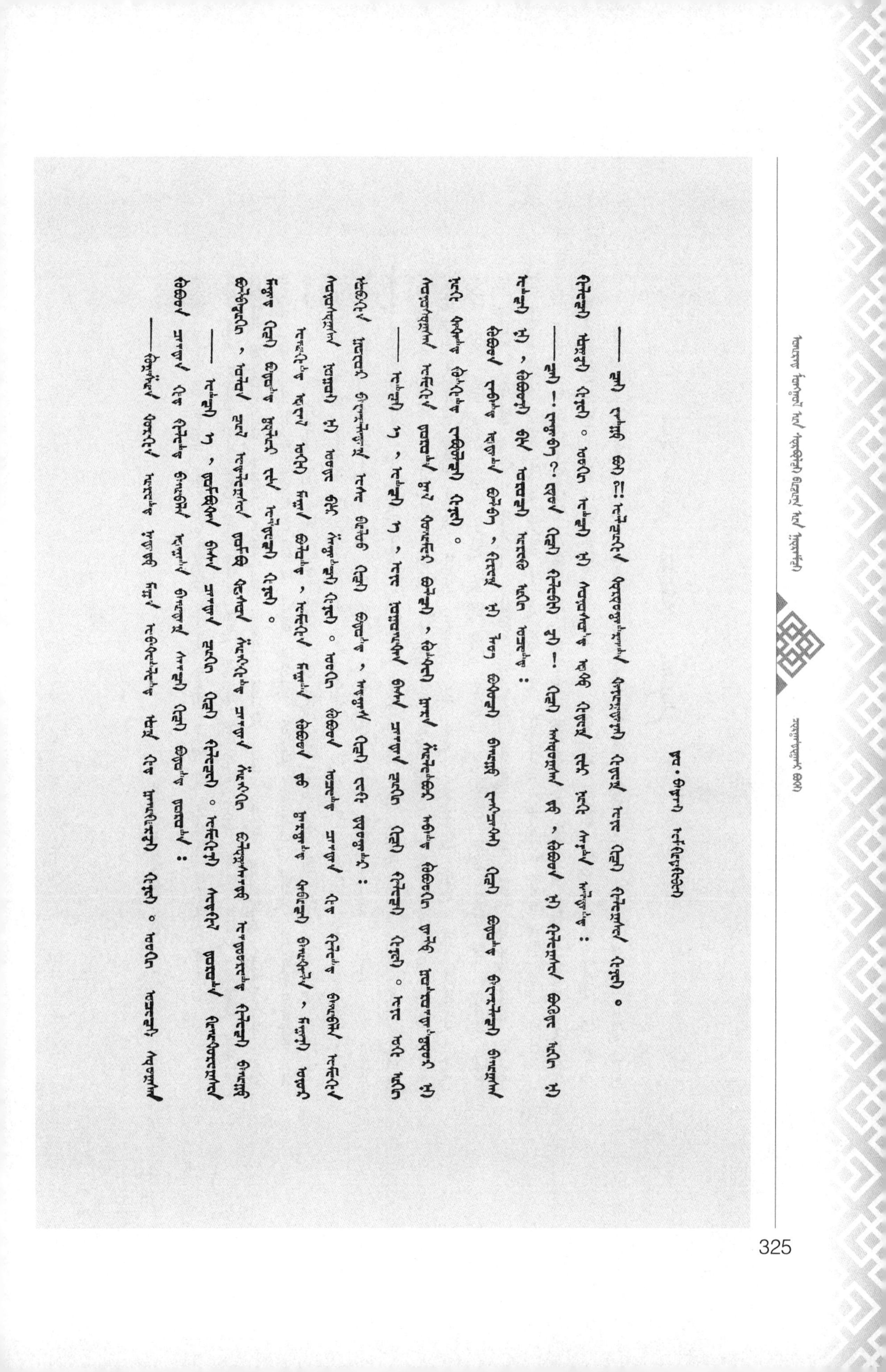

[illegible]

[illegible]

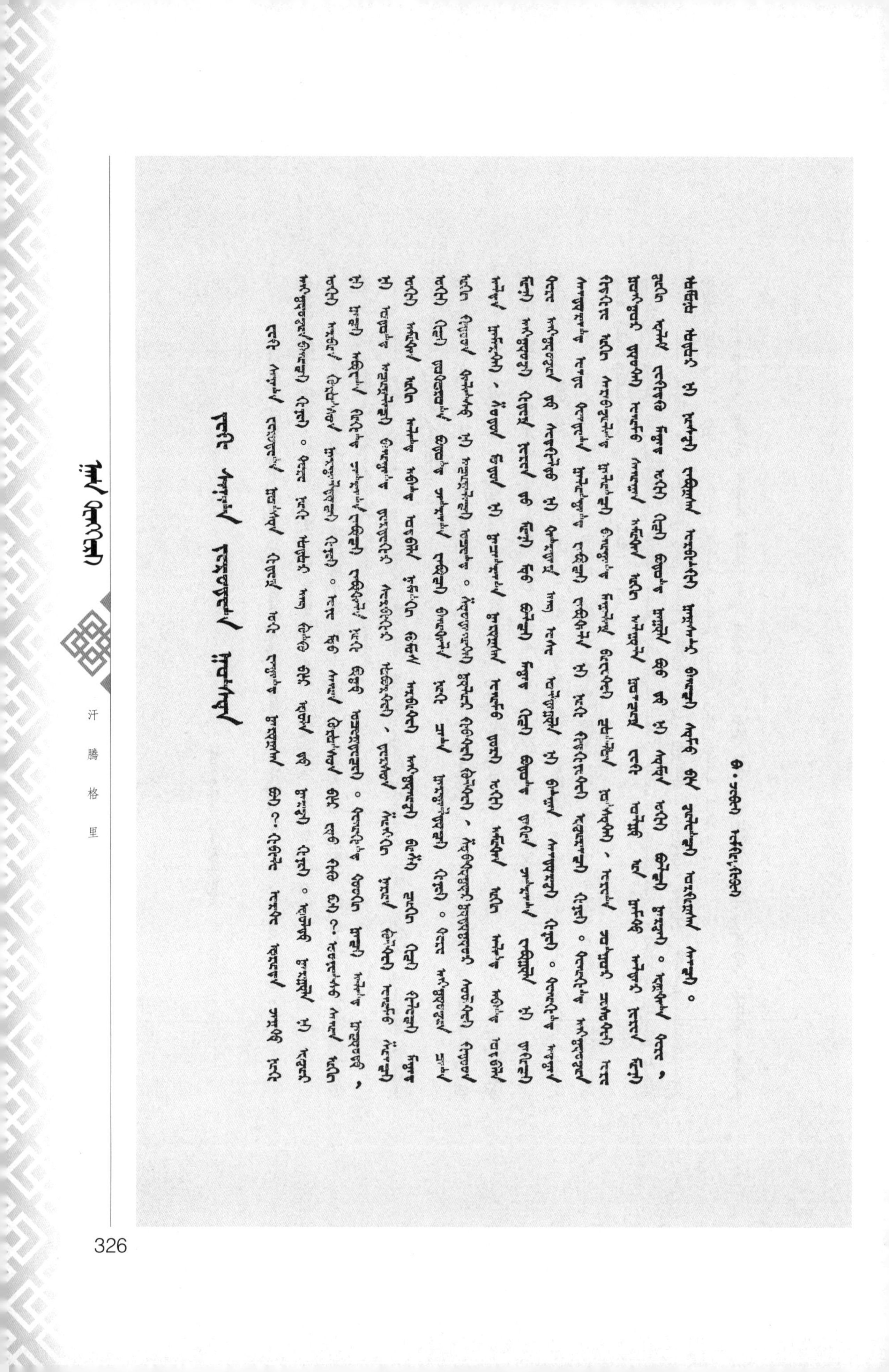

[illegible]

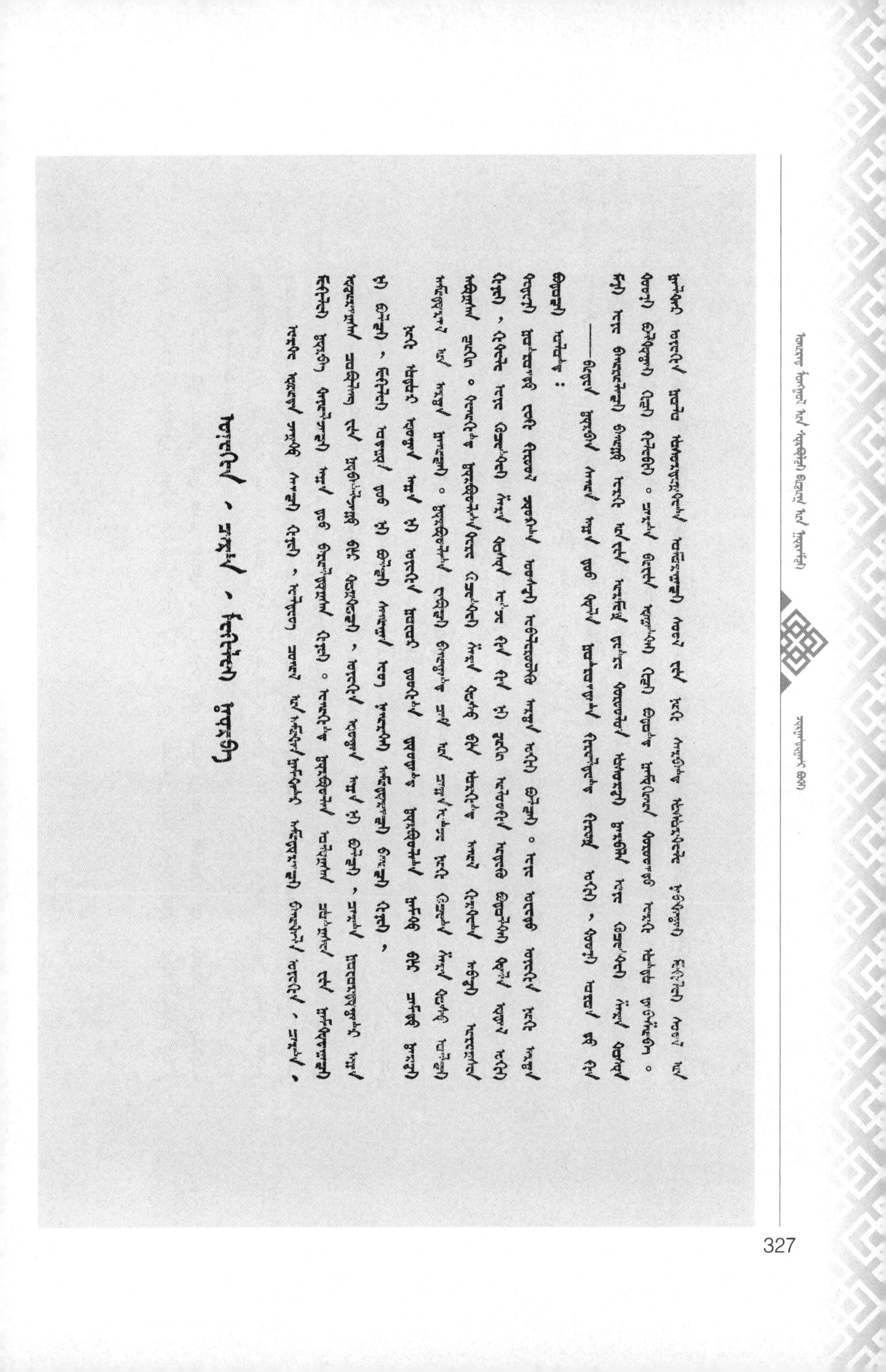

[illegible]

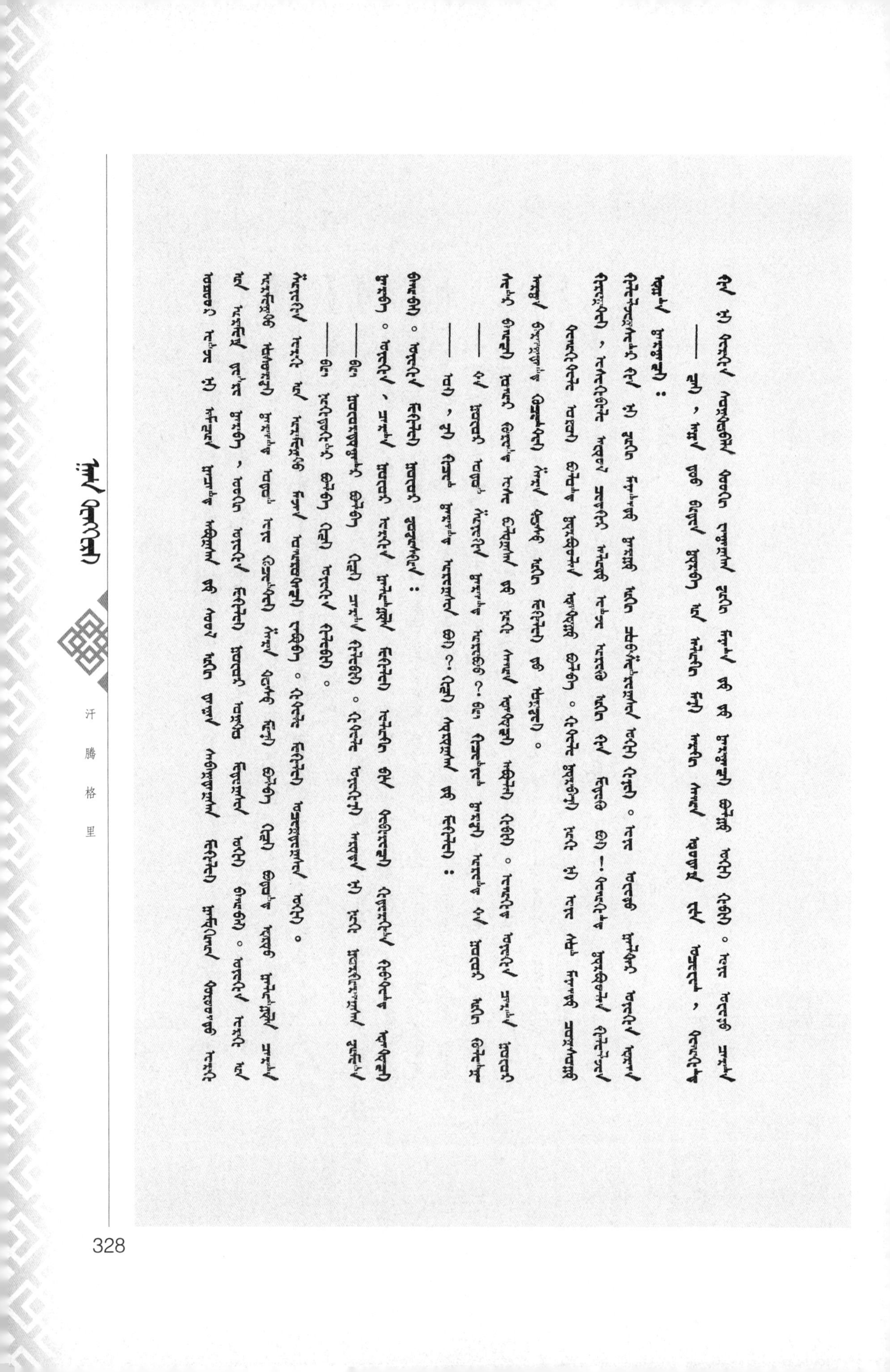

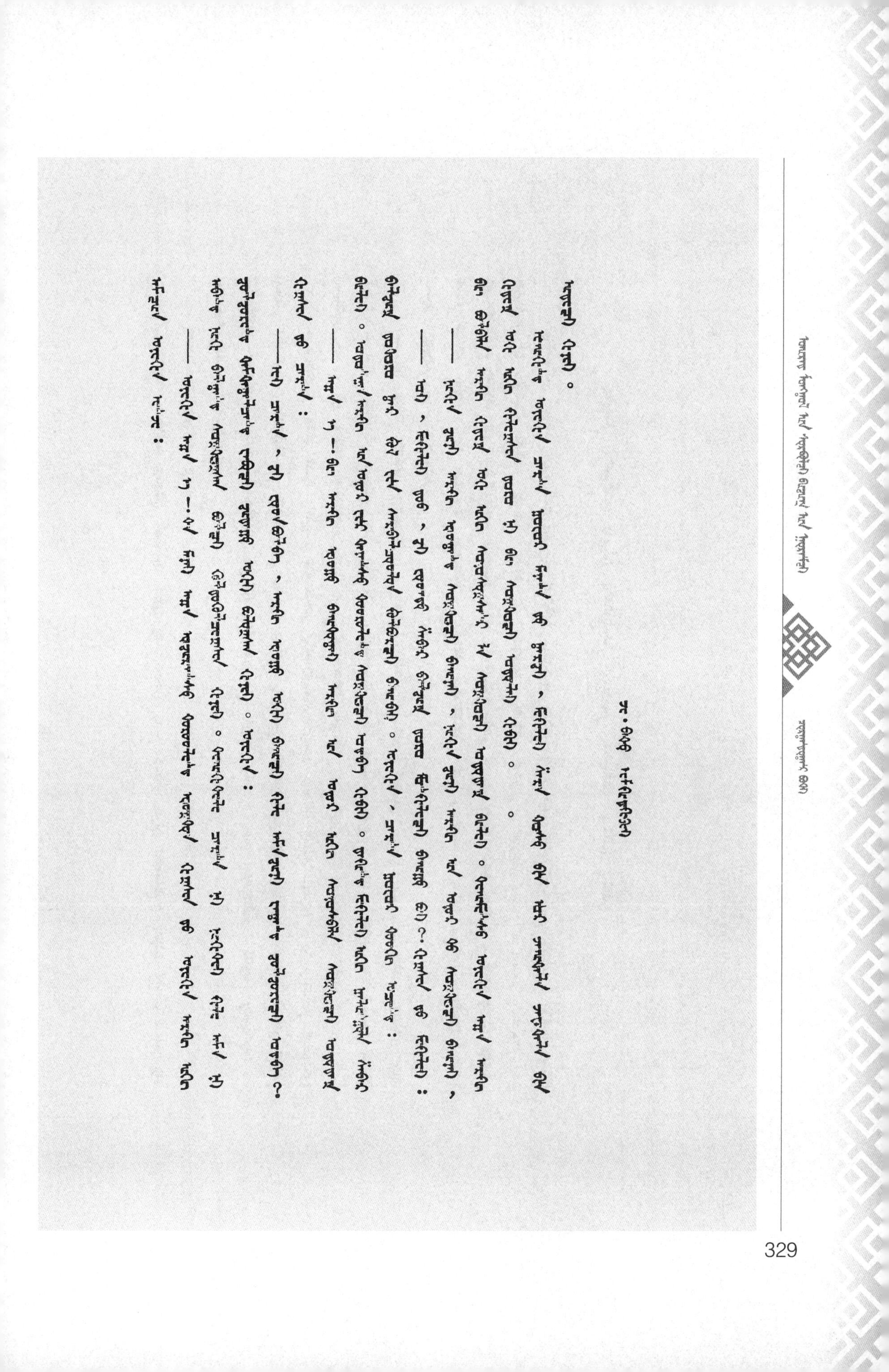

[illegible]

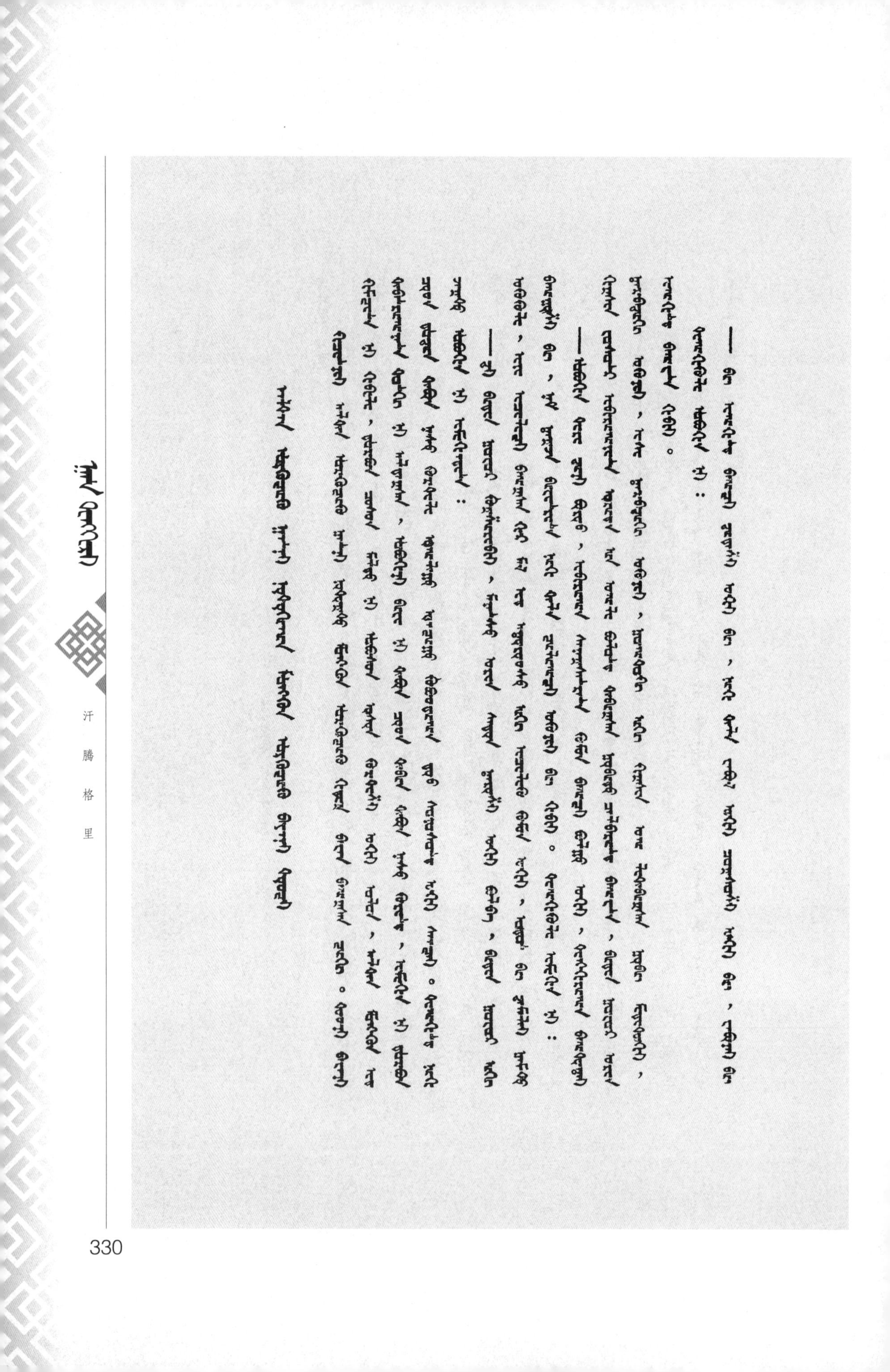

[illegible]

[illegible]

[illegible]

[illegible]

[illegible]

[illegible]

[illegible]

[illegible]

[illegible]

[illegible]

[illegible]

[illegible]

[illegible]

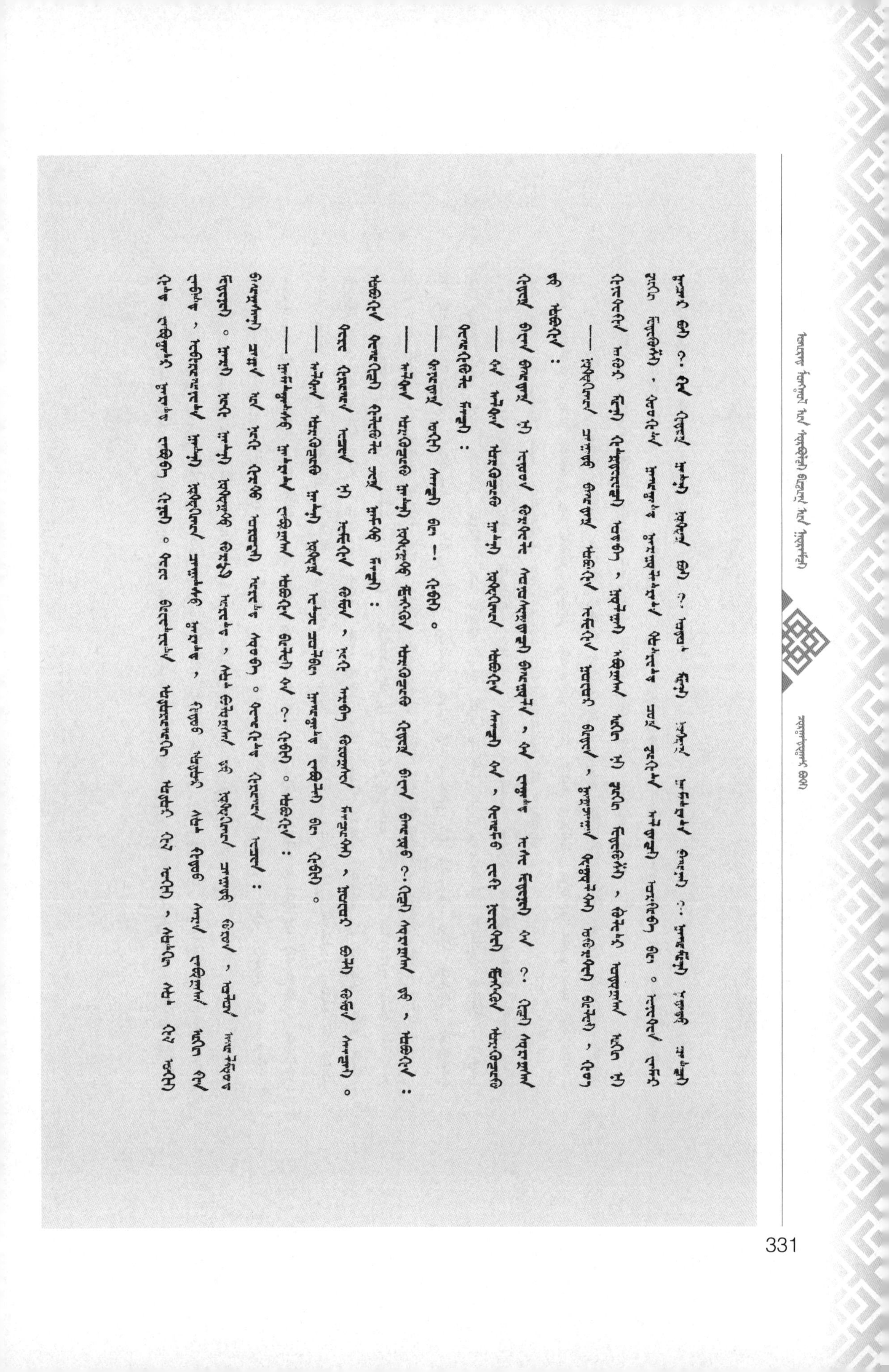

[illegible]

—— [illegible] :

[illegible]

—— [illegible] :

—— [illegible] !

—— [illegible] :

[illegible]

—— [illegible]

—— [illegible] :

[illegible] :

[illegible]

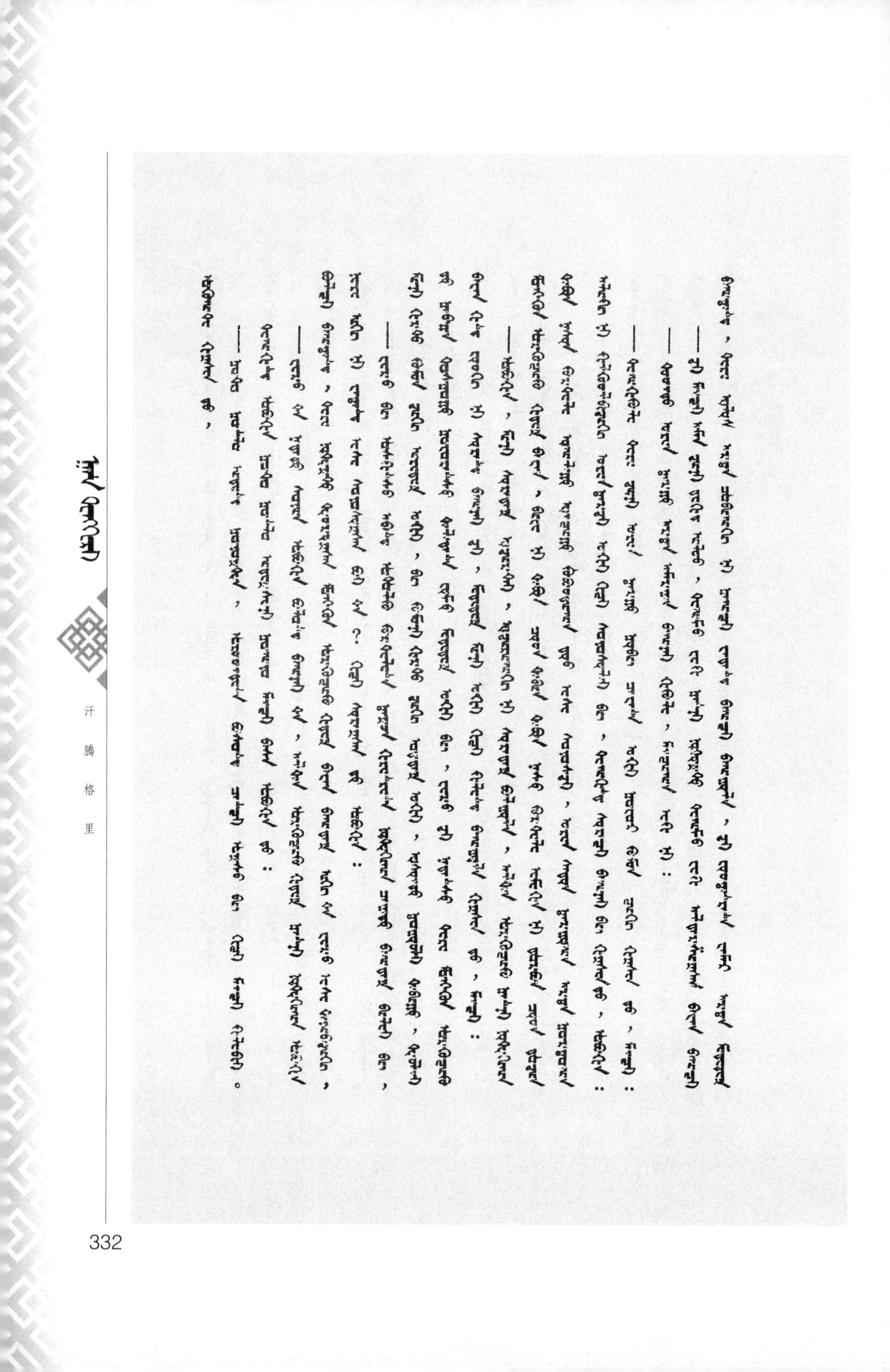

[illegible]

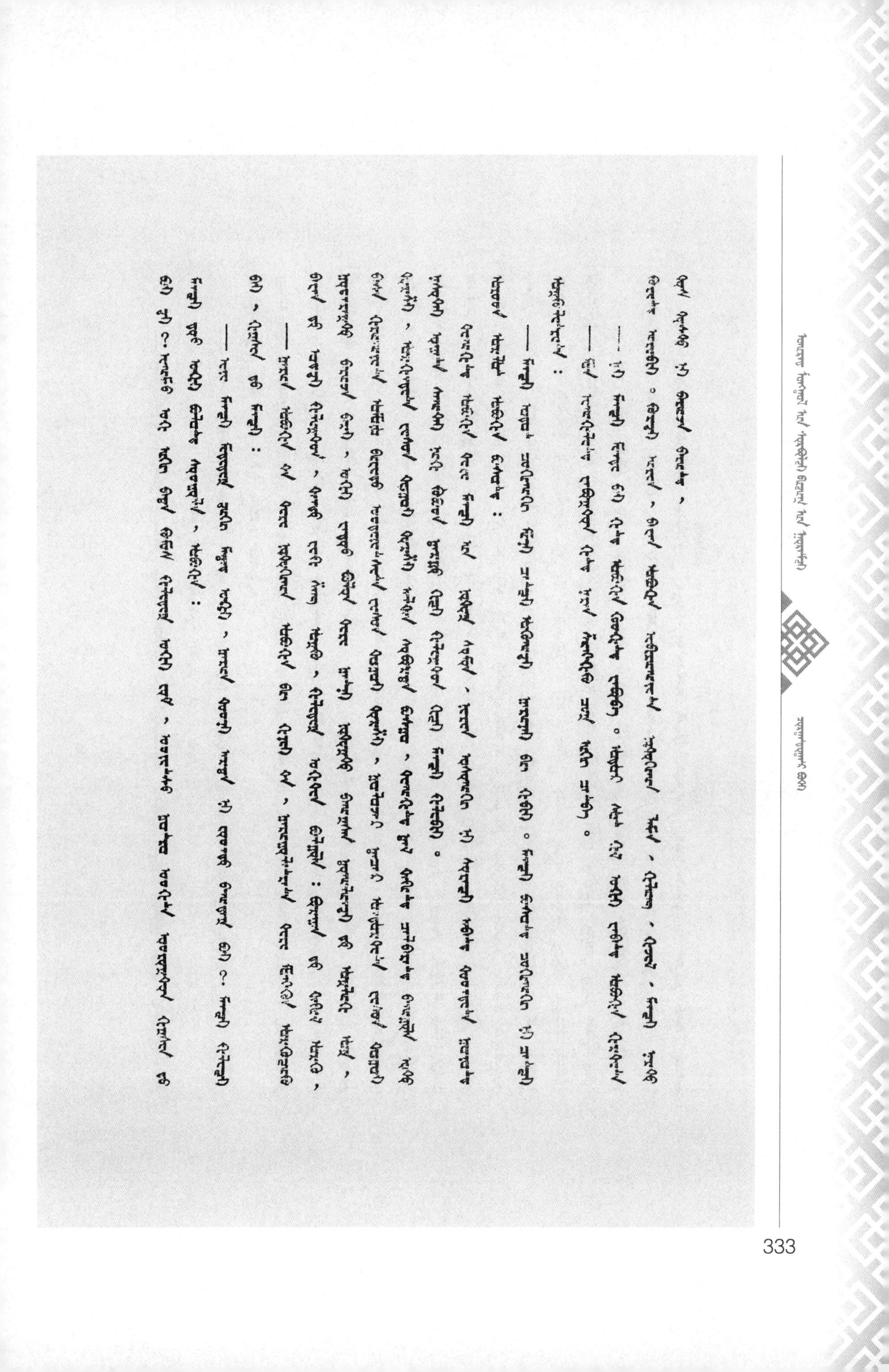

[illegible]

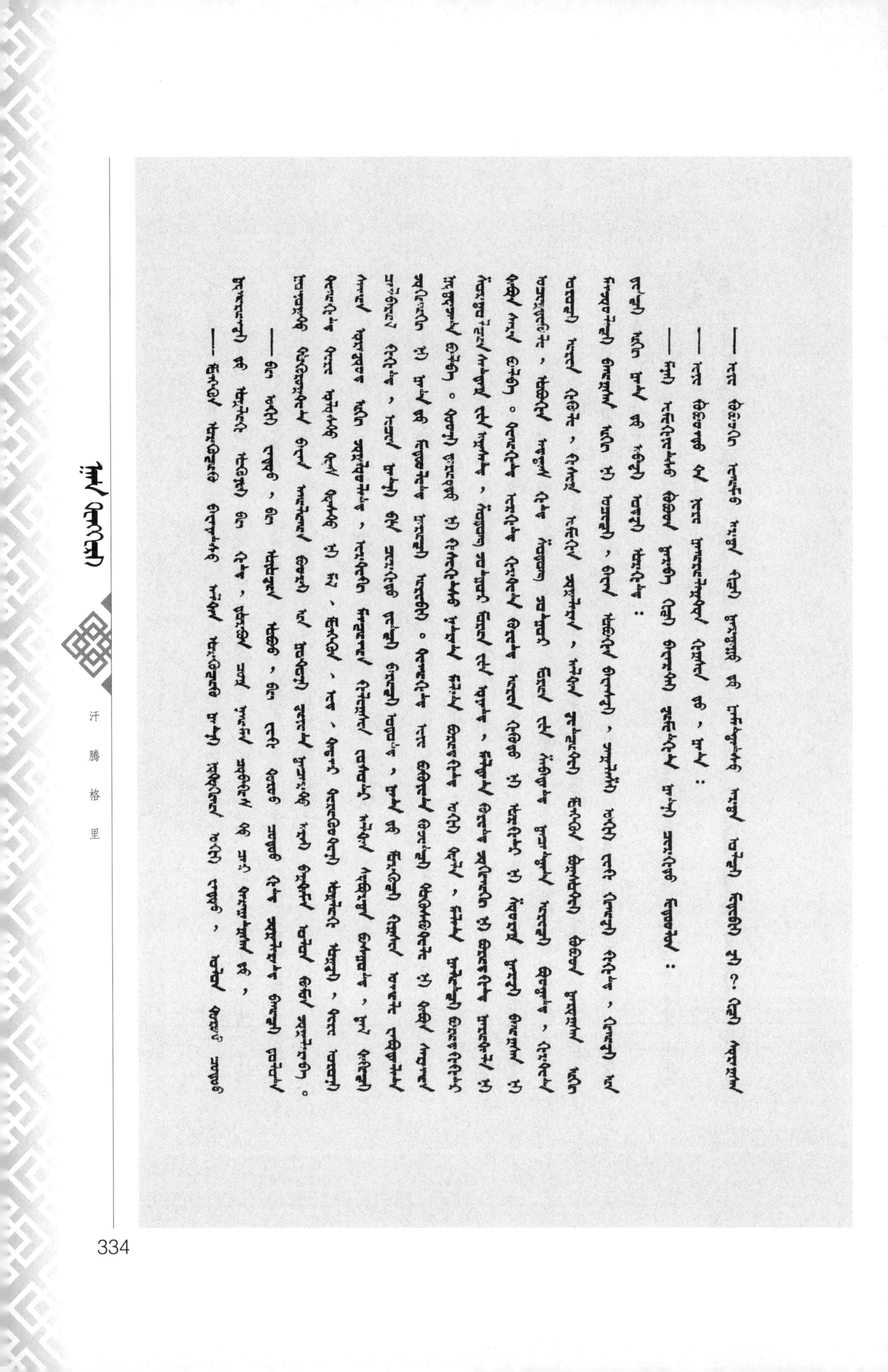

[illegible]

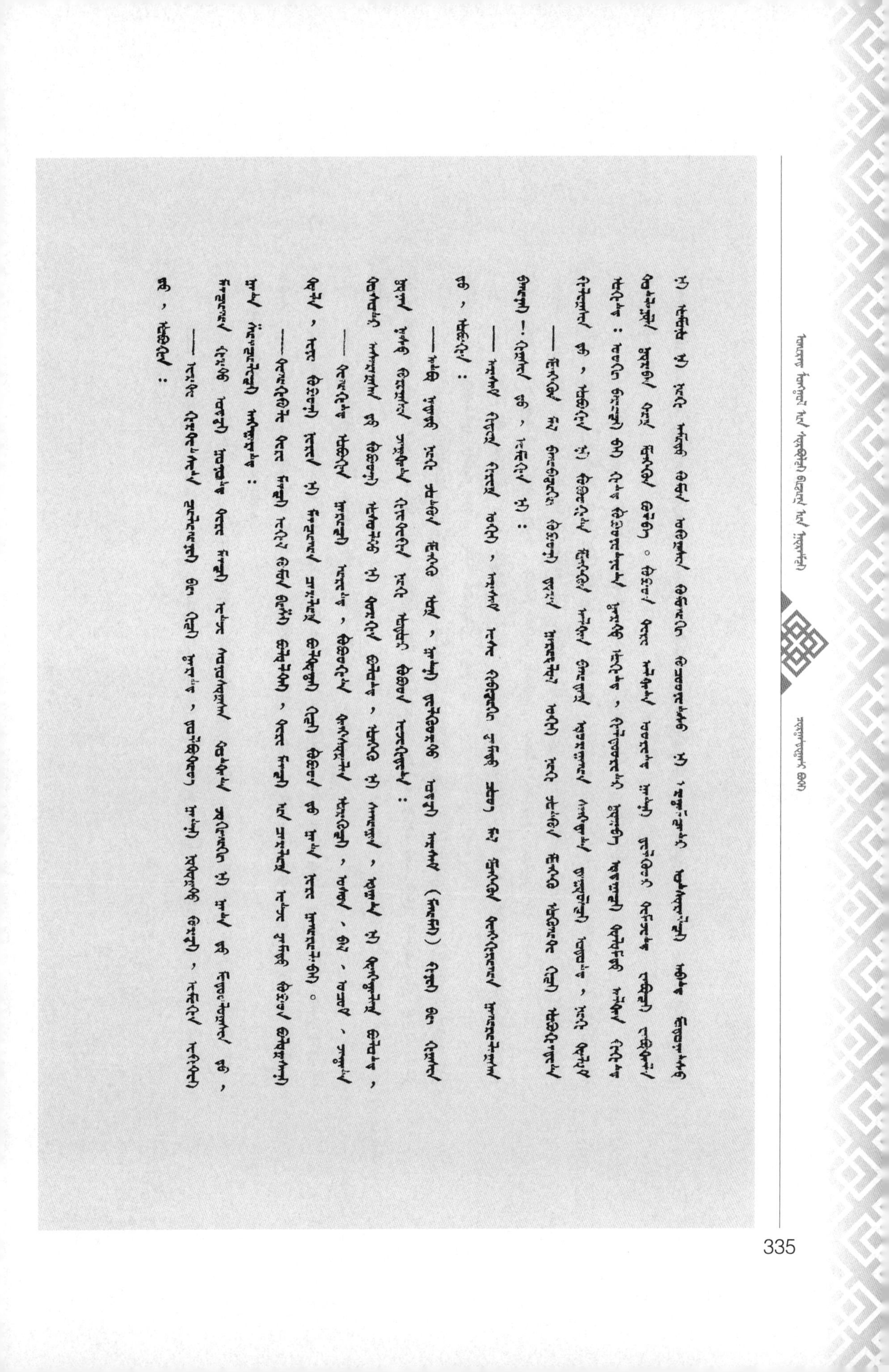

[illegible] ◦ [illegible] : [illegible]

—— [illegible] —· [illegible] :

—— [illegible] ᠪᠢ ᠂ [illegible] :

—— [illegible] ([illegible]) [illegible] :

[illegible]

—— [illegible] ◦

—— [illegible] :

[illegible]

—— [illegible]

ᠪᠢ ᠂ [illegible] :

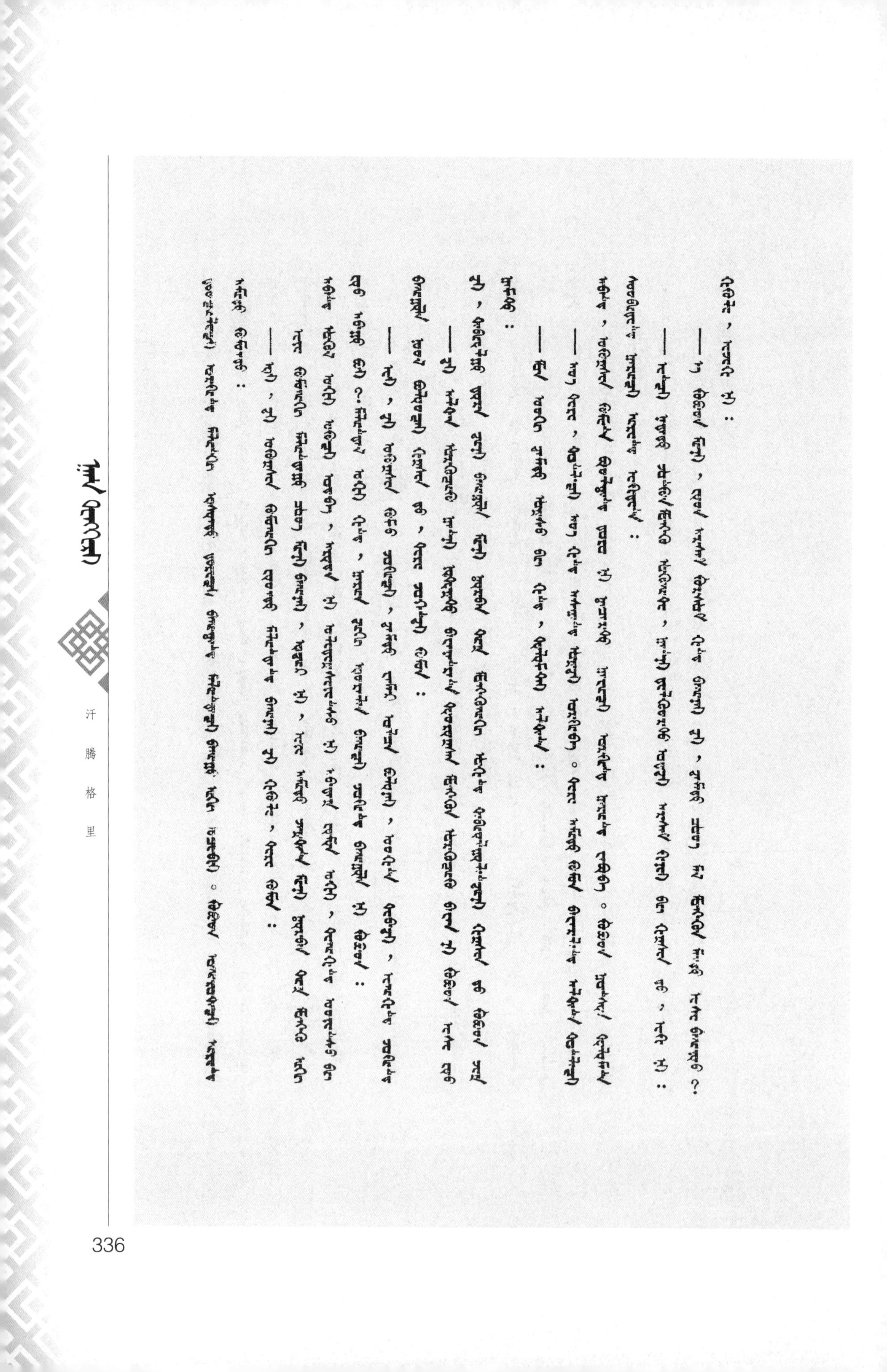

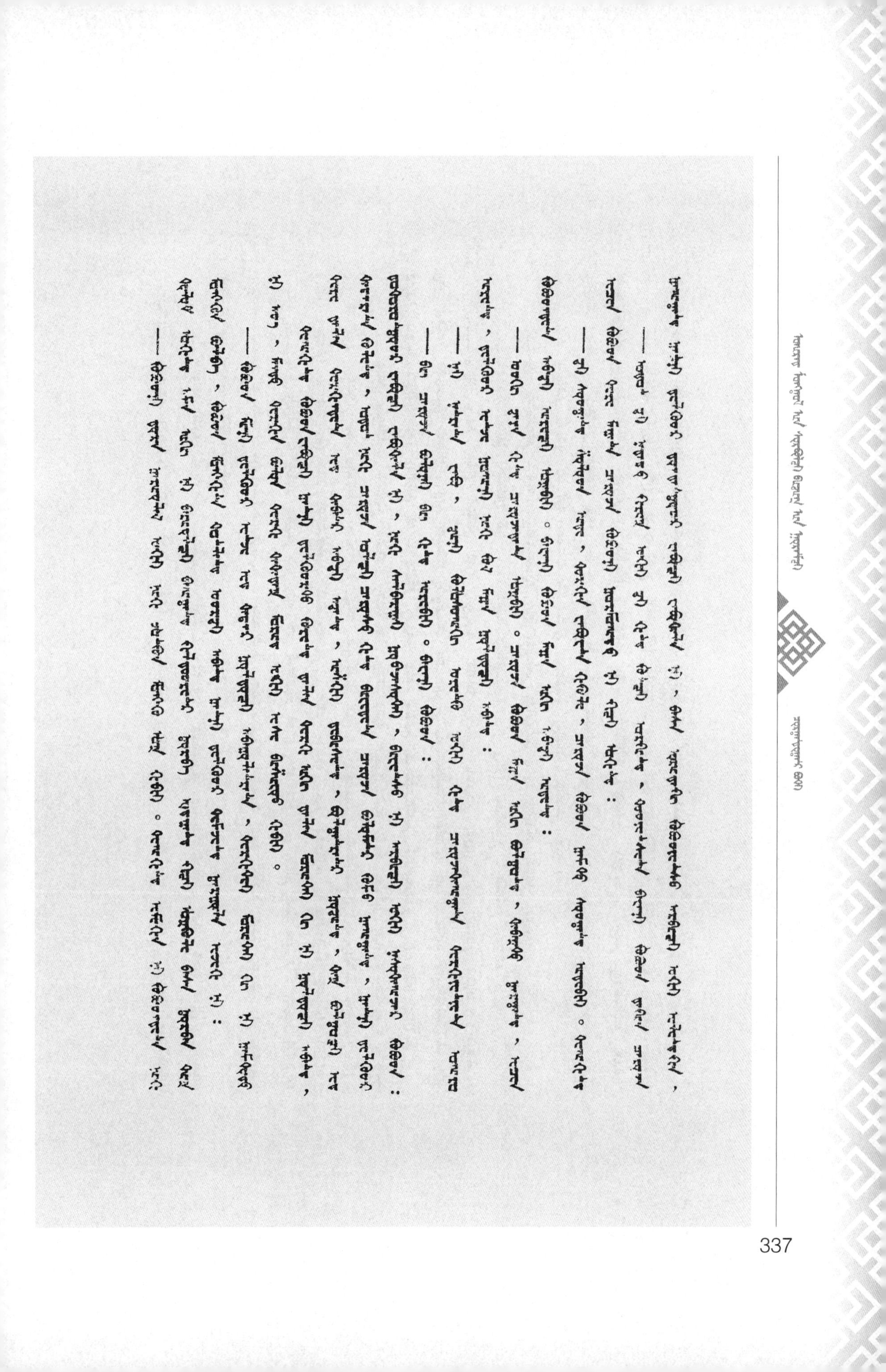

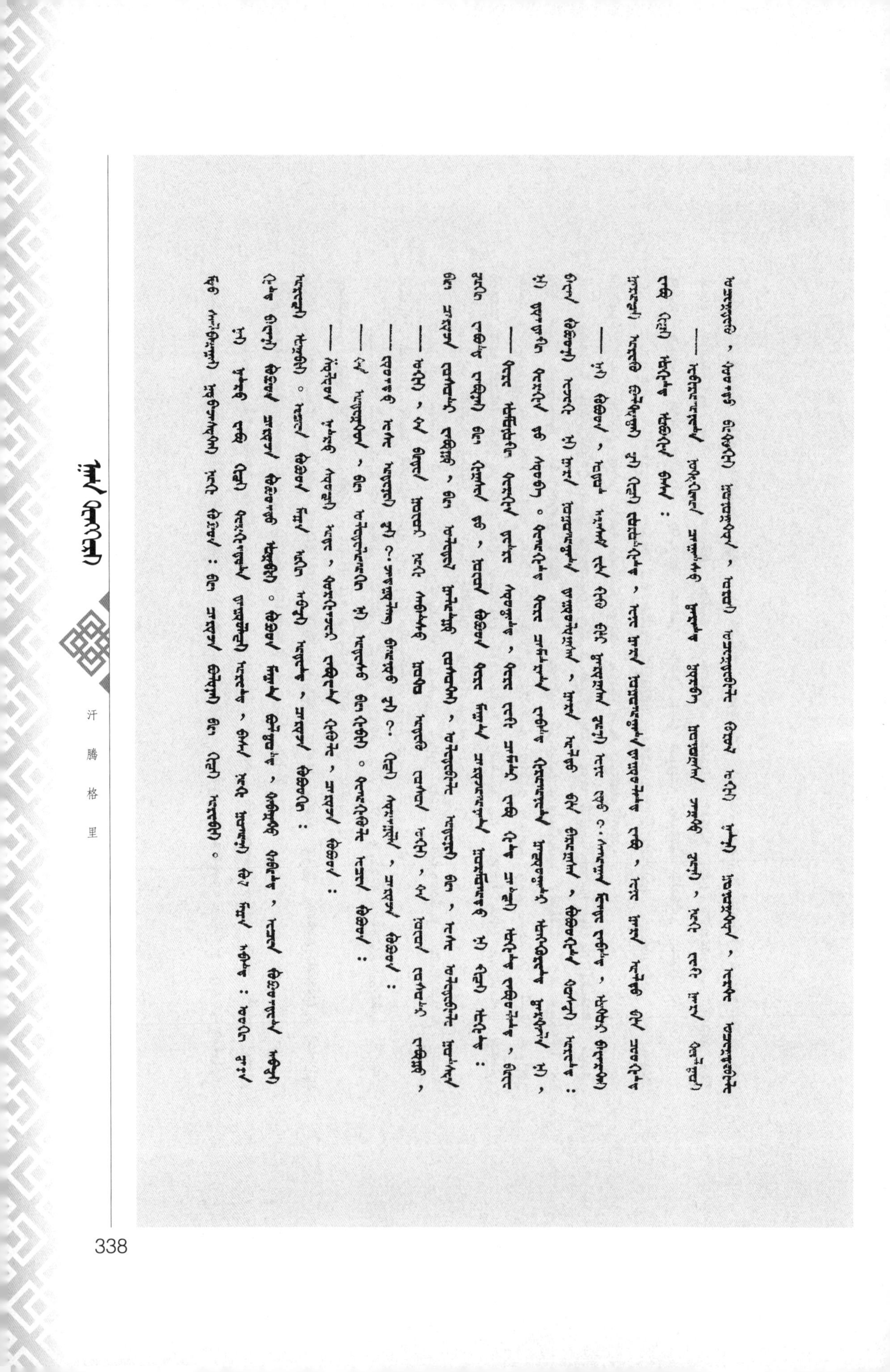

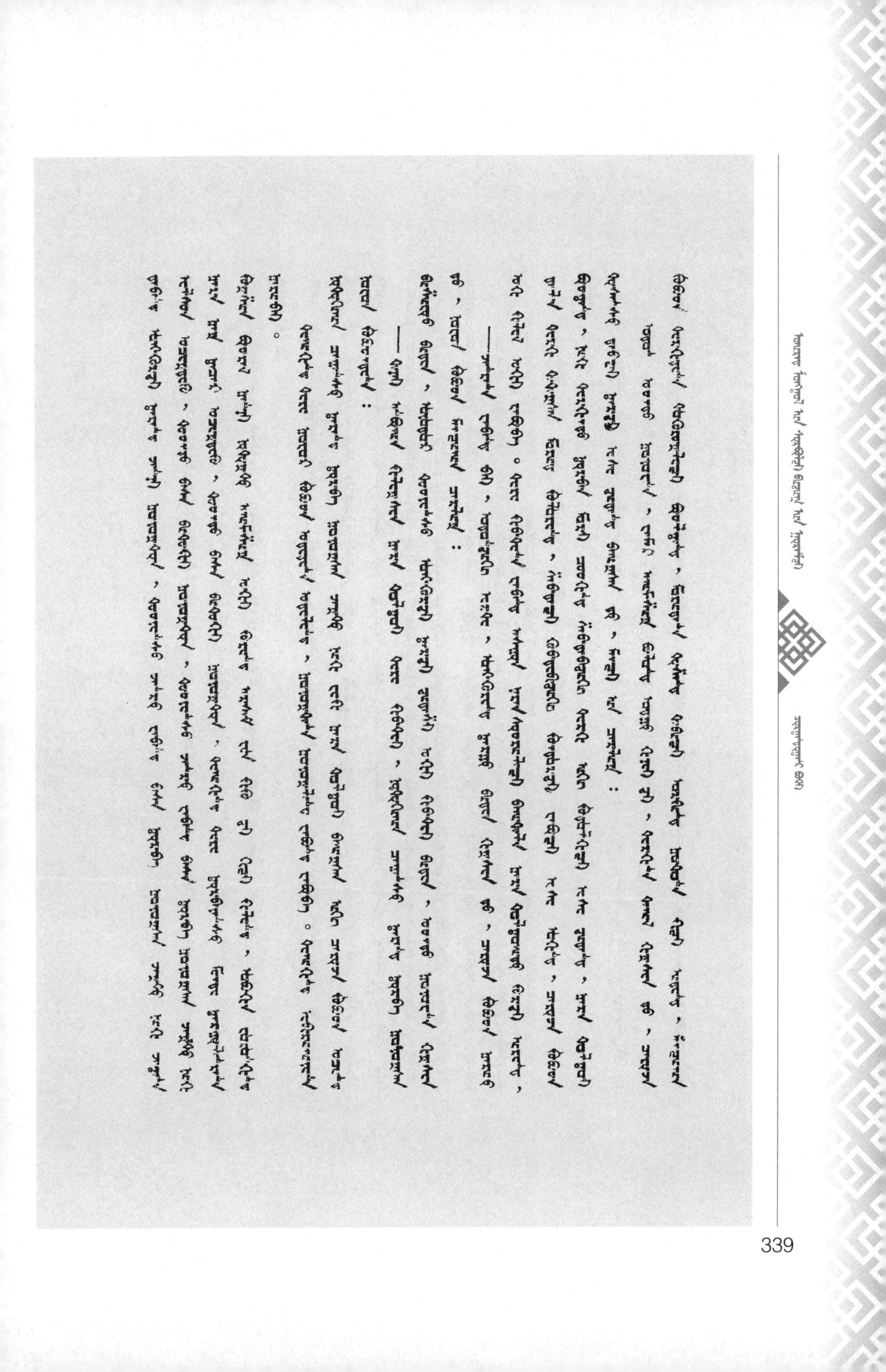

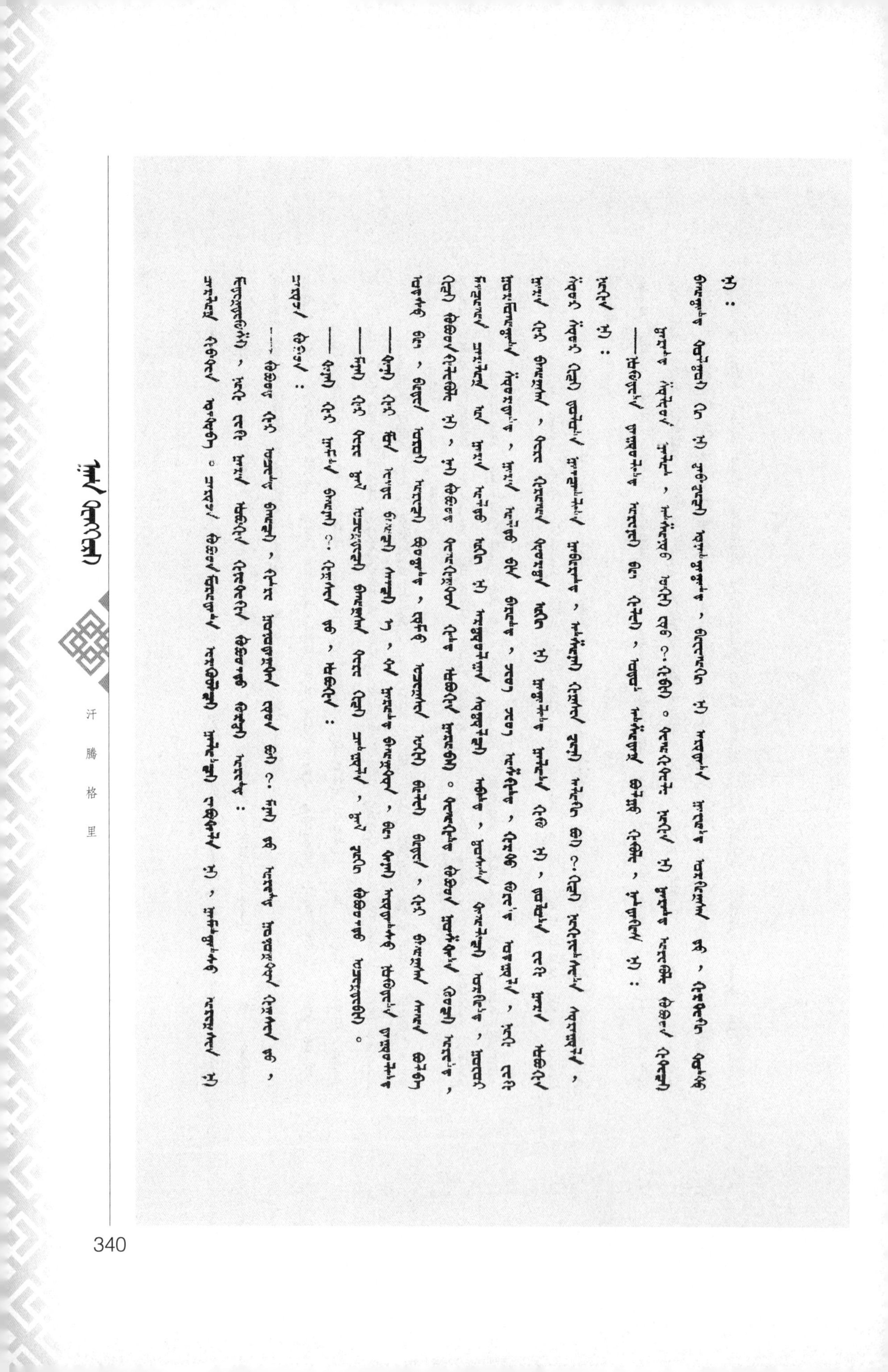

[illegible]

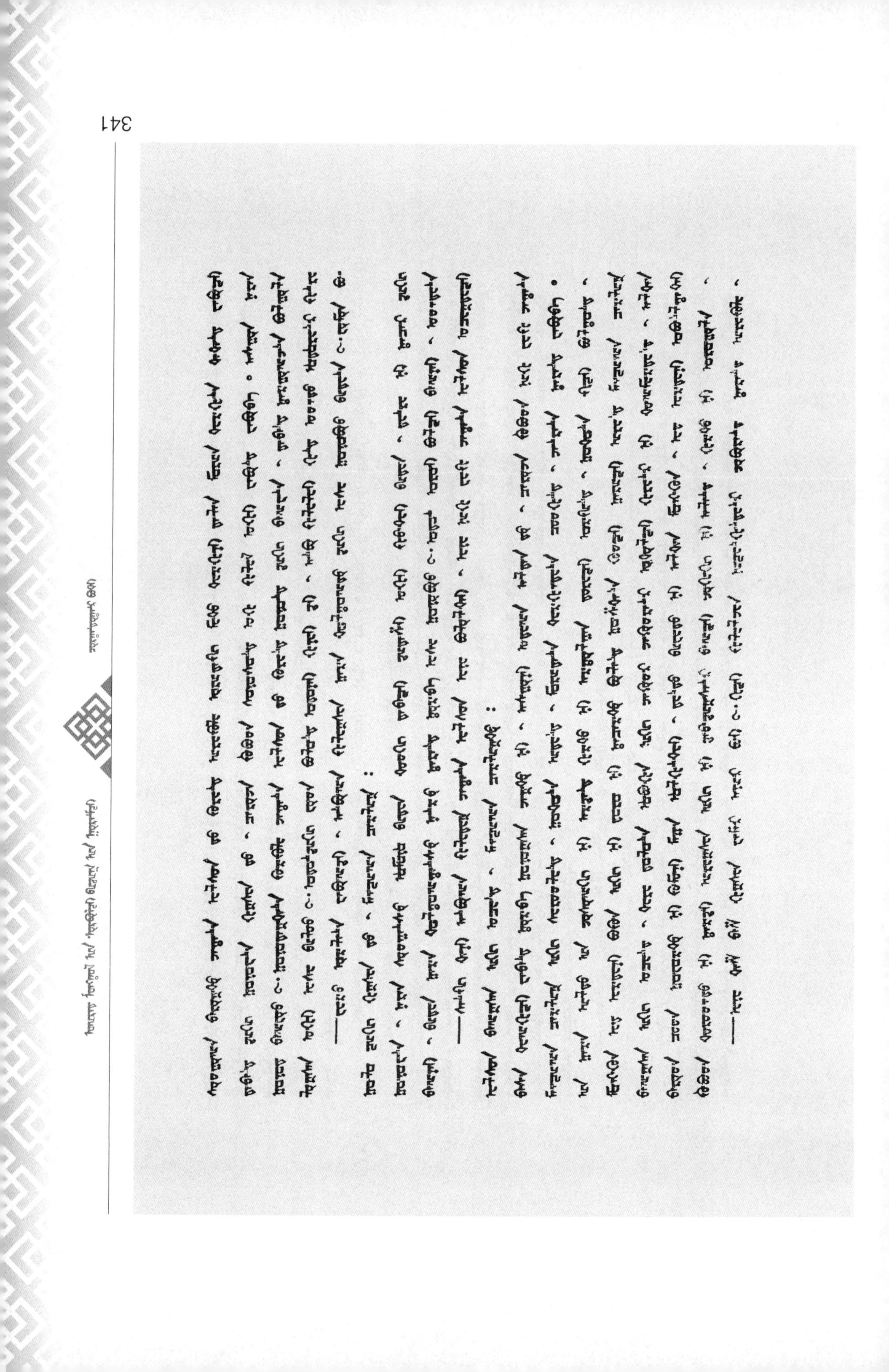

[illegible]

——[illegible] :

[illegible]

——[illegible] :

[illegible]

——[illegible]

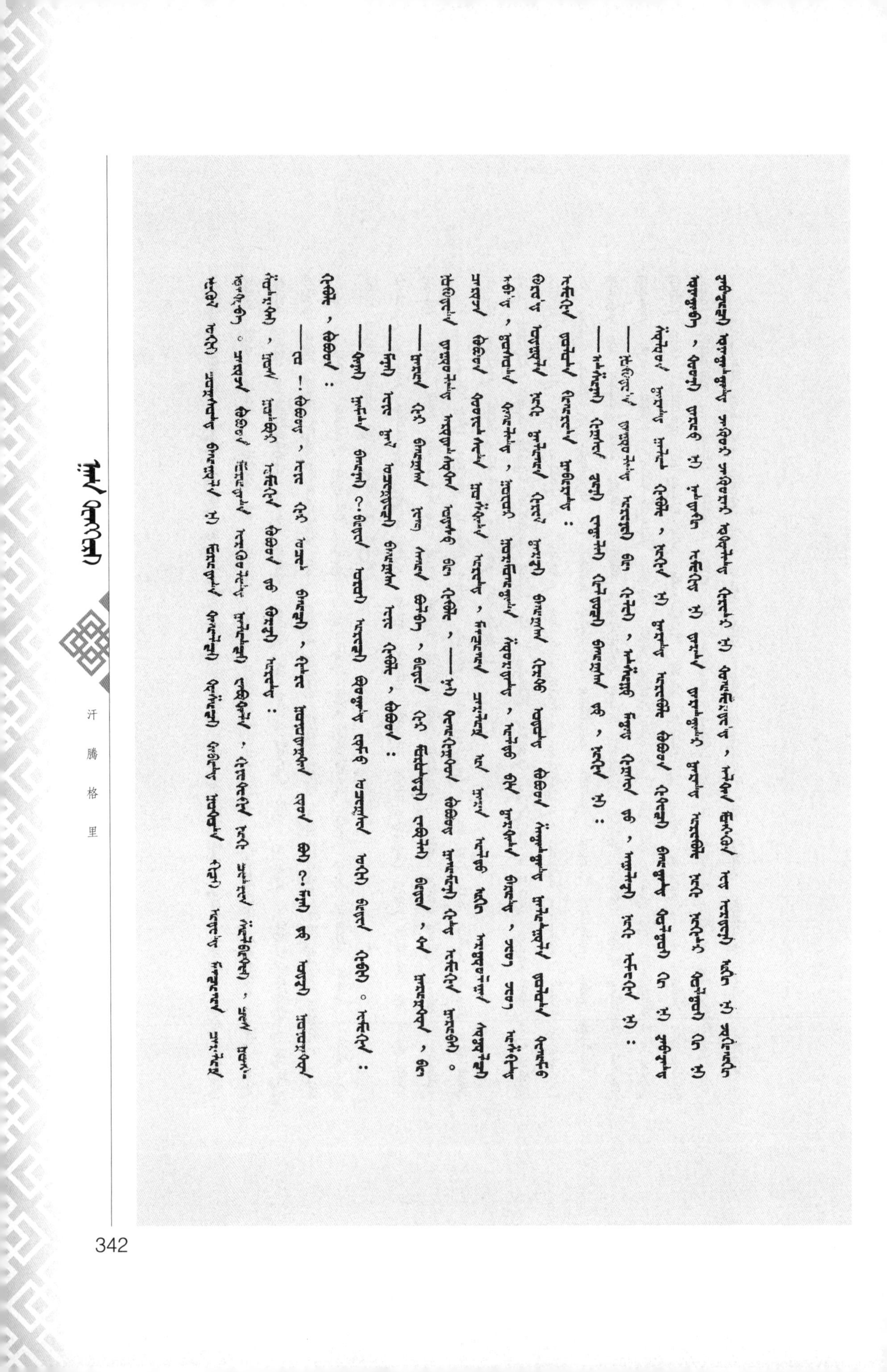

[illegible]
[illegible]
[illegible] :

—— [illegible]
[illegible] :

—— [illegible] ◦ [illegible] :

—— [illegible] :

—— [illegible]
[illegible] ◦
[illegible]
[illegible]
[illegible]
[illegible] :

—— [illegible] :

—— [illegible] :

[illegible]
[illegible]
[illegible]

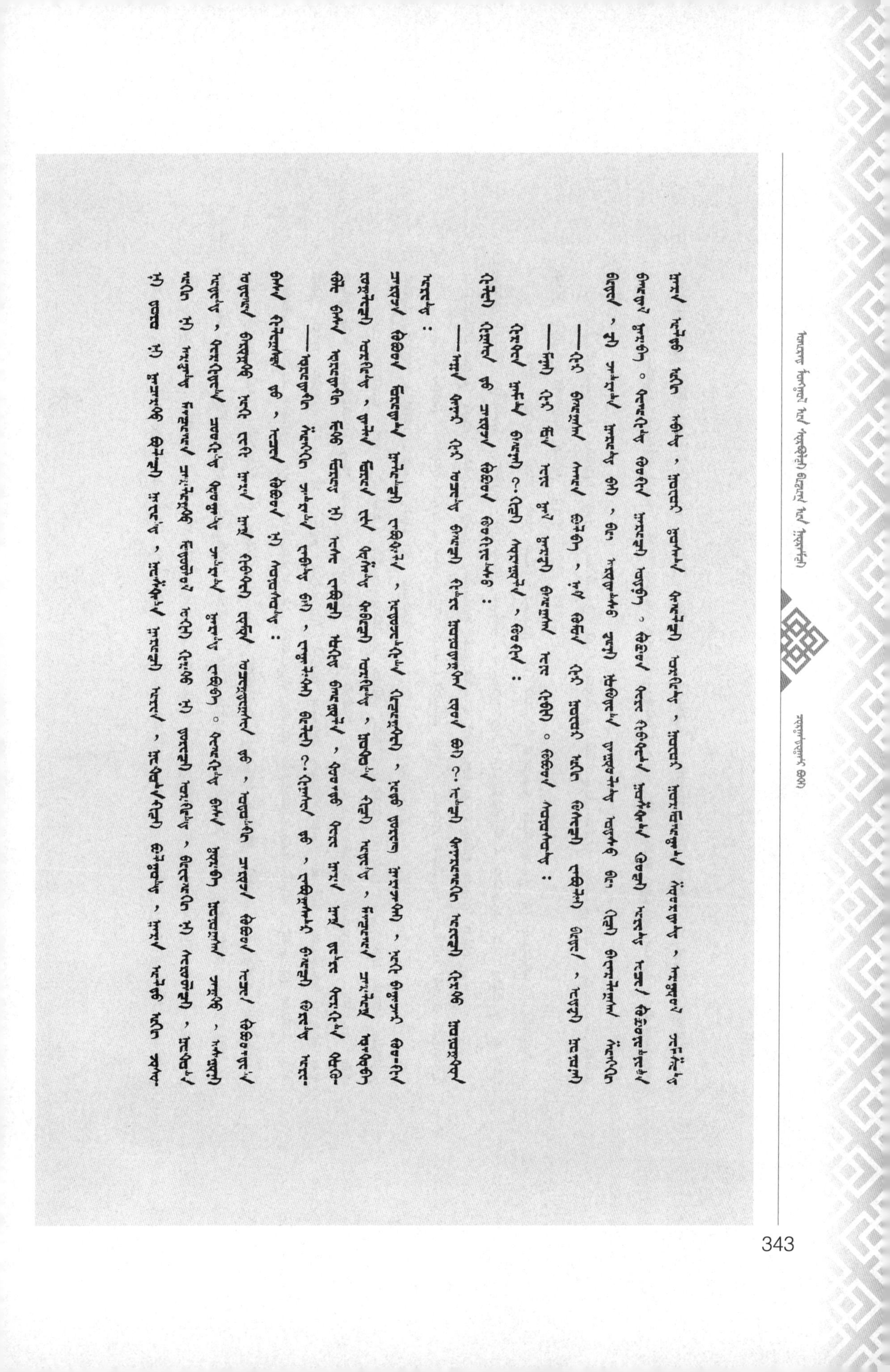

[illegible]

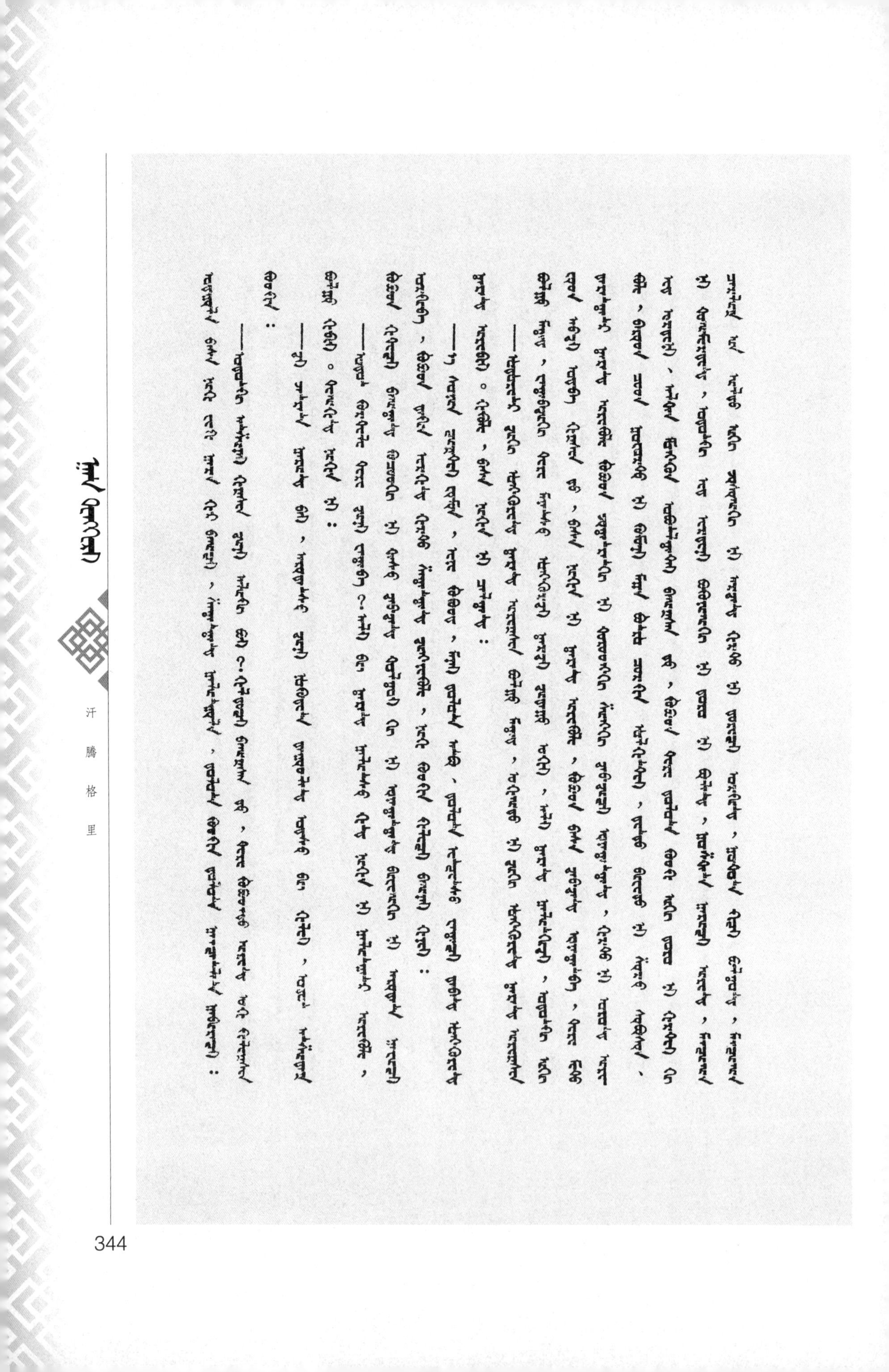

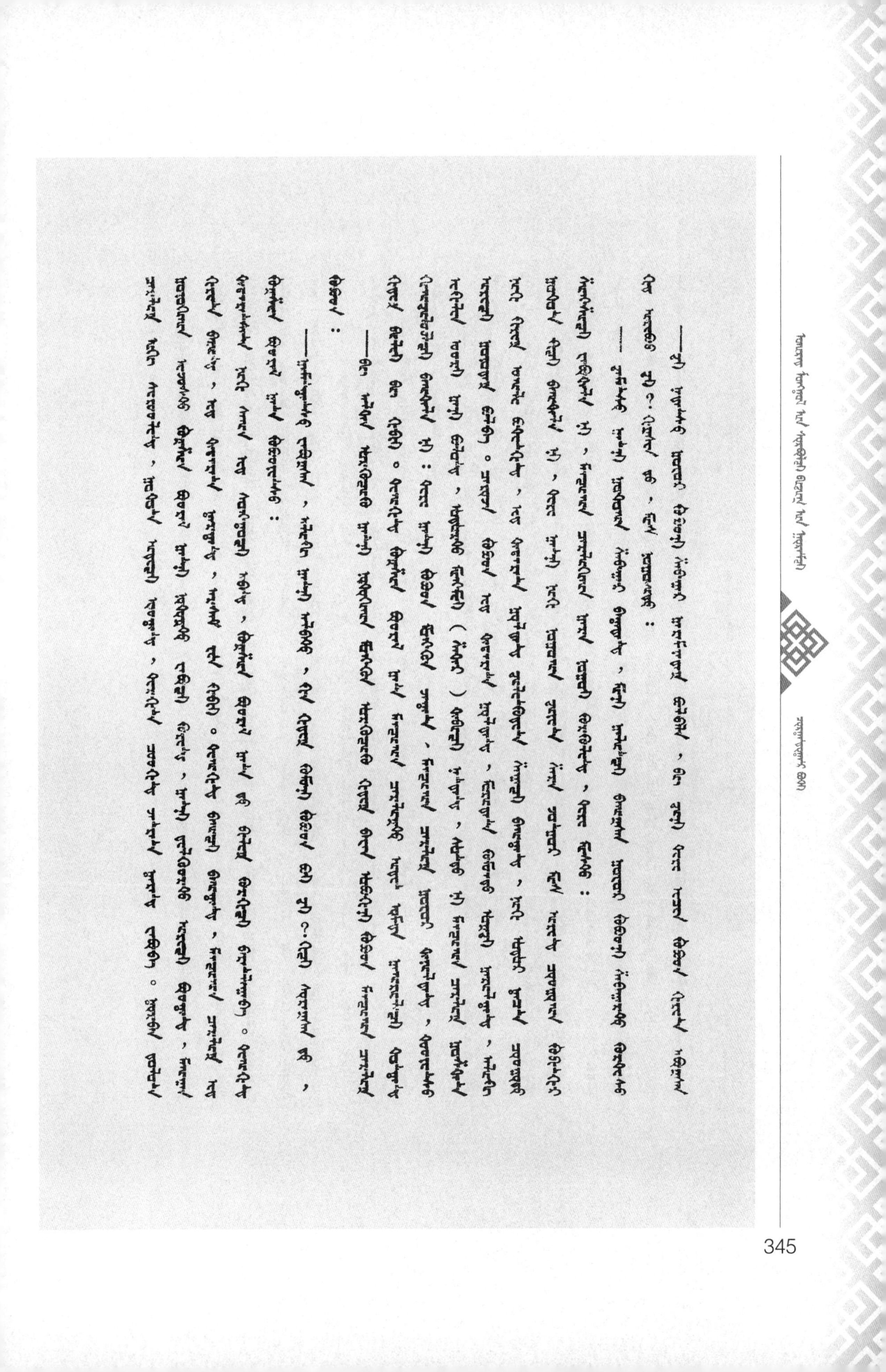

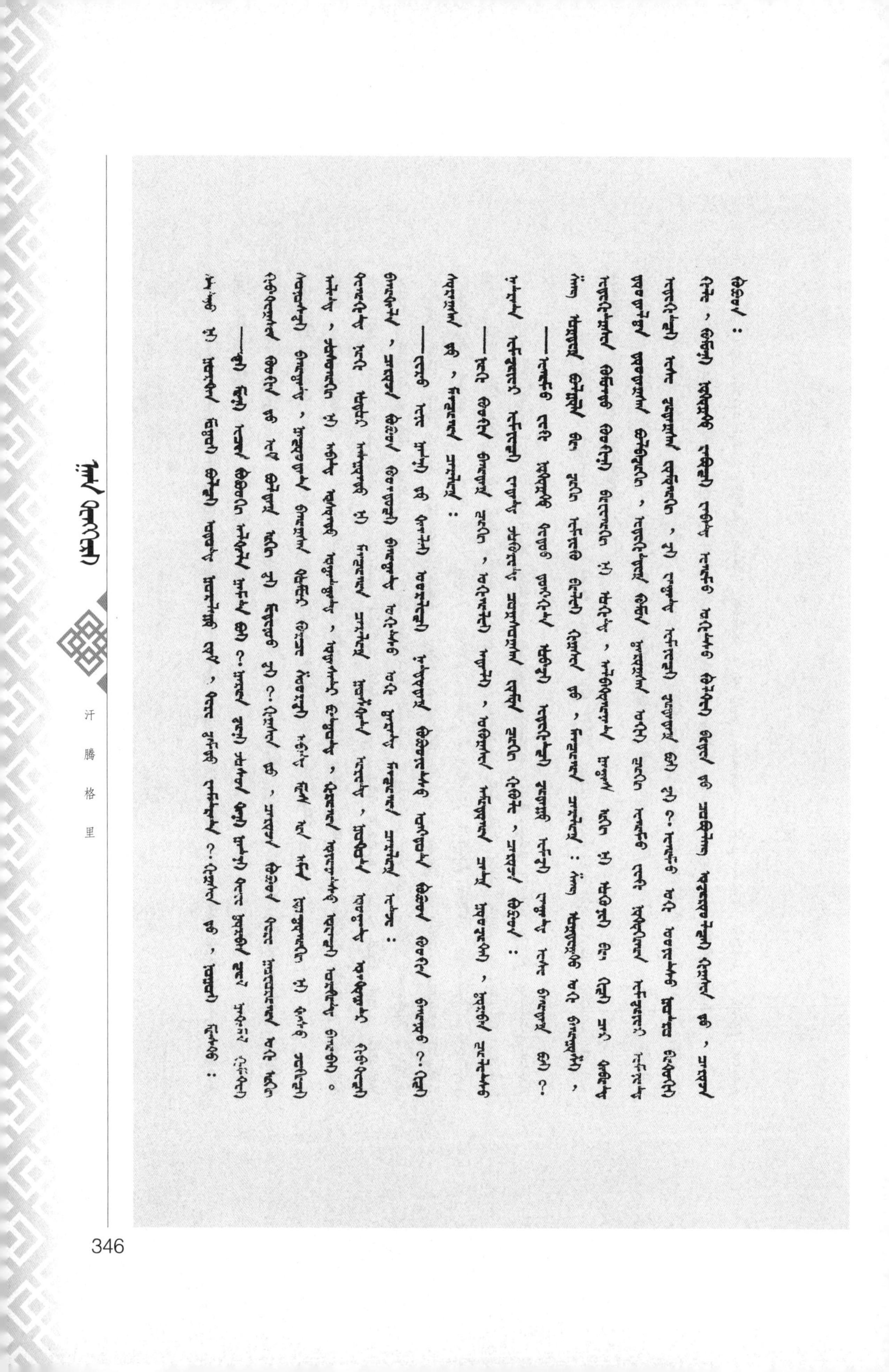

[illegible]

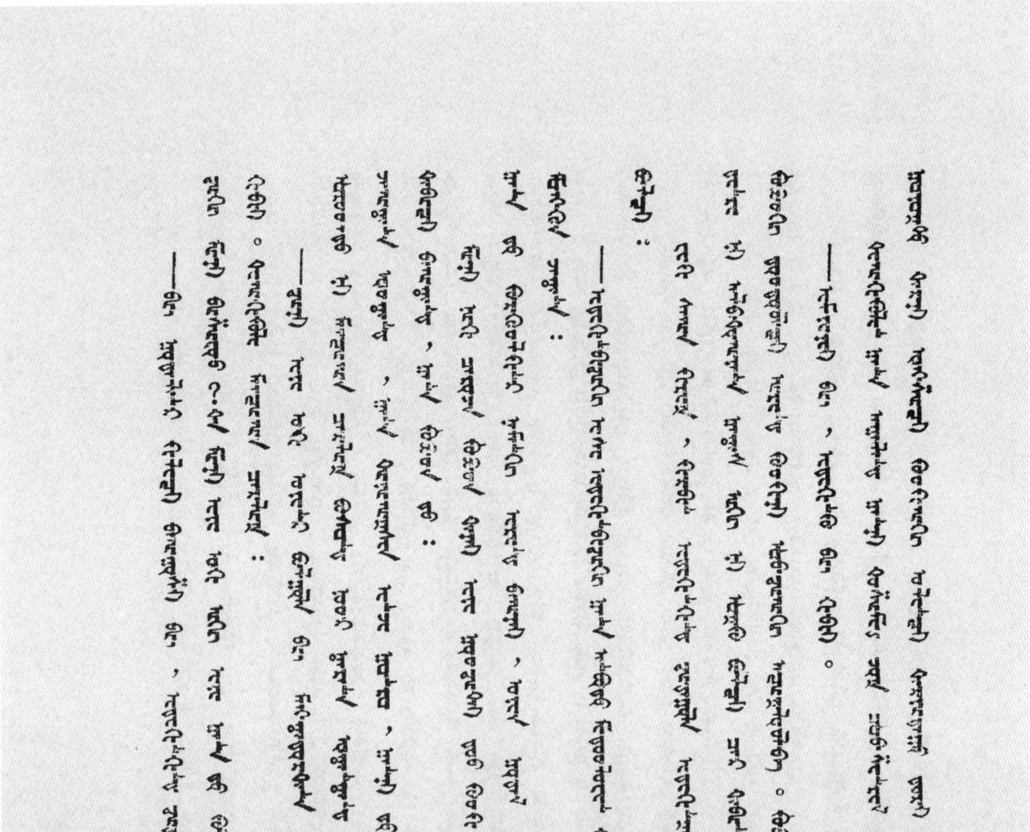

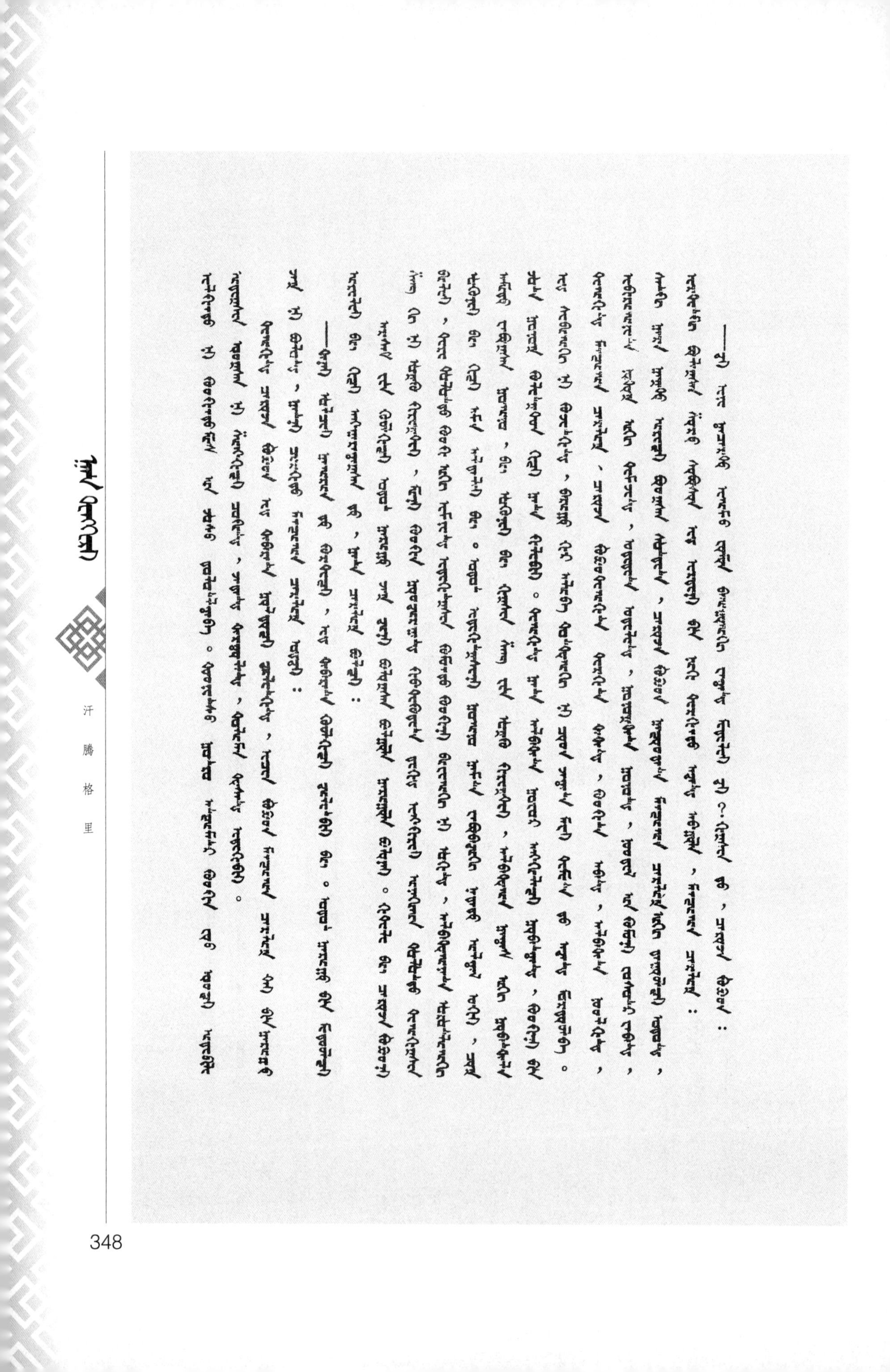

[illegible]

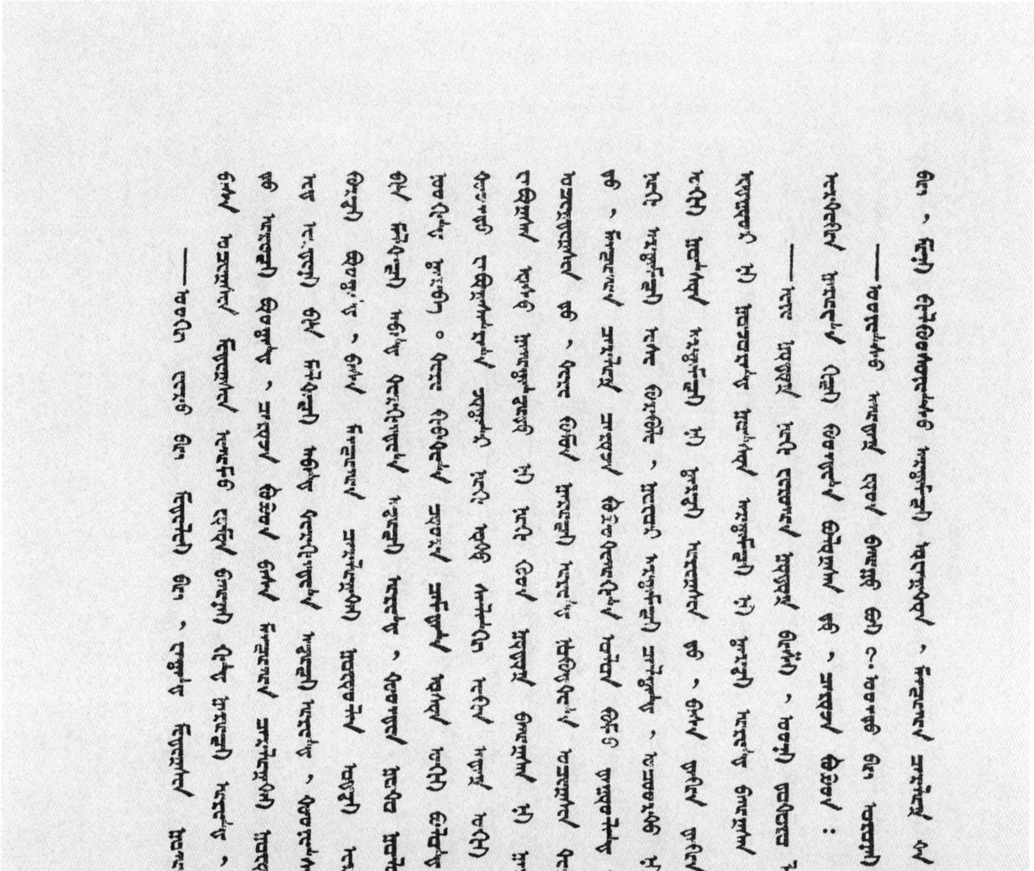

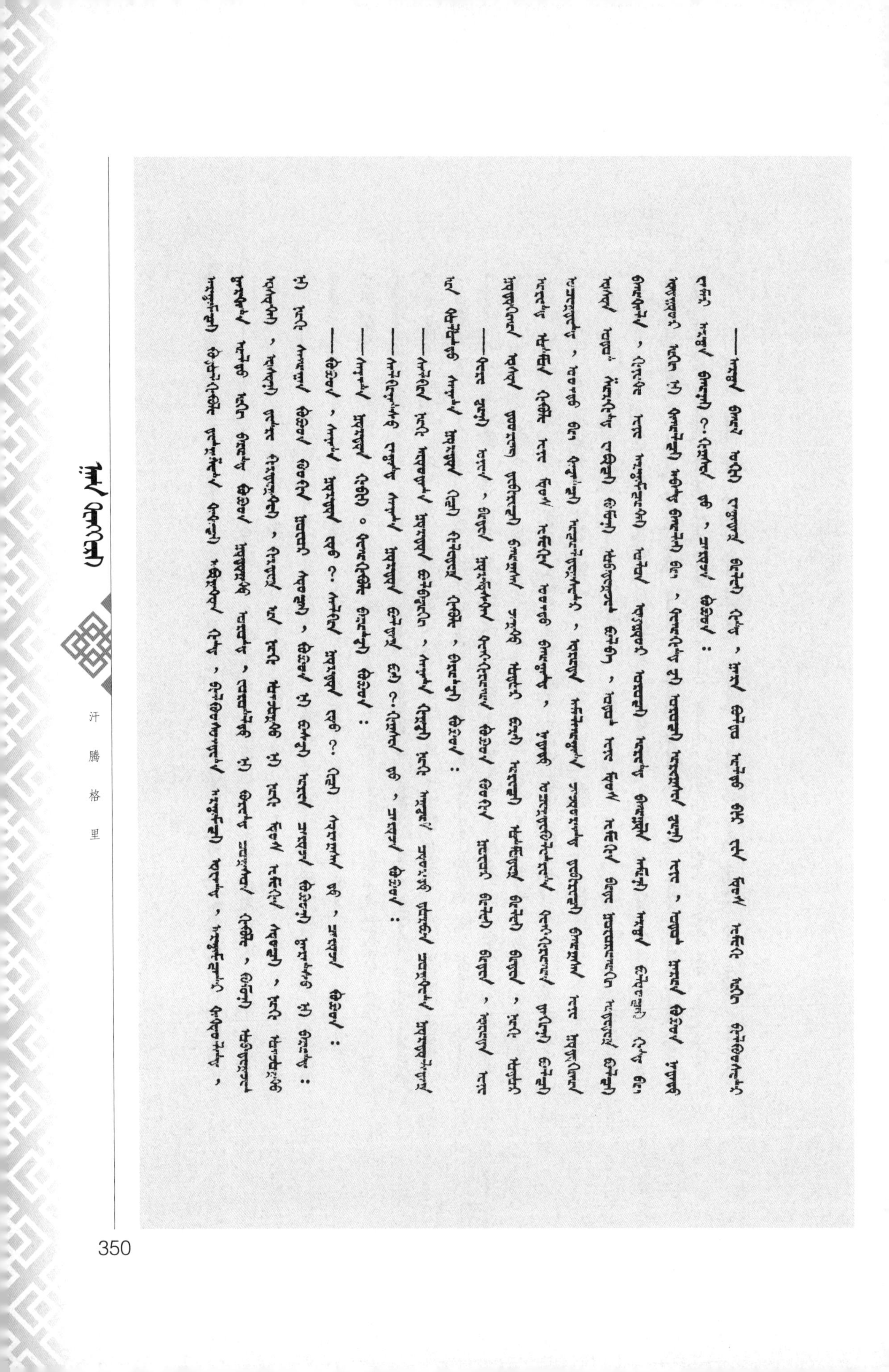

[illegible]

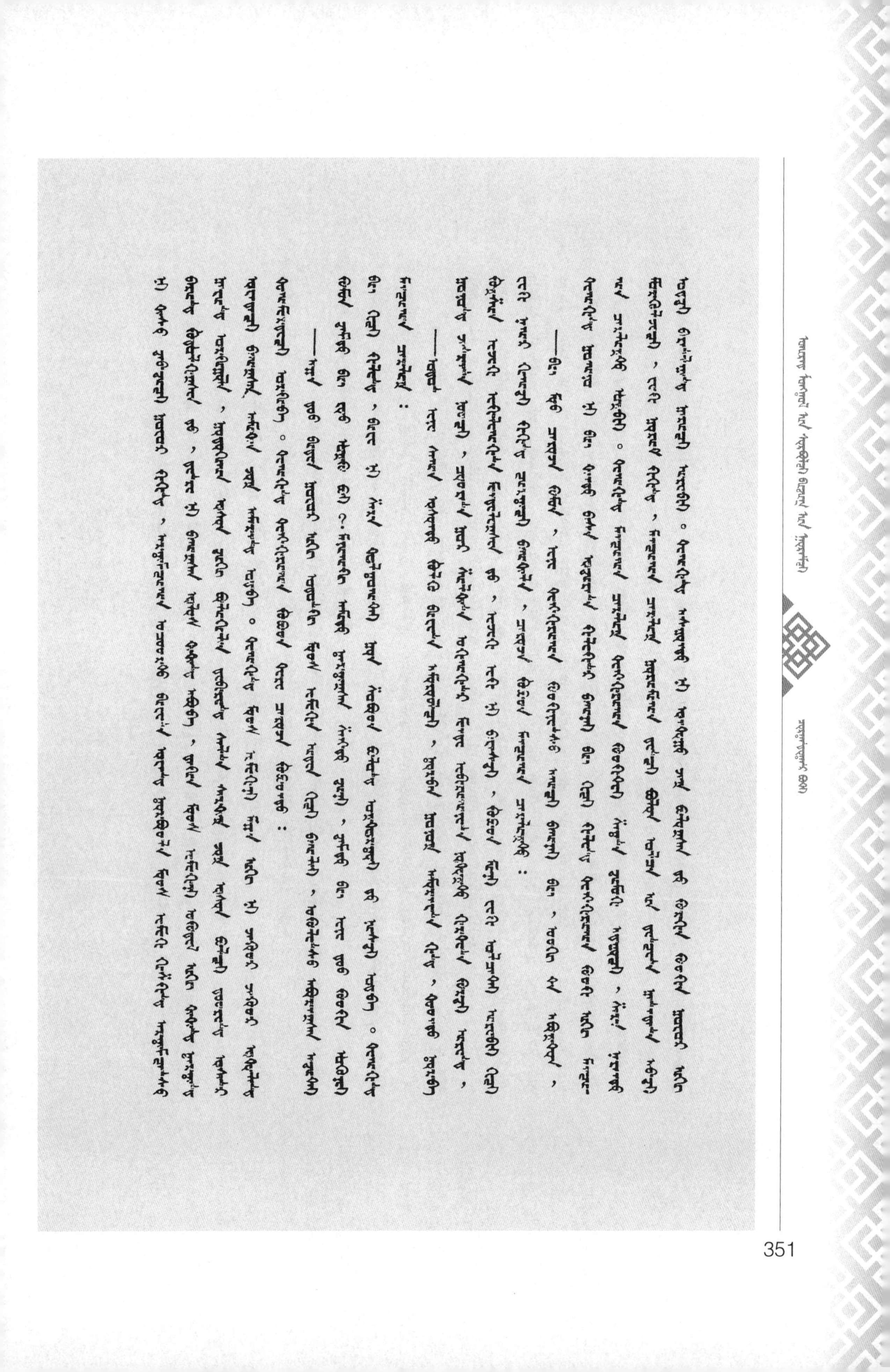

[illegible]
[illegible]
[illegible]
[illegible]
[illegible]
[illegible]
[illegible]
[illegible]
[illegible]
[illegible]
[illegible]
[illegible]
[illegible]
[illegible]

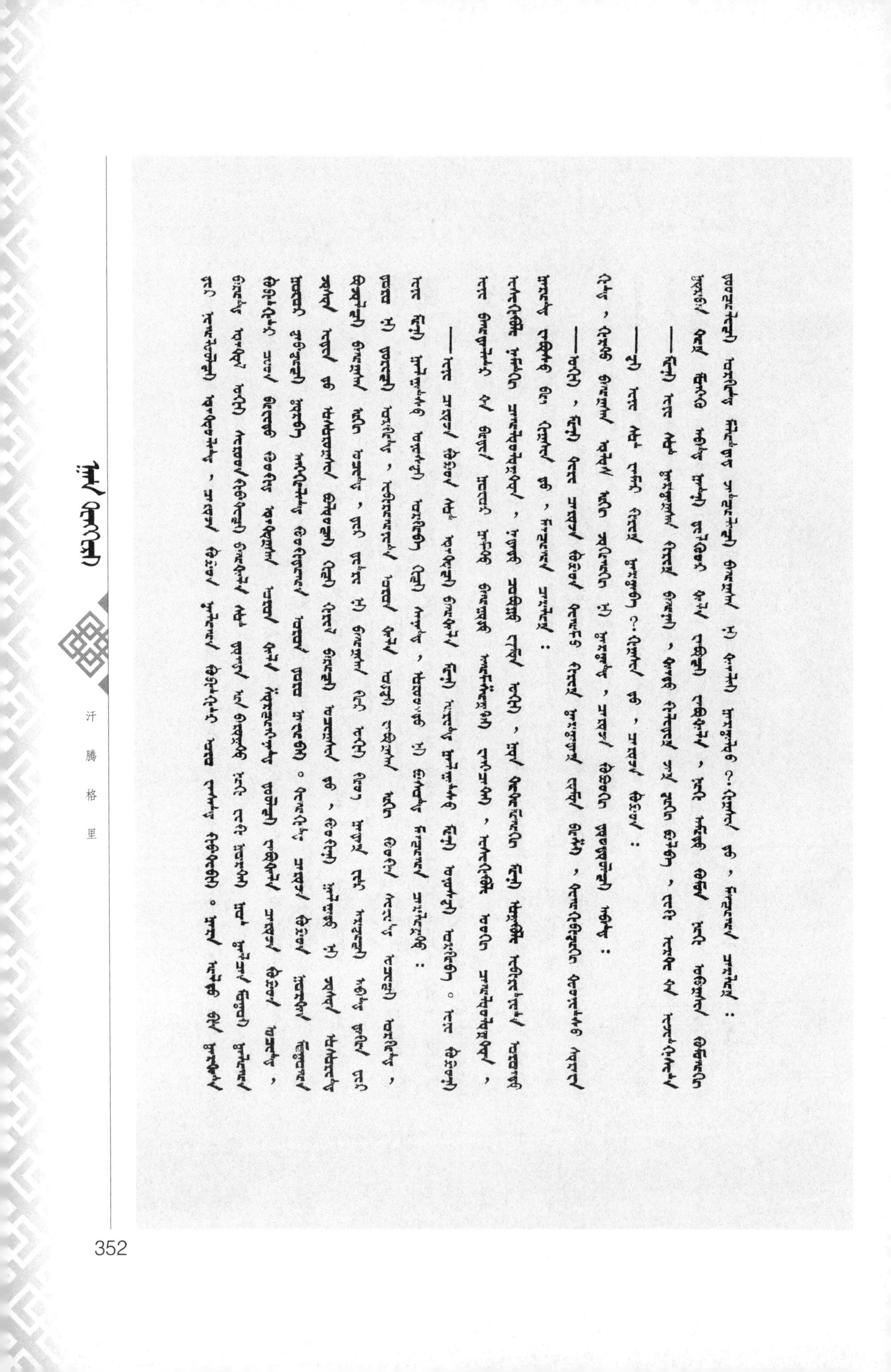

ᠬᠠᠷᠢᠨ ᠲᠡᠷ ᠲᠡᠮᠳᠡᠭ ᠪᠣᠯᠭᠠᠨ ᠶᠠᠭᠤ ᠬᠡᠷᠡᠭ ᠲᠡᠭᠦᠨ ᠬᠡᠮᠵᠢᠶᠡᠨ ᠠᠷᠭ᠎ᠠ ᠲᠡᠷ ᠳᠠᠭᠠᠯᠳᠤᠨ ᠳᠠᠭᠠᠵᠤ ᠪᠢᠯᠡ ◦ ᠲᠡᠭᠡᠳ ᠮᠣᠩᠭᠣᠯᠴᠤᠳ ᠴᠢᠭᠤᠯᠭᠠᠨ

ᠪᠠᠶᠢᠭᠤᠯᠬᠤ ᠪᠣᠯᠤᠨ ᠠᠯᠢᠪᠠ ᠪᠣᠯᠤᠨ ᠪᠣᠯᠭᠠᠵᠤ ᠰᠠᠶᠢᠨ ᠵᠠᠩ ᠦᠢᠯᠡ ᠶᠢ ᠂ ᠪᠢᠳᠡ ᠪᠦᠬᠦᠨ ᠴᠢᠭᠤᠯᠭᠠᠨ ᠬᠠᠮᠲᠤ ᠪᠠᠷᠢᠵᠤ ᠪᠡᠯᠡᠳᠬᠡᠯ ᠪᠣᠯᠤᠨ

ᠠᠷᠢᠭᠤᠨ ᠰᠡᠳᠬᠢᠯ ᠬᠦᠮᠦᠵᠢᠯᠲᠡᠢ ᠬᠦᠮᠦᠨ ᠲᠥᠷᠥᠯᠬᠢ ᠰᠠᠶᠢᠨ ᠡᠷᠬᠢᠮᠰᠢᠭ ᠂ ᠰᠡᠳᠬᠢᠯ ᠴᠢᠭᠤᠯᠭᠠᠨ ᠰᠡᠭᠦᠯ ᠬᠠᠮᠲᠤ ᠬᠦᠮᠦᠨ ᠢ ᠬᠦᠮᠦᠵᠢᠭᠦᠯᠬᠦ

ᠰᠡᠳᠬᠢᠯ ᠰᠠᠶᠢᠨ ᠰᠡᠳᠬᠢᠯ ᠴᠢᠭᠤᠯᠭᠠᠨ ᠪᠠᠰᠠ ᠲᠡᠭᠦᠨ ᠦ ᠲᠥᠯᠦᠭᠡ ᠦᠨᠡᠨ ᠳᠡᠭᠡᠳᠦ ᠬᠦᠮᠦᠨ ᠲᠥᠷᠥᠯᠬᠢ ᠨᠢ ᠪᠠᠷᠢᠭ᠎ᠠ ᠰᠡᠳᠬᠢᠯ

ᠪᠢᠳᠡᠨ ᠦ ᠂ ᠪᠠᠭᠠᠵᠢᠭ ᠪᠣᠯᠤᠨ ᠰᠡᠳᠬᠢᠯ ᠂ ᠬᠦᠮᠦᠨ ᠲᠥᠷᠥᠯᠬᠢ ᠶᠢᠨ ᠮᠥᠩᠬᠡ ᠳᠡᠭᠡᠳᠦ ᠬᠦᠮᠦᠵᠢᠯ ᠤᠨ ᠰᠠᠶᠢᠨ ᠴᠢᠭᠤᠯᠭᠠᠨ ᠪᠣᠯᠤᠨ

ᠬᠠᠷᠢᠨ ᠳᠠᠷᠤᠢ ᠪᠣᠯᠤᠨ ᠠᠯᠢᠪᠠ ᠰᠠᠶᠢᠨ ᠴᠢᠭᠤᠯᠭᠠᠨ ᠂ ᠪᠣᠯᠤᠨ᠎ᠠ ᠰᠡᠳᠬᠢᠯ ᠢ ᠬᠦᠮᠦᠵᠢᠭᠦᠯᠬᠦ ᠰᠡᠳᠬᠢᠯ ᠨᠢ ᠬᠦᠮᠦᠨ ᠪᠣᠯᠤᠨ ᠰᠡᠳᠬᠢᠯ

ᠬᠦᠮᠦᠵᠢᠯ ᠪᠣᠯᠤᠨ ᠰᠡᠳᠬᠢᠯ ᠮᠣᠩᠭᠣᠯ ᠶᠢᠨ ᠡᠷᠬᠡ ᠰᠡᠳᠬᠢᠯ ᠰᠡᠭᠦᠯ ᠬᠦᠮᠦᠵᠢᠯ ᠬᠠᠷᠢᠨ ᠲᠡᠭᠡᠳ ᠰᠡᠳᠬᠢᠯ ᠬᠦᠮᠦᠵᠢᠯ ᠪᠠᠷ ᠪᠣᠯᠤᠨ ᠠᠮᠢᠳᠤᠷᠠᠯ

ᠨᠢ ᠂ ᠲᠡᠭᠡᠳ ᠬᠦᠮᠦᠨ ᠪᠦᠭᠦᠳ ᠂ ᠰᠡᠳᠬᠢᠯᠲᠡᠢ ᠵᠠᠷᠢᠮ ᠬᠦᠮᠦᠵᠢᠯ ᠰᠡᠳᠬᠢᠯ ᠪᠢᠳᠡᠨ ᠬᠠᠷᠢᠨ ᠬᠦᠮᠦᠨ ᠲᠡᠷ ᠪᠣᠯᠤᠨ ᠂ ᠪᠣᠯᠤᠨ᠎ᠠ

ᠬᠦᠮᠦᠵᠢᠯ ᠰᠡᠳᠬᠢᠯ ᠪᠣᠯᠤᠨ ᠬᠦᠮᠦᠨ ᠪᠣᠯᠤᠨ ᠰᠠᠶᠢᠨ ᠬᠦᠮᠦᠨ ᠪᠢᠳᠡ ᠂ ᠬᠦᠮᠦᠨ ᠰᠡᠳᠬᠢᠯ ᠬᠦᠮᠦᠵᠢᠯ ᠰᠠᠶᠢᠨ ᠬᠦᠮᠦᠨ ᠪᠢᠳᠡ ᠪᠣᠯᠤᠨ

ᠠᠮᠢᠳᠤ ᠮᠣᠩᠭᠣᠯ ᠲᠡᠷ ᠪᠣᠯᠤᠨ ᠂ ᠪᠣᠯᠤᠨ᠎ᠠ ᠵᠠᠷᠢᠮ ᠬᠦᠮᠦᠨ ᠬᠦᠮᠦᠵᠢᠯ ᠬᠦᠮᠦᠵᠢᠭᠦᠯᠬᠦ ᠰᠡᠳᠬᠢᠯ ᠪᠣᠯᠤᠨ ᠮᠣᠩᠭᠣᠯ ᠲᠡᠷ ᠪᠣᠯᠤᠨ ᠂ ᠪᠣᠯᠤᠨ᠎ᠠ

ᠰᠡᠳᠬᠢᠯ ᠲᠡᠷ ᠬᠦᠮᠦᠨ ᠠᠮᠢᠳᠤ ᠬᠠᠷᠢᠨ ᠮᠣᠩᠭᠣᠯ ᠲᠡᠷ ᠪᠣᠯᠤᠨ ᠂ ᠪᠣᠯᠤᠨ᠎ᠠ ᠵᠠᠷᠢᠮ ᠲᠡᠷ ᠵᠠᠷᠢᠮ ᠬᠦᠮᠦᠨ ᠢ ᠬᠦᠮᠦᠵᠢᠭᠦᠯᠬᠦ ᠰᠡᠳᠬᠢᠯ

ᠲᠡᠭᠡᠳ ᠨᠢ ᠵᠠᠷᠢᠮ ᠢ ᠬᠦᠮᠦᠵᠢᠯ ᠰᠡᠳᠬᠢᠯᠲᠡᠢ ᠪᠣᠯᠤᠨ ᠠᠮᠢᠳᠤ ᠪᠠᠷ ᠪᠣᠯᠤᠨ ᠬᠦᠮᠦᠨ ᠰᠡᠳᠬᠢᠯ ᠲᠡᠷ ᠬᠦᠮᠦᠨ ᠪᠣᠯᠤᠨ ᠢ ᠬᠦᠮᠦᠵᠢᠭᠦᠯᠬᠦ

ᠵᠠᠷᠢᠮ ᠮᠣᠩᠭᠣᠯ ᠪᠣᠯᠤᠨ ᠪᠢᠯᠡ ᠂ ᠪᠣᠯᠤᠨ᠎ᠠ ᠬᠦᠮᠦᠨ ᠪᠣᠯᠤᠨ ᠵᠠᠷᠢᠮ ᠪᠣᠯᠤᠨ ᠠᠮᠢᠳᠤᠷᠠᠯ ᠬᠦᠮᠦᠵᠢᠯ ᠪᠢᠯᠡ ᠪᠢᠯᠡ ◦

ᠬᠦᠮᠦᠵᠢᠯ ᠪᠣᠯᠤᠨ ᠂ ᠪᠣᠯᠤᠨ ᠠᠮᠢᠳᠤᠷᠠᠯ ᠬᠦᠮᠦᠵᠢᠯ ᠪᠢᠳᠡ ᠂ ᠪᠣᠯᠤᠨ ᠬᠦᠮᠦᠵᠢᠯ ᠰᠡᠳᠬᠢᠯ ᠬᠦᠮᠦᠨ ᠪᠢᠯᠡ ᠬᠦᠮᠦᠨ ᠪᠣᠯᠤᠨ

ᠮᠣᠩᠭᠣᠯ ᠵᠠᠷᠢᠮ ᠬᠦᠮᠦᠵᠢᠭᠦᠯᠬᠦ ᠪᠣᠯᠤᠨ ᠂ ᠪᠢᠳᠡ ᠰᠡᠳᠬᠢᠯ ᠪᠣᠯᠤᠨ ᠬᠦᠮᠦᠨ ᠬᠦᠮᠦᠵᠢᠯ ᠰᠡᠳᠬᠢᠯ ᠂ ᠪᠢᠯᠡ ᠪᠣᠯᠤᠨ ᠲᠡᠷ ᠬᠦᠮᠦᠨ

ᠵᠠᠷᠢᠮ ᠮᠣᠩᠭᠣᠯ ᠪᠢᠯᠡ ᠪᠢᠯᠡ ᠂ ᠲᠡᠭᠡᠳ ᠪᠢᠳᠡ ᠵᠠᠷᠢᠮ ᠬᠠᠷᠢᠨ ᠬᠦᠮᠦᠨ ᠮᠣᠩᠭᠣᠯ ᠬᠦᠮᠦᠨ ᠰᠡᠳᠬᠢᠯ ᠪᠢᠳᠡ ᠬᠦᠮᠦᠵᠢᠯ ᠬᠦᠮᠦᠨ

——ᠲᠡᠭᠡᠳ ᠵᠠᠷᠢᠮ ᠮᠣᠩᠭᠣᠯ ᠬᠦᠮᠦᠵᠢᠯ ᠪᠢᠳᠡ ᠰᠡᠳᠬᠢᠯ ᠪᠢᠯᠡ ᠪᠢᠳᠡ ᠂ ᠪᠣᠯᠤᠨ ᠪᠢᠯᠡ ᠬᠦᠮᠦᠵᠢᠯ ᠬᠦᠮᠦᠨ ᠰᠡᠳᠬᠢᠯ

——ᠬᠦᠮᠦᠵᠢᠯ ᠨᠢ ᠬᠦᠮᠦᠨ ᠪᠢᠯᠡ ᠮᠣᠩᠭᠣᠯ ᠳᠤ ᠂ ᠵᠠᠷᠢᠮ ᠪᠢᠴᠢᠭ :

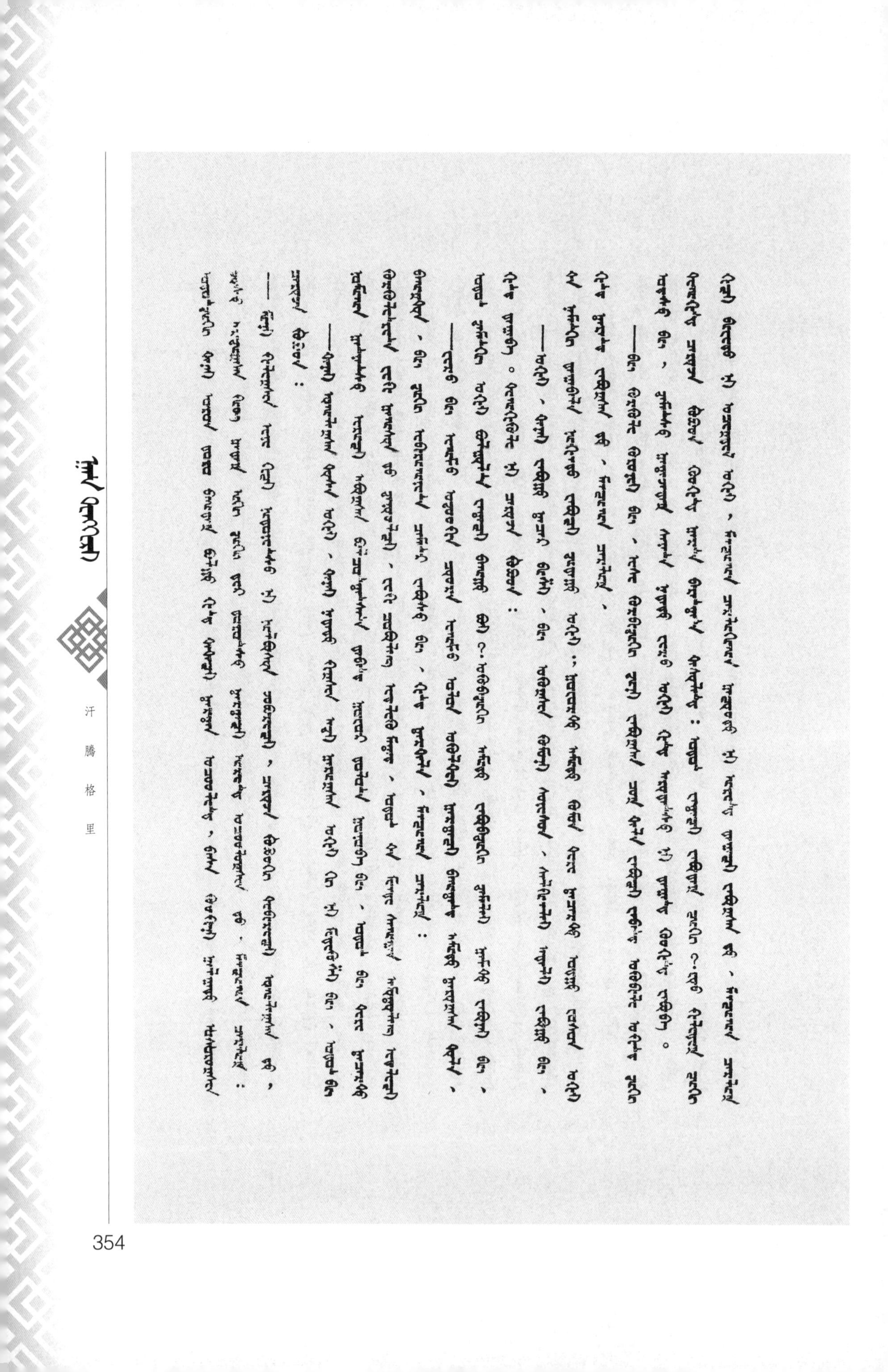

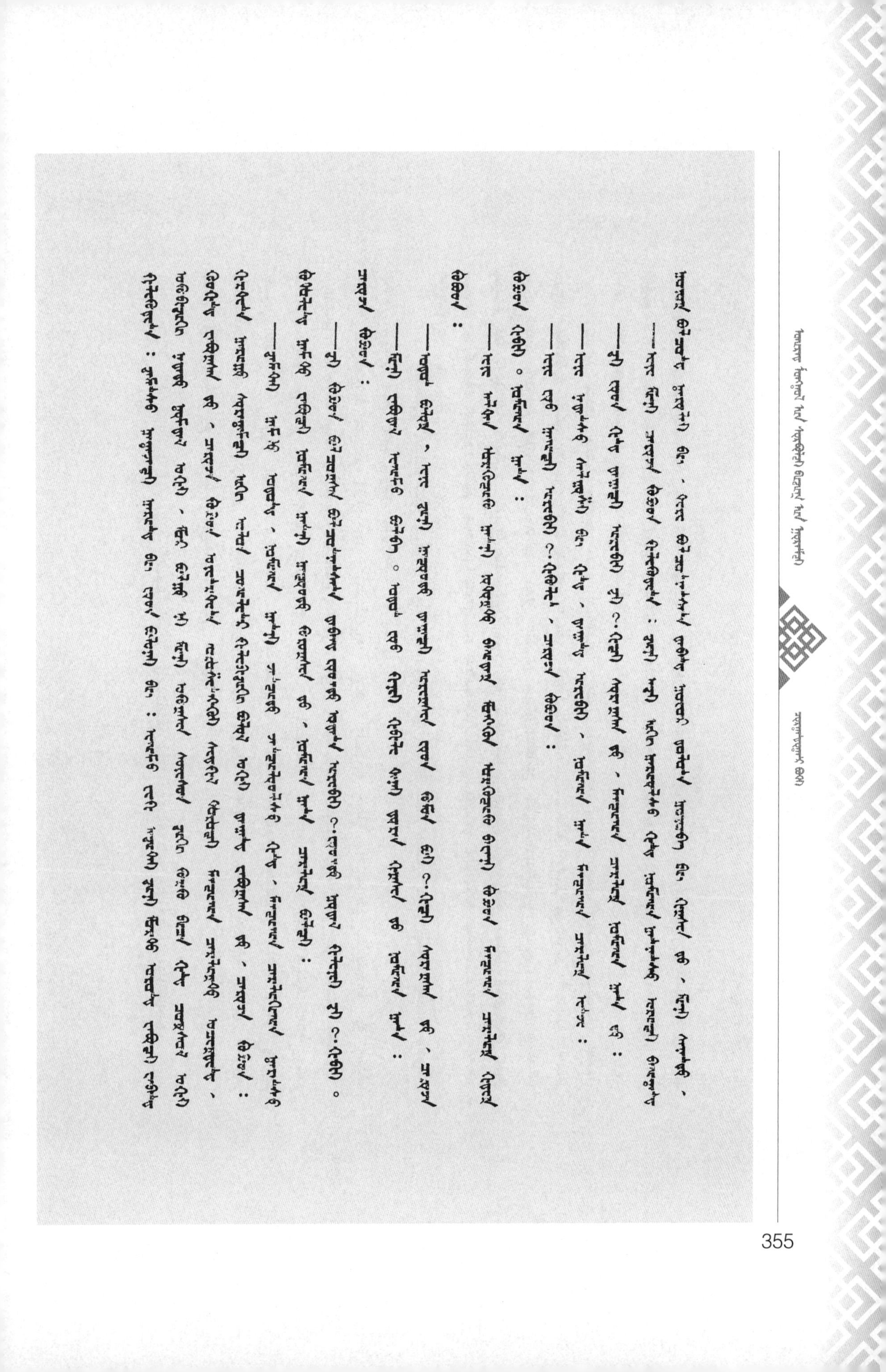

[illegible]

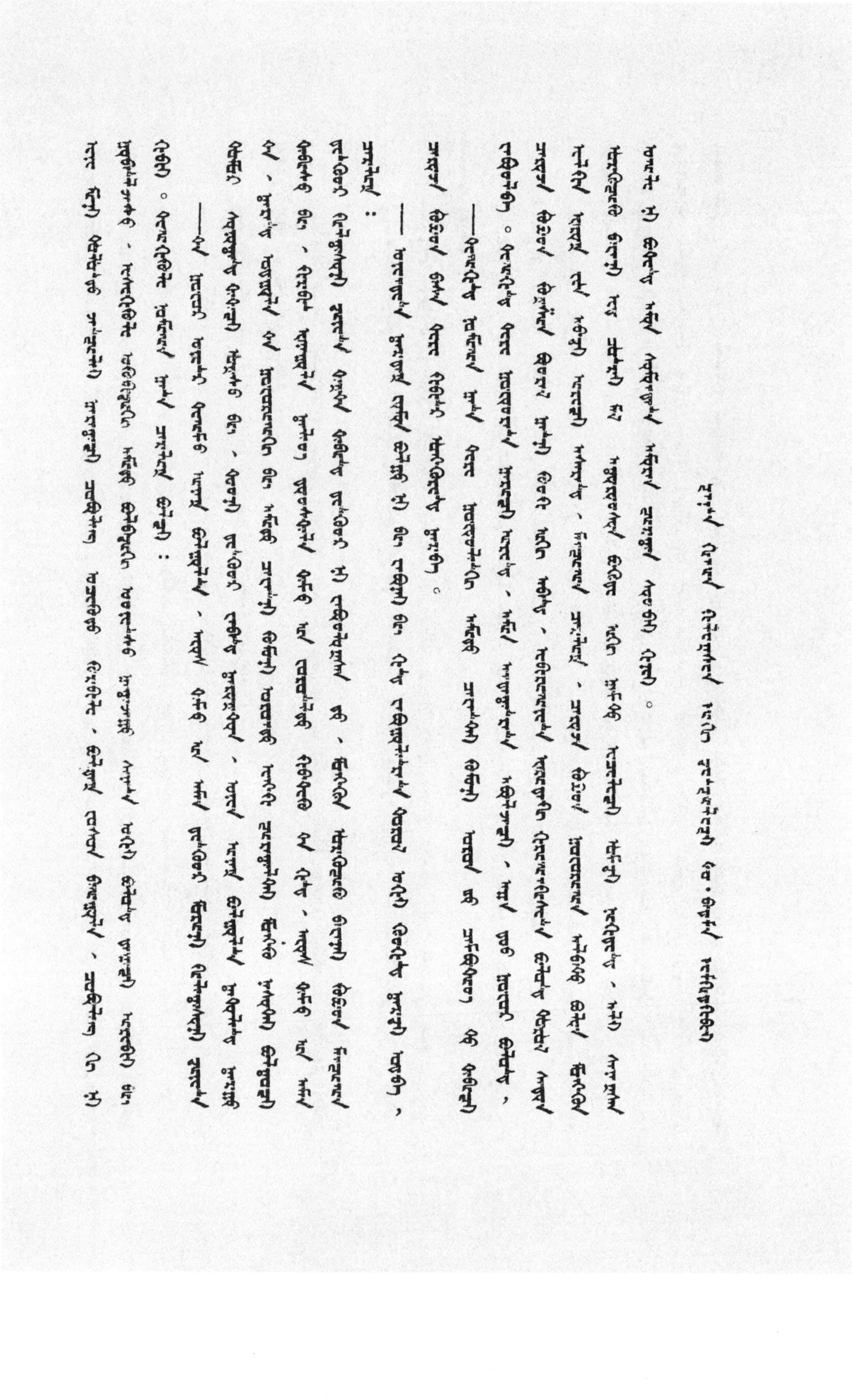

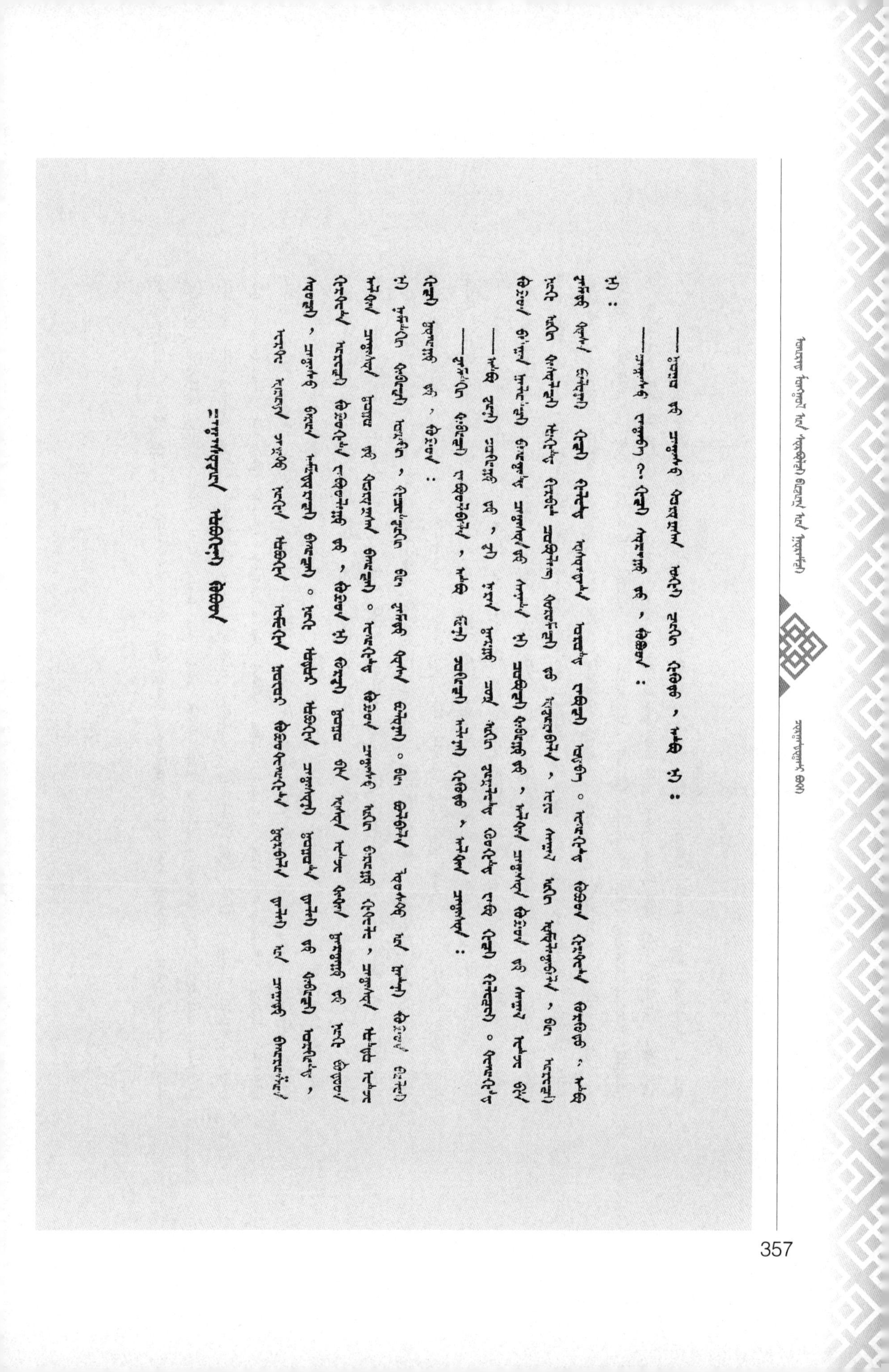

[illegible]

[illegible]

[illegible]

[illegible]

[illegible]

[illegible]

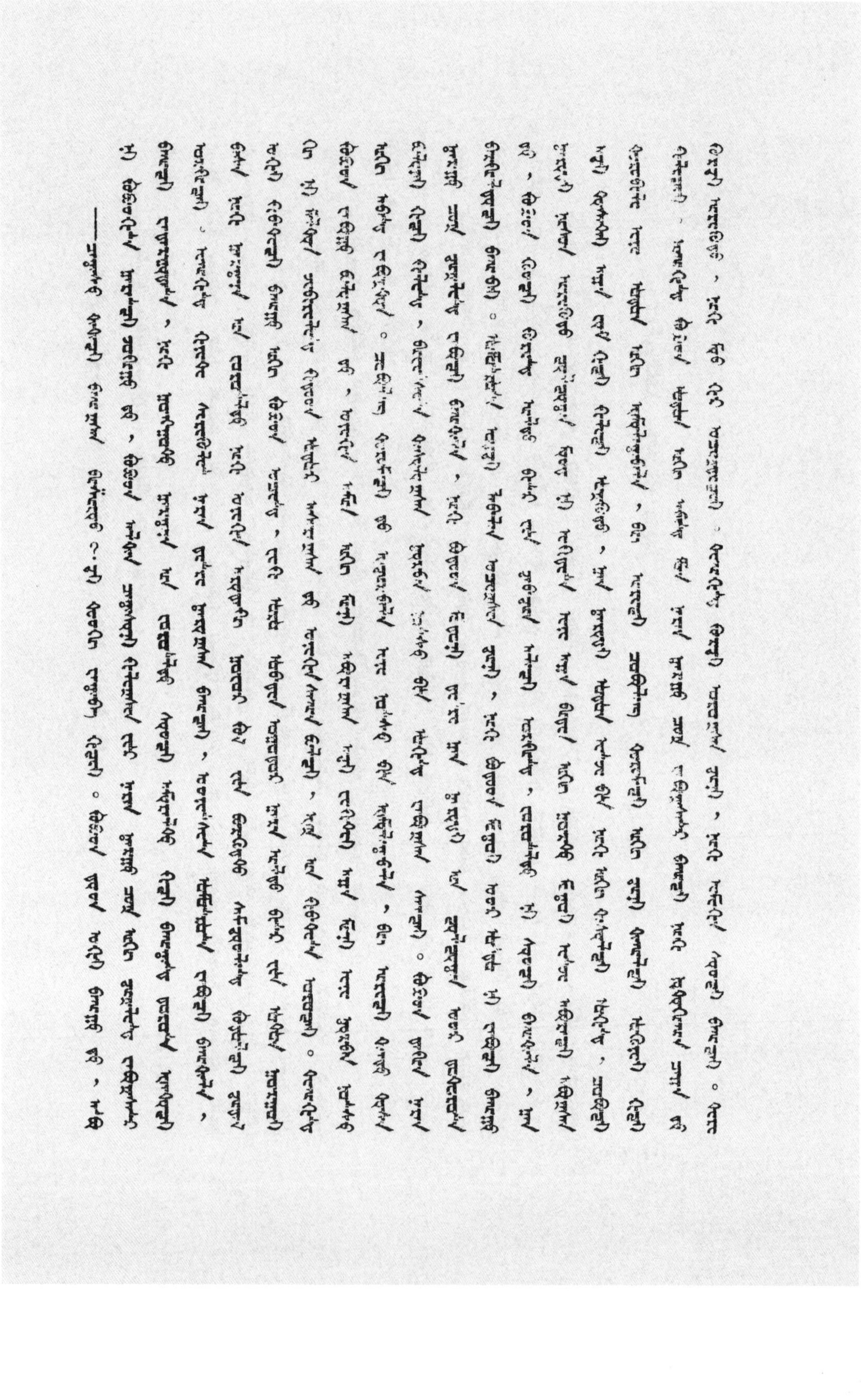

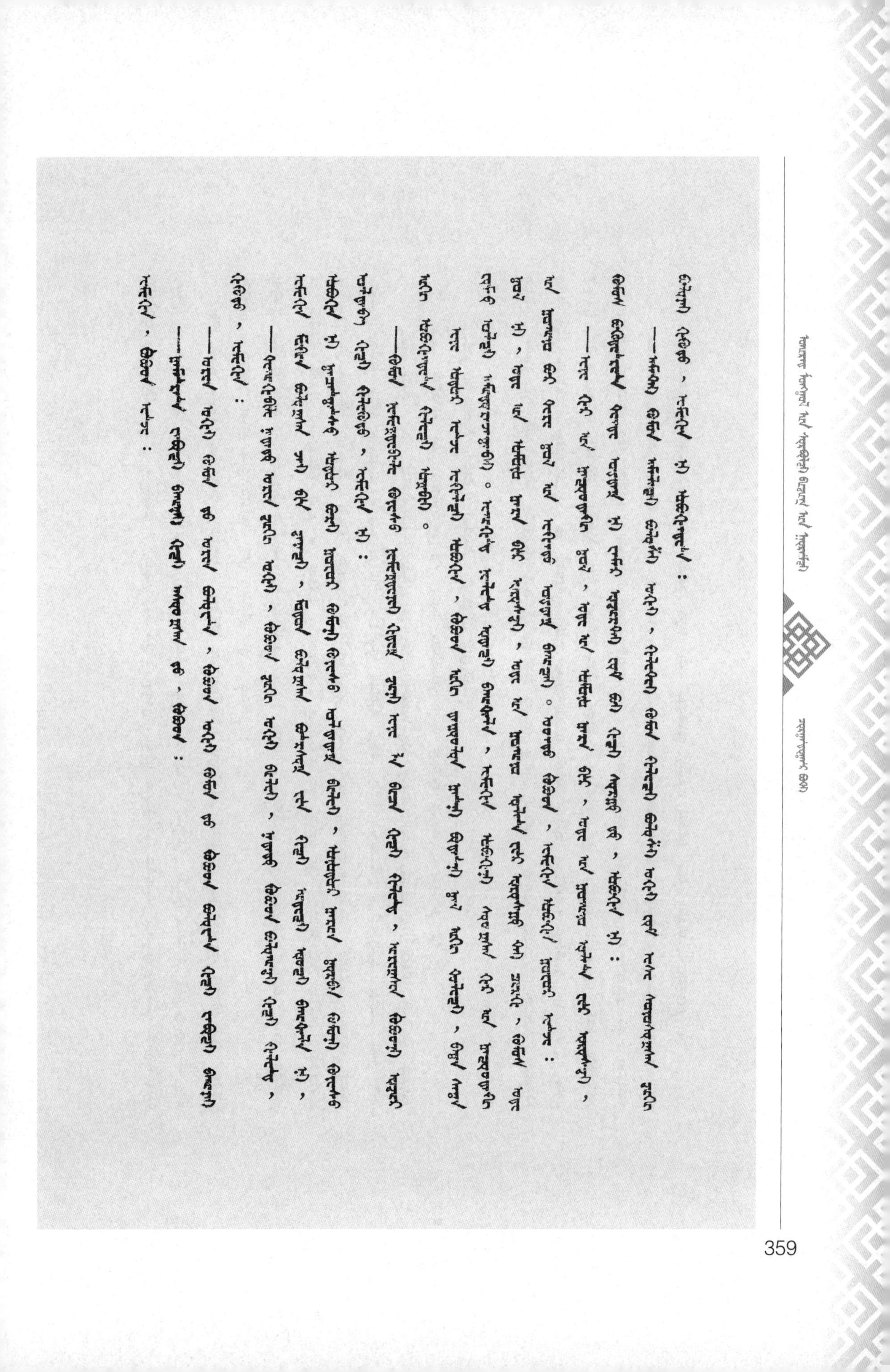

[illegible] ᠂ [illegible] :

——[illegible] ᠂ [illegible]
[illegible] ᠂ [illegible] :

——[illegible] ᠂ [illegible] ᠂ [illegible] ᠂
[illegible] ◦ [illegible] ᠂ [illegible] :
[illegible] ᠂ [illegible] ᠂ [illegible] ᠂ [illegible]
[illegible] ◦ [illegible] ᠂ [illegible]

[illegible] ᠂ [illegible] ᠂ [illegible]
[illegible] ◦

——[illegible] ᠂ [illegible]
[illegible] ᠂ [illegible] :
[illegible] ᠂ [illegible]
[illegible] ᠂ [illegible] ᠂

——[illegible] ᠂ [illegible] ᠂ [illegible] ᠂
[illegible] ᠂ [illegible] :

——[illegible] ᠂ [illegible]

——[illegible] ᠂ [illegible] :

[illegible] ᠂ [illegible] :

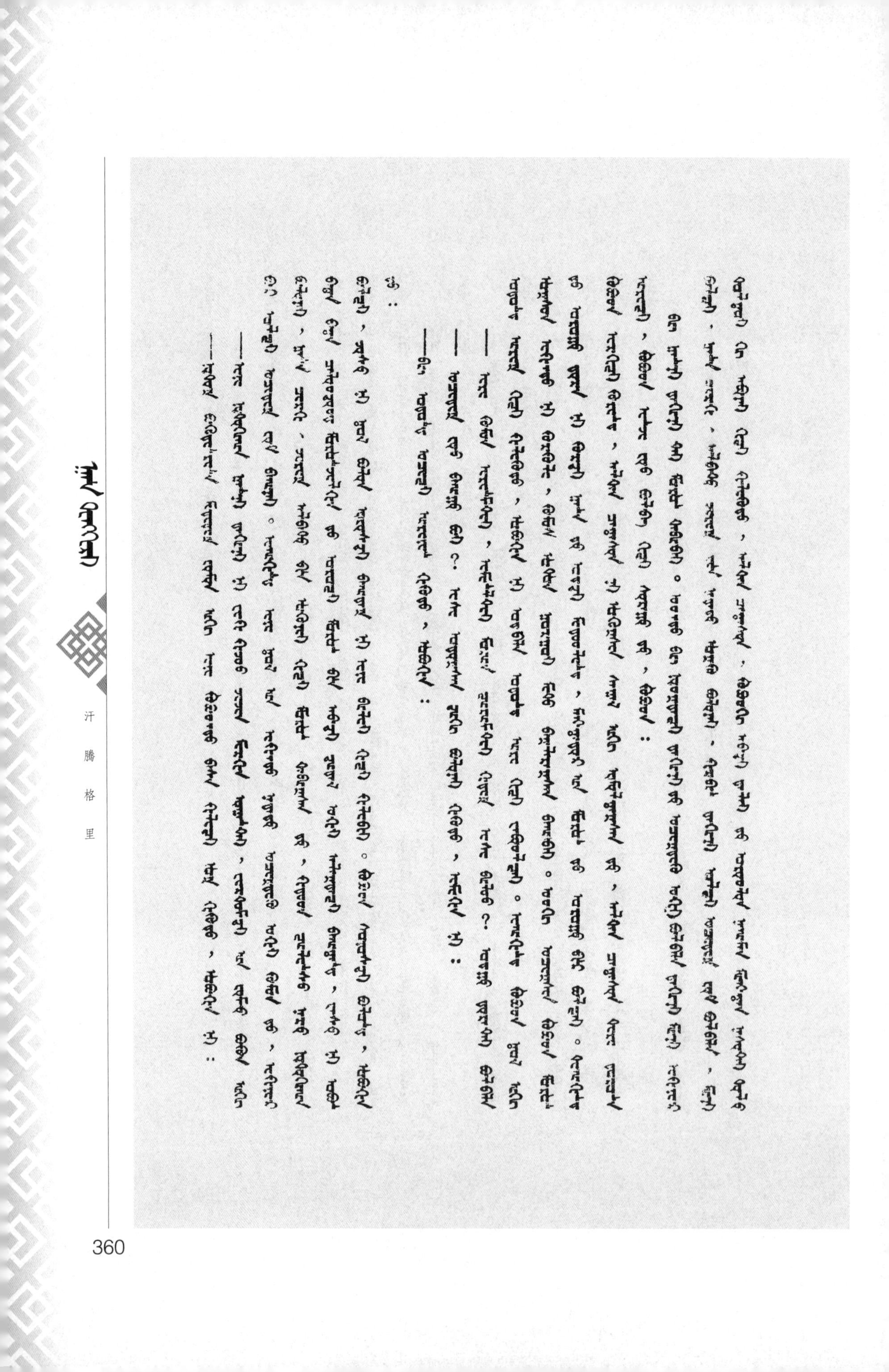

[illegible]

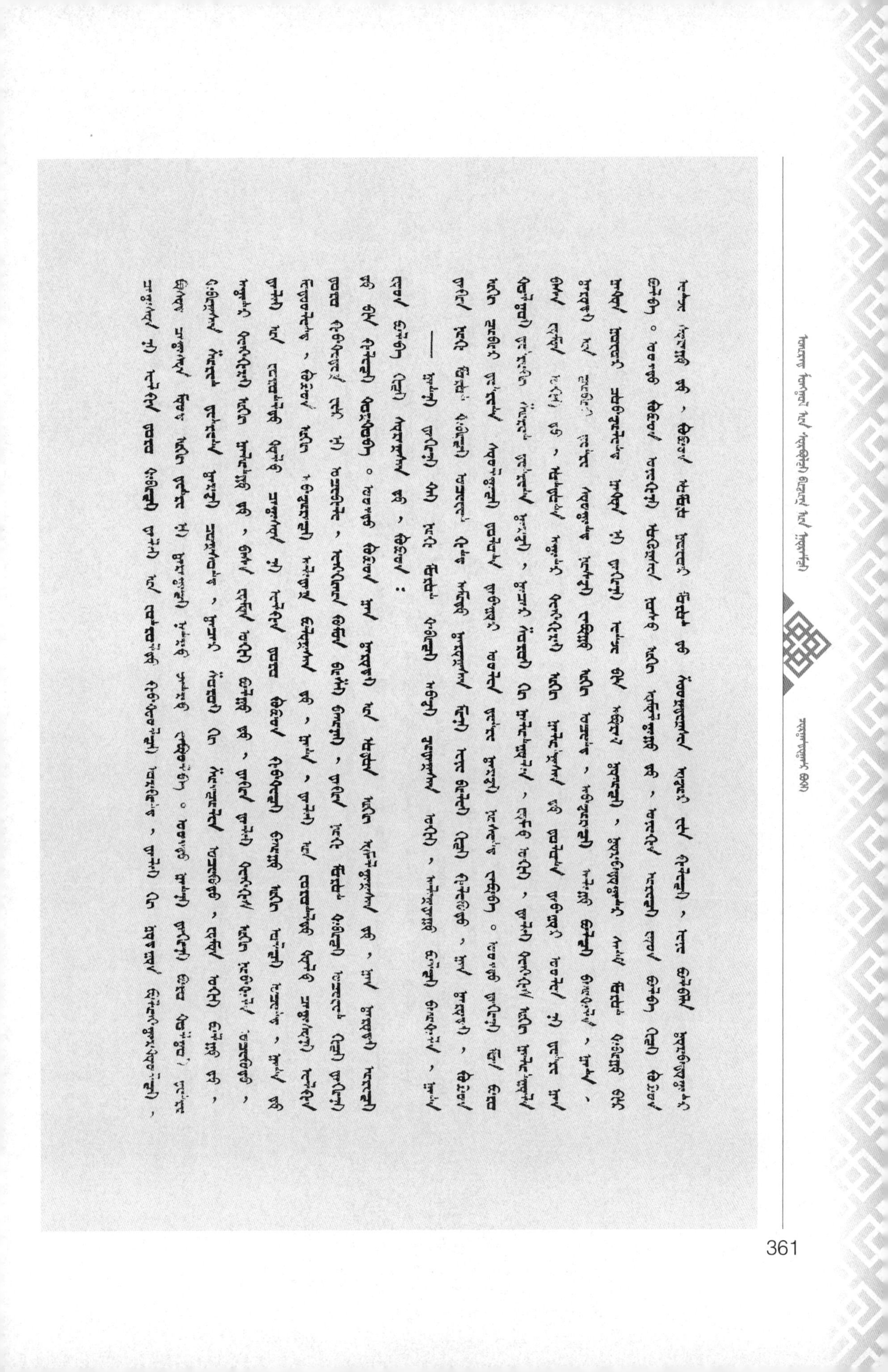

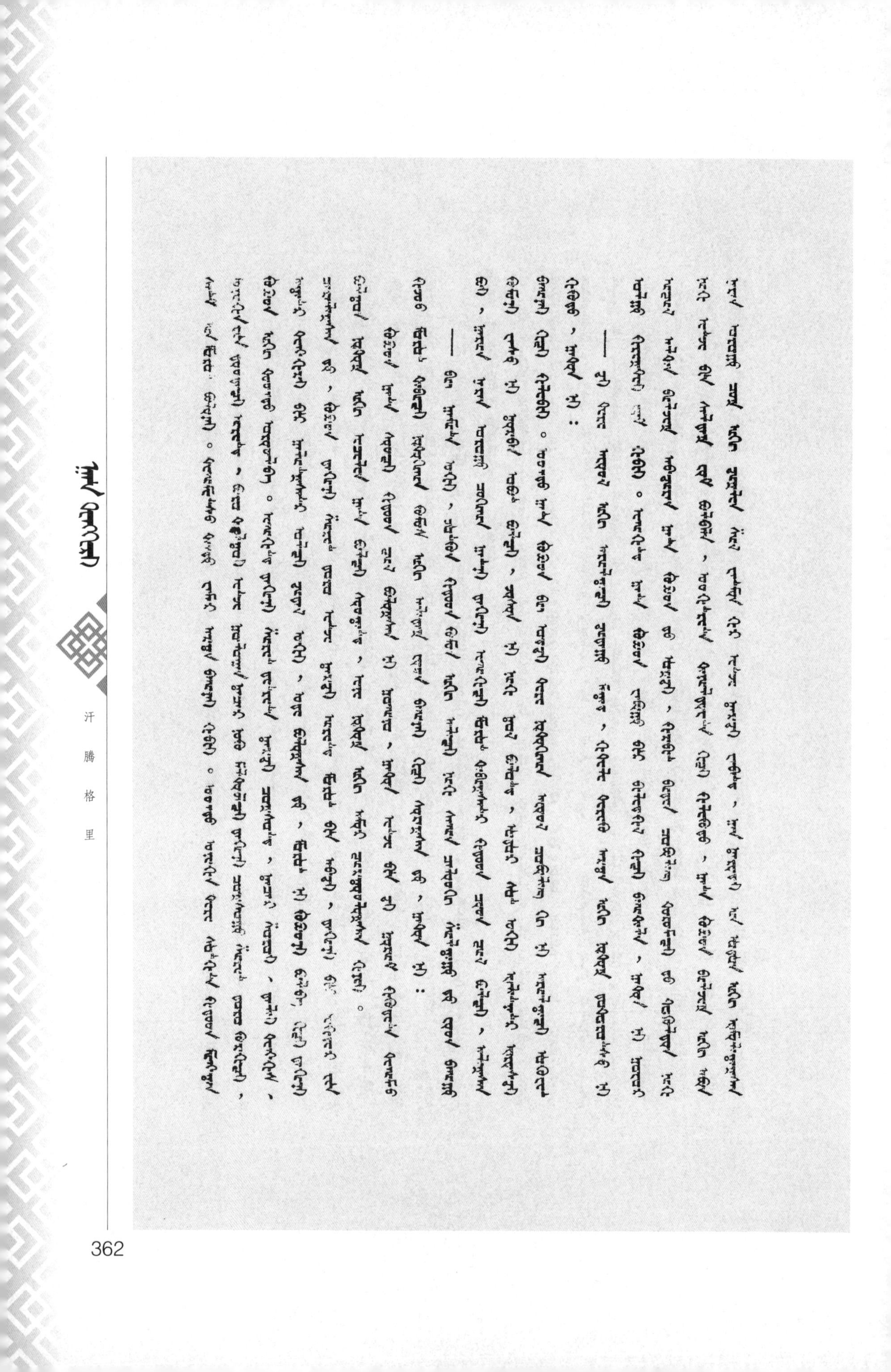

[illegible]

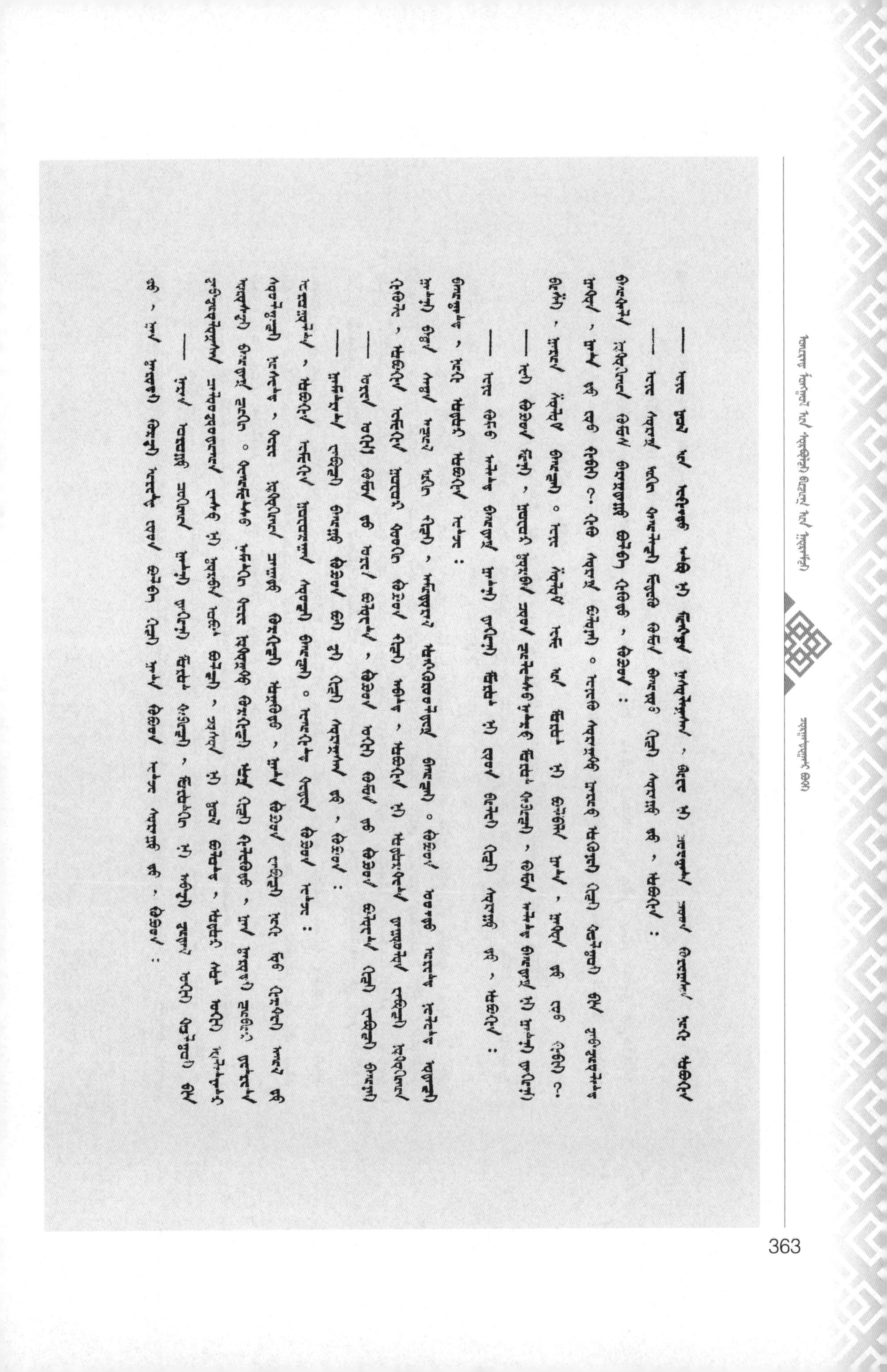

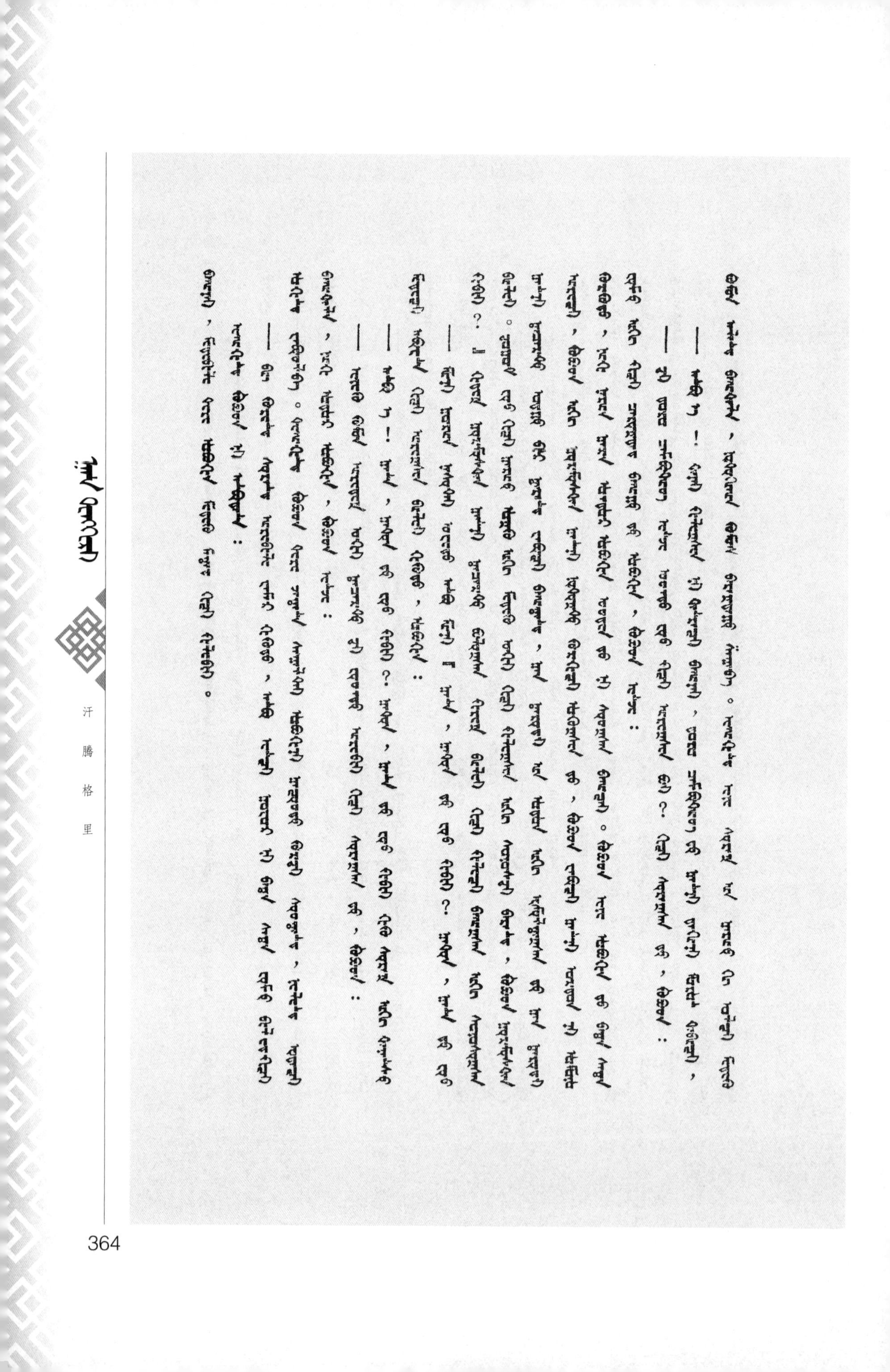

[illegible]

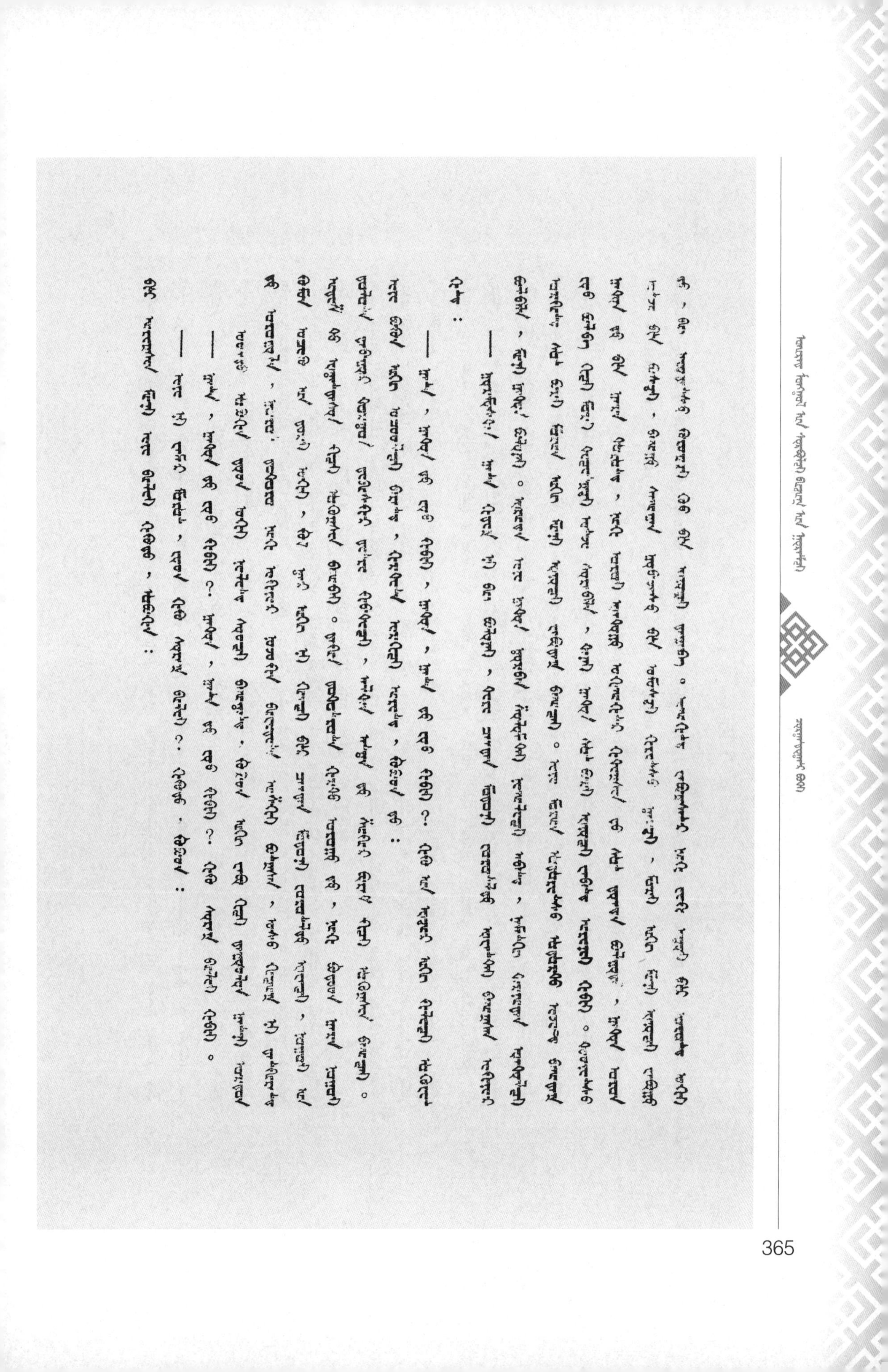

[illegible]

— [illegible] :

— [illegible] :

[illegible]

— [illegible] ᠃

— [illegible] :

[illegible] :

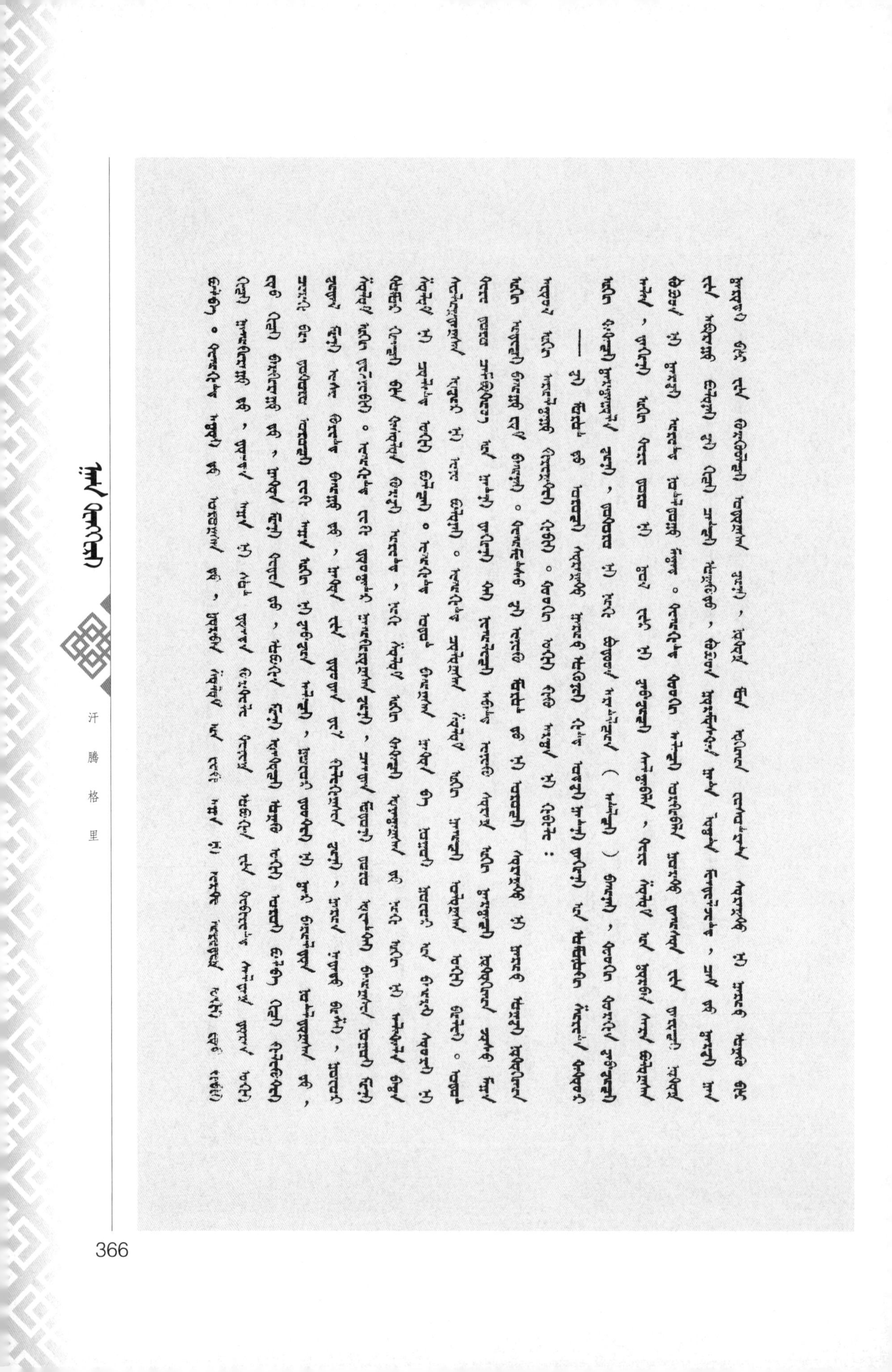

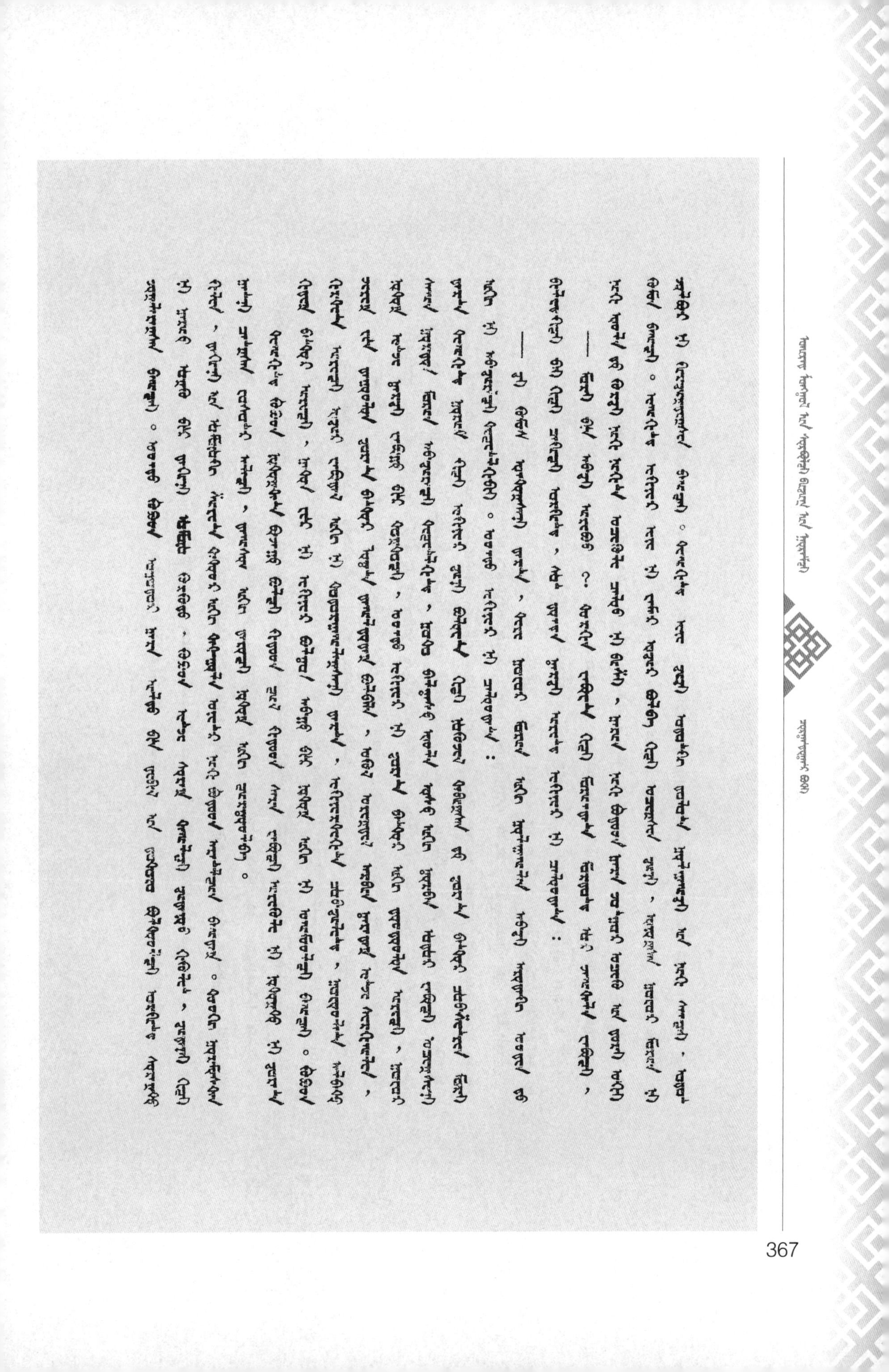

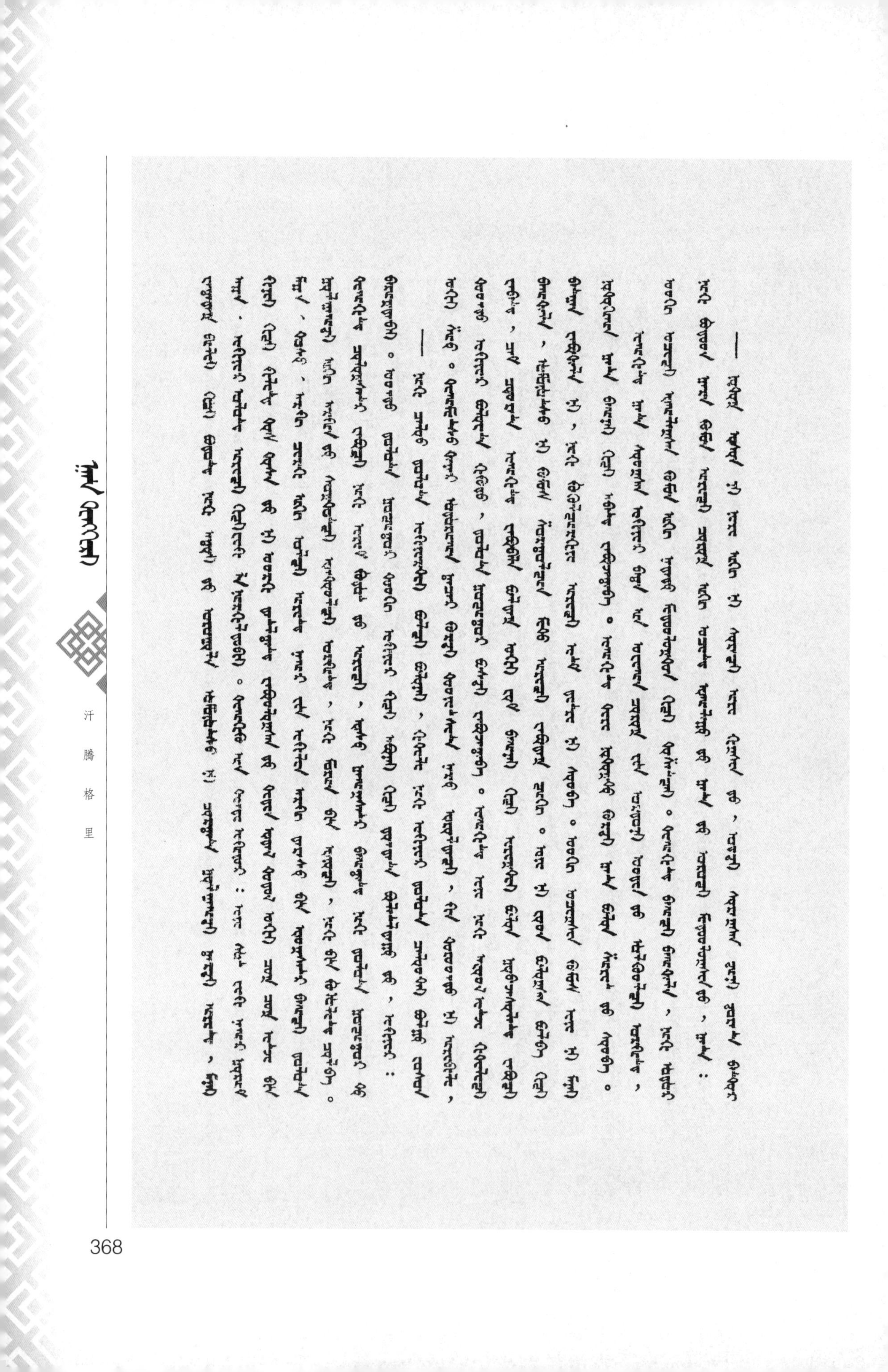

[illegible]

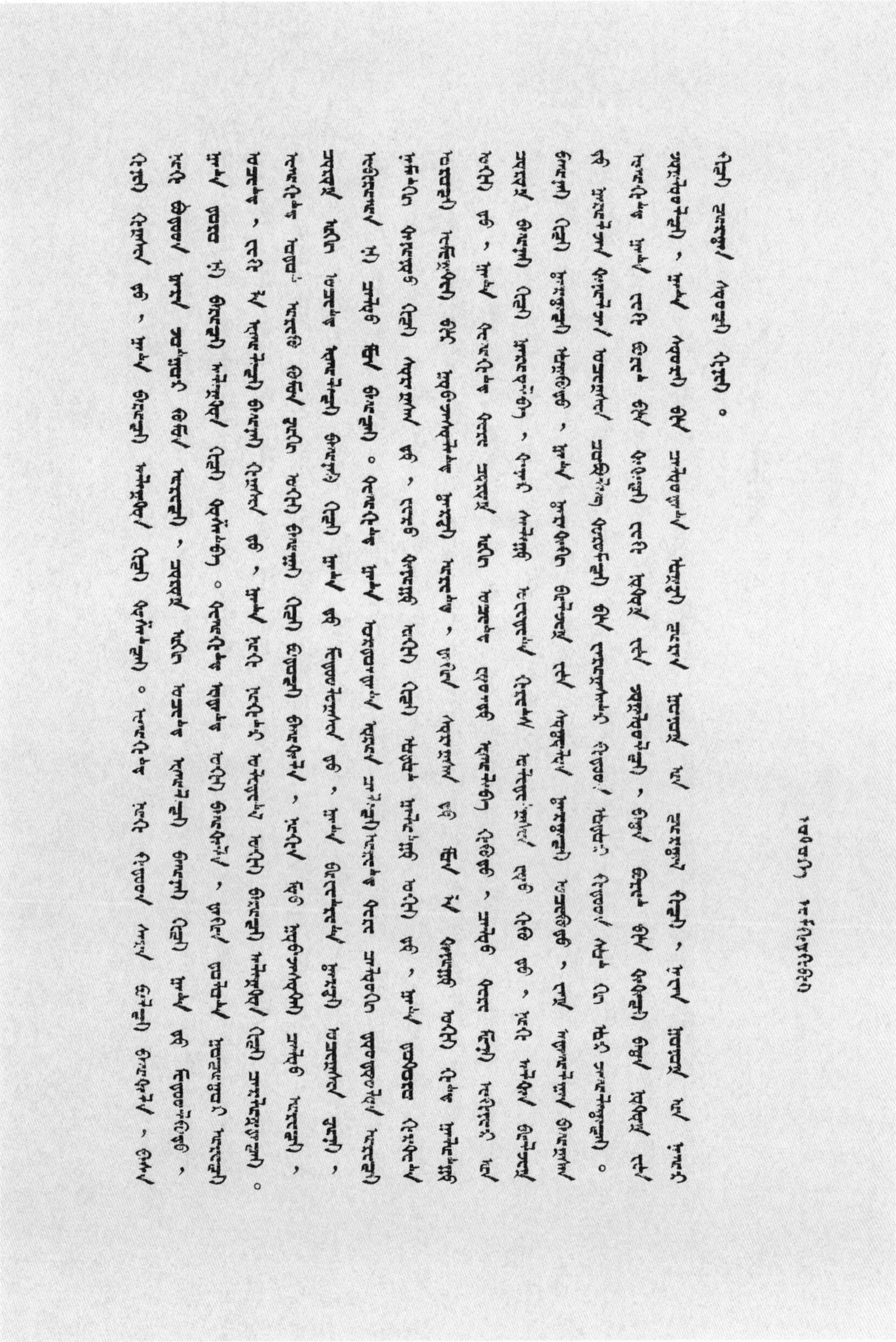

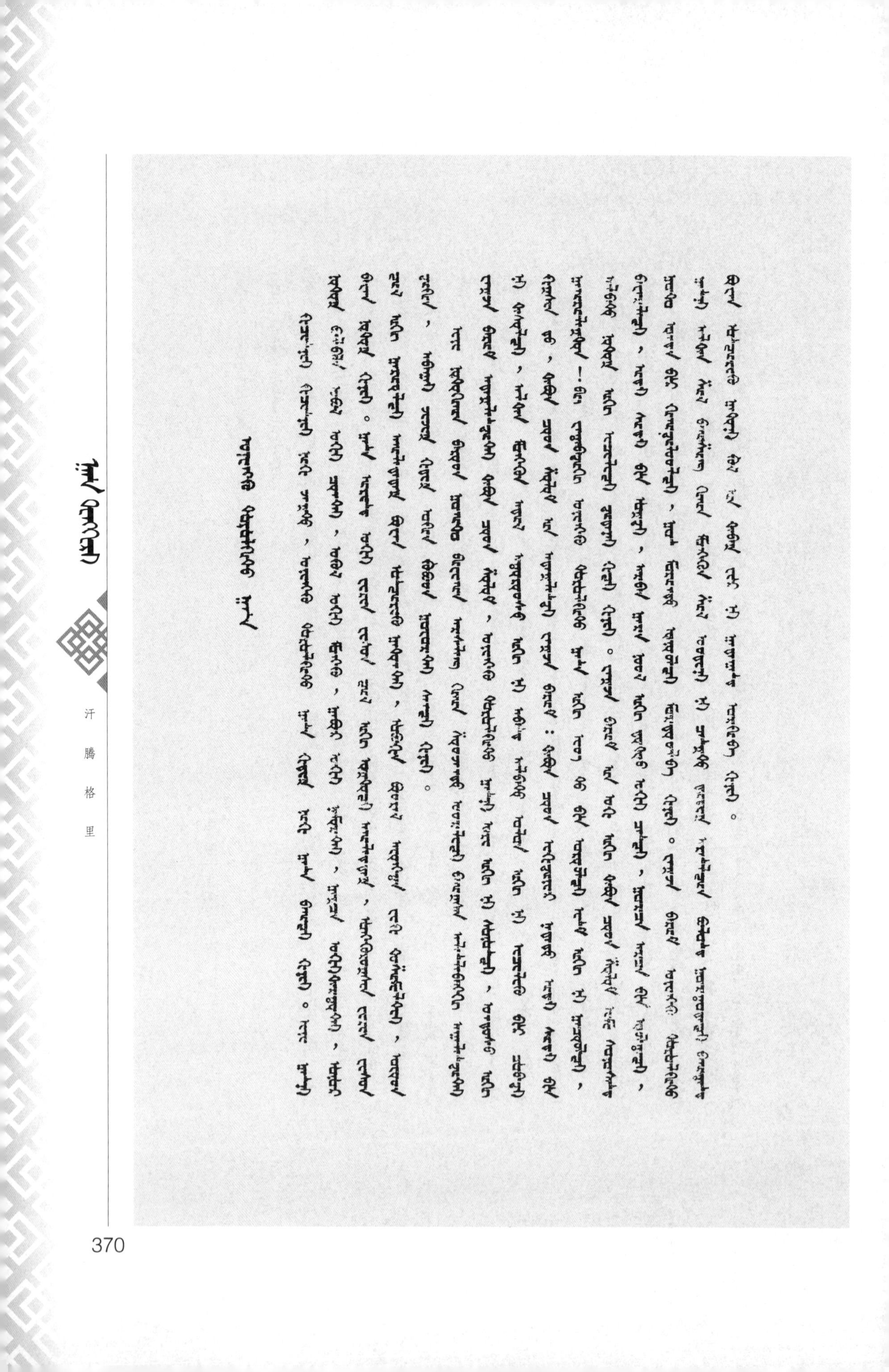

[illegible]

[illegible]

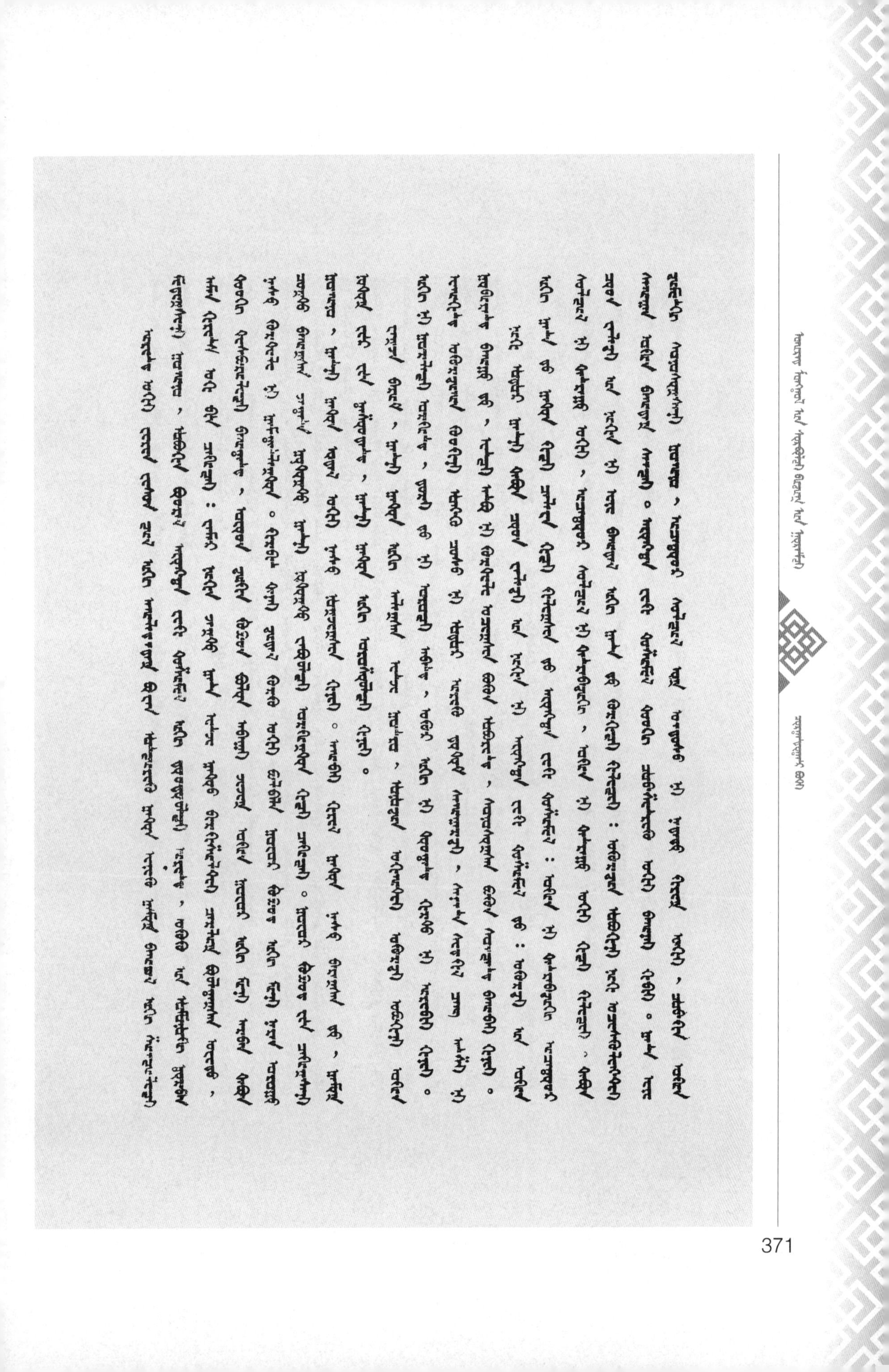

[illegible]

[illegible]

[illegible]

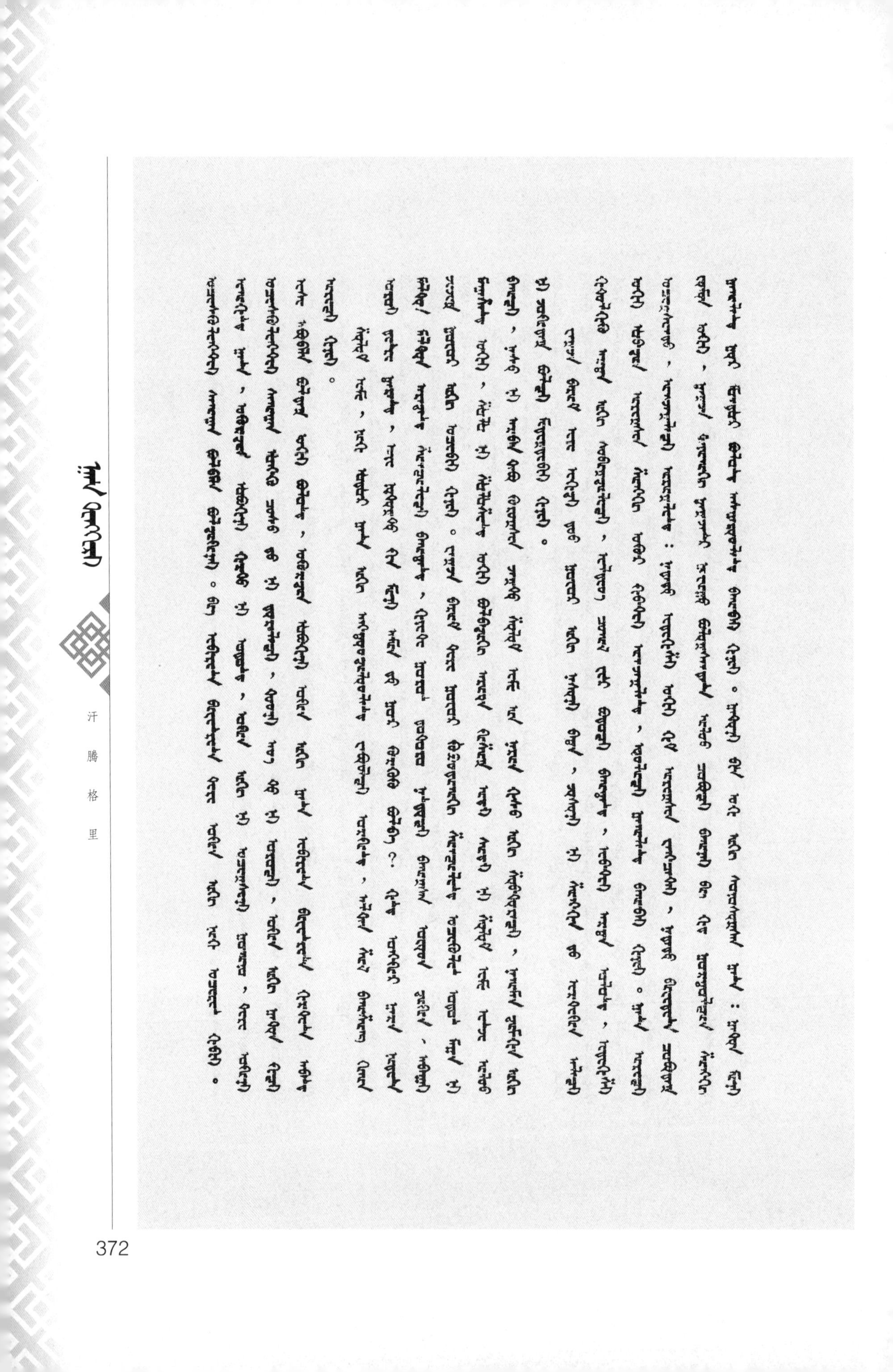

[illegible]

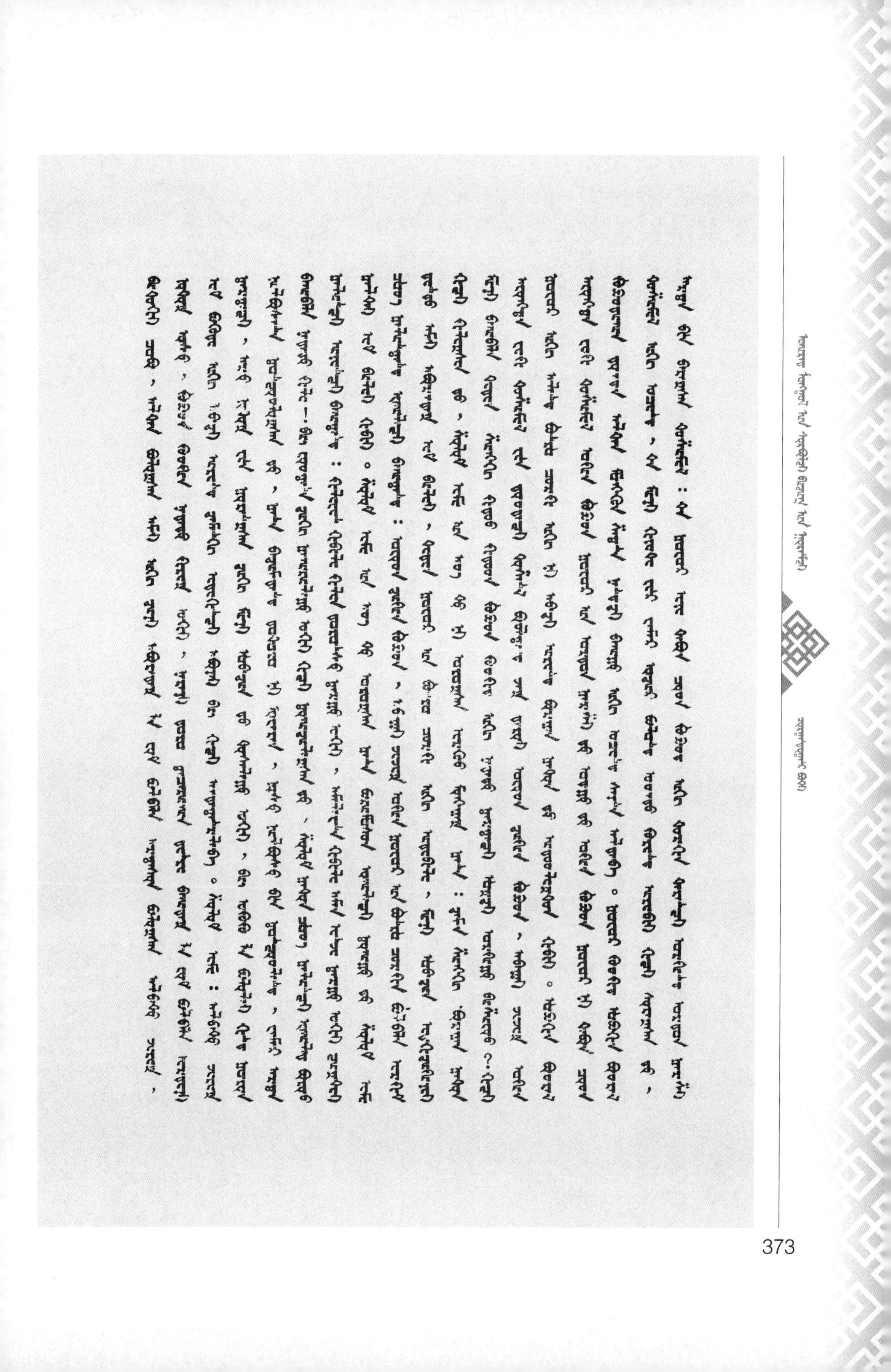

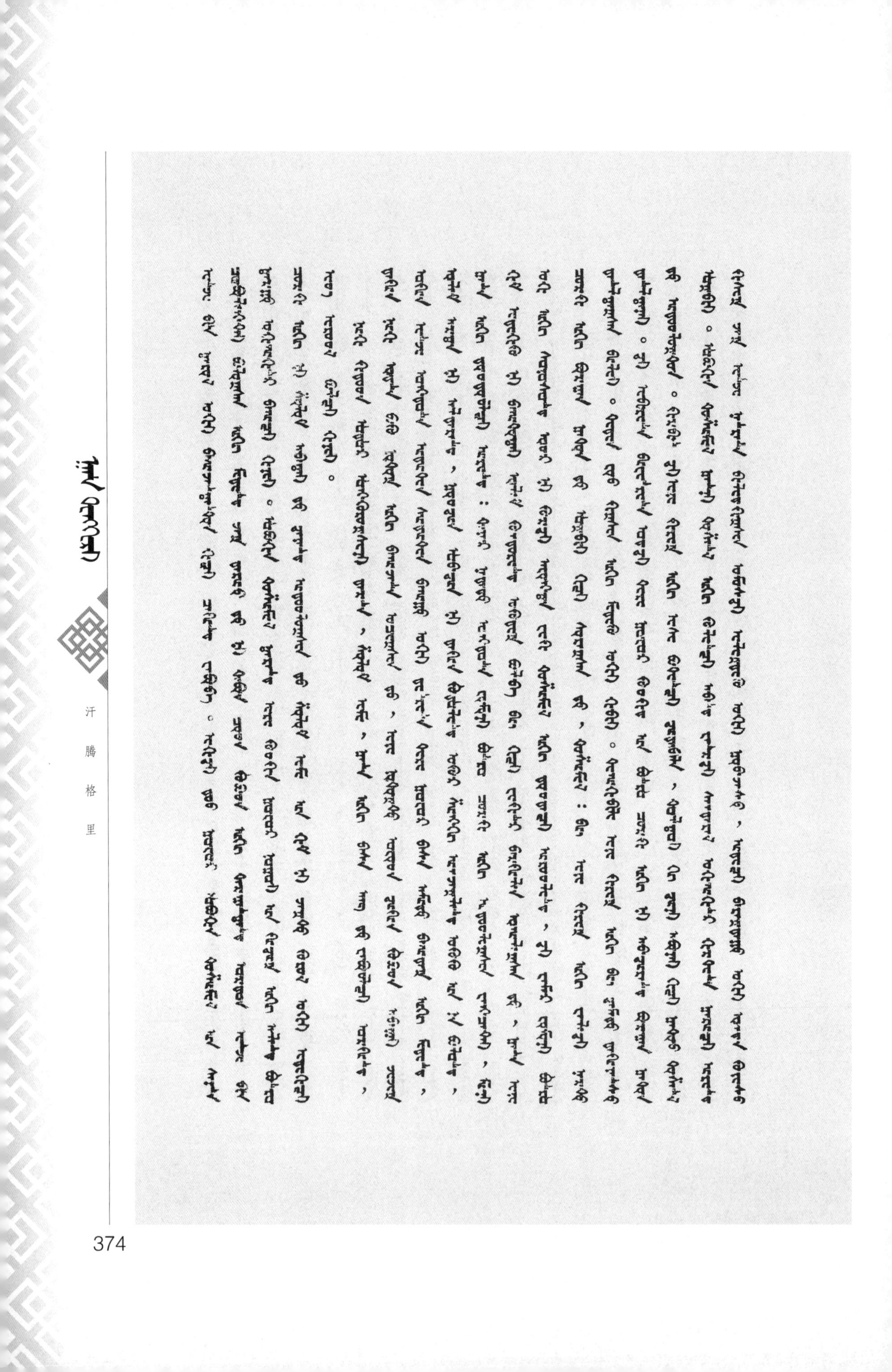

[illegible]

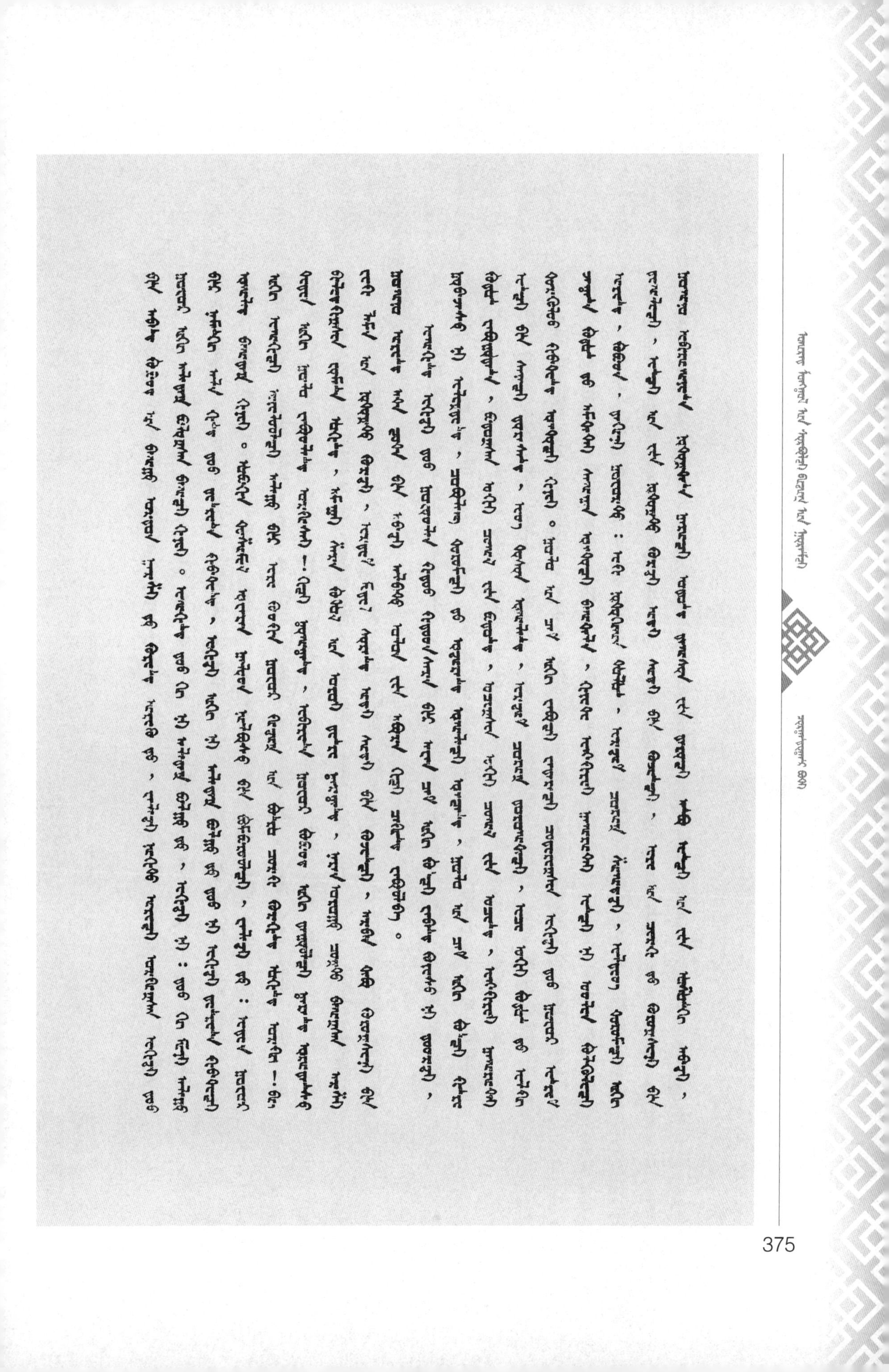

[illegible]

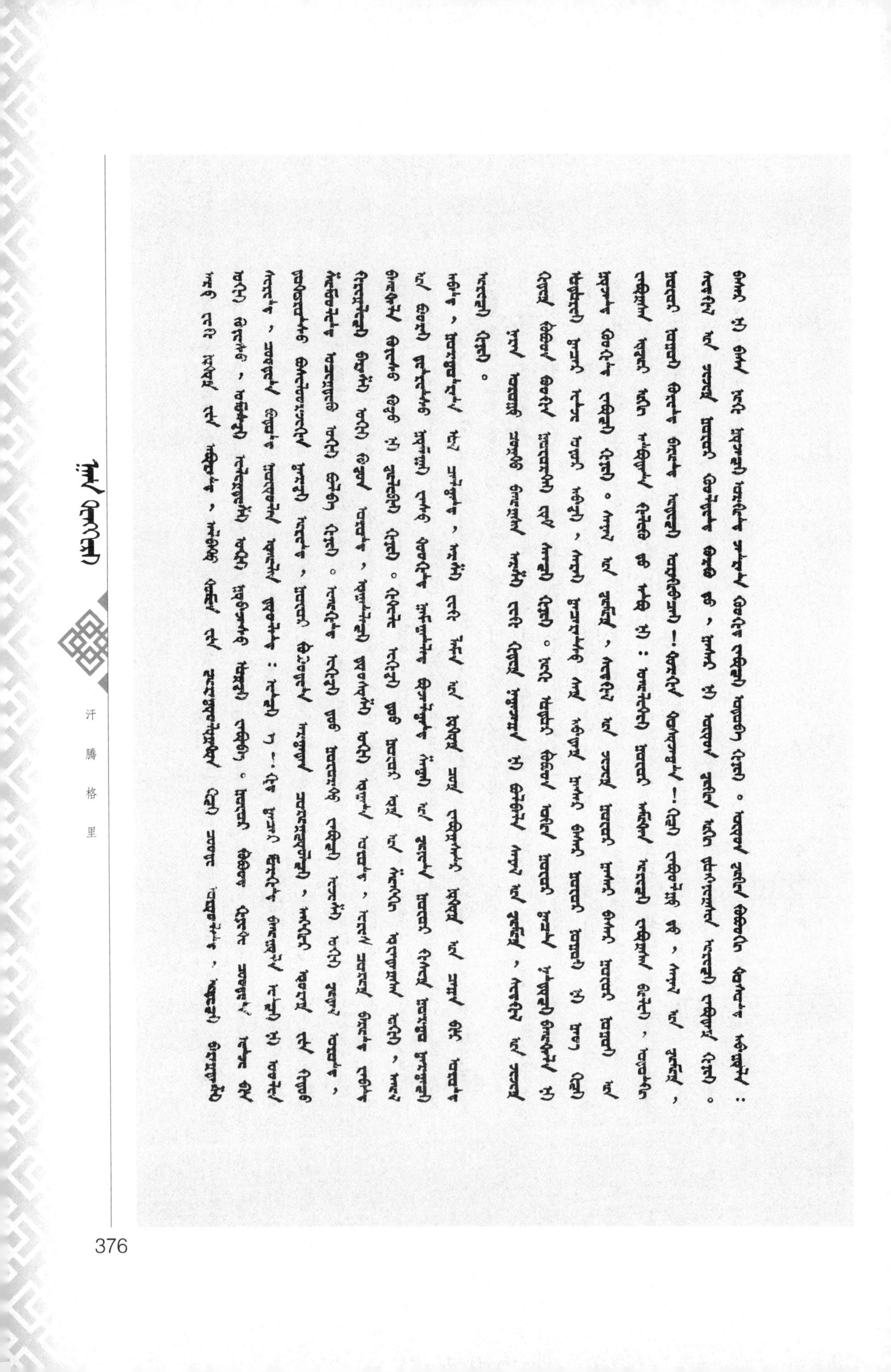

[illegible]

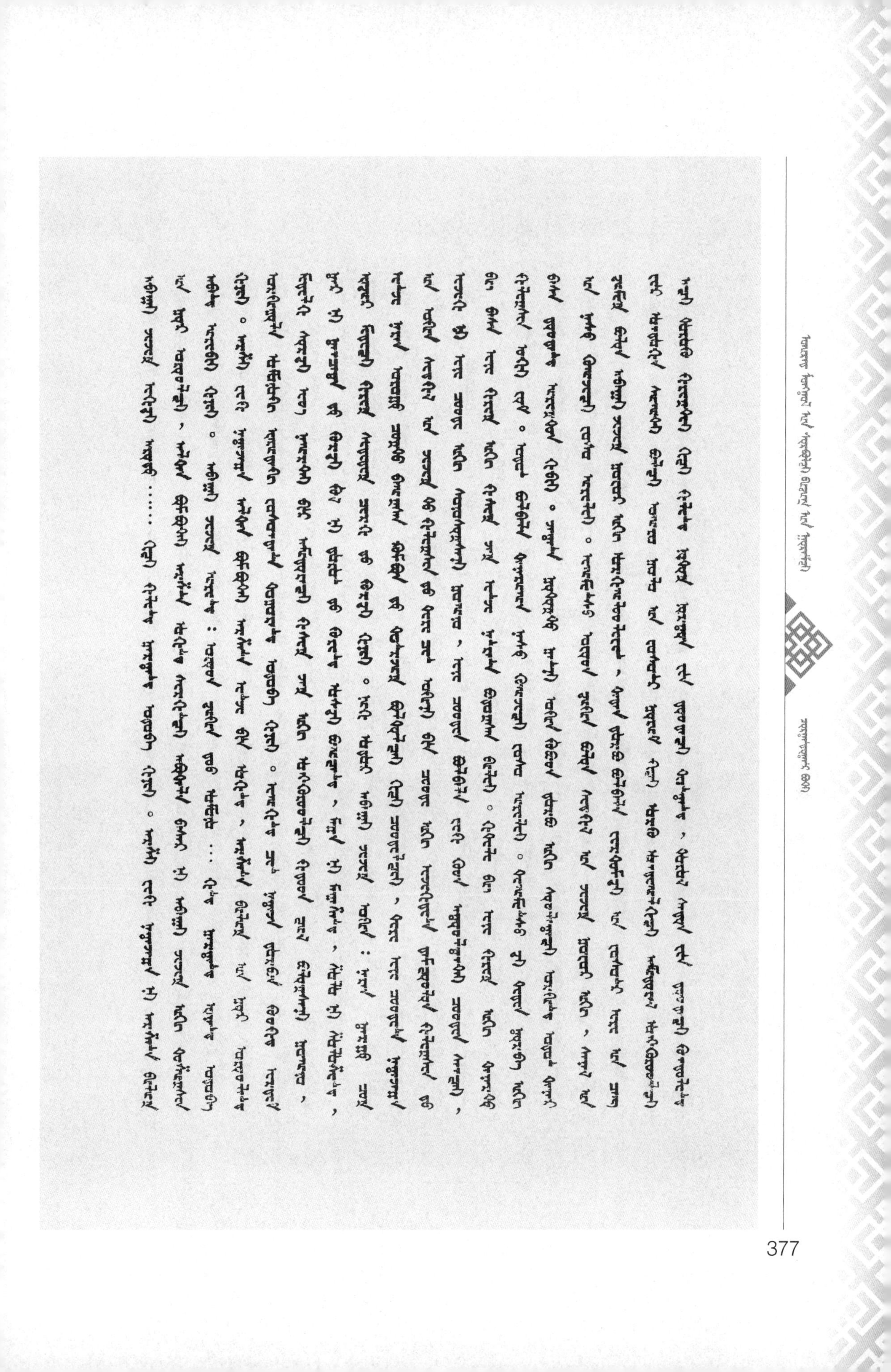

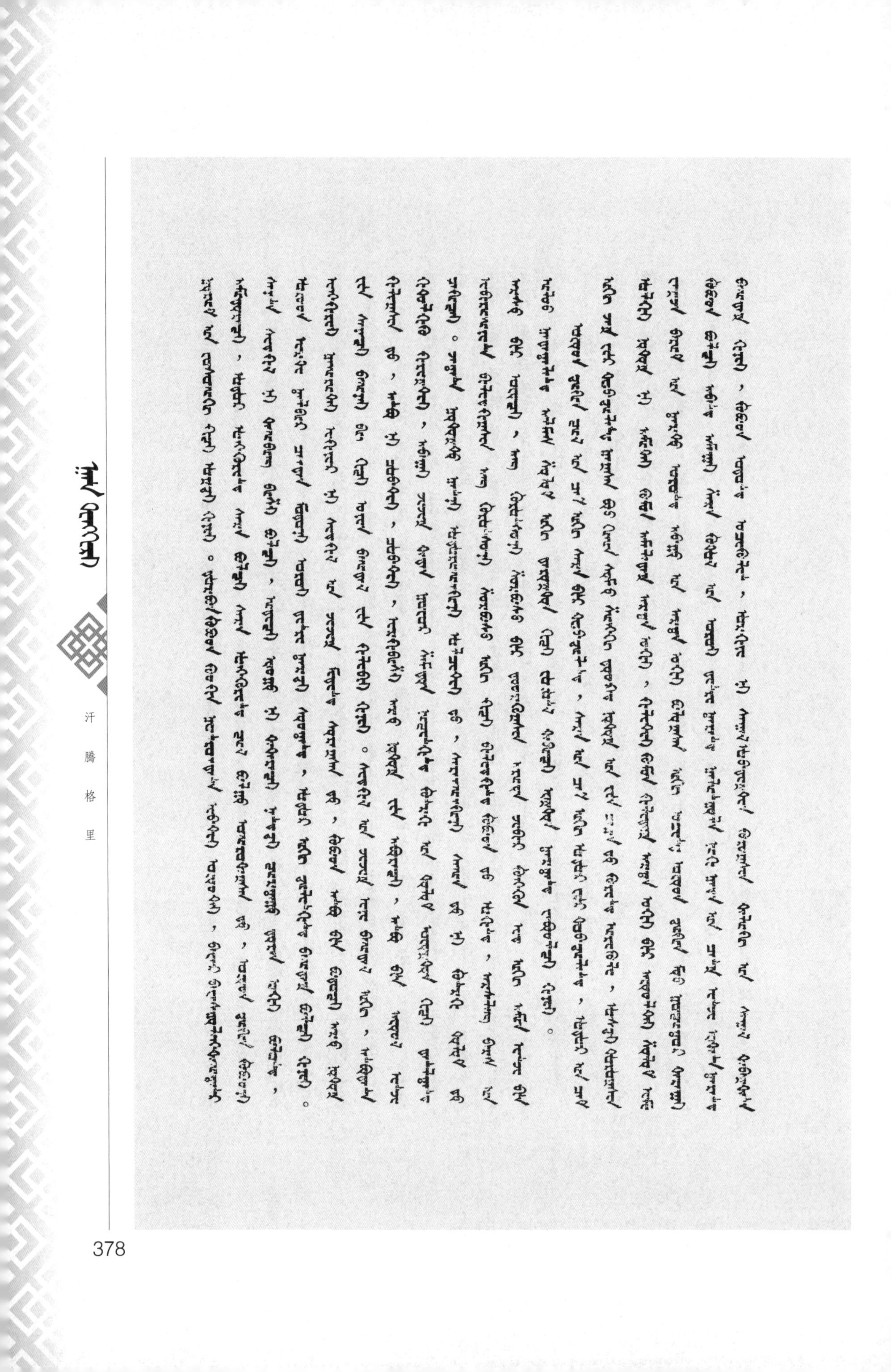

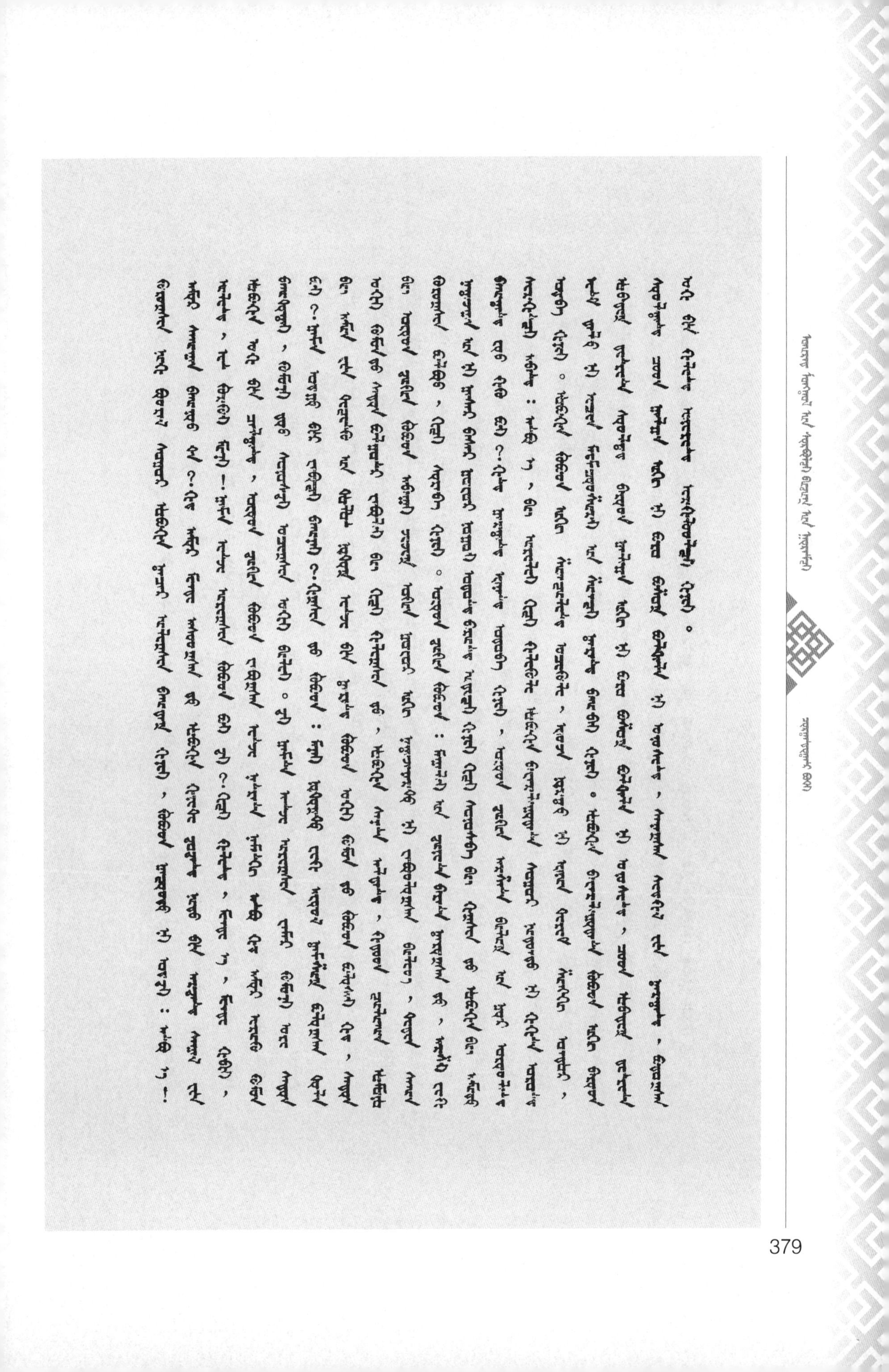

[illegible]

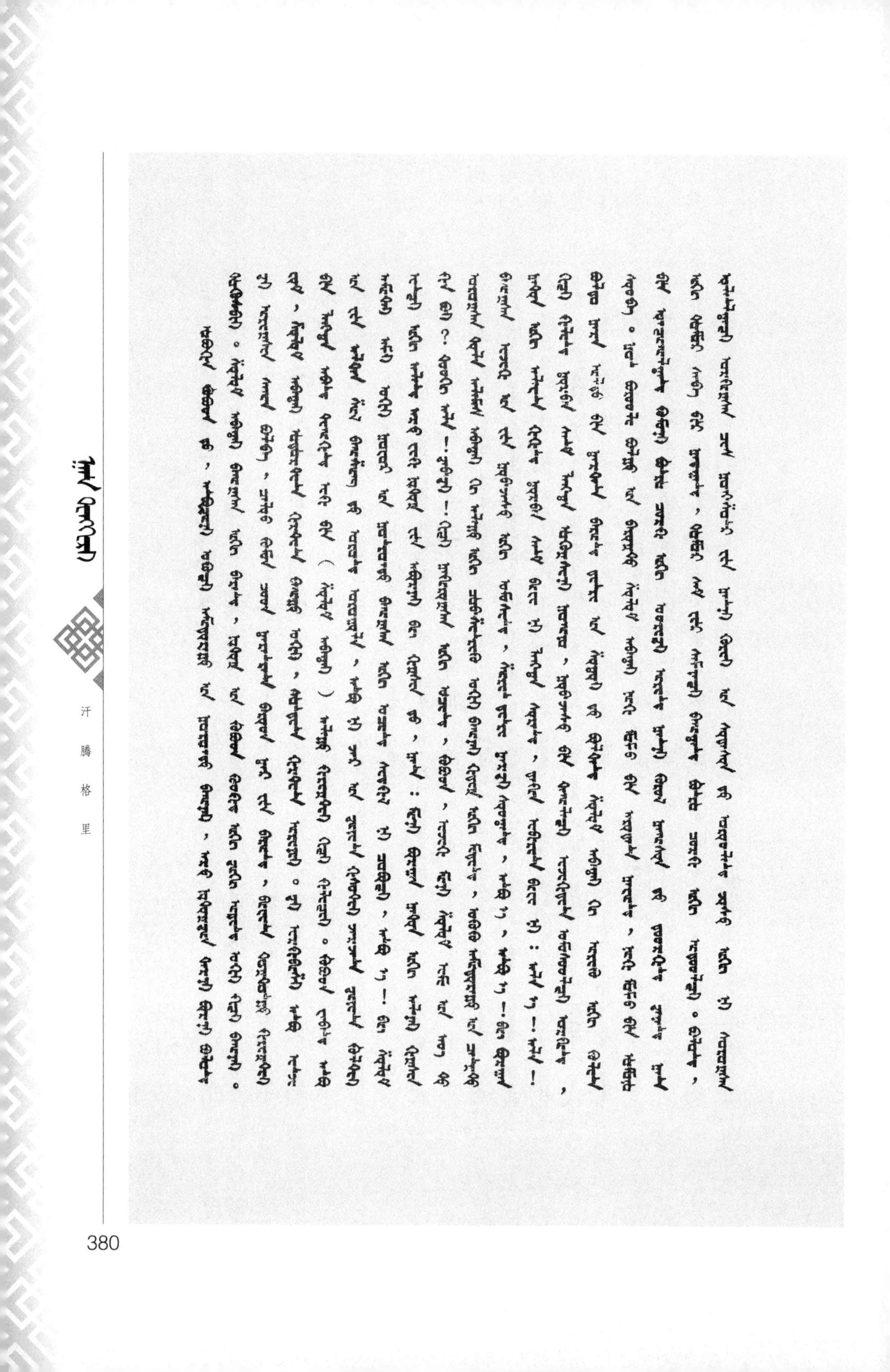

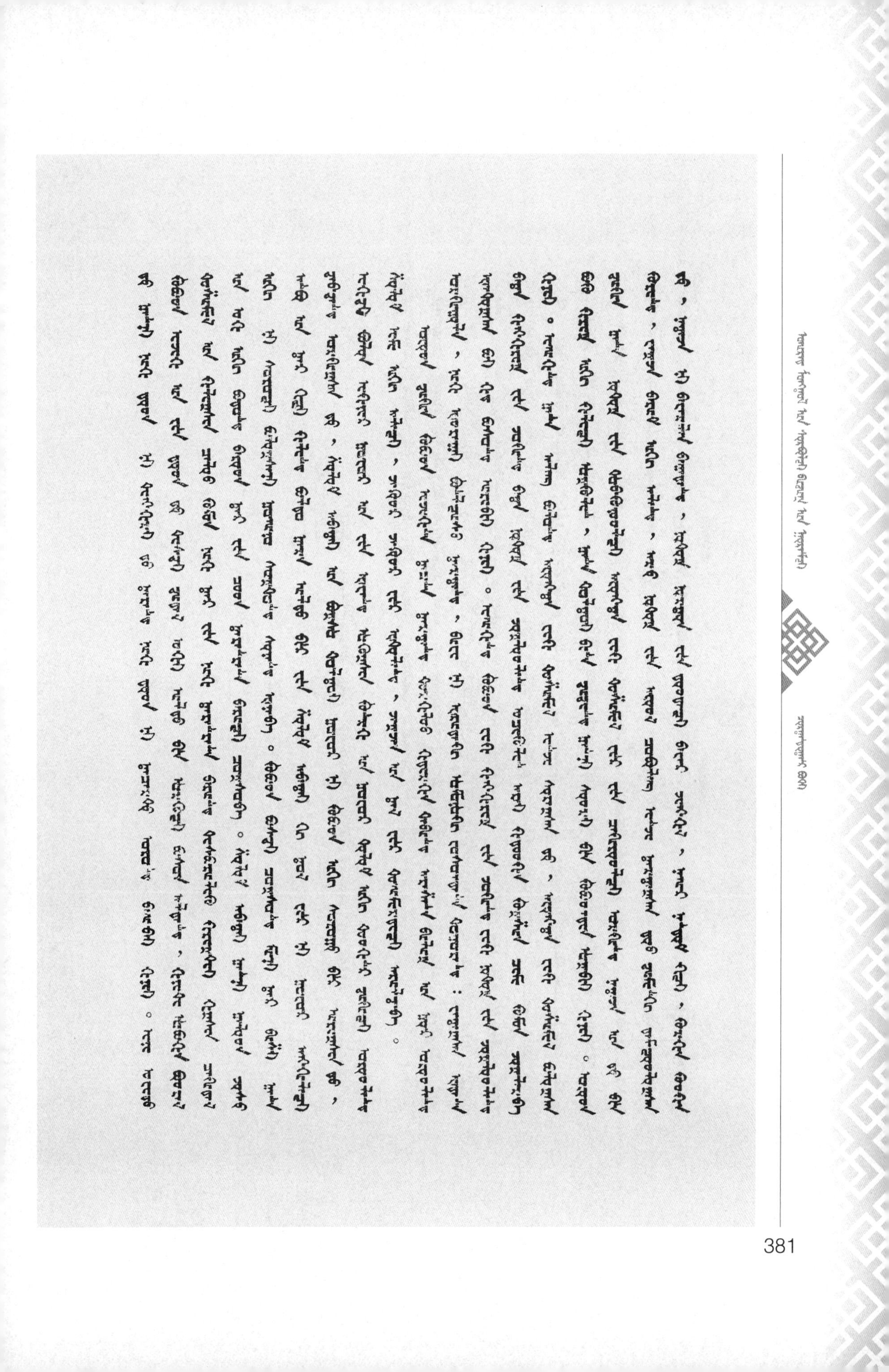

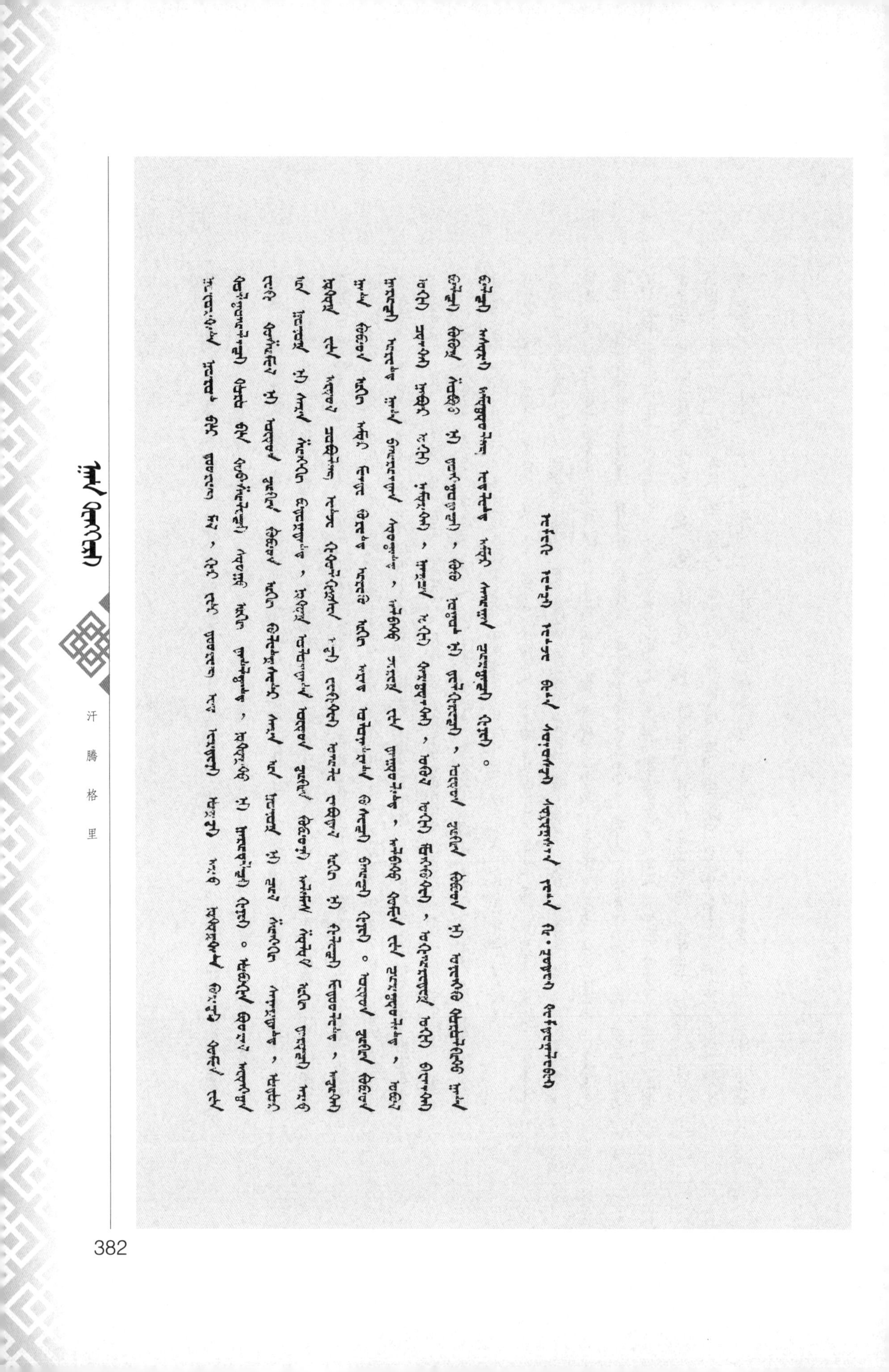

[illegible]

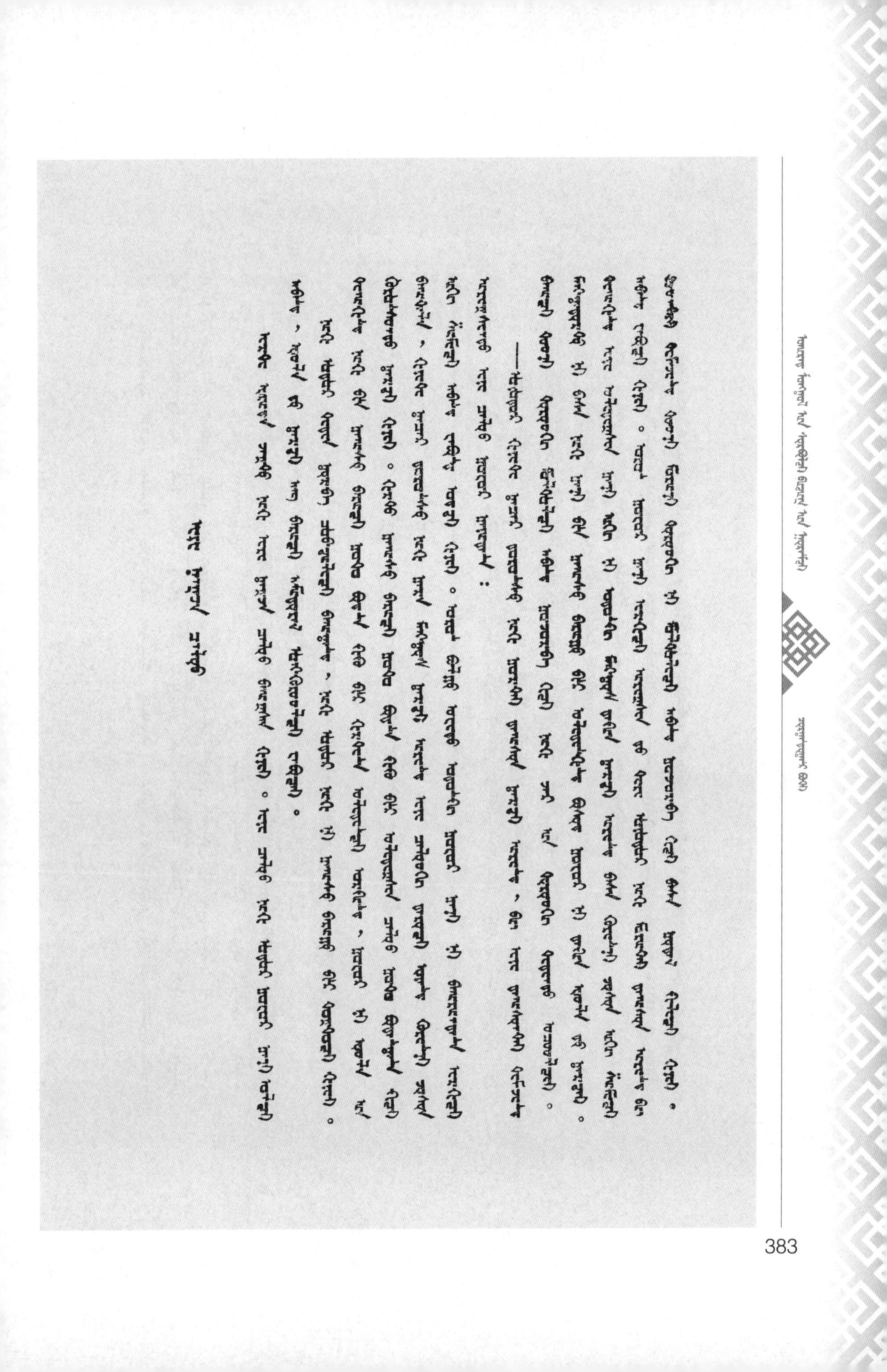

[illegible]

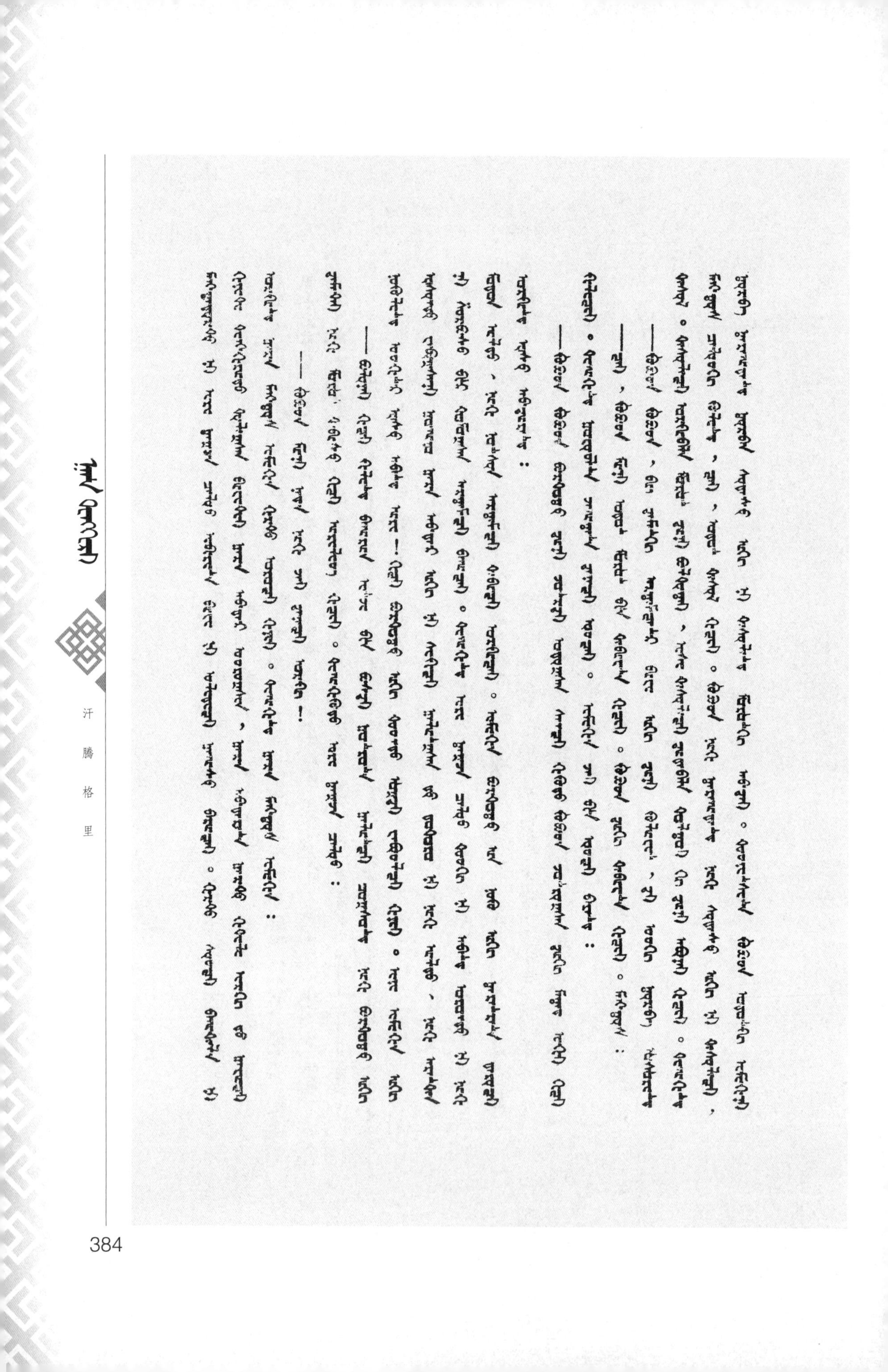

[illegible]

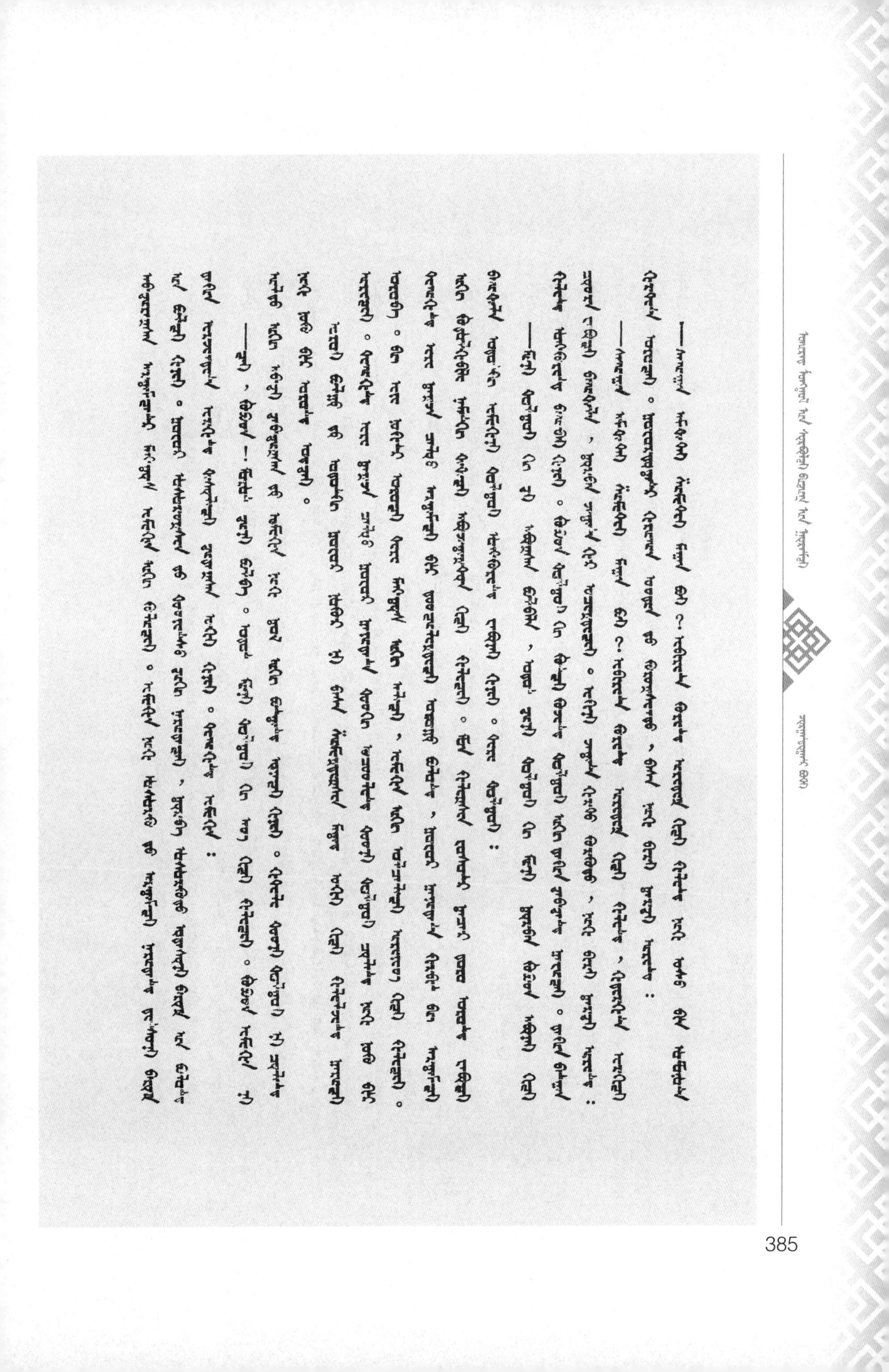

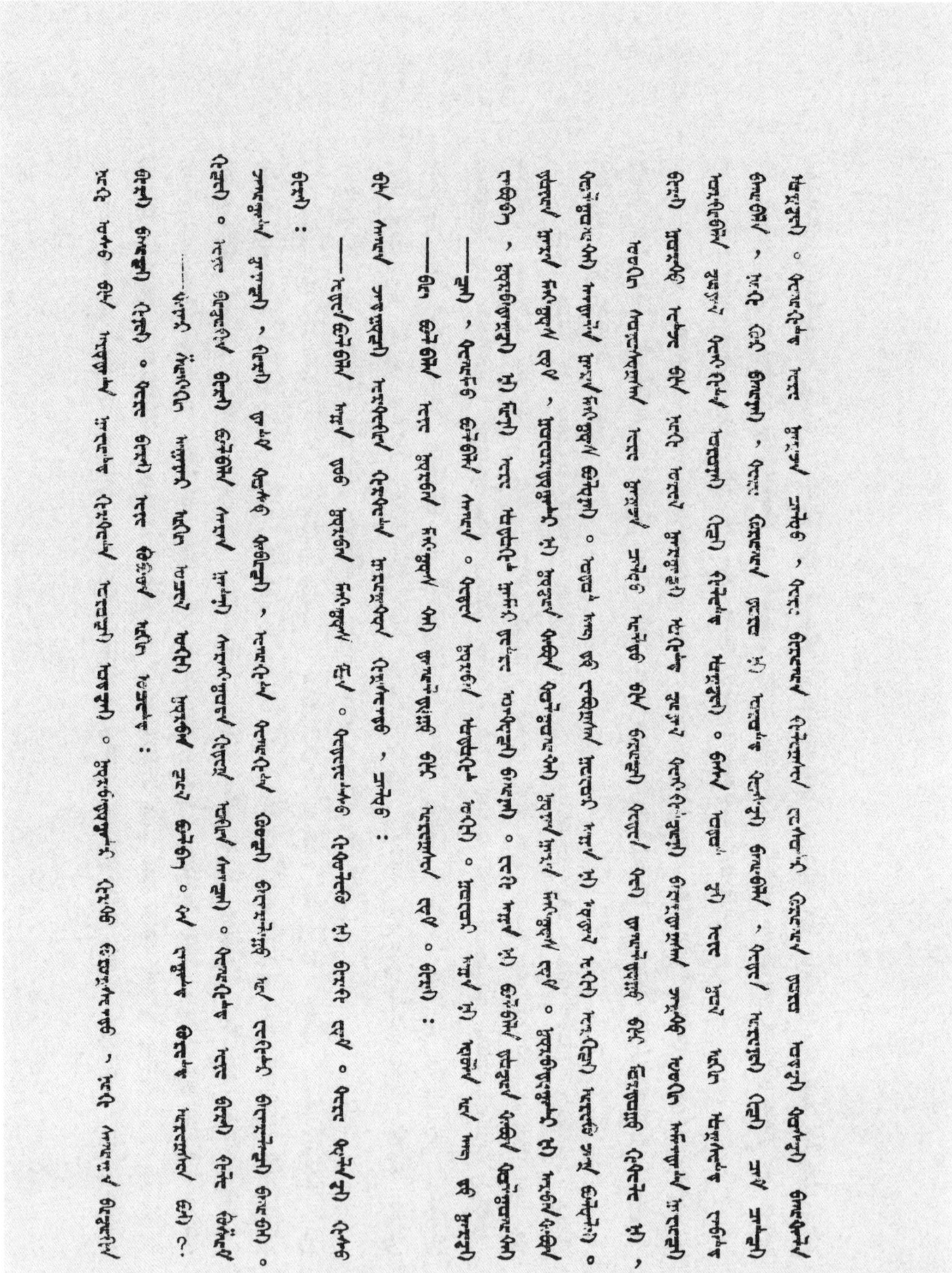

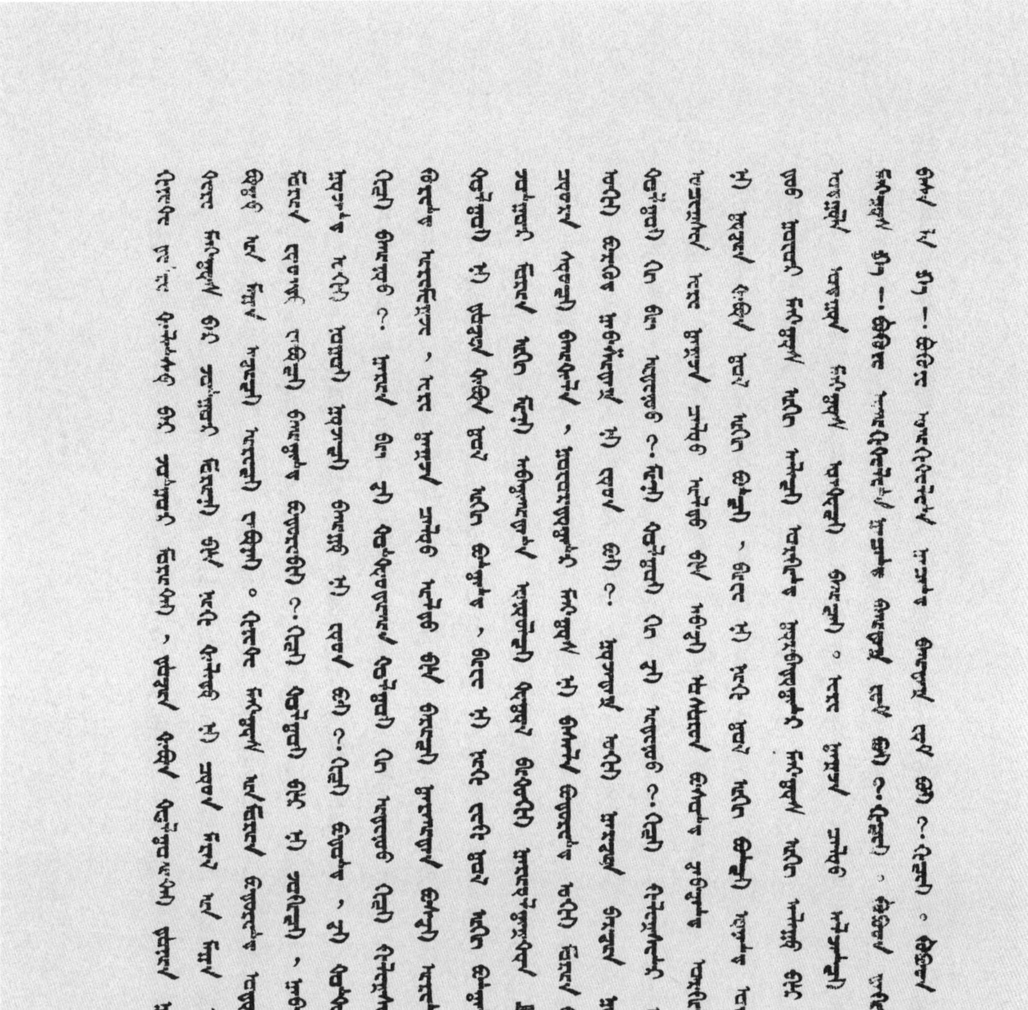

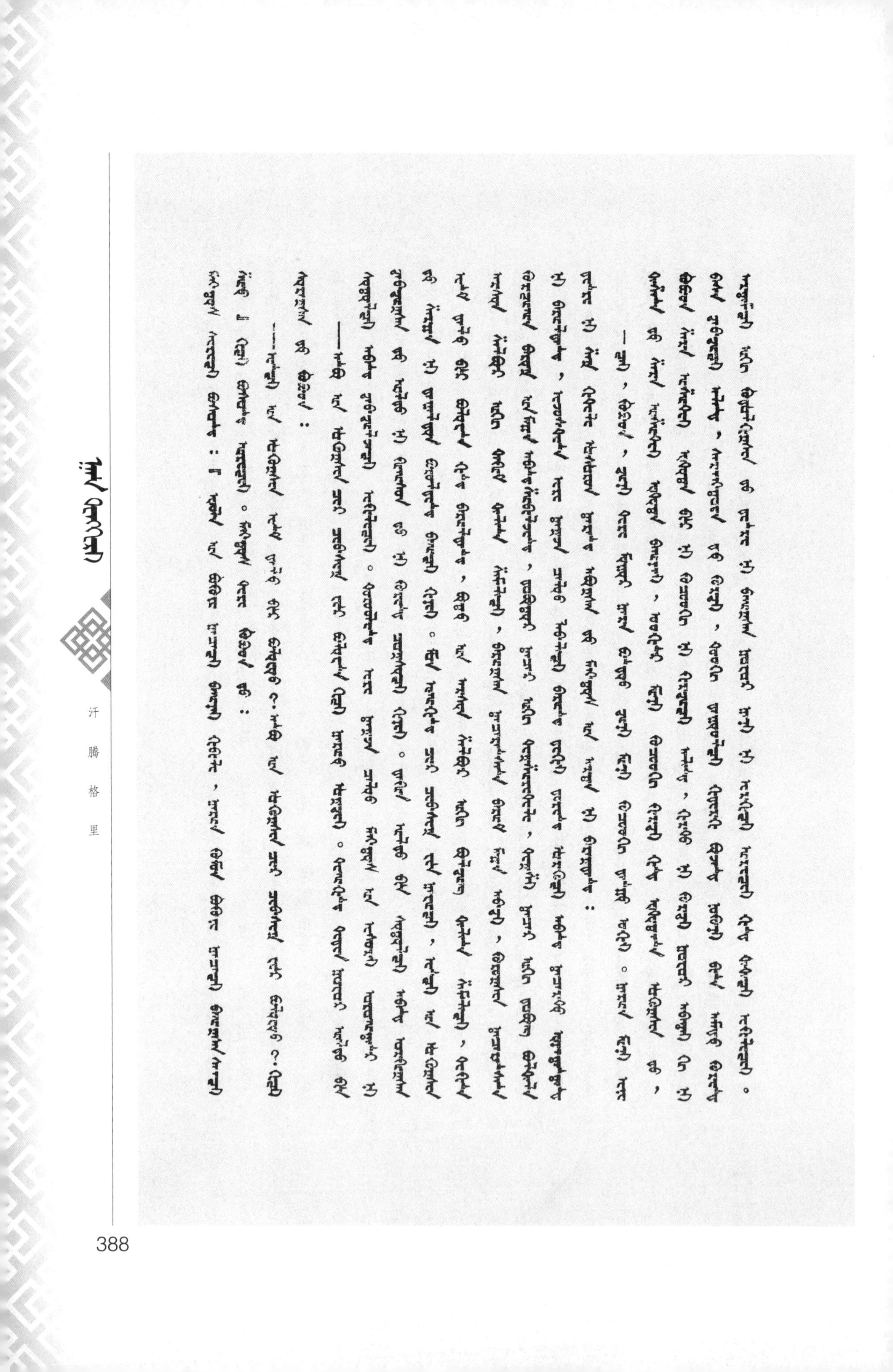

[illegible]

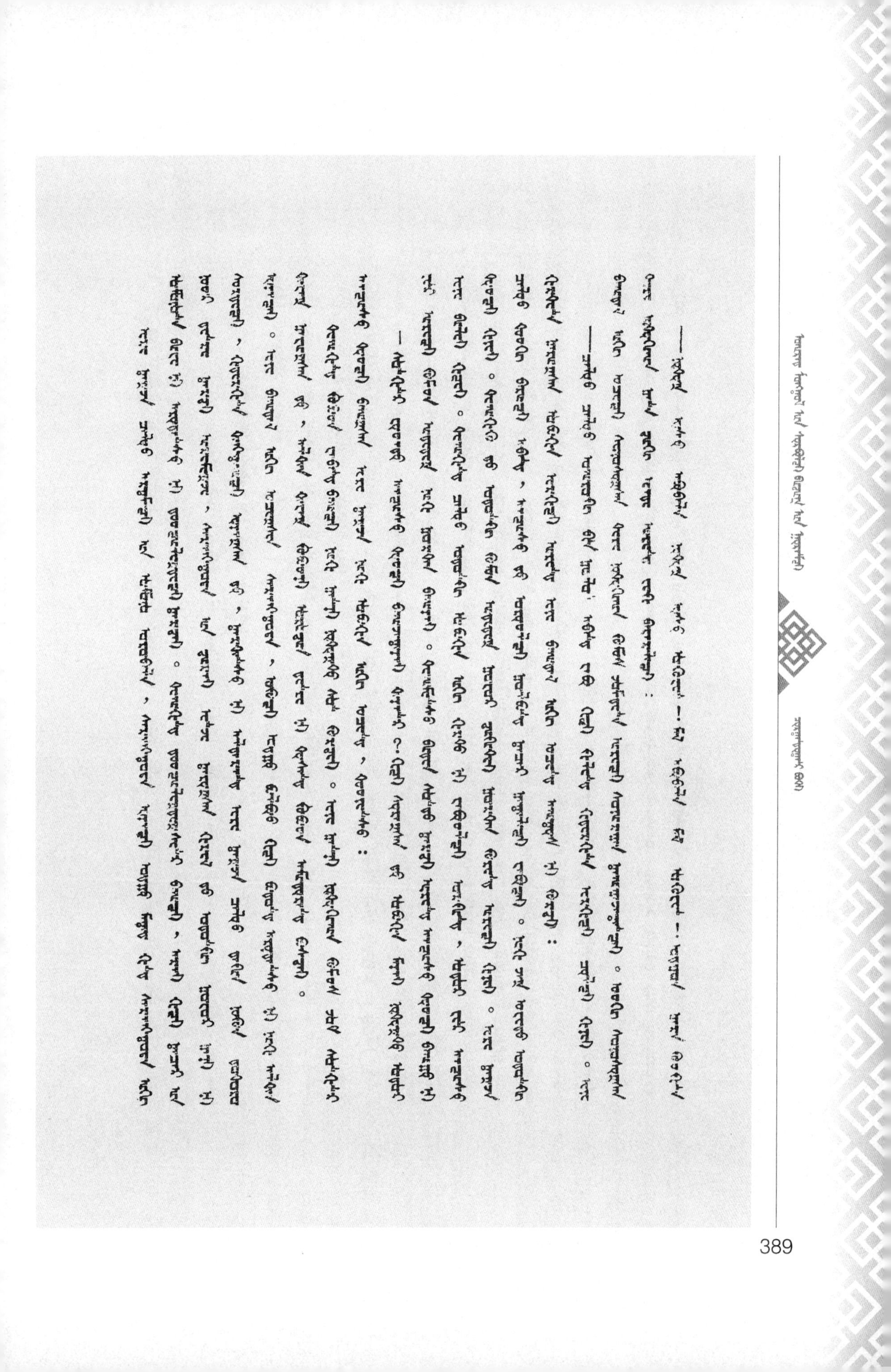

[illegible]

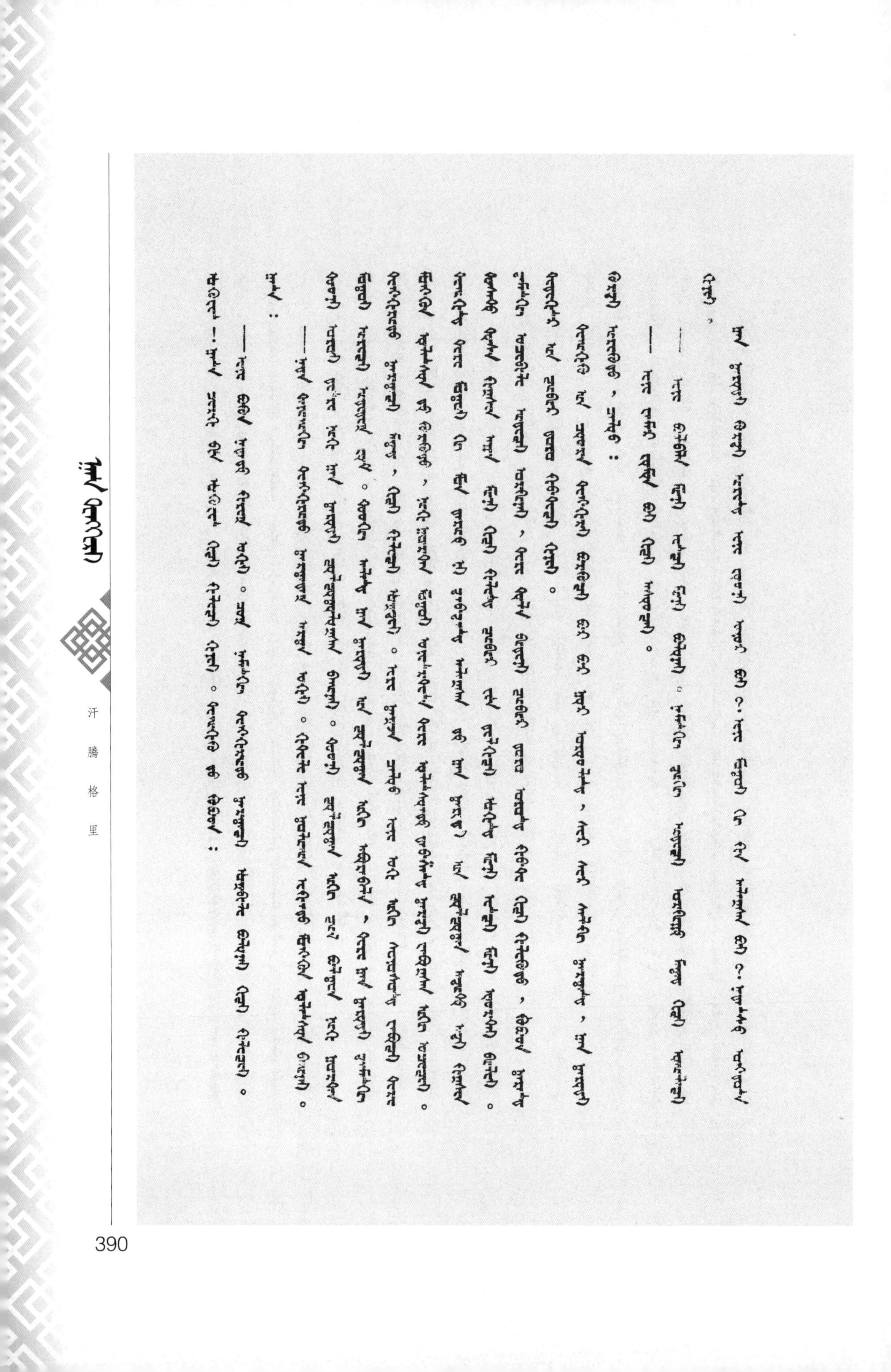

[illegible]

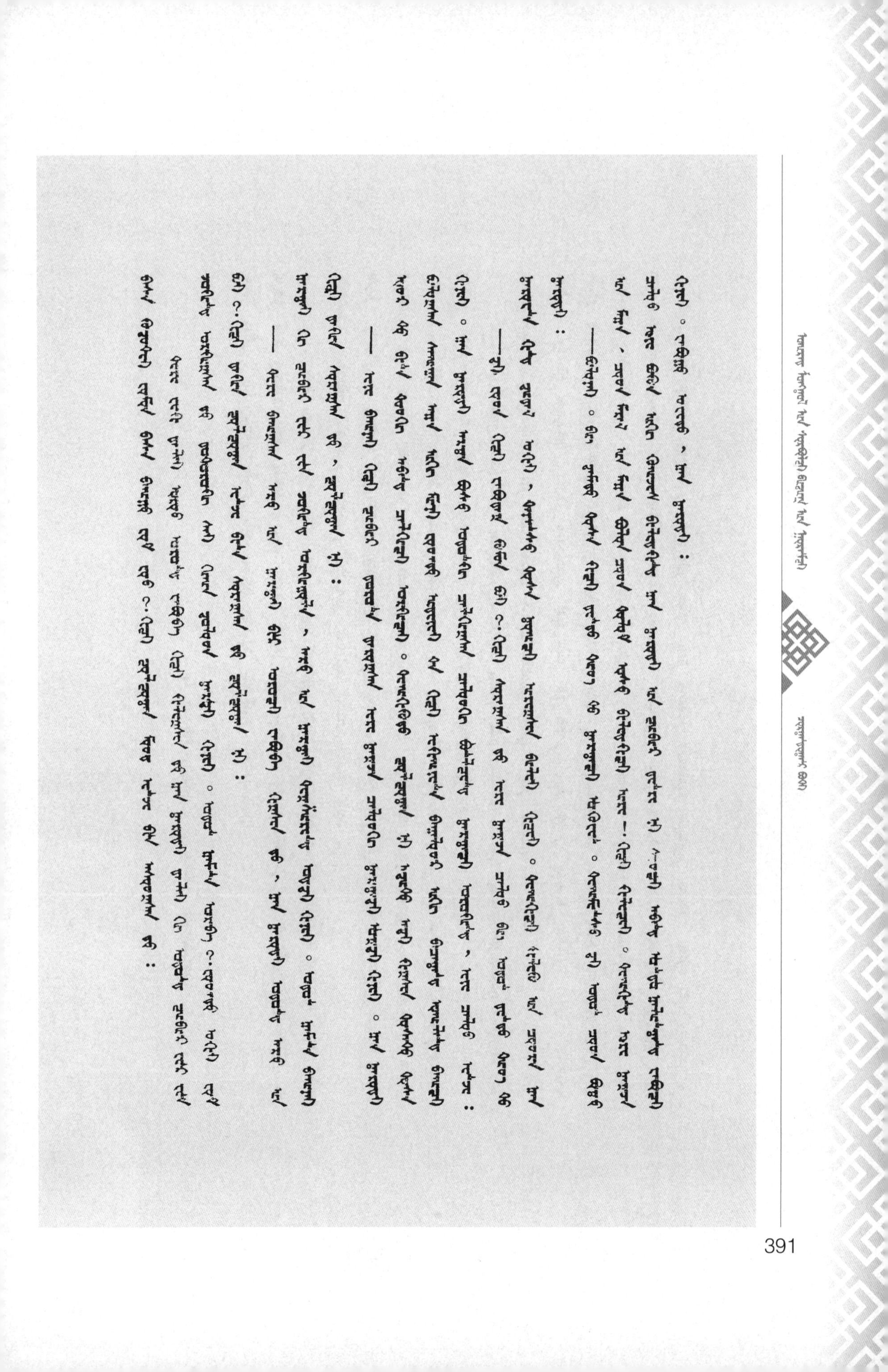

[illegible]

ᠲᠡ᠂ ᠪᠠᠶᠠᠷᠮᠠᠭᠨᠠᠢ ᠰᠡᠳᠬᠦᠯ ᠂ ᠬᠤ᠂ ᠮᠢᠩᠭᠠᠨ ᠲᠦᠮᠡᠨᠲᠡᠢ

ᠮᠠᠷᠭᠠᠨ ᠪᠣᠯᠪᠠ ᠂ ᠰᠣᠶᠣᠯᠵᠢᠭᠤᠯᠬᠤ ᠶᠠᠪᠤᠨ ᠶᠠᠭᠤ ᠶᠠᠭᠤᠯ ᠶᠡᠬᠡᠵᠦ ᠳᠤᠷᠠᠰᠬᠠᠯ ᠰᠠᠨᠠᠭ᠎ᠠ ᠪᠣᠯᠪᠠ ◦

ᠲᠡᠭᠡᠳ ᠶᠠᠭᠤ ᠪᠣᠯᠬᠤ ᠶᠠᠭᠤᠨ ᠶᠠᠪᠤᠨ ᠂ ᠶᠠᠭᠤ ᠮᠡᠳᠡᠬᠦ ᠮᠡᠳᠡ ᠪᠢᠳᠡ ᠶᠠᠭᠤᠪᠠ ᠂ ᠲᠠᠪᠠᠨ ᠮᠡᠳᠡᠬᠦ ᠶᠠ ᠲᠠᠪᠠᠨ ᠮᠡᠳᠡ ᠮᠡᠳᠡᠬᠦ ᠶᠠ

—— ᠶᠠᠭᠤ ᠪᠣᠯᠪᠠᠯ ᠶᠠᠭᠤᠨ ᠪᠢᠳᠡ ᠶᠠᠪᠤᠯ ᠂ ᠪᠢᠳᠡ ᠶᠠᠪᠤᠯ ᠪᠢᠳᠡ ᠪᠣᠯᠵᠤ ᠪᠠᠢᠨ᠎ᠠ ᠪᠣᠯᠪᠠ ◦ ᠰᠠᠶᠢᠬᠠᠨ ᠶᠠᠭᠤ ᠮᠡᠳᠡᠨ

ᠪᠣᠯᠣᠰᠤᠷᠠᠯ ᠶᠠᠭᠤᠪᠠ ᠶᠠᠪᠤᠯᠳᠠᠭ ᠪᠣᠯᠪᠠᠯ ᠶᠠᠭᠤᠰᠢᠭ ᠶᠠᠪᠤᠳᠠᠯ ᠮᠡᠳᠡᠨ ᠮᠡᠳᠡ ᠮᠡᠳᠡᠬᠦ ᠮᠡ :

ᠪᠠᠢᠭᠠ ᠪᠣᠯᠣᠯᠲᠠᠢ ᠮᠡᠳᠡᠪᠡ ᠪᠢ ᠶᠢᠮᠠᠷ ᠪᠣᠯᠣᠭᠰᠠᠨ ᠂ ᠲᠠᠨ ᠪᠣᠯᠣᠭᠰᠠᠨ ᠲᠠ ᠲᠠ ᠪᠢᠳᠡ ᠪᠣᠯᠪᠠ ◦ ᠲᠡᠭᠡᠳ ᠳᠠᠭᠤᠨ ᠪᠣᠯᠵᠤ

ᠮᠡᠳᠡᠭᠰᠡᠨ ᠪᠢ ᠂ ᠲᠡᠭᠡᠳ ᠶᠠᠭᠤᠯᠠᠭᠰᠠᠨ ᠪᠢᠳᠡ ᠪᠣᠯᠣᠭᠰᠠᠨ ᠰᠠᠭᠤᠭᠠᠪᠠ ᠪᠣᠯᠪᠠ ◦ ᠰᠠᠶᠢᠬᠠᠨ ᠲᠡᠭᠡᠳ ᠶᠠᠭᠤᠳ ᠶᠠᠪᠠ ᠪᠣᠯᠣᠯ ᠪᠠᠢᠭᠠ

—— ᠲᠠ ᠶᠠᠭᠤᠨ ᠳᠠᠭᠤᠨ ᠪᠣᠯᠣᠯᠲᠠᠢ ᠶᠠᠭᠤᠪᠠ ᠪᠢ ? ᠪᠣᠯᠪᠠ ᠪᠣᠯᠣᠭᠰᠠᠨ ᠪᠣᠯᠣᠨ ᠲᠠᠨ ᠪᠣᠯᠪᠠ ᠶᠠᠭᠤᠳᠠᠭ ᠂ ᠲᠠᠨ ᠪᠢᠳᠡᠨ

ᠪᠣᠯᠣᠨ ᠮᠡᠳᠡᠨ ᠶᠠ ᠮᠡᠳᠡ ᠪᠢᠳᠡᠨ ᠲᠠᠨ ᠶᠠᠭᠤᠨ ᠪᠣᠯᠪᠠ ᠪᠣᠯᠪᠠ ◦ ᠰᠠᠶᠢᠬᠠᠨ ᠮᠡᠳᠡ ᠮᠡᠳᠡᠪᠡ :

——ᠶᠠᠭᠤ ᠲᠡᠭᠡᠳ —ᠲᠠ ᠮᠡᠳᠡᠭᠡ ᠶᠠᠪᠤᠯᠲᠠᠢ ᠶᠠᠭᠤᠳᠠᠯ ᠶᠠᠭᠤᠯᠠᠭᠰᠠᠨ ᠮᠡᠳᠡᠪᠡ ᠳᠠᠭᠤᠨ ᠮᠡᠳᠡ ᠶᠠᠪᠤᠯ ᠪᠣᠯᠪᠠ ?ᠪᠣᠯᠪᠠ ᠮᠡᠳᠡ

ᠶᠠᠭᠤᠯᠠᠭᠰᠠᠨ ᠳᠠᠭᠤᠨ ᠮᠡᠳᠡᠨ ᠶᠠ ᠶᠠᠭᠤᠨ ᠲᠠᠨ ᠮᠡᠳᠡᠨ ᠶᠠᠭᠤᠪᠠ ᠪᠣᠯᠪᠠ ◦ ᠮᠡᠳᠡ ᠮᠡᠳᠡᠪᠡ :

ᠶᠠᠪᠤᠯᠵᠤ ᠶᠠᠭᠤᠪᠠ ᠶᠠᠭᠤᠯᠪᠠ ◦ ᠲᠡᠭᠡᠨ ᠪᠣᠯᠣᠭᠰᠠᠨ ᠮᠡᠳᠡᠭᠰᠡᠨ ᠪᠢ ᠲᠡᠭᠡ ᠮᠡᠳᠡᠪᠡ ᠪᠢᠳᠡ ᠮᠡᠳᠡᠵᠦ ᠶᠠᠭᠤᠪᠠ ᠪᠣᠯᠪᠠ ◦ ᠰᠠᠶᠢᠬᠠᠨ

ᠶᠠᠪᠤᠨ ᠪᠣᠯᠣᠭᠰᠠᠨ ◦ ᠮᠡᠳᠡ ᠮᠡᠳᠡᠪᠡ ᠳᠠᠭᠤᠨ ᠪᠣᠯᠵᠤ ᠂ ᠪᠣᠯᠣᠨ ᠪᠣᠯᠣᠭᠰᠠᠨ ᠮᠡᠳᠡᠭᠰᠡᠨ ᠪᠢ ᠪᠣᠯᠣᠨ ᠮᠡᠳᠡᠨ ᠶᠠ ᠲᠠ ᠮᠡᠳᠡ ᠶᠠᠭᠤᠨ

ᠶᠠᠭᠤᠳ ᠳᠠᠭᠤᠨ ᠪᠣᠯᠵᠤ ◦ ᠮᠡᠳᠡᠭᠰᠡᠨ ᠮᠡᠳᠡᠨ ᠲᠡᠭᠡᠨ ᠮᠡᠳᠡᠪᠡ ᠪᠢ ᠂ ᠶᠠᠭᠤ ᠶᠠᠭᠤᠨ ᠶᠠ ᠲᠠᠨ ᠶᠠᠭᠤᠯᠠᠭᠰᠠᠨ ᠪᠢ ᠂ ᠮᠡᠳᠡ ᠪᠣᠯᠣᠨ

ᠰᠠᠶᠢᠬᠠᠨ ᠳᠠᠭᠤᠨ ᠪᠣᠯᠵᠤ ◦ ᠮᠡᠳᠡ ᠮᠡᠳᠡᠪᠡ ᠪᠣᠯᠣᠨ ᠪᠣᠯᠣᠭᠰᠠᠨ ᠮᠡᠳᠡᠭᠰᠡᠨ ᠮᠡᠳᠡ ᠶᠠᠭᠤᠳ ᠂ ᠲᠡᠭᠡᠨ ᠪᠣᠯᠣᠭᠰᠠᠨ ᠮᠡᠳᠡᠭᠰᠡᠨ ᠶᠠᠭᠤᠪᠠ

——ᠪᠢᠳᠡ ᠪᠣᠯᠣᠨ ᠪᠣᠯᠣᠭᠰᠠᠨ ᠮᠡᠳᠡᠭᠰᠡᠨ ᠮᠡᠳᠡ ᠶᠠᠭᠤ ᠂ ᠲᠡᠭᠡᠨ ᠪᠣᠯᠣᠭᠰᠠᠨ ᠮᠡᠳᠡᠭᠰᠡᠨ ᠶᠠᠪᠤᠨ ᠶᠠᠭᠤ ᠪᠣᠯᠪᠠ ᠪᠣᠯᠣᠯᠲᠠᠢ ◦

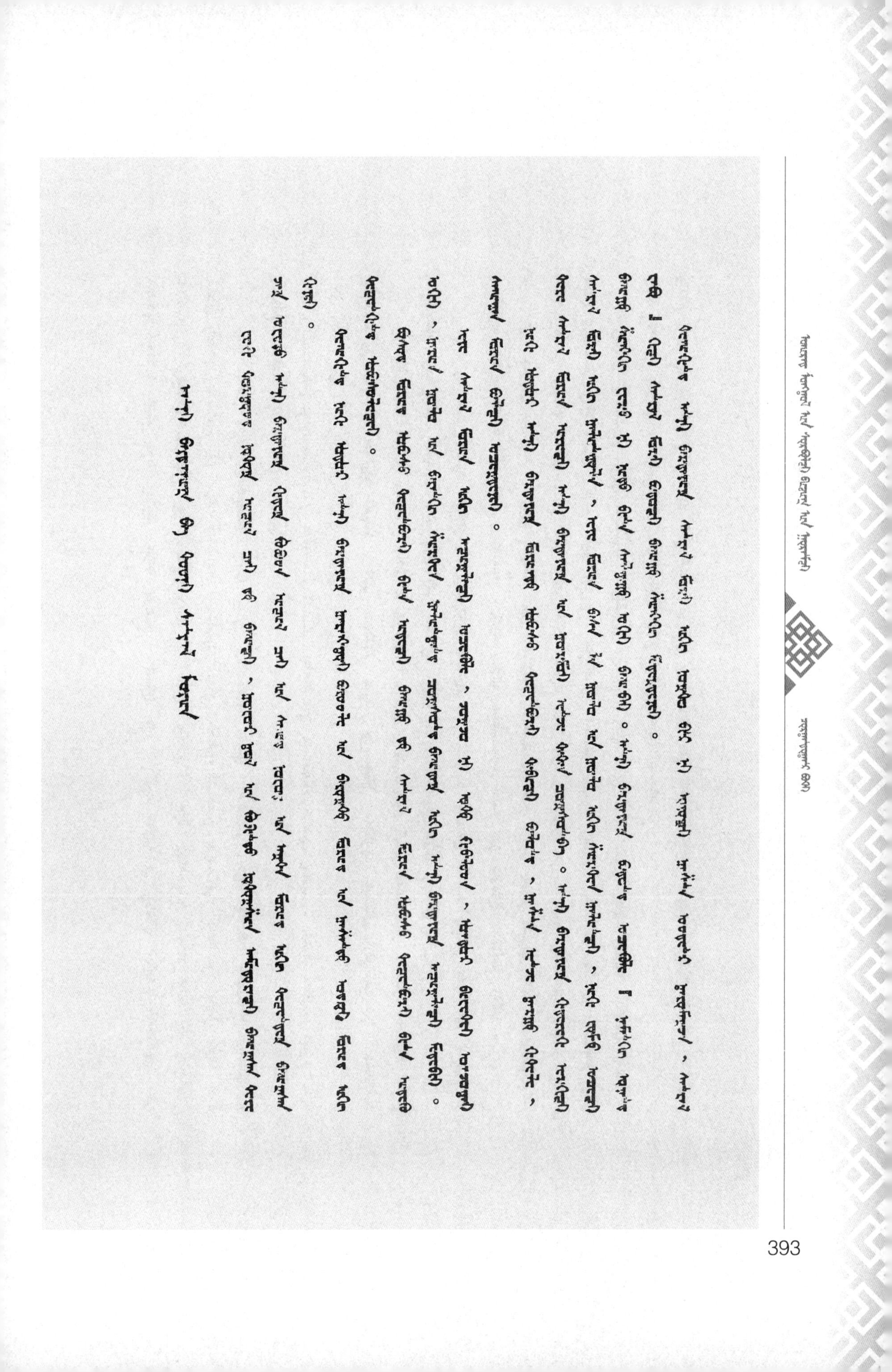

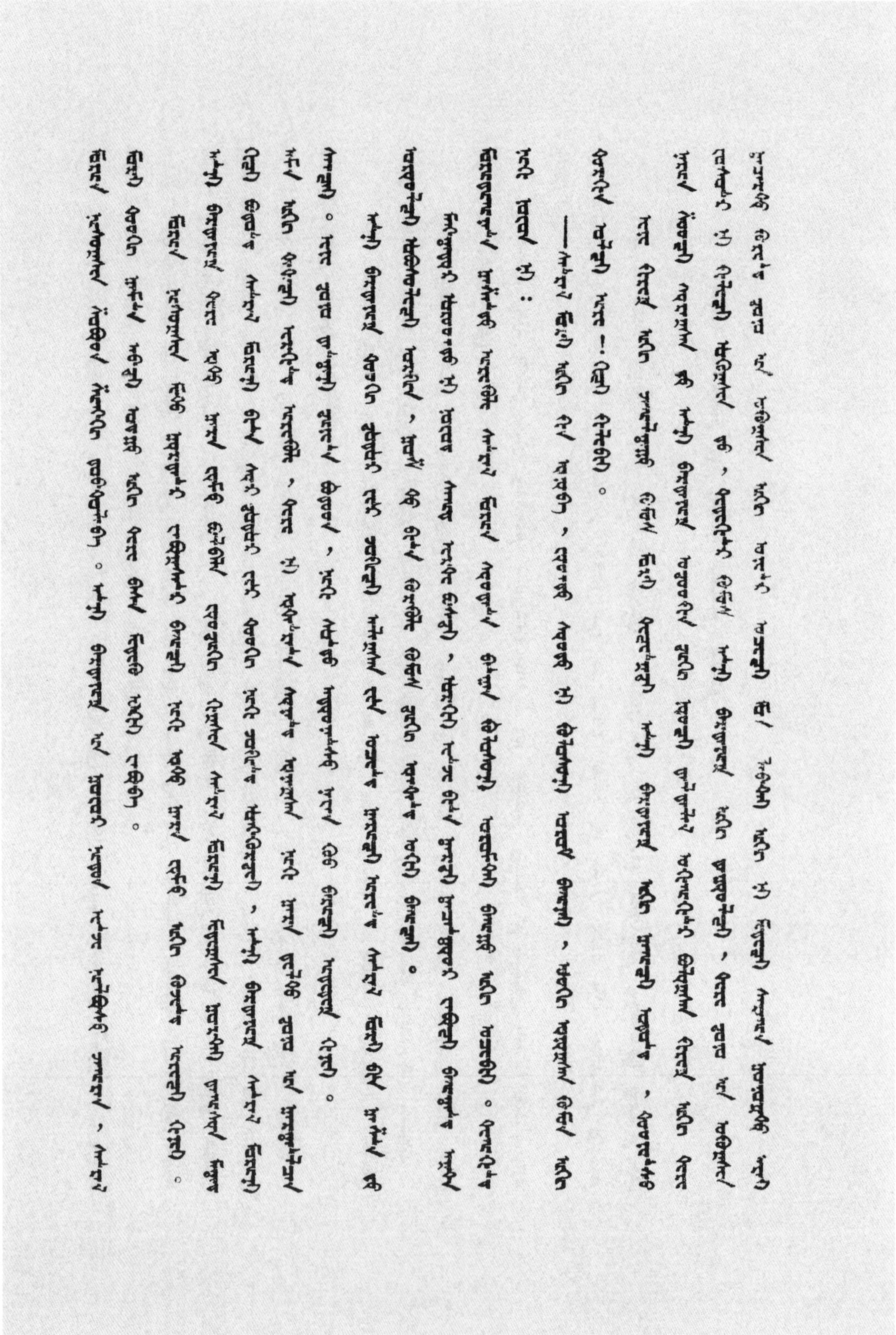

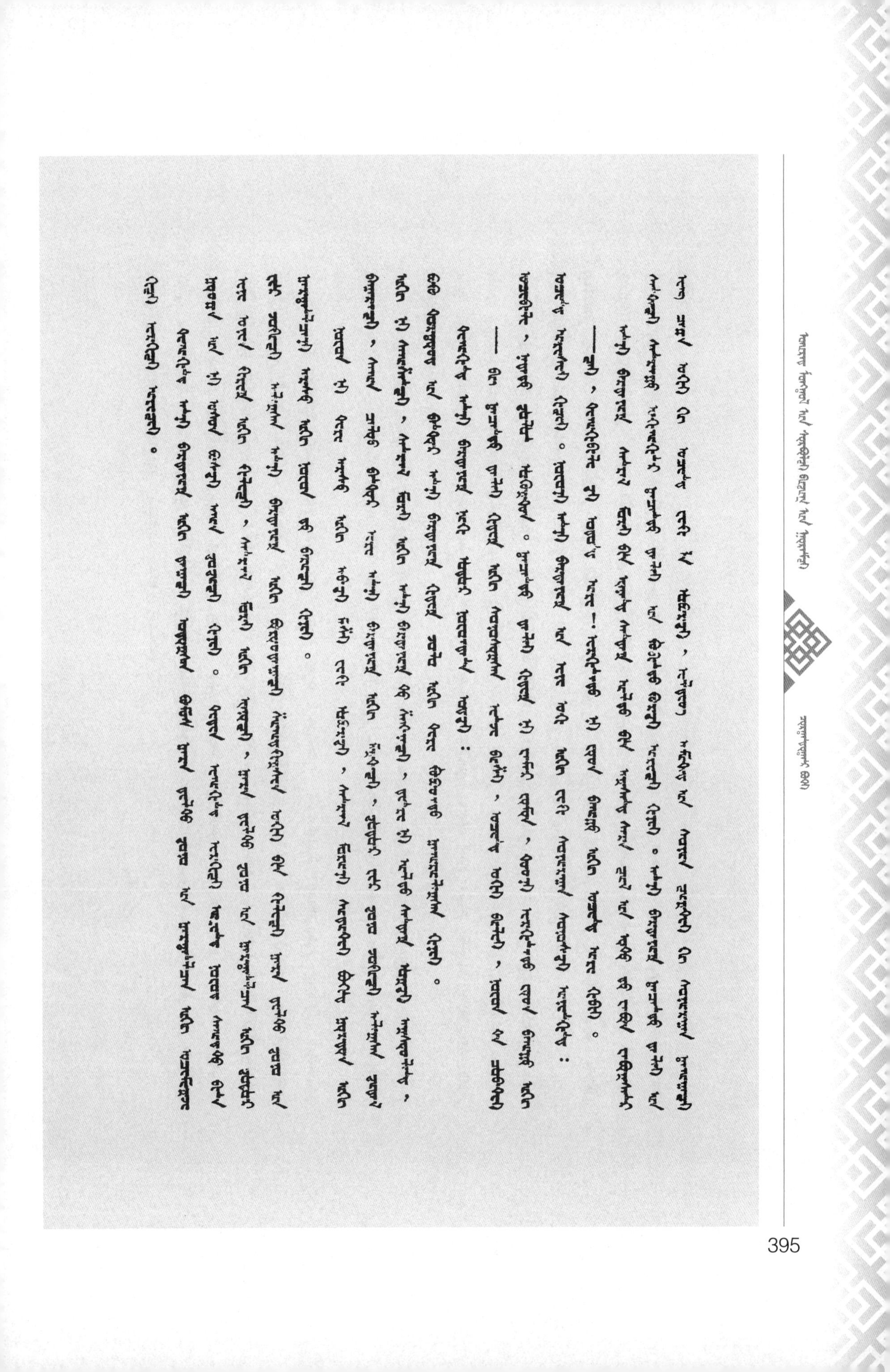

[illegible]
[illegible]
[illegible]
[illegible]
[illegible]
[illegible]
[illegible]
[illegible]
[illegible]
[illegible]
[illegible]
[illegible]
[illegible]
[illegible]
[illegible]
[illegible]
[illegible]
[illegible]

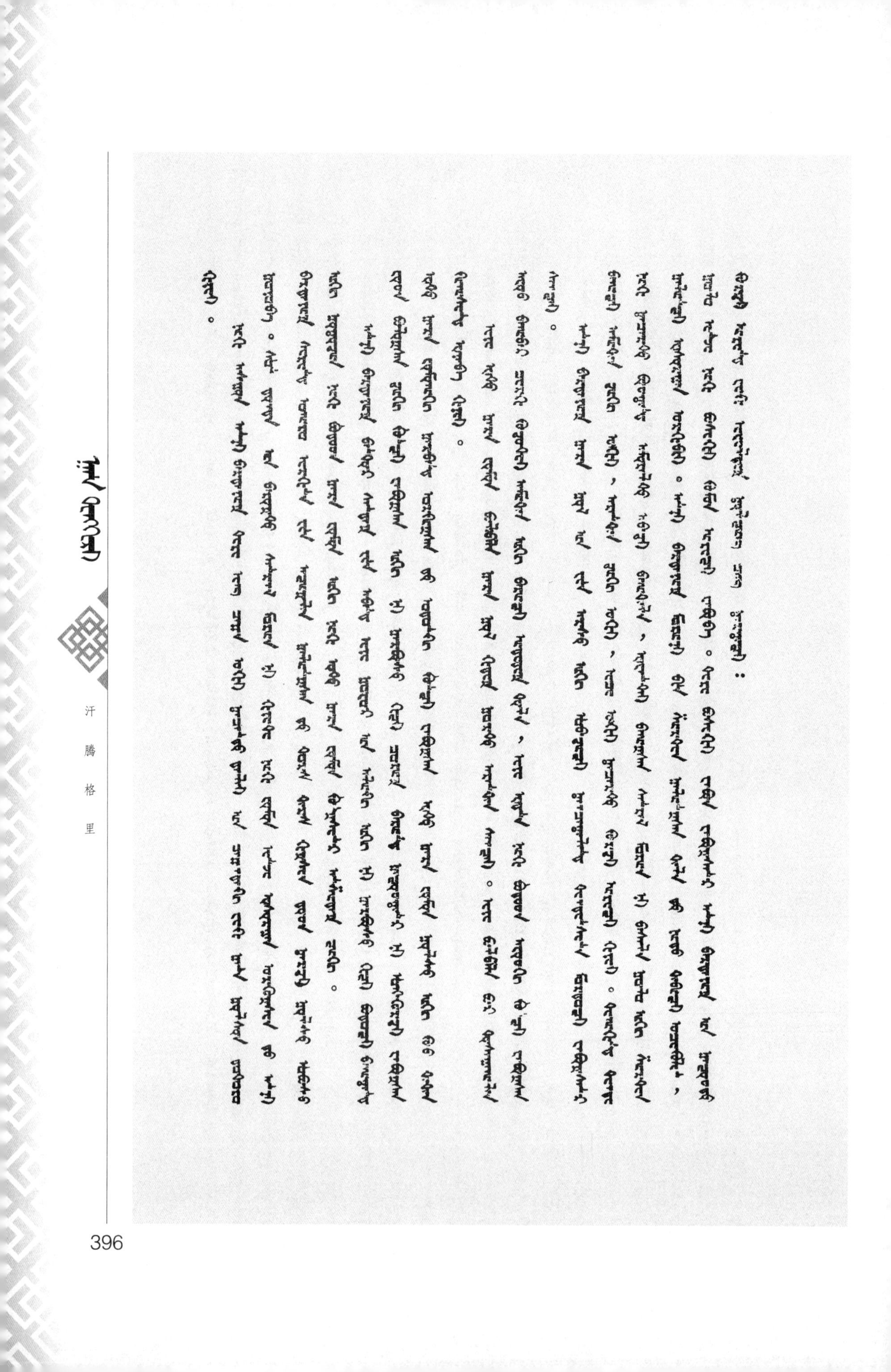

[illegible]

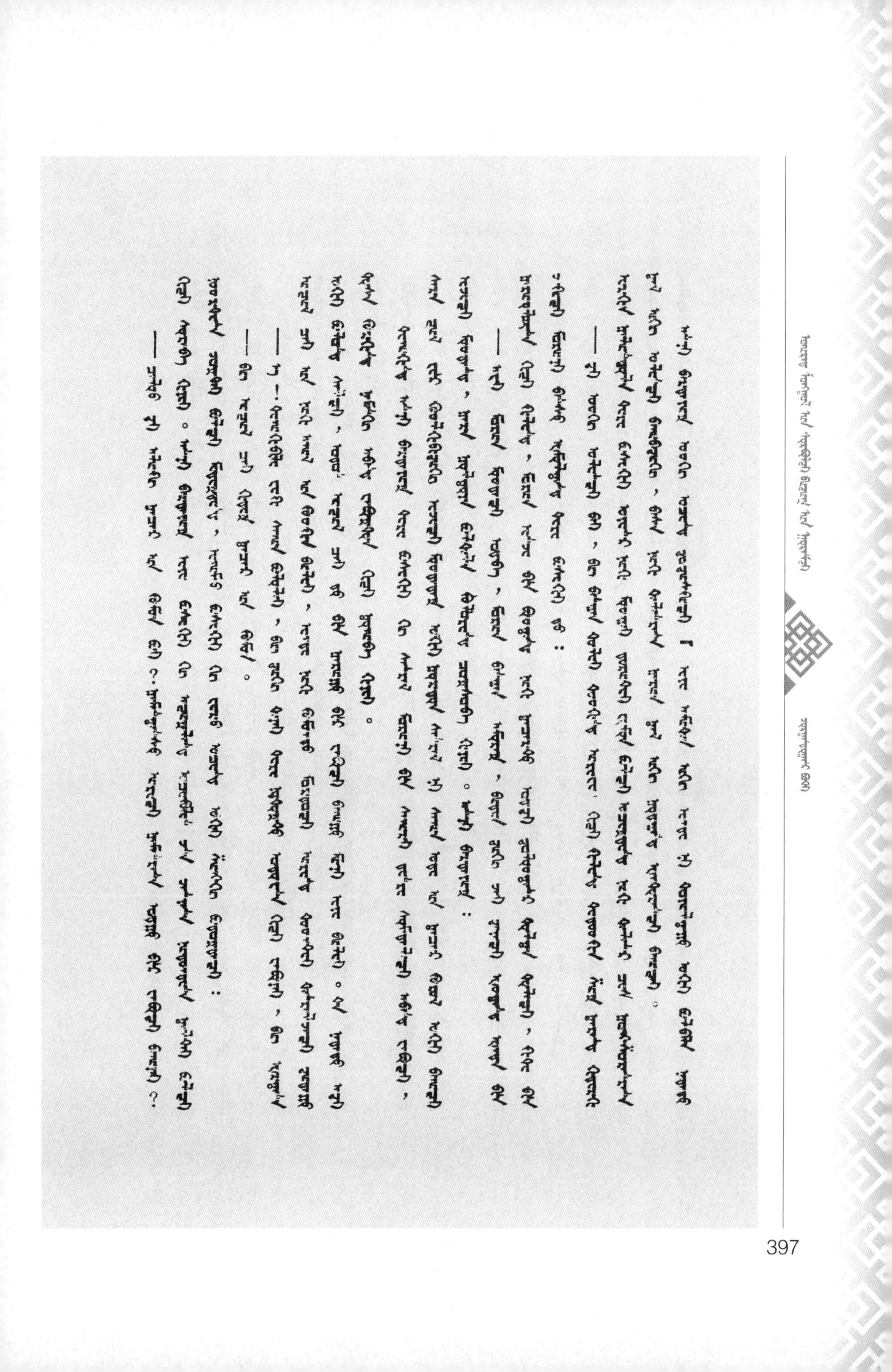

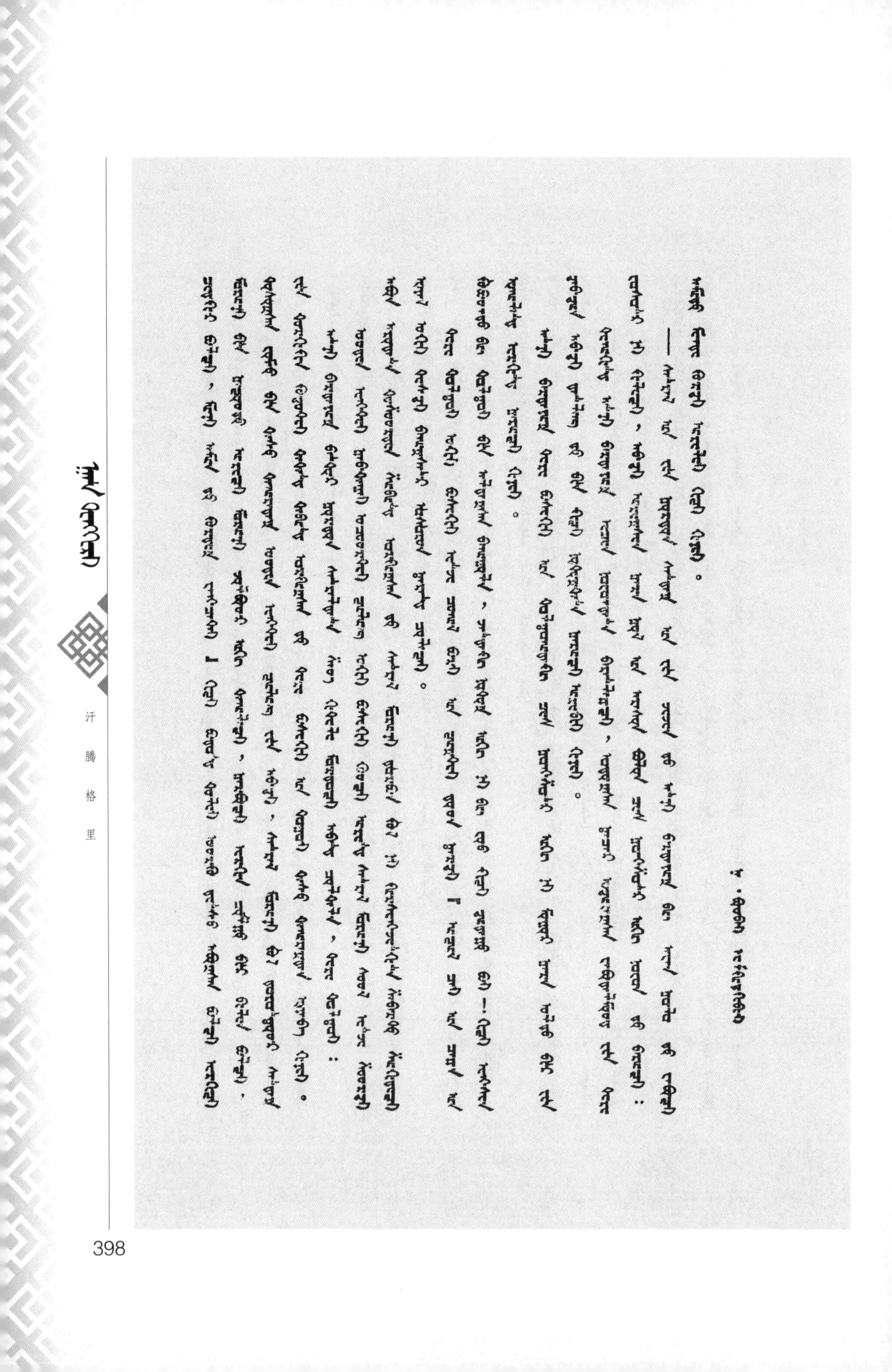

[illegible]

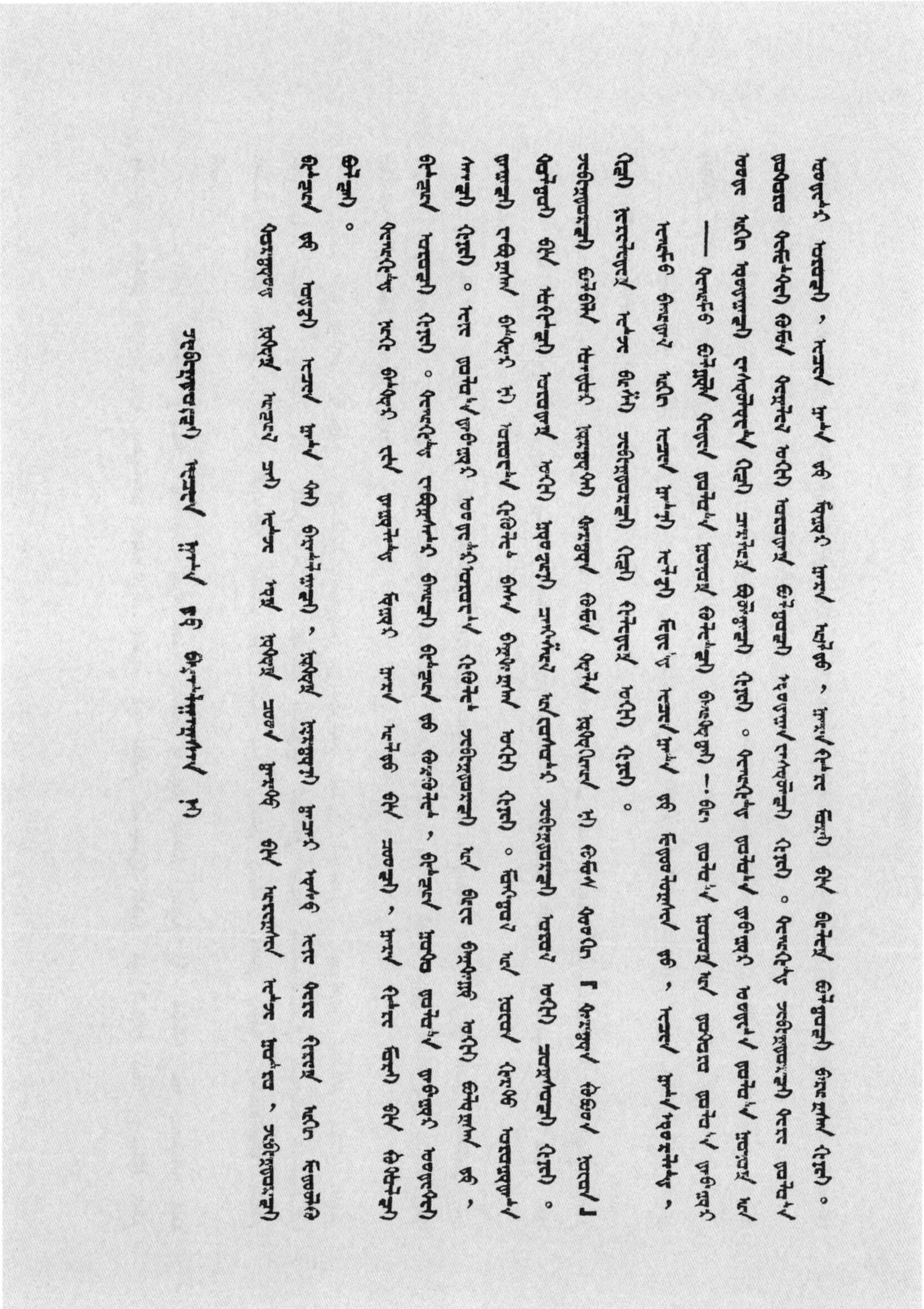

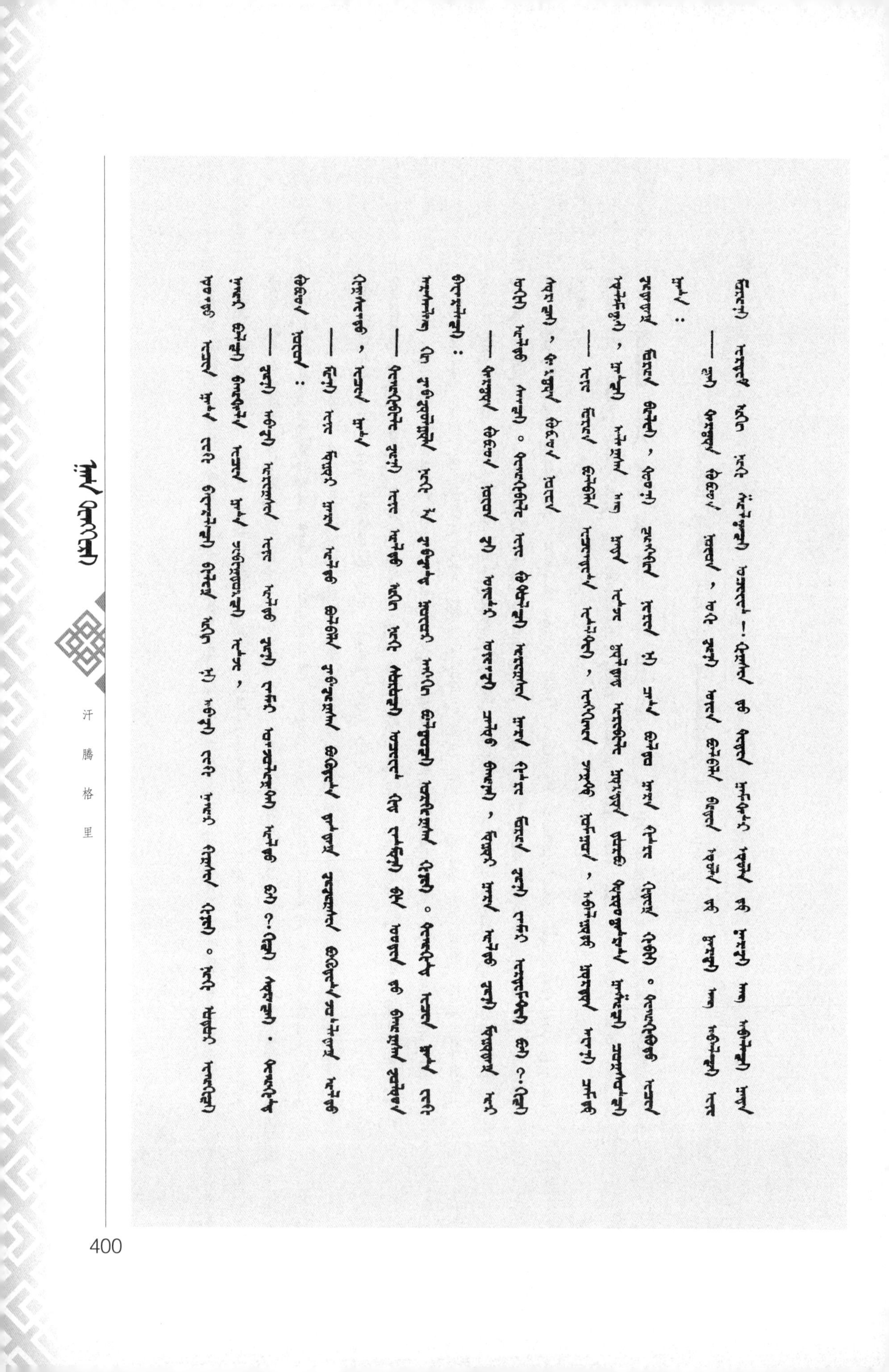

[illegible]

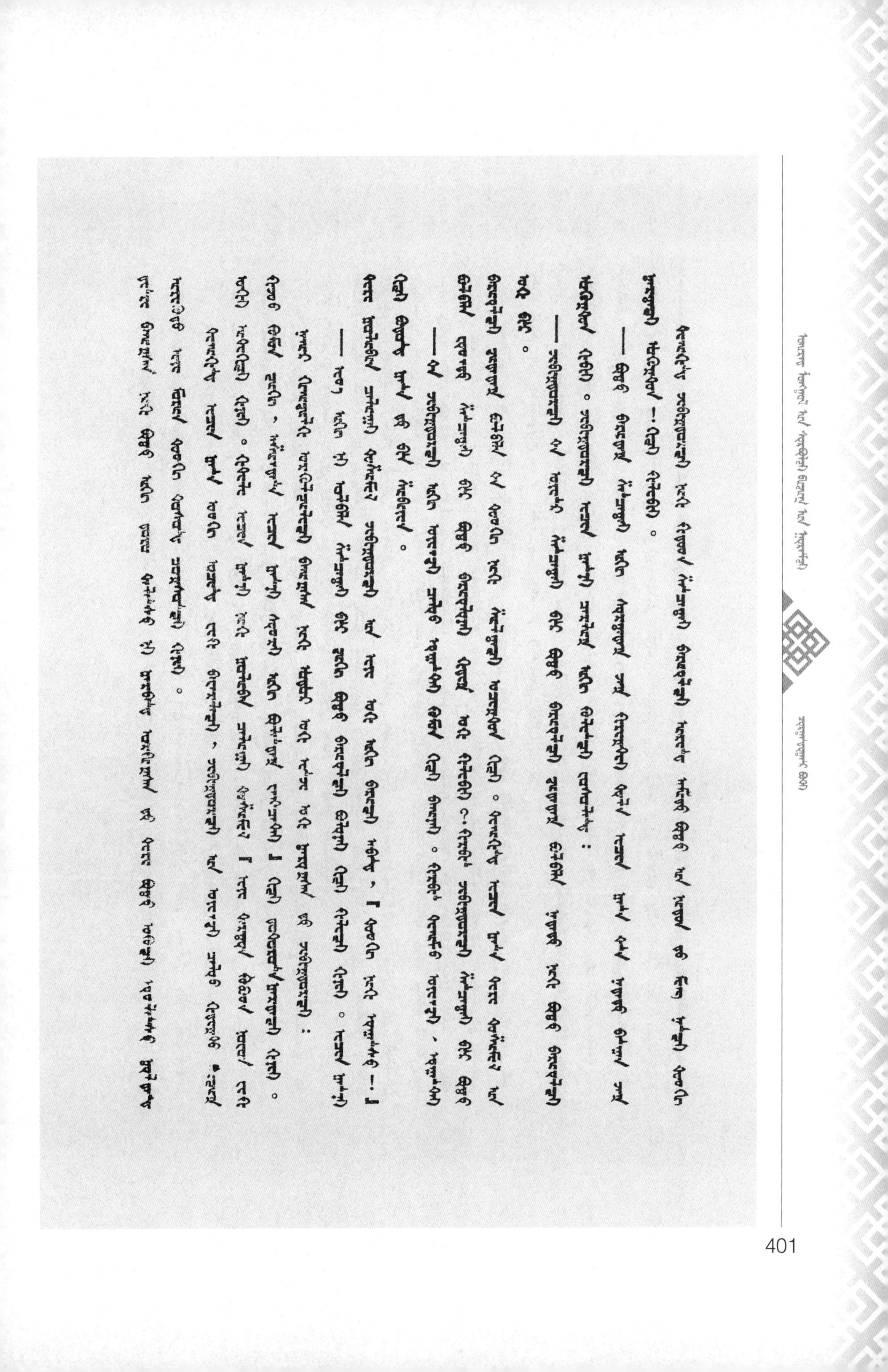

[illegible]

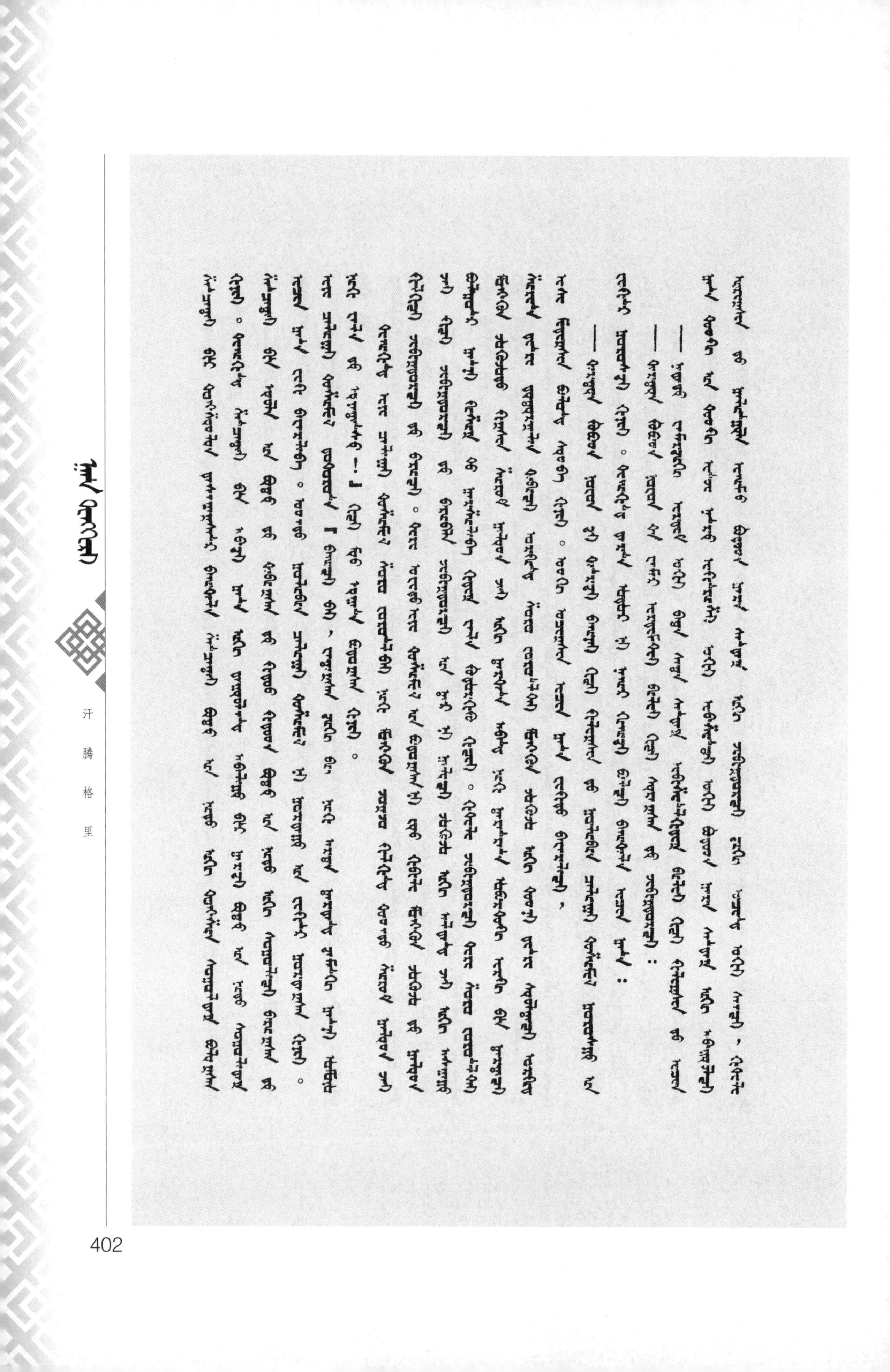

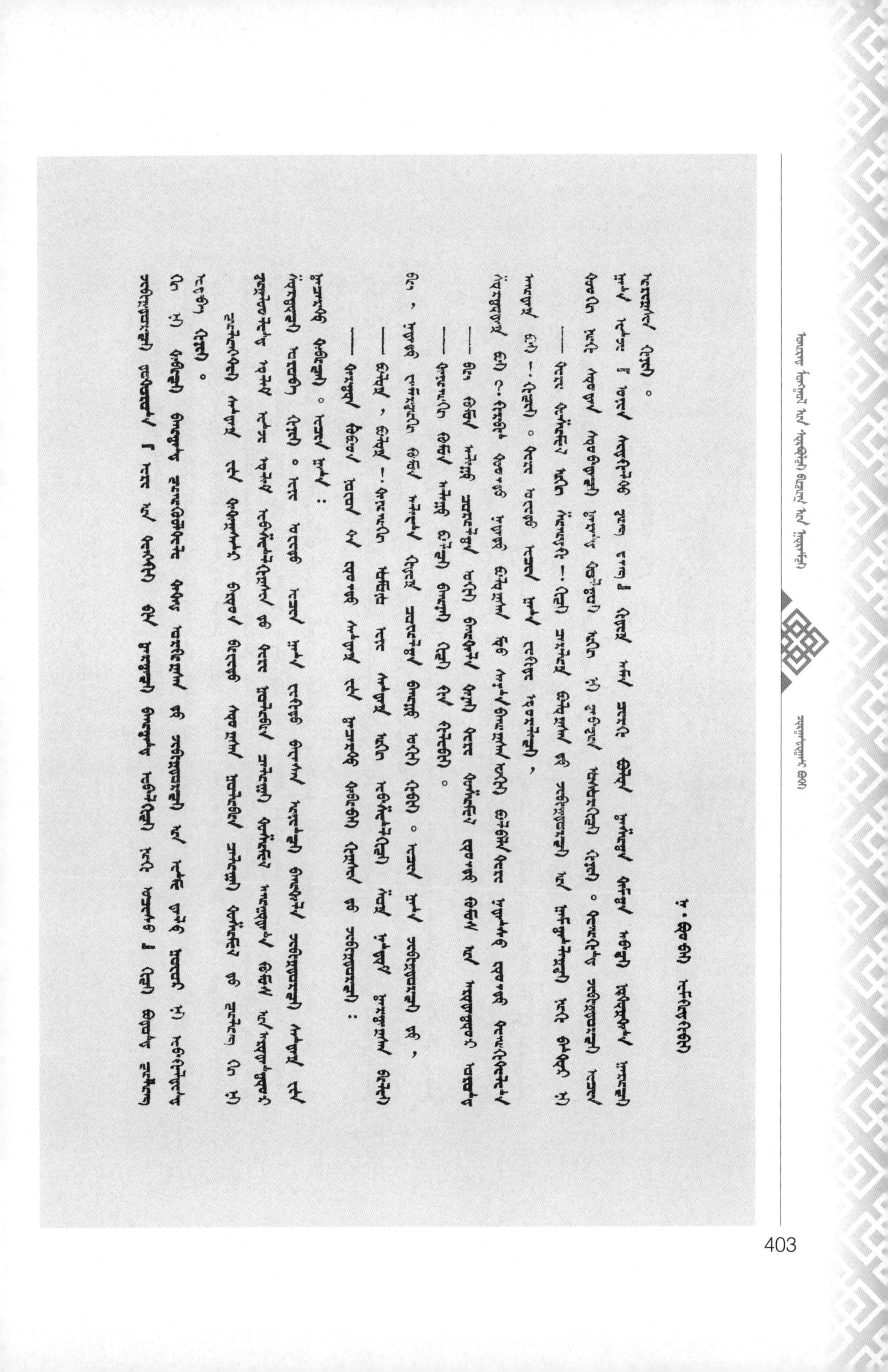

[illegible]

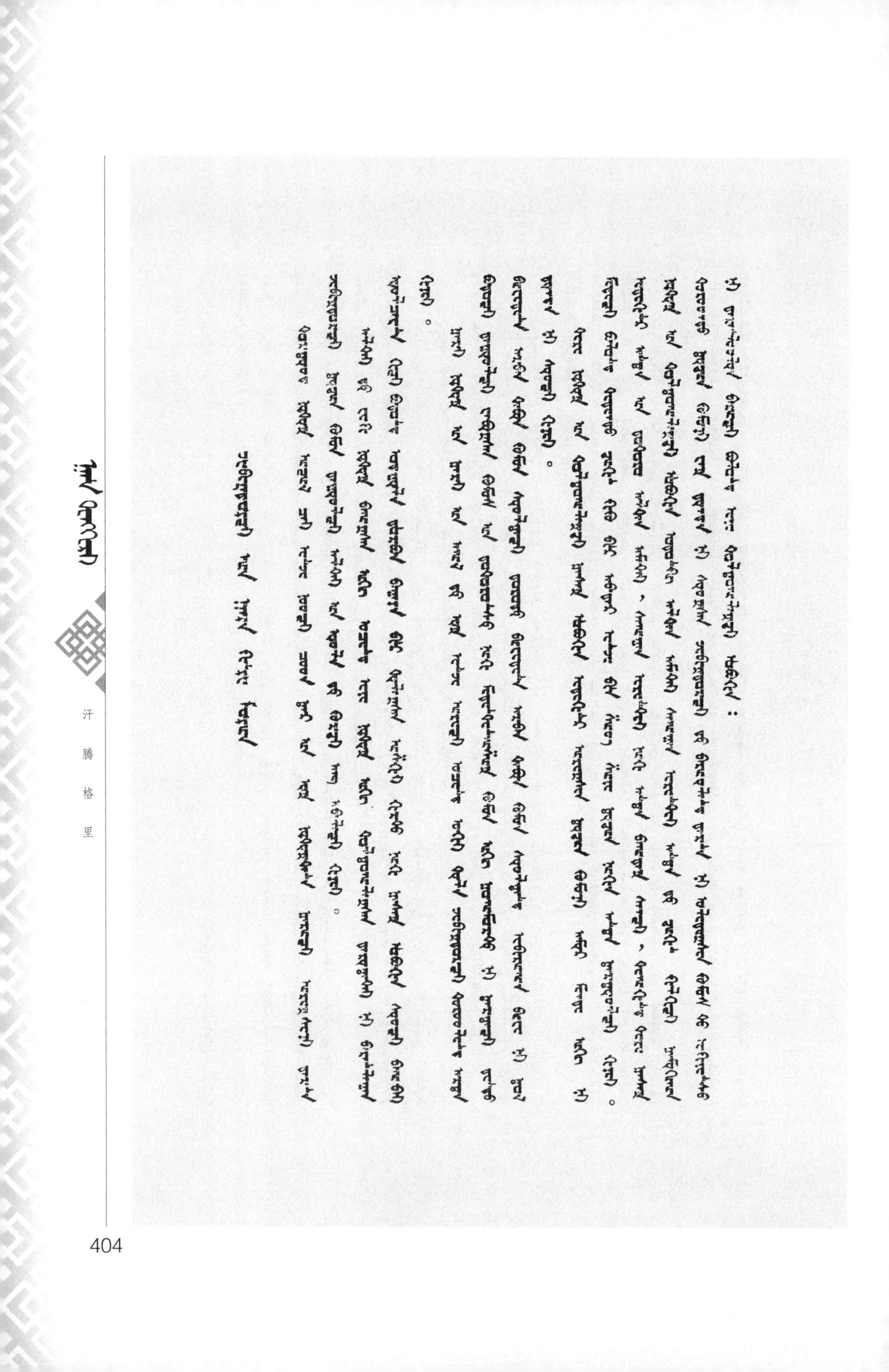

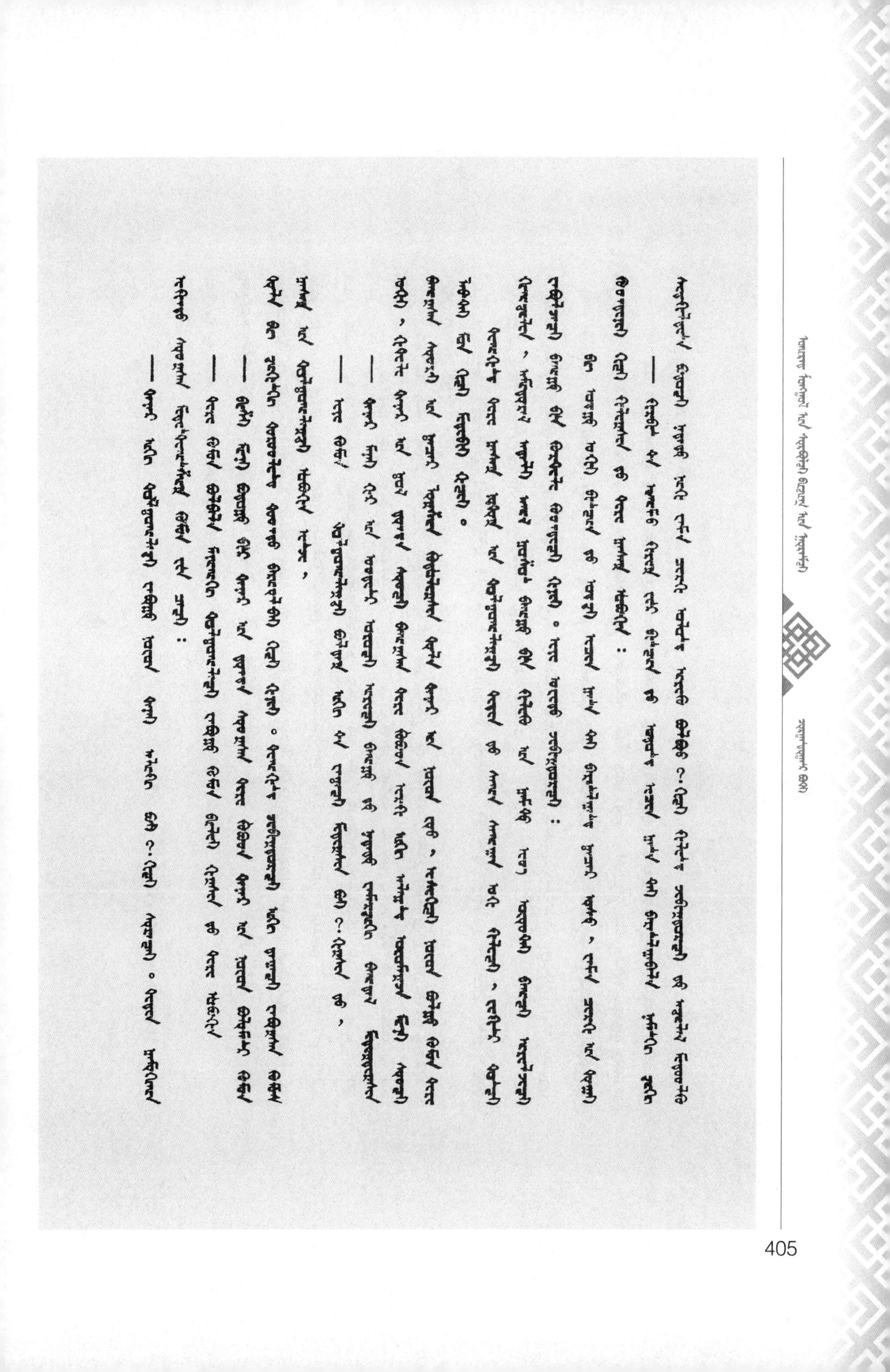

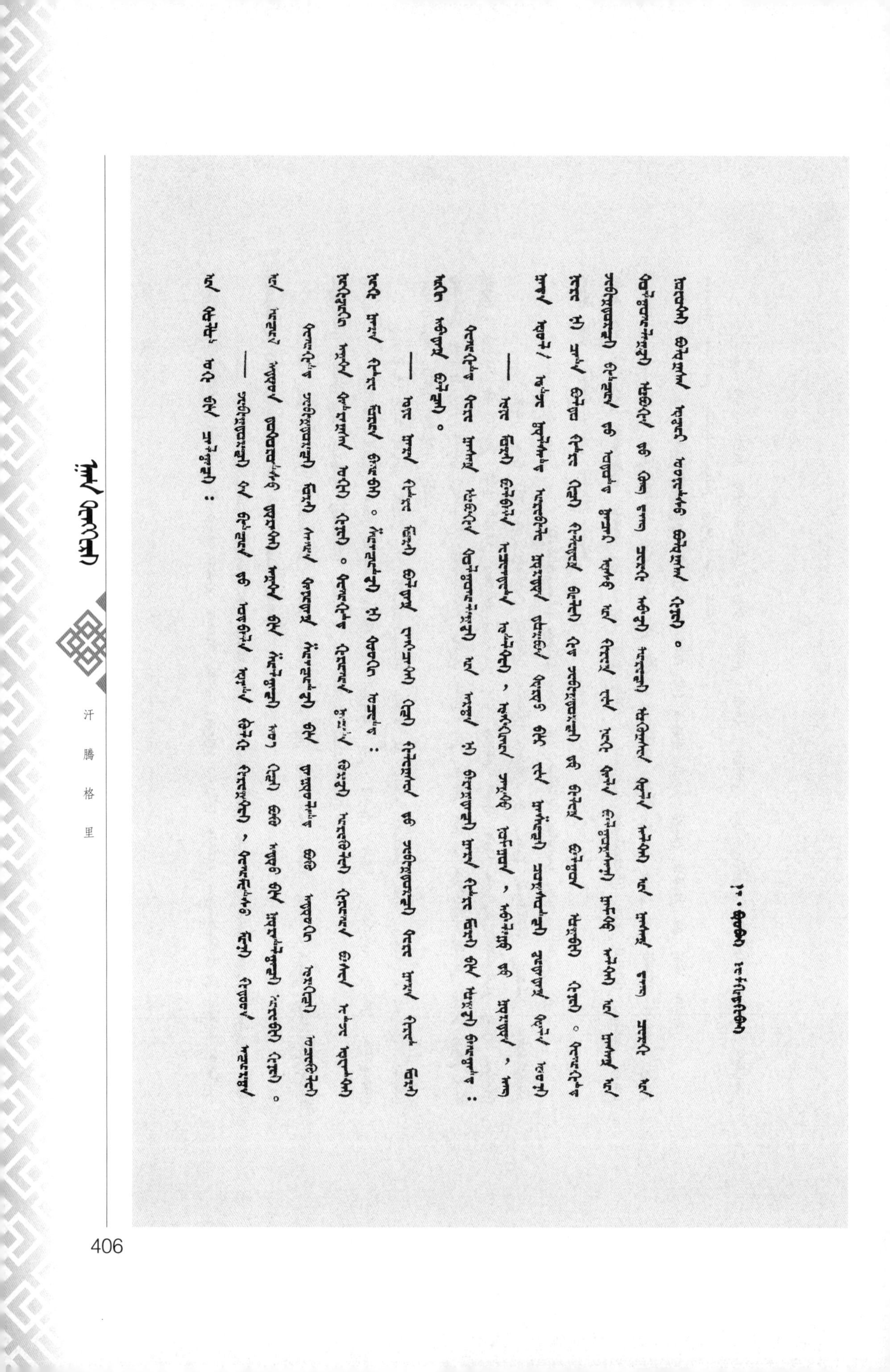

[illegible]

[illegible]

[illegible]

[illegible]

[illegible]

[illegible]

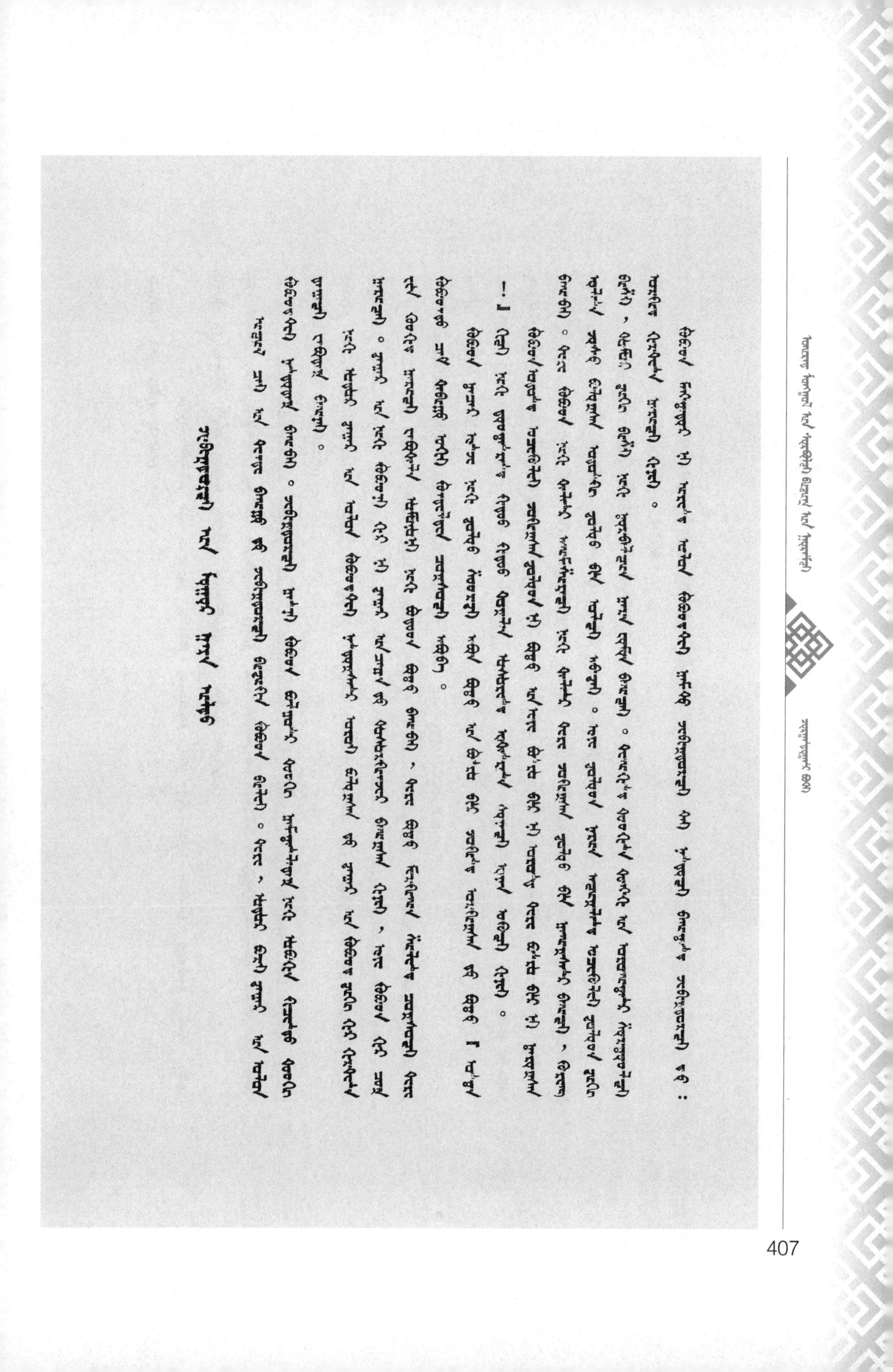

[illegible]

[illegible]

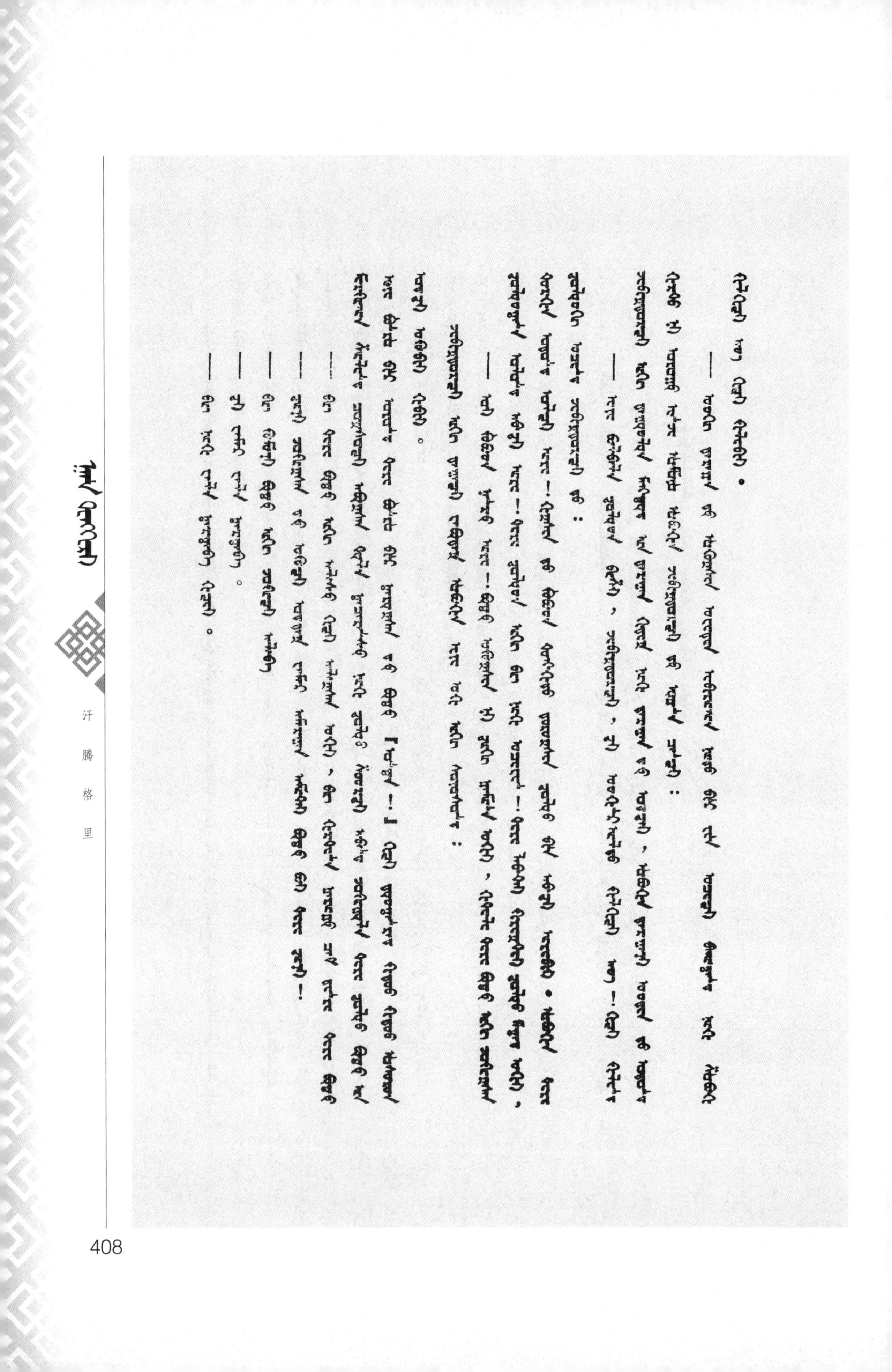

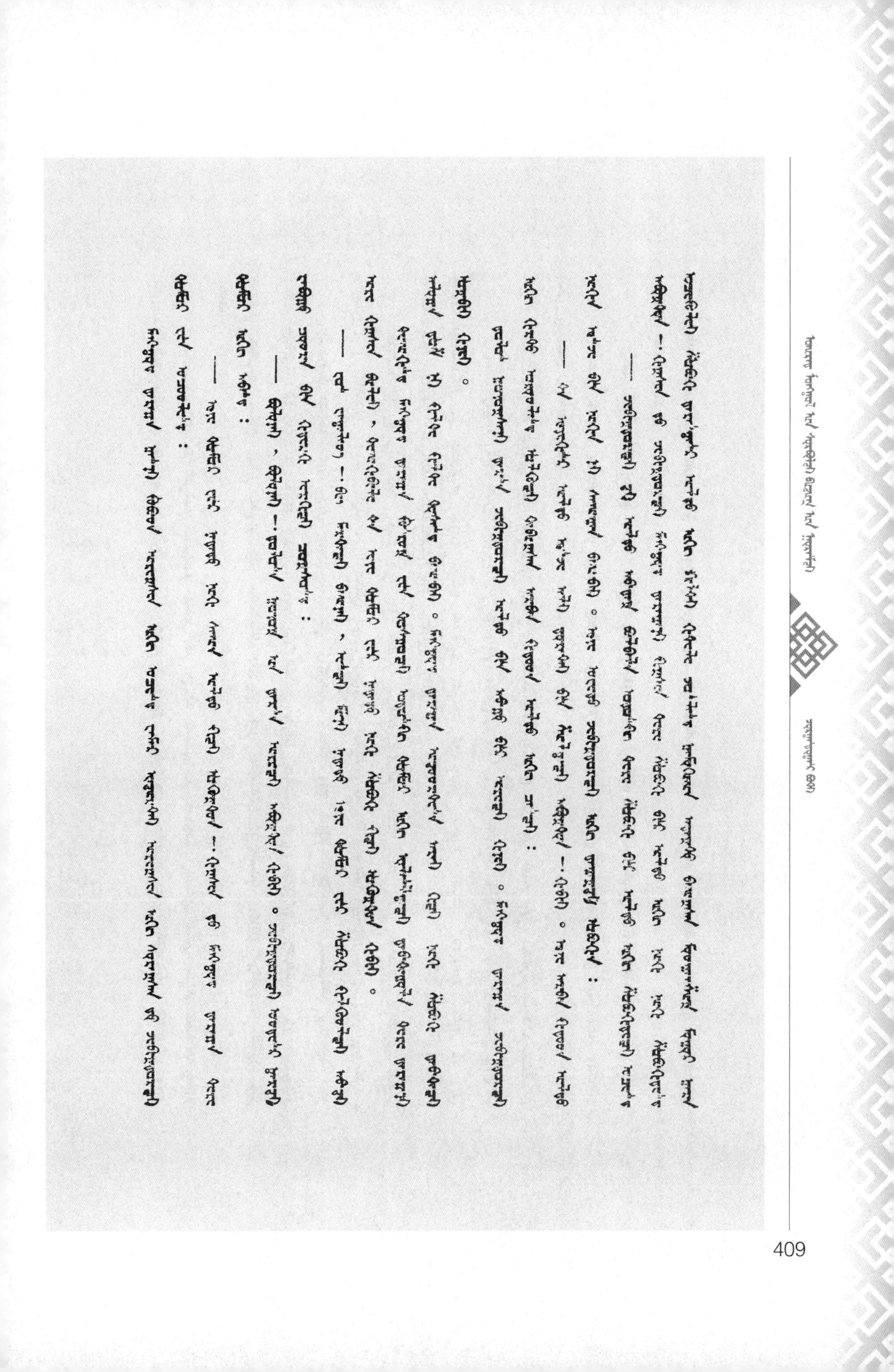

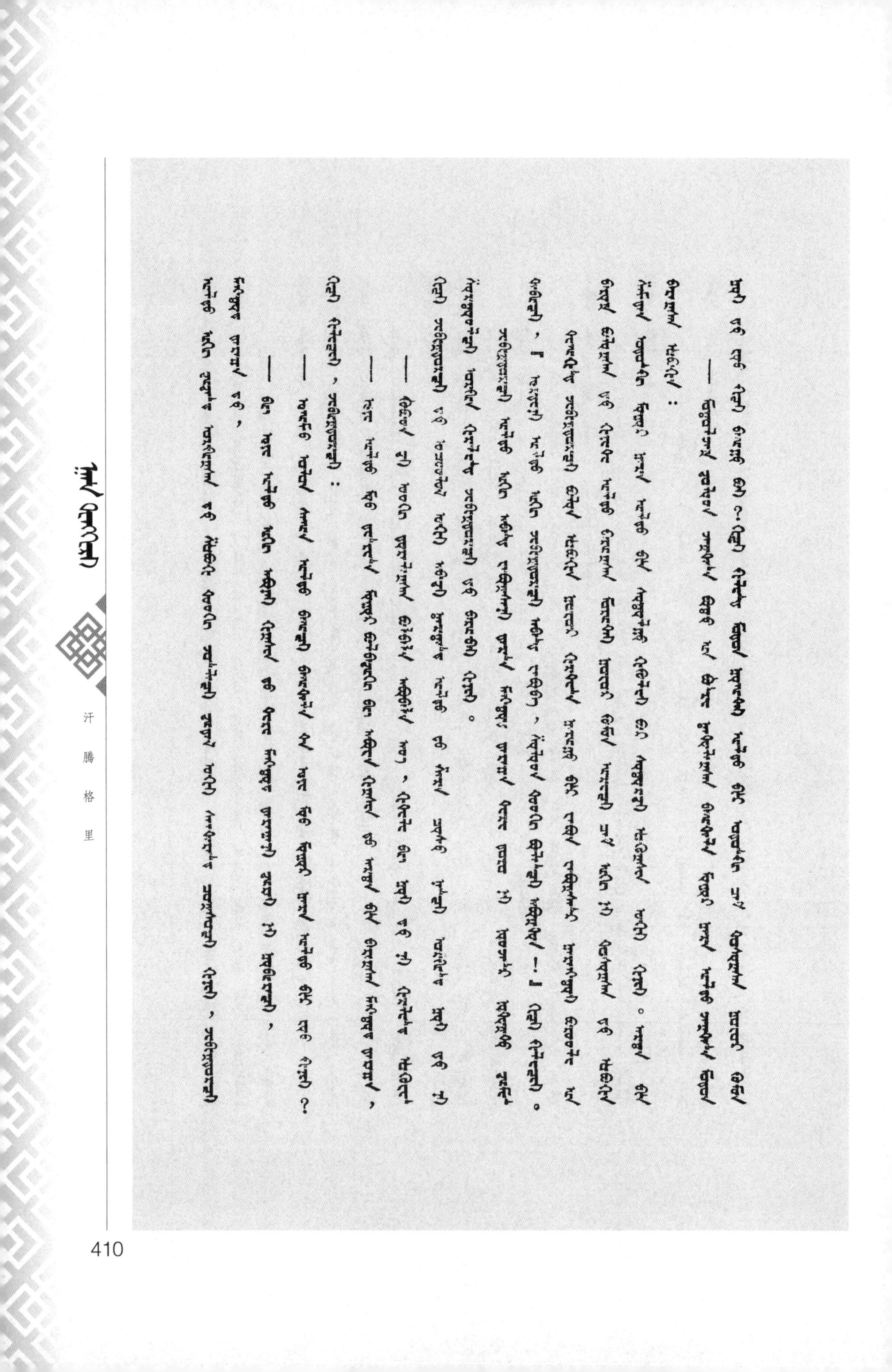

[illegible]

— [illegible]

[illegible] :

[illegible]

[illegible]

[illegible]

[illegible]

[illegible]

[illegible]

[illegible]

— [illegible]

— [illegible]

[illegible] :

— [illegible]

— [illegible]

[illegible]

[illegible]

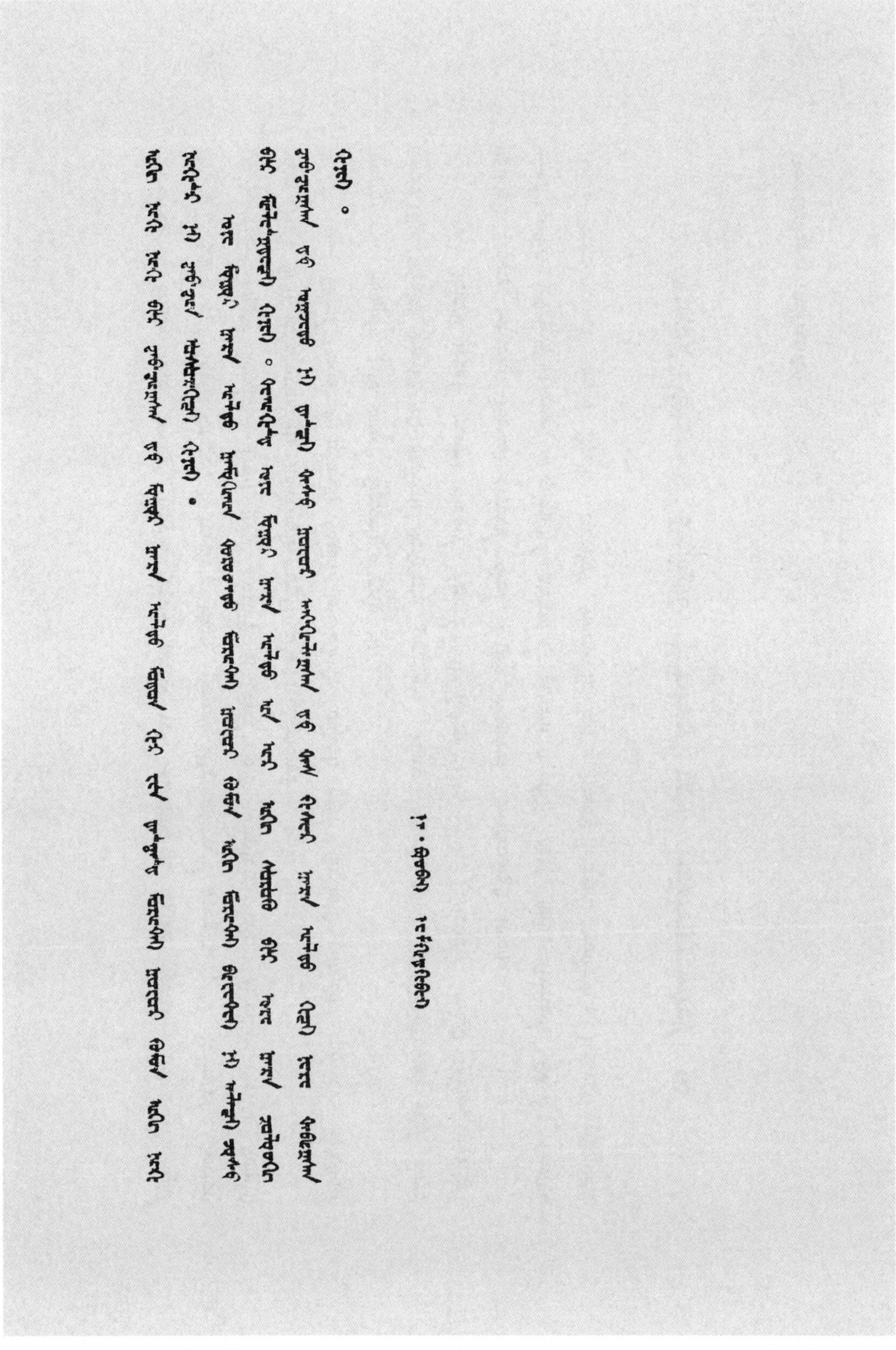

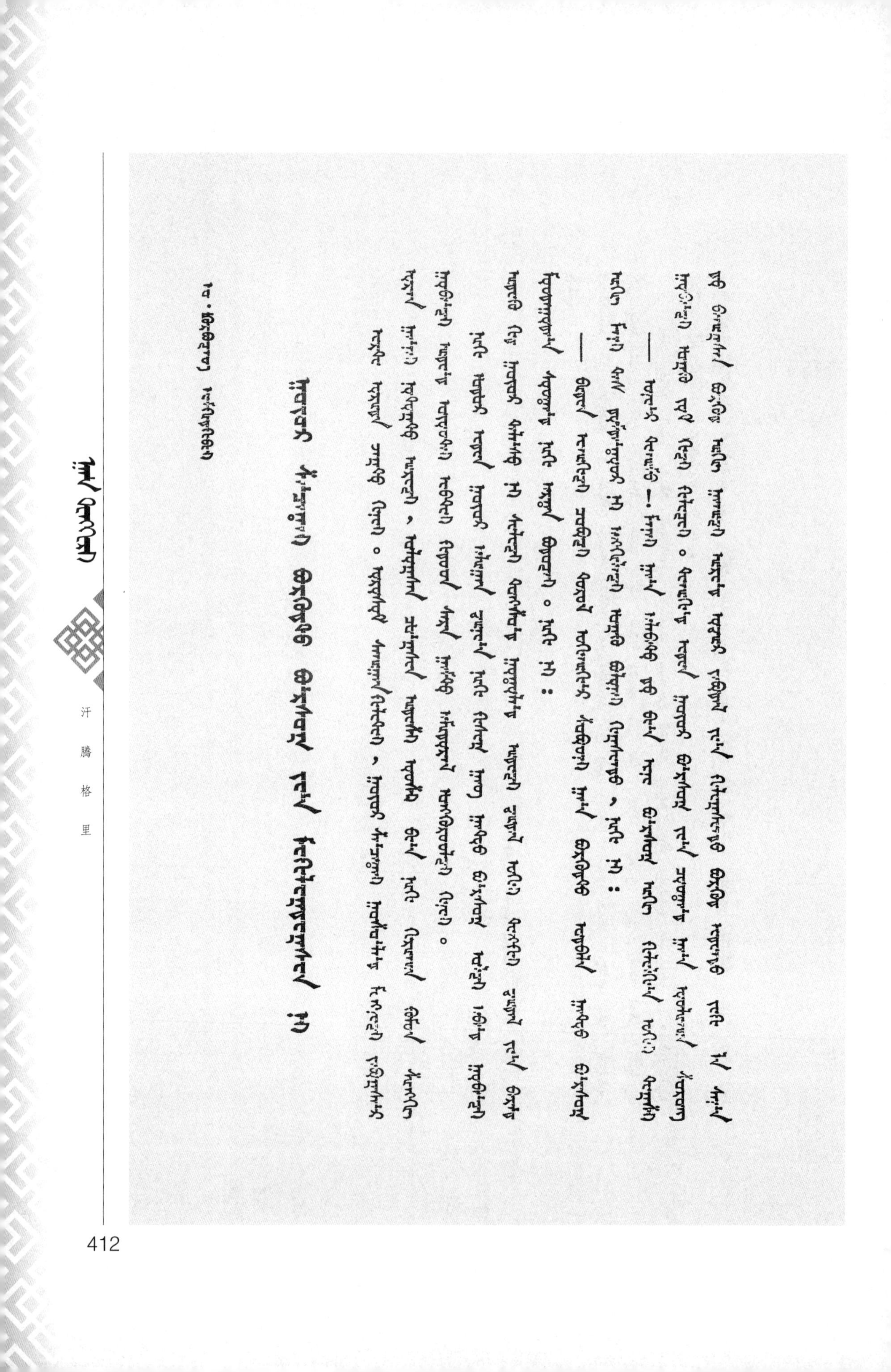

[illegible]

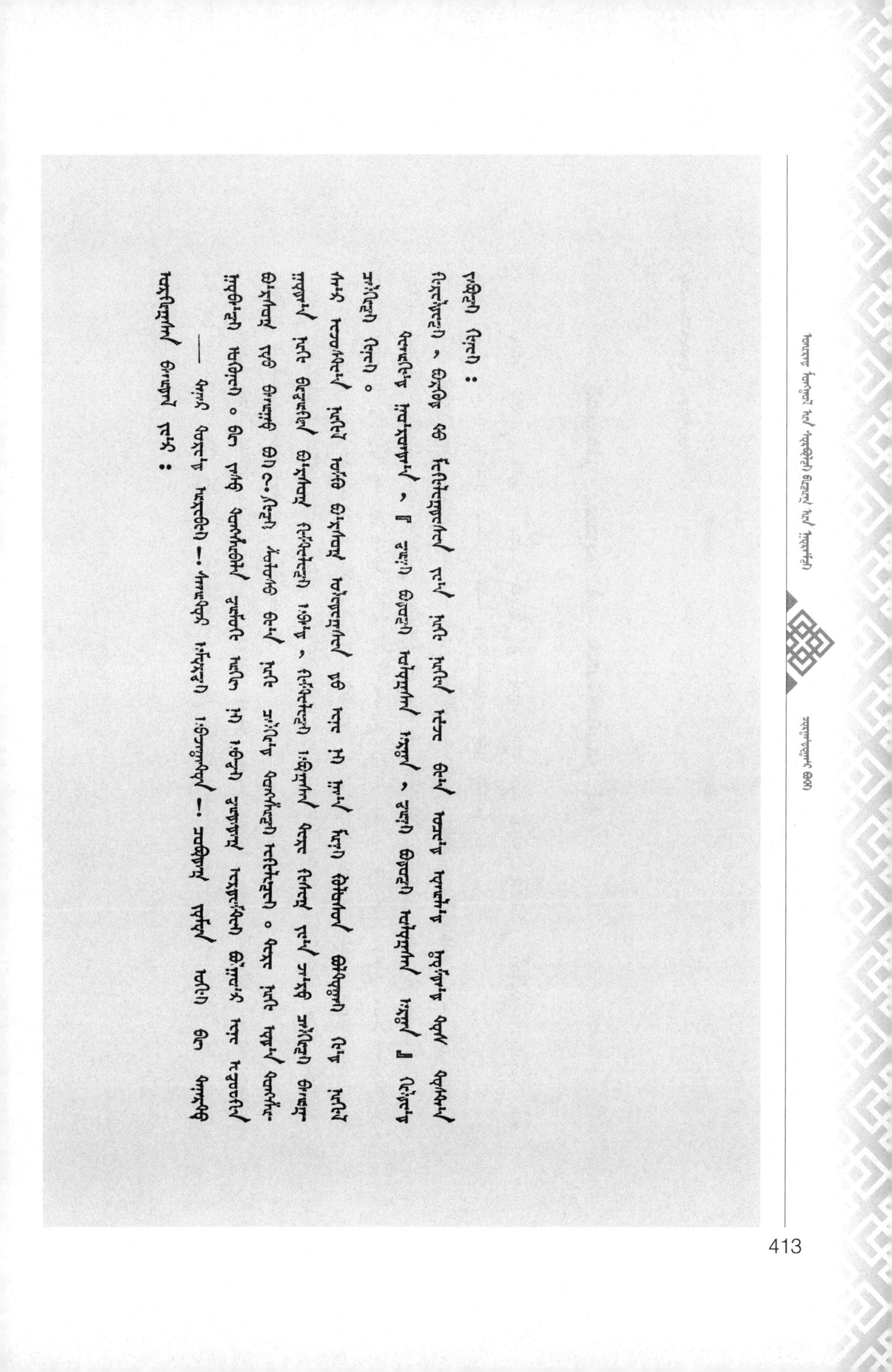

[illegible] :

[illegible]

[illegible] 『 [illegible] 』 [illegible]

[illegible] ᠃

[illegible]

[illegible]

[illegible] ᠃ [illegible]

[illegible] ᠃ [illegible]

—— [illegible]

[illegible] :

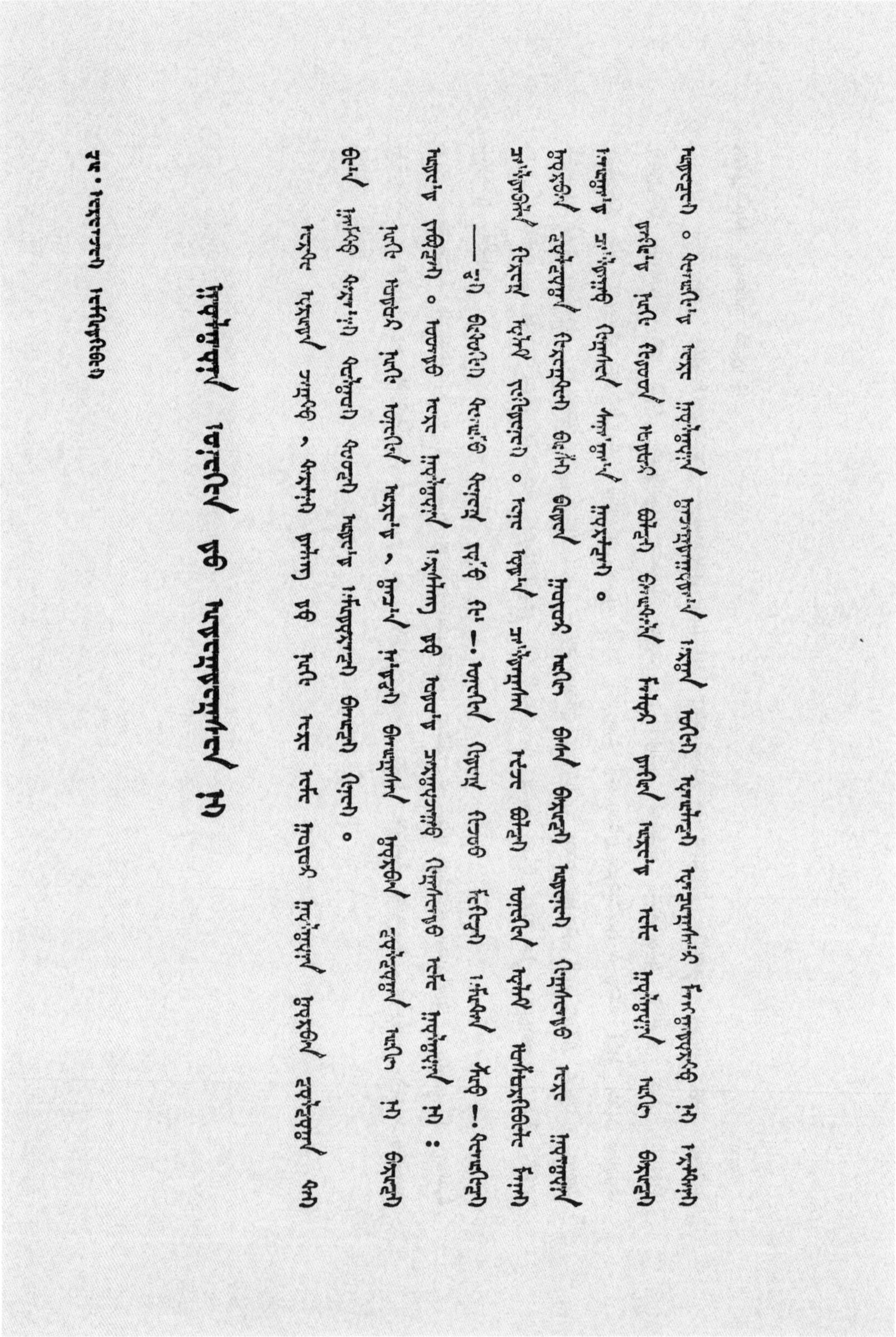

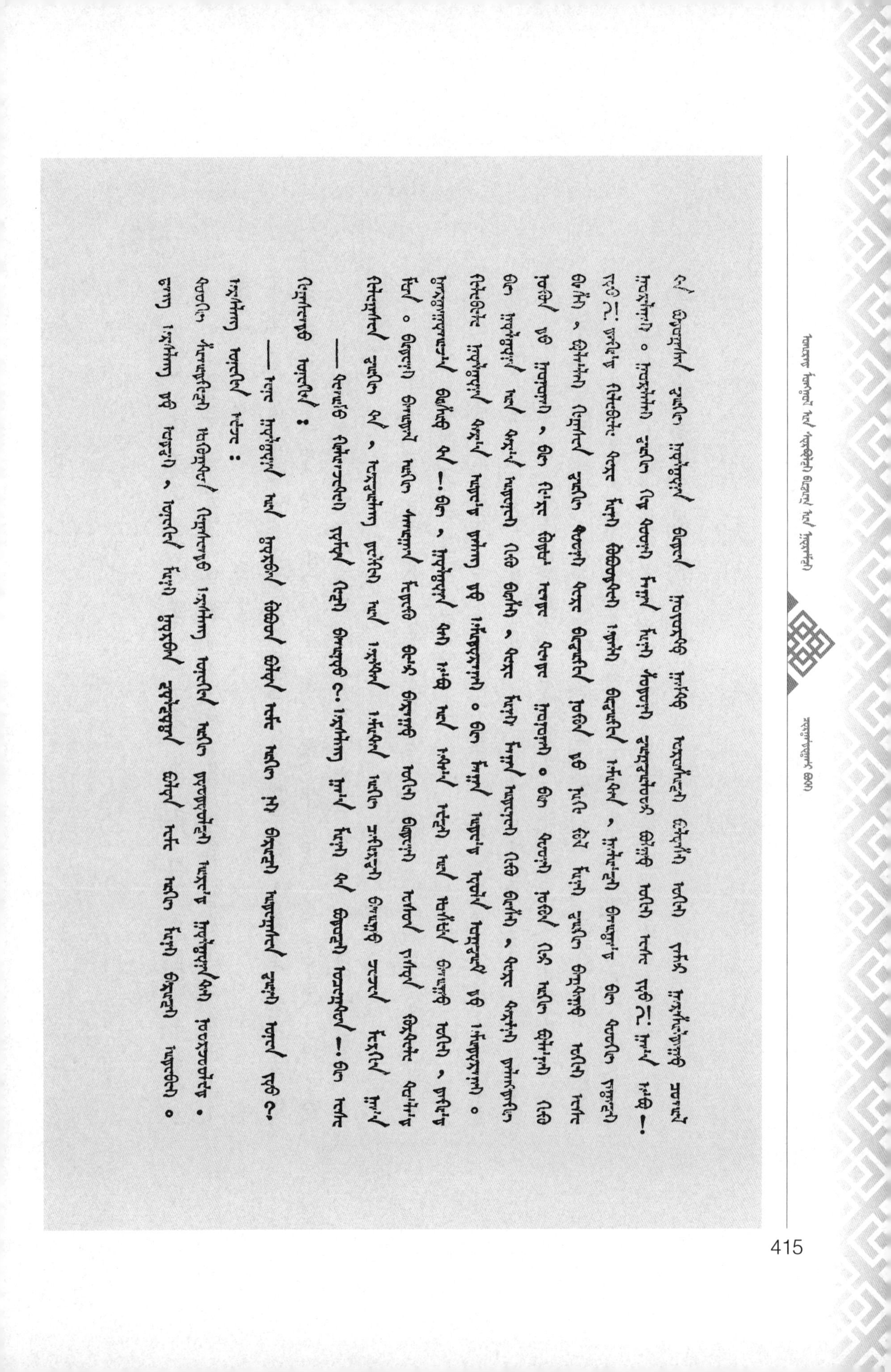

[illegible]

—— [illegible]

—— [illegible]

[illegible]

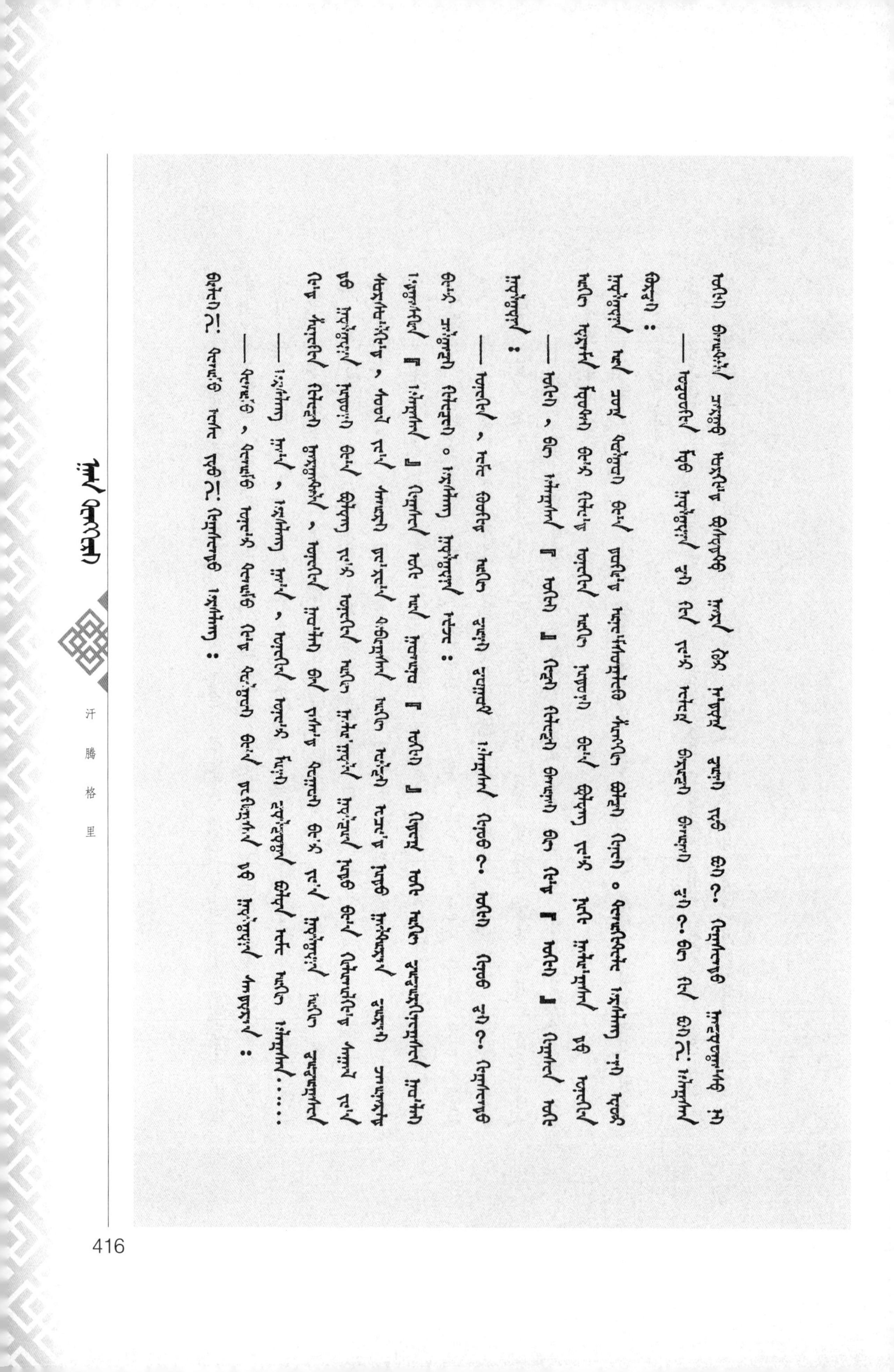

[illegible] ?! [illegible]

—— [illegible] ?! [illegible] :

[illegible] ◦ [illegible]

—— [illegible] 『 [illegible] 』 [illegible] 『 [illegible] 』 [illegible] :

—— [illegible] ? [illegible] ? [illegible] ◦ [illegible] :

[illegible] 『 [illegible] 』 [illegible] 『 [illegible] 』 [illegible] 『 [illegible] 』 [illegible]

—— [illegible] ……

—— [illegible] :

[illegible] ?! [illegible] ?! [illegible] :

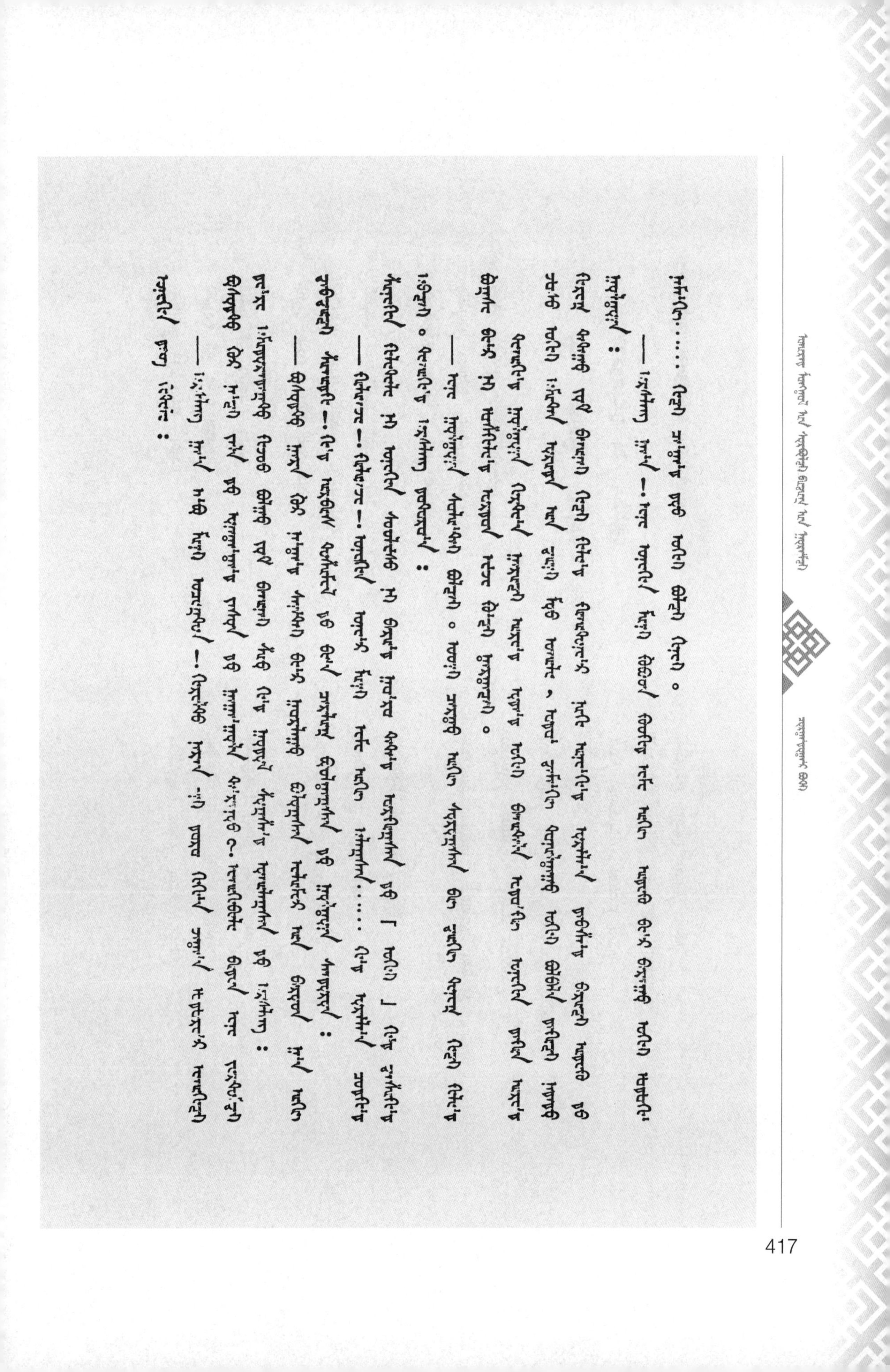

[illegible]

᠒᠐᠑᠐ ᠣᠨ ᠤ ᠲᠠᠪᠤᠳᠤᠭᠠᠷ ᠰᠠᠷ᠎ᠠ

ᠲᠠᠯ᠎ᠠ ᠶᠢᠨ ᠬᠦᠰᠡᠯ
ᠪᠢ ᠳᠠᠯᠠᠢ ᠳᠤ

ᠰᠢᠯᠢᠬᠤ ᠨᠢᠭᠤᠷ ᠢᠶᠠᠷ ᠰᠠᠨᠠᠭ᠎ᠠ
ᠨᠢᠳᠦᠨ ᠨᠢᠭᠤᠷ ᠢᠶᠠᠷ ᠰᠠᠨᠠᠭ᠎ᠠ
ᠬᠠᠮᠤᠭ ᠨᠢᠭᠤᠷ ᠢᠶᠠᠷ ᠰᠠᠨᠠᠭ᠎ᠠ

ᠬᠡᠵᠢᠶᠡ ᠬᠡᠵᠢᠶᠡᠳᠡ ᠬᠦᠮᠦᠨ ᠬᠦᠰᠡᠭᠰᠡᠨ
ᠬᠡᠵᠢᠶᠡ ᠦᠭᠡᠢ ᠬᠦᠮᠦᠨ ᠬᠦᠰᠡᠭᠰᠡᠨ
ᠬᠡᠷ ᠦᠭᠡᠢ ᠪᠣᠯᠪᠠᠴᠤ ᠬᠦᠰᠡᠭᠰᠡᠨ

ᠰᠠᠷᠠ ᠳᠤ ᠬᠦᠷᠬᠦ ᠦᠭᠡᠢ
ᠲᠡᠩᠭᠢᠰ ᠲᠤ ᠬᠦᠷᠬᠦ ᠦᠭᠡᠢ
ᠣᠳᠣᠨ ᠳᠤ ᠬᠦᠷᠬᠦ ᠦᠭᠡᠢ

ᠬᠦᠮᠦᠨ ᠨᠢᠭᠤᠷ ᠲᠠᠨᠢᠯ ᠲᠠᠨᠢᠯ
ᠬᠦᠮᠦᠨ ᠬᠦᠮᠦᠨ ᠲᠠᠨᠢᠯ ᠲᠠᠨᠢᠯ
ᠬᠦᠮᠦᠨ ᠬᠦᠮᠦᠨ ᠲᠠᠨᠢᠯ ᠲᠠᠨᠢᠯ

ᠦᠨᠡᠨ ᠪᠡᠷ ᠬᠦᠮᠦᠨ ᠬᠦᠮᠦᠨ ᠰᠡᠳᠬᠢᠯ
ᠦᠨᠡᠨ ᠦᠨᠡᠨ ᠬᠦᠮᠦᠨ ᠬᠦᠮᠦᠨ ᠰᠡᠳᠬᠢᠯ
ᠦᠨᠡᠨ ᠦᠨᠡᠨ ᠬᠦᠮᠦᠨ ᠬᠦᠮᠦᠨ ᠰᠡᠳᠬᠢᠯ

ᠬᠦᠮᠦᠨ ᠳᠤ ᠬᠦᠷᠬᠦ ᠦᠭᠡᠢ
ᠬᠦᠮᠦᠨ ᠳᠤ ᠬᠦᠷᠬᠦ ᠦᠭᠡᠢ
ᠬᠦᠮᠦᠨ ᠳᠤ ᠬᠦᠷᠬᠦ ᠦᠭᠡᠢ

ᠬᠦᠮᠦᠨ ᠨᠢᠭᠤᠷ ᠪᠣᠯ ᠪᠣᠯ
ᠬᠦᠮᠦᠨ ᠨᠢᠭᠤᠷ ᠪᠣᠯ ᠪᠣᠯ
ᠬᠦᠮᠦᠨ ᠨᠢᠭᠤᠷ ᠪᠣᠯ ᠪᠣᠯ

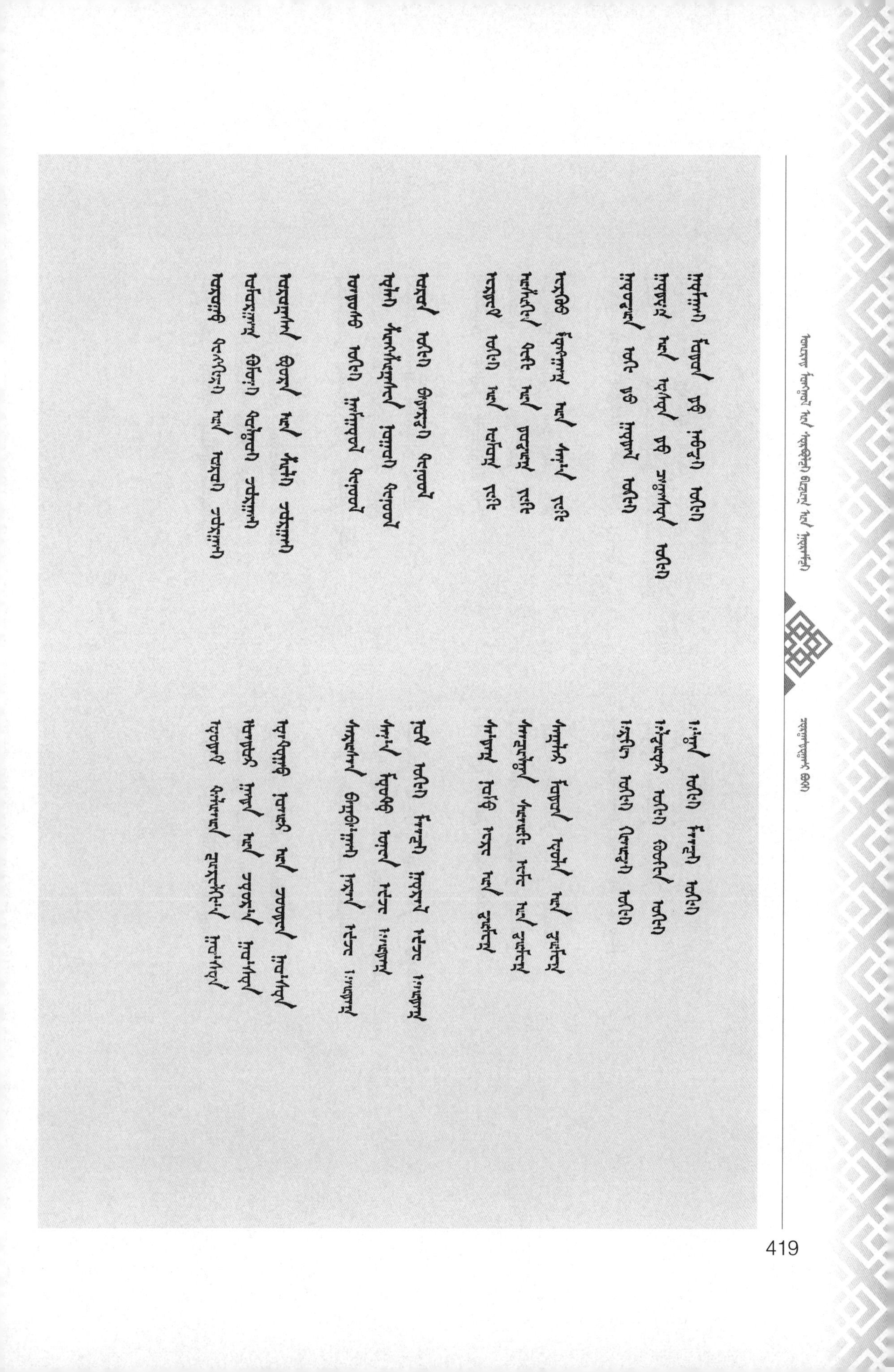

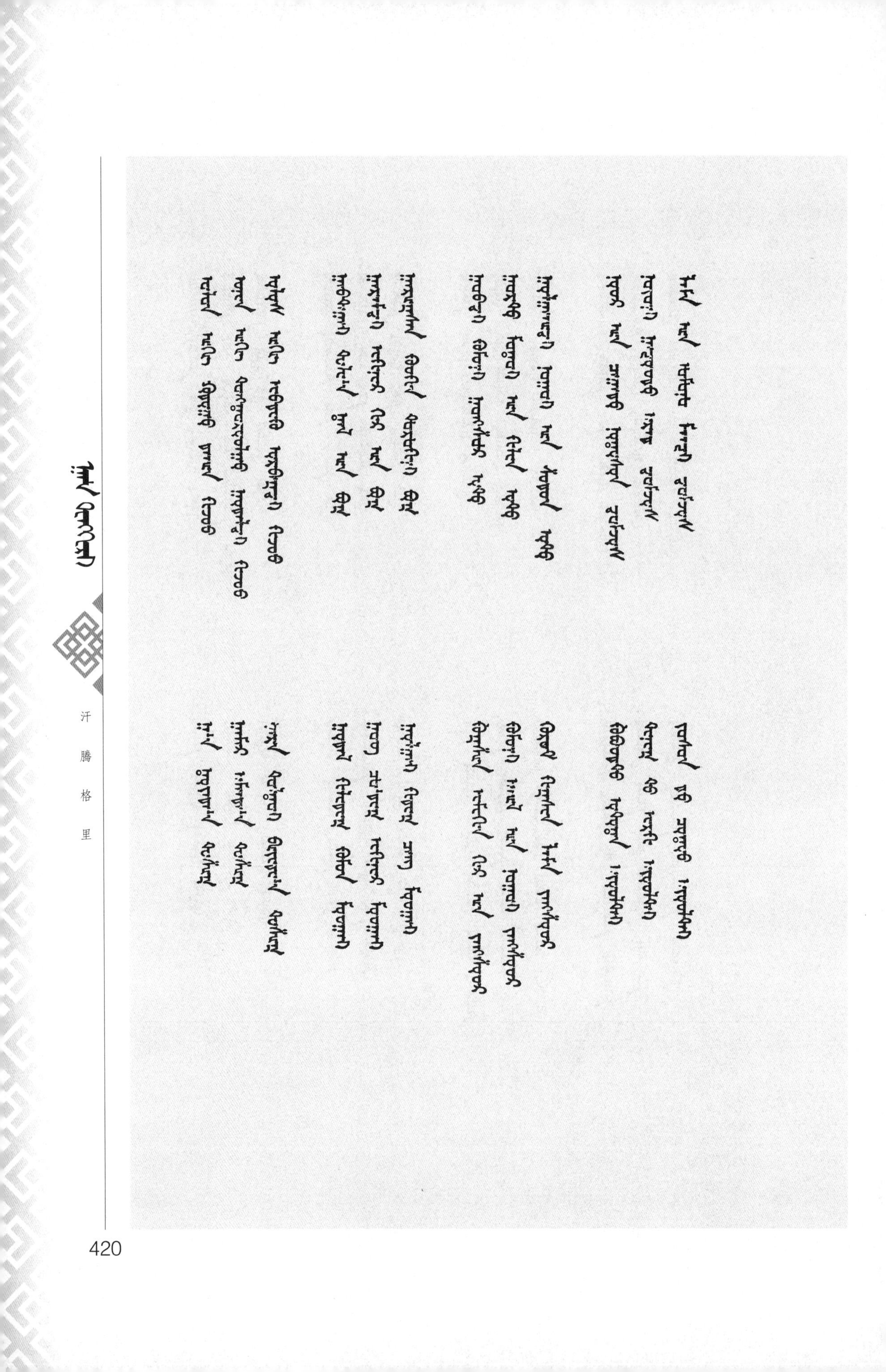

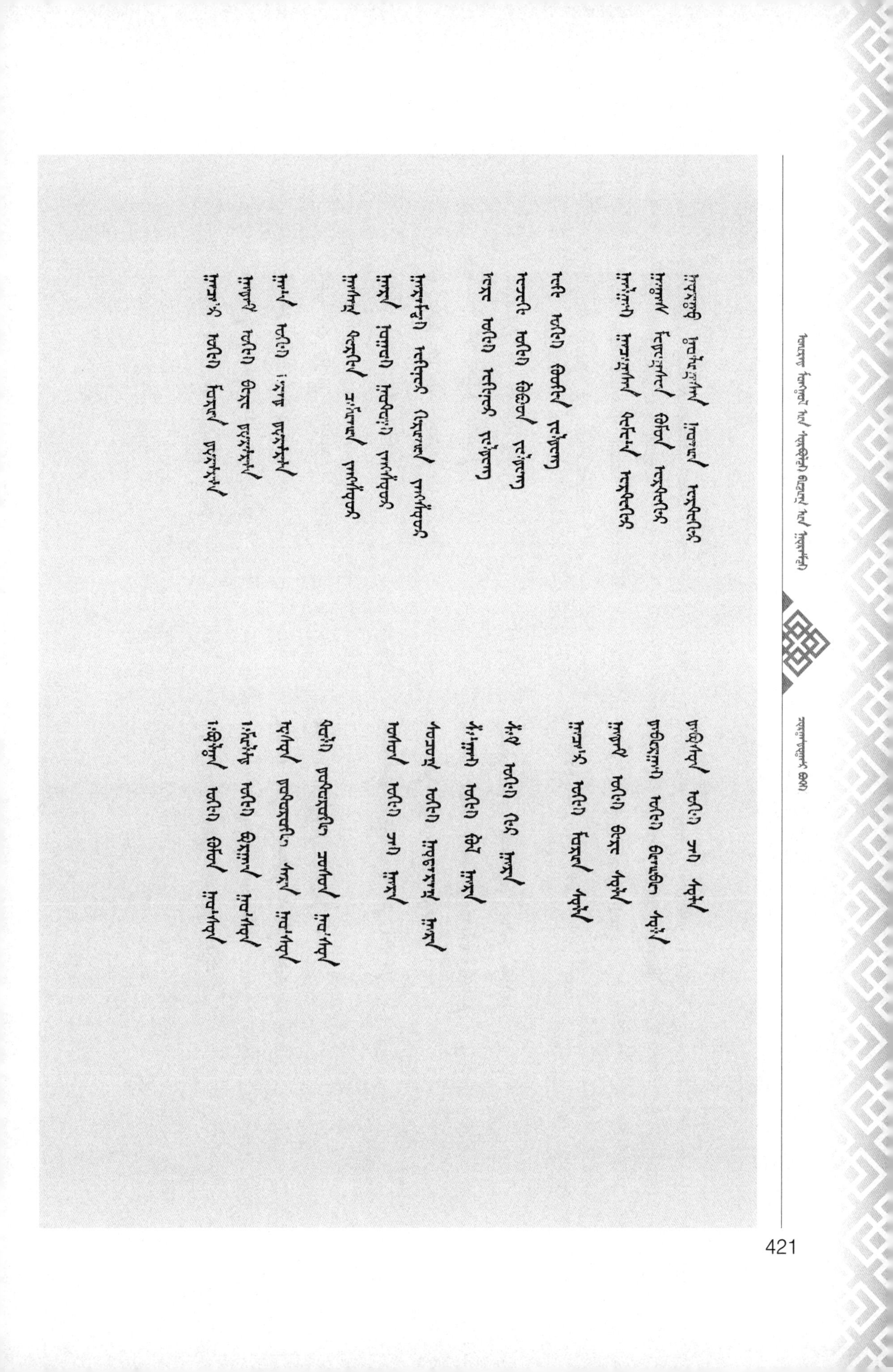

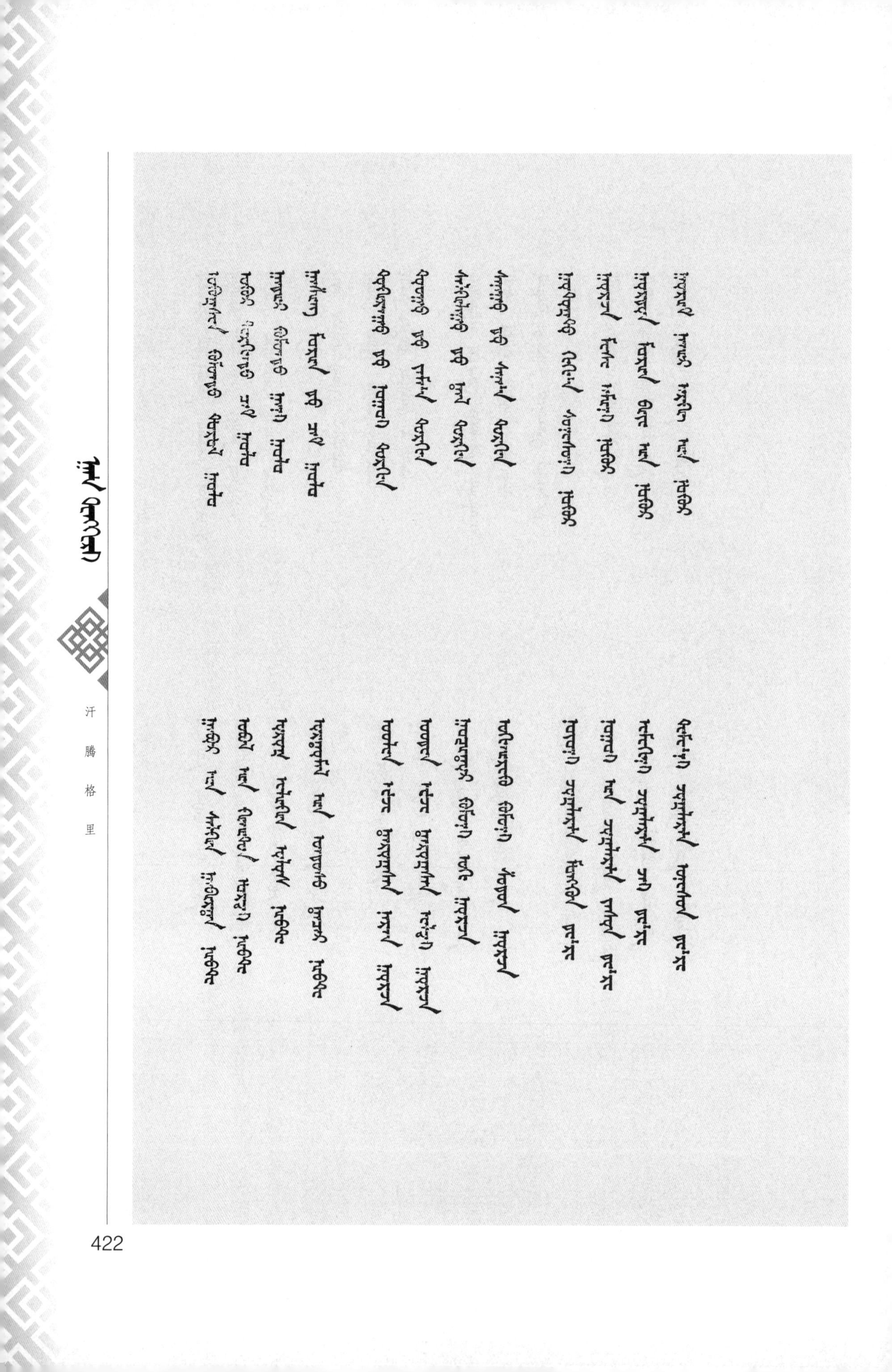

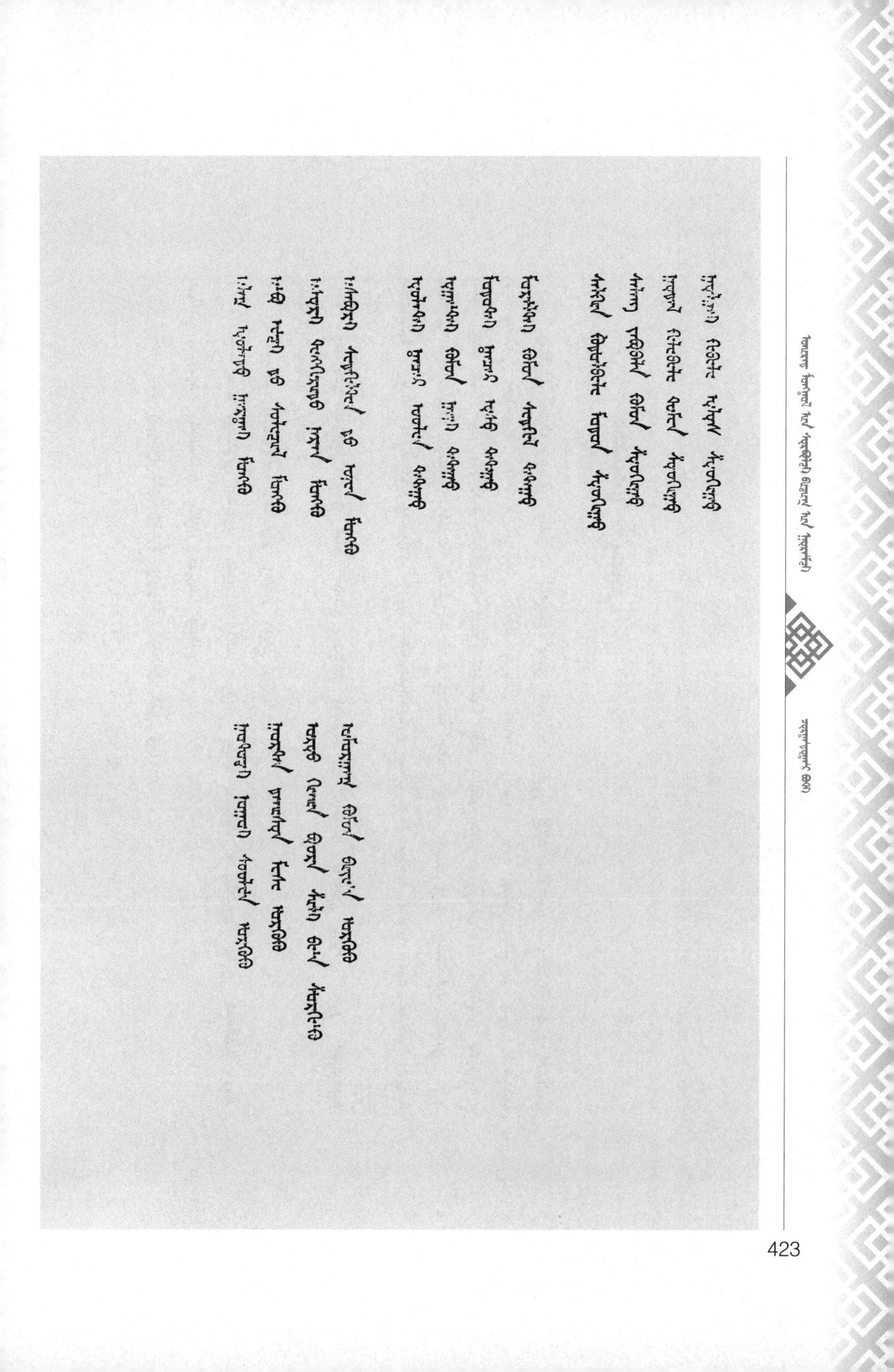

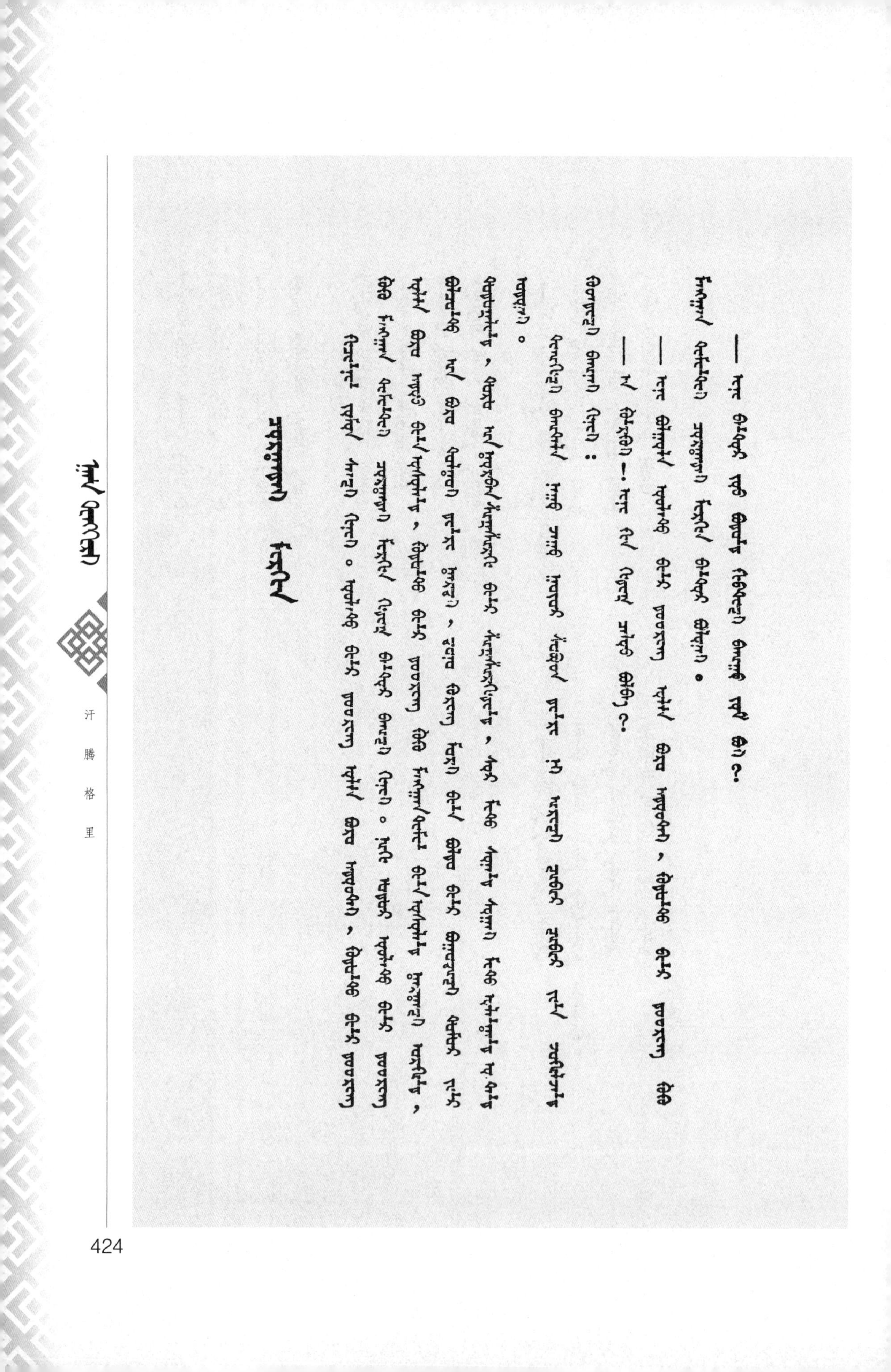

[illegible]

[illegible]

[illegible]

[illegible]

[illegible]

[illegible]

[illegible]

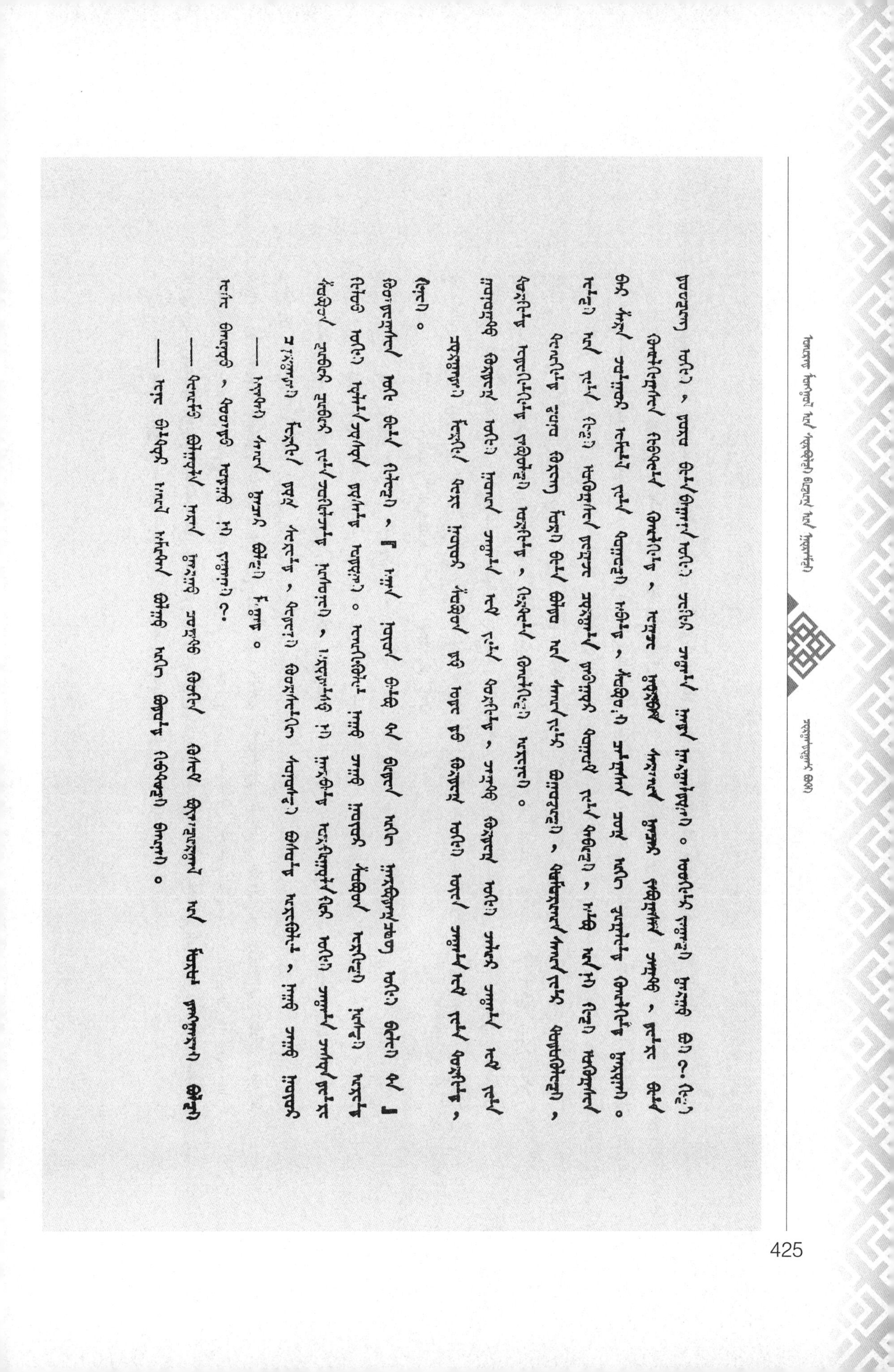

[illegible]

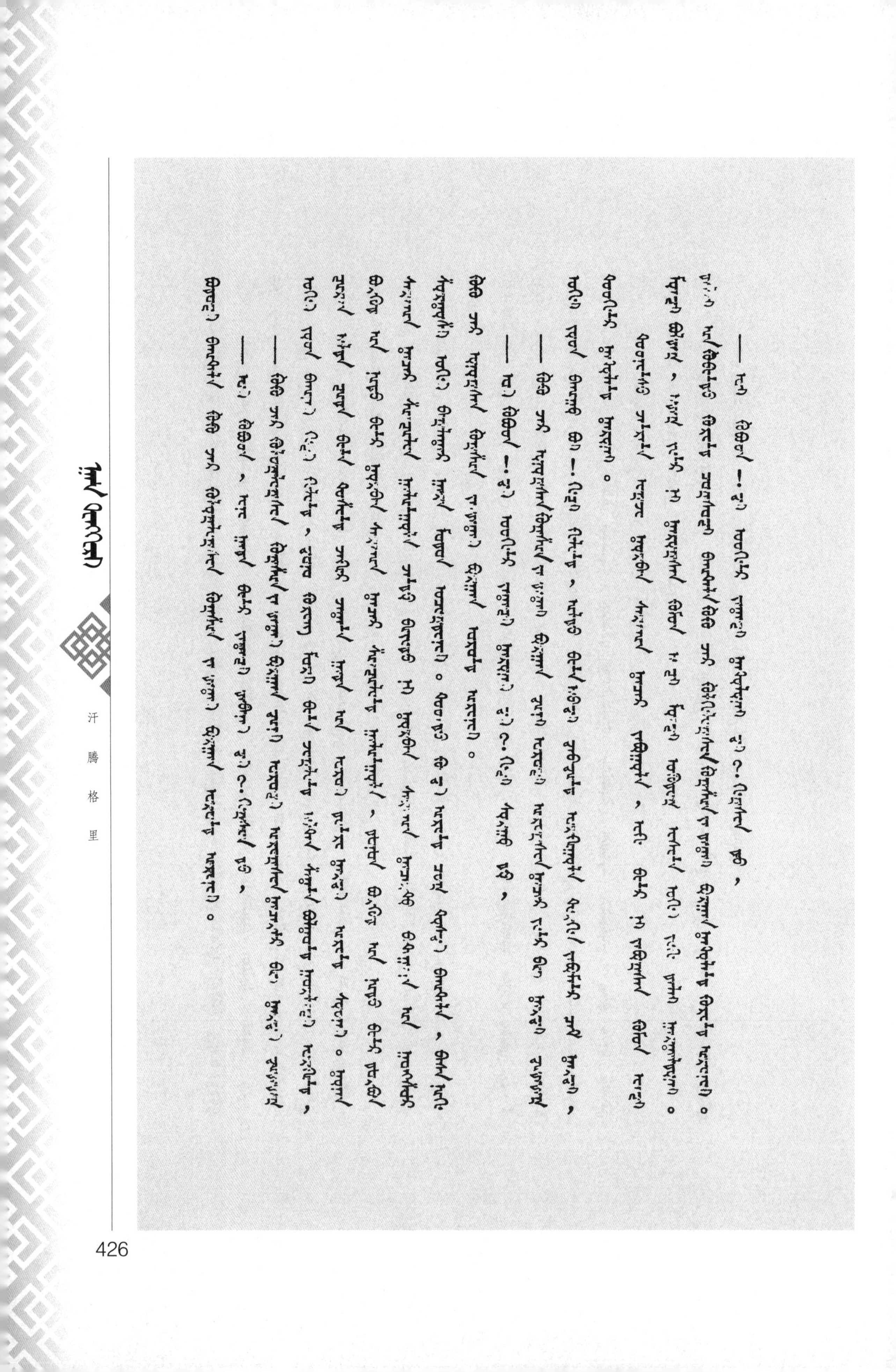

[illegible]

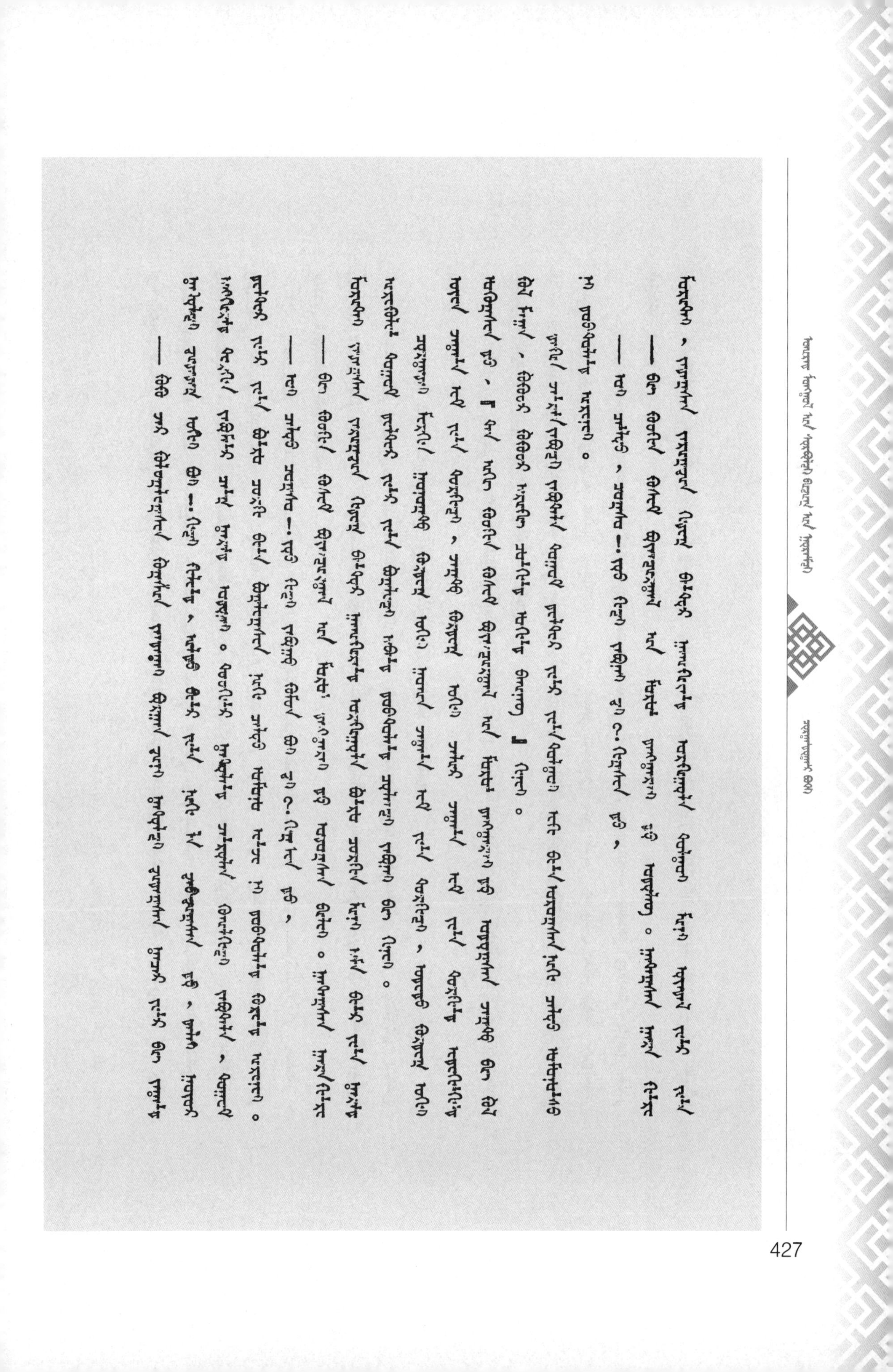

[illegible]

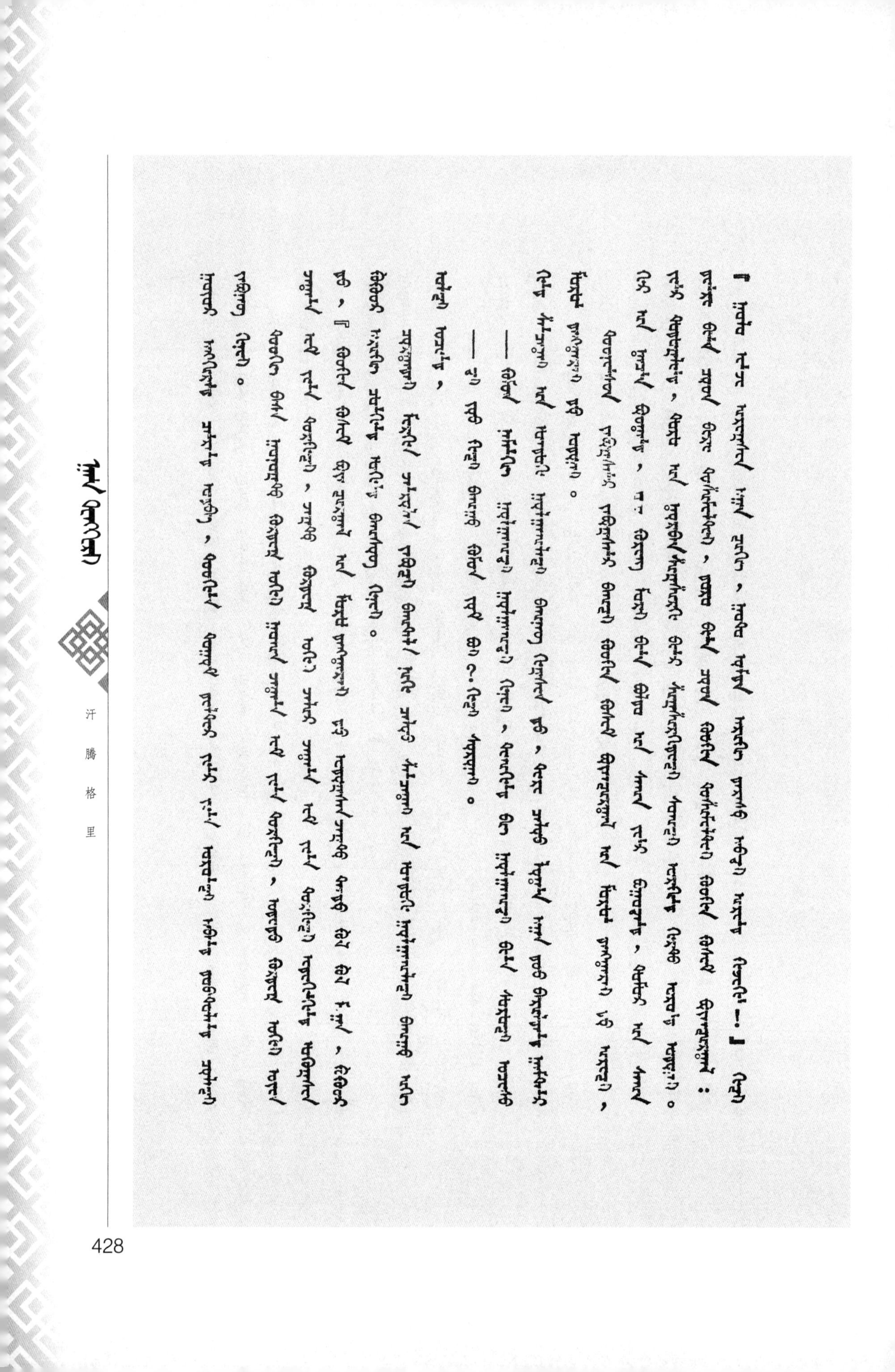

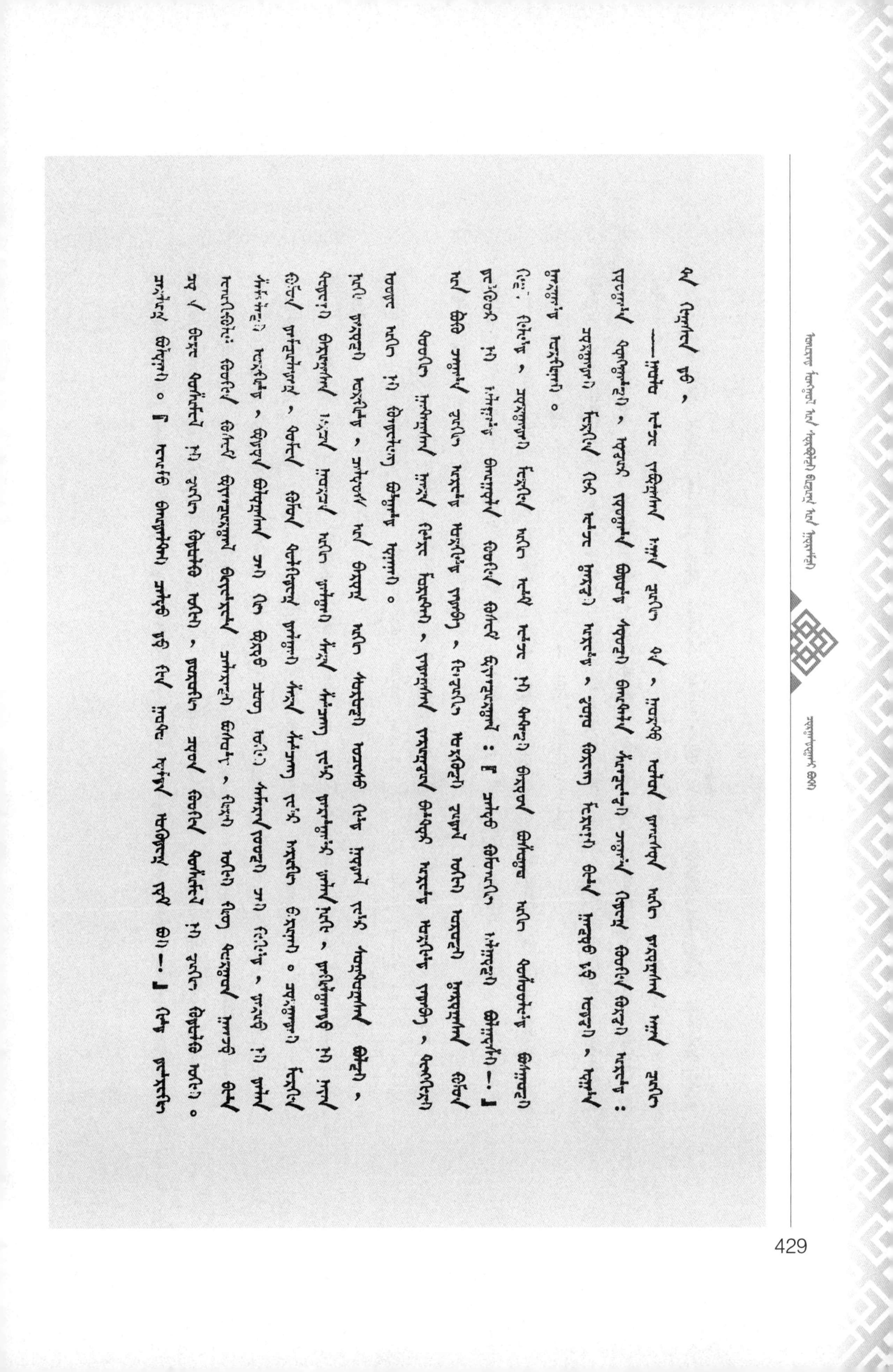

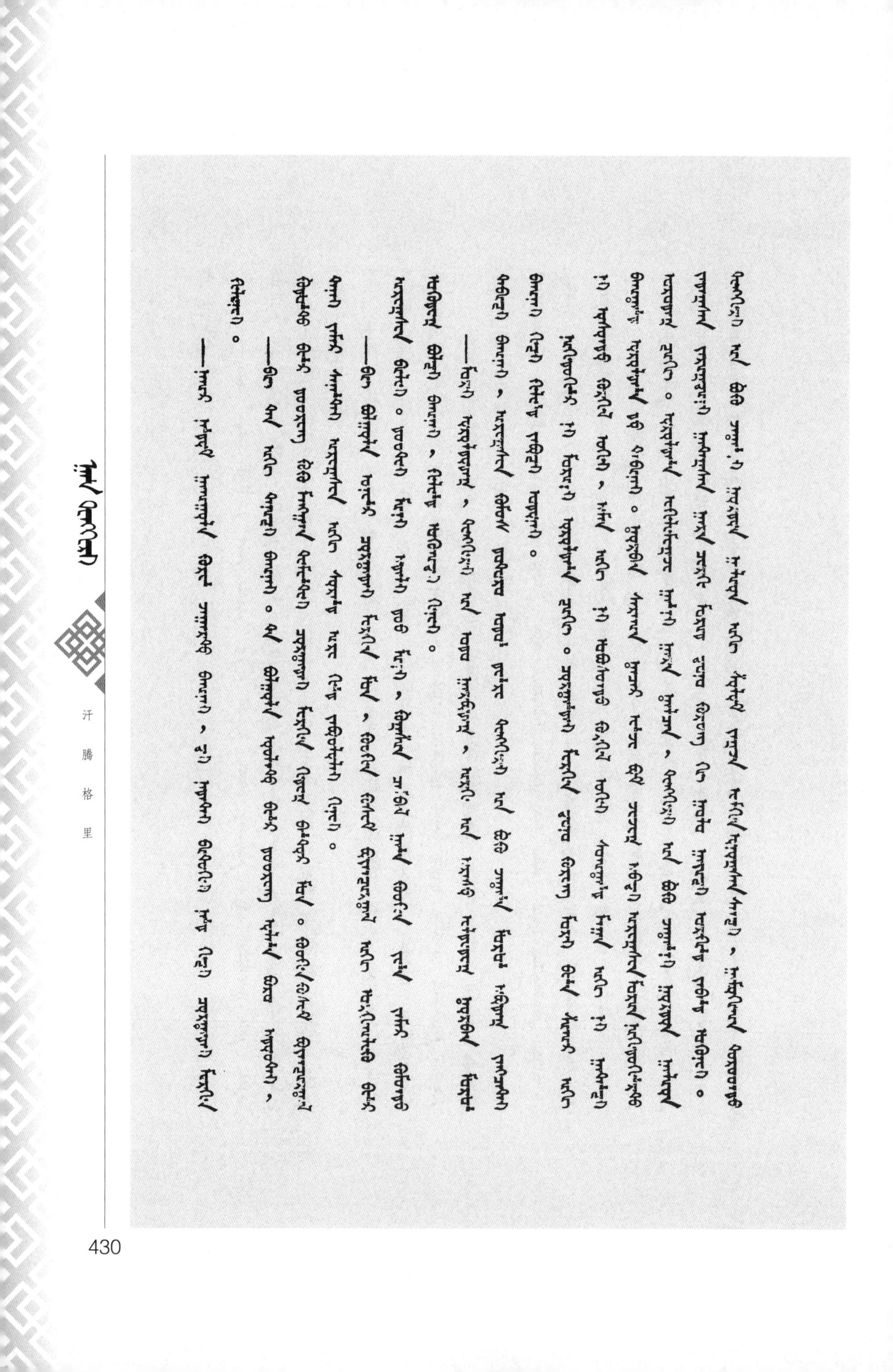

[illegible]
[illegible]
[illegible]
[illegible]
[illegible]
[illegible]
[illegible]
[illegible]
[illegible]
[illegible]
[illegible]
[illegible]
[illegible]
[illegible]
[illegible]
[illegible]
[illegible]

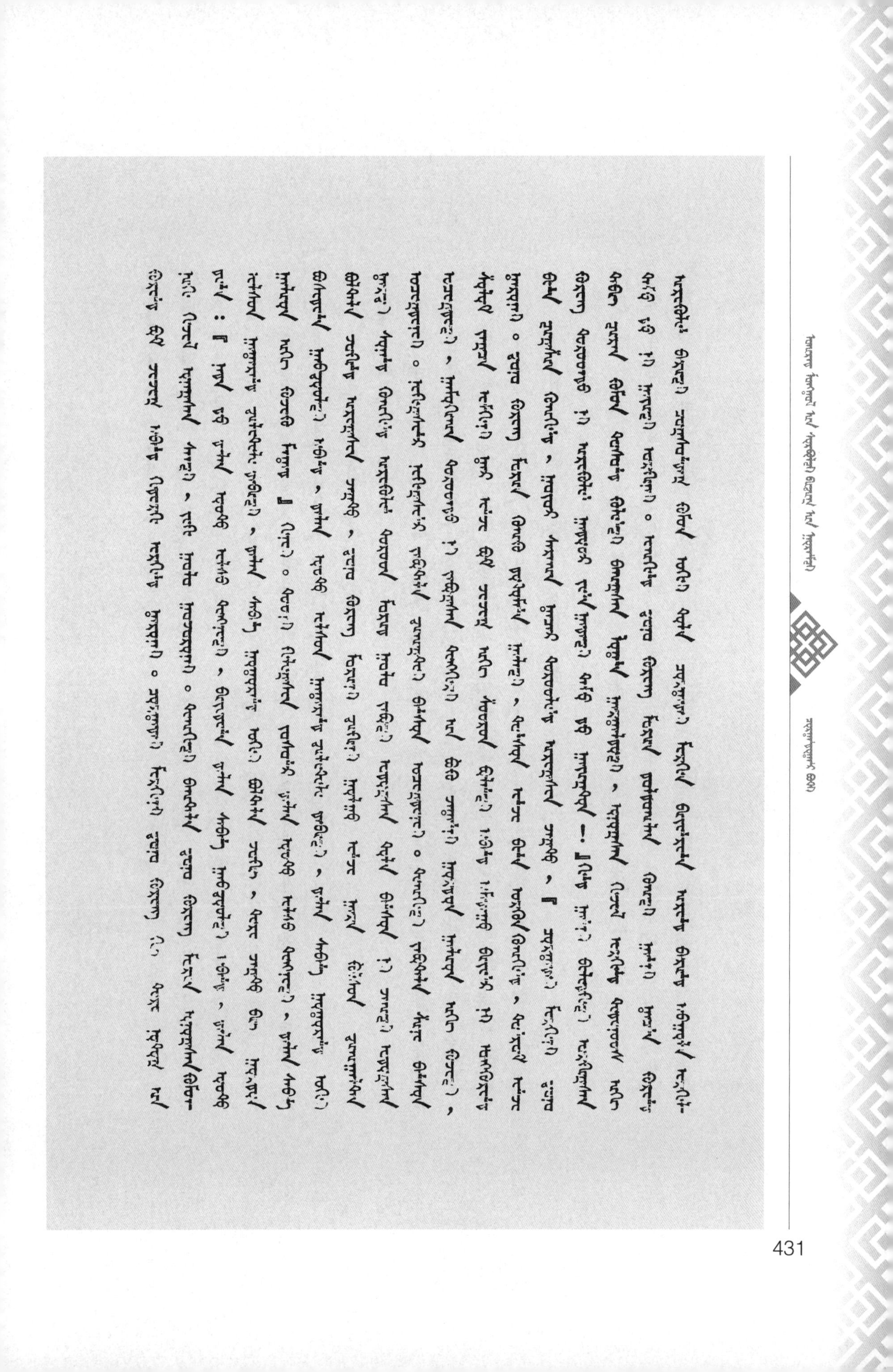

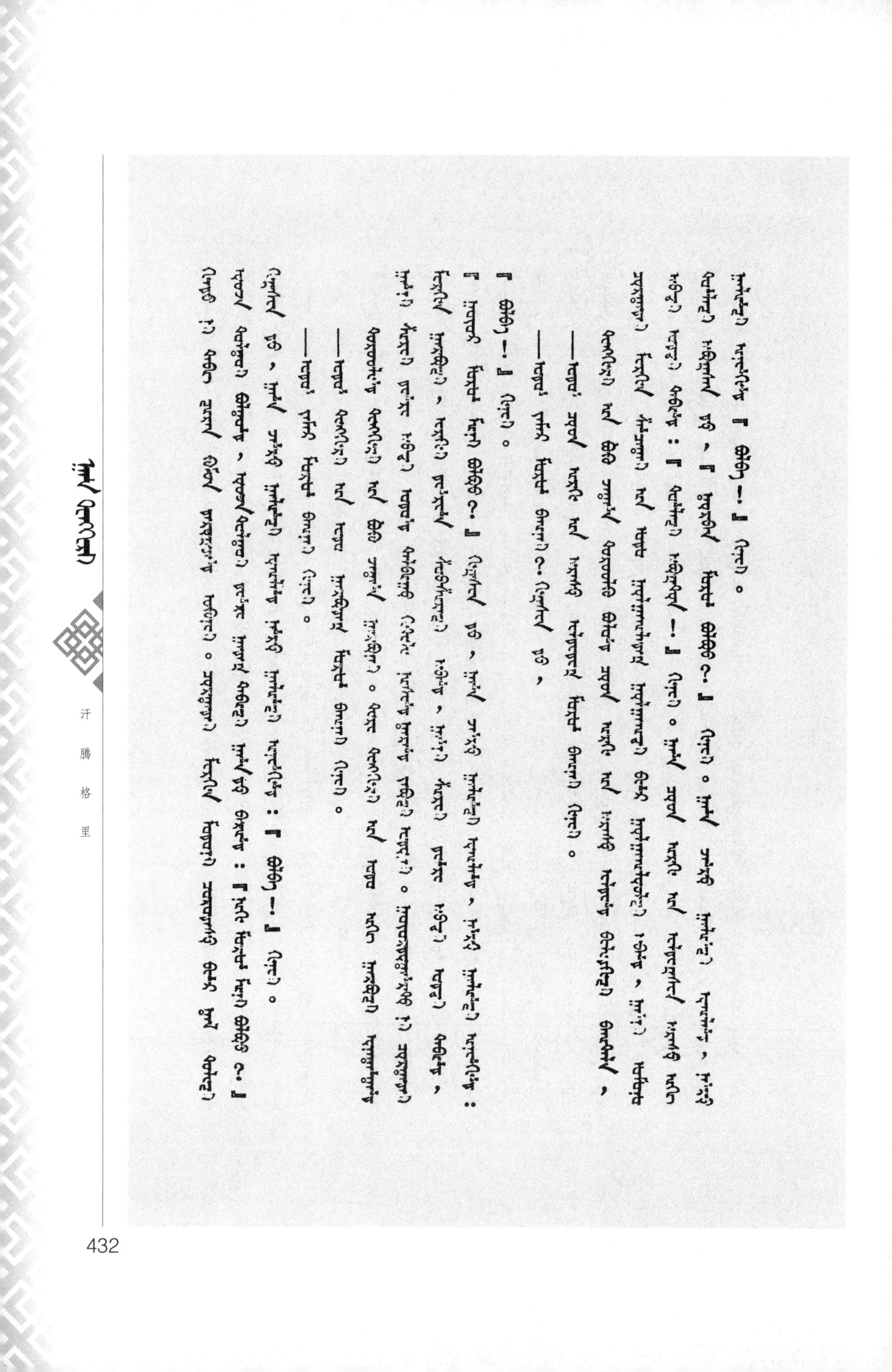

[illegible] 『[illegible]—!』[illegible]。

[illegible] 『[illegible] ?』[illegible]。[illegible]

[illegible] :『[illegible]—!』[illegible]。[illegible]

[illegible]

[illegible]

——[illegible]。

——[illegible] ?[illegible]

『[illegible]—!』[illegible]。

『[illegible] ?』[illegible] :

[illegible]

[illegible]。[illegible]

[illegible]。[illegible]

——[illegible]。

——[illegible]。

[illegible] :『[illegible]—!』[illegible]。

[illegible] :『[illegible] ?』

[illegible]。[illegible]

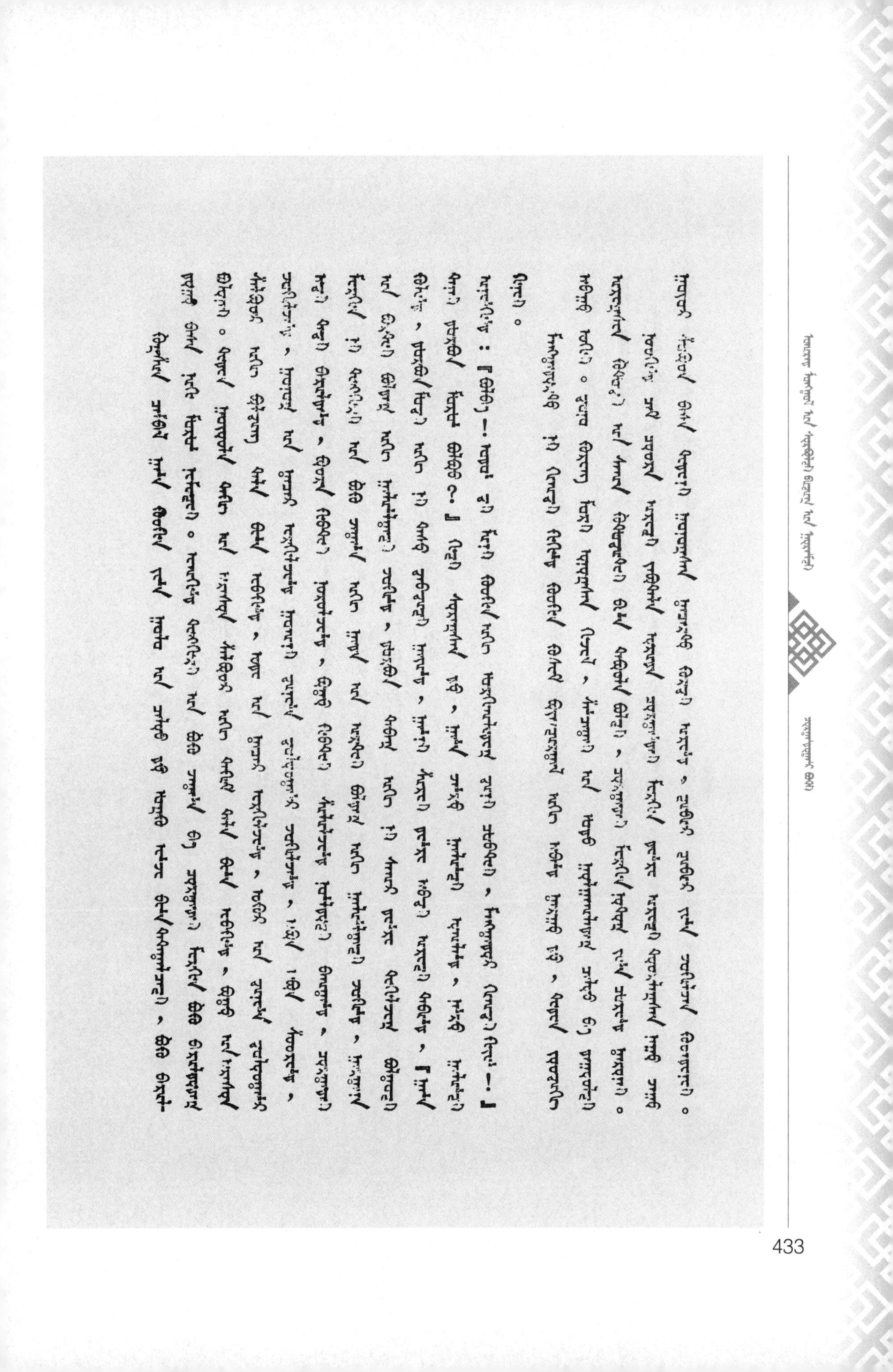

[illegible]

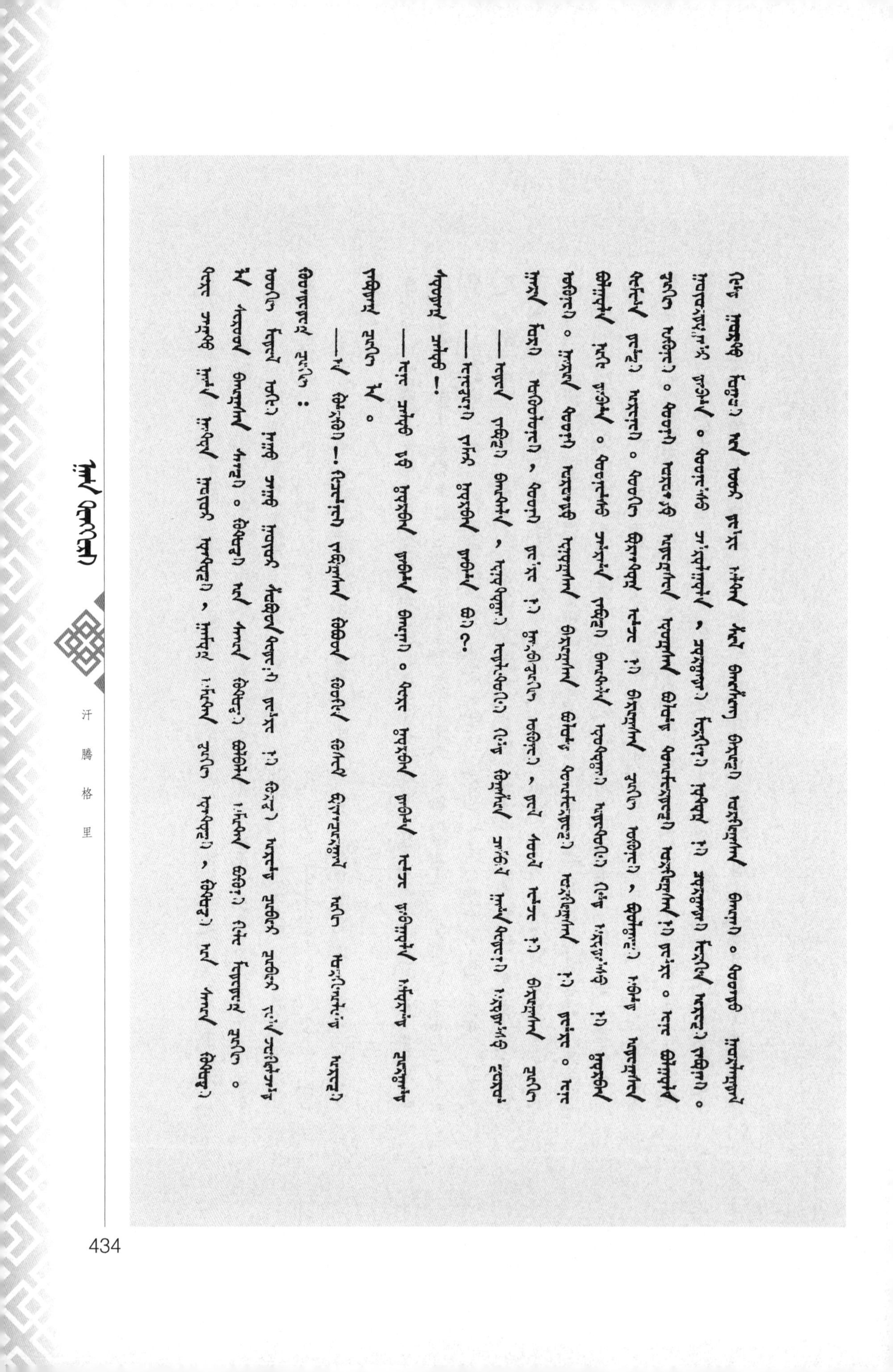

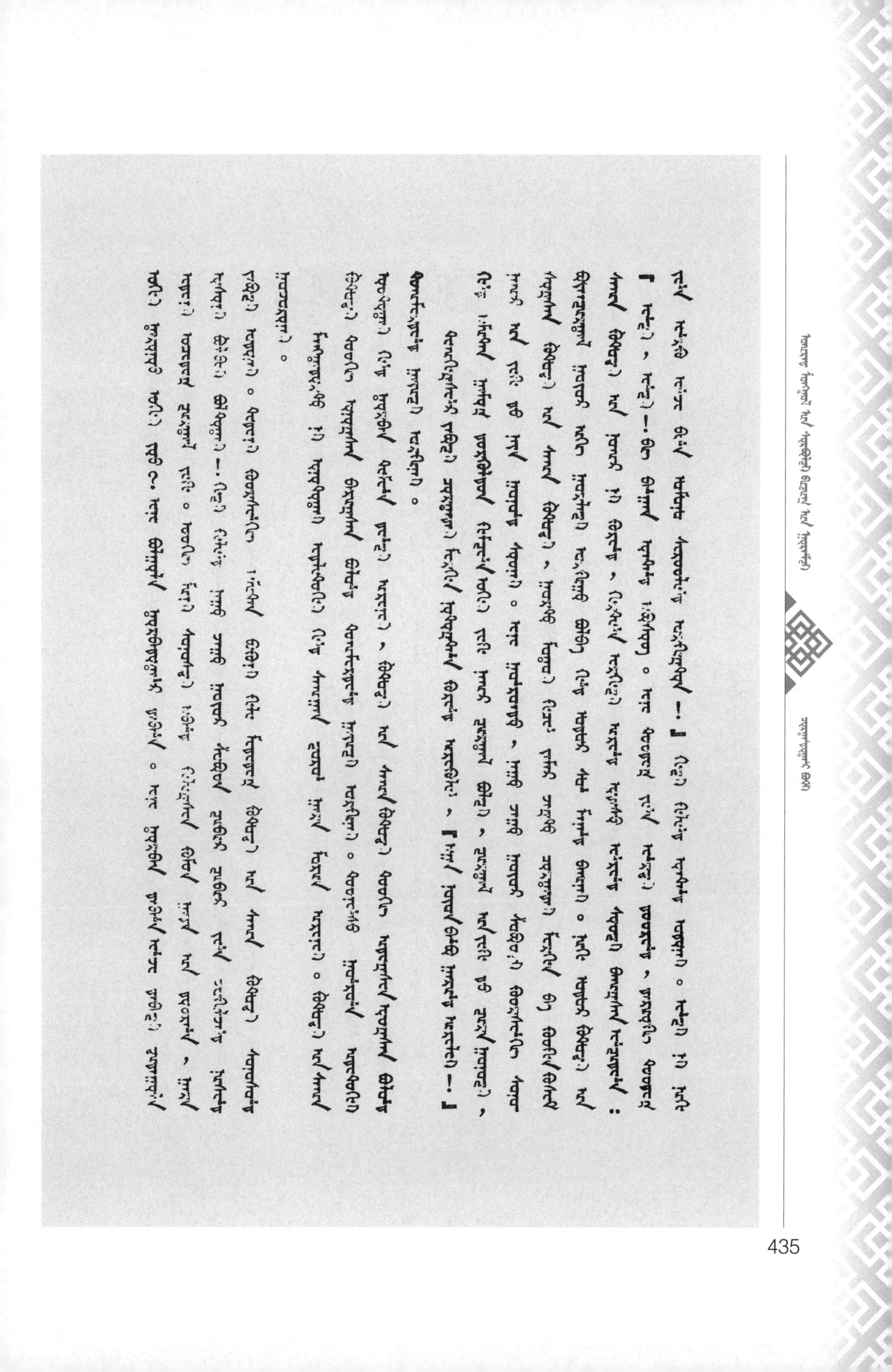

[illegible]
[illegible]
[illegible]
[illegible]
[illegible]
[illegible]
[illegible]
[illegible]
[illegible]
[illegible]
[illegible]
[illegible]
[illegible]
[illegible]
[illegible]
[illegible]
[illegible]
[illegible]

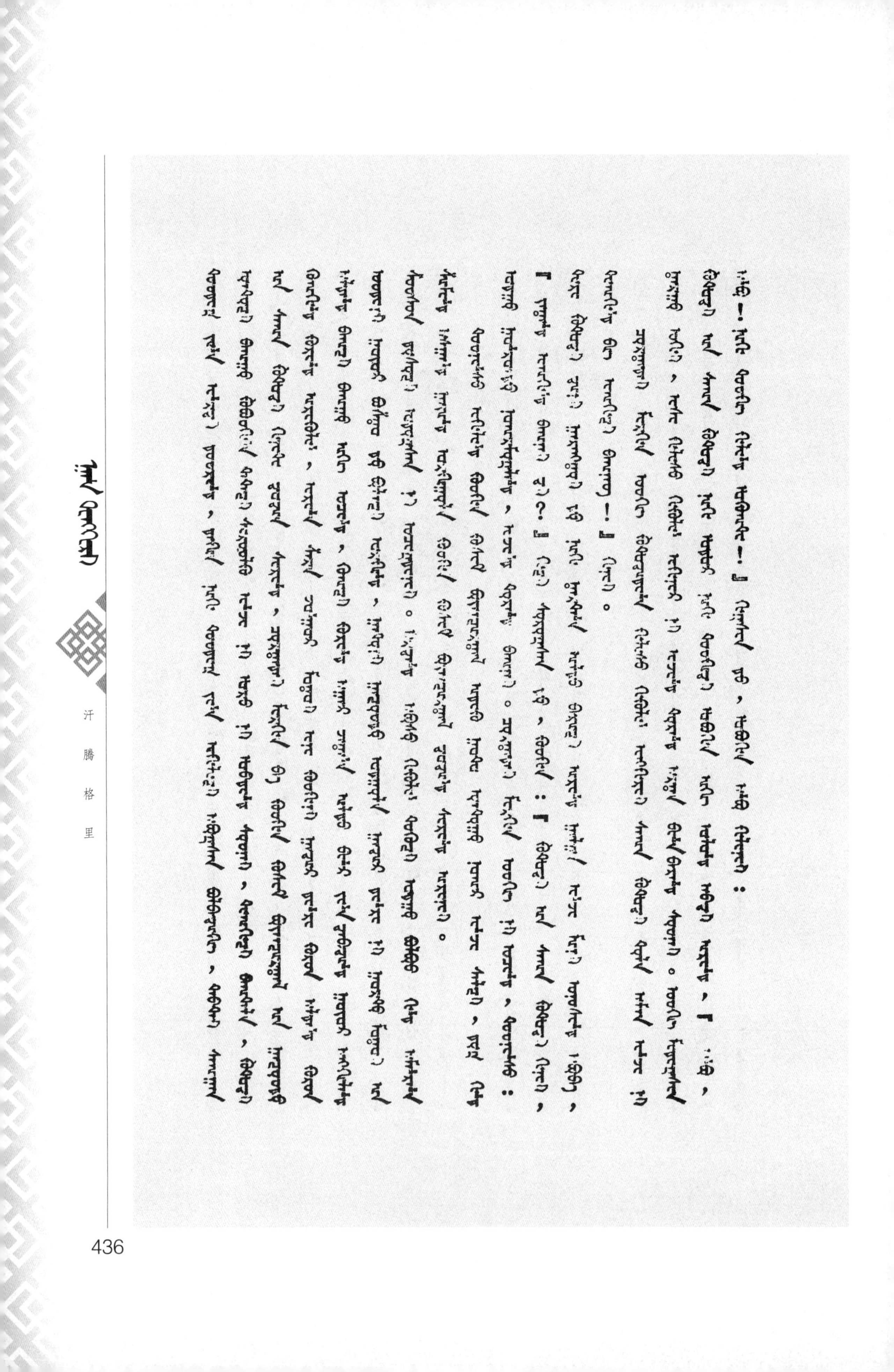

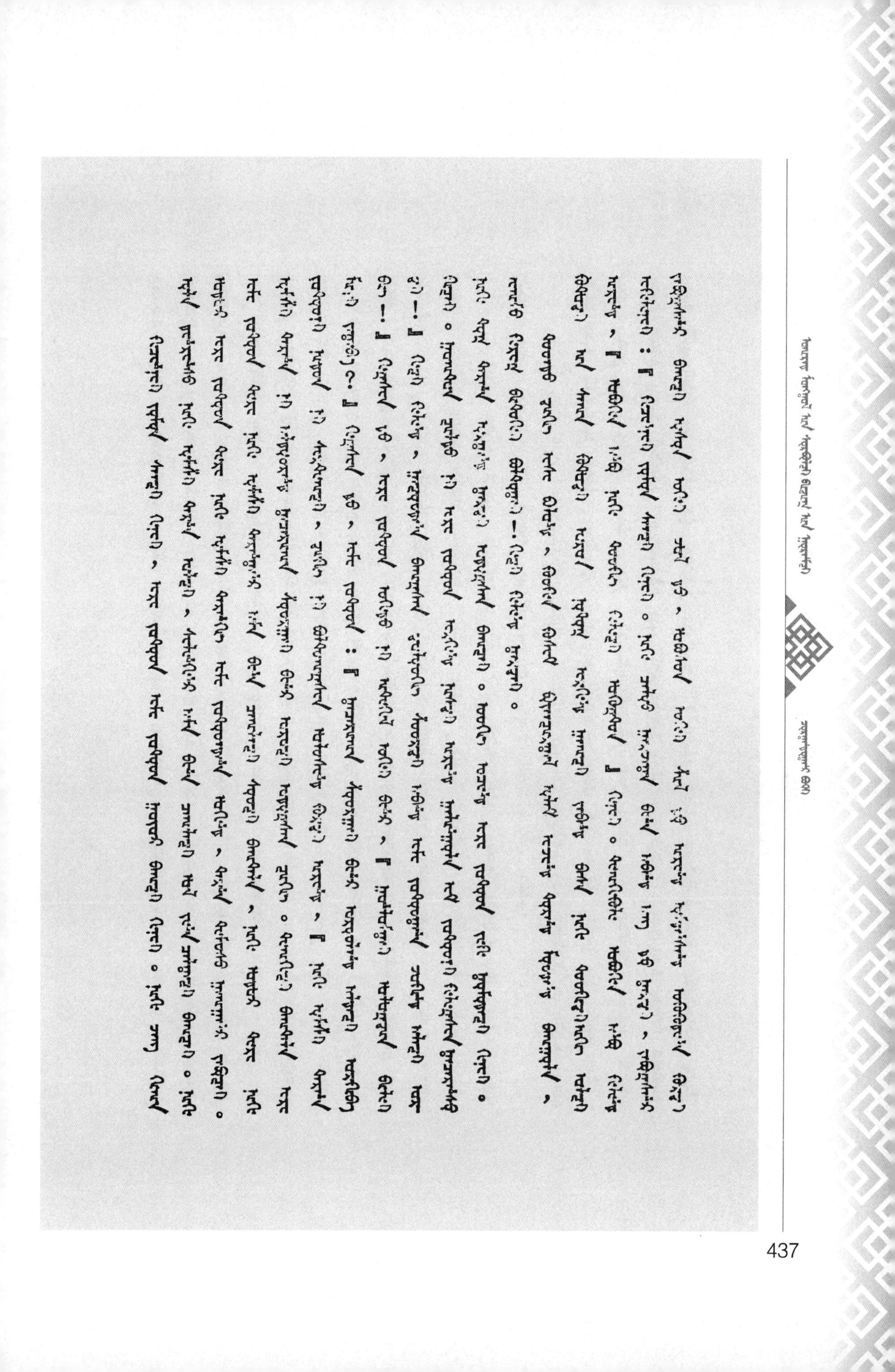

[illegible]

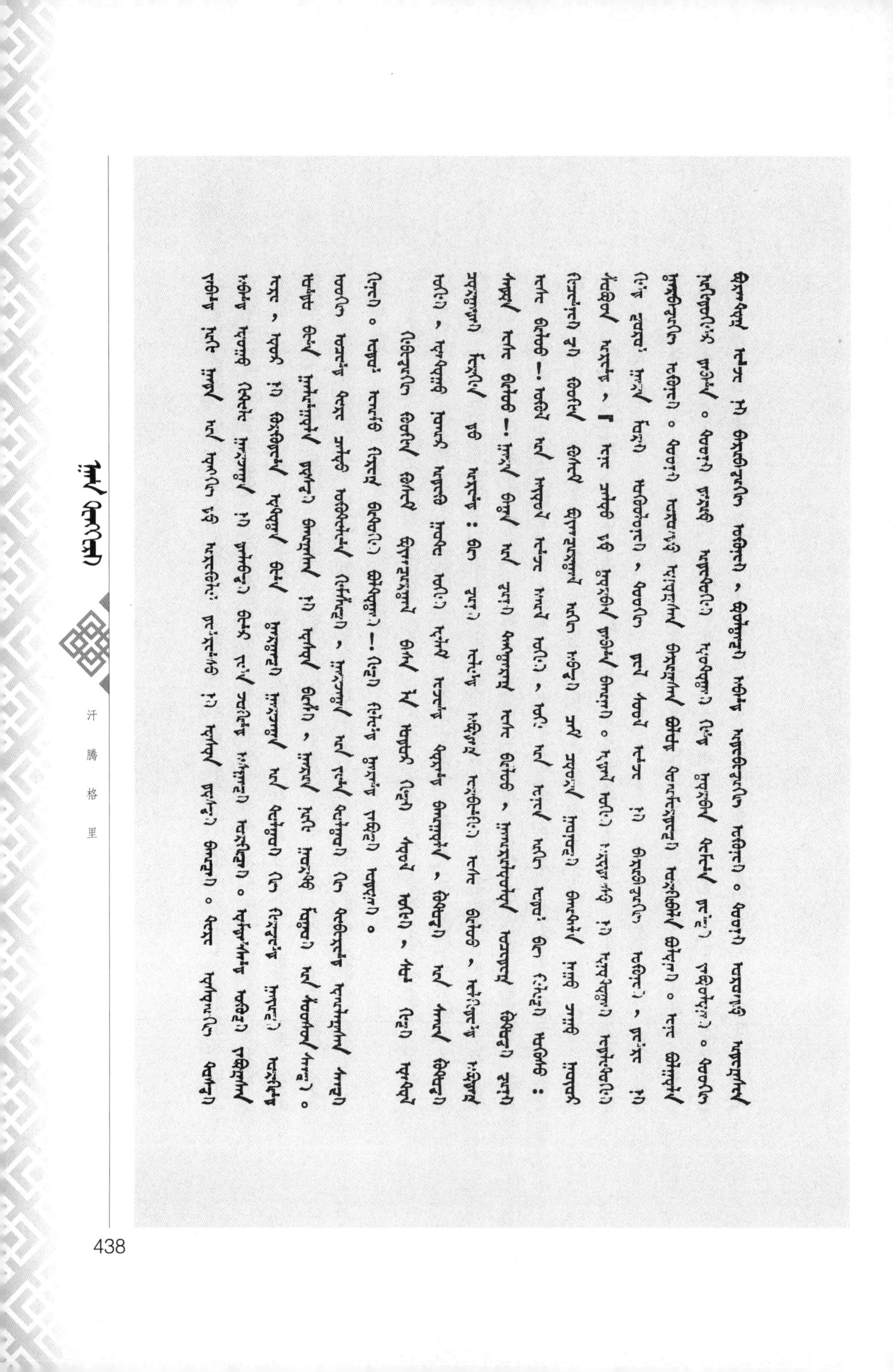

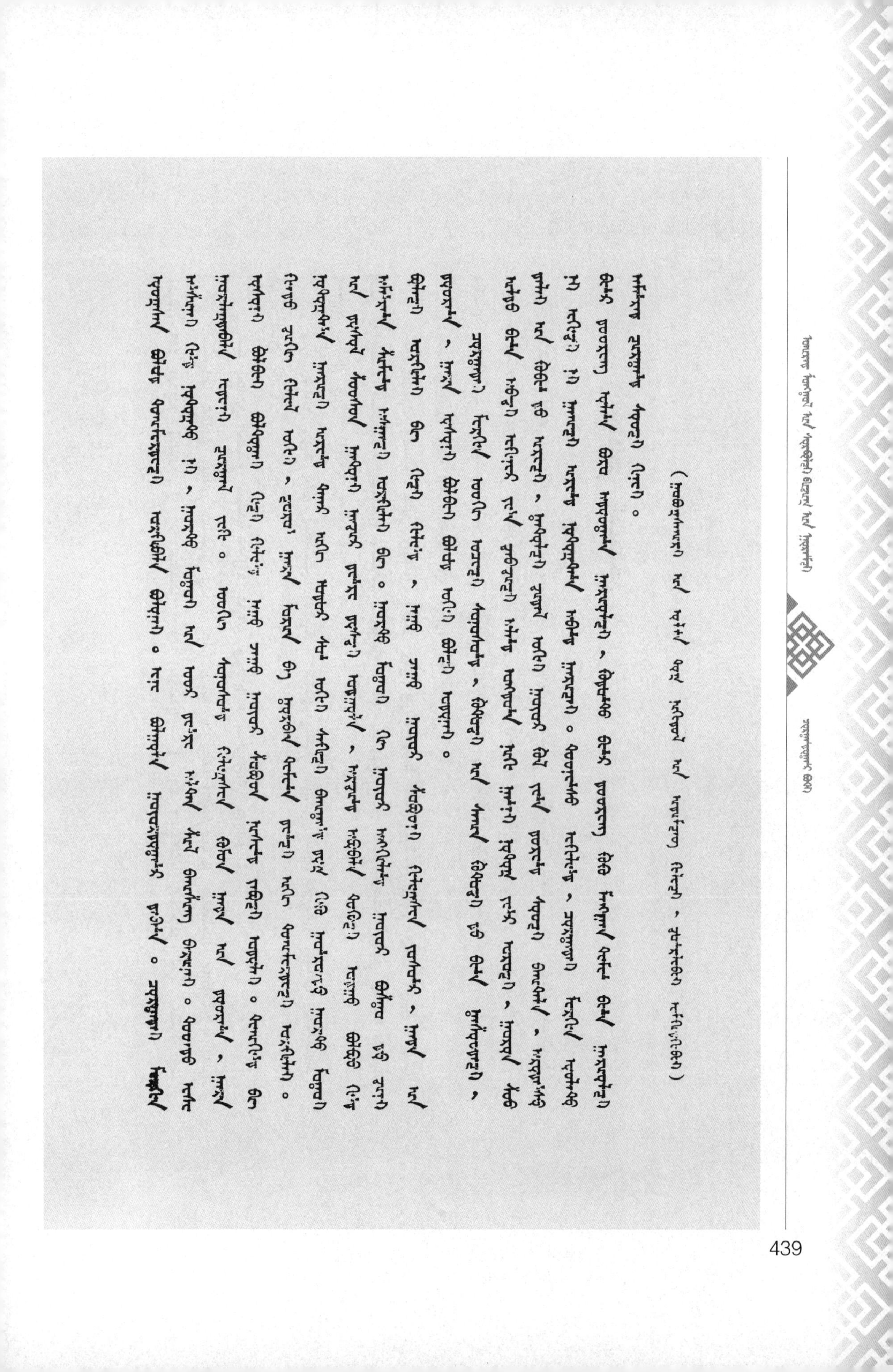

[illegible]

[illegible]

[illegible]

([illegible])

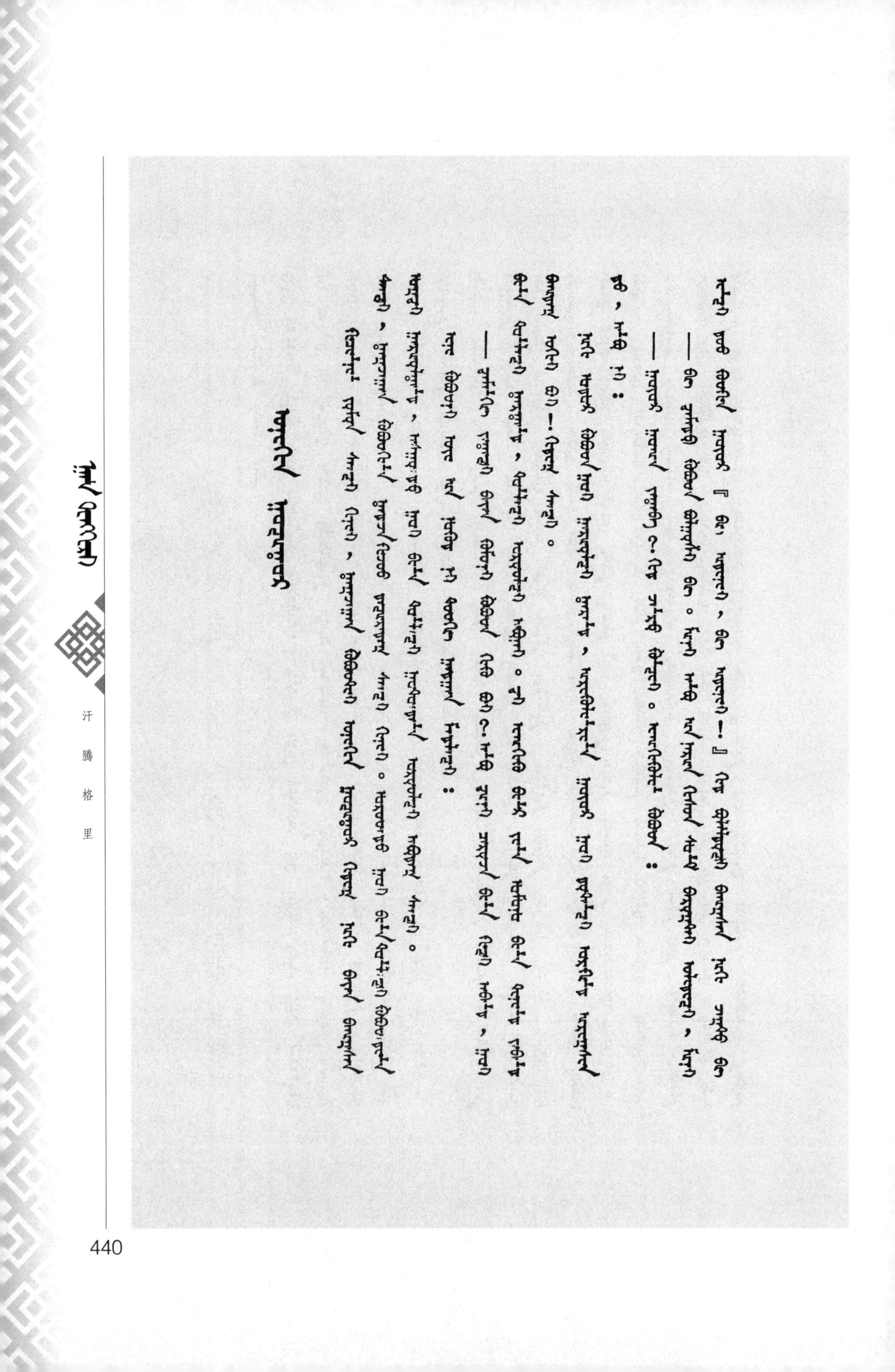

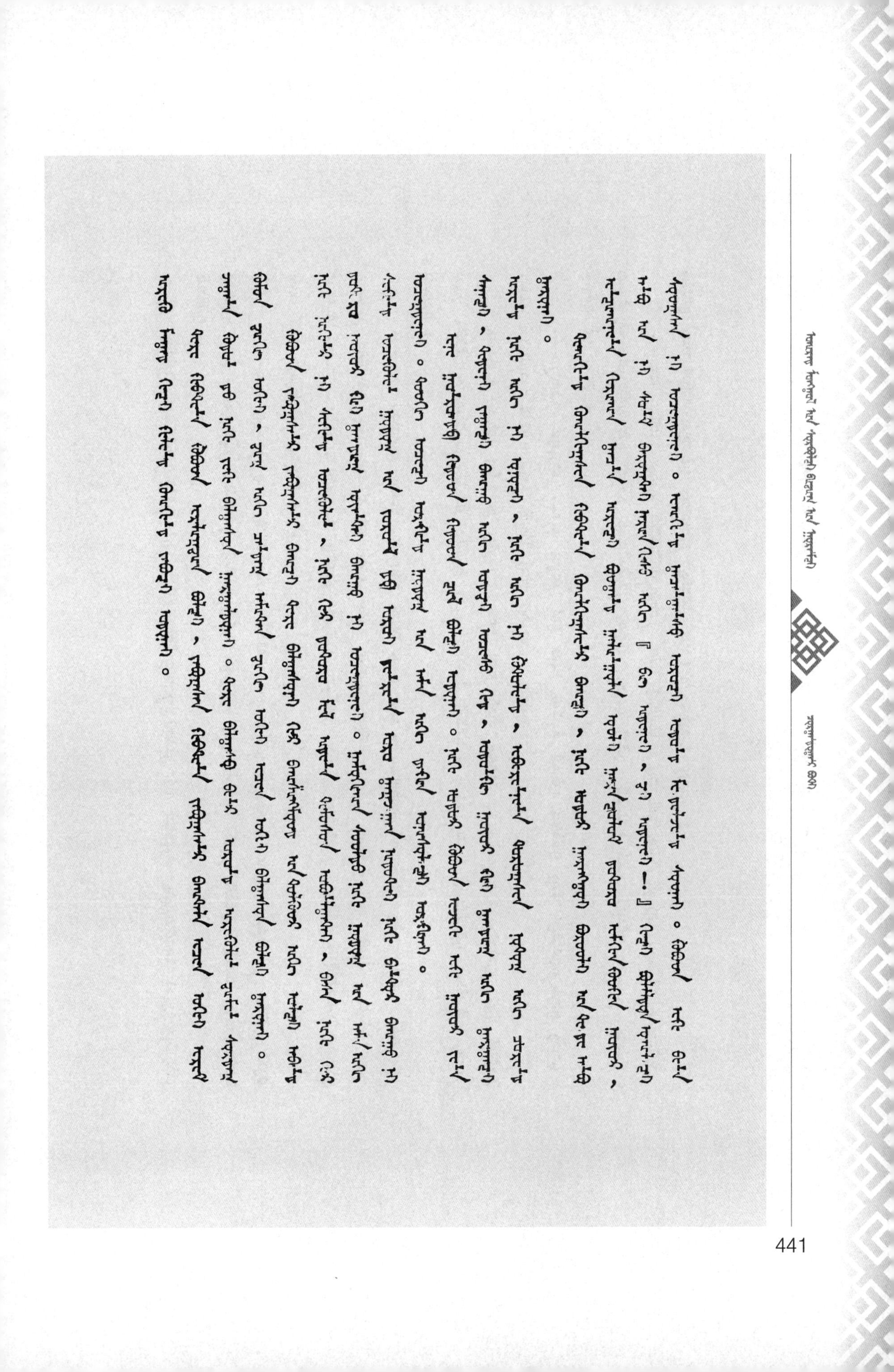

[illegible]
[illegible]
[illegible]
[illegible]
[illegible]

[illegible]
[illegible]
[illegible]
[illegible]

[illegible]
[illegible]
[illegible]

[illegible]
[illegible]

[illegible]
[illegible]

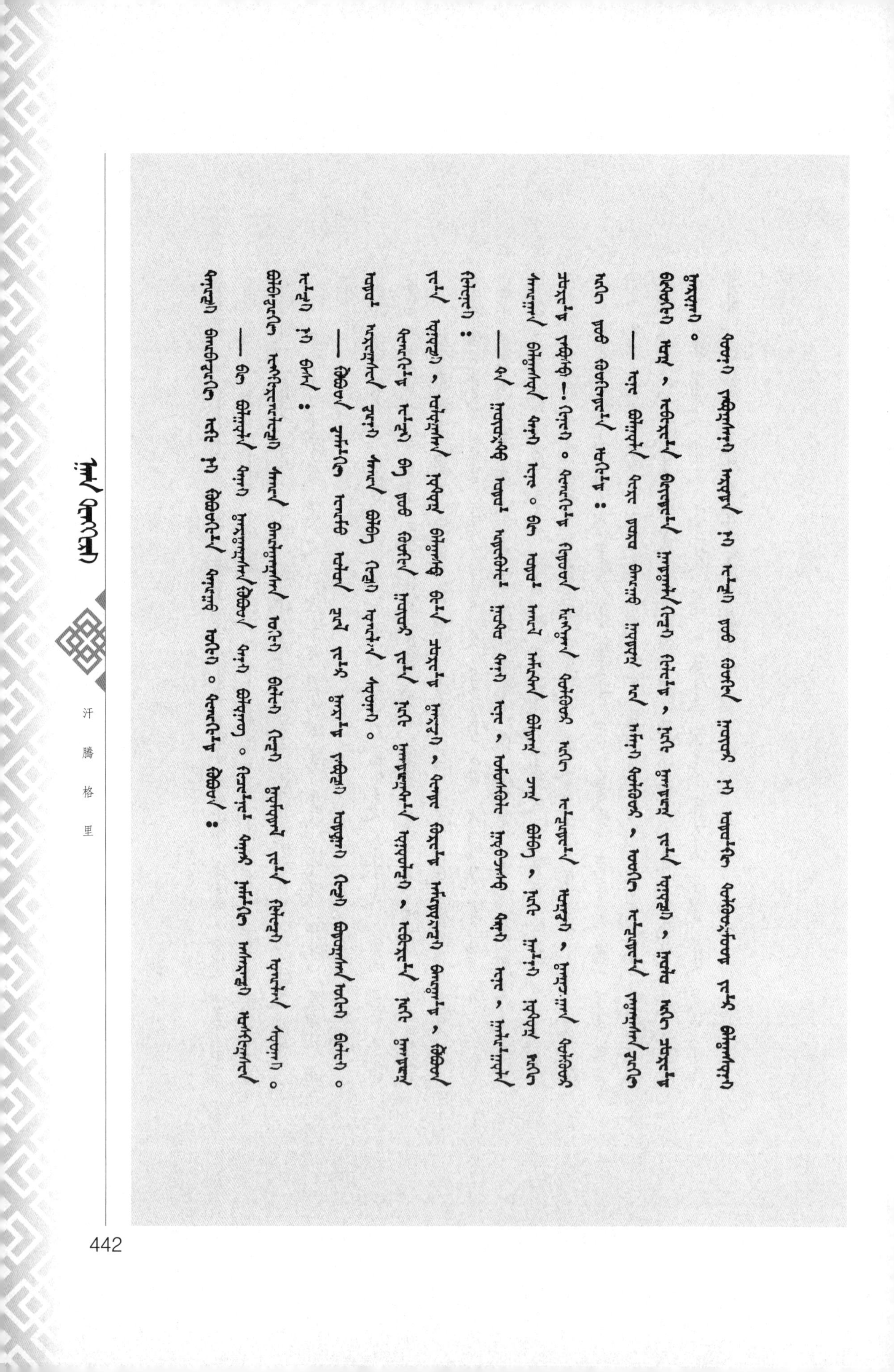

[illegible]

[illegible]

[illegible]

[illegible]

[illegible]

[illegible]

[illegible]

[illegible]

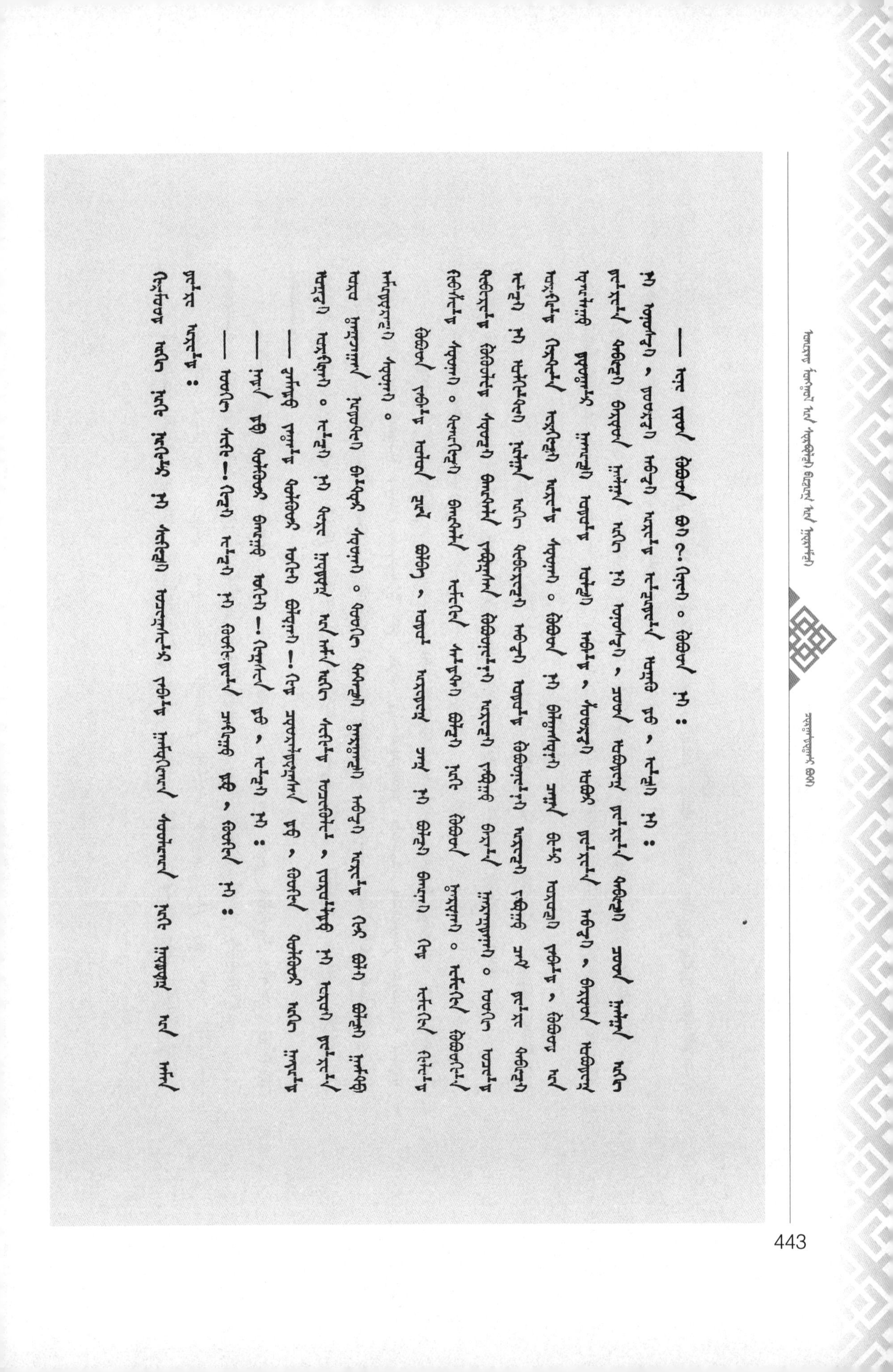

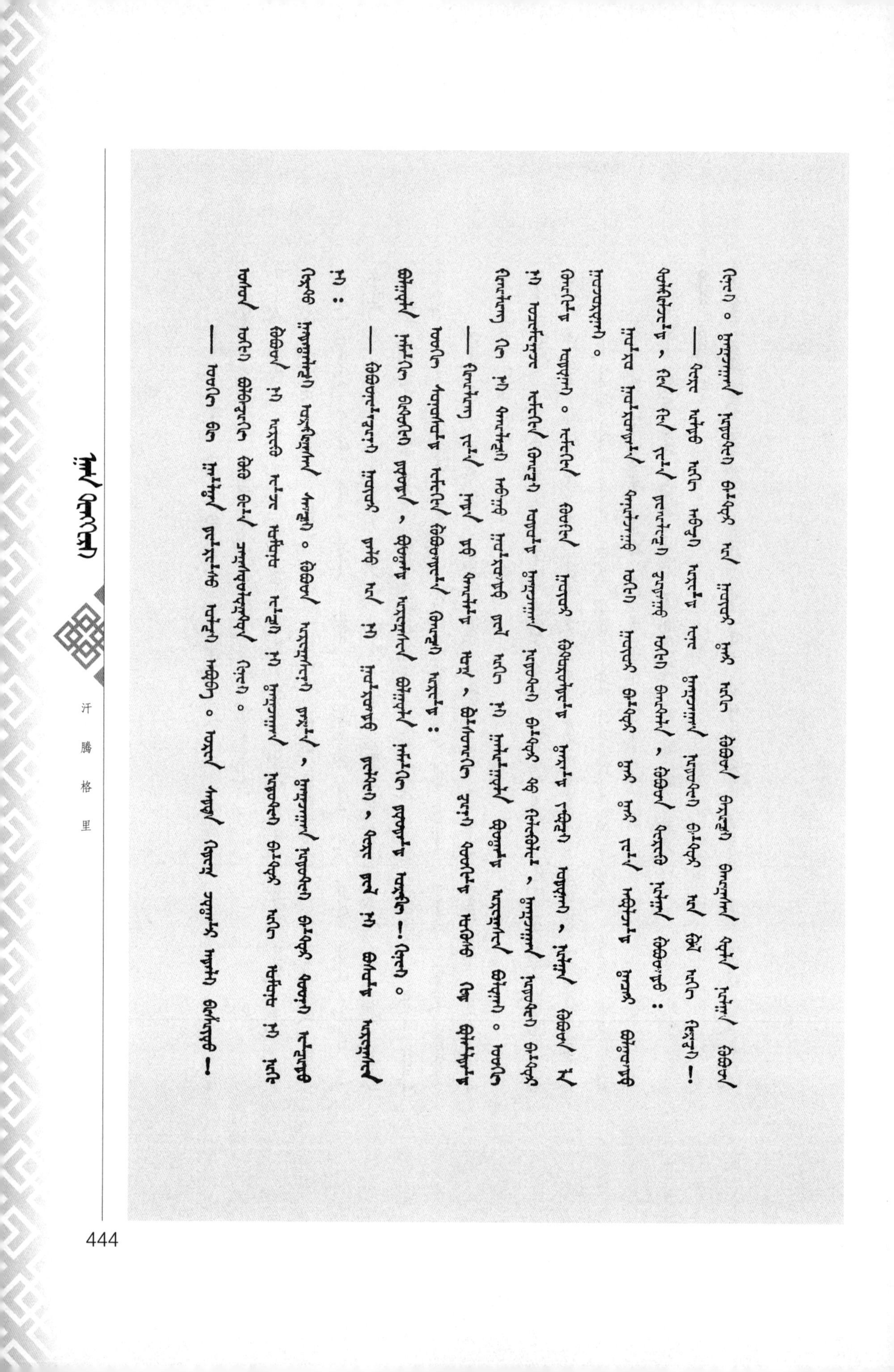

[illegible]

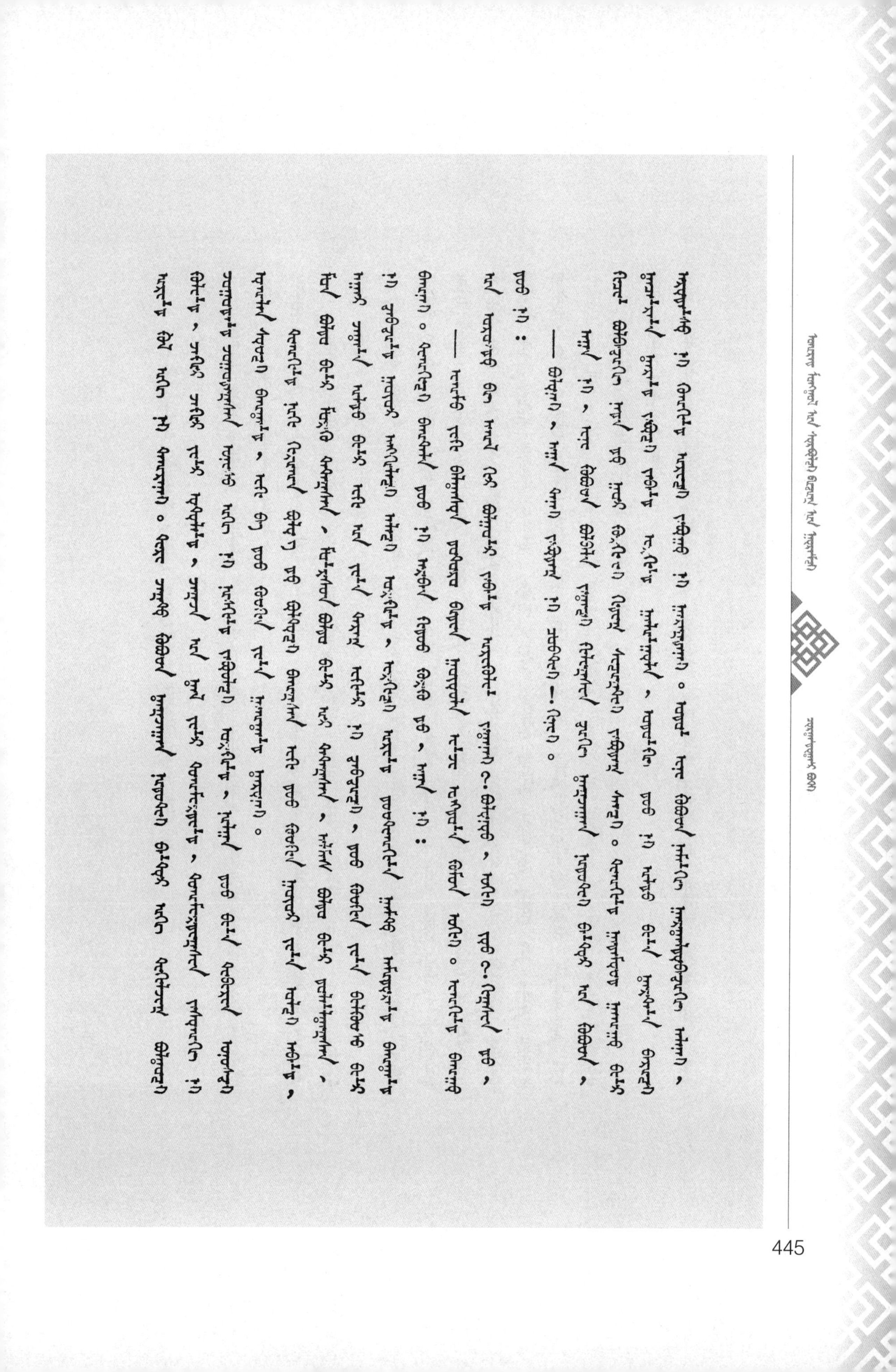

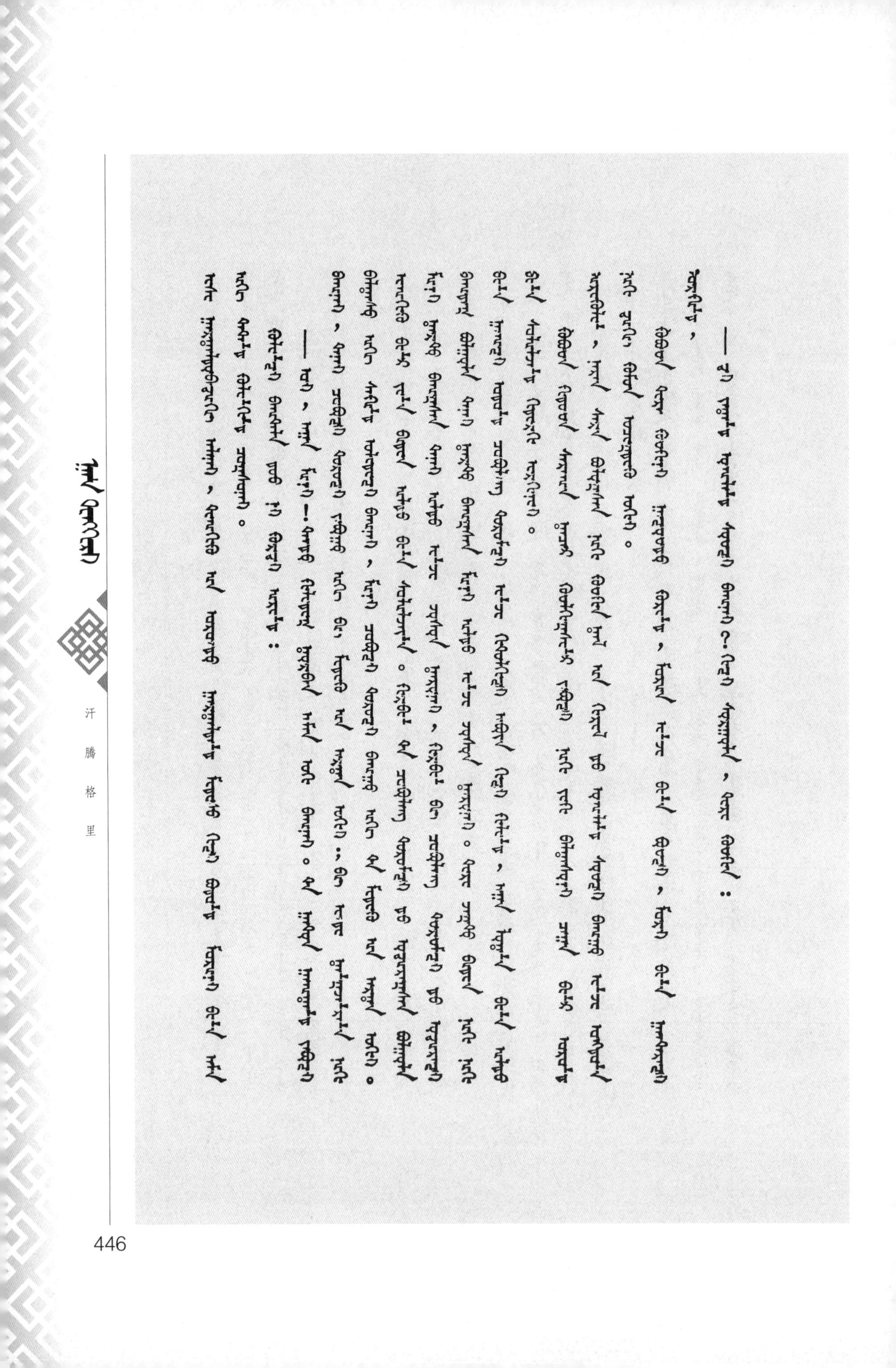

[illegible]

ᠰᠠᠶᠢᠬᠠᠨ ᠬᠠᠲᠤᠨ ᠬᠦᠷᠭᠡᠭᠡᠳ ᠬᠠᠲᠤᠨ ᠵᠢᠷᠤᠭᠠᠳᠤᠭᠠᠷ ᠨᠢ ᠲᠡᠷᠡ ᠰᠠᠢᠬᠢ ᠂ ᠬᠡᠯᠡᠪᠡ ᠂ ᠲᠡᠷᠡ ᠪᠣᠯᠪᠠ ᠪᠣᠯᠤᠨ

ᠬᠠᠲᠤᠨ ᠬᠦᠷᠭᠡᠨ ᠬᠠᠷᠢᠨ ᠪᠠᠷᠢᠵᠤ ᠪᠣᠯᠤᠨ ᠵᠠᠷᠯᠠ ᠂ ᠨᠠᠰᠤᠲᠠᠢ ᠬᠦᠮᠦᠨ ᠨᠢᠭᠡ ᠨᠠᠢᠮᠠᠨ ᠪᠢ ᠨᠠᠳᠠᠳᠤ ᠨᠣᠮᠣᠨ ᠬᠠᠷᠢ ᠨᠢ

ᠬᠠᠷᠢᠯᠴᠠᠬᠤ ᠬᠠᠮᠲᠤ ᠬᠠᠭᠠᠳᠠᠭ ᠂ ᠪᠣᠯᠤᠭᠰᠠᠨ ᠪᠣᠯᠬᠤ ᠬᠡᠯᠡᠵᠦ ᠃ ᠲᠡᠷᠡ ᠪᠣᠯᠤᠨ ᠪᠠᠢᠨ᠎ᠠ ᠲᠡᠷᠡ ᠨᠣᠮᠣᠨ ᠤᠨ ᠨᠡᠷ᠎ᠡ

ᠬᠠᠢ ᠰᠠᠭᠤᠭᠰᠠᠨ ᠂ ᠬᠠᠮᠤᠭ ᠪᠠᠢᠭ᠎ᠠ ᠭᠡᠵᠦ ᠪᠠᠢᠭᠤᠯᠤᠭᠰᠠᠨ ᠬᠠᠮᠢ ᠵᠠᠭᠤᠨ ᠬᠠᠯᠠᠪ ᠭᠡᠵᠦ ᠲᠡᠷᠡ ᠬᠦᠮᠦᠨ ᠢ ᠪᠣᠰᠤᠭᠠ

ᠪᠣᠯᠢ ᠰᠠᠭᠤᠭᠠᠳ ᠪᠣᠯᠪᠠ ᠪᠣᠯᠤᠨ ᠪᠠᠢᠭᠠᠳ ᠂ ᠬᠡᠨ ᠪᠠᠢᠭ᠎ᠠ ᠭᠡᠵᠦ ᠬᠠᠷᠠᠬᠤ ᠰᠠᠭᠤᠭᠰᠠᠨ ᠂ ᠬᠡᠯᠡᠭᠰᠡᠨ ᠪᠠᠢᠭ᠎ᠠ ᠭᠡᠵᠦ

—— ᠲᠡᠷᠡ ᠬᠦᠮᠦᠨ ᠬᠠᠷᠠᠭᠠᠳ ᠪᠠᠢᠨ᠎ᠠ —— ᠭᠡᠪᠡ ᠪᠣᠯᠤᠨ ᠨᠠᠰᠤᠲᠠᠢ ᠃

—— ᠶᠠᠭᠤᠨ ᠪᠣᠯᠪᠠ ？ ᠭᠡᠪᠡ ᠰᠠᠭᠤᠭᠰᠠᠨ ᠪᠢ ᠂

ᠪᠣᠯᠪᠠᠰᠤ ᠨᠠᠳᠠᠢ ᠪᠠᠢᠬᠤ ᠪᠠᠢᠨ᠎ᠠ ᠂ ᠪᠣᠯᠪᠠ ᠰᠠᠭᠤᠭᠠᠳ ᠬᠠᠷᠢᠭᠤᠯᠤᠨ ᠪᠣᠯᠪᠠ ：

ᠰᠠᠭᠤᠭᠠᠳ ᠭᠡᠵᠦ ᠬᠠᠷᠠᠭᠠᠳ ᠬᠠᠷᠢᠭᠤᠯᠤᠭᠰᠠᠨ ᠲᠡᠷᠡ ᠂ ᠬᠠᠮᠤᠭ ᠭᠡᠵᠦ ᠪᠠᠢᠭᠠᠳ ᠬᠡᠯᠡᠭᠰᠡᠨ ᠪᠢ ᠂ ᠨᠠᠢᠮᠠᠨ ᠨᠠᠢᠪᠠᠨ ᠨᠢ

ᠨᠠᠢᠮᠠᠨ ᠲᠡᠷᠢᠭᠦᠨ ᠶᠠᠭᠤ ᠵᠠᠭᠤᠨ ᠬᠡᠷᠡᠭ ᠰᠠᠭᠤᠭᠠᠳ ᠂ ᠵᠠᠭᠤᠨ ᠬᠠᠷᠢ ᠭᠡᠷᠡᠭᠡ ᠨᠠᠰᠤᠲᠠᠢ ᠬᠦᠮᠦᠨ ᠪᠠᠢᠨ ᠬᠠᠷᠢ ᠨᠢ

ᠬᠠᠮᠲᠤ ᠃ ᠲᠡᠷᠡᠭᠦᠨ ᠪᠠᠷᠢᠭᠰᠠᠨ ᠨᠠᠰᠤᠲᠠᠢ ᠬᠦᠮᠦᠨ ᠪᠣᠯᠤᠨ ᠬᠠᠷᠠᠭᠠᠳ ᠃ ᠪᠣᠯᠪᠠᠯ ᠰᠠᠭᠤᠭᠰᠠᠨ ᠭᠡᠵᠦ ᠨᠠᠢᠮᠠᠨ ᠨᠠᠢᠮᠠ ᠬᠠᠷᠢ ᠨᠢ

ᠰᠠᠭᠤᠭᠠᠳ ᠂ ᠬᠡᠷᠪᠡ ᠨᠠᠢᠮᠠ ᠬᠠᠷᠢ ᠬᠡᠷᠡᠭ ᠨᠠᠢᠮᠠᠨ ᠵᠠᠭᠤᠨ ᠶᠠᠭᠤ ᠵᠠᠭᠤᠨ ᠰᠠᠭᠤᠭᠠᠳ ᠬᠠᠷᠢᠯᠴᠠ ᠭᠡᠪᠡ ᠭᠡᠷᠡᠭᠡ ᠬᠠᠷᠢᠭᠤᠯᠪᠠ

—— ᠪᠢ ᠬᠠᠷᠢᠭᠤᠯᠤᠭᠰᠠᠨ ᠵᠠᠷᠯᠠᠨ ᠬᠠᠷᠢᠭᠤᠯᠤᠶ᠎ᠠ ᠃ ᠭᠡᠷᠡᠭᠡ ᠲᠡᠷᠡ ᠬᠦᠮᠦᠨ ᠬᠠᠷᠠᠭᠰᠠᠨ ᠵᠠᠷᠯᠠᠬᠤ ᠪᠢ ᠬᠡᠯᠡ

ᠲᠡᠭᠡᠭᠡᠳ ᠲᠡᠷᠡ ᠪᠣᠯᠪᠠ ：

ᠭᠡᠵᠦ ᠪᠣᠯᠤᠨ ᠪᠢ ᠭᠡᠪᠡ ᠃

ᠬᠡᠯᠡᠭᠡᠳ ᠂ ᠬᠡᠷᠪᠡ ᠨᠠᠢᠮᠠᠨ ᠬᠠᠷᠢ ᠰᠠᠭᠤᠭᠠᠳ ᠵᠠᠷᠯᠠᠭᠠᠳ ᠂ ᠬᠠᠮᠲᠤ ᠪᠢ ᠨᠠᠢᠮᠠᠯᠠᠬᠤ ᠰᠠᠭᠤᠭᠰᠠᠨ ᠬᠦᠷᠭᠡᠭᠡᠳ ᠬᠠᠲᠤᠨ ᠬᠠᠷᠢᠭᠤᠯᠤᠨ

—— ᠪᠢ ᠪᠣᠯᠤᠭᠰᠠᠨ ᠬᠡᠷᠪᠡ ᠨᠠᠢᠮᠠᠨ ᠤᠨ ᠨᠠᠢᠮᠠ ᠪᠣᠯᠤᠨ ᠪᠣᠯᠪᠠ ᠂ ᠬᠡᠷᠡᠭᠯᠡᠭᠡᠳ ᠬᠠᠷᠢ ᠨᠠᠰᠤᠲᠠᠢ ᠬᠦᠮᠦᠨ ᠬᠦᠷᠭᠡᠨ

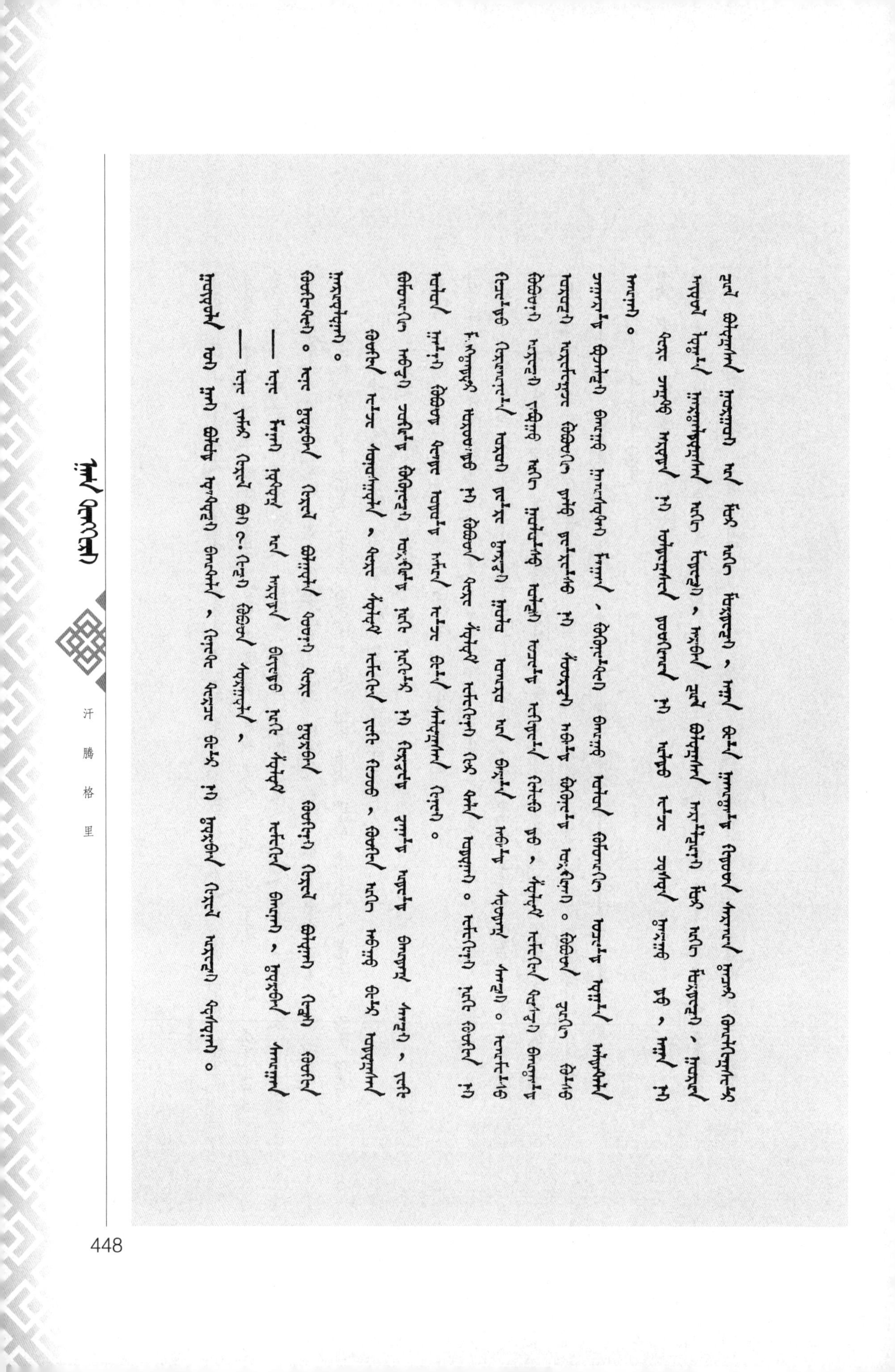

[illegible]

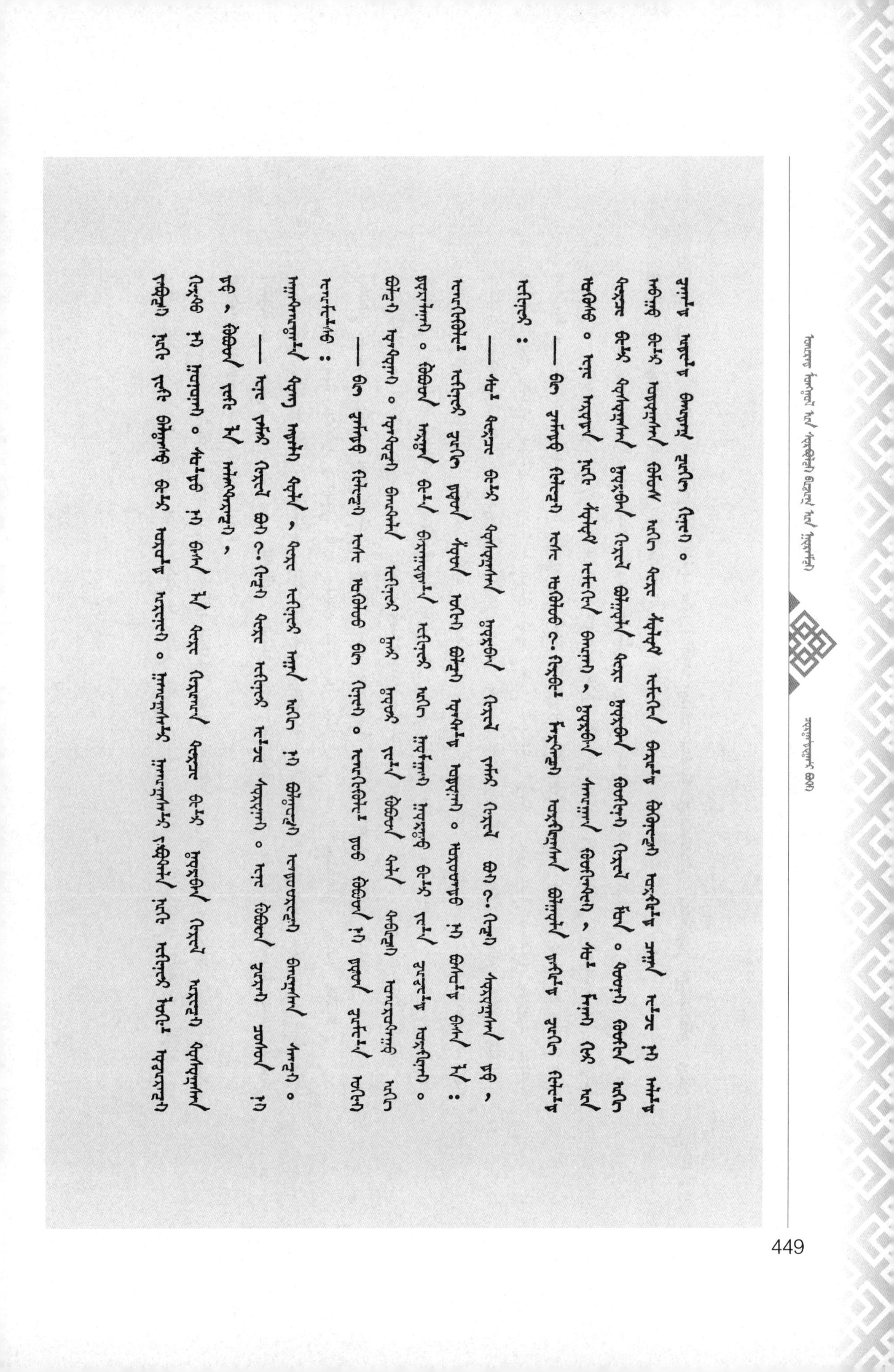

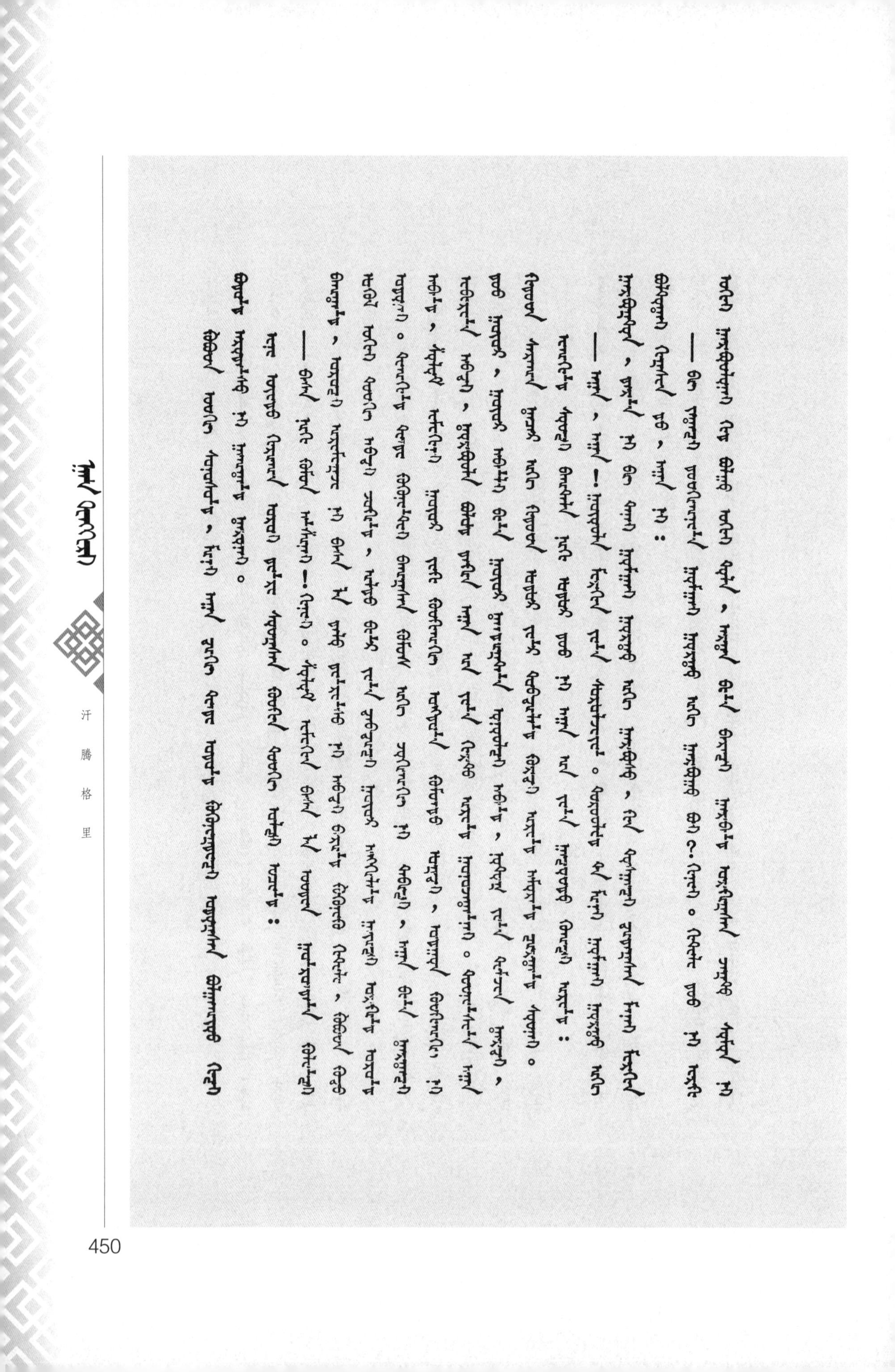

[illegible]

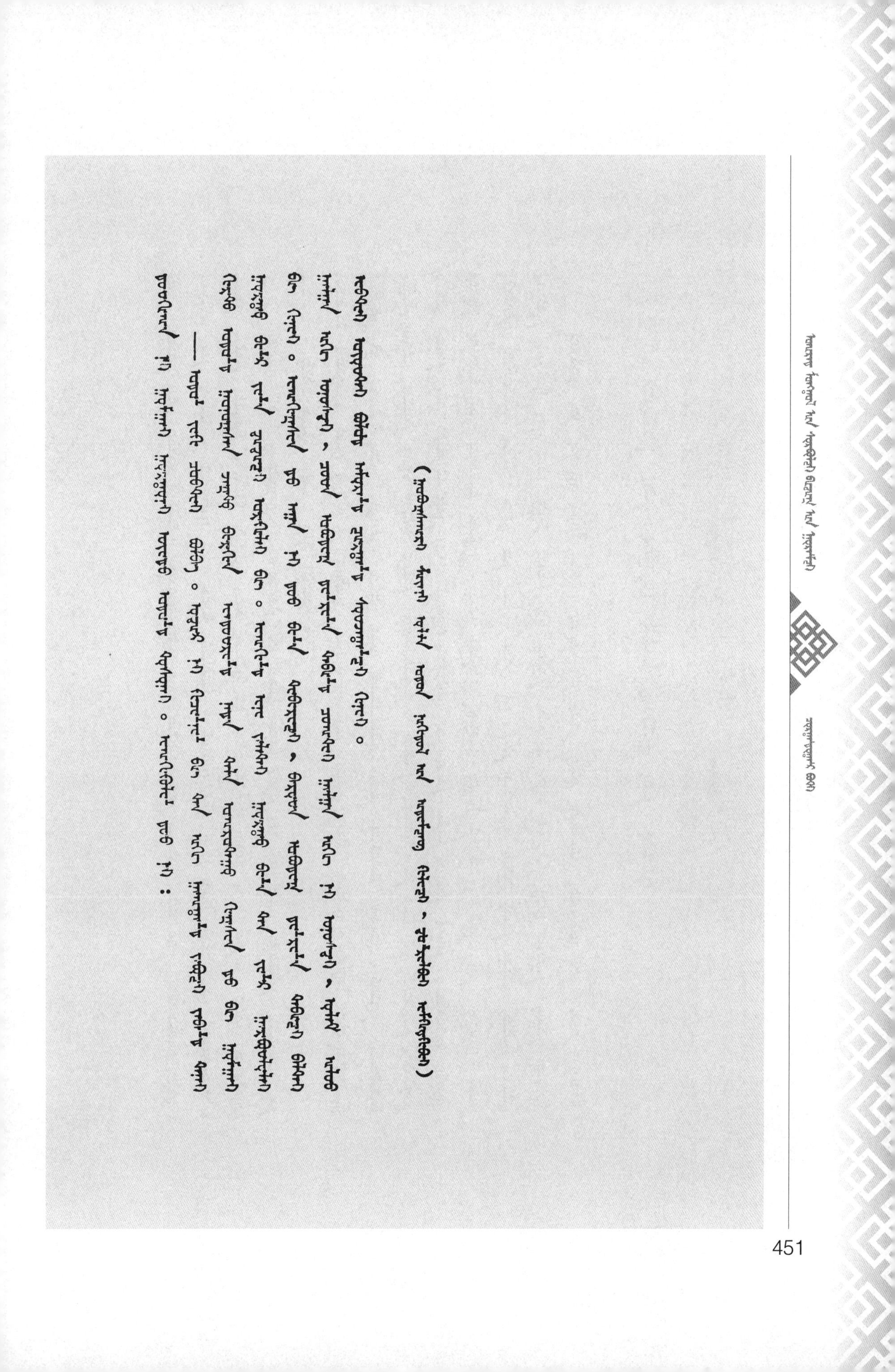

[illegible]

[illegible]

[illegible]

[illegible]

[illegible]

[illegible]

[illegible]

([illegible])

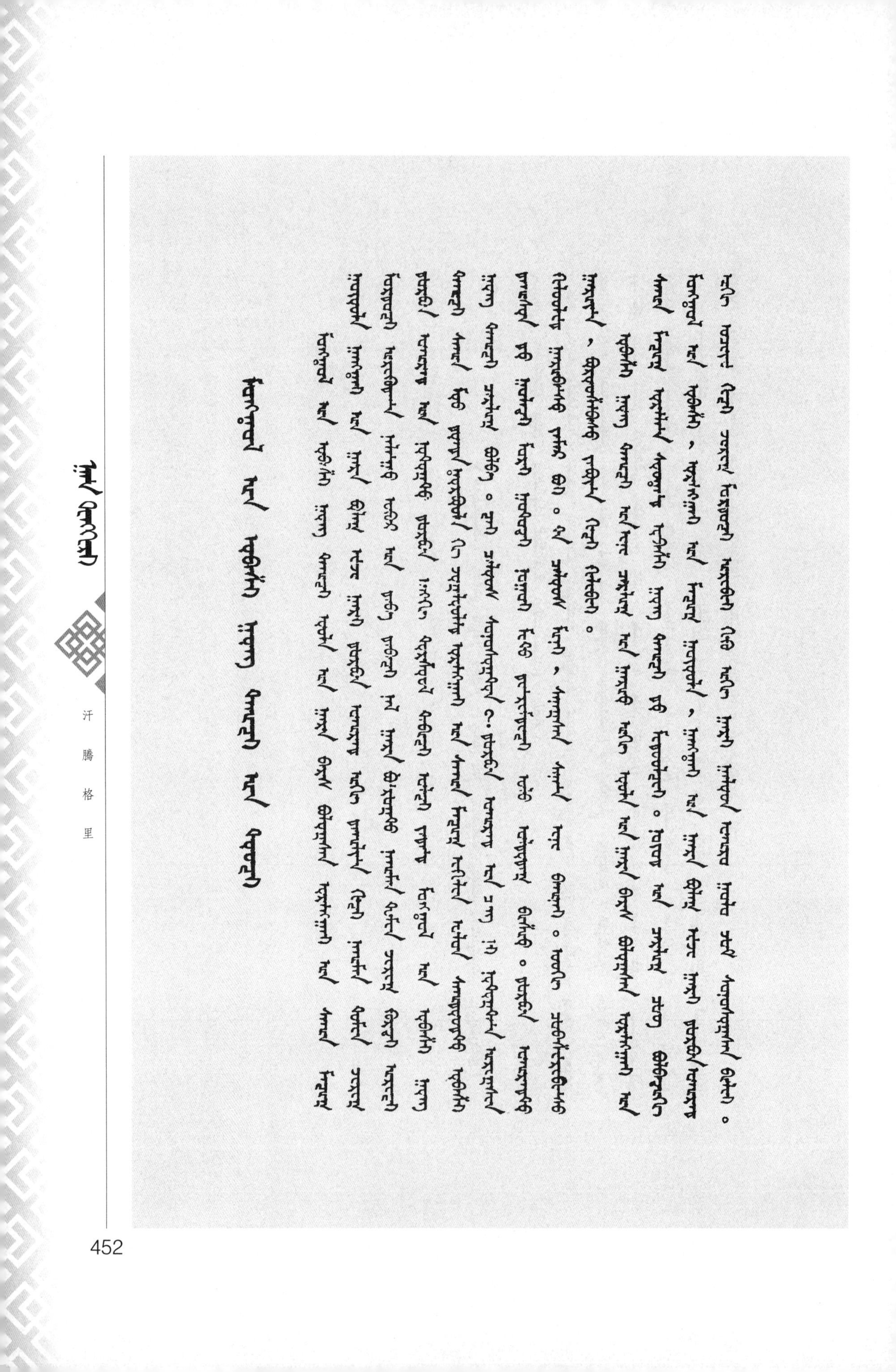

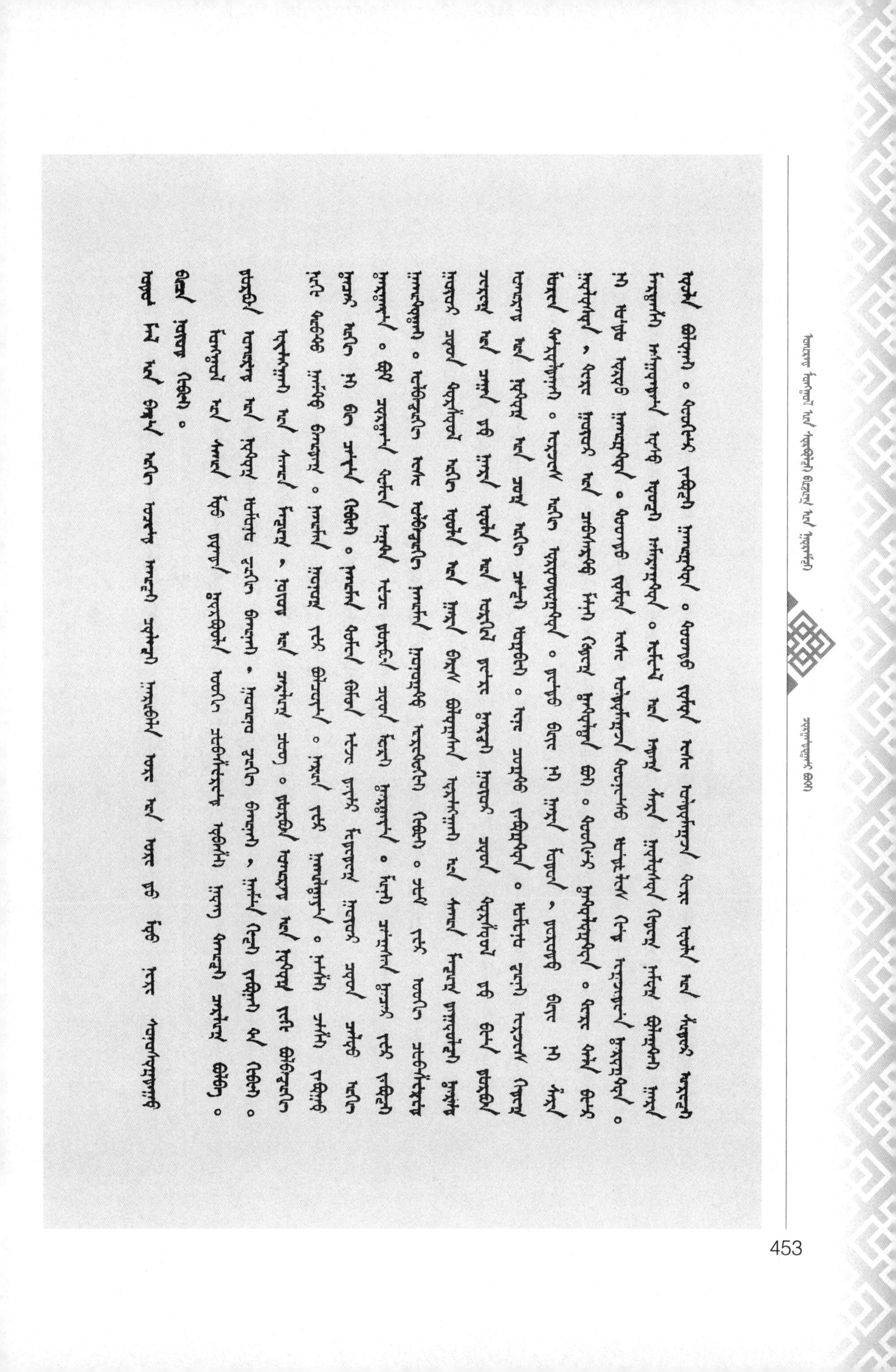

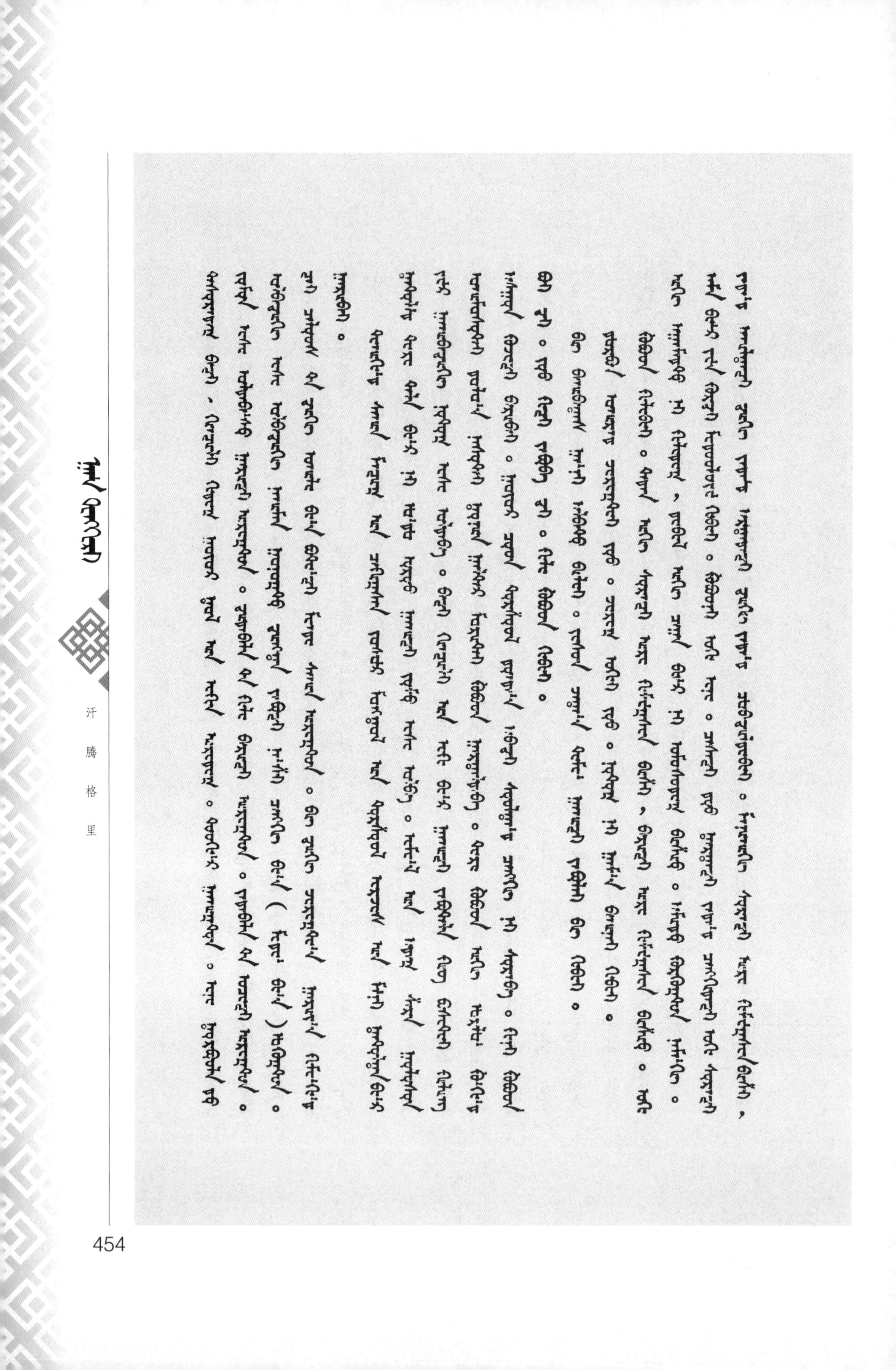

[illegible]

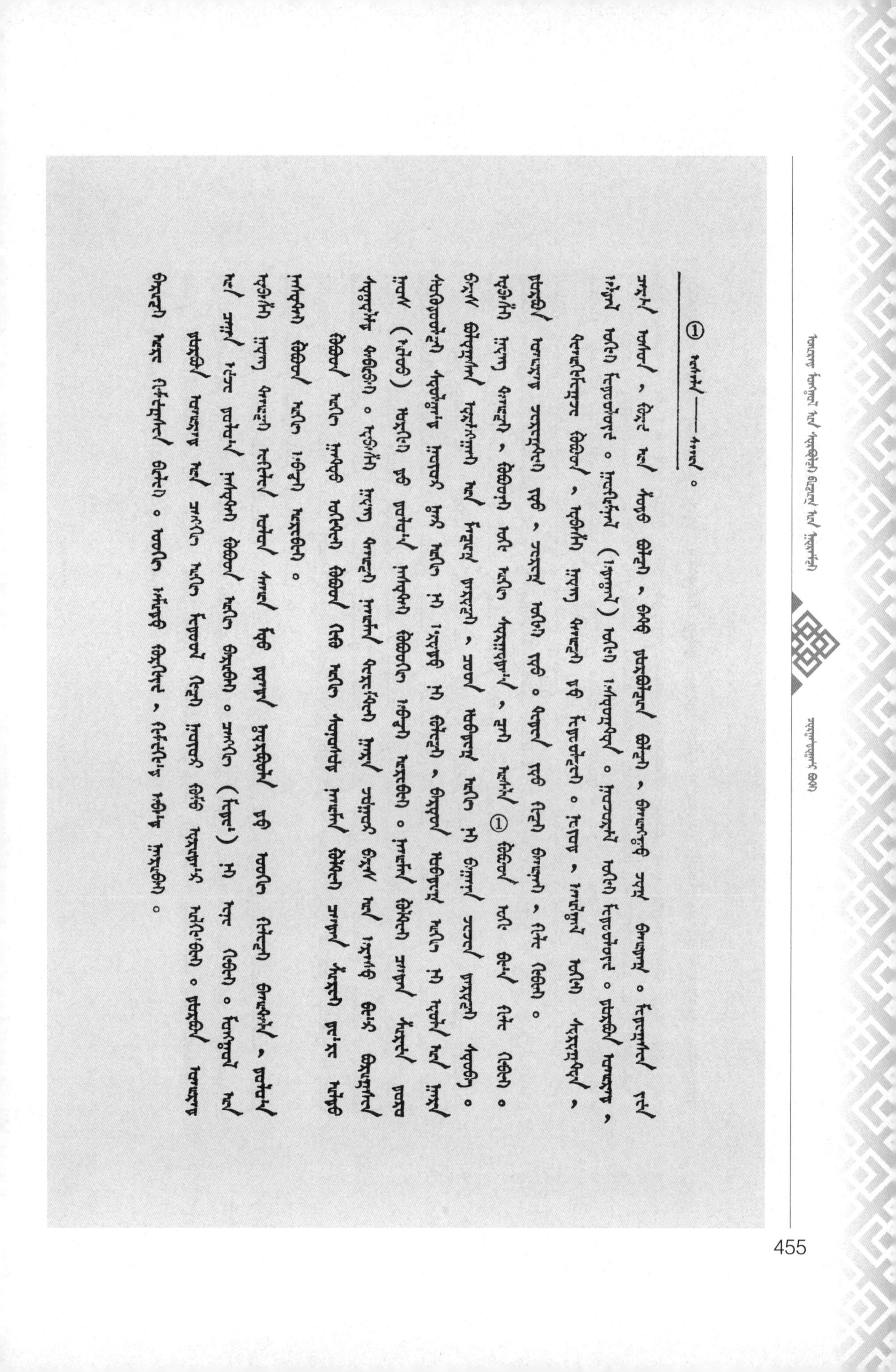

[illegible]

ᠬᠠᠷᠢᠴᠠᠯ ᠮᠡᠳᠡᠬᠦ ᠬᠡᠷᠡᠭᠯᠡᠭᠡ ᠨᠢ ᠪᠠᠶᠢᠨ᠎ᠠ ∘ ᠬᠡᠷᠪᠡ ᠨᠢᠭᠡᠨ ᠬᠦᠮᠦᠨ ᠳᠦ ᠪᠠᠶᠢᠬᠤ ᠬᠡᠯᠪᠡᠷᠢ ᠪᠡᠷ ᠮᠡᠳᠡᠬᠦ ᠶᠢᠨ ᠲᠥᠯᠥᠭᠡ ᠳᠠᠭᠤᠰᠤᠭᠰᠠᠨ ᠪᠣᠯᠤᠨ᠎ᠠ ∘

ᠬᠡᠯᠡᠪᠡᠯ ᠮᠣᠩᠭᠣᠯ ᠳᠠᠭᠤᠨ ᠤᠷᠤᠭᠤᠯᠵᠤ ᠪᠠᠶᠢᠭ᠎ᠠ ᠨᠢ ᠂ ᠨᠢᠭᠡᠨ ᠮᠥᠷ ᠳᠤ ᠬᠣᠶᠠᠷ ᠰᠢᠷᠬᠡᠭ ᠂ ᠲᠡᠭᠦᠨ ᠳᠦ ᠬᠠᠷᠠᠭᠠᠯᠵᠠᠭᠰᠠᠨ ᠨᠣᠮ ᠤᠨ ᠲᠣᠭᠠᠨ ᠪᠠᠶᠢᠨ᠎ᠠ ∘

ᠨᠣᠮᠣᠭᠠᠳ ᠬᠡᠮᠵᠢᠶᠡᠭᠡ ᠪᠠᠶᠢᠳᠠᠯ ᠳᠡᠭᠡᠷ᠎ᠡ ᠶᠠᠰᠤ ᠪᠣᠯᠤᠨ᠎ᠠ ∘

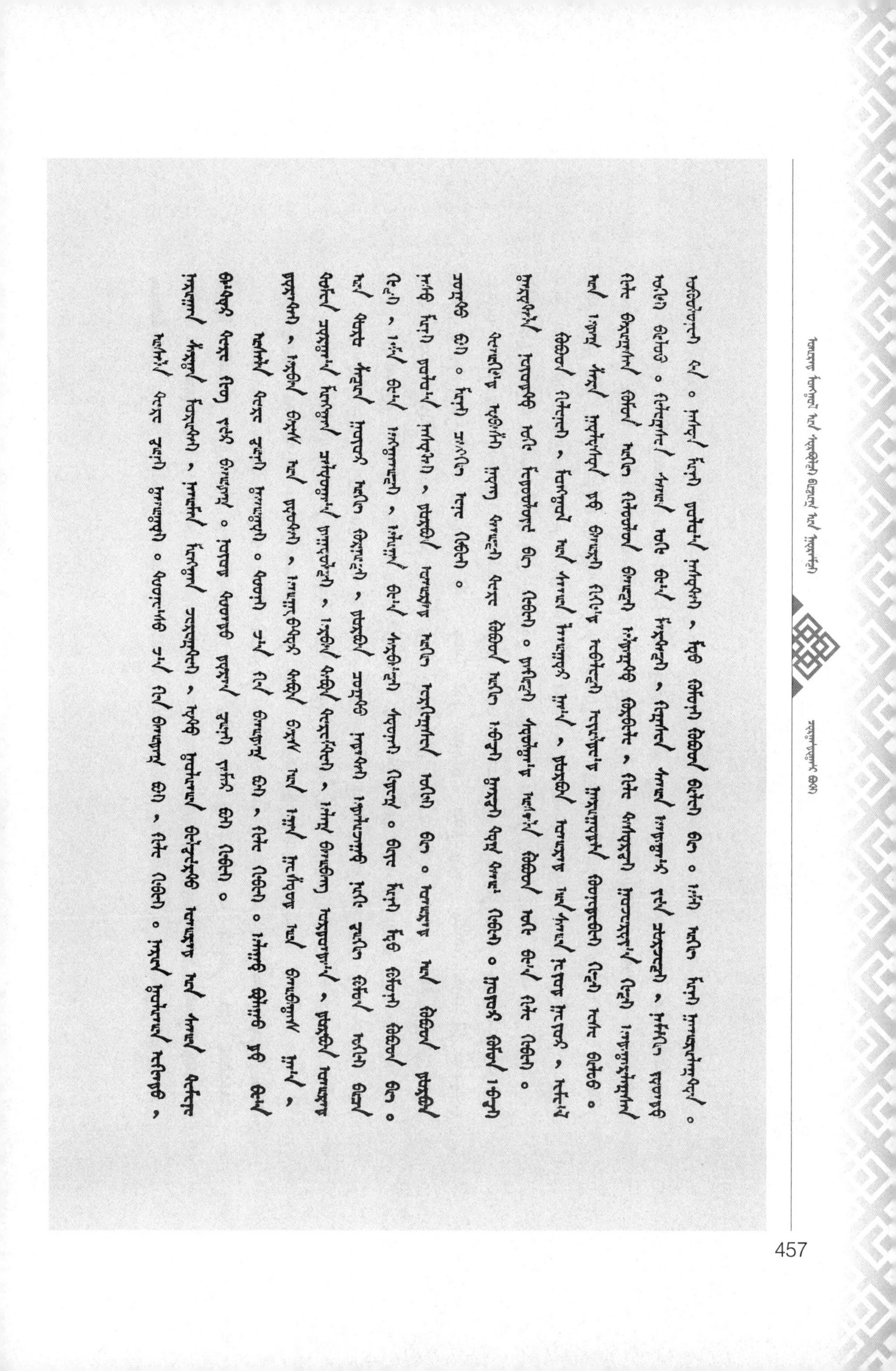

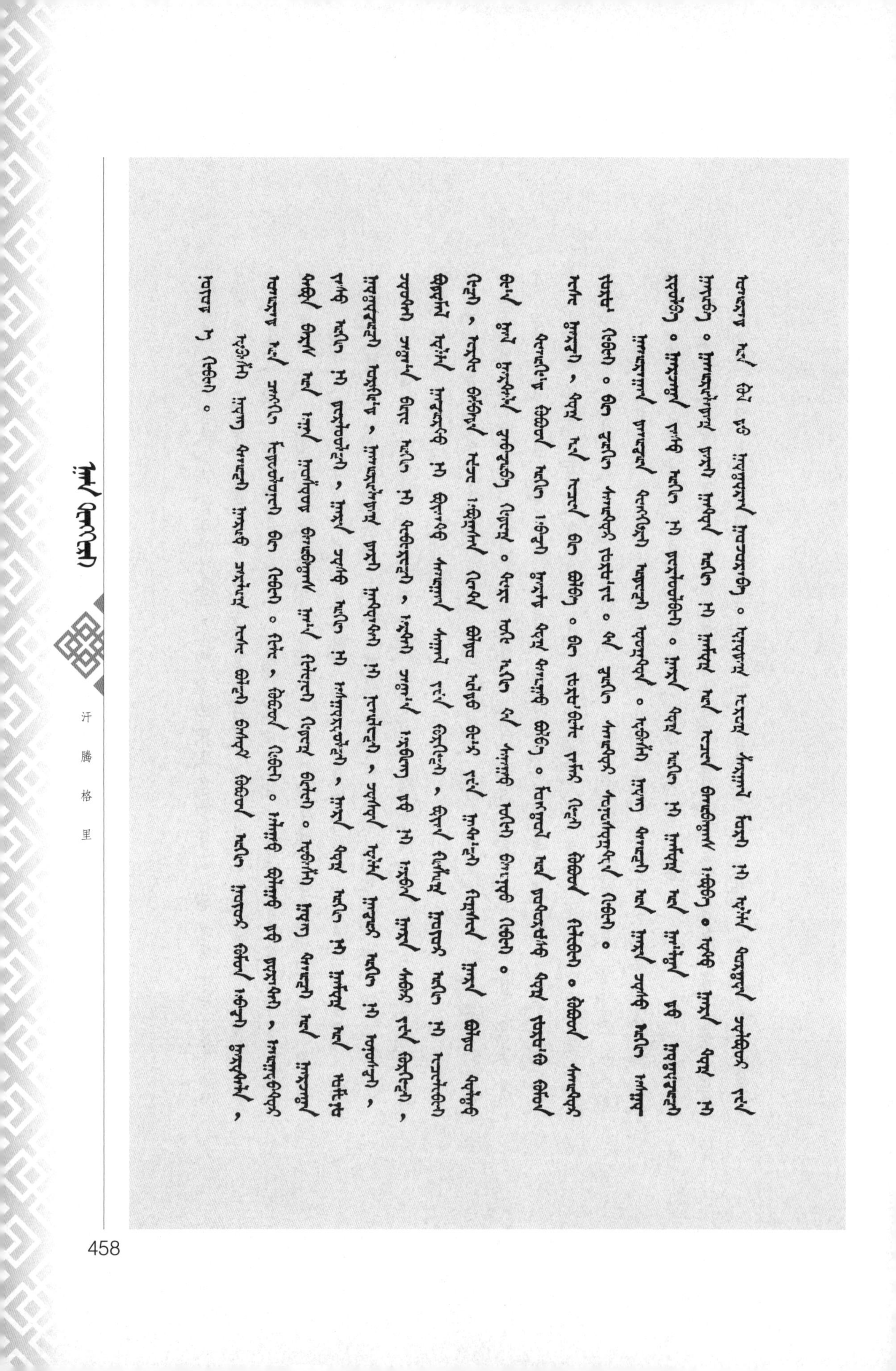

[illegible]

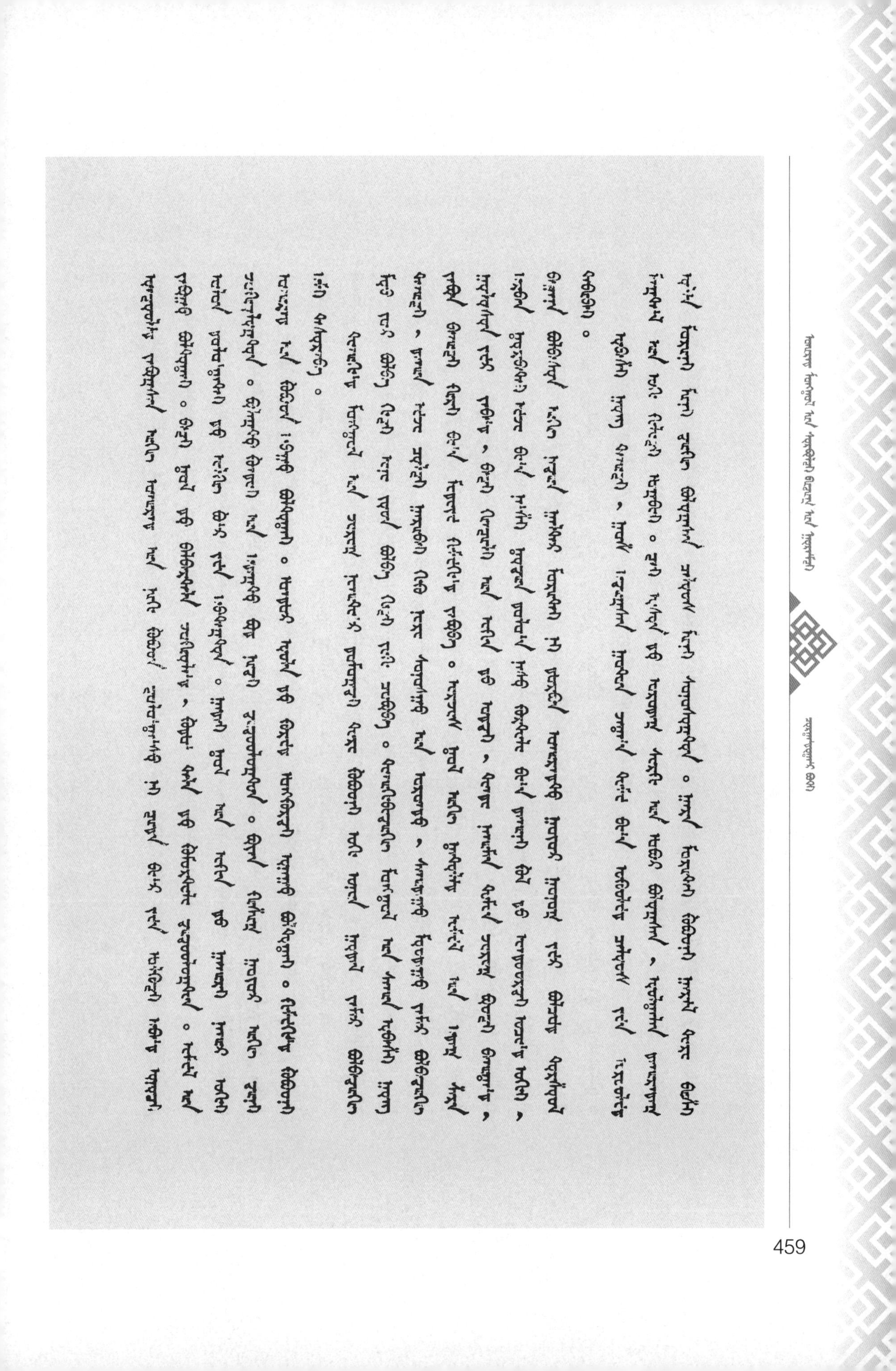

[illegible] ◦ [illegible]

[illegible] ◦

[illegible] ◦ [illegible] ◦ [illegible]

[illegible] ◦

[illegible] ◦ [illegible] ◦ [illegible] ◦ [illegible] ◦ [illegible] ◦ [illegible]

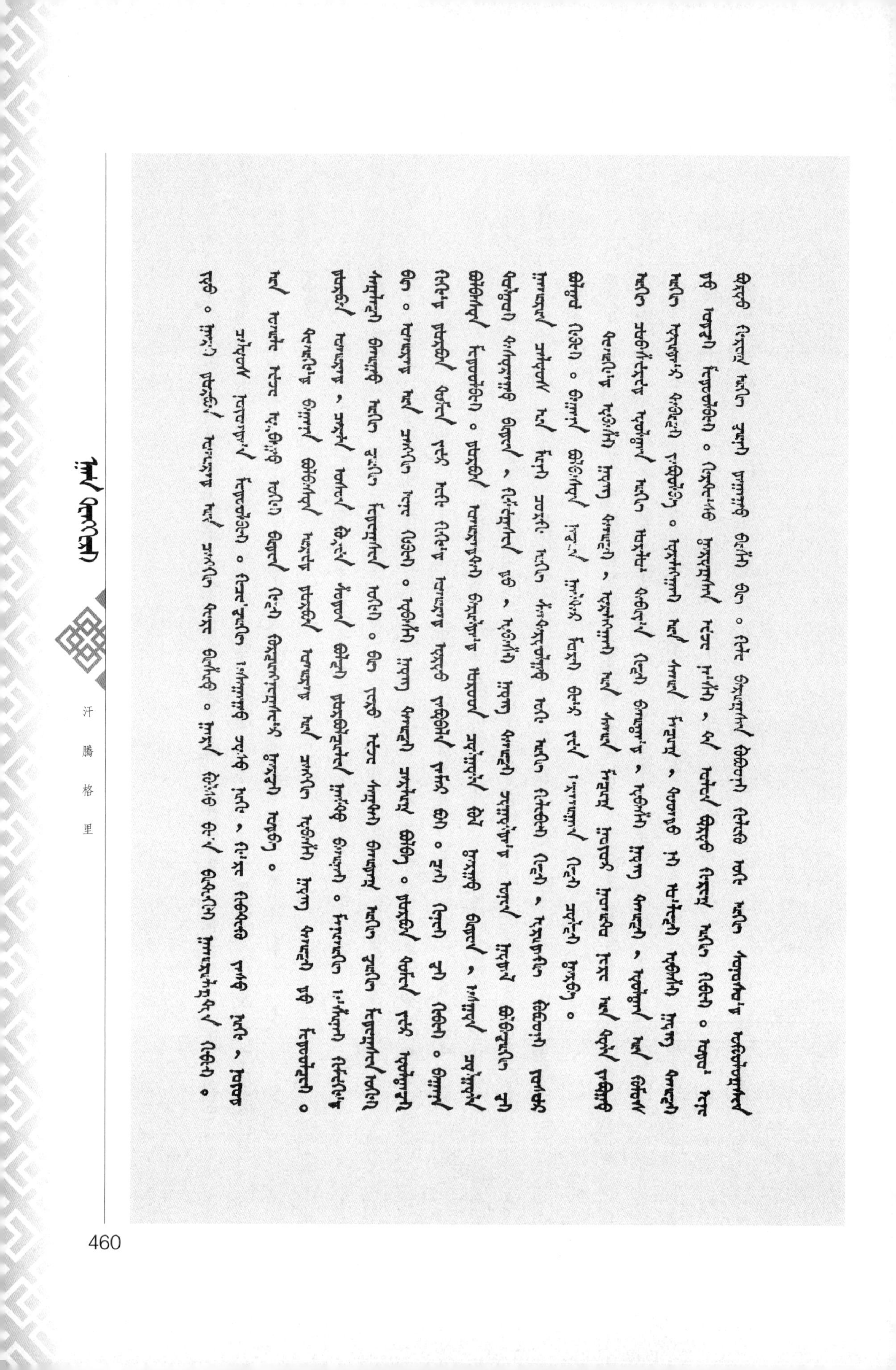

[illegible]

[illegible]

[illegible]

[illegible]

[illegible]

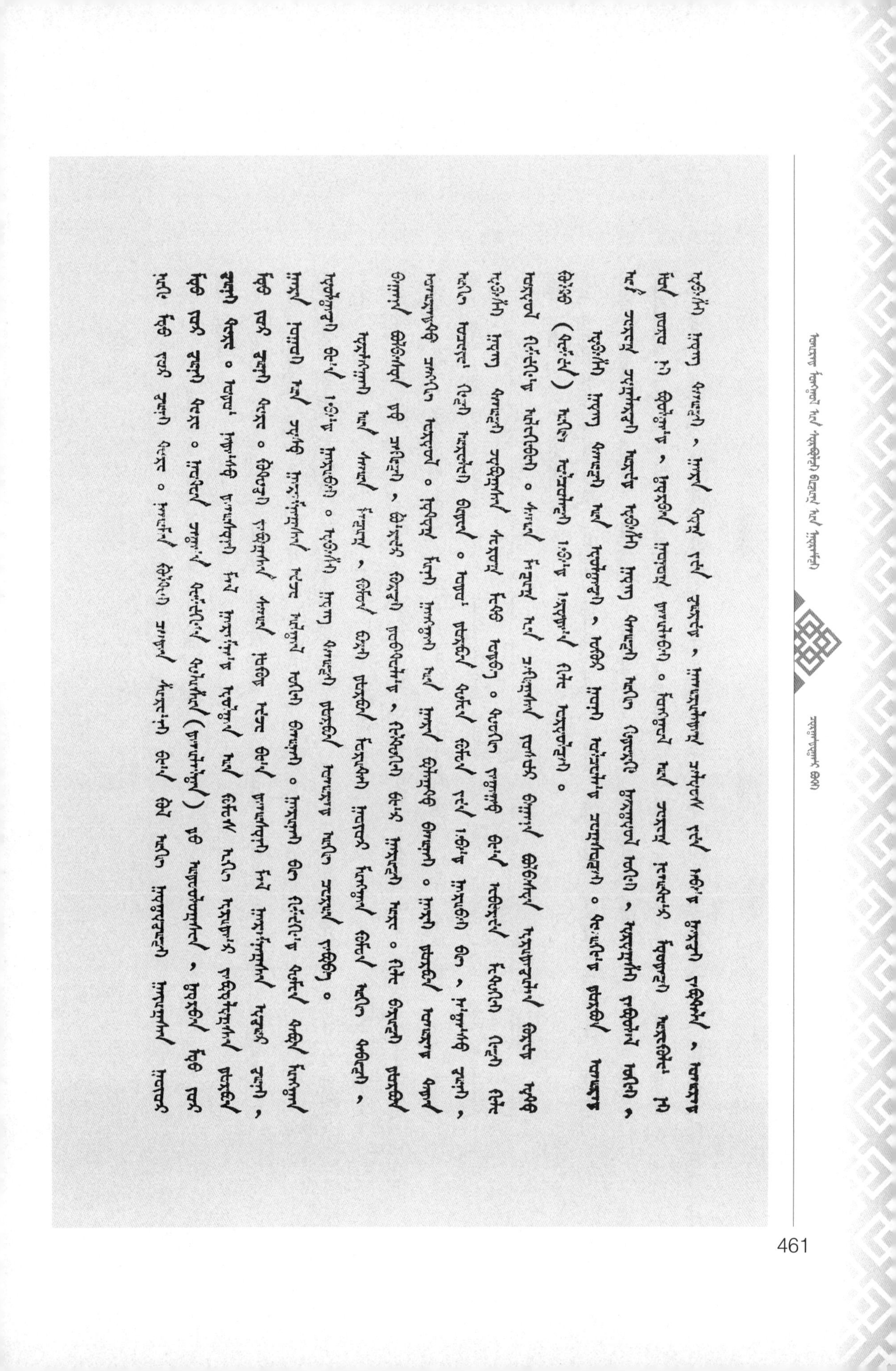

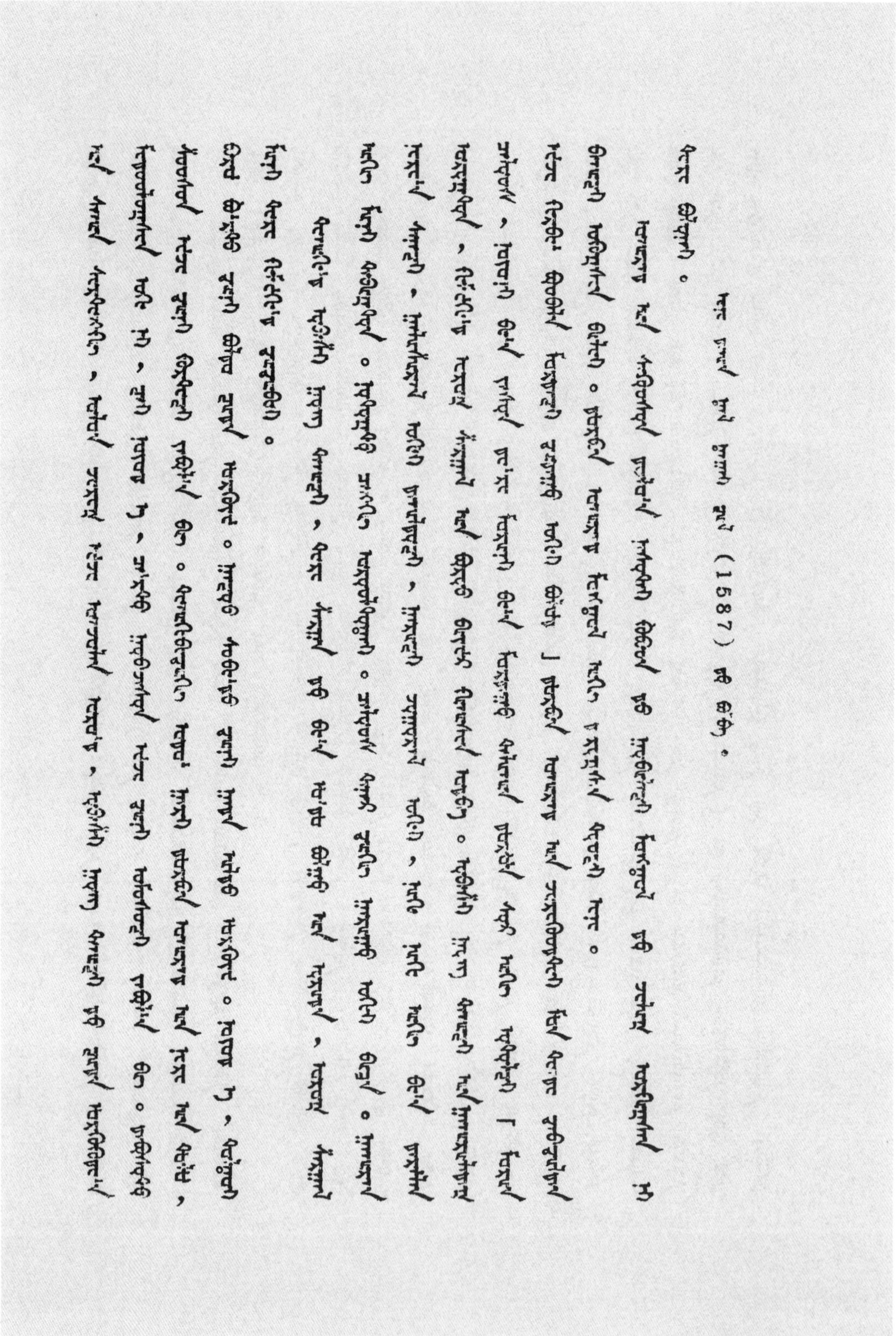

[illegible]

[illegible] ᠶᠢᠨ [illegible] « [illegible] » ᠭᠡᠵᠡ ᠢᠷᠡᠭᠰᠡᠨ ᠪᠠᠢᠨ᠎ᠠ ᠃

ᠵᠢ • [illegible]

② [illegible] —— [illegible] ᠃

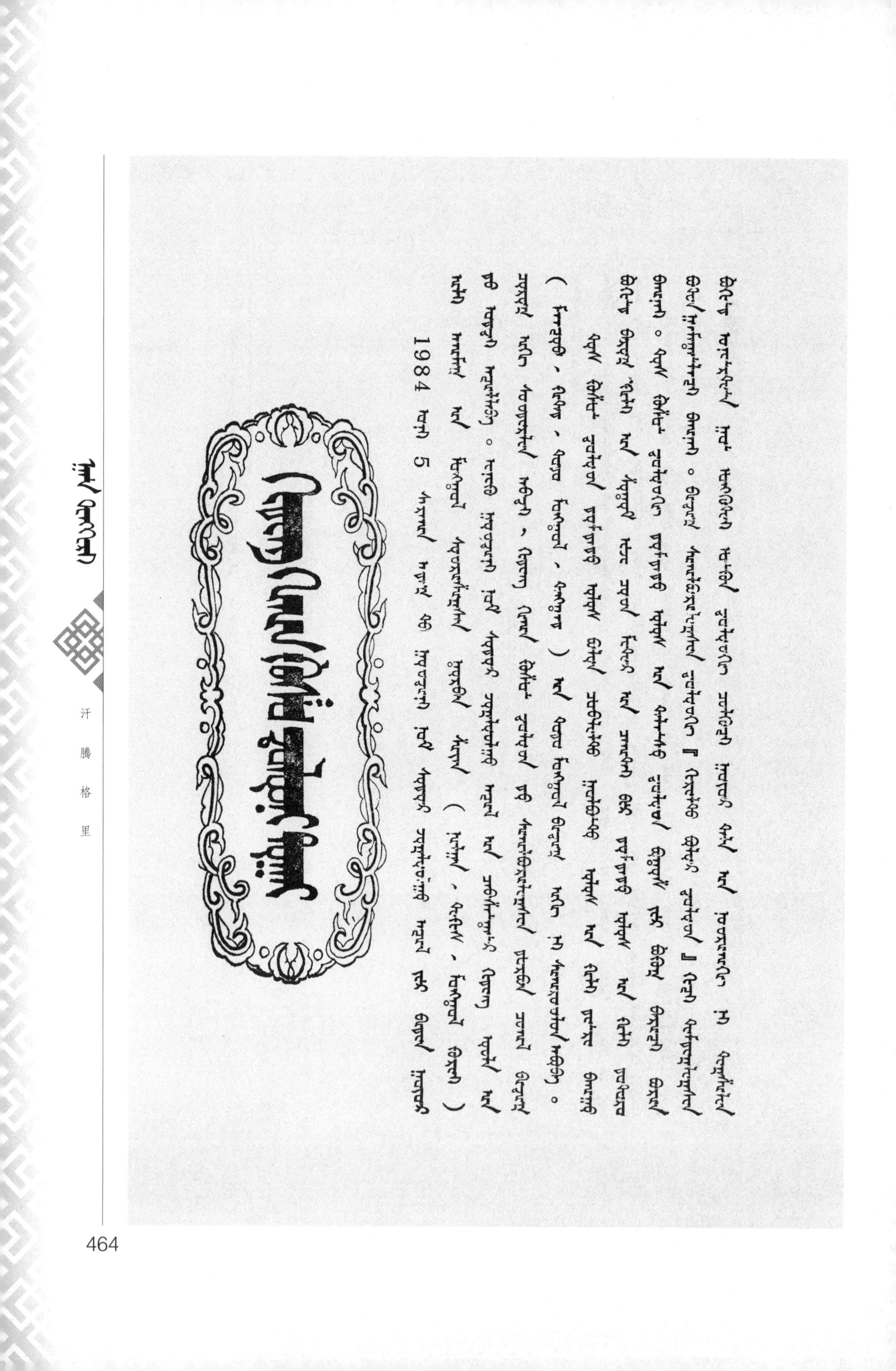

1984 … 5 …

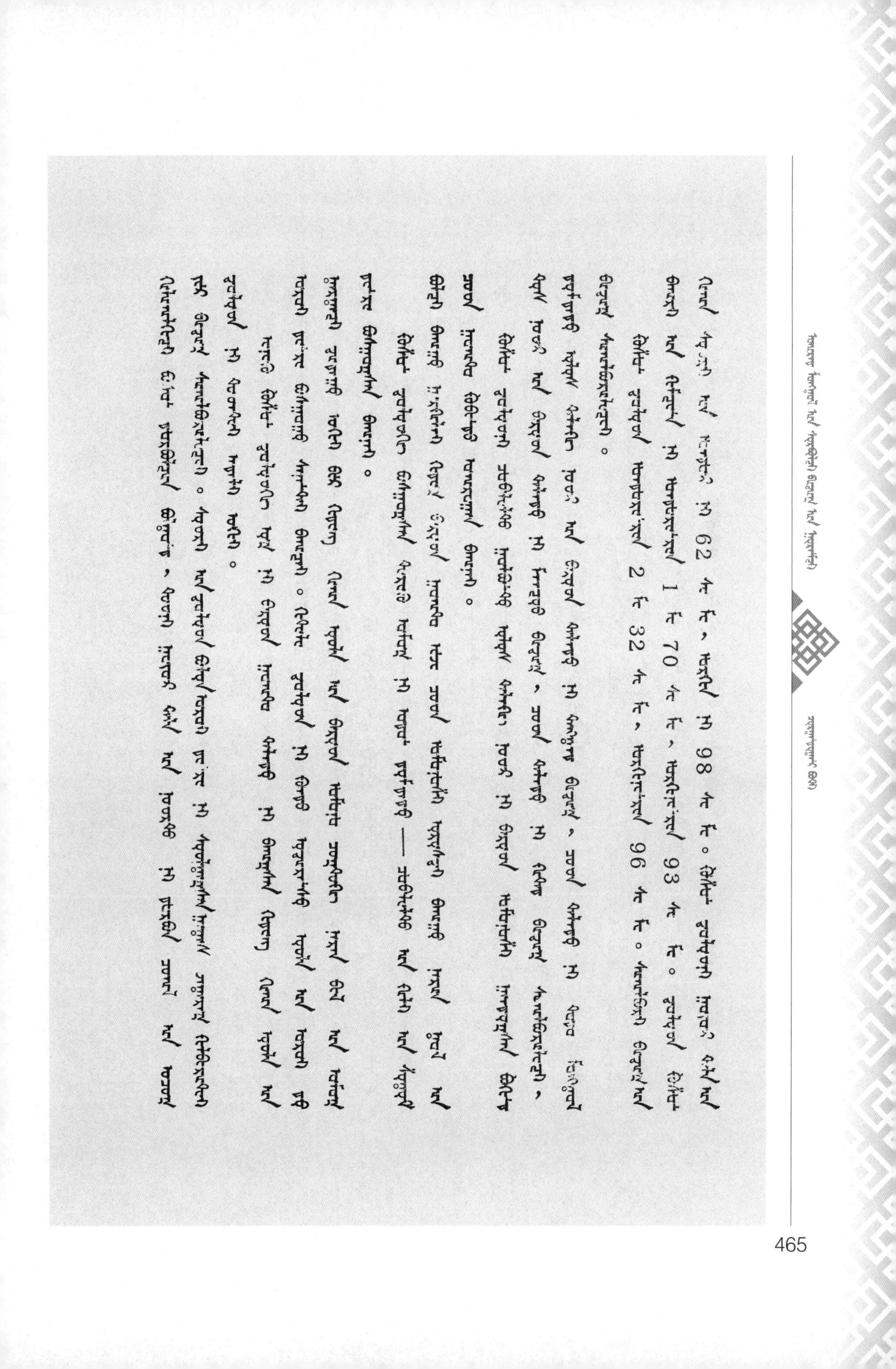

[illegible] 62 [illegible] 98 [illegible] 1 [illegible] 70 [illegible] 93 [illegible] 2 [illegible] 32 [illegible] 96 [illegible]

[illegible] —— [illegible]

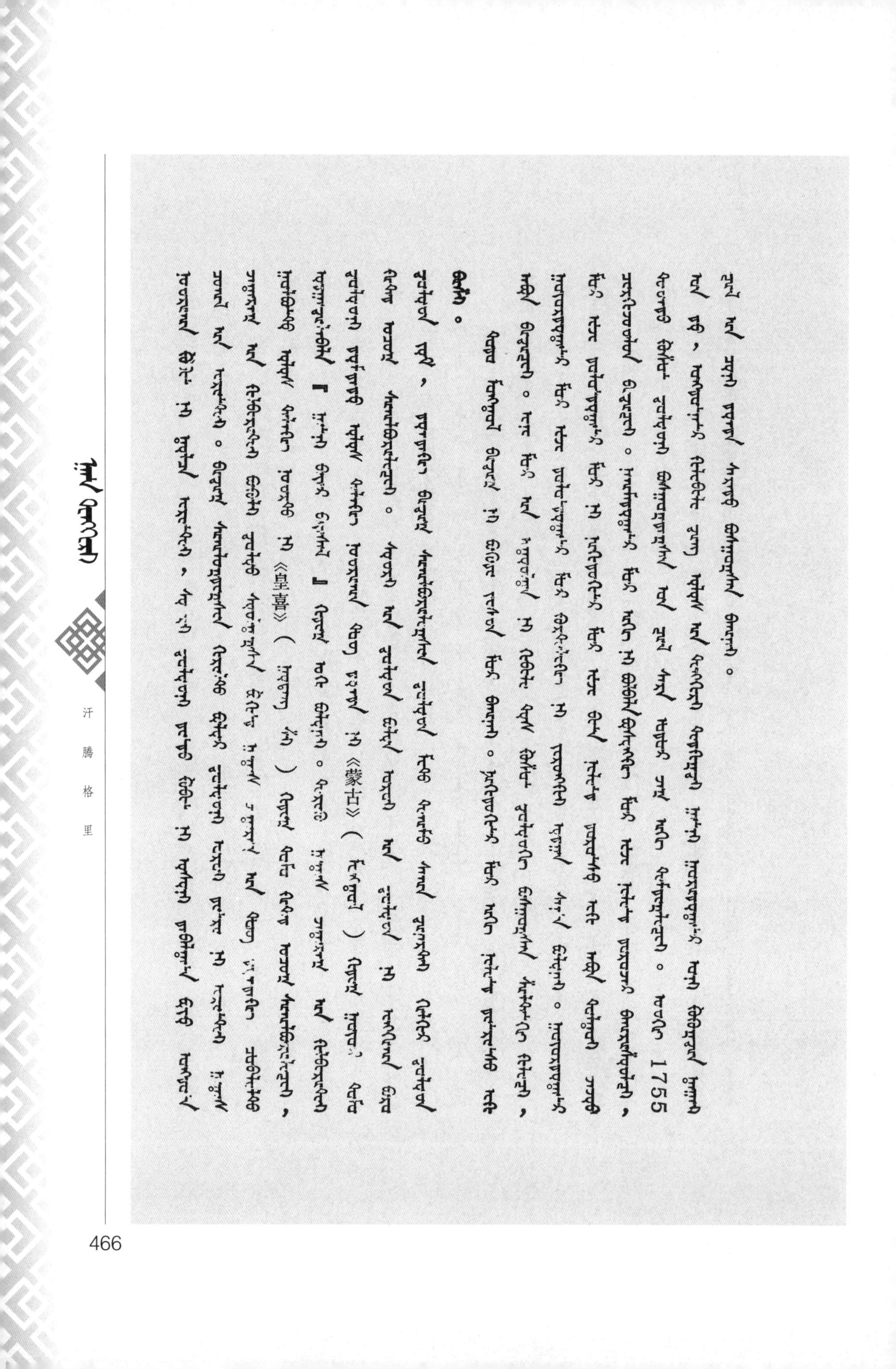

[illegible]

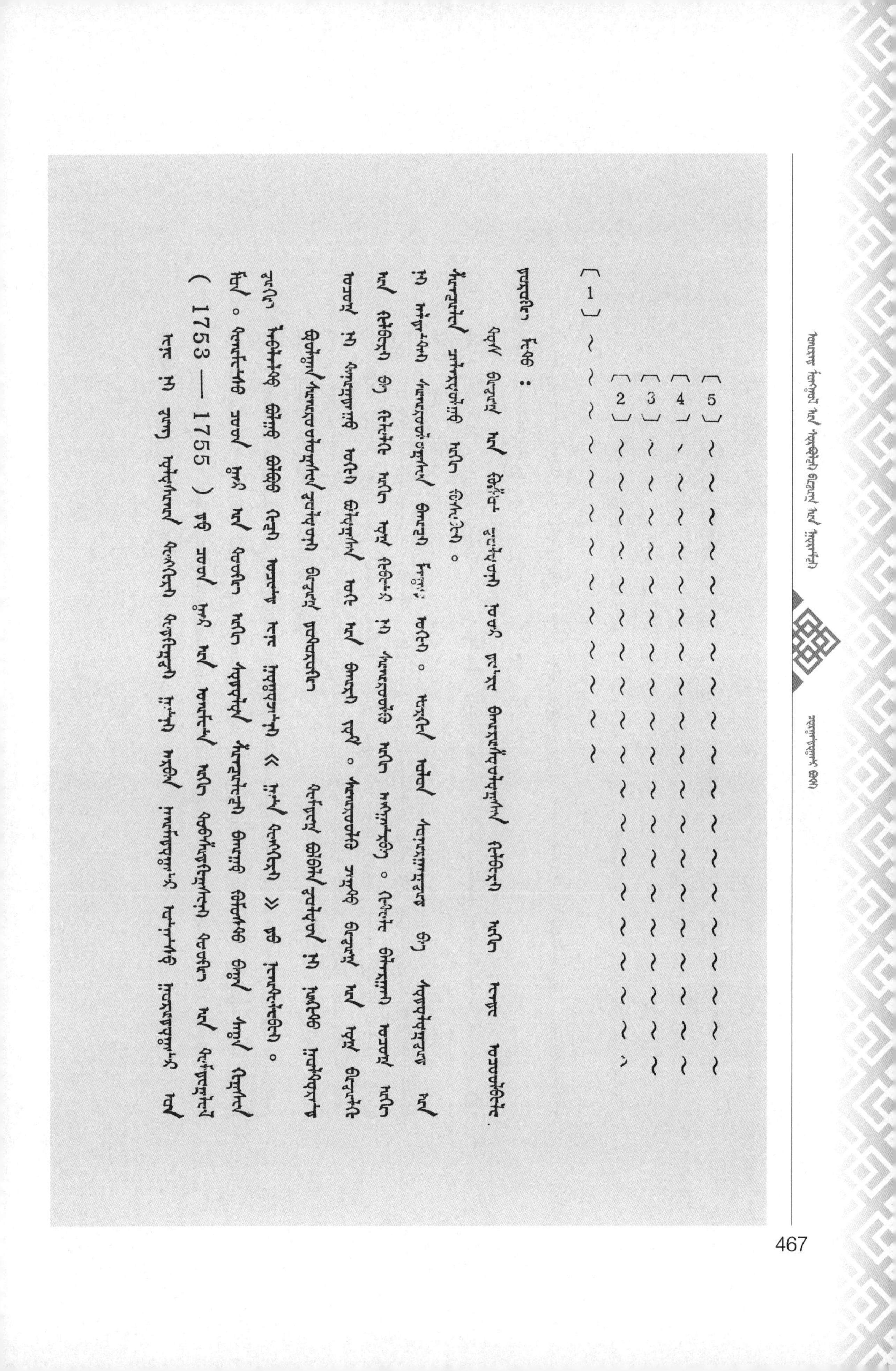

[1] ~ ~ ~ ~ ~ ~ ~ ~ ~ ~ ~ ~ ~ ~ ~ ~

[2] ~

[3] ~

[4] ~

[5] ~

[illegible] :

[illegible]

[illegible] (1753 — 1755) [illegible]

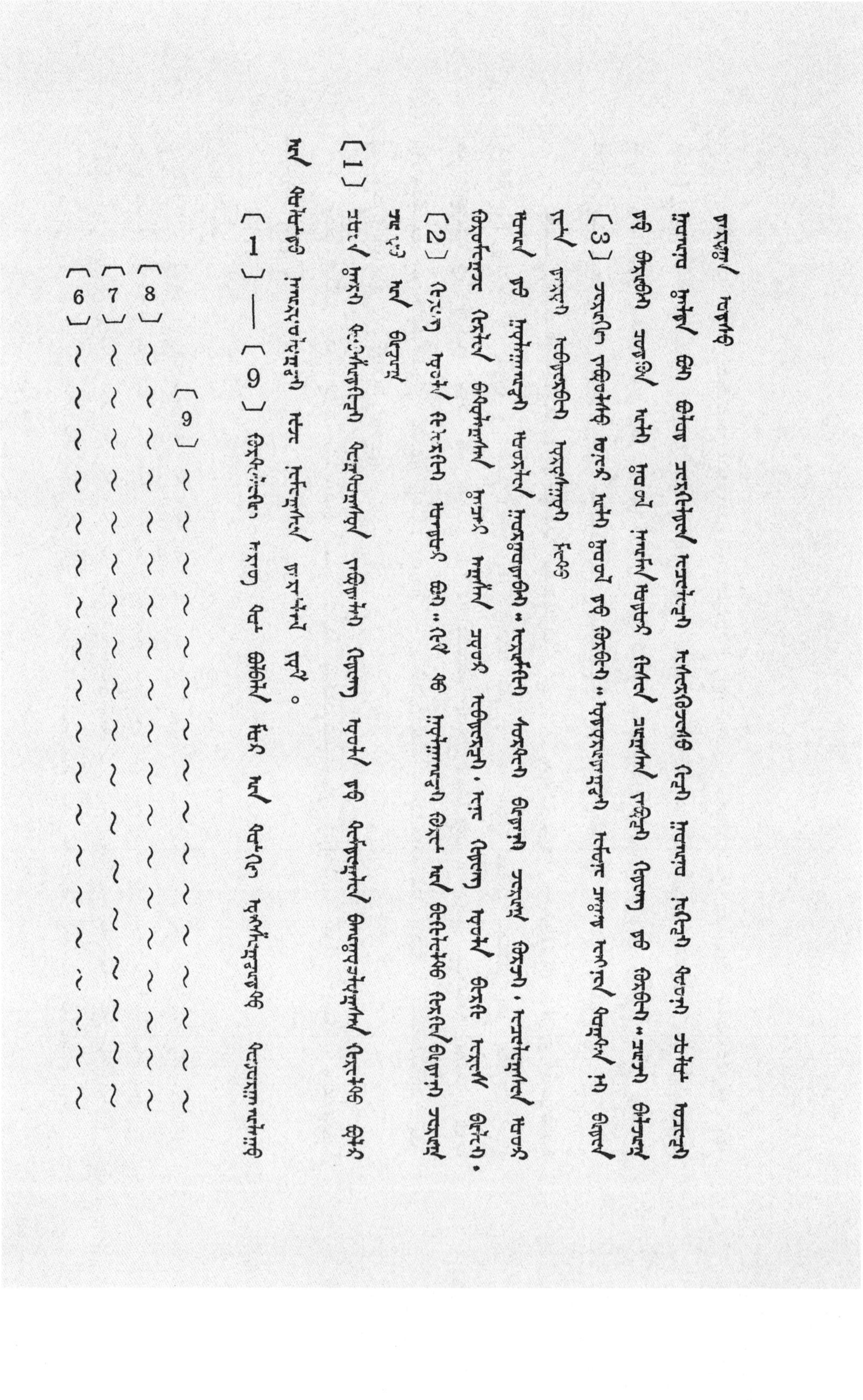

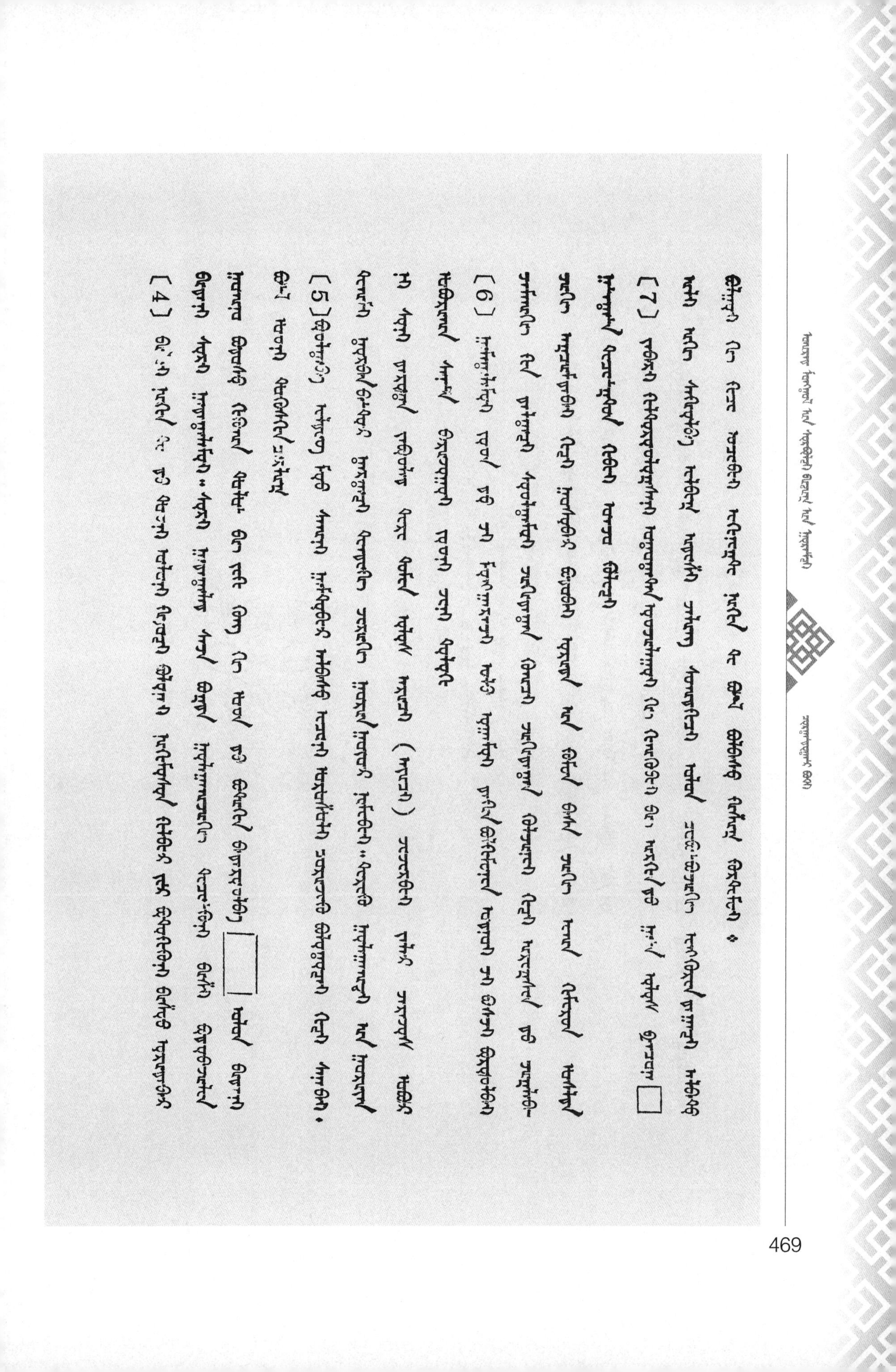

[illegible]

〔7〕 [illegible]

〔6〕 [illegible]

〔5〕 [illegible]

〔4〕 [illegible]

〔8〕 [illegible]

〔9〕 [illegible]

[illegible]

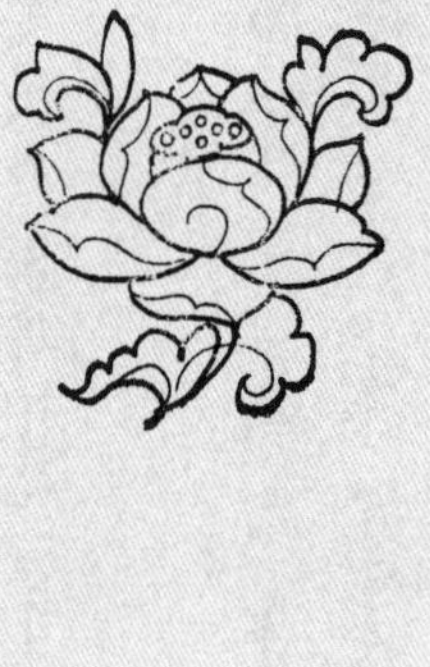

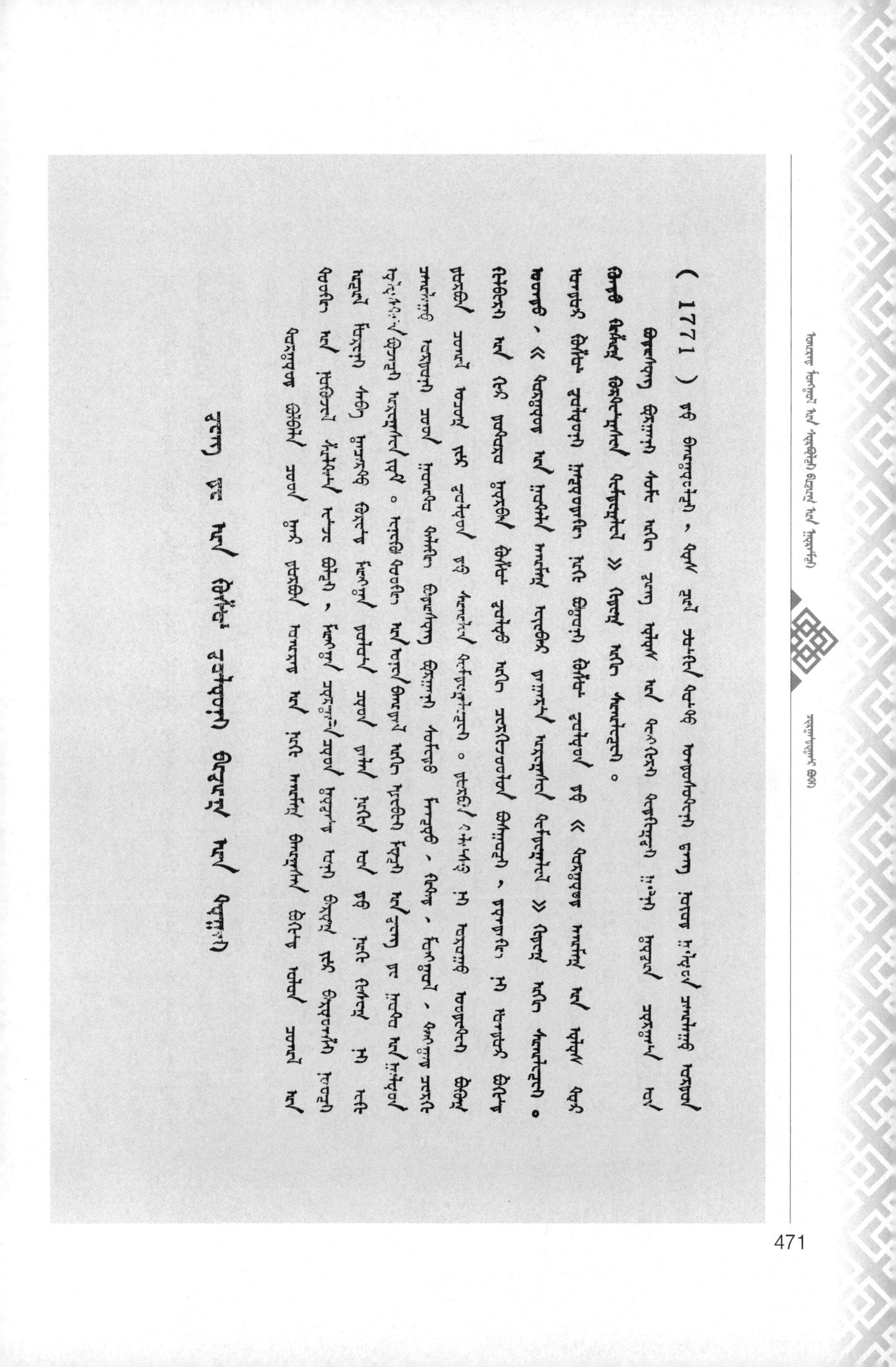

(1771)

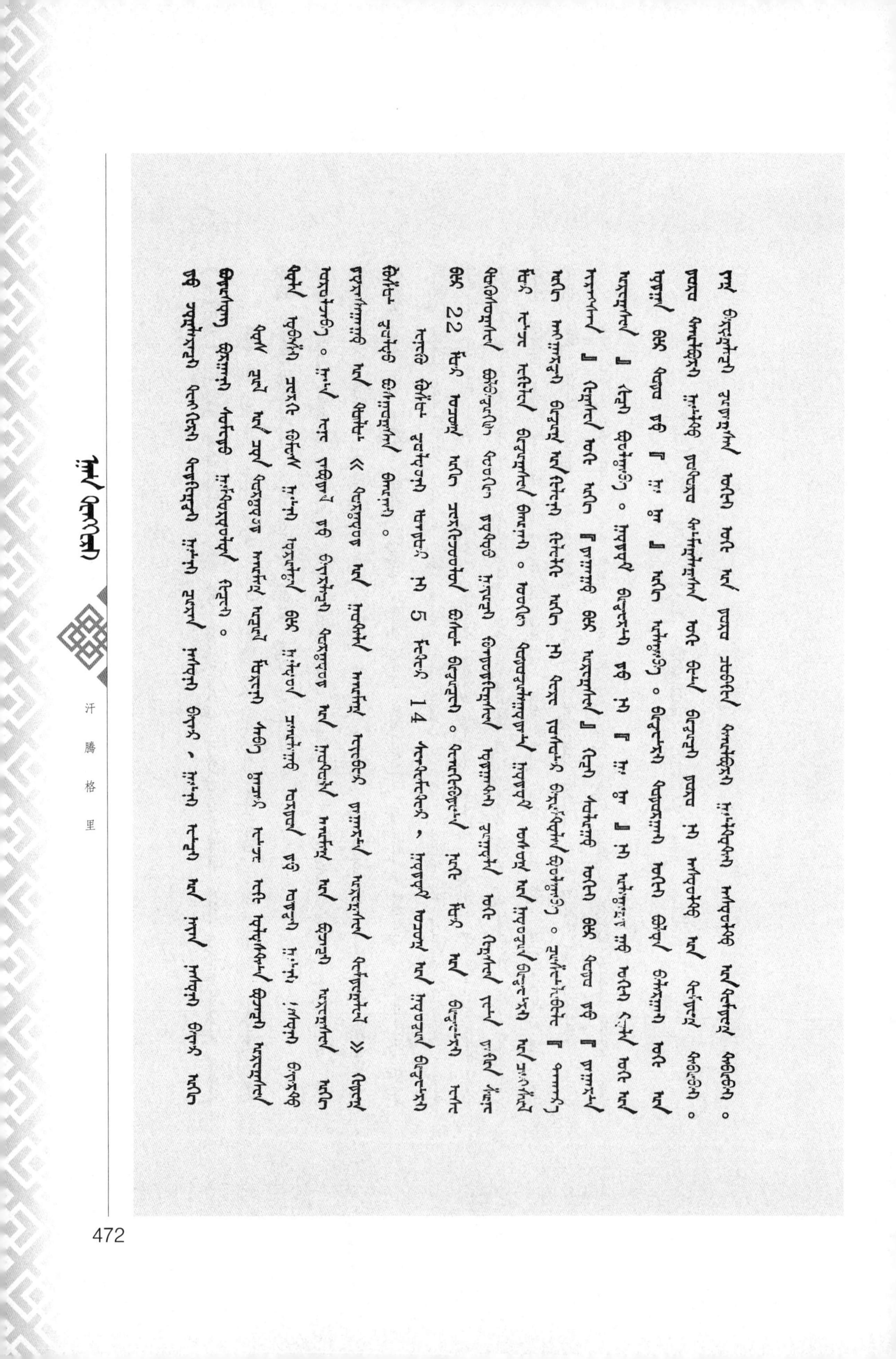

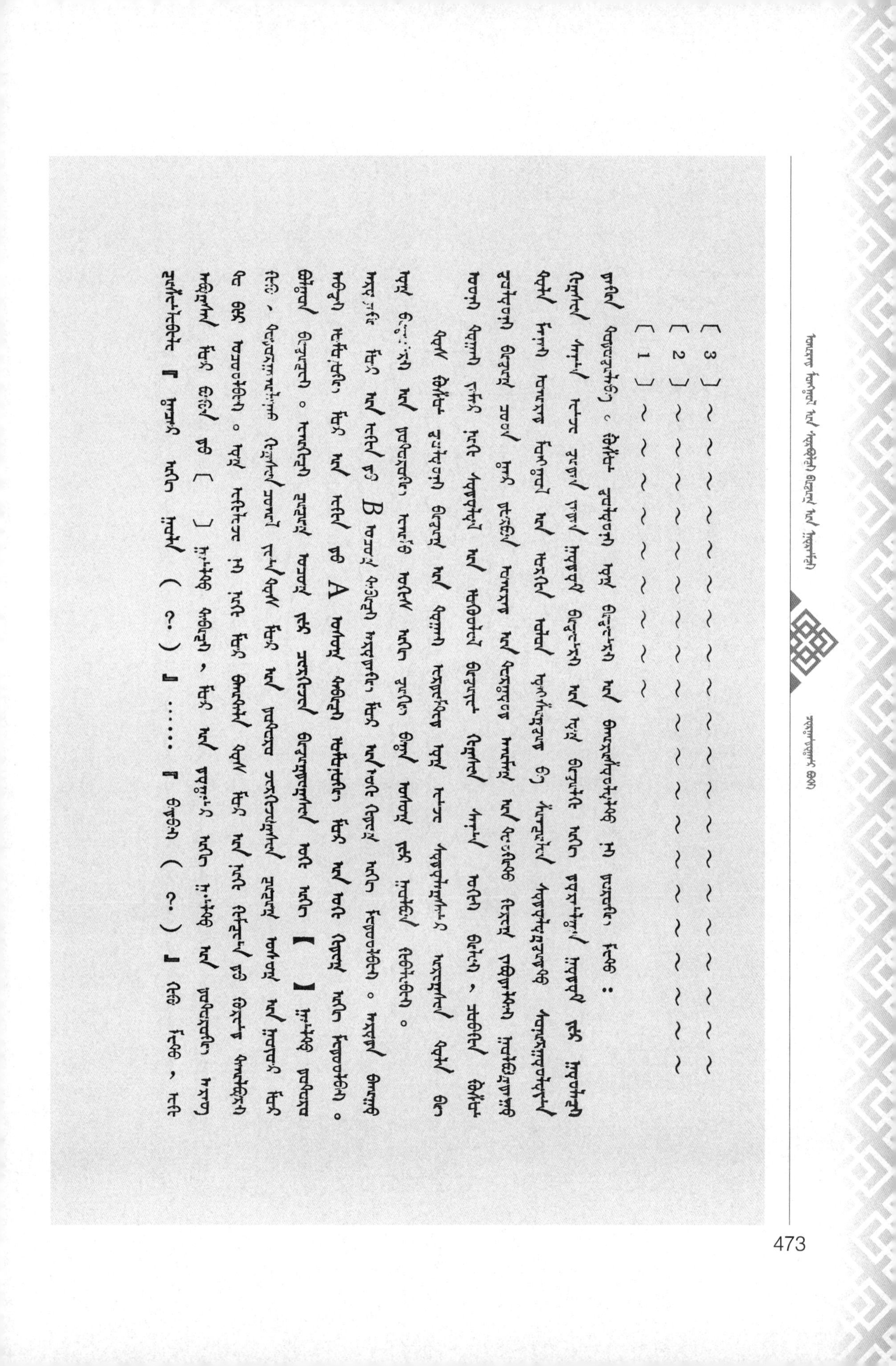

[illegible] 『 [illegible] (?) 』 …… 『 [illegible] (?) 』 [illegible] 、 [illegible]
[illegible] 〔 〕 [illegible] 、 [illegible]
[illegible] 。 [illegible]
[illegible] 、 [illegible]
[illegible] 。 [illegible] 【 】 [illegible]
[illegible] A [illegible] 。
[illegible] B [illegible] 。 [illegible]
[illegible] 。

[illegible]
[illegible] 、 [illegible]
[illegible]
[illegible]
[illegible]
[illegible] 。 [illegible] :

〔 1 〕 ~ ~ ~ ~ ~ ~ ~ ~ ~

〔 2 〕 ~

〔 3 〕 ~

〔20〕～～～～～～～～～～～～～～～～～

〔19〕～～～～～～～～～～～～～～～～～

〔18〕～～～～～～～～～～～～～～～～～

〔17〕～～～～～～～～～～～～～～～～～～～

〔16〕～～～～"

〔15〕～～～～～～～"

〔14〕～～～～～～"

〔13〕～～～～～～～～～～～～～～～～～～～

〔12〕～～～～～～～～～～～～～～～～～

〔11〕～～～～～～～～～～～～～～～～

〔10〕～～～～～～～～～～～～～～～～～～～～～～～～～～～～～～～～～～～～～

〔9〕～～～～～～～～～～～～～～～～～～～～

〔8〕～～～～～～～～～～～～～～～～～～～～

〔7〕～～～～～～～～～～～～～～～～～～～～～～

〔6〕～～～～～～～～～～～～～"

〔5〕～～～～～～～～～～～～～～～～～～～～～

〔4〕～～～～～～～～～～～～～～～"

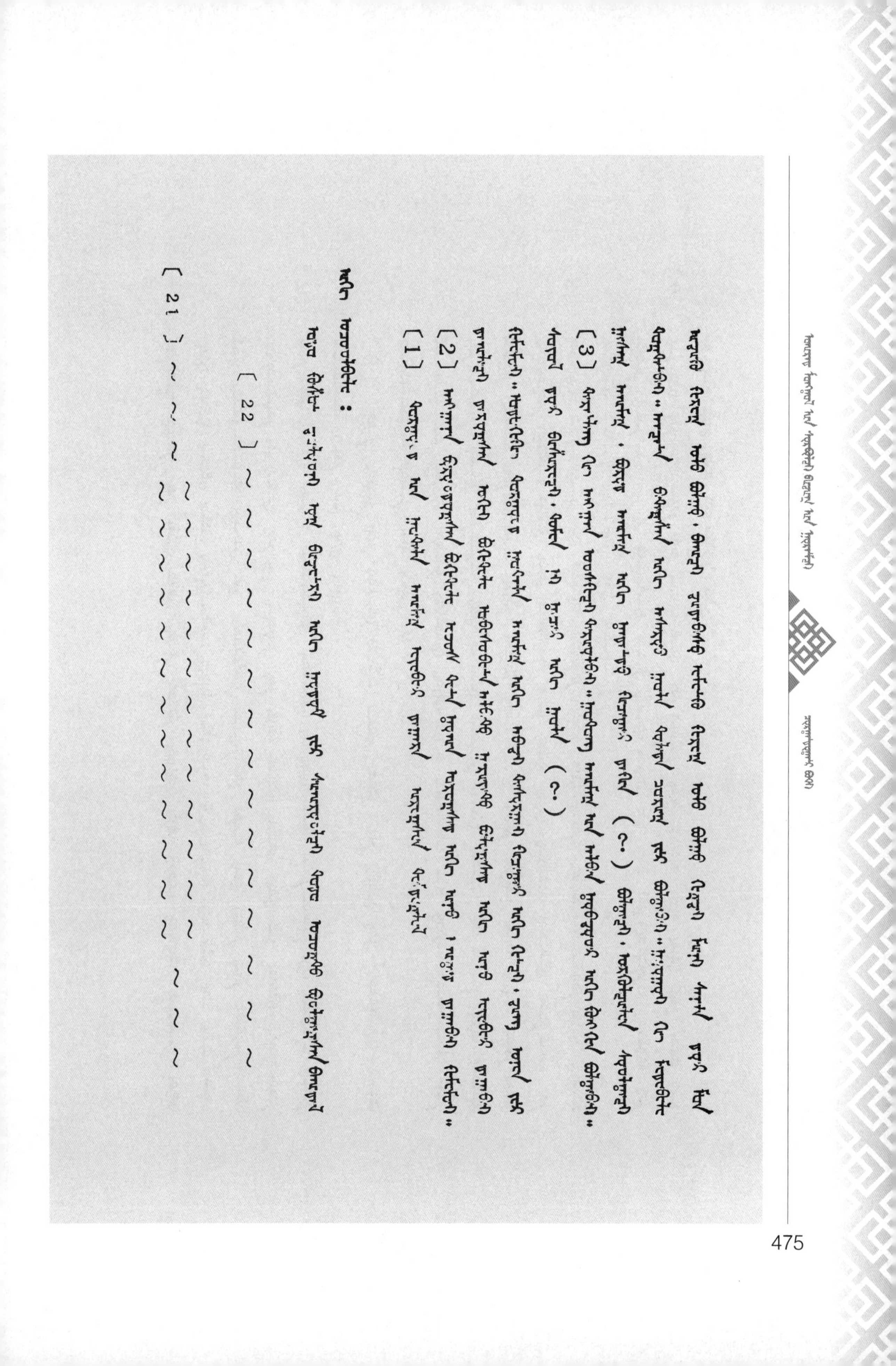

[illegible]

(3) [illegible]

[illegible]

(2) [illegible]

(1) [illegible]

[illegible] :

[illegible]

[22] ~ ~ ~ ~ ~ ~ ~ ~ ~ ~ ~ ~ ~ ~ ~

[21] ~

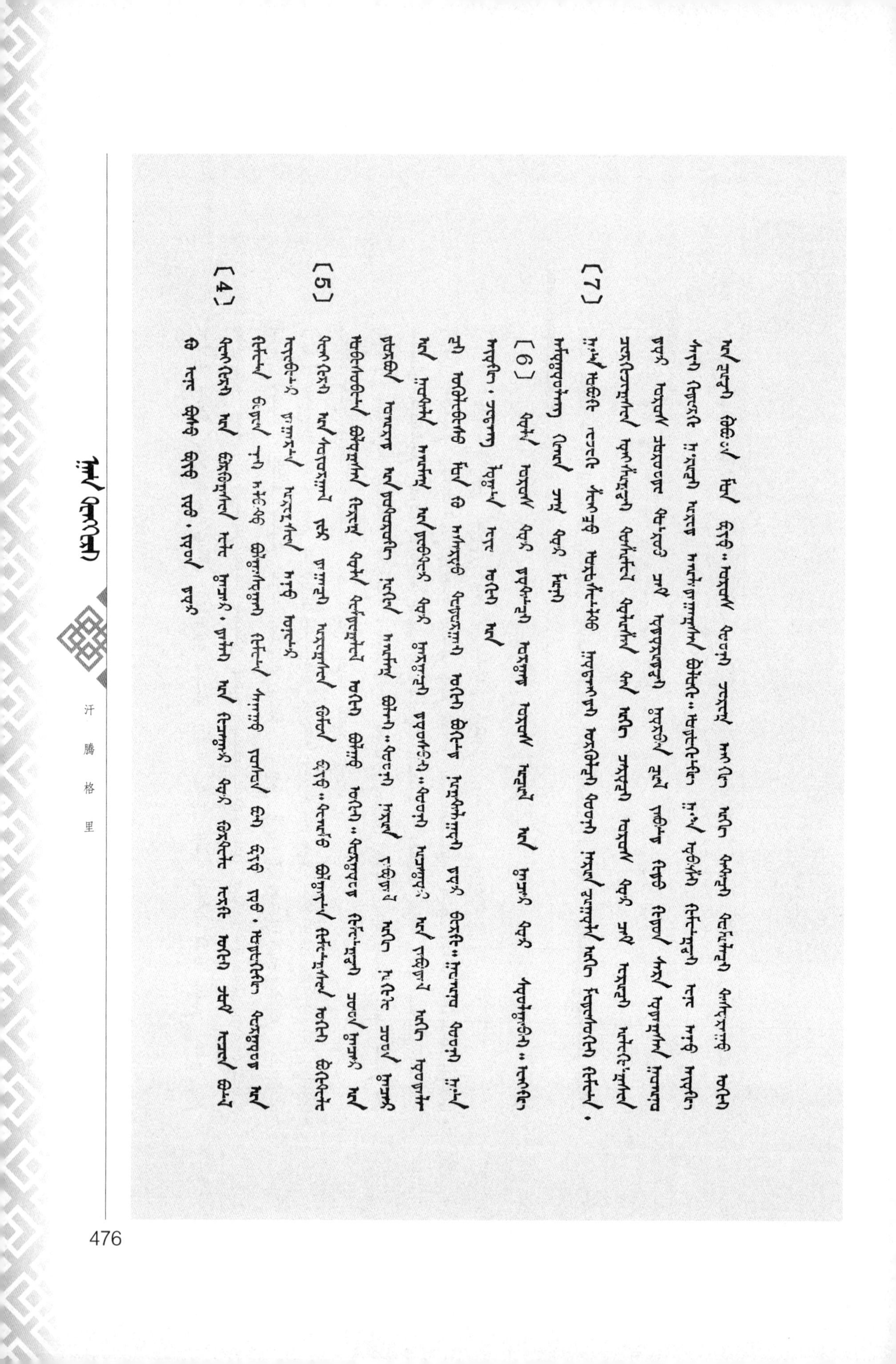

[illegible]

〔7〕 [illegible]

〔6〕 [illegible]

[illegible]

〔5〕 [illegible]

[illegible]

〔4〕 [illegible]

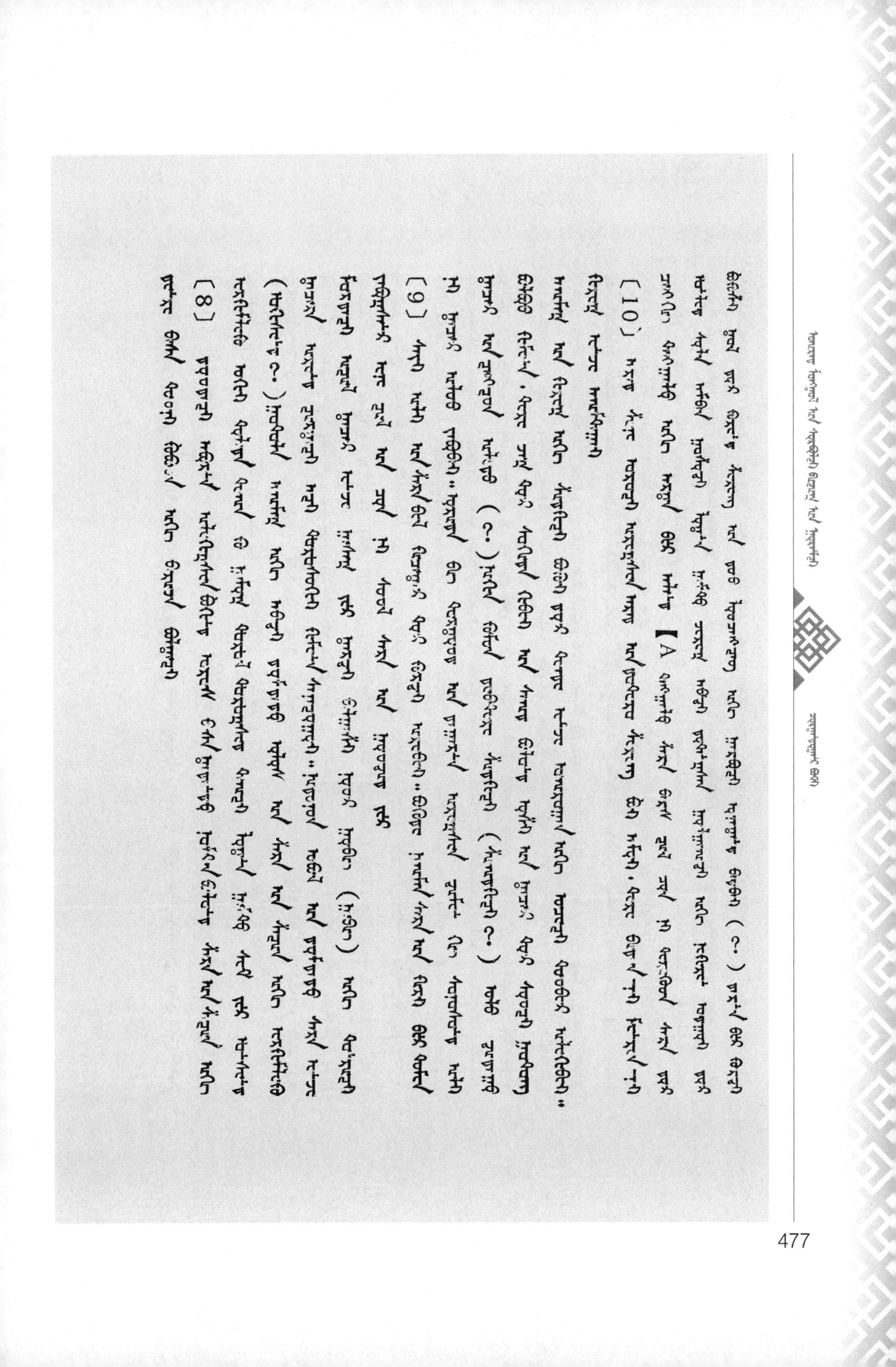

[illegible] (?·) [illegible]
[illegible]
[illegible] 【A [illegible]
〔10〕 [illegible]
[illegible]

[illegible]
[illegible]
[illegible] (?·) [illegible] ([illegible] ?·) [illegible]
[illegible]
〔9〕 [illegible]
[illegible]

[illegible] ([illegible]) [illegible]
[illegible]
([illegible] ?·) [illegible]
[illegible]
〔8〕 [illegible]
[illegible]

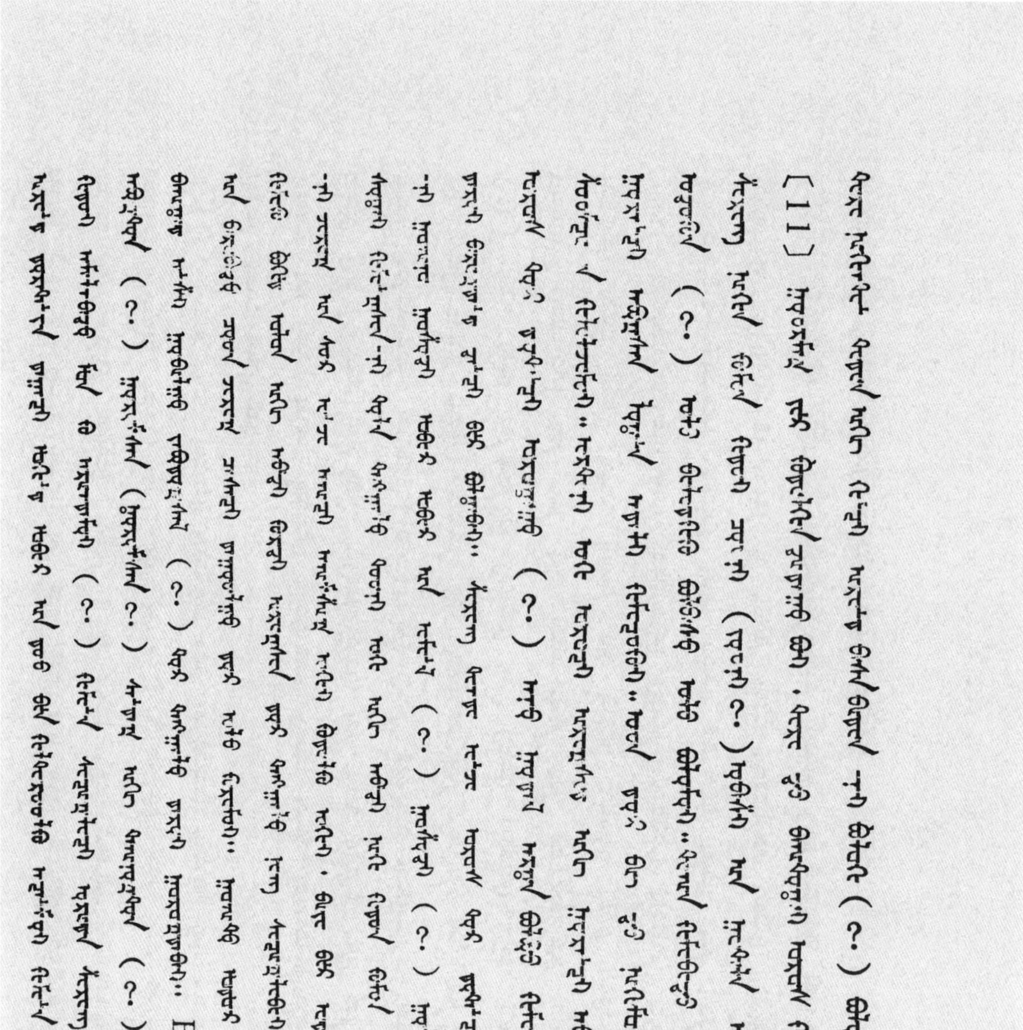

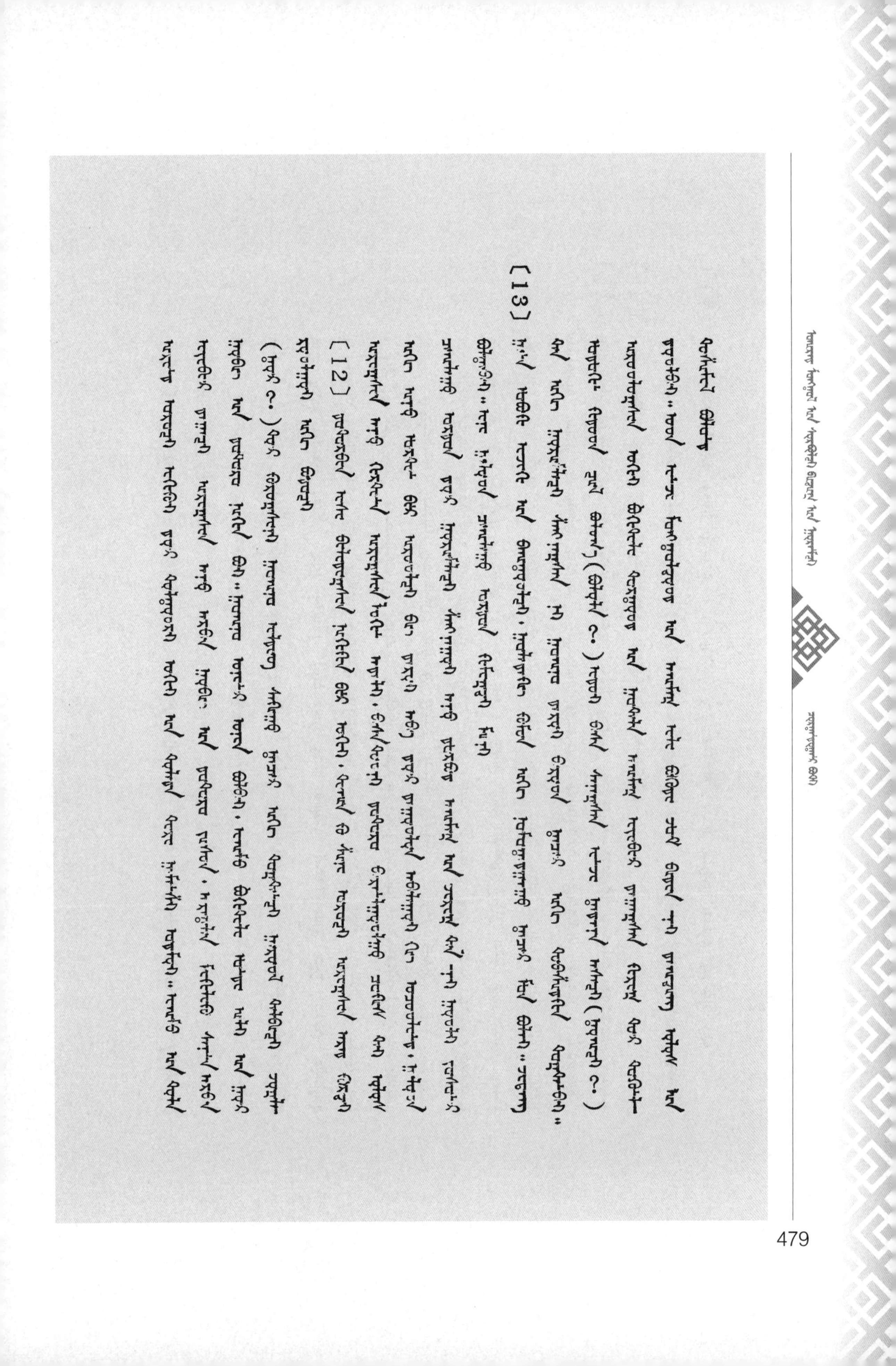

[13]

[12]

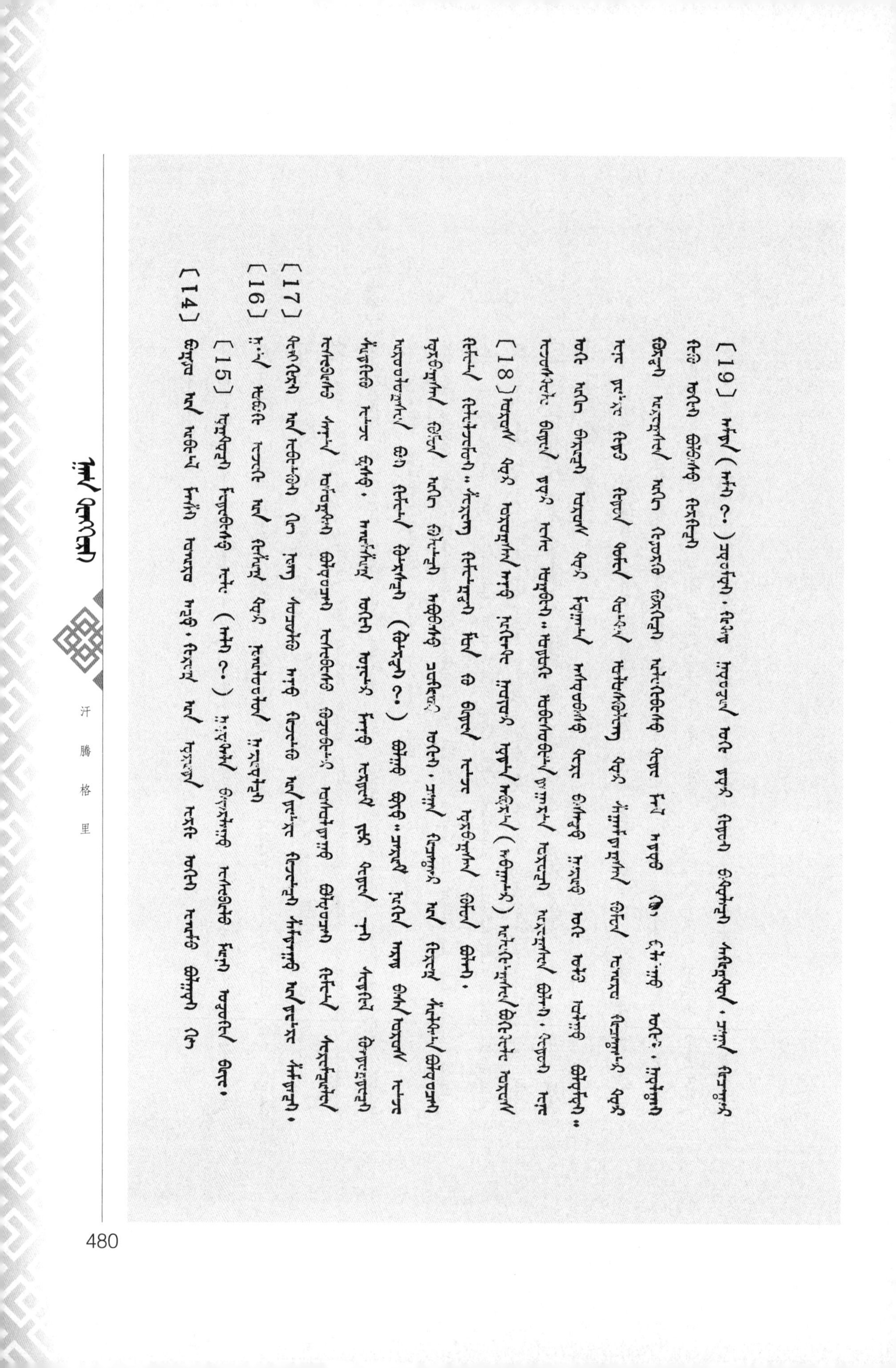

〔19〕 [illegible] ([illegible] ?) [illegible]

[illegible]

〔18〕 [illegible] ([illegible]) [illegible] ([illegible] ?) [illegible]

〔17〕 [illegible]

〔16〕 [illegible]

〔15〕 [illegible] ([illegible] ?) [illegible]

〔14〕 [illegible]

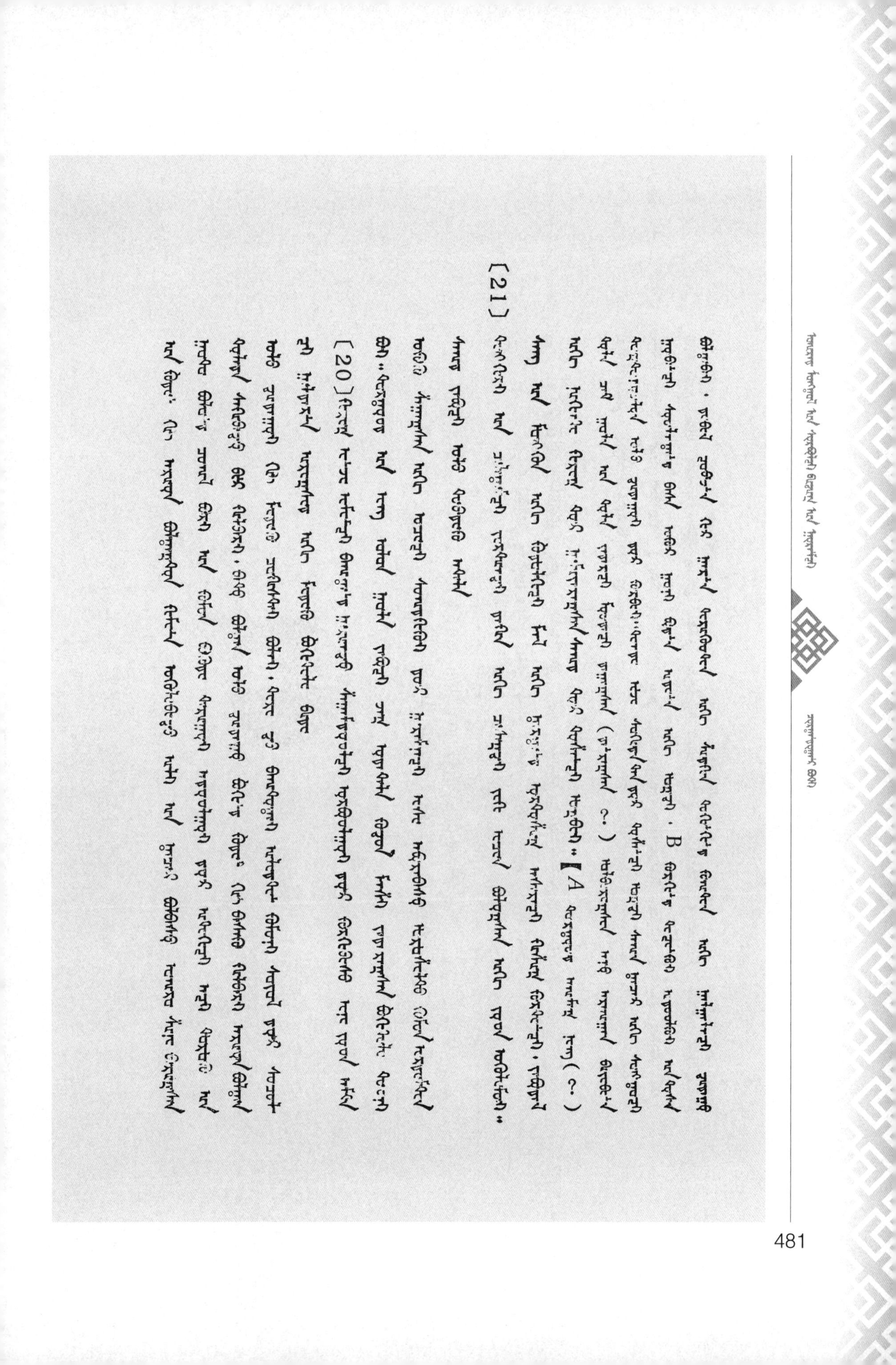

〔21〕

〔20〕

B

A

(?)

(?)

ᠪᠠᠢᠢᠭᠠᠳ ᠬᠦᠮᠦᠨ ᠪᠠᠨ ᠨᠢᠭᠤᠷ ᠪᠠᠨ ᠪᠡᠶ᠎ᠡ ᠪᠡᠷ ᠳᠠᠯᠳᠠᠯᠠᠵᠤ ᠳᠡᠭᠡᠷ᠎ᠡ ᠳᠡᠭᠡᠨ ᠪᠣᠭᠣᠯ ᠮᠡᠳᠡᠭᠦᠯᠬᠦ ᠶᠢᠨ ᠲᠤᠯᠠᠳᠠ ᠪᠠᠢᠷᠢ ᠦᠭᠡᠢ ᠬᠡᠮᠡᠨ ᠪᠢᠲᠡᠭᠡᠢ ᠪᠡᠷ ᠡᠨᠡ ᠳᠡᠭᠡᠷ᠎ᠡ ᠪᠠᠢᠢᠭᠠᠳ ᠬᠦᠮᠦᠨ ᠪᠠᠨ ᠬᠠᠷᠠᠭᠠᠳ 】 ᠪᠢᠳᠡᠨ ᠦ᠂ ᠬᠠᠮᠤᠭ ᠪᠠᠭᠠᠵᠢᠯ ᠢ ᠡᠪᠡᠳᠡᠯᠳᠦ ᠶᠢᠨ ᠳᠤᠮᠳᠠ ᠡᠨᠡ ᠪᠠᠢᠳᠠᠯ ᠢ ᠲᠡᠭᠦᠨ ᠦ ᠪᠠᠢᠢᠭᠠᠳ ᠬᠡᠷᠡᠭ ᠲᠠᠢ ᠪᠠᠢᠨ᠎ᠠ ᠭᠡᠵᠦ ᠮᠡᠳᠡᠭᠦᠯᠦᠨ᠎ᠡ ᠪᠢᠯᠢᠭ ᠦᠨ ᠃

〔22〕 ᠮᠣᠩᠭᠣᠯᠴᠤᠳ ᠤᠨ ᠲᠣᠪᠴᠢᠶᠠᠨ ᠢ ᠪᠠᠢᠢᠭᠠᠳ ᠬᠡᠷᠡᠭᠯᠡᠭᠰᠡᠨ ᠦᠨ ᠮᠡᠳᠡᠭᠡ ᠪᠠᠨ ᠮᠡᠳᠡᠭᠦᠯᠦᠭᠰᠡᠨ ᠪᠣᠯᠤᠨ᠎ᠠ ᠪᠠᠨ ᠦᠨᠡᠨ ᠦᠨᠡᠨ ᠪᠠᠨ ᠬᠣᠶᠠᠷ ᠨᠢᠭᠡᠨ ᠬᠠᠷ᠎ᠠ

(1983 ᠣᠨ ᠤ 10 ᠰᠠᠷ᠎ᠠ ᠢᠢᠨ 3 ᠨᠤ ᠡᠳᠦᠷ ᠲᠦ
ᠨᠣ ᠬᠥᠬᠡ ᠳᠣᠷᠣᠭᠰᠠᠨ ᠪᠠᠭᠠ ᠬᠠ ᠂ ᠪᠢᠴᠢᠭᠰᠡᠨ ᠪᠡᠯᠡᠭᠡᠪᠡ)

ᠬᠠᠰ ᠪᠤᠯᠠᠭ

— ᠮᠣᠩᠭᠣᠯ ᠵᠣᠬᠢᠶᠠᠯ ᠤᠨ ᠰᠣᠩᠭᠣᠮᠠᠯ ᠪᠦᠲᠦᠭᠡᠯ ᠦᠨ ᠴᠢᠭᠤᠯᠭᠠᠨ

(ᠲᠠᠪᠤᠳᠤᠭᠠᠷ ᠳᠡᠪᠲᠡᠷ)

ᠤ · [illegible] ᠨᠠᠶᠢᠷᠠᠭᠤᠯᠤᠪᠠ

ᠰᠢᠨᠵᠢᠶᠠᠩ ᠠᠷᠠᠳ ᠤᠨ ᠬᠡᠪᠯᠡᠯ ᠦᠨ ᠬᠣᠷᠢᠶ᠎ᠠ ᠬᠡᠪᠯᠡᠨ ᠭᠠᠷᠭᠠᠪᠠ

ᠰᠢᠨᠵᠢᠶᠠᠩ ᠠᠷᠠᠳ ᠤᠨ ᠬᠡᠪᠯᠡᠯ ᠦᠨ ᠬᠣᠷᠢᠶ᠎ᠠ ᠬᠡᠪᠯᠡᠯ ᠦᠨ ᠦᠢᠯᠡᠳᠪᠦᠷᠢ ᠳᠦ ᠬᠡᠪᠯᠡᠪᠡ

ᠰᠢᠨᠵᠢᠶᠠᠩ ᠤᠶᠢᠭᠤᠷ ᠤᠨ ᠥᠪᠡᠷᠲᠡᠭᠡᠨ ᠵᠠᠰᠠᠬᠤ ᠣᠷᠤᠨ ᠤ ᠰᠢᠨᠬᠤᠸᠠ ᠪᠢᠴᠢᠭ ᠦᠨ ᠳᠡᠯᠭᠡᠭᠦᠷ ᠲᠦ ᠬᠤᠳᠠᠯᠳᠤᠨ᠎ᠠ

2020 ᠣᠨ 12 ᠰᠠᠷ᠎ᠠ ᠳᠤ ᠨᠢᠭᠡᠳᠦᠭᠡᠷ ᠬᠡᠪᠯᠡᠯ

2020 ᠣᠨ 12 ᠰᠠᠷ᠎ᠠ ᠳᠤ ᠨᠢᠭᠡᠳᠦᠭᠡᠷ ᠤᠳᠠᠭ᠎ᠠ ᠬᠡᠪᠯᠡᠪᠡ

ᠬᠡᠪᠯᠡᠭᠰᠡᠨ ᠲᠣᠭ᠎ᠠ : 1— 1000 ᠳᠡᠪᠲᠡᠷ

ISBN 978—7—228—20459 — 5

ᠦᠨ᠎ᠡ : 68.00 ᠶᠤᠸᠠᠨ